㉖ 돈 끼호떼

미겔 데 세르반떼스 사아베드라 지음 / 김현창 옮김

B 범우

차   례

(속) 돈 끼호떼

DON QUIJOTE DE LA MANCHA

□ 주요인물

돈 끼호떼 전편에 이어 세번째 무술 편력에 나서는 이 이야기의 주인
공. 마법에 걸려 있는 둘씨네아를 구해내기 위해 갖가지 사건과 부딪
친다. 까르라스꼬와의 결투에서 지는 바람에 낙담하여 무술 편력을
그만두고 고향으로 돌아온다.

산초 빤사 돈 끼호떼의 충실한 종자. 공작 부부의 연극으로 섬의 영주
가 되어 놀랄 만한 치세(治世) 솜씨를 보인다.

삼손 까르라스꼬 돈 끼호떼의 이웃 친구. 살라망까 대학에서 학위를 받
은 석사로서 돈 끼호떼의 무술 수업 계속 여부를 걸고 결투하여 승리
한다.

공작 부인 넓은 영지를 가진 공작의 부인. 소설을 통해 돈 끼호떼와 빤
사를 알게 되며, 두 사람을 성으로 초대하여 굉장한 연극을 벌인다.

알띠시도라 공작 부인의 시녀. 공작 부인의 연극에 따라 돈 끼호떼를
사모한다.

레모스 백작에게 드리는 말씀

지난번 각하(레모스 백작은 나폴리의 총독을 지냈으며 많은 문학자를 후원했다. 1576~1622)에게 상연 전에 인쇄된 저의 희곡집(신작 희극 8편과 막간극 8편)을 보내 올렸을 때, 제 기억이 틀리지 않는다면, 돈 끼호떼는 각하의 손에 입을 맞추러 가기 위해 구두에 박차를 달고 있는 중이라고 말씀드렸습니다. 그러나 지금 그는 이미 박차를 다 달고 벌써 출발했다고 말씀드리겠습니다. 그리고 만일 그가 그쪽에 도착하게 되면, 저도 각하께 얼마간의 봉사를 한 셈이 되겠다고 생각하고 있습니다. 왜냐하면, 후편의 이름 아래 숨어서 변장하여 이 세상을 헤매고 돌아다닌 또 하나의 돈 끼호떼가 불러일으킨 불쾌감이나 혐오감을 깨끗이 씻기 위해 진짜를 보내달라고 여기저기서 무척 다급한 재촉을 받고 있었기 때문입니다.

그 중에서도 가장 이 일에 열의를 보여온 것이 중국의 대제(大帝)였습니다. 한 달쯤 전일까요, 제 앞으로 한문으로 쓴 편지를 사자 편에 보내어 《돈 끼호떼》를 보내달라고 요구, 아니 요구라기보다 간청해왔으니까요. 그 이유인즉, 황제는 까스띠야어를 가르치는 학원을 만들고 싶으며, 돈 끼호떼 이야기의 책을 교재로 삼고 싶어하고 있기 때문이라는 것입니다. 게다가 저더러 그 학원의 원장직을 맡길 테니 찾아와달라고 씌어 있습니다. 그래서 그 편지를 들고 온 사자에게, 폐하께서 저에게 얼마간의 여비를 보내오시지 않았느냐고 물어보았지요. 그러자 그는 그런 것은 생각지도 못했다고 대답했습니다.

"그렇다면" 하고 저는 말했습니다. "귀하는 하루 10레구아를 가든 20레구아를 가든 파견되어온 그 행정(行程)을 따라 중국으로 돌아가시오. 나는 그런 긴 여정에 오를 만큼 건강한 몸이 아니오. 건강이 좋지 않을 뿐더러 몹시 돈에도 궁해 있소. 그리고 내게는 황제 중의 황제, 군주 중의 군주신 나폴리에 계시는 훌륭한 레모스 백작이 계시오. 이분은 학원이니 원장이니 하는 야단스러운 직위 없이도 나를 부양해주시고, 보호해주시며, 내가 바라는 것보다 훨씬 큰 은혜를 베풀어주시고 계시오."

이렇게 나는 그 사나이를 돌려보냈습니다만 Deo Volente(신이 용서해주 신다면), 앞으로 4개월이면 탈고할 예정으로 있는 〈뻬르실레스와 시히스 문다의 고생〉(1617년에 출판된
세르반떼스의 유작)을 각하께 올리기로 하고 이만 작별 인사 드리겠습니다. 이 책은 물론, 심심풀이의 읽을거리로서 하는 말씀입니다 만, 우리나라 말로 씌어진 가장 나쁜 책이 되거나 아니면 가장 훌륭한 책이 될 것입니다. 아니, '가장 나쁜 책'이라고 말씀드린 것을 실은 후 회하고 있다고 고백하지요. 왜냐하면, 제 친구들의 의견으로는 반드시 도달할 수 있는 극한에 이른 훌륭한 책이 될 것이라고들 말하고 있으니 까요. 그럼, 각하, 바람직한 건강을 누리시기를. 머지않아 '뻬르실레스' 도 각하의 손에 입을 맞출 것이고, 저도 각하의 종으로서 발에 입을 맞 춥니다.

1615년 10월 말일, 마드리드에서

<div align="center">각하의 종 미겔 데 세르반떼스 사아베드라 올림</div>

독자에게 드리는 머리말

　허허！ 거룩하신 혹은 신분이 낮으신 독자여, 그대는 이 서문 속에
제 2 의 '돈 끼호떼', 다시 말해서 또르데시야스에서 잉태되어 따르라고
나에서 태어난 것으로 전해지는 그 이야기의 작자에 대한 보복, 욕설,
공격이 보일 것으로 짐작하고, 아마 지금쯤은 조마조마하게 기다리고 계
시리라. 그런데 정말이지 나는 그대에게 그 만족을 드릴 수가 없다. 모
욕을 받으면 아무리 겸허한 사람의 마음에도 노여움이 눈을 뜬다고는 하
나, 내 마음에는 이 법칙의 예외가 일어나게 되어 있으니 말이다. 독자
는 내가 그 저자에게 당나귀, 바보, 혹은 분수를 모르는 인간이라고 욕
을 해주었으면 하고 생각할지도 모른다. 그러나 나는 아직 조금도 그러
한 기분을 느낀 일조차 없다. 스스로의 죄에 부대껴라, 자기 빵은 자기
손으로 먹어라, 마음대로 어떻게 하건 내버려두라는 것이 내 생각이다.
　다만 내가 개의치 않을 수 없었던 것은, 내게는 시간의 흘러가지 않는
것처럼, 시간의 흐름을 막는 일이 내 힘에 미치는 일이거나 했던 것처
럼, 또는 내 한쪽 팔의 불구(1571년 레판토 해전에서 왼쪽 가슴과 | 왼팔을 | 부상당했다)가 과거와 현재의 여
러 세기가 목격한, 아울러 미래의 여러 세기도 결국 목격할, 희망이 없
다는 매우 숭고한 기회에 생겼는데도 마치 어느 목로주점에서나 일어난
것처럼, 나를 늙었느니 외팔이니 하고 지적하고 있는 일이다. 그야 내
부상은 보는 자의 눈에는 눈부시게 빛나는 것이 아닐는지 모르나, 적어
도 어디서 받은 것인가를 알고 있는 사람들의 평가로는 존경받고 있다.
병사는 도망하여 무사하기보다, 싸움터에서 죽는 편이 훨씬 훌륭한 일이
다. 더욱이 나는 이 일에 관해서는 확신이 있으므로, 만일 지금 누가 어
떤 불가능한 일을 제의하여 실현해주겠다고 말하더라도, 그 경이적인 전
투에 참가하지 않고 상처 하나 없이 온전하게 있느니보다 오히려 그 전

투에 참가했었기를 바랄 줄 안다. 병사가 얼굴이나 가슴에 드러내고 있
는 상처는 다른 사람들을 명예의 천국으로, 마땅히 받을 만한 칭찬을 바
라는 천국으로 인도하는 별이다. 그리고 여기서 명심해주었으면 하는 것
은, 백발로 무엇을 쓸 수는 없고 오성(悟性)으로 쓰는 것이며 이것은 세
월이 흐름에 따라 날카로워진다는 것이다.

이것 또한 내가 참기 어려웠던 일이지만, 그 저자는 내가 남을 부러워
하는 자라고 부르면서, 마치 내가 무지한 사람인 것처럼 선망이 무엇인
가를 나를 위해 늘어놓고 있는 점이다. 정말이지 두 종류의 선망 가운데
서 내가 알고 있는 것은 오직 깨끗하고 고귀하고 그러면서도 선의의 선
망에 지나지 않는다. 그렇다면, 아니 그렇기 때문에 나는 어떤 성직자도
추궁할 필요가 없다. 하물며 그 사람이 종교 재판소의 객원(客員)을 겸
하고 있다면 더더욱 그렇다. 만일 그 저자가 알고 있는 듯한 인물(그 당시
성직에 있던 로뻬
데 베가)에 관해서 알았다고 해서 그런다면, 그는 처음부터 끝까지 오류
를 범하고 있다. 왜냐하면 나는 그 사람의 재주를 참으로 존중하고 있
고, 그 사람의 작품에도 그 부단하고 훌륭한 정진에도 경복하고 있기 때
문이다. 그러나, 이 저자가 나의 소설(1613년에 출판
된 모범 소설집)을 모범적이라기보다
풍자적이며 잘되어 있다고 평하고 있는 점에 대해서는 사실 나는 감사하
고 있다. 그러나 그 양면을 다 갖추고 있지 않았더라면 잘될 수가 없었
을 것이다.

독자는 혹 내 방식이 매우 고식적이며 소극적인 테두리 안에서 꾹 참
고 있다고 말하지나 않을까 하고 생각한다. 나는 괴로워하는 자에게 다
시 슬픔을 덮어씌워서는 안된다고 알고 있을 뿐 아니라, 이 저자가 분명
히 마음에 품고 있을 고통은 아마 클 것으로 알고 있기 때문이다. 왜냐
하면 그 사나이는 마치 무언가 불경죄(不敬罪)라도 범한 것처럼 본명을
숨기고 고독을 속이며 툭 트인 장소나 맑은 창공 아래 태연히 나타날 용
기가 없기 때문이다. 만일 어떤 기회에 그대가 그 사나이를 만나게 되거
든, 제발 나 대신, 나는 상처를 입었다고 생각지 않고 있다고 전해주시
라. 나는 악마의 유혹이라는 것이 어떤 것인가, 또 최대의 유혹이라는
것이 어떤 것인가, 또 최대의 유혹의 하나는 자기도 책을 써서 출판할
수 있다, 그것으로 금전과 마찬가지로 명성을 얻고, 명성과 마찬가지로
금전을 벌 수 있다는 것을 사람의 머리에 납득시키는 것임을 잘 알고 있
기 때문인데, 이것을 증명하기 위해 그대의 거침없고 교묘한 화술로 다

음 소설을 들려주기 바란다.

세비야에 한 미치광이가 있었는데 그가 이 세상의 미치광이가 행한 것 가운데서도 가장 우스꽝스러운 엉터리와 어처구니없는 망집(妄執)을 품었다. 그것은 끝이 뾰족한 갈대로 대롱을 만들어, 그것을 갖고 가다가 한길이나 그 밖의 장소에서 개를 발견하면 그 개의 뒷다리 하나를 자기 발로 밟고 나머지 뒷다리를 손으로 잡아 벌려 그녀석에서 공기를 불어넣으면 개가 공처럼 동그랗게 부풀어오를 수 있는 장소에 그 대롱을 되도록 교묘히 꽂아놓곤 했다. 그런 다음 불룩해진 개의 배를 가볍게 두 번쯤 탁탁 치고는 개를 놓아주고, 언제나 반드시 주위에 몰려드는 많은 사람들을 향해서, "자, 어떻소, 당신들은 개를 동그랗게 부풀리는 것쯤 아주 간단하다고 생각하겠소?" 하고 말하곤 했다. "그런데, 선생도 책 만드는 것쯤 아주 쉬운 일이라고 생각하십니까?" 하고 말이다. 그래서 만일 이 짤막한 이야기가 그 저자의 마음에 들지 않을 때는, 친애하는 독자여, 이 또한 미치광이와 개가 나오는 다음 이야기를 들려주시라.

꼬르도바에 다른 광인이 있었는데, 그는 납작한 대리석 조각이나 그다지 가볍다고 할 수 없는 돌조각을 머리에 이고 걷는 버릇이 있었다. 그렇게 걸어가다가 뜻밖에 개를 만나면 그 곁에 다가가서 개 위에 똑바로 그 묵직한 돌을 떨어뜨리곤 했다. 그러면 개는 화가 나서 짖어대고 깽깽대며 비명을 지르고 두어 마장 앞까지 한 번도 멈추지 않고 달아나버린다. 그런데 한번은 이 미치광이가 돌을 떨어뜨린 개 가운데 우연히 모자 가게의 개가 끼여 있었는데, 주인이 무척 귀여워하는 개였다. 돌이 떨어져서 개 머리에 맞았다. 맞은 개가 마구 짖어댔다. 이것을 보고 주인은 후끈 달아 자를 움켜쥐고 미치광이에게 덤벼들어 온몸을 성한 뼈 하나 남지 않도록 두들겨팼다. 그리고 한 번 때릴 때마다, "이 도둑 개 같으니, 내 뽀뎅꼬(_개사냥)를 왜 때려? 이 모진 놈아, 내 개가 뽀뎅꼬라는 것을 깨닫지 못했나?" 하고 소리쳤다. 그렇게 뽀뎅꼬라는 말을 몇 번이나 되풀이하면서 미치광이를 실컷 두들겨서 쫓아버렸다.

미치광이는 진저리가 나서 집에 틀어박혀 한 달 이상이나 사람들 앞에 얼굴을 내놓지 않았다. 그러나 그만한 날짜가 지나자 다시 슬슬 여느 때의 그 꿍심이 고개를 들어 더 무거운 돌을 머리에 이고 나타났다. 그리고 개가 있는 곳에 슬금슬금 다가가서 가만히 내려다보다가, 돌을 떨어뜨릴 생각도 기분도 결심도 아직 하기 전에, "이놈은 뽀뎅꼬다. 아이구

무서워라!" 하고 중얼거렸다. 그리하여 집 지키는 개건 발바리건 만나는 개라는 개를 그는 모두 뽀뎅꼬라고 생각하게 된 것이다. 그래서 그후부터 그는 돌을 떨어뜨리지 않았다. 아마 이와 비슷한 일이 그 이야기의 저자에게도 일어날 것이 틀림없다. 두 번 다시 그의 두뇌 속에 괸 것을 저서에 다 쏟아넣을 기분이 나지 않을 것이니까, 워낙 책이 심한 악서고 보면 바위보다 더 단단한 것이다.

그리고 그 사나이는 자기의 저작으로 반드시 내 이윤을 가로채고 말겠다고 협박하고 있는데, 나는 예사로 생각한다고 전해주시라. 다시 말해, 나는 저 유명한 막간극 〈라 뻬렌뎅가〉의 대사에 맞추어 "주군이시여, 24인의 만세를 빌고, 그리스도의 평안 우리와 더불어 있으라" 하고 대답하기로 한다. 위대한 레모스 백작 만세, 각하의 그런 모르는 이 없는 그리스도 교도다운 광대무변한 마음이야말로 나의 하찮은 운명으로 하여 입는 모든 타격에 맞서 나를 분기시키는 것이다. 다시 똘레도의 돈 베르나르도 데 산도발 이 로하스 각하의 드높은 자애가 장구할 것을 비는 바다. 그리고 설혹 이 세상에 인쇄소가 없더라도, 설혹 《밍고 레불고》(작자를 알 수 없는 풍자 시집)의 노래 글자 수보다 많은 서적이 나를 원수로 삼아 출판되더라도 상관없다. 이 두 귀인은 아첨이나 그 밖의 찬사를 이용해서 부탁드린 것이 아니고, 오로지 자신의 인자하신 마음에서 나에게 자비를 베푸시고 보호해주실 것을 약속하신 것이다. 운명이 흔해빠진 길로 나를 절정에 끌어올려준 것보다, 이 일로 해서 현재의 나는 훨씬 행복하고 유복하다고 생각한다. 인간으로서의 긍지는 가난한 자도 가질 수 있다. 그러나 부덕한 인간은 가질 수 없다. 가난이 고귀한 기품을 흐리게 하는 일은 있어도, 전혀 암흑으로 만들지는 않는다. 그러나 덕이라는 것은 설령 어떤 장애가 있더라도 어떤 궁핍의 틈바구니라도 얼마간의 빛을 내는 것이므로, 높고 귀한 정신을 가진 사람들에게 존중받고 나아가서 비호를 받는다. 그런데, 독자는 이 이상 그 저자에게 할 말도 없고, 나도 이 이상 독자에게 말할 생각은 없다. 다만 주의삼아 덧붙여 말하고 싶은 것은, 지금 그대 손에 건네드리는 이 《(속)돈 끼호떼》는 전편과 같은 기술자가 같은 천을 재단해서 만든 것이며, 나는 이 속에서 후일의 돈 끼호떼를, 이어 끝에 가서는 죽어 매장되는 돈 끼호떼를 이야기하지만, 이것은 어느 누구에게도 그를 위해 새삼 다른 증언을 할 생각을 갖게 하고 싶지 않기 때문이다. 그 까닭은, 이미 있는 증언으로서 충분하고 또 뿐만 아니라 마음 올바른 인간 한 사람이 이 멋있는 광태를 고스란히 보고해버려서 다시는 더 그 광태에 관여하고 싶지 않다는 것이니, 그것으로 족하기 때문이다. 설혹 좋은 것이라도 너무 많으면 소중히 여겨지지 않는 법이고, 하찮은 것이라도 모자라면 얼마간 소중히 여겨지는 법이다. 그대에게 말씀드리는 것을 잊었지만, 〈뻬르실레스〉는 이제 거의 다 탈고가 되어가고 있으니 기대하시라. 〈갈라떼아〉의 후편도.

제 1 장

신부와 이발사가 돈 끼호떼와 그의 병에 대해서 하는 이야기.

씨데 아메떼 베넨헬리는 이 이야기의 후편, 말하자면 돈 끼호떼가 세 번째 집을 나가는 대목에서 다음과 같이 말하고 있다. 신부와 이발사는 지난일을 새삼스레 생각케 해서는 안된다면서 근 한 달 가까이나 돈 끼 호떼를 만나지 않았다. 하기야 그의 조카딸과 가정부를 찾아가는 일은 빼놓지 않았으며, 주인을 잘 간호하게 하고 특히 틀림없는 판단에 의하 면 그의 불운은 모두 심장과 뇌에서 나오는 것이므로 정기가 좋아지고 심장과 뇌에 좋은 것을 먹이도록 하라고 주의시켰다. 두 여자는 그렇게 하고 있기는 하지만 요즘 주인이 이따금 완전히 제정신이 돌아온 듯한 기미가 보이기 시각하는 것 같아 열심히 더 주의해서 그렇게 하겠다고 말했다. 이 말을 듣고 두 사나이는 크게 만족했는데, 그것은 이 장대하 고 정확한 이야기의 전편 마지막 장에 기술되어 있는 것처럼 그를 마법 에 걸어 소달구지에 싣고 돌아온 것이 계획대로 잘 되었다는 생각이 들 었기 때문이다. 그래서 그들은 돈 끼호떼를 문병하여, 그가 완전히 회복 한다는 것은 거의 불가능하다고 짐작은 하고 있었으나 회복 상태가 어떤 가 직접 확인하기로 했다. 그러고는 편력의 기사도에 대해서는 결코 언 급하지 말자고 서로 다짐했는데, 그것은 아직 여물지 않은 상처를 건드 려서 다시 도지게 할 위험을 범하지 않기 위해서였다.

마침내 두 사람은 돈 끼호떼를 문병하러 갔다. 마침 그는 초록빛으로 성글게 짠 나사천의 반소매 동의를 입고 붉은 모자를 쓴 채 침대에 걸터 앉아 있었다. 너무 초췌하게 비척 말라서 마치 다랑어를 말린 것 같은 얼굴을 하고 있었으므로 아무리 보아도 미라 바로 그것이었다. 그들은 무척 기쁜 대접을 받았다. 용태를 묻자, 돈 끼호떼는 매우 조용한 태도 로, 그리고 제법 고상한 말투로 자기의 몸 상태며 건강의 양상에 대해서 대답해주었다. 그리고 서로 이야기를 주고받는 동안에 국가를 위해서라 든지 정부의 시책이라든지 하는 것을 논하는 단계에 이르렀는데, 이런 폐단을 고치자고 말하는가 하면 저런 일을 비난하고, 어떤 풍습을 계획하자고 주장하는가 하면 다른 풍습은 추방하자고 침을 튀기는 식으로 세 사람이 다 저마다 새로운 입법자, 현대의 리쿠르구스, 갓 태어난 솔론이라도 된 양 국가를 새로 만들고 뜯어고치고 했으므로 암만해도 그것은 국가를 대장간의 풀무 안에 넣어 아예 새로운 것으로 만들어서 꺼내놓은 것처럼 여겨졌다. 그런데 돈 끼호떼가 사람들이 이야기한 모든 문제에 대해서 매우 조리에 맞게 말을 하여 두 심사원은 그만 그가 완쾌하여 본래대로 제정신이 돌아왔다고 진심으로 믿어버리고 말았다.

조카딸도 가정부도 그자리에 동석하여 이 대화를 듣고는 자기들의 주인이 이토록 똑똑한 이성을 보여준 것을 목격하고 하느님께 아무리 감사를 드려도 모자라는 기쁨을 느꼈다. 그러나 신부는 처음 기사도에 관해서는 언급하지 말자던 배려를 바꾸어 문득 돈 끼호떼의 회복 상태가 확실한 것인가 아닌가를 시험해봐야 되겠다는 생각이 들었다. 그는 눈치채지 않도록 화제를 바꾸어 이윽고 수도에서 전해진 몇 가지 정보를 이야기하기 시작했는데 그 정보 중에서도 터키가 거대한 함대를 편성하여 내려온 것이 확실시되고 있다, 그러면서도 그들의 꿍심이나 이 끔찍한 저 기압을 어디서 터뜨릴 것인지 전혀 알려져 있지 않다고 말했다. 다시 거의 해마다 되풀이되는 이 내습의 경보로 위협받는 불안 때문에 온 그리스도교 국가가 무장을 갖추고 있는데, 우리의 국왕폐하도 나폴리와 시칠리아와 말타 섬 연안에 이미 방위 조치를 명령하셨다고 덧붙였다. 이것을 듣자 돈 끼호떼가 대꾸했다.

"폐하께서 적에게 우리 편의 허를 찔리지 않도록 하기 위해 시기를 잃지 않고 방위 조치를 취하신 것은 참으로 심모원려(深謀遠慮)의 무장 수법이오. 그러나 만일 나의 진언을 받아들이셨다면, 폐하께서 생각지도 못하실 만한 하나의 대책을 건의해드렸을 텐데."

이 말을 듣고 신부는 속으로 중얼거렸다. '아아, 가엾게도 돈 끼호떼여! 신의 손에 안기는 게 좋겠구나. 그대 난심(亂心)의 절정에서 치우(痴愚)의 나락으로 뛰어든다고밖에 생각할 수 없으니!'

이발사도 신부와 같은 생각을 하고, 진언해서 채용되었으면 좋았을 것이라고 말한 그 방위 조치라는 것이 대체 어떤 것이냐고 돈 끼호떼에게 물었으며, 어쩌면 흔히 사람들이 상부에 올리는 그 숱한 터무니없는 건의 목록에 실릴 만한 엉터리인지도 모르겠군, 하고 덧붙였다.

"내것은, 수염깎는 양반" 하고 돈 끼호떼가 말했다. "터무니없는 것이 아니라 터무니 있는 건의요."

"아니 그런 생각으로 말한 것이 아닙니다" 하고 이발사는 기를 쓰고 말했다. "다만 여태까지의 예를 보면 폐하에게 올라간 건의 중 전부 다라고는 할 수 없으나, 아예 불가능한 터무니없는 엉터리가 아니면 오히려 국왕이나 국가에 해를 끼칠 만한 것이 대부분이라서 그만 그런 말이 입밖에 나오고 말았지요."

"나의 건의는 불가능하지도 않을 뿐더러 엉터리도 아니오" 하고 돈 끼호떼는 대답했다. "매우 용이하고 지극히 올바르며, 더욱이 참으로 간단하고 손쉽고 어느 책략가도 착안하지 못할 그런 것이란 말이오."

"말씀하시는 데 매우 시간이 걸리는구려, 돈 끼호떼 님" 하고 신부가 말했다.

"아니, 아니" 하고 돈 끼호떼가 대답했다. "내가 지금 여기서 말해버리면 내일 새벽에는 벌써 틀림없이 그것이 고문관의 귀에 들어가 있을 거란 말이오. 그렇게 해서 애는 모처럼 내가 쓰고 은상은 다른 녀석이 가로채게 되는 것이 나는 싫단 말이오."

"나를 두고 하시는 말씀이라면" 하고 이발사는 말했다. "여기서건 하느님 앞에서건 당신이 말씀하시는 것을 국왕이건 로께(성장(城將). 장기 용어 로 한편의 대장을 말함)건, 이 세상 인간에게는 아무에게도 말하지 않겠다고 맹세하지요. 이것은 100도블라의 금화와 달리기를 잘하는 당나귀를 훔쳐간 도둑을 미사의 서창(序唱)을 빌려 국왕에게 알렸다는 어떤 성직자를 노래한 로망스에서 배운 말입니다만."

"그 얘기의 노래는 모르지만" 하고 돈 끼호떼가 대꾸했다. "그 서약의 좋은 점은 나도 알지. 이발사 양반이 정직한 사람이라는 것도 잘 알고 있소."

"아니 비록 정직한 자가 아니더라도 내가 이 사람의 일은 보증하겠소이다. 이 일에 관해서 이발사 양반은 벙어리처럼 일체 지껄이지 않을 것이며 그것을 어기면 나라의 판결대로 벌금을 지불하게 하겠다고 말이외다."

"그렇다면 신부님, 당신은 누가 보증하오?" 하고 돈 끼호떼가 물었다.

"나의 성직이 보증하지" 하고 신부가 대답했다. "비밀을 지키는 것이 나의 의무니까."

"아아, 하는 수 없군!" 하고 돈 끼호떼는 입을 열었다. "국왕 폐하께서 천하에 포고를 내려, 스페인에서 돌아다니고 있는 모든 편력 기사는 정해진 날 수도에 집합하라고 명령하시는 이외에 무슨 방법이 있겠소? 설혹 모이는 자가 대여섯 명에 지나지 않는다고 하더라도 그 가운데 혼자서 능히 터키 전군을 무찌를 만한 자가 없다고 말할 수는 없는 일이 아니오. 두 분 다 내가 말하는 것을 잘 듣고 내 뜻을 짐작해주시오. 20만 군대가 마치 하나의 머리를 가졌고, 혹은 적병이 모두 엿가래로 만든 것처럼 일기(一騎)의 편력 기사가 혼자서 모두 무찌른다는 것이 그리 신기한 일이라고 말하진 않을 테지. 그렇지 않다면 물어봅시다. 그런 놀라운 행적에 관한 이야기가 얼마나 많소? 나에게 있어서 분한 일은 그 이름난 돈 벨리아니스나 하다못해 아마디스 데 가울라의 그 숱한 후예라도 몇 사람 오늘날까지 살아 있지 않다는 사실이오. 만일 그들 중에 한 사람이라도 살아 있어서 터키군을 맞이했다면 제아무리 적군이라도 위험한 변을 당했을 것은 틀림없는 일이오! 그러나 하느님도 자기 백성을 버리시지 않으시고, 설혹 그 옛날의 편력 기사 같은 용장한 무사는 아니더라도 하다못해 그 의기에 있어서나마 조금도 그에 뒤지지 않는 누군가 한 사람을 지적하실 것은 틀림없소. 하느님만이 나의 뜻하는 바를 아실 테니 이 이상 아무 말도 하지 않는 게 좋겠소."

"어머, 어떡하지!" 하고 이때 조카딸이 외쳤다. "숙부님은 다시 또 슬슬 편력 기사가 될 작정이신가봐, 틀림없어요!"

이에 대해서 돈 끼호떼가 대답했다. "나는 무슨 일이 있어도 편력 기사로서 죽어야 할 사나이다. 터키군은 언제든지 마음내킬 때 아무리 강대를 자랑하더라도 쳐내려오거나 쳐올라가거나 하게 하면 되는 거다. 되풀이해서 말하지만, 하느님만이 나를 아신다."

이때 이발사가 끼여들었다.

"여러분, 내가 한 번, 세비야에서 일어났다는 짤막한 얘기를 하나 해드리죠. 여러분이 허락만 하신다면요. 이 경우와 꼭 맞는 얘기라서 들려드리고 싶군요."

돈 끼호떼가 좋다고 했으므로, 신부를 비롯해서 모두 귀를 기울였다. 그러자 이발사는 이렇게 이야기하기 시작했다.

"세비야의 정신병원에 어떤 사람이 있었는데, 이 사람은 친척들이 상궤를 벗어난 사람이라고 해서 거기에 집어넣었답니다. 오수나 대학에서 교회법(敎會法)의 학위를 받은 사람인데, 세상에서 말하기는 설혹 살라망까 대학을 나왔더라도 미치광이는 역시 틀림없는 미치광이라는 것이었지요. 그런데 이 대학을 나온 사나이는 몇 해인가의 감금 생활을 보낸 끝에, 자기는 이제 완전히 나아서 제정신을 찾았다고 스스로 생각하게 되었습니다. 그래서 이런 망상에 사로잡혀 대주교에게 탄원서를 내고는 현재 자기가 빠져 있는 이 비참한 처지에서 구출하라는 명령을 내려주십사고 부탁을 했는데, 참으로 조리 있는 문장으로 절절한 심정을 호소했습니다. 하느님의 자비로 일단 잃었던 이성도 이제 다 되찾았는데도 친척들이 자기 재산을 횡령하려고 이곳에 가두어놨을 뿐 아니라 완쾌했다는 진실을 무시하고 죽을 때까지 미치광이로 만들어두려는 생각을 하고 있다는 내용이었지요. 대주교는 몇 번이나 받은 매우 조리 있는 이 신중한 탄원서에 마음이 움직여서 측근 사제를 한 사람 불러, 그 학사의 주장이 사실인지 어떤지 정신병원 원장한테서 사정을 듣고 오는 동시에, 본인인 그 광인도 만나 이야기를 해보고 만일 제정신으로 보이거든 퇴원시켜서 자유로운 몸으로 해주라고 명령하셨습니다. 사제는 분부대로 실행했지요. 그런데 원장이 말하기를 그 사나이는 아직도 여전히 미쳐 있다, 이따금 매우 훌륭한 판단력을 갖춘 사람처럼 말을 하지만 끝에 가서는 어처구니없는 넋두리를 늘어놓는다, 그리고 말수로 보나 말의 내용으로 보나 미친 사람이 틀림없다는 것은 본인을 만나서 얘기를 나누어보면 금방 알 수 있다고 말했습니다. 사제도 그렇다면 실제로 만나볼 수밖에 없다고 생각하고 미치광이를 데리고 오게 해서 한 시간이나, 아니 그보다 더 오랜 시간 이야기를 나누어보았는데 그동안 줄곧 미치광이는 단한 번의 틀린 말도 엉터리 소리도 하지 않는 게 아니겠습니까. 그뿐 아니라 매우 점잖게 말을 했기 때문에 사제도 이쯤되면 제정신으로 돌아와 있다고 생각하지 않을 수 없었겠지요. 미치광이가 한 여러 말 가운데 이런 것이 있었습니다. 원장은 자기에게 악의를 품고 있다, 그 까닭은 '이제는 이따금 제정신을 차릴 때가 있으나 여전히 아직 진짜가 아니다' 하고 원장이 다른 사람에게 말해주는 사례로 친척들한테서 받는 뇌물을 허사로 만들고 싶지 않기 때문이라는 것이었습니다. 이 사나이가 겪고 있는 불행 가운데 가장 큰 장애는 그가 갖고 있는 큰 재산이었는데, 그 증거로 재산을 제멋대로 요리하고 싶어서 적들은 우리의 주께서 그를 축생의 도에서 인간으로 되돌아오게 해주신 자비에 일부러 눈을 감고 믿으려

하지 않는다는 것이었습니다. 간단히 말해서 그는 원장이 수상하다, 친척들은 탐욕스럽고 냉혹하다, 더욱이 자기는 버젓이 분별을 갖추고 있다고 상대편으로 하여금 믿게 했으므로, 사제는 이 사나이를 데리고 돌아가서 대주교께 만나보시게 하여 이 사건의 진상을 친히 조사하시도록 하자고 마음먹었습니다. 이렇게 굳게 마음을 정하고 정직한 사제는 원장에게, 학사가 처음 이 병원에 왔을 때 입고 있던 옷을 돌려주도록 지시해달라고 부탁했습니다. 그러나 원장은 되풀이해서 학사가 아직도 마음이 혼란한 상태에 있는 것은 의심의 여지가 없으니까 제발 조심해달라고 주의를 촉구했습니다. 그러나 원장의 이러한 주의도 경고도 사제가 광인을 데리고 가겠다는 생각을 단념시키기에는 아무런 소용도 없었습니다. 그것이 대주교의 명령이라는 것을 알았으므로 원장은 하라는 대로 학사에게 옷을 입혀주라고 지시했습니다. 그 옷은 갓 맞춘 아주 말짱한 새것이었습니다. 이윽고 광인의 옷을 벗고 보통 사람과 같은 옷으로 갈아입은 학사는 사제를 돌아보고 제발 자비로 생각하시고 여태까지 동료였던 광인들에게 작별 인사를 하러 가게 해달라고 부탁했습니다. 그러자 사제도 당신을 따라가서 이 병원에 있는 환자들을 만나보고 싶다고 말했습니다. 그래서 두 사람은 계단을 올라가고 그자리에 있던 몇 사람도 역시 그들을 따라갔습니다. 그런데 학사가 한 광포한 미치광이가 있는, 하기야 그때는 침착하고 조용히 하고 있었습니다만, 철창 앞으로 다가가서 말을 건넸습니다. '여보게 나한테 뭐 부탁할 건 없나? 나는 마침내 집으로 돌아가게 됐네. 고맙게도 하느님께서는 광대무변하신 자비로 보잘것없는 나에게 다시 본정신을 돌려주셨다네. 이제는 나도 건강하고 내 정신을 찾았네. 정말 하느님의 위력으로 보면 불가능한 일이라곤 하나도 없지. 나를 옛 상태로 돌려주셨으니, 하느님에게 큰 희망과 믿음을 바칠 작정이네. 자네도 하느님만 믿으면 본래대로 해주실 걸세. 나는 되도록 자네에게 먹을 것을 넣어줄 참이니까 어떻게든 먹도록 하게. 그런데 자네가 알아주었으면 하는 것은, 무릇 우리들의 광기는 밥통이 텅 비고 머릿속도 온통 공기만 차 있는 데서 유래하는 것이라고 나는 하나의 체험자로서 생각하고 있다는 것일세. 힘을 내게나! 응, 힘을! 역경에서 낙심하면 건강을 해치고 죽음을 부르게 된다니까 말이네!'

"이 학사의 말을 처음부터 끝까지, 그 광포성이 있는 광인의 철장 바로 맞은편의 철창 속에서 다른 광인이 듣고 있었는데, 그때까지 속옷바람으로 낡아빠진 돗자리에 누워 있다가 벌떡 일어나더니, 건강을 되찾아서 제정신이 되어 나간다는 자가 대체 누구냐고 큰 소리로 물었습니다.

"'나야, 여길 나가는 사람은 나일세. 이제 난 여기 있을 필요가 없단 말이야. 그래서 이런 광대한 은혜를 베풀어주신 하늘의 여러 신에게 무한한 감사를 드리는 걸세.'

"'말조심해라, 학사, 악마에게 속지 않도록 말이다'하고 그 광인이 대꾸했습니다. '다리를 휴식시키고 집안에 가만히 틀어박혀 있어야 할 게다. 그러면 이곳에 다시 되돌아올 수고를 덜게 될 테니까 말이다.'

"'내가 나았다는 건 나 자신이 잘 알아'하고 학사는 대답했지요. '이제는 두 번 다시 주막에서 주막으로 떠돌아다닐 필요는 없네.'

"'뭐, 네가 제정신이라구?'하고 광인이 말했습니다. '좋아, 곧 알게 되겠지. 조심해서 가거라. 그러나 말이다, 나는 주피터에게 맹세코, 그 거룩한 위업을 이 지상에서 대행하기 때문에 말한다만, 너를 이 병원에서 내주고 네가 제정신이라고 믿는 세비야가 오늘 범한 오직 이 하나의 죄로 말미암아 나는 몇천, 몇만 년이나 잊을 수 없는 형벌을 이 도시에 내리지 않으면 안된단 말이다. 알겠나? 이 가엾은 어리석은 학사야, 너는 내가 그런 것을 행할 만한 힘이 있는 줄 모르나? 그러니 이제 말한 것처럼 나는 벼락의 신 주피터란 말이다. 모든 것을 태워버리는 뇌전을 구사하고 항상 이 세계를 뒤흔들어 파괴할 수 있단 말이다. 그러나 단한 가지 벌을 이 무지한 도시에 내릴 테다. 다름이 아니라, 내 저주가 걸린 오늘 바로 이 시간부터 앞으로 3년 동안 세비야는 물론 그 주변 일대의 땅에 비를 내리지 않는다는 것이다. 너는 자유로운 몸이고 건강하고 제정신이라는데 나는 미쳤고 병들었고 묶여 있다니 말이 되나! 비가 오게 하느니 차라리 목을 매달아 죽어버릴 테다!'

"그자리에 있던 사람들은 모두 이 미치광이의 고함 소리와 말투에 귀를 기울이고 있었습니다만, 우리의 학사님은 사제를 돌아보고 그의 두 손을 잡으며 말했습니다.

"걱정하실 건 없습니다, 사제님. 이 미치광이의 말은 조금도 개의하실 것 없습니다. 이녀석이 주피터고 비를 내리고 싶지 않다면, 나는 넵튠, 다시 말해서 물의 아버지자 물의 신이니 언제나 마음내킬 때, 필요할 때 비를 내리게 해보지요."

이에 대해 사제가 대답했습니다.

"'그건 그렇지만 말이오, 넵튠, 주피터를 화나게 해서는 안되오. 당신은 이대로 당신 집에 가만히 있도록 하시오. 그러면 기회를 보아 형편이 좋고 한가할 때 모시러 올 테니까.'

"원장을 비롯해서 그자리에 있던 사람들이 웃음을 터트리고 그 웃음소리에 사제는 약간 얼굴을 붉혔습니다. 여럿이서 학사의 옷을 벗기고, 그는 철창 안에 다시 밀어넣어졌으며, 이 이야기도 이것으로 그칩니다."

"그렇군, 이발사 양반, 이 자리에 알맞으니 꼭 얘기해야 되겠다고 말씀하신 것은 바로 그 얘기였소? 헌데, 수염 깎는 이발사 양반! 체의 눈을 통해서 안 보인다는 사나이는 보통 장님이 아닌 거야! 대체 사람의 재능과 재능, 용기와 용기, 미모와 미모, 혈통과 혈통을 이것저것 비교한다는 것은 언제나 성가신 일이며, 누구나 다 싫어한다는 것쯤을 당신이 모르다니, 대체 어찌된 일이오? 이발사 양반, 나는 물의 신 넵튠도 아니고, 영리하지도 않으면서 영리한 사람으로 취급받으려고 안간힘을 쓰는 자도 아니오. 다만 편력의 기사도가 영원히 행하여지고 있던 매우 좋은 시대를 재현하려 하지 않는, 지금 미망에 빠져 있는 세상으로 하여금 다시 깨닫게 하려고 애쓰고 있을 뿐이오. 그러나 나라의 수호와 처녀들의 비호와 고아나 어린아이들의 원조와 오만한 자를 굻리는 일, 겸허한 사람들에 대한 보상을 모두 편력의 기사들이 맡아 두 어깨에 짊어지고 있던 좋은 시대가 누린 행복은, 이 오탁하기 짝이 없는 우리의 시대에는 도저히 얻을 수 없는 것이오. 지금 세상에 볼 수 있는 기사의 대다수는 몸에 두른 갑주보다 치장한 금란, 비단, 그 밖에 호화로운 천의 옷자락 스치는 소리만 요란하오. 머리 꼭대기에서 발끝까지 갑주로 무장하고 심한 풍설에도 굽힘이 없이 산야에서 자는 기사는 이제 자취를 감추었으며, 등자에서 발을 내려놓지 않고 창에 기댄 채 편력 기사가 하는 것처럼 말에 앉아 잠을 이기려고 노력하는 자도 없소. 이 숲에서 나가 저 산으로 들어가 산에서 폭풍우를 품은 파도 심한 바다의, 인기척도 없는 적적한 바닷가로 내려가서 바닷가에 노도 돛도 돛기둥도 선구조차 없이 떠 있는 조그마한 배를 발견하고, 마음에 아무런 두려움도 없이 그 배로 깊이를 모르는 바다의 사나운 파도에 몸을 맡기면, 순식간에 하늘 높이 솟아오르는가 하면 금방 심연의 밑바닥에 끌려들어가곤 하면서 맹위를 떨치는 이 폭풍에 정면으로 도전해서 어느새 자기도 깨닫지 못하는 사이에 몸은 바닷가에서 3000레구아 이상이나 떨어진 곳에 나가 있으며,

거기서 멀고 아득한 미지의 나라에 내려 양피지는 물론 청동에 새겨 길이 남길 만한 갖가지 사건을 살필 만큼의 위장부도 오늘날에는 자취를 감추고 없소. 이에 반해서 오늘날에는 근면이 나태로 변하고 덕의(德義)가 악덕에 자리를 비켜주며, 용기가 오만으로 바뀌고, 황금 시대에 편력의 기사에만 성하고 빛났던 무예의 실천 대신에 입술의 이론이 때를 만나 우쭐대고 있소. 그렇지 않다고 하신다면 질문하리다. 저 고명한 아마디스 데 가울라보다 겸손하고 용장한 자가 또 있소? 빨메린 데 잉글라떼르라보다 사려깊은 자가 또 있소? 띠란떼 엘 블랑꼬보다 도량이 넓고 재능이 있는 자가 있소? 리수아르떼 데 그레시아보다 멋있는 자가 있소? 돈 벨리아니스보다 상처를 많이 입고 많이 입힌 자가 있소? 뻬리온 데 가울라보다 대담한 자가, 펠릭스마르떼 데 이르까니아보다 위험을 개의치 않는 자가, 에스쁠란디안보다 열심인 자가 어디 있소? 돈 씨론 힐리오 데 뜨라시아보다 대담한 자가 있소? 로다몬떼보다 기개가 과격한 자가 있소? 소브리노 왕보다 신중한 자가 있소? 레이날도스보다 더 용맹한 자가 있소? 롤단보다 더한 불패의 용사가 있소? 아니, 떠르뺑 사제의 《우주지(宇宙誌)》에 의하면, 현재의 페르라라 공작 집안의 시조 루헤로보다 용감하고 예의바른 자가 있겠소? 이들 모든 기사나 그 밖에 이름을 예거해도 좋은 무사들은 신부님, 모두 기사도의 빛이라 할 수 있고 명예라 할 수 있는 편력의 기사들이었던 것이오. 그리고 이러한 사람들이야말로 내가 건의하는 사람들이오. 만일 그렇게 되는 날에는 폐하를 위해서도 크게 공훈하게 될 것이고 막대한 비용도 절약할 수 있게 될 것이며, 반면에 터키 녀석들은 수염을 쥐어뜯으며 분해할 것이오. 그건 그렇고, 나는 내 집에 머무를 참이오. 왜냐하면, 그 이야기에 나온 사제가 나를 데리러 오지 않으니 말씀이오. 그러나 만일 이발사 양반이 말씀하신 것처럼 주피터가 비를 내리게 한다면 내가 여기 있는 이상 언제든지 마음이 내킬 때 비를 내리기로 합시다. 내가 이렇게 말하는 것은 당신에게 당신의 이야기를 잘 알아들었다고 말하고 싶어서 그러는 것이오."

"아니 정말이지, 돈 끼호떼 님" 하고 이발사가 말했다. "나는 그런 뜻으로 말씀드린 게 아닙니다. 하느님께서도 힘을 빌려주소서. 난 그저 예사로 말씀드린 것이니, 제발 그렇게 화를 내지 말아주십시오."

"화를 내서 좋은지 나쁜지는 내가 잘 알고 있소" 하고 돈 끼호떼가 대답했다.

이때 신부가 입을 열었다.

"여태까지 나는 한 마디도 말하지 않았소. 그러나 지금 여기서 돈 끼호떼 님이 말씀하시는 것을 들으니 마치 긁어대는 듯한 양심의 아픔을 안고 도저히 이대로 잠자코 물러나 있을 수가 없을 것 같소."

"그뿐 아니라, 다른 일이라도, 신부님, 체면 차리실 건 없소" 하고 돈 끼호떼가 대답했다. "그러니 그 양심의 아픔을 털어내주시오. 그런 양심의 가책을 그냥 안고 있다는 것은 그다지 즐겁지 않을 것이오."

"그렇다면, 허락을 해주셨으니 말씀드리겠습니다만" 하고 신부가 시작한다. "내 마음에 걸리는 것은 즉, 돈 끼호떼 님, 당신이 예를 든 그 많은 편력의 기사가 모두 사실상 틀림없이 뼈와 살을 갖추고 살아 있었다고는 암만해도 생각할 수 없다는 것이오. 오히려 그 모두가 조작한 일이요, 잠꼬대요, 거짓말이며, 눈을 뜨고 있는 인간들, 아니 절반 졸고 있는 인간들의 꿈애기라고 생각하는 것이오."

"그것이 또한 많은 사람들이 빠져 있는 몽매란 말씀이오" 하고 돈 끼호떼가 대꾸했다. "말하자면, 그런 기사들이 일찍이 이 세상에 있었다는 것을 믿지 않는 것이오. 그래서 나는 몇 번이나 여러 사람들에게 여러 기회에, 이 거의 공통적인 몽매를 진리의 빛 속으로 끌어내려고 노력했었소. 그리하여 어떤 때는 내 뜻이 이루어지지 않은 일도 있었으나, 어떤 때는 진실이라는 어깨 위에 지지를 받아 뜻대로 된 적도 있었소. 그 진실이라는 것이 참으로 확실한 것이어서, 나는 이 눈으로 직접 아마디스 데 가울라를 보았다고 말해도 상관없을 정도인데, 그 사람은 키가 크고, 흰 얼굴에 참으로 훌륭한 검은 수염을 길렀으며, 부드럽지만 어딘가 엄한 눈초리에 말이 없고 좀처럼 화를 내지 않으며, 화를 내더라도 금방 씻어버리는 사나이였다오. 이 아마디스의 풍모를 묘사한 이런 방법으로 세상의 이야기에 나오는 모든 편력 기사들의 모습을 묘사할 수 있을 것 같소. 왜냐하면, 그들의 실록이 전하는 대로 그들이 어떤 인물이었는지, 내가 가진 인식에 입각해서, 또 그들이 세운 공훈이나 그들의 사람됨에 입각해서 그들의 풍모도 얼굴빛도 몸매도 매우 정확하게 짐작할 수 있기 때문이오."

"그렇다면, 돈 끼호떼 님. 그 거인 모르간떼는 얼마나 컸다고 생각하십니까?" 하고 이발사가 물었다.

"거인들에 대해서는" 하고 돈 끼호떼가 대답했다. "대체 그들이 실제로 있었는지 없었는지 여러 가지 의견이 있지만 조금도 진실에 어긋날 수 없는 성서가 그 엄청나게 큰 블레셋 사람 골리앗의 이야기를 전함으로써 틀림없이 거인들이 존재했다는 것을 가르치고 있소. 키가 7큐빗 반이나 되었다니 정말 어처구니없이 크다고 할 수 있소. 또 시칠리아섬에서 엄청나게 큰 정강이뼈와 어깨뼈가 발견되었는데, 그 크기로 보아서 뼈의 주인이 거인이었으며 탑처럼 큰 놈이었다는 것은 분명한 일이오. 왜냐하면 기하학이 이 사실을 의심할 여지 없는 것으로 만들고 있기 때문이오. 그러나 그런데도 불구하고 모르간떼가 얼마나 컸는지 나도 자신 있게 확답할 수 없소. 그리 큰 키는 아니었을 것으로 짐작되오만. 내가 이런 견해를 갖게 된 데는 이야기 속에서 그 거인의 활동을 조사한 대목에서 이따금 그가 지붕 밑에서 잠잤다는 것을 발견했기 때문이오. 왜냐하면 몸을 집어넣을 집이 있었다면 그자의 크기가 그렇게 엄청나지 않았다는 것이 분명하기 때문이오.”

“과연 그렇군” 하고 신부가 말했다.

신부는 이러한 어처구니없는 잠꼬대를 듣고 즐거워져서 레이날도스 데 몬딸반, 돈 롤단, 그 밖의 프랑스의 열두 귀족의 용모에 대해서 어떻게 생각하느냐고 물었다. 그것은 열두 귀족이 모두 편력 기사들이었기 때문이다.

“레이날도스에 대해서는” 하고 돈 끼호떼가 대답했다. “얼굴이 넓고 붉었으며, 끊임없이 움직이는 약간 튀어나온 눈, 괴팍스럽고 화를 너무 잘 내며, 도둑이나 불한당들과 교제한 사나이라고 말하고 싶소. 롤단은 로똘란도 또는 오를란도, 이 세 가지 이름으로 역사에서는 부르고 있는데 키는 크지도 작지도 않고, 어깻죽지는 넓으며, 다리를 약간 벌리고 걷는 버릇이 있었고 거무죽죽한 얼굴에 수염은 붉었으며, 온몸에 털이 숭숭 나 있고 눈초리는 사납고 말은 적지만 매우 태도가 부드럽고 예의 바른 사나이였다는 것이 내 의견이기도 하고 또한 확신하는 바요.”

“만일 롤단이 당신 말씀처럼 호남아가 아니었다면” 하고 신부가 받았다. “미녀 안젤리까가 그를 무시하고 수염이 겨우 나기 시작한 무어의 젊은이가 아마 갖추고 있었을 것이 틀림없는 화려하고 멋있고 고상한 남자다움에 눈을 돌려 그에게 몸을 맡긴 것도 이상할 것이 없으며 억세게 생긴 롤단보다 부드러운 메도로에게 넋을 잃은 것도 현명한 태도였던 셈이구려.”

"그 안젤리까는 말씀이오, 신부님" 하고 돈 끼호떼가 대답했다. "경박하고 엉덩이가 가볍고, 약간 변덕스러운 여자였소. 그러니 아름답다는 소문 못지않게 처치 곤란한 거동으로 세상을 깜짝 놀라게 했던 것이오. 천 명의 귀공자, 천 명의 용사, 천 명의 지혜 있는 자들을 뿌리치고 친구에게 바친 우정으로 하여 의가 두텁다는 별명을 빼놓으면 재산도 없고 명성도 없는 허여멀건한 시동 같은 사나이로 만족했으니 말이오. 이 여성의 미모를 노래한 그 이름 높은 대시인 아리오스또도, 이 여자의 천한 몸가짐 뒤에 일어난 일이 그다지 순결하지 않았기 때문이겠지만, 그것을 노래할 용기가 없었던지 혹은 노래할 기분이 안 났던지,

> 어떻게 까따이의 왕위에 올랐는지는
> 나보다 슬기롭게 노래할 이 있으리라.

하고 노래하고는 이 여성에 관한 것은 그대로 포기하고 말았다오. 더욱이 이것이 틀림없는 예언이 된 것이오. 왜냐하면 시인을 바떼라고 부르는데, 이것은 점쟁이를 뜻하기 때문이오. 이 사실은 뚜렷하오. 그 증거로 그 후 안달루시아의 어느 유명한 시인이 그 여성의 눈물을 울면서 노래했고, 다른 또 유명한 희대의 시인도 이 여성의 미모를 노래하고 있기 때문이오."

이때 이발사가 끼여들었다.

"돈 끼호떼 님, 그렇게 칭찬한 많은 사람들 가운데서 한 사람쯤은 안젤리까 공주를 풍자한 시인이 있을 법도 한데요. 있었다면 가르쳐주십시오."

"글쎄" 하고 돈 끼호떼가 대답했다. "만일 사끄리빤떼나 롤단이 시인이었다면 아마 이 여자를 마구 깎아내렸을 것이라고 나는 생각하오. 왜냐하면, 정말이지 노골적으로든 은밀하게든 그리워하는 여성으로 고른 귀부인으로부터 냉정한 대우를 받거나 거절을 당하거나 한 시인에게 있어서는, 그야 확실히 마음 넓은 사람들에게는 있을 수 없는 복수임에 틀림없지만, 풍자문이나 중상으로 앙갚음을 하는 것은 흔히 있을 수 있는 자연스러운 일이기 때문이오. 그러나, 세상을 뒤집을 만한 소란을 불러일으킨 안젤리까 공주를 중상하는 시구가 여태까지는 아직 내 눈에 띄지 않았소."

"기적이군!" 하고 신부가 말한다.

마침 그때 아까부터 그자리에서 빠져나가 있던 가정부와 조카딸이 안 마당에서 큰 소리로 외치는 소리가 들려 사람들은 일제히 그쪽으로 달려 갔다.

제 2 장

여기서는 산초 빤사가 돈 끼호떼의 조카딸과 가정부를 상대로 한 주목할 만 한 다툼과 그 밖의 우스꽝스러운 여러 가지 일을 다룬다.

실록이 전하는 바에 의하면 돈 끼호떼와 신부와 이발사가 들은 것은 조카딸과 가정부가 산초 빤사에게 큰 소리로 퍼붓고 있는 욕설이었다. 산초가 돈 끼호떼를 만나러 들어가려는 것을 그들이 입구에서 막고 있는 것이다.

"이 건달은 무슨 볼일로 이 집에 왔을까? 자기 집으로 냉큼 돌아가 요. 우리 집 주인 어른을 꼬셔서 교묘히 아첨해가지고 근처 야산으로 끌 고 나간 것이 바로 당신이지?"

이에 대해 산초가 대답했다.

"이 도깨비 할망구 같으니라구! 꼬임에 넘어가 끌려나가서 근처 야산 을 헤매다닌 건 바로 나야. 주인 양반이 아니란 말야. 주인 양반이야말 로 나를 여기저기 끌고 다녔단 말야. 당신들은 어처구니없는 오해를 하 고 있군그래. 나리가 나를 꼬셔서 집에서 끌고 나가신 거야. 섬을 하나 준다는 약속이었는데 여지껏 목이 빠지도록 기다리게만 하고 있잖아."

"그 빌어먹을 섬에서 죽을 변이나 당하라지, 이 바보 산초야!" 하고 조카딸이 대꾸했다. "섬이라니, 대체 뭘 말하는 거야? 뭔가 먹는 거겠 지, 게걸스러운 먹보니까."

"먹는 게 아니라오" 하고 산초가 대답했다. "다스리고 재판을 하는 것 이지. 여기저기 흔해빠진 도회지보다도, 여기저기 흔해빠진 재판소의 판 사보다도 더 잘 말야."

"그렇다고 해서" 하고 가정부가 말했다. "좋지 못한 꿍심으로 가득 찬 걸식 보따리를 여기서 안으로 들여놓을 순 없어요. 자기 집이나 다스리고 자기 밭이나 갈러 가는 게 좋을 거야. 섬인지 선인지 모르지만 그런 걸 욕심내는 건 이제 그만둬요."

신부와 이발사는 세 사람이 주고받는 말을 듣고 그만 재미있어졌다. 그러나 돈 끼호떼는 산초가 속 검은 넋두리를 마구 지껄여서 자기의 신용에 관계되는 일까지 꺼내지 않을까 걱정이 되어 그들을 불러 두 여자의 입을 다물게 하고 산초를 안에 들여보내라고 말했다. 산초가 들어오자 신부와 이발사는 돈 끼호떼와 작별을 했으나, 그가 얼마나 어처구니 없는 생각에 사로잡혀 있는가, 또 하찮은 편력 기사도에 관한 어리석은 이야기에 넋을 잃고 있는가 목격했기 때문에 그의 건강 회복에 완전히 실망하고 말았다. 그래서 신부는 이발사를 돌아보고 말했다.

"어떻소, 이발사 양반, 이건 잘못하다간 우리 귀족 나리께서 다시 슬슬 뛰쳐나가게 생겼는걸."

"그건 나도 의심치 않습니다" 하고 이발사가 말했다. "기사님의 광태도 놀랍지만 그 종자의 순진성에 비하면 문제도 되지 않는군요. 그 때문에 아무리 험한 꼴을 당하더라도 저녀석 머릿속에서 그 생각을 지울 수는 없을 것 같은데요."

"하느님께서 고쳐주시도록 기도합시다" 하고 신부가 말했다. "그리고 우리는 마음을 놓지 말고 감시해야겠소. 기사와 종자의 잠꼬대가 어떻게 엮어져나가는지 두고 보기로 합시다. 두 사람이 다 똑같은 틀[型]에서 만들어낸 인간으로밖에 보이지 않고, 주인공의 광태도 종자의 어리석은 행동 없이는 한 푼의 가치도 없으니까."

"정말입니다" 하고 이발사가 대꾸했다. "그건 그렇다 치더라도, 두 사람이 지금쯤 무슨 말을 하고 있는지 알고 싶군요."

"그건 걱정없소" 하고 신부가 대답했다. "조카딸과 가정부가 나중에 틀림없이 알려줄 테니까. 두 사람 다 듣지 않고 견딜 수 있는 사람들이 아니거든."

한편 돈 끼호떼는 산초와 함께 방안에 있었다. 두 사람만 남게 되자 곧 돈 끼호떼는 말했다.

"산초, 그대는 내가 집에 가만히 있지 않았다는 것을 잘 알고 있으면서 그대를 집에서 끌어낸 것이 나라고 했고 지금도 그렇게 말할 작정이겠지만, 그건 나로선 매우 난처한 말이다. 나와 그대는 함께 집을 나갔고, 같이 걸었으며, 더불어 편력을 했다. 같은 운명, 같은 숙명에 두 사람은 묶여 있는 거다. 사실 그대가 한 번이라면 나는 100번이나 얻어맞고 두들겨맞고 하지 않았느냐? 그 점에서도 내가 위지."

"그건 당연합니다요" 하고 산초가 대답했다. "나리께서 말씀하신 대로 원래 재난이라는 것은 종자보다 편력의 기사를 따라다닌다고 하잖습니까요."

"그것은 그대의 잘못이다, 산초" 하고 돈 끼호떼가 말했다. "그 왜 quando caput dolet(머리가 아플 때는)……운운 하는 속담도 있잖느냐."

"저는 우리나라 말밖에 모릅니다요" 하고 산초가 말했다.

"다시 말해서" 하고 돈 끼호떼가 말했다. "머리가 아플 때는 몸의 그 밖의 부분도 모두 아프다는 말이다. 그래서 나는 주인이자 주군이니까, 즉 그대의 머리야. 그대는 나의 부하니까, 다시 말해서 나의 몸의 일부니라. 이 도리에 따르면 머리에 일어나는 아니, 앞으로 일어날지도 모를 재난은 그대에게 쓰라릴 것이고, 그대의 재난은 나에게도 쓰라린 일이 될 것이다."

"그렇잖으면 안됩니다요" 하고 산초가 대꾸했다. "손과 발이 머리의 아픔을 나누어가져야 한다면 머리 쪽에서도 수족의 재앙을 함께 괴로워해야 될 게 아닙니까요."

"산초, 그대는 지금!" 하고 돈 끼호떼가 받았다. "그대가 담요 키질을 당했을 때 내가 괴로워하지 않았다고 말하고 싶은 게로구나? 만일 그렇다면 말하지 않는 편이 좋고 속으로도 생각지 않는 편이 낫다. 나는 그때 속으로 그대가 당한 것보다 훨씬 심한 고통을 느끼고 있었으니 말이야 그러나 이에 관해서는 언젠가 충분히 의견을 나누어서 정당하게 평가할 때도 있을 테니까, 지금은 당분간 이대로 접어두기로 하자. 그런데 나의 벗 산초여, 말 좀 해주지 않겠느냐. 이 마을 사람들은 대체 나에 대해서 뭐라고들 말하고 있느냐? 아랫사람들의 평판은 어떠하며, 시골 귀족들과 기사들의 의견은 또한 어떻더냐? 나의 용기에 대해서는 뭐라고들 말하고 나의 공적, 나의 범절에 대해서는 무슨 말들을 하고 있느냐? 이미 다 잊혀진 기사도를 다시 세상에 소생시키기 위해 내가 손을 댄 이 일에 대해서 뭐라고들 말하고 있더냐? 요컨대, 산초여, 이 일에 관해서 그대가 들은 말들을 내게 얘기해주면 좋겠단 말이다. 특히 좋은 일이니까 덧붙이고 나쁜 것이니까 깎거나 하지 말고 얘기해주어야 한다. 아첨하느라고 덧붙이거나 쓸데없는 배려로 적당히 줄이거나 하지 말고 사실을 있는 그대로 주군에게 아뢰는 것이 충신의 도리니라. 그래서, 산초, 그대에게 가르쳐둘 것은, 만일 사실이 아부와 아첨의 옷을 입지 않고 벌거벗은 채 왕공들의 귀에 들어갔다면 옛날의 역사는 전혀 달라졌을 것이다. 과거의 세기는 우리의 세기보다 훨씬 철의 시대로 간주되고 있었던 모양이다. 왜냐하면, 지금 우리가 사는 시대를 황금 시대라고 생각하기 때문이다. 이 경구를 마음에 새기고 내가 그대에게 한 질문에 대해 그대가 알고 있는 갖가지 진실 모두를 신중하고 정직하게 내게 일러주면 좋겠다."

"그건 기꺼이 하겠습니다요, 나리" 하고 산초가 대답했다. "그러나 말씀입니다요. 다만, 제 말에 화를 내지 말아주십사고 부탁드려두겠습니다요. 제가 들은 것을 솔직하게, 들은 대로 아무 옷도 입히지 않고 얘기하라는 말씀이시니까 말씀입니다요."

"결코 나는 화를 내지 않겠다" 하고 돈 끼호떼는 대답했다. "산초, 그대는 아주 자유롭게, 변죽 울리지 말고 말해야 한다."

"그러시다면 먼저 말씀드리겠습니다요만" 하고 말하기 시작했다. "아랫사람들은 나리를 기가 차는 미치광이로 보고 저는 그에 못지않는 천치라고 생각하고 있습니다요. 시골의 귀족님들은 나리께서 시골 귀족의 신분에 만족하지 못하여 제멋대로 '돈'이라는 칭호를 달고, 4그루나 될까 말까 하는 포도나무와 2에이커의 밭을 가지고 누더기를 앞뒤로 너절하게 달고 있는 주제에 제법 기사입네 하는 얼굴을 하더라고 말하고 있습니다요. 기사님들은 기사님들대로 시골 귀족들이, 특히 구두에 그을음을 칠하거나 검은 양말 구멍을 초록 비단실로 깁거나 하는 종자와 하등 다를 바 없는 시골 귀족들이 자기들에게 대항한다는 것은 천만부당한 일이라고 못마땅해하고 있습니다요."

"그것은 나완 관계없는 일이다" 하고 돈 끼호떼가 말했다. "나는 항상 단정한 복장을 하고 있으며 기운 것은 몸에 걸친 적이 없으니까. 터진 곳은 있을지 모르지만 그것도 낡았기 때문이 아니라 갑주 제구 때문에 터진 게다."

"그러구 또, 나리의 용기라든지, 범절이라든지, 명성이라든지, 큰일에 대해서는 평판이 갖가지입니다요" 하고 산초는 말을 잇는다. "'미치광이지만 귀여운 데가 있다'고 말하는 자도 있고, '용감하나 운이 나쁘다'고 말하는 자도 있으며, '범절은 알지만 성급하다'고 말하는 자도 있어서 요즘은 이러쿵저러쿵 말들이 많고 나리도 나도 온전한 뼈 한 개 남지 못할 지경입니다요."

"알겠느냐, 산초" 하고 돈 끼호떼가 말했다. "덕이라는 것은 최고도에 달하면 어디서나 박해를 받게 마련이니라. 옛날의 이름 높은 인물로서 악의에 의한 중상모략을 받지 않은 사람은 거의 없다. 아니, 한 사람도 없다. 율리우스 카이사르는 의기왕성하고 사려가 깊으며 용맹무쌍한 장군이었으나 야심가로 지목되고 복장이나 몸가짐에 있어서도 좀 깨끗치 못하다는 말을 들었다. 알렉산더는 그 위업으로 대제(大帝)라고 일컬어 졌으나 약간 주정쟁이 기미가 있었다고 한다. 수없는 노고를 거듭한 헤르쿨레스에 대해서도 호색이자 일락에 빠져 있었다고 전해지고 있다. 아마디스 데 가울라의 아우 돈 갈라오르는 지나치게 싸움을 좋아했다는 욕을 들었으며, 또 형 아마디스는 겁약했다고들 말하고 있다. 그러니 산초여! 뛰어난 사람들에 대한 이런 중상에 대해서 무어 그리 신경을 쓸 것은 없다. 그대가 지껄인 욕설보다 더 심하지 않았다면 말이다."

"그게 그렇게 되지 않습니다요, 정말이지!" 하고 산초가 대답했다.

"그렇다면 또 있단 말이냐?" 하고 돈 끼호떼가 묻는다.

"아직도 그 긴요한 꽁지의 껍질도 벗어지지 않았습니다요" 하고 산초가 말했다. "여태까지 것은 달콤한 과자나 색깔을 칠한 빵 같은 것입니다요. 하지만 나리가 들으시는 터무니없는 욕설을 깡그리 다 아시고 싶다면 그야말로 무엇 하나 남기지 않고 죄다 얘기해줄 사람을 당장 이 자리에 데려오겠습니다요. 간밤에 바르똘로메 까르라스꼬의 아들로 살라망까에 공부하러 가서 석사가 되어 돌아온 사람에게 제가 인사를 하러 갔더니 나리의 전기(傳記)가 《재지 넘치는 시골 귀족 돈 끼호떼 데 라만차》라는 제목으로 책이 되어 나와 있다고 했습니다요. 그러구 저에 관해서도 산초 빤사라는 진짜 이름으로 나오고 둘씨네아 델 또보소 공주에 관해서도 나리와 제가 주고받은 여러 가지 말과 함께 나온다고 합디다요만, 저는 그것을 쓴 작가가 어떻게 해서 그런 것까지 다 알게 되었는지 정말 놀라워서 성호를 다 그었습니다요."

"나는 장담할 수 있다만, 산초" 하고 돈 끼호떼가 말했다. "우리 이야기의 작자는 아마 마법을 쓰는 현인이 틀림없을 게다. 그런 사람들은 쓰고 싶다고 생각하기만 하면 꿰뚫어 보이지 않는 일이 없으니까."

"저런, 저런!" 하고 산초가 말했다. "현인이고 동시에 마법사라는 것도 있습니까요? 하지만 석사 삼손 까르라스꼬, 아까 말씀드린 그 사람의 이름입니다요, 이 사람의 얘기를 들어보면 그 책의 저자는 씨데 아메떼 베렝헤나라던가 뭐라던가 합디다요."

"그건 무어인의 이름이 아니냐."

"그렇습니다요" 하고 산초가 대답했다. "어디 가나 무어인은 가지 (베렝헤나)를 굉장히 좋아한다는 말을 듣고 있습니다요."

"그대는 암만해도 그 '씨데'라는 덧붙이는 이름을 잘못 알고 있는 것 같구나. 그것은 아라비아 말로 '주군(主君)'이라는 뜻이거든."

"그런지도 모르겠습니다요" 하고 산초가 대답했다. "하지만 만일 나리께서 그 석사를 이리 데려오라고 하신다면 얼른 달려가서 불러오겠습니다요."

"그렇게 해준다면 더 기쁠 것이 없겠구나" 하고 돈 끼호떼는 말했다. "나는 그대의 말을 듣고 슬그머니 걱정이 된다. 죄다 들어보지 않고는 무엇을 입에 넣어도 맛을 알지 못하겠구나."

"그럼, 불러오겠습니다요" 하고 산초가 대답했다.

그리고 주인을 뒤에 남겨놓고 석사를 데리러 나갔는데 한참 있더니 그 사람과 함께 돌아왔다. 그리하여 세 사람 사이에는 실로 즐거운 대화가 나누어진다.

제 3 장

돈 끼호떼, 산초 빤사 그리고 석사 삼손 까르라스꼬 사이에 오고간 우스꽝스러운 논의에 대해서.

돈 끼호떼는 산초가 말한 것처럼 책에 씌어 있는 자기 자신의 평판을 들으려고 석사 까르라스꼬를 기다리면서 깊은 생각에 잠기고 말았다. 그런 이야기가 존재한다는 것이 아무래도 납득할 수 없었기 때문이다. 왜냐하면 자기가 무찌른 적의 피가 아직도 칼날에 마르지도 않았는데 자기의 기사도에 관한 수많은 위업을 활자로 만들고자 한 사람들이 있었다니 말이다. 그러나 어느 곳에 사는 적이나 혹은 이쪽 편의 현인이 환술(幻術)의 힘으로 그것을 인쇄시켰겠지, 만일 이쪽 편이라면 그 위업을 크게 찬양하여 오늘날까지 편력의 기사들이 이룩한 것 가운데서 가장 혁혁한 공적의 하나로 평가하자는 의도일 것이고, 만일 적이라면 그 공훈을 되도록 깎아내려 어느 보잘것 없는 종자에 관해서 씌어진 천하기 짝이 없는 소업의 하위에다 떨어뜨리려고 한 것이겠지 하고 상상했다. 그런데 종자의 업적이 책에 씌어진 일은 한 번도 없다고 속으로 생각했다. 그렇다 치더라도, 만일 그런 이야기가 사실 있다면 그것은 편력의 기사를 다룬 것이니 필연적으로 격조 높고 숭고하고 유례없이 호장하며 참된 것이어야 한다, 이렇게 생각하니 약간 위안이 되었다. 그러나 그 '씨데'라는 칭호에서 미루어 작자는 무어인이다, 무어인에게는 진실 따위를 조금도 기대할 수 없다, 왜냐하면 그들은 모두 기만가자 거짓말쟁이며 엉터리를 좋아하기 때문이다, 이렇게 생각하니 재미없어졌다. 자기의 그리운 정이 조금이라도 음란하게 다루어져서, 자기가 그리워하는 둘씨네아 델 또보소 공주의 순결을 더럽히지나 않았을까, 하고 걱정이 되었다. 자기가 자연스러운 충동의 발작을 억제하고 왕비도 황후도 모든 신분의 처녀들도 모두 물리치고 오로지 공주에게 바친 성실과 순정이 뚜렷하게 표현되어 있기를 바랐다. 이렇게 이것저것 잇따라 떠오르는 공상에 휘말려 넋을 잃고 있는데 산초와 까르라스꼬가 나타났다. 돈 끼호떼는 매우 정중하게 새로운 객을 맞았다.

이 석사는 삼손이라는 이름이었으며, 그다지 몸집이 큰 사나이는 아니었다. 그리고 매우 사람이 짓궂었다. 얼굴빛은 맑지 않았으나 제법 예리한 두뇌를 갖고 있었다. 많아야 스물네 살 정도, 둥근 얼굴에 안장코, 게다가 입이 커서 모두 짓궂은 해학과 우스개를 무척 좋아하는 성질을 나타내고 있었는데, 그 증거로 돈 끼호떼의 모습을 보자마자 그 앞에 무릎을 꿇고 말하는 것이었다.

"돈 끼호떼 데 라 만차 님, 제발 제가 그 손에 입맞출 수 있게 허락해 주십시오. 저는 하급의 네 가지 품급밖에 누리지 못하고 있습니다만 지금 몸에 걸친 성 베드로의 법의(당시의 수도사와 신학
생들이 입고 있던 법의)를 두고 말씀드립니다. 당신이야말로 이 지구 전역에 걸쳐 과거 미래를 통해서 존재한 가장 고귀한 편력 기사의 한 분으로 알아모시겠습니다. 당신의 이야기를 저술해서 남겨놓은 씨데 아메떼 베넨헬리에게 복 있으라. 그보다 널리 세상 사람들을 즐겁게 해주기 위해 그것을 아라비아 말에서 까스띠야의 속어로 옮기는 수고를 아끼지 않은 기특한 인물에게 복 있으라."

돈 끼호떼는 그를 일어나게 하고 말했다.

"그러고 보면 나에 관한 얘기가 있다는 것은 사실이구려, 그것을 쓴 사람이 무어의 현인이라는 것도?"

"그것은 사실일 정도가 아니라" 하고 삼손이 대답했다. "방금 말씀드린 얘기는 이미 오늘날 1만 2000부 이상이 출간된 것으로 알고 있습니다. 만일 못 믿으시겠거든 그 책이 인쇄된 포르투갈, 바로셀로나, 발렌시아에 가서 물어보십시오. 그리고 안트워프에서도 지금 인쇄중이라는 소문이 들립니다. 그러니까 그것을 번역하지 않는 나라나 언어가 있을 까닭이 없다고 나는 생각합니다."

그때 돈 끼호떼가 말했다.

"덕이 높고 뛰어난 인물에게 무엇보다도 큰 기쁨을 줄 것이 틀림없는 모든 일 가운데 하나는 아직 살아 있는 동안에 인쇄되고 출판되어 세상 사람들의 입에 그 아름다운 이름이 찬양받는 몸이 되는 일이오. 내가 '아름다운 이름을 찬양받는다'라고 말한 것은 그와 반대의 경우라면 그야말로 어떤 횡사를 하거나 죽는 편이 낫기 때문이오."

"드높은 영예, 아름다운 이름이라는 점에 있어서는" 하고 석사가 가로막았다. "당신은 모든 편력 기사들의 영예를 독차지하고 계십니다. 왜냐하면 당신의 늠름함, 위험에 대처할 때의 대담 무쌍함, 역경에서의 참을성, 비운에도 상처에도 굽히지 않는 꿋꿋함, 나아가서는 당신과 공주 도냐 둘씨네아 델 또보소와의 그 플라토닉한 연애의 깨끗함과 불변함 등을 무어의 현자와 그리스도 교도인 작자가 각자의 말로써 생생하게 눈으로 보는 것처럼 그려주었기 때문입니다."

"전 여태까지 한 번도" 하고 이때 산초 빤사가 끼여들었다. "우리 둘씨네아 님을 도냐 칭호로 부르는 것을 들은 적이 없습니다요. 그저 둘씨네아 델 또보소 공주라고만 부를 뿐이었지요. 그러니 여기서 벌써 그 얘기는 틀려 들어가고 있습니다요."

"그것은 그리 대단한 이론이 아니야" 하고 까르라스꼬가 대꾸했다.

"그건 그렇소" 하고 돈 끼호떼가 받았다. "그러나 석사님, 그 책에서는 내가 세운 무훈 가운데서 어느 것이 가장 중요시되고 있는지 말씀해 주시지 않겠소?"

"거기에 대해서는" 하고 석사가 대답했다. "저마다 사람들의 취미가 다르듯이 여러 가지 주장이 있습니다. 당신 눈에 브리아레오나 그 밖의 거인으로 비친 방앗간의 풍차의 모험이 제일이라는 자도 있고, 나중에 두 무리 양떼로 변한 두 군대에 관한 대목이 제일 좋다는 자가 있는가 하면, 매장하기 위해 세고비아로 운반되어가는 시체의 모험을 칭찬하는 자도 있습니다. 갤리선으로 끌려가는 죄수를 해방시킨 대목이 모든 모험 중에서 가장 뛰어나다고 한 사람이 말하면, 용감한 비스까야인과의 싸움을 포함해서 성 베네딕뜨파 두 거인의 모험에 비길 만한 것은 없다고 한 쪽에선 말하는 형편입니다."

"잠깐, 석사님"하고 이때 산초가 끼여들었다. "거기엔 양구에스의 마바리꾼들과 벌인 모험은 나와 있습디까요. 그 왜 우리 마음 좋은 로시난떼가 이상한 기분을 일으켰을 때 일 말입니다요."

"현자의 잉크병에는 무엇 하나 남아 있는 것이 없다네"하고 삼손이 대답했다. "모든 것이 깡그리 기록되고 적혀 있으니까, 멋있는 사나이 산초가 담요 안에서 폴짝폴짝 뛴 사건까지도 말이지."

"나는 담요 안에서 폴짝폴짝 뛰진 않았습디요"하고 산초가 대답했다. "그야 공중에서는 뛰었지만요, 신물이 나도록 말입니다요."

"내가 짐작건대"하고 돈 끼호떼가 말했다. "모름지기 이 세상 인간의 역사 중에 부침(浮沈)이 없는 것이 없으나 기사도를 주제로 한 것은 그 중에서도 가장 심한 것이오. 그런 것이 경하스러운 무운으로만 가득 찬다는 것은 있을 수 없는 일일 것이오."

"그건 그렇지만"하고 석사가 대답했다. "이야기를 읽는 사람들 가운데는, 여기저기서 일어난 결전 중에 돈 끼호떼 님이 당한 그 수없는 곤봉 세례를 작가가 얼마간 잊어주었더라면 좋았을 것을, 하고 말하는 사람도 있습니다."

"거기에 얘기의 진실이 있는 게로군요"하고 산초가 말했다.

"공정을 기한다는 점에서도 그런 것은 묵살해도 좋았을 텐데"하고 돈 끼호떼가 말했다. "왜냐하면, 별로 이야기의 진실을 바꾼 것도 아니고 고치는 것도 아닌 그러한 사건들은 그것이 주인공의 명예를 해칠 경우에는 굳이 쓸 필요가 조금도 없기 때문이다. 아에네아스는 베르길리우스가 묘사한 것처럼 인정 많은 사나이도 아니었고, 오딧세우스도 호메로스가 쓴 것처럼 지모에 뛰어나지는 않았다는 게 확실하거든."

"그건 그렇습니다"하고 삼손이 대답했다. "하지만 시인으로서 붓을 잡는 것과 사가로서 서술하는 것과는 다른 것입니다. 시인은 사실을 있

는 그대로가 아니라 이러했더라면 하는 식으로 묘사하거나 읊어도 상관
없습니다. 그러나 역사가 되면 이러했더라면이 아니라 이러했다고 진실
을 아무것도 보태지도 줄이지도 않고 쓰지 않으면 안되는 것입니다."

"그렇다면 그 무어 양반이 굳이 진실을 쓰려고 고집을 부렸다면 말씀
이죠" 하고 산초가 참견했다. "그럼 나리께서 당하신 빗발치는 곤봉의
사이사이에 내가 받은 곤봉의 빗발도 나오겠습니다요. 나리가 등을 두들
겨맞고 있을 때 나는 온몸을 사정없이 두들겨맞지 않은 적이 없었으니까
말입니다요. 하지만 별로 놀랄 건 없습니다요. 나리께서 말씀하신 것처
럼 머리의 아픔은 수족도 함께 나누어야 하니까 말씀입니다요."

"약은 녀석이다, 산초는" 하고 돈 끼호떼가 응수했다. "정말이지, 그
대는 자기가 기억해두고 싶은 일이 있을 때는 결코 잊지 않거든."

"실컷 얻어맞은 몽둥이를 암만 잊으려 해도" 하고 산초가 대답했다.
"옆구리에 아직도 뚜렷이 남아 있는 이 시커먼 멍울이 허락해주지 않습
니다요."

"닥쳐라, 산초" 하고 돈 끼호떼가 말했다. "그리고 석사님의 얘기를
방해해선 안된다. 나는 이분이 책에 씌어 있는 나에 대한 이야기를 죄다
말씀해주시기를 기대하고 있으니 말이다."

"겸해서 저에 관한 일도 말씀입니다요" 하고 산초가 받았다. "들어보
니 저도 역시 그 얘기의 주요한 인생이 아닙니까요."

"인생이 아니라 인물이야, 산초" 하고 삼손이 말했다.

"이런, 또 남의 말 고치기 좋아하는 양반이 나타났나?" 하고 산초가
대꾸한다. "그런 일이나 실컷 하고 계시구랴, 당신도 끝장이 안 날 테니
까."

"당신이 이 얘기의 부주인공이라는 말이 틀린다면, 나는 하느님께 어
떤 벌을 받아도 상관없다고 하겠어" 하고 석사가 대답했다. "게다가 이
야기 전체 중에서 가장 현명한 인물의 말보다도 당신이 지껄이는 것을
듣는 편이 훨씬 재미있다고 말하는 사람도 있지. 하기야 여기 계시는 돈
끼호떼 님이 약속하신 섬을 다스린다는 일을 사실 그렇게 될 것으로 믿
고 있는 대목은 당신치고는 너무 순진하다고 말하는 사람도 있지만."

"아직도 해는 서쪽 담 위에 있다는 말도 있지 않느냐" 하고 돈 끼호떼
가 말했다. "좀더 나이를 먹고 말이다, 산초, 나이와 더불어 경험을 쌓
으면 영주가 되는 데도 현재보다 더 적합하고 더 수완도 늘 것이 틀림없

지 않으냐."

"아닙니다요, 나리" 하고 산초가 응했다. "지금 제 나이로 다스릴 수 없는 섬이라면 설령 마뚜살렌(므두셀라. 969세까지 살았다는 노아의 조부(祖父))의 나이가 되더라도 다스릴 수 있을 까닭이 없습니다요. 곤란한 것은 태평스레 딴짓을 하며 시간을 보내다가 그 섬이 어디 있는지 알지 못하게 되는 일이지 제가 다스릴 만한 재간이 있고 없고가 아닙니다요."

"하느님께 기원을 드리는 수밖에 없구나, 산초" 하고 돈 끼호떼가 말했다. "그러면 만사가 잘 되고, 아니 아마도 그대가 생각하고 있는 것보다 더 잘 될지도 모르지 않느냐. 하느님의 뜻이 아니면 나뭇잎 하나 움직이지 않는 법이니라."

"그건 사실입니다" 하고 삼손이 끼여든다. "만일 하느님이 그렇게 생각하신다면 1000개의 섬이라도 산초로 하여금 다스리게 하실 것입니다. 하물며 섬 하나쯤 문제도 되지 않지요."

"영주라는 것을 여기저기서 여럿 보아왔지만 말입니다요" 하고 산초가 말했다. "암만 봐도 내 신바닥에도 미치지 못할 인간들이 '각하' 소리를 들으면서 은그릇으로 음식을 먹고 있단 말입니다요."

"그런 인간들은 섬의 영주가 아니야" 하고 삼손이 응했다. "좀더 다스리기 쉬운 다른 곳의 영주겠지. 섬을 다스리는 영주라면 적어도 그라마띠까(문법)쯤은 알고 있어야 하거든."

"나도 그라마(갯보리의 일종)라면 잘 알고 있습니다요" 하고 산초가 말했다. "하지만 띠까는 상관하고 싶지 않군요. 원체 뭐가 뭔지 알 수가 있어야지요. 하지만 영주에 관해서는 저를 제일 일할 만한 자리로 돌려주시도록 하느님께 맡겨두기로 하고, 석사 삼손 까르라스꼬 님, 제가 말하고 싶은 것은, 저에 관해서 씌어 있는 그 책의 어느 대목도 독자들이 화나지 않도록 작자가 잘 써주었다니 얼마나 기쁜지 모르겠다는 것입니다요. 저는 정직한 종자로서 맹세코 말씀합니다만, 조상 대대로 내려오는 그리스도 교도답지 않은 것이 씌어 있다고 생각해보세요. 그야말로 귀머거리의 귀가 뚫리게 될 것입니다요."

"그야말로 기적을 행하는 거나 마찬가지지" 하고 삼손이 대답했다.

"기적이건 기적이 아니건" 하고 산초가 계속했다. "누구든 남의 일을 이러쿵저러쿵 말하거나 쓰거나 할 때는 잘 생각해본 후에 써야지 문득 생각난 일을 닥치는 대로 마구잡이로 써서는 안될 일입니다요."

"그 이야기의 결점의 하나로 생각되는 것은" 하고 석사가 말했다. "작자가 《분별없는 호기심》이라는 제목을 가진 소설을 거기에 첨가시킨 것입니다. 보잘것없는 작품이라서, 또는 줄거리가 제대로 통하지 않는 작품이라서 그렇다는 것이 아니라, 엉뚱해서 돈 끼호떼 님의 얘기와는 아무런 관계도 없는 작품이기 때문입니다."

"나는 내길 해도 좋지만" 하고 산초가 말했다. "강아지 녀석이 캐비지(양배추)와 바스켓(바구니)을 마구 섞어놓았습니다요."

"그러고 보면" 하고 돈 끼호떼가 입을 열었다. "내 이야기의 작자는 현자는커녕 무식하고 말만 많은 사나이였던 거요. 손으로 더듬어 아무런 사려없이 우베다의 화가 오르바네하식으로 닥치는 대로 마구 쓰기 시작한 거요. 하기야 오르바네하에게 무엇을 그리십니까, 하고 물으면 '글쎄, 되는 게 되겠지요' 하고 대답했다고 하오만. 한 번은 수탉을 그리고 있었는데 그것이 너무나 심하여 근처에도 안 간 것이었으므로 그림 한쪽에 '이것은 수탉이다'라고 고딕 문자로 써놓아야만 했다는 거요. 나에 관한 이야기도 아마 그런 식이 틀림없을 것이니, 독자에게 이해시키려면 주석이 필요할지도 모르오."

"그런 건 없습니다" 하고 삼손이 대답했다. "참으로 명료해서, 고개를 갸웃거려야 할 대목은 한 군데도 없습니다. 그래서 아이들도 만지고 젊은이들도 읽으며 어른은 회심의 미소를 짓고 노인은 극구 칭찬을 하지요. 요컨대 이 얘기는 모든 사람들 사이에서 칭송을 받고 읽히고 친해져서 여위고 비루먹은 말을 보면 누구나 '저기 로시난떼가 간다' 하고 말할 정돕니다. 그 중에서도 가장 읽고 싶어하는 것은 시동들이더군요. 《돈 끼호떼》가 한 권쯤 놓여 있지 않은 영주님의 대기실은 없습니다. 한 사람이 놓고 일어서면 다른 사람이 금방 집어들지요. 남이 갖고 있는 것을 빼앗아 읽는 녀석이 있는가 하면 빌려달라고 끈질기게 매달리는 자도 있지요. 요컨대 그 책은 여태까지 눈에 띈 것 가운데서 가장 재미있고 가장 해독 없는 즐거움입니다. 왜냐하면 어디를 펼쳐보나 음란한 말도 카톨릭의 가르침에서 벗어난 생각도 발견되지 않을 뿐더러 약간의 편린조차 보이지 않으니까요."

"그것과 다른 식으로 썼다면" 하고 돈 끼호떼가 말했다. "그것은 진실은커녕 거짓말을 쓴 것이오. 거짓말을 예사로 집어넣는 역사가는 위조지폐를 만드는 사람과 마찬가지로 화형에 처해야 마땅하오. 그런데 나에 관한 것만으로 쓸 일이 얼마든지 있는데도, 저자는 어떤 동기에서 아무런 관계도 없는 소설이나 이야기를 집어넣을 생각이 났는지 도무지 납득이 가지 않는군. 아마도 '짚이든 풀이든'(⋯⋯배는 부르다는 속담에서 따온 말) 운운하는 속담에 따르는 것일 테지. 사실 나의 생각, 나의 한숨, 나의 눈물, 나의 고귀한 염원, 나의 활약을 그냥 기록하는 것만으로도 아마 쉽게 엘 또스따오의 전작품들보다 많거나 그와 비슷한 큰 책이 될 것이오. 사실 내가 이해하기로는, 이야깃거리나 그 밖의 책이거나 어떤 종류의 것이건 그런 것들을 지으려면 뛰어난 판단력과 원숙한 분별이 필요하오. 그럴 듯한 말을 하고 경묘한 것을 쓰는 것도 천재가 하는 일이오. 연극에서 가장 재간이 필요한 역할은 '느림뱅이' 역이오. 왜냐하면 멍텅구리로 관객에게 보이고 싶은 사나이가 참말로 멍텅구리여서는 곤란하기 때문이오. 역사라는 것은 말하자면 신성한 것이오. 진실하지 않으면 안되기 때문인데, 더욱이 진실이 있는 곳에는 진실에 관한 신이 계시는 것이오. 그런데도 불구하고 마치 튀김 과자라도 만들듯 마구 책을 써서 마구 팔아대는 인간들도 있더란 말씀이오."

"무엇 하나 볼 만한 것이 없는 그런 나쁜 책이란 있을 수 없지요" 하고 석사가 말했다.

"그건 의문의 여지가 없지" 하고 돈 끼호떼가 말했다. "그러나 자기가 쓴 것으로 말미암아 훌륭한 명성을 차지한 사람들이 그것을 출판하자마자 모처럼의 명성을 깡그리 잃어버리거나 잃어버리기까지는 않더라도 명성이 얼마간 퇴색해버린 일례는 왕왕 있소."

"그 까닭은, 즉" 하고 삼손이 말했다. "인쇄된 작품은 찬찬히 들여다볼 수 있는 것이니까 그만큼 결점이 쉽게 남의 눈에 띌 것이고, 작자의 명성이 높으면 높을수록 그만큼 결점을 찾으려는 눈초리도 날카로워지는 것이 통례니까요. 자기 스스로의 재간에 의해서 명성을 얻은 사람들, 훌륭한 시인, 저명한 역사가들은 자기 자신은 작품을 출판한 적도 없으면서 남의 작품을 비평하는 데 특이한 즐거움을 느끼는 사람들의 선망의 대상이 되고 있습니다."

"그것은 조금도 놀라운 일이 아니오" 하고 돈 끼호떼가 응했다. "왜냐하면 자기 자신이 설교단에 서면 별로 신통치도 않으면서 남이 설교할 때는 결함이나 지나친 말을 발견하는 데 대단한 능력을 발휘하는 신학자 선생도 많으니 말이오."

"모두 그렇습니다, 돈 끼호떼 님" 하고 까르라스꼬가 말했다. "그러나 그토록 엄한 비평가들도 그렇게 나무라지만 말고 좀더 너그러이 그들이 비난의 대상으로 삼는 작품에, 말하자면 찬란한 빛을 내는 태양의 표면에 있는 조그마한 흑점에 결점을 후벼파는 시선을 돌리지 말아주었으면 좋겠습니다. 왜냐하면 aliquando bonus dormitat Homerus(뛰어난 호메로스도 때로는 잠잔다)는 말도 있으니까, 그 작품에 되도록 그림자를 적게 하고 빛나게 하기 위해서 작자가 얼마나 큰 눈을 뜨고 있었나 생각해주었으면 합니다. 그렇게 하면 그들의 마음에 들지 않는 점이 사실은 까막사마귀였다는 그런 일도 있을 수 있으니까요. 왜냐하면 까막사마귀는 그 점이 붙어 있는 얼굴의 아름다움을 한층 더 돋보이게 합니다. 그래서 저는 책을 출판하는 사람들이 직면하는 위험이 대단하다고 말씀드리는 것입니다. 읽는 사람들의 누구에게나 만족을 주고 즐거움을 줄 만한 작품을 쓴다는 것은 그야말로 불가능 중의 불가능이니까요."

"나에 관해서 쓴 책 따위에" 하고 돈 끼호떼가 말했다. "만족을 느낀 사람은 아마 거의 없었을 것이오."

"그런데 그 반대입니다. 워낙 stultorum infinitus est numerus(어리석은 자의 수는 한이 없다)는 말과 같이 그 얘기를 재미있어한 사람도 수없이 많습니다. 개중에는 작자의 기억력이 부족한 것과 적당히 얼버무린 속임수를 들추어낸 사람도 있었습니다. 이를테면 산초의 잿빛 당나귀를 훔친 도둑이 누구라는 기록이 없다는 것이지요. 거기에는 그 말은 없고 다만 도둑맞았다는 것이 문장에서 짐작될 뿐입니다. 그런데 당나귀가 발견되었다는 말도 없이 얼마 안 가서 산초가 같은 당나귀를 타고 있는 대목이 나오더란 말입니다. 게다가 시에라 모레나의 산중에서 가방 속에 든 것을 발견한 그 100에스꾸도를 산초가 어떻게 처분했나 하는 것도 빠졌다고 말하고 있습니다. 그 후 한 번도 그 금화에 관해서는 나오지 않는데, 그 돈을 어떻게 했는지 무엇에 썼는지 알고 싶다는 사람들이 꽤 많습니다. 이것은 그 작품에서 빠져 있는 중대한 점의 하나지요."

그러자 산초가 대답했다.

"나는, 삼손 님, 지금 무엇을 계산하거나 지껄이거나 할 기분이 전혀 나지 않습니다요. 뱃속이 묘하게 힘이 없어져서 해묵은 포도주 놈을 두서너 모금 마시지 않고는 그야말로 눈이 빙빙 돌아서 쓰러질 지경입니다요. 남겨둔 포도주가 좀 있지요. 마누라가 간직해두었는데 말입니다요.

마시고 냉큼 돌아오겠습니다요. 그러면 당나귀가 없어진 데 대해서도, 100에스꾸도의 용도에 대해서도, 당신을 비롯해서 세상 사람들이 듣고 싶어하는 것을 죄다 얘기해서 가슴속을 후련하게 만들어드리겠습니다요."

그리고 그는 상대편의 대답도 기다리지 않고 자기 쪽에서도 더 말을 덧붙이지 않고 자기 집으로 서둘러 가버렸다.

돈 끼호떼는 석사에게, 제발 더 머물러 조찬이지만 식사를 같이 해달라고 간청했다. 석사는 초대를 승낙하고 뒤에 남았다. 평상시의 반찬에 두 마리의 비둘기 새끼가 덧붙여 식탁이 나왔다. 식탁에서는 기사도에 관한 이야기가 나누어지고, 까르라스꼬는 주인의 기분에 발을 맞추었다. 식사가 끝나자 두 사람은 낮잠을 잤는데, 이윽고 산초가 돌아와 앞서 하던 이야기에 새로운 꽃이 피었다.

제 4 장

산초 빤사가 석사 삼손 까르라스꼬의 의문을 풀어주기 위해 질문에 대답했으며, 그 밖의 알아둘 만한 것, 이야기할 만한 일들에 대해서.

산초는 돈 끼호떼 집에 돌아와 아까의 그 화제로 되돌아가서 말했다. "아까 삼손 양반이 누가 어떻게 해서 내 당나귀를 훔쳤는지 알고 싶다고 말씀하셨는데, 대답을 해드리겠습니다요. 우리가 갤리선으로 노를 저으러 가는 죄수들과의 달갑잖은 모험과 세고비아로 운반해가는 시체의 모험을 겪은 뒤 성 동포회의 손에서 달아나려고 시에라 모레나의 산악 지대로 들어간 밤의 일입니다. 주인 나리와 제가 깊은 산 숲 속에 기어들어간 것까지는 좋았는데, 그때까지 끊임없이 계속된 싸움 소동 때문에 지칠 대로 지쳐서, 나리께서는 창에 기댄 채 저는 당나귀에 올라탄 채, 마치 새털을 넣은 이불을 넉 장이나 겹쳐서 깔아놓은 잠자리에 누운 것처럼 깊이 잠들어버렸습니다요. 특히 저는 아주 깊은 잠에 빠져 있어서 어떤 사람이든 살며시 다가와서 안장 네 귀퉁이에 막대기 네 개를 꽂아놓고 저를 슬쩍 들어올리는 것쯤 문제없는 일이었읍죠. 그래서 그녀석들은 저를 안장 위에 앉혀놓은 채 제 밑에서 당나귀를 빼가버렸는데 저는 조금도 모르고 있었습니다요."

"그런 건 문제도 없지, 그다지 새로운 사건도 아니고. 그와 똑같은 일이 마침 알브라까 성 공략에 참가했던 사끄리 빤떼에게 일어났었지. 그때 부르넬로라는 이름난 도둑이 그와 똑같은 수법으로 사끄리 빤떼의 사타구니 사이에서 말을 빼갔거든."

"새벽녘이었습니다요" 하고 산초가 다시 계속한다. "제가 부르르 몸을 떠는 순간 받쳐두었던 막대기가 빠져서 저는 그만 땅바닥에 쿵 하고 넘어지고 말았읍죠. 당나귀는 어디 갔나 하고 사방을 두리번거렸지만 흔적도 없습디다요. 그러자 눈에 눈물이 솟아나서 저는 한바탕 한탄을 했습니다만, 우리들의 얘기를 쓴 작자가 어쩌다가 그 한탄하는 장면을 빼먹고 말았다면 좋은 것은 아무것도 쓰지 않았다고 생각해도 무방하겠습니다요. 그러구 며칠째인지는 모르지만 미꼬미꼬나 공주님을 모시고 걸어가다가 제 당나귀를 발견했습니다요. 그 당나귀에는, 주인 나리와 제가 쇠사슬을 끌러준 그 사기꾼이자 형편없는 악당 녀석인 그 히네스 데 빠사몬떼가, 집시로 모습을 바꾼 채 타고 있지 않겠습니까요."

"틀린 곳은 거기가 아니야" 하고 삼손이 말했다. "당나귀가 아직 나타나지도 않았는데 산초가 같은 잿빛 당나귀를 타고 있었다고 작자가 써놓은 대목이라니까."

"거기엔 저도 뭐라고 대답을 해야 좋을지 모르겠는뎁쇼. 역사가가 틀렸는지 아니면 인쇄소의 부주의였는지 그 둘 중에 하나라고 대답할 수밖에 없습니다요."

"그럴 거야, 아마" 하고 삼손이 대답했다. "하지만, 100에스꾸도는 어떻게 되었나? 사라져버렸나?"

그러자 산초가 대답했다.

"그 돈은 저 자신을 위해서, 마누라와 아들을 위해서 썼습니다요. 제가 주인 돈 끼호떼 님을 따라 산악지대를 돌아다닌 것도, 마누라가 꾹 참고 있는 것도 다 그 돈 덕분입니다요. 그토록 오래 집을 비운 끝에 동전 한푼 안 갖고, 게다가 당나귀마저 잃고 집에 돌아왔다면 그야말로 큰일날 운명이 저를 기다리고 있었을 것입니다요. 그래도 저에 대해서 더 알고 싶은 일이 있으시거든 뭐든지 대답해드리겠습니다요. 임금님께라도 똑똑히 대답해드리겠습니다요. 하지만, 제가 갖고 돌아왔는지 안 돌아왔는지, 써버렸는지 안 써버렸는지 아무도 그런 것까지 일일이 걱정하

실 필요는 없잖습니까요. 제가 지난번에 돌아다녔을 때 빗발치듯 얻어맞
은 곤봉을 돈으로 값을 따져서 받는다면 한 번 얻어맞는 데 4마라베디씩
만 계산하더라도 100에스꾸도 같은 건 그 반값도 안될 것입니다요. 그러
니까 저마다 자기 가슴에 손을 대고 백을 흑이라고 하거나 흑을 백이라
고 하거나 하지 말아주었으면 좋겠습니다요. 누구나 하느님이 만드신 그
대로의 인간입니다요. 아니, 더 나쁜 자도 더러는 있으니까 말입니다
요."

"내가 꼭"하고 까르라스꼬가 말했다. "재판을 찍을 때는 훌륭한 사나
이 산초가 방금 한 말을 잊지 말도록 저자에게 전해두지요. 그러면 지금
것보다 훨씬 훌륭한 것이 될 거야."

"그 밖에 이 책에서 고칠 것은 없소?"하고 돈 끼호떼가 물었다.

"아마 틀림없이 있을 것입니다"하고 까르라스꼬가 대답했다. "그러나
지금까지 든 것처럼 중요한 것은 이제 더 없을 것입니다."

"그런데, 필경"하고 돈 끼호떼가 말했다. "작자는 후편을 약속하고
있지 않겠소?"

"그럼요, 약속하고 있습니다"하고 삼손이 대답했다. "그러나 아직 발
견되지 않고 있으며 대체 누가 갖고 있는지 모르겠다는 말들입니다. 그
래서 과연 나올지 안 나올지 우리도 반신반의로 있지요. 그뿐 아니라
'후편에 더 좋은 게 없다'고 말하는 사람이 있는가 하면, '돈 끼호떼의
소업(所業)은 이미 씌어진 것만으로 충분하다'고 말하는 자도 있어서 과
연 후편이 나타날지 어떨지 의문시되고 있습니다. 하기야 우중충하고 음
산한 것보다 밝고 명랑한 것을 좋아하는 사람들 가운데는 '돈 끼호떼식
의 것을 더 보여다오. 돈 끼호떼여, 저돌적인 행동을 하라. 산초 빤사
여, 더 지껄여라, 뭐든지 상관없다. 그것만으로도 우리는 만족하다'고
말하는 자도 있습니다."

"그런데, 작자는 어떻게 할 작정으로 있소?"

"이 이야기를 발견하는 즉시 출판하려고 혈안이 되어 있답니다. 출판
을 하면 다시 칭찬을 얻는다기보다, 그것이 가져다줄 이익에 마음이 동
하고 있는 거겠지요."

이 말을 듣고 산초가 참견했다.

"돈벌이를 노리고 있나요, 작자는? 그래 가지고 잘 된다면 오히려 이
상합죠. 왜냐하면 마치 부활절 전날의 양복장이처럼 마구 해치우는 일밖

에 못하니까요. 빨리빨리 서둘러서 마구 해치우는 일에 주문대로 말끔히 되는 일이 대체 어디 있습니까요? 무어 양반인지 누군지는 모르지만, 자기가 하는 일에 조심을 좀 해줬으면 좋겠습니다요. 우리 주인 나리는 모험이건 그 밖에 다른 일이건 후편 한 권치 정도가 아니라 100권치라도, 예 있다, 하고 쉽게 자료를 제공하실 테니까요. 아마 그 양반은 여기서 짚 속에 파묻혀 한가하게 잠이라도 자고 있는 줄로 알고 있는 모양입니다요. 그렇다면 말굽쇠를 박을 때처럼 우리 발이라도 들어보라고 하시구랴. 그러면 어느 발을 절고 있는지 알 테니까요. 여기서 제가 똑똑히 말씀드릴 수 있는 것은, 만일 우리 주인 나리께서 제 충고를 들으셨더라면, 진작 우리는 어느 들판으로 나가서 훌륭한 편력 기사의 관습대로 괴로워하는 자를 구하고 틀린 일을 고치고 있을 것입니다요."

이런 말을 산초가 다 끝냈을까말까 했을 때 그들 뒤에서 로시난떼의 울음 소리가 들렸다. 이 울음 소리를 돈 끼호떼는 매우 좋은 길조라고 생각하여 3, 4일 후에는 출발할 결심을 했다. 그래서 그는 그 결의를 석사에게 말하고 여행 일정을 어느 방면에서 시작하면 좋을까 의견을 들려 달라고 말했다. 그러자 그는 아라곤 왕국, 그 수도 사라고사로 가는 것이 좋을 것이라고 대답했다. 그곳에서는 앞으로 며칠 안 가서 성 조지의 축제일을 맞아 매우 엄숙한 기마 시합이 거행되게 되어 있으니까, 그 시합에서 아라곤의 기사라는 기사를 모조리 물리치고 빛나는 명성을 획득할 수 있을 것이며, 그것은 또한 온 세계 모든 기사의 으뜸가는 명성을 획득하는 일도 되리라는 것이었다. 다시 석사는 돈 끼호떼의 결의가 매우 성실하고 용장하다면서 극구 칭찬하고, 아울러 위험에 직면했을 때 여태까지보다 더욱더 신중하게 거동하라고 충고했는데, 그 까닭은, 그의 생명은 그 혼자의 것이 아니라 비운 속에서 비호와 원조를 찾아 그를 필요로 하는 모든 사람들의 것이기 때문이라는 것이었다.

"그건 전 찬성할 수 없는 일입니다요, 삼손 양반" 하고 이때 산초가 끼여들었다. "우리 주인 나리는 말씀입니다요, 갑주 제구를 몸에 두른 100사람에게 대항하는 것이 마치 젊은 먹보 녀석이 반 다스나 주렁주렁 달린 수박에 덤벼드는 것 같아서 말씀입니다요. 정말 보고 있으면 손에 땀이 납니다요, 석사 양반! 그러믄요, 공격하는 때가 있고 물러서는 때가 있다고 하는데, 무엇이든 다짜고짜로 '산띠아고(스페인의 수호성자 성 야곱을 스페인어로 부르는 말)'! 덤벼라, 에스빠냐! 식이 되어선 안되지 않습니까요. 게다가 저는

들은 적이 있습니다요. 제 기억이 틀리지 않는다면 우리 주인 나리한테
서 들은 줄 압니다만, 말하자면, 겁과 겁을 모르는 두 끝의 한가운데쯤
에 진짜 용기가 있다고 말입니다요. 그게 사실이라면 우리 주인 나리께
서 아무렇지도 않은데 달아나시는 것도 재미없고 진짜 용기는 따로 필요
한데 다짜고짜 뛰어나가시는 것도 나는 싫습니다요. 하지만 무엇보다도
주인 나리께 말씀드릴 것은, 만일 저를 다시 데리고 가시려거든 주인 나
리는 싸움을 혼자서 도맡으시고 저는 입는 것이라든지 먹는 것이라든지
나리의 뒷바라지를 하는 것만으로 그치고 다른 일에는 조금도 묶이지 않
는다는 조건이라야 되겠습니다요. 나리의 신변 뒷바라지라면 기꺼이 얼
마든지 할 생각입니다요. 하지만 칼에 손을 대야 한다는 걸 생각하면,
설혹 도끼와 두건을 쓴 하찮은 악당놈들을 상대로 하더라도 생각만 해도
진저리가 납니다요. 저는 말입니다요, 삼손 양반, 용사의 명예 따윈 얻
고 싶은 생각이 없습니다요. 여태까지 편력 기사를 섬긴 가장 훌륭하고
가장 충실한 종자라는 영예만 있으면 되잖습니까요. 그래서 주인 돈 끼
호떼 님이 저의 성실하고 정성어린 봉사를 기특히 여기시고, 언제나 나
리께서 어디선가 곧 발견될 것이라고 말씀하시는 섬 가운데 하나를 저에
게 주시기만 하신다면 고맙게 받겠습니다요. 설혹 주시지 않더라도 저도
사람의 자식입니다요. 인간은 하느님도 아닌데 엉뚱한 것을 기대하고 살
아서는 안됩니다요. 그뿐 아니라 매일 먹는 빵도, 섬의 영주가 아니더라
도 된 거나 마찬가지로, 아니 그보다 더 맛있게 먹을 수 있을 것입니다
요.. 그리고 그런 지위에 오르면 악마 녀석이 무슨 함정을 만들게 되고
거기에 걸려 넘어져서 이빨이 부러질 일이 생길지도 모른다는 것을 제가
모를 줄 아십니까? 저는 산초로서 태어난 이상 산초로서 죽을 작정입
니다요. 하지만 그건 그렇더라도, 일이 잘 되어 그다지 고생하지 않고
위험한 다리도 건너지 않고 어느 섬이나 혹은 그 비슷한 것을 하늘이 제
게 주신다면 그것까지 거절할 만큼 저도 바보는 아닙니다요. 속담에 '송
아지를 얻거든 고삐 잡고 달아나라'든지 '복이 오거든 집안에 가둬라'고
하지 않습니까요."

"이봐요, 산초 양반" 하고 까르라스꼬가 말했다. "당신은 마치 대학
교수 같은 말을 하는군. 하느님과 주인 돈 끼호떼 님을 믿어요. 돈 끼호
떼 님은 섬이 아니라 버젓한 왕국을 주실 것이 틀림없으니까."

"지나친 것은 모자라는 것과 마찬가지입니다요" 하고 산초는 대답했

다. "하기야 주인 나리께서 저에게 왕국을 주신다고 하더라도 그건 결코 구멍뚫린 자루에 집어넣는 거와 같진 않다고 까르라스꼬 님에게 말할 수 있읍죠. 저는 저 자신의 맥을 짚어보고 왕국을 통치하거나 섬을 다스릴 만큼 충분히 튼튼하다는 것을 알았습니다요. 이건 여태까지 몇 번이나 주인 나리에게도 말씀드렸습니다요만."

"이봐요, 산초" 하고 삼손이 받았다. "직업은 습관을 바꾼다고 하니까 당신도 영주가 되면 낳아주신 모친도 모르는 체할 수 있을 것 같군."

"그건 고얀놈한테나 맞는 말입니다요" 하고 산초가 대답했다. "영혼 위에 조상 대대로 내려온 그리스도 교도의 기름기를 2, 3치나 덮어쓰고 있는 사람에게는 당치 않은 말입니다요! 믿지 못하겠거든 가까이 와서 내 기질을 살펴보시구랴. 내가 남한테서 받은 은혜를 잊어버릴 인간인가 어떤가 금방 알 수 있을 테니까."

"하느님의 손에 맡겨드리기로 하자" 하고 돈 끼호떼가 말했다. "영주가 되면 그것도 저절로 알게 될 게다. 그 영주 자리가 이제 바야흐로 눈앞에 다가온 듯하니 말이다."

이렇게 말한 다음 석사에게, 만일 당신이 시인이라면 내 그리운 공주에게 바치는 이별의 시를 지어줄 수 없느냐고 부탁했다. 시의 각 행 머리에 그녀의 이름 글자를 한 자씩 넣도록 해서 시가 다 되었을 때 각 행의 첫글자를 모으면 Dulcinea del Toboso라고 읽을 수 있도록 해달라고 말했다. 그러자 석사가 대답하기를, 자기는 지금 스페인에 현존하는 이름난 시인도 아니고, 가장 저명한 시인은 세 사람 반밖에 없다고 하지만, 한 번 그런 시를 지어보겠다, 공주의 이름을 형성하고 있는 글자가 17자인데 이것으로 시를 지으려면 적지않은 어려움이 있다, 4행씩의 까스떼야나 4연으로 하면 한 자 남고 데씨마 또는 레돈디야라고 부르는 5행씩으로 하면 석 자 모자란다, 그러나 아무튼 되도록 한 자를 잘 포함시켜서 4연의 까스떼야나에 둘씨네아 델 또보소의 이름이 들어가도록 연구해보자는 것이었다.

"무슨 일이 있더라도 꼭 그렇게 해주시기 바라오" 하고 돈 끼호떼가 말했다. "이름이 뚜렷하게 누구나 볼 수 있도록 나 있지 않으면 아무리 둘씨네아라도 이 시가 자기에게 바쳐진 것이라는 것을 믿을 수가 없을 것이오."

이 일도 낙착이 되고 출발이 그로부터 일주일 후라는 것도 그들 사이에 의논이 마무리지어졌다. 돈 끼호떼는 석사에게 이 일을 비밀로 해달라고 부탁했는데, 특히 마을의 신부와 이발사 니꼴라스 양반, 자기 조카딸과 가정부에게는 자기의 진면목이자 용장한 결의에 훼방을 놓지 못하도록 제발 비밀을 지켜달라고 당부했다. 이 일절의 것을 까르라스꼬는 약속했다. 그리고 까르라스꼬는 헤어지면서 돈 끼호떼에게 나쁜 일이건 좋은 일이건 모든 사건을 전갈이 있을 때마다 자기에게 알려달라고 부탁했다. 산초도 여행에 필요한 것을 마련하기 위해 물러나갔다.

제 5 장

산초 빤사와 그의 아내 떼레사 빤사 사이에 나누어진 부담 없고 그러면서도 재미있는 대화와 생각하기만 해도 즐거워지는 그 밖의 일에 대해서.

이 이야기의 역자는 이제 제5장을 번역하기에 이르러, 이 장은 가짜 같다고 말하고 있다. 왜냐하면, 이 장에서는 산초 빤사가 그의 둔한 두뇌에 기대할 수 있는 것과는 동떨어진 말투를 보여주고 있을 뿐 아니라, 그가 알고 있으리라고는 도저히 믿을 수 없는 매우 섬세한 것까지 말하고 있기 때문이라고 한다. 그러나 역자가 의무로서 지고 있는 일을 완수하기 위해 이 장도 번역하지 않을 수 없었다. 그것은 다음과 같은 것이다.

산초는 즐거운 듯 부지런히 집으로 돌아갔다. 그래서 마누라도 큰 활의 화살이 닿을 만한 거리에서부터 남편의 기분이 몹시 좋다는 것을 알아챘다. 그리고 그 이유를 물어보지 않을 수 없었다.

"어찌 된 일이에요, 여보. 그렇게 싱글벙글 웃으며 돌아오게?"

이에 대해 산초가 대답했다.

"귀여운 마누라님, 하느님만 용서해주신다면 내가 이렇게 좋아하지 않고 있을 수 있다면 고맙겠는데."

"무슨 말씀인지 나는 통 알 수 없어요, 여보" 하고 마누라가 대답했다. "하느님만 용서해주신다면 이렇게 좋아하지 않고 있을 수 있다면 고맙겠다니, 대체 무슨 소린지 알 수가 있어야지. 내가 아무리 바보라도 즐거움 없는 것이 좋다는 사람은 첨 봤네."

"이봐 떼레사" 하고 산초가 말했다. "나는 다시 한 번 돈 끼호떼 나리를 모실 작정이라 마음이 들떠 있는 거야. 나리는 세번째 모험을 찾아서 떠나실 작정이시거든. 그래서 나도 나리를 따라 출발한단 말야. 나의 필요가 희망과 합쳐서 그렇게 하라고 재촉하기 때문인데, 벌써 다 써버린 그런 금화를 다시 100에스꾸도 발견할 수 있으면 하고 생각하니 임자와 애들과 헤어지는 것은 슬프지만 한편 그만 기뻐지더란 말야. 발도 적시지 않고 집에 있으면서, 험한 산길이나 네거리 같은 데로 나를 끌어내지도 않고 하느님께서 밥을 먹여주실 생각이시라면 그건 힘드는 일도 아니고 그렇게 마음만 먹으면 할 수 있는 일이니까 내 기쁨도 확실하고 빈틈없는 일임에는 틀림없지만, 뭐니뭐니해도 지금의 내 기쁨에는 임자를 남겨놓고 가는 슬픔이 섞여 있거든. 그러니까 하느님만 용서해주신다면 좋아하지 않는 편이 더 고맙겠다는 것은 틀림없는 말이잖아."

"조심해요, 여보" 하고 떼레사가 대답했다. "당신은 편력의 기사들과 어울리고부터 이상하게 뱅뱅 돌려서 말을 하기 때문에 무슨 말을 하는지 도무지 알아들을 수가 없어요."

"하느님만 알아주신다면 그것으로 충분해, 마누라" 하고 산초가 대꾸했다. "하느님은 무슨 일이고 죄다 아시는 분이거든. 그러니 이 얘기는 여기서 끊자구. 아무튼 임자에게 말해두지만, 한 사흘 동안 저 잿빛 당나귀를 잘 돌봐서 싸움에 나갈 수 있도록 해줘요. 건초도 두 배로 늘려주고 안장이나 그 밖의 마구도 잘 살펴주고 말야. 우리는 혼례에 초대받아 가는 게 아니거든. 천하를 돌아보고 거인이나 요괴들과 싸우며 휙휙하는 소리, 울부짖는 소리, 신음하는 소리, 비명 같은 소리를 들으러 가는 거야."

"나는 잘 알고 있어요, 여보" 하고 떼레사가 대답했다. "편력의 종자라도 거저 밥을 먹어서는 안된다는 걸 말예요. 한시바삐 그런 지독한 처지에서 당신을 빼내주시도록 우리 주 그리스도 님에게 기원할 참예요."

"임자에게 말해두지만, 마누라" 하고 산초가 대답했다. "내가 그리 멀지 않은 장래에 어느 섬의 영주가 될 생각이 아니라면 여기서 넘어져 죽어도 좋아."

"그건 안돼요, 여보" 하고 떼레사가 말했다. "닭은 설혹 혀끝에 종기가 생기더라도 살아 있지 않으면 안되는 거예요. 당신도 살아 있어줘요. 이 세상에 얼마나 영주의 섬이 많은지 모르지만 모두 악마가 가져가버리면 좋겠네. 영지 따위는 모르는 채 당신은 어머니의 배에서 태어난 거예요. 영지 따위 모르고도 지금 이 시간까지도 살아 있잖아요. 그러니까 하느님이 부르시면 영지 따위는 생각지 말고 무덤으로 가는 거예요. 아니, 데려다주십사고 부탁하는 거예요. 어쨌거나 세상에는 영지 따위를 모르고 사는 사람이 많아요. 그렇다고 해서 살기를 그만두는 것도 아니고, 인간의 숫자 속에서 빠지게 되는 것도 아니잖아요. 이 세상에서 제일 맛있는 반찬은 시장기랍니다. 이 시장기라는 것이 언제나 가난한 사람들을 따라다니니까 가난한 사람들은 언제나 맛있게 먹는 거예요. 하지만 여보, 만일 어쩌다가 어느 영지를 다스리게 되거든 나나 당신 아이들을 잊지 말아줘요. 알죠, 여보, 산치까도 벌써 만 열다섯 살이 되니까 만일 숙부이신 신부님께서 그애를 교회의 사람으로 만들어주실 생각이시라면 학교에 보내야 옳다는 것도 잊지 말아줘요. 또 당신의 딸 마리 산차도요. 이제 슬슬 시집을 보내도 결코 원망을 듣지 않을 나이라는 것도 잘 생각해둬요. 마치 당신이 영지를 갖고 싶어하듯이 암만해도 신랑을 갖고 싶어하는 모양을 나는 환히 알 수 있거든요. 그러구 뭐니뭐니해도 여자 아이는 호화로운 첩이 되느니보다 기난해도 버짓하게 결혼하는 편이 좋다고 나는 생각해요."

"나는 맹세해도 좋지만" 하고 산초가 대답했다. "만일 하느님이 어쨌거나 영지 비슷한 것을 나한테 주신다면, 여보, 나는 마리 산차를 마님이라고 부르지 않고는 곁에도 못 갈 만한 훌륭한 곳에다 시집보낼 작정이야."

"그건 안돼요, 여보" 하고 떼레사가 대꾸했다. "그애는 신분이 비슷비슷한 사람에게 출가시켜야 해요. 그게 제일 안심이거든요. 만일 그애에게 나막신을 코르크 바닥의 비단신으로, 넝마 실로 짠 검은 스커트를 녹색 가장자리를 두른 종 모양의 스커트에다 긴 비단 망토로 바꾸게 하고 게다가 '마리까'나 '너'가 아니라 '도냐 아무개'니 '마님'이니 하고 불러봐요. 그애는 그야말로 얼떨떨해져서 어쩔 줄 모르고 노상 실수만 할 것이고, 타고난 꺼칠꺼칠한 바닥을 그대로 드러내는 게 고작일 테니까요."

"그만둬, 바보야" 하고 산초가 꾸짖었다. "무슨 일이건 2, 3년이면 다 익숙해지는 거야. 그 뒤는 위엄이나 우쭐대는 거동이 모두 몸에 배게 돼. 설혹 몸에 익숙지 않더라도 무슨 상관이야. 그애를 '마님'으로 만들

테다. 뒤는 어떻게 되든 상관없어."

"분수를 지키는 게 좋아요, 여보" 하고 떼레사가 대꾸했다. "너무 높아지려고 생각 않는 편이 좋아요. '이웃집 아들 코 닦아서 네 집으로 데려가라'는 속담을 생각해봐요 정말이지 우리 마리아를 거창한 백작이나 지체 높은 기사에게 출가시키다니, 천만의 말씀이에요. 언제 어느 때, 저 여자는 농부의 딸이다, 흙을 파는 계집애다, 실을 잣는 여자의 딸이다, 하고 창피를 줄 생각이 나지 않는다고 할 순 없잖아요! 내 눈이 아직도 새까말 동안에는 그런 일 시키지 않겠어요! 나는 딸을 그럴 생각으로 기르지 않았으니까, 정말이야! 당신은 돈이나 갖다줘요, 여보. 그리구 그애 시집 보내는 일은 나한테 맡겨놔요. 후안 또초의 아들 로뻬 또초, 그 뚱뚱하게 살이 찌고 씩씩한 젊은이를 당신도 알죠. 그 젊은이가 우리집 애를 사뭇 뜻있는 눈초리로 보고 있는 것을 나는 다 알고 있어요. 그 사람 같으면 지체도 우리와 비슷하니까 좋은 부부가 될 거예요. 게다가 언제나 들여다볼 수도 있고, 부모도 자식도 손자도 사위도 모두 같이 살 수 있으니까 우리들 사이에 틀림없이 평화와 하느님의 축복이 찾아올 거예요. 그러니까 새삼스레 그애를 도시로 데려가서 그런 엄청난 집에 시집 보내질랑 말아줘요. 그런 델 가면 아무도 그애를 돌봐주지 않을 거구 그애도 당황해서 허둥거리고만 있게 돼요."

"이리 와, 이 짐승아, 바라바(유월절에 그리스도 대신 빌라도의 특사로 풀려난 유대의 죄수)의 여편네야" 하고 산초는 호통쳤다. "어쩌자고 나한테 자꾸 대들며 모든 사람들이 주군이라 부를 손자를 나한테 낳아줄 그런 사람에게 내가 딸을 출가시킨다는데 뚜렷한 목표도 없이 방해만 하려고 하느냐. 이것 봐, 운이 찾아왔는데도 잡을 생각을 않고 있다가 지나가버린 다음에 아무리 발을 굴러도 소용이 없다는 노인네들 말을 듣지도 못했나? 지금 행운이 우리집 문을 두들기고 있는데도 문을 닫아 걸어놓고 그냥 보내버린다는 건 말도 안 돼. 우리 쪽으로 불어오는 이 순풍에 돛을 올려야 한단 말야."

이런 이야기와 이제 또 산초가 하는 말 등으로 미루어 이 이야기의 역자는 이 장(章)을 가짜라고 믿었던 것이다.

"어떻게 생각하느냐, 이 짐승아?" 하고 산초가 말을 이었다. "우리가 진창에서 발을 뺄 수 있을 만한 수입 좋은 어느 영지를 뜻밖에도 내가 차지하게 되는 게 너는 싫단 말야? 마리 산차를 내가 좋아하는 상대에게 시집 보내봐. 그렇게 되면 모두가 임자를 도냐 떼레사 빤사라고 부르

게 될 것이고, 성당에 가더라도 마을 귀족 부인들은 분하겠지만 임자는
양탄자나 방석이나 모피 자리에 앉게 된단 말야. 그리고 어떤 일이 있더
라도 임자는 벽걸이의 초상화처럼 크지도 작지도 말고 언제까지나 끄떡
없는 자기 자리를 지켜야 해. 자, 이 얘기는 이것으로 그치자구, 알겠
어? 임자가 이 이상 무슨 소리를 하던 산치까는 백작 마님이 될 테니
까."

"자기가 하는 말이 무슨 말인지 당신은 알고나 있나요, 여보?" 하고
떼레사가 대꾸했다. "그렇다면 하고 싶은 대로 해요. 그애를 공작 부인
으로 만들든지, 왕자님에게 드리든지 맘대로 하란 말예요. 하지만 이 말
만은 해두겠어요. 그건 내 생각에서 나온 일도 아니고, 나는 거기에 동
의하지도 않았다고 말예요. 나는 언제나 상하 구별이 없는 걸 좋아해요.
그래서 까닭없이 우쭐대는 건 도저히 잠자코 보고 있지 못해요. 나는 세
례 때 떼레사라는 이름을 얻었죠, 아무것도 보탠 것이 없고 공연히 덧붙
인 것도 없고, 돈이니 도냐니 하는 장식도 없는 깨끗하고 산뜻한 이름을
말예요. 우리 아버님의 성은 까스까호지만 당신한테 시집와서 떼레사 빠
사가 된 거예요. 원래 같으면 떼레사 까스까호라고 부르는 것이 옳지만
법률이 좋아하는 곳에 임금님도 계시니까 하는 수 없잖아요. 나는 이 이
름이면 족해요, 이 위에다가 도냐니 어쩌니 하는 건 얹고 싶지 않아요.
무거워서 도저히 지고 다니지도 못하고요. 그러구 내가 백작님의 마님이
나 성주님의 마님 같은 복장으로 지나가는 것을 구경하는 사람들한테 이
러쿵저러쿵 욕을 듣고 싶지도 않아요. '저것 좀 봐요, 저 너절한 여자가
뻐기는 꼬락서니 좀 봐! 어제까지만 하더라도 물레에 감은 삼을 실로
자았고, 망토 대신에 스커트를 뒤집어쓰고 미사에 나가던 주제에, 오늘
은 종 모양의 녹색 스커트에다 브로치를 달고 마치 우리가 자기를 모르
는 것처럼 뻐기고 걸어가잖아' 하고 금방들 말할 것이 틀림없거든요. 하
느님이 내가 가진 일곱 가진가 다섯 가진가, 아무튼 내가 가진 감각을
그대로 둬두신다면 나는 그런 처지에 빠질 계기를 만들고 싶지 않아요.
당신은 영진가 섬인가 하는 곳에 나가세요, 그러구 실컷 뻐겨요. 하지만
딸과 나는, 돌아가신 어머니를 두고 맹세하지만, 이 마을에서 한 발자국
도 나가지 않을 테니 그리 아세요. 여염집 여자는 발이 약해 집에 있고,
얌전한 처녀는 일이 낙이라고 하잖아요. 당신은 당신의 그 돈 끼호떼 님
과 함께 운을 찾으러 나가고 우린 불운하더라도 이대로 두어둬요. 우리

가 나쁜 여자만 아니라면 필경 하느님께서 운을 열어주실 거예요. 그건
그렇고, 그 나리의 선대께서도, 또 그 위의 선대께서도 달고 있지 않았
던 '돈'을 대체 누가 그 나리께 붙여주었는지 난 도무지 알다가도 모르
겠어."

"이제 알았다" 하고 산초가 말했다. "임자의 몸에는 무슨 악마가 붙었
구나. 큰일났군, 이 여편네는! 꼬리도 없고 대가리도 없는 것을 잘도
너절하게 늘어놓는구나! 까스까호니, 브로치니, 속담이니, 우쭐대느니
어쩌니 하는데 그게 내가 한 말과 무슨 관계가 있단 말야? 이리 와, 이
바보 같은 멍청이 여편네야, 이렇게 불리는 게 마땅해. 내가 하는 말을
도무지 알아듣지 못하고 행운에서 달아나려고만 하잖나. 만일 내가 딸을
탑 위에서 투신 자살이라도 시키려고 한다거나, 왕녀 도냐 우르라까 님
이 하시려고 한 것처럼 정처 없는 나그네길이라도 떠나라고 한다면 혹
임자가 내 말에 동의하지 않는다고 해도 할 말이 없겠지. 그러나, 그야
말로 혀를 두 번 놀리는 동안에, 아니 눈을 한 번 깜짝하는 것보다 빠른
동안에 임자의 딸에게 '도냐'와 '마님'을 씌워 밭고랑 사이에서 끌어내
다가 양산을 받쳐주는 대좌에 앉혀, 모로코의 알모아다의 후예라는 무어
인이 가진 것보다 많은 비로드 방석이 있는 거실에서 살게 한다는데 어
째서 임자는 동의하지 않는 거야. 어째서 내 생각에 고개를 젓느냔 말
야?"

"어째선지 알아요, 여보?" 하고 떼레사가 대들었다. "속담에 나를 감
추어도 나타난다는 말이 있잖아요? 가난한 사람은 누구나 슬쩍 봐버리
지만 부자는 가만히 들여다보는 법예요. 그러니 만일 그 부자가 전에 가
난뱅이였었다고 해봐요. 틀림없이 뒷공론이나 욕설, 남을 헐뜯는 자들이
짓궂게 따라다닐 것이 틀림없어요. 그렇게 남을 욕하는 인간들은 우리
주변 길바닥에 마치 꿀벌처럼 우글거리고 있단 말예요."

"이봐요, 떼레사" 하고 산초가 말했다. "지금부터 내가 하는 말을 잘
들어둬. 아마 임자는 이 세상에 태어나서 오늘 이 시간까지 이런 말은
들어보지 못했을 거야. 나도 나 혼자 짐작으로 하는 말이 아냐. 다시 말
하자면, 지금 내가 얘기하려고 하는 것은 바로 그대로 금년 사순절(四旬
節) 때 마을에서 설교하신 설교자의 말씀이야. 그 수도사는, 내 기억이
틀림없다면, 이렇게 말씀하셨어. 우리들이 눈으로 보는 현재의 사물은
모두 지나간 사물보다 훨씬 뚜렷하고 힘차게 나타나고 존재하며 그리하

여 우리의 기억에 남는다고 말야."

여기서 산초가 꺼낸 이런 말은 산초의 능력을 넘는 것이어서, 역자가 이 장을 가짜라고 생각한다고 한 두번째의 말이다. 산초는 다시 말을 이었다.

"따라서 어떤 인물이 단정한 복장으로 훌륭한 옷을 입고 하인들을 거느린 당당한 모습을 보면 설혹 그 인물이 천했을 때의 일이 기억에 되살아나더라도, 어쩔 수 없이 우리가 그분에게 존경심을 갖도록, 싫더라도 마음이 움직이고 유혹을 받는 듯한 기분이 드는 것은 그런 데서 나오는 거야. 그 사람의 열등감이 가난이건 혈통이건 이미 지난일이면 이미 열등감이 아냐. 우리가 눈앞에 보는 것만 말을 하는 거야. 게다가 천한 신분의 초안을 운명이 정서해줘서, 이건 수도사의 말투지만, 높은 번영에 이른 이 인물이 행동도 훌륭하고 인색하지도 않고 누구에 대해서나 정중한데다가, 가문이 오래고 격식 높은 사람들과 서로 의가 상하는 일도 없다면, 옛날은 어쨌느니 하고 생각하는 사람도 없을뿐더러 현재의 성대함에 머리를 숙일 것이 틀림없다고 임자도 생각해야 해. 떼레사, 하기야 이건 그 인간들이 시샘을 하지 않을 경우의 얘기야. 시샘을 하는 사람들에게 걸렸다간 제아무리 성대한 운도 이빨이 서지 않으니까."

"나는 당신이 하는 말을 도무지 알아들을 수가 없어요." 떼레사가 대답했다. "뭐든지 마음내키는 대로 하세요. 이 이상 당신의 그 꾀까다로운 잔소리로 골치 아프게 하지 말아줘요. 자기가 꺼낸 말을 끝까지 밀고 나갈 절심이라면……."

"결심이라고 하는 거야, 마누라, 절심이 아냐."

"나완 이제 입씨름은 하지 맙시다, 여보" 하고 떼레사가 대꾸했다. "나는 하느님의 마음에 드시도록 얘기하고 있을 뿐이니까, 별로 군것을 덧붙일 생각은 없어요. 그리구 당신이 무슨 일이 있더라도 영지를 가질 생각이라면, 당신 아들 산초를 함께 데리고 가서 영주로서 영지를 다스리는 방법을 지금부터 가르쳐두는 편이 나을 거예요. 사내 아이가 부모의 장사를 이어받아 경험을 쌓는 것은 좋은 일이니까요."

"영주가 되어 영지를 손에 넣기만 하면야 당장" 하고 산초가 말했다. "그애를 맞이하러 사자를 보내도록 하지. 임자에겐 돈을 보내주고. 돈에 불편을 느끼는 일은 없을 거야. 설혹 영주가 돈을 안 가졌더라도 마련할 상대는 얼마든지 있을 테니까. 그보다 산치까의 지금 신분이 감추어져

나중에 되게 되어 있는 신분으로 보이도록 복장이나 주의해줘."

"돈만 보내줘요. 그애에게 야자의 새싹처럼 껴입혀놓을 테니까."

"그럼 이것으로 의견이 일치한 셈이군" 하고 산초가 말했다. "다시 말해서 우리 딸이 백작의 마님이 된다는 거 말야."

"나는 애가 백작 마님이 되는 날을 그애가 매장되는 날로 생각하겠어요. 하지만, 다시 한 번 말하지만 당신은 뭐든지 마음내키는 대로 해요. 여자라는 것은 비록 남편이 벽창호 같더라도 그 말을 따라야 하는 의무를 지니고 이 세상에 태어나는 것이니까."

이렇게 말하고는 마치 산치까가 죽어서 묻히는 것을 보기라도 하는 듯이 참말로 울기 시작했다. 그러자 산초는 비록 딸을 백작 부인으로 만들게 되더라도 되도록 그 시기를 늦추겠다면서 아내를 달랬다.

이것으로 그들의 대화는 끝나고 산초는 출발 준비를 갖출 작정으로 다시 돈 끼호떼를 만나러 갔다.

제 6 장

돈 끼호떼와 그의 조카딸과 가정부와의 사이에 일어난 일, 이것은 이 이야기 전체 중에서 중요한 장의 하나다.

산초 빤사와 그의 처 떼레사 까스까호가 앞에서 말했듯이 서로 조심성 없는 대화를 나누고 있는 동안 돈 끼호떼의 조카딸과 가정부는 한 사람에게는 숙부, 한 사람에게는 주인인 그가 세번째로 집을 나가서 그녀들이 보기에 곤란하기 짝이 없는 편력의 기사도를 실천하러 되돌아갈 생각으로 있다는 것을 여러 가지 조짐으로 눈치챘으므로 결코 한가히 팔짱을 끼고 있을 수가 없었다. 할 수 있는 모든 수단을 써서 그런 고약한 생각에서 그를 빼내려고 애썼다. 그러나 모든 일이 사막에서 하는 설교나 다식은 쇠를 때리는 것과 마찬가지 결과로 돌아갔다. 그래도 그녀들이 그와 주고받은 많은 말 가운데서 가정부는 이런 말을 했다.

"참으로, 나리께서 두 다리를 꿋꿋이 딛고 서서 집에 가만히 계시지 못하고, 세상에선 모험이라 부른다지만 저는 불운이라 부르고 싶은 것을 찾아 마치 천당에 못 가는 망령처럼 산이나 골짜기를 헤매는 것을 그만두시지 않는다면, 저는 하느님과 임금님께 큰 소리로 울부짖어 어떻게 해주십사고 호소하지 않을 수 없겠어요."

이에 대해서 돈 끼호떼가 대답했다.

"할멈, 하느님이 할멈의 호소에 어떤 응답을 하실지 나는 모르겠다. 또 폐하가 어떤 대답을 하실지도 모르겠고. 다만 내가 임금이라면, 매일 들이닥치는 수없이 많고 무례한 진정서에 대답하지 않겠다고 말할 것을 나는 알지. 어느 국왕에게도 여러 가지 어려운 일이 많지만, 그 중에서도 가장 어려운 일의 하나는 여러 사람들의 말에 귀를 기울이고, 여러 사람들에게 대답을 해야 한다는 거야. 그리고 나는 나의 사사로운 일로 폐하를 성가시게 하고 싶지는 않다."

그러자 가정부가 말했다.

"가르쳐주세요, 나리, 임금님의 궁정에는 기사가 없나요?"

"그야 있지" 하고 돈 끼호떼가 대답했다. "그것도 많이 있지. 왕궁의 권세의 장식으로도, 국왕 폐하의 위엄을 과시하기 위해서라도 기사가 있다는 것은 당연한 일이지."

"그렇다면, 나리" 하고 가정부가 되물었다. "나리께서는 궁정에 머무르면서 가만히 임금님을 모시는 기사의 한 사람이 되실 수는 없나요?"

"잘 들어봐요, 할멈" 하고 돈 끼호떼는 대답했다. "모든 기사가 궁정에 근무하는 기사가 될 수도 없거니와 모두가 편력의 기사일 수도 없는 게야. 그러나 모두 마찬가지 기사이기는 하나 양자 사이에는 엄청난 차이가 있단 말야. 궁정의 기사들은 그 거실에서 나오는 일도 궁정 문을 나서는 일도 지도를 보고 온 세계를 돌아다니는 일도 없으며 돈 한푼 들지도 않고 더우나 추위, 굶주림이나 목마름에 괴로워할 필요도 없지. 그런데 우리들 참된 편력의 기사는 햇볕에 타고, 추위를 견디며, 바람에 휘날리고, 모진 풍설에 괴로워하며, 밤낮 없이 도보로 혹은 말을 타고 나 자신의 다리로 모든 땅을 답사하며 그림의 적이 아니라 살아 있는 적을 알고 모든 기회, 모든 경우에 그들을 습격하며, 그러면서도 어처구니 없는 관습이나 일대일의 대결에 관한 규칙에도 태연하지. 창이건 칼이건 짧은 것을 찬다든지 안 찬다든지 성자의 유물을 몸에 지닌다든지, 무언가 눈에 보이지 않는 기괴한 것을 몸에 단다든지, 태양을 한가운데로 나눈다든지 잘게 자른다든지 하는 일대일의 대결에는 그 밖에 이런 종류의 여러 가지 의식이 행해지는데, 할멈은 모르겠지만 나는 잘 알고 있어.

그뿐 아니라 이것도 알아두는 게 좋을 게야. 훌륭한 편력의 기사는 거인의 머리 10개가 구름에 닿는다기보다 꿰뚫어나가고, 저마다 탑과도 같은 거대한 두 다리로 버티어섰는데, 팔은 커다란 병선(兵船)의 돛대를 닮았고, 두 눈은 거대한 물방아의 수레 같으며, 유리를 녹이는 노(爐)보다 더 훨훨 타는 그런 모습을 보더라도 추호도 놀라거나 무서워하지 않지. 그뿐 아니라 태연스레 안색 하나 변하지 않고 다부진 용기를 보이면서 그들에게 달려들어 가능하다면 짧은 시간에 놈들을 무찔러 승리를 거두지 않곤 물러서지 않는 게야. 비록 거인들이 다이아몬드로 만든 것보다 단단하고, 어떤 조개 껍질로 몸을 덮고 칼 대신 다마스커스의 강철로 만든 날카로운 단검이나 혹은 나도 몇 번 본 적이 있는 강철의 날카로운 돌기가 달린 철봉을 들고 있더라도 하등 문제가 되지 않아. 내가 이런 말을 하는 것은, 할멈, 두 종류의 기사 사이에 있는 차이를 할멈도 잘 알아주었으면 하고 그러는 게야. 이 나중 것은, 좀더 정확하게 말해서 편력 기사라는 나중의 것에 경의를 표하지 않는 왕공은 한 사람도 없었다는 것은 당연한 일이라 할 수 있지. 왜냐하면 그들에 관한 이야기를 읽어보면, 편력 기사 중에는 한 왕국뿐 아니라 많은 왕국을 구한 자도 있었거든."

"안돼요, 외삼촌!" 하고 이때 조카딸이 끼여들었다. "편력 기사에 대해서 외삼촌이 말씀하시는 건 모두 지어낸 얘기고 엉터리라는 걸 아세요. 기사들의 얘기는 모두 태워버리거나 아니면 저마다 삼베니또(이단 심문소에서 계고(戒告)를 받은 회개자가 입는 소매 없는 일종의 망토)를 입히거나 무슨 표시를 해서 그것이 모두 부끄러운 책들이 세상의 올바른 풍습을 엉망으로 만드는 것이라는 걸 알리게 했으면 좋겠어요."

"나를 보호해주시는 하느님을 두고 말하는데" 하고 돈 끼호떼가 말했다. "만일 네가 내 누님의 딸이라는 피를 나눈 조카가 아니었더라면 지금 네가 한 무례한 폭언의 보상으로 온 세계에 다 알려질 형벌을 주었을 게다. 겨우 12개의 레이스 뜨개바늘을 움직일 수 있을까말까 하는 여자인 주제에 편력 기사에 관한 이야기를 비난하다니, 어찌 감히 그런 짓을 할 수 있느냐? 만일 아마디스 님이 그런 말을 들었더라면 무어라고 하셨겠느냐? 그러나 그분은 아마 너를 용서해주셨을 게다. 그 시대의 가장 겸허하고 예의바른 기사였을 뿐 아니라 처녀들에게는 참으로 위대한 옹호자였으니까. 그러나 네가 한 말을 흘려듣지만도 않을 그런 자가 네 말을 귀담아들을 우려가 없는 것은 아니다. 그 중에는 비겁한 자도 있고, 예의를 모르는 자도 있다. 스스로 기사라 자칭하는 자들이 모두 참된 기사랄 수는 없다. 순금도 있고 도금된 것도 있단 말이다. 더욱이 모두가 기사로 보이기는 하되 그 전부가 시금석에 견딜 수 있는 것은 아니다. 천한 태생이지만 기사로 우러러 보이도록 열심히 노력하는 자도 있고 지체 높은 기사면서도 일부러 천한 인간으로 보이려고 열심인 것 같은 인간도 있다. 전자는 야심이나 미덕으로 빼어나고 후자는 무기력이나 나쁜 버릇으로 영락한다. 이름은 같지만 그 행위에 천양지차가 있는 이 두 가지 기사를 분간하려면 명석한 예지를 움직이는 것이 긴요하니라.”

“어마, 어쩌면!” 하고 조카딸이 말했다. “외삼촌은 퍽 여러 가질 알고 계시네요. 꼭 필요할 때는 설교단에 오르실 수 있겠어요. 어느 길가에서 설교하실 수도 있겠구요. 그러면서도 끔찍스런 장님이, 분명한 바보가 되시고 말았어요. 그럴 수밖에, 노인이시면서 자기를 용사라고 생각하시고, 병자면서도 힘이 세다고 생각하시고, 나이 탓으로 허리가 굽었는데 굽은 것을 고치려 하시고, 아니 무엇보다도 기사도 아니시면서 자기가 기사라고 생각하고 계시니 말씀예요. 하기야 귀족도 기사가 될 수는 있어요. 하지만 가난한 사람은 기사가 될 수 없는 거예요.”

“꽤 그럴 듯한 말을 하는구나, 조카야” 하고 돈 끼호떼가 대답했다. “그런데, 가문에 대해서는 네가 깜짝 놀랄 만한 것을 얘기해줄 수도 있다만, 신에 속하는 것과 인간에 속하는 것을 함께 뒤섞고 싶지 않으니 말하지 않기로 한다. 잘 들어라, 여자들아, 이 세상의 모든 가계(家系)라는 것은 네 가지로 나눌 수가 있느니라. 너희들, 잘 들어둬라, 그 네 가지라는 것은 이런 게다. 처음에는 미천했으나 차츰 신장하고 확대해서 마침내 권세의 정점에 이른 자, 처음부터 명문으로 숭앙받았고 그것이 지속되어 오늘날까지 당초와 변함없는 격식의 높이를 지탱하고 있는 자, 처음에는 컸으나 마치 피라밋처럼 차츰 처음의 크기가 축소되고 약해져 첨단의 점으로 끝나서 마치 피라밋의 꼭대기가 그 저변, 즉 바탕에 비하면 거의 무(無)에 가깝듯이 결국 볼모양 없이 되어버린 자, 또 하나는, 이것이 가장 많은데, 처음이 훌륭하지도 않고 중간에서도 대단치 않았으며 그리하여 평범한 서민의 가계로서 이름 없이 그치고 마는 자다. 제1의 것은, 다시 말해 처음에는 비천했다가 지금까지 번영을 누리는 권세의 예로서는 오토만 집안이 적당한 예다. 처음에는 신분이 낮은 일

개의 양치는 처지에서 시작하여 오늘날 우리가 보듯이 정점에 이르렀으니 말이다. 제2의 가계, 즉 처음부터 훌륭했으나 그것을 두드러지게 더 강대하게 하지도 못하고 그것을 지탱하고 있는 예로는 여러 나라 군주들을 들 수 있겠지. 군주들은 왕위의 계승에 의해서 군주가 되고, 별로 강대해지거나 약해지지도 않은 채 저마다의 국경 안에서 무사히 권세를 지탱하고 있다. 처음 강대했다가 하나의 단순한 점으로 끝난 집안은 수천 수백의 예를 들 수 있다. 이집트의 파라오 왕조와 프톨레마이오스 왕조, 로마의 카이사르 가문, 메디아, 앗시리아, 페르시아, 그리스 및 만족(蠻族)의 무수한 군주와 왕공의 무리들—이렇게 불러도 상관없다면 말이지만—이들 가계도 영토도 깡그리, 그 왕조나 가계의 시조나 자손도 모두 다 점으로 끝나 무로 돌아가고 말았다. 그 까닭은 오늘날 그들의 자손을 한 사람도 발견할 수 없기 때문이다. 설혹 그 후예를 발견한다 하더라도 낮고 천한 신분으로 몰락해 있을 것이 틀림없다. 서민의 가계에 대해서는 다만 살아 있는 인간의 수를 늘렸다는 것 이외에는 아무런 말할 나위도 없다. 설혹 부를 누리고 번영한다 하더라도 명성이나 찬양을 받을 만한 것이 되지 못하더란 말이다. 내가 이만큼 말해주었으니, 이 바보 같은 여자들아, 가문과 가문 사이에 있는 혼돈이 또한 매우 심해서, 다만 당주들의 덕의와 유복과 관용이 두드러진 가계만이 위대하고 현저하게 눈에 띈다는 것을 깨달아주기 바란다. 덕의와 유복과 관용이라고 나는 말했는데, 악을 일삼는 사람들은 그 악이 높으면 높은 악인이고, 관대하지 않은 부자는 욕심 많은 거지에 지나지 않는다. 부를 갖고 있다는 것만으로 그 소유가 행복하게 되는 것은 아니다. 그 부를 소비할 줄 알아야, 마구 소비하는 것이 아니라 올바르게 소비할 줄 알아야 그 소비자를 행복하게 만드는 법이니라. 가난한 기사가 기사라는 것을 나타내기 위해서는 온화하고, 인품도 점잖고, 범절을 알고, 조심스럽고, 남의 일을 돌봐주며, 오만하지 않고, 뻐기지 말며, 뒤에서 불평을 늘어놓지 말고, 특히 동정심이 깊으며, 요컨대 덕행이라는 길을 더듬어 가는 길밖에 도리가 없다. 불과 2마라베디의 돈이라도 기꺼이 가난한 자에게 희사한다면 요란스런 선전과 더불어 돈을 내는 사람 못지않은 덕을 쌓는 것이 된다. 여태까지 말한 것 같은 미덕을 갖춘 사람은 누구의 눈에도, 비록 그때까지 한 번도 만난 적이 없는 사람이라도 가문이 천하지 않은 사람으로 보인다. 만일 그렇게 보이지 않는다면 그건 이상한 일이지. 칭찬이야 말로 예나 지금이나 변함없이 덕행에 주어지는 포상이다만 덕이 높은 사람으로서 남의 찬양을 받지 않는 사람은 없다. 알아듣겠느냐, 여자들아, 사람이 부자가 되고 존중받게 되려면 걸어갈 길이 둘 있느니라. 그 하나는 문(文)의 길이고 다른 하나는 무(武)의 길이다. 나는 문보다 무에 통해 있다. 내가 무를 좋아하는 것을 보면 나는 마르스좌의 정기를 받고 태어난 것 같다. 따라서 무의 길로 내가 나아간다는 것은 거의 어쩔 수 없는 일이며, 설혹 온 세상이 반대하더라도 이 길을 나가지 않을 수 없다. 그러니 하늘이 기리시고, 숙명이 명령하고, 도리가 요구하며, 더욱이 무엇보다도 나 자신의 의지가 바라는 것을 나더러 싫어하라고 강요해봐야 결국은 헛수고에 그치고 말 것이 아니냐? 사실 나는 내가 잘 알고 있지만 편력의 기사에게 반드시 따라다니는 무수한 고생을 아는 한편 또한 이 길에서 얻을 수 있는 무한한 행복도 알고 있다. 또 도덕의 길은 극히 좁으며 악에의 길은 넓고 평탄하다는 것을 알고 있다. 이 두 가지 길의 끝과 종말이 큰 차이가 있다는 것도 잘 알고 있다. 넓고 여유 있는 악에의 길의 종말은 죽음이며, 좁고 험하고 고난에 찬 덕에의 길은 생명으로 끝난다. 그것은 언젠가는 다할 생명이 아니라, 다할 줄 모르는 생명의 길로 인도해주는 것이다. 나는 우리 까스띠야의 대시인($\binom{\text{가르씰라소}}{\text{데 라 베가}}$)이 읊은 것을 알고 있다.

　올라가면 내려갈 길이 없는 이 험난한 도정을 더듬어가서 불멸이 사는 높이에 이른다.

"어머, 어쩌면 좋아!" 하고 조카딸이 말했다. "외삼촌은 시인이기도 하셔! 뭐든지 알고 계시고 뭐든지 하실 수 있으신 것 같아. 석수가 되시고 싶으면 돌을 가지고 새 집 같은 집을 지으실 수도 있을 거야, 틀림없이."

"약속해도 좋다, 조카야" 하고 돈 끼호떼가 대답했다. "만일 이 기사도라는 생각에 나의 모든 오감(五感)이 끌려가 있지 않았다면 내가 해내지 못할 일은 없을 것이고, 내 손으로 해내지 못할 진기한 세공도 무엇 하나 없을 것이다. 그 중에서도 '새 초롱과 이쑤시개 따위는 특히 말이다."

마침 그때 밖에 찾아온 사람이 있었다. 그래서 누구시냐고 물으니, 산초 빤사라고 대답했다.

가정부 할멈은 그가 온 줄 알자 그 얼굴도 보고 싶지 않아서 곧 달아나듯 모습을 감추었다. 그토록 그를 싫어했던 것이다. 조카딸이 문을 열어주자 주인 돈 끼호떼는 두 팔을 벌려 종자를 맞이하러 나갔다. 그리고 주인과 종자는 돈 끼호떼의 거실에 들어박혀 새로운 대화를 나누었는데 그것은 앞의 그것에 조금도 못지않은 것이었다.

제 7 장

돈 끼호떼가 종자와 나눈 이야기와 그 밖에 크게 호평을 받을 만한 일들에 대해서.

가정부는 산초 빤사가 주인과 함께 들어박힌 것을 보고 즉각 그들 두 사람이 무엇을 얘기하고 있는가를 짐작했다. 그리고 그 의논으로 두 사람이 세번째로 집을 나갈 계획이 세워지고 있다는 것을 알고 그만 슬픔과 우수에 잠겨 망토를 뒤집어쓰고는 석사 삼손 까르라스꼬를 찾으러 나갔는데, 그 까닭은 그가 제법 유수같이 말을 잘하는데다가 주인과 새로 사귄 친구이므로 주인의 도무지 걷잡을 수 없는 계획을 포기하도록 설득시켜줄 수 있을지 모른다고 생각했기 때문이었다. 그를 발견한 것은 그가 마침 자기 집 안마당을 거닐고 있을 때였다. 그의 모습이 눈에 띄자마자 그녀는 땀을 흘리며 근심에 잠겨 그의 발 아래 비실비실 주저앉아 버렸다. 까르라스꼬는 그녀가 매우 괴로워하고 당황해하고 있는 모양을 보고 물었다.

"어찌 된 일이오, 할멈? 대체 무슨 일이 일어났소? 마치 당신의 영혼을 누가 뽑아버리기라도 한 듯한 모습이잖아."

"아니, 삼손 양반, 아무 일도 아닌 게 아니라, 우리집 주인 나리가 또 나가신대요, 틀림없이 나가시고 말 거예요!"

"나가다니, 어디서 나가?" 하고 삼손이 물었다. "주인님 몸뚱이가 어디가 찢어지기라도 했나?"

"그저 나간다는 게 아니고, 늘 나가는 그 미치광이 문으로 나간단 말이에요" 하고 그녀는 대답했다. "다시 말해서 내 영혼과 같은 석사님,

주인 나리가 다시 한 번 가출할 생각을 하고 계시단 말이에요. 이번이 세번째데, 여기저기 싸다니면서 '운'이라는 것을 찾을 참인 모양인데, 어째서 그런 이름을 거기에 붙이는지 난 도무지 알 수가 없어요. 첫번째 나갔을 때는 몽둥이로 실컷 두들겨맞고 정신을 잃은 채 당나귀에 실려서 집으로 운반되어 오셨어요. 두번째 나갔을 때는 소달구지 위의 우리에 갇혀서 돌아오셨는데, 마법에 걸린 줄만 알고 계셨어요. 처량한 그 몰골이라니, 정말 낳은 어머니도 알아보지 못했을 거예요. 피골이 상접하고 누렇게 떠서, 두 눈은 머리 안쪽으로 푹 꺼지고 말이에요. 그래서 조금이라도 주인 어른을 본래대로 해드리려고 나는 달걀을 600개 이상이나 썼답니다. 이건 하느님도 아시고 세상 사람들도 잘 알고 있는 일이지요. 우리집 닭이 나를 거짓말을 하게 내버려두진 않아요."

"그건 틀림없는 사실일 테지" 하고 석사가 대답했다. "그렇게 훌륭하고 살이 찌고 잘 자란 닭인걸. 배가 찢어지더라도 흰 것을 검다고야 하겠나? 정말이지, 할멈, 그밖엔 아무것도 없지? 다만 돈 끼호떼 님이 하시려고 하는 일이 걱정이라는 것 이외에는 곤란한 일이란 아무것도 일어나지 않았지?"

"예, 아무 일도" 하고 그녀는 말했다.

"그렇다면 아무 걱정도 할 필요 없어요. 그러니 안심하고 집으로 돌아가서 내게 줄 따뜻한 점심이라도 만들어놓구려. 만일 알고 있다면 산따 아폴로니아의 기도(치통의 주문으로서 민간에 퍼져 있다)라도 외면서 돌아가요. 나도 곧 갈 테니까. 잘 수습해보자구."

"가만 있자!" 하고 가정부가 말했다. "산따 아폴로니아의 기도나 외라는 말씀이세요? 우리집 주인 어른이 이빨이라도 아프시다면 그걸로 되겠지만 잘못된 건 머리인걸요."

"아니, 나는 내가 무슨 말을 하는가 잘 알고 있어요, 할멈. 자, 어서 가봐요. 그리고 나와 말 싸움을 할 생각만은 말아줘요. 아시다시피 나는 살라망까 출신의 석사니까, 재잘재잘 지껄이는 것만으로도 족해" 하고 까르라스꼬는 대답했다.

가정부를 먼저 보내고 나서 석사도 신부를 만나 의논하려고 집을 나섰다. 그 내용은 어차피 그때가 되면 이야기가 나올 것이다.

돈 끼호떼와 산초가 방에 들어박혀 있는 동안에 주고받은 말을 실록은 매우 정확하고 진실된 이야기로서 전하고 있다. 산초가 주인에게 말했

"나리, 나리께서 저를 데리고 가시고 싶은 곳에 가실 수 있도록 저는 마누라를 납덕시켰습니다요."

"납덕이 아니라 납득이다, 산초" 하고 돈 끼호떼가 말했다. "납덕은 틀려."

"한 번인지 두 번인지 모르지만 말씀입니다요" 하고 산초가 대답한다. "제 기억이 틀리지 않는다면, 나리께 부탁을 분명히 드렸을 것입니다. 제가 하고 싶은 말이 무슨 뜻인가 아시기만 하셨으면, 말이 틀렸느니 어쨌느니 하시지 마시라고요. 못 알아들으실 때는 '이봐 산초'라든지 '이 악마야'라도 좋고, '네 말을 알아들을 수가 없다'고 말씀해주십사고 말입니다요. 그래서 만일 제가 똑똑히 설명을 못해드릴 때는 고쳐주셔도 상관없습니다요. 저는 무척 신진해서요……."

"네 말은 알아들을 수가 없구나" 하고 돈 끼호떼가 말했다. "무척 신진하다니, 그건 또 무슨 뜻이냐?"

"무척 신진하다는 것은 즉" 하고 산초가 대답했다. "무척 그런 겁니다요."

"점점 더 모르겠구나" 하고 돈 끼호떼가 따졌다.

"제가 하는 말씀을 모르신다면 어떻게 말해야 좋을지 모르겠습니다요. 저는 그 이상은 모르겠습니다요. 하느님의 도움을 부탁하고 싶습니다요."

"음, 알았다" 하고 돈 끼호떼가 말했다. "네가 하고자 하는 말은 정말로 순진하고 온순하고 다루기 쉬우며, 내 말을 받아들이고, 내가 가르치는 대로 순순히 따르겠다는 뜻이렷다."

"저는 내기를 해도 좋습니다요. 나리께선 처음부터 짐작하시고 알고 계셨던 겁니다요. 그런데 저를 얼떨떨하게 만들어서 좀더 제 입에서 엉터리 같은 말이 나오게 하시려고 그러신 게 아닙니까요?"

"그런지도 모르지" 하고 돈 끼호떼는 대답했다. "그래 떼레사는 뭐라고 하더냐?"

"떼레사는 말씀입니다요" 하고 산초가 대답했다. "나리와 저 사이에 미리 좀더 튼튼하게 약조를 해두는 것이 좋겠다, 적어둔 것은 소용이 있지만 말로만 약속한 건 소용없다, 그 까닭은 트럼프의 패를 섞은 자는 떼는 자가 아니며, '가져라' 한 마디는 '언젠가 주마'의 두 마디보다 값이 있기 때문이라는 겁니다요. 그래서 제가 하고 싶은 말씀은, 여자의 조언 따위 뭐 들어볼 것도 없다, 하지만 그 조언을 듣지 않는 자는 미치광이라는 것입니다요."

"나도 그렇게 생각한다"하고 돈 끼호떼가 대답했다. "자, 말해보라, 나의 벗 산초여, 말을 더 계속해도 좋다. 오늘 그대는 진주알 같은 말을 하는구나."

"말하자면"하고 산초가 이었다. "나리께서 훨씬 더 잘 알고 계시듯이 우리들 인간은 모두 죽습니다요. 오늘 살아 있어도 내일은 없고, 새끼 양도 어미 양과 마찬가지로 눈깜박하는 사이에 가버리는 것입니다요. 그러구 하느님께서 주실 생각을 하신 목숨의 길이보다 더 긴 목숨을 약속할 수 있는 자는 이 세상에 아무도 없습니다요. 그 까닭은, 죽음의 신이라는 것이 귀머거리이기 때문입니다요. 게다가 우리의 목숨의 문을 두들기러 올 때는 언제나 잔뜩 다급해서 부탁을 해도, 힘으로도, 임금님도, 사제님도 이것만은 막을 수가 없습니다요. 이건 모르는 사람이 없고, 모두 말하는 그대로며, 여기저기 설교단에서 흔히 듣는 그대로입니다요."

"모두 진실이로다"하고 돈 끼호떼가 말했다. "헌데 어디로 그 얘기를 끌고 갈 참인지 나는 도저히 짐작을 못하겠구나."

"제가 얘기를 끌고 가고 싶은 데는"하고 산초가 대답했다. "말하자면, 제가 나리를 섬기는 동안 다달이 얼마간 저에게 주실 급료를 얼마라고 꼭 정해주셨으면 하는 것입니다요. 그 급료는 나리의 댁에서 지불해주셨으면 합니다요. 늦어지거나, 모자라거나, 아무것도 받지 않거나 하는 그런 급여는 재미없으니 말입니다요. 자기 것이 있어야 비로소 하느님도 도와주십니다요. 결국 저는 많고 적은 것은 아무래도 좋지만 제가 버는 액수가 얼마인가는 알고 싶어서 말씀드리는 것입니다요. 또 알이 있는 곳에 알을 낳는 것이고, 티끌 모아 태산이니까 조금이라도 벌고 있는 한 결코 손해는 되지 않으니까 말씀입니다요. 사실을 말씀드리면 나리께서 제게 약속해주신 섬이라도 주시게 된다면, 이런 말씀을 드린다고 해서 그걸 믿거나 거기에 기대를 걸고 있는 것은 아니지만 말씀입니다요, 그 섬에서 생기는 수입이 일 년에 얼마나 되는가 미리 계산해보고 제 급료에서 강제하는 것을 싫어할 만큼 은혜를 모르지도 않고 인색한 사내도 아닙니다요."

"나의 벗 산초여"하고 돈 끼호떼가 말했다. "때로는 강은 공과 마찬가지로 통용하기도 하는 모양이구나."

"아, 알았다!" 하고 산초가 외쳤다. "아마 강제가 아니라 공제라고 말해야 하는 걸 그랬나봅니다요. 하지만 상관없습니다요. 나리가 알아들으셨으니까 말씀입니다요."

"음, 잘 알았다" 하고 돈 끼호떼가 대꾸했다. "네가 생각하는 바닥까지 알았다. 네가 잇따라 내뱉은 수수께끼의 화살이 어디를 겨누는지도 짐작했다. 잘 들어라, 산초. 만일 어느 편력의 기사 이야기에서건 종자가 다달이 혹은 해마다 얼마를 버는가 조그마한 틈바구니로라도 엿보이게 하고 풍겨준 예를 보았다면 기꺼이 그대의 급료를 정해주마. 그러나 나는 기사들의 이야기를 죄다, 아니, 거의 읽어왔다만 어느 편력의 기사도 자기 종자에게 일정한 급료를 약속했다는 말은 듣지 못했다. 다만 알고 있는 것은 종자란 모두 이쪽에서 주고 싶은 급여로 봉사해왔다는 것과 생각지도 않던 때에 주인의 무운이 피어서 섬이라든지 혹은 그와 비슷한 것이 주어지고 또 적어도 작위를 받아 귀족이 되었다는 것이다. 이러한 희망과 덤이 갖고 싶어서 산초여, 네가 다시 나를 섬길 생각이라면 참으로 가상할 만한 일이다. 그러나 그것이 편력의 기사도가 갖는 옛 관습의 범위나 상도에서 벗어나야 하는 것이라면 그것은 결국 소용없는 생각이니라. 그러니, 나의 다정한 산초여, 너는 집으로 돌아가서 나의 뜻을 떼레사에게 전하라. 만일 또 내가 생각해서 그대에게 주는 급여를 너도 너의 아내도 응낙한다면 그것은 bene quidem(매우 좋다)이다. 그러나 동의하지 못하겠다면 옛날의 친구로서의 교제로 되돌아갈 뿐이다. 비둘기 집에 모이가 있으면 비둘기는 아쉽지 않을 게다. 그런데, 너는 알아두어라. 훌륭한 희망은 천한 소유보다 낫고, 좋은 탄식은 나쁜 지불보다 나으니라. 내가 이런 말을 하는 것은, 알겠느냐, 산초, 나도 너 못지않게 속담을 비오듯 지껄일 수 있다는 것을 너에게 깨쳐주고 싶어서다. 요컨대 너에게 말하고 싶은 것은, 아니, 말해서 들려주는 것이다만, 만일 네가 이쪽에서 마음대로 주는 급여로써 나와 운명을 같이하고 싶지 않다면, 너는 하느님과 더불어 한가하게 사는 편이 좋을 것이다. 나에게는 너보다 더 순종하고 더 눈치빠르며, 너처럼 우둔하지도 않고 말도 많지 않은 종자가 얼마든지 있을 테니 말이다."

산초는 주인의 이렇듯 굳은 결의를 들었을 때, 하늘이 별안간 어두워져서 여태까지 모처럼 간직하고 있던 기세도 갑자기 흐물흐물 허물어지고 말았다. 온 세계의 재보를 다 준다고 하더라도 주인이 자기를 버리고 출발하리라고는 꿈에도 생각지 않았던 것이다. 그래서 멍하니 생각에 잠겨버렸는데 삼손 까르라스꼬가 들어왔다. 그리고 그가 어떤 변설로 주인이 다시 모험을 찾아 떠나지 않도록 설득해줄 것인가 들어보려고 가정부와 조카딸이 따라 들어왔다.

희대의 냉소가(冷笑家) 삼손은 성큼성큼 다가가서 처음 만났을 때와 마찬가지로 돈 끼호떼를 얼싸안고 소리를 높여 말했다.

"오오, 편력 기사도의 꽃, 오오, 무사도의 찬연한 빛이여! 오오, 에스빠냐 국민의 명예요 거울이여! 원컨대 전지 전능 운운하시는 하느님의 뜻에 의해 당신의 세번째 출발을 막고 방해하려는 자, 또는 그자들이 그 소원의 미로에서 출구를 찾지 못하고, 그들이 갈망하는 바를 일찍이 이루는 일 없도록 해주시기를!"

그러고는 가정부를 돌아보고 말했다.

"할멈, 이제는 산따 아폴로니아의 기도를 더 외시 않아도 돼요. 왜냐면, 돈 끼호떼 님이 그 고상하고 새로운 사상을 다시 실현하시는 일이 다름 아닌 하늘의 뜻임을 알았기 때문이오. 그래서 이 기사의 힘과 씩씩한 의기의 올바름을 더 이상 오래도록 움츠리고 있게 하거나 만류해두지 않도록 설득도 하고 권유도 하지 않는다면, 나는 양심의 가책에 못 견딜 것 같소. 왜냐하면 돈 끼호떼 님의 출발이 지체되면 욕을 보는 자의 수치를 제거하는 일도, 고아들의 비호도, 처녀들의 정조도, 과부들의 원조도, 유부녀들의 의지도, 그 밖에 편력 기사도에 저촉되고, 관계되고, 의존하고, 부속되는 그리고 이에 유사한 온갖 것들을 그대로 방치해둔 채 돌보지 않는 결과가 되기 때문이오. 자, 아름답고 용맹한 우리의 돈 끼호떼 님, 당신은 내일로 미룰 것 없이 오늘이라도 당장 출발하십시오. 만일 거룩한 출발을 하시는 데 무엇이든 부족한 것이 있으시다면 저는 그 보충을 위해서 일신과 재산을 제공하겠습니다. 종자로서 당신을 섬길 수가 있다면 저에게는 그보다 더한 영광이 없을 것입니다."

그러자 돈 끼호떼가 산초를 돌아보고 말했다.

"산초여, 내가 너에게 말하지 않더냐, 종자는 얼마든지 있다고? 어떤 분이 종자가 되어주겠다고 말씀하시는가 잘 보아라. 다름 아닌 전대미문의 석사 삼손 까르라스꼬 님, 살라망까 대학의 교정을 번창케 하는 일꾼, 사람을 웃기는 인기인, 몸은 건강하고, 동작은 가벼우며, 말은 적고, 더위와 추위를 견딜 뿐 아니라 굶주림도 목마름도 예사로 참는, 편력 기사의 종자에게는 없어서 안될 온갖 자질을 갖춘 분이다. 그러나 내가 나 좋은 것만 추구한 나머지 이 문학의 기둥을 자르고, 학문의 그릇을 깨고, 뛰어난 예술의 높은 야자수를 벤다면 하늘도 용서치 않으시리라. 현세의 삼손(용맹했던 《구약 성서》 속의 삼손을 생각하고 하는 말)은 향토에 머물러 향토의 명예가 되고 아울러 연로하신 부모님의 백발의 자랑이 되시라. 나는 어떤 종자라도 참기로 하겠소. 왜냐하면 산초가 나와 함께 가주지 않는다고 하니까."

"아니, 가겠습니다요" 하고 산초는 감동하여 눈물을 글썽거리면서 말했다. "나리, 저는 말씀입니다요, '빵은 먹었다, 따라가긴 싫다'는 그런 인간들과 같다는 말을 듣고 싶지 않습니다요. 그럼요, 저는 은혜를 모르는 혈통은 아닙니다요. 제가 태어난 빤사 집안 사람들이 어떤 사람들이었나 하는 것은 이제 세상 사람들은, 그 중에도 마을 사람들은 다 알고 있습니다요. 그뿐이 아닙니다요. 저는 나리가 누차 베풀어주신 친절과 그보다 더 친절한 말씀으로 미루어 나리께서 저한테 선물을 주실 생각으로 계시다는 것도 알고 있었고 짐작도 하고 있었습니다요. 제가 급여를 두고 이러쿵저러쿵 말을 꺼낸 것은 실은 마누라를 기쁘게 해주고 싶어서였습니다요. 그 여자는 무슨 설득을 하려고 하기 시작하기만 하면, 아무리 큰 통의 줄을 죄는 나무 망치라도 그 인간이 나를 졸라대는 데 비하면 아무것도 아닙니다요. 하지만 역시 남자는 남자, 여자는 여자라야 됩니다요. 저는 어디를 가나 남자입니다요. 이걸 취소할 수는 없으니까 저는 집에서도 누가 뭐라든 남자로 있고 싶습니다요. 그러니 나리께서는 유언과 치부를 전도하지 못하도록 써주시기만 하면 됩니다요. 그리고 나서 삼손 님이 너무 걱정하지 않게 우리는 곧 떠나갑시다요. 그분의 양심이 나리에게 세번째의 편력에 나서도록 권하라고 한다니까 말입니다요. 그리고 저는 다시 나리께, 옛날부터 지금까지 편력의 기사를 모신 어떤 종자에도 못지않을 뿐 아니라 그 위를 가도록 충실히 정한 법도에 따라 모시겠다고 약속드리겠습니다요."

석사는 산초 빤사의 말과 그 지껄이는 모양을 보고 놀랐다. 왜냐하면 이 사나이 주인의 이야기의 전편을 이미 읽었는데 거기에 그려진 애교 있는 사나이와는 거리가 멀었기 때문이다. 그러나 지금 그가, '유언과 추기(追記)를 개변하지 못하도록' 하고 말할 것을 '유언과 치부를 전도하지 못하도록'이라고 하는 것을 듣고 이 사나이에 관해서 지금까지 읽은 것이 모두 사실이라고 생각했다. 그리고 우리 세기에 가장 장엄한 바보의 한 사람인 것을 확인하자 이들 주종과 같은 한 쌍의 미치광이는 이 세상에서 아무도 본 적이 없었을 것이라고 혼자 속으로 중얼거렸다.

돈 끼호떼와 산초 빤사는 서로 얼싸안고 완전히 화해했다. 그리고 그들로 봐서는 신탁과 같은 위대한 까르라스꼬의 의견과 동의에 의해서 그들의 출발을 사흘 후로 정했는데, 그때까지는 여행에 필요한 것을 마련하고 또 돈 끼호떼가 무슨 일이 있더라도 쓰고 가야 한다고 우기는 얼굴 가리개가 붙은 투구를 구할 여유도 있을 것이 분명했다. 그것은 삼손이 맡아주었다. 그의 친구 중의 한 사람이 그런 것을 가지고 있었는데 달라고 하면 싫다고는 하지 않을 것으로 알고 있었기 때문이다. 그런데 그것은 매끄러운 강철로 번쩍번쩍 빛나고 있는 것이 아니라 곰팡이와 녹으로 새까맣게 되어 있었다.

가정부와 조카딸 두 여자가 석사에게 퍼부은 저주는 대단한 것이었다. 그들은 자기 머리를 쥐어뜯고, 자기 얼굴을 할퀴고, 장례식에 와서 삯을 받고 울어주는 여자(당시 스페인에서도 사람이 죽으면 여자들을 세내어 울게 하는 풍습이 있었다) 뺨치게, 주인의 출발이 마치 그의 죽음이기라도 한 듯 슬퍼했다. 그런데 삼손이 돈 끼호떼에게 한 번 더 집을 나가라고 권한 계획은 이야기가 좀더 전개되면 알게 될 일을 실행하기 위해서였으며, 그것은 신부와 이발사의 지시에 의한 것이었다. 삼손은 그들과 한패였던 것이다.

아무튼, 그 사흘 동안에 돈 끼호떼와 산초는 적당하다고 생각되는 것들을 손에 넣었다. 그리고 산초는 마누라를, 돈 끼호떼는 조카딸과 가정부를 달래어, 해거름에 마을에서 반 마장쯤까지 전송하겠다는 석사 이외에는 누구도 보지 못하도록 사람의 눈을 피해 엘 또보소를 향해 출발했다. 돈 끼호떼는 얌전한 로시난떼를, 산초는 여느 때의 그 잿빛 당나귀를 타고 있었는데, 배낭에는 온갖 식량이 채워져 있었고, 지갑에는 돈 끼호떼한테서 무슨 필요가 있을 때 쓸 준비금으로 받은 돈이 들어 있었다.

삼손은 돈 끼호떼를 얼싸안고 그들 우정의 법칙이 요구하는 대로 좋은 일이나 궂은 일이 있을 때 자기에게 꼭 알려달라고 부탁했는데, 그것은 좋은 소식은 기뻐하고 나쁜 소식은 슬퍼하기 위해서라는 것이었다. 돈 끼호떼는 그렇게 하겠다고 약속했다. 삼손은 마을로 돌아가고 두 사람은 엘 또보소의 대도시를 향해 길을 재촉했다.

제 8 장

그리운 공주 둘씨네아 델 또보소를 만나러 가는 길에 돈 끼호떼에게 일어난 일이 다루어진다.

"전능하신 알라는 찬양받을지어다!" 하고 아메떼 베넨헬리는 이 제 8 장의 서두에서 말하고 있다. "알라는 찬양받을지어다!" 하고 세 번 되풀이하고, 이런 식으로 찬양하는 것은 이미 돈 끼호떼와 산초가 넓은 들판에 나가 있다는 것, 또 그들의 즐거운 이야기의 독자들도 돈 끼호떼와 그 종자의 공명과 애교가 이 순간부터 시작된다고 생각해도 좋다는 것을 알 수 있기 때문이라고 말하고 있다. 그리고 재지 넘치는 시골 귀족의 지난날 기사 행각을 잊어버리고 지금부터 시작되는 기사 행각에 눈을 돌리기를 독자에게 권하고 있는데, 지난날 그것이 몬띠엘의 광야에서 시작한 것처럼 지금부터 엘 또보소의 길에서 시작되는 것이다. 더욱이 그가 구하는 것은 약속한 것에 비해 결코 많지 않다. 그리고 다음과 같이 계속하고 있다.

돈 끼호떼와 산초 두 사람만 남았다. 그리하여 삼손의 모습이 멀리 사라지자 로시난떼는 소리 높이 울고 당나귀는 코를 쿵쿵거리기 시작했는데, 이것을 기사와 종자는 앞날에 행운이 있을 좋은 조짐으로 보고 상서로운 전조로도 보았다. 사실을 말한다면, 당나귀가 코를 쿵쿵거린 소리가 말의 울음 소리보다 컸으므로 산초는 자기의 운이 주인의 운을 눌러 훨씬 더 낫겠다고 생각했는데, 이것이 그가 자랑하는 점성학(占星學)에 기초를 둔 것인지 어떤지는 이야기 자체가 밝히고 있지 않아 뭐라고 말할 수 없다. 다만 만일 당나귀가 엎어지거나 넘어지거나 한다면 집을 나오지 않는 편이 낫지, 엎어지거나 넘어지거나 해서 얻는 것이라곤 신발을 찢거나 갈비뼈가 부러지거나 하는 게 고작이거든, 하고 산초가 뇌까리는 소리가 들렸을 뿐이다. 좀 모자라는 사나이지만 이런 점에 대해서만은 별로 그렇지도 않았다. 돈 끼호떼가 말했다.

"나의 좋은 벗 산초여, 오는 동안에 어느 새 밤이 차츰 다가왔는데,

날이 샐 때 엘 또보소를 바라보려면 어두운 밤길을 가야겠구나. 이번의
새 모험으로 들어가기 전에 그곳으로 가서 세상에 둘도 없는 둘씨네아의
축복과 흔쾌한 허락을 얻을 생각이다. 그님의 허락이 있으면 나는 아무
리 위험한 모험도 완수하고 아주 좋은 성과로서 마칠 수 있다고 생각할
뿐 아니라 확신하고 있다. 이 세상의 어떤 일도 자기가 그리워하는 귀부
인의 지지를 얻는 것만큼 편력의 기사에게 용기를 주는 것은 없기 때문
이다."

"저도 그렇게 생각합니다요" 하고 산초가 맞장구를 쳤다. "하지만, 나
리께서 그분과 얘기를 하시거나, 얼굴을 맞대시거나, 적어도 그분한테서
축복을 받으시려면 뒷마당의 흙담 너머로가 아니면 무리라고 생각됩니
다요. 제가 그분을 처음 본 것도 그렇게 해서였습니다요. 나리께서 시에
라 모레나의 산속에서 하신 어처구니없는 미치광이 소동을 알려드리려
고 쓰신 편지를 전하러 갔을 때 일입니다요."

"그대에게는 그것이 뒷마당의 흙담으로 보였단 말이냐, 산초?" 하고
돈 끼호떼가 말했다. "그 아무리 찬양해도 다 찬양할 수 없는 정숙하고
아름다운 임을 본 자리가 말이다. 그것은 반드시 호화롭고 훌륭한 전각
의 회랑이나, 그 왜 긴 뭐더라, 아무튼 그런 곳이었을 것이 틀림없다."

"그랬을는지도 모릅니다요" 하고 산초가 대답했다. "하지만, 저한테는
흙담으로밖에는 보이지 않았습니다요. 제가 기억력을 잃어버린 사내가
아니라면 말씀입니다요."

"어쨌든, 가보자, 산초" 하고 돈 끼호떼가 말했다. "나는 그분을 한
번 볼 수만 있다면 담 너머로건, 창문이나 문틈으로건, 정원의 쇠창살을
통해서건 조금도 다를 것이 없다. 그분의 미의 태양에서 나오는 제아무
리 가냘픈 빛이라도 내 눈에 이르기만 하면 나의 사려는 빛나고 나의 신
기(神氣)는 더욱 왕성해질 것이다. 따라서 나는 지, 용, 어느 점에 있어
서나 천하무쌍의 유일한 기사가 되는 것이다."

"그렇다면 사실을 말씀드리지만" 하고 산초가 대답했다. "둘씨네아 델
또보소 님의, 그 태양을 보았을 때 어떤 빛이라도 낼 수 있을 만큼 밝지
는 않았습니다요. 아마 제가 전에 말씀드린 것처럼, 그분은 밀의 키질을
하고 있었으므로 키에서 나오는 자욱한 먼지가 구름처럼 일어 빛을 가리
고 있었던 모양입니다요."

"아직도 그대는, 산초" 하고 돈 끼호떼가 말했다. "나의 그리운 공주

둘씨네아가 밀을 키질하고 있었다고 말하고, 그렇게 생각하며, 그렇게 주장하느냐! 키질이란 것은 고귀한 분들이 평소에 하시는, 혹은 하셔야 하는 일과와 아주 거리가 먼 작업이요, 영위며, 그분들에게는 큰 화살이 겨우 도착할 만한, 먼 거리에서 보아도 그 고귀함을 알 수 있을 만한 각별한 취미라든지 파적거리가 다 마련되어 있다는 것을 모르느냐! 이봐라, 산초여! 그대는 네 물의 정(精)이 수정의 집에서 하고 있던 일을 그려 보인 우리의 시인(가르씰라소 데 라 베가의 〈목가〉)의 시구 따위는 필시 알지도 못하겠지. 그 요정들은 사랑하는 따호 강에서 나와 푸른 초원에 앉아, 재기 발랄한 시인이 묘사했듯이, 모든 것이 황금과 비단과 진주로 짜여 있는 그 현란한 천에 수를 놓기 시작한 것이다. 그러니 그대가 그분을 보았을 때 나의 그리운 공주가 하고 있던 일은 그러한 유의 것이었음이 틀림없다. 그보다도 내가 하는 일마다 모두 어느 소가지 못된 마법사가 품는 시샘이 나에게 기쁨을 가져다주는 모든 일을 본래의 모습과는 전혀 다른 모습으로 바꾸어버린단 말이다. 내가 이룩한 그 숱한 무훈을 출판했다는 그 책 속에서도, 만일 어쩌다가 그 작자가 나에게 악의를 품은 현인이었다고 한다면, 어떤 사실을 다른 것과 대치하고 하나의 진실에 800가지 거짓을 섞어 진실된 이야기가 추구하는 일관된 일과는 전혀 관계도 없는 얼토당토 않은 것만 늘어놓고 흐뭇해하고 있지나 않은지 그게 걱정이로다. 오오, 시샘하는 마음이여! 한없는 악의 근원, 덕의 모든 것을 좀먹는 벌레! 모든 악행도, 산초여, 잘은 모르지만, 얼마간의 즐거움을 가져다주는 법이다만, 그러나 시샘하는 마음이 가져다주는 것은 불쾌와 원한과 노여움 이외에 아무것도 없느니라."

"그것은 저도 역시 하고 싶은 말입니다요" 하고 산초가 대답했다. "석사 까르라스꼬가 우리에 관해서 씌어 있는 것을 보았다고 말한 그 전설인지 얘긴지 하는 것 속에서도, 제 명예는 더러운 돼지나 뭐 그런 것처럼 아랫사람들이 말하듯 마구 길거리 진흙탕 위를 이리저리 끌려다니고 있는 것이 틀림없다고 생각됩니다요. 전 여태까지 마법사 따위의 욕을 한 적이 한 번도 없습니다요. 남의 시샘을 받을 만한 돈도 갖고 있지 않습니다요. 올바른 인간으로서 맹세해도 좋습니다요. 그야 얼마간 소가지가 못된 점도 있고, 교활한 데도 조금은 있습니다요만, 그래도 그런 것은 언제나 제 분수대로 뻐기지 않는 저의 호인이라는 큼직한 망토가 폭 싸서 덮어주지 않습니까요. 게다가 하느님과 거룩한 로마 카톨릭이 생각하시는 모든 일은 언제나 제가 믿듯이 굳게 진심으로 믿고, 제가 그런 것처럼 유태인을 목숨을 걸고 미워한다는 것밖에 볼 게 없는 사나이라면 얘기의 작자들도 제게 자비심을 베풀어서 쓴 것 가운데서도 적당히 관대하게 저를 다루어줄 것이 틀림없잖습니까요? 그래도 쓰고 싶은 것은 뭐든지 쓰라죠, 뭐. 저는 발가숭이로 태어나서 지금도 발가숭입니다요. 손해볼 것도 없습니다요. 설혹 책에 실려서 세상 사람들의 손에서 손으로 건너가 사람들이 제멋대로 지껄여대는 말을 듣게 되더라도, 저는 아무 상관 없습니다요."

"그건 암만해도, 산초"하고 돈 끼호떼가 말했다. "현대의 유명한 어느 시인이 한 말과 닮은 것 같구나. 그 사람은 매춘부들에 대한 매우 악의에 찬 풍자시(諷刺詩)를 지은 적이 있는데 그 중에 한 사람이 과연 그런 여자인지 어떤지 의심스러워서 풍자의 대상으로 삼지도 않았을 뿐 아니라 이름조차 들지 않았단 말이다. 그런데 이 여자는 자기가 매춘부 명부에 올려 있지 않은 것을 알자 시인을 찾아가서 어디가 나빠 자기를 다른 여자들 속에 끼여 넣지 않았느냐, 그 풍자시를 좀더 길게 해서 자기도 그 속에 끼여달라, 만일 그렇게 해주지 않을 때는 무슨 일이 일어날지 모르니 각오하라고 원망하고 호소했다는 게다. 시인은 그 소원을 들어 하녀의 우두머리도 입에 담지 못할 심한 것을 써주었는데 본인은 이름이 팔렸다고 해서 가장 천한 이름이지만 매우 만족해했다는 이야기다. 이것은 세계의 7대 불가사의의 하나로 손꼽히는 저 유명한 디아나의 전당에 불을 질러 재로 만들어버린 목동의 이야기와도 일치한다만, 그것이 다만 후세에 자기 이름을 남기기 위한 생각 때문에 한 일이었단다. 그래서 이 사나이의 목적이 이루어지지 못하게 아무도 그의 이름을 밝히지 못하고 그의 이름을 입 밖에 내거나 써서도 안된다는 엄한 금지령이 내렸다만, 그래도 역시 그자가 에로스트라투스라는 사나이였다는 것이 알려져 있지. 또 까를로스 5세 대제(大帝)가 로마에 계셨을 때 한 기사와의 사이에 일어난 이야기도 생각케 하는구나. 황제는 유명한 라 로툰다의 전당을 구경할 생각을 하셨는데, 이 전당은 옛날에는 신들의 전당이라 불렸고 현재는 그보다 더 적절한 '제성 전당(諸聖殿堂)'이라 불리지. 이교도가 로마에 건설한 신전 중에서 가장 완전한 형태로 남아 있는 건물일 뿐 아니라 창립자들의 장대하고 호화로운 명성을 유감없이 전하고 있는 건물이니라. 오렌지를 절반으로 자른 듯한 형태인데 그것이 또한 매우 장대하고, 그 꼭대기에 있는 오직 하나의 창문, 창문이라기보다 채광구(採光口)로부터 조금밖에 빛이 들어오지 않는데도 내부는 매우 밝단다. 황제는 그 꼭대기에 서서 구경을 하시고, 한 로마인 기사가 옆에 서서 그 호장하고 기억할 만한 대건축의 아름다움과 섬세함 등을 설명해드렸다. 그런데 채광구에서 물러나왔을 때 기사가 황제에게 말하기를 '황공하오나, 폐하, 신은 폐하를 껴안고 저 채광구에서 뛰어내리고 싶다는 생각을 몇 번이나 했는지 모르옵니다. 신의 불후의 이름을 세상에 남기고 싶어서 말씀이옵니다.' 그러자 황제는, '그 생각을 실천에 옮기지 않은 것에 대해서 짐은 그대에게 감사한다. 앞으로 짐은 그대의 충성을 시험할 만한 기회를 두 번 다시 주지 않으리라. 앞으로 그대는 절대로 짐에게 말을 건네서는 안된다. 그리고 짐이 있는 곳에 그대가 있어서도 안된다.' 이런 말씀을 내리시고는 그 사나이에게 많은 은상을 베푸셨단다. 요컨대, 산초, 명성을 얻고 싶다는 소원은 극히 강렬한 것이라는 말이다. 갑주로 몸을 감싼 호라티우스를 다리 위에서 티베르 강 깊숙이 밀어 던진 자가 너는 누구였다고 생각하느냐? 무티우스의 한쪽 팔과 손을 태우게 한 자가 누군지 아느냐? 로마의 한가운데에 출현한 부글부글 끓는 심연에 쿠르티우스로 하여금 뛰어들게 유혹한 자가 누군지 아느냐? 모든 전조가 다 흉(凶)으로 나와 있는데도 율리우스 카이사르로 하여금 루비콘 강을 건너게 한 자가 누구냐? 나아가서 가까운 시대의 예를 들자면, 신세계에서 배 밑바닥에 구멍을 뚫어 물속에 가라앉히고는 매우 예의바른 꼬르떼스(에르난 꼬르떼스. 멕시코를 정복했다)에게 통솔된 용감한 스페인인을 고립시킨 자는 누구냐? 이 모든 일이, 그리고 다른 위대한 갖가지 위협이 다 결국은 죽어야 하는 인간이 그 장대한 업적에 알맞은 보상으로서 혹은 불멸의 몫으로서 갈구하는 명성이 시키는 일이고, 시키는 일이었고, 또 시키게 될 일이다. 그러나 우리들 그리스도 교도요 카톨릭 교도, 아울러 편력 기사라는 것은 이 현재의 유한한 세상에서 도달할 수 있는 명성의 헛됨보다 드높은 천국에서 영원히 계속되는 후세의 영광을 찾지 않으면 안되느니라. 현세의 명성이란 아무리 지속하더라도 정해진 종말이 있는 이 세계와 더불어 결국은 멸하지 않으면 안되느니라. 그렇다면, 이봐라, 산초여! 우리들의 소업은 우리가 믿는 그리스도교가 우리들에게 과하고 있는 한계를 넘지는 못한다. 우리가 죽이지 않으면 안되는 것은 거인들의 오만, 관용과 기품이 있는 가슴에 깃들인 질투심, 냉정한 태도와 침착한 마음에 깃들인 노여움, 우리의 극히 드물게 취하는 식사와 우리가 이따금 하는 불침의 경비를 설 때의 포식과 수면, 우리가 마음의 주인으로 정한 여성들에 대한 충성에 있어서의 음탕한 정욕, 우리를 그리스도 교도일 뿐 아니라 나아가서는 이름난 기사로 만들어줄 수 있는 기회를 찾아 이 세상 구석구석을 편력할 때의 나태 등이니라. 어떠냐, 산초, 훌륭한 명성에 스스로 따르는 훌륭한 칭찬을 얻을 방도를 너도 이제는 알 수 있을 테지?"

"나리께서 여태까지 말씀하신 것을 잘 알았습니다요" 하고 산초가 말했다. "그런데 말씀입니다요, 방금 불현듯 제 머리에 떠오르는 의심도 처치해주셨으면 좋겠습니다요."

"처리해달라고 말하고 싶은 게지, 산초" 하고 돈 끼호떼가 대답했다. "그럼 어디 말해보아라. 내가 알고 있는 일이라면 무엇이든 가르쳐주마."

"그럼 가르쳐주십쇼, 나리. 그런, 줄리오(7월)인지 아고스또(8월)인지, 나리께서 말씀하신 그런 공훈을 세운 기사들은 이제 다 죽었겠지만, 대체 지금 어디에 가 있습니까요?"

"이교도의 기사들은 의심할 것 없이 지옥에 있을 것이고 그리스도 신자들은, 만일 신앙이 두터운 사람들이라면 연옥(煉獄)에 있거나 아니면 천국에 있을 테지?"

"아, 그렇습니까요" 하고 산초는 말했다. "그리고 또 한 가지 알고 싶은 것이 있습니다요. 그런 훌륭한 분들의 시체가 묻혀 있는 무덤은 그 앞에 은등잔이 있다든지, 제단 주위의 벽에 솔잎 지팡이며, 수의며, 머리칼이며, 초로 만든 다리며, 눈깔 같은 것이 장식되어 있습니까요? 그런 것이 없다면 무엇이 장식되어 있습니까요?"

이에 대해 돈 끼호떼는 대답했다.

"이교도들의 무덤은 그 대부분이 장려한 전당이었다. 율리우스 카이사르의 유해(遺骸)는 어처구니없이 거대한 돌의 피라밋 꼭대기에 안치되었는데, 오늘날 로마에서는 '성 베드로의 바늘(높이 25.5미 터의 첨탑)'이라고 부르지. 하드리아누스 황제(로마의 오현 제(五賢帝))는 웬만한 마을만큼 거대한 성을 묘소로 갖고 있는데, 당시 몰레스 하드리아나라고 이름지어진 오늘날 로마의 성 안쩰로 성이 바로 그것이니라. 왕비 아르테미시아가 남편 마우솔루스를 묻은 무덤은 세계의 7대 불가사의의 하나로 손꼽혔다. 그러나 지금 밀한 무덤이나 그 밖의 많은 이교도가 만든 무덤이나, 수의라든지 묻혀 있는 사람들이 성자라는 것을 나타낼 만한 헌납물이나 표지가 될 만한 것은 장식되어 있지 않다.”

“그것이 말입니다요” 하고 산초가 대꾸했다. “그렇다면 말해버리겠습니다요만, 죽은 송장을 되살아나게 하는 것과 거인을 무찌르는 것과 어느 쪽이 위입니까요?”

“대답은 명백하다. 죽은 자를 소생시키는 것이 더 훌륭하지.”

“이제 알았다!” 하고 산초가 말했다. “그러고 보면, 죽은 사람을 되살아나게 하며, 먼 눈을 뜨게 하고 절름발이 다리를 고치고 병자를 고치고 그 무덤 앞에는 은빛 등불이 빛나며 그 예배소에는 무릎을 꿇고 유물을 예배하는 신자들이 몰려오는 그런 사람들의 명성이라는 것은, 이 세상에 살아 있던 그 모든 이교도의 황제며 편력의 기사들이 남겼거나 남기려고 한 명성에 비해서 지금 세상으로 봐서나 앞으로의 세상으로 봐서나 훨씬 뛰어난 명예가 아니겠습니까요?”

“그것이 진실이라는 것도 고백해야 하겠지.”

“그러고 보면, 성자분들의 유해나 유물에는 그런 명예나 신의 은총이나 특전이라는 것이 갖추어져 있다는 말씀이 아닙니까요” 하고 산초가 말을 이었다. “다시 말하자면, 어머니인 성 교회의 인가와 허가를 얻어, 등불이며 초며 수의며 솔잎 지팡이며 그림이며 머리칼이며 눈깔이며 다리가 장식되어 있는 그것으로 신앙심을 기르게 하고 그리스도교의 명예를 만들어내자는 셈이군요. 성자분들의 유해나 유물은 임금님들도 어깨에 메시고, 그 유골에는 입을 맞추시며, 예배소나 가장 소중한 제단을 그것으로 장식하거나 훌륭히 꾸미거나 하시는 것입니다요.”

“너는 그런 말을 늘어놓고 산초, 대체 무슨 말이 하고 싶으냐?”

“제가 말씀드리고 싶은 것은” 하고 산초가 말했다. “한번 우리도 성자님이 될 생각을 해서 좀더 제각제각 우리가 바라는 명예를 잡으면 어떨까 하는 것입니다요. 아시겠습니까요, 나리. 어젠가 그저껜가, 아무튼 극히 최근의 일이니까 어떻게 말해도 상관없습니다만, 두 맨발의 성직자가 축복을 받고 성자로서 모셔져 있는데, 그 양반들의 몸을 조여서 괴롭힌 쇠사슬에 입을 맞추거나 만지거나 하는 것도 이제는 대단히 거룩하고 고마운 일로 모두들 생각하고 있습니다요. 두 사람의 유해도, 아까도 제가 말씀드린 것처럼, 지금의 국왕님 무기고에 있는 롤단의 큰 칼보다 훨

썩 거룩하고 고맙게 여겨지고 존경을 받고 있습니다요. 그러니까 말입니
다요, 나리, 용감한 편력의 기사보다 어떤 종파라도 좋으니까 훨씬 아래
쪽의 성직자가 되는 편이 값어치가 있습니다요. 상대가 거인이건, 요괴
건, 도깨비건, 2000번이나 창을 휘두르는 것보다 수도(修道)의 채찍을 2
다스 맞는 편이 하느님께는 훨씬 효험이 있는 것입니다요."

"그건 죄다 네 말이 옳다만" 하고 돈 끼호떼가 받았다. "그러나, 우리
가 모두 성직자가 될 수는 없는 일이고 또 하느님이 백성들을 천국으로
인도하시는 길도 여러 갈래가 있느니라. 기사도는 종교와 같으니라. 천
국에는 성자가 된 기사도 계시니까."

"그렇습니다요" 하고 산초가 대답했다. "하지만 들리는 얘기로는 말씀
입니다요, 천국에는 편력의 기사보다 성직자 쪽이 훨씬 더 많다고 하지
않습니까요!"

"그건 그렇지. 왜냐하면 기사의 수보다 성직자의 수가 훨씬 많거든."

"편력의 기사도 많습니다요" 하고 산초는 우긴다.

"많지. 그러나, 기사라는 이름에 어긋나지 않는 자는 극히 적으니라."

이러한 말과 이와 비슷한 의견을 주고받는 동안에 그날 밤과 이튿날은
별로 얘기할 만한 일도 없이 지나갔는데, 이것은 적지않이 돈 끼호떼의
마음을 울적하게 만들었다. 결국 이튿날 해거름에 그들은 드디어 엘 또
보소의 대도시를 멀리서 바라보게 되었다. 그것을 보자 돈 끼호떼의 의
기는 더욱 높아지고, 산초는 의기가 소침해졌는데, 그것은 둘씨네아의
집을 몰랐을 뿐 아니라, 그의 주인이 그녀와 만난 적이 한 번도 없는 것
과 마찬가지로 그도 만난 일이 없었기 때문이었다. 이리하여 한쪽은 그
녀의 얼굴을 보려고, 한쪽은 그녀의 얼굴을 본 일이 없기 때문에 매우
초조해하고 있었으며, 산초는 만일 주인이 엘 또보소에 심부름을 갔다오
라고 명령한다면 어떻게 해야 좋을지 아무 생각도 떠오르지 않았다.

마침내 돈 끼호떼는 밤이 되거든 시내로 들어가라고 명령하고, 그때가
될 때까지 엘 또보소 근교에 있는 참나무 숲 속에서 서성거렸다. 이윽고
시간이 되어 그들은 시내로 들어갔는데 거기서 이름이 붙을 만한 사건이
두 사람에게 일어난 것이다.

제 9 장

여기서는 읽으면 스스로 알게 되는 일이 다루어진다.

돈 끼호떼와 산초가 숲을 뒤에 두고 엘 또보소에 들어간 것은 정각 열두 시 아니면 그 전후였다. 시내는 조용했다. 주민들은 모두 잠들어 흔히 세상에서 말하듯 두 다리를 내던지고 쉬는 중이었기 때문이다. 어슴푸레 밝은 밤이었다. 어둠을 자기 실수의 구실로 삼고 싶어 산초는 새까만 밤이기를 바라 마지않았지만. 온 시내에서 들려오는 것은 개짖는 소리뿐이었으며 그것은 돈 끼호떼의 귀를 먹게 하고 산초의 기분을 적지않이 휘저어놓았다. 이따금 어디서 당나귀가 울고, 돼지가 꿀꿀거리는가 하면 고양이가 울음 소리를 냈다. 그러한 여러 가지 울음 소리가 밤의 정적 탓으로 한층 더 높아졌는데, 사랑하는 기사는 이 모든 것을 불길한 조짐으로 보았다. 그래도 그는 산초에게 말을 건넸다.

"나의 의좋은 산초여, 둘씨네아의 저택으로 나를 안내해다오. 아직 자지 않고 계셔서 만나뵙게 될지도 모르니까."

"어떤 저택에 안내해야 합니까요, 천만에 말씀입니다요" 하고 산초가 대답했다. "제가 공주님의 모습을 본 것은 보잘것없는 집이었는데 말씀입니까요?"

"그때는 아마 성의 별채에라도 물러앉아 고귀한 부인들이나 공주들이 흔히 하는 습관대로 수행 시녀만을 데리고 요양하고 계셨던 것일 게다."

"나리" 하고 산초가 말했다. "제가 무슨 말씀을 드리거나 상관없이 나리께서 끝내 그렇게 하시겠다면 둘씨네아 님 댁을 저택이라 해도 상관없습니다요만, 이런 시간에 그 저택 문이 열려 있을 줄 아십니까요? 게다가, 안에 있는 사람들이 우리가 온 것을 알고 문을 열어 모든 사람들이 큰 소동을 일으키도록 문고리를 철거덕거려도 괜찮겠습니까요? 아무리 늦어도 어떤 시각에나 찾아와서 두들겨 깨워 안으로 들어가는 정부(情夫)가 하듯이 우리가 정든 여자의 집엘 찾아오기라도 한 것입니까요?"

"아무튼, 저택부터 찾아놓고 보자" 하고 돈 끼호떼가 대답했다. "그때가 되면, 산초, 우리가 어떻게 하면 좋은가를 가르쳐주마. 아니, 조심해라, 산초, 내 눈에는 희미하게 보이지만 저 커다란 검은 물체가 암만해도 둘씨네아의 저택인 것 같구나."

"그렇다면 나리께서 안내를 하시겠습니까요. 그런지도 모르겠습니다요. 저는 눈으로 보거나, 손으로 만지거나, 모두 지금을 한낮으로 믿듯이 믿을 작정입니다요."

돈 끼호떼는 앞장서서 한 200걸음쯤 갔을까말까 했을 때 검은 그림자를 이루고 있는 덩어리와 마주쳤다. 거기에는 커다란 탑이 있었다. 그는 그 건물이 저택이 아니고 마을에서 제일가는 교회라는 것을 알 수 있었다. 그러자 돈 끼호떼는 말했다.

"교회당에 부딪혔구나."

"알고 있습니다요. 우리의 무덤에 부딪히지 않아서 다행입니다요. 이런 시간에 묘지 안을 돌아다녀서 그다지 좋은 일은 없을 겁니다요. 게다가 제 기억이 틀림없다면, 그분 댁은 막다른 골목 안에 있다고 나리에게도 벌써 말씀을 드렸으니 더더욱 그렇습니다요."

"무슨 말을 하느냐, 이 숙맥 같으니" 하고 돈 끼호떼가 소리쳤다. "어느 세상에 궁전이나 왕궁이 막다른 골목 안에 세워져 있더냐?"

"나리" 하고 산초가 대답했다. "지방에 따라 저마다 관습이 다른 법입니다요. 아마 이 엘 또보소에서는 궁전이나 큰 건물을 막다른 골목 안에 세우는 것이 보통인 모양입니다요. 그래서 나리께 부탁드립니다요만, 저에게 닥치는 대로 근처의 거리나 골목을 찾아보게 해주십쇼. 이 근처 어느 모퉁이에서 그 저택을 찾아낼 것 같아서 말씀입니다요. 이렇게 우리를 돌아다니게 하고 고단하게 만드는 그놈의 저택, 개나 물어가라지!"

"말을 조심해라, 산초, 나의 그리운 공주에 관한 이야기를 할 때는" 하고 돈 끼호떼가 나무랐다. "그리고, 서로 무슨 일이고 부드럽게 해나가도록 해야 한다. 샘에 두레박을 떨어뜨리고 줄까지 집어넣는 행위는 하지 말아야 하느니라."

"되도록 삼가지요" 하고 산초가 대답했다. "하지만 제가 우리 마님 댁을 본 것은 한 번뿐인데 언제까지나 그것을 기억하고 있다가 한밤중이라도 즉각 찾아내야 한다고 나리는 말씀하시니 대체 얼마나 참고 들어야 합니까요? 여태까지 백 번이고 천 번이고 보셨을 나리도 찾지 못하시는데 말씀입니다요?"

"너에게는 나의 인내로는 안될 것 같구나, 산초" 하고 돈 끼호떼는 말했다. "이리 오너라, 이 벌받을 녀석아. 나는 이 세상에 태어나 바로 이 날 이 시간까지 비할 데 없는 둘씨네아를 본 적도, 그분의 궁전 안에 발을 들여놓은 적도 없다. 다만 그분이 아름답고 슬기로운 부인이라는 말을 듣고, 오로지 그 평판만 듣고 사모하고 있는 것이라고, 너에게 여태까지 몇천 번이나 들려주지 않았느냐?"

"그건 처음 듣습니다요" 하고 산초가 대답했다. "나리가 그분을 보신 적이 없다면, 저도 그분을 본 적이 없다고 말하겠습니다요."

"그런 일이 어떻게 있을 수 있느냐" 하고 돈 끼호떼가 대답했다. "적어도 너는 그분이 밀을 키질하고 계시는 모습을 보았다고 나한테 말하지 않았느냐, 너에게 쥐어보낸 편지의 회답을 갖고 돌아왔을 때 말이다."

"그 일은 말씀입니다요, 나리, 제가 만났다는 것도, 갖고 돌아온 회답이라는 것도, 모두 소문에 들은 것입니다요. 나리에게 말씀드립니다요만, 제가 둘씨네아 님이 어떤 분인가 알고 있다면 말씀입니다요. 주먹으로 하늘을 두들겨줄 수도 있을 것입니다요."

"산초, 산초." 돈 끼호떼가 말했다. "농담을 하는 데도 때라는 것이 있다. 농담이 도무지 재미없을 때도 있는 법이다. 비록 내가 내 영혼의 그리운 공주를 만난 적도 말을 나눈 적도 없다고 하더라도 너마저 동조해서 그분을 만난 적도 이야기를 나눈 적도 없을 까닭이 없지 않느냐? 그것이 대체로 사실과 정반대라는 것을 너도 잘 알고 있으면서 말이다."

두 사람이 이런 말을 주고받고 있을 때, 마침 두 마리의 당나귀를 끌고 지나가는 사나이가 눈에 띄었다. 땅바닥에 질질 끌고 가는 쟁기가 내는 소리로 보아 먼동이 트기 전에 일어나 밭으로 나가는 농부가 분명하다고 짐작했는데 사실 그러했다. 농부는 로망스를 부르면서 오고 있었다. 그것은 이런 구절이었다.

> 론세스바이예스의 싸움에서는
> 실컷 혼이 났지, 프랑스인.

"나는 그대에게 목을 주어도 좋다, 산초" 하고 돈 끼호떼는 농부의 노래를 듣고 입을 열었다. "만일 오늘 밤에 우리에게 좋은 일이 일어나지 않는다면 말이다. 저 농부가 오면서 부르고 있는 노래의 가사를 듣지 않았느냐?"

"저도 듣긴 했습니다요" 하고 산초가 대답했다. "하지만 론세스바이예스의 싸움이 우리 계획과 무슨 상관이 있다고 그러십니까요? 깔라이노스의 로망스를 부르면서 왔더라도 마찬가지가 아닙니까요. 우리 일이 잘되고 못되는 것에 있어서는 말씀입니다요."

이때 농부가 바로 앞까지 다가왔다. 돈 끼호떼가 물었다.

"여보, 그대에게도 하느님이 행운을 내리시기를. 그런데 좀 가르쳐주오. 이 근처에 비할 데 없는 왕녀 도냐 둘씨네아 델 또보소의 저택이 어디 있는지 말이오."

"나리" 하고 젊은 농부가 대답했다. "저는 타향 사람으로 불과 대엿새 전에 이 고장에 나와서 돈 많은 부잣집에서 들일을 보고 있습니다요. 바로 저 앞집에 이곳 신부님과 교회 일꾼이 살고 있는데 그 두 사람이면, 아니 두 사람 중의 어느 쪽이라도 그 공주님 일을 나리께 가르쳐주실 겁니다요. 그 사람들은 엘 또보소의 주민 명부를 갖고 있으니까 말씀입니다요. 그러나 제가 알기에는 이 도시 어느 구석에도 공주님은 살고 있지 않는 것 같습니다요. 그야 공주님 같은 마님이라면 얼마든지 있읍죠. 저마다 자기 집에선 공주가 될 수 있으니까요."

"그러면, 그런 분들 속에" 하고 돈 끼호떼가 응했다. "내가 그대에게 물어보는 분도 계실 것이 틀림없다."

"그럴지도 모릅죠" 하고 젊은이가 대답했다. "그럼, 실례합니다요. 이젠 먼동이 트고 있어서요."

그리고 그 이상 질문을 기다리지 않고 당나귀를 재촉해갔다. 산초는 주인의 근심스럽고 무척 불쾌해하는 모습을 보고는 말을 건넸다.

"나리, 이제 아침이 성큼성큼 재빠른 걸음으로 찾아옵니다요. 시내에서 그냥 태양 아래 드러난다는 것도 주변머리 없는 애깁니다요. 일단 마을 밖으로 나가는 편이 좋을 것 같습니다요. 그리고 나리는 어디 근처의 숲 속에 숨어 계시고, 저는 낮에 다시 돌아와서 이 도시 일대를 샅샅이 뒤져서 우리 공주님의 집인지 저택인지 아니면 궁전인지 하는 것을 찾겠습니다요. 이토록 모든 손을 써서도 찾지 못한다면 저는 무척 재수없는 사나이일 겁니다요. 그러고 발견되면 곧장 그분의 명예나 평판에 조금도 상처를 입히지 않고 나리께서 공주와 만나시려고 어디서 어떻게 공주님의 지시나 생각을 기다리고 계시는가 말씀드릴 작정입니다요."

"너는 산초, 극히 짧은 말수 속에 1000가지 금언을 곁들여서 말했다.

지금 네가 나에게 준 충고를 나는 잘 음미하고 진심으로 기꺼이 받아들이기로 한다. 자, 가자, 내 아들아, 내가 숨을 자리를 찾으러 가자. 너는 앞에서 말한 대로 나의 공주를 찾아 만나뵙고 이야기를 하기 위해 돌아가거라. 나는 기적과도 같은 호의보다는 그분의 영리함과 두터운 예절에 더 기대를 걸 테다."

산초는 주인을 시내에서 끌고 나가려고 조바심했다. 그것은 둘씨네아가 준 것이라면서 시에라 모레나의 산중에 있던 주인에게 갖고 간 그 회답이 가짜라는 것을 추궁받고 싶지 않았기 때문이었다. 그리하여 시내에서 떠나기를 서둘러 이윽고 도시를 벗어나 도시에서 약 2미야쯤 떨어진 곳에 있는 숲을 발견하고 돈 끼호떼는 그 속으로 몸을 감추고 산초는 둘씨네아를 만나기 위해 시내로 되돌아갔다. 그 되돌아간 시내에서 새로운 주의와 새로운 신용을 필요로 하는 사태가 산초의 일신에 일어났던 것이다.

제 10 장

산초가 둘씨네아 공주를 마법에 거는 데 사용한 교묘한 수법과, 진실이기에 재미나는 그 밖의 사건에 대해서.

이 위대한 이야기의 작자는 이 장(章)에 서술된 사건을 말하면서, 필경 독자들이 사실로 믿어주지 않을 것 같아 그것이 두려워서 가능하면 오히려 잠자코 간과해버리고 싶었다고 말하고 있다. 그 까닭은 돈 끼호떼의 광기가 여기서는 상상할 수 있는 최대의 한계에 이르렀으며, 아니 최대의 광기를 넘기기가 큰 활을 두 번이나 쏘아야 하는 거리에 이르렀기 때문이다. 결국 그러한 위구와 의심은 있었으나, 그가 종래에 해온 것처럼 진실의 미립자를 보태지도 깎지도 않고 또 자기에게 거짓말쟁이라는 이름이 뒤집어씌워질 듯한 비난에도 하등 개의치 않고 이것을 써버린 것이다. 이것은 당연한 일이었다. 왜냐하면 진실이라는 것은 여위지도 않고 약해지지도 않으며 항상 기름이 물 위에 뜨듯 거짓 위에 나타나기 때문이다.

그리하여 작자는 이야기를 계속해나가서 다음과 같이 쓰고 있다.

즉, 돈 끼호떼는 훌륭한 엘 또보소의 도시 근교에 있는 숲인가 떡갈나무 밭인가 원시림인가의 속에 몸을 감추고 즉각 산초에게는 다시 시내로 돌아가도록, 그리하여 자기의 사자로서 그리운 공주를 만나, 그대에게 사로잡힌 기사에게 부디 배안(拜顔)의 영광을 주시도록 부탁드리고 다시 그대의 힘으로 그 후 자기에게 일어날 모든 사건, 곤란한 계획들이 매우 예사롭게 성공을 거두기를 기대할 수 있도록 그대의 축복을 자기에게 주십사고 말씀드리기 전에는 자기 앞에 두 번 다시 나타나면 안된다고 명령했던 것이다. 산초는 명령대로 하겠습니다요, 하고 말하고는 처음 답서를 가져왔을 때처럼 좋은 회답을 들고 오겠다고 다짐했다.

"다녀오라, 내 아들아" 하고 돈 끼호떼는 말했다. "그리고 네가 지금부터 찾으러 가는 미의 태양 앞에 나가거든 얼떨떨하게 당황해서는 안된다. 너는 세상의 모든 종자들 중에서 뛰어난 행운아로다! 잘 기억에 새겨 그분이 어떻게 너를 맞이하시는가, 잊지 말도록 해라. 네가 내 말을 전하고 있을 때 혹시 안색을 바꾸시지나 않는가, 내 이름을 들으시고 침착성을 잃으시며 당황하시지나 않는가, 지체 높은 신분에 알맞게 호화로운 거실에 앉아 계시면 자리에 가만히 앉아 계시는가 어떤가, 또 서 계시거나 혹은 한쪽 다리에 몸의 무게를 두었다가 곧 다른 발로 무게를 옮기시는지 자세하게 관찰해야 한다. 또 네게 말씀하시는 대답을 두 번 세 번 되풀이하시는가, 부드러운 말투에서 엄한 말투로, 무정한 어조에서 정다운 어조로 바꾸시는가, 머리가 헝클어져 있지도 않는데 손을 들어 고치려 하시는가, 한 마디로 말하여, 내 아들아, 그분의 일거일동을 잘 주의해 봐야 한다. 만일 네가 그러한 일들을 있는 그대로 이야기만 해준다면 나는 내 사랑에 관계되는 일절의 일에 대해 그분이 가슴 깊이 간직하고 계시는 것을 그로써 짐작할 수 있을 것이다. 그것은, 산초, 너는 모르는 일이니 꼭 알아두어라. 사랑하는 사람끼리 서로의 마음을 전할 때 서로가 나타내는 일거일동은 영혼 깊숙이 오가는 일체의 소식을 전하는 가장 확실한 우편이니라. 자, 갔다 오너라, 벗이여, 나의 행운보다 더한 행운이 너를 인도하도록 기도하마. 그리고 네가 나를 두고 가는 이 무정하고 황량한 장소에서 두려움과 기대를 아울러 품고 있는 나의 그것보다 훨씬 뛰어난 성공에 인도되어 돌아오도록 하여라."

"다녀오겠습니다요, 곧 돌아오겠습니다요" 하고 산초는 말했다. "나리께서는 개암나무 열매보다 작아졌을 간덩어리를 풀어놓고 계셔도 됩니다요. 그리고 흔히 세상에서 말하는 '큰 담력은 악운을 두들겨 깬다'는 속담을 생각하시는 게 좋습니다요. '소금에 절인 돼지고기가 없는 곳엔 걸어둘 못도 없다'라는 말도 함께 말입니다요. 그리고 이런 말도 있습니다요. '생각지도 않던 곳에서 토끼가 뛰어나온다'는 것 말씀입니다요. 제가 이런 말을 하는 까닭은 우리 공주님의 궁전인가 저택인가가 간밤에는 찾을 수 없었으나 지금은 낮이니까 생각지도 않던 때에 찾을 수 있을 것 같은 기분이 들기 때문입니다요. 찾거든 그분과의 얘기는 저에게 맡겨두시면 됩니다요."

"정말 너는 산초" 하고 돈 끼호떼가 말했다. "언제나 내가 품는 소원에 하느님이 행운을 더 베풀어주시면 좋겠다고 우리가 늘 서로 주고받는 얘기에 정말 꼭 부합되는 속담을 들어주는구나."

산초는 등을 돌려 잿빛 당나귀를 재촉했다. 돈 끼호떼는 말에 올라앉은 채 발은 등자에, 상체는 창에 기대어 쉬면서 슬프고 착잡한 생각에 잠겼다. 여기에서 우리는 잠시 그를 그대로 두고 산초 빤사를 따라가자. 그 역시 주인 못지않게 깊은 생각에 잠기면서 뒤에 남은 주인에게서 밀어져갔다. 그러나 하도 마음이 정해지지 않아 숲 속에서 빠져나오자마자 뒤를 돌아보고는 돈 끼호떼의 모습이 보이지 않는 것을 확인한 다음 당나귀에서 내렸다. 그리고 나무 밑에 앉아 혼자 자문자답했다.

"나는 알고 싶네, 형제 산초여, 자네 어딜 가나, 잃어버린 당나귀라도 찾으러 가나? 아니 천만에. 그럼, 뭘 찾으러 가나? 내가 찾으러 가는 것은 대단한 건 아니지만 공주님이야. 그 공주님에게서 미의 태양과 흡사한 것을 찾을 참이네. 그래, 자네가 말하는 그런 물건이 대체 어디 있나, 산초? 어디냐구? 저 큰 엘 또보소의 시내지 뭐. 그래, 그런데, 누구 심부름으로 그걸 찾으러 가나? 이름난 기사 돈 끼호떼 라 만차라고 하는, 비뚤어진 것을 고치고, 목마른 자에게는 먹을 것을, 굶주린 자에게는 마실 것을 주는 분의 심부름이네. 그 참 모두 훌륭한 일이군. 그런데, 그분의 집은 알고 있나, 산초? 우리 주인께서는 그건 무슨 일이 있어도 왕궁이 아니면 당당한 저택일 거라고 말씀하시더군. 그런데 자네는 한 번쯤은 그분을 본 일이 있나? 나도 주인도 여태까지 한 번도 본 적이 없다네. 그렇다면, 자네가 이 고장의 공주님들을 농락하고 귀부인들을 떠들썩하게 만들 꿍심으로 여길 찾아왔다고 엘 또보소의 사내들이 알았다가는, 그야말로 우르르 몰려와서 자네의 그 갈빗대를 몽둥이로 두들겨서 성한 뼈는 하나도 남지 않게 되더라도, 그건 당연한 일이다, 훌륭한 일이다, 하고 자넨 생각하겠나? 잠깐, 그 사람들이 하는 짓은 매우 당연한 일일 테지. 내가 단순한 사자——사자라면 거기 그 양반, 당신에겐 죄가 없습니다요——가 아니라고 생각한다면 말일세. 그런 걸 기대해서는 안되네, 산초. 라 만차 인간들은 정직하고 성급하니까 누가 간지르면 그대로 가만히 있지 않네. 암만해도 수상하다고 눈치만 채는 날이면 치도곤을 당할 것이 틀림없다고 일러두겠네 ! 하느님, 맙소사 ! 천둥아, 저쪽에 떨어져라 ! 아니지, 아니야, 나는 괴짜를 좋아하는 사람의 부탁으로 다리가 셋 있는 고양이를 찾고 있는 거야 ! 게다가 엘 또보소에서 둘씨네아를 찾는다는 건 마치 라벤나에서 마리아를 찾거나, 살라망까에서 석사를 찾는 거나 마찬가지지. 악마 그놈이지, 악마 그놈이야, 나를 이런 일에 휘말아 넣은 것은 결코 다른 놈이 아니야 ! ”

산초는 이런 말을 혼자 주고받다가 거기에서 끌어낸 결론을 다시 중얼거렸다.

“그런데, 무슨 일이든 수법은 다 있는 법이야. 없는 것은 죽는 것뿐이지. 우리는 누구나 한평생의 끝에 가면 싫거나 좋거나 이녀석의 멍에 밑을 지나가게 되어 있네. 우리 주인은 어느 모로 어디서 보나 에누리없는 미치광이지만 나도 웬만해선 그에 못지않지. 그 증거로, ‘네가 누구와 함께 걷고 있나 말해보라, 네가 어떤 인간인가 말해줄 테니’라는 속담이나, ‘네가 뉘 집에 태어났나가 아니라, 누구와 함께 풀을 먹느냐에 달렸다’는 속담이 사실이라면, 나는 주인 엉덩이에 붙어서 섬기고 있으니까, 주인 나리가 무색한 미치광이라고 할 수 있지. 그래, 주인 나리는 저렇게 미쳐서 대개의 경우 어떤 것을 다른 것으로 생각하고, 백을 흑으로 흑을 백으로 잘못 보는 그 광기니까, 풍차를 거인이라든지 수도사의 당나귀를 낙타라든지, 양떼를 적의 군대라고 보는 그런 식이며, 그 밖에도 숱하게 여러 가지 지껄이고 있으니, 이 근처에서 처음 만나는 어느 농삿집 여편네를 둘씨네아라고 여기게 한다는 것은 그리 어려운 일이 아닐 걸세. 그걸 믿지 않는다면 내가 맹세해주지 뭐. 그쪽에서 맹세하면 나는 다시 맹세해도 상관없어. 그리하여 만일 주인이 고집을 피운다면 나도 그 이상 고집을 피울 참이네. 뭐가 어찌 되었건 언제나 이쪽 주장을 밀고 나가지 뭐. 아마 이렇게 이쪽에서 끝까지 주장하면 어차피 그리 신통한 대답을 듣고 오지 못할 줄 알고 두 번 다시 이런 심부름에 나를 보내지 않는 똑똑한 결말이 지어지겠지. 아니면 내가 상상하는 대로 주인 나리에게 악의를 품고 있다든지 어떻다든지 하는 어느 나쁜 마법사가 우리 나리를 골탕 먹이려고 그분의 모습을 바꾸어버렸다고 생각하게 될는지도 모르지."

이런 것을 생각하니 산초 빤사는 기분이 편해지고 자기의 의무가 똑똑하게 정리된 듯한 기분이 들어서 엘 또보소에 갔다 오는 데 그만한 시간이 걸렸다고 돈 끼호떼가 생각할 만큼 점심 때가 넘도록 그자리에 머물러 있었다. 그런데 모든 일이 참으로 잘 전개되어갔으니, 그가 잿빛 당나귀를 타려고 막 일어섰을 때 마침 엘 또보소 쪽에서 오고 있는 세 사람의 농촌 아낙네들이 눈에 들어온 것이다. 그들이 암나귀를 타고 있었는지 수나귀를 타고 있었는지 작가는 그 점을 분명히 해놓지 않았다. 하기야 시골 아낙네들이 보통 타고 다니는 것은 대개 암나귀인 것 같다. 그러나 이것은 그다지 중요한 일이 아니므로 굳이 언제까지나 추궁할 것은 없다. 결국 산초는 세 사람의 농촌 아낙네를 보기가 무섭게 얼른 주인 돈 끼호떼에게로 돌아갔는데, 바라보니 주인은 한숨을 쉬면서 사랑에 괴로워하는 탄식을 연발하고 있었다. 그러다가 종자를 보고 얼른 입을 열었다.

"어떻게 되었느냐, 나의 벗 산초여? 오늘은 흰 돌(옛 로마인들은 길일에는 흰 돌을, 흉일에는 검은 돌을 놓아 표시했다)로 표를 해두어도 좋은 날이냐, 아니면 검은 돌을 놓아야 하느냐?"

"그보다는" 하고 산초가 대답했다. "나리께서는 서로 강좌(講座)를 따는 경쟁을 벌일 때의 낙서처럼, 보는 사람에게 똑똑히 보이도록 빨간 표시를 하는 편이 나을 것입니다요."

"그러고 보면, 좋은 소식을 갖고 돌아왔구나?"

"좋다뿐입니까요" 하고 산초가 대답했다. "나리는 다만 로시난떼에 박차를 가해서 둘씨네아 님을 맞이하러 숲 밖으로 나가시기만 하면 됩니다요. 그분께서 지금 시녀 두 사람을 거느리고 나리를 만나러 오고 있습니다요."

"가만 있거라! 뭐라고 말했지, 나의 벗 산초여?" 하고 돈 끼호떼가 소리쳤다. "이것 봐, 나를 속여서는 안된다. 거짓 기쁨으로 나의 참된 슬픔을 없애려고 꾸며서는 안된다."

"나리를 속여서 제게 무슨 득이 있습니까요?" 하고 산초가 대답했다.

"더욱이 제가 말씀드리는 것이 사실인가 아닌가가 곧 밝혀질 이 마당에서 말입니다요. 자, 나리, 말에 채찍을 한 번 치고 어서 가십시다요. 그러면 우리 주인 나리의 공주님께서 의젓하게 차려 입으시고, 말하자면 그분의 지체에 알맞은 모습으로 오고 계시는 것을 보실 수 있을 것입니다요. 모시고 오는 시녀도 그분도 금덩어리와 진주알을 주렁주렁 달고 있습니다요. 다이아몬드는 번쩍번쩍, 루비는 반짝반짝, 입고 있는 옷은 열 겹의 금란(세 겹이 쳐 상품이다)입니다요. 등에 늘어뜨린 머리채가 바람에 나부껴 마치 햇빛 같습니다요. 그리고 타고 있는 말은 흑백이 얼룩진 까나네아로 여간 훌륭하지 않습니다요."

"아까네아(왕비나 공주, 그 밖에 귀 부인들이 타는 훌륭한 말)일 테지, 산초?"

"뭐, 별 차이 없잖습니까요, 까나네아나 아까네아나?" 하고 산초가 대답했다. "아무튼 무엇을 타고 오든 상관없지만, 세 사람이 다 더 바랄 수 없을 만큼 꽃처럼 차려입은 귀부인들입니다요. 그 중에서 우리의 공주 둘씨네아 님으로 말씀드리면, 바라보기만 해도 아찔해질 정도입니다요."

"자, 가자, 내 아들 산초여" 하고 돈 끼호떼가 서둘렀다. "그리고 이 뜻밖의 좋은 소식을 가져다준 사례로 내가 만난 최초의 모험에서 손에 넣는 가장 훌륭한 전리품을 너에게 내리마. 만일 그것으로 부족하다면 내가 가진 암말 세 필이 금년에 낳은 망아지도 주기로 하마. 너도 아다시피 우리집 암말들은 새끼를 낳으려고 마을의 공동 목장에 가 있느니라."

"망아지 쪽을 갖겠습니다요. 최초의 모험에서 얻는 전리품이 훌륭할지 어떨지는 확실치 않으니까 말씀입니다요"

이미 이때 두 사람은 숲에서 나와 가까운 곳까지 다가와 있는 세 농촌 아낙네들을 발견했다. 돈 끼호떼는 엘 또보소에 이르는 길을 멀리까지 살펴보았으나 보이는 것은 세 사람의 농촌 아낙네들뿐이었으므로 매우 곤혹을 느끼고, 공주님을 도시의 동구 밖에 남겨두고 왔느냐고 산초에게 물었다.

"뭐가 동구 밖입니까요" 하고 산초가 대답했다. "나리의 눈은 뒤통수에 붙어 있습니까요? 저기 저 세 분이 대낮의 태양처럼 눈부시게 빛나면서 이리로 오는 것이 보이지 않습니까요?"

"나에게는 그렇게 보이지 않는구나, 산초" 하고 돈 끼호떼가 말했다.

"다만 세 사람의 농촌 아낙네가 당나귀를 타고 오는 것이 보일 뿐이다."

"이것 참 못살겠군!" 하고 산초는 투덜댔다. "잘 보세요, 아까네아인지 뭔지 마치 눈덩이처럼 흰 말이 세 필인데 나리에게 당나귀처럼 보인다니, 이런 일도 있을 수 있습니까요? 그게 사실이라면, 저는 이 턱수염을 쥐어뜯어버리겠다고 하느님께 맹세해도 무방합니다요!"

"허나, 나는 말하겠다, 나의 벗 산초여" 하고 돈 끼호떼가 말했다. "저것이 암나귀가 아니면 수나귀라는 것은, 내가 돈 끼호떼고 그대가 산초 빤사인 것처럼 틀림없다. 적어도 내 눈에는 그렇게 보인단 말이다."

"그만두십쇼, 나리" 하고 산초는 우겼다. "그런 묘한 말씀을 하시지 말고 눈을 크게 뜨시란 말씀입니다요. 그리고 나리의 그리운 공주님에게 인사를 하셔야 하지 않습니까요. 벌써 가까이 오셨습니다요."

산초는 세 농촌 아낙네 앞으로 나서더니 당나귀에서 내려 아낙네 중의 한 사람이 타고 있는 당나귀의 고삐를 잡고는 땅바닥에 무릎을 꿇고 입을 열었다.

"아름다움의 여왕님이시며, 공주님이고 공작님이시며, 더없이 높으신 마님께 부탁드립니다요만, 저기서 마님의 호사한 모습 앞에 나와 마치 대리석처럼 굳어지고 흥분해서 고동마저 멎은 듯 마님에게 사로잡힌 기사를 마님의 부드러움과 정다움으로 만나주시기 바랍니다요. 저는 종자 산초 빤사입니다요. 이쪽은 고행으로 수척해진 기사 돈 끼호떼 데 라 만차, 또 하나의 이름으로 '우수에 찬 얼굴의 기사'라고 불리는 분입니다요."

벌써 이때는 돈 끼호떼도 산초와 나란히 무릎을 꿇고 있었는데, 눈빛이 변하고 무척 혼란된 눈초리로 산초가 여왕님, 마님, 하고 부른 여자를 가만히 쳐다보았다. 그러나 아무리 쳐다보아도 흔해빠진 농촌 여자로 얼굴이 동글동글하고 코가 뭉실한 결코 예쁜 얼굴은 아니었으므로, 그저 아연해져서 입을 벌릴 힘도 없이 가만히 바라보고만 있었다. 농촌 아낙네들은 무릎을 꿇고 앉은 이상한 두 사나이를 보고, 더욱이 그들이 자기들 일행 중의 한 사람을 가로막고 보내주지 않으므로, 이들 또한 얼떨떨해하고 있었다. 그러다가 길을 막힌 여자가 갑자기 침묵을 깨뜨리고 그 이상 더할 수 없이 애교 없고 멋없는 말투로 소리쳤다.

"냉큼 비켜서 우리를 지나가게 해줘요, 우린 앞길이 바쁘니까!"

이에 대해서 산초가 대답했다.

"오오, 엘 또보소의 세계를 다스리는 여왕님, 공주님! 편력 기사의 기둥이 고귀한 당신 앞에 무릎을 꿇고 있는 것을 보시고도 마님의 광대한 마음은 어째서 그리도 너그러이 잡숫지 못하십니까?"

이 말을 듣고 나머지 두 사람 중의 한 사람이 입을 열었다.

"이게, 어랴, 어랴! 이 시애비 당나귀야, 가만 안 있으면 두들겨줄 테다. 저것 좀 봐라, 못생긴 남정네들이 이런 때에 시골 여편네를 놀리려고 저러고 있는 꼬락서니를. 마치 이 고을에선 우리가 저런 인간들에게 안 질 만큼 심한 말을 못 하는 줄 아나보지! 얼른 가던 길이나 가요. 우리가 지나가는 것을 내버려둬요, 그게 무사할걸."

"일어서라, 산초" 하고 이때 돈 끼호떼가 말했다. "나의 불행에 아직도 만족하지 못하는 운명은 나의 이 육체 속에 깃들인 가엾은 영혼에 조금이라도 즐거움이 찾아올 수 있는 길이란 길을 깡그리 막고 있다는 것을 이제 나도 분명히 알았다. 그러나, 그대여, 오오, 바랄 수 있는 장점의 극, 사람의 몸이 갖는 고귀함의 극한, 그대를 열애하는 이 비단에 잠긴 마음의 유일한 구원인 그대여! 방금 사악한 마법사가 나를 박해하고, 나의 두 눈동자에 구름이 덮여 비구름을 깔았으므로, 다른 사람들의 눈은 몰라도 오직 나의 눈에는 그대의 비할 데 없는 아름다움과 얼굴 모습이 한 사람의 가난한 농촌 처녀로 비치도록 변형시키기는 했으나, 만일 나의 모습이 마찬가지로 그대의 눈에 시답지않게 비치도록 무언가 요괴의 모양으로 바꾸어놓지만 않았다면, 그대의 많이도 변한 아름다움에 대해 내가 바치는 이 공경과 예배에서, 내 영혼이 그대를 동경하는 갸륵함을 인정하시고 부드럽게 쏟던 애정의 시선을 멈추지 말아주오."

"어머, 어머, 얄궂어라!" 하고 시골 여자가 소리쳤다. "나는 그런 멋있는 연설을 들을 만한 여자가 아니예요. 그보다 저리 비키기나 해요. 우리를 지나게 해달란 말예요. 그럼 고맙다고 할 테니까."

산초는 얼른 여자 앞에서 물러나 지나갈 수 있도록 해주면서 자기 계략이 잘 맞아 들어간 것을 무척 기분 좋아하고 있었다. 둘씨네아의 역할을 하고 있던 시골 여자는 길이 트이는 순간 그녀의 아까네아를 몽둥이 끝이 뾰쪽한 쇠붙이로 쿡쿡 찌르면서 초원의 저쪽으로 내달았다. 그런데 당나귀는 쇠붙이 끝이 평소보다 훨씬 심하게 아팠기 때문에 펄쩍펄쩍 날뛰기 시작하더니 마침내 둘씨네아 공주를 바닥에 내동댕이치고 말았다. 이것을 보고 돈 끼호떼는 그녀를 안아 일으키려고, 산초는 산초대로 당나귀의 안장이 배 밑으로 미끄러져 내려왔으므로 이것을 바로 얹고 배띠를 죄어주려고 그리로 갔다.

안장은 제자리로 돌아갔는데, 돈 끼호떼가 마법에 걸린 줄 알고 있는 그리운 공주를 안아 당나귀의 등에 태우려 하자 그리운 공주는 스스로 땅에서 벌떡 일어나 모처럼 도와주려는 남자의 손을 헛일로 그치게 했다. 그리고 그녀는 적당히 뒤로 물러나 총총걸음으로 달려가더니 두 손을 당나귀의 엉덩이에 대는 순간, 마치 독수리처럼 가볍게 살짝 안장 위에 올라 남자처럼 의젓이 걸터앉았다.

"저런, 놀랐다! 우리 공주님은 독수리보다도 몸이 가볍잖아. 꼬르도바나 멕시코 태생의 명수에게도 등자를 짧게 한 히네따 승마법을 가르칠 수가 있겠군! 안장 뒤쪽을 단숨에 뛰어넘고 박차도 없이 마치 얼룩말처럼 아까네아를 몬단 말야. 게다가 시녀들도 주인 못지않은데, 모두 바람처럼 달려가잖아."

그것은 사실이었다. 둘씨네아가 당나귀에 올라타는 것을 보자마자 나머지 두 여자도 따라서 당나귀를 뾰족한 쇠로 쿡쿡 찔러 반 레구아 이상이나 떨어져갈 때까지 뒤도 돌아보지 않고 정신없이 내달아 가버린 것이다. 돈 끼호떼는 눈으로 그 뒤를 쫓고 있다가 이윽고 그녀들의 모습이 보이지 않게 되었을 때 산초를 돌아보고 말했다.

"산초, 얼마나 내가 마법사들에게 미움을 사고 있는지, 너도 이제는 알 수 있을 게다. 그들이 나에게 품고 있는 악의의 원한이 어디까지 뻗치고 있는지 생각해보라. 나의 그리운 공주를 본래의 모습으로 보고 느낄 기쁨마저도 놈들은 나에게서 빼앗으려 하고 있으니 말이다. 실로 나는 불행한 사나이의 표본이 되어, 악운의 활이 화살을 날리는 표적이 되고 흙무덤이 되도록 태어났나보다. 그리고 또 산초여, 그 배신자들은 단순히 우리 둘씨네아 공주의 모습을 다른 것으로 바꾸는 것만으로는 부족해서 하필이면, 저런 시골 여자처럼 저토록 천하고 추한 모습으로 변형시켰을 뿐 아니라, 그만큼 고귀한 여성들은 반드시 몸에 배어 있는 것, 말하자면 용연향과 꽃에 싸여 있는 데서 오는 그윽한 향기마저 빼앗아가 버렸더란 말이다. 산초, 내가 둘씨네아를, 너의 말대로 하면 아까네아에, 하기야 내 눈에는 암나귀로밖에 보이지 않더라만, 아무튼 거기에 태우려고 다가갔을 때 생마늘 냄새가 쿡 코를 찔러 나의 영혼은 멍청해져서 마치 중독이나 된 듯한 기분이 되었다는 사실을 그대에게 알려놓으마."

"오오, 천한 놈들 같으니라구!" 하고 산초가 소리쳤다.

"오오, 밉살스러운 속 검은 마법사들 같으니라구, 마치 왕골에 뀀 정어리처럼 네놈들의 턱을 줄줄이 엮은 것을 보고 싶구나! 아는 것도 많고 뭐든지 할 수 있으니까 실컷 나쁜 짓만 한단 말야. 이봐, 이 다부진 놈아! 네놈들은 우리 공주님의 진주 같은 눈동자를 코르크 참나무의 송진 덩어리로 바꾸고 아름다운 순금의 머리칼을 황소 꼬리의 억센 털로 바꾸었을 뿐 아니라, 나중에는 얼굴의 이모저모 잘생긴 데를 온통 밉상으로 만들어놓고, 거기다가 그 그윽한 향기에까지 손을 대지 않고는 만족할 수가 없었더란 말이냐? 하기야 사실을 말한다면 나는 그분의 추한 것은 보지 않고 아름다움 것만 보고 있었다. 그 아름다움을 더한층 돋보이게 한 것은 오른쪽 입술 위에 나 있는 검은 점인데 거기엔 수염처럼 일곱 가닥인가 여덟 가닥인가 길이가 1뼘이나 되는 금실 같은 금발이 송송 나 있지만 말야."

"그 검은 점을 두고 말한다면" 하고 돈 끼호떼가 거들었다. "얼굴의 검은 점과 몸의 검은 점 사이에 있는 균형으로 둘씨네아는 얼굴의 검은 점과 같은 쪽 사타구니 편편한 곳에 또 하나의 점을 가졌음이 틀림없다. 그러나 네가 지적한 그분의 털은 검은 점으로서는 좀 긴 것 같구나."

"하지만 그분의 얼굴에 꼭 어울리더라는 말씀도 나리에게 드릴 수 있습니다요."

"나도 그렇게 생각한다. 나의 친구여" 하고 돈 끼호떼가 대답했다. 자연은 불완전한 것이나, 되다 만 무엇을 둘씨네아에게 줄 까닭이 없다. 그분이 설혹 네가 말하는 그런 검은 점을 100개나 갖고 있다고 하더라도 그분에게 있어서는 이미 검은 점이 아니라, 눈부시게 빛나는 달이나 별과 마찬가지일 게다. 하지만 산초여, 말해보아라, 네가 고쳐 맨 그 안장이 내게는 짐안장으로 보였는데, 그것은 보통 안장이더냐, 아니면 부인용의 높은 안장이더냐?"

"아닙니다요" 하고 산초가 대답했다. "그건 히네따 승법용 안장으로 여행용 덮개가 딸려 있습니다요만, 어찌나 훌륭하던지 짐작건대 왕국의 절반 값어치는 갈 것 같습니다요."

"그런데도 그런 것은 무엇 하나 내 눈에는 보이지 않더구나, 산초여!" 하고 돈 끼호떼가 한탄했다. "여기서 다시 한 번 말하마, 아니 천 번이라도 말하겠다. 나는 모든 사람의 자식 가운데서 가장 불행한 자라고 말이다."

너무나 보기 좋게 속아넘어간 주인의 넋두리를 들으면서 짓궂은 산초 녀석, 솟아오르는 웃음을 감추느라고 무척 고심하지 않으면 안되었다. 결국 다시 두 사람 사이에 오간 그 밖의 많은 대화 끝에 그들은 저마다의 탈것에 올라앉아 사라고사를 향해 걸음을 옮겨놓았다. 그 유명한 도시에서 해마다 거행되는 성대한 제전에 참가할 수 있도록, 그곳에 너무 늦기 전에 도착하기 위해서였다. 그러나 그 땅에 도착하기 전에 여러 가지 일이 두 사람에게 일어났다. 차례차례로 잇따라 중대하고도 진기한 사건들이 일어났는데 그것은 모두 이제 알게 되듯이 기록해두고 읽을 만한 가치가 충분한 것들이다.

제 11 장

'죽음'의 궁정의 수레, 아니 짐마차를 만난 용감한 돈 끼호떼에게 일어난 기괴한 모험에 대해서.

돈 끼호떼는 그리운 공주 둘씨네아를 시골 여자의 심한 모습으로 바꾸어놓는 등, 마법사들이 자기를 희롱한 악질적인 장난을 곰곰이 생각에 잠긴 채 길을 나아갔다. 그는 그분을 본래의 모습으로 돌리기 위해서 취해야 할 대책도 생각나지 않았다. 그리하여 이런 골똘한 생각 때문에 거의 정신이 없었으므로 저도 모르게 로시난떼의 고삐를 놓고 말았는데, 로시난떼 쪽에서는 자기에게 주어진 자유를 깨닫고 한 걸음 걷고는 멈추어서서 그 들판에 풍성하게 자란 푸른 풀을 뜯기 시작했다. 주인의 이같은 심려에서 정신을 차리게 하기 위하여 산초는 말을 건넸다.

"나리, 슬픔이라는 것은 짐승을 위해서 있는 것이지 사람을 위해서 있는 것은 아닙니다요. 하지만 사람도 너무 슬퍼하고 있으면 짐승이 되고 맙니다요. 꾹 참으시고 본래의 나리로 돌아가셔서, 로시난떼의 고삐를 잡으셔야 됩니다요. 그러구 힘을 내셔서 눈을 크게 뜨시고 편력의 기사들이 지니고 있는 그 늠름함을 보이셔야 됩니다요. 대체 어떻게 되신 일이십니까요? 그렇게 고개를 푹 숙이고 계시다니, 왜 그러십니까요? 우

리는 지금 스페인에 있습니까요, 아니면 프랑스에 있습니까요? 아무튼
이 세상에 둘씨네아가 몇 사람 있건 악마에게나 채여가라지, 오직 한 사
람의 편력 기사의 건강이 온 세상의 마법이나 괴변보다 소중하니까 말씀
입니다요."

"닥쳐라, 산초" 하고 돈 끼호떼가 그다지 무기력하지도 않은 소리로
대꾸했다. "닥치란 말이다. 마법에 걸린 공주에 대해서 모독의 말을 뇌
까리는 법이 아니다. 그분의 불행도 불운도 그 죄는 오로지 내게 있는
것이다. 나쁜 자들이 내게 품고 있는 시샘에서 그분의 불운이 생긴 게
다."

"저도 그렇게 생각합니다요" 하고 산초가 말했다. "그분을 전에 본 자
가 지금의 모습을 본다면, 울지 않을 사람이 어디 있겠습니까요."

"그것은 너니까 할 수 있는 말이다, 산초" 하고 돈 끼호떼가 받았다.
"너는 그분의 아름다움을 그대로 고스란히 보았으니 말이다. 마법사도
너의 눈을 속이고 그분의 아름다움을 너에게 보이지 않는 데까지는 이르
지 못했거든. 오로지 내게 대해서, 내 눈에 대해서, 그들의 독의 힘은
미치는 게야. 그것은 그렇다치고, 산초, 한 가지 깨달은 일이 있다. 그
것은 네가 그분의 아름다움을 잘못 내게 묘사해 보였다는 게야. 내 착각
이 아니라면 너는 그분이 진주 같은 눈동자를 가졌다고 말했는데, 진주
처럼 보이는 눈동자는 귀부인의 그것이 아니라 도미의 눈인 것이다. 내
가 믿기로는, 둘씨네아의 눈은 초록의 에메랄드처럼 영롱하게 뜨고, 두
개의 이루 말할 수 없는 아치가 눈썹을 형성하고 있어야 옳으니라. 그러
니 네가 말한 진주는 눈에서 빼내 이빨로 가져가는 게 좋겠구나. 의심할
여지도 없이, 산초여, 너는 이빨을 눈동자와 착각하고 있는 것이 틀림없
다."

"그럴지도 모르겠습니다요" 하고 산초가 대답했다. "그 까닭은, 나리
께서 그분이 못생긴 데 얼떨떨해지신 것처럼, 저도 역시 그분의 아름다
움에 정신을 빼앗기고 말았었으니까요. 하지만 이것도 저것도 하느님께
맡겨두십시다요. 그분만이 이 눈물의 골짜기에서 일어난 일을 모두 알고
계십니다요. 우리가 살고 있는 악의 세상에선, 나쁜 마음이라든지 속임
수라든지 교활한 것이 뒤섞여 있지 않는 게, 글쎄요, 없다고 보아야 하
지 않겠습니까요? 다만, 나리, 다른 것은 다 그만하고 한 가지 마음에
걸리는 게 있습니다요. 나리가 어떤 거인인지 기사인지를 무찌르시고,

그녀석들에게 둘씨네아 공주의 아름다운 모습 앞에 나타나 뵙도록 명령하셨을 때 말씀입니다요. 대체 어떤 방법으로 해야 하는가 잘 생각해보셔야 됩니다요. 그 전쟁에 진 가엾은 거인이나 그 딱한 기사가 대체 어딜 가야 그분을 뵐 수 있겠습니까요? 그녀석들이 우리 둘씨네아 공주님을 찾지 못해 엘 또보소를 마치 숙맥처럼 찾아 헤매는 모습이 보이는 것 같습니다요. 게다가 길 한가운데서 그분을 마주친다고 하더라도, 우리 아버지를 만난 거나 다름없이, 누가 누군지 전혀 알지 못할 테니까 말입니다요."

"아마도 산초" 하고 돈 끼호떼가 응했다. "그 내노라 하는 마법도 둘씨네아를 인정하는 힘까지, 그 고배를 마시고 무릎을 꿇는 거인이나 기사들한테서 빼앗지는 않을 테지. 이제부터 내가 패배시켜 그분 앞에 보내는 최초의 한두 사람을 가지고, 과연 그들의 눈에 공주의 모습이 보이는지 안 보이는지 시험해보도록 하자. 다시 말해서 그들에게 이 일에 관해서 일어난 일을 상세히 보고하도록 미리 명령해둔단 말이다."

"제 의견은 말씀입니다요, 나리" 하고 산초가 대답했다. "나리께서 방금 말씀하신 것은 저도 좋다고 생각되고, 그런 수법을 쓰면 우리가 알고 싶은 일이 뚜렷해지긴 하겠지만 말입니다요, 만일 공주님의 모습이 나리에게만 보이도록 감추어져 있다면, 그분의 불행보다 나리의 불행 쪽이 더 심해지십니다요. 그러니 말입니다요. 나리, 둘씨네아 공주가 몸성히 즐겁게 사시도록 우린 여기서 되도록 단념하고 참아가면서 우리의 모험을 찾으며 그 일은 세월이 어떻게 해주도록 맡겨두는 게 어떻겠습니까요. 세월이라는 것은 이런 병뿐 아니라 더 무거운 병까지도 고쳐주는 명의니까 말씀입니다요."

돈 끼호떼는 산초 빤사에게 대답을 하려 했으나, 그때 길을 가로질러 나타난 짐마차에 방해되어 그만두었다. 그 짐마차에는 상상할 수 있는 갖가지 이상한 인물과 모습들이 타고 있었다. 당나귀를 몰고 마바리꾼 노릇을 하고 있는 것은 하나의 보기 흉한 악마였다. 짐마차는 포장도, 나무로 엮은 지붕도 없이 하늘 아래 노출된 채 나타났다. 돈 끼호떼의 눈에 비친 것은 다름아닌 죽음의 여신이었는데, 그 여신은 인간의 얼굴을 하고 있었다. 그 옆에는 큼직한 색깔 있는 날개를 단 천사가 타고 있었다. 그 맞은편 옆에는 보기에 황금으로 만든 왕관을 쓴 황제가 앉아 있었고, 죽음의 여신 발밑에는 큐피드라고 불리는 신이 눈은 가려진 채

활과 화살, 화살통을 들고 있었다. 그리고 한 기사가 조금도 빈틈없이 무장은 했으나 얼굴 가리개가 붙은 투구도 쓰지 않고 대신 갖가지 색깔의 깃 장식을 한 모자를 쓰고 있었다. 이런 인간들 이외에 다시 잡다한 복장과 얼굴 모양을 한 인물들이 타고 있었다. 이러한 것들을 뜻밖에 발견하자 돈 끼호떼는 약간 아연해졌으며 산초는 몸에 전율을 느꼈다. 그러나 곧 돈 끼호떼는 무언가 새로운 위험에 찬 모험이 나타났다고 생각하고 기뻐했다. 그리고 이러한 생각과 어떠한 위험에도 물러서지 않는다는 결의로 짐마차 앞을 막아서며 소리 높이 외쳤다.

"여봐라, 마부여, 그대가 악마건 뭐건 상관없다면, 어떤 자며 어디로 가는지를 밝혀라. 게 섰거라, 그 다 찌그러져가는 마차에 실려온 자들은 뭘 하는 자들인가를 말하라. 그 마차는 흔히 보는 짐마차가 아니라 카론 (지옥의 강인 스틱스의 나룻배 사공)의 나룻배로 본 것은 내 잘못일까?"

이에 대해 악마는 매우 점잖게 짐마차를 세우고 대답했다.

"나리, 저희들은 앙굴로 엘 말로라는 극단의 배우들입니다. 저 언덕 뒤에 있는 마을에서 오늘 아침이 성체절(聖體節)의 8일 축제라서 '죽음의 궁전'이라는 신비극을 상연하고 오는 길입니다. 오늘 오후에는 같은 연극을 가지고 여기서 보이는 저 마을에서 공연하게 되어 있지요. 가까운 곳이기도 하고 의상을 벗고 입고 하는 수고를 덜 작정으로 이렇게 분장한 채로 가는 중입니다. 저기 저 젊은이가 죽음의 신, 또 한 사람이 천사, 저 여자는 단장의 마누란데 여왕으로 분장했고, 또 한 사람이 병사, 저쪽이 황제, 저는 악마의 분장을 하고 있습니다만, 이 신비극에서는 꽤 중요한 역할이지요. 이 일단의 주역을 맡고 있으니까 말입니다. 저희들에 관해서 달리 또 알고 싶은 일이 있으시면 물어보십시오. 제가 하나하나 틀림없이 대답해드릴 테니까요. 보시다시피 나는 악마니까 무슨 일이고 못할 일이 없습니다."

"나는 편력 기사로서 맹세코 말하지만" 하고 돈 끼호떼가 말했다. "이 마차를 보았을 때는 금방 큰 모험이 닥쳐오는 줄 알았소. 그래서 말하고 싶은 것은, 사물의 깨달음을 열기 위해서는 눈에 보이는 모든 외관을 손으로 만져보는 것이 중요하다는 것이오. 자, 그럼 어서 가시오, 모두 훌륭한 분들이오. 열심히 하시오. 그리고 무슨 일이건 그대들을 위해 내가 도움이 될 만한 일이 있나 없나 생각해보시오. 기꺼이 맡아서 해드릴 각오로 있소. 나는 어릴 때부터 가면극을 좋아했으며 젊었을 때는 유랑 극단의 배우 생활을 부러워하기도 했었지요.”

이런 말을 주고받고 있는데 운명의 장난으로 극단원 중의 한 사람이 어릿광대 복장에다 많은 방울을 달고 끝에다 바람을 넣은 쇠불알 세 개를 단 막대기를 들고 나타났다. 그리고 돈 끼호떼의 앞으로 가까이 오더니 막대기를 휘두르며 쇠불알로 땅을 치고 방울을 울리면서 폴짝폴짝 뛰기 시작했다. 그러자 이 기묘한 모습을 보고 로시난떼가 겁에 질려 돈 끼호떼가 미처 달랠 사이도 없이 재갈을 물고 그 외양으로는 도저히 상상도 못할 속력으로 들판을 곧장 내닫기 시작했다. 산초는 주인이 당장 떨어질 듯한 위험에 직면한 것을 깨닫고 당나귀에서 뛰어내려 주인한테 무슨 일이 생기면 큰일이라 생각하여 재빨리 뒤따랐다. 그러나 그가 도착하기 전에 이미 주인은 땅바닥에 뒹굴고 그 옆에 로시난떼도 의좋게 넘어져 있었다. 말하자면, 로시난떼가 힘과 무모함을 발휘한 자주 본 그 일이 일어난 것이다.

한편 산초가 돈 끼호떼에게 달려가려고 당나귀를 버리자 불알춤을 추던 어릿광대는 잿빛 당나귀에 뛰어올라 쇠불알로 당나귀를 후려쳤다. 얻어맞은 아픔보다 공포와 괴상한 소리에 놀란 당나귀는 극단이 지금부터 연극을 하러 간다는 마을을 향해 들판을 내달리기 시작했다. 산초는 자기 당나귀가 달려가는 것과 주인이 말에서 떨어지는 두 사건을 동시에 보았는데, 똑같이 긴급을 요하는 사건이라 어느 쪽으로 먼저 달려가야 할지 갈피를 잡지 못했지만, 실은 훌륭한 종자자 훌륭한 부하로서 주인에 대한 애정이 당나귀에 대한 자비보다 강했다. 그러나 쇠불알이 허공에 치켜올려졌다가 자기 당나귀의 엉덩이에 떨어지는 것을 볼 때마다 그는 죽을 것만 같은 고통을 느꼈으며 당나귀 꼬리에 털 한 가닥이라도 닿는 것보다 차라리 자기 눈동자를 얻어맞는 편이 훨씬 낫다고까지 생각했다. 이렇게 낭패스런 고민을 느끼면서 돈 끼호떼가 있는 곳에 닿았는데, 주인은 생각한 것보다 훨씬 심한 꼬락서니였다. 그래서 그를 로시난떼에 태워주면서 종자는 말했다.

“나리, 그 악마 녀석이 제 당나귀를 타고 달아났습니다요.”

“어느 악마냐?”

“쇠불알 녀석 말입니다요.”

“그건 내가 찾아주마” 하고 돈 끼호떼가 장담했다. “설혹 지옥의 깊고 어두운 토굴 속에 당나귀와 함께 들어박혀 있더라도 말이다. 내 뒤를 따르라, 산초. 짐마차는 느릿느릿 나아가니까 짐마차의 당나귀로 네 당나귀의 벌충을 하기로 하자."

"그 수고는 안하셔도 되겠습니다요, 나리" 하고 산초가 대답했다. "나리께선 그 노여움을 거두시기 바랍니다요. 악마 녀석이 제 잿빛 당나귀를 버린 것 같습니다요. 그래서 그리운 이쪽으로 돌아오고 있습니다요."

그것은 사실였다. 돈 끼호떼와 로시난떼의 흉내를 내어 당나귀와 함께 한바탕 뒹굴고 난 악마는 걸어서 부락 쪽으로 가고 당나귀는 주인 쪽으로 돌아왔기 때문이다.

"그렇다고 하더라도" 하고 돈 끼호떼가 말했다. "짐마차에 타고 있는 인간들에게는 누군가, 설혹 황제라도 상관없으니 그 악마의 무례에 대한 보복으로 혼을 내주어야겠다."

"그런데 생각은 버리시는 게 좋겠습니다요" 하고 산초가 대답했다. "제 말씀을 들어보십쇼, 나리. 저네들은 귀여움을 받는 배우들이니까, 지네들과 사단(事端)을 일으켜선 안됩니다요. 전 배우가 사람을 둘이나 죽이고 붙잡혔는데도 벌금도 물지 않고 풀려나오는 것을 본 적이 있습니다요. 재미있게 떠들썩하니 세상을 보내는 인간들이라서 모두가 끌어주고 도와주고 소중히 해줍니다요. 임금님이 주신 간판을 걸고 있는 극단 배우들은 더합니다요. 나리도 알아두시는 게 좋습니다요. 그런 인간들은, 다는 아니지만, 거의가 옷이나 차림새나 내노라 하는 모습들을 하고 있습니다요."

"그러나, 그렇다고 하더라도 저 악마 배우를 그대로 우쭐대게 내버려둘 수는 없지 않느냐. 설혹 온 인류가 다 그녀석 편을 들더라도 말이다."

이렇게 말하고 이미 마을 가까이에 가 있는 짐마차 쪽으로 말을 돌려 소리 높이 외치면서 나아갔다.

"게 섰거라, 기다려라! 명랑하게 까불어대는 인간들아! 편력 기사의 종자가 타는 당나귀나 또는 다른 짐승을 어떻게 다루어야 하는가를 그대들에게 가르쳐주마!"

돈 끼호떼가 외치는 소리는 참으로 높아서 짐마차를 타고 있던 사람들에게도 잘 들렸고 또 그 뜻도 분명히 알 수 있었다. 그래서 귀에 들어온 말로 미루어 소리치는 사람의 속셈을 깨달은 죽음의 신이 마차에서 훌쩍 뛰어내렸다. 그러자 이어 황제도 마차를 모는 악마도 천사도 모두 뛰어내렸으며, 여왕도 그리고 큐피드까지도 뒤에 처지지 않고 땅바닥으로 뛰어내린 그들은 돌멩이를 잔뜩 주워모아 돈 끼호떼에게 돌팔매 소나기를 퍼부으려고 반원형으로 둘러서서 기다리고 있었다.

이렇게 참으로 훌륭한 진영을 짜고 강력하게 돌팔매 소나기를 퍼부으려고 팔을 치켜들고 서 있는 모양을 본 돈 끼호떼는 그만 로시난떼의 고삐를 끌어당기고 자기 몸에 되도록 위험이 미치지 않고 적을 습격하려면 어떻게 하면 좋을까 하고 궁리하기 시작했다. 이렇게 그가 걸음을 멈추고 서 있는 곳에 다다른 산초는 훌륭하게 대형을 짠 적을 향해 곧 공격을 개시하려 하고 있는 주인의 태세를 보고 말했다.

"이렇게 어처구니없는 일을 하려고 하시다니, 정말 옳은 정신이 아니십니다요. 잘 생각해보십쇼, 나리님. 소나기처럼 퍼붓는 돌멩이와 던져라, 던져라, 모자가 떨어진다, 하고 덤비는 녀석들에게 걸렸다간 청동의 종 속에라도 들어가 숨지 않는 한 그걸 막을 도구는 이 세상엔 없습니다요. 그뿐 아니라 죽음의 신이 있고, 황제 자신이 싸우며, 선의 천사, 악의 천사가 돕고 있는 저런 군세에 홀로 덤벼든다는 것은, 용감하기는커녕 철딱서니 없는 짓이란 걸 생각하셔야 합니다요."

"이번만은 정말" 하고 돈 끼호떼가 대답했다. "산초, 이미 결정한 나의 각오를 바꾸게 하는, 아니 바꾸지 않을 수 없게 하는 때를 너는 맞추었구나. 여태까지 몇 번이나 너에게 말한 것처럼, 나는 정식으로 서임된 기사가 아닌 자를 향해 칼을 뺄 수도 없고 또 빼서는 안되느니라. 산초, 만일 너의 당나귀에게 가해진 굴욕의 복수를 하고 싶다면, 그것은 네 할 일이니라. 내가 여기서 함성과 적절한 조언으로 너를 원조해줄 테니까."

"누구의 복수건 할 필요 없습니다요. 나리" 하고 산초가 대답했다. "모욕을 받았다고 해서 원수를 갚는다는 것은 그리스도 교도가 할 일이 아닙니다요. 차라리 저는 당나귀가 받은 치욕을 제 생각에 맡길 것 없이 당나귀에게 이해를 시킬 작정입니다요. 그 생각이라는 것은, 하늘이 저를 살려두시는 한 조용히 산다는 것입니다요."

"그게 그대의 결심이라면" 하고 돈 끼호떼가 응했다. "착한 산초여, 영리한 산초여, 그리스도를 믿는 산초여 그리고 성실한 산초여, 우리는 저런 도깨비들을 내버려두고 더 훌륭하고 고상한 모험을 다시 찾기로 하자꾸나. 이 고장에서는 불가사의한 모험이 많이 일어날 것만 같은 생각이 드는구나."

돈 끼호떼는 때를 놓치지 않고 고삐를 돌렸고, 산초는 잿빛 당나귀를 잡으러 갔으며, '죽음의 신'은 그 이동 부대의 전원을 이끌고 마차로 돌아가 그들의 여행을 계속했다. 이 무서운 '죽음'의 마차 모험은 이렇게 경하스러운 결말로 끝났는데, 그것은 모두 산초 빤사가 주인에게 준 유익한 충고 덕분이었다. 그런데 돈 끼호떼는 그 다음 날 한 사람의 사랑에 괴로워하는 편력 기사를 만나 앞의 것에 못지않는, 저도 모르게 손에 땀을 쥐게 하는 모험을 겪게 된다.

제 12 장

용감한 돈 끼호떼에게 내리덮친, 용맹한 '거울의 기사'와의 이상한 모험에 대해서.

'죽음'과의 우연한 싸움이 있었던 날에 이은 밤을 돈 끼호떼와 그 종자는 높고 그림자가 어두운 숲 속 나무 아래서 보냈는데, 산초의 권유로 돈 끼호떼도 잿빛 당나귀 배낭에 넣어두었던 것을 먹었다. 한창 저녁식사를 하고 있을 때 산초가 주인을 보고 입을 열었다.

"나리, 제가 만일 행하(行下)로 주신, 그 암말이 낳을 세 마리의 말새끼를 고르지 않고, 나리가 경험하시는 첫 모험의 전리품을 고르기로 했더라면 큰일날 뻔했습니다요! 정말이지 날아가는 독수리보다 손에 잡든 참새가 낫습니다요."

"그렇게 말은 하지만" 하고 돈 끼호떼가 대답했다. "만일 그대가, 산초여, 내 생각대로 공격하게 내버려두었더라면 적어도 전리품으로서 황후의 금관과 빛깔도 선명한 큐피드의 날개는 그대의 것이 되어 있었을 게다. 나는 억지로라도 그것만은 빼앗아 그대의 손에 넘겨주었을 게다."

"하지만 배우들이 가진 황제나 황후의 관이라든지 홀은 모두 순금이 아니고 놋쇠나 양철로 만든 것입니다요."

"그건 사실이다" 하고 돈 끼호떼가 대답했다. "연극의 의상 도구가 진짜라는 것은 적당치 않다. 오히려 가짜가 겉보기에 적당한 것이니라. 연극 그 자체가 그렇듯이 말이다. 나는 그대가 연극에 친밀감을 갖고 호의를 느낌으로써 연극을 하는 사람들이나 희곡을 쓰는 사람들에게도 마찬

가지로 그렇게 해주었으면 싶구나. 연극은 모두 인간 생활의 여러 장면
을 생생하게 볼 수 있는 거울을 잇따라 우리 앞에 놓아주고 사회에 큰
공훈을 하는 방편인 것이다. 우리가 어떤 자들인가, 우리가 어떻게 처신
해야 하는가 하는 것을 매우 선명하게 묘사하는 점에서 연극이나 배우들
과 비길 만한 것은 없다. 그렇지 않다면 말해봐라, 그대는 왕이나 황제,
교황이나 기사, 귀부인이나 그밖에 온갖 인물들이 출현하는 연극의 상연
을 본 적이 없느냐? 한 사람이 불한당역을 한다면 또 한 사람은 거짓말
쟁이가 되고, 이쪽이 상인역을 하면 저쪽은 병사역을 맡고, 한 사람이
빈틈없는 '바보' 노릇을 하면 저쪽은 어리석은 '사랑을 하는 사나이'가
되고, 그런데 막상 연극이 끝나서 무대 의상을 벗어버리면 모두가 다 똑
같은 단순한 배우들이란 말이다."

"물론 저도 본 적이 있습니다요."

"그런데 같은 일이 이 세상의 실생활에서도 일어난단 말이다. 실생활
에서도 어떤 자는 황제역을 맡고 어떤 자는 교황역을 맡는다. 그래서 결
국 따져보면, 연극에 등장시킬 수 있는 모든 인물이란 말이다. 그러나
결말이 오면, 즉 생명이 다했을 때 말이다. 그때까지 사람들에게 차별을
주던 의상을 '죽음'이 벗겨버리면, 무덤 속에는 모두 평등하게 들어가게
되는 거야."

"훌륭한 비교입니다요" 하고 산초가 말했다. "다만 자주 안 들을 만큼
새로운 얘기는 아니지만 말씀입니다요. 장기의 말의 비유처럼 말씀입니
다요. 장기의 승부가 계속되는 동안은 저마다 말이 각기 다른 역할을 하
지 않습니까요. 하지만 승부가 끝나면 모두 함께 뒤섞여서 뒤죽박죽 주
머니 안에 들어가게 되는데, 이건 목숨이 다해서 무덤 속에 들어가는 것
과 마찬가지입니다요."

"하루하루, 산초여, 그대의 어리석음은 줄고 영리해져가는구나."

"그건 나리의 지혜가 얼마간 저한테로 옮겨왔기 때문입니다요" 하고
산초가 대답했다. "땅도 원래는 메마르지만 거름을 주고 가는 동안에 좋
은 수확을 낳게 됩니다요. 다시 말씀드려서, 나리가 말씀하시는 여러 말
씀이 저의 바짝 메마른 기지의 흙에 뿌린 거름이 된 것입니다요. 경작은
제가 나리를 섬기고 지껄이게 되고부터 오늘에 이르기까지 계속 되었고
말씀입니다요. 그래서 저는 말하자면 하느님의 축복이라고 할 만한 수확
을 올릴 작정입니다. 그건 바짝 말라 시든 저의 판단력이 나리께서 베풀

어주신 훌륭한 훈육을 잊지 않고 길을 잘못 가거나 옆으로 빠지거나 하지 않는 수확입니다요."

돈 끼호떼는 산초의 으스대는 말에 실소하기는 했으나 스스로의 향상에 대해서 그가 한 말은 사실이라고 생각했다. 왜냐하면 가끔 저도 모르게 감탄할 만한 말을 하기 때문이다. 하기야 산초가 마치 채용 시험의 후보자나 된 듯이 엄숙한 표정으로 지껄이기 시작하려 할 때는 언제나, 아니 대개의 경우 그의 말투는 우둔이라는 산꼭대기에서 무지라는 심연으로 전락하는 결과를 가져왔고, 그가 기품 있는 그리고 기억력의 왕성함을 발휘하는 것은 얘기하고 있는 일에 맞거나 안 맞거나 열심히 속담과 격언을 끌어낼 때였지만, 그것은 이 이야기를 통해서 아마 독자들이 이미 깨달았거나 지적했을 것이 틀림없는 일이다.

이런 대화나 그 밖의 말을 주고받는 동안에 밤의 대부분이 지나가서, 흔히 졸릴 때 사용하는 말투대로 산초는 눈의 다락문을 내리고 싶은 욕에, 잿빛 당나귀의 마구며 짐안장을 모두 벗겨주고 많은 풀을 마음대로 먹게 해주었다. 로시난떼의 안장은 벗기지 않았는데, 이것은 산야를 돌아다닐 때, 즉 지붕 밑에서 잠자지 않을 때는 로시난떼를 발가숭이 말로 해두지 않도록 명령을 받고 있었기 때문이다. 다시 말해서 편력의 기사들에 의해 설정되어 지켜진 옛 습관대로 재갈은 벗겨서 안장 앞에 걸어두지만 말의 안장을 벗기는 것은 '금지'되어 있는 것이다. 그래서 산초는 그대로 하여 잿빛 당나귀와 마찬가지로 자유를 주었는데 당나귀와 로시난떼의 우정은 보기 드물게 매우 친밀한 것이어서 이 참된 이야기의 작가는 그것만을 주제로 몇 장인가를 썼으나 이런 장황하게 쓴 이야기에 없어서는 안될 기품과 체제를 갖추려고 그 장들을 넣지 않았다고 부모들에게서 자식들에게 전해지고 있다는 소문이다. 그래도 때로 이 배려는 등한시되어 "이 두 마리의 짐승은 함께 있으면 곧 서로 다가가 몸을 비비댄다. 그래서 흡족하고 피로해지면 로시난떼는 목을 잿빛 당나귀의 목덜미에 열 십자로 올려놓는데 이것은 당나귀의 목이 2바라 정도 몸뚱이에서 쭉 나와 있기 때문이다. 이렇게 이 두 마리의 짐승은 땅바닥을 가만히 응시하면서 흔히 사흘쯤은 꼼짝도 하지 않는다. 적어도 그대로 방치되거나, 배가 고파 싫어도 먹을 것을 찾도록 채찍질을 받지 않는 동안에는 운운" 따위로 씌어 있다. 다시 작가는 그들의 우정을 니소스와 에우리알루스(트로이의 젊은이들), 필라데스와 오레스테스(서로 사촌간 이면서 친구)의 우정에 비교했다고 기록해두었다는 말이 있다는 것도 덧붙여둔다. 만일 이것이 사실이라면, 서로 우정을 유지할 줄 너무나도 모르는 인간들이 얼굴을 붉히게 될 만큼 이들 두 평화로운 동물의 우정이 얼마나 확고부동한 것이었는가를 알 수 있다. 그래서 인간의 우정에 대해서는 '친구 따위 있을 수 있나, 갈대도 금방 창이 된다'고 했고, '친구와 친구사이라도 신 포도즙을 눈에 뿌린다' 하고 노래부른 자도 있다는 것이다.

그런데, 이들 동물의 우정을 인간의 우정과 비교했다고 해서 작가가 약간 옆길로 빠졌다고 생각하면 곤란하다. 동물에게서 인간은 많은 경고를 받았고 많은 중요한 것을 배우고 있다. 이를테면 봉황으로부터는 관장(灌腸)을, 개로부터는 토사와 사은(謝恩)을, 학으로부터는 경계를, 개미로부터는 저축을, 코끼리로부터는 성실을, 말로부터는 충성을 배운 것과 같은 것이다.

결국 산초는 코르크 참나무의 그늘 밑에서 잠들어버렸으며, 돈 끼호떼는 굵은 참나무 밑에서 눈을 붙였다. 그러나 얼마 지나지 않아서 등 뒤에서 일어난 소리로 잠이 깼다. 깜짝 놀라 일어나서 그 소리가 어디서 났나 하고 사방을 두리번거리며 귀를 기울였다. 바라보니 그것은 말을 타고 오는 두 사나이였는데 한 사람이 안장에서 미끄러지듯 내려오더니 동행에게 말했다. "내려라, 친구여, 그리고 말의 재갈을 벗겨주어라. 보아하니 이 장소는 말들이 먹을 풀도 충분하고 우리가 사랑의 상념에 잠기는 데 필요한 고요와 정적도 충분한 것 같구나."

이런 말을 한 것과 땅에 드러눕는 것과 거의 동시였다. 그리고 몸을 땅바닥에 내던지는 순간 입고 있는 갑옷이 금속성의 소리를 냈다. 이것이 그를 편력의 기사가 틀림없다고 돈 끼호떼가 인정하게 된 분명한 근거가 된 것이다. 돈 끼호떼는 세상 모르게 잠들어 있는 산초 곁으로 가서 꽤 힘을 들인 끝에 간신히 깨워 목소리를 낮추고 말했다.

"나의 형제 산초여, 드디어 모험이다!"

"좋은 모험이라면 고맙겠습니다요" 하고 산초가 대답했다. "그래 어디 있습니까요, 나리, 그 모험님이?"

"어디냐구, 산초?" 하고 돈 끼호떼가 되물었다. "눈을 들어보란 말이다. 저기 누워 있는 편력 기사가 보이잖느냐. 내 짐작으로 저 기사는 지금 그다지 기분이 좋은 상태가 아닌 모양이다. 저 사람이 말에서 몸을 내던지듯 날려 땅바닥에 뒹구는 것을 보았는데 웬지 언짢은 모양이더라.

그리고 구겨지듯 땅에 누울 때 갑옷 스치는 소리가 나더란 말이다."

하지만, 어째서 이것을 모험이니 어떠니 하고 생각하십니까요?"

"나는 이것이 모험의 전부라고 말하지는 않았다. 모험의 실마리라고 말한 게다. 모험이라는 것은 이러한 데서 일어나는 법이니라. 하지만 저걸 들어보아라. 아마 라우드나 비우엘라(둘 다 그 당 시의 현악기)의 가락을 고르고 있는 모양이다. 게다가 침을 뱉기도 하고 기침을 하기도 하는 것을 보면 무언가 한 곡 할 모양이다."

"확실히 그런가봅니다요" 하고 산초가 대답했다. "게다가 저 사람은 사랑을 하고 있는 기사가 분명합니다요."

"편력 기사로서 사랑을 하지 않는 자는 한 사람도 없다" 하고 돈 끼호떼는 말했다. "아무튼 저 사람의 노래를 들어보기로 하자. 노래를 부르거든 그 시를 더듬어가서 가슴 울적한 생각의 실꾸리를 풀어내기로 하자. 마음속이 가득 차기 때문에 비로소 혀도 지껄이는 것이니라."

산초는 주인에게 뭐라고 대답을 하려 했으나 '숲의 기사'의 심히 나쁘지도 않고 그다지 좋지도 않은 노래 소리에 막혀버렸다. 그래서 두 사람은 가만히 귀를 기울이고, '숲의 기사'가 노래하는 가사를 조용히 들었는데 그것은 이런 것이었다.

소 네 트

그대의 마음에 꼭 드는
걸어갈 길을 내게 달라.
나의 마음은 그것을 찾아
조금도 어기지 않으리라.

슬픔을 입다물고 죽으라 하신다면
나를 죽은 자로 생각하소서.
슬픔을 말하라 하신다면
들어주소서, 사랑의 말을.

괴로움으로 나는 어느새
연한 초, 단단한 금강석의 몸,
사랑의 법도 마음에 새기고

부드러운 가슴, 단단한 이 가슴
그 위에 새겨진다면,
그것을 나는 영원히 지키리라.

"아아!" 하는 가슴 속에서 터져나오는 듯한 한숨을 쉬고 숲의 기사는 노래를 그쳤으나, 얼마 안 있어서 슬프고도 애처로운 목소리로 다시 입을 열었다.

"오오, 세상에도 아름답고 더없이 무정한 여성이여! 어쩌면 그대, 한없이 마음 차가운 까실데아 데 반달리아여, 그대는 그대에게 사로잡힌 이 기사가 끊임없는 편정과 심하고 험한 노고에 몸이 깎여 쓰러져가는 것을 끝내 못 본 체하려는가? 그대가 세계 제일의 아름다운 여인이라는 것을 나바르라의 모든 기사들에게, 레온의 모든 기사들에게, 따르떼시오의 모든 기사들에게, 까스띠야의 모든 기사들에게, 나아가서는 라 만차의 모든 기사들에게 확고히 인식시켜도 역시 부족하다고 생각하는가?"

"그것은 틀린다" 하고 이때 돈 끼호떼가 말했다. "나는 바로 라 만차의 기사지만, 일찍이 그런 것을 인정한 적이 없다. 나의 그리운 공주의 아름다움을 그토록 해치는 일을 인정할 까닭도 없거니와 인정할 수도 없는 일이다. 저기 저 기사가 잠꼬대를 한 것은 산초, 그대도 알겠지? 그러나 어디 한 번 들어보자. 아마 다시 또 여러 가지 말을 할 것이 틀림없다."

"그야 틀림없이 말할 것입니다요. 한 달 동안 쉬지 않고 끊임없이 서러운 푸념을 해댄 모양이니까."

그러나 그렇게는 되지 않았다. 숲의 기사는 가까이에서 누가 말을 하는 것을 듣고는 한탄을 그치고 일어나 잘 울리는 공손한 목소리로 말을 건네온 것이다.

"뉘시오, 거기 계시는 분은? 어떤 분들이시오? 스스로에 만족하고 있는 사람 중의 한 분이시오, 아니면 비탄에 젖어 있는 사람 중의 한 분이시오?"

"비탄에 젖은 자의 한 사람이오."

"그렇다면 저에게로 오십시오" 하고 숲의 기사가 대답했다. "그러시면, 비애와 슬픔 그 자체가 있는 곳에 그대들이 오셨다는 것을 틀림없이 아시게 될 것이오."

이런 식으로 부드럽고 정중한 말투로 대답했으므로 돈 끼호떼는 그들이 있는 데로 갔다. 물론 산초도 함께였다.

한탄의 기사는 돈 끼호떼의 팔을 잡고 말했다.

"여기 앉으시오 기사님. 귀공이 기사요, 편력의 기사도를 신봉하는 분이라는 것은 고독과 정적 이외에 아무 벗도 없는 이런 곳에서 만나뵌 것만으로도 충분히 알 수 있소. 고독과 정적이야말로 편력의 기사에게는 본래의 잠자리, 알맞는 거실이라 하겠소."

이에 대해 돈 끼호데가 대답했다.

"나는 기사, 귀공이 말하는 그 길을 신봉하는 자요. 비록 내 가슴 속에는 슬픔과 고행과 불운이 항시 도사리고 있기는 하나 그렇다고 이웃의 재난에 대해서 품고 있는 동정심이 가슴에서 사라지는 일은 없을 것이오. 아까 귀공이 노래하신 것으로 미루어 귀공의 불행은 사랑으로 인한 것, 말하자면 탄식 속에서 그 이름을 드신 그 아름답고 동시에 무정한 여성에 대한 사랑 때문이라는 것으로 짐작하였소."

이런 말을 하고 있을 때는 이미 두 사람은 딱딱한 땅바닥에 앉아, 아침 나절에 서로 머리를 깨는 일이 일어나리라고는 도저히 상상도 못할 만큼 화기애애한 우정에 빠져 있었다.

"혹시 기사님은" 하고 숲의 기사가 묻는다. "사랑 때문에 괴로워하시지나 않으시오?"

"불행히도 말씀하시는 대로라오" 하고 돈 끼호떼가 대답한다. "그러기는 하나 어떤 분에게 바친 마음으로 말미암아 생기는 고통은 불행이라기보다 하느님의 은총이라고 생각하지 않으면 안되는 것이오."

"사실 그렇소" 하고 숲의 기사가 받는다. "우리의 이성과 판단력이 멸시로 흐트러지지 않는 한 그것은 그렇소만, 멸시가 너무 잦아지면 복수를 당하고 있는 것처럼도 여겨지지요."

"나는 내가 그리워하는 공주에게 멸시를 받은 적은 단 한 번도 없소."

"정말입니다요, 확실히 없습니다요" 하고 바로 옆에 있던 산초가 끼여든다. "그 까닭은 우리 공주님은 새끼 양처럼 온순하고 버터처럼 연하시니까 말입니다요."

"이 사람은 귀공의 종자인가요?" 하고 숲의 기사가 묻는다.

"그렇소."

"나는 일찍이" 하고 숲의 기사가 말한다. "주인이 이야기하고 있을 때 옆에서 예사로 참견하는 종자를 본 적이 없소. 적어도 저기 있는 내 종자는 제 아버지에 못지않는 거대한 사나이지만, 내가 말을 하고 있을 때 저것이 입을 여는 것을 본 사람은 없소."

"그야 확실히" 하고 산초가 말했다. "나는 참견을 했습니다요. 그러나 참견을 해도 상관없습니다요, 이런 사람 앞이라면 아니, 그만둬야지, 휘저어놓았다간 더 나빠질 테니까."

숲의 기사의 종자가 산초의 팔을 잡고 이렇게 말했다.

"우리 두 사람은 종자답게 우리 마음대로 무슨 말이든지 우리끼리 할 수 있는 데로 가는 것이 좋겠다. 우리 주인 나리들은 서로의 사랑 얘기나 꺼내서 서로 대결이나 하도록 내버려두자구. 틀림없이 얘기를 하기도 전에 날 샐 거고 그래도 결말이 나지 않을 거야."

"그거 잘 됐다" 하고 산초는 대답했다. "그러구 나는, 자네에게 내가 어떤 사람인가 얘기하고 가장 말 잘하는 다른 종자들과도 내가 과연 어깨를 나란히 할 수 있는가 없는가를 좀 봐주도록 부탁해야겠군."

여기서 두 종자는 좀 떨어진 곳으로 갔다. 그리고 그들 사이에 매우 재미있는 대화가 나누어진 것에 지지 않게 주인들이 나눈 대화 역시 매우 진지했다.

제 13 장

여기서 두 사람의 종자가 나눈 분별 있고 새롭고 부드러운 대화를 통해 숲의 기사의 모험이 계속된다.

기사들과 종자들은 두 패로 나뉘어져서 종자들은 자기들의 신세 타령을 하고 주인들은 서로의 연애 이야기를 했다. 그런데 실록은 종자들의 대화를 앞에 들고 주인들의 대화를 그 뒤에 계속시키고 있다.

주인들한테서 좀 떨어졌을 때 숲의 기사의 종자가 산초에게 말했다.

"참말로 힘드는 생활이라는 말을 한다면 우리들 편력 기사를 모시는 종자의 생활을 들어야겠지. 정말 우리는 이마에 땀 흘리고 빵을 먹고 있지만, 이것은 인간의 시조에게 하느님이 퍼부은 저주의 하나야."

"그러구 이렇게도 말할 수 있지" 하고 산초가 덧붙였다. "우리는 몸을 얼리며 빵을 먹는다고 말야. 편력 기사의 처량한 종자만큼 더위와 추위를 잘 견디어내는 사람도 없거든. 그것도 말야, 먹을 수 있다면 그래도 좋은 편야, 슬픔도 빵이 있으면 견디기 쉽거든. 하지만 우리들은 꼬박 하루나 이틀, 불어오는 바람이 있을 뿐 아무것도 먹지 않는 일도 더러는 있지."

"그거나 이거나 어떻게든 참을 수는 있지" 하고 숲의 기사의 종자가 말한다. "포상을 받을 수 있다는 희망이 있기 때문이야. 왜냐하면, 종자가 모시는 편력의 기사가 그리 심하게 불운하지만 않다면 적어도 어느 섬을 다스린다든지 빛 좋은 개살구 같은 어느 백작 영지쯤 그다지 힘들이지 않고 얻을 수 있을 테니까 말야."

"나는 말야" 하고 산초가 대답한다. "어느 섬을 다스리게 되더라도 자신 있다고 우리 주인에게 벌써 말해두었지. 우리 주인 나리는 참으로 고상하고 또 인색하지 않은 분이라서 몇 번이나 약속을 해주셨다네."

"나는 말야" 하고 숲의 종자가 말한다. "잡역 수도사쯤만 되어도 내 봉사가 보람 있는 것이었다고 생각하겠네. 주인도 이미 한자리 마련해두었다고 하시더군."

"글쎄!" 하고 산초는 말한다. "자네 주인 양반은 교회와 인연이 있는 기사가 틀림없군. 그러니 훌륭한 종자에게 그런 선물을 할 수 있는 거야. 거기에 비하면 우리 주인은 단순한 속인이지. 하기야 꽤 지혜 있는 사람들은, 내가 보는 바로는 꿍꿍이속을 간직한 사람들인데, 그네들이 우리 주인더러 대사제가 되도록 노력하시라고 열심히 충고할 때의 일을 기억하고는 있지. 그런데 주인은 승낙하지 않고 황제가 되는 것밖에 바라지 않는단 말야. 나도 그때 주인이 성직자가 될 기분이라도 내지 않을까 하고 굉장히 떨었다구. 교회에서 급여를 받을 만한 자격이 나한테는 없거든. 그 까닭은, 자네한테 실토하지만 사실 겉보기만 인간이지 짐승이나 다름없어, 성직자가 될 자격이 없어."

"그렇다면 자넨 완전히 착각을 일으키고 있어" 하고 숲의 기사의 종자가 말한다. "섬을 다스린다는 것이 모두 유망한 것은 아니거든. 보통 수법으로는 안되는 섬도 있고 발가숭이 섬도 있어. 또 음침한 섬도 있곤 해서, 간단한 얘기로 가장 출중하고 만사가 갖추어진 섬이라도 귀찮은 일, 골치 아픈 일, 성가신 일을 잔뜩 갖고 있어서 제비를 뽑은 불행한 녀석이 그것을 짊어지게 되는 거야. 우리들처럼 이런 하찮은 봉사를 하는 자는 집에 돌아가서 흔히 사람들이 말하듯 사냥을 하거나 고기를 잡는 그런 훨씬 몸에 편한 일로 적당히 세월을 보내는 편이 훨씬 낫지. 아무리 가난뱅이라도 자기 마을에서 마음대로 살기 위한 여윈 말 한 마리와 개 두 마리, 게다가 낚싯대 한 자루쯤 안가진 종자가 이 세상에 있다면 만나보고 싶어."

"나는 그런 건 무엇 하나 부족하지 않아" 하고 산초가 대답한다. "그야 여윈 말은 갖고 있지 않지. 하지만 우리 주인 말의 두 배나 값이 나가는 당나귀가 있어. 만일 주인의 말에다 4파네가의 보리를 얹어준다고 해서 내가 내 당나귀와 바꾸었다면 하느님이 아무리 나쁜 부활절을 주시더라도 불평하지 않을 거야. 이번에 오는 부활절이라도 말야. 자네는 농담인 줄 아나. 내 잿빛 털 값어치를? 잿빛은 내 당나귀의 털빛이야. 개는 워낙 우리 마을엔 남아나도록 있으니까 별로 불편을 느끼지 않아. 더욱이 사냥이 가장 즐거운 때는 남의 비용으로 할 때야."

"정말 그렇지" 하고 숲의 기사의 종자는 대답한다. "여보게 친구, 나는 기사들의 이런 어처구니없는 소동에서 이젠 손을 떼고 고향 마을로 돌아가서 아이들 뒷바라지나 하기로 굳게 결심했네. 내겐 말야. 동방의 진주 같은 세 아이가 있지."

"나는 둘이야" 하고 산초가 말한다. "교황님이 직접 보셔도 괜찮을 애들인데, 그 중에서도 계집애는 하느님만 용서해주신다면 제 어미의 반대 따위 상관없이 백작 부인을 만들 생각으로 기르고 있지."

"몇 살이야. 그 백작 부인감으로 기르고 있는 공주님은?"

"열다섯이야. 한두 살 많거나 적거나 하겠지만" 하고 산초가 대답한다. "그래도 창같이 늘씬하고 4월 아침처럼 싱싱하며, 막일꾼 못지않은 힘을 가졌다구."

"그만큼 갖추어져 있다면야" 하고 숲의 종자가 맞장구를 친다. "백작 부인은 고사하고 푸른 숲의 요정이라도 될 수 있겠는걸. 오오, 매춘부의 딸 매춘부! 튼튼한 몸을 하고 있겠지, 그 말괄량이 계집애는!"

이 말에 산초는 후끈 달아올라 대꾸한다. "그앤 매춘부가 아니고 제 어미도 그렇지 않아. 내가 살아 있는 동안에 두 사람 다 그런 짓은 않는다. 말조심해. 예의범절이 귀신 같은 편력 기사들 속에서 자란 게 틀림없다면 그런 얌전치 못한 주둥아리를 놀리는 게 아니다."

"자넨 칭찬할 때 돌려하는 말을 전혀 모르는군, 종자 친구! 어느 기사가 광장에서 창으로 보기 좋게 소를 찌른다든지 어느 인물이 무슨 일을 산뜻하게 하든지 할 때 구경꾼들은 흔히 '야, 매춘부의 자식아, 멋있게 해치웠구나!' 하고 소리치는 것을 어째서 모르느냐? 그런 경우에는 모욕이라고 여겨지는 말도 훌륭한 찬사가 되는 거야. 그러니 종자 친구, 부모들은, 이런 칭찬을 남한테 들을 만큼 훌륭한 행동도 하지 못하는 아들이나 딸이라면 자식으로 인정하지도 말아야 해."

"오오, 인정하지 않고말고" 하고 산초가 대답한다. "게다가 말야. 그런 식으로 그런 까닭이라면, 나한테도 내 자식들한테도 내 마누라한테도 얼마든지 매춘부 소리를 해도 상관없는 걸 그랬군. 워낙 그녀석들이 하는 말이나 하는 짓은 그런 칭찬과 꼭 부합하거든. 그래서 다시 한 번 애들의 얼굴을 볼 수 있도록 대단한 죄로부터 나를 구해주십사고 하느님께 나는 기도드리고 있지. 말하자면, 이 종자라는 위험한 직업에서 나를 구해주십사고 말이지. 이 직업에는 어느 날 시에라 모레나 산중에서 주운 100두카트가 들어 있는 지갑에 끌려 눈이 어두워져서 두 번이나 발을 들여놓게 된 것인데 악마란 놈이 자꾸만 눈앞에다 도블론 금화가 가득 들어 있는 부대를 여기다, 저기다, 아니 저쪽이 아니라 이쪽이다, 하고 흔들어 보인단 말야. 그때마다 나는 손으로 그걸 만지고 얼싸안고 집으로 돌아가서, 그걸 연금으로 삼아 꼬박꼬박 이자를 타먹으면서 재상처럼 살고 있는 기분이 들곤 한단 말야. 게다가 그런 일을 꿈꾸는 동안은 우리 숙맥 주인과 함께 참고 견디는 고생이란 대수롭잖고 참을 수 있을 만한 것이 되더란 말야. 우리 주인으로 말하면 기사라기보다 미치광이에 가깝다는 걸 알고 있거든."

"바로 그거야" 하고 숲의 기사의 종자가 대답한다. "탐욕은 자루를 찢는다는 말은. 그러나저러나, 미치광이 얘기를 하려고 든다면, 우리 주인보다 더 심한 건 아마 이 세상에 없을걸. '남의 참견은 당나귀를 죽인다'라는 속담에서 말하는 바로 그런 인간 중의 하나거든. 왜냐하면 정신을 잃은 다른 기사를 구하려다가 자신이 미쳐버렸단 말야. 그러고는 요행히 찾아내봐야 큰 봉변이나 당할지 모를 그런 놈만 찾아다니고 있거든."

"어쩌면 여자한테 반한 게 아냐?"

"바로 그거야. 상대는 까실데아 데 반달리아라던가 하는 세상 어디서나 볼 수 있는 가장 애교 없고 그러면서도 달콤한 맛이 있는 공주야. 그런데 여자가 무뚝뚝하다고해서 고민하고 있는 건 아냐. 더 큰 간계가 뱃속에 도사리고 앉았는데, 그건 조금만 더 있으면 저절로 알게 될 거야."

"아무리 편편한 길이라도" 하고 산초가 대답한다. "발이 걸릴 돌멩이가 없고 틈이 벌어지지 않은 길은 없어. 옆집에서 완두콩을 찌면 우리집에선 가마솥으로 몇이라도 찌지. 동료와 식객은 분별 있는 사람보다 미치광이한테 더 잘 생기는 모양이야. 하지만 고생도 동무가 있으면 견디기가 훨씬 낫다고 흔히 하는 말처럼 자네가 있어줘서 고생도 좀 편하게 할 수 있을 것 같아. 자네도 우리 주인과 고만고만한 바보를 모시고 있는 모양이니까."

"바보는 바보지만 용감하지." 숲의 기사의 종자가 대꾸한다. "아니 바보보다도 용기보다도 다부진 사람이야."

"그건 우리 주인에겐 없어" 하고 산초가 대답한다. "말하자면 다부진 데는 티끌만큼도 없단 말야. 그뿐 아니라 마치 물독 같은 영혼이야. 누구에게도 나쁜 짓은 못 하고 모든 사람에게 좋은 일만 하려고 들거든. 짓궂은 데는 조금도 없지. 그 양반에겐 애들이라도 대낮을 밤중이라고 속일 수 있어. 그 순진한 것으로 해서 나는 그 양반을 내 심장보다 더 좋아하게 되었고 아무리 바보 같은 짓을 하더라도 팽개치고 가버릴 기분이 되지 않는단 말아."

"그야 그럴 테지, 아우" 하고 숲의 기사의 종자가 말한다. "장님의 안내를 하다간 두 사람 다 구덩이에 빠질 위험이 있는 거야. 그보다는 얼른얼른 집어치우고 그리운 옛집으로 돌아가는 게 제일이야. 모험을 찾아다니는 인간들이 언제나 반드시 좋은 모험만 만난다고 정해진 건 아니거든."

산초는 끈적끈적한 물기 없는 침 같은 것을 줄곧 뱉고 있었는데, 그것이 인정 많은 숲의 기사의 종자 눈에 띄자 그는 말했다.

"서로 너무 지껄인 탓으로 혓바닥이 입천장에 들러붙어버릴 것 같군. 그런 걸 뜯어내주는 것을 안장 뒤에 매달아갖고 왔지. 아주 고급으로 말이야."

그러고는 일어서서 가더니 곧 큼직한 포도주를 담은 가죽 부대와 길이가 반 바라나되는 엠빠나다(밀가루 반죽을 얇게 펴서 고기 같은 것을 싼 파이 종류)를 들고 돌아왔다. 이 길이는 결코 과장이 아니다. 왜냐하면 엄청나게 큰 흰 토끼로 속을 넣은 것이어서 그것을 만져보았을 때 산초는 산양 새끼를 넣은 것이 아니라 수산양을 써서 만들었나보다 하고 생각했을 정도였다. 그것을 보고 산초가 말했다.

"아니 이런 걸 갖고 왔었나, 자넨?"

"아니 그럼 어떻게 생각했었나?" 하고 숲의 기사의 종자가 묻는다. "나를 휙 불면 날아가버릴 형편없는 엉터리 종잔 줄 알았나? 나는 장군 행차 때의 식량보다 더 고급 식량을 말 엉덩이에 달고 왔다구."

자, 들게 어쩌니 하는 말을 일일이 듣기도 전에 산초는 벌써 먹기 시작하여 말 다리를 묶는 밧줄 매듭만한 것을 어둠 속에서 한 입에 꿀꺽 삼키고 있었다. 그리고 말한다.

"정말 자넨 이 인심으로도 알 수 있듯이 성실하고, 틀림없고, 진짜 호사스럽고 아주 훌륭한 종자로군. 마법의 힘으로 여기 온 게 아니더라도, 적어도 그렇게 보인단 말이야. 배낭에 기껏해야 거인의 대가리라도 깰 만한 단단한 치즈를 조금, 그 밖에 메뚜기콩이 4,50알 그리고 개암과 호두가 역시 4,50개 들어 있을 뿐인 우리거든. 하기야 이건 모두 주인 호주머니에 여유가 없다는 것과, 편력의 기사라는 것은 말린 과일이나 들판의 풀만으로 목숨을 이어나가야 한다는 의견을 굳게 지키고 있는 그 법도 탓이지만, 이런 쩨쩨하고 운 나쁜 나 같은 사람은 도저히 자네와는 비교도 안되겠는걸."

"나는 맹세해도 좋지만, 아우" 하고 숲의 기사의 종자는 대답한다. "내 뱃속은 엉겅퀴니 야생의 배니, 산중의 나무 뿌리니 하는 것을 받아들이게는 안되어 있단 말야. 우리 주인들은 그 대단한 기사도의 의견이나 법도에 넋을 잃고 멋대로 좋아하는 것을 먹게 내버려두면 돼. 나는 얼린 고기 바구니를 갖고 다니고 필요한 때를 위해서 이 가죽 부대를 안장 뒤에 달고 다니는데, 이거야말로 내 신앙의 표적이야. 무엇보다도 나는 이걸 좋아해서 이놈에게 입을 맞추고 끌어안고 하지 않는 시간이 거의 없을 정도야."

이렇게 말하면서 산초에게 그것을 넘겨주었다. 산초는 가죽 부대를 입에 대고 높이 쳐들어 15분쯤 하늘의 별을 쳐다보고 있더니 이윽고 다 마시고 나서 머리를 한쪽으로 기울이며 푸 하고 크게 한숨을 쉬고 말했다.

"야, 이 매춘부의 아들 불한당아! 이렇게 훌륭한 게 또 있겠나!"

"아하!" 하고 산초에게서 '매춘부의 아들'이란 소리를 들은 숲의 기사의 종자가 말했다. "자네도 이 포도주를 '매춘부의 아들'이라고 칭찬하는군 ?"

"아, 그럼" 하고 산초가 대답한다. "사람을 매춘부의 아들이라고 부르더라도 그것이 칭찬하고 싶은 생각에서 나온 말이라면 욕이 아니라는 걸 알고 있지. 그런데, 여보게, 자네가 가장 사랑하는 자의 목숨을 두고 말해주었으면 좋겠네만, 이 포도주는 씨우다드 레알(마드리드 남쪽에 있는 도시로 술과 피혁의 명산지)산 맞아 ?"

"술의 감식력이 대단하네그려" 하고 숲의 기사의 종자가 칭찬했다. "사실 바로 그 술이야. 게다가 약간 묵은 술이기도 하구."

"그 점에 있어서는 날 믿어 ?" 하고 산초가 대꾸했다. "내 포도주의 감정만은 틀림없다고 생각해주게. 나는 술의 감정에 타고난 육감을 갖고 있단 말야. 어떤 술이고 냄새만 한 번 턱 맡으면 산지, 계통, 맛, 햇수, 술통을 바꾼 횟수, 그 밖에 포도주에 관한 것이라면 뭐든지 틀림없이 맞히지. 어때, 종자 친구, 대단하잖나? 그러나 놀랄 건 없어, 우리 아버지 혈통에는 오랜 세월 라 만차에서 잘 알려진 대단한 술 감정의 명수가 둘이나 나와 있으니 말야. 그 증거를 지금부터 내가 얘기해주지. 어느 날 두 사람이 한 통에 든 포도주의 감정을 부탁받았지. 익은 상태, 성질, 전체의 질에 대해서 의견을 들려달라는 부탁이야. 그러자, 한 사람의 혀끝으로 맛을 보고 한 사람은 코를 가까이 가져간 것뿐인데 먼저 사람은 이 술에는 쇠맛이 난다고 말하고, 둘째 사람은 그보다 산양 가죽의 맛이 난다고 말하지 않겠나. 이 말을 듣고 술임자는, 통은 깨끗이 청소를 했고 술에는 쇠나 산양 가죽의 맛이 밸 만한 것은 아무것도 섞지 않았다고 말했는데, 그래도 두 이름난 술 감정가들은 자기들의 주장을 끝까지 굽히지 않았다는 거야. 그런데 세월이 흘러 포도주가 다 팔리고 통이 비었을 때 통을 청소해보니 통 밑바닥에 산양 가죽의 끈이 달린 조그마한 열쇠가 하나 떨어져 있더라잖아. 이런 혈통을 가지고 있는 사람이 이런 일에 약간의 의견을 내도 괜찮은가 어떤가 자넨 알아줄 줄 알아."

"그러기에 나는 말하잖나" 하고 숲의 기사의 종자가 말했다. "모험을 찾아다니는 일을 이제 서로 그만두자고 말야. 우린 큼직한 빵을 갖고 있어. 또르따(과실 파이) 따윌 찾을 필요는 없잖아. 우리 오두막집으로 돌아가자구. 하느님이 돌려보내실 생각이시라면 꼭 돌아갈 수 있을 거야."

"우리 주인이 사라고사에 도착할 때까지는 모셔야지. 그후에 얘길 잘해서 결정하겠어."

두 착한 종자들은 실컷 지껄이고 마음껏 마셨으므로 졸음이 그들의 혀를 묶고 그들의 목은 스스로 갈증을 달래지 않을 수 없게 되었다. 두 사람의 갈증을 아주 없앤다는 것은 도저히 불가능한 일이었으므로 두 사람은 이제 거의 빈 껍질만 남은 가죽 부대를 마주 안고 입에는 먹다 만 음식물을 문 채 잠들어버렸다. 여기서 우리는 잠시 그들을 이대로 놔두고 숲의 기사가 우수에 찬 얼굴의 기사를 상대로 나눈 대화를 이야기하기로 하자.

제 14 장

여기서는 숲의 기사의 모험이 계속된다.

돈 끼호떼와 숲의 기사가 나눈 수많은 담화들 중에서 실록은 숲의 기사가 돈 끼호떼에게 다음과 같이 말했다고 적고 있다.

"결국 기사님, 나의 숙명이 숙명이기보다 나의 선택이 비할 데 없는 까실데아 데 반달리아를 연모하도록 나를 이끌었다는 것을 알아주시면 좋겠소. 비할 데 없다고 말한 것은 몸집의 크기에 있어서나 신분과 아름다움이 두드러진 점에 있어서 비할 데가 없다는 것이오. 지금부터 상세하게 말씀드리겠지만, 이 까실데아라는 여성은 나의 올바른 생각과 조심스런 소원에 대해서 저 사생아 헤르쿨레스에게 헤라가 한 것처럼 내가 갖가지 위험에 부딪치는 것을 그 대가로 삼고 한 가지 어려움이 끝날 때마다 다음 위험이 끝나면 나의 소원을 들어주겠다고 약속해온 것이오. 그러나 나의 고난은 끝없는 쇠사슬의 고리처럼 이어져 있는 것 같고 언제가 되어야 내 소원을 이룰 날이 올 것인지 도무지 분간할 수 없는 오리무중과 마찬가지 형편이오. 한 번은 라 히랄다(세비야의 유명한 대사원의 탑 위에 있는 풍향상(風向像))라고 자칭하는 세비야의 저 이름난 여자 거인과 싸우러 가라고 나에게 명령합디다. 그 여자 거인은 매우 용감하고 강할 뿐 아니라, 몸은 청동으로 되어 있고 한 장소에서 움직이는 일이 없는데도 세상에서 뛰어나게 변화무쌍했으며 무척 변덕스러운 여자였지요. 나는 그곳으로 가서 그녀와의 대결에서 승리를 하여 꼼짝없이 얌전하게 있지 않을 수 없게 만들어버렸소. 그래서 7일 이상이나 북풍밖에 불지 않았지요. 어떤 때는 커다란 또로스 데 기산도(헤로니모 수도원의 포도밭에 있는 개의 화강암 덩어리)의 고대 석상이 얼마나 무거운가를 재 오라는 기사에게라기보다 막일꾼에게나 시킬 일을 명령받은 적도 있었소. 또 어떤 때는 까브라의 깊은 동굴에 뛰어들어 그 캄캄하고 깊은 밑바닥에 무엇이 잠겨 있나 살펴보고 상세히 보고하라는 전대미문의 억지 같은 명령을 받은 적도 있었소. 이와 같이 나는 라 히랄다를 움직이고 또로스 데 기산도의 무게를 쟀으며 심연에 뛰어들어 그 밑바닥의 비밀을 밝혔는데도 나의 희망은 여전히 죽은 거나 마찬가지고 반면에 여자의 명령과 경멸은 더한층 활기를 띠어가는 형편이었소. 그러던 끝에 내가 마지막으로 받은 명령은 스페인의 방방곡곡을 돌아다니면서 그곳을 헤매는 모든 편력의 기사들에게 사랑하는 여성만이 오늘날 살아 있는 모든 여성 가운데서 가장 아름답고, 또 나는 이 세상에서 가장 용기 있고 출중한 면모의 기사라는 것을 인정시키라는 것이었소. 이 명령을 받고 나는 오늘까지 스페인의 대부분을 편력하면서 나의 주장에 대담하게 반대한 모든 기사를 무찔러 왔소. 그런데 무엇보다도 내가 긍지로 삼고 자랑으로 여기는 것은 그 유명한 기사 돈 끼호떼 데 라 만차를 일대일로 대결하여 쓰러뜨리고, 그에게 그의 둘씨네아보다 나의 까실데아가 훨씬 뛰어나게 아름답다는 선언을 시킨 일이오. 나는 오직 이 승리 하나로 세상의 모든 기사들을 무찔렀다고 생각하고 있소. 그 까닭인즉 방금 말씀드린 돈 끼호떼라는 자야말로 세상의 모든 기사들을 제패한 자기 때문이오. 내가 그에게 승리한 이상 그의 영광, 그의 명성, 그의 자랑은 모두 나에게 옮겨와

> 패한 자의 이름 세상에 높아
> 이긴 자의 영예 더더욱 높도다.

라는 말과 같이 앞에서 말씀드린 돈 끼호떼의 수없는 위업은 이제 나의 것으로 통용되고 또한 나의 것이 되었다오."

돈 끼호떼는 숲의 기사의 말을 듣고 놀라서 "거짓말 마라!" 하고 천 번이나 소리칠 지경이었으며, 이미 "거짓말 마라!"의 한 마디가 혀끝에까지 나와 있었다. 그러나 상대편의 거짓말을 그 자신의 입으로 고백시켜야 되겠다는 생각으로 열심히 자신을 억제했다. 그리고 조용한 어조로 말했다.

"기사님, 귀공이 스페인뿐 아니라 온 세계 대부분의 편력 기사를 무찔 렀다는 데 대해서는 아무 말도 하지 않겠소. 그러나 돈 끼호떼 데 라 만 차에게 이겼다는 말씀에 대해서는 의문을 갖지 않을 수 없구려. 어쩌면 그와 비슷한 다른 자였는지도 모르지 않겠소. 하기야 그와 비슷한 다른 자라고는 거의 없겠지만."

"그게 무슨 말씀이오?"하고 숲의 기사가 반문한다. "우리 머리를 덮 은 하늘을 두고 말하지만 나는 돈 끼호떼와 싸워 그를 쓰러뜨리고 굴복 시켰소. 그는 키가 크고, 얼굴은 여위었으며, 팔다리는 길고 가늘며 반 백의 머리에 매부리코, 굵게 처진 검은 수염을 기른 인물이었소. '우수 에 찬 얼굴의 기사'라고 자칭하면서 싸우고, 산초 빤사라는 농부를 종자 로 거느리고 있었으며 로시난떼라는 명마의 등을 꽉 조여 고삐를 잡고 그가 그리워하는 공주로는 둘씨네아 델 또보소라는 여자를 정하고 있는 데 이 여자는 한때 알돈사 로렌소라고 부르던 여자라오. 마치 내가 그리 워하는 공주, 까실다 공주를 안달루시아 태생이기 때문에 까실데아 데 반달리아라고 부르는 것과 마찬가지요. 이만한 증거를 들어도 나의 진실 이 믿을 만하지 못하다고 한다면 여기 나의 칼이 있소. 이것은 '회의(懷 疑)'그 자체에게조차 나의 진실을 믿게 하는 칼이라오."

"고정하시오, 기사님"하고 돈 끼호떼가 말한다. "그리고 내가 하는 말을 들으시오. 그대가 말씀하시는 그 돈 끼호떼는 이 세상에서 나와 가 장 친한 친구로서 나 자신의 그림자라고까지 생각하고 있는 벗이라 해도 상관없소. 게다가 그대가 그에 관해서 설명한 너무나도 정확하고 진실된 특징으로 미루어 그대가 승리한 사람이 그 기사가 틀림없다고 생각할 수 밖에 없소. 그러나 한편 그자가 돈 끼호떼 자신이라는 것은 도저히 있을 수 없다고 나는 이 눈으로 보고 이 손으로 만지듯이 확신하는 바요. 하 기야 그 기사에게는 적의를 품은 숱한 마법사가 있는데 특히 그 가운데 하나는 늘 그를 따라다니고 있을 정도니까, 그 속에는 기사도의 갖가지 드높은 공적으로 대지의 표면 구석구석에까지 떨친 기사 돈 끼호떼의 명 성을 땅에 떨어뜨리려는 속셈으로 그의 모습으로 바꾸어 고의로 싸움에 진 마법사 하나쯤은 있음직한 일이오. 나아가 이것을 증명하기 위해서는 귀공도 알아주셨으면 하오만, 또 아직 그로부터 이틀도 되지 않았으나 방금 말씀드린 것과 같은 나를 적대시하는 마법사들이 아름다운 둘씨네 아 델 또보소의 모습과 인품을 야비한 시골 여자로 바꾸어버렸단 말이오. 따라서 이와 같은 수법으로 돈 끼호떼도 모습을 바꾸게 한 것이 틀림없소. 만일 이만큼 말씀드려도 나의 말이 진실이라고 납득하기에 충분하지 않으시다면 여기 돈 끼호떼 바로 그 자신이 있소이다. 돈 끼호떼는 도보로나 마상에서나 그 어떤 방법으로든지 지켜나갈 것이오."

그는 이렇게 말하고 나서 벌떡 일어나더니 칼자루를 꼭 쥐고 숲의 기사가 어떤 결의를 하는가 하고 대기했다. 그러자 상대편도 침착한 목소리로 대답했다.

"지불이 좋은 자에게는 담보도 괴롭잖다는구려. 돈 끼호떼 님, 한 번 그대의 화신을 능히 무찔렀으니 진짜 그대를 정복하는 희망도 얼마든지 가질 수 있을 것이오. 그러나 기사쯤 되는 자가 좀도둑이나 불한당처럼 어둠 속에서 칼부림을 한다는 것은 좋지 않으니 날이 새기를 기다렸다가 태양에게 우리의 활약을 보여드림이 어떻소? 그리고, 우리의 싸움은 패자는 승자의 뜻을 따르고 명령받은 일이 기사의 체면을 상하지 않는 이상 달게 승자의 어떤 의사도 따른다는 조건이 아니면 안되겠소."

"그 조건과 결정에 나도 크게 찬성하는 바요." 돈 끼호떼가 대답했다.

이런 말을 마친 두 사람은 종자들이 있는 곳으로 갔으나 종자들은 잠에 못 이겨 그대로 쓰러져 코를 골고 있었다. 그래서 그들을 흔들어깨워 말 준비를 하라고 지시했다. 날이 샘과 동시에 그들의 주인과 주인이 피비린내 나는 처참한 대결을 하게 되었기 때문이다. 이것을 듣자 산초는 아까 숲의 기사의 종자한테서 그 주인이 용맹하다는 말을 들은 바 있어 주인의 신상이 걱정되어 놀란 나머지 아연해져버렸다. 그러나 말없이 두 종자는 말과 당나귀를 찾으러 나갔는데, 세 마리의 말과 잿빛 당나귀는 서로 냄새를 맡아 한군데에 몰려 있었다.

그쪽으로 가면서 숲의 기사의 종자가 산초에게 말했다.

"잘 알아두는 게 좋을 거야, 아우. 안달루시아의 싸움깨나 하는 친구들은 싸움에 입회했을 때 당사자들이 싸우고 있는 동안 팔짱을 끼고 멍청하게 서 있지 않는 것이 관례가 되어 있어. 내가 이런 말을 하는 것은 우리 주인 나리들이 싸우고 있을 때에는 우리 역시 서로 싸우지 않으면 안된다는 것을 알아달라는 뜻에서 그러는 거야."

"그런 관례는, 종자 친구" 하고 산초가 대답한다. "자네가 말한 싸움깨나 하는 자들이라면 통용해도 상관없겠지. 하지만 편력 기사의 종자들에게는 조금도 필요 없는 일이야. 적어도 그런 관례가 있다는 걸 나는 주인한테서 들은 적이 없어. 우리 주인은 편력 기사의 법도라면 죄다 외고 계시거든. 설혹 주인들이 싸우는 동안 종자들끼리도 싸워야 한다는 것이 사실이고 또 법도에 있는 일일지라도 나는 상관없어. 그런 법도 따위 나는 지키고 싶지 않아. 그보다는 차라리 그런 싸움을 싫어하는 종자로서 벌금을 내놓겠어. 불을 켜는 초 2근 값. 틀림없이 그 2근 값이라도 나는 지불할래. 머리가 두 조각 난 셈치고 그 치료에 드는 삼베조각 값보다 훨씬 싸게 먹힌다는 걸 나는 알거든. 또 있지. 나는 칼이 없으니 싸울래야 싸울 수도 없잖아. 생전 칼을 차 본 일이 있어야지."

"그렇다면 내게 좋은 생각이 있어" 하고 숲의 기사의 종자가 말했다. "다름이 아니라 여기 크기가 똑같은 부대를 둘 갖고 왔는데 자네와 내가 하나씩 갖고 무기처럼 부대 대결을 하면 어떨까?"

"그런 거라면 고맙지" 하고 산초가 대답한다. "그런 싸움이라면 다치기는커녕 먼지를 털어줄 거거든."

"그렇게는 안되지" 하고 숲의 기사의 종자는 말한다. "왜냐하면 바람에 날리지 않도록 맨질맨질한 자갈을 여섯 개씩 똑같은 무게가 되도록 부대에 넣어야 하거든. 그래도 다치는 일은 없이 자주 싸움을 할 수 있을 거야."

"이봐, 농담 작작해!" 하고 산초가 소리쳤다. "흑담비의 부드러운 털이나 솜뭉치를 넣어둔 것도 아닌데 대가리가 깨지거나 뼈가 부서지지 않고 끝나겠나? 설혹 풀솜을 채워놓았더라도 나는 절대로 싸우지 않겠다는 걸 알아두게. 주인끼리는 싸울테면 싸우라지. 그 사람들이 뭘 하건 상관할 바 아냐. 우리는 마실 거나 마시고 오래 사는 게 수야. 우리 목숨을 자르는 수고는 시간이라는 것이 해준단 말야. 그 시간이 와서 익어 떨어지기도 전에 떨어뜨려 달라고 재촉할 것까지는 없잖아."

"그래도, 30분쯤은 싸우지 않으면 안될걸."

"그건 안돼" 하고 산초가 우겼다. "나는 함께 마시고 먹고 한 사람과 아무리 잠깐이라도 싸움을 하는 그런 예의도 은혜도 모르는 인간이 되고 싶지 않단 말야. 하물며 원한도 없는데 마구잡이로 싸우자는 놈이 세상에 어디 있어."

"그렇다면 내가 틀림없는 수법을 쓰기로 하지" 하고 숲의 기사의 종자는 말한다. "말하자면 싸움을 시작하기 전에 살며시 자네 앞에 가서 서너 번 뺨따귀를 때려 내 발밑에 넘어뜨려놓는 거야. 그러면 아무리 자네가 깊이 잠들어 있더라도 뱀이 눈을 뜰 게 아냐."

"그런 수법으로 나온다면" 하고 산초가 대꾸했다. "나도 그에 지지 않을 만한 수법을 쓰지. 몽둥이를 하나 집어와서 자네가 내 배알을 깨우러 오기 전에 자네 배알을 저승에나 가기 전엔 눈도 뜨지 못할 만큼 잠재워 버리지 뭐. 내가 누구든 내 얼굴에 손을 대지 못하게 하는 사나이라는 것은 저승에도 알려져 있지. 자기 화살촉은 자기가 주우라는 말도 있잖아. 하기야 가장 틀림없는 것은 자기 배알은 자기가 잠재워두는 것이겠지만 사람의 뱃속은 아무도 알 수 없는 것이고 양털을 깎으러 가서 자기 털을 깎이고 돌아오는 일도 흔하거든. 하느님은 평화를 축복하셨지만 싸움은 저주하셨지. 쫓기던 고양이도 갇히고 곤경에 빠지면 사자가 되는 것이니까 인간인 내가 무엇으로 변할 수 있는지는, 하느님만이 알 수 있는 일이야. 그러니 종자 친구, 우리들의 싸움에서 일어나는 재화도 부상도 모두 자네 탓이지 나는 모르겠네."

"좋아" 하고 숲의 기사의 종자가 대답했다. "하느님이 날이 새게 해주실 거야. 그렇게 되거든 잘해봄세."

이때 숲의 나무라는 나무에서는 색깔도 산뜻한 여러 가지 새들이 벌써 재잘거리기 시작하고 있었으며 그 갖가지 즐거운 노래 소리는 신성한 여명에 축복을 보내고 인사를 하는 듯이 느껴졌다. 그 여명이 동쪽 문의 발코니에 아름다운 얼굴을 나타내고 머리칼에서는 수많은 진주가 뿌려졌는데 그 부드럽고 감미로운 술이 뿌려지자 들판의 풀은 다시 싹이 트고 작고 흰 액체의 진주를 빗발처럼 받고 있는 듯이 느껴졌다. 여명이 찾아와 수양버들은 달콤한 이슬을 증류하고 샘은 보글보글 솟았으며, 냇물은 졸졸 흐르고 환희에 찼으며 초원은 더한층 초록빛을 더해갔다.

아침 빛이 사물의 모습을 분간할 수 있을 만큼 밝아지는 순간, 산초 빤사의 눈에 제일 먼저 띈 것은 숲의 종자의 코였는데 그것은 그의 온몸에 그림자를 떨어뜨릴 만큼 거대했다. 그 코는 중간쯤에서 굽었고, 전체에 사마귀 같은 것이 솟아 있었으며, 가지처럼 자줏빛을 띠어 입 아래 한 치에까지 처져 있었다. 그 크기, 그 빛깔 게다가 사마귀와 굽은 모양 따위가 더한층 얼굴을 추악하게 만들었으므로 산초는 한 번 보는 순간, 경기를 일으킨 어린 아이처럼 수족을 벌벌 떨었을 정도였다. 그래서 이런 도깨비와 싸우기 위해 노여움의 벌레를 깨우기보다는 차라리 뺨따귀를 한 200차례 맞는 편이 낫다고 속으로 결심했다.

한편 돈 끼호떼는 상대편의 거동을 가만히 살펴보았는데, 이미 얼굴 가리개가 달린 투구를 푹 덮어 쓰고 있었으므로 얼굴을 볼 수는 없었다. 근육이 굳건하고 키는 그리 크지 않은 사나이 같았다. 갑옷 위에는 보기에 매우 가느다란 금실로 짠 웃옷을 걸쳤는데 반짝반짝 빛나는 조그마한 거울이 박혀 있어서 뛰어난 무사처럼 그를 보이게 했다. 투구 위에는 초록과 노랑과 흰색의 많은 깃이 꽂혀 흔들거리고 있었다. 나무에 걸쳐 세워놓은 창은 끔찍하게 길고 굵었으며 1빨모나 되는 강철 창 끝이 달려 있었다. 돈 끼호떼는 이 모든 것을 살펴보았다. 그리고 우선 보기에, 무섭게 힘이 세겠구나 하는 짐작이 갔으나 그렇다고 산초 빤사처럼 떨지는 않았다. 오히려 늠름한 담력을 보이면서 거울의 기사에게 말을 건넸다.

"만일 싸울 생각이라면, 그리고 아직도 그대가 예의를 잊지 않았다면 예법에 따라 그 얼굴 가리개를 좀 올리기 바라오. 그대 얼굴의 늠름함이 과연 그 차림새의 화려함과 어울리는가 보고 싶어서 그러오."

"이 대결의 승지가 되긴 패자가 뇌건, 기사님" 하고 거울의 기사가 대답했다. "나를 볼 시간도 여유도 충분할 것이오. 지금 귀공의 요구를 내가 듣지 않는 까닭은, 내가 주장하는 귀공도 이미 아는 일을 아직 귀공으로 하여금 인정시키지 못한 채 얼굴 가리개를 들어 시간을 늦춘다는 것은 아름다운 까실데아 데 만달리아에게 너무나 심한 모욕을 주는 것이기 때문이오."

"그렇다면 말에 올라타는 동안이라도" 하고 돈 끼호떼가 말했다. "귀공이 넘어뜨렸다는 그 돈 끼호떼가 과연 나였는지 아니었는지 말해도 상관없지 않겠소."

"그 일이라면 대답하리다" 하고 거울의 기사가 말했다. "귀공은 마치 달걀과 달걀이 닮았듯이 내가 쓰러뜨린 기사와 똑같소. 그러나 마법사들의 박해를 받고 있노라고 귀공도 말씀하셨으니 그대가 바로 그 당사자인지 어떤지는 말할 수 없구려."

"귀공의 몽매를 믿기에는 그것만으로 충분하오. 그러나 그 몽매를 깨우쳐드리기 위해서는, 자, 말에 오르시오. 귀공이 얼굴 가리개를 드는 것보다 짧은 시간에, 만일 하느님과 나의 그리운 공주와 이 팔이 힘을 빌려준다면 나는 그대의 얼굴을 들여다보고 그대가 생각하는 패자 돈 끼호떼가 바로 내가 아니라는 것을 깨닫게 해주겠소."

이것으로 그들은 주고받는 문답을 끝내고 말에 올랐다. 그리고 돈 끼

호떼는 되돌아서서 적과 정면으로 부딪치는 데 알맞는 거리를 잡으려고
로시난떼의 고삐를 늦추었으며, 거울의 기사도 그렇게 했다. 그러나 돈
끼호떼가 스무 걸음도 채 가기 전에 거울의 기사가 부르는 소리가 들려
두 기사는 다시 서로 다가섰고 거울의 기사가 입을 열었다.

"기사님, 우리의 결전의 조건으로 아까 말씀드린 패자가 승자의 뜻을
따르기로 한 것을 잊어서는 안되오."

"알고 있소" 하고 돈 끼호떼가 대답했다. "패한 자에게 주어지고 명령
된 사항이 기사도의 한계를 벗어나는 것이 아니라면 말이오."

"그렇게 알겠소" 하고 거울의 기사가 대답했다.

마침 그때 그 종자의 괴상한 코가 돈 끼호떼의 눈에 띄었는데, 그 또
한 산초 못지않게 경탄을 금하지 못했다. 그 코가 너무 커서 무슨 괴물
이 틀림없거나 아니면 이 세상에서는 그다지 볼 수 없는 새로운 인간일
지도 모르겠다고 생각했다. 주인이 말을 달릴 거리를 잡으려고 걸어나가
는 것을 본 산초는 저 코로 자기 코를 한 번 얻어맞는다면 그 타격으로
혹은 그 공포로 땅바닥에 뻗어 싸움도 단번에 결말이 나겠다는 생각에
그만 무서워져서 로시난떼의 등자 끈을 잡고 주인 뒤를 따라갔는데 말을
되돌려야 할 때쯤 되었을 때 주인에게 말했다.

"나리에게 부탁이 있습니다요. 대결하러 돌아가시기 전에 저를 좀 도
와 저 코르크 참나무에 올려주고 가시면 좋겠습니다요. 저기 올라가 있
으면 땅 위에 있는 것보다 나리가 저 기사와 벌이시는 훌륭한 결전을 더
잘 구경할 수 있을 테니까요."

"그렇지는 않을 게다, 산초" 하고 돈 끼호떼가 말했다. "그런 게 아니
라 그대는 위험 없이 싸움을 구경하려고 마룻간으로 올라가고 싶은 게
지."

"사실을 말씀드리면 말씀입니다요" 하고 산초가 대답한다. "저 종자의
무시무시한 코를 보고 있으니 질려서 도저히 함께 있을 생각이 나지 않
습니다요."

"저건 대단한 물건이구나" 하고 돈 끼호떼도 동의했다. "바로 내가 아
니었던들 역시 놀라 나자빠질 코로구나. 그렇다면 오라, 그대가 말하는
곳에 올려줄 테니."

마침 돈 끼호떼가 산초를 코르크 참나무에 올려주려고 우물쭈물하고
있을 때 거울의 기사는 필요하다고 생각되는 거리를 잡은 뒤 돈 끼호떼

도 역시 그렇게 했으리라 믿고 나팔 소리나 그 밖의 신호를 기다릴 것도 없이 고삐를 당겨 말머리를 돌렸는데, 그것은 로시난떼보다 빠르지도 않고 보기에도 훌륭한 말도 아니었으므로 전속력으로, 전속력이라고 해야 보통 정도로 달리는 것이지만 적과 정면으로 대결하고자 달리기 시작했다. 그러나 상대가 산초를 나무에 올려주려고 정신이 팔려 있는 것을 보고 다시 고삐를 당겨 절반쯤 달려오다가 멈추었는데, 이제 더 몸을 움직이고 싶지 않은 형편이었던 말에겐 무척 고마운 일이었다.

돈 끼호떼는 적이 벌써 날듯이 습격해오는 줄 알고 로시난떼의 비척 마른 옆구리에 세게 박차를 주어 달려가게 했는데, 실록에도 이 대목에서는 다만 이때만은 얼마간 달린 것 같다고 말하고 있다. 다른 경우에는 언제나 분명히 발을 좀 놀리는 데 지나지 않았던 것이다. 이렇게 전대미문의 기세로 거울의 기사를 향해 달려갔는데, 거울의 기사는 박차가 박히도록 힘껏 말을 몰아댔으나 말은 아까 질주를 멈춘 장소에서 5치도 움직이지 못했다. 이 천재일우의 좋은 기회에 돈 끼호떼는 적을 포착했지만, 적은 말이 움직여주지 않는데다가 창이 거추장스러웠다. 그것은 창을 옆구리에 가져가서 겨누지 못했거나 그럴 겨를이 없었기 때문이다. 돈 끼호떼는 적이 빠져 있는 그런 궁지를 깨닫지 못하고 안전하게, 아무런 위험 없이 무서운 기세로 거울의 기사에 부딪쳐갔으므로 가엾게도 상대는 말방둥이로 해서 땅바닥에 뒹굴어떨어지고 말았다. 그런데 그 떨어지는 모양이 전혀 수족을 움직이지 않았으므로 아무리 보아도 죽었다고 밖에 생각할 수 없었다.

적이 말에서 떨어지는 것을 보자 산초는 코르크 참나무에서 미끄러져 내려와 허둥지둥 주인이 있는 데로 달려갔다. 주인은 로시난떼에서 내려 거울의 기사를 위에서 내려다볼 수 있는 곳으로 가 상대가 과연 죽었는지 어떤지 확인하고, 또 만일 살아 있다면 호흡을 편하게 해주려고 투구끈을 잘라 투구를 벗겼는데…… 이때 돈 끼호떼가 본 것은 과연 누구였을까. 어찌 이것을 듣는 사람으로 하여금 감탄과 경이와 경악을 주지 않고 이야기할 수 있으랴! 이때 돈 끼호떼는 석사 삼손 까르라스꼬와 같은 얼굴, 같은 모습, 같은 모양, 같은 인상, 같은 풍모, 같은 풍채를 보았다고 실록은 전한다. 그것을 보자 돈 끼호떼는 곧 큰 소리로 말했다.

"이리 오라, 산초, 보라, 눈으로 보더라도 믿어서 안되는 것을 보라! 빨리, 내 아들아, 마법의 힘이 어떠한가를, 요술사나 마법사가 할 수 있는 힘이 어떤 것인가, 잘 보아두라!"

산초가 다가왔다. 그리고 석사 까르라스꼬의 얼굴을 보더니 천 번이나 갸우뚱거리며 천 번이나 성호를 그었다. 그러는 동안에도 늘어진 기사는 살아 있는 기미를 보이지 않자 산초가 돈 끼호떼에게 말했다.

"제 생각으로는, 나리, 혹시나 하는 일도 있으니까 이 석사 삼손 까르라스꼬로 보이는 자의 입에 칼을 찔러 보면 어떨깝쇼? 그러면 혹시 나리의 원수인 마법사를 하나 죽이는 결과가 되지 않겠습니까요?"

"꽤 똑똑한 말을 하는구나." 돈 끼호떼는 말했다. "적은 적을수록 좋다고 하니 말이다."

그리하여 산초의 경고와 충고를 실천에 옮길 생각으로 막 칼을 뽑아드는데 거울의 기사의 종자가 그토록 그를 추악하게 보인 코를 잃어버린 채 달려와서 큰 소리로 말했다.

"나리, 지금 무슨 일을 하시려는 건지 잘 생각해주십쇼. 돈 끼호떼님, 그 발 아래 쓰러져 있는 분은 나리의 친구인 석사 삼손 까르라스꼬님이며 저는 그 종자입니다요."

그런데 산초는 그 추악한 코가 없어진 것을 보고 물었다.

"아니, 자네 코는 어쨌나?"

"여기 있네, 내 호주머니에 말이야."

그러고는 손을 오른쪽 호주머니에 넣어 마분지와 바니스로 제법 잘 만든 코를 꺼냈다. 산초는 그를 가만히 들여다보면서 매우 감탄한 듯이 소리쳤다.

"이게 어찌 된 일야! 이건 우리 마을에 사는 내 친구 또메 쎄씨알 아냐?"

"그렇다면 어떻게 할래?" 하고 이제 코를 잃은 거울의 기사 종자가 대답한다. "나는 또메 쎄씨알이야, 내 친구 산초 빤사야, 나중에 내가 어떻게 해서 여기 와 있나, 그 경위와 속임수와 음모를 얘기해주겠다만, 그 전에 그 발 아래 쓰러져 있는 거울의 기사에겐 손도 대지 않고, 혼도 내지 않고, 상처 입히지도 않고, 죽이지도 않도록 자네 주인 양반에게 잘 부탁해줘. 이 양반은 조금도 의심할 여지 없이 그 저돌적이고 남의 말 잘 듣는, 같은 우리 마을의 석사 삼손 까르라스꼬가 틀림없으니까."

이때 거울의 기사가 정신을 차렸다. 그것을 보자 뽑아든 칼끝을 얼굴에 갖다대면서 돈 끼호떼가 말했다.

"기사여, 비할 데 없는 둘씨네아 델 또보소가 귀공의 까실데아 데 반달리아보다 그 아름다움에 있어서 훨씬 뛰어나다는 것을 인정하지 않는다면 귀공의 독숨은 없소. 그뿐 아니라 만일 이 시합과 이 낙마에서 목숨을 건졌다면, 엘 또보소 시로 가서 내가 파견한 자라고 공주 앞에 나아가 그분의 처분에 맡길 수 있다는 것을 약속해주지 않으면 안되겠소. 그래서 만일 그분이 귀공을 자유로이 용서해주실 때는 다시 나를 찾아와서 나의 수훈과 공적이 내가 있는 곳으로 그대를 안내해주는 이정표 역할을 하겠지만 그분이 말씀하신 것을 상세히 내게 보고하지 않으면 안되오. 이것은 우리가 싸우기 전에 결정한 것으로 미루어보아 편력의 기사도의 한계를 벗어난 조건은 아닐 것이오."

"그러면, 나는" 하고 낙마한 기사가 말했다. "둘씨네아 델 또보소 공주의 다 떨어진 더러운 신발도 까실데아의 빗질은 하지 않았으나 깨끗한 머리칼보다 훌륭하다는 것을 인정하리다. 그리고 또 귀공의 그리운 공주 앞에 나아갔다가 다시 돌아와 방금 말씀하신 대로 상세하게 모든 것을 보고한다는 것도 약속하리다."

"게다가 또" 하고 돈 끼호떼가 덧붙였다. "귀공이 쓰러뜨렸다는 그 기사가 돈 끼호떼 데 라 만차가 아니었으며, 그럴 까닭도 없다는 것을 인정하고 아울러 믿어주지 않으면 안되오. 귀공은 석사 삼손 까르라스꼬와 아주 흡사하게 보이지만 그를 닮은 다른 사람으로서 내 분노의 격렬함을 줄이고 부드럽게 하여 승리의 영광을 얼마간 덜 자랑하도록 하기 위해서 나의 적들이 삼손 까르라스꼬의 모습으로 바꾼 것이라고 나는 확신하고 있소."

"모든 일을 귀공이 믿고 판단하고 느끼시는 대로 나 역시 인정하는 동시에 믿으리다" 하고 쓰러진 기사는 말한다. "부탁건대 일어나게 해주시오. 무척 심한 변을 당한 낙마 때의 타격이 허용해준다면 말씀이오."

그를 일으키는 데 돈 끼호떼와 거울의 기사의 종자 또메 쎄씨알이 힘을 빌려주었으며, 산초는 그 종자에게서 눈을 떼지 않고 여러 가지를 물었는데, 그 대답이 그의 말과 틀림없는 또메 쎄씨알이라는 뚜렷한 증거를 나타내고 있었다. 그러나 마법사들이 거울의 기사를 석사 까르라스꼬의 모습으로 바꾸었다고 한 주인의 말이 산초의 마음을 꽉 붙잡고 있어서 자기 눈으로 보고 있는 사실도 도무지 믿을 수 없었다. 결국 주인도 종자도 끝까지 그렇게 믿고 말았으며, 거울의 기사와 그의 종자는 기가

죽어 고개를 푹 숙인 채 돈 끼호떼 주종과 헤어져갔는데 그것은 거울의
기사의 몸에 고약을 바르고 갈빗대에 널빤지를 댈 장소를 찾기 위해서였
다.

돈 끼호떼와 산초는 사라고사로 향하는 길을 다시 나아갔다. 그러나
여기서 실록은 이 두 사람을 그대로 두고 거울의 기사와 그 엄청나게 큰
코의 종자가 어떤 사람들인가 전하고 있다.

제 15 장

여기서는 거울의 기사와 그 종자가 어떤 인물이었는지가 다루어지고 그 정
체가 밝혀진다.

돈 끼호떼는 거울의 기사를 참으로 용맹스러운 기사라고 생각하고 있
었으므로 그에게 승리를 거둔 데 대해 매우 흡족해하고 코가 높아져서
자부심에 차 있었다. 그리고 그가 기사로서 맹세한 약속으로 말미암아
자기의 그리운 공주가 걸려 있는 마법이 더 심해졌는지 어떤지 알 수 있
게 되었다고 기대했다. 그 패배의 기사가 그녀와 만났을 때의 일을 상세
히 보고하러 돌아온다는 약속을 지킬 수 없을 때는 기사의 길에서 물러
서겠다는 조건이었던 것이다. 그러나 돈 끼호떼의 생각과 거울의 기사
생각은 달랐다. 하기야 거울의 기사가 우선 생각하고 있는 것은 앞에서
도 말한 것처럼 오로지 몸에 고약을 바를 장소를 찾는 일뿐이었다.

그래서 실록은 다음과 같이 말하고 있다. 즉, 석사 삼손 까르라스꼬가
돈 끼호떼에게 일단 중지하고 있는 편력 기사의 길을 다시 계속하도록
충고한 것은, 그 전에 신부와 이발사를 만나 돈 끼호떼가 어처구니없는
모험을 찾는답시고 마음이 흔들리는 일없이 자기 집에 조용히 발을 붙이
고 살 수 있게 하려면 어떤 수단을 써야 하겠는가 의논한 결과였다. 의
논은 전원이 이의 없이, 그것도 까르라스꼬의 특히 열정적인 의견에 따
라, 돈 끼호떼를 출발하는 대로 내버려두자는 결론에 이르렀다. 왜냐하
면 그를 만류한다는 것은 불가능하게 여겨졌기 때문이다. 그리고 이런
계획을 세웠던 것이다. 즉, 삼손이 도중에서 편력 기사로 변장하고 나타
나서 그에게 도전한다, 그 계기는 쉽게 발견될 것이다, 그리하여 돈 끼

호떼를 쓰러뜨리기로 하는데 이것 또한 쉬운 일로 여겨지므로 싸우기 전
에 패자는 승자의 뜻을 따른다는 계약과 조건을 정해놓기로 한다, 그리
하여 고배를 마신 돈 끼호떼에게 기사 삼손이 고향으로 돌아가도록 명령
하고 2년 동안 혹은 다시 그가 허락할 때까지 집을 나와서는 안된다고
명령해둔다, 돈 끼호떼는 패배한 이상 기사도의 법도를 어기지 않으려고
그렇게 할 것은 분명하며, 그렇게 칩거하고 있는 동안에 여태까지의 공
명심을 잊어버리게 되거나 광기를 고칠 무슨 적당한 방법을 발견할 여유
가 생길지 모른다는 것이었다.

이 계획의 집행을 까르라스꼬가 맡고, 산초 빤사의 친한 친구며 이웃
에 사는 명랑하고 호들갑스러운 또메 쎄씨알이 스스로 종자 역을 맡겠다
고 나섰다. 삼손은 앞에서 묘사한 대로 무장을 갖추고, 또메 쎄씨알은
진짜 코 위에다 이것 역시 앞에서 말한 것처럼 가짜 코를 달았는데, 이
것은 친한 친구와 만났을 때 정체가 탄로나지 않도록 하기 위한 조심에
서였다. 이리하여 두 사람은 돈 끼호떼가 더듬고 있는 나그네길을 뒤따
라 나아갔는데, '죽음'의 수레 모험 때 거의 따라붙었다가 마침내 숲 속
에서 그들과 만나게 되어 현명한 독자들이 이미 잘 아는 그런 일이 일어
났던 것이다. 만일 그때 석사를 석사가 아니라고 생각한 돈 끼호떼의 그
망상이 아니었던들, 이 석사 양반 새가 있다고 생각한 곳에 새집도 보이
지 않듯이, 아마 영원히 학위를 얻지 못하고 말게 되었을지도 모른다.
또메 쎄씨알은 자기들의 계획이 보기 좋게 실패하고 편력이 비참한 결과
로 끝난 것을 생각하고 석사에게 말을 건넸다.

"정말이지, 삼손 까르라스꼬 양반, 우린 당연한 응보를 받은 것입니다
요. 아무렇지도 않게 생각하고 일을 시작했지만 역시 잘 끝내기가 그렇
게 쉬운가요. 돈 끼호떼는 미쳤고 이쪽은 제정신인데도, 저쪽은 의기양
양하게 웃고 있단 말씀입니다요. 당신은 혼이 나서 잔뜩 찌푸리고 계시
구요. 그러니 영락없는 미치광이와 자기가 좋아서 미치광이 노릇을 한
자와 어느 쪽이 더 미치광인지 모르겠습니다요."

이에 대해서 삼손이 대답했다.

"그 두 종류의 미치광이의 차이는 이럴 거야. 영락없는 미치광이는 언
제까지 미치광이일 것이고, 좋아서 미치광이가 된 자는 언제라도 마음내
킬 때 미치광이를 그만둘 수 있다는 거겠지."

"그렇다면" 하고 또메 쎄씨알이 말했다. "나는 당신 종자가 되고 싶다

고 생각했을 때 좋아서 미치광이가 되었지만 이제 미치광이를 그만두고
집으로 돌아가고 싶습니다."

"자네 좋을 대로 하게나" 하고 삼손이 대답했다. "그러나 내가 돈 끼
호떼를 몽둥이로 갈겨주지도 않고 집에 돌아갈 생각을 한다는 것은 말도
안되는 소리야. 앞으로는 그자를 정신차리게 해주기 위해서 찾는 게 아
니라 그자에게 복수를 해줄 생각으로 찾는 거야. 갈빗대가 이렇게 아파
서야 어디 자비심 따윌 일으킬 수 있겠나."

이와 같이 두 사람은 이런 말을 주고받으면서 나아갔는데 이윽고 어느
마을에 이르자 다행히도 접골 의사를 찾을 수 있었으므로 재수 없는 삼
손은 그 의사의 치료를 받았다. 또메 쎄씨알은 삼손을 남겨두고 돌아갔
으며, 남은 쪽은 이것저것 복수의 방법을 궁리하고 있었는데 실록은 돈
끼호떼와 즐거움을 나누는 것을 여기서 포기하고 싶지 않으므로 삼손에
대해서는 언젠가 후일에 다시 다루기로 하고 있다.

제 16 장

돈 끼호떼와 라 만차의 사려깊은 신사 사이에 일어난 일에 대해서.

앞에서 말한 것처럼 기쁨과 만족과 거만한 마음으로 여행을 계속하고
있는 돈 끼호떼는 이번 승리로 자기가 그 무렵 세상에 있는 기사 중에서
가장 용감한 기사임을 확인하고 앞으로 자기에게 일어나는 모든 모험이
훌륭하게 수행될 것을 믿어 의심치 않았다. 마법이 다 뭐고 마법사가 다
뭘 하는 자들이냐 하는 우쭐한 기분이 되어, 그가 기사도에 투신한 이래
그에게 퍼부어진 그 숱한 몽둥이 찜질도, 이빨의 절반이 부러져나간 돌
팔매의 소나기도, 은혜를 원수로 갚은 갤리선 죄수의 행동도, 나아가서
는 양구에스인들의 오만과 우박인 양 쏟아진 곤봉의 세례도 모두 깨끗이
잊어버렸다. 그 위에다 다시 자기의 그리운 공주 둘씨네아를 마법에서
풀어놓는 수법이나 방법이나 수단을 발견하게 된다면, 지난 시대에 가장
행운의 혜택을 받은 편력의 기사들이 달성한, 혹은 달성할 수 있었던 큰
행복도 별로 부러워할 것이 없다고 혼자 중얼거렸다. 그가 이런 공상에
깊이 빠져 있을 때 산초 빤사가 말을 건넸다.

"나리, 저는 지금도 제 친구 또메 쎄씨알의 그 끔찍스럽고 엄청나게 큰 코가 눈앞에 어른거립니다요. 이상하지 않습니까요?"

"그럼 뭐냐, 산초, 너는 그 거울의 기사가 석사 까르라스꼬고, 그 종자는 그대의 친구 또메 쎄씨알이라고 믿는단 말이냐?"

"그 말씀으로 무슨 말씀을 하실 생각인지는 모르지만 말씀입니다요" 하고 산초가 대답한다. "다만 제가 알고 있는 것은 말씀입니다요. 그 녀석이 우리집과 마누라와 아이들에 대해서 자세한 얘기를 해주었는데, 그 녀석이 아니고는 말할 수 없는 이야기도 모두 해주었습니다요. 얼굴도 가짜 코를 떼니까 바로 또메 쎄씨알 그녀석과 조금도 틀린 데가 없습니다요. 한 마을에서 벽 하나를 사이에 두고 저는 늘 그 얼굴을 보아왔습니다요. 게다가 말투도 바로 그녀석 그대로였습니다요."

"한 번 생각해보자꾸나, 산초" 하고 돈 끼호떼는 대답했다. "내 말 좀 들어봐라, 석사 삼손 까르라스꼬가 편력의 기사가 되어 공격 도구와 방어 도구를 몸에 지니고 나와 싸움을 하기 위해 찾아온다는 것이 있을 수 있는 일이냐? 또 내가 만에 하나라도 그 사람의 적이 될 만한 일을 한 적이 있단 말이냐? 내가 그의 경쟁자라도 된단 말이냐? 아니면 그녀석이 무도를 배우고 있어서 내가 무예로써 얻은 명성을 부러워하기라도 한단 말이냐?"

"그럼 어떻게 말하면 되겠습니까요. 나리?" 하고 산초가 말했다. "그 기사가 누구건 그토록 석사 까르라스꼬를 닮았고, 종자도 나의 친한 친구 또메 쎄씨알과 꼭 같았다는 것을 말입니다요. 이것이 설혹 나리가 말씀하시는 것처럼 마법의 소행이라고 하더라도 세상에 두 사람이나 진짜와 똑같은 가짜가 있을 까닭이 없잖습니까요."

"그게 모두 나를 따라다니는 사악한 마법사의 소행이요 흉계니라" 하고 돈 끼호떼는 말한다. "그녀석들은 내가 그 싸움에서 승리를 거둘 것을 알고 있어서 고배를 마신 기사가 나의 친구인 석사로 보이게 짜놓았던 것이란 말이다. 그것은 내가 석사에게 품은 우정을 나의 칼과 엄한 힘 사이에 들어가게 하여 내 가슴에 이는 정의의 노여움을 완화하려 한 것인데, 그것은 그렇게 하면 거짓과 가짜로 나의 목숨을 빼앗으려 한 자도 목숨을 부지할 수 있다고 생각한 것이다. 그 증거로, 오오, 산초여! 네가 거짓말을 하는 것도 속이는 것도 용서치 않는 경험으로, 어떤 사람들의 얼굴을 다른 사람들의 얼굴로 바꾸거나 아름다운 것을 추하게, 추한 것을 아름답게 하는 것쯤은 마법사들에게 있어서 얼마나 손쉬운 일인가 너도 이미 알고 있는 일이 아니냐. 실제로 너는 그 눈으로 비할 데 없는 둘씨네아의 아름다움, 늠름함을 완전히 있는 그대로 갖추어진 모습으로 보았다는데도, 나는 그 임을, 눈은 구름이 낀 듯 흐리고 입에서는 악취가 지독했으며 거칠거칠한 시골 여자의 추하고 야비한 모습으로 보고 난 후, 아직 이틀도 지나지 않았잖느냐. 그토록 대담한 둔갑조차 예사로 행하는 마법사들이니 승리의 영광을 나한테서 빼앗아가려고 삼손 까르라스꼬와 네 친구로 둔갑을 했다고 하더라도 그렇게 이상할 것은 없지 않느냐. 아무튼 그것이 어떤 모습이었건 내가 적을 무찌른 승리자인 것에는 틀림이 없다."

"하느님은 무슨 일이고 진실을 잘 알고 계십니다요" 하고 산초는 대답했다.

그리고 그는 둘씨네아의 둔갑이 자기의 장난이며 가짜였다는 것을 알고 있었으므로 주인의 말에 만족할 수는 없었으나 자칫 잘못 지껄였다가 자기의 음모가 탄로나면 큰일이므로 굳이 반대할 생각은 없었다.

이런 말을 나누고 있을 때 같은 길을 뒤에서 걸어온 사나이가 그들에게 따라붙었다. 그는 흑백이 얼룩진 훌륭한 암말을 타고 좋은 천으로 지은 초록빛 외투를 걸치고 있었는데, 그 자락에는 황갈색의 비로드 장식이 달려 있고 같은 비로드의 테 없는 모자를 쓰고 있었다. 말의 장구는 야외용 무어식이었으며 이것 또한 자줏빛과 녹색이었다. 폭 넓은 초록과 금빛 가죽끈으로 무어풍의 언월도를 찼으며 편상화도 그 가죽끈과 같은 것이었다. 박차는 금빛이 아니고 파랗게 바니스를 칠한 것이었는데, 그것이 참으로 맨질맨질하고 윤이 나서 그의 모든 복장과의 균형으로 보아 오히려 순금 박차보다 훌륭해 보였다.

그는 두 사람 옆에 가까이 오더니 공손히 인사하고 그대로 말에 박차를 주어 지나가려 했다.

"여보시오, 복장도 아름다운 분이여" 하고 돈 끼호떼가 말을 걸었다. "만일 우리들과 같은 길을 가시고 별로 바쁜 걸음이 아니시라면, 우리와 동행하시지 않겠소?"

"사실을 말씀드리면" 하고 암말을 탄 사람이 대답했다. "제 암말이 같이 감으로써 그쪽 말이 사나워지지나 않을까 하는 염려만 없었더라면 이렇게 먼저 가 버리려고 하지는 않았을 것입니다."

"걱정 없습니다, 나리" 하고 이때 산초가 입을 열었다. "고삐를 꽉 끌어당기고 있으면 상관없습니다요. 워낙 우리들의 말은 이 세상에서 가장 행실이 좋은 이름난 말이니까 말입니다요. 단 한 번 그 방면에서 모반할 기분을 내는 바람에 주인 나리도 저도 엉뚱한 봉변을 당한 적은 있습니다요만 여태까지 이럴 경우에 실례를 한 적은 없습니다요. 다시 한 번 말씀드립니다요만, 나리가 그럴 생각이라면 함께 가셔도 걱정하실 건 없습니다요. 항상 잘 차려 내놔도 이놈이 외면하리라는 것은 제가 장담합니다요."

나그네는 고삐를 당기고 돈 끼호떼의 온화한 인품과 얼굴 모습에 놀라움의 눈을 크게 떴는데, 마침 그때 그는 투구를 벗어 산초가 가방처럼 잿빛 당나귀의 안장 앞에 걸어놓고 있었다.

초록빛 외투를 걸친 사람이 말똥말똥 돈 끼호떼를 바라보았을 때 돈 끼호떼는 그보다 더 열심히 그 초록빛 사람을 쳐다보았는데, 그는 참으로 사려에 찬 인물로 여겨졌다. 나이는 한 오십 되어 보였으며 약간 백발이 섞였고, 갸름한 얼굴에 눈은 명랑하고 성실함이 깃들여 있었다. 요컨대 복장도 풍모도 훌륭한 인품을 말해주고 있었다. 한편 녹색 옷을 입은 신사가 돈 끼호떼 데 라 만차에 대해서 생각한 것은, 이런 모습과 이런 유형의 인물은 여태까지 한 번도 본 적이 없다는 것이었다. 목이 긴 것, 키가 후리후리하게 큰 것, 얼굴이 여위고 가늘고 누르스름한 것, 입은 갑주 그 태도며 풍모 따위가 이 땅에서는 오랜 세월 본 적이 없는 모습이었으므로 다만 놀랄 뿐이었다.

돈 끼호떼는 나그네가 열심히 자기를 바라보는 것을 눈치채고 그 놀라움 속에 자기에 대한 강한 호기심을 깨달았다. 그리하여 매우 예의에 밝고 너나없이 남을 즐겁게 해주기를 좋아하는 사나이인 그는 상대가 어떤 것을 묻기 전에 앞질러서 입을 열었다.

"귀공의 눈에 띈 내 모습이 보통 일반의 그것과는 너무나 다르고 신기하고 거리가 멀어서 귀공이 이상하게 생각하셨더라도 나는 조금도 무리한 일이 아니오. 그러나 내가 지금부터 말씀드리듯이, 나야말로 '모험을 찾아 나그네길을 가는 사람이오' 하고 세상 사람들이 말하는 바로 그 기사라고 한다면 아마 귀공의 놀라움은 사라질 것이오. 나는 고향을 떠나와 재산을 저당에 넣고 일신의 안락을 버린 채, 가장 소용이 닿는 곳으로 인도해주십사고 운명의 팔에 오로지 몸을 맡기고 있는 터요. 나는 이미 쇠퇴해버린 편력의 기사도를 부활시키겠다는 염원을 품고, 여기서 엎어지는가 하면 저기서 쓰러지고, 여기서 절벽으로부터 굴러떨어졌는가 하면 저기서 다시 일어난다는 식으로, 과부를 구하고 처녀를 보호하고, 유부녀, 고아, 집 없는 사람들에게 구원의 손을 뻗는 등, 편력 기사에게 알맞는 당연한 의무를 다하면서 내 희망의 태반을 완수하여 이미 오랜 세월이 흘렀소. 그리하여 나의 용감하고 그리스도 교도다운 많은 공훈으로 말미암아 나에 관한 것은 거의 모든 나라, 아니 대부분의 나라에서 출판되어 널리 읽혀지고 있소. 벌써 나에 관한 이야기는 3만 부가 인쇄되었으며, 만일 하늘의 뜻이 저지하지만 않는다면 1000부의 3만 배가 인쇄될 것이오. 요컨대 모든 것을 간단한 말로, 아니 한 마디로 줄여서 말한다면, 나는 돈 끼호떼 데 라 만차, 또 하나의 이름은 '우수에 찬 얼굴의 기사'라는 사람이오. 자기 예찬은 천한 일이오만, 나는 감히 나 스스로의 예찬을 않을 수 없을 것 같소. 예찬받는 자가 그자리에 없는 것으로 생각해주기 바라오. 여기에 이르렀으니 훌륭한 분이여, 내가 누구며 무엇을 천직으로 삼는 자인가 아셨으니 이 말도, 이 창도, 이 방패도, 이 종자도, 이 일절의 갑주 제구도, 내 얼굴이 누런 것도, 내 몸이 여위어 마른 것에 대해서도 이제 귀공은 경이를 느끼지 않으실 것이오."

이런 말을 지껄이고 나더니 돈 끼호떼는 입을 다물었다. 그러나 초록빛 외투의 신사가 잠시 대답을 하지 않는 것을 보면 아마도 대답하기가 거북했던 모양이다. 잠시 있다가 그는 입을 열었다.

"기사님, 당신은 내가 가만히 쳐다보는 것을 보고 내 호기심을 눈치채실 수 있었을 겁니다. 그러나 당신을 보고 내가 느낀 놀라움을 제거해주실 수 없었습니다. 왜냐하면 당신이 어떤 분인가 알면 놀라움 따위는 사라질 것이라고 말씀하셨지만 그렇게는 되지 않았으니까요. 아니 그 말씀을 들은 지금 오히려 저는 얼떨떨해하고 있습니다. 오늘날 세상에 편력 기사가 있고, 게다가 진짜 기사도에 관해 인쇄된 이야기까지 있다는 것이 어찌 있을 수 있는 일일까요? 오늘 이 지상에 과부를 돕고, 처녀를 보호하고, 유부녀를 지키고, 고아를 구하는 그런 사람이 있다는 것을 아무래도 저는 납득할 수 없습니다. 지금 당신이라는 분을 이 눈으로 직접 보지 않았더라면 도저히 믿지 않았을 것이 틀림없습니다. 그러나 훌륭한 일입니다! 당신이 말씀하시는, 인쇄되어 책이 되었다는 높고 참된 기사도 이야기가, 참으로 선량한 풍습을 해치고 훌륭한 이야기에 손해와 불신을 가져다준 이 세상에 가득한 많은 엉터리 편력 기사 이야기를 깡그리 잊어버리게 했을 것이 틀림없으니까요."

"편력 기사들의 이야기가 과연 엉터리인지 어떤지 하는 문제에 대해서는 논의할 것이 많소이다."

"그렇다면" 하고 초록빛 외투의 신사가 대답했다. "그런 이야기가 엉터리라는 것을 의심하지 않는 사람도 있을까요?"

"나는 의심하지 않소" 하고 돈 끼호떼가 대답했다. "그러나 그 일에 관해서는 이 자리에서 말하지 않기로 합시다. 만일 우리가 좀더 오래 동행한다면, 기사 이야기가 확실히 진실이 아니라고 생각하는 사람들의 주장을 그대로 귀공이 받아들인다는 것은 잘못이라는 것을 귀공으로 하여금 깨닫게 할 수 있다고 나는 신을 두고 확신하는 바요."

이 돈 끼호떼의 마지막 말로써 나그네는, 이 자는 암만해도 살짝 돈 사람인 모양이라고 느껴서 더 이야기를 듣고 그것을 확인할 것을 기대했다. 그러나 다른 화제를 가지고 더 말을 주고받기 전에 돈 끼호떼가, 자기의 생활과 신분은 이미 알려드렸으니 당신은 어떤 분인지 말해달라고 부탁했다. 이에 대해서 초록빛 외투를 입은 사람이 대답했다.

"'우수에 찬 얼굴의 기사님', 만일 상관없으시다면 지금부터 식사에 모실까 생각하고 있습니다만, 나는 곧 닿게 될 작은 마을에서 태어난 토박이지요. 나는 중간쯤 되는 부자보다 약간 위며, 이름은 돈 디에고 데 미란다라고 합니다. 아내와 아이들 그리고 친구들에게 둘러싸여서 세월을 보내고 일이라야 사냥을 하는 정도입니다만, 매도, 사냥개도 기르지 않는 대신 잘 훈련시킨 자고(鷓鴣) 새끼 한 마리와 잘 까부는 흰 족제비가 한 마리 있지요. 그리고 로만스(스페인)어로 된 것, 라틴어로 된 것 등 약 70권의 책을 갖고 있는데, 역사물과 종교물이지 기사도의 책은 여태까지 우리집 문간에 들어온 적이 없습니다. 나는 신앙에 관한 책보다 세속적인 책을 잘 펼칩니다만, 문장의 맛을 즐길 수 있고 창의에 감탄하며 마음을 끌어당기는 건전한 즐거움의 책이면 그만이라고 생각하지요. 하기야 그런 책은 스페인에서는 매우 적지만, 나는 이따금 이웃 사람들 또는 친구들과 회식하고 자주 그들을 집에 초대합니다. 내 초대는 간소하나 결코 양이 적지는 않지요. 뒤에서 쑥덕공론하는 것도 좋아하지 않고 내 앞에서 남의 이야기를 이러쿵저러쿵하는 것도 안 듣지요. 남의 생활을 꼬치꼬치 캐는 일도 없고 남의 행동에 눈독을 들여 감시하지도 않습니다. 날마다 미사를 드리고 내 제물을 가난한 사람들에게 나누어줍니다만, 아무리 신중한 마음이라도 어느새 포로가 되고 마는 위선과 허영이라는 강적을 내 마음속에 들여놓지 않기 위해 자선적인 행위가 눈에 띄지 않도록 하고 있습니다. 서로 의가 상한 사람들을 보면 화해를 시키려고 노력도 하지요. 나는 성모 마리아께 깊이 귀의하고 있으며 우리들의 주 하느님의 무한한 자비에 항상 매달리고 있습니다."

산초는 이 귀족이 즐긴다는 일상 생활의 즐거움에 관한 이야기에 가만히 귀를 기울이고 있었는데, 그것은 참으로 훌륭하고 깨끗하게 여겨졌으므로, 그러한 생활을 보내고 있는 사람이라면 아마 기적을 행할 것이 틀림없다는 생각에 잿빛 당나귀에서 뛰어내려 얼른 다가가서 그의 오른쪽 등자를 붙잡고는 경건한 마음으로 거의 눈물을 글썽거리면서 그 발에 몇 번이나 입을 맞추었다. 이것을 보고 귀족이 물었다.

"무엇을 하시오, 당신은? 그 입맞춤은 대체 어쩌자는 것이오?"

"제발 입을 맞추게 해주십쇼"하고 산초가 대답했다. "나리는 제가 태어나서 오늘 바로 이 시간까지 처음 뵙는, 말을 탄 성자이십니다요."

"나는 성자는커녕"하고 귀족이 대답했다. "죄많은 인간이오. 당신이야말로 그래, 선량한 분 같군. 당신의 그 단순함이 무엇보다도 좋은 증거가 되겠소."

산초는 다시 당나귀의 짐안장 위로 돌아갔는데 주인이 깊은 생각에 잠긴 것을 보고 저도 모르게 웃음을 되찾았고, 돈 디에고는 새로운 경탄을 느꼈다.

돈 끼호떼는 돈 디에고에게, 자녀는 몇이나 두었느냐고 묻고, 고대의 철학자는 참된 신은 몰랐지만, 최대의 행복이라고 그들이 간주한 것 가운데 하나는 타고난 재능, 재산, 많은 친구, 많은 착한 아이를 갖는 것이라고 말했다.

"나는, 돈 끼호떼 님"하고 귀족이 대답했다. "아들을 하나 가졌습니다, 만일 이 아이가 없었더라도 지금의 나보다 행복했을 것이라고 생각합니다. 나쁜 아이라는 뜻은 아닙니다. 내가 희망하는 대로의 아이가 아니기 때문입니다. 나이는 열여덟이 됩니다만 6년 동안 살라망까에서 라틴어와 그리스어를 배웠지요. 그리고 내가 다른 학문을 배우게 하려고 했을 때는 이미 시학(詩學)에 몰두하고 있는 것을 알고, 시 따위를 학문이라고 불러도 상관없다면 말입니다만, 내가 공부를 해주었으면 하고 생각한 법률학에도, 모든 학문의 여왕인 신학에도 마음을 돌리게 할 수가 없었습니다. 나는 어떻게든 해서 아들을 우리 일족의 우두머리로 만들고 싶었던 것이지요. 왜냐하면, 덕의(德義)에 맞는 올바른 학문을 높이 평가하는 왕실의 치세에 살고 있기 때문인데, 도덕을 잊어버린 문학 따위는 쓰레기통의 진주에 지나지 않지요. 온종일 아들 녀석은, 호메로스의 《일리아스》 중에서 어느 운문은 좋으니 나쁘니, 마르티알리스도 무슨 풍자시에서는 주착이 없다든지 있다든지, 베르길리우스의 어느 운문은 이렇게 해석해야 한다든지 아니 저렇게 해석해야 한다든지, 그런 것만 따지고 있지요. 요컨대 아들이 하는 얘기라고는 방금 말씀드린 시인들의 책 그리고 《호라티우스》, 《페르시우스》, 《유베날리스》, 《티불루스》 따위의 책에 관한 것뿐입니다. 그러면서도 현대의 로만스어 시인들에 대해서는 그다지 관심이 없는 것 같아요. 현대 로만스어의 시에 대해서는 그다지 관심을 보이지 않으면서도 살라망까에서 보내온 사행시(四行詩)의 〈글로사〉(주역시), 그것을 만드는 데 지금 머리를 쥐어짜고 있습니다만, 그것은 문예 경기 대회의 과제인 모양입니다."

이에 대해서 돈 끼호떼가 대답했다.

"자식이라는 것은 양친 혈육의 일부분이오. 그래서 좋은 아이건 나쁜 아이건 우리의 생명을 부여해주는 영혼을 사랑하듯 사랑하지 않으면 안 되는 것이오. 어릴 때부터 도덕과 좋은 훈육과 올바른 그리스도교 풍습대로 그들을 나아가게 하는 것은 양친의 의무지만 이것은 다 컸을 때 양친 노후의 지팡이로도, 기둥으로도, 자손의 긍지로도 되어주기를 바라기 때문이오. 그런데 이 학문을 배우라, 저 학문을 해라, 하고 자식들에게 강요한다는 것은 온당한 일이 아닌 줄 아오. 하기야 그들에게 납득시켜서 타이른다면 해는 되지 않겠지요. 학생이 pane lucrando(빵을 벌기 위해) 공부하지 않아도 될 경우, 즉 그것을 도와줄 양친을 하늘이 내려주시는 그런 복을 받았을 경우에는 그 중에서 가장 타고난 경향에 맞는다고 생각되는 학문을 공부시켜야 한다는 것이 나의 의견이오. 하기야 시학은 실용이라기보다 즐기는 학문이오만, 그것을 배운 자의 수치가 될 그런 학문은 아니오. 시학은, 귀족님, 내 생각으로는 철없고 나이 어린, 마치 매우 아름다운 소녀와 같은 것으로, 그 밖에 모든 학문이라는 처녀는 이 시학이라는 소녀를 풍부히 하고 빛나게 닦아주고 장식해줄 의무가 있으며, 말하자면 시학은 다른 모든 학문을 스스로 소용이 닿게 이용하고 다른 모든 학문은 시학에 의해서 권위를 높이지 않으면 안되는 것인데, 이 시학이라는 소녀는 마구 다루어지거나, 온 거리를 끌려다니거나 광장 모퉁이 또는 궁전의 한쪽 귀퉁이 같은 데서 공개되거나 하는 것을 싫어하는 법이오. 시학은 참으로 뛰어난 고급의 도금(鍍金)으로 되어 있어서 다루는 법을 아는 자라면 평가할 수 없을 만큼 순수한 황금으로 바꿀 수도 있을 것이오. 시를 자기의 것으로 하고자 하는 자는 그것을 정당한 범위 안에 꽉 움켜잡고 유지하여 무무(瞀瞀)한 풍자나 양심 없는 소네트 쪽으로 달아나지 않게 할 일이오. 용감한 서사시라든지, 비장한 비극이라든지, 즐거운 기교를 구사한 희극 같은 형태로 만드는 것이 아니라면 무슨 일이 있더라도 시는 파는 물건이 되지 않아야 할 필요가 있고 수치를 모르는 사기사라든지 시 속에 숨어 있는 보배를 알지도 존중하지도 못하는 무지한 속물의 손에 맡겨져서는 안되는 것이오. 그러나 방금 내가 속물이라고 부른 것을 단순히 하층의 천한 사람들만을 가리킨다고 생각지는 말아주시오. 다시 말해서, 사물을 모르는 인간들이라면 설혹 영주라 하더라도, 왕공이라 하더라도 모두 속물의 숫자 속에 넣어도 좋고 또 넣지 않으면 안되는 것이오. 그래서 아까 말씀드린 필요 조건을 갖추어서 시에 종사하는 사람이라면 그 이름은 이 세상 모든 문명 제국에 떨쳐 존경받을 것이 틀림없소. 그런데, 귀공은 자제가 로만스어의 시를 그다지 존중하지 않는다고 말씀하셨는데, 이건 과녁에서 매우 벗어난 말씀이라고 나는 생각하오. 그 이유는 이러하오. 시성(詩聖) 호메로스는 시를 라틴어로 쓰지 않았는데, 그것은 그리스인이기 때문이었고, 베르길리우스는 그리스어로 쓰지 않았는데 그것은 그가 로마인이었기 때문이오. 다시 말해서 고대의 시인들은 모두 어머니의 젖과 더불어 익힌 말로 썼으며, 자기 사상의 높이를 선전하려고 외국어를 빌리러 가지는 않았던 것이오. 그런 까닭으로 이 풍속이 모든 나라에 퍼져나가는 것도, 독일 시인이 그 나라 말로 썼다고 해서, 까스띠야 시인은 고사하고 비스까야 시인이 그 나라 말로 썼다고 하더라도 멸시받지 않는 것이 도리일 것이오. 그러나 내가 상상하는 일이오만, 자제께서는 딱히 로만스어 시가 싫은 게 아니라 로만스어 하나만을 알고, 타고난 시적 충동의 장식도 되고 그것을 눈뜨게도 해주며 조장도 해주는 외국어도 다른 학문도 전혀 모르는 시인들이 싫다는 말일 것이오. 그러나 여기에도 과오가 있을 것 같소. 왜냐하면 참으로 진실을 전하는 주장이오만, 시인은 타고 나는 것이라고 하는데, 그 말하고자 하는 뜻은 천성의 시인은 어머니의 뱃속에서 나올 때 이미 시인으로, 하늘이 주신 경향에 의해 그 이상 배우는 것도 기교를 보태는 것도 없이, est Deus in nobis(신 우리들 속에 있노라)……하고 말한 시인을 과연 그렇구나 하고 감탄케 할 작품을 만들기 때문이오. 게다가 또 기교의 도움을 받은 천성의 시인은 간신히 기교만을 알고 시인인 체하는 자보다 훨씬 훌륭하고 뛰어나다고 나는 말하고 싶소. 그 까닭은 기교는 천성보다 뛰어난 것이 아니라, 천성을 완성시키는 것이기 때문이오. 그러니 천성에 기교가 첨가되고, 기교에 천성이 보태어져서 비로소 완벽한 시인이 나타나는 것이오. 그래서 귀족님, 결론으로서 말씀드리지만 귀공은 아드님을 그 운명의 별이 손짓하는 길로 나아가게 하는 것이 좋을 것이오. 아드님은 반드시 그럴 것이 틀림없는 줄 아오만, 훌륭한 학생으로서 이미 어학이라는 최초의 단계를 무사히 올라섰고 보면 그 어학을 힘으로 하여 혼자 인문학의 정상을 정복하게 될 것으로 믿소. 이 인문학은 보통의 겉옷과 칼의 신사에게는 매우 알맞는 것으로, 주교의 모자처럼 혹은 법학자의 가운처럼 그 인물을 훨씬 돋보이게 하고 명예를 주며 위엄을 보태주는 것이오. 만일 자제가 남의 명예를 손상하는 풍자시를 쓰거든 귀공은 나무라시오. 아니 벌을 주어 작품을 찢어버리실 일이오. 그러나 호라티우스풍의 훈계시(訓戒詩)를 써서 그 시인이 그토록 품위 있게 노래했듯이 악덕을 그 속에서 비난하고 있다면 크게 칭찬해주시도록 하시오. 왜냐하면 시인이 질투심을 비난해서 쓰고 시 속에서 시샘 많은 사람들을 나쁘게 쓴다는 것은 훌륭한 일이며, 이것은 그 밖의 악덕에 대해서도 아무런 특정 개인을 가리키지 않는 한 마찬가지 일이오. 그러나 욕이 하고 싶은 나머지 폰투스 섬으로 추방당하는 위험을 무릅쓸 시인은 없을 것이오. 만일 시인의 일상 생활이 청결하다면 그 작품도 깨끗할 것이오. 펜은 마음의 혀인 것이오. 마음속에 싹튼 사상이 고상하면 작품 또한 고상한 것이 되는 것이오. 그래서 국왕이나 왕공이 사려깊고 덕도 갖춘 성실한 신하에게서 시학의 드문 재주를 발견했을 때에는 그것을 존중하고 그것을 풍부히 하여 나아가서는 천둥도 범하지 않는다고 전해지는 나뭇잎의 관(월계관을 가리킨다)까지 씌워주는 것인데, 그것은 이런 관으로 이마를 장식하고 영광을 준 시인들은 그 어떤 사람에게도 침범당하는 일이 없다는 표시로서 그렇게 하는 것이오."

녹색 외투의 귀족은 돈 끼호떼의 연설에 완전히 매료되고 말았다. 산초는 듣고 있어 봐야 그다지 재미도 없었으므로 주인이 이야기하는 도중에, 근처에서 양젖을 짜고 있는 몇 사람의 목자에게 젖을 좀 얻으려고 길에서 좀 떨어진 곳으로 갔다. 귀족이 돈 끼호떼의 총명과 훌륭한 화술에 매우 만족해하면서 막 말을 하려고 할 때, 돈 끼호떼가 문득 얼굴을 들어보니 자기들이 가고 있는 길 저편에서 왕가의 깃발을 무수히 세운 수레가 오고 있는 것이 눈에 띄었다. 그래서, 이것은 필경 무슨 새로운 모험이 틀림없다고 생각하고 큰 소리로 산초를 불러 얼굴 가리개가 달린 투구를 달라고 말했다. 산초는 부르는 소리를 듣고 목자들이 있는 곳에서 뛰어와 부랴부랴 당나귀를 재촉하여 주인이 있는 곳으로 갔는데 그때 주인에게 놀라운 모험이 일어난 것이다.

제 17 장

여기서는 일찍이 들어보지 못한 돈 끼호떼의 기백이 이르고 또 이를 수 있었던 최후의 점이 밝혀지며 아울러 행복하게 끝난 사자의 모험이 다루어진다.

실록은 전한다. 돈 끼호떼가 투구를 가져오라고 산초에게 큰 소리로 명령했을 때 종자는 양치는 목자들에게서 응유(凝乳)를 사고 있는 중이었다. 주인에게 너무 성급한 재촉을 받은 그는 응유를 어떻게 하면 좋을지, 어디다 넣어와야 좋을지 얼른 생각이 나지 않았으나 돈은 이미 지불했고 버리기도 아까워 얼떨김에 주인의 투구에다 담았다. 그리고 이 근사한 물건을 사들고 무슨 일일까, 하고 생각하면서 주인에게로 돌아왔다. 주인은 그가 돌아오자 곧 말했다.

"나의 벗 산초여, 그 투구를 이리 다오. 내가 모험을 모르는 사나이라면 모르되 저기 보이는 것은 나로 하여금 무기를 잡게 하는, 아니 무기를 잡을 필요가 있는 무슨 모험인 게 분명하다."

녹색 외투를 입은 귀족은 이 말을 듣고 이리저리 돌아보았으나 두서너 개의 조그마한 깃발을 세우고 자기들 쪽으로 오고 있는 짐수레 이외에는 아무것도 발견할 수 없었으며 그 조그마한 깃발로 미루어 그 수레가 국왕 폐하의 돈을 운반하는 수레가 틀림없는 것 같다고 돈 끼호떼에게 말했으나, 그는 자기에게 일어나는 모든 일이 겹겹이 겹치는 모험이라고 평소부터 믿고 또 생각하고 있었으므로 귀족의 말에 귀를 기울이지 않았다. 그리고 대답했다.

"방비 있는 자는 거의 이긴 거나 마찬가지지요. 지금 방비를 굳혀도 잃을 것은 아무것도 없소. 눈에 보이는 적과 보이지 않는 적이 있다는 것을 나는 경험으로 알고 있는데, 그자들이 언제, 어디서, 어떤 때, 어떤 모습으로 나를 습격할지 모르는 일이 아니오."

그러고는 산초를 돌아보고 투구를 달라고 했다. 산초는 응유를 다른데 비울 사이도 없이 그대로 넘겨주지 않을 수 없었다. 돈 끼호떼는 그것을 받아들고 그 안에 뭐가 들었는지 깨닫지 못한 채 황급히 머리에 푹 덮어썼다. 그러자 응유가 온통 얼굴과 수염에 흘러내렸다. 깜짝 놀란 돈 끼호떼는 산초를 돌아보고 말했다.

"대체 이것은 어떻게 된 일이냐? 산초, 암만해도 내 두개골이 연해진 모양이로구나. 골이 녹아내렸거나, 아니면 머리 꼭대기에서 발끝까지 온통 땀을 흘리고 있는 모양 아니냐? 그러나 땀을 흘린다고 하더라도 겁에 질려서 흘리는 식은땀이 아닌 것만은 틀림없다. 의심할 여지 없이, 바야흐로 내게 일어나려 하고 있는 모험이 무서운 것임을 나는 확신한다. 거기서 뭐 닦을 것을 가졌거든 좀 다오. 엄청난 땀이라 앞을 못 보겠구나."

산초는 잠자코 있었다. 그리고 천조각을 그에게 주면서 주인이 무슨 일이 일어났나 눈치채지 못한 것을 하느님께 감사했다. 돈 끼호떼는 얼굴을 닦고 머리에 무언가 서늘하게 차가운 것을 느꼈으므로 무엇인가 확인하려고 투구를 벗었다. 그리하여 투구 안에 있는 뭉클뭉클하고 끈적끈적한 것을 발견하고 코를 갖다대어 냄새를 맡아보더니 말했다.

"나의 그리운 공주 둘씨네아 델 또보소 님의 목숨을 두고 맹세하지만, 여기에 그대가 넣은 것은 응유가 분명하구나. 이 배신자 같으니, 이 불한당의 종자 같으니라구."

이에 대해서 산초는 느릿하게 시치미를 떼며 대답했다.

"그게 응유라시니, 나리 그걸 저한테 주십쇼, 제가 먹어버리겠습니다…… 아니, 아니 그걸 악마에게 먹이십쇼. 거기다 응유를 넣은 것은 그놈이 틀림없으니까요. 제가 나리의 투구를 더럽히다니, 그런 엄청난 짓을 할 까닭이 있습니까? 그 엄청난 녀석을 눈치채신 것은 대단한 안목이십니다요. 틀림없는 얘기가, 하느님께서 깨우쳐주신 바로는 저에게도 마법사가 붙어서 나리의 부하인 데다가 수족인 저한테도 장난을 치고 있는 것이 틀림없습니다요. 참을성 많은 나리가 다 화를 내시게 하다니, 여느 때처럼 제 갈빗대를 힘껏 두들겨주시게 하려고 그 더러운 것을 거기에 넣은 것입니다요. 하지만 정말 이번만은 헛일이었습니다요. 저는 응유건 우유건 무엇이건 그와 비슷한 것은 아무것도 갖고 있지 않았었으니까 말입니다요. 만일 갖고 있었다면 투구에 넣기 전에 제 뱃속에 먼저 넣었을 것이 틀림없다고 생각하시리라고 저는 나리의 깊으신 사려를 꼭 믿고 있으니까 말씀입니다요."

"그건 있을 수 있는 일이구나" 하고 돈 끼호떼는 말했다.

이 일의 자초지종을 귀족은 지켜보고 있었는데, 그저 입을 딱 벌릴 뿐이었다. 더욱이 돈 끼호떼가 얼굴과 수염과 투구를 닦고 나더니 다시 덮어쓰고 등자를 꾹 밟고는 칼을 살펴본 다음 창을 쥐고 이렇게 말했을 때는 벌린 입이 더욱 다물어지지 않았다.

"이제야말로 어떤 자든지 자, 덤벼라, 설혹 상대가 마왕이라도 일전을 불사하는 각오로 나 여기서 기다린다."

이때 깃발을 단 짐수레가 가까이 왔는데 당나귀에 올라앉은 마부 한 사람과 짐수레 앞에 걸터앉은 사나이 하나뿐이었다. 돈 끼호떼는 그들 앞을 가로막고, "그대들은 어디로 가는가? 이것은 무슨 수레며, 이 수레로 무엇을 운반하는가? 그리고 이 깃발들은 무슨 표지인가?"

이에 마부가 대답했다.

"수레는 내것입니다. 수레에 실은 것은 우리에 넣은 두 마리의 성깔 사나운 사자인데, 오랑 지방의 장군께서 국왕 폐하에게 진상하기 위해서 수도로 이놈들을 운반하는 중입니다. 깃발은 국왕 폐하의 깃발이고, 임금님의 물건이 여기 있다는 표적입니다."

"그래, 사자는 큰 것들이냐?" 하고 돈 끼호떼가 물었다.

"크다마다요" 하고 짐수레의 문 안에 앉아 있던 사나이가 대답했다. "여태까지 아프리카에서 스페인으로 건너온 사자 중 이보다 더 큰, 아니 이렇게 큰 놈은 없었습니다. 나는 사자지기라서 여태까지 몇 마리나 운반해왔지만 이번처럼 큰 놈은 처음이지요. 암수 한 쌍인데 수놈은 이 앞쪽 우리에 있고, 암놈은 뒤쪽 우리에 들어 있지요. 오늘은 아직 아무것도 먹이지 않아 놈들은 지금 배고파서 죽을 지경이지요. 그러니 여보시오, 길 좀 비켜주시오. 먹이를 주는 곳으로 얼른 가야 합니다."

이에 대해 돈 끼호떼는 약간 빙그레 웃고는 말했다.

"나에게 사자라? 나에게 사자라니 우스꽝스럽구나. 더욱이 이런 때에? 좋아, 하느님을 두고, 내가 사자 따위를 겁낼 인간인가 어떤가, 이런 것을 보내온 높은 양반에게 보여주어야겠다! 자, 그대는 내려라, 그대가 사자지기라면 우리를 열고 나에게 두 마리의 사자가 덤벼들도록 하라. 이 들판 한가운데서 돈 끼호떼 데 라 만차가 어떤 사나이인가 보여주마. 사자 따위를 내게 덤비게 한 마법사 녀석들에게는 미안한 일이지만."

"안돼, 안돼!" 하고 이때 귀족이 입 속으로 중얼거렸다.

"우리의 훌륭한 기사님이 마침내 본성을 드러내는군. 응유가 확실히 두개골을 연하게 만들어서 골을 녹여놓은 모양이지."

거기에 산초가 가까이 와서 말했다.

"저 좀 보세요. 하느님이라는 분을 두고 부탁드립니다만, 우리 주인께서 사자를 상대로 싸우지 않도록 말려주십쇼. 만일 사자를 상대로 소동을 벌였다간 여기 있는 우리는 모두 갈기갈기 찢어지고 맙니다요."

"그러고 보면 뭔가" 하고 귀족이 물었다. "그대의 주인께서는 이런 맹수와 일을 일으킬 것이라고 그대가 진심으로 두려워할 만큼 미쳤느냐?"

"미친 게 아니라 앞뒤를 모릅니다요."

"내가 어떻게든 해서 앞뒤를 모르는 일이 없도록 해보지" 하고 귀족이 대답했다.

그리고 사자지기에게 우리를 열라고 졸라대고 있는 돈 끼호떼 곁에 가서 말을 건넸다.

"기사님, 편력 기사라고 하는 것은 성공할 가망이 있는 모험에는 대들지만, 아무리 생각해도 그 가망이 없는 모험에는 결코 뛰어들지 않는 법입니다. 왜냐하면, 무모의 영역에 들어가는 용감성은 용기보다 만용에 속하는 것이기 때문입니다. 하물며 이 두 마리의 사자는 귀공에게 덤비기 위해서 여기까지 왔다는 것은 꿈에도 생각지 않고 있는 것입니다. 국왕 폐하께 갈 헌상물로서 오고 있는 것이니까 그 진로를 막거나 방해해선 안될 거요."

"귀족님" 하고 돈 끼호떼가 대답했다. "이것이 바로 나의 의무, 이 사자님들이 나를 찾아왔는지 그렇지 않은지는 내가 잘 알고 있다오."

그리고 사자지기를 돌아보고 말했다.

"이 불한당 같으니라구, 끝내 우리 문을 열지 않겠다면 이 창으로 그대의 몸뚱이를 수레에 꽂아주고 말 테다!"

마부는 이 투구와 갑옷을 입은 괴물이 꿈쩍도 하지 않을 결의를 품고 있는 것을 눈치채고 말했다.

"나리, 제발 자비를 베푸십쇼. 사자들을 끌어내기 전에 당나귀부터 수레에서 끌러 데리고 달아나도록 해주셔야겠습니다. 만일 이 당나귀들이 죽는 날이면 저는 한평생 옴짝달싹 못 하게 되니까요. 이 수레와 당나귀 이외에 나한테는 아무런 재산도 없습니다요."

"오오, 이 믿음 없는 자여!" 하고 돈 끼호떼가 대답했다. "당나귀에서 내려 당나귀들을 수레에서 끌러서 그대 좋을 대로 하려무나. 그러나 조금만 지나면 헛일을 했구나, 그런 고생은 하지 않아도 되었을 걸 하고 후회하게 될 것이다."

마부는 당나귀에서 내려 부랴부랴 당나귀를 수레에서 끌렀다. 그때 사자치기 사나이가 큰 소리로 말했다.

"여기 계시는 여러분들은 내가 마음이 내키지 않는데도 억지로 우리를 열고 사자들을 내놓았다는 것과, 이 맹수가 저지를 재난도 손해도 그리고 내 급료와 이미 지불된 권리금도 깡그리 다 포함해서 이 양반의 부담이라고 내가 미리 선언했다는 산 증인이 되어주십쇼. 자, 그럼 여러분은, 내가 우리를 열기 전에 안전한 곳으로 달아나십쇼. 나를 해치지 않을 것만은 틀림없으니까요."

다시 한 번 귀족은 돈 끼호떼에게 그런 미친 짓은 하지 마시오, 그런 어처구니없는 짓을 하려는 것은 하느님을 시험하려는 일이오, 하고 설득했다. 이에 대해서 돈 끼호떼는 자기가 하는 일은 자기가 잘 알고 있다고 대답했다. 귀족은 다시 되풀이해서 잘 생각해보시오, 귀공은 지금 사리에 어긋한 짓을 하고 있는 줄 아오, 하고 말했다.

"그렇다면, 귀족님" 하고 돈 끼호떼가 물었다. "귀공의 생각으로 비극이 틀림없는 이 모험의 입회인이 되기 싫으시거든, 이 얼룩말에 박차를 주어 안전한 곳으로 달아나시는 것이 좋을 것이오."

이 말을 듣자 산초는 눈물을 글썽거리며 그런 어처구니없는 짓은 그만두도록 하십쇼, 하고 열심히 부탁하면서 이에 비하면 그 풍차의 모험도 직물을 표백하는 방망이의 모험도, 요컨대 오늘날까지 그가 도전한 모든 위업도 카스텔라나 무늬빵처럼 거저 먹기였다고 뇌까렸다.

"제 말씀 좀 들어보십쇼, 나리. 여기엔 마법도 없고 그와 비슷한 것도 없습니다요. 저는 우리의 쇠창살 사이로 진짜 사자의 발톱을 보았습니다요. 발톱이 그렇게 큰 걸 보면 아마 동산보다 큰 사자 같습니다요."

"겁쟁이" 하고 돈 끼호떼가 대답했다. "적어도 너로 하여금 세계의 절반보다 더 크다는 느낌을 갖게 할 테지. 뒤로 물러가 있거라, 산초. 나한테 상관 말아라. 만일 이 자리에서 내가 죽거든 우리의 묵은 약속을 기억하고 있을 게다. 너는 둘씨네아에게 달려가거라. 그 이상은 말하지 않으마."

그의 이 어처구니없이 상궤를 벗어난 계획을 중지시킬 희망은 이것으로 사라지고 말았다. 녹색 외투의 귀족도 될 수만 있으면 어떻게든 훼방을 놓고 싶었으나, 서로의 무장이 엄청나게 차이가 있었고, 그 미치광이를 상대로 일을 벌인다는 것도 현명하다고는 생각되지 않았다. 이제 돈 끼호떼가 완전히 돌아버린 광인이라는 것은 더 의심할 여지가 없었던 것이다. 돈 끼호떼는 다시 사자지기를 몰아세우면서 공갈 협박을 되풀이했고 귀족은 암말을, 산초는 당나귀를, 마부는 자기의 당나귀를 재촉하여 사자가 우리에서 뛰쳐나오기 전에 되도록 수레에서 멀리 달아났다.

산초는 주인의 죽음을 슬퍼하며 울었다. 이번만은 사자의 발톱에 걸려 틀림없이 죽음을 면치 못하리라고 생각한 것이다. 그는 자기 운명을 저주하고, 돈 끼호떼를 두번째로 섬길 생각을 했을 때를 악운의 시초라고 여겼다. 그러나 울고 한탄하고 하면서도 조금이라도 멀리 수레에서 떨어져 가려고 잿빛 당나귀를 채찍질하는 재촉의 손을 멈추지 않았다.

사자치기는 달아나는 사람들이 꽤 멀리 간 것을 보고 난 다음 다시 침이 마르도록 애원도 하고 요청도 하고 했으나 돈 끼호떼는, 그 말 다 알아들을 수는 있으나 더 이상 요청이나 애원을 지리하게 되풀이하지 말아라, 아무리 말해봐야 아무 소용도 없다. 그보다는 얼른 우리 문을 열기나 하라,고 대답할 뿐이었다.

사자치기가 첫번째 우리를 열고 있을 때 돈 끼호떼는 말을 타고 싸우는 것보다 내려서 싸우는 쪽이 낫지 않을까 하고 망설였다. 그리하여 결국 로시난떼가 사자를 보고 놀랄 것을 우려하여 내려서 싸우기로 결심했다. 그는 말에서 뛰어내려 창을 집어던지고는 방패를 팔에 걸고 칼을 뽑아 한 걸음 한 걸음 놀라운 담력과 무서운 기백으로 수레 앞에 다가가서 버티어섰다. 동시에 마음 밑바닥에서는 신의 가호를 빌고 아울러 그리운 공주 둘씨네아의 비호를 기원했다.

그런데, 이 참된 이야기를 지은 작자가 이 대목에 왔을 때 다음과 같이 감탄하고 있다는 것을 알아두어야 한다.

"오오, 억세고 모든 찬사가 미치지 못할 기백에 찬 돈 끼호떼 데 라 만차여! 이 세상의 모든 용사들이 스스로의 모습을 거기서 찾을 거울, 제2의 새로운 돈 마누엘 데 레온(두 가톨릭 왕의 궁정에 아프리카에서 사자 네 마리를 헌상했을 때 여왕의 시녀가 사자 우리 속에 장갑을 떨어뜨린 일이 있는데 그때 거기 있던 돈 마누엘이 우리 속에 들어가 장갑을 주웠다 함), 이 사람이야말로 스페인 기사들의 영광이자 자랑이었던 것이다! 어떤 말로써 이토록 놀라운 공명을 다 이야기할 수 있을까? 또 어떤 언사를 나열하여 다가올 세기(世紀)로 하여금 이것을 믿게 할 수 있을까! 아무리 과장을 넘는 과장이라도 그대에게 맞지 않고 그대에게 합치되지 않는 찬사가 있을까! 그대는 걸어서, 그대는 홀로, 그대는 두려움없이, 그대는 활달하게, 오직 한 자루의 날카로운 '강아지의 칼'(칼날에 강아지가 새겨져 있는 단검) 아닌 칼을 쥐고 눈부시게 빛나는 맑은 강철 아닌 방패를 든 채, 아프리카의 밀림이 일찍이 길러낸 것 가운데서 가장 사나운 두 마리의 사자를 기다리고 섰다. 용감한 만차인이여, 그대는 그대 스스로의 공훈으로 상찬을 받으라. 나는 그것을 칭찬할 말을 모르니, 찬사는 이것으로 그치노라."

작가의 감탄의 말은 여기서 끝나고, 이야기의 중단된 실을 다시 이어 앞으로 나아가고 있다.

사자치기는 돈 끼호떼가 자 덤벼라, 하는 듯이 버티고 서는 것을 보고, 저 사람이 하라는 대로 하지 않다가는 저 기세 등등하고 앞뒤를 분간 못 하는 기사의 기분을 상하게 할 것이 분명했으므로 수사자를 내놓지 않을 수 없어 첫 우리의 문을 확 열어젖혔는데, 이 우리에는 앞에서도 말했듯이 수사자가 들어 있었다. 그것은 보기에도 무시무시하게 크고 끔찍스럽고 추악해 보였다. 사자가 제일 먼저 한 행동은 그대로 빈들빈들 누워 있던 우리 안에서 한 바퀴 몸을 뒤척인 일이다. 그리고 앞발을 앞으로 쭉 뻗으며 기지개를 켰다. 이어 커다란 입을 벌리고 천천히 하품을 했다. 그 다음 거의 한 자나 되는 혀를 뽑아 눈의 먼지를 닦고 고루 얼굴을 핥아 세수를 했다. 이것이 끝나자 머리를 우리 밖으로 내밀고 마치 활활 타는 불꽃 같은 눈으로 사방을 노려보았는데, 그야말로 '대담무쌍' 그 자체가 벌벌 떨 만한 눈빛과 태도였다. 오직 한 사람 돈 끼호떼만이 그것을 빈틈없이 지켜보고 있었는데, 당장 수레에서 뛰어내려 자기에게 덤비지 않나, 덤비기만 하면 두 손으로 박살을 내놓을 테다, 하고 대기하고 있었다.

그의 전례 없는 광기는 마침내 극한에 이른 것이다. 그러나 사자는 관대하고 거만하다기보다 범절을 아는 듯 어린 아이 같은 허세는 거들떠보지도 않고 앞에서 말한 것처럼 사방을 둘러본 끝에 뒤돌아서더니 돈 끼호떼에게 엉덩이를 보인 채 다시 천천히 한가하게 우리 안에 누워버렸다. 이것을 보자 돈 끼호떼는 사자가 밖으로 뛰쳐나오도록 몽둥이로 두들겨 화를 내게 하라고 사자치기에게 명령했다.

"그런 짓은 못 합니다요" 하고 사자치기가 대답했다. "내가 만일 저녀석을 화나게 했다간 제일 먼저 찢어지는 건 바로 난걸요. 이보세요, 기사 나리, 지금 하신 일로 만족해하셔도 됩니다요. 용감하다고 할 수 있는 건 그 이상 없잖습니까요. 이 이상 두 번 운을 시험하는 건 그만두십쇼. 사자의 우리는 아직도 열어놨으니까 나오건 나오지 않건 저녀석 마음대로입니다요. 그런데 지금 나오지 않는 걸 보면 하루 송일 나오지 않을 겁니다요. 기사님이 얼마나 대담하신가 하는 것은 이제 똑똑히 알았습니다요. 아무리 기세가 등등한 무사라도 내가 아는 한 적에게 결투 신청을 내놓고 시합 장소에서 대기하기만 하면 그것으로 면목은 서는 것입니다요. 그래서 상대편이 나오지 않는다면 그쪽의 수치가 되는 것이고, 기다리는 쪽은 승리의 영광을 차지하는 셈이 되는 것입니다요."

"그건 사실이다" 하고 돈 끼호떼가 대답했다. "그 문을 닫아라. 그리고 그대 눈에 비친 여기서의 내 행동을 되도록 훌륭히 증언해다오. 다시 말하면, 그대가 사자의 우리를 열었으므로 나는 그녀석이 나오기를 기다렸다, 그러나 사자는 나오지 않았다, 그래서 나는 다시 기다렸다, 그런데 그녀석은 다시 그자리에 누워버렸다, 그렇지 않느냐? 이 이상 내가 할 일은 없다. 마법 따위에겐 볼일이 없단 말이다! 도리와 진실과 참된 기사도 정신에, 하느님이여, 가호를 내리소서! 그러면 달아나 이 자리에 없는 사람들이 돌아와서 그대 입으로 방금 있었던 공명을 듣도록 내가 신호를 하는 동안, 이제 말한 것처럼 사자 우리를 닫아라."

그래서 사자지기는 하라는 대로 했으며, 돈 끼호떼는 창끝에 응유로 축축히 젖은 얼굴을 닦은 천조각을 꽂고 모두 한 덩어리가 되어 달아나며 뒤돌아보는 사람들을 큰 소리로 부르기 시작했다. 그러자 산초는 흰 천의 신호를 확인하고 말했다.

"가만 있자, 우리 주인 나리가 저 맹수를 해치우지 못했다면 내 목을 줄 테다. 저봐, 우리를 부르고 계시잖아."

모두 걸음을 멈추었다. 그리고 신호를 하고 있는 것이 돈 끼호떼라는 것을 알았다. 공포심이 사라진 그들은 자기들을 부르고 있는 돈 끼호떼의 고함 소리가 똑똑히 들리는 곳까지 조금씩 돌아왔다. 이윽고 수레 있는 곳까지 왔는데 그들이 돌아오자 돈 끼호떼는 마부에게 말했다.

"자, 형제여, 그대의 당나귀를 다시 수레에 매어 여행을 계속하라. 그리고 산초, 나를 위해 시간을 허비한 보상으로 마부와 사자치기에게 에스꾸도 금화를 한 장씩 나누어주어라."

"그건 당장 주겠습니다요" 하고 산초가 대답했다. "그런데 사자는 어떻게 되었습니까요? 죽었습니까요, 살아 있습니까요?"

이때 사자치기가 상세하게 띄엄띄엄 이어가며 그의 능력으로 할 수 있고 또 능력이 허용하는 한도껏 돈 끼호떼의 용맹스러움을 과장해서 싸움의 결말을 이야기했다. 돈 끼호떼를 보자 사자는 겁에 질려 우리의 문을 꽤 오래 열어놓았는데도 밖으로 나오려 하지도 않았고 나올 용기도 없었다. 돈 끼호떼가 사자를 화나게 하라고 말했으나 억지로 끌어내려고 사자를 화나게 한다는 것은 하느님을 시험하는 거나 마찬가지라고 자기가 말하자 돈 끼호떼는 매우 마음이 내키지 않아 하고 불만스러워하면서도 우리의 문을 닫는 것을 허락해주었다고.

"이것을 어떻게 생각하느냐?" 하고 돈 끼호떼가 말했다. "참된 용기에 대들 만한 마법이 있을까? 마법사들도 혹 나의 행운을 빼앗을 수는 있을지 모른다. 그러나 의기와 기백에는 꼼짝 못 하는 법이니라."

산초는 두 사람에게 금화를 나누어주었다. 마부는 당나귀를 수레에 맸으며, 사자치기는 받은 금화에 대한 인사로 돈 끼호떼의 손에 입을 맞추고 수도에 닿으면 그의 용감한 공명을 국왕 폐하에게 직접 말씀드리겠다고 약속했다.

"그렇다면 만일 폐하께서 그 공훈을 세운 자가 누구냐고 물으시거든 '사나운 사자의 기사'라고 말씀드려라. 오늘부터는 지금까지 자칭해온 '우수에 찬 얼굴의 기사' 대신 이 이름을 부를 생각이다. 이로써 나는 편력 기사의 옛 습관을 따르게 되는 셈인데, 그들은 자기들이 좋은 때에 혹은 적당한 때에 이름을 바꾸곤 했었다."

수레는 목적하는 곳으로 떠나고, 돈 끼호떼와 산초와 녹색 외투를 입은 신사는 그들의 길을 나아갔다.

그동안 돈 디에고 미란다는 돈 끼호떼가 하는 일, 지껄이는 말에 줄곧 주의를 기울여 지켜보면서 한 마디도 말을 하지 않았는데, 그에게는 그가 미쳤으면서도 제정신을 가진 인물이요, 온전한 정신을 가졌으면서도 미친 사람처럼 여겨지는 것이었다. 돈 끼호떼 이야기의 전편에 관한 것은 아직 그의 귀에는 이르지 않고 있었다. 만일 그 이야기를 읽고 있었더라면, 그의 광기가 어떤 것인가 알고 있었을 것이니, 그가 하는 짓, 지껄이는 말에 그토록 경탄을 느끼지는 않았을 것이다. 그것을 몰랐기 때문에 어떤 때는 온전하다고 생각했고 어떤 때는 미쳤다고 생각하곤 했다. 그가 하는 말은 조리가 있고 기품이 있고 참으로 훌륭한 것을 지껄이는데, 그가 하는 짓은 참으로 지리멸렬하고 당돌하고 어처구니없었던 것이다. 그는 혼자 중얼거렸다. '응유가 가득 들어 있는 투구를 쓰고 마법사들이 두개골을 물렁하게 만들어버렸다고 해석하는 것보다 더 심한 광기가 또 있을까? 사자와 억지로 일전을 나누겠다고 생각하는 것보다 심한 무모함과 엉터리가 또 있을까?' 이런 생각에 잠겨 혼잣말을 중얼거리다가 돈 끼호떼가 입을 여는 바람에 그는 정신을 차렸다.

"돈 디에고 데 미란다 님, 귀공이 나를 지리멸렬한 미친 사나이로 판단하고 계신다는 것을 의심할 사람이 어디 있겠소? 또 그렇다고 하더라도 그다지 이상할 것은 없는 일이오. 왜냐하면, 내가 하는 일이 그렇지 않다는 증거를 보여줄 수가 없기 때문이오. 그러나 나는 귀공이 생각하고 계실 것이 틀림없는 미치광이도 아니거니와 바보도 아니라는 것을 귀공이 알아주시길 바라오. 보기에도 씩씩한 기사가 넓은 광장 한가운데서 더욱이 국왕이 보는 앞에서 사나운 소에게 멋지게 창을 꽂는 것은 훌륭할 것이오. 찬연히 빛나는 갑주를 입은 기사가 귀부인들이 구경하고 있는 영광의 경기장 안으로 울을 넘어 들어가는 것도 또한 훌륭할 것이오. 그리고 또 그를 모든 기사들이 결전의 연습이나 그와 비슷한 행사로 주군을 비롯하여 조신들과 귀부인들을 기쁘게 해주고 즐겁게 해주고, 다시 더 말해도 좋다면 그들의 자랑이 되는 것도 훌륭할 것이오. 그러나 이들 모든 기사들보다 뛰어난 한 사람의 편력 기사가 오로지 영광스러운 불후의 명성을 얻고자 사막을, 황야를, 밀림을 혹은 산악 지대를, 그 위험한 숱한 모험을 찾아헤매는 것은 훨씬 더 훌륭한 일이 아니겠소? 편력 기사가 어느 인적 드문 들판에서 한 사람의 과부를 구하고 있는 모습은 궁정 근무의 기사가 도시에서 젊은 여성에게 사랑을 구하는 모습보다 훨씬 뛰어나 보인다고 나는 말하는 것이오. 모든 기사는 저마다의 의무를 갖고 있는 것이오. 궁정에서 근무하는 기사라면 귀부인을 섬기는 것도 좋고 제복을 화려하게 입고 국왕의 궁전의 권위를 높이는 것도 좋고, 자기 식탁의 호화로운 식사로 가난한 기사를 길러 주는 것도 좋고, 시합에 출전하는 것도 좋고, 기마 시합을 개최하는 것도 좋고, 또 고귀하고 관용스럽고 의젓하게 훌륭한 그리스도 교도임을 나타내는 것도 좋을 것이오. 특히 그렇게 해야만 그들에게 필요한 의무를 다하는 것이 된다고 할 것이오. 그러나 편력의 기사는 온 세계 구석구석을 돌아보아야 하오. 이루 말할 수 없이 복잡한 미로(迷路)에 발을 들여놓아야 하오. 한 걸음 한 걸음 불가능한 것에 과감히 도전해가야 하오. 인적 없는 황량한 땅에서 대낮에 타는 듯한 태양열을 견디고, 겨울에는 심한 풍설의 추위를 견뎌야 하오. 사자도 두려워함이 없고, 마물(魔物)에도 놀람이 없으며, 괴물도 무서워함이 없게 되어야 하는 것이오. 이것을 찾고 저것에 부딪치고 그러면서도 모든 것을 제어하는 것, 이것이 그들의 주요하고 참된 의무인 것이오. 그러기에 나도 운명에 의해 편력의 기사도를 섬기는 사람들의 하나가 된 이상 내 임무의 범주에 들어간다고 생각되는 일이면 무엇이든 단호히 도전하지 않을 수 없는 것이오. 그러기에 방금 내가 사자에게 도전한 것도 너무나 무모한 일인 것은 알고 있었지만 그것이 바로 내가 할 일이었던 것이오. 이렇게 말하는 것도 용기라는 것은 겁약과 무모라는 두 악덕 사이의 미덕이라는 점을 잘 알고 있기 때문이오. 용기 있는 자가 약간 지나쳐서 무모의 한계에 이르는 편이 아래로 떨어져 겁약의 한계에 접하는 것보다는 나을 것이오. 왜냐하면, 낭비가가 물건을 아끼지 않는 사나이가 되는 것이 탐욕스러운 사나이가 되기보다 훨씬 쉬운 것처럼 저돌적인 사나이가 참된 용자가 되는 편이 겁약자가 참된 용기에 도달하기보다 훨씬 쉽기 때문이오. 그래서 모험에 도전함에 있어서는, 돈 디에고 님, 아시겠소, 이를테면 트럼프에서 적은 숫자의 패보다 오히려 많은 숫자의 패를 갖고 지는 편이 좋다는 말씀이오. 왜냐하면, '아무개 기사는 저돌적이고 막무가내로 덤빈다'는 말을 듣는 편이 '아무개 기사는 내성적이고 겁약스럽다'는 말을 듣는 것보다 듣는 사람의 귀에 좋게 들리기 때문이오."

"내가 말하고 싶은 것은, 돈 끼호떼 님" 하고 돈 디에고가 대답했다.

"기사님은 하신 말씀과 하신 행위가 모두 같은 이론에 꼭 맞게 균형을 잡고 있군요. 그래서 편력 기사도의 법도며 규율이 잊혀졌다고 하더라도 그 보관소나 고문서관(古文書館)과 같이 당신의 가슴 속에서 볼 수 있다고 생각합니다. 그런데 늦어졌으니 좀 서두르기로 합시다. 마을에 닿거든 우리집에 들르시어 아까의 그 활동으로 피로하신 몸을 쉬시도록 하십시오. 육체적인 활동은 아니었다고 하더라도 그 정신적인 것이 언젠가는 몸의 피로에 영향을 끼칠 테니까요."

"그 말씀을 매우 큰 은혜로서 받아들이겠소."

그리고 그때까지 보다 세게 박차를 가하여 오후 두 시쯤이나 되었을까, 돈 디에고 마을 그의 집에 일행은 도착했다. 돈 끼호떼는 돈 디에고에게 '녹색 외투의 기사'라는 이름을 붙여주었다.

제 18 장

녹색 외투의 기사가 사는 성, 다시 말해 그의 집에서 돈 끼호떼에게 일어난 일과 그밖에 얼토당토 않은 여러 가지 사건에 대해서.

돈 끼호떼는 돈 디에고의 집이 시골에 있는 만큼 시원하게 넓다는 것을 알았다. 아무튼 소박하기는 했으나 거리에 접해 있는 입구 위에 걸린 문장(紋章), 안마당의 술광, 입구의 아래 통로에 있는 지하광, 그 주위에 있는 많은 술독 그리고 이 술독이 엘 또보소에서 구운 것이어서 마법에 걸려 변모하고 만 둘씨네아의 기억을 생생하게 되살려주었다. 그래서 한숨을 쉬며 자기도 무슨 소리를 하고 있는지 모르게 무의식적으로 또 누구 앞에 있는 것도 생각지 않고 중얼거렸다.

"'오오, 내 슬픔 속에서 보는 정다운 그대, 신이 허락하실 무렵 정다웠노라, 즐거웠노라!' 오, 엘 또보소의 술독이여! 그대들은 나에게 무엇보다도 큰 고통을 주고 나의 정다운 임을 생각케 하는구나!"

돈 디에고의 아들, 시인 대학생이 이 말을 귀담아들었다. 그는 어머니와 함께 마중나와 있었는데 돈 끼호떼의 이상한 모습을 보고 입을 딱 벌렸다. 돈 끼호떼는 로시난떼에서 내려 매우 정중하게 그 부인 앞으로 걸어가서 부인의 손에 입을 맞추었다. 그러자 돈 디에고가 입을 열었다.

"여보, 평소와 같이 따뜻하게 돈 끼호떼 데 라 만차 님을 맞이하시오. 당신 앞에 계신 분은 세계에서 가장 용감하고 가장 사려깊은 편력의 기사시오."

도냐 끄리스띠나라는 부인은, 매우 애정 있고 예의 바른 태도로 손님을 맞이했으며, 돈 끼호떼도 매우 예의 바르고 세련된 말투로 신세를 진다고 인사했다. 그와 거의 다름없는 정중한 인사가 아들인 대학생과도 나누어졌다. 그는 돈 끼호떼가 하는 말을 듣고 꽤 사려깊고 머리가 날카로운 인물이구나, 하고 생각했다.

여기서 작자는 돈 디에고의 집 모습을 자세하게 묘사하고, 농사를 짓는 풍족한 시골 귀족의 집에 있는 모든 것을 그 속에서 그려내고 있는데, 이 이야기의 역자는 그런 자질구레한 것은 오히려 묵살하는 편이 좋겠다고 생각했다. 실록의 주요한 목적에 맞지도 않고 실록은 재미도 없는 여담 따위보다 진실에 힘을 기울여야 하기 때문이었다.

돈 끼호떼는 한 방으로 안내되었다. 산초가 갑옷을 벗겨주어 헐렁한 바지와 영양 가죽의 동의바람이 되었는데, 모두 갑옷에서 스민 기름땀으로 더러워져 있었다. 학생풍의 폭이 넓은 칼라는 풀도 먹이지 않았고 레이스 장식도 없었다. 장화는 대추색으로 발이 들어가는 부분에는 초가 칠해져 있었다. 훌륭한 칼을 차고 있었으며, 그것은 바다 표범의 가죽끈에 매달려 있었다── 그는 오랜 세월 신장(腎臟)을 앓고 있었다는 소문이 있다(바다 표범의 가죽끈으로 칼을 차면 이런 병에 좋다는 미신이 있었다) ── 그는 또 훌륭한 천의 회색 망토를 걸치고 있었다. 그러나 다섯 대야인가 여섯 대야의 물로, 숫자에 약간의 차이는 있겠지만, 머리와 얼굴을 씻었는데 그래도 물은 젖빛으로 흐려 있었다. 이것은 걸신든 산초가 산 쓸데없는 응유가 그토록 주인을 더럽혀 놓았기 때문이었다.

이런 복장을 하고 세련된 태도와 늠름한 몸가짐으로 돈 끼호떼는 다른 방으로 나갔는데, 거기에는 식탁이 준비될 때까지 그를 상대할 아들인 대학생이 기다리고 있었다. 이런 훌륭한 손님을 맞은 도냐 끄리스띠나 부인은 자기 집에 찾아오는 손님들에 대한 환대의 방식을 잘 알고 있었으며, 또 그만한 능력도 있다는 것을 보여주고 싶었기 때문이었다.

돈 끼호떼가 갑옷을 벗고 있는 동안 돈 로렌소는, 이것이 돈 디에고의 아들 이름이었는데, 아버지에게 이렇게 물어볼 여유가 있었다.

"아버지, 집에 모시고 오신 저분은 어떤 분입니까? 이름도, 풍모도,

편력 기사라고 말씀하신 것도, 저나 어머니에게는 도무지 납득이 가지 않는 일입니다."

"어떻게 말해야 좋을지 나도 잘 모르겠다" 하고 돈 디에고가 대답했다. "다만 내가 말할 수 있는 것은, 이 세상 최대의 미치광이가 할 만한 짓을 예사로 해내면서도, 그러한 행위를 모두 지워버릴 수 있을 만큼 참으로 논리 정연한 말을 한다는 거야. 네가 직접 한 번 말을 나누어보렴. 그리고 저 사람이 얼마만큼 아는 것이 많은가 맥을 짚어보렴. 너는 영리한 아이니까, 저 사람의 재기나 어리석음에 대해서 정확한 판단을 내릴 수 있을 테니까. 사실을 말하면 나는 저 사람이 온전한 정신을 갖고 있다고는 생각지 않는다만."

이런 말을 주고받은 끝에 앞에서도 말한 것처럼 돈 로렌소는 돈 끼호떼의 상대를 해주려고 나온 것인데, 두 사람이 나눈 여러 가지 얘기 속에서 돈 끼호떼는 돈 로렌소에게 이런 말을 했다.

"아버님 되시는 돈 디에고 데 미란다 님은 군이 갖고 있는 뛰어난 재능과 날카로운 천분(天分)에 대해서 말씀을 해주셨는데, 그 중에서도 군이 대시인이라는 말씀이시더군."

"시인이라고는 할 수 있겠죠" 하고 돈 로렌소는 대답했다. "하지만 대시인이라니, 생각도 못 할 일입니다. 제가 상당히 시를 좋아해서 훌륭한 시인의 작품을 읽는 것은 틀림없습니다. 그러나 아버지가 말씀하신 것처럼 대시인이라는 이름을 붙인다는 건 천부당한 일입니다."

"그 겸손은 나쁘지 않다고 생각하네" 하고 돈 끼호떼가 말했다. "오만하게스리 자기를 세계 최대의 시인이라고 자랑하지 않는 시인이 없거든."

"예외 없는 규칙은 없습니다" 하고 돈 로렌소가 대꾸했다. "개중에는 대시인이면서 자기는 그렇게 생각지 않는 사람도 있을 테니까요."

"극히 적지" 하고 돈 끼호떼가 대답했다. "그러나 한 번 듣고 싶은 것이 있네. 지금 손을 대고 있는 시 때문에 얼마간 초조해하며 생각에 잠긴다고 아버지께서 말씀하시던데, 그건 어떤 시인가? 만일 주석시(註釋詩)라면 나도 다소 아는 것이 있으니 들려주면 기쁘겠네. 그리고 만일 문예 경연 대회에 응모할 생각이라면, 2등상을 차지하도록 노력해야 하네. 1등상은 언제나 정해놓고 신분이 고귀한 인물이 타게 되어 있는 것이니까. 2등이야말로 에누리없는 진짜라 할 수 있네. 그러니 3등이 2등이되고, 1등은 계산으로 한다면 3등이 되는 셈인데, 여러 대학에서 수여하는 학위의 순위와 마찬가지지. 그러나 그건 그렇더라도 1등이라는 이름은 역시 대단한 것이기는 하이."

'아직까지' 하고 돈 로렌소는 속으로 생각했다. '당신을 미치광이로 단정할 순 없군. 자 그럼 앞으로 더 나가볼까?'

그래서 입을 열었다.

"기사님은 공부를 하신 것 같은데, 무엇을 전공하셨습니까?"

"편력 기사도학" 하고 돈 끼호떼가 대답했다. "이것은 시에 못지않을뿐더러 약간은 더 뛰어난 학문이지."

"글쎄요, 그게 어떤 학문인지 저는 잘 모르겠습니다만" 하고 돈 로렌소가 반문했다. "여태까지 한 번도 들어본 적이 없습니다."

그러자 돈 끼호떼는 대답했다.

"이것은 이 세상의 모든 학문을, 혹은 대부분의 학문을 포함하고 있는 학문이네. 따라서 이것을 수학하는 자는 법률 학자로서 저마다의 인간에게 저마다 소유물과 소유해도 좋은 것을 주기 위해 배분법과 교환법의 여러 법칙을 알고 있지 않으면 안되네. 자기가 믿는 그리스도교의 교의를 어떤 곳에서 질문을 받더라도 명료하게 뚜렷이 설명할 수 있게 되려면 신학자가 아니면 안되네. 의학에 통하고 더욱이 인적도 드문 들판이나 황무지 한가운데서 상처를 고칠 힘이 있는 풀을 발견하려면 약초학자 또한 되지 않으면 안되네. 또 별을 우러러보고 밤이 몇 시간이나 지났는가, 또 세계의 어느 곳 어떤 기후의 땅에 있는가 알려면 천문학자가 되지 않으면 안되네. 수학도 무슨 일이 있을 때마다 그것이 필요한 사태가 일어날 것이 틀림없으니 역시 알고 있지 않으면 안되네. 신학적이고 또 기본적인 모든 도덕을 몸에 지니고 있지 않으면 안된다는 것은 새삼 말할 필요도 없지. 그 밖에 사소한 것을 언급한다면, 물고기 니꼴라스(뻬헤 니)

꼴라스는 15세기 전에 시칠리아와 이탈리아 사이를 헤엄쳐서 왕래했었고 물 속에서 살기도 했다고 한다)라든지 니꼴라오라든지가 헤엄친 것처럼 수영법도 알고 있어야 하고, 말발굽을 바꾸고 안장이나 재갈을 고치는 방법도 알고 있어야 하네. 게다가 다시 높은 이야기로 되돌아가면, 신에 대해서 또 자기가 그리는 공주에 대해서 성심을 다하지 않으면 안되네. 생각을 깨끗이 먹고, 말은 고상하게 하며 거동은 관용 있게, 행동은 용감하게, 가난을 견디고, 곤궁한 자에게 자비를 베풀며, 마지막으로 설혹 그 때문에 목숨을 잃는다 하더라도 진실의 옹호자가 되지 않으면 안되네. 이러한 위대한 것에서 극히 자질구레한 것에 이르는 자질을 고루 갖추어야 비로소 하나의 훌륭한 편력 기사가 태어나는 것이네. 따라서, 돈 로렌소 군. 이것을 배우고 이것을 본질적으로 삼는 기사가 습득하는 것이 유치한 학문인지 어떤지, 신학교나 학교에서 가르치는 우쭐대는 학문에 필적할 수 있는지 없는지 군이 잘 생각해보게나."

"만일 그렇다면" 하고 돈 로렌소가 대답했다. "그 학문은 다른 모든 학문보다 뛰어나다고 할 수 있겠네요."

"그게 무슨 뜻인가, 만일 그렇다면, 이라니?" 하고 돈 끼호떼는 그 말이 귀에 거슬려서 물었다.

"제가 말하고 싶은 것은" 하고 돈 로렌소가 대답했다. "편력 기사가, 더욱이 그만한 덕을 몸에 지닌 사람이 과연 과거에도 있었고 현재도 있을까 하고, 의아하게 생각한다는 점입니다."

"내가 여기에서 되풀이하는 것은, 여때까지 몇 번이나 말한 것이네" 하고 돈 끼호떼가 받았다. "즉, 이 세상 대부분의 사람들은 편력 기사 따위는 이 세상에 존재하지 않았다는 견해를 갖고 있다는 것이네. 그러니 하늘이 기적적으로 그들이 과거에도 분명히 있었을 뿐 아니라 지금도 있다는 진실을 사람들로 하여금 깨닫게 해주시지 않는 한, 여태까지 몇 번이나 경험이 나에게 가르쳐준 것처럼 아무리 입에 침이 마르도록 설명해도 아무 소용 없다고 생각되네. 지금 새삼 군이 많은 사람들과 마찬가지로 그런 오류에 빠졌다고 하더라도 그 오류로부터 구해줄 생각이 나지 않네. 그러니 지금 내가 하고 싶은 것은, 하늘에 빌어 그대를 오류에서 빠져나오게 하고 편력 기사들이 과거의 세기에 얼마나 필요하고 고마운 존재였는가, 그리고 오늘날에도 만일 그것이 세상에서 행해지고 있다면 얼마나 고마울 것인가 깨닫도록 해주십사 하는 것이네. 그러나 오늘날은 사람들의 죄로 말미암아 나태와 무위(無爲)와 포식과 안일의 전성 시대가 되어버렸네."

'우리의 손님은 드디어 정체를 나타내기 시작하는군' 하고 이때 돈 로렌소는 속으로 중얼거렸다. '하지만, 아무튼 이 사람은 훌륭한 미치광이야. 만일 내가 이렇게 생각지 않는다면 나는 숙맥인 셈이야.'

여기서 그들의 대화는 끝났는데, 그것은 식사하러 나오라는 전갈이 왔기 때문이었다. 돈 디에고는 손님의 두뇌 움직임에서 무엇을 깨달았느냐고 아들에게 물었다. 그러자 아들은 말했다.

"온 세계의 모든 의사와 지혜 있는 자들이 총동원해서 덤벼들더라도, 저분의 광기는 어떻게 할 도리가 없겠는데요. 저분은 혼돈된 미치광이고 기막힌 중절기(中絶期)가 자주 있습니다."

모두들 식사하러 갔다. 식사는 돈 디에고가 자기 집으로 오면서 초대하는 손님에게 늘 내놓게 되어 있다고 말한 대로 깨끗하고 푸짐한 맛있는 음식들이었다. 그러나 무엇보다도 돈 끼호떼를 기쁘게 한 것은 온 집안을 지배하고 있는 놀랄 만한 정적이었으며, 그것은 카르투지오 수도회(1086년 성 브르노가 프랑스의 그르노블 근처 알프스 산맥에 창설한 계율이 엄한 수도회)의 수도원을 연상케 할 정도였다. 아무튼 식사가 끝나고 하느님께 감사를 드린 다음 손을 씻고 나자 돈 끼호떼는 돈 로렌소에게 문예 경연 대회에 내놓을 시를 들려주지 않겠느냐고 열심히 부탁했다. 그러자 그는 거절하며 그런 부탁을 받지 않을 때 드러내는 그러한 시인들과 동류로 취급받는 것이 싫기 때문이라면서 자작의 주석시를 들려드리겠다, 그러나 이것으로 상을 탈 것을 기대하고 있는 것은 아니다, 다만 머리의 훈련으로 지어본 데 지나지 않는다고 말했다.

"내 친구인 꽤 머리가 좋은 사나이가 있는데"하고 돈 끼호떼가 입을 열었다. "그 사람은 주석시 같은 것을 함부로 지어 정신을 피곤하게 하는 것이 안 좋다는 의견이더군. 그 까닭은 주석시가 원시(原詩)의 경지에 도달하는 일은 절대로 없고 또 많은 경우라기보다 대개의 경우 주석시는 주석을 하도록 요구되는 취지와 목적에서 벗어나기 쉽기 때문이다, 게다가 주석시의 규정이 매우 까다로워서 의문형으로 만들어서는 안된다, '라고 말했노라'라든지 '라 말하리니'라는 말도 붙여서는 안된다, 동사를 명사로 만들거나 말의 뜻을 바꾸어도 안된다, 또 군도 잘 알듯이 주석시를 만드는 사람들을 구속하는 까다로운 규정이 있기 때문이라고 말하고 있었네."

"사실을 말씀드리면, 돈 끼호떼 님"하고는 돈 로렌소가 말했다. "기사님이 말씀을 계속하시는 동안 뭔가 틀린 점을 혹 말씀하시지나 않나 하고 생각했습니다만, 기사님은 마치 장어처럼 미끄럽게 잘 빠져나가셨어요."

"도무지 모를 말이군"하고 돈 끼호떼가 대답했다. "내가 빠져나가다니 도무지 무슨 말인지 모르겠네. 어떤 뜻으로 하는 말인가?"

"곧 아실 수 있도록 해드리죠"하고 돈 로렌소가 대꾸했다. "그럼, 원시와 주석시를 들어주십시오. 이런 것입니다."

옛날이 현재가 되어준다면
어째서 미래를 바라겠느냐.
시간이여, 재빨리 달려오라
잇따라 찾아온 일들이여.

(주석시)
사물은 모두 지나가거늘
운명이 나에게 아낌없이
내려준 행복도 사라졌노라,
추호의 차이도 없는 채로
다시 돌아올 길도 없어라.
보라, 운명이여, 오래도록
무릎을 꿇고 비는 내 모습.
행복한 이몸으로 만드시라
얼마나 즐거운 내가 되리
'옛날이 현재가 되어준다면'

그 밖의 즐거움도 영광도
높은 영예도 개선(凱旋)도
승리도 바라는 내가 아니며
추억마저도 울적해지는
옛 행복만을 그리노라.
운명이 나에게 지는 날의
평화로운 나날 돌려준다면
애달픈 이 마음도 사라지리니
'어째서 미래를 바라겠느냐.'

불가능한 것을 나는 찾으니,
한 번 사라진 시간마저
다시 돌아오라 바라는 것은
이런 소원을 이루어줄 힘이
이 세상에 없는 것을
시간은 달려가니

날아가듯 가면 돌아오지 않는 것을.
그를 희망함은 잘못이로다,
시간이여 지나가라, 그렇잖으면
'시간이여, 재빨리 달려오라.'

희망을 품고 두려워하며
당황하면서 살아감은
죽은 것과 마찬가지.
죽어서 가슴 속 괴로움의
돌파구 찾는다면 더 좋으리.
나의 기쁨을 죽는 일로
생각한 것도 잘못이니,
나에게 공포를 품게 하여
살아가는 희망을 품게 해준
'잇따라 찾아온 일들이여.'

돈 로렌소가 주석시를 낭독하고 나자 돈 끼호떼는 벌떡 일어나서 그의 오른손을 꼭 잡고 거의 외치듯 큰 소리로 말했다.

"더없이 높은 분이 계시는 하늘이여, 기대하시라 훌륭한 청년이여, 그대는 이 세상에서 가장 뛰어난 시인이다. 사이프러스나 가에따의 아까데미아에 의해서가 아니라, 지금은 이 세상에 없는 어느 시인(후안 바우띠스따데 비바르. 유명한 즉 홍시인)이 말한 것처럼 지금도 아직 이 세상에 있다면 아테네의 아까데미아에 의해서 또 현재 있는 빠리, 볼로냐 및 살라망까의 아까데미아에 의해서 월계관을 수여받을 시인이여, 그대에게 1등상 주기를 주저하는 심사원들은 페보의 화살에 맞아죽고, 그들 집의 문지방은 뮤즈가 결코 넘어 들어가는 일이 없도록 하며 그대를 하늘이 가상히 여기시도록 빌리라. 괜찮으면 뭐든 긴 음절의 시라도 들려주지 않겠나? 나는 군의 놀라운 재능을 이제 완전히 다 알게 되었네."

돈 로렌소는 돈 끼호떼에게 칭찬받고, 비록 그가 미친 사람인 줄 알면서도 매우 기분이 좋았다고 전해지고 있는데, 우스운 일일까? 오오, 아첨의 위력이여! 그대의 넓어지는 범위가 얼마나 넓어지고, 그대의 흐뭇한 영역의 경계선은 얼마나 광대한가! 이 진리를 돈 로렌소는 증명해주었다. 다름이 아니라, 돈 끼호떼의 부탁과 희망을 들어 피라무스와 티스

베의 우화(偶話)인가 이야기인가에 붙인 다음의 14행 시를 낭독한 것이다.

소 네 트

피라무스의 남자다운 가슴을 찢어놓은
아름다운 소녀는 흙벽을 부쉈노라,
아모르(큐피드라 / 고도 한다)는 사이프러스에서 나와
곧장 그 교묘하게 갈라진 좁은 금을 보러 갔노라.

그때 들리는 건 정적뿐,
목소리마저 그 좁은 틈에 들어가길 꺼렸건만
마음만은 들어갈 수 있었으니
사랑이라는 어려움을 쉽게 하는 신기한 힘이여.

사랑의 마음 사납게 불타오르고
소녀의 마음 분별없어 사랑 때문에
스스로의 죽음 부른 슬픈 사랑의 이야기.

두 사람이 같은 장소, 기구한 인연이여!
한 자루의 칼, 하나의 무덤, 하나의 이야기,
두 사람을 죽이고, 두 사람을 묻어, 소생시켰노라.

"신은 숭앙할지어다!" 하고 돈 끼호떼는 돈 로렌소의 소네트를 듣고 소리쳤다. "세상의 그 많은 빈약한 시인들 속에서 나는 그대 같은 거의 완벽한 시인을 발견했구나. 방금 들은 그 소네트의 교묘함은 이렇게 나에게 가르쳐주었네."

나흘 동안 돈 끼호떼는 돈 디에고의 집에서 융숭한 대접을 받았는데, 그 나흘째가 지나자 이 집에 끼친 신세와 두터운 대접에 감사한다고 말하고 이제는 떠나가게 해달라고 허락을 구했다. 더욱이 편력 기사가 언제까지나 호사에 몸을 맡기고 있는 것은 좋지 않은 일이므로 모험을 찾아 자기의 본분을 발휘하러 나가고 싶은데, 모험에 관해서는 이 지방에 풍부히 있다고 들었으니 자기가 목적하는 사라고사의 무술대회의 날이 올 때까지 이 지방에서 시간을 보내다가 가겠다, 그리고 무엇보다도 이 주변 일대에서 참으로 많은 이야기가 전해지고 있는 몬떼시노스의 동굴에도 들어가봐야겠고, 아울러 루이데라의 일곱 늪이라고 불리어지는 늪의 원천과 그 실제의 수원(水源)도 확인하고 싶다고 말했다.

돈 디에고와 아들은 그의 훌륭한 결의를 칭찬했다. 그리고 이 집과 재산 가운데서 마음에 드는 것이 있으면 무엇이든 주저 말고 가져가시오, 자기들은 할 수 있는 모든 호의로써 도와드리고 싶은데, 그것은 돈 끼호떼 당신의 훌륭한 사람됨과 자랑스러운 천직이 자기들로 하여금 그렇게 하도록 강요하기 때문이라고 말했다.

마침내 출발의 날이 왔는데, 돈 끼호떼에게는 즐거운 날이었으나 산초 빤사에게는 참으로 재미없는 울적한 날이었다. 산초는 돈 디에고 집에서의 유복한 생활에 무척 기분이 좋아져서 숲과 황야에서 겪어야 할 시장기며 준비도 부족한 보따리의 가난으로 다시 되돌아가는 것이 매우 싫었다. 그래도 그는 가장 필요하다고 여겨지는 것을 터지도록 부대에 쑤셔넣었다. 이윽고 헤어질 때가 되었을 때 돈 끼호떼는 돈 로렌소에게 말했다.

"군에게 한 번 말했는지는 모르지만, 말했다면 되풀이해서 말하게 되는 셈인데, 만일 군이 명성의 여신이 사는 전당에 이르는 접근하기 어려운 정상에 올라가는 길과 고난을 피하고 싶다면, 그 좁은 시가(詩歌)의 길을 버리고 매우 험한 편력 기사도의 길을 택하면 되네. 이 길은 눈깜짝할 사이 군을 문제없이 황제로 만들 걸세." 이러한 말로 돈 끼호떼는 광기의 발작에 결말을 짓고 거기에 다시 덧붙였다.

"나는 돈 로렌소 군을 데리고 가서 순순히 따르는 자를 어떻게 용서해주어야 하는가, 오만한 자를 어떻게 제압하고 무찔러야 하는가, 다시 말하여 내가 받드는 이 길에 따르는 덕행을 실제로 가르쳐주고 싶은 생각 간절하네. 그러나 군의 나이가 아직 어려 그것을 허락하지 않을 것이고 군의 칭찬할 만한 현재의 수업이 그것을 허용하지 않을 것 같아 군에게 이런 주의를 하는 것만으로 만족할 수밖에 없네. 다시 말해서 시인으로서 자기의 의견보다 남의 의견을 따른다면 반드시 뛰어난 시인이 될 것이네. 세상에 자기 자식을 추하다고 생각하는 부모는 없는 법, 하물며 자기의 정신이 낳은 자식이고 보면 그 몽매는 더할 것이 아니겠는가."

또다시 아버지와 아들은 때로는 참으로 사려깊고 때로는 참으로 어처구니없는 돈 끼호떼의 뒤섞인 말과 자기 염원의 종국으로 혹은 목표로 삼고 있는 하찮은 모험에 외곬으로 돌진하려 하는 그 집념 내지 망집에 새삼 감탄했다.

그리하여 서로 돕겠다는 제의와 정중한 인사가 되풀이되고, 성주의 부인이 내리는 유쾌한 허가를 얻어 돈 끼호떼와 산초는 로시난떼와 잿빛 당나귀에 각각 올라앉아 떠나갔다.

제 19 장

여기서는 사랑을 하는 목자의 모험과 참으로 재미있는 그 밖의 사건이 다루어진다.

돈 끼호떼는 돈 디에고의 마을을 떠나 얼마 가지 않았을 때, 수도사인지 신학생인지 잘 알 수 없는 두 사람과 농부들이 네 마리의 당나귀를 타고 오는 것을 보았다. 한 신학생은 손가방처럼 싸든 삼베 보따리 속에 약간의 흰 나사천과 성글게 짠 얇고 긴 나사 양말 두 켤레를 갖고 있는 것 같았다. 또 한 사람은 검술용의 새 흑검(갈지 않아 광택이 없고 끝에 가죽 구슬이 달려 있다) 두 자루와 칼끝에 대는 가죽을 들고 있을 뿐이었다. 농부들은 무언가 다른 것을 들고 있었는데, 그것은 어느 큰 도시에서 사가지고 자기 마을로 들고 가고 있는 것이 분명했다. 신학생들도 처음 돈 끼호떼의 모습을 보는 자는 누구나 느끼는 것과 마찬가지의 기이한 느낌을 가졌다. 그리고 다른 사람들의 풍모와는 아주 다른 이 인물이 대체 어떤 사람일까 하고 몹시 궁금해했다.

돈 끼호떼는 그들에게 눈인사를 하고, 그들이 가는 길을 물어보고는 자기가 가는 방향과 같았으므로 동행하자고 제의하고 조금 보조를 늦추어달라고 부탁했다. 그들의 당나귀가 그의 말보다 걸음이 빨랐기 때문이다. 그리고 그들의 주의를 끌기 위해 간단하게 자기가 어떤 사람이며, 자기의 의무와 본분은 세계 방방곡곡에 모험을 찾아 헤매는 편력 기사라는 것을 알려주었다. 그리고 또 본명은 돈 끼호떼 데 라 만차라고 하며 통칭 '사나운 사자의 기사'라는 것도 말했다. 이 모든 말은 농부들에게는 그리스 말이나 은어(隱語)처럼 들렸지만, 신학생들은 재빨리 돈 끼호떼의 두뇌가 어떤 약점을 가졌다는 것을 눈치챘다. 그래도 놀라움과 경의를 표시하면서 그를 바라보고 쳐다보고 하다가, 이윽고 한 사람이 입을 열었다.

"기사님, 모험을 찾는 사람들은 일정한 길을 가지 않는 법입니다만, 만일 기사님도 그러시다면 우리와 함께 가시지 않겠습니까? 그러면 라 만차는 물론이고 그 주변 몇십 레구아 일대에서 오늘날까지 일찍이 있어본 적이 없는 굉장히 호화로운 결혼식을 보실 수 있을 텐데요."

"그토록 훌륭하고 호화롭다고 말하는 걸 보면, 필경 어느 영주의 혼례식이겠지요" 하고 돈 끼호떼가 물었다.

"그렇지 않습니다" 하고 신학생이 대답했다. "영주가 아니라 농부와 농촌 처녀의 혼례입니다만, 신랑은 이곳에서 제일가는 부자고 신부는 여태껏 사람들의 눈에 비친 여자 중에서 가장 아름다운 미인이지요. 그런데 그 혼례의 취향이 또한 색다르고 진귀합니다. 신부의 마을 가까이에 있는 목장에서 예식을 올리게 되어 있는데, 신부는 굉장한 미인이기 때문에 미인 끼떼리아라 부르고, 신랑은 부자 까마초라고 하지요. 신부 나이 열여덟, 신랑은 스물한 살로 정말 잘 어울리는 한 쌍이지요. 온 세계의 가문을 다 암기하고 있는 호사가(好事家)의 말을 들어보면, 미인 끼떼리아의 집안이 까마초의 집안보다 훨씬 좋다는군요. 그러나 이제 그런 것을 일일이 개의하는 사람은 없습니다. 돈이라는 것은 뿔뿔이 갈라져서 틈투성이가 된 것이라도 모두 깨끗이 납땜질을 해버릴 수 있으니까요. 정말 이 까마초라는 사람은 쩨쩨하게 아끼지 않는 사람이라서 목초지 전체에 나뭇가지를 짜서 덮개를 만들어버렸으므로, 태양도 그 지면을 덮고 있는 푸른 풀을 찾아 들어가는 데 상당히 애를 먹게끔 되었습니다. 그리고 춤과 칼춤과 요령의 춤이 다 준비되어 있는데——그 마을에는 요령을 참으로 잘 흔드는 사람이 있거든요——신발을 손바닥으로 딱딱 치는 무용수에 관해서는 아무 말도 않겠습니다. 잘하는 사람들이 얼마든지 있으니까요. 그러나 제가 지금 말씀드린 것도 또 말씀드리지 않는 그 밖의 것도, 실연한 바실리오가 이 혼례식에서 혹시 하지나 않을까 상상되는 일에 비하면 아예 문제도 되지 않습니다. 이 바실리오라는 사람은 끼떼리아와 같은 마을에 사는 젊은이인데, 끼떼리아의 양친 집과 벽 하나를 사이에 두고 서로 이웃에 살고 있었지요. 그래서 사랑(아모르)은 이제 모두 잊혀진 피라무스와 티스베의 사랑을 이 세상에 재생할 기회를 얻은 것입니다. 왜냐하면, 바실리오는 어릴 때부터 끼떼리아에 대해 사랑을 품기 시작했으며, 처녀도 총각의 기분에 응해서 맑고 깨끗한 호의를 보였기 때문이죠. 그런 까닭으로 마을에서는 모두 바실리오와 끼떼리아 두 소년 소녀의 연애를 재미있어하며 늘 화제에 올리곤 했답니다. 그러는 동안에 나이가 차자 끼떼리아의 아버지는 여때까지 자기 집에 마음대로 드나들게 내버려두었던 평소의 출입을 바실리오에게 금지시킬 생각을 가졌습니다. 그래서 애를 태우거나 부질없는 고생을 피하게 하려고 딸을 돈 많은 까마초의 아내로 주기로 한 것입니다. 타고난 재능만큼 물질적인 재산이 없는 바실리오에게 딸을 주고 싶지 않았던 것입니다. 그런데 부러워할 것도 없이 사실을 말씀드리면, 그 청년은 우리가 아는 사람들 가운데서 가장 민첩한 청년으로, 막대 던지기도 잘하고 씨름도 잘하며, 게다가 공치기의 명수라 노루처럼 잽싸게 달리고 산양처럼 잘 뛰며, 기둥 넘어뜨리기를 거짓말같이 잘하는가 하면 종달새처럼 노래도 잘 부르고, 기타를 치면 마치 기타가 말을 하는 것 같고 그 중에서도 칼을 쥐어 주면 명인의 영역에 들어가지요."

"그 기능 하나만으로도" 하고 이때 돈 끼호떼가 입을 열었다. "그 젊은이는 미인 끼떼리아뿐 아니라 지금 살아 있다면 왕비 히네브라하고라도 결혼할 수 있는 충분한 자격이 있소. 란사로떼를 비롯해서 훼방을 놓고 싶은 사람들에게는 매우 미안한 이야기지만 말이오."

"우리집 마누라쟁이에게 그 말씀을 해보십쇼!" 하고 이때까지 잠자코 듣고 있던 산초가 말했다. "우리 집사람은, '양은 양끼리'라는 속담이 있듯이, 저마다 고만고만한 사람끼리 내외가 되는 것 이상 좋은 게 없다고 했습니다요. 헌데 제 기분을 말씀드리면, 그 바실리오는 어느새 내 마음에 꼭 들어버렸는데 끼떼리아와 내외가 되는 게 좋겠습니다요. 서로 좋아하는 사람끼리 혼인하는 것을 훼방놓는 녀석은, 천당에 가서 잘 살라고나 하지 뭐(실은 이 반대의 말을 할 참이었다)."

"그러나, 좋아하는 사람끼리 모두가 다 결혼해야 한다면" 하고 돈 끼호떼가 말했다. "자식들은 이러이러한 상대와 이러이러한 때에 결혼시켜야 한다는 선택의 권한을 부모들은 박탈당하게 되겠지. 또 사위를 고르는 일이 딸의 의사에만 일임된다면, 부친을 모시고 있는 하인을 고르는 일도 일어날 것이고, 한길에서 지나다가 만나 첫눈에 반해서, 겉보기에 씩씩하고 멋있어 보이는 사나이지만 기실 엉터리고 무슨 일이 있을 때마다 걸핏하면 칼이나 휘두르는 녀석을 고르는 일도 있겠지. 사랑이라든지

지나치게 좋고 싫은 것을 가리는 성질은 배우자를 고르는 데 극히 필요
한 판단의 눈을 어김없이 장님으로 만드는 법이거든. 결혼이라는 선택은
참으로 과오를 범하기 쉬운 위험에 직면하기 마련이니, 그것을 잘 빠져
나가려면 뛰어난 직감과 특별한 하늘의 은총이 필요한 게야. 오랜 여행
을 하기로 한 자는, 신중한 사람이라면 출발 전에 함께 가줄 믿을 만하
고 온화한 동행을 찾지 않겠는가? 그렇다면 죽음의 종말에 이르기까지
한평생 계속 걸어가야 하는 자가 어째서 이와 같이 하지 않겠는가? 하
물며 동행이라는 것이 아내와 남편의 그것처럼 잠자리에도 식탁에도 그
밖에 어떤 곳에나 손을 잡고 함께 가게 된다면 말이다. 아내라는 길동무
는 한 번 사고 나면 돌려주거나 바꾸거나 다시 다른 것을 바꾸어 사거나
하는 물건이 아닌 게야. 분리할 수 없는 일이고, 생명이 계속되는 한 이
어나가야 하는 것이지. 다시 말해서, 일단 목에 감기면 순식간에 고르디
아스의 매듭(왕이 된 농부 고르디아스의 달 / 구지 명에 채에 맨 밧줄 매듭)으로 변하는 밧줄 같은 것이며, 죽음
의 신의 낫이 잘라서 잘라놓지 않는 한 풀 방법이 없는 게야. 이 문제에
대해서는 아직도 많은 말을 할 수 있지. 바실리오의 신상 이야기에 관해
서 학생이 아직도 더 하고 싶은 말이 있는지 없는지 그것을 알고 싶은
내 소원을 방해하지 않는다면 말이지만."

이에 대해서 수도사인지, 아니면 돈 끼호떼가 부른 것처럼 학생인지
알 수 없는 사람이 대답했다.

"제가 말씀드리고 싶었던 것으로서 아직 하지 않은 이야기는, 다만 아
름다운 끼떼리아가 부자 까마초와 결혼하게 된다는 것을 알고부터 한 번
도 바실리오가 웃거나 조리에 맞는 말을 하는 것을 본 사람이 없고, 언
제나 골똘히 생각에 잠겨 쓸쓸해 보였으며, 혼자서 무슨 말을 중얼거리
고 있는 모양이 암만 보아도 머리가 이상해진 명백한 징조가 틀림없었습
니다. 거의 먹지도 않고 잠도 안 자거든요. 먹는 것이라고는 과일뿐이
고, 잠도 그것을 잠자는 것이라고 말한다면 마치 야수처럼 들판의 딱딱
한 땅바닥에서 잡니다. 이따금 하늘을 쳐다보고 있는가 하면, 때로는 땅
바닥을 응시하고 있고, 그것이 너무나 심한 방심 상태라 바람에 옷자락
이 휘날리는 옷 입은 조상(彫像)으로밖에는 보이지 않습니다. 바실리오
가 언제 파열할지 모르는 마음을 간직하고 있다는 것은 누구의 눈에나
뚜렷했으며, 그를 알고 있는 우리들은 모두 내일 혼례식에서 미인 끼떼
리아가 대답하는 '예'라는 말이 바실리오에게 죽음의 선고가 되지나 않

을까 하고 걱정들을 하고 있답니다."

"하느님이 잘 해주실 테죠" 하고 산초가 말했다. "하느님은 상처도 입게 만들어주시지만 약도 주시니까요. 누구에게나 앞날은 모르는 것입니다요. 한 시간이라도, 아니 눈깜짝하는 사이에라도 집이 뒤집혀지지요. 나는 한꺼번에 비가 내리면서 해가 쨍쨍 쬐는 것을 본 적이 있지요. 간밤에 아무 탈 없이 잠자리에 들어간 녀석이 다음날 꼼짝도 못 하는 일도 있구요. 뭣하다면 듣고 싶은데요. 운명의 수레바퀴에 못을 박았다고 자랑할 수 있는 자가 혹시라도 있을 줄 아십니까요? 아니, 있을 수 없습니다요. 게다가 나는 여자의 '예'와 '아니오'의 사이에 바늘 끝도 꽂을 용기가 없습니다요. 들어갈 까닭이 없으니까요. 나는 끼떼리아가 진심으로 마음속에서 바실리오를 좋아한다는 것으로 해두면 좋겠습니다요. 그러면 내가 그 사나이에게 행복의 주머니를 주겠습니다요. 내가 주워들은 바로는, 사랑이라는 것은 구리가 금으로, 가난뱅이가 부자로, 눈꼽쟁이가 진주로 보이는 안경을 끼고 본다고 하니까 말입니다요."

"여봐라, 그 이야기를 어디로 끌고 갈 참이냐, 산초? 곤란한 녀석이다" 하고 돈 끼호떼가 나무랐다. "그대가 속담과 어처구니없는 이야기를 늘어놓기 시작하면, 그대에게 덮친 유다(그리스도를 판 자. 악마의 뜻으로도 통함)나 하면 몰라도, 아무도 도저히 잠자코 듣고 있지 못할 게다. 알았느냐, 이 짐승 같은 녀석아, 못이니 수레바퀴니 어쩌니 저쩌니 하지만, 그대가 대체 뭘 안단 말이냐?"

"아이고! 그럼 제 말씀을 모르시겠단 말씀이십니까요?" 하고 산초가 물었다. "그러시다면, 제 말씀을 엉터리라고 생각하시는 게 조금도 이상할 게 없습니다요. 하지만 상관없습니다요. 저는 제가 지껄인 말이 그렇게 엉터리가 아니라는 걸 알고 있으니까 말입니다요. 그보다 나리는 언제나 제가 하는 말, 하는 일의 검역관 노릇만 하십니다요."

"검열관이라고 말하는 게다" 하고 돈 끼호떼가 받았다. "검역관이 아니다. 좋은 말의 모독자 같으니라구. 하느님께 꾸중들을라."

"나리, 일일이 그렇게 남의 말꼬리를 잡고 트집만 잡지 말아주셨으면 좋겠습니다요" 하고 산초가 대들었다. "워낙 저는 도시에서 자란 것도 아니고, 살라망까에서 공부를 한 것도 아니니까 말씀입니다요. 제가 쓰는 말에 쓸데없는 것이 붙었는지 떨어졌는지 제가 알 까닭이 없다는 것쯤 나리도 알고 계시지 않습니까요. 그러믄요, 참 기가 차서! 사야구에

태생에게 똘레도 태생처럼 지껄이라고 강요해봐야 어쩔 수도 없는 일이
고, 똘레도 사람이라도 옳은 말을 해야 할 때 어쩌다 잘하지 못하는 자
도 있을 게 아닙니까요."

"그건 그렇지요" 하고 신학생이 말했다. "떼네리아스나 소꼬도베르(서민
들이 모이던 곳. 대사원의 회
랑은 지식 계급의 집합소였다)에서 자란 사람들은 대사원의 회랑을 거의 온종일
왔다갔다하는 사람처럼 훌륭한 말은 사용하지 못합니다. 그러나 양쪽이
다 똘레도의 주민이지요. 순수하고 적절하고 기품 있고 명료한 말투는
설혹 마할라온다 태생이라도 두뇌가 명석한 도시의 사람들 속에 있습니
다. 내가 '두뇌가 명석한'이라고 한 것은 그렇지 않은 사람들이 많기 때
문입니다. 그리고 두뇌의 명석함이야말로 좋은 말투의 문법이며 이것이
일반의 관용과 결부되는 셈이지요. 여러분, 저는 우연히 살라망까에서
수사법을 배웠습니다만, 내가 하고 싶은 말을 뚜렷하고 알기 쉽고 뜻이
분명한 말로써 할 수 있다는 것을 약간 자랑으로 생각하고 있습니다."

"만일 군이 말보다 지금 손에 들고 있는 시합용 흑검을 잘 사용할 수
있다는 것을 크게 자랑하지 않았더라면" 하고 또 한 신학생이 끼여들었
다. "졸업 때 꼴찌였던 대신 일등이 되어 있었을 거야."

"무슨 말을 하는 건가" 하고 아까의 신학생이 대답했다.

"자네는 검술을 무용지물로 알고 있는, 이 세상에서도 도무지 그릇된
의견을 펀드는 것이로군."

"내게는 의견이 아니라 확실한 진리야" 하고 꼬르추엘로(신학생
의 이름)가 대
꾸했다. "만일 자네가 그것을 실제로 증명해달라고 한다면, 칼은 자네가
들고 있으니 마침 잘됐다. 나도 솜씨가 있고 힘도 세다. 게다가 그다지
약하지도 않은 기력까지 갖고 있으니 내가 틀리지 않다는 것을 인정시켜
주마. 자, 당나귀에서 내려, 그리고 자네 두 다리의 컴퍼스와 자네의 원
(員)과 각과 법칙(모두 겸
술용어)을 이용하게. 나는 초심자답게 극히 자연스러운
기법으로 자네에게 대낮의 별을 보여줄 테니까. 하느님 다음으로 나의
이 비전문가적 기법에 나로 하여금 등을 돌리게 하는 자는 아직 태어나
지 않았을 뿐더러 내게 찍혀 쓰러지지 않는 자는 이 세상에 한 사람도
없다는 기대를 걸고 있단 말이야."

"등을 돌리고 안 돌리고는 내가 알 바 아니야" 하고 검술가가 대답했
다. "하기야. 자네가 처음 밟은 자리에 자네 무덤이 파일지도 모르지.
이 뜻은 그자리에서 자네가 얕잡아본 기술에 죽어버릴지도 모른다는 거

야."

"곧 알게 되겠지!" 하고 꼬르추엘로가 받았다. 그리고 부랴부랴 당나귀에서 내리더니 학생은 당나귀에 매어놓은 칼 한자루 난폭하게 뽑아들었다.

"그래서는 안돼" 하고 이 순간 돈 끼호떼가 소리쳤다. "내가 이 시합의 입회인이 되어 여태까지|여러 번 행해졌으나 아직 결정을 짓지 못한 문제의 심판이 되어드리리다."

그리고 로시난떼에서 내리더니 창을 움켜쥐고 길 한가운데로 나가 우뚝 섰다. 그때 검술가는 늠름한 태도와 걸음걸이로 꼬르추엘로를 향해 진격했다. 상대편도 흔히 세상에서 말하듯 눈에서 불꽃을 튀기면서 검술가에게 덤벼들었다. 함께 온 두 농부는 당나귀에서 내리지도 않고 이 목숨을 건 비극의 구경꾼 역할을 하고 있었다.

꼬르추엘로가 시도한 쳐들어가기, 내지르기, 내려치기, 옆으로 베기, 두 손으로 내지르기 등의 기법은 따라 셀 수가 없을 정도로 번개같이 빨랐다. 마치 사납게 성난 사자처럼 덤벼들었으나 검술가의 칼끝에 댄 가죽을 입 한가운데에 정통으로 받아 사납게 설치던 기세가 꼼짝도 못하게 제압당하고 칼끝 가죽에 마치 성자의 유물인 양 입을 맞추었다. 하기야 성자의 유물에 입맞출 때 뺄 수 없는, 또 그것이 보통으로 되어 있는 그 경건함은 물론 나타내지 않았지만, 끝으로 검술가는 상대가 입고 있는 법의의 단추를 칼끝으로 찌르면서 하나하나 세더니 옷자락을 갈기갈기 찢어 문어 다리처럼 만들어버렸다. 이어 그의 모자를 두 번이나 굴려서 떨어뜨리고 녹초로 만들어버렸으므로, 그는 자포자기와 분노와 울화에 못 이겨 칼 손잡이를 꽉 쥐더니 있는 힘을 다해 허공에 집어던졌다. 그러나 구경하고 있던 농부의 한 사람이——그는 마을의 공증인이었다——칼을 주우러 가서, 나중에 그가 4분의 3레구아나 칼을 멀리 던졌다는 증언을 했다. 이 증언은 힘이 기술에 이기지 못한다는 것을 아무런 에누리도 없은 진실로써 알리고 인정시키는 데 도움이 되었다.

꼬르추엘로가 지칠 대로 지쳐서 주저앉아버리자 산초가 다가가서 말했다.

"나는 진정으로 말하지만, 학사 양반, 당신은 내 충고를 듣고 앞으로는 무슨 일이 있더라도 검술 시합을 누구와도 하지 않는 게 좋겠소. 그보다 힘을 겨룬다든지 막대기를 던진다든지 하는 경기를 하시오. 당신의 나이나 힘으로 보아 그게 꼭 알맞을 테니까. '검술가'라고 호칭되는 사람들에 관해서 들어보면, 칼끝을 바늘 귀에 넣는다는 말도 있습니다."

"그럼, 나는 만족하지요" 하고 꼬르추엘로가 대답했다. "말하자면, 목마 같은 당나귀에서 굴러떨어졌다는 것과 아예 생각지도 않던 진실을 경험이 내게 가르쳐준 데 대해서 말이오."

그리고 일어나더니 검술가를 두 팔로 껴안았다. 이리하여 두 사람은 여태까지보다 더한층 친밀한 친구가 되었는데, 칼을 주우러 달려간 공증인이 꽤 시간이 걸릴 듯하여 기다릴 생각을 하지 않고, 끼떼리아의 마을에 일찍 닿으려고──그들은 모두 그 마을 출신이었다──여행을 계속하기로 했다.

그래서 마을까지의 나머지 여정에서 검술가는 사람들에게 실증적(實證的)인 이론이며 수학적인 말투 그리고 많은 증명을 동원해서 검도가 얼마나 훌륭한 것인가를 설명해주었다. 덕분에 사람들은 이 기술의 고마움을 이해하고 꼬르추엘로는 그의 완고한 생각에서 빠져나올 수 있었다.

밤이 되어 있었다. 그러나 마을에 도착하기 전에 마을 앞 하늘이 수없이 많은 별로 반짝이고 있는 것이 보였다. 그리고 피리, 작은 북, 살떼리오(옛날의 현악기), 알보게(풀잎 피리), 탬버린, 소나하(탬버린의 일종) 등의 여러 가지 악기가 뒤섞여 부드러운 음악이 들려오고 있었다. 이윽고 가까이 갔을 때 마을 입구에 인공으로 나뭇가지를 엮어놓은 나무마다 불이 가득 켜져 있는 것이 보였는데, 불이 바람의 방해를 받지 않고 있었던 것은 그때 바람이 불지 않았다기보다 너무나 고요하고 나무 잎새를 움직일 만한 힘을 가진 바람조차 없었기 때문이다. 주악을 하고 있는 것은 혼례의 축하객들이었다. 그들은 여럿이 짝을 지어서 그 유쾌한 장소를 돌아다니면서 어떤 사람들은 춤추고, 어떤 사람들은 노래 부르고 어떤 사람들은 앞에서 말한 것처럼 잡다한 악기를 켜고 있었다. 정말 온 목초지에 환희가 흐르고 만족이 출렁대는 듯이 여겨졌다. 그 밖에 많은 사람들이 좌석을 만드는 데 열심이었는데 그것은 다음날 부자 까마초의 혼례와 바실리오의 장례식을 엄숙하게 행하기 위한, 또한 이 장소에서 열리게 되어 있는 연주와 무용을 천천히 편안히 구경하게 할 자리였다.

그런데, 농부와 신학생들이 열심히 권했으나 돈 끼호떼는 마을에 들어가려 하지 않았다. 설혹 황금의 지붕 밑이라 하더라도 사람의 마을이 아닌 들판이나 숲에서 자는 것이 편력 기사의 습성이라는 그의 생각으로는 그 이상 더 부족되지 않는 구실로 사양하는 것이었다. 그래서 길에서 조금 떨어져 갔는데 돈 디에고의 성, 성이라기보다 집에서 맛본 기분 좋은 숙박의 기억이 되살아나 산초의 기분은 몹시 언짢아지고 말았다.

제 20 장

여기서는 부자 까마초의 혼례와 더불어 가난한 바실리오에게 일어난 일이 다루어진다.

새하얀 '새벽'이 그 황금의 머리카락에서 굴러떨어지는 진주를 빛나는 '태양신'의 타는 듯 따가운 광선에 말라가는 대로 내맡겨두는가 했더니, 돈 끼호떼는 몸의 나른함을 뿌리치고 종자 산초를 불렀다. 그러나 그는 아직도 한창 코를 골고 있었다. 그것을 보고 돈 끼호떼는 그를 깨우기 전에 뇌까리기 시작했다.

"오오, 그대 대지의 표면에 살아 있는 모든 것 가운데서 가장 복된 사나이여, 그대는 남을 부러워하지 않고 남 또한 그대를 부러워하지 않으며 편안한 마음으로 잠자고 마법사의 박해도 받지 않으며 마법에 겁낼 것도 없는 그대여! 다시 한 번 말하지만, 아니 백 번이라도 말하지만, 그대는 그리운 공주에 대한 질투로 밤마다 잠을 이루지 못하고 괴로워하는 일도 없고, 빌린 돈을 갚는다든지, 그대와 그대의 자질구레한 근심을 걱정하는 가족이 내일의 양식을 얻으려면 무엇을 해야 하나 하는 수심에 눈까풀이 감겨지지 않는 일도 없이 그대는 잠자는구나. 야인도 그대의 마음을 교란하지 않고, 세상의 헛된 영화 또한 그대를 괴롭히지 않으니, 그것은 그대의 욕망의 한계가 그대의 당나귀에 건초를 주는 것보다 위로 올라가지 않기 때문이다. 그대 스스로의 양식은 자연과 습관이 주인들에게 지우는 부담으로써 내 어깨에 얹혀 있기 때문이지. 하인은 잠자고, 주인은 하인을 어떻게 잘 먹이고 더 잘 살게 하며 하인에게 은혜를 베풀까 고민하며 잠도 이루지 못한다. 하늘이 적당한 비와 이슬로 땅을 적시지 않고 천둥의 무자비를 나타내는 것을 보았을 때의 괴로움도 하인을 슬프게 만들지는 않았으며, 주인이 근심에 잠기는 것은 풍요한 수확 때 봉사해준 하인을 흉작과 기근 때 부양하지 않으면 안되기 때문이다."

이런 술회에 대해서 산초가 아무 대답도 하지 않은 것은 잠들어 있었기 때문인데, 만일 돈 끼호떼가 창자루 끝으로 그의 눈을 뜨게 하지 않았더라면 그는 쉽게 깨어나지 못했을 것이었다. 산초는 눈을 뜨고 아직도 졸린 듯 나른한 모습으로 사방을 두리번거리더니 말했다.

"저 나뭇가지로 지붕을 엮은 쪽에서, 제가 잘못 생각한 게 아니라면, 황수선이나 사향초와는 다른 돼지 굽는 냄새가 풍겨옵니다요. 이런 냄새로 시작하는 혼례라면 맹세해도 좋지만, 맛있는 음식이 얼마든지 있을 것이고 인심도 좋을 것 같습니다요."

"그만두어라, 이 걸신들린 녀석아" 하고 돈 끼호떼가 말했다. "자, 가자, 그 혼례를 보러. 그리고 그 퇴짜맞은 바실리오가 무슨 짓을 하는가 보기로 하자."

"하고 싶은 대로 실컷 무슨 짓이나 하라지요. 뭐" 하고 산초가 대답했다. "그 녀석도 가난하지만 않았던들 끼떼리아와 부부가 되었을 텐데. 그런데 무일푼 주제에 구름을 잡으려 한 것밖에 더 됩니까요? 나리, 정말이지 가난뱅이는 눈에 띄는 것으로 만족해야 하고, 바다 밑에서 돼지감자를 찾는 그런 짓을 해선 안된다는 게 제 생각입니다요. 저는 팔 하나쯤 걸어도 좋습니다요만, 까마초는 바실리오를 돈으로 적당히 구워삶을 것이 틀림없습니다요. 만일 그렇다면, 그것이 당연한 일이지만, 게다가 끼떼리아가 바실리오의 막대 던지기나 칼을 쓰는 재주 쪽을 택하기위해서 까마초가 준 것이 틀림없는, 또 줄 수 있는 훌륭한 의상이며 보석 따월 내동댕이친다면 이만저만한 바보 아가씨가 아닙니다요. 아무리막대를 잘 던지고, 아무리 칼을 시원하게 잘 쓴다고 해도 선술집에서 1꾸아르띠요(반 리터에 해당한다)의 포도주도 얻어 마시지 못하는 게 사실이 아닙니까요. 그런 교묘한 기술이나 잘생긴 인물이라는 것은 설혹 디를로스 백작(샤를마뉴 대제의 열두 용사 중 한 사람)이 갖고 있다고 하더라도 아무도 사지 않습니다요. 하지만 그런 교묘한 기술을 돈을 쥐고 있는 사람이 가진다면 그야말로 우리도 갖고 싶을 만큼 근사하긴 할 것입니다요. 튼튼한 토대가 있어야 비로서 훌륭한 건물이 서는 이치인데, 이 세상에서 제일가는 토대, 제일가는 토대를 놓는 골자는 돈입니다요."

"하느님 자신을 두고 부탁한다만" 하고 이때 돈 끼호떼가 말했다. "그대의 그 장광설을 이제 대강대강하고 끝마쳐다오. 그대가 사사건건이 시작하는 장광설을 잠자코 내버려둔다면 그대에게는 밥먹을 시간도 잠잘 시간도 남지 않게 돼버리고 말겠구나.”

“나리의 기억력이 좋으시다면” 하고 산초가 대답했다. “이번에 저희들이 집을 나오기 전에 서로 약조한 조항을 기억하고 계실 줄 알고 있습니다요. 그 중의 하나는, 누가 남을 해치거나 나리의 체면에 먹칠을 하지 않으면, 어떤 말이건 제 맘내키는 대로 지껄이게 내버려두신다는 것이었습니다요. 여태까지 저는 이 조항을 어긴 적이 없다고 생각하고 있습니다요.”

“나는 그런 조항을 기억하고 있지 않다, 산초” 하고 돈 끼호떼가 대꾸했다. “설혹 그렇다고 하더라도, 잠자코 나를 따라오너라. 간밤에 우리가 들은 악기 소리가 다시 골짜기마다 흥겹게 울려퍼지고 있지 않느냐, 아마 혼례의 의식을 대낮의 더위를 피해서 아침 나절의 시원할 때 올릴 모양이로구나.”

산초는 주인의 분부대로 로시난떼에는 안장을, 잿빛 당나귀에는 짐안장을 얹고, 두 사람은 그 위에 올라앉아 느릿한 걸음으로 나무를 엮어 만든 지붕 아래로 들어섰다.

제일 먼저 산초의 눈에 띈 것을 느릅나무 가지를 하나 고스란히 꼬챙이로 사용해서 송아지를 통째로 굽는 광경이었다. 그것을 굽기 위해 사용하는 불은 산더미처럼 타는 장작이었다. 장작불 주위에 놓여 있는 여섯 개의 큼직한 가마솥은 보통 가마솥 모양으로 만들어진 것이 아니었다. 그것은 중간 크기로 된 여섯 개의 흙으로 구운 큰 솥이었으며 그 하나하나는 도살장의 고기가 깡그리 들어갈 만한 크기였으므로 그 안에 몇 마리인가의 양이 통째로 삶아지고 있었는데 마치 비둘기 새끼가 통째로 삶아지고 있는 것으로밖에 보이지 않았다. 나중에 가마솥에 던져넣으려고 나무에 매달아놓은 껍질을 벗긴 토끼와 털을 뽑은 암탉은 수를 헤아릴 수도 없을 만큼 많았으며, 그 밖에 야생의 새와 갖가지 짐승도 수없이 나뭇가지에 매달려 바람에 식고 있었다. 1아르로바는 들어가고도 남을 가죽 부대를 60개 이상이나 산초는 세었는데, 나중에 안 일이지만 모두 훌륭한 포도주가 가득가득 들어 있었다. 그리고 탈곡장에서 흔히 보는 산더미로 쌓인 밀처럼 새하얀 빵 무더기가 몇 개나 있었다. 서로 엇갈리게 쌓아올린 벽돌처럼 치즈가 벽을 이루었고, 염색 가게의 가마솥보다 큰 기름냄비 두 개가 반죽한 밀가루의 과자류를 튀기는 데 사용되고 있었으며, 튀긴 후에는 큼직한 두 개의 삽으로 떠서 바로 옆에 벌꿀을

채워놓은 또 하나의 냄비 속으로 던져넣곤 했다. 남녀가 뒤섞인 요리사
가 50명은 넘었으며, 모두 깨끗해 보이고 활발히 움직이고 즐거워 보였
다. 송아지의 큼직한 뱃속에는 열두 마리의 말랑말랑한 돼지새끼를 채워
서 위쪽을 꿰매놓았는데, 이것은 쇠고기에다 맛을 더 내고 연하게 하기
위해서였다. 가지각색의 향료가 있는데 그것은 근(斤)으로 산 것이 아니
라 아르로바로 산 것으로 보였으며 큼직한 궤짝에 가득 들어 있었다. 요
컨대 혼례의 준비는 시골식이었지만 그러나 일개 부대라도 먹일 만큼 풍
성했다.

이런 모든 것들을 산초 빤사는 남김없이 보고 남김없이 살피고 그리고
무척 흡족해했다. 먼저 그의 욕망을 사로잡아 속절없이 항복시켜버린 것
은 큼직한 가마솥에 삶고 있는 잡동사니 요리였다. 하다못해 중간치 크
기의 냄비로 한 냄비만 얻을 수 있다면 얼마나 기쁠까. 그리고 가죽 부
대의 술이 그의 기분을 몽롱하게 만들었다. 마지막으로 그를 매료시킨
것은 그 불룩한 그릇을 프라이 팬이라고 불러도 상관없다면, 그 프라이
팬으로 튀긴 음식이었다. 그는 도저히 참지 못하고, 또 그의 손이 지금
다른 일을 한다는 것은 아예 바랄 수 없는 일이므로 열심히 일하고 있는
한 요리사 앞으로 다가가 정중히 참으로 시장한 듯한 말투로, 빵조각을
잠깐 큰 가마솥에 적셨다가 꺼내줄 수 없느냐고 부탁했다. 그 말을 듣자
요리사가 대답했다.

"이봐, 친구, 오늘은 말이야 돈 많은 까마초 덕분에 쫄쫄 굶은 배가
큰소리치는 날과는 다르단 말이야. 당나귀에서 내려 그 근처 어디 큼직
한 국자가 없는가 찾아보게나. 그래 가지구 거품이라도 뜨듯 통닭을 두
어 마리 떠서 뜯어먹게나."

"도무지 어디 있는지 보이지 않는데요" 하고 산초가 대답했다.

"잠깐 기다려" 하고 요리사가 말했다. "놀랐어! 당신같이 수줍어서야
어디, 정말 머리가 안 도는군!"

이렇게 말하고 손잡이가 달린 냄비를 집어 가마솥에 푹 담그더니 닭
세 마리와 거위 두 마리를 건져 산초에게 내밀었다.

"자, 먹게나, 이따 식사를 할 때까지 이런 걸로 우선 아침 요기나 하
게."

산초가 이러고 있을 때 한편 돈 끼호떼는 나뭇가지로 엮은 지붕 한쪽
에서 열두 사람의 농부가 훌륭한 열두 마리의 암말을 타고 들어오는 것

을 바라보고 있었다. 그 말들은 모두 훌륭했고 보기에도 화려한 야외용 마구를 달았으며, 가슴패기에는 많은 방울이 매달려 있고 타고 있는 사람들도 화려하게 경사스러운 날다운 치장들을 하고 있었다. 그들은 정연히 줄을 지어 목초지를 몇 바퀴나 달려 돌아가면서 기쁨의 환성을 질렀다.

"까마초와 끼떼리아 만세! 신랑님은 신부님의 아름다움에 못지않은 부자, 신부님은 세상에 둘도 없는 미인이시다!"

이 말을 듣고 돈 끼호떼는 혼자 중얼거렸다.

"허, 저자들은 아직 우리 둘씨네아 델 또보소를 본 적이 없는 모양이구나. 만일 보았다면 끼떼리아를 찬양하더라도 조금은 점잖게 했을 텐데."

그리고 잠시 후 나뭇가지 지붕의 장내 여기저기에서 각종 무용단이 입장하기 시작했다. 그 중의 한 단체는 늠름한 모습의 스물네 명이나 되는 억센 젊은이들로 구성된 칼춤을 추는 사람들이었으며, 똑같이 엷은 천의 새하얀 삼베로 지은 옷들을 입고 가지각색 수를 놓은 얇은 비단 두건들을 쓰고 있었다. 이 일행을 통솔하고 있는 것은 동작이 민첩한 청년이었다. 그를 향해서 아까 그 암말을 타고 들어온 사람 가운데 하나가 무용수들 중에 다친 사람은 없느냐고 물었다.

"아직까지는 고맙게도 다친 사람은 없습니다. 모두 신이 나 있지요."

그리고 곧 다른 동료들과 함께 마구 뒤섞여 칼춤을 추기 시작하더니 몇 번이나 빙빙 돌면서 훌륭한 묘기를 보여주었다. 이런 무용을 여러 번 보아온 돈 끼호떼도 이토록 훌륭한 솜씨는 처음 보았다고 혀를 내둘렀다.

또한 훌륭하다고 생각된 것은 그때 입장해 들어온 모두가 놀랍도록 아름다운 처녀들의 단체였는데, 모두 열네 살에서부터 열여덟 살 사이의 소녀들뿐이었으며, 모두 녹색 빨미야(일종의 비로드. 16,7세기 무렵 농촌 부인들이 나들이 옷으로 잘 입었다)의 옷을 입었고, 반은 머리를 세 가닥으로 땋았으며 나머지 반은 머리를 탐스럽게 내려뜨리고 있었다. 그것은 햇빛과 요염함을 겨루는 굉장한 금발이었으며 그 금발 위에다 재스민, 장미, 맨드라미, 인동덩굴 같은 것으로 만든 꽃관을 쓰고 있었다. 이 일행을 지휘하고 있는 분은 훌륭한 노인과 기품이 있는 노파였는데, 나이에 비해 동작이 퍽 경쾌하고 자유로웠다. 그들의 반주는 한 자루의 사모라 풍적(風笛)이 맡고 있었으며 소녀들의 얼굴과 눈에는 순결함을, 다리에는 경묘함을 보이면서 세상의 훌륭한 무희들이라는 것을 잘 보여주고 있었다.

이 일행에 이어 '사설(辭說) 춤'이라 부르는 매우 멋을 부린 무용단이 나타났다. 그것은 여덟 명의 요정(妖精)으로 구성되어 두 줄로 나누어져 있었는데, 한쪽 줄의 선도자는 사랑의 신 큐피드였고, 나머지 줄의 선도자는 이익(利益)의 신이었다. 전자는 날개, 활, 화살통, 화살을 지니고 있었고, 후자는 금과 비단의 색채도 풍부하고 화려한 의상을 걸치고 있었다. '사랑의 신'을 뒤따르고 있는 요정들은 저마다 흰 양피지에 큼직한 글씨로 쓴 자기들의 이름을 등에 달고 있었다. 첫째 요정의 이름은 '시(詩)', 두번째는 '사려', 세번째는 '명문(名門)', 네번째는 '용기'였다. 이와 마찬가지로 '이익'의 신을 따르고 있는 요정들도 이름들을 달고 있었다.

첫번째 이름이 '관용', 두번째는 '선물', 세번째가 '재보(財寶)' 그리고 네번째의 이름은 '온화한 점유(占有)'라는 것이었다. 그들의 선두에는 나무로 만든 성(城)을 네 사람의 야만인이 끌고 왔는데, 그들은 모두 덩굴과 녹색으로 물들인 삼베옷을 입고 있었다. 그것이 정말 야만인처럼 보였으므로 하마터면 산초는 겁을 집어먹을 뻔했다. 성의 정면과 네모난 그 밖의 각 면에 '조심스러운 성'이라 씌어 있었다. 이 일단의 반주는 작은 북과 플루트의 네 명수였다. '사랑의 신'이 춤을 추기 시작하여 두 절을 다 추고 나더니, 성 흉벽의 톱날 같은 오목한 틈새에 자리잡고 있던 처녀를 겨누어 활에 화살을 재고 시위를 힘껏 잡아당기면서 처녀를 향해 말을 건넸다.

나는 공중과 땅 위에서
파도 사나운 바다에서
혹은 나락의 바닥에서
혹은 무서운 지옥에서
힘을 자랑하는 신이로다.
공포라는 것 나는 모르고,
불가능하다는 것도
뜻대로 나는 할 수 있으며,
할 수 있는 모든 것에
명령하고, 빼앗고, 주고는 빼앗노라.

이 노래를 마치더니 성 꼭대기를 향해 화살을 날리고는 제자리로 돌아갔다. 그러자 이어 '이익의 신'이 앞으로 나와 역시 두 절의 춤을 추고는 작은 북소리가 가라앉자 다음과 같이 노래불렀다.

　　나는 '사랑'보다 강한 것
　　'사랑'이 나를 인도하지만,
　　지상에 하늘이 만들어놓은
　　널리 이름나고 아주 드높은
　　비할 데 없는 혈통 자랑하노라.

　　나는 '이익' 나로 인해서
　　좋은 일 하는 자 드물고
　　나 없이 한다는 건 위험하리라.
　　있는 그대로의 나 영원히
　　그대를 섬기리라, 신께 맹세코.

'이익'이 물러가고 '시'가 앞으로 나왔다. 그녀도 앞서의 두 사람과 마찬가지로 두 절을 춤춘 다음 성의 그녀를 쳐다보면서 노래불렀다.

　　높고 슬기롭고 자애로우며
　　더없이 정다운 생각 깃들여
　　더없이 정다운 '시'인 이몸을,
　　무수한 소네트에 나의 영혼을
　　감싸서 그대에게 바치노라.

　　나의 말을 성가시게
　　생각지 않으시고 사람들에게
　　시샘을 받으신 그대이지만
　　그대를 나는 찬양하리라.
　　하늘에 높이 뜬 저 달처럼.

'시'가 그자리를 물러나자 '이익' 측에서 '관용'이 나와 춤을 춘 다음 이와 같이 노래했다.

줄 때는 낭비가 되지 않고,
우유부단을 말해주는
쩨쩨하고 인색한 마음도
안 먹은 채 남에게 주는 것을
'관용'이라 남은 부른다.

그러나 오늘부터 그대 위해
낭비하는 사람 나는 되리라.
나쁜 일인 줄 알면서도
주어서 내 마음 알리려고
사랑이 저지르는 가벼운 범죄.

이런 식으로 양쪽에서 차례로 앞으로 나왔다가 다시 물러가곤 했다. 그리고 저마다 자기의 춤을 추고 자기의 시를 노래불렀는데, 어떤 자는 고상하고 어떤 자는 우스꽝스러웠다. 돈 끼호떼는 기억력이 좋은 사나이였지만, 앞에 든 시구밖에 기억할 수가 없었다. 그리고 모든 요정들은 함께 뒤섞여서 아주 정숙한 자태와 자유 분방한 움직임으로 서로 짝을 지었다가는 떨어지곤 했다. '사랑'의 신은 성 앞을 지날 때마다 화살을 높이 쏘아올렸으며, '이익'은 금빛으로 칠한 토기 저금통을 성에 집어던져 부숴버렸다.

결국 오랫동안 춤을 춘 끝에 '이익'이, 얼른 보기에 돈이 가득 들어 있는 듯한 찻빛과 검은 색의 줄무늬가 든 큼직한 고양이 가죽으로 만든 지갑을 꺼내어 성문을 향해 내던지자, 짜맞추어놓았던 판자가 허물어져 내리고 안에 있던 처녀는 이제 가릴 것도 없이 모습을 나타내었다. 그러자 '이익'은 자기가 거느리는 무용수들과 함께 처녀 앞으로 가서 커다란 금사슬을 처녀의 목에 걸고 붙잡아 항복시키고 사로잡는 시늉을 했다. 이것을 본 '사랑의 신'과 그 동료들은 금사슬을 처녀의 몸에서 벗겨주는 시늉을 했는데, 이 모든 동작은 조그마한 북소리에 맞추어 참으로 일사불란한 무용으로 표현되었다. 야만인들이 두 패 사이에 중재를 서서 부랴부랴 성의 판자를 다시 짜맞추어 본래대로 해놓았다. 그러자 처녀는 다시 성 안으로 들어가고, 동시에 구경하는 사람들의 요란한 박수 갈채 속에 춤도 막을 내렸다.

돈 끼호떼는 요정의 한 사람에게, 이 무용은 누가 지었으며 누가 안무를 했느냐고 물었다. 그러자 이 마을에 있는 한 수도사의 솜씨인데 이런 착상에는 놀라운 재능을 가진 사람이라는 대답이었다.

"나는 맹세코 말하지만" 하고 돈 끼호떼가 말했다. "학사인지 수도사인지 모르지만 그 사람은 바실리오보다 까마초의 친구일 것이오. 뿐만 아니라, 수도사라기보다 풍자가의 재질을 가진 사람이 틀림없소, 그 무용 속에 바실리오의 재능과 까마초의 부를 아주 슬기롭게 삽입해놓았거든."

이 말을 듣고 있던 산초가 말했다.

"임금님이 내 수탉입죠(투계(鬪鷄) 용어에서 온 것인데, 두 사람이 싸울 때 자기 편을 보고 이렇게 말했다). 전 까마초 편입니다요."

"요컨대" 하고 돈 끼호떼가 말했다. "잘 알겠다, 산초, 그대는 시골뜨기다. 말하자면 '승리한 자 만세!' 하는 인간 중의 하나란 말이다."

"제가 어떤 인간 중의 하나인지는 모르겠지만 말씀입니다요" 하고 산초가 대꾸했다. "무슨 일이 있더라도 제가 까마초의 가마솥에서 건진 이 굉장한 거품을 바실리오의 솥에선 건질 수 없다는 건 알고 있습니다요."

그리고 거위와 암탉으로 가득 찬 냄비를 보여주고 그 가운데 한 마리를 집어내더니 어처구니없는 애교와 식욕을 보이면서 뜯어먹기 시작했다. 그러고는 다시 지껄여댔다.

"바실리오의 재주 따위가 한푼어치의 값어치나 있는 줄 아십니까! 사람의 값어치는 그 사람의 주머니에 달려 있습니다요. 주머니가 두둑하면 그만큼 값이 나갑니다요! 우리집 마누라쟁이가 늘 말하듯이 세상엔 가문이 둘밖에 없습니다요. 가진 가문과 안 가진 가문 말입니다요. 하기야 마누라쟁이는 가진 쪽 편이었읍죠. 요즘 세상엔 말씀입니다요, 돈 끼호떼 님, 많이 아는 것보다 많이 가진 것을 소중히 합니다요. 번쩍번쩍하게 치장한 당나귀 쪽이 짐 안장을 얹은 말보다 더 돋보입죠. 그래서 전 까마초 편이라고 되풀이해서 말씀드리는 것입니다요. 이쪽 가마솥은 거위와 암탉, 산토끼와 집토끼의 거품이 넘치고 있습니다요. 그런데 바실리오의 가마솥이 만일 손에 들어온다면, 발에 들어와선 곤란하지만, 글쎄요, 물을 탄 싸구려 술이라도 들어 있을까요."

"그대의 장광설은 이제 끝났느냐, 산초?" 하고 돈 끼호떼가 물었다.

"끝마친 것으로 해두겠습니다요" 하고 산초가 대답했다. "나리께서 진

절머리를 내고 계시는 걸 알 수 있으니까 말씀입니다요. 만일 이렇게 중간에서 방해를 받지만 않는다면 사흘치는 충분히 마련되어 있습니다요."

"지긋지긋하구나, 산초" 하고 돈 끼호떼는 말한다. "나는 그대가 잠자코 있는 것을 죽기 전에 한 번이라도 보고 싶구나."

"이런 식으로 나간다면" 하고 산초가 대꾸한다. "나리가 돌아가시기 전에 저는 무덤 속에서 흙을 씹고 있을 것입니다요. 그렇게 되면 이 세상이 끝날 때까지, 아니 하다못해 최후의 심판날까지 한 마디도 지껄이지 않고 아마 저도 입을 꼭 다물고 있을 것입니다요."

"설혹 그런 사태에 이르더라도, 산초여!" 하고 돈 끼호떼가 받았다. "그대의 침묵은 그대가 여태까지 지껄였고 지금도 지껄이고 있으며 앞으로도 목숨이 붙어 있는 한 계속해서 지껄여댈 것에는 도저히 비기지 못할 게다. 그리고 내가 죽는 날이 그대가 죽는 날보다 먼저 온다는 것은 뭐니뭐니해도 역시 당연한 이치거든. 나는 그대가 입을 다무는 것을 보리라곤 생각한 적도 없다. 설혹 그대가 마시고 있을 때라도 잠을 자고 있을 때라도 과장해서 이렇게 말해도 괜찮을 정도지."

"정말이지, 나리" 하고 산초가 대답했다. "그 해골, 다시 말해서 죽음의 귀신처럼 못 믿을 것도 없습니다요. 어미 양도 새끼 양도 마찬가지로 잡아먹어버리니까 말씀입니다. 마을 신부님한테 들은 얘긴데 말입니다요, 죽음의 귀신은 임금님이 사시는 높은 탑도, 거렁뱅이가 사는 초라한 오두막도 마찬가지 걸음걸이로 밟는다고 합니다. 그놈의 여편네는 귀엽다고 하기보다 아무튼 힘이 대단합니다요. 무엇이나 다 먹으면서 메스꺼워하지도 않습니다요. 뭐든 다 먹고, 무엇이나 다 하고, 나이의 차이도, 신분의 상하도 상관없이 별의별 인간으로 자기 보따리를 가득 채웁니다요. 낮잠을 자는 풀 베는 일꾼과는 다릅니다요. 밤낮 움직이고 있으니 마른 풀도 베고 갓 싹튼 풀도 벱니다. 자기 앞에 나타난 것은 무엇이건 씹지도 않고 통째로 삼켜버립니다요. 그 까닭은 늘 쫄쫄 배가 고파 있고 그러면서도 언제 한 번 이젠 됐다 할 만큼 먹어본 일이 없기 때문입니다요. 배도 없으면서 마치 냉수라도 한 주전자 들이켜듯 그저 살아 있는 것의 생명만을 들이켜기 때문에 퉁퉁하게 물살이 찌고 그러면서도 언제나 목이 말라 못 견뎌하는 모양입니다요."

"이제 그만해라, 산초" 하고 여기서 돈 끼호떼가 막았다. "그 정도에서 걸음을 멈추는 게 좋겠다. 헛딛지 말고 말이다. 사실을 말하면, 그대

가 그 흙냄새 나는 말투로 죽음에 대해서 한 말은 내노라, 하는 설교가
나 지껄임직한 말이다. 감히 말한다만, 산초, 만일 그대가 타고난 호인
답게 머리가 잘 움직이는 사나이였더라면 설교사 직을 얻어 여기저기 꽤
훌륭한 설교를 하러 돌아다닐 수 있었을 걸 그랬구나."

"잘사는 자가 좋은 설교를 한다죠" 하고 산초가 대답한다. "하지만 전
신학인가 뭔가 하는 건 모릅니다요."

"그런건 알 필요도 없다" 하고 돈 끼호떼는 말한다. "그러나, 아무래
도 납득이 안 가고 알 수 없는 일은, 지혜의 일보는 첫째 신을 두려워하
는 데 있다고 하는데 신보다 도마뱀을 더 무서워하는 그대가 어째서 그
토록까지 분별이 있는지 모르겠구나."

"나리께서는 말씀입니다요. 그 자랑하시는 기사도나 이것저것 비평하
시란 말씀입니다요" 하고 산초가 대답한다. "남이 겁쟁이라든지 용기가
있다든지 하고 쓸데없는 참견일랑 안하시는 게 좋습니다요. 전 이웃에
사는 어느 아들네와 다름없이 하느님을 두려워하고 있습니다요. 그러니
나리께선 제가 이 거품이나 깨끗이 먹어치우도록 내버려두시기 바랍니
다요. 그 밖의 일은 모두 쓸데없는 잔소리나 다름없는 것이고 어차피 저
승에 가면 해명을 듣자는 말을 듣게 될 것입니다요."

이렇게 말하면서 대단한 기세로 냄비 안에 들은 것에 공격을 가하기
시작했으므로 돈 끼호떼도 저도 모르게 그만 끌려들어가고 말았다. 그래
서 계속하여 말을 하지 않으면 안될 일이 그것으로 중단되고 돈 끼호떼
도 거품 처리에 손을 빌려준 것은 두말할 나위도 없다.

제 21 장

여기서는 까마초의 혼례가 계속되며 아울러 즐거운 여러 가지 일들이 다루
어진다.

돈 끼호떼와 산초가 앞 장(章)에서 기술한 것 같은 말을 주고받는 데
정신이 없을 때 와자한 사람들의 말소리와 소음이 들려왔는데, 그것은
암말을 탄 사람들이 외친 고함 소리와 그들이 일으킨 소음이었다. 그들
은 마구 말을 달려 환성을 지르면서 신부와 신랑을 맞이하러 가는 중이

었다. 신랑 신부는 갖가지 음악 소리로 엮은 온갖 취향 속을 마을 신부와 양가의 친척들, 이웃 마을의 유지를 거느리고 나타났는데, 사람들은 모두 제법 축제일다운 나들이옷들을 입고 있었다. 산초는 신부를 보자 지껄이기 시작했다.

"이건 확실히 농사꾼 딸내미들의 의상이 아니라 아름다운 궁전의 귀부인 차림인데, 굉장하군. 내가 보건대 가슴에 단 장식은 근사한 산호가 틀림없고, 꾸엥까의 녹색 빨미야 천은 날실 30사(絲)의 비로드란 말이지! 헤헤! 저 가장자리 장식은 흰 마조각이구나! 틀림없는 새틴인걸. 그런데 저 손 좀 보게, 흑옥 반지를 끼고 있잖아! 그것도 순금 반지가 아니라면 내 목을 주지! 게다가 한 알 한 알이 눈깔이 튀어나올 만큼 비쌀걸. 마치 우유 방울 같은 진주가 박혀 있네. 젠장, 매춘부의 딸 같으니라구! 참, 저 머리는 어때? 저게 가발이 아니라면 난 이 세상에 태어나서 여태까지 저렇게 길고 저렇게 고운 금발은 본 적이 없어! 아니지, 저 날씬하고 저 맵시 좋은 자색에 잔소리가 있다면 해보라지. 주렁주렁 열매를 달고 간들간들 흔들거리는 대추야자 같잖아. 머리와 목둘레에 달아놓은 장식이 대추야자 송이와 똑같단 말이야! 내 영혼에 맹세코 말하지만, 정말 굉장한 여자야. 플랑드르의 여울(플랑드르 해안의 여울은 건너기 힘든 곳이라, 칭찬할 때 이런 말을 쓴다)도 거뜬히 건너버리겠는걸!"

이 산초의 흙냄새 나는 찬사를 듣고 돈 끼호떼는 그만 웃음을 터뜨리고 말았다. 그러나 그도 그리운 공주 둘씨네아 델 또보소를 제외하고는 이 이상 아름다운 여자는 처음 보는 듯한 기분이 들었다. 그런데 그 아름다운 끼떼리아의 안색이 어쩌면 그렇게 우울해 보였는지. 그러나 그것은 일반적으로 혼례를 하루 앞둔 신부들이란 몸치장하느라 거의 그날 밤을 뜬눈으로 새운다는 예에서 벗어나지 않았기 때문인지도 모른다. 일행은 목초지 한쪽에 마련해놓은 양탄자와 나뭇가지 따위로 장식한 무대 쪽으로 다가갔다. 거기서 혼례식이 거행되고 거기서 춤과 여흥을 구경하게 되어 있는 것이다. 사람들이 막 그자리에 도착하려 할 때였다. 뒤쪽에서 웅성거리는 소리가 들리고 누군가가 외치는 소리가 들렸다.

"잠깐 기다려라, 소견 없고 경솔한 자들아!"

그 목소리와 그 말을 듣고 사람들은 일제히 뒤를 돌아보았는데, 보니 자락에 연지빛 불꽃 모양의 천조각을 두른 검은 웃도리를 입은 사나이가 소리를 지르고 있었다. 그 사나이는 곧 알게 된 일이지만, 상을 당한 표

시로서 측백나무 가지로 엮은 관을 쓰고 손에는 큼지막한 지팡이를 짚고
있었다. 더 가까이 왔을 때 그것이 당당한 바실리오라는 것을 모두 알았
으므로, 이런 자리에 그가 나타나서 무슨 불길한 일이라도 일어나지 않
을까 하는 두려움을 품은 채, 아까 그가 한 말이 어떤 결과를 가져올까
궁금해하면서 모두 입을 다물고 그자리에 서 있었다. 이윽고 그는 피로
한 모습으로 숨을 헐떡이며 다가와 신랑 신부 앞에 버티고 서더니, 지팡
이를 땅에 푹 꽂았다. 그것은 끝에 뾰족한 강철이 달려 있는 지팡이였
다. 그리고 얼굴빛이 변하면서 끼떼리아를 쏘아보고 떨리는 쉰 목소리로
지껄이기 시작했다.

"무정한 끼떼리아, 그대는 우리의 신성한 맹세에 따라 내가 살아 있는
한 남편을 가질 수 없다는 것을 알고 있겠지? 그리고 세월이 흘러 내
노력이 결실을 맺어 재산이 생길 때까지 그대의 명예를 위해서 그대의
정조를 지켜왔다는 것도 모르지는 않을 테지? 그러나 그대라는 사람은
나의 올바른 희망에 마땅히 갚아야 하는 의무를 등지고, 내게 속해야 할
주인 자리를 다른 남자에게 주려 하고 있는 거야. 그 남자의 재산이 흔
한 행운이 아니라 굉장한 행운을 그자에게 갖다준 셈이다. 그래서 나는
그자가 더더욱 넘칠 만한 행운의 혜택을 받을 수 있도록, 그자에게 그만
한 가치가 있다고 생각해서가 아니라 하늘의 뜻도 행운을 그자에게 주려
하고 있으니, 나는 내 손으로 그자의 행운에 훼방을 놓을지 모를 장애를
제거해줄 참이야. 다시 말해서 나라는 존재를 치워주겠단 말이다. 만세,
돈 많은 까마초여, 망은의 끼떼리아와 오래오래 행복한 세월을 보내려무
나! 그리고 가련한 바실리오는 죽으련다, 영원히. 가난 때문에 행운의
날개를 잘려 무덤 속으로 들어가련다."

이렇게 말하고 나더니 땅에 꽂아놓았던 지팡이를 들었다. 그러자 지팡
이의 반은 아직 그대로 땅에 꽂혀 있고 그의 손에는 기다란 칼이 들려
있었다. 그는 곧 칼자루를 땅에 거꾸로 꽂고 아무런 주저도 없이 태연스
레 그리고 결연한 태도로 그 위에 몸을 눌렀다. 다음 순간 등으로 칼끝
이 튀어나오고 날카로운 칼날이 반 이상 나타났다. 이 가련한 사나이는
자기 칼에 꿰찔려 자기 피를 덮어쓰고 땅바닥에 뒹굴었다.

그러자 바실리오의 친구들이 그의 비참하고 가엾은 최후에 마음 아파
하며 우르르 주위에 몰려들었다. 돈 끼호떼도 역시 로시난떼에서 뛰어내
려 달려가서 그를 두 팔로 안아일으켰다. 아직 숨은 끊어지지 않고 있었

다. 사람들이 칼을 뽑아주려 하자 옆에 있던 사제가 참회를 할 때까지는 칼을 뽑으면 안된다, 왜냐하면 칼을 뽑아버리면 동시에 숨이 끊어질 것이기 때문이라는 것이었다. 바실리오는 얼마간 정신을 차리고 괴로운 듯 힘없는 목소리로 말했다.

"잔인한 끼떼리아, 만일 그대가 이 마지막 순간에 이르러 나에게 아내로서의 손을 내밀 생각이라면, 나의 이 무모한 행위도 해명이 된다는 생각을 가질 수 있을 것 같다. 이 무모함으로 나는 그대의 것이 된다는 행복을 손에 넣는 셈이 되니까."

사제는 이 말을 듣고, 육신의 기쁨에 앞서 영혼의 구제에 마음을 쓰고, 여태까지 저지른 죄와 이번의 자포자기적인 결심의 용서를 진심으로 하느님께 빌라고 타일렀다. 이에 대해 바실리오는 무엇보다도 끼떼리아가 자기 아내라는 표시로 손을 주지 않는다면 절대로 참회는 하지 않겠다고 했다. 그 기쁨으로 말미암아 자기 마음도 고요히 가라앉을 것이고 참회를 할 기력도 솟아날 것이기 때문이라는 것이었다.

돈 끼호떼는 상처입은 젊은이의 이 소원을 듣자, 바실리오는 참으로 올바르고 도리에 맞는, 그리고 쉽게 실행할 수 있는 일을 원하고 있을 뿐만 아니라 까마초 님도 용감한 바실리오의 미망인을 아내로 맞이한다면 그것은 그녀의 아버지에게서 직접 맞이하는 것과 조금도 다름이 없고 면목을 유지하게도 될 것이라고 소리 높여 자기 의견을 말했다.

"일이 여기에 이르렀으니 다만 '예' 한 마디가 있을 뿐이오. 그것은 입으로 말하는 것 이외에 아무런 결과도 수반되지 않을 것이오. 왜냐하면 이 결혼의 침상은 무덤으로 정해져 있기 때문이오."

이런 말을 한 마디도 빠짐없이 듣고 있던 까마초는 그만 정신이 뒤집히고 얼떨떨해져서 대체 어떻게 하면 좋을지, 뭐라고 대답하면 좋을지 모를 지경이 되었다. 그러자 끼떼리아가 아내로서의 손을 그에게 주는 것을 승낙하는 것이 좋겠다, 절망 속에서 이 세상을 떠나감으로써 그의 영혼을 멸망시켜서는 안된다고 이구동성으로 부탁하는 바실리오의 친구들 목소리가 너무나 간절했으므로 그 말에 움직여져, 움직여졌다기보다 거의 강요되다시피하여 만일 끼떼리아가 손을 바실리오에게 주고 싶다면 자기는 반대하지 않겠다, 그래봐야 자기 뜻의 충족을 기껏해야 잠시 동안만 더 지체시키는 데 지나지 않느냐고 말해버렸다.

그러자 사람들은 즉각 끼떼리아 앞으로 몰려가서 어떤 자는 설득하고,

어떤 자는 눈물을 흘리며, 또 어떤 자는 효과적인 이론으로 가련한 바실리오에게 손을 주라고 졸라댔다. 그러나 그녀는 대리석처럼 굳고 조상(彫像)처럼 단단해져서 한 마디의 대답이나 무슨 생각을 할 수도, 할 기분도 나지 않는 듯한 모습이었다. 그래서 만일 이때 사제가, 이런 경우 어떻게 해야 할 것인지를 빨리 결심해야 한다, 바실리오의 영혼은 지금 간신히 그의 이빨에 걸려 있으므로 언제까지나 우유부단하게 마음을 정하지 못하고 있을 여유가 없다고 타이르지 않았던들 도저히 대답을 하지 못했을 것이다.

이윽고 아름다운 끼떼리아는 애처로운 심정과 슬픔에 사로잡힌 모습으로 한 마디 대답도 없이, 이미 흰자위만 남은 눈으로 숨결도 다급하게 입 속에서 끼떼리아의 이름을 중얼거리며 그리스도 교도로서가 아니라 이교도로서 막 숨이 넘어갈 듯한 바실리오 앞으로 다가갔다. 그리하여 그의 옆에 이르러 무릎을 꿇고 말로써가 아니라 몸짓으로 그의 손을 찾았다. 그러자 바실리오는 눈을 뜨고 그녀를 쳐다보며 입을 열었다.

"아아, 끼데리아, 그대의 자비심이 나의 생명을 끊는 칼날 구실밖에 하지 못하는 이제야 간신히 자비심을 가져주는구나. 이제 나는 그대의 것으로 선택해주는 기쁨을 견디어낼 힘도 없거니와 시시각각 내 눈을 덮쳐오는 무서운 죽음의 그림자가 주는 고통을 피할 기력조차 없다! 다만 그대에게 부탁하고 싶은 것은, 가련한 내 숙명의 별이여, 그대가 내게 요구하고 나 또한 그대에게 주고 싶은 손이 단순히 의례적인 것도 아니고, 다시 나를 속이기 위한 것도 아니며 하등 자신의 뜻을 거역하지 않은, 정당한 남편에게 주는 것으로서 내게 주고 내게 허용하는 것이라고 진심으로 고백해주면 좋겠다. 이렇듯 절박한 때 나를 속이거나 그대에게 그토록 진실을 다해온 남자에게 진실을 가장한다는 것은 좋지 않은 일이니까."

이런 말을 하는 동안에도 그는 몇 번이나 까무러쳤다. 그래서 옆에 있던 사람들은 모두 그가 실신할 때마다 그의 영혼이 이제는 떠나는구나, 하고 생각하곤 했다. 마침내 끼떼리아는 참으로 정숙하게, 무척 수줍은 듯 오른손으로 바실리오의 손을 잡으면서 입을 열었다.

"어떤 힘도 제 뜻을 굽힐 수는 없을 거예요. 저는 제가 가진 가장 자유로운 의사로 참된 아내로서 내 손을 내밀고 당신의 손을 잡는 거예요. 그러나 당신 역시 당신의 너무나 경솔한 생각에서 자초하신 이 재난에 마음이 동요되시거나 배반당하시거나 함이 없이 당신의 자유로운 기분으로 손을 주셨을 경우에만 말씀이에요."

"물론이지" 하고 바실리오가 대답했다. "마음이 휘저어지거나 흥분되거나 함이 없이 하늘이 내게 주시려는 뚜렷한 의식으로 그대에게 내미는 거야. 그러니 나는 그대의 남편으로서 내 자유를 그대의 자유에 맡기고 그대에게 줄 참이오."

"저도 당신의 아내로서예요. 당신이 앞으로 오랜 세월 살아 계시건 제 두 팔이 당신을 무덤으로 모시고 가건 마찬가지예요."

"이 젊은이는 매우 큰 상처를 입은 셈치고는" 하고 이때 산초가 끼여들었다. "굉장히 지껄이는군. 이제 설득은 그만하고 영혼 쪽을 마무리짓도록 해야 되겠는걸. 내가 보기에 영혼은 이빨에 걸려 있는 게 아니라 혓바닥에 간신히 머물러 있는 것 같은데."

바실리오와 끼떼리아가 서로 손을 잡고 있으므로 사제는 그만 감격해서 눈물을 글썽거리며 두 사람의 결혼을 축복해주고 신랑의 영혼에 편안한 휴식을 주십사고 하늘을 향해 기도했다. 그러나 신랑은 축복을 받은 순간 눈깜짝할 사이에 벌떡 일어나서 그때까지 자기 몸에 칼집 대신 꽂아놓고 있던 칼을, 여태까지 아무도 본 적이 없는 매우 예사롭고 태연스러운 동작으로 쑥 뽑아들었다. 그자리에 있던 사람들은 모두 그저 침을 꿀꺽 삼킬 뿐이었다. 그러자 그 중에서 이유를 꼬치꼬치 캐기보다는, 단순하게 생각하는 인간들이 저마다 소리치기 시작했다.

"기적이다, 기적이다!"

그러나 바실리오는 대답했다.

"아냐, 아냐, 기적이 아니야. 꾸민 거야, 꾸민 일이란 말이야!"

사제는 영문을 몰라 아연해진 채 다가가서 두 손으로 상처를 살펴보았다. 그리하여 칼은 바실리오의 육체나 늑골을 꿰뚫은 것이 아니고 피가 가득 들어 있는 철관 속에 들어가 있었다는 것을 알았다. 그것은 참으로 교묘하게 장치되어 있어서, 나중에 안 일이지만 혈액이 응고하지 않도록까지 연구가 되어 있었던 것이다. 요컨대 사제도 까마초도 그자리에 있었던 대부분의 사람들과 함께 속절없이 속고 우롱당한 것이었다. 그런데 끼떼리아는 희롱당한 것을 분해하는 기미를 조금도 보이지 않았다. 오히려 사람들이 이 결혼은 가짜니까 효력이 있을 까닭이 없다고 말하는 것을 듣고, 그러면 자기가 다시 확인을 하겠다고까지 말했으므로 사람들은 죄다 두 사람이 서로 기맥(氣脈)을 통해서 이런 계략을 꾸몄다고 추측했다. 까마초와 그에게 마음을 보내는 사람들은 이 사건에서 완전히 체면을 잃고 무력에 호소해서 복수를 하겠다고 일제히 칼을 뽑아 바실리오에게 덤벼들었다. 그러나 바실리오 편을 드는 거의 똑같은 수의 사람들도 순식간에 칼을 뽑아들고 맞섰다. 그때 돈 끼호떼는 말을 탄 채 달려나가 창을 꼬나들고 방패로 몸을 지키면서 양자 사이에 공간을 만들게 했다. 한편 이런 소동을 한 번도 재미있다든지 즐겁다고 생각한 적이 없는 산초는 아까 그 고마운 거품을 건져낸 가마솥 있는 데로 달려가서 몸을 숨겼다. 그자리는 모두가 경의를 표할 것이 틀림없는 신성한 자리라고 생각했기 때문이었다. 돈 끼호떼는 큰 소리로 외쳤다.

"여러분들, 진정하시오, 진정하시오. 애정 때문에 당한 굴욕에 복수하려고 하다니, 언어 도단이오. 사랑과 싸움은 같다는 것을 깨달으시오. 적에 임해서 적을 쓰러뜨리기 위해 책략을 사용하고 작전을 짠다는 것이 정당하고 있을 수 있는 일인 것처럼, 복잡한 연애에 있어서 바라는 목적을 달성하기 위해, 다만 사랑하는 자를 해치고 체면을 더럽히지 않는 한 어떤 계략이고 여하한 기만이고 아무런 상관도 없는 것으로 인정되어 있는 것이오. 하늘의 뜻이 올바르고 고마운 배려에 의해 끼떼리아는 바실리오의 것, 바실리오는 끼떼리아의 것이었던 것이오. 까마초는 물론 부자니 언제라도 어디서나 바라는 대로 자기의 기쁨을 살 수 있을 것이오. 바실리오에게는 단 한 마리 이 양이 있을 뿐, 아무리 힘을 자랑하더라도 이것을 그 사람에게서 빼앗을 수는 없는 일이오. 신이 짝맞추어주신 두 사람을 인간이 떼어놓을 수는 없는 것이기 때문이오. 그것을 만일 기도하는 자가 있다면, 그보다 먼저 이 창끝에 꿰뚫리지 않을 수 없을 줄 아시오."

이렇게 말하고 나서 힘껏 보기좋게 수완을 과시하여 돈 끼호떼를 모르는 그자리의 많은 사람들로 하여금 간담을 서늘하게 만들었다. 한편 까마초의 가슴에는 끼떼리아의 자기에 대한 모욕이 선명하게 뿌리를 박았으므로 어느새 그리웠던 그녀의 인상도 기억에서 사라져갔다. 그래서 사려도 깊고 선의에 찬 사람이었던 사제의 설득이 금방 주효해서 까마초와 그의 편들은 마음이 가라앉아 평정을 되찾게 되었다. 그들은 칼을 다시 자루에 꽂고 바실리오의 계략보다 끼떼리아의 변덕을 책망했다. 그리고 까마초는 만일 끼떼리아가 숫처녀로서 바실리오를 사랑하고 있었다면 비록 유부녀가 되더라도 바실리오를 연모할 것이 틀림없다, 그리고 보면 이런 여자를 얻는 것보다는 차라리 잃게 해주신 것을 하늘에 감사해야 마땅하다고까지 생각하기 시작했던 것이다.

그래서 까마초와 그 편들은 마음이 가라앉고, 바실리오를 편드는 사람들도 모두 마음의 평정을 되찾았는데, 부자 까마초는 이제 우롱당한 것을 분하다고도, 그다지 중대시하고 있지도 않다는 것을 과시하기 위해 마치 혼례가 실제로 거행되고 있는 것처럼 축하 행사를 그대로 추진하고 싶어했다. 그러나 바실리오와 그의 아내와 그의 편들은 참석하기를 사양하고 바실리오의 마을로 돌아갔다. 가난한 자라도 덕이 높고 사려에 차 있다면 그 사람을 따르고 존경하고 편을 드는 자가 생긴다는 것은 부자에게 추종하고 따라다니고 하는 자가 있는 것과 조금도 다름이 없는 것이다.

그리고 사람들은 모두 돈 끼호떼를 가슴에 털이 많은 사나이(용감한 사나이를 말함)라고 생각하고 함께 데리고 갔다. 산초는 밤중까지 계속될 까마초의 훌륭한 음식과 잔치가 끝날 때까지 있지 못하게 되었기 때문에 마음이 조금도 밝아지지 않았다. 바실리오 일행과 함께 가는 주인의 뒤를 시들한 표정으로 시름없이 따라가는 그는, 이집트의 잡동사니 냄비(지금은 잃어버린 지난 날의 영화를 말함)를 뒤에 두고 왔으나 그의 마음속에는 그 인상이 선명하게 새겨져 있었으며 냄비에 넣어가지고 온 거의 다 먹어없어진 거품만이 그에게는 잃어버린 행복의 영광과 호화로움을 뇌리에 떠오르게 하는 것이었다. 그리하여 별로 시장하지도 않는데 무거운 마음을 안고 생각에 잠기면서 여전히 잿빛 당나귀에 올라앉아 터벅터벅 로시난떼의 뒤를 따랐다.

제 22 장

라 만차의 중심에 있는 몬떼시노스의 동굴에서 일어난 대모험과 이것을 용감한 돈 끼호떼 데 라 만차가 보기좋게 해치우는 것이 다루어진다.

이 신혼 부부는 돈 끼호떼가 자기들의 편을 들어준 것을 고맙게 생각하고 정성을 다하여 그를 환대했다. 그리고 용기와 더불어 그 사려가 깊은 것을 찬양하고, 무용에 있어서는 엘 씨드(스페인의 민족적 영웅 루이 디아스 데 비바르. 1030~1099), 웅변에 있어서 키케로가 재래(再來)한 것이라고 믿었다. 멋쟁이 산초도 사흘 동안 신혼 부부의 뒷바라지로 몸을 쉴 수 있었다.

그런데 거짓 자살은 아름다운 끼떼리아와 미리 짜서 한 계략이 아니고 바실리오 혼자서 꾸민 일이었으며, 실제로 일어난 것과 마찬가지 효과를 그녀에게 기대하고 있었다는 것이 신혼 부부의 입으로 밝혀졌다. 그러나 사실을 말하면 친구 중 어떤 사람에게는 그의 기도가 미리 알려져 있어서, 무슨 일이 있을 때는 그에게 가담하여 그의 거짓을 도와주게끔 되어 있었다고 고백했다.

"올바른 목적을 위한 책략을" 하고 돈 끼호떼가 말했다. "거짓이라 부를 수는 없으며, 또 불러서는 안되는 것이오."

그리고 다시 이런 말을 했다. 즉, 서로 사랑하는 두 사람이 결혼하고 싶어하는 것은 가장 훌륭한 목적이긴 하나, 여기서 주의해두고 싶은 것은, 연애의 최대의 적은 공복과 부당한 궁핍이라는 것이다. 왜냐하면 연애는 전부가 기쁨이요, 즐거움이요, 만족이며, 이것은 사랑하는 남자가 사랑하는 여자를 자기 것으로 만들었을 경우에는 더더욱 그러한데 그 남자에게 공공연히 적대해오는 것은 불여의(不如意)와 가난이기 때문이다. 자기가 이런 말을 하는 것은 바실리오 님이 이름은 팔려도 돈이 되지 않는 기예에 몰두하는 것을 그만두고 이제는 올바르고 교묘한 수단으로 재산을 만드는 데 정신을 쏟아주었으면 해서인데 그 수단도 사려에 찬 근면한 인간이라면 결코 발견 안될 까닭이 없다. 존경할 만한 가난한 자는, 만일 가난한 자가 존경받을 수 있다고 한다면, 아름다운 아내를 가졌다는 것으로 훌륭한 재보를 가진 것이 된다. 그런 남자에게서 아내를 빼앗으면 명예도 빼앗는 일이 되고 명예를 망치는 일이 된다. 가난한 남자를 남편으로 가진 아름답고 정숙한 여자는 정복과 승리의 월계관과 종려의 관을 쓸 만한 값어치가 있다. 아름답다는 것 오직 그것만으로 그녀를 보고 그녀를 아는 모든 사람의 욕망을 불러일으켜 맛있는 미끼처럼 독수리를 비롯하여 높은 하늘을 나는 새마저 날아 내려온다. 그러나 이 아름다움에 가난과 불여의가 보태어지면 까마귀, 소리개, 그 밖에 맹금류까지 덤벼들게 된다. 이런 많은 공격에도 끄덕없이 동요하지 않는 여자야말로 남편의 관(현녀(賢女)는 남편의 관(冠)이라 는 《구약성서》의 말에서 온 것)이라 불러 마땅할 것이다

"잘 생각해보시오, 사려 깊은 바실리오 님" 하고 돈 끼호떼가 덧붙였다. "뭐라고 말했는지 기억이 없지만 그 현인의 말에, 온 세계에 마음

바른 여자는 단 한 사람밖에 없다는 말이 있는데, 남편된 자는 각각 자기 아내가 그 오직 하나밖에 없는 여자라고 생각하고 믿어라, 그러면 만족해서 살아갈 수 있을 것이라고 충고하고 있소. 나는 결혼하지 않았고 할 생각조차 가진 적이 없다고는 하나, 어떻게 결혼할 만한 여성을 구해야 하는가 그 방법에 대해서 내게 가르침을 구하는 사람이 있으면 감히 다음과 같이 충고할 참이오. 첫째, 여자의 재산보다 세상의 평판을 중시하라고 충고하겠소. 마음 바른 여자라도 다만 단순히 마음이 바른 것만으로 좋은 평판을 얻는 게 아니고 마음이 바르다고 남의 눈에 비침으로써 좋은 평판을 얻는 것이기 때문이오. 말하자면, 공공연히 행하는 방종스럽고 너절한 행위는 은밀히 행하는 악행보다 여자의 평판을 해치는 것이오. 만일 그대가 마음 올바른 여자를 자기 집에 데려왔다고 가정하면 그 여자의 올바른 마음을 그대로 지탱시키는 것은, 아니 향상시키는 것은 용이할 것이오. 그러나 성질이 고약한 여자를 데려왔다면, 그것을 고친다는 것은 쉬운 일이 아닐 것이오. 그 까닭은, 한쪽 끝에서 다른 쪽으로 옮긴다는 것은 쉬운 일이 아니기 때문이오. 물론 나는 불가능하다고는 하지 않소. 하나 곤란하다고 믿고 있는 것이오."

"우리 주인 나리는 내가 알맹이 있고 지혜 있는 말을 지껄이면, 그대가 성직을 얻는다면 꽤 그럴 듯한 말을 여기저기 돌아다니며 설교할 수 있겠구나, 하고 흔히 말씀하시더라. 그런데 나리야말로 멋있는 말을 늘어놓고 남에게 충고하실 계제에 이르면, 설교사의 직을 하나가 아니라 손가락 하나에 두 개씩 손에 넣고 이곳저곳 광장을 돌아다니면서 입에서 나오는 대로 마구 지껄이고 다닐 수 있겠다고 말하고 싶군. 어쩌면 저렇게도 모르는 게 없는 편력 기사가 다 있을까? 난 속으로 그 자랑하는 기사도에 관한 것밖에 모르겠지, 하고 얕잡아보았었지. 그런데 천만에, 주인 나리가 숟갈을 대지 않는, 체면을 차리고 숟갈질을 하지 않는 일이란 아무것도 없단 말이야."

산초는 이 말을 작은 소리로 중얼거렸으므로 주인이 엿듣고 물었다.

"무엇을 중얼중얼 지껄이고 있느냐, 산초?"

"아무 말도 하지 않았고, 중얼중얼한 것도 없습니다요" 하고 산초가 대답했다. "다만 말씀입니다요. 나리가 여기서 말씀하신 것을 제가 마누라쟁이와 만나기 전에 들었더라면 좋았을 것이라고 혼잣말을 하고 있었습니다요. 그래서 이젠 '매여 있지 않은 소는 어디나 핥을 수 있다'고 말하고 싶은 심정입니다요."

"너의 떼레사는 그토록 나쁜 여자냐, 산초?" 돈 끼호떼가 물었다.

"그렇게 나쁘지도 않습니다요" 하고 산초가 대답했다. "다만, 그렇게 훌륭하지 않을 뿐입니다요. 적어도 제가 바라는 만큼 말씀입니다요."

"좋지 않구나, 산초" 하고 돈 끼호떼가 나무랐다. "자기 아내의 욕을 하는 것은 좋지 않아. 아무튼 자기 자식들의 어머니가 아니냐?"

"뭐 우린 서로가 마찬가집니다요" 하고 산초가 대답했다. "그 인간도 그때그때의 기분에 따라 제 욕을 하는뎁쇼. 특히 샘이라도 났을 때는 악마의 임금님인 사탄도 아마 듣고 있을 수 없을 정도일 겁니다요."

사흘 동안 그들은 신혼 부부와 함께 지내며 임금님이 시중을 받듯이 환대를 받았다. 돈 끼호떼는 검술가인 학사에게 몬떼시노스의 동굴에 안내해줄 사람을 주선해달라고 부탁했다. 그것은 그 일대에서 소문이 나 있는 불가사의의 갖가지가 과연 진실인지 아닌지 그 동굴 안에 들어가서 상세히 자기 눈으로 확인하고 싶다는 열망을 품고 있었기 때문이었다. 그러자 학사는, 훌륭한 학도며 기사도 이야기에 비상한 애독자인 자기 사촌을 소개해주겠다, 그 사람은 기꺼이 동굴 입구까지 안내해줄 것이고 나아가서는 온 라 만차뿐 아니라 스페인 전국에 이름난 루이데라의 늪도 보여드릴 것이라고 말했다. 또 그와 함께라면 심심풀이도 될 수 있을 것이다, 그는 책을 출판하여 왕공 귀인들에게 바치기도 하는 청년이기 때문이라고 덧붙였다.

그리하여 그 학사의 사촌이라는 사람이 짐안장에 화려한 줄무늬가 든 천을 덮은, 다시 말해서 성근 마포로 만든 언치를 덮은 새끼 밴 당나귀를 끌고 나타났다. 산초는 로시난떼에 안장을 얹고 잿빛 당나귀의 준비를 갖추어 둘로 갈라 안장 뒤에 걸치는 배낭에 식량을 가득 채우고, 역시 식량을 충분히 채운 학사 사촌의 보따리도 함께 가져가기로 했다. 그리고 신에게 기원을 드리고 사람들에게 작별 인사를 한 다음 그들은 유명한 몬떼시노스의 동굴을 향해 출발했다.

가면서 돈 끼호떼는 학사의 사촌에게, 그가 하는 일과 직업과 연구가 어떤 종류에 속하는가를 물었다. 그러자 그는, 직업은 인문학자, 일과 연구는 책을 써서 출판하는 것인데 사회로 봐서 매우 도움이 되는 동시에 그에 못지않게 재미도 있는 책이라고 대답했다. 그 중의 하나에《제복(制服)의 서(書)》라는 제목을 가진 책이 있는데, 거기에는 703종류의 제복이 저마다 빛깔과 기장과 문장까지 묘사되어 있으므로, 궁정의 기사들이 무슨 행사나 축하 때 자기들의 희망이나 의도에 꼭 맞는 제복을 고르는 데 누구에게 머리를 숙이고 가르쳐달라고 애원할 필요도 없고, 속된 말로 '뇌를 증류기에 걸' 필요도 없이 이 책에서 골라낼 수 있다고 설명해주었다.

"저는 질투심 많은 사나이에게도, 여자가 거들떠보지도 않는 사나이에게도, 잊혀진 사나이에게도, 멀리 떨어진 사나이에게도, 저마다 알맞은 옷을 지정해줍니다. 그것은 그들에게 매춘부가 잘 어울리듯이 어울릴 것이 틀림없습니다. 이 밖에 《변형담(變形譚)》, 또는 《스페인의 오비디우스》라는 제목을 붙일 작정으로 있는 책을 쓰고 있습니다만, 이것은 꽤 새롭고 색다른 착안이지요. 왜냐하면 저는 이 책에서 오비디우스의 해학(諧謔)을 흉내내어 세비야의 히랄다가 어떤 자인가, 막달레나의 천사는 어떤 자인가, 꼬르도바의 베씽게르라의 하수구가 어떤 것이며 또로스 데 기산도가 누구고, 시에라 모레나가 어떤 것이며 마드리스의 레가니또스와 라바삐에스의 샘이 무엇이며 나아가서 엘 삐오호, 엘 까뇨 도라도, 라 쁘리오라의 샘에 관한 것도 빠뜨리지 않고 설명해놓았지요. 거기에다 우의(寓意), 은유, 전의(轉意) 같은 것이 덧붙여 있으므로 이 책은 독자를 기쁘게 하고 독자의 기분을 끄는 동시에 가르치는 것도 됩니다.

또 하나 다른 책도 쓰고 있습니다만 저는 거기에 《베르길리우스 폴리도로 보유(補遺)》라는 제목을 붙였지요. 이것은 사물의 기원을 주제로 한 것인데, 내용이 충실한 폴리도로가 다 말하지 못하고 빠뜨린 것을 제가 찾아서 산뜻한 문체로 설명해놓았으니 꽤 대단한 고증과 연구의 서적이랄 수 있지요. 베르길리우스는, 세계에서 맨 처음 카타르를 앓은 자가 누구며 연성하감(軟性下疳)을 치료하는 데 누가 제일 먼저 수은 연고를 사용했는가, 하는 것을 빼먹었으므로 문자 그대로 내가 그것을 밝혀 25명이나 되는 저자를 인용해서 확증했지요. 그러니 제가 얼마나 노력했나 하는 것과 그 책이 세상에서 유익한가 어떤가 하는 것을 보아주셨으면 고맙겠습니다."

아까부터 인문학자의 말에 가만히 귀를 기울이고 있던 산초가 느닷없이 입을 열었다.

"한 가지 가르쳐주시면 좋겠는데요. 난 당신 책이 인쇄가 돼서 크게 성공하기를 하느님께 빌겠습니다만, 무엇이나 다 알고 계시니 아마 이것도 아실 줄 아는데, 제일 먼저 머리를 긁은 사나이는 누구였나 가르쳐주실 수 없을까요? 난 틀림없이 우리 조상 아담이었을 거라고 생각합니다만 말씀입니다요.”

“응, 그건 그럴 테지요” 하고 인문학자가 대답했다. “의심할 여지도 없이 아담의 머리에도 머리칼이 있었을 테니까. 머리도 있고 머리칼도 있는 데다가 세계 최초의 인간이었으니까 때로는 머리쯤 긁적긁적하기도 했겠지요.”

“나도 그렇게 생각합니다요” 하고 산초가 대꾸했다. “그렇다면 또 한 가지 묻겠는데요, 세계에서 맨 먼저 곡예사가 된 사람은 누굴까요?”

“사실을 말하자면 이 양반아” 하고 인문학자가 대답했다. “지금 여기서 누구라고 단정할 수 없어요, 잘 조사해보기 전에는. 내 책이 있는 곳으로 돌아가면 즉각 조사해보지요. 그리고 다음에 만날 때는 가르쳐드리지, 또 만나게 될 테니까.”

“그렇다면 아시겠습니까, 선생님” 하고 산초가 말했다. “이 일에 머리를 쓸 건 없습니다요. 내가 물은 것을 이젠 알게 되었으니까요. 세계 최초의 곡예사는 악마 왕 루씨페르라고 기억해두세요. 그녀석은 천국에서 쫓겨났는데, 쫓겨났던가 내동댕이쳐졌던가 했을 때 지옥 밑바닥까지 허공에서 재주를 넘으면서 떨어졌습니다요.”

“과연 그럴 듯하군, 친구” 하고 인문학자가 말했다.

그러자 돈 끼호떼가 끼여들었다.

“그 질문과 그 대답은 그대가 생각한 일이 아니지, 산초? 누군가가 하는 말을 들은 모양이구나.”

“무슨 말씀이십니까요, 나리” 하고 산초가 대꾸했다. “전 맹세해도 좋습니다만, 제가 질문을 해서 제가 대답을 했더라면 지금부터 내일까지 걸려도 끝이 안 납니다요. 그러믄요, 어처구니없는 질문을 해서 엉터리 대답을 하는 데 이웃 사람의 힘을 빌리러 돌아다닐 것까진 없습니다요.”

“산초, 그대는 자기가 아는 것보다 훨씬 뛰어난 말을 했어” 하고 돈 끼호떼가 말했다. “세상에는 알게 되거나 조사하거나 한 후에 보면 알거나 기억해둘 아무런 가치도 없는 것을 알고 싶어하고 조사하고자 해서 헛되이 정열을 소비하는 자가 무척 많으니까 말이다.”

이런 즐거운 말을 주고받으면서 그날도 저물고 밤이 되어 어느 조그마한 마을에 묵었는데, 여기서 인문학자는 돈 끼호떼에게 몬떼시노스의 동굴까지 2레구아밖에 남지 않았으니, 만일 동굴에 들어갈 결심이 되었다면 몸을 묶어 깊은 바닥으로 내려가기 위한 밧줄을 준비해야 한다고 말했다. 그러자 돈 끼호떼는 설혹 지옥까지 이어져 있더라도 끝내 규명을 하지 않고는 그만두지 않을 것이라고 대답했다. 그래서 약 150피트쯤 되는 밧줄을 사서 다음날 오후 두 시에 동굴에 닿았는데 그 입구는 무척 크고 넓었다. 그러나 구기(枸杞), 산양딸기, 가시덤불, 잡초 같은 것이 무성하게 자라고 얽혀 동굴 입구를 완전히 막고 있었다. 그것을 보고 인문학자와 산초와 돈 끼호떼는 말에서 내려 두 사람은 돈 끼호떼를 밧줄로 묶었다. 그렇게 밧줄을 몸에 둘둘 말고 있을 때 산초가 말했다.

"저 좀 보십쇼, 나리. 하시는 일에 조심하셔야 합니다요. 산 채로 묻혀버리거나, 샘에 담가서 차게 하려고 물속에 내려놓는 병처럼 되지 않도록 말씀입니다요. 암, 그러믄요, 지하 감옥보다 더 고약한 데가 틀림없는 이 동굴의 탐험자가 꼭 나리여야 한다는 법도 없으니까 말씀입니다요."

"얼른얼른 묶어라, 군소리 말고" 하고 돈 끼호떼가 대답했다. "이런 계획은, 나의 친한 벗 산초여, 나를 위해서 마련된 일이니라."

이때 안내자가 끼여들었다.

"돈 끼호떼 님, 미리 부탁해둡니다만, 눈알을 100개로 해서 이 안에 있는 것을 잘 보시고 조사해오십시오. 필경 제가 쓰고 있는 《변형담》에 넣을 만한 것이 있을 테니까요."

"빤데로(탬버린)가 능숙한 손에 쥐어졌으니 고운 소리 낼 것을 장담합니다요" 하고 산초가 말했다.

이런 말을 하며 갑주 위에서가 아니라 갑주 안의 가죽 동의 위로 돈 끼호떼의 밧줄 묶기가 끝났을 때 돈 끼호떼가 말했다.

"조그마한 방울을 하나 준비해오지 않은 것은 우리들의 부주의였구나. 내 몸에 달아둔다면 내가 아직 내려가고 있다는 것과 아직 살아 있다는 것 따위를 방울 소리로 알 수 있었을 텐데. 하지만 이제 하는 수 없다. 하느님의 손이 인도해주시는 대로 맡기는 도리밖에 없다."

그러고는 무릎을 꿇고 나직한 소리로 하늘을 향해 기도를 올리고, 보기에 위험에 차고 진기한 이 모험에 가호를 내려주시고 경사스럽게 성공할 수 있게 해주십사고 하느님께 빌었다. 그리고 목소리를 높여 말을 이었다.

"오오, 제가 하고 제가 행하는 모든 것을 다스리시는 저의 주, 눈부시게 빛나는 비할 데 없는 둘씨네아 델 또보소여! 만일 그대의 행운에 찬 연인의 이 소원이 그대의 귀에 이를 수 있다면, 그대의 비길 데 없이 아름다운 용모를 두고 들어주십사 하고 부탁드리는 바요. 그것은 다름이 아니라 오로지 그대의 조력과 원조를 필요로 하는 지금, 그것을 나에게 거부하시지 마실 것을 부탁드리는 바요. 나는 지금부터 목전에 나타난 나락으로 내려가 깊이 파고들어가서 몸을 가라앉히려 하는 것인데, 그것은 그대가 정성을 보태어주기만 한다면 내가 도전하지 못하고, 내가 수행하지 못하는 불가능한 일은 없다는 것을 이 세상에 알리기 위해서인 것이오."

이런 말을 마치자마자 깊은 구덩이 입구로 다가갔다. 그러나 완력을 휘두르거나 칼을 휘둘러 입구를 툭툭하게 덮은 풀숲을 헤쳐나가지 않으면 미끄러져 내려갈 수도 없고 입구를 발견하기조차 어렵다는 것을 알고는 칼을 빼들고 후려치면서 동굴 입구에 무성하게 나 있는 덩굴이며 나무를 잘라내고 베어 넘어뜨리기 시작했다. 그 무시무시한 소리에 놀라 동굴 안에서 큰 까마귀며 새들이 무수히 날아나왔다. 그 밀집해 있는 사나운 기세에 밀려서 돈 끼호떼는 땅바닥에 쓰러지고 말았다. 만일 그가 카톨릭 교도인 것과 마찬가지 정도로 미신을 믿는 사람이었더라면 이것을 불길한 징조로 보고 동굴 속에 들어가는 것을 단념했을 것이었다. 그러나 그는 일어나 까마귀나 그 밖의 밤새, 이를테면 까마귀떼에 섞여서 뛰쳐나온 박쥐 같은 것이 그 이상은 나오지 않는다는 것을 알자 인문학자와 산초에게 밧줄을 조금씩 늦추게 하여 무시무시한 동굴 밑으로 내려가기 시작했다. 돈 끼호떼가 막 안으로 들어가기 시작했을 때 산초는 그를 축복하고 몇 번이나 성호를 그으면서 말했다.

"하느님께 인도를 받으십쇼, 라 뻬냐 데 프란시아 님과 라 뜨리니다데 가에따 님에게도요. 편력 기사의 꽃이시고 정수이신 나리! 드디어 가십니까요, 세계에서 제일 원기가 왕성하시고 강철의 심장, 청동의 팔을 가지신 나리! 다시 한 번 말씀드립니다만, 하느님께 인도를 받으십쇼. 일부러 자기가 좋아서 그 암흑 속으로 들어가려고 버리고 가시는 이 세상의 빛 속으로 무사히 자유롭게 되돌아오실 수 있도록 하느님의 인도를 받으십쇼!"

이와 거의 비슷한 기도와 소원을 인문학자도 하느님께 올리고 있었다.

돈 끼호떼는, 자 밧줄을 더 늦추어라, 더 늦추어라, 하고 소리치며 내려갔는데 두 사람은 그 말대로 조금씩 조금씩 늦추어주었다. 그리하여 동굴 벽을 따라 들려오던 고함 소리가 어느새 들리지 않게 되었을 때 그들은 벌써 150피트의 밧줄을 다 풀어주고 있었다. 그래서 이 이상 밧줄을 내려보낼 수 없으니 돈 끼호떼를 끌어올리자고 두 사람은 의논했다. 그래도 30분쯤 그대로 있다가 다시 밧줄을 끌어올리기 시작했는데 그것이 무척 가볍고 아무런 무게도 느껴지지 않았으므로 돈 끼호떼가 동굴 안에 그대로 머물러 있는 것이 아닌가 하고 두 사람은 생각하게 되었다. 산초는 틀림없이 그럴 것이라고 생각하고 눈물을 철철 흘리면서 한시바삐 사실을 확인하고 싶어 부랴부랴 밧줄을 끌어올렸다. 그러나 약 80피트쯤 끌어올렸을 때 무언가 느껴지는 것이 있었기 때문에 두 사람은 여간 기쁘지 않았다. 결국 한 10피트쯤 남았을 때 똑똑히 돈 끼호떼의 모습을 볼 수 있었다. 그래서 산초는 그 모습을 향해 소리쳤다.

"나리, 잘 돌아오셨습니다요! 우리는 그만 나리께서 동굴바닥에 자손이라도 만드실 작정으로 주저앉게 되셨나 하고 생각했습니다요."

그러나 돈 끼호떼는 아무 대답도 하지 않았다. 다 끌어올려놓고 보니 두 눈을 꼭 감고 분명히 자고 있는 모양이었다. 그래서 땅바닥에 뉘어 밧줄을 끌렀는데도 눈을 뜨지 않았다. 몇 번이나 뒤집어엎기도 하고 움직이기도 하고 마구 흔들기도 한 뒤 꽤 시간이 지나서야 그가 간신히 정신을 차렸는데, 깊은 잠에서 깬 것처럼 기지개를 켰다. 그리고 이상한 듯이 주위를 두리번거리다가 입을 열었다.

"하는 수 없는 사람들이군. 그대들은 어떤 사람도 본 적이 없고, 경험한 적도 없는 참으로 상쾌하고 참으로 즐거운 처지와 조망에서 나를 끌어내고 말았단 말이다. 실로 나는 이 세상의 모든 즐거움이 꿈처럼 그림자처럼 사라지고 들꽃처럼 시들어간다는 것을 이제야 간신히 깨달았구나. 오오, 무운도 덧없는 몬떼시노스$\left(\substack{\text{스페인의 로망스} \\ \text{에 등장하는 영웅}}\right)$여! 오오, 중상을 입은 두란다르떼$\left(\substack{\text{몬떼시노스의} \\ \text{사촌이자 친구}}\right)$여! 오오, 불행한 벨레르마여! 오오, 눈물에 젖은 과디아나여! 그리고 그대들, 아름다운 눈에서 흘러내리는 눈물을 그대들 늪의 물에 보여주는 박행한 루이데라의 딸들이여!"

인문학자와 산초는 가만히 귀를 기울여 돈 끼호떼의 말을 듣고 있었는데, 그가 마치 단장의 심정으로 안타깝게 지껄이고 있었기 때문이다. 두 사람은 무슨 말을 하려고 그러는가, 또 그 지옥의 밑바닥에서 무엇을 보고 왔는가 이야기해달라고 졸라댔다.

"뭐, 지옥이라고?" 하고 돈 끼호떼가 말했다. "그렇게는 부르지 말아 다오. 어차피 그대들도 알게 될 일이지만, 지옥이란 이름은 도무지 적합치 않구나."

이어 돈 끼호떼는 무엇이든지 먹을 것을 좀 달라고 부탁했다. 그는 무척 시장해 있었던 것이다. 인문학자의 언치를 풀 위에 펼쳐놓고 배낭에 넣어가지고 온 것을 꺼내어 세 사람은 화기애애한 분위기 속에서 아주 의좋게 둘러앉아 점심과 저녁을 겸한 식사를 했다. 그리고 언치를 치운 다음 돈 끼호떼 데 라 만차는 말했다.

"그자리에 그대로 앉아서, 내 아들들아, 내 말을 들어보아라."

제 23 장

다부진 돈 끼호떼가 몬떼시노스의 동굴 밑바닥에서 보았다고 이야기한 세상에도 이상한 일들과 그 있을 수 없는 훌륭함 때문에 이 모험을 오히려 실없는 것으로 여기게 하는 일들에 대해서.

오후 네 시쯤 되었을까, 해가 구름 사이에 들어가서 그다지 따갑게 비치지 않고, 상쾌하게 빛을 던지고 있는 덕분에 돈 끼호떼는 더위에 괴로 워함이 없이 기분 좋게 몬떼시노스의 동굴에서 보고 온 것을 두 현명하고 뛰어난 청중에게 이야기할 수 있었는데, 그는 다음과 같이 말을 꺼냈다.

"이 지하 감옥으로 12길 내지 14길쯤 내려간 곳에 오른쪽으로 당나귀가 끄는 큼직한 짐마차가 넉넉히 들어갈 수 있는 넓은 공동(空洞)이 하나 생겨 있다. 이 공동에 어디 먼 지면에 뚫린 조그마한 구멍인가 틈바구니에서 가냘프게 빛이 들어오고 있지. 이 공동을 내가 본 것은 마침 밧줄에 매달려 그 암흑 속을 어디로 가는 것인지 방향도 모르고 내려가는 데 진력이 나고 싫증이 났을 때였으므로, 그 속으로 들어가서 잠시 쉬기로 했지. 그런데 그대들에게 내가 다시 소리칠 때까지 밧줄을 늦추지 말고 기다려달라고 큰 소리로 외쳤지만 들리지 않는 모양이더라. 그래서 나는 할수없이 그대들이 자꾸만 늦추어주는 밧줄을 모아 동그랗게 타래를 틀어 쌓아놓은 위에 걸터앉아, 이제 붙들고 내려줄 사람도 없으니 어떻게 저 동굴 밑바닥까지 내려가야 하나 하고 시름에 잠기지 않았겠느냐. 그렇게 생각에 잠겨 있을 때 별안간 별로 졸리지도 않았는데 나도 모르게 깊은 잠이 들어버렸단 말이다. 그러고는 생각지도 않게, 왜 그런지 어떻게 된 것인지 모르는 채 잠에서 깼는데, 문득 보니 놀랍게도 나는 자연의 창조도 미치지 못하고 제아무리 현명한 사람도 도저히 상상할 수 없는 아름답고, 쾌적하고, 즐거운 초원 한가운데에 있지 않겠느냐. 나는 눈을 크게 뜨고 다시 눈을 비비고 보았는데, 나는 잠들어 있는 것이 아니라 실제로 눈을 뜨고 있다는 걸 깨달았지. 그래도 역시, 거기에 있는 것이 나 자신인지 아니면 뭔가 실체가 없는 보기 흉한 유령인지 나 스스로 납득하고 싶어서 얼굴과 가슴을 만져보곤 했다. 그러나 손으로 만져본 것도, 기분도, 머릿속의 조리 있는 사고력도, 지금 이 자리에 있는 나와 조금도 다름없는 내가 그때 그자리에 있다는 것을 증명해주더라. 그러자 곧 내 눈에 비친 것은 왕궁이랄까 성이랄까, 그 성벽과 벽은 투명한 수정으로 되어 있는 듯이 보였는데, 입구의 커다란 두짝문이 열리더니 땅에 닿도록 긴 자줏빛 나사천의 헐렁한 웃옷을 입은 품위 있는 노인이 나타나 내 앞으로 다가오지 않겠느냐. 어깨에서 가슴에 걸쳐 학사답게 녹색 새틴을 걸치고, 머리에는 검은 밀라노 모자를 썼으며, 새하얀 턱수염이 허리께까지 내려와 있었다. 무기는 아무것도 지니지 않았고, 손에는 묵주를 쥐었는데 그 알은 보통의 호두알만큼 컸으며, 10개째마다 있는 큰 알은 보통의 타조알만큼 컸다. 그 풍모, 걸음걸이, 엄숙한 태도, 의젓한 모습은 그 하나하나를 보나 모두를 함께 합쳐서 보나 난 오로지 아연해지고 경탄할 뿐이었다. 이윽고 내 앞에 다가오더니 제일 먼저 한 행동은 나를 꼭 껴안는 것이었는데, 그러고는 이런 말을 하더구나. '용감한 기사 돈 끼호떼 데 라 만차 님, 마법에 걸려 이 인적 없는 곳에 있는 우리는 귀공을 만나려고 오랜 세월을 기다리고 있었소이다. 그것은 귀공이 들어오셔서 이 몬떼시노스의 동굴이라 부르는 깊은 구덩이 속에 갇혀서 숨겨져 있는 일절의 소식을 세상에 알려주시기를 바라고 있었던 것이외다. 이 공명은 오로지 귀공의 불패의 용기와 유례없는 담력에 의해서만 수행되기를 기대할 뿐이오. 자, 나와 함께 가십시다. 발군의 기사여, 이 투명한 성중에 감추어져 있는 이상야릇한 갖가지를 그대에게 보여드리리다. 나는 이 성의 수령, 종신 성주, 이렇게 말씀드리

는 것은 나야말로 몬떼시노스 바로 그 사람이기 때문이오. 동굴의 이름
도 거기서 유래한 것이라오' 하고, 노인이 자기가 몬떼시노스라고 나한
테 알리길래 나는 이 윗세상에서 전해지고 있는 것이 사실인지, 또 맹우
(盟友) 두란다르떼(몬떼시노스와 두란다르떼는 사촌간으로 둘 다 샤를마뉴의 열두 용사 중에 들어 있었다)의 가슴에서 조그마한
단검으로 심장을 따내어 이 친구가 마지막에 부탁한 대로 그것을 그가
그리워하는 공주 벨레르마에게 갖다주었느냐고 물어보았다. 그러자 하
나에서 열까지 다 진실을 전하고 있으나 다만 단검도 아니고 조그마한
칼도 아닌, 끝이 세모로 된 송곳보다 날카로운 비수였다고 대답해주더
라."

"그 비수는 아마" 하고 이때 산초가 끼여들었다. "세비야의 도검사 라
몬 데 오쎄스가 만든 것일 겁니다요."

"나는 모르겠다" 하고 돈 끼호떼가 대답했다. "그러나, 도검사가 만든
건 아닐 게다. 왜냐하면 라몬 데 오쎄스는 바로 어저께 사람이지만, 이
불행이 일어난 론세스바이예스의 싸움은 먼 옛날의 일이거든. 그 비수를
누가 만들었느냐 하는 것은 그리 중요한 일이 아니다. 그것이 역사의 진
실이나 줄거리를 교란시키거나 바꾸어놓지는 않을 테니까."

"그건 그렇습니다" 하고 인문학자가 받았다. "말씀을 계속하십시오,
돈 끼호떼 님. 저는 이 세상의 누구보다도 기꺼이 귀를 기울이고 있습니
다."

"나도 당신 못지않는 기쁨으로 이야기하고 있소" 하고 돈 끼호떼가 대
답했다. "아무튼 그래서 기품 있는 몬떼시노스는 나를 수정의 궁전으로
안내해갔는데, 아래층의 매우 시원하고 온통 설화 석고로 만든 넓은 홀
로 들어가니 온갖 기교를 다 부린 대리석 무덤이 있길래 보니까 그 위에
한 기사가 길게 누워 있는데, 그것이 흔히 묘 위에 놓여지는 상처럼 청
동이라든지 벽옥 같은 것으로 만든 것이 아니라 틀림없는 진짜 뼈와 살
을 갖춘 인간이었단 말이다. 오른손을 심장이 있는 쪽의 가슴 위에 올려
놓았는데, 내가 보건대 생전에 굉장한 장사였다는 것을 말해주는 약간
털이 많이 나고 억센 팔이더라. 내가 묘 위의 기사를 놀라운 눈으로 바
라보고 있는 것을 깨닫고 몬떼시노스는 아무것도 묻지 않았는데 설명해
주더구나. '이것이 나의 벗, 살아 있던 날 사랑에 괴로워하고 그토록 용
감한 기사의 꽃이며 거울이었던 두란다르떼 바로 그 사람이오. 악마의
아들이라고 세상에서 부르고 있는 저 프랑스의 마술사 메를린(프랑스인이 아니라 영국

인이다. ^{작자의})이 나를 비롯해서 많은 남녀를 가두어놓고 있듯이, 이 기사
착각인 듯싶다
도 마법에 걸려서 여기 누워 있소만, 내가 믿는 바로는 메를린은 악마의
아들이 아니라 흔히 세상에서 말하듯 악마보다 털이 하나 많은 녀석이라
오. 어떻게 해서, 또 무엇 때문에 우리를 마법에 걸었는지 아무도 알지
못하오만, 시간이 흐름에 따라, 아니 나의 상상으로는 그다지 머지않아
스스로 뚜렷이 밝혀질 것이오. 다만 내가 이상해서 못 견디겠다는 것은,
두란다르떼가 나의 팔에 안겨 그 생애를 마치고, 또 그가 죽은 뒤에 내
손으로 그의 심장을 따냈다는 사실을 지금이 대낮인 것처럼 내가 알고
있다는 것이오. 실제로 그 심장은 무게가 두 근은 되었을까. 왜냐하면
생물학자가 말하듯이 큰 심장을 가진 자는 조그마한 심장의 소유자보다
훨씬 큰 용기를 갖고 있기 때문일 것이오. 그렇게 이 기사는 틀림없이
죽었는데도 어찌된 까닭으로 지금도 마치 살아 있는 사람처럼 이따금 신
음 소리를 내고 한숨을 쉬고 하는지 모르겠소.' 이렇게 몬떼시노소가 말
했을때, 가련한 두란다르떼가 큰 소리로 읊지 않겠느냐.

> 몬떼시노스 사촌이여, 들으시라,
> 임종의 내가 비는 말을
> 혼백 내 몸에서 빠져나가
> 이내 목숨이 끊어졌을 때
> 단검으로든지 비수로든지
> 내 가슴 속에서 뜯어내어
> 나의 심장을 전해주시라
> 벨레르마 님이 계시는 곳에.

"이 말을 듣더니 기품 있는 몬떼시노스는 상처 입은 기사 앞에 무릎을
꿇고 눈물을 흘리면서 말하지 않겠느냐.

"벌써 오래전에, 나의 가장 사랑하는 사촌 두란다르떼여, 벌써 오래
전에 아군이 대패한 그 불길한 날에 그대가 내게 부탁한 일은 다 완수했
네. 나는 그대로부터 될 수 있는 한 교묘하게 심장을 따냈으므로, 그대
의 가슴 속에는 조그마한 찌꺼기 하나 남기지 않았네. 그래서 나는 레이
스의 손수건으로 심장을 깨끗이 닦아 그것을 들고 부랴부랴 프랑스로 달
려갔는데, 그 전에 그대의 시체를 땅속 깊이 묻고는 얼마나 울었는지,
그때 흘린 눈물이 그대의 내장을 더듬을 때 피투성이가 된 내 손을 말끔

히 씻었다네. 내 말의 더 확실한 증거로서 말하란다면, 론세스바이예스를 뒤로 하여 제일 먼저 도착한 마을에서 그대의 심장에 소금을 조금 뿌린 것은, 싱싱한 것으로는 못 가져가더라도 건물로 해서 벨레르마 님 앞에 이르렀을 때 악취를 뿜는 일이 없도록 하기 위한 조심에서였다네. 벨레르마 님도, 그대도, 나도, 그대의 종자 과디아나도, 노시녀 루이데라도, 그 일곱 딸도, 두 질녀들도, 그 밖에 많은 그대의 지기, 친구들도 벌써 오랜 세월 현인 메를린의 마법에 걸려 이곳에 붙잡혀 있네. 500년이 지난 오늘날에도 우리들 가운데서 죽은 자는 한 사람도 없다네. 다만 루이데라와 그 딸과 질녀들이 현재는 이곳에 없다네. 그 까닭은 그 여자들이 너무 심하게 울어 메를린도 그만 가엾어졌던 모양인지, 그들을 그 수만큼의 늪으로 바꾸어버렸기 때문인데, 이것이 오늘날 생명 있는 자의 세상에서 라 만차 현에 있는 루이데라의 늪이라 불리어지고 있다네. 7개의 늪은 스페인 국왕과 소유가 되어 있으며, 두 질녀들의 늪은 산 후안이라는 신성한 교단(敎團)의 기사들 소유가 되어 있네. 그대의 종자 과디아나도 그대의 불행을 울어서 그 또한 같은 이름으로 부르는 강으로 바뀌어지고 말았네. 이 강이 땅 표면에 얼굴을 내밀고 다른 하늘에 빛나는 태양을 보았을 때, 그대를 뒤에 두고 온 것을 알았을 때의 슬픔이 너무나 심했으므로 다시 땅속 깊숙이 (루이데라 강에서 원류(源流)하는 과디아나 강은 16킬로쯤 지하에 잠류(潛流)하다가 나타난다) 몸을 숨기고 말았다네. 그러나 스스로 자연의 흐름에 따르지 않을 수 없어 이따금 밖으로 나와서는 태양이나 사람들의 눈에 띄는 곳에 모습을 나타내곤 했다네. 앞에서 말한 늪이 이 강에 물을 쏟아넣고 있는데, 이들 물과 그 밖에 많은 물을 모아 가득 찬 강이 되어 포르투갈로 흘러들어가고 있네. 그런데 이 강은 어디를 흐르나 스스로 슬픔과 우수를 나타내어 자기 속에 좋은 맛을 찬양받는 생선을 기르는 자랑스러움도 갖고 싶지 않은 듯 하찮은 맛없는 생선을 기르고 있는데 이 점은 황금에 빛나는 따호 강의 그것과는 천양지차가 있네. 지금 내가 말한 것은, 오오, 나의 사랑하는 사촌이여! 몇 번이나 그대에게 말한 사실이네. 그러나 그대가 대답을 해주지 않으므로, 그대가 나를 믿어주는지, 아니면 내가 하는 말이 들리지 않는지 그 어느 쪽이겠거니 상상하고, 그 때문에 신만이 아시는 서글픈 고통을 겪고 있었다네. 그러나, 오늘은 그대에게 알릴 것이 있네, 하기야 그것으로 그대의 고통을 가볍게 하는 데 도움이 되지는 않더라도 결코 그 고통을 더하게 하는 일은 없을 걸세. 알겠는가, 여기 그대

눈앞에 힘겨운 눈을 뜨고 바라보게, 현인 메를린으로 하여금 그토록 많은 예언을 하게 한 기사님이 계시네. 나는 감히 말하지만, 돈 끼호떼 데 라 만차, 이미 잊혀진 편력 기사도를 새로이 지난 세상보다 훨씬 슬기롭게 지금의 세상에 부활시킨 분인데, 이분이 취하시는 방책과 원조로 우리도 마법에서 빠져나올 수 있을 것 같네. 왜냐하면 위대한 공명은 위대한 인물을 위해서 남겨놓는 것이기 때문이네'하고. 그러자, '설혹 그렇게 되지 않더라도'하고 깊은 상처를 입은 두란다르떼가 힘없는 목소리로 나직이 대답하더라. '설혹 그렇게 되지 않더라도, 오오, 사촌이시여! 단념하시라. 트럼프를 새로 쳐야겠소!'하고 말이다. 이 말만을 하고 돌아누워 여느 때의 그 침묵으로 돌아가 다시는 아무 말도 하지 않더라. 이때 날카로운 비명과 울음 소리가 들리고 뱃속에서 짜내는 듯한 신음 소리와 가슴이 찢어질 듯한 흐느낌이 잇따라 일어났는데, 내가 뒤돌아보니 수정 벽을 통해서 참으로 아름다운 처녀들이 모두 상복들을 입고 머리에는 흰 터반을 터키식으로 두르고는 두 줄로 줄을 지어 옆방으로 가고 있더구나. 그리고 줄 끝에는 엄숙한 거동으로도 알 수 있는 한 귀부인이 따라갔는데, 그녀 역시 검은 옷을 걸치고 흰 베일이 긴 자락을 땅바닥에 질질 끌듯이 늘어뜨리고 있더라. 그녀의 터반은 다른 여자들 중에서 제일 큰 터반의 두 배나 되더구나. 미간이 좁고, 코는 약간 낮았으며, 입은 큰 편이었으나 입술은 빨갛고, 이빨은 어쩌다가 드러내 보였는데 제멋대로 나서 고르지 못하고 보기 흉했으나 껍질을 벗긴 편도처럼 하얗더구나. 두 손으로 얇은 마포를 쥐고 그 안에는 내가 멀리서 보니 말라비틀어져서 미라가 된 심장을 얹어놓고 있었다. 몬떼시노스는 행렬을 이루고 있는 여자들이 모두 두란다르떼와 벨레르마의 하녀들로 그녀들 역시 두 주인과 같이 마법에 걸려서 여기 와 있는 것이며 마포에 얹은 심장을 손에 받쳐든 여성이 벨레르마 님인데, 그녀는 일주일에 나흘씩 시녀들과 함께 저런 행진을 하면서 두란다르떼의 유해와 슬픈 심장에다 애가(哀歌)를 부른다, 아니 부른다기보다 통곡을 한다고 설명해주었다. 그리고 벨레르마가 약간 보기 흉하거나 아니면 소문만큼 미인이 아닌 것처럼 내 눈에 비쳤는지 모른다. 그것은 마법에 걸려 지내는 밤낮없는 고통 탓인데, 눈 언저리의 검은 빛깔이며 안색이 나쁜 것을 보면 알수 있을 것이라면서, '저 살빛이 누래진 거나 눈언저리가 거멓게 된 것은 흔히 여성들에게 있는 월경 불순에 의한 것은 아니오. 그것은 벌써 몇 달 동안, 아니 몇 해 동안 잠시도 문간에 얼굴을 내민 적이 없기 때문이라오. 그보다 언제나 두 손으로 받쳐들고 있는 심장에 대한 슬픔과 일찍이 죽은 연인의 불행에 대한 추억이 항상 생각되고 되살아나는 고통 때문에 그렇소. 만일 그러한 일이 없다면 그 아름다움에 있어서, 그 요염함에 있어서, 그 날씬함에 있어서 이 근처뿐 아니라 온 세계의 칭찬의 대상이 되어 있는 위대한 둘씨네아 델 또보소도 가까스로 그녀에게 비견될 수 있을지 모르겠소.' 이런 말을 하지 않겠느냐. '그만두시오!' 하고 그때 나는 말했지. '몬떼시노스 님, 귀공은 무슨 이야기를 하시려거든 마땅히 그래야 하도록 말씀하셔야 하오. 비교라는 것이 모두 바람직스럽지 못한 것이라는 것은 아시는 대로며, 따라서 누구를 누구에게 비교한다는 것은 아무 뜻도 없는 일이오. 비길 데 없는 둘씨네아 델 또보소는 그 나름의 여성이고, 도냐 벨레르마는 벨레르마대로 그 나름대로의 여성이었던 것이오. 그것만으로 충분하지 않소?' 이에 대해서 그는 대답하기를, '돈 끼호떼 님, 부디 용서해주십시오. 내가 잘못했다고 고백하리다. 둘씨네아 님이 가까스로 벨레르마 님에게 필적될 것이라고 말한 것은 내 잘못이었소. 그대가 그 공주의 기사라는 것은 잘은 모르지만 그 어떤 징조로 짐작한 이상 그분을 하늘 그 자체와 비교한다면 모르되 다른 것과 비교한다는 것은 차라리 혀를 깨무는 편이 좋았을 것을 그랬소' 하잖겠느냐. 위대한 몬떼시노스가 이렇게 내게 해명했으므로 나의 그리운 공주 둘씨네아를 벨레르마와 비교하는 것을 들었을 때 마음속에 인 파도도 간신히 가라앉게는 되었다."

"그런데, 제가 그보다 이상해서 못 견디겠는 것은" 하고 산초가 끼여들었다. "어째서 나리가 그 늙은이에게 덤벼들어 온몸의 뼈다귀를 가루가 되도록 걷어차고, 턱수염이 한 올도 안 남도록 뽑아주지 않았는가 하는 것입니다요."

"아니, 안되지, 나의 벗 산초여" 하고 돈 끼호떼가 대답했다. "그런 짓은 내게 알맞지 않은 일이었다. 왜냐하면 우리는 설혹 상대가 기사가 아니더라도 노인에게는 경의를 표하지 않으면 안되고, 하물며 노인이 기사인 데다가 마법에 걸려 있다면 더욱 그러하느니라. 게다가 우리 두 사람 사이에 오고간 많은 문답에 있어서는 서로 빚진 것이 없는 사이라는 것을 똑똑히 나는 알고 있었기 때문이다."

이때 인문학자가 입을 열었다.

"돈 끼호떼 님, 기사님께서 저 아랫세상에 계신 그 짧은 동안에 어떻게 그렇게도 많은 것을 보시고 얘기하고 대답하고 계실 수 있었는지, 도무지 나는 알 수 없는데요."

"내가 내려가고 얼마나 지났느냐?" 하고 돈 끼호떼가 물었다.

"이럭저럭 한 시간쯤 되었지요."

"그럴 까닭이 없다" 하고 돈 끼호떼는 우겼다. "왜냐하면 나는 저쪽에서 밤을 맞이하고, 낮을 맞이하고, 다시 날이 저물어 아침이 된 것이 세 번이나 되었거든. 따라서 내 계산으로는 우리 눈에 감추어진 아득한 장소에서 사흘 동안 있었던 것이 된다."

"저의 주인 나리께서는 사실을 말씀하시는 것이 틀림없습니다요" 하고 산초가 말했다. "워낙 일어나는 일마다 모두 마법의 짓이니 아마 우리가 한 시간이라고 생각하는 것이 그쪽에선 사흘 낮 사흘 밤이 되는 모양입죠."

"그런 모양이다" 하고 돈 끼호떼가 말했다.

"그런데 그동안 기사님은 식사를 하셨던가요?" 인문학자가 물었다.

"한 숟갈도 먹지 않았소" 하고 돈 끼호떼가 대답했다. "그뿐 아니라 시장기도 느끼지 않았고, 먹고 싶은 생각조차 떠오르지 않았소."

"마법에 걸린 사람도 식사를 합니까?" 인문학자가 물었다.

"먹지 않지" 하고 돈 끼호떼가 대답했다. "대변도 안 보고. 하기야 소문으로는 손톱이라든지 수염이나 머리칼은 자라는 모양이오."

"그러면 마법에 걸린 사람들은 어쩌면 잠은 잘지 모르겠는 뎁쇼, 나리?" 하고 산초가 말했다.

"아니 결코" 하고 돈 끼호떼가 대답했다. "적어도 내가 그 사람들과 더불어 보낸 사흘 동안은 누구 하나 눈을 감지 않았고 나도 또한 마찬가지였다."

"그렇다면 속담과 꼭 맞는 셈인뎁쇼, 나리" 하고 산초가 말했다. "다시 말해서 '누구와 함께 있나 말해보라. 그러면 네가 어떤 사람인가 말해주마'라는 말이 있잖습니까요. 나리께서는 잡숫지도 않고 주무시지도 않는 마법에 걸린 사람들과 함께 계셨던 겁니다요. 그래서 그 사람들과 함께 계신 동안은 잡숫지도 않고 주무시지도 않았다고 하더라도 별로 이상할 건 없다고 생각하시면 됩니다요. 하지만 저희 주인님, 용서해줍쇼. 나리가 말씀하신 것을 제가 조금이라도 사실이라고 생각한다면 하느님께——실은 악마에게라고 말할 작정이었습니다만 말씀입니다요——채어가는 편이 훨씬 낫다고 말했다 하더라도 말씀입니다요.”

“어째서 못 믿겠단 말이오?” 하고 인문학자가 물었다. “돈 끼호떼 님이 거짓말을 하셨단 말이오? 설혹 거짓말을 할 생각을 하셨다고 하더라도 그토록 많은 거짓말을 지어내거나 생각하거나 하실 시간도 없잖았소?”

“난 나리께서 거짓말을 하신다고는 생각지 않지만 말입니다요……” 하고 산초가 대답했다.

“그렇다면 어떻게 생각한단 말이냐?”

“제 생각으로는” 하고 산초가 대답했다. “나리께서 저 아래쪽에서 만나 말씀을 나누셨다는 그런 잡동사니들을 마법에 건 그 메를린인지 마법사인지 하는 자가, 나리의 상상인가 기억인가의 속에 여태까지 말씀하신 일과 지금부터 말씀하시려 하는 일을 모두 한꺼번에 쑤셔넣었다고 생각됩니다요.”

“그것도 얼마든지 있을 수 있는 일이다, 산초” 하고 돈 끼호떼가 받았다. “그러나 사실은 그렇지 않았다. 왜냐하면 내가 한 이야기는 처음부터 끝까지 내 눈으로 보고 이 손으로 만져본 일이기 때문이다. 몬떼시노스가 내게 보여준 그 밖의 무수한 일과 이상 야릇한 일 가운데서——이런 일들은 이 자리에서 남김없이 말할 수 없는 일이니 언젠가 한가할 때 편력을 하면서 때에 따라 들려줄 생각이다만——세 사람의 농촌 처녀를 내게 보여주었는데, 그 처녀들은 그곳의 참으로 기분 좋은 초원을 마치 산양처럼 뛰고 달리고 하고 있었다. 나는 처녀들의 모습을 보는 순간 그 중의 한 사람은 비할 데 없는 둘씨네아 델 또보소요, 나머지 두 사람은 엘 또보소의 동구 밖에서 우리가 만난 그 둘씨네아와 함께 왔던 농촌 처녀들인 것을 알았다. 내가 이런 말을 하는 것을 그대가 어떻게 생각할지 모르지만 그래서 몬떼시노스에게, 저 아가씨들을 아느냐고 물어보았는데, 모른다는 대답이더라. 그러고는 그러나 어차피 마법에 걸린 어느 고귀한 여성들일 거다, 이 초원에 모습을 보이기 시작한 것은 극히 최근의 일이며 이러한 일은 조금도 놀랄 것이 없다, 그곳에는 과거의 세기와 지금의 세기의 귀부인들이 많은데 모두 마법에 걸려 갖가지 기괴한 모습으로 나타나고 있기 때문인데, 그러한 분들 가운데서 자기는 왕비 히네브라와 노시녀(老侍女), 브리튼에서 오셨을 때 란사로떼에게 술을 따라준

낀따뇨나를 알고 있다고 말해주더라.”

주인의 이런 말을 들었을 때 산초는 자기 머리가 이상해지거나, 너무나 우스워 웃다가 죽어버리지나 않을까 하고 생각했다. 왜냐하면 그때 둘씨네아가 마법에 걸렸다는 계략을 꾸민 진상을 알고 있고, 자기 자신이 둘씨네아를 마법에 건 마법사 구실을 했으며, 또 그 증인 노릇을 한 것도 다름아닌 자기 자신이었기 때문인데, 일이 이쯤 되니 이제 아무런 의심도 없이 주인이 제정신을 잃고 진짜 미치광이가 되었다는 것을 알았다. 그래서 저도 모르게 지껄였다.

“정말 좋지 않은 계제에, 기분 나쁜 때에, 재수 없는 날에 우리 소중한 나리가 저 세상에 내려가셔서, 좋지 않은 장소에서 몬떼시노스를 만나셨구나. 나리를 이렇게 만들어서 돌려보냈거든. 나리도 위쪽의 이 세상에서는 하느님이 주신 올바른 분별을 갖추고 좋은 상태로 계시면서 한 걸음 내디디실 때마다 황금 같은 말씀과 충고를 해주시곤 했는데, 이젠 안되겠네요, 도무지 상상 못 할 잠꼬대를 늘어놓고 계시거든.”

“나는 그대라는 사나이를 잘 알고 있다”하고 돈 끼호떼가 대답했다. “그대의 말은 문제도 삼지 않으련다.”

“저도 역시 나리가 하시는 말씀을 문제로 삼고 있지 않습니다요”하고 산초가 대꾸했다. “나리가 하신 말씀을 고치거나 틀린 데를 바로잡지 않으실 참이라면, 제가 이미 말씀드린 거나 지금부터 말씀드리려고 생각하는 말씀에 화가 나셔서 저를 해치거나 죽이거나 하셔도 상관없습니다요. 하지만 지금은 서로 싸움을 하고 있는 게 아니니까, 나리, 말씀해주십쇼. 그분이 둘씨네아 님이라는 것을 어떻게 아셨습니까요? 게다가 만일 나리께서 무슨 말씀을 하셨다면 대체 무슨 말씀을 하셨으며, 무슨 대답을 하십디까요?”

“내가 그분을 알아 본 것은”하고 돈 끼호떼가 대답했다. “그대가 나한테 가르쳐줬을 때와 마찬가지 옷을 입고 계셨기 때문이다. 말을 건넸으나 한 마디의 대답도 없었다. 그뿐 아니라 내게 등을 보이고 재빨리 달아나셨는데, 얼마나 빠르던지 투창도 따라갈 수 없었을 게다. 나는 그 뒤를 따라가려고 했는데, 만일 이때 몬떼시노스가 그런 데 공연히 정력을 허비할 것 없다, 따라가봐야 헛일이고 또 무엇보다도 내가 이 나락에서 탈출하는 데 알맞은 시각이 가까워지고 있다고 나한테 충고해주지 않았더라면, 틀림없이 뒤를 쫓아갔을 게다. 몬떼시노스는 자기와 벨레르마와 두란다르떼와 그 밖의 그곳에 있는 모든 사람들이 모두 풀려나려면 어떤 방법을 강구해야 하는가 내게 알려주겠다고 말했다. 그러나 내가 그곳에서 보거나 주의가 끌리거나 한 여성들 가운데서 무엇보다도 쓰라린 생각을 갖게 한 것은, 마침 몬떼시노스가 그런 말을 내게 하고 있을 때 나는 그 여자가 온 것도 깨닫지 못하고 있었는데, 불행한 둘씨네아의 두 시녀 중 하나가 두 눈에 눈물을 글썽거리며 나직한 목소리로 떠듬떠듬 하는 말을 들은 것이다. '저의 주인 둘씨네아 델 또보소께서 나리의 손에 입맞추고, 안녕하신지 문안 여쭈라고 말씀하셨습니다. 그리고 지금 매우 궁핍하셔서, 제가 갖고 있는 이 무명의 새 반스커트를 잡히고 6레알이나 아니면 나리께서 지금 갖고 계시는 돈을 빌려주십사고 부탁하셨습니다. 또 주인께서는 되도록 빨리 돌려드리겠다는 약속도 하셨습니다' 라고 말이다. 나는 이 말을 듣고 놀라 몬떼시노스 님을 돌아보고 묻지 않았겠느냐. '몬떼시노스 님, 마법에 걸린 고귀한 분들이 빈곤에 괴로워하시는 일도 다 있소?' 그러자 그분은 이렇게 대답하시더라. '잘 들으시오. 돈 끼호떼 데 라 만차 님, 이 돈에 곤란을 느낀다는 것은 어디 가나 있을 수 있는 일이며, 어떤 일에도 따라다니고 누구에게나 일어나는 일이니, 설혹 마법에 걸린 자라고 하더라도 내버려두지는 않을 것이오. 그러기에 둘씨네아 델 또보소 님이 6레알의 돈을 빌리고 싶다며 사람을 보내신 것이오. 보건대 저당잡힐 물건도 훌륭한 것 같으니 변통을 해드리시구려. 의심할 여지도 없이 상당히 긴박한 궁지에 빠져 계신 것 같으니 말씀이오.' 그래서 나는 '담보는 받지 않겠소. 또 부탁하시는 6레알도 변통해드리지 않겠소. 나는 단지 4레알밖에는 갖고 있지 않소'하고 대답했다. 그리고 4레알을 심부름 온 여자에게 주었는데, 그 돈은 며칠 전 산초 그대가 한길에서 거지를 만났을 때 적선을 하라고 내게 준 돈이다만, 그때 나는 이런 말을 덧붙여서 했다. '그대의 주인에게, 내가 공주의 궁핍을 진심으로 슬퍼하고 도와드리기 위해서는 푸까르 집안(15세기 중엽 스페인에 나타난 재벌)의 주인이라도 되고 싶은 심정이라고 전해주오. 그리고, 공주의 화려한 모습과 재기에 넘치는 말씀에 접하지 않으면 나는 결국 건강하게 살아갈 수 없고 또 기력도 없을 것이며, 이 사로잡힌 하인, 지칠 대로 지친 기사에게 얼굴을 보여주시고 말씀 건네주시도록 충심으로 부탁드리노라고 전해주오. 그리고 또 만뚜아 후작이 산 속에서 숨이 넘어가는 조카 발도비노스를 발견했을 때 한 복수의 맹세를 본받아 나도 굳

은 맹세를 했다는 사실을 생각지도 않는 때 남의 입을 통해 듣게 되실지
도 모르나, 만뚜아 후작의 맹세란 복수를 할 때까지 식탁에 앉아 빵을
먹지 않는다는 것인즉, 거기에는 이 밖에 자질구레한 여러 가지 일이 덧
붙여지지만, 나의 맹세는 공주를 마법에서 해방시켜드릴 때까지 세계의
7부분을 포르투갈 왕자 돈 뻬드로가 걸은 것보다 더 열심히 조금도 쉬지
않고 걷는 일이오.' 그러자 그 처녀는 '그런 것은 물론이지만 그것보다
더 많은 것을 나리께서는 제 주인을 위해 하시지 않으면 안되셔요' 하고
대답하지 않겠느냐. 그리고 4레알을 받더니 절을 하는 대신 빙그르 허공
에서 공중 회전을 한 번 했는데 그건 땅 위에서 6척 이상 높이는 충분히
되었을 게다."

"아아, 이걸 어쩐담" 하고 이때 산초가 큰 소리로 말했다. "대체 세상
에 이런 일도 있을까! 세상에서 마법사나 마법의 힘이 이렇게 강해서
우리 주인님의 올바른 분별을 이런 어처구니없는 광태로 바꾸어버리다
니, 이걸 어떡하면 좋단 말인가? 오오, 나리! 나리! 제발, 나리, 자
기 자신을 잘 좀 생각해주십쇼. 자기 자신의 명예라는 것을 한 번 돌아
봐주십쇼! 나리의 머리를 엉망으로 만들고 바보로 만든 그런 잠꼬대를
믿어서는 안되십니다요!"

"나를 생각해주기 때문에, 산초여, 그대는 그런 말을 하는 게다" 하고
돈 끼호떼는 말했다. "그리고 그대는 이 세상의 여러 가지 일에 경험이
없기 때문에 얼마간 곤란이 수반되는 일이면 모두 있을 수 없는 일로 그
대에게 보이는 게다. 그러나 언젠가도 말했듯이 시간이 흐르면 알게 될
것이고, 나는 저 아랫세상에서 보고 온 일을 모두 그대에게 얘기할 테
니, 그대는 지금 내가 한 얘기를 믿게 될 게다. 그것이 진실이라는 것은
반박도 항변도 허용치 않는 것이기 때문이다."

제 24 장

여기서는 이 거창한 이야기의 정당한 이해에 필요 불가결하고 동시에 없어
서는 안될 갖가지 자질구레한 일들이 다루어진다.

이 거창한 이야기를 원작자 씨데 아메떼 베넨헬리가 저술한 원작에서

번역한 사나이는 다음과 같이 말하고 있다. 즉, 몬떼시노스의 동굴에서 있었던 모험을 묘사한 장(章)에 이르렀을 때 그 장의 난 외에 아메떼의 자필로 바로 다음과 같이 기입되어 있었다는 것이다.

"나는 앞 장에 씌어 있는 일절의 사건이 그대로 정확하게 용감한 돈 끼호떼에게 일어났다는 것을 이해할 수도 없고 납득할 수도 없다. 그 이유로서는 여태까지 일어난 모든 모험은 아무튼 일어남직하고 진실인 듯한 것이었는데, 이 동굴의 모험은 너무나 합리적인 범위에서 벗어나 있어 이것을 진실이라고 생각할 여지를 정말 발견할 수 없었기 때문이다. 그렇다고 그 당시에 가장 성실한 귀족이자 가장 고귀한 기사였던 돈 끼호떼가 거짓말을 했다고 생각한다는 것은 나로서는 도저히 불가능한 일이다. 왜냐하면 설혹 화살에 맞아죽는 한이 있더라도 그는 단 한 마디의 거짓말도 할 사람이 아니기 때문이다. 한편, 앞에서 말한 일절의 사항을 포함해서 그토록 구상이 큰 잠꼬대를, 더욱이 그토록 짧은 시간에 이야기하거나 날조한다는 것은 도저히 그로서는 할 수 없는 일이라고 생각하는 것이다. 그래서 내가 이 모험이 가짜라고 하더라도 그것은 나의 죄가 아니다. 그런 까닭에 그것을 거짓인지 진실인지 뚜렷이 확인하지 못한 채 이 이야기를 쓰고 있는 것이다. 그러니, 그대 현명한 독자여, 이것을 좋을 대로 판단해주기 바란다. 왜냐하면 나는 이 이상 책임도 없거니와 책임질 수도 없는 일이기 때문이다. 하기야 돈 끼호떼는 마지막 임종 때 이 모험에 대한 이야기를 취소했다고 하며, 그것은 여태까지 애독해온 여러 가지 모험과 일치할 뿐 아니라 빈틈없이 일치된다고 여겨지므로 그가 날조했다고 고백한 것은 확실한 것으로 되어 있다."

그리고 저자는 다시 다음과 같이 덧붙이고 있다.

인문학자는 산초 빤사의 당돌한 태도에 대해서도, 그 주인의 인내력에 대해서도 마찬가지로 놀라움의 눈을 크게 떴다. 그는 비록 마법에 걸려 있었다고는 하나 그리운 공주 둘씨네아 델 또보소의 모습을 보는 데서 온 만족감으로 하여 돈 끼호떼가 이때 그렇듯 온화한 태도를 보일 수 있었던 것이라고 판단했다. 만일 그렇지 않았더라면 산초가 주인에게 한 말이나 말투는 몽둥이로 실컷 두들겨맞을 만한 것이었기 때문이다. 사실 인문학자는 산초가 주인에게 지나치게 불손했다고 여겼으므로 돈 끼호떼를 보고 말했다.

"돈 끼호떼 데 라 만차 님, 저는 기사님을 모시고 다닌 이번 여행이 참으로 유익한 것이라고 생각하고 있습니다. 그것은 여행하는 동안에 네 가지 수확이 있었기 때문입니다. 첫째는, 기사님과 사귀게 되었다는 것인데, 이것이 가장 큰 복이라고 저는 생각하고 있습니다. 둘째는, 몬떼시노스의 동굴 속에 갇혀 있는 것들과 과디아나 강 및 루이데라 늪의 변신에 대해서 알았다는 것입니다. 이것은 현재 제가 손을 대고 있는 《스페인의 오비디우스》에 상당히 도움이 될 것입니다. 셋째는, 트럼프가 옛날부터 있었다는 것, 적어도 샤를마뉴 황제 시대에 벌써 트럼프 놀이가 있었다는 것을 안 일입니다. 그것은 두란다르떼가 몬떼시노스의 말을 듣고 한참 입을 다물고 있다가 간신히 눈을 뜨고, '트럼프를 섞으시오, 새로 쳐야겠소' 하고 말했다는 기사님이 하신 말씀에서 추측할 수 있지요. 이 문구와 지껄이는 말투는 마법에 걸린 후에 익힌 것일 까닭이 없습니다. 마법에 걸리기 전에 아까 말씀드린 샤를마뉴 황제 시대에 프랑스에 있을 때 익힌 것이 틀림없습니다. 그리고 이 연구는 내가 현재 쓰기 시작하고 있는 《베르길리우스 폴리도로의 고대에 있어서의 사물 기원고 보유(起源考補遺)》라는 또 하나의 저술에 꼭 들어맞습니다. 그리고 원저자는 제가 현재 취급하려 하고 있는 것처럼 서적 속에 트럼프의 기원을 삽입할 생각은 전혀 하지 못했다고 생각합니다만, 두란다르떼 같은 엄숙하고 신뢰할 만한 사람을 인용하는 것이니까 특히 권위 있는 사항이 될 것입니다. 넷째로, 오늘날까지 세상 사람들에게 알려져 있지 않았던 과디아나 강의 기원을 확실히 알았다는 것입니다."

"그대의 말에도 일리는 있소" 하고 돈끼호떼가 말했다. "그러나 그렇게 말하는 그대의 책이 다행히도 하느님의 은총으로 출판의 허가가 주어지게 된다 하더라도 나는 좀 궁금하게 생각되는 것이 있소. 대체 그것을 누구에게 바칠 참인지 듣고 싶소."

"바칠 만한 왕공이나 고귀한 분들은 스페인에 많지요."

"많지는 않소" 하고 돈 끼호떼가 대꾸했다. "그렇다고 바칠 만한 값어치 있는 분들이 적다는 말은 아니오. 그건 저자의 노력과 호의에 대해서 마땅히 지불해야 할 것으로 생각되는 감사를 표시해야 한다는 데 구애받는 것이 싫어서 그것을 허용하고 싶어하지 않는 사람도 있기 때문이오. 나는 어느 고귀한 분을 알고 있는데, 이분은 다른 귀족들의 결함을 보충할 수 있는 정도가 아니라 남아날 정도니, 만일 내가 기탄없이 말한다면 도량 넓은 많은 사람들의 가슴에도 질투심을 불러일으키게 될 것이오.

그러나 이 이야기는 이 정도로 그쳐 좀더 한가할 때 하기로 하고, 오늘 밤 유숙할 곳을 찾지 않으려오?"

"여기서 그다지 멀지 않은 곳에" 하고 인문학자가 대답했다. "은자(隱者)의 암자가 있습니다. 한 은자가 그곳에 살고 있습니다만, 그는 본래 병사 출신으로 꽤 훌륭한 그리스도 교도며 매우 생각이 깊고 인자한 사람이라는 소문이 자자하지요. 그 암자 옆에 조그마한 집이 한 채 있는데 그것은 이 은자가 자기 비용으로 세운 집이랍니다. 조그마하지만 몇 사람 정도의 나그네를 휴식시키기에는 충분한 곳입니다."

"그 은자는 필경 암탉을 기르고 있겠죠?" 하고 산초가 끼여들었다.

"암탉을 기르지 않는 은자는 아마 극히 드물걸" 하고 돈 끼호떼가 받았다. "왜냐하면, 오늘날의 은자는 야자수 잎을 몸에 걸치고 흙 속의 초근을 먹었던 이집트 사막의 은자들 같은 생활을 하고 있지 않기 때문이다. 내가 후자를 칭찬했다고 해서 오늘의 은자를 나쁘게 말한 것으로 해석해서는 곤란하고, 오늘날의 은자들이 하는 고행은 그 옛날의 엄격, 준열함에는 미치지 못한다고 말했을 뿐이다. 그렇다고 해서, 오늘날의 은자들이 좋은 분들이 아니라는 말은 아니다. 적어도 나는 훌륭한 분들이라고 생각하고 있으니까. 아무리 나쁘게 보더라도 선인인 체하는 위선자 쪽이 공공연한 죄인보다 해가 적은 법이니라."

이런 말을 하고 있을 때 그들 쪽으로 한 사나이가 창과 칼 같은 것을 실을 당나귀를 채찍질하면서 재빨리 오고 있는 것이 그들 눈에 띄었다. 그리고 그는 그들 앞에 이르자 인사하고 그대로 지나가려 했다. 그러나 돈 끼호떼는 그를 불러 세웠다.

"기다리시오, 거기 좀 멈추시오. 그대는 그 당나귀의 걸음걸이로는 시간에 닿을 수 없을 만큼 바쁘신 모양이구려."

"저는 멈추어 있을 수가 없습니다" 하고 그 사나이가 대답했다. "보시다시피 여기 갖고 가는 무기는 내일 사용하게 되어 있어서 멈추거나 머물러 있을 수가 없습니다. 그럼, 안녕히 가십시오. 그런데 제가 뭣 때문에 이것을 갖고 가는지 알고 싶으시거든 저 암자 쪽에 있는 여인숙에서 오늘 묵을 생각이니까 여러분들도 같은 길을 가실 참이라면 거기서 저와 만나실 수 있습니다. 진기한 이야기를 들려 드리지요. 그럼 다시 한 번 안녕히 가십시오."

그리고 여전히 바쁘게 당나귀를 재촉하며 사라져갔으므로 그가 들려주겠다는 진기한 이야기가 어떤 것인지 돈 끼호떼는 물어볼 겨를도 없었다. 본래 그는 호기심이 강하고 늘 무언가 새로운 것을 알고 싶어하는 욕망에 괴로워하는 사나이로서 지금부터 곧 출발해서 인문학자가 말한 암자에 들르지 말고 그날 밤은 여인숙으로 가서 묵자고 말했다.

그렇게 하기로 하여 저마다 자기 탈것에 올라앉아 세 사람은 곧장 여인숙으로 가는 길을 나아갔는데, 그들이 그곳에 닿은 것은 해가 지기 바로 직전이었다. 그 도중 인문학자가 돈 끼호떼에게 잠깐 암자에 들러 한 잔하고 가자고 제의했다. 그 말을 듣기가 무섭게 산초는 잿빛 당나귀의 머리를 그쪽으로 돌렸고 돈 끼호떼와 인문학자도 그 뒤를 따랐다. 그러나 산초의 고약한 숙명이 그렇게 명령했던 것일까, 은자는 마침 외출하고 없다고 암자에 있던 여자가 대답했다. 그래서 그들이 반야탕(盤若湯. 술을 말함)을 나누어달라고 부탁하자, 암주(庵主)는 그런 것은 없습니다, 더 싼 물 같으면 기꺼이 드리겠습니다, 라는 대답이었다.

"물로 덜 수 있는 갈증이라면" 하고 산초가 대꾸했다. "길가에 샘이 얼마든지 있으니까 진작 목을 축였겠지요. 아아! 까마초의 혼례, 돈 디에고 댁의 융숭한 대접, 그것이 새삼스레 생각나는군!"

그래서 일행은 암자를 뒤로 하고 여인숙을 향해 말과 당나귀를 재촉했는데, 조금 가니 그들보다 앞서 천천히 걸어가고 있는 한 젊은이를 만나 곧 따라잡을 수가 있었다. 그는 어깨에 칼을 메고 거기에다 겉보기에 옷보따리 같은 것을 꿰었는데, 그것엔 바지나 혹은 긴 바지, 짤막한 망토와 속옷이 들어 있는 것 같았다. 그 증거로 새틴의 가장자리 장식이 붙어 있는 비로드 등의 자락이 밖으로 비쭉 나와 있었다. 긴 양말은 견직이었으며 도시풍으로 꼭 맞는 신을 신고 나이는 열여덟이나 열아홉 살쯤 되었을까, 매우 밝은 얼굴로 얼른 보기에 무척 활발한 사람 같았다. 그리고 터벅터벅 걸어가는 괴로움을 달래려고 〈세기디야(민요에 사용된 짧은 시)〉를 부르고 있었다. 그들이 막 그를 따라잡았을 때 그는 한 곡을 막 끝마친 참이었다. 인문학자가 그것을 기억하고 있었는데 이런 노래였다고 한다.

나는 가난해서 싸움터에 나간다,
돈이 있다면 누가 가겠나, 정말이지.

제일 먼저 젊은이에게 말을 건넨 것은 돈 끼호떼였다.

"가벼운 차림으로 어딜 가시오, 젊은이? 만일 싫지 않다면 듣고 싶구려."

젊은이가 대답했다.

"이렇게 가벼운 차림으로 걸어가는 것도 더위와 가난 탓이지요. 어디를 가느냐구요? 전쟁터에 나가는 거지요, 뭐."

"어째서 가난하다고 말하시오?" 하고 돈 끼호떼가 물었다. "더위는 그럴싸하오만."

"기사님" 하고 젊은이가 말했다. "저는 이 동의와 함께 입는 폭 넓은 바지를 이 보따리에 싸 갖고 있지요. 가다가 잘못해서 버리기라도 하면 도시에 들어가서 차려입지 못하게 되니까요. 새 것을 사고 싶어도 그것을 사는 데 필요한 것이 없어서요. 하나는 이런 이유고, 또 하나는 시원해서 이런 복장으로 이제 12레구아도 안 남은 보병 중대에 닿을 때까지 걸어가려고 그럽니다. 거기 가서 입대할 참입니다만, 그렇게 되면 거기서 항구까지 타고 갈 군용 짐마차는 얼마든지 있겠죠. 승선지는 아마 까르따헤나가 될 것이라는 소문입니다. 저는 도시의 가난뱅이를 섬기느니 임금님을 주인으로, 주군으로 모시고 전쟁에 나가서 봉사하는 편이 훨씬 낫다고 생각하고 있지요."

"당신은 아마 특별 수당을 받고 있나보죠?" 인문학자가 물었다.

"만일 제가 스페인의 높은 양반이나 무언가 중요한 인물을 섬기고 있었다면 아마 틀림없이 받고 있었을 겁니다" 하고 젊은이가 대답했다. "다시 말해서, 그건 훌륭한 양반들을 섬겼을 때에만 받을 수 있으니까요. 세도가의 하인 식당에서 소위가 되고 대위로 출세하거나 수지맞는 연금이 얻어걸리는 일은 얼마든지 있으니까요. 그런데 저는 운이 나빠서 늘 직업을 찾느라고 눈에 핏대를 세운 면직자라든지 건달 같은 사람을 섬긴 덕분에 매일 식사대나 급료는 정말 이루 말할 수 없이 비참하고, 옷깃의 품값을 치르고 나면 절반은 달아나는 형편이지요. 시동(侍童) 출신이 제법 큰 행운을 붙잡는다는 것은 기적으로밖에 생각할 수 없어요."

"그렇다면 좀 상세한 것을 묻겠는데" 하고 돈 끼호떼가 물었다. "그대가 섬기고 있던 동안에 근무용 제복도 얻을 수 없었다는 것은 있을 수 없는 일이 아닐까?"

"두 벌 얻었지요" 하고 젊은이가 대답했다. "하지만 수도사가 수도사의 맹세를 하기 전에 어느 종문에서 떨어져나오면 그때까지 입고 있던 법복은 몰수당하고 옛날 입고 있던 옷을 돌려받는 것과 마찬가지로, 제가 섬기고 있던 주인들도 궁정에 출사하던 자기들의 근무가 끝나게 되자 곧 제가 그전에 입던 옷을 돌려주고는 다만 허영으로 입혀준 근무용 제복은 뺏어버리더군요."

"이탈리아 말로 한다면 굉장한 스뺄로르체리아(구두쇠)구나" 하고 돈 끼호떼는 말했다. "그러나 그렇다고 하더라도 그대가 그와 같이 훌륭한 뜻을 품고 고향을 뛰쳐나왔다는 것은 참으로 다행한 일이라고 생각하는 것이 좋소. 왜냐하면, 첫째 하느님께 봉사하는 것만큼 영광스럽고 유익한 일은 이 세상에 달리 없기 때문이오. 그 다음이 국왕, 즉 군주를 섬기는 것, 그 중에서도 무기를 잡는 것을 본직으로 삼을 경우에는 더욱 그러한데, 무신(武臣)으로는 내가 여태까지 몇 번이나 말한 것처럼, 문관의 일만큼 부는 얻지 못하더라도 적어도 훨씬 높은 명예를 얻을 수 있기 때문이오. 그야 무신으로 있는 자보다 정치에 종사하는 자가 세습 재산을 더 많이 만들어쓸지는 모르나, 그래도 역시 무에 종사하는 자는 문에 종사하는 자보다 어딘가 뛰어나는 점이 있고, 어딘가 광휘 같은 것이 있는데 이건 모든 자보다 뛰어나는 점이오. 내가 지금부터 말하는 것을 잘 기억해두면 그대의 장차 근무에서 오는 고통과 괴로움에도 도움이 되고 구원도 되고 크게 소용도 있을 것이오. 그것은, 언젠가 그대에게 닥칠지도 모를 불운한 사태를 앞으로는 미리 이것저것 생각지 말라는 것이오. 모든 불운한 사태 가운데서 가장 나쁜 것은 죽음이지만, 그러나 훌륭한 죽음이라면 그 죽음은 무엇보다도 최고의 것이 되는 것이오. 저 용장한 로마 황제 율리우스 카이사르에게, 어떤 죽음이 가장 훌륭한 죽음일까 하고 사람들이 물었더니 뜻밖의 죽음, 다시 말해서 예기치 않게 느닷없이 찾아온 죽음이라고 대답했는데, 이것은 참된 신을 모르는 이교도로서 대답했다고는 하나 인간 자연의 감정에서 벗어나기 위해서는 참으로 정곡을 찌른 말이라 할 수 있소. 그대가 첫 출전이나 충돌에서 살해될지도 모르고, 혹은 대포알에 맞아 죽을지도 모르고, 혹은 지뢰를 밟고 풍비박산이 되어 목숨을 잃을지도 모르오. 그러나 그런 것이 무슨 상관 있겠소? 요컨대 죽는다는 데는 변함이 없소. 그것으로 만사는 끝나는 셈이오. 게다가 테렌티우스(기원전 로마의 희극 작가. 195~159)의 말을 들어보면, 싸움터에서 생명을 잃은 자는 달아나서 무사히 목숨을 유지한 자보다 훨씬 훌륭하게 여겨진다는 것이오. 훌륭한 병사는 대장이나 자기에게 명령을 내릴 수 있는 상관에게 순종하면 할수록 더더욱 명성을 얻는 법이오. 게다가 훌륭한 병사에게 있어서는 사향보다 초연(硝煙) 냄새가 더 좋다는 것을 젊은이여, 명심하도록 하시오. 그리고 또 노년에 이르러서도 군직에 있을 경우에는 설혹 온몸에 상처를 입고 병신이나 절름발이가 되었다고 하더라도 그것이 그 사람으로부터 명예를 빼앗는 것도 아니며 가난 때문에 명예가 상하는 것도 아니오. 하물며 현재는 나이먹은 병졸이나 상이군인을 위로하고 구제하는 칙령까지 내려지고 있으니까. 그런 병사를 검둥이가 노년에 이르러 소용이 없어졌을 때 자유로이 해방시켜주는 사람들과 함께 논해서는 안되오. 그들은 흑인들을 해방시켜준다는 미명 아래 자기 집에서 추방하여 결국 굶주림의 노예로 만들고 있는 것이오. 더욱이 그 굶주림이라는 것으로부터 빠져나오는 길은 죽음 이외에는 없다는 것을 상상도 못 하고 있는 그들이오. 그러나 이 이상 여기서는 말하고 싶지 않소. 자, 그보다 여인숙까지 내 말 뒤에 타시오. 그리고 거기서 우리들과 함께 저녁식사를 하고 내일 아침 그대의 여행을 계속하도록 하오. 그대의 뜻에 알맞은 행운을 하느님이 아무 말 없이 베풀어주셨으면 하는 생각뿐이오."

젊은이는 말 뒤에 타는 것은 사양했으나 여인숙에서 그와 저녁식사를 같이 하자는 초대에는 쾌히 응했다. 이때 산초는 속으로 중얼거렸다.

"거참, 이런 일도 있나! 방금 하신 것처럼 그런 훌륭한 말씀을, 더욱이 그토록 오래 지껄일 수 있는 분이 몬떼시노스의 동굴에 관해서는 도저히 있을 것 같지 않은 엉터리를 확실히 보았다고 말씀하시다니, 이게 있을 수 있는 일일까? 그래 좋아, 어차피 알게 될 테지."

그리고 이럭저럭 하는 동안에 마침 해가 졌을 때 그들 일행은 여인숙에 닿았는데, 돈 끼호떼가 여태까지처럼 그것을 성으로 생각지 않고 진짜 여인숙이라고 판단하는 것을 보고 산초는 역시 기쁘지 않은 것은 아니었다. 그들 일행이 여인숙에 발을 들여놓기가 무섭게 돈 끼호떼는, 창과 칼 같은 것을 당나귀에 싣고 온 사나이가 들지 않았느냐고 여인숙 주인에게 물었다. 주인은 마구간에서 당나귀를 돌봐주고 있다고 대답했다. 인문학자와 산초도 당나귀와 말을 끌고 마구간으로 가서 산초는 로시난떼에게 가장 좋은 장소를 골라주었다.

제 25 장

이 장(章)에서는 당나귀의 울음 소리에 관한 모험과 괴뢰사(傀儡師)의 우스꽝스러운 모험 및 점치는 원숭이의 기억할 만한 일이 다루어진다.

돈 끼호떼는 무기를 나르던 사나이가 약속해준 진기한 얘기라는 것을 들을 때까지는, 세상에서 흔히 말하듯이 빵이 구워지는 것도 못 기다릴 심정이었다. 그래서 여인숙 주인이 가르쳐준 그 사나이가 있는 자리를 스스로 찾아나섰다. 그리하여 그 사나이의 얼굴을 보자마자 만사를 제쳐놓고, 아까 자기가 물은 데 대해 나중에 얘기하마고 했는데 그 이야기를 지금 들려줄 수 없느냐고 부탁했다. 그러자 사나이가 대답했다.

"제가 아는 진기한 얘기란 좀 편안히 앉아서 들으셔야지 그렇게 우두커니 서서 들을 성질의 것이 아닙니다. 나리, 제 당나귀의 뒷바라지를 마칠 때까지 기다려주십시오. 그러면 깜짝 놀랄 만한 이야기를 들려드리지요."

"그런 식으로 우물쭈물 지체하지 마오" 하고 돈 끼호떼가 대답했다. "내가 그대를 도와주리다."

그리하여 정말 그 사나이를 위해서 보리를 체로 치기도 하고 구유를 씻기도 하고 했는데, 그 겸허한 태도에 감동한 사나이는 부득이 그가 듣고 싶다는 이야기를 기꺼이 해주지 않으면 안되겠다고 생각했다. 그래서 그는 걸상에 앉아 돈 끼호떼를 옆에 앉히고 인문학자와 젊은이, 산초 빤사 그리고 여인숙 주인을 원로원(元老院) 내지는 청중으로 삼아 입을 열었다.

"이건 이 여인숙에서 4레구아 반쯤 되는 어느 마을에서 일어난 일인 줄 알아두십시오. 그 마을의 촌회 의원(村會議員) 한 사람 집에서 젊은 하녀의 잘못인지 혹은 일부러 꾸민 일인지는 모르나, 그것까지 얘기하면 길어지니 자릅니다만, 기르던 당나귀가 별안간 없어졌습니다. 그래서 사방으로 찾았으나 도무지 어떻게 되었는지 실마리를 잡을 수가 없었습니다. 사람들의 소문을 들으면, 당나귀가 없어지고 약 2주일쯤 지나서 당나귀를 잃어버린 촌회 의원이 마침 마을 광장에 있었는데, 역시 그 마을

의 촌회 의원인 사나이가 찾아와서 말을 걸었답니다. '여보게, 나한테
한턱 내게. 자네 당나귀를 찾았으니까. '그러자 당나귀 임자는 '그렇다
면 한턱 내고말고, 얼마든지 내지. 대체 어디에 나타났나 가르쳐주게
나. ''숲에서 오늘 아침 내가 봤다네. 짐안장도 마구도 아무것도 없이
더욱이 비쩍 말라서 보기에도 딱하더군. 그래서 내가 가까이 가서 붙잡
아가지고 자네한테 끌고 오려고 했더니, 그놈이 그새 벌써 야성으로 돌
아가서 사람을 무서워하게 되었는지 내가 가까이 가자 재빨리 달아나서
숲속 풀숲에 숨어버렸단 말야. 만일 자네가 나와 함께 그녀석을 찾으러
가고 싶다면, 이 암탕나귀를 얼른 집에 갔다 매놓고 곧 돌아옴세'하고
당나귀를 발견한 사나이가 대답했습니다. '그거 참 고맙군'하고 당나귀
주인이 말했습니다. '무슨 일이 있더라도 당나귀 값만큼은 자네한테 사
례하겠네. '아무튼 이런 식으로 내가 지금 말한 것과 똑같은 말투로 이
사건의 진상을 알고 있는 사람들은 모두 이 얘기를 했습니다. 결국 두
촌회 의원은 디벅터벅 걸어서 나란히 숲 속으로 들어가 당나귀가 있음직
한 장소를 찾아다녔습니다만 도무지 눈에 띄지 않았으며, 근처를 아무리
둘이서 뒤져봐도 그림자도 없었습니다. 그러자 당나귀를 발견했다던 촌
회 의원이 당나귀 임자 의원에게 말했습니다. '이 사람아, 내 머리에 묘
안이 떠올랐네. 이 수법을 쓰면 숲 속은 말할 것도 없고 설혹 땅속에 숨
어 있더라도 반드시 찾아낼 수 있을 걸세. 다름이 아니라 거짓말처럼 당
나귀 울음 소리를 흉내내는 건데 자네도 얼마간 해낼 수 있으면 일은 다
된 거네만. ''뭐 얼마간이라고 그랬것다'하고 당나귀 임자가 말했습니
다. '정말이지 그건 나보다 더 잘하는 자가 없을걸. 진짜 당나귀도 나만
못할 걸세. ''그건 어차피 알게 될 테지. 자네는 숲 저쪽에서 들어오고
나는 이쪽에서 접근해가면서 숲을 빙빙 돌아다니고 여기저기 쑤석거리
면서 줄곧 당나귀 울음 소리를 내면, 만일 그녀석이 숲 속에만 있다면
우리 울음 소리를 듣고 대답을 안할 까닭이 없지 않겠는가?'이 말을
듣자 당나귀 주인이 대답하기를, '거 참 훌륭한 생각이네. 역시 머리 좋
은 자네의 착안이라 다르군'하고 말했습니다. 두 사람은 헤어져서 거의
동시에 당나귀 울음 소리를 내면서 접근해갔습니다. 그들은 드디어 당나
귀가 나타난 줄 알고 달려갔더니 서로 상대편의 울음 소리에 속았다는
것을 알았습니다. 그래서 서로 얼굴을 맞대자 당나귀를 잃은 사나이가
말했습니다. '여보게, 아까 운 것이 정말 내 당나귀가 아니었단 말인

가?' '내가 아니고 누가 그렇게 울었겠나' 하고 상대가 대답했습니다. 그러자 당나귀 임자가 '이제야 말하네만 당나귀와 자네 사이에는 울음 소리에 관한 한 조금의 차이도 없네그려. 나는 이 세상에 태어나서 여태 까지 그 이상 진짜와 똑같은 울음 소리는 들은 적도 본 적도 없네' 하고 칭찬했습니다. '나보다 자네한테 꼭 들어맞고 자네에게 바칠 말들일세. 나는 만들어주신 하느님께 맹세코 말하지만, 자네는 지상 최고의 당나귀 울음 소리의 명수보다 2할은 더 뛰어나네. 자네가 내는 목소리는 무척 높은 데다가 그 높은 데에 이르러서는 참으로 적시에 박자가 잘 맞고 소 리의 억양이 또한 매우 변화에 차고 톤이 급하더군. 그래서 결국 내가 졌다는 것을 분명히 인정하고 승리의 영광도, 이 특수 기능의 승리의 깃 발도 모두 자네에게 양보하는 것일세.' 그러자 당나귀 임자가 '나도 이 제부터는 나 자신을 좀더 높이 평가해서 나한테도 얼마간의 재능이 있으 니 이것으로 나도 약간 쓸모가 있다고 생각하기로 하겠네. 하기야 나도 당나귀 울음 소리를 잘낸다고는 생각했지만, 자네 말처럼 그토록 뛰어나 리라고는 한 번도 생각하지 못했지' 하고 대답했습니다. '그런데, 한 가 지 더 내가 이 자리에서 말하고 싶은 것은' 하고 상대편 의원이 덧붙였 습니다. '세상에는 파묻혀 있는 귀한 재능도 무척 많네그려. 더욱이 그 런 재능의 용도도 모르는 사람들 가운데 이용도 못 하면서 헛되이 그런 재능을 가지고 있는 사람이 많단 말이야.' 이에 당나귀 임자가 '우리의 재능도 지금 내가 직면하고 있는 이런 경우가 아니면 아무런 소용도 없 지 않겠는가. 하다못해 이런 경우에라도 소용이 되어주었으면 좋겠네' 하고 대답했습니다. 그리고 그들은 다시 양쪽으로 갈라져 서로 당나귀 울음 소리를 내기 시작했는데, 그때마다 서로에게 속아서 다시 서로 얼 굴을 맞대게 되곤 하자, 마침내 자기들의 울음 소리와 당나귀의 울음 소 리를 분간할 수 있는 신호로써 번갈아 두 번 연거푸 울기로 했습니다. 그래서 한 걸음 옮길 때마다 당나귀 울음 소리를 두 번씩 내면서 온 숲 을 구석구석 돌아다녔지만 도무지 잃어버린 당나귀는 대답도 하지 않고 그럴 기색도 보이지 않았습니다. 그것도 그럴 것이 그 가엾고 불운한 당 나귀는 대답을 할 수 없게 되어 있었던 것입니다. 숲의 가장 깊숙한 곳 에서 늑대에 물려죽은 당나귀를 두 사람이 발견했으니까요. 그것을 발견 하자 당나귀 임자는 '이게 대답을 하지 않길래 아까부터 이상하다고 생 각했었지. 만일 죽지만 않았던들 우리 울음 소리를 듣고 저도 울지 않았을 까닭이 없거든. 그렇지 않다면 당나귀가 아니지. 그러나 이 당나귀 대신 자네의 그 무척 낭랑한 당나귀 울음 소리를 들을 수가 있었으니, 당나귀는 비록 시체로 찾았지만 이것을 찾느라고 한 고생이 결코 헛수고 는 아니었다고 생각하네' 하고 말했습니다. '아니, 아니, 나야말로 그렇 게 생각하네' 하고 상대편은 그를 추켜올렸습니다. '그야 신부가 노래를 잘 부르면 복사(服事)도 지지 않고 잘 부른다는 속담이 있잖은가.' 그리 하여 두 사람은 아무튼 시무룩한 표정으로 목이 마른 채 자기들의 마을 로 돌아가서 당나귀를 찾을 때 그들이 겪은 경위를 자세히 이야기하고, 서로 상대편이 당나귀 울음 소리를 잘 내더라고 떠벌리면서 친구와 이웃 사람 친지들에게 지껄여댔으므로, 이것이 죄다 이웃 여러 마을에까지 알 려지고 소문이 퍼지고 말았습니다. 그런데 잠시도 잠을 자지 않는 악마 는 장소도 가리지 않는 바람 속에 욕설의 먼지를 일으켜 아무렇지도 않 은 일에서 큰 소동이 일어나게 하여 알력과 분쟁과 말다툼의 씨를 뿌리 기 좋아하는 놈이라, 다른 마을 사람들이 우리 마을 사람을 만나기만 하 면 마치 우리 마을 촌회 의원의 당나귀 울음 소리 같은 소리로 그자리에 서 당나귀 우는 흉내를 내도록 만들어놓지 않았겠습니까. 한편, 그러는 동안에 아이들도 그만 당나귀 우는 소리를 흉내내는데 넋을 잃게 되어 서, 마치 지옥에 있는 모든 악마의 손이 입에 옮기나 한 것처럼 당나귀 의 울음 소리가 이 마을에서 저 마을로 번져나가, 나중에는 우리 마을 사람들의 당나귀 울음 소리가 백인 속에 검둥이가 두드러지게 눈에 띄듯 이 금방 알아듣게 되었습니다. 이 농담으로 인해 놀림을 받은 사람들이 놀려댄 사람들에게 무기를 들고 떼를 지어 이따금 패싸움을 걸어 들이닥 치는 지경에까지 이르러 버렸습니다. 이렇게 되고 보니 이제 장군이건 말이건 공포건 수치건 도저히 이 사태를 막지 못했습니다. 아마 내일이 나 모레쯤 또 우리 마을 사람들이, 다시 말해서 당나귀의 울음 소리를 내는 마을 사람들이, 여기서 2레구아쯤 떨어진 마을로——그 중에서 가 장 우리를 못 살게 구는 마을입니다만——그 마을 사람들을 상대로 출 전하게끔 되어 있습니다. 그래서 충분히 준비를 갖추자는 의논이 되어 여러분이 보신 그 창이니 칼이니 하는 무기를 사가지고 운반해가는 길이 죠. 이게 여러분들에게 이야기하겠다고 제가 말씀드린 그 진기한 얘깁니 다. 만일 여러분께서 진기하지도 재미있지도 않았다 하더라도 난 그밖에 달리 얘기가 없으니까요"

이렇게 이 사람 좋은 친구는 이야기를 끝맺었는데, 마침 이때 여인숙 입구에서 장화와 폭넓은 바지와 동의를 모두 면양 가죽으로 만들어입은 사나이가 들어와서는 큰 소리로 불렀다.

주인 양반, 방 있나? 여기 점쟁이 원숭이와 〈멜리센드라의 구출(救出)〉의 인형 극단을 끌고 왔네."

"이게 누구시오!" 하고 여인숙 주인이 외쳤다. "뻬드로 영감이 다 오시다니! 오늘 밤은 아마 좋은 밤이 되려나봅니다."

이 뻬드로 영감이라는 사람은 왼쪽 눈을 거의 뺨의 절반에 이르기까지 녹색 호박(琥珀) 천으로 가리고 있었는데, 그것은 얼굴 거기에 무언가 상처가 있는 증거라는 것을 작가는 잊고 설명하지 않았다. 여인숙 주인은 다시 말을 이었다.

"잘 오셨습니다, 뻬드로 영감. 그래, 점쟁이 원숭이와 인형 극단은 어디 있나요, 그 옆엔 보이지 않는데?"

"벌써 저기까지 와 있지" 하고 면양 가죽의 사나이가 대답했다." 다만 방이 있는가 없는가 확인하려고 내가 먼저 왔을 뿐이야."

"뻬드로 영감을 위해서라면 설혹 상대가 알바 공작($\substack{\text{스페인의}\\\text{세도가}}$)이라도 방을 비우게 해야지" 하고 여인숙 주인이 대답했다. "원숭이와 극단을 데리고 와요. 마침 우리집엔 인형극과 원숭이의 재주를 구경하고 돈을 치를 만한 분들이 오늘 밤엔 묵고 계시니까."

"그거 고맙군" 하고 면양 가죽의 사나이가 말했다. "그렇다면 구경값을 싸게 하지, 밥값만 치를 수 있으면 돼. 그럼 점쟁이 원숭이와 인형극 무대를 실은 짐수레를 이쪽으로 돌리도록 얼른 갔다오지."

그리고 사나이는 다시 여인숙에서 나갔다.

돈 끼호떼는 즉각 여인숙 주인에게, 저 뻬드로라는 사람이 무얼 하는 자며 어떤 인형극과 어떤 원숭이를 데리고 다니느냐고 물었다. 이에 대해 여인숙 주인이 가르쳐주었다.

"저이는 꽤 오래전부터 이 아라곤의 만차에서 유명한 돈 가이페로스가 지은 〈멜리센드라의 구출〉이라는 인형극을 하면서 돌아다니고 있는 유명한 괴뢰사입니다. 이 인형극은 벌써 오랜 세월 왕국의 이 지방에서 볼 수 있었던 가장 훌륭하고 가장 잘 상연된 얘기의 하나입죠. 또 저 양반은 원숭이 가운데서 그 유례없는, 아니 그만큼 영리한 사람도 좀처럼 볼 수 없는 희대의 재능을 가진 원숭이를 한 마리 데리고 다닙니다. 그 원숭이는 누가 뭘 물으면 질문을 가만히 듣고 있다가 주인 어깨에 폴짝 뛰어 올라가서 주인 귀에 입을 갖다대고 질문에 대한 대답을 속삭여주지요. 그러면 뻬드로 영감이 그것을 곧 되받아 말해줍니다. 그런데 그 원숭이는 지금부터 일어날 일보다 여태까지 일어난 일을 더 잘 알아맞힌답니다. 언제나 모두 다 맞는다고는 할 수 없지만, 대개의 경우 틀리는 일이 없지요. 그래서 그 원숭이의 몸 속에 악마가 깃들여 있지나 않나 하고 그만 믿어버리게 될 정도지요. 질문마다 만일 원숭이가 맞히면, 다시 말해서 주인 귓전에 소곤거린 다음 원숭이 대신 주인이 대답을 하면, 그때마다 원숭이 주인은 2레알씩 받게 되어 있지요. 그래서 이 뻬드로라는 사람은 매우 큰 부자일 것이라고 모두들 믿고 있습니다. 게다가 그 사람은 이탈리아에서 말하는 것처럼 '멋있는 사나이'고 '통하는 사나이'며, 아마 이 세상에서도 가장 즐거운 생활에 몰두하고 있는 사람이라고 할 수 있을 겁니다. 대식가라서 6인 분은 충분히 먹어치우고, 호주가(豪酒家)라서 12인 분은 훨씬 넘게 마셔버리는데, 이 모두가 그 사람의 변설과 원숭이와 인형극 덕분이지요."

이런 말을 하고 있는데 뻬드로가 돌아왔다. 인형극 무대와 원숭이를 태운 짐수레도 함께 나타났는데, 원숭이는 큼직하게 생긴 것이 꽁지가 없고 엉덩이는 펠트처럼 벗어졌으나 얼굴은 그다지 흉하지 않았다. 이 원숭이를 보자마자 돈 끼호떼가 질문을 퍼붓기 시작했다.

"한 가지 물어보고 싶은 것이 있소. 점쟁이 양반. 우리는 무슨 고기를 잡게 되겠소? 즉, 우리는 어떤 궁지에 빠지게 될 것 같은지 말이오. 자 2레알 예 있소."

그리고 산초더러 그 돈을 뻬드로에게 전하라고 말하자 괴뢰사가 원숭이 대신 대답했다.

"나리, 이 짐승 녀석은 아직 일어나지 않은 미래의 일에 대해서는 대답도 않거니와 가르쳐주지도 않습니다. 지나간 일이라면 다소는 알고 현재의 일도 웬만큼은 알지요."

"그만두라지!" 하고 산초가 말했다. "나는 지난일을 말해줘봐야 동전 한 푼 안 줄 테다! 그걸 나보다 더 잘 아는 자가 이 세상에 어디 있어? 자기가 알고 있는 것을 남이 말해줬다고 돈을 치르다니 그야말로 얼빠진 숙맥이지 뭐야. 하지만, 현재의 일을 알 수 있다니, 자, 내 몫도 여기 2레알 있소. 원숭이 주인장, 내 마누라 떼레사 빤사가 지금쯤 무얼

하고 있나, 무엇으로 소일하고 있나 들려주구려."

그러나 뻬드로는 그 돈을 받으려 하지 않았다. 그리고 말했다.

"우선 이쪽 일이 끝나기 전에는 돈을 받고 싶지 않소."

그리고 그가 오른손으로 왼쪽 어깨를 두 번 두들기자 원숭이는 폴짝 그쪽 어깨에 올라앉아 입을 주인 귀에 갖다대고 위아래의 이빨을 바쁘게 따닥거리기 시작했다. 그리고 이 동작을 성경 한 구절 욀 만한 시간 동안 한 다음 다시 폴짝 마룻바닥으로 뛰어내렸는데. 그와 동시에 뻬드로는 허둥지둥 돈 끼호떼 앞으로 다가가서 무릎을 꿇고 돈 끼호떼의 두 다리를 두 팔로 감아안으면서 말했다.

"저는 헤르쿨레스의 두 기둥(지브롤터 해협의 아프리카 쪽과 유럽 쪽에 있는 아피라, 까르뻬의 두 산)을 안듯이 나리의 다리를 껴안습니다. 오오, 이미 오래전에 잊혀졌던 편력 기사도의 틀림없는 부흥자시고, 낙심한 자에게 기력을 주시며, 쓰러지려 하는 자의 지주시자 쓰러진 자들의 팔이시며, 불운한 자들의 지팡이시자 위안이시기도 한, 아무리 찬양해도 못 다 할 기사 돈 끼호떼 데 라 만차 님!"

돈 끼호떼는 은근히 놀라고, 산초는 눈만 껌벅거렸으며, 인문학자는 아연해지고, 젊은이는 입을 딱 벌렸으며, 당나귀 우는 마을의 사나이는 바보처럼 되고, 여인숙 주인은 얼떨떨해졌으며 요컨대 괴뢰사의 말을 들은 사람들은 한 사람도 남김없이 놀라버렸는데, 장본인인 괴뢰사가 다시 말을 이었다.

"그리고, 세상에서, 뛰어난 종자로 세상에서 뛰어난 기사를 섬기시는 오오, 마음 올바른 산초 빤사 님, 기뻐하시오. 당신의 착하신 부인 떼레사 아주머니는 몸성히 계시고, 마침 지금은 1파운드의 삼실을 훑고 계시는 중이며 더 확실하게 말씀드리자면 왼쪽 편에 가득 포도주가 들어 있는 이빠진 항아리가 놓여 있는데, 그것으로 작업의 울적함을 달래고 계시는구려."

"틀림없이 그럴 줄 나도 알고 있었지" 하고 산초가 대답했다. "뭐니뭐니해도 그 사람은 행복한 여자야. 강짜만 세지 않다면, 우리 주인 나리의 말씀을 들어보면, 어디 하나 흠잡을 데 없는 아주 훌륭한 여자라는 여자 거인 안단도나와도 나는 절대로 바꾸지 않을 거야. 그러구 우리집 떼레사는 설사 자기 손자 것을 쓰는 한이 있더라도 궁색한 것을 가만히 참지 못하는 그런 여자지."

"나는 이제야 말하지만" 하고 이때 돈 끼호떼가 입을 열었다. "많은

책을 읽고, 넓은 지방을 여행하는 자는 여러 가지 일을 보기도 하고 알
게도 되는 법이오. 내가 이런 말을 하는 것은 방금 내가 이 눈으로 보지
않았으면 사물의 진상을 금방 꿰뚫어보는 힘이 있는 원숭이가 이 세상에
있다는 것을 어떻게 납득할 수가 있었을까 해서 하는 말이오. 나는 이
뛰어난 짐승이 말한 것처럼 돈 끼호떼 데 라 만차 그 사람이오. 하기야
나에 대한 칭찬의 말은 좀 도가 지나치는 점이 없는 것은 아니나, 나라
는 사람은 항상 그 누구에게든 선을 베풀고 해를 끼치지 않는 성질에다
정답고 인자한 성격을 부여해주신 하느님께 감사를 드리고 있는 자긴 하
오."

"만일 내게 돈이 있다면" 하고 젊은이가 입을 열었다. "이 여행길에서
내게 앞으로 어떤 일이 일어나게 되어 있는지 물어보겠는데."

이 말을 듣고 벌써 돈 끼호떼의 발 아래에서 일어나 있던 뻬드로가 대
답했다.

"이 젊은이야, 미래에 관해서는 대답하지 않는다고 내가 말하지 않았
던가. 대답만 해준다면야 돈이 있건 없건 그건 문제가 아니야. 다시 말
해서 여기 계시는 돈 끼호떼 님에 대한 대접이라면 나는 어떤 돈벌이고
다 팽개칠 용의가 있단 말이야. 자, 그럼 이번에는 이 어른에 대한 나의
의무로서, 또 이 어른의 위안을 위해서 지금부터 인형극 무대를 짜맞추
어 이 여인숙에 계시는 여러분에게 무료로 즐기시도록 해드리겠습니다."

이 말을 듣자 여인숙 주인은 무척 기뻐하며 어디에 무대를 놓으면 좋
겠느냐고 이것저것 거들어 순식간에 무대 장치를 끝마쳤다.

그러나 돈 끼호떼는 원숭이의 점이 아무래도 신통치 않게 생각되었다.
미래에 관한 것이든 과거의 일이든, 단순한 원숭이 한 마리가 그것을 알
아맞힌다는 것이 암만해도 납득이 가지 않았던 것이다. 그래서 뻬드로가
인형극을 준비하고 있는 동안에 산초를 데리고 마구간 한쪽으로 물러가
서 아무도 듣지 않게 말했다.

"보아라, 산초야, 저 원숭이의 재주에 대해서 가만히 생각해보았다만,
의심할 여지 없이 뻬드로, 다시 말해서 원숭이 두목은 속으로나 입으로
나 악마와 무슨 협약을 주고받은 것이 틀림없다."

"무슨 약인지 속으로나 입으로나 악마한테 받은 것이라면" 하고 산초
가 말했다. "아마 무척 퀴퀴한 약이겠습니다요. 하지만, 저 뻬드로라는
인간에게 그런 약이 무슨 소용이 있겠습니까?"

"그대는 내 말을 알아듣지 못하는구나, 산초. 내가 말하는 뜻은 뻬드로와 악마가 무슨 흥정을 해서 저 원숭이에게 그런 이상한 재능을 불어넣게 하고는 그것을 수단으로 돈을 벌어 나중에 부자가 된 다음에는, 온 인류의 적인 악마가 언제나 갖고 싶어하는 영혼을 넘겨주기로 되어 있는 것이 틀림없단 말이다. 저 원숭이가 지나간 일이라든지 현재의 일이 아니면 대답하지 않는다는데, 악마의 지혜라는 것은 그 이상의 것은 모르거든. 이렇게 생각하니 암만해도 내가 방금 말한 것처럼 그렇게 믿지 않을 수 없구나. 모든 시간과 순간을 다 아시는 것은 오직 신뿐이며, 신에게 있어서는 과거도 미래도 없고 모두가 현재니라. 그렇다면, 아니 사실이 그렇다면, 저 원숭이는 악마의 방식으로 말을 하고 있는 것이 분명하다. 여태까지 저자가 이단 심문소(異端審問所)에 제소되어 취조를 받고 어느 악마의 힘으로 점을 치고 있는가가 드러나지 않았다는 게 이상하구나. 저 원숭이가 점성술(占星術)을 하는 것이 아닌 것은 주인도 원숭이도 별점이라고 해서 그 그림 간판을 세우지도 않고 또 세우는 방법도 모르는 것 같은 것으로 보아 확실하거든. 그런 점은 현재 스페인에서는 무지한 여자나 시동이나 신발 고치는 늙은이나 마치 땅바닥에 떨어진 트럼프의 잭이라도 줍듯이 점괘를 내놓을 수 있다고 큰소리칠 만큼 유행하고 있으므로, 그들의 거짓말과 무지의 덕분에 학문의 훌륭한 진리도 타락하고 말았단 말이다. 어떤 여성이 자기가 기르고 있는 강아지가 과연 잉태할 것인가 안할 것인가 새끼를 낳을 것인가 안 낳을 것인가, 낳으면 몇 마리며 태어나는 새끼는 어떤 털빛을 하고 있을 것인가 하고, 그런 점쟁이 한 사람에게 물어본 사실을 나는 알고 있다. 이에 대해서 그 점쟁이 선생은 점괘를 내놓은 다음, 이 강아지는 새끼를 밸 것이오, 세 마리를 낳을 것이오. 한 마리는 녹색, 한 마리는 빨간색, 마지막 한 마리는 얼룩인데, 낮이건 밤이건 상관없지만 열한 시부터 열두 시 사이에 수캐가 닿아야 하며 더욱이 그것이 월요일이나 토요일의 경우에 한한다는 조건이 붙는다고 대답하더란 말이다. 그런데 그 이틀 후에 그 암캐가 소화불량으로 죽어버렸으니. 모든, 아니 대부분의 점괘를 내놓는 인간들이 그렇다만, 이 점쟁이 선생도 잘 맞히는 믿을 만한 점쟁이의 대가라고 온 마을에서 떠받들고 있는 그런 인간이었더란 말이다."

"그건 그럴는지 모릅니다요만" 하고 산초가 말했다. "나리가 몬떼시노스의 동굴에서 겪으신 일이 과연 사실인가 아닌가 하는 것을 뻬드로 영감에게 부탁해서 저 원숭이더러 좀 물어보게 했으면 좋겠습니다요. 저는 말입니다요, 나리께는 실례지만 말씀입니다요. 그건 모두 거짓말이거나 엉터리거나 아니면 적어도 꿈에서 보신 일이라고밖에는 생각되지 않습니다요."

"그럴는지도 모르겠구나" 하고 돈 끼호떼가 대답했다. "그러나 그대의 충고대로 하기로 하마. 다만 뭐라고 할까, 일말의 걱정이 아무래도 가시지를 않는구나."

그러고 있는데 뻬드로가 돈 끼호떼에게 인형극의 준비가 다 되었다는 것을 알리러 왔다, 보실 만한 것이 있으리라고 생각되니 제발 오셔서 구경해주십사고. 그러자 돈 끼호떼는 자기 생각을 이야기하고, 몬떼시노스의 동굴에서 일어난 사건이 꿈에서 본 일인지 진실이었는지 그 원숭이에게 물어봐달라고 부탁했다. 자기는 그 어느 쪽인지 잘 알 수 없기 때문이라고 덧붙였다.

그러자 뻬드로는 돈 끼호떼 말에는 대답도 않고 원숭이를 데리고 와서 돈 끼호떼와 산초 사이에 앉혀놓고 말했다. "잘 들어, 원숭이야, 이 기사 어른이 몬떼시노스라고 부르는 동굴에서 겪으신 여러 가지 사건이 있는데, 그것이 가짜였나 진짜였나 알고 싶어하신단다."

그리고 늘 하는 신호를 해보이자 원숭이는 뻬드로의 왼쪽 어깨에 올라가서 그의 귀에 무언가 속삭이는 듯했는데, 그러고 나자 뻬드로가 입을 열었다.

"그 동굴 안에서 기사님이 보신, 혹은 겪으신 사건의 일부분은 가짜고 나머지 부분은 사실이라고 원숭이는 말하고 있습니다. 물어보신 일에 관해서 알 수 있는 것은 이것뿐이며 다른 것은 모르겠다, 그러니 기사님이 더 많은 것을 알고 싶어하신다면 돌아오는 금요일에 무엇이든 물어주시면 대답하겠다, 지금은 점치는 힘이 다 없어져서 아까도 말씀드린 것처럼 금요일이 되지 않으면 회복하지 않는다고, 원숭이는 말하고 있습니다."

"제가 말씀드리지 않았습니까요" 하고 산초가 끼여들었다. "그 동굴에서 일어날 일이라고 나리께서 말씀하시는 것이 모두가 아니 절반도 사실로는 여겨지지 않는다고 말씀입니다요."

"시간이 흐르면 언젠가 뚜렷이 알게 될 테지, 산초" 하고 돈 끼호떼가 대답했다. "모든 사물의 껍질을 벗기는 '시(時)'라는 것은, 설혹 땅 밑에 숨어 있는 것이라도 무엇이나 태양빛 아래로 끌어내놓지 않는 것이 없느니라. 그러나 지금은 이만 해두기로 하자. 자 슬기로운 뻬드로 영감의 인형극을 보러 가자꾸나. 뭔가 조금은 기발한 것이 있을 것이 틀림없다고 생각되니 말이다."

"기발한 것이 조금은 있겠다구요?" 하고 뻬드로가 받았다. "제 무대에는 6만 가지 신기한 것이 가득 차 있습니다요. 저는 돈 끼호떼 님, 이제는 이것이 세계의 온갖 것은 다 제쳐놓고라도 제일먼저 보지 않으면 안되는 상연물의 하나라고 말씀드리겠습니다. Operibus credite, et non verbis(말은 믿지 않더라도 나의 일을 믿으라)입니다. 자, 일을 시작하기로 하지요. 꽤 늦어진 데다가, 행동하고 말하고 보여주는 등 해야 할 일이 잔뜩 있으니까요."

돈 끼호떼와 산초는 그의 말대로 이제 인형극의 무대가 다 완비되어 막이 올라 있는 곳으로 갔는데 여기저기 촛대가 서 있어 무대 앞은 훤하게 드러나도록 되어 있었다. 거기에 이르자 뻬드로는 무대 안쪽으로 기어들어갔다. 꼭두각시를 놀리는 것이 그의 일이었기 때문이다. 바깥에는 인형극의 줄거리를 설명해주는 뻬드로의 고용인인 소년이 서 있었는데, 그가 손에 짤막한 채찍을 들고 무대에 나타나는 인형을 가리키며 설명하는 것이었다.

여인숙에 있는 사람들은 모두 저마다 자리를 차지했는데, 개중에는 무대 바로 앞에 서 있는 자도 있었다. 돈 끼호떼, 산초, 젊은이, 인문학자는 제일 상석에 자리를 차지했다. 설명을 맡은 소년이, 누가 읽어주면 듣거나 자기 스스로 읽을 수 있는 사람이면 읽거나 할 다음 장(章)을 읽기 시작했다.

제 26 장

여기서는 괴뢰사의 우스꽝스러운 모험이 계속되고 그와 더불어 그 밖에 참으로 즐거운 일들이 다루어진다.

"티레(Tyre. 부유와 부패로 유 명했던 페니키아의 항구)인, 트로이인, 모두모두 입을 다물었노라." 내가 이런 말을 하는 뜻은 인형극을 보고 있는 모든 구경꾼들이 신기한 이야기를 설명할 소년의 입을 넋을 잃고 지켜보고 있었기 때문이다. 마침 이때 무대 안쪽에서 북·트럼펫의 요란스런 소리가 들리더니 이어 대포 소리가 울려퍼졌는데 그 소음이 차츰 작아지자 이윽고 설명을 맡은 소년이 낭랑하게 지껄이기 시작했다.

"지금부터 여러분께 보여드리기 위해서 상연하는 이야기는 실록으로서 프랑스 연대기(年代記)와 우리 주변 도시에서 사람들의 입에 오르내리고 아이들까지 흥얼거리는 스페인의 로망스에서 그대로 고스란히 따온 것입니다. 주제로 삼은 것은 돈 가이페로스 님이 스페인 나라 산수에냐 시, 오늘날 사라고사라고 부르는 도시를 당시에는 이와 같이 불렀습니다만, 여기서 무어인들의 손에 붙잡힌 아내 멜리센드라를 구출하는 이야기입니다. 그러면 여러분, 저기 보시는 것은 돈 가이페로스 님이 주사위 놀음에 정신을 잃고 있는 모습입니다.

　　벌써 멜리센드라의 일을 잊어버리고
　　돈 가이페로스는 주사위 판 앞에 앉는다.

하고 노래 가사에도 있듯이 말입니다. 그리고 저기 머리에 왕관을 쓰고 손에 홀을 쥐고 얼굴을 내민 것은, 저 멜리센드라가 아버지라고 부르는 샤를마뉴 황제로서, 황제는 서랑(壻郞)의 태만과 무관심을 보시고 기분이 상하셔서 꾸짖으시기 위해 나타나신 것입니다. 폐하께서 심하게 사위를 꾸짖고 계시는 것을 잘 보십시오. 당장에 대여섯 번 홀로 머리를 칠 듯이 보였을 뿐 아니라, 치려고 생각하셨는데 사실 치셨다고, 그것도 호되게 치셨다고 전하는 작자도 있습니다. 폐하께서는 사위가 아내를 구하러 달려가지 않고 있다면 그 명예마저 더럽혀질 우려가 있을 것이라고 준엄히 꾸짖으신 끝에

　　짐은 그대에게 충분히 말했노라, 명심하라.

하고 말씀하셨다고 합니다. 그러면 여러분, 잘 보십시오. 폐하는 등을 돌리시고 패씸하기 짝이 없는 돈 가이페로스를 뒤에 남겨놓고 나가셨는데, 돈 가이페로스는 여러분이 보시다시피 분노를 달랠 길 없어 주사위 판을 멀리 내동댕이치고 부랴부랴 갑주를 가져오라 소리치고는, 사촌형

인 돈 롤단 님에게 명검 두린다나를 빌려달라고 부탁하셨는데, 돈 롤단 님은 지금부터 가는 중대한 길에 자기도 동행하겠다고 말하면서 칼을 빌려줄 수 없다고 거절합니다. 그러나 이쪽도 분노한 용사, 돈 롤단의 동행을 도무지 승낙하지 않습니다. 오히려 비록 땅속 깊이 붙잡혀 있더라도 아내를 구출하는 것은 자기 혼자서 충분하다고 말합니다. 그리고 돈 가이페로스는 당장 원정의 장도에 오르려고 갑주를 몸에 두르고 물러납니다. 그런데, 여러분, 저쪽에 보이는 저 탑을 보십시오. 오늘날 라 알하페리아라고 부르는 사라고사 왕국의 누각이 하나 보입니다. 그리고 저쪽 노대에 무어식 의상을 걸치고 나타난 저 귀부인이 비할 데 없는 멜리센드라인데, 거기서 프랑스로 가는 길을 바라보며 멀리 빠리와 남편을 생각하고 유폐된 몸의 울적함을 달래고 있는 중입니다. 자, 지금 일어나는 일찍이 본 적 없는, 새로운 사건을 눈여겨보십시오. 저기 입에 손가락을 대고 살며시 발자국 소리를 죽여가며 멜리센드라의 뒤에 접근해가는 저 무어인이 보이지 않습니까? 저기 저 사나이가 멜리센드라의 입술 한가운데에다 입을 맞추는 모양과, 멜리센드라가 상대편 사나이에게 침을 뱉고 흰 속옷 소맷자락으로 자기 입술을 닦고 있는 재빠른 동작을, 그리고 자기 일신의 불행을 한탄하며 마치 아름다운 머리에 남자를 유혹하는 죄라도 있는 듯이 머리카락을 쥐어뜯고 있는 저 모습을 보십시오. 그리고 또, 저기 저 회랑을 거닐고 있는 엄숙한 무어인은 산수에냐의 마르실리오 왕입니다. 왕은 저 무어인의 무례함을 보셨으므로, 그자가 비록 왕의 친척이고 총애하는 측근이기는 했으나 당장에 그의 체포를 명령하여 200대의 곤장을 때리게 한 다음, 도시의 낯익은 거리거리를

앞에는 갈도(喝道), 뒤에는 경리(警吏),

하는 식으로 끌고 다니게 했습니다. 그런데 여기서는 죄를 저지르자마자 선고를 집행하는 사람들이 나옵니다. 그것은 무어인 사이에선 우리들과는 달리 '원고와 피고의 대결'도 '증거와 유치'도 없기 때문입니다."

"여봐라, 아이야" 하고 이때 돈 끼호떼가 소리쳤다. "그대의 이야기를 일직선으로 진행시켜라. 빙글빙글 돌아 비틀거리거나 옆길로 빠지지 말고. 사실을 명백히 판별하는 데는 증거, 재증거가 필요하느니라."

그러자 뻬드로 영감도 무대 안에서 말했다.

"이봐, 꼬마야, 쓸데없는 소리는 말고 그 어른 말씀대로 해라. 그것이 제일 틀림없다. 네 노래를 있는 그대로 부를 일이지 이상하게 뽐내질랑 말아라. 왜냐하면 너무 가늘면 끊어지기 마련이란다."

"여기 말을 타고 가스꼬뉴풍의 망토에 몸을 감싸고 나타난 이 인형은, 이것이야말로 바로 돈 가이페로스의 인형입니다. 한편 아내 멜리센드라는 도리에 어긋난 사랑을 한 무어인의 뻔뻔스러운 행동에 원수를 갚고 훨씬 침착하고 빼어난 얼굴빛으로 탑 망루에 올라앉아 어디서 온 나그네일까 하고 궁금해하면서 자기 남편과 말을 주고받기 시작했습니다. 그 로망스가 노래했듯이

> 기사님이여, 프랑스에 가시거든
> 가이페로스의 소식을 알아주오.

"너무 번거로워도 지리하실 테니, 여기서는 가사를 다 말씀드리지는 않기로 하겠습니다. 다만, 돈 가이페로스 님이 얼굴을 나타내자, 멜리센드라가 기쁜 모습으로 남편임을 알았다는 몸짓을 우리들에게 보여준다는 것만 보아주시면 충분합니다. 아무튼 이번에는 그리운 임의 말 뒤에 타려고 노대에서 내려오시는 것이 보입니다. 그런데 오호라. 불운하게도 속옷자락이 누대의 쇠창살에 걸려 아래까지 내려오지 못하고 허공에 매달리고 말았군요. 그러나 자비로운 하늘이 어떠한 어려운 일에도 손을 빌려주시는 모습을 보십시오. 돈 가이페로스 님은 다가가서 훌륭한 옷자락이 찢어지건 말건 멜리센드라를 꽉 껴안아 땅바닥에 끌어내리더니 번쩍 들어 말 뒤에 남자처럼 걸터앉게 하고는 자기도 가볍게 뛰어올라 아내더러 자기 등 뒤에서 두 손을 둘러 가슴에서 깍지끼도록 했습니다. 이것은 부인이 그런 식으로 말을 타는 데 익숙해 있지 않아 말에서 떨어지지 않게 하기 위해서입니다. 자기 주인과 부인의 용감하고 아름다운 태도에 기뻐하는 말이 소리 높이 우는 모습을 보십시오. 두 분이 말의 방향을 바꾸어 도시에 나와 가슴 두근거리는 기쁨으로 빠리를 향해 나아가시는 저 모습을 잘 보십시오. 그러면, 제발 무사하시기를, 서로 이를데 없이 사랑하는 연인들이여! 두 분의 즐거운 여행에 운명이 아무런 사고도 일으키지 않고, 그리고 조국에 무사히 도착하시기를! 부디 두 분께서 앞으로의 생애를 저 네스또르의 생애를 본받아, 조용히 평화롭게 사

는 모습을 두 분의 친구들과 친척들 눈에 비추기를 기원해 마지 않는 바
입니다."

여기서 다시 뻬드로가 소리를 질렀다.

"여봐라, 장식하지 마라, 장식하지 마, 뻐기지 마라, 뻐기지 마, 뻐겨
봤자 민망하기만 하단 말이다."

그러나 설명하는 소년은 이에 대답도 않고 막무가내로 다시 말을 이어
갔다.

"항상 모든 것을 보고 있는 한가한 사람들의 눈이라는 것은 반드시 있
는 법입니다. 멜리센드라가 노대에서 내려 말을 타는 것을 다 지켜보고
있다가 마르실리오 임금님께 알린 자가 있어서, 임금님은 당장 경종을
울리라고 분부를 내리셨으니. 보십시오, 모든 일이 얼마나 재빨리 이루
어지는가를. 온 시내 여기저기서 종이 울리기 시작하는데 그것은 회교
사원의 탑이란 탑에서는 모두 마구 종을 치고 있기 때문입니다."

"그건 안된다!"하고 이때 돈 끼호떼가 소리쳤다. "이 종을 치는 대
목에서는 뻬드로 님이 매우 그럴싸하지 않은 과오를 범하셨소. 무어인들
사이에서는 종이 사용되지 않고, 그대신 북과 우리들이 쓰는 날라리 비
슷한 일종의 나팔 피리가 사용되고 있소. 그러니 산수에냐에서 종이 울
려퍼졌다는 것은 의심할 여지 없이 터무니없는 엉터리라 할 것이오."

이 말을 듣자 뻬드로는 종치는 것을 중지하고 말했다.

"제발, 돈 끼호떼 님, 사소한 일에 시선을 멈추시거나 도저히 이 속에
서는 미치지 못할 사물을 자세하게 묘사해 보이라고 바라시지 말기를 바
랍니다. 우리 주변에서는 거의 당연한 것처럼 얼토당토 않은 엉터리 희
곡이 수없이 상연되고, 그것으로 훌륭한 성공을 거두고 구경꾼들이 갈채
속에서 귀를 기울일 뿐 아니라 기쁨의 눈물까지도 흘리고 있지 않습니
까? 여봐라, 야, 계속해라. 무슨 말을 하건 개의치 말아라. 내 지갑이
가득 차기만 하면 태양 흑점보다 더 얼토당토 않은 연극도 상연해 보이
겠다.

"글쎄, 그것도 일리는 있구나"하고 돈 끼호떼가 말했다.

그래서 소년은 다시 해설을 하기 시작했다.

"보십시오, 얼마나 많은 훌륭한 기마대가 마치 구름처럼 카톨릭 교도
인 두 연인들을 쫓아 도시에서 몰려나가고 있는가를. 저 무수히 울려퍼
지는 요란스런 나팔 소리, 마구 불어대는 저 나팔 피리, 마구 울려대는

저 심한 북소리, 그들이 두 사람에게 따라붙지나 않을까, 그리고 말에다가 그냥 꽁꽁 묶어 두 사람을 다시 끌어오게 되지나 않을까, 그렇게 되면 그야말로 보기에도 무참한 꼬락서니겠구나 싶어, 보고 있는 제가 안절부절 못할 지경입니다."

그런데, 이토록 많은 무어 기마대와 울려퍼지는 소음을 눈으로 보고 귀로 듣고 있던 돈 끼호떼는, 두 여인을 돕는 것이 자기의 당연한 의무로 생각하여 별안간 벌떡 일어나 큰 소리로 외쳤다.

"듣거라. 내 목숨이 붙어 있는 한 내 면전에서 돈 가이페로스같이 세상에서 뛰어난, 더욱이 대담무쌍한 모습의 기사에게 다수의 힘을 빌어 행패를 부렸다간 그대로 놔두지 않겠다. 물러서라, 이 잘못 태어난 불한당들아, 그분의 뒤를 쫓아가지 말아라, 추적하지 마라, 그것이 싫거든 나와 싸움터에서 겨루자, 자!"

이렇게 말하기가 무섭게 그는 칼을 쑥 뽑더니 단숨에 무대 앞으로 뛰어가 버티고 서서 눈깜짝할 사이에 여태까지 일찍이 본 적 없는 분노를 나타내며 무어 병정의 인형들에게 칼부림을 하기 시작했다. 쓰러지는 놈, 머리가 짜개지는 놈, 상처를 입는 놈, 갈기갈기 찢어지는 놈 등 그 수를 헤아릴 수 없는 형편이었는데, 이 어지러운 칼의 난무 속에서 쏜살같이 내려친 일격은, 뻬드로가 재빨리 몸을 땅바닥에 납작하게 엎드렸기에 망정이지 그렇지 않았더라면 그의 머리는 마치 편도를 넣은 과자빵처럼 속절없이 잘라졌을 것이 틀림없다. 뻬드로는 그러면서도 줄곧 외쳐댔다.

"여보, 그만두시오, 돈 끼호떼 님. 당신이 쓰러뜨리고 부수고 죽이고 있는 것은 진짜 무어인이 아니라 마분지로 만든 인형이오. 보시오, 아아, 이 일을 어찌한담! 당신은 내 재산을 죄다 망쳐놓고 말았소!"

그래도 여전히 돈 끼호떼는 휘두르는 칼을 멈추려 하지 않고 두 손으로 쥐고 치고 옆으로 내려치고, 거꾸로 올려치고 하는 칼부림을 계속했다. 결국 무대 전부를 땅바닥에 넘어뜨려 소도구, 대도구, 인형 할 것 없이 모두 박살을 내고 말았다. 마르실리오 왕은 중상을 입었고, 샤를마뉴 황제는 왕관도 머리도 두 쪽이 나버렸다. 구경꾼들은 모두 혼란에 빠졌으며, 원숭이는 여인숙 지붕으로 달아나고, 인문학자는 겁에 질렸으며 젊은이는 벌벌 떨고, 산초 빤사조차도 큰 공포에 휩싸이고 말았으니, 그럴 수밖에 없는 것이 이 폭풍이 지나간 다음 그가 스스로 맹세한 것처럼 자기 주인이 이토록 엄청나게 화를 내는 것을 일찍이 본 적이 없었기 때문이다.

인형극의 파괴가 끝나자 돈 끼호떼도 얼마간 기분이 가라앉아서 말했다.

"나는 지금 이 면전에서 편력의 기사도가 이 세상에 얼마만큼 유용한 것인가를 믿지도 않고 믿으려고도 하지 않는 저 바보들을 남김없이 무릎을 꿇게 하고 싶단 말이오. 여러분들, 보시오. 만일 내가 이 자리에 없었던들 저 훌륭한 돈 가이페로스와 저 아름다운 멜리센드라는 어떻게 되었겠소. 지금쯤은 벌써 저 개들이 두 사람을 추적하여 난폭한 행위를 하고 있을 시간이오. 그것을 생각하면 할수록, 오늘날 이 지상에 살아 있는 그 무엇보다 훌륭한 편력 기사도 만만세! 하고 외치고 싶소."

"정말 만만세로군요" 하고 이때 뻬드로가 힘없는 소리로 말했다. "나는 만세는커녕 처량한 신세요. 나는 정말 불행한 자요. 그래서 저 돈 로드리고 왕과 함께 이렇게 말해도 좋을 것이오.

어젠 스페인의 왕자였지만
오늘은 내것이라 부를 수 있는
가슴가리개 하나 내게 없구나.

"그는 그럴 것이 반 시간 전까지는, 아니 조금 전까지도 나는 임금님이나 황제의 소유주였으며, 내 마구간도 궤짝도 부대도 수없이 많은 말과 화려한 의상으로 터질 듯이 차 있었는데, 이제는 완전히 기가 죽어 초라하고 가난한 거지가 되어버렸소. 게다가 무엇보다 원숭이마저 없는 몸이 되지 않았소. 정말이지 그녀석을 다시 붙잡으려면 그야말로 땀깨나 빼야 할 거요. 모든 것이 이 편력 기사 양반의 분별없는 분노에서 일어난 일인데, 세상에서는 고아를 보호하고 부정을 바로잡고 그 밖에 여러 가지 인자한 일을 하느니 어떠니 하지만 나한테만은 이 양반의 그 관대한 기분이 암만해도 오다 만 것 같군요. 저 높은 곳에 계시는 하늘의 여러 신은 참 고맙기도 하지! 간단히 말해서, '우수에 찬 얼굴의 기사님'은 암만해도 내 얼굴까지를 이지러지게 하고야 말 양반 같단 말이오."

산초 빤사는 뻬드로 영감의 이런 넋두리를 듣고 가엾어져서 말했다.

"뻬드로 아저씨, 울지 마세요, 그렇게 한탄하지 마세요. 내 가슴이 찢어질 것 같습니다. 그래서 영감님에게 가르쳐드리지만, 우리 주인 나리 돈 끼호떼 님은 훌륭한 카톨릭 신자로 아주 자상한 그리스도 교도니까, 만일 당신에게 조금이라도 손해를 입혔다고 깨달으시기만 하면 그야말로 너무 많을 만큼 보상을 지불해서 당신이 만족할 정도로 처리하신다는 것을 나는 알고 있고 또 그렇게 하고 싶어하시는 분입니다요."

"그야 돈 끼호떼 님이 부숴버린 내 인형의 얼마만이라도 보상을 해주시기만 한다면야, 나는 아무 할 말도 없고 또 나리도 그것으로 기분이 개운해지실 거요. 무엇보다도 남의 것을 주인의 뜻을 어기고 빼앗아가서 돌려주지 않는 사람은 구제를 받지 못하는 법이거든."

"그건 그렇소" 하고 돈 끼호떼가 말했다. "그러나 여태까지 나는 그대의 것을 빼앗은 적이 없소, 뻬드로 영감."

"어쩌면 그런 말씀을 다 하시오?" 하고 뻬드로가 대답했다. "그렇다면 이 딴딴한, 풀 한 포기 나지 않는 땅바닥에 뒹굴고 있는 이 잔해가 그 억센 팔의 무저의 힘 탓이 아니라면 이걸 마구 흐트려놓고 엉망으로 만든 것은 대체 어디의 누구란 말인가요? 그뿐 아니라, 이런 잔해가 대체 내것이 아니라면 어디 누구의 것이란 말인가요? 게다가, 이것들의 덕분이 아니라면 대체 나는 여태까지 누구 덕으로 밥을 먹을 수 있을까요? 얘기 좀 해보시라구요."

"그러기에 나는 여태까지 몇 번이나 믿었던 것을 더욱 확신하게 되었소" 하고 돈 끼호떼가 말했다. "나를 괴롭히는 그 마법사들이 내게 한 것은 다름이 아니라, 지금 눈앞에 있는 이 인형들을 내 앞에 세워놓은 다음 저희들 마음내키는 대로 모습을 변화시킨 것이 틀림없다는 것이오. 난 진심으로 내 말을 듣고 계시는 여러분에게 맹세코 말하지만, 아까 여기서 일어난 일은 모두 문자 그대로 멜리센드라는 진짜 멜리센드라로, 마르실리오는 진짜 마르실리오로, 돈 가이페로스는 진짜 돈 가이페로스로, 또 샤를마뉴는 진짜 샤를마뉴로 보였었소. 그러기에 나는 노여움이 머리끝에 이르러 우리 편력 기사도의 본분을 다하려고 달아나는 두 사람에게 가세할 생각을 가졌던 것이며, 이 기특한 의도에 입각하여 여러분이 보신 바와 같은 일을 한 것이오. 하물며 설혹 결과는 뜻에 어긋났다고 하더라도 그건 나의 죄가 아니라, 나를 박해하는 나쁜 녀석들에게 죄가 있는 것이오. 그러나 그렇다고 하더라도, 설혹 나의 악의에서 일어난 일이 아니라고는 하나 나의 과실에 대해서는 보상금을 지불함으로써 나

스스로를 처벌할 생각이오. 뻬드로 영감, 부숴진 인형값으로 그대가 원하는 값을 부르시오. 나는 즉시 까스띠야의 버젓한 화폐로 지불해드리겠소."

뻬드로는 허리를 굽신거리며 말했다.

"모든 빈곤한 자와 곤궁에 빠져 궁핍할 대로 궁핍해진 자의 참된 옹호자시자 보호자신 용맹 드높은 돈 끼호떼 데 라 만차 님의 일찍이 듣지 못한 의협심이시니, 반드시 그렇게 나오실 줄 알았지요. 그렇다면 여기서, 여인숙 주인 양반과 훌륭한 산초 님에게 나리와 제 중간에 서서 부숴진 인형이 얼마나 되며 얼마나 값이 나가는가를 정하는 조정역과 평가역이 되어주시도록 부탁하겠습니다."

여인숙 주인도 산초도 그렇게 하겠다고 말했으므로 즉각 뻬드로는 머리가 없어진 사라고사의 마르실리오 왕을 땅바닥에서 주워들고 말했다.

"이렇게 되어서는 이 임금님을 본래대로 만들기가 거의 불가능하다는 건 보시는 바와 같습니다. 그래서 더욱 훌륭한 판정자의 의견이 있으면 모르되, 이 임금님의 별세, 작고, 아니 붕어(崩御)에 대해서는 4레알 반을 받고 싶은데요."

"계속하시오" 하고 돈 끼호떼가 말했다.

"그렇다면 이 머리가 두 조각이 난 데 대해서는" 하고 두 조각이 난 샤를마뉴 황제를 집어들고 뻬드로가 말을 이었다. "5레알과 4분의 1을 달라고 한대도 많지는 않겠지요?"

"그렇게 적지도 않네 뭐" 하고 산초가 말했다.

"대단할 것도 없잖아" 하고 여인숙 주인이 말했다. "그럼, 그 중간을 쳐서 5레알로 할까?"

"5레알 4분의 1을 다 주도록 해라" 하고 돈 끼호떼가 말했다. "이렇듯 큰 재난의 총액으로 본다면 4분의 1쯤 많건 적건 대수로울 것이 없다. 그리고 뻬드로 영감, 얼른얼른 처리하시오. 슬슬 저녁식사 시간이 되었으니, 나는 약간 시장기를 느끼기 시작하고 있소."

"이 인형은" 하고 뻬드로가 말했다. "이건 코도 없고 눈도 한 쪽이 없고, 더욱이 이게 바로 그 아름다운 멜리센드라니까 에누리 없이 2레알과 12마라베디(스페인의 옛 화폐 단위 1레알은 34마라베디) 주셔야겠는데요."

"그런 엉터리가 어디 있나!" 하고 돈 끼호떼가 말했다. 멜리센드라는 남편과 함께 적어도 프랑스의 국경까지는 달아났을 것이 아닌가. 두 사람이 탄 말은 내가 보았을 때 달린다기보다 나는 듯했었소. 그러니 그런 코 떨어진 멜리센드라 따위를 내게 보이고 토끼 대신 고양이를 팔려고 해서는 못써. 또 한 사람의 진짜 멜리센드라는 지금쯤 프랑스에서 남편과 유유히 즐거운 생활을 영위하고 있을 게 분명하오. 하느님도 자기 것이 있으면 더 도움을 바라고 싶어지는 게야. 그러니 뻬드로 영감, 우리 함께 굳건히 올바른 희망을 품고 나아가도록 하십시다. 자 그럼, 계속하시오."

뻬드로는 돈 끼호떼가 다시 슬슬 정신이 이상해져서 본래의 망상으로 되돌아갈 것이 틀림없다고 생각하고 이를 놓쳐서는 안된다는 듯이 다시 입을 열었다.

"이건 멜리센드라가 아니라 멜리센드라를 섬기고 있던 시녀 중의 한 사람이 틀림없습니다요. 그러니 70마라베디만 받으면 나는 만족해서 잘 받았다고 생각하겠는데요."

이런 식으로 그는 부숴진 그 밖의 많은 인형 값을 불러 나갔으며 그리하여 두 중개인이 서로 이의 없다고 해서 총액 40레알 4분의 3이라는 값이 정해졌다. 산초가 즉각 지불해주자, 뻬드로는 원숭이를 다시 붙잡는 수고료로서 2레알 더 달라고 말했다.

"지불해주어라, 산초" 하고 돈 끼호떼가 말했다. "다만 원숭이를 붙잡는 임금으로서가 아니라 술값으로 주는 거다. 그리고 지금 도냐 멜리센드라 님과 돈 가이페로스 님이 벌써 프랑스에서 친척들과 어울려 있다고 똑똑히 내게 말하는 자가 있다면 추가금으로 그 사람에게 200레알 지불하겠다."

"그 일이라면 내 원숭이보다 분명하게 말할 사람은 아무도 없읍죠" 하고 뻬드로 영감이 대답했다. "하지만 그녀석을 지금 붙잡을 수 있는 악마는 없습니다. 하기야 오늘 밤에는 사람이 그립고 배가 고파서 싫어도 나한테 돌아올 줄은 알고 있지만 말씀입니다. 이제 슬슬 날이 새는군요, 그럼 또 뵙죠."

마침내 인형극의 폭풍은 가라앉았다. 그리고 일동은 돈 끼호떼가 베푸는 음식으로 화기애애하고 친밀한 분위기 속에서 저녁식사를 했으니, 그가 매우 관대한 아량을 발휘한 것이었다.

그 창과 방패 따위를 나르고 있던 사나이는 날이 새기 전에 출발했고, 이미 날이 새자 인문학자와 젊은이가 돈 끼호떼에게 작별 인사를 하러 왔다. 한 사람은 자기 마을로 돌아가고, 한 사람은 다시 여행을 계속한다고 했는데 돈 끼호떼는 그에게 노자에 보태쓰라고 12레알을 주었다. 뻬드로는 돈 끼호떼의 사람됨을 잘 알고 있던 터라 그 이상 이것저것 말다툼하고 싶지 않아 해가 뜨기 전에 인형극의 잔해도 긁어모으고 원숭이도 붙잡아 자기의 모험을 찾아서 떠나갔다. 여인숙 주인은 돈 끼호떼를 잘 몰랐으므로 그의 광태(狂態)와 더불어 그 관대함에 무척 놀라고 있었다.

마지막으로 산초는 주인의 분부로 여인숙 주인에게 과분하게 숙박료를 지불하고 작별 인사를 한 다음, 그들 주종은 이럭저럭 아침 8시쯤 여인숙을 나와 그들의 나그네길에 올랐는데, 여기서 우리는 그들로 하여금 그대로 여행을 계속하도록 두자. 왜냐하면 이 훌륭한 이야기를 더한층 명확하게 하는 데 필요한 그 밖의 것을 말하기 위해서는 그 편이 낫기 때문이다.

제 27 장

여기서는 뻬드로 영감과 그 원숭이의 정체가 무엇이었나가 밝혀지고, 덧붙여서 돈 끼호떼가 바라고 생각한 것처럼 일이 끝나지 않은 당나귀 울음의 모험에서 그가 겪은 재난이 다루어진다.

이 장대한 이야기의 기록자 씨데 아메떼는, "나는 카톨릭 그리스도 교도로서 맹세한다……"라는 말로써 이 장을 시작하고 있다. 이에 대해서 역자는 다음과 같이 말하고 있다. 즉 씨데 아메떼가 무어인이면서도, 아니 그가 무어인이라는 것은 의심할 여지도 없는 사실인데도 불구하고 카톨릭 그리스도 교도로서 맹세한다는 것은, 본시 카톨릭 그리스도 교도가 맹세할 경우에는 진실이라는 것을, 또 자기가 말하는 모든 것이 진실이라는 것을 맹세하고 혹은 맹세하지 않으면 안되기 때문이다. 이와 마찬가지로 그가 돈 끼호떼에 관해서 쓰려고 생각한 것도, 아니 무엇보다도 뻬드로 영감의 정체가 무엇이었나, 그리고 이상한 점으로 그 지방 일대의 마을에서 경이의 대상이 되었던 그의 점쟁이 원숭이가 어떤 원숭이였나, 하는 것을 서술하는 데 있어서 마치 카톨릭 그리스도 교도가 맹세할

때처럼 진실을 서술한 것이라고 말하고 싶었던 데 지나지 않는 것이라고
…… 다시 역자는 계속해서 다음과 같이 말하고 있다. 즉 이 이야기의
전편을 읽은 사람이라면 갤리선으로 가는 다른 죄수들과 함께 시에라 모
레나에서 돈 끼호떼가 해방시켜준 그 히네스 데 빠사몬떼에 관한 것을,
더욱이 돈 끼호떼의 그런 인정 많은 행위가 나중에는 그 질이 좋지 않고
버릇 나쁜 인간들한테서 은혜를 원수로 받는 최악의 보답을 받게 된 것
과 더불어 잘 기억하고 있을 줄 안다. 히네스 데 빠사몬떼, 돈 끼호떼가
히네시요 데 빠라삐야라고 부른(돈 끼호떼가 아니고 그의 동
료 죄수가 그렇게 소개했다) 이 자가 바로 전
에 산초 빤사의 잿빛 당나귀를 훔친 사나이다. 그것이 인쇄소 직공의 과
실로 전편에서는 언제 어떻게 해서라는 설명이 빠져 어떻게 해석해야 좋
을지 많은 독자들을 괴롭혔는데 독자들은 인쇄의 잘못을 작가의 기억력
이 나쁜 탓으로 돌렸었던 것이다. 그러나 요컨대, 사끄리빤떼가 알브라
까 공략에 참전했을 때 브루넬로가 그의 두 다리 사이에서 말을 훔친 계
략을 본받아 히네스는 산초 빤사가 올라탄 채 잠들어 있는 틈을 다시 살
며시 그의 다리 사이에서 당나귀를 훔쳤으며, 나중에 산초가 다시 되찾
은 것은 이미 앞에서 서술한 대로다. 아무튼, 히네스는 그가 범한 숱한
장난과 악행 때문에, 사실 그가 저지른 짓은 대단한 수에 이르고 갖가지
종류에 걸쳐 있어서 자기 손으로 그것을 써서 두꺼운 책을 만들었을 정
도지만 그 때문에 그를 처벌하려고 찾고 있던 사직 당국에 발각되는 것
을 두려워하여 아라곤 왕국으로 잠입할 결심을 하고 왼쪽 눈을 천으로
가리고 꼭두각시를 놀리는 괴뢰사 직업을 택했던 것인데, 그것은 그가
꼭두각시를 썩 잘 놀리는 재주를 가지고 있고 요술에 참으로 능했기 때
문이었다. 그러다가 어느 기회에 바아바리에서 자유로운 몸이 되어 돌아
온 몇 사람의 그리스도 교도로부터 원숭이를 사게 되었고 그 원숭이에게
일정한 신호를 하면 자기 어깨 위로 뛰어올라 귀에 대고 무언가를 소곤
거리는 것처럼 보이도록 가르쳤던 것이다. 이런 준비가 다 되자 인형극
도구와 원숭이를 이끌고, 먼저 어느 마을에 들어가기 전에 그 마을에서
가장 가까운 마을이나 혹은 그곳 사정을 잘 아는 사람을 찾아가서 그 마
을에서 일어난 특히 색다른 일이며, 또 어떤 사람에게 무슨 두드러진 일
이 일어났었는가를 미리 잘 알아두었다가 그 마을에 들어가서 먼저 인형
극부터 보여주는 것이었는데 그것은 많은 경우 같은 상연물이었으나 어
쩌다가 다른 것을 내놓는 일도 있었다. 그것은 모두 명랑하고 즐겁고 눈

에 익은 구경거리들이었다. 인형극이 끝나면 그 원숭이의 특기라는 것을 보여주게 되는데 그때 이것은 과거와 현재의 일이라면 무엇이든 점을 치지만 미래에 관한 것은 잘하지 못한다고 미리 구경꾼들에게 말해둔다. 질문 하나에 2레알을 요구했는데, 어떤 질문에 대해서는 질문하는 사람들의 뱃속을 짐작한 결과에 따라 깎아주기도 했다. 또 어떤 때는 그곳에 사는 사람들에게 일어난 사건을 자기가 미리 알아둔 그런 집을 찾아가서 그집 사람들이 요금을 지불하기 싫어서 아무 질문도 하지 않을 경우라도, 그는 원숭이에게 신호하고는 원숭이가 이런저런 말을 한다고 알려준다. 그것은 사실 그대로여서 그는 말할 수 없는 신용을 얻고 여기저기에서 대단한 인기를 얻었던 것이다. 또 그는 매우 영리한 사나이로서 어떤 때는 대답이 질문에 꼭 적중하도록 교묘한 대답을 하는 일도 있었다. 게다가 누구 하나 원숭이가 어떻게 하여 점을 치는지 들려달라고 성가시게 졸라대는 사람이 없었으므로 그는 속으로 사람들을 비웃으며 열심히 가죽 지갑을 부풀려나가고 있었던 것이다. 그 여인숙에 한 걸음 들여놓자 그는 돈 끼호떼와 산초를 알아보았다. 이 두 사람에 대해서는 아는 것이 많았기 때문에 아주 쉽게 돈 끼호떼와 산초 그리고 여인숙에 있던 모든 사람들을 깜짝 놀라게 했으나 그에게는 아무런 수고도 안 드는 일이었다. 앞 장에서 서술한 것처럼 돈 끼호떼가 마르실리오 왕의 목을 자르고 이어 그의 전기마대를 깡그리 무찔렀을 때 그의 손이 조금만 더 아래로 내려왔더라면 뻬드로는 아마 따끔한 변을 당했을 것이었지만.

뻬드로와 그 원숭이에 대해서 할 말은 이것으로 끝낸다. 그래서 돈 끼호떼 데 라 만차 쪽으로 돌아가기로 하고, 나는 이렇게 말하고 싶다. 즉, 그는 여인숙을 나서자 사라고사 시에 들어가기 전에 먼저 에브로 강의 강변 지역과 그 주변 지역을 볼 작정을 했다. 그 도시에서 개최되는 마술(馬術) 시합 때까지는 수많은 날들이 있어서 그에게는 그만한 여가가 있었던 것이다. 이런 생각을 하고 그쪽으로 가는 길을 더듬어 나아갔는데 한 이틀 동안 여기 기록할 만한 일은 일어나지 않았으나 사흘째 되는 날 어느 언덕으로 막 올라가려 하고 있는데 북, 트럼펫 그리고 화승총의 총성까지 섞인 요란한 소리가 들려왔다. 처음에는 보병 연대의 병정들이 그 근처를 통과하고 있나보다 하는 생각에 그것을 확인하려고 로시난떼에 박차를 가해 언덕으로 올라가 꼭대기에 서서 바라보니 언덕 기슭에 약 200명 가량 되는 사람들이 농부용 창, 큰 활, 쌍날칼, 무사용창, 긴 창, 게다가 몇 자루의 화승총과 많은 방패 등 갖가지 무기를 들고 있는 것이 보였다. 그래서 산 아래로 내려가서 가까이 가보니 깃발 같은 것이 똑똑히 보이기 시작하고 그 색깔이며 깃발에 그린 도안 따위를 분간할 수 있었다. 그 중에서도 특히 흰 새틴의 군기랄까 지휘기랄까 아무튼 그런 것에 사르데냐 산의 작은 당나귀가 고개를 쳐들고 입을 벌려 혓바닥을 쑥 내밀고 울고 있는 동작과 자세가 마치 살아 있는 듯 그려놓은 것이 하나 눈에 띄었다. 그리고 그 당나귀의 주위에 커다란 글씨로 이런 운문이 적혀 있었다.

어느 누구 못지않은 법관님의
당나귀 울음 소리 헛되지 않으리.

이 깃발을 보고 돈 끼호떼는 이들이 그 당나귀 우는 마을의 사람임에 틀림없다고 판단했으므로, 그것을 산초에게 이야기해주고 깃발에 씌어 있는 운문을 설명해주었다. 그리고 이번 사건에 관한 것을 이야기해준 사나이가 당나귀 울음 소리를 흉내낸 것이 두 촌회 의원이라고 한 것은 정확하지 않으며 군기에 씌어 있는 운문으로 미루어 법관이었나보다, 라고 덧붙였다. 그 말을 듣고 산초 빤사가 말했다.

"나리, 그런데 신경 쓰실 건 없습니다요. 그때 당나귀 울음 소리를 낸 촌회 의원이 나중에 그 마을의 법관이 되었다는 것도 얼마든지 있을 수 있는 일이니까요. 그러니 양쪽 다 그런 직함으로 불러도 상관이 없습니다요. 하물며 그게 촌회 의원이건 법관이건, 아무튼 두 사람이 당나귀 울음 소리를 냈다는 얘기의 본 줄거리는 아무것도 다를 것이 없으니까요. 게다가 법관도 촌회 의원만큼은 당나귀 울음 소리를 낼 수도 있지 않겠습니까요."

결국 모욕을 당한 마을 사람들이 이웃 마을의 의리도 생각지 않고 지나치게 자기들에게 수치를 준 이웃 마을 사람들과 한바탕 싸우려고 몰려온 것을 두 사람은 알게 된 것이다. 돈 끼호떼는 그 사람들에게 접근하려고 계속 나아갔는데 이런 궁지에 빠지는 것을 좋아한 적이 없는 산초는 적지않이 마음이 내키지 않았다. 그 대열을 짜고 있는 사람들은 돈 끼호떼를 자기들 편이라고 생각했으므로 그 떼거리 한가운데로 그를 맞아들였다. 돈 끼호떼는 투구의 차양을 치켜올리고 늠름한 기백과 풍모를 보이면서 당나귀 깃발이 있는 데까지 나아갔는데 이 무리의 주된 사람들은 모두, 그를 처음 보는 사람이면 누구나 갖게 마련인 여느 때의 그 경이의 눈초리로 놀라워하면서 자세히 보려고 그를 둘러쌌다. 모두가 자기를 뚫어져라 바라보면서 더욱이 누구 하나 입을 여는 사람도 없고 말을 건네는 사람도 없는 것을 보자, 돈 끼호떼는 이 침묵을 이용할 생각으로 먼저 자기가 침묵을 깨뜨리고 소리 높여 말했다.

"늠름한 분들이여, 나는 여러분들에게 좀 말씀드릴 것이 있소만 제발 흥이 깨어져서 싫증이 날 때까지는 도중에서 방해를 하시지 말도록 미리 진심으로 부탁드리는 바요. 만일 그러한 사태에 이른다면, 아니 조금이라도 여러분에게 그런 기미가 보인다면 나는 이 입을 다물고 이 혀에 재갈을 물릴 작정이오."

사람들이 기꺼이 귀를 기울일 참이니 무엇이든 이야기해달라고 말했다. 돈 끼호떼는 승낙을 얻자 이런 식으로 말을 계속했다.

"여러분, 나는 편력의 기사며 본분으로 삼는 것은 무용의 길, 의무로 삼는 것은 구원을 청하는 사람에게 도움을 주고 궁핍한 사람에게 원조의 손을 내미는 일이오. 며칠 전 여러분의 재난과 여러분이 원수를 갚기 위해 무기를 들게 된 경위를 알게 되었소. 그래서 한 번이 아니라 여러 번 나는 여러분의 사건을 나의 이성에 호소하여 곰곰이 생각한 끝에 결투의 법도에 따라 여러분이 모욕을 받았다고 생각한다는 것은 여러분의 잘못이라는 것을 깨달았소. 왜냐하면, 비난을 받을 만한 배신행위를 누가 저질렀는지 분명히 모르기 때문에, 전부 통틀어서 배신자라고 힐난할 경우라면 모르되 어떤 개인이 한 부락을 모욕한다는 것은 불가능하기 때문이오. 이 실례로서 사모라의 시민 전부를 힐난한 돈 디에고 오르도네스 데 라라가 있소. 그는 그 국왕을 살해하는 반역을 저지른 것이 베이도 돌포스 한 사람이었다는 것을 몰랐던 탓으로 사모라의 온 주민을 힐난했던 것이오. 그리하여 누구나 용서 없이 비난하고 전부에게 복수와 보복이 미쳤던 것이오. 돈 디에고가 약간 도가 지나쳤으며 힐난의 한계를 넘었다는 말만으로는 안될 죽은 자를, 물을, 빵을, 아직 태어나지도 않은 자를, 그 밖에 그의 전기에 뚜렷하게 기록되어 있는 보잘것없는 일에 이르기까지 힐난하고 보복했던 것이오. 그렇게까지 해야 할 까닭은 없었을 텐데도 말이오. 그러나, 어쩔 수 없는 일이구려! 분노가 한 번 고개를 쳐들 때에는, 그 혀에 아버지도 없고 이를 꾸짖을 보호자도 재갈도 없소. 그러니, 다만 일개 인간이 한 왕국을, 한 주(州)를, 한 도시를, 한 사회를, 한 부락을 모욕한다는 것이 불가능하다고 보면 그런 모욕에 대한 힐난을 위해 보복하러 출동해야 할 까닭은 조금도 없다는 것은 명백한 일일 것이오. 왜냐하면 그것은 모욕이 아니기 때문이오. 만일에 '시계'마을(세비야의 에스빠 르띠나스 마을)의 주민들이 그렇게 자기들을 부르는 자와 언제나 서로 살생을 하려 든다면 그야말로 우스꽝스러운 이야기가 아니겠소! 하물며 '도기장(바야돌리드 사람)'이라든지, '가지 농사꾼(똘레도 사람)'이라든지, '고래잡이(마드리드 사람)'라든지, '비누 공장 직공(세비야 사람)'이라든지 그밖에 아이들이나 부질없는 인간들의 입에 흔히 오르내리는 그런 이름이나 호칭도 마찬가지요! 이런 이름을 가진 도시의 사람들이 모두 모욕을 당했다고 해서 그 복수를 한다고 싸움을 벌여 항상 트럼본처럼 칼을 뽑았다 넣었다 한다면 그야말로 재미있겠구려! 하느님도 용서치 않으실 것이고 가상케 여기지도 않으실 것이오. 사려 있는 인사나 질서 있는 국가는 네 가지 일로 무기를 잡고 칼을 뽑고 그 생명과 재산을 위험 앞에 내놓는 법이오. 그 하나는 가톨릭의 신앙을 지키기 위해서, 둘째는 자기 생명을 지키기 위해서, 이것은 자연법과 하느님의 법도에도 맞는 것이오. 셋째는, 자기의 명예와 가정이나 재산을 지키기 위해서, 넷째는 올바른 싸움으로 자기의 국왕을 섬길 경우 등이오. 만일 여기에 다섯째를 덧붙인다면 이것을 두번째로 세어도 좋소만, 자기의 조국을 수호하는 경우요. 이들 기본적이라고도 할 수 있는 다섯 가지에 다시 몇 가지를, 정당하고 도리에 맞고 우리로 하여금 무기를 잡지 않을 수 없게 하는 것을 덧붙여도 좋을 것이오. 그러나 아이들의 장난에 속하는 일, 모욕이라기보다 오히려 웃음거리가 되고 심심풀이가 될 만한 일 때문에 무기를 잡는다는 것은 그 무기를 잡는 인물이 전혀 도리에 맞는 사고력을 갖고 있지 않다는 것을 이야기하는 것뿐이며, 하물며 부당한 복수를 한다는 것은 정당한 복수 따위가 있을 수도 없소만 우리가 받드는 성스러운 법도에 그야말로 위배되는 일로서 그 성스러운 법도에는 우리의 적에게 선을 베풀고 우리를 미워하는 자를 사랑하라고 우리에게 명하고 있소. 이 명령은 지키기가 약간 곤란할 듯이 여겨지기는 하나 그것은 다만 이 속세간의 일을 신에 관한 것보다 더 마음에 두고 영혼에 관한 것보다 육체에 관한 것에 더 신경을 쓰는 사람들에게만 해당되는 일일 뿐이오. 왜냐하면 참된 신이자 인간이신 예수 그리스도는 일찍이 거짓말을 하신 일도, 거짓말을 할 수 있었던 일도, 또 거짓말을 하실 수도 없었던 우리의 입법자로서 나의 멍에는 쉽고 나의 무거운 짐은 가볍다고 말씀하셨소. 따라서 이행할 수 없는 일을 그가 우리에게 명령하실 까닭이 없소. 그러니 여러분, 여러분은 신과 사람의 법도에 따라 노여움을 가라앉히지 않으면 안 되는 것이오."

"이런 우리 주인이 신학자가 아니라고 한다면" 하고 이때 산초가 혼자 중얼거렸다. "난 악마에게 끌려가도 상관없어. 만일 그렇더라도 내게는 그렇게 보인 걸 어떡하나."

돈 끼호떼는 잠시 숨을 돌렸다. 그리고 아직도 사람들이 끽소리 않고 잠잠하게 듣고 있는 것을 보고 자기의 연설을 더 진행시켜나갈 생각을 했는데, 만일 이때 산초가 그 기민함을 발휘해서 막지 않았던들 그대로 이야기를 계속했을지 모른다. 산초는 주인이 중도에서 그친 것을 보고 말을 잇기 전에 선수를 쳐서 입을 열었다.

"한때는 '우수에 찬 얼굴의 기사'라 부르시다가 지금은 '사나운 사자의 기사'라 부르고 계시는 우리 주인 나리 돈 끼호떼 데 라 만차 님은 마치 대학을 나오신 학사처럼 라틴 말도 스페인 말도 잘 알고 계시며 사려도 깊은 시골 귀족이시라오. 주인 나리께서 하시는 말씀이나 권하시는 일은 모두 훌륭한 군인으로서 하시는 일이며 결투라고 부르는 법도나 규정이라면 무엇 하나 모르시는 것이 없습니다요. 그런 까닭이니, 나리가 말씀하시는 대로 맡겨두시는 수밖에 도리가 없을 거요. 만일 그래도 틀린다면 내 탓으로 해두구려. 하물며 그저 당나귀의 울음 소리를 들은 것만으로 욕을 먹었다고 생각한다는 건 어리석은 짓이라는 소릴 들어도 할 수 없을 거요. 나는 지금도 기억하고 있지만, 아직 코흘리던 어릴 때 마음만 내키면 언제나 당나귀 울음 소리를 흉내내곤 했는데, 아무도 그걸 말리는 사람이 없어서 아주 능숙해져서는 꼭 진짜처럼 울어 보였기 때문에 내가 당나귀 울음 소리를 내기만 하면 온 마을의 당나귀가 일제히 울어대곤 했었다오. 그렇다고 해서 내 양친의, 정말 성실하시기만 한 내 양친의 아들이라는 점에 무슨 변함이 있었던 건 아니라오. 하기야 그 기술 때문에 나는 마을에서 제법 내노라 하는 녀석들의 시샘을 샀지만 그까짓 건 눈꼽만큼도 개의치 않았지요. 그러니 내가 하는 말이 사실이란 것을 여러분도 알아주셨으면 하는데 잠깐 기다리며 들어보시오. 이 기술은 헤엄치는 것과 마찬가지로 한 번 익히면 죽을 때까지 잊어버리지 않는 법이라오."

그리고 즉각 코를 손으로 누르면서 굉장한 힘으로 당나귀 울음 소리를 흉내내기 시작했으므로 가까운 골짜기 전체에 그 소리가 울려퍼질 정도였다. 그러나 그 가까이에 있던 한 사나이가 자기들을 놀린다고 생각하고 손에 쥔 곤봉을 치켜들어 무시무시한 힘으로 일격을 가했으므로 산초는 끽소리도 못하고 땅바닥에 나가떨어졌다. 돈 끼호떼는 산초가 이런 심한 꼴을 당하는 것을 보고 공격을 가한 사나이에게 창을 꼬느며 덤벼들었다. 그러나 그 사이에 뛰어든 사람의 수가 너무나 많아서 그에게 복수한다는 것은 도저히 불가능했다. 그뿐 아니라 무수한 돌멩이가 소나기처럼 쏟아지고 무수한 큰 활과 그에 못지않은 화승총의 표적이 되는 위험에 직면했으므로 로시난떼의 고삐를 돌려 이 말이 낼 수 있는 최대의 속력으로 그들 사이를 빠져나가, 이 위험에서 제발 구출해주십사고 속으로 신에게 빌며 화승총의 총알이 등에 꽂혀 가슴패기를 꿰뚫고 나가지 않을까 줄곧 두려워하면서 일각일각 숨이 끊어질지 모른다는 생각으로 초조하게 호흡을 가다듬었다. 그러나 마을 사람들은 그가 달아나는 것을 보고 만족하여 그 이상 발포하지는 않았다. 그들은 간신히 정신을 차린 산초를 그의 당나귀에 실어 주인의 뒤를 따르게 해주었다. 산초의 기력이 주인의 뒤를 따라갈 만큼 회복되지 않았으나 잿빛 당나귀는 로시난떼의 발자국을 따라갔다. 당나귀는 로시난떼 없이는 한 걸음도 나아갈 수가 없었던 것이다. 돈 끼호떼는 상당한 거리까지 달아나서 뒤를 돌아보고 산초가 따라오는 것을 발견하고는 그를 기다려주면서 누구 하나 추적해오는 자가 없다는 것을 알았다.

떼를 지은 사람들은 그자리에서 밤이 될 때까지 기다리고 있다가 적이 싸움을 하러 나올 기색이 도무지 보이지 않자 유쾌히 즐거운 듯 자기들 마을로 철수해갔다. 그들이 만일 그리스인의 고대 풍속을 알고 있었더라면 그자리에다 전승 기념비 하나쯤은 세워놓았을 것이다.

제 28 장

만일 읽는 사람이 주의를 기울여 읽는다면 그 진의가 어디에 있는가를 알게 될 것이라고 베넨헬리가 말하고 있는 일에 대해서.

본시 용사가 달아날 때는 적이 다수의 힘을 믿고 난폭한 행위를 할 것이 분명할 때며, 최대의 기회를 포착하여 일신의 안전을 이룩하는 것은 지자(智者)의 상도다. 어쩌다가 이 진리가 돈 끼호떼에 의해서 사실이 되었다. 말하자면 마을 사람들의 분노와 그 일단의 적의를 그대로 두어두고 먼지를 일으키며 죽자사자 달아나서 산초에 관한 것도, 그를 그 속에 버리고 온 위험도 머리에 떠올리지 않은 채, 이제는 안전하다고 여겨질 만한 거리까지 달아난 것이다. 산초는 앞에서 말한 것처럼 당나귀 위에 축 늘어져서 그 뒤를 따라갔다. 이윽고 따라붙었을 때는 벌써 제정신을 차렸으나 주인 앞에 다가가는 순간 잿빛 당나귀에서 로시난떼의 발밑으로 굴러떨어지면서 곧 숨이 끊어질 듯 녹초가 되어 있었다. 그래서 그의 부상을 살펴보려고 돈 끼호떼는 말에서 내렸는데 산초가 발끝에서 머리끝까지 상처 하나 입지 않은 것을 발견하자 은근히 화가 나서 말했다.

"너는 엉뚱한 자리에서 당나귀 우는 흉내를 냈단 말이다. 산초! 교수형을 받은 사람 집에서 밧줄 이야기를 해도 상관없다고 어느 세상에서 배웠느냐? 당나귀 울음 소리의 음악에는 곤봉 다짐 이외에 어떤 반주를 해야 한다고 생각하느냐? 녀석들은 너에게 곤봉으로 십자를 그었는데, 언월도로 너에게 persignum crucis(성호를 긋다)를 하지 않았으니, 산초, 하느님께 감사를 드려라."

"전 대답할 기분도 안 납니다요" 하고 산초가 대답했다. "마치 어깨로 말을 하는 듯한 기분이 들어서 말씀입니다요. 어서 말을 타고 여길 떠나도록 하십시다요. 그러구 저는 앞으로 절대로 당나귀 울음 소리엔 입을 다물겠습니다요. 하지만 편력 기사 양반이 달아나서 귀여운 종자를 적지의 한가운데다 내동댕이치고 떡방아나 밀가루 반죽 치듯 실컷 두들겨맞게 내버려두신 데 대해서는 입을 다물지 않겠습니다요."

"후퇴하는 자는 달아나는 게 아니니라" 하고 돈 끼호떼가 말했다. "왜냐하면, 산초, 잘 들어두어라. 깊은 사려 위에 뿌리박지 않은 용기는 저 돌의 용기라고 부른다. 하룻강아지 범 무서운 줄 모르는 용사가 세우는 공명이라는 것은 그 사나이의 담력이라기보다 요행 탓으로 돌리는 법이다. 그래서 내가 후퇴한 것은 나도 인정하지만, 그러나 달아나지는 않았다. 뿐만 아니라 이 일에 있어서는, 더 좋은 시기가 올 때까지 잠시 몸을 지킨 많은 용사들을 본받았을 뿐이며 그러한 예는 많은 이야기 속에 충만해 있다. 그러나 그런 이야기는 너에게는 필요도 없는 일이고 나도 기분이 내키지 않으니 지금 그것을 이야기하는 건 그만두기로 하자."

산초는 돈 끼호떼의 부축을 받아 당나귀에 올라타고, 돈 끼호떼도 역시 로시난떼에 올라앉아 거기서 4레구아쯤 되는 곳에 보이는 숲 속으로 들어가 쉬려고 천천히 걸어나갔다. 이따금 산초는 괴로운 듯한 한숨을 내쉬고는 안타깝게 신음 소리를 내곤 했다. 그래서, 그러한 고통이 어디서 일어나느냐고 돈 끼호떼가 묻자, 등골 아래쪽 끝에서 목덜미의 오목한 데까지 거의 까무러칠 만큼 아프다는 대답이었다.

"그 아픔의 원인은" 하고 돈 끼호떼가 말했다. "아마 그대를 때린 녀석들의 곤봉이 길고 쭉 곧았기 때문에 그런가보다. 그것으로 그대의 등을 온통 마구 두들겨놓았으니 그것이 맞은 자리가 죄다 아파오는 게다. 그 몽둥이를 더 넓게 맞았더라면 더 아팠을 게다."

"참 기가 차서!" 하고 산초가 말했다. "나리는 굉장한 의심 속에서 절 꺼내가지고 아주 교묘한 말투로 그 의심을 설명해주시는 겁니까! 참 고마운 말씀이십니다요! 그때 곤봉에 맞은 자리가 남김없이 아픈 것이라고 일부러 제게 설명해주셔야 할 만큼 제가 왜 아픈가 그 원인을 모를 줄 아십니까요? 설사 복사뼈가 아플 때, 그게 왜 아픈가, 점쟁이한테 가서 물어보는 일은 있을지 모르지만 말씀입니다요, 실컷 두들겨맞은 자리가 아프다는데 점이고 깻묵이고 있을 게 없잖습니까요. 정말입니다요. 주인 나리, 남의 아픔은 자기 아픔보다 견디기 쉽다고 하잖습니까요. 저는 날마다 나리를 모시고 있어도 앞으로 그다지 큰 희망이 없다는 걸 알게 되었습니다요. 왜 그런고 하면 이번에는 몽둥이로 맞았으니 이 담에는 그뿐 아니라 몇백 번이나 그때 그 담요로 치켜올려진 그런 변이나 그 밖에 별의별 희롱을 다 당할 것이 틀림없으니까요. 게다가 이번에는 등을 맞았지만 나중에는 눈을 맞을지 누가 압니까요? 생각해보면 얼마나 다행인지 모릅니다요. 그야 전 아무것도 모르고 한평생 살아봐야 좋은 일이라곤 아무것도 없을는지 모르지만 말씀입니다요. 그래도 전 집에 돌아가서 마누라와 애들 곁에서 하느님이 베풀어주시는 것으로 그들을 먹여살리고 그래서 나리 뒤를 따라 길도 없는 길을 오솔길인지 한길인지 마구 헤매며, 그 심한 음식을 먹지 않아도 된단 말씀입니다요. 다시 한 번 되풀이합니다요만 그때가 얼마나 좋았는지 알 수 없습니다요. 게다가 잠잘 때는 또한 어떻습니까요! 여봐라 종자야, 땅을 일곱 자만 재라, 만일 더 필요하거든 일곱 자를 더 재라, 그대가 실컷 자리를 차지할 수 있으니 몸을 쭉 뻗고 자도록 해라, 이렇습니다요. 그러니 편력의 기사도니 어쩌니 하는 것을 제일 먼저 생각해낸 자가 말씀입니다요. 아니 옛날의 편력 기사라는 자들은 모두 멍텅구리가 틀림없는데 하필이면 그런 바보들의 종자가 될 생각을 한 녀석들이 화형에 처해져서 가루가 되는 것을 차라리 내 눈으로 보고 싶습니다요. 오늘날의 편력 기사에 대해선 아무 말도 않겠습니다요. 나리도 그 중의 한 분이라 저는 존경하고 있으니까요. 왜냐하면 하시는 말씀, 하시는 생각이 악마보단 좀 낫다는 걸 저도 알고 있으니 말입니다요."

"나는 말이다, 너와 내기를 해도 좋다, 산초"하고 돈 끼호떼가 대답했다. "말하자면, 아무도 막는 자가 없어서 그렇게 지껄이고 있는 너는 지금 온몸에 아무데도 아픈 곳이 없다고 보았는데, 내 말이 틀렸느냐? 지껄여라. 내 아들아, 무엇이건 머리에 떠오르는 것, 입술에 나오는 대로 모두 지껄여라. 그것으로 너의 아픔이 가라앉는다면 너의 무례한 말투 때문에 고개를 드는 나의 분노도 즐거운 것으로 보아야겠지. 게다가 만일 그토록 처자가 있는 집으로 돌아가고 싶다면 가거라. 그것을 내가 말린다면 하느님도 용서치 않으실 게다. 거기 네가 내 돈을 갖고 있지, 우리가 세번째 마을을 나오고부터 며칠이 되는가 계산해보아라. 그리고 다달이 네가 얼마를 벌어야 하는가, 벌지 않으면 안되는가 잘 계산해보아라, 그리고 너의 손으로 너의 급료를 가져가도록 해라."

"제가 동네의 까르라스꼬 댁에서, 나리도 잘 아시는 석사 삼손 까르라스꼬의 아버님 밑에서 일하고 있을 때는 먹고 한 달에 2카트씩 받고 있었습니다요. 나리를 모시고 얼마를 받아야 하는진 전 모르겠습니다요. 하기야 농가에서 일하는 것보다 편력 기사를 섬기는 편이 훨씬 힘이 든다는 건 알고 있습니다요. 말하자면, 우리들 농가에서 일하는 자는 낮에 아무리 일하더라도 설혹 아무리 고되더라도 밤에는 잠을 자거든요. 나리를 섬기고부터 전 한 번도 침상에서 자본 적이 없습니다요. 저 돈 디에 고 데 미란다 댁에 묵었던 극히 짧은 동안과 까마초 님의 가마솥에서 뜬 거품으로 배불리 먹은 성찬과 바실리오 댁에서 먹고 마시고 한 것을 제 쳐놓는다면 그 나머지는 날마다 딱딱한 땅바닥, 그것도 한데에서, 흔히 세상에서 말하는 혹심한 세파(世波)라는 것 속에서 잠을 잤습니다요. 덕 분에 치즈 조각과 빵 껍데기로 목숨을 이어왔고 수없이 돌아다닌 길도 없는 곳에서 눈에 띈 시냇물과 샘물을 마시며 기갈을 면하곤 했습다요."

"나도 인정한다" 하고 돈 끼호떼가 말했다. "네가 하는 말은 다 사실 이라고 말이다. 산초, 그래서 또메 까르라스꼬가 준 것보다 좀더 많이 지불하면 되겠느냐?"

"제 생각에는" 하고 산초가 대답했다. "한 달에 2레알만 더 보태주시 면 전 많이 받는다고 생각하겠습니다요. 하지만 이건 제가 일한 만큼의 급료입니다요. 나리께서 제게 어느 성의 영지를 주신다는 말씀이나, 약 속의 보상으로 6레알만 더 보태주신다면 부족이 없을 줄 압니다요. 이것 을 다 합치면 30레알이 되는 셈입니다요."

"좋다" 하고 돈 끼호떼가 대답했다. "그렇다면 우리가 마을을 떠나온 지 25일이 된다. 그러니 산초, 네가 스스로 정한 급료에 따라 분배해서 계산해보아라. 그리고 얼마를 내가 그대에게 지불해야 하는가 잘 셈을 해서 앞에서도 말했듯이 그대 손으로 그 돈을 받도록 하여라."

"아 참, 안됩니다요!" 하고 산초가 소리쳤다. "이 계산으론 나리께서 큰 잘못을 저지르게 되십니다요. 왜냐하면, 성의 약속에 관한 일은 나리 께서 제게 말씀하신 첫날부터 우리가 있는 지금 바로 오늘까지 계산을 하지 않으면 안되니까 말씀입니다요."

"그렇다면, 내가 그대에게 그 약속을 하고부터 며칠이나 지났느냐, 산 초?" 하고 돈 끼호떼가 물었다.

"만일 제 기억에 잘못이 없다면" 하고 산초가 대답한다. "20년이 조금 넘습니다요. 사흘쯤 말씀이죠."

이 말을 듣더니 돈 끼호떼는 자기 이마를 손바닥으로 찰싹 때리고 기 쁜 듯이 웃으면서 말했다.

"내가 시에라 모레나의 숲 속을 걸어다닌 것도, 우리가 바깥에 나와 있는 기간을 모두 합쳐도, 기껏해야 두 달이 되지 않았다. 그런데 너는 내가 섬 약속을 한 지 20년이 된다고 했겠다, 산초? 그러고 보면, 네가

거기 갖고 있는 내 돈을 그대로 고스란히 너의 급료로서 다 가져버리고
싶어하는 것을 이제야 알겠구나. 그래 만일 그렇다면, 또 그것이 너의
소원이라면, 지금 여기서 모두 다 너에게 줄 테다. 그것이 너에게 도움
이 된다면 더 바랄 것이 없다. 너 같은 악질 종자와 함께 있으니 차라리
헐벗은 무일푼이 되더라도 나는 그 편이 훨씬 기분이 개운하다. 다만 한
가지만 말해보아라. 편력 기사의 종자가 지켜야 할 법도를 어긴 녀석 같
으니. 대체 편력 기사를 섬기는 종자가 단 한 사람이라도 '제가 모셨으
니 이만큼 지불해주셔야 합니다'하는 따위의 흥정을 주인과 했다는 말을
대체 어디서 읽었으며 어디서 보았느냐? 자, 이 악당 녀석아, 게으름뱅
이야, 덜 돼먹은 녀석아, 정말 너는 바로 그런 녀석이다, 알겠느냐? 너
는 편력 기사도 이야기의 mare magnum(대양) 속에 들어가라고 말하고
싶다. 그런 다음에 만일 네가 방금 말한 것을 말하거나 멋대로 생각하거
나 한 종자를 한 사람이라도 발견한다면, 내가 똑똑히 납득할 수 있도록
내 앞에 끌고 오너라. 그리고 내 얼굴에 손가락을 대고 코를 네댓 번 퉁
겨줘도 상관없다. 자, 네 당나귀의 고삐를, 아니 고삐라기보다 그 밧줄
부스러기를 돌려라, 그리고 냉큼 집으로 돌아가거라. 앞으로는 한 걸음
이라도 나를 수행하여 앞으로 나아가진 못한다. 오오, 제가 먹은 빵조차
잊을 녀석 같으니라구! 약속을 어기는 녀석 같으니라구! 이 짐승 같은
녀석아! 너라는 사나이는, 너의 아내에겐 안되었다만, 사람들이 너를
'나리'라 부르는 신분으로 만들어주려고 내가 생각하고 있는 판에 작별
을 고하고 떠나고 싶단 말이지? 세상에서도 뛰어난 섬의 영주로 앉혀주
려고 내가 적극적인 굳은 결의를 품은 이 마당에 그대는 떠나가고 싶단
말이지? 요컨대 그대가 여태까지 몇 번이나 말한 것처럼 당나귀 주둥이
에 운운('당나귀 주둥이에 벌꿀'이라는 속담)이로구나. 그대는 당나귀다. 앞으로도 당나귀일
것이고, 생애를 마칠 때도 그대는 역시 당나귀로 머물러 있을 게다. 왜
냐하면, 그대가 나는 짐승이었구나, 하고 회오하는 거의 마지막 순간보
다 한 걸음 앞서서 죽음이 찾아올 것으로 나는 확신하기 때문이다."

　돈 끼호떼가 이런 비난과 공격을 퍼붓고 있는 동안 산초는 말똥말똥
주인을 지켜보고 있었는데, 이제 새삼 깊은 회한의 감정에 사로잡혀 두
눈에 눈물마저 글썽거리며 괴로운 듯 울먹이는 목소리로 이런 말을 했을
정도였다.

　"저의 주인 나리, 저는 바른 말을 하겠습니다요. 당나귀가 되려면 꼬

리가 모자랄 뿐입니다요. 만일 나리께서 꼬리를 붙여주신다고만 하신다면, 전 그걸 고맙게 생각하고 앞으로 목숨이 붙어 있는 한 나리를 섬기겠습니다요. 나리, 절 용서해주십쇼. 지혜가 모자라는 저를 가엾게 여겨주십쇼. 제가 사물을 모른다는 것과, 제가 쓸데없는 말을 지껄이는 것은 결코 악의가 있어서가 아니라 병이라고 관대히 보아주십쇼. 과오를 범하고 회개하는 자는 하느님도 용서해주신다지 않습니까요."

"만일 그대가 말 속에다 무언가 비유하는 말을 섞지 않았다면 나는 오히려 이상하게 생각했을 게다. 산초, 좋다, 그대를 용서한다. 다만 그대가 회개해서 앞으로는 너무 자기 잇속만 생각지 않고 되도록 마음을 넓게 가져 내 약속이 진실로 실현되는 것을 힘을 내어 기다린다는 것을 조건으로 말이다. 하기야 약속의 실현은 설혹 늦어지는 일은 있더라도 헛되이 되지는 않을 것이니까."

산초는, 설사 없는 힘을 다 짜내고라도 그대로 하겠습니다, 하고 대답했다.

그리고 나서 그들은 숲 속으로 들어가서 돈 끼호떼는 한 그루의 느릅나무 밑에서, 산초는 한 그루의 너도밤나무 밑에서 저마다 몸을 쉬었다. 이러한 나무들은 같은 종류의 다른 나무들과 마찬가지로 뿌리라는 발은 있어도 가지라는 손을 갖고 있지 않았다. 산초는 차가운 밤기운 때문에 몽둥이로 얻어맞은 자리가 다시 또 욱신거리기 시작하여 견디기 힘든 하룻밤을 보냈다. 돈 끼호떼는 여느 때와 마찬가지로 생각에 잠기면서 하룻밤을 지새웠다. 두 사람 다 어느새 잠이 들었다가 날이 샘과 동시에 그 이름난 에브로 강의 강변을 찾아 여행을 계속했는데, 그 강변에서 그들에게 일어난 일은 다음 장에서 다루어질 것이다.

제 29 장

마법의 배에 관한 이름난 모험에 대해서.

이리하여 언제나 변함없는 걸음걸이로 숲을 나가서 이틀 후에 돈 끼호떼와 산초는 에브로 강에 닿았다. 이 강을 본 것은 돈 끼호떼에게는 더없는 기쁨이었다. 암만 바라보아도 싫증이 나지 않는 두 강가의 아름다운 풍경, 맑은 강물, 유유히 흘러가는 물결, 수정처럼 맑은 넘칠 듯한 수량 따위가 그의 시선을 빼앗았는데, 이 무어라 형용할 수 없는 즐거운 조망으로 말미암아 어느새 그의 마음속에는 무수하고 유쾌한 추억이 생생하게 되살아났다. 그 가운데 몬떼시노스의 동굴에서 본 것이 오락가락했다. 뻬드로 영감의 원숭이는 그 일을 절반은 진실이고 절반은 거짓말이라고 했지만, 모든 것이 엉터리라 생각하고 있는 산초와는 정반대로 돈 끼호떼는 거짓이라고 생각하기보다 진실이라고 생각하는 쪽으로 훨씬 기울어져 있었다.

이렇게 나아가고 있는 동안에 노도 없고 그 밖의 선구도 없는 한 척의 조각배가 물가에서 한 그루의 나무에 매어져 떠 있는 것이 눈에 띄었다. 사방을 둘러보았으나 사람의 그림자는 전혀 눈에 띄지 않았다. 돈 끼호떼는 곧 로시난떼에서 뛰어내리더니 산초에게도 잿빛 당나귀에서 내려 저기 있는 포플런가 수양버들에다 두 마리를 함께 꼭 매어두라고 명령했다. 그렇게 갑자기 말에서 뛰어내리거나 말과 당나귀를 매어두어야 할 까닭이 무어냐고 산초가 묻자 돈 끼호떼는 대답했다

"잘 알아두어라, 산초, 여기 있는 이 배는 틀림없이, 아니 그렇지 않을 까닭이 있을 수 없다만, 내가 타고 누군지는 모르나 지금 매우 큰 곤란에 빠져 있는 것이 분명한 기사나 혹은 신분 높은 분을 구하러 가라고 손짓하며 부르고 있는 배라는 것을 말이다. 기사의 이야기가 그런 이야기에 등장하여 활약하는 마법사들에 대해서 쓴 책에서 흔히 사용되는 형식이다. 다시 말해서, 어떤 기사가 무슨 고난에 빠져 있고, 더욱이 그 고난으로부터 빠져나온다는 것은 다른 기사의 손에 의존하지 않고는 불가능하다 할 때, 비록 그 양자 사이가 3000레구아, 아니 그보다 더 멀리 떨어져 있더라도 마법사들은 원조하러 달려오는 기사를 구름 속에 끌어넣어 감싸버리기도 하고 유혹의 조각배를 주어 순식간에 하늘을 날거나 혹은 바다를 건너서 뜻하는 장소로, 그의 구조가 필요한 곳으로 날아간단 말이다. 그러므로 산초여, 이 조각배도 그와 같은 목적으로 여기에 매어 있는 것이다. 지금이 대낮인 것처럼 이 일은 틀림없는 일이다. 그러니 날이 저물기 전에 잿빛 당나귀와 로시난떼를 함께 매어두고 신의 손이 우리를 인도하시는 대로 우리 몸을 맡겨두기로 하자꾸나. 설혹 맨발의 수도회(성 프란시스코 수도회를 말한다)의 고행 수도사가 말리려고 아무리 설교를 하더라도 나는 결단코 이 배에 타는 것만은 중지하지 않을 참이다.

"그러시다면" 하고 산초가 대답했다. "나리께서 그러한, 광태라고 불러야 좋을지 어떤지는 모르겠습니다요만, 말씀입니다요, 그러한 일에 사건건 넋을 잃고 싶어하신다면 '그대의 주인이 명령하는 일을 하라, 주인과 더불어 식탁에 앉으라'는 속담도 있으니 '네' 하고 하라시는 대로 하는 수밖에 도리가 없겠습니다요. 하지만, 저도 속시원히 나리께 한 말씀드리겠습니다요. 제 생각으로는 이 배는 마법사의 것이 아니라 이 강 어부의 밴 줄 압니다요. 이 강에서는 세계에서 제일 좋은 송어가 잡히니까 말씀입니다요."

이런 말을 하고 산초는 속으로 적지않이 안타까움을 느끼면서 말들을 매고 그들 마법사의 보호에 맡긴 것이다. 돈 끼호떼는 말들을 이렇게 내버려두는 것을 걱정할 필요 없다, 우리 두 사람을 그런 원격의 길과 땅으로 데려가려고 하는 마법사가 먹이의 뒷바라지를 해줄 것이라고 타일렀다.

"그원겨가 무슨 뜻입니까?" 하고 산초가 물었다. "그런 말은 생전 처음 듣습니다요."

"원격이라고 하는 것은 말이다" 하고 돈 끼호떼가 대답했다. "멀리 떨어진다는 뜻이다. 그러나 그대가 모르는 것이 조금도 이상할 건 없다. 라틴어를 알은 체하면서 사실상 모르고 있는 사람들처럼 그대는 뭐 굳이 라틴어를 알고 있어야 할 까닭도 없으니 말이다."

"이녀석들을 다 맸습니다요. 이제 뭘 하면 됩니까요?"

"무슨 소리를 하느냐?" 돈 끼호떼가 대답했다. "성호를 긋고 닻을 올려라. 우리는 이 배에 오르고 매어둔 밧줄을 잘라야 한다."

그리고 그가 조각배에 뛰어오르자 산초도 그 뒤를 따랐다. 줄을 끊으니 조각배는 조금씩 기슭에서 떨어져나갔다. 약 2바라쯤 강 가운데로 나온 것을 보고 산초는 벌벌 떨기 시작하면서 마침내 파멸이 온 것은 아닐까 하고 겁에 질렸다. 그러나 무엇보다도 그의 가슴을 아프게 한 것은 잿빛 당나귀가 우는 소리를 듣고, 로시난떼가 줄을 풀려고 몸부림치는 모습을 본 일이었다. 그래서 주인을 돌아보고 말했다.

"잿빛 털이 우리가 없어진 걸 슬퍼하며 울고 있습니다요. 로시난떼는 우리 뒤를 따라 강물에 뛰어들어 자유로운 몸이 되고 싶어 몸부림치고 있습니다요. 오오, 나의 귀여운 친구들아, 무사히 잘 있거라. 그러구, 우리를 너희들한테서 떼어놓는 착란의 혼미가 풀려서 너희들 곁에 돌아가고 싶구나 !"

이렇게 말하면서 구슬프게 울기 시작하자 돈 끼호떼는 기분이 언짢아 화난 투로 소리쳤다.

"무엇이 걱정이냐? 이 겁쟁이 녀석 같으니라구, 무엇이 슬퍼서 우느냐? 이 울보 녀석아, 누가 너를 못살게 굴기라도 한단 말이냐? 까불대는 쥐녀석아, 아니면 무엇이 부족하단 말이냐, 재보 속에 파묻혀도 만족하지 못할 녀석아! 네가 리페아스의 험난한 산을 맨발로 터벅터벅 올라가고 있기라도 한다면 모르되 이 상쾌한 강의 고요한 물결을 대공작처럼 판자에 앉아 그리고 곧 광활한 대양으로 나갈 참인데, 그게 무슨 짓이냐? 우리는 이미 적어도 700 내지는 300레구아는 떠나와서 항해했을 것이 틀림없다. 만일 내가 여기 천체 관측기를 갖고 있어서 그것으로 북극성의 높이를 잰다면, 우리가 항해한 거리를 너에게 가르쳐줄 수 있겠다만. 하기야 상반된 양극을 등거리로 양분하는 주야 평분선(晝夜平分線)을 이미 통과했는지, 곧 통과하게 되는지는 나도 잘 모르겠다."

"그러시다면, 나리가 말씀하시는 그 섬인가 선인가에는 언제 도착하게 됩니까요?" 하고 산초가 물었다. "얼마만한 거리를 가야 됩니까요?"

"대단한 거리니라" 하고 돈 끼호떼가 대답했다. "프톨레마이오스라는 널리 알려진 최대의 우주 학자가 측정한 바에 의하면 이 물과 뭍으로 되어 있는 지구상의 360도 선 가운데서 내가 방금 말한 선까지 가면 그 절반을 넘은 것이 되느니라."

"참으로 놀랐습니다요" 하고 산초가 말했다. "나리는 증인으로서 그 우스꽝스러운 부뚜막에 오줌싸개인가 뭔가 하는 잘 알지도 못하는 말을 아래에 달고 있는 인물을 데리고 오셨습니까요."

돈 끼호떼는 우주학자 프톨레마이오스의 이름과 측정에 대한 산초의 논평을 듣고 그만 웃어버렸다.

"잘 알아두어라, 산초. 스페인에서 동인도를 향해 까디스에서 배를 타고 떠난 사람들이 아까 너에게 말한 주야 평분선을 통과했다는 것을 아는 데 사용한 증거의 하나는 배에 타고 있는 모든 사람들에게 붙어 있던 이가 모두 죽어버렸다는 것이며, 설혹 금과 바꾸자고 온 배 안을 샅샅이 뒤져봐도 이가 한 마리도 없더라는 것이다. 그러니, 산초야, 살 언저리를 손으로 만져보아라. 만일 아직도 산 놈이 있다면 이 의문에서 빠져나올 수 있을 것이고, 그렇지 않다면 우리는 벌써 통과한 셈이다."

"전 암만해도 믿을 수가 없습니다요" 하고 산초가 대답했다. "하지만, 나리가 하라시는 대로 하겠습니다요. 하기야 그런 걸 시험해서 무슨 소용 있는진 모르겠습니다요만, 우리가 아직 기슭에서 5바라도 떨어지지 않았고 짐승들이 있는 장소에서 2바라도 내려와 있지 않다는 걸 제 눈으로 볼 수 있으니까 말입니다요. 그 증거로 로시난떼도 잿빛 당나귀도 우리가 놔둔 장소에 그대로 있습니다요. 제가 지금 하고 있는 것처럼 목표를 정해보시면 아십니다요. 개미가 걸어가는 속도만큼도 우리가 움직이고 있지 않다는 걸 누구에게나 맹세해도 상관없습니다요."

"그대는 내가 하라는 대로 조사해보아라. 다른 것은 개의할 필요 없다. 무슨 소리를 해봐야 그대는 천체와 지구를 구성하고 있는 분지경선(分至經線), 적도, 경도 위도선, 황도대(黃道帶), 황도, 유성, 황도 십이궁(黃道十二宮), 방위 측정 따위가 어떤 것인지 모를 것이니 말이다. 만일 이런 것을 전부, 아니 그 일부라도 알고 있다면 얼마만한 위도를 우리가 통과해왔는가, 얼마만한 황도궁을 보았는가, 얼마만한 성도(星度)를 뒤로 했고, 이제 뒤로 하려 하고 있는가를 그대로 똑똑히 볼 수 있었을 게다. 그러나 다시 한 번 되풀이해서 말한다만, 그대의 몸을 살펴보고 만져보고 붙잡아보아라. 내가 상상컨대 네 살결은 맨질맨질한 흰 종이처럼 훌륭할 것 같아서 하는 말이다."

산초는 조심스러운 손짓으로 왼쪽 무릎의 뒤쪽으로 슬슬 손을 밀어넣었다. 그리고 고개를 쳐들어 주인을 바라보며 말했다.

"이 실험이 엉터리가 아니면 나리가 말씀하시는 곳엔 아직 도착 안했습니다요, 아직 몇백 레구아나 남았습니다요."

"그러고 보면, 어떻다는 말이냐?" 하고 돈 끼호떼가 물었다. "그래, 몇 마리나 잡았느냐?"

"몇 마리고 뭐고 없습니다요!" 산초가 대답했다.

그러고는 손을 빼어 물속에 집어넣고 쓱쓱 씻었는데, 그 강의 한가운데를 조그마한 배는 천천히 미끄러지듯 움직여갔다. 눈에 보이지 않는 영(靈)의 힘이니 눈에 보이지 않는 마법사니 하는 것이 움직이고 있는 것이 아니라, 물의 흐름 그 자체가 그때는 참으로 고요하고 미끄러웠다.

그러는 동안에 그들은 강 한가운데에 있는 몇 개의 커다란 물레방아를 발견했다. 이것을 발견하자마자 돈 끼호떼는 큰 소리로 산초에게 말했다.

"그대 보이느냐? 저기, 오오, 나의 벗이여, 도시거나 성이거나, 아니면 요새가 보인다. 저곳에 학대받는 기사나 감금된 여왕이나, 아니면 공주가 있는 것이 틀림없다. 그분을 구하기 위해 나는 이리로 인도되어 온 것이다."

"도시니, 성이니, 요새니 하며 대체 무슨 바보 같은 말씀을 하십니까요, 나리" 하고 산초가 말했다. "저건 이 강에 있는 밀을 빻는 물레방아라는 걸 모르십니까요?"

"닥쳐라, 산초!" 하고 돈 끼호떼가 외쳤다. "저것은 물레방아로 보이지만 물레방아가 아니다. 여태까지 너도 보아왔듯이 마법사들은 모든 사물의 그 본래의 모습을 바꾸거나 옮기거나 하는 것이다. 그렇다고 아주 다른 진짜로 바꾸어버린다는 것이 아니라, 마치 내 희망의 유일한 표적인 둘씨네아의 변모에서 그것을 증명해주었듯이 그렇게 보인다고 말하고 싶단 말이다."

이때 조각배는 물결 한가운데로 휩쓸려 들어갔으므로 여태까지처럼 천천히 흘러가지 않게 되었다.

조각배가 강을 내려와서 당장 물레방아의 거센 물결에 빨려들듯한 것을 보고 물레방앗간에서 방아찧는 일꾼들이 손에 손에 긴 장대를 들고 조각배를 세우려고 부랴부랴 뛰어나왔다. 그들은 온통 가루투성이가 되어 얼굴이고 옷이고 하얗게 되어 있었으므로 얼른 보기에 무시무시한 몰골로 보였다. 그들은 큰 소리로 외쳤다.

"당신네들 어디로 가는 거요? 미쳤나? 자포자기가 되어 예까지 와서 빠져죽고 싶나? 물레방아에 부딪쳐서 박살이 나고 싶나, 응?"

"내가 말한 대로지, 산초?" 하고 돈 끼호떼가 산초에게 말했다.

"우리는 나의 솜씨가 어디까지 이르는가 보여주지 않으면 안되는 곳에 이르렀다고 말이다. 어떤 악당의 비겁한 녀석들이 우리에게 도전하러 나왔나 잘 보아두어라. 얼마나 많은 괴물들이 나한테 덤벼들려 하는가 보아라. 얼마나 추한 면상들이 나의 약을 올리고 있나 보란 말이다. 이렇게 된 이상 혼을 내줄 테다. 이 불한당 같으니라구!"

그리하여 조각배 안에서 일어나 방아찧는 일꾼들을 향해서 위압하는 어조로 외쳤다.

"이 사악하고 천한 놈팽이들아! 거기 그 요새인가 감옥인가 하는 곳에 너희들이 가두어둔——신분이 높은지 낮은지는 모르나——그 인물을 석방하여 그 사람의 자유 의사에 맡기도록 하라. 나는 돈 끼호떼 데 라 만차, 또 하나의 이름을 '사나운 사자의 기사'라는 자로서, 드높은 하늘의 뜻에 의해 이 모험에 적절한 결말을 가하는 것이 내게 맡겨진 과 업이니라."

이렇게 말하면서 칼을 뽑아들고 방아찧는 일꾼들을 향해 헛되이 허공 에 휘두르기 시작했다. 방아찧는 일꾼들은 그의 잠꼬대를 듣기는 했으나 무슨 소린지 도무지 영문을 알 수 없는 채 물레방아로 쏟아져 들어가는 거센 물결의 물구멍으로 빨려들어갈 듯이 된 조각배를 긴 장대로 막으려 했다.

산초는 무릎을 꿇고, 이 분명한 위험에서 벗어나게 해 주십사고 갸륵 하게도 하늘을 우러러 빌었는데 그의 기도는 장대로 조각배의 전진을 막 아 배를 멈추게 해준 가루 빻는 일꾼들의 재빠르고 교묘한 활동으로 실 현되었다. 그러나 아무리 교묘하게 한다고 해도 조각배가 뒤집히는 것을 막지는 못했으므로, 돈 끼호떼와 산초가 물속에 떨어지는 것은 어쩔 수 없었다. 그러나 다행히도 돈 끼호떼는 마치 거위처럼 헤엄을 칠 수 있었 으므로, 갑옷 때문에 두 번이나 가라앉기는 했지만 그 사이에 방아찧는 일꾼들이 물속에 뛰어들어 두 사람을 붙잡아주었다. 만일 그러지 않았던 들 그들 두 사람에게는 그자리가 트로이 최후의 날(트로이 전쟁 때 그리스 병정들이 목마안에 숨어 트로이로 들어가서 방화하여 멸망시킨 날)이 되었을 것이다. 그래서 두 사람은 물이 마시고 싶어 못 견디기라도 했던 듯이 실컷 물을 마신 끝에 육지로 끌려올라갔는데 산초 는 무릎을 꿇고 두 손을 모아 하늘을 우러러 경건하고 긴 기도로써 앞으 로는 자기 주인을 얼토당토 않은 생각이나 계획에서 빠져나오게 해주십 사고 빌었다.

거기에 물레방아에 부딪혀 산산조각이 난 조각배의 임자인 어부들이 찾아와서 조각배가 부서진 것을 보더니, 산초의 옷과 가진 것을 깡그리 벗기려 들고 돈 끼호떼에게 배상금을 지불해달라고 요구했다. 돈 끼호떼 는 아무 일도 아니라는 듯이 침착하게, 기꺼이 조각배의 대가를 지불하 겠다고 방아찧는 일꾼들과 어부들을 향해서 말했다. 다만 거기에는 저 성에 감금되어 있는 한 인물 혹은 몇 사람의 인물들에게 자유를 주고 아 무런 경계도 하지 않는다는 조건이 따른다고 말했다.

"누구 말입니까? 당신이 말하는 것은, 어느 성 말입니까?" 하고 가 루 빻는 일꾼 중의 한 사람이 물었다. "이봐요, 미치광이 양반, 혹 당신은 이 물레방앗간에 방아찧으러 오는 사람들을 다른 데로 데려가려고 그러는 게 아니오?"

"좋다, 그만둬라!" 하고 돈 끼호떼가 외쳤다. "이 불한당 놈들에게 부탁해서 무슨 좋은 일을 시킬 것을 바란다는 것은 사막에서 설교하는 거나 다름없다. 이 모험에는 용감한 두 마법사가 게재하고 있는 것이 틀림없다. 그래서 하나가 기획하는 것을 하나가 방해하는 것이다. 한쪽이 나에게 조각배를 제공해주었는데 나머지 한 녀석이 그걸 반대한 것이다. 하지만 하느님이 틀림없이 도와주시겠지. 대체로 이 세상은 서로 반발하는 속임수와 권모술수의 세상이다. 나 같은 사람은 도저히 따라갈 수가 없구나."

그러고는 목소리를 높여 물레방앗간 쪽을 바라보면서 말을 이었다.

"벗이여, 그대들이 뉘시건, 그 감방에 갇혀 있는 분들이여, 나를 용서하시라. 나의 불운과 그대들의 불운 때문에 나는 그대들을 그 고난에서 구해드릴 수 없게 되었소. 이 모험은 다른 기사들을 위해 보류되어 그 기사를 기다리게 되어 있는 모양이오."

이렇게 말한 다음 어부들과 상의하여 조각배 대금으로 50레알을 지불했는데 그 돈을 산초는 억울한 듯이 어부들에게 건네주면서 투덜거렸다.

"이런 조각배 소동이 두 번 일어났다간 우리 밑천은 바닥이 나고 말겠다."

어부와 방아찧는 일꾼들은 얼른 보기에도 보통 사람들과 너무나 풍모가 다른 두 사람을 바라보며 아연해했으며 돈 끼호떼가 그들에게 한 말들이 무엇을 목표로 한 것인지는 도무지 알 수가 없었다. 그래서 두 사람을 미치광이로 단정하고 뒤에 남겨놓은 채 방앗간으로 돌아가고 어부들은 그들의 오두막으로 철수해갔다.

할수없이 돈 끼호떼와 산초도 로시난떼가 있는 데로 돌아가서 다시 예전대로의 여정으로 들어갔는데, 이것이 그 마법에 걸린 조각배의 모험에 관한 결말이다.

제 30 장

아름다운 여자 사냥꾼을 상대로 하여 돈 끼호떼에게 일어난 사건에 대해서.

기사와 종자는 기가 죽은 채 뾰로통한 표정으로 말들이 있는 곳으로 돌아갔다. 특히 산초는 더욱 낙심하고 있었는데, 그 까닭은 자기가 지니고 있는 돈에 손을 댄다는 것은 자기 영혼에 손을 대는 일이었고, 자기가 가진 돈에서 얼마를 집어낸다는 것은 그에게는 눈동자를 집어내는 거나 마찬가지였기 때문이다. 마침내 그들은 서로 말 한 마디 나누지 않고 제각기 말과 당나귀에 올라앉아 그 이름난 강을 뒤에 두고 돈 끼호떼는 사랑의 생각에 잠기고 산초는 자기 출세에 관한 생각에 잠긴 채 길을 나아갔다. 산초는 우선 보기에 출세가 도저히 그의 손에 닿지 않는 아득히 먼 곳에 있는 듯이 여겨졌다. 아둔한 그에게도 자기 주인의 행동이 전부는 아니더라도 대부분 거의 상식을 벗어나고 있다는 것을 겨우 알게 되었으므로 주인과 의논할 것도 없이, 작별 인사를 할 것도 없이 언젠가 슬쩍 달아나서 자기 집으로 돌아갈 기회를 노리기로 했다. 그러나 운명은 그가 염려하고 있던 것과는 거의 정반대의 사태를 초래했다.

그 다음 날 해거름에 숲 하나를 빠져나갔을 때 돈 끼호떼는 눈앞에 펼쳐진 푸른 초원을 둘러보다가 그 초원 끝에 몰려 있는 사람들에게 가까이 가보고 매사냥을 하는 사냥꾼들이라는 것을 알았다. 다시 더 자세히 보니 그 사람들 가운데 미려하게 생긴 귀부인 하나가 녹색 마구에 은빛 안장을 얹은 새하얀 부인용 말을 타고 있는 것이 보였다. 부인 자신도 녹색 옷을 입었는데 그것이 하도 호화롭고 요연해서 마치 요정의 화신인 양 여겨졌다. 왼쪽 손에 한 마리의 큰 매를 앉혀놓고 있어서 이것이 돈 끼호떼로 하여금 이 부인을 어느 고귀한 여성이요, 이 매사냥의 여주인이 분명하다고 생각하게 한 표적이었는데, 사실 그것은 틀림없이 그러했다. 돈 끼호떼는 산초를 돌아보고 말했다.

"여봐라, 내 아들 산초여, 얼른 달려가서 저 부인용 말에 올라앉아 매를 들고 있는 귀부인에게 말씀드려라, 나 '사나운 사자의 기사'는 부인이 허락하신다면 지금 달려가 아리따운 부인의 손에 입맞추고 내 힘이 미치는 한 부인께서 명령하시는 것이라면 무엇이든 도와드리겠다고. 알았느냐, 산초, 말투에 조심하고 전해올리는 말씀에는 그대가 가끔 잘 끄집어내는 속담 따위를 끼워넣지 않도록 주의해야 한다."

"끼워넣어서 나빴습니까요!" 하고 산초가 대꾸했다. "저한테 새삼스레 그런 말씀을 하실 건 없습니다요. 암, 그렇구말구요, 이제 뭐 지체 높은 거룩한 마님들에게 생전 처음 말씀을 전하는 일도 아니겠구 말입니다요!"

"그대가 둘씨네아 공주를 찾아간 사명을 제쳐놓으면" 하고 돈 끼호떼가 응수했다. "적어도 나를 섬기고부터는 달리 그대를 그런 사명에 내보낸 기억이 없는 걸로 아는데."

"그건 그렇습니다요" 하고 산초가 대답했다. "하지만, 지불이 좋은 사나이에게는 담보물도 걱정이 안되고 비축이 있는 집의 저녁밥은 차리는 것도 빠르다 합니다요. 제가 말하고 싶은 것은, 이제 저한테는 이러쿵저러쿵 말하거나 주의하거나 할 필요가 없다는 말씀입니다요. 그 까닭은, 저는 조금은 무엇이든 할 수 있고, 무슨 일이건 조금은 알고 있으니까 말입니다요."

"나도 그렇게 알고 있다" 하고 돈 끼호떼는 말했다. "그럼, 잘 다녀오너라. 하느님의 인도를 빌겠다."

산초는 잿빛 당나귀의 걸음을 부랴부랴 재촉했다. 그리하여 아름다운 여자 사냥꾼이 있는 곳으로 접근해가서 그 앞에 이르자 당나귀에서 내려 무릎을 꿇고 입을 열었다.

"아름다운 마님, 저기 보이는 저 기사는 '사나운 사자의 기사'라고 부르는 제 주인입니다요. 저는 그 종자로, 집에서는 산초 빤사라고 부르는 자입죠. 얼마 전까지 '우수에 찬 얼굴의 기사'라고 부르던 저 '사나운 사자의 기사'님이 저를 보내시며 마님께 말씀드리라고 하셨습니다요. 제발 마님의 생각과 승낙으로 우리 주인이 소원을 부탁드리러 와도 괜찮다는 허락을 받아오라고 말씀입니다요. 이것은, 저의 주인 말씀을 들어보면, 또 저도 그렇게 생각합니다요만, 다름이 아니라 아름다운 마님의 매사냥을 위해 봉사하는 일입니다요. 그뿐 아니라 마님께서 우리 주인에게 그것을 허락하시면 마님을 위해서도 좋고, 우리 주인도 두드러진 은혜와 기쁨을 얻게 될 것이라는 이야깁니다요."

"오오, 참으로 훌륭한 종자 양반이네" 하고 부인이 대답했다. "당신은 이런 사자 노릇을 할 때 꼭 필요한 형식을 똑똑히 밟고 사절의 역할을 다했어요. 자, 땅에서 일어나요. 그분에 관해서는 벌써부터 이 근처에서 여러 가지로 소문을 듣고 있어요. '우수에 찬 얼굴의 기사'라는 훌륭한 기사의 종자쯤 되는 분이 그렇게 무릎을 꿇고 있어선 안돼요. 자, 일어나요, 종자 양반. 그리고 이곳에 있는 우리 별장에서 나와 우리 주인 공작님을 어떻게든 도와주실 수 있도록 제발 와주십사고 당신 주인에게 전해줘요."

이 훌륭한 귀부인의 아름다움과 아울러 그 기품과 공손한 거동에 넋을 잃은 채 산초는 일어섰다. 그리고 마님이 자기 주인 '우수에 찬 얼굴의 기사'에 관해서 알고 있다고 말한 데 더욱 놀랐는데, 마님이 주인을 '사나운 사자의 기사'라고 부르지 않은 것은 이 이름을 붙인 것이 극히 최근의 일이었기 때문임이 틀림없었다. 공작 부인은 다시 그에게 물었다. 하기야 그 부인의 이름은 아직도 알려지지 않고 있다.

"여봐요, 종자 양반, 가르쳐줘요. 당신의 주인 어른은 요즘 출판되어 있는 〈재지 넘치는 시골 귀족 돈 끼호떼 데 라 만차〉라는 이야기의 주인공으로, 둘씨네아 델 또보소라는 분을 그리워하고 있는 분이 아니세요?"

"바로 그렇습니다요. 마님 !" 하고 산초가 대답했다.

"그리고, 그 이야기에 나오는, 아니, 꼭 나와야 할 산초 빤사라는 종자가 바로 저굽쇼. 만일 나오지 않았다면 요람 속에서 바꿔치기 당했기 때문일 것입니다요. 제 말씀의 뜻은 인쇄할 때 저를 바꿔버렸다는 것입니다요."

"그 말을 들으니 난 정말 기뻐요" 하고 공작 부인이 말했다. "자, 빤사 양반, 주인 어른께, 잘 오셨습니다, 우리 영지에 꼭 와주십시오, 저에겐 이렇게 즐거운 일은 없습니다,고 말씀 전해줘요."

이런 즐거운 대답을 듣고 산초는 매우 기뻐하면서 신나게 주인이 있는 데로 돌아와 지체 높은 귀부인의 말을 모두 전한 끝에, 세상에 보기 드문 마님의 아름다움, 상냥함, 예의바름 등을 시골뜨기다운 말투로 극구 칭찬했다. 돈 끼호떼는 안장 위에서 옷매무새를 고치고 등자를 꾹 딛고는 투구의 얼굴 가리개를 매만진 다음 로시난떼를 재촉하여 정중한 태도로 공작 부인의 손에 입맞추려고 달려나갔다. 한편 공작 부인은 부군인 공작을 불러와서 돈 끼호떼가 오고 있는 동안 그가 전한 말이며 그 밖의 것을 죄다 이야기했다. 둘이 다 그 이야기의 전편을 읽고 돈 끼호떼의 기이한 기질을 잘 알고 있던 공작 부처는 돈 끼호떼를 빨리 보고 싶어 대단한 기쁨과 기대에 가슴을 두근거리면서 그의 도착을 기다리고 있었다. 여태까지 기사도 이야기를 많이 읽었을 뿐만 아니라 대단한 애호가인 그들은 돈 끼호떼가 하는 대로 그가 하는 말은 무엇하나 거역함이 없이, 그가 자기들과 함께 머물러 있는 동안 바로 기사도 이야기에 나오는 예식대로 그를 편력의 기사로서 대우하자고 마음먹었다.

거기에 돈 끼호떼가 투구의 얼굴 가리개를 들고 도착했다. 돈 끼호떼가 말에서 내릴 기미를 보이자, 산초는 달려가 등자를 잡으려고 당나귀에서 내리다가 정말 운 나쁘게도 안장에 걸려 있던 웬만해서는 잘 끌러지지 않을 만큼 복잡하게 엉긴 밧줄에 한쪽 발이 걸려 입과 가슴이 땅바닥에 닿도록 거꾸로 매달리고 말았다. 한편 등자를 잡지 않고 말에서 내리는 습관에 익숙하지 않은 돈 끼호떼는 이미 산초가 달려와서 등자를 잡고 있는 줄만 알고 단숨에 뛰어내린 것까지는 좋았으나, 말의 복대를 잘못 맸던지 안장까지 그를 따라 미끄러져 내려와서 안장과 사람이 한 덩어리가 되어 땅바닥에 굴러떨어지고 말았다. 때문에 적지않이 창피를 당했을 뿐 아니라 그때까지도 발이 밧줄에 걸려 빠져나오지 못하고 있는 산초에게 입 속으로 마구 욕설을 퍼부어야 하는 형편이 되었다. 공작이 사냥꾼들에게 기사와 종자를 부축해 일으키라고 명령하자 그들은 말에서 떨어져 꼴불견이 된 돈 끼호떼를 붙잡아 일으켰다. 그러자 그는 절룩절룩 절면서도 되도록 애를 써 고귀한 공작 부처 앞에 무릎을 꿇으려고 다가갔으나 공작이 아무리 해도 응하지 않았을 뿐 아니라, 자기 쪽에서 말에서 내려 다가와서 돈 끼호떼를 안으며 말했다.

"'우수에 찬 얼굴의 기사'님, 귀공이 우리 영내에 들어오신 첫 걸음이 방금 본 그 불상사였다는 것을 마음 아프게 생각하오. 그러나 흔히 종자의 부주의가 이보다 더 나쁜 재액의 원인이 되는 수도 많으니, 그만 마음을 편히 잡수시오."

"너무나도 정다우신 공작 각하, 각하를 뵙고 내가 겪은 이런 사건은 설혹 전락하여 나락 밑바닥까지 굴러떨어지는 한이 있더라도 그것이 결코 재액일 수는 없소이다. 그것은 각하를 뵙게 된 영광이 거기서 나를 일으켜 나를 탈출시켜줄 것이 틀림없기 때문입니다. 나의 못난 종자 녀석은, 안장을 튼튼히 앉히기 위해 복대를 꽉 조르는 것보다 혀를 늦추어

쓸데없는 것을 지껄이는 편에 더 능한 자입니다. 그러나 아무튼, 설혹 쓰러져 있건, 일어나 있건, 땅을 딛고 서 있건, 마상에 있건 나는 각하와 각하께 걸맞는 영부인, 미의 여왕이자 범절이 세상에서 뛰어난 부인에게 봉사할 각오가 되어 있습니다."

"우선은 그 정도로 해두시오, 존경하는 돈 끼호떼 데 라 만차 님!" 하고 공작이 말했다. "도냐 둘씨네아 델 또보소 공주가 계시는 곳에서 다른 여성이 찬양을 받는다는 것은 올바른 일이 아닙니다."

이때 이미 얽혀 있던 덫에서 빠져나와 주인 가까이에 와 있던 산초 빤사가 주인이 공작에게 대답하기 전에 불쑥 끼여들었다.

"제가 섬기는 둘씨네아 델 또보소 님이 무척 아름답다는 것에 대해서 두말할 여지가 없다는 것은 사실입니다요. 하지만, 생각지도 않던 곳에 산토끼가 튀어나온다고도 하고, 자연이라는 것은 흙으로 주발을 만드는 도기사와 같아서 고운 주발을 하나 만든 자는 둘이고 셋이고, 백 개라도 만들 수 있다는 말을 들었습니다요. 제가 이런 말씀을 드리는 것은, 공작님의 마님은 제가 섬기는 둘씨네아 델 또보소 님께 결코 못지 않으실 것 같아서 그러는 겁니다요."

돈 끼호떼는 공작 부인을 돌아보고 말했다.

"부인께서는 이 세상의 모든 편력 기사 가운데서 내 종자보다 더 잘 지껄이고 애교 있는 자를 거느린 사람이 일찍이 없었다고 생각해주십시오. 만일 부인께서 며칠이라도 저를 곁에 머물게 해주시고 봉사를 허락해주신다면 반드시 이녀석은 그 솜씨를 남김없이 발휘할 것입니다."

이에 대해서 공작 부인은 대답했다.

"나는 사람 좋은 산초 양반이 장난꾸러기라는 것을 높이 사겠어요. 그것은 재주가 있다는 증거거든요. 돈 끼호떼 님, 잘 아시듯이 해학이라든지 말장난은 둔한 머리에서는 나오지 않는 법이랍니다. 사람 좋은 산초가 재미있는 말을 하고, 장난을 좋아하는 것 같아서 나는 재주 있는 사람이라고 말하는 거예요."

"게다가 말도 많지요" 하고 돈 끼호떼가 대답했다.

"더더욱 좋지요" 하고 공작이 말했다. "해학이나 농담을 많이 하려면 말수가 적어서는 못 하지요. 그러나, 이렇게 말만으로 시간을 허비할 것이 아니라, 자 '우수에 찬 얼굴의 기사'님……."

"'사나운 사자'의 라고 부르셔야 합니다요" 하고 산초가 말했다. "이미 '우수에 찬 얼굴'의 우자도 다 없어졌으니까 말입니다요."

"그렇다면, '사나운 사자의 기사'님" 하고 공작이 말을 이었다. "내 말은 여기서 가까운 우리 성으로 '사나운 사자의 기사'님을 초대하고 싶다는 것이오. 귀공과 같은 훌륭한 분에게 알맞게, 나와 아내가 우리 성에 찾아오는 모든 편력의 기사들에게 하고 있는 환대를 해드리고 싶어서 그러오."

이때는 벌써 산초가 로시난떼의 복대를 다시 졸라 안장을 얹어놓은 뒤였다. 그래서 돈 끼호떼는 애마에 올라타고 공작도 훌륭한 말에 올라앉아 공작 부인을 가운데에 세우고 성으로 향했다.

공작 부인은 산초에게 자기 옆으로 오라고 했다. 그것은 산초의 장난꾸러기 같은 수다스러움이 무척 재미있었기 때문이었다. 산초는 부인의 재촉을 기다릴 것도 없이 세 사람 사이에 끼여들어가서 대화의 네 사람째가 되어, 자기 성에 이 같은 편력의 기사와 편력의 종자를 맞이하게 된 것을 커다란 행운으로 생각하고 있는 공작 부처의 흥을 돋우어주었다.

제 31 장

여기서는 숱한 대사건들이 다루어진다.

보아하니 자기가 공작 부인의 마음에 든 모양이라고 생각한 산초가 느낀 만족과 기쁨은 대단한 것이었다. 언제나 안락한 생활을 좋아했으며 따라서 자기 앞에 대접을 받을 만한 기회가 찾아오기만 하면 어김없이 칼날을 붙잡는 사나이인 그는 돈 디에고 댁에서나 바실리오네 집에서 얻어걸린 환대를 공작의 성에서도 받을 수 있겠다고 생각했기 때문이다.

아무튼 실록은 이렇게 말하고 있다. 그 일행이 별장이랄까, 성이랄까 하는 곳에 도착하기 전에 공작은 혼자 한 걸음 먼저 들어가서 돈 끼호떼를 어떻게 다루어야 하는가를 하인들에게 일러놓았다. 돈 끼호떼가 공작 부인과 함께 성문에 도착하는 순간, 난데없이 자줏빛의 훌륭한 공단 실내복을 발등까지 내려오게 입은 하인인지 마부인지 모를 두 사람이 달려나오더니 다짜고짜로 돈 끼호떼를 양쪽에서 안아내리고 말했다.

"각하, 제발 저희들의 여주인이신 공작 부인을 말에서 내려주십시오."

돈 끼호떼는 물론 기꺼이 그렇게 하려고 하였으나 부인과 그 사이에는 그 일에 관해 유별난 인사와 사양의 응수가 계속되었다. 공작 부인은 이런 훌륭한 기사에게 그런 쓸데없는 수고를 끼칠 자격이 자기에게 없다면서 공작의 팔에 안길 때까지 말에서 내리려 하지 않았다. 결국 공작이 나와서 부인을 안아내리고 이어 안마당으로 들어가자 두 아름다운 시녀가 다가와서 돈 끼호떼의 어깨에 훌륭한 진홍빛의 망토를 걸쳐주었다. 다음 순간 안마당을 둘러싼 모든 회랑에서 공작 부처를 섬기는 남녀 하인들이 모습을 나타내어 서로 밀치면서 큰 소리로 외쳤다.

"어서 오십시오. 편력 기사의 꽃이며, 정수이신 돈 끼호떼 님!"

그리고 그들 전부가, 아니 거의가 몰려들어 돈 끼호떼와 공작 부처의 몸에다 작은 병에 든 향기 짙고 맑은 액체를 뿌렸다. 이 모든 일에 돈 끼호떼는 다만 놀랄 뿐이었다. 여태까지 책에서 본 대로 왕년의 편력 기사들이 받은 것과 조금도 나름없는 대우를 받았으므로 이날 비로소 그는 자기 자신을 가공의 것이 아닌 참된 편력 기사라고 완전히 생각하고 굳게 믿게 되었던 것이다.

산초는 잿빛 당나귀를 버려둔 채 공작 부인을 따라 성 안으로 들어갔다. 그러나 당나귀를 혼자 둬둔 것이 역시 양심에 찔려 다른 시녀들과 함께 공작 부인을 맞이하러 나와 있던 엄숙한 표정을 짓고 섰는 한 늙은 여자 앞으로 다가가서 나직한 목소리로 말했다.

"곤살레스 님인지 누구신지는 모르지만……."

"나는 도냐 로드리게스 데 그리할바라고 해요"하며 노시녀가 대답했다. "그래서, 무슨 볼일이신가요?"

이에 대해서 산초가 말했다.

"미안합니다요만, 날 위해서 성 입구에 좀 나가주시면 좋겠습니다요. 저기 가면 잿빛 당나귀가 있어요. 그걸 마구간으로 끌어넣도록 누구에게 시키시던가 좀 끌어다넣던가 해주시구려. 그 불쌍한 녀석은 매우 겁이 많아서 무슨 일이 있더라도 혼자 둬둘 수가 없어서 말입니다요."

"주인이란 사람이 이 부하처럼 영리한 사람이라면"하고 노시녀가 대답했다. "정말 우리 꼴이 볼만하군! 냉큼냉큼 가버려요. 당신도 당신을 데리고 온 사람도 우리에겐 볼일이 없어요. 당신 당나귀는 자기가 돌봐요. 우리들은 그런 일에는 익숙지 않아요."

"정말" 하고 산초가 대꾸했다. "난 여러 가지 얘기를 많이 알고 계시는 우리 주인 나리께서 란사로떼 얘기를 들려주실 때

브리튼에서 왔을 때는
귀부인들의 시중을 받고,
말[馬]은 노시녀들이 돌보았노라.

라는 말을 들은 적이 있는데, 내 당나귀도 란사로떼의 말에 못지않은 것이라오."

"이봐요, 만일 당신이 어릿광대라면" 하고 노시녀가 말했다. "그런 신소리는 소중히 잘 간수해두었다가, 그것이 마음에 들어서 돈을 치를 사람이 있거든 그런 사람들 앞에서나 피력하도록 해요. 우리는 기껏해야 무화과(주먹을 쥐고 집게손가락과 가운뎃손가락 사이로 엄지손가락을 쑥 내미는 동작)밖에 줄 게 없어요."

"그래도 익긴 잘 익었을 테지" 하고 산초가 대답했다. "그 나이에 끼놀라(트럼프 놀이의 일종)는 한 점도 지지 않겠구려."

"이 화냥년의 자식 같으니라구" 하고 노시녀가 벼락같이 화를 내며 소리쳤다. "내가 늙은이건 말건 그건 하느님께나 알려드릴 일이지, 너 같은 게 상관할 일은 아니다, 이 마늘 처먹는 악당 같으니라구!"

이 말을 큰 소리로 외쳤으므로 공작 부인의 귀에 들어가 부인은 그쪽을 돌아보고 노시녀가 몹시 흥분하여 충혈된 눈을 하고 있는 것을 보고 누구와 말다툼을 하고 있느냐고 물었다.

"여기서 이 숙맥과 싸우고 있습니다" 하고 노시녀가 대답했다. "이 사내는 저한테 부탁할 일이 그렇게도 없는지 하필이면 성 입구에 있는 자기의 당나귀를 마구간에 끌어다 넣어달라고 하지 않겠습니까. 게다가 어디서 있었던 일인지는 모르지만 뭐 란사로떼라나 하는 사람을 귀부인들이 여러 가지로 환대를 하고 노시녀들이 그 사람의 말을 돌보았다나 어쨌다나 하면서 저더러 예를 들어 얘기한 끝에 매우 고상한 말로 저를 할망구라고 말하지 않겠습니까."

"그것은 나한테 무슨 말을 듣는 것보다 훨씬 심한 모욕이었군요" 하고 공작 부인이 대답했다. 그리고 산초에게 말을 건넸다. "저 우리의 의좋은 산초 양반, 도냐 로드리게스는 아직 아주 젊은 사람이에요. 저 두건은 나이가 많아서 쓴 것이 아니라 품위를 갖추고 또 습관에 따라서 쓰고

있다는 걸 알아둬야 해요.”

“그런 뜻으로 제가 그런 말을 했다면” 하고 산초가 대답했다. “앞으로 의 세월이 아무리 나쁘더라도 전 잔소리하지 않겠습니다요. 제가 그런 말을 한 것은 제가 당나귀를 무척 귀여워하기 때문이고, 도냐 로드리게 스 님 같은 친절한 분이 아니면 부탁할 수 없다고 생각했기 때문이었습 니다요.”

자초지종을 듣고 있던 돈 끼호떼가 산초에게 말했다.

“그런 말투를 이런 자리에서 써도 괜찮다고 생각하느냐?”

“나리” 하고 산초가 대답했다. “사람은 누구나 어디 있거나 하고 싶은 말은 해야 합니다요. 전 여기서 문득 잿빛 당나귀가 생각나서 그녀석에 관한 말을 한 것뿐입니다요. 마구간에서 생각났다면 아마 마구간에서 지 껄였을 것입니다요.”

이 말을 듣고 공작이 입을 열었다.

“산초가 하는 말은 사실 틀린 말이 아니오. 그러니 산초에게 트집을 잡을 필요는 조금도 없습니다. 잿빛 당나귀에게는 실컷 먹이를 주도록 할 테니, 산초, 안심하도록 하라. 그 당나귀도 그대와 마찬가지 대우를 받게 되어 있으니까.”

돈 끼호떼를 제외하고 그자리에 있는 사람들 모두에게 즐거운 이러한 대화가 나누어진 다음 모두 위층으로 올라가 돈 끼호떼를 금란과 비단의 호사스러운 천으로 장식한 넓은 방으로 안내했다. 그리고 공작 부인한테 서, 돈 끼호떼가 편력 기사로서의 대우를 받고 있다고 생각하고 또 상상 하게 하려면 어떻게 해야 하며 어떻게 다루어야 하는가 미리 다 듣고 있 었던 여섯 사람의 시녀들이 시동처럼 옆에 가서 그의 갑옷을 벗겨주었 다. 갑옷을 벗고 몸에 꼭 맞는 그레구에스꼬라는 바지에다 영양 가죽의 동의를 입은 돈 끼호떼의 모습은, 비척 마르고 키가 컸다. 묘하게 거드 름을 피우면서 뻣뻣이 서 있는 데 두 볼은 양쪽이 안에서 서로 입이라도 맞추는 듯 앙상하여 이 몰골을 보고 그를 시중들고 있는 시녀들은, 아무 리 우습더라도 절대로 웃어서는 안된다는 지시를 받지 않았더라면 —— 이것은 주인 부처한테서 받은 중요한 명령의 하나였는데 —— 아마도 깔 깔거리며 배를 움켜쥐었을 것이다.

시녀들이 셔츠를 입혀드릴 테니 옷을 벗으시라고 돈 끼호떼에게 말했 으나 편력 기사에게는 예절 또한 용기 못지않게 필요한 것이라면서 아무리 해도 응하지 않았다. 결국 셔츠를 산초에게 주어 호화로운 침대가 놓여 있는 네모난 방에 산초와 같이 들어가 옷을 벗고 셔츠를 갈아입었는데, 산초와 단둘이 남자 돈 끼호떼는 입을 열었다.

"이 현대의 어릿광대 같으니라구, 이끼 긴 멍텅구리 같으니라구. 자 말해봐, 그런 엄숙하고 그토록 존경할 만한 노시녀의 체면을 깎고 욕을 보인다는 것이 좋은 일로 생각되느냐? 그것이 너에게는 잿빛 당나귀 따위를 생각하는 데 알맞은 때였다고 말하느냐? 아니, 우리 두 사람을 그토록까지 정중히 대접해주시는 이 댁 주인 부처가 우리의 마필을 아무렇게나 내버려두실 분인 줄 아느냐? 하느님을 두고 부탁한다만, 산초, 앞으로는 언동을 조심하고 네가 본시 범절을 모르니 농민 출신이라는 것을 여기 있는 분들이 눈치채지 않도록, 자칫 잘못하다가 그대의 정체를 드러내지 않도록 해주기 바란다. 알겠느냐, 이 벌받을 녀석아, 성실하고 집안 좋은 부하를 데리고 있으면 그만큼 주인은 평판이 좋아지는 법이오. 왕공 귀족들이 보통 인간보다 훨씬 뛰어난 강점의 하나는, 주군 못지않는 훌륭한 부하들을 거느리고 있기 때문이라는 것을 생각하여라. 이것은 나의 불운이며 너도 쓰라릴 것이다만, 만일 네가 예의 범절을 모르는 농민이라든지 어리석은 어릿광대라고 사람들이 보게 된다면, 자연 나까지 사기꾼이거나 가짜 기사로 간주된다는 것을 그대는 깨닫지 못하느냐? 아니 안된다, 안돼. 나의 의좋은 산초여, 그런 무례에서 빠져나오거라, 피하거라. 요술이라든지 어릿광대에 한 번 빠진 인간은 자칫 발을 잘못 디뎠다가는 비참한 어릿광대가 되고 마느니라. 혀를 조심해라. 그리고 입에서 튀어나가기 전에 그 말을 잘 음미해서 반추해야 한다. 그리고 신의 은총과 나의 무용으로 반드시 명예에 있어서나 부에 있어서나 3배, 4배 더 늘려나가게 되는 그런 곳에 우리가 와 있다는 것을 잘 명심해두어라."

산초는 진지하게, 나리 말씀대로 그자리에 걸맞지 않는 무분별한 말을 지껄이느니 차라리 입을 꿰매버리거나 혀를 깨물어 잘라버리겠다, 그러니 이 점은 안심해주기 바란다고 약속했는데, 그것은 자기들의 신분이 어떻다는 것이 자기 입으로 밝혀질 일은 결코 하지 않을 작정이기 때문이라는 것이었다.

돈 끼호떼는 옷을 다 입고 가죽끈에 칼을 차고는 새빨간 나사 망토를 아무렇게나 어깨에 걸친 채 시녀들이 내준 초록 공단 모자를 쓰고 큰 홀로 나갔는데 거기에는 많은 시녀들이 나란히 두 줄로 늘어서서 모두 손 씻는 물을 주려고 기다리다가 절과 인사를 되풀이하면서 그것을 돈 끼호 떼에게 내밀었다.

그런 다음 벌써부터 주인 부처가 기다리고 계시다면서 식당으로 안내 하겠다고 시종장과 함께 12명의 시종이 다가왔다. 그를 가운데 세우고 엄숙하게 다음 방으로 안내해갔는데, 거기에는 4인 분의 식사를 마련한 호화로운 식탁이 차려져 있었다. 공작 부처는 문간까지 그를 맞이하러 나왔으며 그들 이외에 의젓해 보이는 사제가 있었다. 귀족 집안에는 정 해놓고 드나드는 사제가 한 사람씩 있게 마련인데 공작 부처와 함께 돈 끼호떼를 맞이하러 나온 이 오만해 보이는 사제는 그러한 사제의 한 사 람이었다. 서로 야단스러운 인사가 나누어지고 이어 돈 끼호떼를 가운데 세우고 식탁으로 갔다. 공작은 돈 끼호떼에게 상좌에 앉도록 권하고 돈 끼호떼는 한참 사양했으나 공작의 끈질긴 권유로 결국 상좌에 앉지 않을 수 없었다. 사제는 그의 정면에 앉고 공작 부처는 각각 양쪽에 자리를 잡았다.

그동안 줄곧 산초는 지체 높은 분들이 자기 주인에게 보이는 존경의 태도를 목격하고 넋을 잃어 멍청하게 있다가, 식탁의 상좌에 돈 끼호떼 를 앉히려고 공작과 기사 사이에 오고간 범절이며 간청의 응수를 보고 입을 열었다.

"나리들께서 용서해주신다면 그 좌석 때문에 저의 마을에서 일어난 일 을 말씀드리고 싶습니다요."

산초가 이렇게 말하는 순간 돈 끼호떼는 필경 또 무슨 얼빠진 소리를 꺼낼 것 같아 저도 모르게 움츠러들었다. 그것을 보자 그는 주인의 기분 을 눈치채고 얼른 말했다.

"나리, 저는 결코 분부를 어기거나 이 자리에 맞지 않는 말은 하지 않 을 테니까 걱정하실 필요는 없습니다요. 방금 말이 많으니 적으니, 좋으 니 나쁘니, 하는 저에게 주신 충고를 저는 아직 잊지 않고 있습니다요."

"나는 그런 것은 전혀 기억하고 있지 않다" 하고 돈 끼호떼가 대답했 다. "무엇이든 하고 싶은 대로 말하려무나, 다만 간단하게 한다면 말이 다."

"그러시다면, 제가 말씀드리고 싶은 것은" 하고 산초가 말했다. "틀림 없는 사실입니다요. 원체 여기 계시는 우리 주인 돈 끼호떼 님은 제가 거짓말하는 걸 그냥 두시는 분이 아닙니다요."

"나에 관한 일이라면" 하고 돈 끼호떼가 말했다. "네 마음 내키는 대로 실컷 거짓말을 해도 좋다. 산초, 결코 말리지 않을 테니까. 다만 자기가 무슨 말을 하고 있는가 조심해야 하느니라."

"되풀이해서, 뒤집어서 다시 되풀이 생각한 끝이니까, 종치는 자는 위태롭지 않은 곳에 있고, 만반의 준비는 갖추어졌으니 결과만 보시라고 말씀드리고 싶습니다요."

"어떻게 할까요" 하고 돈 끼호떼가 공작 부처를 돌아보고 말했다. "공작 내외분, 이 얼마든지 숙맥 같은 말을 지껄이는 바보를 여기서 쫓아내도록 명령을 내리심이 좋을 줄 압니다만."

"공작님의 생명을 두고" 하고 공작 부인이 말했다. "산초는 제 옆에서 조금도 떠나 있을 수 없습니다. 저는 이 사람이 마음에 들었어요. 이 사람이 아주 사려깊고 조심성이 많다는 것을 저는 알 수 있어요."

"성녀님 같은 마님께서는" 하고 산초가 말했다. "제게는 그런 자격은 없습니다요, 저를 믿어주시니 조심스러운 나날을 보낼 수 있을 것이 틀림없습니다요. 그런데 제가 얘기하고 싶은 것은 이런 것입니다요. 저희 마을에 한 사람의 시골 귀족이 있었는데, 사람들을 식사에 초대했답니다요. 이 사람은 매우 돈이 많고 게다가 집안이 좋은 분이었읍죠. 메디나 델 깜뽀의 알라모 집안 출신으로 도냐 멘씨아 데 끼뇨네스와 결혼을 했는데, 산띠아고 교단(敎團)의 기사 돈 알론소 데 마라뇬의 딸입죠. 그 아버지는 라 에르라두라의 항구에서 물에 빠져죽었는데(1562년 라 에르라두라 항구에서 심한 폭풍우로 4000명 이상이 빠져죽었다), 이 사람 때문에 몇 해 전엔가 우리 마을에서 그 싸움이 일어났던 것입니다요. 제가 알기로 우리 주인께서도 그 소동에 휘말려들었을 것입니다요. 이 소동으로 대장장이 발바스뜨로의 아들인 소가지 못된 또마시요가 다쳤지요…… 예, 나리, 이건 모두 사실이 아닙니까요? 제발 부탁이니, 그러면 그렇다고 말씀해주십쇼. 여기 계시는 여러분들께서 저를 되는 대로 마구 지껄여대는 거짓말쟁이라고 생각하시면 난처하니까 말입니다요."

"지금까지로 봐서는" 하고 이때 사제가 말했다. "나는 그대를 거짓말쟁이라기보다는 수다쟁이라고 생각하네. 앞으로는 어떻게 생각하게 될지 모르지만."

"네가 그렇게 덮어놓고 증인이다 증거다 하고 꺼내니까 나도 네가 진실을 말하고 있다고밖에 할 말이 없구나. 자, 그럼, 나머지를 얼른 말하고 되도록 말을 줄이는 게 좋겠다. 그대로 나가다가는 이틀이 걸려도 끝나지 않을 것 같구나."

"얘기를 그렇게 줄일 필요는 없어요" 하고 공작 부인이 끼여들었다. "나를 기쁘게 해줄 생각이라면 말이에요. 엿새가 걸려서 끝나더라도, 이 사람이 하고 싶은 대로 얘기하게 내버려두세요."

"그러시다면, 여러분들께 말씀드리겠습니다요" 하고 산초가 말을 이었다. "방금 말씀드린 그 시골 귀족이, 그이를 저는 내 손처럼 잘 알고 있읍죠. 우리집에서 그이집까지는 큰 화살이 닿을 정도밖에 떨어져 있지 않으니까요. 아무튼 그래서 그이가 가난하지만 정직한 어느 농부를 식사에 초대했던 것입니다요."

"그 결론을 얼른 말하게, 형제" 하고 이때 사제가 말했다. "그대는 저 세상에 갈 때까지도 도저히 끝나지 않을 듯한 말투로 얘기를 하는군."

"하느님의 가호가 계시면 그 반도 걸리지 않고 끝날 수 있을 겁니다요" 하고 산초가 대꾸했다. "그렇다면 말씀드립니다만, 그 농부가 아까 말씀드린 그 귀족집으로 갔는데, 그 사람의 혼백이 편안히 있으면 좋겠습니다요. 벌써 죽어버렸거든요. 무엇보다도 좋은 증거로는, 무슨 천재 비슷하게 죽었다는 얘깁니다요만 저는 마침 그자리에 없었습니다요, 그 까닭은 마침 그때 뗌블레께에 곡식 거둬들이는 날품팔이하러 나가 있었거든요……."

"진실로 부탁하겠네" 하고 사제가 말했다. "뗌블레께에서 빨리 돌아와주게. 그리고 그대가 그 장례식까지 할 생각이 아니거든 그 귀족의 매장은 그만두기로 하고, 그대 얘기를 그쳐주면 좋겠네."

"그래서 말하자면 이렇습니다요" 하고 산초가 받았다. "두 사람은 막 식탁에 앉으려 하고 있었는데, 전 지금 그 두 사람의 모습이 눈에 선하게 보이는 것 같습니다요……."

산초가 이렇듯 너절하고 지리하게 이야기를 끌고 나가는 데 대해 사제가 보인 초조함과, 돈 끼호떼의 노여움과 화를 참느라고 애가 타는 모습을 보고 공작 부처는 그저 재미있어 어쩔 줄을 몰라했다.

"그런데 말씀입니다요" 하고 산초가 다시 말을 이었다. 아까 제가 말씀드렸듯이 두 사람이 드디어 식탁에 앉게 되었는데, 농부는 귀족에게 식탁의 상좌에 앉으라고 권하고 귀족은 귀족대로 역시 농부에게 상좌에 앉으라고 우기는 것입니다요. 그러면서 귀족은, 이 집에선 자기가 명령하는 대로 따르지 않으면 안된다는 것입죠. 하지만 농부는 예의 범절을 큰 자랑으로 알고 있는 사나이라 아무리 해도 싫다는 것입니다요. 그래서 결국 화가 난 귀족은 농부의 어깨를 두 손으로 움켜잡고 억지로 상좌에 끌어다 앉히면서 말했습니다요. '앉아라, 이 돌대가리야. 어디건 내가 앉는 자리가 바로 너보단 상좌란 말이다' 하고 말씀입니다요. 이게 제 얘깁니다요만, 정말 엉뚱한 자리에서 엉뚱한 얘길 꺼낸 건 아니라고 저는 생각합니다요."

돈 끼호떼의 안색이 금방 파래졌다가 다시 붉어지면서 햇빛에 그을은 빛깔 위에 무늬진 대리석처럼 점점이 얼룩이 졌다. 공작 부처는 산초가 한 이야기의 저의를 알았으나 돈 끼호떼에게 부끄러운 생각을 느끼게 하지 않을 배려로 터져나오는 웃음을 간신히 참았다. 그리고 화제를 바꾸어 산초로 하여금 그 이상 터무니없는 이야기를 꺼내지 못하게 하려고 공작 부인은 돈 끼호떼에게, 둘씨네아 님한테서 무슨 새로운 소식이라도 있었느냐, 그리고 그 뒤로는 또 많은 거인이나 악한을 무찌르셨을 텐데 요즘도 그런 자들을 그 공주님에게 보내고 있느냐고 물었다. 이에 대해서 돈 끼호떼는 대답했다.

"부인, 나의 수많은 불운이 시초는 있어도 종말은 없는 것 같소이다. 많은 거인들을 무찌르고 비겁한 자와 악당들을 붙잡아 그분에게 보냈지요. 그러나 그녀석들은 어디에 가서 공주를 만날 것인지, 하필이면 공주는 마법에 걸려 상상도 못할 추하기 짝이 없는 농가의 여자로 모습을 바꾸고 있으니 말씀입니다."

"제가 보기에는" 하고 산초 빤사가 끼여들었다. "이 세상에서 제일가는 미인입니다요. 적어도 몸이 가벼운 것과 높이 뛰어오르는 데 있어서는 곡예사도 그분에겐 당하지 못할 줄 저는 압니다요. 정말이지 공작 마님, 마치 고양이처럼 땅바닥에서 당나귀 위로 폴짝 뛰어오르시거든요."

"그대는 마법에 걸려 있는 그분을 보았단 말인가, 산초?" 공작이 물었다.

"아니, 어째서 또 제가 그분을 보았느냐는 그런 질문을 하십니까!" 하고 산초가 대답했다. "그 마법 소동을 착안한 게 바로 제가 아니고 어디 누구겠습니까? 그분은 우리 아버지처럼 마법에 걸려 있습니다요!"

사제는 거인이니 비겁자니 마법이니 하는 말을 듣고, 이 사나이가, 늘 그 이야기를 공작이 읽고 있어 그런 상궤를 벗어난 것을 읽는다는 것은 그 자체가 상궤를 벗어난 일이라고 몇 번이나 말린 기억이 있는 바로 그 돈 끼호떼라는 것을 확신했다. 그리고 자기가 걱정하던 것이 사실로 나타난 것을 알고 화가 나서 공작을 돌아보고 말했다.

"각하께서는 이 사람의 행동을 우리 주 그리스도께 보고하셔야 합니다. 이 돈 끼호떼인지, 돈 미치광이인지는 모르지만 각하께서는 앞으로도 이자가 그 터무니없는 소동과 바보짓을 계속해나가도록 좋은 기회를 베풀어주고 계시는데, 제가 보기에 이자는 그토록 숙맥은 아닌 것같이 생각됩니다."

그러고는 돈 끼호떼를 돌아보고 말했다.

"그런데, 이 머릿속이 텅 빈 양반아, 그 골통 속에 당신이 편력 기사며 거인들을 정복했고 악당들을 사로잡았다는 어처구니없는 생각을 불어넣은 자는 대체 어디 사는 누구요? 발밑이 밝을 때 여기서 냉큼 나가는 게 좋을 거요. 이렇게 친절히 말해줄 동안에 말이오. 당신 집으로 돌아가시오. 그리고 자식이 있거든 자식이나 돌보시오. 집안이나 보살피시오. 아무 소용도 없는 당신을 아는 사람 모르는 사람 할 것 없이 모두에게 웃음거리가 되어 여기저기 쏘다니는 것은 이제 그만두시오. 대체 어디서 당신은 편력 기사 따위가 있었느니, 지금도 있느니 하는 얘기를 들었소? 스페인의 어디에 거인이 있단 말이오? 아니 라 만차의 어디에 악당이 있소? 마법에 걸린 둘씨네아니, 그 밖에 당신과 관련해서 얘기되고 있는 그 어처구니없는 일족들이 대체 어디 있단 말이오?"

돈 끼호떼는 거만한 사제의 말에 가만히 귀를 기울이고 있다가 말을 다 마치는 것을 보자, 이제는 공작 부처에 대한 체면이고 뭐고 다 내동댕이치고 노여움에 얼굴빛을 변한 채 심상치 않은 표정으로 벌떡 일어나서 말하기 시작했는데, 이 답변만으로 다음에 계속되는 한 장을 이루기에 충분하다.

제 32 장

돈 끼호떼가 자기를 공격한 상대에게 준 답변과 그 밖에 엄숙하고도 우스꽝
스러운 사건에 대해서.

돈 끼호떼는 벌떡 일어나더니 마치 수은중독에 걸린 사람처럼 발끝에
서 머리 꼭대기까지 와들와들 떨면서 다급하고 숨가쁜 소리로 지껄이기
시작했다.

"지금 내가 있는 장소나, 내가 지금 어느 분 앞에 있느냐 하는 사실이
나, 그대가 갖고 있는 신분에 대해서 내가 과거에도 지금도 변함없이 품
고 있는 경의, 이것들은 모두 나의 당연한 분노의 손을 막고 속박하는
것들이오. 방금 말씀드린 것으로도 또 법의를 입는 분의 무기는 여인들
과 마찬가지로 혀라는 것을 알고 있는 까닭으로도, 나 또한 같은 혀의
무기로써 그대와 대등한 싸움을 할 작정이오만, 그대로부터는 그런 모욕
적인 언사보다는 부드러운 조언을 기대하고 있었소. 그러나 일이 이렇게
되었으니 그것도 하는 수 없는 일, 진심에서 우러나는 선의의 충고라면
지금과 다른 상황, 다른 형식이 필요한 것이오. 적어도 사람들 앞에서,
더욱이 그토록 신랄하게 나를 비난한다는 것은 선의의 비난의 한계를 넘
는 것이오. 선의의 비난은 신랄한 말보다 부드러운 말에 깃들인 것이며,
비난을 가하는 죄에 대해서는 아무런 지식도 없이 함부로 죄인을 바보다
멍청이다 하고 욕하는 것은 좋지 않은 일이오. 그렇지 않다면 그대가 말
씀해보시오. 나의 어떠한 점을 바보로 보았기에 나를 비난하고 욕을 퍼
부었으며, 더욱이 내게 처자가 있는지 없는지도 모르면서 집으로 돌아가
집이나 처자의 뒷바라지를 하라고 말씀하시었소? 어느 학생 숙사의 빈
곤 속에서 자라 기껏해야 20레구아에서 30레구아 넓이의 좁은 지방 세계
밖에 들여다본 적이 없는 주제에 느닷없이 기사도에 정의를 내리고 편력
기사에게 비평을 가한단 말씀이오? 오로지 이 세상의 편력에 온 정력을
다 쏟고, 쾌락을 구하는 대신 고행의 길을 걸어, 뛰어난 사람이 불멸의
자리에 오른다는 것이 헛된 일, 무익한 시간의 낭비란 말씀이오? 만일
기사나 고결한 인사, 지체 높은 분들이 나를 바보로 본다면 나는 이것을

돌이킬 수 없는 모욕이라 생각할 것이오. 그러나 기사의 길에 들어온 적
도 없고, 기사의 길을 밟은 일도 없는 학생이나 수도사 따위가 나를 멍
청이로 본다고 해도 나는 가렵지도 아프지도 않소. 나는 기사며, 만일
하느님께서 기뻐하신다면 기사로서 생을 마칠 각오요. 어떤 자는 터무니
없는 야심의 광야를 가고, 어떤 자는 비굴하고 천한 아첨의 들을 헤매
며, 어떤 자는 어처구니없는 위선의 들판을 더듬으며, 어떤 자는 참된
종교의 뜰을 걸어가오. 그러나 나는 나의 숙명에 이끌려 편력의 기사도
의 오솔길을 더듬는 자로서 그 본분에 따라 돈을 천시하고 명예를 높이
아는 자란 말씀이오. 나는 오늘날까지 욕본 자의 원수를 갚고 그릇된 일
을 바로잡고 오만을 응징하고, 거인을 정복하고 요괴를 짓밟아왔소. 나
도 사랑을 하고 있소만, 그것은 편력 기사가 편력 기사다우려면 그렇게
하지 않을 수 없다는 것 이외에 이유는 없소. 사랑을 하더라도 나는 지
저분한 사랑은 하지 않소. 항상 변함없는 플라톤적인 사랑을 하는 자요.
내가 지향하는 것은 좋은 결과를 얻기 위해 힘쓰고, 모든 사람들에게 선
을 베풀며, 그 누구에게도 해를 끼치지 않는 일이오. 이러한 일을 가슴
에 새겨 이러한 일을 실천하며, 이러한 일에 정진하는 자가 과연 바보라
는 말을 들어야 하는가, 거룩한 공작 각하와 공작 부인의 슬기로운 판단
에 일임할까 하는 바입니다."

"참 잘하시네, 참 잘하셔!" 하고 산초가 소리쳤다. "나리, 더 이상
말씀하실 것도 없습니다요. 나리, 우리 주인 나리, 나리의 말씀은 뒷받
침할 것도 없습니다요. 그 까닭은 그 이상 더 말할 것도, 생각할 것도,
버릴 것도, 이 세상엔 없으니까 말입니다요. 그뿐 아니라 이 양반은 편
력 기사 따위는 옛날에도 없었고 지금도 없다고 아까 말씀하셨는데, 설
혹 취소를 하려고 해도 자기가 한 말을 전혀 모르고 있다면 꼭 그렇게
해야 할 것도 없잖습니까요?"

"혹시 그대는" 하고 사제가 말했다.

"주인이 섬을 준다고 약속했다는 그 산초 빤사가 아닌가?"

"예, 그게 바로 접니다요" 하고 산초가 대답했다. "어디 사는 누구나
마찬가지로 섬을 가져도 상관없는 인간입죠. 그리고 '좋은 사람과 사귀
어라, 그러면 너도 좋은 사람이 된다'는 사나이고, '함께 태어난 자보다
함께 풀을 먹은 자에게 붙어라'라는 인간의 한 사람이고, '큰 나무에 기
대는 자는 좋은 그늘에 싸인다'는 걸 아는 인간의 하나입죠. 저는 훌륭

한 주인에 의지해서 몇 달 전부터 우리 나리를 모시고 돌아다니고 있습니다요. 하느님만 뜻이 계시다면 언젠가 저도 우리 나리처럼 될 겁니다요. 우리 나리도 오래 사시길 빌고, 저도 오래 살고 싶습니다요. 어차피 주인 나리도 나라를 다스리는 것쯤 부족함을 느끼시지 않을 것이고, 마찬가지로 저도 섬을 다스리는 것쯤 부족하지 않을 테니까 말입니다요."

"부족하지 않고말고, 틀림없다, 우리의 친한 벗 산초여" 하고 이때 공작이 말했다. "내가 가진 것 중의 한 조각에 지나지 않지만 꽤 중요한 섬의 영주직을 돈 끼호떼의 대리로서 그대에게 맡기기로 하겠다."

"무릎을 꿇어라, 산초" 하고 돈 끼호떼가 말했다. "그리고 그대에게 베풀어주신 선물에 대한 인사로 각하의 발에 입을 맞추어라."

산초는 그대로 했다. 이것을 옆에서 보고 있던 사제는 화를 내며 식탁에서 벌떡 일어나 소리쳤다.

"내가 입고 있는 이 법의를 두고, 각하도 이들 벌받을 인간들과 마찬가지로 바보라 아니할 수 없소이다! 정신이 멀쩡한 사람들이 이들을 미쳤다고 장담하고 있는 이상, 이들은 미치광이가 분명한데 어째서 모르십니까! 나는 이 사람들이 여기 묵는 동안은 여기에 나타나지 않겠습니다. 내 손으로 고칠 수 없는 것을 이러쿵저러쿵 나무라고 싶지도 않소이다."

그러고는 먹지도 않고, 붙잡는 공작 부처의 간청도 소용없이 방을 나가버렸다. 그러나 그의 무례한 격분이 너무 우스꽝스러웠기 때문에 그 웃음을 참는 것이 고작이었을 뿐 공작도 굳이 만류하지는 않았다. 겨우 웃음을 그치고 공작은 돈 끼호떼를 돌아보며 말했다.

"그런데 '사나운 사자의 기사'님, 귀공은 자신을 위해서 매우 당당하게 대답을 하셨소. 그쯤 했으면 이제 그 모욕에 대해서는 전혀 유감이 없을 것이오. 그러나 그건 얼른 보기에 모욕 같기도 하지만 결코 그런 것이 아니었지요. 왜냐하면 귀공도 잘 아시듯이 여자의 말이 사람을 모욕하는 것이 되지 않는 것처럼 성직자의 말도 마찬가지거든."

"지당한 말씀이오" 하고 돈 끼호떼가 대답했다. "그리고 그 이유는 모욕을 받을 수 없는 자는 아무도 모욕할 수 없기 때문이오. 다시 말해서, 여자나 어린 아이나 성직자들은 스스로 자기를 지킬 수 없는 자이므로, 설혹 모욕은 받더라도 치욕을 받을 수는 없는 것이오. 그 까닭은, 각하도 잘 아시듯이 모욕과 치욕 사이에는 이런 차이가 있기 때문이오. 말하자면, 치욕은 자기도 남에게 치욕을 줄 수 있고 또 사실 치욕을 주며 이를 견딜 수 있는 자라야 비로소 할 수 있는 것이며, 모욕은 치욕을 주는 일도 없이 어디서나 오는 것이오. 예를 들어 말씀드리면, 한 사나이가 한길에서 멍청하게 서 있다고 합시다. 거기에 저마다 무기를 든 사람이 10명쯤 달려와서 덤벼들자, 그는 용감하게 칼을 뽑아 사나이로서의 당연한 의무를 수행하게 되는데, 그러나 다수를 믿고 마구 공격해대는 바람에 분풀이를 하겠다는 첫 의지를 관철할 수가 없을 경우, 그 사나이는 비록 모욕은 받았다고 하더라도 치욕을 입은 것은 아니오." 그는 구체적으로 말을 이었다.

"한 가지 더 예를 들면 이 점의 도리가 더 분명해질 수 있을 것이오. 한 사나이가 등을 돌리고 서 있는 곳에 다른 사람이 다가가 몽둥이로 때렸다고 합시다. 때린 다음 허둥지둥 달아나고 맞은 쪽이 즉각 그 뒤를 쫓는데 결국 따라붙지 못할 경우, 이 맞은 사나이는 모욕은 받았지만 치욕을 입은 것은 아니란 말씀이오. 왜냐하면, 치욕은 맞섬으로써 비로소 치욕이 되는 것이기 때문이오. 만일 때린 쪽의 인물이 설사 몰래 때렸다고 하더라도 칼까지 뽑아 그자리에 멈춰서서 적과 정면으로 대결하려 했다면, 맞은 쪽의 사나이는 모욕과 치욕을 함께 입은 것이 되는 것이오. 다시 말해서, 저도 모르고 있다가 맞았기 때문에 모욕을 받은 것이고, 아울러 때린 사나이가 자기의 행위를 더욱더 지지하여 등을 돌려 달아나지도 않고 그자리에 버티고 서 있었기 때문에 치욕까지 당한 것이오. 그래서 그 지긋지긋한 결투의 법도에 따른다면 나는 모욕은 받았을지 모르나 치욕을 받은 것은 아니오. 왜냐하면 아이나 여자들은 원수를 갚는다는 생각도, 달아날 일도, 버티고 서서 기다릴 이유도 없기 때문이오. 성교회에 속하는 구성원도 이와 마찬가지니, 이 세 종류의 인간들은 공격이건 방어건, 무기라는 것을 지니고 있지 않기 때문인데, 설령 싫더라도 몸을 수호한다는 것은 필연적인 일이나 그렇다고 남을 모욕하고 상처입힐 의무는 지고 있지 않는 것이오. 그래서 조금 전에 나는 모욕은 받았을지 모른다고 말했는데, 지금은 어떤 의미에 있어서나 모욕을 받지 않았다고 다시 고쳐 말하고 싶소. 왜냐하면, 치욕을 받을 수 없는 자가 어떻게 치욕을 남에게 줄 수 있겠소? 이러한 이유로 나는 저 성직자가 내게 한 말씀을 유감으로 생각해도 안되고 또 생각지도 않고 있다오. 다만 좀더 이댁에 머물러 주었더라면 하고 생각할 뿐이오. 그러면 이 세상에 편력의 기사 따위, 옛날에도 있지 않았고, 지금도 있지 않다고 생각할 뿐만 아니라 입 밖에 내어말하는, 그가 빠져 있는 오류를 깨닫게 해줄 수도 있을 것이니 말씀이오. 게다가, 만일 그러한 일이 아마디스나 그 무수한 후예들 누군가의 귀에라도 들어가는 날이면, 저 성직자가 결코 좋은 꼴을 당하지 못하리라는 것을 나는 잘 알고 있소."

"그건 제가 보증합죠" 하고 산초가 말했다. "그 사람들은 단 한칼로 석류나 잘 익은 멜론처럼 저 사제님을 머리에서 아래까지 짝 갈라놓고 맙니다요. 워낙 그네들은 그렇게 까부는 걸 잠자코 보고 있지 않으니까요! 전 성호를 긋고 말씀드립니다만, 만일 레이날도스 데 몬딸반이 이 이상 야릇한 말을 들었더라면, 그야말로 3년 동안은 말도 못 하도록 호되게 입을 두들겨놓았을 것으로 믿습니다요. 아니, 그보다 그 양반이 그 사람들과 맞붙어싸운다면 그네들의 손에서 어떻게 빠져나올 수 있나 잘 알게 되겠읍죠!"

공작 부인은 산초의 말을 듣고 우스워서 죽을 지경이었다. 그리고 그녀는 산초 쪽이 주인보다 더 우스꽝스럽고 더 머리가 돌았다고 생각했는데, 그때 그 자리에 있던 많은 사람들도 역시 그렇게 생각했다.

이윽고 돈 끼호떼의 기분도 가라앉고, 식사가 끝나고 식탁보가 치워지자 네 명의 시녀가 나타났다. 첫번째 시녀는 은대야를 들고, 두번째 시녀는 은주전자를 들었으며, 세번째 시녀는 새하얀 수건을 두 어깨에 걸치고, 네번째 시녀는 두 팔을 걷어붙이고 그 하얀 손에(그것은 확실히 하얀 손이었다) 나폴리 비누의 동그란 덩어리를 들고 있었다. 은대야를 든 시녀가 다가와서 정숙하고 분명한 거동으로 대야를 돈 끼호떼의 턱 아래다 갖다댔다. 그는 이런 의식에 놀라 한 마디도 말하지 않고, 손을 씻는 대신 수염을 씻는 것이 이 지방의 풍습인가보다, 고 생각했다. 그래서 되도록 멀리 턱을 내미는 순간 주전자에서 주르륵 물이 떨어지고 이어 비누를 쥔 시녀가 재빨리 비누칠을 하고 수염을 마구 비볐다. 수염뿐 아니라 가만히 내맡기고 있는 얼굴과 눈에도 사정없이 거품을 일으켜놓았다. 공작 부처는 이런 일에 대해서는 아무것도 들은 적이 없었으므로 이 기묘한 수염 세탁이 어떻게 되는가 호기심을 가지고 지켜보고 있었다. 비누 거품이 5치나 부풀어올랐을 때 이 이발 담당 시녀는 일부러 물이 다 없어진 체하면서 주전자 담당 시녀에게 물을 갖고 오게 부탁했다. 시녀는 물을 가지러 가고, 돈 끼호떼는 세상에도 기이하고 상상도 못할 우스꽝스러운 모습으로 가만히 앉아 있었다. 그자리에 있는 수많은 사람들이 모두 돈 끼호떼를 지켜보고 있었다. 보통보다 검은 목을 반 바라나 쑥 뺀 채 두 눈을 감고 비누 거품에 덮여 있는 그의 모습을 보고 있으면서 그들이 어떻게든 웃음을 참을 수 있었다는 것은 굉장한 기적이요, 여간 신중한 태도가 아니었다. 이 장난꾸러기 시녀들은 차마 공작 부인의 얼굴을 볼 용기까지는 없어 줄곧 눈을 내리깔고 있었으며, 공작 부처는 화가 나기도 하고 동시에 웃음이 솟아나 시녀들의 무례한 행위를 나무라야 좋을지 이런 몰골의 돈 끼호떼를 보여주어 재미있게 해준 것을 칭찬해야 좋을지, 이러지도 저러지도 못하고 있었다. 결국 주전자를 든 시녀가 돌아와서 돈 끼호떼의 수염 세탁도 끝나고 이어 수건을 가진 시녀가 아주 천천히 그의 얼굴과 수염을 말끔히 닦았다. 그리고 네 사람이 나란히 서서 함께 머리를 나직이 숙여 매우 정중한 절을 하고는 돌아서 나가려 했다. 그때 공작은 돈 끼호떼가 장난을 눈치채지 않도록 대야를 든 시녀를 불러 말했다.

"물이 남았거든 나도 좀 씻어다오."

눈치 빠르고 영리한 시녀는 곧 가서 돈 끼호떼에게 한 것처럼 공작의 턱 아래에 대야를 갖다대고 재빨리 비누칠을 하여 씻은 다음 깨끗이 닦고는 역시 공손히 절하고 물러갔다. 공작은 만일 그녀들이 돈 끼호떼에게 한 것처럼 자기 수염을 씻지 않았다면 그녀들의 지나친 행위를 처벌할 결심으로 있었다고 나중에 밝혔다. 그녀들은 공작의 수염을 비누칠하여 씻은 덕분에 운 좋게 처벌을 면한 셈이다.

산초는 이 수염 씻는 의식을 처음부터 끝까지 가만히 지켜보고 있었는데, 이윽고 혼자 중얼거렸다.

"정말이지! 기사 양반들과 마찬가지로 종자의 수염도 씻어주는 것이 이 지방의 풍습이라면 참으로 좋을 텐데! 하느님께 맹세코 말하지만, 나야말로 그게 꼭 필요하거든. 거기에다 면도칼로 수염까지 깎아준다면 더욱 고맙게 여기겠다만."

"거기서 뭘 중얼거리고 있어요, 산초?" 하고 공작 부인이 물었다.

"저는 이렇게 말했습니다요, 마님" 하고 산초가 대답했다. "다른 나리 댁에서는 식탁보를 치우고 나면 손을 씻는 물을 준다는 말은 들었습니다요. 수염 세탁은 처음 봅니다요. 그러니 역시 오래 살고 봐야겠는뎁쇼, 별의별 것을 다 구경할 수 있으니까 말입니다요. 하지만 너무 오래 사는

것도 좋잖다는 말 역시 듣고는 있습니다요. 나도 만일 이런 수염 세탁을
당한다면 괴로울까, 아니 역시 기분이 좋겠구나, 하고 말하고 있었읍
죠."

"걱정할 것 없어요, 산초" 하고 공작 부인이 말했다. "시녀들에게 그
대도 씻어주라고 할 테니까. 그리고 필요하다면 잿물도 넣도록 일러둘
게."

"적어도 우선은" 하고 산초가 대답했다. "수염만으로 족합니다요. 그
때가 되면 어떻게 될지는 모르지만 말입니다요."

"시종장, 알겠어요?" 하고 공작 부인이 분부했다. "이 산초 님이 말
씀하시는 것을 듣고 원하시는 대로 해드려요."

시종장은 무슨 일이든 산초 님의 말씀대로 하겠습니다, 하고 대답하고
는 수염을 세탁하기 위해 산초를 데리고 물러났다. 식탁에는 공작 부처
와 돈 끼호떼만 남아서 여러 가지 이야기 꽃을 피우며 시간을 보냈는데
이야기는 모두 무용에 관한 것이 아니면 편력 기사도에 관한 것뿐이었
다.

공작 부인은 돈 끼호떼에게, 당신은 매우 기억력이 좋은 분 같으니 둘
씨네아 델 또보소 님의 아름다움과 용모를 자세하게 설명해주시지 않겠
어요, 그분이 아름답다는 것은 여기저기 소문이 나 있으며, 평판을 들어
보면 이 지상에서는, 아니 이 라 만차에서는 가장 아름다운 분이 틀림없
는 줄 알고 있어요, 하고 부탁했다. 공작 부인의 요청을 듣고 돈 끼호떼
는 한숨을 쉬면서 입을 열었다.

"만일 내가 내 심장을 꺼내어 거룩한 부인의 눈앞에서 여기 이 식탁의
어느 쟁반에다 올려놓을 수만 있다면, 거의 생각할 수도 없는 것을 말씀
드리지 않으면 안되는 고통을 혀에서 제거해줄 수 있겠소만, 그 까닭은
부인, 그 심장에 똑똑히 그려져 있는 공주의 모습을 보실 수 있을 것이
기 때문이외다. 그러나, 여기서 내가 비할 데 없는 둘씨네아의 아름다움
을 점 하나 선 하나 허술히 함이 없이 충실히 그리기 시작해봐야 무슨
소용 있겠소이까? 그런 역할은 나보다 다른 사람들의 어깨에 지워져야
마땅한 것, 이 기획은 파라시우스(기원전 5세기 그리스의화가), 티만투스 및 아펠레스(둘 다
기원전 4세기 그리스의 화가)의 화필에, 리시푸스(기원전 4세기의 그리스 조각가)의 끌로 그분의 모습을 그
림으로 그리고 대리석이나 청동에 새기게 해야 하고, 그분을 찬양하려면
키케로니아나와 데모스테니아나의 수사학(修辭學)에다나 일임할 일이기

때문이외다."

"데모스테니아나는 것은 대체 뭐지요?" 하고 공작 부인이 물었다. "그건 여태까지 한 번도 들어본 적이 없는 말이에요."

"데모스테니아나 수사서(修辭書)라는 것은, 데모스테네스의 수사서로 서 키케로니아나가 키케로의 수사서라는 것과 마찬가지로, 두 사람 다 세계 최대의 수사학자였지요."

"그렇고말고" 하고 공작이 말했다. "그런 말을 물어보다니, 임자도 어 떻게 된 모양이군. 그건 그렇고, 돈 끼호떼 님이 공주의 모습을 묘사해 주신다면 우린 얼마나 즐거울지 모르겠소. 비록 대략의 윤곽만이라도 훌 륭한 미인들이 부러워할 그런 아름다운 분이라는 것을 알게 되겠지요."

"그야 물론 말씀드리고 싶소이다" 하고 돈 끼호떼가 대답했다. "만일 얼마 전에 그분에게 일어난 재난, 그것은 그분에 관해서 상세히 말씀드 리고 싶기는커녕 울고 싶을 정도의 것이오만, 이것이 내 마음에서 그분 의 모습을 지워버리지 않는 한 말씀드릴 계제가 아니기 때문이오. 그것 은…… 공작 내외분, 들어주시오, 며칠 전의 일이오만 이번 세번째 출 발의 시작에서 공주의 손에 입을 맞추고 공주의 허락과 축복을 받으려고 내가 찾아갔다가, 내가 만나고 싶어했던 분과는 전혀 다른 사람을 만났 단 말씀이오. 다시 말해서, 마법의 힘으로 공주를 농가의 처녀로, 아름 다운 분이 추녀로, 천사가 악마로, 향기로운 여성이 마늘 냄새 풍기는 여자로, 귀부인다운 말투가 시골 말투로, 정숙한 여성이 까부는 여자로, 빛이 암흑으로, 요컨대 둘씨네아 델 또보소가 시야고의 시골 여자로 바 뀌어진 것을 이 눈으로 보았단 말씀이오."

"저런!" 하고 공작이 큰 소리로 외쳤다. "대체 그런 나쁜 짓을 이 세 상에 대해서 한 자가 누구요? 이 세상을 즐거운 것으로 만든 아름다운 것을, 이 세상을 밝은 것으로 만든 화려한 것을, 이 세상을 평온한 것으 로 만든 정숙한 것을 이 세상에서 탈취해간 자가 대체 누구란 말이오?"

"누구냐는 말씀이시오?" 하고 돈 끼호떼가 대답했다. "물론 전부터 나를 따라다니는 시샘 많은 다수의 마법사 중에서 속 검은 녀석의 하나 라는 것 이외에 달리 또 있을 까닭이 없지 않습니까? 정의의 인물이 이 룩하는 공적을 흐리게 하고 말살하기 위해서 태어나, 악인들의 소행을 빛나게 하고 높이 치켜올리기 위해서 태어난 무리들이오. 그들 마법사들 은 여태까지도 나를 박해해왔고, 지금도 박해의 손을 늦추지 않으며 앞

으로도 나를, 나의 고결한 기사도를 망각의 심연에 던져넣을 때까지 박
해를 계속할 것이오. 더욱이 그녀석들은 내가 가장 고통을 느낄 만하다
고 눈치챈 자리에 해를 주고 상처를 입히는 것이오. 왜냐하면 일개 편력
의 기사로부터 그 연모하는 귀부인을 빼앗아간다는 것은, 사물을 보는
두 눈을 빼앗고 빛을 펼쳐주는 태양을 빼앗고 생명을 지탱하는 양식을
빼앗는 것과 마찬가지기 때문이오. 여태까지 몇 번이나 말씀드린 일이오
만, 지금도 되풀이해 말씀드리자면, 사랑을 바치는 귀부인을 갖지 않은
편력 기사는 확실히 잎사귀 없는 나무, 기초 없는 건물, 던질 실체 없는
그림자와도 비교할 수 있을 것이오."

"그만큼 들으면 이제 알겠어요" 하고 공작 부인이 말했다. "그보다 얼
마 전에 출판되어 많은 사람들의 갈채를 받고 있는 돈 끼호떼 님의 이야
기를 믿는다면 거기서 미루어 생각건대, 내가 잘못 기억하고 있는 것이
아니라면, 둘씨네아 공주를 기사님은 여태까지 한 번도 보신 적이 없을
뿐 아니라 그런 분은 이 세상에 있지 않다, 기사님의 머릿속에서 만들어
낸 것이고, 또 기사님이 마음에 들도록 그런 정숙함이라든지 나무랄 데
없는 아름다움을 그려낸 가공의 귀부인이라고들 말하고 있어요."

"거기에 관해서는 여러 가지 말씀드릴 일이 있소이다" 하고 돈 끼호떼
가 대답했다. "둘씨네아가 이 세상에 존재하느냐 안하느냐, 또는 가공의
존재냐 아니냐 하는 것은 하느님이 아시는 일이외다. 이런 일은 두고두
고 꼬치꼬치 캐어 규명해나갈 일은 못 되지요. 그러나 내가 그분을 머릿
속에서 만들어내거나 낳거나 하지는 않습니다. 하기야 세상의 모든 아름
다운 여성들 속에서 한층 그분을 두드러지게 하고 모든 미점을 한 몸에
겸비하는 그런 여성에 가깝게 그분을 내가 마음속으로 생각하고 있는 것
은 사실이외다. 다시 말해서 무엇 하나 빠진 것 없는 아름다움, 오만으
로 기울지 않는 엄격함, 정숙함이 수반된 깊은 애정, 예의바르기 때문에
감사를 잊지 않는 좋은 가훈에서 오는 정중함 그리고 마지막으로 천한
태생의 아름다운 여성보다 뛰어난 혈통 위의 아름다움은 훨씬 고도의 완
벽한 아름다움으로 빛난다는 이유로 해서 가문의 고귀함이라는 미점 등
을 말씀이외다."

"그건 그렇소" 하고 공작이 말했다. "다만, 돈 끼호떼 님, 나는 귀공
의 사적을 쓴 책을 읽고 꼭 하지 않을 수 없었던 말을 여기서 하게 된
것을 용서해주시기 바라오. 그 이야기로 미루어 물론 엘 또보소에 혹은

그 교외에 둘씨네아 공주가 있고 더욱이 귀공이 우리에게 말씀하신 것처럼 굉장히 아름다운 분이라는 것은 인정한다고 하더라도 그분의 가계가 얼마나 좋은가 하는 점에 있어서는 오리아나라든지, 알라스뜨라하레아라든지, 마다시마라든지 그 밖에 귀공도 잘 아시는 이야기 속에 늘 나타나는 그런 분들과는 좀 겨룰 수 없을 것같이 여겨지는구려."

"그 점에 대해서는 이렇게 말씀드릴 수가 있을 것이오" 하고 돈 끼호떼는 대답했다. "말하자면 둘씨네아는 스스로의 역량으로 이루어진 여성이며, 미덕은 혈통을 보충하고, 신분이 높고 부덕한 자보다 덕이 높고 신분이 낮은 자가 존중되고 중시되지 않으면 안된다는 것이오. 둘씨네아는 왕관과 왕홀(王笏)의 여왕으로서 받아들여질 만한 자질을 가진 여성이니 더 말할 나위도 없소. 아름답고 아울러 미덕이 높은 여성의 공덕은 다시 더 큰 기적을 이룩하는 데 까지도 달하는 것으로서 형식적이라기보다 실질적으로 그 분은 자기 속에 커다란 행운을 품고 있는 것이오."

"정말이지, 돈 끼호떼 님" 하고 공작 부인이 말했다. "기사님은 무척 신중하고 조심스럽게 흔히 말하듯 '손에 심측추(深測錘)를 쥐고' 말씀하시네요. 앞으로는 엘 또보소에 둘씨네아 님이 계셔서 지금도 여전히 건강하시고 아름답고 돈 끼호떼 님 같은 훌륭한 기사님이 섬길 만한 훌륭한 태생이라는 것을 나는 물론 우리 저택의 모든 사람들도 필요하다면 내 남편 공작님에게도 믿으시도록 하겠어요. 이것은 내가 할 수 있는 최대의 일일 거예요. 그런데 한 가지, 암만해도 마음에 걸리고, 산초 빤사에게 뭐라고 말하면 좋을까, 약간 원망스러운 기분이 들어서 못 견디겠는 일이 있어요. 그것은, 아까 말씀드린 책에 기사님의 편지를 산초가 그분에게 전달하러 갔을 때 그 둘씨네아라는 분이 큰 부대에 가득 든 밀을 까불고 있는 중이었다고 씌어 있었고, 더욱이 더 확실한 증거로는 붉은 밀이었다고 씌어 있는 일이에요. 이점이 나로서는 그분의 가문이 높다는 것을 암만해도 납득할 수 없는 점이랍니다."

이에 대해서 돈 끼호떼가 대답했다.

"공작 부인님, 내 몸에 일어나는 모든 일이, 아니 그 대부분이 헤아릴 수 없는 숙명의 의사에 이끌려서인가 혹은 시샘 많은 어느 마법사의 악의에 의해서인가 다른 편력 기사들에게 일어나는 일과는 도무지 거리가 면, 상궤를 벗어난 것임을 알아주시기 바랍니다. 이름난 편력 기사의 모두라고는 하지 않더라도 그 대다수가, 혹은 마법에 걸리지 않는 천부의 힘을 가졌다든지, 혹은 프랑스 열두 용사의 한 사람인 유명한 롤단이 그러했듯이 칼에 베어도 상처를 입지 않는 불사신의 육체를 가졌다든지 하는 것은 벌써 숨길 수 없는 사실이외다. 롤단은 왼쪽 발바닥을 제외하고는 상처를 입힐 수 없었으며 그것도 굵은 바늘 끝이 아니면 상처를 입힐 수 없었고 다른 어떤 무기에도 예사였다고 전해지고 있소이다. 그래서 베르나르도 델 까르삐오가 론세스바이예스에서 그를 쓰러뜨렸을 때도 칼로는 도저히 이빨이 서지 않는다고 생각하고 헤르쿨레스가 대지의 아들이라 일컬어지던 그 용맹한 거인 안떼온을 죽인 수법을 상기하여 두 손으로 롤단을 땅바닥에서 번쩍들어 목 졸라 죽였던 것이외다. 지금 말씀드린 그런 것으로 나 자신도 무언가 그런 천부의 힘을 지니고 있을지 모른다고 추측하고 싶지만, 나는 칼에 베어도 상처를 입지 않는 그런 힘을 갖고 있지 않소이다. 여태까지 몇 번이나 나는 부드러운 육체를 가졌고 물론 불사신도 아니거니와 마법에도 걸리지 않는 그러한 힘도 없다는 것을 경험으로 알았소이다. 실제로 나는 마법의 힘으로써 하지 않으면 누구 하나 그 안에 가둘 수 없을 그런 우리 속에 갇힌 적이 있소이다. 그러나 결국 거기서 무사히 탈출했으니 어느 누구도 나를 방해할 수 없다고 믿고 싶은 것이외다. 그런 까닭으로 내게 직접 저들의 흉계를 적용할 수 없다는 것을 눈치챈 마법사들은 내가 가장 사랑하고 있는 것에 그 분풀이를 한 셈이며, 내가 생명을 걸고 그분을 위해 살고 있는 둘씨네아 공주를 못살게 굴고, 나아가서는 나의 목숨을 빼앗을 속셈인 것으로 짐작됩니다. 그래서 나의 종자가 공주에게 내 전갈을 들고 갔을 때 그들 마법사들은 그분을 하필이면 밀을 까부는 참으로 천한 일을 하는 농가 여자의 모습으로 바꾼 것으로 생각되는 것이외다. 그러나, 앞에서도 말씀드린 것처럼 그것은 밀이 아니며 동양의 진주알이었던 것이외다. 이것이 사실이었다는 증거로 고귀하신 두 내외분께 말씀드리고 싶은 것은 불과 며칠 전에 나는 엘 또보소에 가보았는데 끝내 둘씨네아 공주의 저택을 발견할 수 없었단 말씀이외다. 더욱이 그 다음날 나의 종자 산초는 세상에서 빼어나게 아름다운 원모습 그대로의 그분을 보았으나, 나의 눈에는 그것이 무지하게 흉하고 세상에도 드문 재원이신 공주인데도 말투도 천한 농가집 처녀로 비쳤던 것이외다. 나를 마법에 걸 수 없다는 것을 알자 녀석들은 그분에게 나에 대한 분풀이를 한 것이니 나는 다시 원모습으로 돌아간 공주의 모습을 이 눈으로 볼 때까지 공주를 위해 언제까지나 눈물 속에 살아갈 생각이외다. 내가 이런 것을 말씀드리는 것은 둘씨네아가 키를 들고 있었다든지 키질을 하고 있었다든지, 하고 산초가 한 말을 어느 분도 중요시하지 않으시도록 하기 위해서외다. 왜냐하면, 그분의 모습을 내 눈에 달리 보이게 한 마법사고 보면, 산초에게도 그분의 모습을 달리 보이게 한다는 것은 조금도 이상한 일이 아니겠기에 말씀이외다. 둘씨네아는 고귀한 명문의 출신 즉 엘 또보소에 많이 있는 오래 된 매우 훌륭한 시골 귀족 출신이므로, 비할 데 없는 둘씨네아 공주에게는 그러한 전통의 아름다운 미점이 적지않이 전해져내려와 있다는 것은 두말할 나위도 없을 것이외다. 그것은 마치 헬레네(스파르타 왕 메넬라오스의 비가 된 그리스 제일의 미녀. 트로이 왕자 파리스가 그녀를 유혹해가는 바람에 트로이 전쟁이 일어났다)에 의해서 트로이가, 라 까바(훌리안 백작의 딸 플로린다. 따호 강에서 목욕하다가 로드리고 왕에게 욕을 당했으며 이에 복수하기 위해 백작이 무어인을 스페인에 끌어들였다고 한다)에 의해서 스페인이 그러했던 것처럼 둘씨네아 공주에 의해서 엘 또보소는 더한층 명성과 칭호를 높이게 되어 미래의 세기에 그 이름을 떨쳤다고 칭송될 것이외다. 그런데, 이야기는 다르지만, 두 분께서 양해해주셔야 할 것은, 저 산초 빤사는 대저 편력 기사를 섬긴 종자 중에서도 가장 장난기가 심한 종자의 한 사람이란 것인데, 그녀석에게는 이따금 참으로 신랄한 어리석음이 있어서 대체 이 사나이가 신랄한 것인지 어리석은 것인지 생각하는 것이 제법 버리고 싶지 않은 묘취(妙趣)가 된단 말씀입니다. 녀석에게는 악당의 낙인을 찍어 마땅한 간사스러운 지혜도 있고, 호인이라고 인정하지 않을 수 없는 무관심도 있소이다. 모든 일에 의심을 품는 한편 그것을 믿는다는 식이오. 이건 도저히 손을 댈 수 없는 바보가 되었구나, 하고 생각하고 있으면 은근히 놀라며 쳐다볼 만한 기지의 편린을 보임으로써 바보의 구렁텅이에서 빠져나와 있곤 한단 말씀이외다. 요컨대, 설혹 한 도시를 딸려서 준다고 하더라도 다른 종자와 저녀석을 바꾸지는 않겠소이다. 각하께서 저녀석에게 영주라는 직책을 내리시고 파견하시는 일이 과연 좋은 일인지 나쁜 일인지 나는 아직 판단을 내리지 못하고는 있습니다만, 그녀석에게는 통치를 하는 데 적합한 어떤 종류의 재능도 인정되므로 조금 그 머리를 연마해준다면 국왕의 세금을 처리하는 정도는 그럭저럭 잘 해나갈 수 있을 것이외다. 뿐만 아니라 영주가 되는 데는 그다지 대단한 재능도 학문도 필요하지 않다는 것을 경험으로 우리는 이미 알고 있는데 그 증거로 거의 낫 놓고 기역자도 모르면서 매처럼 민첩하게 통치하고 있는 영주가 우리 주변에 얼마든지 있으니 말이외다. 중요한 것은 선의를 가지고 무엇이건 훌륭하게 해내겠다는 사명감이며 그렇게만 되면 마치 학식에 어두운 무인 출신의 영주가 보좌역의 도움을 얻어 판결을 내리듯이 어떻게 처리해야 하는가를 조언하고 지도할 인물이 반드시 나타날 것이 틀림없을 것이외다. 나는 그녀석에게 이렇게 조언할 생각이외다. 즉, 뇌물을 먹지 말아라, 권리를 잃지 말아라 하고 말씀입니다. 그리고 내 뱃속에 아직 더 남아 있는 자질구레한 충고는 산초와 그녀석이 통치하게 될 섬의 이익을 위해서 적시에 나오게 될 것이외다."

공작 부처와 돈 끼호떼의 대화가 여기까지 왔을 때, 저택 안쪽에서 많은 사람들이 떠드는 소리와 요란한 소리가 와자하게 들리더니 가루를 칠 때 쓰는 앞치마를 침받이처럼 턱 밑에 걸고 매우 흥분한 산초가 방안으로 뛰어들어왔다. 그 뒤를 많은 하인들이, 하인들이라기보다 주방에서 일하는 놈팽이들과 그 밖의 일꾼들이 우르르 따라들어왔는데 그 중의 한 사람은 물이 든 조그마한 통을 들고 있었으며 그 물의 빛깔과 더러움은 분명히 그릇을 씻은 구정물임을 말해주고 있었다. 이 통을 든 사나이는 끈질기게 쫓아다니며 어떻게든 그 통을 산초의 턱 밑에 갖다대려 했고 또 한 사람의 장난꾸러기는 산초의 수염을 씻으려고 덤벼들었다.

"대체 이게 무슨 일이냐?" 하고 공작 부인이 물었다.
"어찌된 일이냐? 그 가엾은 분을 어떻게 하려고 그러느냐? 이분이 영주로 선임되었다는 것을 어째서 너희들은 생각지 않느냐?"

이에 대해서 짖궂게 이발사가 대답했다.

"이 어른은 수염을 못 씻게 하십니다요, 이것이 관습이라고 하는데도 말씀입죠, 돈 끼호떼 님처럼 말씀입니다."

"그야 나도 씻어주길 바라지" 하고 산초가 투덜거렸다. "하지만, 더 깨끗한 수건으로 더 깨끗한 물로, 좀 덜 더러운 손으로 해달라는 것뿐야. 우리 주인 나리는 옥 같은 물로 씻겨드리고서 나는 마치 악마의 잿물로 씻어야 할 만큼 나와 우리 나리가 그렇게 틀리진 않단 말야. 그 지방의 관습이라든지 나리들의 저택에서 하는 관습이라는 것은 남을 불쾌하게 만들지 않으면 그만큼 고마운 거야. 그런데, 여기서 하는 수염 세탁의 방식은 고행자의 채찍질보다 더 심하잖아. 내 수염은 깨끗하니까 씻을 필요가 없어. 그러니 내 머리털 한 개, 아니 참 수염 한 가닥이라도 가까이 와서 손을 대려든다면 참으로 미안하지만 그놈의 대갈통에 주먹을 박아놓을 테다. 이런 성가신 예의니 비누칠이니 하는 것은 손님을 환대하는 게 아니라 사람을 업신여긴 장난으로밖에 생각할 수 없단 말야."

공작 부인은 산초가 화를 내는 모습과 그의 말을 듣고는 우스워서 죽을 지경이었으나, 돈 끼호떼는 산초가 얼룩을 넣은 듯한 더러운 수건을 걸치고 많은 주방 놈팡이들에게 둘러싸여 있는 꼬락서니를 보니 매우 기분이 언짢았다. 그래서 마치 공작 부처에게 발언의 허가를 구하는 것처럼 공손히 절하고는 침착한 목소리로 놈팡이들을 향해서 말했다.

"이보오, 여러분들! 그대들은 그 사람을 놓아주고 저마다 기어나온 구멍이나, 그게 싫거든 어디 마음내키는 곳으로 냉큼 들어가시오. 나의 종자는 남못지 않을 만큼 깨끗해서 그런 물통은 방향(芳香) 흙으로 구운 주둥아리 작은 잔처럼 이 사람에겐 어울리지 않소. 내 충고를 듣고 그 사람을 놓으시오. 그 사람도 나도 도무지 장난은 모르는 사람이니 말이오."

그러자 산초가 그 말을 받아서 계속했다.

"아니, 그보다 당신네들, 나같이 우직한 사람을 놀리려면 놀려봐요. 나도 잠자코만 있진 않을걸. 자, 빗이건 뭐건 멋대로 가져와서 내 수염을 빗어보란 말야, 그래서 턱수염에서 깨끗하달 수 없는 어떤 것이라도 발견될 때에는 나를 호랑이 이빨(여기저기 쥐어뜯듯 머리를 깎는 것)을 시켜도 아무 소리 안 할 테니까."

이때 여전히 웃고 있던 공작 부인이 말했다. "이분의 말은 모두 사실이에요, 그리고 앞으로도 이분의 말은 모두 사실일 것이 틀림없어요, 이분 말씀대로 깨끗하니까 씻지 않아도 돼요. 그리고 만일 우리의 관습이 싫다면 이분의 자유로 맡겨드리는 거예요. 무엇보다도 청결을 첫째로 해야 할 사람들이 이런 분의 수염을 씻으려고 놋대야나 외국에서 수입한 수건을 가져온다면 몰라도 그릇 씻는 나무통에다가 부엌에서 쓰는 걸레 따위를 들고 못됐다고 해야 할지 뭐라고 해야 할지 모르겠다만, 요컨대, 근성이 바르지 않고 질이 잘못 든 나쁜 사람들이야. 그런 짓궂은 사람들이니까 편력 기사의 종자 양반에게 품고 있는 시샘을 어떻게든 드러내지 않고는 못 견디는 거예요."

이 악당 같은, 잡일을 맡은 하인들과 함께 왔던 시종장은 공작 부인이 진심으로 하는 소리라 믿고 얼른 산초의 목에서 가루를 칠 때 쓰는 앞치마를 끌러주자 모두 당황하여 겸연쩍은 태도로 물러갔다. 그러자 산초는, 큰 위기에서 겨우 벗어났다고 생각하고, 공작 부인 앞으로 가서 무릎을 꿇고 말했다.

"지체 높은 부인이라야 뭐니뭐니해도 큰 자비를 기대할 수 있는 것입니다요. 오늘 마님께서 저에게 내려주신 자비는, 마님처럼 고귀한 부인을 평생토록 섬기기 위해서 저도 정식 편력 기사가 되어야지 하는 생각을 가짐으로써 은혜를 갚아드리는 도리밖에 없습니다요. 저는 농부로서 산초 빤사라고 하며 마누라가 있고 아이들도 있습니다요, 지금은 종자로서 일하고 있습니다요만, 무언가 이런 중에서도 마님에게 도움이 될 수 있는 일이 있다면 저는 마님의 분부에 당장 따르겠습니다요."

"잘 알았어요, 산초 님" 하고 공작 부인이 대답했다. "당신은 범절을 가르치는 학교에서 예의바르게 되는 방법을 배웠다는 것을 말이에요. 내 말은 즉 돈 끼호떼 님이라는 정중함의 정수, 더욱이 의례가 아니고 당신이 말하는 예법의 꽃이라고 해도 무방한 분의 가슴 속에서 그만큼 훈육을 받았다는 것을 잘 알았다는 뜻이에요. 이런 주인 양반과 그에 못지않는 부하의 무운 장구를 진심으로 빌겠어요! 한쪽은 편력 기사도의 지침, 한쪽은 종자로서 충실한 샛별인걸요. 자 일어나세요. 산초 님, 나는 당신의 예의바른 데 대한 사례로 남편인 공작님이 영주로 임명한다고 약속하신 선물을 되도록 빨리 실행하시도록 재촉하겠어요."

이것으로 그들의 대화는 끝났다. 그리고 돈 끼호떼는 쉬기 위해 물러났으나, 공작 부인은 산초에게, 만일 아직 잠이 오지 않는다면 아주 선선한 방에서 자기와 시녀들과 함께 오후의 한때를 같이 보내러 와주지 않겠느냐고 부탁했다. 산초는 여름의 낮잠을 네댓 시간 자는 것을 습관으로 삼고 있는 것이 사실이나 마님에게 도움이 되는 일이라면 오늘만은 열심히 자지 않도록 노력하여 분부대로 하겠다고 했다. 한편 공작은 사람들이 옛 편력 기사들을 대접한 방식에서 조금도 벗어나지 않도록 돈 끼호떼를 편력 기사로서 대접하라고 집안 사람들에게 새로운 명령을 내렸다.

제 33 장

공작 부인과 시녀들이 산초 빤사와 나눈, 읽을 만하고 기록할 만한 뜻깊은 대화에 관해서.

실록이 전하는 바에 의하면, 산초는 그날 오후 낮잠을 자는 대신 약속을 지키기 위해 점심을 마치자 곧 공작 부인을 찾아갔다. 부인은 산초의 이야기를 듣는 것이 재미있었으므로, 그는 매우 범절을 아는 사나이라고 열심히 사양했으나 결국 부인 바로 옆에 있는 낮은 의자에 앉지 않을 수 없게 되었다. 공작 부인은 당신은 영주로서 자리에 앉고 말은 종자로서 해주세요. 왜냐하면 그 어느 쪽으로 보나 저 이름난 엘 씨드 루이 디아스 깜뻬아도르의 긴 의자에 앉아도 무방할 만한 사람이기 때문이에요, 하고 말했다. 산초는 두 어깨를 쭈그리고 하라는 대로 했다. 그러자 공작 부인의 시녀들과 노시녀들이 그를 빙 둘러앉아 무슨 이야기를 꺼낼까 하고 숨을 죽이고 귀를 기울였는데 먼저 입을 연 것은 공작 부인이었다.

"자, 이제 우리끼리만 남았고, 또 여기서는 우리 말을 듣는 사람이 아무도 없으니까, 저 위대한 돈 끼호떼 님에 관해서 이미 출판된 이야기를 읽고 내 마음에 떠오른 몇 가지 의문을 영주님이 꼭 풀어주셨으면 해요. 그 의문의 하나는 산초 님은 한번도 둘씨네아를, 아니 내가 말하는 것은 둘씨네아 델 또보소 님을 만난 일도 없고 편지를 그분에게 전달한 일도 없는 돈 끼호떼 님의 편지는 시에라 모레나의 산 속에 수첩에 적힌 채 떨어져 있었으니까 말예요. 그것을 어쩌자고 예사로 회답을 조작하고 그분이 밀을 까불고 있을 때 마침 찾아갔느니 어쩌니 하고 장난삼아 하는 거짓말을 해서 그 비할 데 없는 둘씨네아 님의 훌륭한 이름을 더럽히고 훌륭한 종자로서의 품격과 성질에 전혀 맞지 않는 그런 짓을 했을까 하는 거예요."

이 말을 듣더니 산초는 말없이 벌떡 일어나 몸을 앞으로 굽히고 손가락 하나를 입술에 대고는 발자국 소리를 죽이고 온 방을 돌아다니며 여기저기 드리워져 있는 커튼을 들쳐보고 나서 제자리로 돌아와 입을 열었다.

"마님, 지금 여기서는 이 방에 계시는 분들 이외에 아무도 몰래 엿듣는 사람이 없으니까 무서워하거나 겁을 먹는 일없이 물으시는 말씀과 지금부터 물으실지 모를 일에 대답해드릴 작정입니다요. 우선 먼저 말씀드릴 것은 저는 주인 돈 끼호떼 님을 손도 댈 수 없는 미치광이라고 생각하고 있다는 것입니다요. 하기야 이따금 제 생각뿐 아니라, 주인의 말을 듣는 사람이라면 누구나 다 사려가 깊고 도리에 맞는다고 생각되는 말을 악마 사탄이라도 그렇게 잘 지껄일 수 없을 만큼 잘하실 때가 있습니다만요. 그렇다고 하더라도 저는, 정말 주저없이 주인을 정신 병자라고 부르는 것이 알맞다고 생각합니다요. 그렇기 때문에 저는 그 편지의 회답이라든지, 불과 7,8일 전에 일어난 일을, 아직 책엔 나와 있지 않습니다요만 알아두시는 게 좋을 줄 압니다요. 둘씨네아 공주가 마법에 걸려 있다는 것은 마치 저 먼 우베다의 언덕, 아니 구름을 잡는 듯한 얘깁니다요만 나리에게 꼭 그렇게 해버린 둘씨네아 님의 마법 사건처럼 밑도 끝도 없는 엉터리를 믿게 만들려고 했던 것입니다요."

그러자 공작 부인이 그 마법인가 장난인가 하는 것을 상세하게 이야기해달라고 부탁했으므로 산초는 사실 그대로의 경위를 들려주었다. 그것을 듣자 사람들은 적지않이 재미있어했으며 공작 부인은 다시 입을 열고 말했다.

"그 말을 듣고 보니 내 마음속에서 한 가지 걱정이 폴짝폴짝 뛰어다니는 듯한 기분이 들어요. 그리고 내 귓전에서 하나의 속삭임이 이렇게 말하고 있는 소리가 들려요. '돈 끼호떼 데 라 만차 님이 미치광이고, 모자라고, 바보라면, 종자 산초 빤사는 그것을 알고도 그 사람을 섬기고 따라다니면서 구름을 잡는 듯한 약속을 소중히 간직하고 있으니 이도 틀림없이 주인 못지않는 미치광이며 바보가 틀림없다. 사실이 그렇다면, 공작 부인, 만일 그런 산초 빤사에게 다스리도록 섬을 주시는 당신은 생각이 모자라는 사람이라고 할 수 있을 것이다. 자기 자신도 다스릴 줄 모르는 인간이 어떻게 남을 다스릴 수 있겠는가?'하고 말하는 거예요."

"참으로, 마님" 하고 산초가 말했가 말했다. "정말 그 걱정은 알맞게 나왔습니다. 그 걱정에게 좀더 마음대로 지껄이라고 하십쇼. 그게 모두 옳은 말이라는 걸 저도 알고 있으니까 말입니다요. 제가 영리한 사나이라면 벌써 주인을 버렸을 겁니다요. 하지만 이게 제 팔잔걸요. 나빠도

제 팔자니까 어쩔 수 없이 주인을 따라다니지 않을 수 없습니다요. 우리
는 같은 마을에 살고, 저는 주인의 빵을 먹어왔으며 또 저는 주인을 좋
아합니다요. 주인도 고맙게 생각하시고, 저에게 당나귀 새끼를 주셨으
며, 그 무엇보다도 저는 우직한 인간입니다요. 그러니 큰 괭이나 삽이라
도 사용하지 않고는 우리 두 사람을 떼어놓을 순 없습니다요. 그러니 만
일 마님께서 약속하신 영주 자리를 저한테 주시기가 싫으시다면 그것도
하느님의 뜻이니까 억지로 그런 걸 받지 않는 편이 제 양심을 위해서도
더 좋을지 모릅니다요, 저는 바보지만 '개미에 날개가 생긴 것이 일신의
파멸'이란 속담은 알고 있습니다요. 그리고 영주 산초보다는 종자 산초
가 훨씬 천당에 가기도 빠를 겁니다요. '여기서도 프랑스처럼 맛있는 빵
을 만들 수 있다'이고, '밤이 되면 고양이도 쥐빛이 된다'고 하며, '오
후 두 시가 되어도 아침을 먹지 않는 사람은 매우 불행한 사람'이라든
지, '다른 사람보다 1빨모 큰 밥통은 없다'고 흔히 말하듯이 밥통은 '짚
이나 건초'로도 불릴 수 있는 것입니다요. 그리고 '늘의 새는 하느님을
식량 보급인으로도 식량 담당 계원으로도 삼고 있다'이고, '꾸엥까의 값
싼 나사천 4바라는 세고비아의 고급 나사 4바라보다 따뜻하다'이며, '이
세상을 하직하고 땅속에 들어갈 때에는 임금님도 날품팔이도 마찬가지
로 좁은 골목길을 간다'니까, 비록 신분의 상하는 있더라도, '교황님의
몸뚱이가 교회 일꾼의 몸뚱이보다 땅을 더 차지하는 것도 아니다'라고
하잖습니까요? 우리는 모두 무덤 구덩이에 들어갈 때에는 싫건 좋건 몸
뚱이를 구덩이에 맞춰서, 아니 줄여서 맞추어놓고는, 자, 잘 쉬시오, 하
게 됩죠. 그래서 다시 한 번 되풀이해서 말씀드립니다요만 만일 마님이
제가 바보라서 섬을 주시기가 싫으시다면, 저도 바보 아닌 사람처럼 하
는 수 없다고 단념하는 것쯤은 할 줄 압니다요. 그리고, '십자가 뒤에
악마가 있다'는 것도, '반짝이는 것이 모두 금은 아니다'라는 것도, 스
페인의 임금님을 삼으려고 소와 쟁기와 멍에 속에서 농부 왐바(서고트 조
(朝)의 왕.
재위 670
~680)를 끌어올렸다는 것도, 만일 옛날 로망스의 노래 구절이 거짓이
아니라면 금란과 환락과 호사로부터 로드리고를 끌어내다가 독사의 밥
을 만들었다는 것도 듣고 있습니다요."

"그건 정말이에요!" 하고 이때 듣고 있던 사람들 속에 끼여 있던 노
시녀 도냐 로드리게스가 말했다. "로드리고 왕을 개구리와 도마뱀이 가
득 들어있는 무덤 속에 산 채로 집어던졌으므로 이틀 동안이나 임금님은

무덤 속에서 낮고 애통한 목소리로,

> 나를 뜯어먹는다, 나를 뜯어먹어
> 가장 죄 많이 지은 바로 그곳을

하고 신음하셨다는 로맨스가 있거든요. 그건 미루어보면 그런 분이 벌레에 먹히는 정도라면 임금님이 되는 것보다 농부가 되고 싶다는 것은 참으로 지당한 말씀이에요."

공작 부인은 이 노시녀의 순진함에 웃지 않을 수 없었으며 동시에 산초의 말과 속담을 듣고 새삼 놀라움을 금치 못했으므로 산초를 바라보고 말했다.

"산초 님도 알고 있듯이 기사라는 것은 일단 약속하면 설사 생명을 걸고라도 꼭 지켜야 하는 거예요. 우리 주인 공작님은 편력 기사는 아니시지만 기사이신 것만은 틀림없어요. 그러니 세상 사람들이 시샘을 하든 미워하든 반드시 약속한 섬에 관해서는 꼭 실행하실 거예요. 산초 님 기운을 내세요. 생각지도 않은 때에 당신의 섬, 즉 자기 영지의 영주 자리를 차지하여 세 겹으로 포갠 금란 방석에 앉아 있던 영주 따위는 저 아래로 내려다보면서 그곳 통치를 마음대로 하게 될 거예요. 내가 부탁하고 싶은 것은 당신 부하들을, 모두 충실하고 예의바르게 되어야 한다는 것을 마음에 새기고 그들을 어떻게 다스려야 하는가 잘 생각해두라는 거예요."

"아랫사람들을 다스리는 일이라면" 하고 산초가 대답했다. "굳이 저한테 부탁하실 건 없습니다요. 저는 본래가 인정이 많은 사람이라 가난한 사람들에게 동정심을 갖고 있읍죠. '밀가루를 반죽하여 굽는 사람한테서 빵을 훔치지 마라'고 하잖습니까요. 게다가 저한테는 속임수가 통하지 않습니다요. 저는 나이먹은 개와 같아서 오라고 손짓하며 교태를 부리는 꿍심을 잘 알고 있어 속이는 대로 가만 놔두지 않으니까요. 저는 신발의 어디가 끼는가를 잘 알고 있습니다요. 제가 이런 말씀을 드리는 것은 정직한 사람은 얼마든지 저를 찾아 들어오게 하지만 나쁜 녀석들은 한 걸음도 들여놓지 못하게 문간에서 쫓아버릴 작정이기 때문입니다요. 그리고 다스리는 데 있어서 무엇보다도 중요한 것은 해본다는 것이며 영주가 되고 2주일만 지나면 그 일이 좋아서 못 견디게 되어 어릴 때부터 자라온 들일보다 훨씬 더 잘 알게 될 것입니다요."

"당신 말대로예요, 산초 님" 하고 공작 부인은 말했다. "누구나 교육을 받은 다음에 태어나는 것도 아니고 사제님도 근본을 따지면 보통 인간이지 결코 돌이 아니거든요. 하지만, 조금 전에 우리가 얘기한 둘씨네아 님의 마법 사건으로 되돌아가서 산초 님이 주인을 속여서 농가의 아가씨를 둘씨네아 님으로 믿게 했다, 또 주인이 그분을 분간 못하는 것은 둘씨네아 님이 마법에 걸린 까닭이라고 주인으로 하여금 믿게 했기 때문이라고 당신은 생각하고 있지만 실은 그러한 일은 죄다 돈 끼호떼 님을 따라다니는 마법사들 중의 하나가 착안한 것이라는 것을 잘 조사해본 끝에 나는 확실히 알고 있어요. 당나귀에 뛰어오른 시골 아가씨는 바로 틀림없는 둘씨네아 델 또보소 공주 그분이에요. 사람 좋은 산초 님, 당신은 속인 줄 알고 있지만, 실은 당신도 속은 거예요. 우리가 한 번도 목격한 적은 없지만 이 사실은 더 이상 의심의 여지가 없는 거예요. 우리한테도 마법사가 몇 있어서 우리에게 호의를 갖고 세상에서 일어난 일을 아무런 거짓도 꿍심도 없이 있는 그대로 솔직하게 우리에게 가르쳐주고 있다는 것을 산초 빤사 님도 알아두어요. 그 말을 잘 타는 시골 아가씨가 둘씨네아 델 또보소 공주였으며 지금도 그렇다는 것과 그분을 낳은 어머니와 마찬가지로 마법에 걸려 있다는 것을 산초 님 내 말을 믿어주어요. 그야말로 생각지도 않은 때에 필경 진짜 모습의 그분을 보게 될 것이 틀림없지만, 그때가 되면 산초 님도 현재의 착각에서 벗어나게 될 거예요."

"그건 정말 있을 수 있는 일입니다요" 하고 산초 빤사가 말했다. "그렇게 되면 우리 주인이 몬떼시노스의 동굴 속에서 보셨다고 하신 말씀을 믿을 기분이 됩니다요. 그 동굴 안에서 제가 장난삼아 그분이 마법에 걸렸을 때 제가 보았다고 말한 것과 똑같은 복장과 차림새의 둘씨네아 델 또보소 님을 보셨다고 하잖습니까요. 마님께서 말씀하시는 것처럼, 모든 것이 필경 그대로가 틀림없습니다요. 그 까닭은 저같이 모자라는 지혜로 눈깜박할 사이에 그런 그럴싸한 거짓말을 할 수 있다고 우쭐댈 수도 없고 우쭐대도 안되며 저같이 힘도 모자라고 얼빠진 자의 꼬임에 넘어가서 이런 빗나간 일을 아무리 우리 주인 나리가 미쳤더라도 그리 쉽게 호락호락 믿으시리라고 전 생각지 않습니다요. 하지만, 마님, 그렇다고 마님께서는 저를 악당이라고 생각하시면 안되십니다요. 저 같은 숙맥이 몹쓸 마법사 따위의 생각이나 그 간사한 지혜를 눈치챌 수 있을리가 없으니까요. 다시 말씀드려서, 전 주인 돈 끼호떼 님의 꾸중을 듣고 싶지 않아서 그런 것을 멋대로 조작해가지고 주인 나리에게 욕을 보일 작정으로 한 일은 아닙니다요. 하지만, 그것이 마법사 놈들의 농간이라면 우리의 마음을 판정해주시는 하느님이 하늘에 계십니다요."

"그건 사실이에요." 공작 부인이 말했다. "하지만, 당신이 말한 몬떼시노스의 동굴이란 대체 어떤 것인지를 산초 님, 지금 이 자리에서 얘기해줘야 해요. 꼭 듣고 싶으니까. 필경 재미있는 얘기일 것 같아요."

그래서 산초 빤사는 앞에서 서술된 그 모험을 자세히 공작 부인에게 얘기했다. 그것을 다 듣고 나서 공작 부인이 말했다.

"그 일로 미루어보면, 산초 님이 엘 또보소의 동구 밖에서 본 것과 똑같은 농가 처녀를, 동굴 안에서 역시 돈 끼호떼 님도 보셨다면, 틀림없이 그것은 둘씨네아 공주며, 그 주변에는 매우 빈틈없는 그리고 약간 도가 지나칠 만큼 참견이 심한 마법사들이 우글대고 있다는 것을 짐작할 수 있어요."

"저도 그렇게 말하고 있읍죠" 하고 산초 빤사는 말했다. "말하자면, 저의 마님 둘씨네아 님이 마법에 걸리셨다면, 제일 곤란한 것은 그분입니다요. 하지만, 전 저의 주인 나리의 원수들과 싸울 생각은 없습니다요. 그녀석들은 수도 많고 나쁜 녀석들이 틀림없으니까 말입니다요. 사실을 말씀드리면, 제가 본 것은 농가의 아가씨였습니다요. 그래서 저는 농가의 아가씨라고 생각하고 판단했습니다요만, 만일 그것이 둘씨네아 님이었다고 하더라도, 제 탓은 아니고 제 죄도 아닙니다요. 그렇지 않다면 마음대로 하라죠 뭐. 그런데 그게 그렇게 안됩니다요. 오히려 사사건건이 트집을 잡습니다요. '산초가 이렇게 말했다, 산초가 이렇게 했다, 산초가 저리 갔다, 산초가 돌아왔다' 하고, 마치 산초가 다른 누구인 것처럼, 이미 책에 씌어져서 여기저기서 읽히고 있는 같은 산초 빤사가 아닌 것처럼 말씀입죠. 책에 실려 있다는 건 삼손 까르라스꼬가 얘기해주었습니다다만요. 적어도 그 사람은 문득 변덕을 일으키거나 무슨 버젓한 이유라도 없으면 거짓말을 할 까닭이 없읍죠. 그런 까닭으로, 누구건 저한테 싸움을 걸 일도 없고, 워낙 평판도 좋으니까, 제 주인 나리의 말씀을 들어보면 평판이 좋다는 건 큰 돈을 가진 것보다 더 낫다니까, 절 그 영주 자리에 한 번 앉혀보십쇼, 굉장한 걸 보실 수 있을 겁니다요. 훌륭한 종자였던 사나이는 훌륭한 영주가 될 수 있는 것이니까 말입니다요."

"여기서 사람 좋은 산초가 한 말은" 하고 공작 부인이 말했다. "한 마디도 남김없이 마치 카토(로마의 정치가. 기원전 234~149)의 금언이나 적어도 florentibus occidit annis (꽃다운 나이에 요절한) 미까엘 베리노(이탈리아의 시인. 1483년 17세에 죽었다) 그 사람의 뱃속에서 끌어낸 명언들이에요. 말하자면, 당신 식의 말투로 말한다면 '너절한 망토 아래 훌륭한 술꾼이 숨어 있다'고나 할까요."

"정말입니다, 마님" 하고 산초가 대답했다. "전 생전 취할 생각으로 마신 적은 없습니다요. 저는 위선자 같은 데가 없으니까, 목이 마를 때는 얼마든지 있을 수 있는 일입죠. 저는 마시고 싶을 때 마십니다요만 마시고 싶지 않을 때라도 남이 권할 때는 공연히 뻐긴다든지 예의를 모른다든지 하는 말이 듣고 싶지 않아서 마시곤 합죠. 친구들의 건배에 대해서 건배에 응하지 못할 만큼 마음씨가 차가워서야 되겠습니까? 전 속옷을 입고 있지만 술이 취해서 더럽힌 적은 없습니다요. 그러나 편력 기사의 종자쯤 되면 언제나 거의 물을 마십니다요. 숲이나 밀림이나 초원이나 산속이나 바위 위를 늘 돌아다니고 있어서 눈깔과 바꾸고 싶어도 포도주의 혜택만은 발견할 수가 없습니다요."

"나도 그런 줄 알고 있어요" 하고 공작 부인이 대답했다. "그런데, 이제 산초 님은 좀 가서 쉬는 게 좋을 거예요. 그런 다음 우리와 편안히 앉아 이야기해요. 그리고 영주직이 한시바삐, 이 사람의 말을 빌리면, 착 맞도록 명령해두겠어요."

산초는 다시 공작 부인의 손에 입을 맞추고 자기 '잿빛'의 뒷바라지를 잘 시켜달라고 부탁하고는, 잿빛이야말로 바로 자기 눈의 빛입니다, 하고 덧붙였다.

"그 잿빛이라는 것이 대체 뭐예요? 하고 공작 부인이 물었다.

"제 당나귀입니다" 하고 산초가 대답했다. "저는 제대로 그 이름을 부르지 않고 언제나 '잿빛'이라고 부르고 있읍죠. 제가 이 성에 들어왔을 때 여기 이 노시녀님에게 잿빛의 뒷바라지를 부탁했더니, 자기를 추한 할망구라고 불렀다고 화를 냈던 것입니다요. 노시녀라는 것은 방의 권위를 높이기보다 당나귀의 뒷바라지를 하는 편이 훨씬 어울리기도 하고 당연한 의무이기도 할 텐뎁쇼. 정말이지 저의 마을 귀족이 얼마나 이런 으스대는 노시녀들을 미워했는지 모릅니다요！"

"그 사람은 아마 평범한 촌사람이 틀림없을 거예요" 하고 노시녀 도냐 로드리게스가 말했다. "만일 그 사람이 귀족이고 범절이 있는 분이라면, 노시녀라는 것을 달님의 현각(玄角) 높이보다 더 칭찬했을 겁니다."

"그만, 그만" 하고 공작 부인이 말렸다. "이제 그만하면 됐어요, 도냐 로드리게스도 입을 다물어요. 그리고 빤사 님도 마음을 고쳐갖도록 해요. 당나귀의 뒷바라지는 일절 내가 맡을 테니까. 산초 님의 보배라고 하시잖아. 내 눈동자 위에라도 얹어놓을 테야."

"마구간에만 있으면 그것으로 충분합니다요" 하고 산초가 대답했다. "당나귀나 저나 마님의 눈동자 위에 잠시라도 올라앉을 만한 자격은 없습니다요. 그런 말씀에 동의를 하느니 저는 차라리 단도로 저 자신을 한번 쿡 찌르는 편이 낫습니다요. 예의라는 것으로 말하면 제 주인은 숫자가 적은 트럼프보다 숫자가 많은 트럼프를 갖고 있으면서도 승부에는 져야 한다고 말씀하십니다요만, 당나귀 예의란 손에 컴퍼스를 들고 있다가 적당한 때 일을 끝내야 하는 것입니다요."

"산초 님, 그 당나귀를 영지로 데려가요" 하고 공작 부인이 말했다. "데리고 가면 얼마든지 귀여워해줄 수도 있고 퇴직시켜 연금을 타줄 수도 있을 테니까."

"마님께서 지나친 말씀을 하셨다곤 생각지 마십쇼" 하고 산초는 말했다. "저는 전에 두 필의 당나귀가 영주의 의자에 앉는 걸 보았읍죠. 그러니 제가 제 당나귀를 끌고 간다고 해서 조금도 이상할 건 없습니다요."

산초의 이 말은 새로이 공작 부인의 웃음과 즐거움을 자아내게 했다. 부인은 산초에게 물러가 낮잠을 자라고 한 다음 공작에게로 가 산초와 주고받은 말을 들려주고 내외는 돈 끼호떼에 대해서 아주 재미있으면서도 기사도 이야기의 방식과 잘 합치하는 장난을 할 절차와 계획을 세웠다. 이렇게 공작 부처는 기사도 이야기 식의 아주 그럴싸하고 교묘한 여러 가지 장난을 꾸몄는데, 그것은 모두 이 위대한 실록에 수록된 가장 훌륭한 모험이 되었던 것이다.

제 34 장

이 장은 비할 데 없는 둘씨네아 델 또보소를 마법에서 어떻게 풀어내느냐 하는 방법을 알게 되는 경위를 다루고 있는데 이것은 이 책 가운데에서도 가장 멋있는 모험 중의 하나다.

공작과 공작 부인이 돈 끼호떼와 산초 빤사와의 대화에서 얻은 기쁨은 대단한 것이었다. 그래서 부처는 이 두 주종에게 제법 모험다운 양상과 조짐을 갖춘 몇 가지 장난을 꾸민다는 생각을 실행하기로 했는데, 그 중에서 한 가지 멋있게 꾸민 장난은 일찍이 돈 끼호떼가 이야기해준 몬떼시노스 동굴의 모험에서 실마리를 얻은 것이었다. 그런데 가장 공작 부인을 놀라게 한 것은 산초 자신이 말하자면 마법사였으며, 그 속임수의 장본인임에도 불구하고 둘씨네아 델 또보소가 마법에 걸려 있다는 것을 어느새 움직일 수 없는 진실이라 믿게 된 그의 단순성이었다. 그래서 부처는 하인들에게 어떻게 해야 한다는 지시를 내리고 그로부터 엿새째 되는 날 국왕이 거느릴 만한 숱한 몰이꾼과 사냥꾼을 끌어모아 돈 끼호떼를 수렵에 데려가기로 한 것이다. 돈 끼호떼에게 수렵복이 주어지고 산초에게도 훌륭한 고급 나사의 녹색 수렵복이 내려졌는데, 돈 끼호떼는 어차피 무기를 잡는 거친 직무로 돌아가지 않으면 안되므로 옷궤라든지 속옷 따위를 갖고 다닌다는 것은 도저히 할 수 없는 일이라고 받으려 하지 않았다. 그러나 산초는 가능하면 마지막에 찾아올 기회에 팔아먹자는 속셈으로 주는 것은 덮어놓고 받았다.

드디어 그날이 되자 돈 끼호떼는 투구와 갑주로 단장하고, 산초는 수렵복을 입고 설혹 말을 준다고 하더라도 놓고 싶지 않은 잿빛 당나귀를 타고 몰이꾼들 사이에 끼였다. 공작 부인은 늠름한 모습으로 나타났으며 예의바르고 정중한 돈 끼호떼는 공작이 응낙하려 하지 않았으나 공작 부인의 말고삐를 잡았다. 이윽고 일행은 두 개의 아주 높은 산 사이에 끼여 있는 숲에 도착하여 여기서 담당할 장소, 매복할 장소, 몰이할 길 등을 모두 정하고 사람들이 자기 자리로 흩어지자 왁자한 소음과 고함 소리와 외치는 소리로 수렵이 시작되었는데 개 짖는 소리와 각적 부는 소리가 뒤섞여 사람들은 서로 무슨 말을 하는지 알아듣지 못할 지경이었다.

공작 부인은 말에서 내려 끝이 날카로운 창을 쥐고 흔히 몇 마리씩 무리진 멧돼지가 잘 나타나는 곳을 잘 알고 있는 그 자리에 가서 섰다. 공작과 돈 끼호떼도 말에서 내려 부인의 양쪽에 자리를 잡았다. 산초는 여러 사람들 뒤에서 당나귀를 탄 채 자리를 차지하고 있었다. 잿빛 당나귀에 무슨 일이 일어날까 염려되어 떼어놓을 용기가 나지 않았던 것이다. 이렇게 그들이 말에서 내려서 다른 많은 부하들과 날개 모양의 대형을 짜고 서서 기다리고 있는데 개들에게 쫓기고 몰이꾼들에게 몰려서 한 마리의 엄청나게 큰 멧돼지가 이빨을 갈고 거품을 뿜으면서 그들을 향해 달려오는 것이 눈에 띄었다. 그것을 보자 돈 끼호떼는 방패를 팔에 끼고 칼을 뽑아든 채 맞이하러 나갔다. 공작이 막지 않았으면 공작 부인이 누구보다도 앞에 나가 있었을 것이었다. 산초는 이 맹수의 모습을 보자마자 잿빛 당나귀를 그대로 내버려둔 채 죽자사자 달려 한 그루의 높다란 참나무에 기어오르려 했으나 잘되지 않았다. 참나무의 절반쯤 올라가서 가지 하나를 붙잡고 나무 꼭대기로 기어올라가려고 안간힘을 쓰다가, 참으로 운 나쁘고 가엾게도 매달린 가지가 딱 하고 부러지면서 떨어지는 바람에 다른 가지 끝에 걸려서 내려가지도 못하고 허공에 대롱대롱 매달린 채 녹색 수렵복이 찍 하고 찢어졌다. 산초는 그만 그 맹수가 자기를 물어뜯는 줄만 알고 죽는다고 소리지르면서 살려달라고 악을 썼다. 그의 비명만을 듣고 모습을 보지 않은 사람들은 정말 그가 무슨 맹수에게 잡아먹히고 있는 줄 알았을 정도였다.

결국 그 무시무시한 이빨의 멧돼지는 앞에서 던지는 무수한 창에 찔려 쓰러졌다. 그때 돈 끼호떼는 산초가 외치는 소리를 듣자 그 목소리로 산초라는 것을 알고 뒤돌아보았다. 산초는 참나무에 거꾸로 매달려 있고 잿빛 당나귀가 그 가까이에 가서 우두커니 서 있었다. 이 당나귀는 결코 곤경에 빠진 주인을 버리지 않았던 것이다. 그래서 씨데 아메떼도 "나는 잿빛 당나귀의 모습을 보지 않고 산초의 모습을 본 일은 거의 없으며 산초의 모습을 보지 않고 잿빛 당나귀를 본 적도 거의 없다. 양자 사이의 우정과 신뢰는 이토록 두터웠다"고 말하고 있는 것이다.

돈 끼호떼가 달려와서 거꾸로 매달린 산초를 끌어내렸다. 산초는 자유로운 몸이 되어 땅에 내려서자 수렵복의 찢어진 자리를 들여다보며 매우 원통하게 생각했다. 그는 이 옷을 마치 세습 재산이라도 손에 넣은 듯이 생각하고 있었던 것이다.

한편 사람들은 그 엄청난 멧돼지를 암탕나귀 등에 싣고 나뭇가지를 덮어 승리의 전리품으로서 숲 한가운데에 차린 큰 야영 천막으로 운반해갔는데, 거기에는 식탁이 마련되어 보기만 해도 주최자의 권세와 호사를 역력히 알 만한 산해진미가 차려 있었다. 산초는 자기 옷의 찢어진 자리를 공작 부인에게 보이면서 말했다.

"만일 오늘의 사냥이 산토끼나 참새를 잡는 수렵이었더라면 제 옷도 이런 꼴이 되지 않았을 게 틀림없습니다요. 만일 그 이빨에 걸렸다간 목숨을 빼앗길지도 모를 그런 맹수를 기다리는 것이 뭐가 그리 재미있는지 저는 도무지 알 수가 없습니다요. 저는 사람들이 노래하는 옛 로망스를 듣고 지금도 기억하고 있습니다요만

이름 높은 왕자 파빌라처럼
곰에 물려서 죽으려무나.

라는 것이었읍죠."

"그런 고트족의 왕자니라" 하고 돈 끼호떼가 설명했다.

"사냥하러 나가서 곰에 물려 세상을 떠났지."

"제가 말씀드리는 것도 그렇기 때문입니다요" 하고 산초가 이었다. "저는 임금님이나 나리들이 재미로 그런 위험한 지경에 몸을 맡기는 걸 좋아하지 않습니다요. 재미로 보이지만 재미있을 까닭이 없잖습니까요. 그건 아무 죄도 없는 짐승을 죽이는 일이 아닙니까요."

"아니 그것은 그대가 틀린다, 산초" 하고 공작이 대꾸했다. "수렵이라는 것은 다른 어떤 즐거움보다도 왕공에게 적합하고 또 필요한 거야. 수렵이라는 것은 전쟁을 흉내낸 것이지. 수렵에는 이쪽 편이 다치지 않고 적을 쓰러뜨리기 위한 작전과 음모와 계략이 있는 게야. 사냥에서는 심한 추위도, 타는 듯한 더위도 참아야 하고, 태만과 나태는 싫어도 제한되며, 힘은 증강되고 사지를 민첩하게 만드는 등 요컨대 누구에게도 해를 끼치지 않고 많은 사람들에게 즐거움을 줄 수 있는 훈련인 게야. 게다가 이 수렵의 가장 뛰어난 점은 다른 여러 종류의 사냥과는 달리 누구나 할 수 있는 것이 아니라는 점이지. 하기야 그 중에서도 매사냥만은

또 다르지. 이것 역시 왕공이나 귀족들밖에 할 수 없는 일이야. 그러니
산초! 그대는 의견을 바꾸어야겠군. 그리고 그대도 영주가 되거든 수렵
을 하는 것이 좋을 거야. 그러면 수렵을 한다는 것이 세 끼 먹는 끼니처
럼 도움이 된다는 것을 그대도 알게 될 거야."

"그건 안됩니다요." 산초가 대답했다. "훌륭한 영주와 발을 삔 사람은
집에 있는 것이 가장 좋습니다요. 용무가 있는 사람이 일부러 영주를 만
나러 왔는데 영주는 산에 가서 사냥의 재미를 보고 있다니, 잘하는 일입
니다요! 그렇게 되면 영내의 통치가 잘될 까닭이 없읍죠! 저는 정말
그렇게 생각합니다요. 사냥이니 그 밖에 한가한 일은 영주보다는 게으름
쟁이에게 적당하지요. 제가 생각하고 있는 심심풀이는 부활절에 남의 권
유에 못 이겨서 하는 트럼프 놀이와 주일 축제 때의 볼로[九柱戲] 정돕니
다요. 그 사냥이니 숭늉이니 하는 것은 제 성깔에 맞지도 않을 뿐만 아
니라 제 마음에도 들지 않습니다요."

"제발 그래 주길 바라네, 산초. 왜냐하면 말하기는 쉬워도 행하기는
어렵거든."

"어떻게든 되는 법입니다요" 하고 산초가 대답했다. "왜냐하면, '돈을
잘 지불하는 자에게 담보는 걱정없다'는 말도 있고, '일찍 일어나는 자
보다 하느님이 도와주시는 자가 더 낫다'고도 하며, '다리를 운반하는
것은 오장육부지 다리가 오장육부를 운반하진 않는다'고도 하니까, 다시
말해서 제가 말씀드리고 싶은 것은, 만일 하느님이 도와주셔서 제가 성
심껏 성실하게 해야 할 일을 한다면, 제가 매보다 교묘하게 다스릴 수
있다는 건 의심할 여지가 없습니다요. 아니, 제 입 속에 손가락을 넣어
보십쇼, 무는가 안 무는가 아시게 되잖겠습니까요."

"신과 여러 현자들의 저주를 받으라, 얄미운 산초 녀석아!" 하고 돈
끼호떼가 소리쳤다. "여태까지 내가 몇 번이나 말했지만 네가 속담을 빼
놓고 보통처럼 똑똑하게 말을 하는 것을 보는 날은 대체 언제겠느냐!
공작 내외분 제발, 이 바보를 염두에 두지 마시오. 이 녀석은 두 분의
마음을 둘이 아니라 2000가지 속담으로 파묻어버리려고 할 것이외다. 더
욱이 그 속담이라는 것이 하느님께서 이 사나이에게 내려주시고 이녀석
의 말을 들으려는 내게도 베풀어주시는 일체의 구원과 관계되는 얼토당
토 않은, 때와 장소에 맞추어서 끌어대는 속담이란 말씀외다."

"산초 님의 속담은" 하고 공작 부인이 받았다. "그리스의 기사단장

(에르난 누니에스 데 구스만은 산띠아고 기사단장이며 저명한 그리스 어학자였기 때문에 이렇게 불렸다)의 그것보다 많은데, 격언이 짧다고 해서 낮게 평가해서는 안돼요. 나는 설혹 더 인용을 잘하고 더 그자리에 알맞은 것이라도 다른 속담보다 훨씬 재미있다고 생각해요."

이런 즐거운 이야기며 그 밖에 재미있는 말을 주고받으면서 그들은 천막에서 숲으로 들어가 여기저기 맡은 자리와 매복할 자리들을 돌아보았는데 그러는 동안에 날이 저물어 어느새 밤이 되었다. 때는 마침 한여름이었으나 이 시절에 알맞게 밝고 고요한 밤이 아니라, 일종의 안개가 밤하늘에 끼었는데 그것은 공작 부처의 계획에 적지않이 도움이 되었다. 해거름이 되어 황혼이 조금 지났을 무렵 난데없이 숲의 사방 팔방에서 불이 붙기 시작한 것처럼 보이고 여기저기서 요란스러운 뿔피리 소리를 비롯하여 온갖 군악기 소리가 들려와 숲 속을 무수한 기병들이 통과해가는 것처럼 느껴졌다. 그 휠휠 타는 불꽃과 울려퍼지는 군악기 소리는 그 자리에 있던 사람들뿐 아니라 숲 속에 흩어져 있던 모든 사람들의 눈이 부시고 귀가 멍해지도록 만들었다. 이이 무어인들이 돌격할 때의 함성 렐릴리('알라 이외의 신은 없다'의 약자)가 와자하게 일더니 나팔 소리, 북 소리, 비명 같은 피리 소리가 거의 동시에 일어나 매우 다급하게 울려댔다. 이런 잡다한 악기의 소연하고 잡연한 음향에 거의 감격을 잃지 않은 자는 그런 감각을 갖지 않은 자가 틀림없다고 생각될 정도였다. 공작은 아연해지고 공작 부인은 놀랐으며 돈 끼호떼는 거의 망연해지고 산초는 벌벌 떨었으니 요컨대 일의 발단을 알고 있는 자들조차 그저 당황할 뿐이었다. 이런 공포심에 사로잡혀 사람들은 입을 다물었다. 그러자 악마의 차림을 한 마부 한 사람이 거칠고 무시무시한 소리를 내는, 속이 텅 비고 엄청나게 큰 뿔을 불어대면서 사람들 앞을 지나갔다.

"여봐요, 파발꾼" 하고 공작이 소리쳤다. "당신은 누구며 어디로 가오? 이 숲을 지나가는 군대는 어디 군대요?"

이에 대해 파발꾼은 사납게 무례한 말투로 대답했다.

"나는 악마다. 나는 돈 끼호떼 데 라 만차를 찾으러 왔다. 이리로 진격해오는 군대는 마법사의 6개군이며, 그들은 비할 데 없는 둘씨네아 델 또보소를 전승의 수레 위에 싣고 오는 길이다."

"그런데, 당신이 말한 것처럼, 또 당신의 모습이 나타내는 것처럼 악마라고 한다면, 당신 앞에 계시니까 벌써 그 기사 돈 끼호떼 데 라 만차님을 알아봤어야 할 것이 아니오?"

"신과 나의 양심을 놓고" 하고 악마는 말했다. "나는 전혀 깨닫지 못했다. 워낙 너무 많은 일에 머리를 써서 그 때문에 내가 목적하고 온 중요한 일을 깜빡 잊어버릴 뻔했단 말이다."

"확실히 이 악마는 정직한 사나이자 훌륭한 그리스도교 신자가 틀림없군" 하고 산초가 말했다. "만일 그렇지 않다면 저렇게 '신과 나의 양심을 놓고' 하고 맹세할 까닭이 없거든. 이제 나는 지옥에도 좋은 사람이 있다는 걸 믿게 됐어."

그러자 악마는 말에 올라앉은 채 돈 끼호떼를 바라보고 말했다.

"사나운 사자의 기사여, 그대가 사자의 발톱에 붙잡힌 모습을 보지 못한 것이 유감스럽기 짝이 없지만, 박행한 그러나 용감한 몬떼시노스 님이 나를 파견하셔서 그분 대신 그대에게 전하라는 말씀이시다. 즉 몬떼시노스 님은 둘씨네아 델 또보소라고 부르는 여성을 데리고 오셔서 그분을 마법에서 풀어주는 데 필요한 수단을 그대에게 가르쳐주실 작정이니 그대가 나와 만난 자리에서 그대로 몬떼시노스 님을 기다리라는 말씀이시다. 나는 다만 이 일 때문에 온 것이니 오래 있을 필요는 없다. 나의 동료 악마들은 그대와 더불어 있고 천사들은 이 부부와 함께 있어라."

악마는 이 말을 마치더니 그 엄청나게 큰 뿔을 불어대면서 누구의 대답도 기다림이 없이 등을 돌려 사라져버렸다.

모두 놀라움을 새로이 했는데 그 중에서도 산초와 돈 끼호떼의 놀라움은 굉장한 것이었다. 산초는 진실을 무시하고 너나 할 것 없이 둘씨네아 공주가 마법에 걸려 있다고 단정해버리려고 하는 것을 보았기 때문이었으며 돈 끼호떼는 몬떼시노스의 동굴에서 자기에게 일어난 모든 일이 과연 진실이었는지 진실이 아니었는지 확신을 가질 수 없었기 때문이었다. 이런 생각에 잠겨 있는데 공작이 말을 건넸다.

"귀공은 기다릴 생각이시오, 돈 끼호떼 님?"

"그래서는 안될까요?" 하고 그는 대답했다. "여기서 나는 설혹 지옥에 있는 모든 사람들이 일제히 공격해오더라도 마음을 굳게 먹고 기다릴 작정이오."

이때 밤은 더욱 깊어졌다. 그러자 숲 속에 무수한 빛이 흐르듯 움직이기 시작했는데, 그것은 대지에서 발산한 마른 수증기가 흐르는 것 같았으며, 보기에는 유성같이도 생각되었다. 동시에 황소가 끄는 소달구지의 튼튼한 수레바퀴가 내는 듯한 무시무시한 소음이 들려왔는데, 그 쉴새없이 들려오는 심한 소리는 그것이 지나가면서 울린다면 승냥이도 곰도 모두 달아나버릴 것이라고 말해도 과언이 아닐 정도였다. 이 소음에 다시 그것을 곱으로 한 듯한 심한 소리가 가해졌는데 그것은 이 숲의 사방에서 일시에 네 차례의 대결전이나 충돌이 일어난 듯이 여겨졌다. 저쪽에서는 놀랍도록 둔중한 대포의 꽝음이 일어나고 이쪽에서는 쉴새없이 쏘아대는 소총 소리가 일었다. 바로 가까이에서는 싸움의 함성이 들리고, 멀리서는 이슬람 교도들이 지르는 렐릴리의 절규가 되풀이해서 들려왔다. 뿔피리, 나팔, 클라리온, 트럼펫, 북, 대포, 화승총 따위가 함께 얼려 뒤죽박죽이 되어 뭐가 뭔지 분간을 못할 무서운 꽝음을 만들어내고 있었는데, 그 소란스러움을 견뎌내느라고 돈 끼호떼는 있는 용기를 다 발휘하지 않으면 안되었다. 산초는 완전히 혼이 달아나 까무러쳐서 공작 부인의 옷자락 끝 땅바닥에 거꾸러지고 말았다. 부인은 산초를 그대로 가만히 둔 채 얼른 얼굴에 물을 뿌리게 했다. 그가 물을 덮어쓰고 정신을 차렸을 때에는 벌써 그 요란스러운 소달구지가 거기까지 와 있었다.

온몸을 시커먼 장식 천으로 감싼 네 마리의 거대한 소가 느릿느릿하게 수레를 끌고 있었는데 소뿔에는 저마다 불이 켜진 굵은 초가 꽂혀 있었다. 수레 위에는 높다랗게 자리가 마련되어 있고 그 좌석에는 눈보다 흰, 허리까지 처진 긴 수염을 기른 점잖은 노인이 앉아 있었다. 성글게 짠 검은 삼베로 지은 긴 옷을 입고 있었으며 수레에는 무수한 촛불이 켜져서 수레 위의 것을 뚜렷하게 분간할 수 있었다. 역시 검은 삼베옷을 걸친 두 마리의 보기 흉한 악마가 소달구지를 몰고 있었는데, 그 얼굴이 너무나 처참하도록 추해서 산초는 한 번 보고는 두 번 다시 보고 싶지 않아 눈을 감았을 정도였다. 이 소달구지가 그들이 있는 장소의 정면에 와서 멈추자 점잖은 노인이 높은 좌석에서 벌떡 일어나 큰 소리로 외쳤다.

"나는 현인 리르간데오다."

그리고 그 이상 아무 말도 없이 소달구지는 앞으로 나아갔다. 그 뒤를 이어 역시 같은 소달구지가 이것 또한 높은 좌석에 앉은 노인을 태우고 다가왔다. 그 노인은 소달구지를 세우게 하여 앞의 노인 못지않은 엄숙한 목소리로 선언했다.

"나는 현인 알끼페, 얼굴이 알려지지 않은 우르간다의 친구다."

그러고는 앞으로 나아갔다.

이어 그 다음 소달구지가 다가왔는데 이번에는 노인이 아니고 근육이 단단하고 얼굴이 천한 거대한 사나이였다. 그는 먼저 지나간 사람들처럼 벌떡 일어나 거칠고 기분이 나쁜 소리로 말했다.

"나는 마법사 아르깔라우스라고 하며, 아마디스 데 가울라와 그 일족들의 불구대천의 원수다."

이렇게 말하고 앞으로 나아갔다. 이들 세 대의 소달구지는 좀 떨어진 곳에서 멈추었으므로 바퀴의 시끄러운 소리도 멎었다. 그러자 곧 이번에는 소음이 아니고 부드럽게 가락의 음악 소리가 들려왔으므로 산초는 그만 기분이 좋아져서 이것을 길조로 받아들였다. 그래서 한 걸음도, 잠시도 그 곁을 떠나지 않는 공작 부인을 돌아보며 말했다.

"마님, 음악이 있는 곳에 나쁜 일이 있을 수는 없습니다요."

"빛이 있는 밝은 곳도 그래요!" 하고 공작 부인이 대답했다.

그러자 다시 산초가 말했다.

"불은 빛나고, 화톳불이 있는 곳이 밝다는 것은 우리를 둘러싼 화톳불을 보아도 알 수 있습니다요. 하지만 저 불은 우리를 태워죽일지도 모릅니다요. 음악이라는 것은 언제나 즐거움과 축제의 예고라고 하긴 합니다요만."

"어차피 알게 될 게다" 하고 산초의 말을 줄곧 듣고 있던 돈 끼호떼가 받아 말했다.

다음 장에서 밝혀지듯이 그의 말은 옳은 것이었다.

제 35 장

여기서는 둘씨네아를 마법에서 푸는 방법에 관해 돈 끼호떼가 받은 소식이 그 밖의 놀라운 사건과 더불어 계속된다.

이 기분 좋은 음악에 따라 승리의 차라고 부르는 수레가 흰 천의 덮개를 쓴 6마리의 밤색 노새에 끌려 돈 끼호떼 일행이 있는 곳으로 오는 것이 보였다. 6마리의 노새에는 각기 한 사람씩이 또한 흰 옷을 입은 '빛의 행자'(두 종류의 고행자의 하나. 하나는 피의 행자)들이 손에 손에 불켜진 큼직한 초를 받들고 타고 있었다. 이 수레는 앞의 것보다 두세 배나 컸으며 양쪽 수레 위에

는 눈처럼 흰 옷을 겉친 행자 열두 사람이 저마다 불이 켜진 굵직한 초
를 들고 앉아 있어서 보기에도 괴이하고 무시무시했다. 한층 높은 좌석
에는 은실로 짠 얇은 옷을 몇 겹이나 걸친 요정이 앉아 있었는데, 얇은
옷은 금실로 놓은 수가 번쩍번쩍 빛나고 있어서 호화롭다고까지 보이지
는 않아도 보기에 퍽 찬란했다. 그 올이 아무 방해도 되지 않는 투명하
고 섬세한 면사로 얼굴을 가린 한 소녀의 매우 아름다운 얼굴이 드러나
보였으며, 무수한 촛불 빛으로 그 아름다움과 보기에 스물에는 이르지
않았으나 열일곱은 더 되었을 나이를 뚜렷이 분간할 수가 있었다. 소녀
곁에는 로사간떼라고 부르는 긴 옷을 발등까지 걸치고 얼굴을 검은 면사
포로 가린 사람이 타고 있었다. 수레가 마침 공작 부처와 돈 끼호떼의
정면에 이르니 나팔 소리가 멎고 이어 수레 안에서 들려오던 하프와 류
트 소리가 뚝 그쳤다. 그러자 긴 옷을 입은 인물이 벌떡 일어나더니 옷
을 양쪽으로 싹 헤치고 얼굴의 면사포를 벗어 살이 빠지고 흉측한 '사신
(死神)' 그 자체의 모습을 똑똑하게 드러냈다. 이것을 보고 돈 끼호떼는
불쾌해지고, 산초는 공포를 느꼈으며, 공작 부처도 약간 무서움을 느꼈
다. 이 살아 있는 사신은 약간 졸리는 목소리로 아직 잠이 덜 깬 나른한
어조로 입을 열었다.

나는 메를란(멀린. 아더 왕 이야/기에 나오는 마법사),
나의 부친은 악마라고 전해져 내려오지만,
그것은 때(時)가 만든 거짓말.
나는 마법의 왕자, 조로아스터
학문의 깊은 보고(寶庫), 배움의 군주,
옛부터 편력의 기사를 사랑하고,
용감한 기사들이 세운 공훈이
흔적도 없이 사라지길 바라는 시간과
변천하는 시세(時世)를 미워한다.
마법사는 성깔 사납고
무정한 마음을 가졌다 하나,
나의 마음은 부드럽고 정다워
나에게 선을 베풀고 싶어한다.

어두운 명부(冥府)의 동혈에서
나의 혼백은 설형문자(楔形文子)의 괴상 야릇한

모양 그리면서 파적하는데,
비할 데 없는 둘씨네아 델 또보소의
비통한 한숨 소리 나에게 들렸다.
우아하고 고운 사람 마법의 힘으로
천한 시골 여자로 뒤바뀐 것을
그 불운하고 가련하여
지긋지긋한 마법에 관한
수많은 고서 들추어보고
소름끼치는 이 해골의
공동 속에 내 혼백 넣어,
그 불행 구해주는 데
알맞은 길 알리러 나 여기 왔다.

오오, 그대는 강철과 금강석으로
몸을 감싸주는 자의 빛과 영예,
헛된 잠과 붓 집어던지고
피투성이된 무거운 무기의
참기 어려운 고행에 스스로를
바치려 하는 모든 사람들의
빛, 등불, 지침, 이정표!
일체의 찬사가 못 미치는
지용 겸비한 돈 끼호떼여,
라 만차의 빛, 스페인의 별,
비할 데 없는 둘씨네아를
본래의 모습으로 바꾸는 방법,
오오, 그대에게 고하리라!
그대의 종자 산초 빤사의
믿음직한 양쪽 엉덩이를
3300차례, 벗겨서 매질하라,
심하게, 사정없이, 몹시 아프게
이는 공주를 불행에서 구하려고
모든 자들이 결정한 일이니,
사람들이여, 이를 고하러 나 여기 왔노라.

"맙소사!" 하고 산초가 소리쳤다. "3000번까지 안 가더라도 세 번만

맞으면 칼로 세 번 찌르는 거나 마찬가지야! 그따위 마법 푸는 방법은 악마에게 주라지! 내 엉덩이와 마법이 대체 무슨 관계가 있어! 제발, 메를린 양반이 둘씨네아 델 또보소 님의 마법을 푸는 방법을 달리 발견할 수 없다면 그분이 무덤에 돌아갈 때까지 마법에 걸려 있어도 난 상관없어요!"

"이봐, 부추나 먹고 사는 농부 양반" 하고 돈 끼호떼가 말했다. "내가 너를 붙잡아 어머니가 낳아주신 그 모습대로 홀랑 벗겨 나무에 묶어놓고 3300번이 아니라 6600번을 때려줄 테다. 3300번 빗맞는 일이 없도록 침착하게 말이다. 나한테 말대꾸할 생각일랑 아예 말아라. 그대의 영혼을 뽑아놓고 말 테니까."

이 말을 듣고 메를린이 말했다.

"그렇게는 안된다. 사람 좋은 산초가 받아야 하는 매질은 본인의 의사에 따르는 것이지 폭력으로 해서는 안되며, 더욱이 본인이 마음 내킬 때에 하면 되는 것이요, 인정한 기한이 정해진 것도 아니다. 뿐만 아니라 채찍질의 고통을 반감하고 싶을 때에는 약간 괴롭겠지만 남의 손에 맡겨도 상관없다는 허락이 나 있다."

"남의 손이건 내 손이건 괴롭건 괴롭지 않건" 하고 산초가 대답했다. "어떤 손이건 나를 건드리게 내버려둘 일이 아니지! 그분의 눈이 아름다워서 저지른 죄를 내 엉덩이로 갚아야 한다면, 아니 내가 둘씨네아 델 또보소 님을 낳기라도 했단 말야? 우리 주인 나리 같으면 그분의 한 부분이나 다름없으니, 그 증거로 걸핏하면 그분을 '나의 생명'이니 '나의 영혼'이니, '나의 의지'니, '나의 기둥'이니 하고 불렀으니까 그분을 위해서 채찍질을 받아도 좋고, 또 그 마법을 푸는 데 필요한 수고를 해도 상관없고 또 그게 당연해. 그런데 왜 나에게 채찍질해? 싫다, 싫어!"

산초가 이런 말을 마쳤을 때 메를린의 혼백 옆에 있던 은실의 요정이 살며시 일어나 얇은 면사포를 얼굴에서 들치고, 누구의 눈에도 뛰어나게 아름다운 것보다 더한층 아름답게 돋보이는 얼굴을 드러냈다. 그러고는 산초를 똑바로 바라보면서 남자처럼 소탈하게 그리 귀부인 같지 않은 억양으로 말했다.

"오오, 물병의 혼, 코르크 참나무의 신, 돌멩이 창자의 불행한 종자야! 철면피의 도적아, 만일 너에게 높은 탑에서 뛰어내리라고 했다면, 이 인류의 원수야, 만일 너에게 12마리의 두꺼비와 2마리의 지렁이와 3

마리의 뱀을 먹으라고 부탁했다면, 만일 또 너의 아내와 아이들을 날카롭고 잔인한 언월도로 죽이라고 권했다면, 네가 우물쭈물 냉담한 태도를 보이더라도 별로 이상하지 않을 거야. 그러나 교의 학원(敎義學院) 아이라도, 웬만한 아이면, 매일 맞는 3300번의 채찍질을 꺼린다면, 그 말을 듣는 사람들의 점잖은 심정을, 그뿐 아니라 시간이 흐름에 따라 그것을 전해들을 모든 사람들의 마음을 놀라게 하고, 아연케 하고, 경악시키고 말 거다. 오오, 이 천하고 냉혹한 짐승아, 잘 들어라, 그 멍청하게 뜬 부엉이 눈을 밤하늘에 빛나는 별과 같은 나의 눈동자로 돌려라. 그러면 쉴새없이 줄을 긋고 다발이 되어 흘러내리는 눈물이 나의 아름다운 두 볼에 고랑을 짓고, 길을 닦고, 오솔길을 만드는 것을 보겠지. 이 간사하고 근성이 비뚤어진 도깨비야, 나는 아직 열아홉 살, 스무 살이 되지 않았으니 십대의 꽃다운 나이를 야비한 농가 아낙네의 껍질 속에서 헛되이 몸을 축내고 시들어가는 데 대해서 조금은 마음을 움직여보렴. 그리고 현재 나의 모습이 시골 여자로 보이지 않는다면, 그것은 여기 계시는 메를린 님이 오로지 나의 아름다움으로써 너의 마음을 부드럽게 하시려는 각별한 배려로 이렇게 만들어주셨기 때문이야. 비단에 젖은 미인의 눈물은 바위도 솜으로 바꾸고, 호랑이도 양으로 바꾸어놓을 수 있기 때문이었지. 자, 이 손도 댈 수 없는 짐승아, 매질을 해라, 매질을 해, 너의 그 커다란 엉덩이를. 그리고 다만 먹는 것밖에 생각지 않는 천한 너의 용기를 여태까지 타성에서 분기시켜, 내 살결의 보드라움, 내 성질의 얌전함, 내 얼굴의 아름다움을 본래대로 돌려놓아라. 만일 나를 위해서 인정을 베풀거나 도리에 맞는 생각을 하기가 싫다면 네 옆에 계시는 그 가엾은 기사님을 위해서 그렇게 해라. 알겠느냐, 너의 주인을 위해서 하라는 거야. 그분의 영혼이 내 눈에 환히 보인다. 그것은 지금 그분의 입술에서 손가락 열 개의 폭밖에 없는 목구멍에 거의 다 나와 있어서, 너의 대답이 완고한가 부드러운가에 따라서 금방 입 밖으로 튀어나오거나 다시 뱃속으로 되돌아가거나 하려고 기다리고 있을 뿐이야."

이 말을 듣고 돈 끼호떼는 손으로 목을 만져보며 공작을 돌아보고 말했다.

"이런, 공작님, 둘씨네아 공주의 말씀은 사실이오. 나의 영혼은 마치 쇠뇌[弩]의 방아쇠처럼 목구멍에 걸려 있습니다그려."

"그래, 당신은 방금 들은 얘기에 뭐라고 대답할 작정이에요?" 하고 공작 부인이 물었다.

"저는 마님, 이렇게 말하겠습니다요" 하고 산초가 대답했다. "아까도 말했듯이 절사하겠습니다요."

"사절이라고 해야 하는 거야, 산초. 틀렸어." 공작이 끼여들었다.

"나리, 내버려두십쇼" 하고 산초가 대답했다. 저는 지금 그런 자질구레한 문자의 잘잘못을 생각할 기분이 안 납니다요. 나를 채찍질한다든지, 그것도 내가 내 손으로 해야 한다든지 하는 얘기 때문에 얼떨떨해져서, 저 자신도 지금 무슨 짓을 하고 있는지 모르니까 말입니다요. 다만 말씀입죠, 우리 마님 둘씨네아 델 또보소 님에게 한 마디 묻겠는뎁쇼. 대체 어디서 그 따위로 부탁하는 방법을 배워왔느냐 하는 것입니다요. 내 몸뚱이를 매질해서 상처를 입히려고 와놓고, 나를 뭐 물병의 혼백이니, 뭐 손을 댈 수 없는 짐승이니, 악마라면 꼭 알맞을 고약한 이름을 늘어놓았는데, 내 몸뚱이는 청동으로 만들었나요, 아니면 당신이 마법에 걸리고 안 걸린 것이 나와 무슨 큰 관계라도 있단 말인가요? 나를 농락할 참으로 어디다가 흰 속옷과 셔츠와 두건과 양말 따위, 내가 쓰지도 않은 물건의 바구니를 두고 왔단 말인가요? 게다가, 황금을 등에 진 당나귀는 가볍게 산을 오른다든지, 선물은 바위를 깬다든지, 쇠망치를 때리면서 하느님께 빈다든지, '언젠가 주마'의 두 개보다 '자, 예 있다'고 하는 한 개가 더 낫다는, 세상에서 흔히 말하는 속담을 잘 알고 있으면서 욕설을 늘어놓다니 그게 웬 말인가요? 그러고, 우리 나리도 나리시지, 나를 양털이나 튼 솜처럼 말랑말랑하게 만들 작정이라면, 내 목덜미를 가볍게 탁탁 치면서 내 기분을 달래주는 것이 당연한 얘길 텐데, 뭐 나를 붙잡아다가 발가벗겨 나무에 묶어놓고 곱으로 매질을 하겠다구요? 그러고, 여기 계시는 인정 많은 두 분께서도 생각 좀 해보실 일입니다요. 제 몸뚱이를 매질하라고 말씀하시는 상대가 단순한 종자가 아니라 섬의 영주라는 것을 말씀입니다요. 그 왜, '버찌로 한 잔하게'(신 버찌로 포도주가 더 맛있어지는 데서 온 말. 상대편 기분을 생각하고 부탁하라는 뜻)하듯이 말입니다요. 어떻게 일을 부탁하고 애원하고, 또 그러면 어떤 예법이 필요한가 알아주셨으면 합니다요. 부아통이 터지게시리 잘 알아주셨으면 합니다요. 때와 장소에 따라 다른 것이고, 인간이란 누구나 늘 기분이 좋지만도 않은 법이니까요! 내 녹색 옷이 찢어진 걸 보고 당장 가슴이 찢어질 것만 같은데, 내 생각으로 내 엉덩이를 매질하란 말을 하러 오다니. 내 생각은 그야말로 추장이 되고 싶은 거나 같으며, 아예 그 따위 것은 추호도 생각이 없습니다요!"

"실은 말이야, 산초" 하고 공작이 말했다. "만일 그대가 잘 익은 무화과처럼 연하지 않으면 영주 자리를 손에 넣을 수 없어. 잔인하고, 뱃속이 부싯돌처럼 단단하고, 비탄에 젖은 소녀들의 눈물에도 생각만 깊고 오만하며, 나이 먹은 마법사나 현인들의 소원에도 전혀 굽힐 줄 모르는 그런 영주를 내가 섬의 주민들에게 파견한다면, 그야말로 큰일 아니겠나! 그러니 아무튼 산초, 그대가 자기 손으로 매질을 하거나, 아니면 누구 다른 사람에게 매질을 부탁하거나, 그렇지 않으면 영주가 되는 것을 그만두는 수밖에 없겠군."

"공작 나리!" 하고 산초가 대답했다. "어느 것이 제게 가장 좋은 일인가 생각할 테니, 이틀만 여유를 주십쇼."

"아니, 그건 안된다" 하고 메를린이 말했다. "여기서, 지금 이 자리에서 결정하지 않으면 안된다. 말하자면, 둘씨네아가 농가 처녀의 모습으로 몬떼시노스의 동굴로 돌아가거나, 아니면 현재 그대로의 모습으로 엘리세오의 들판(지상 낙원. 덕이 높은 영혼 이 행복하게 거주하는 곳)으로 가서 거기서 채찍질이 끝날 때까지 기다리거나 둘 중에 하나다."

"보세요. 인정 많은 산초 님" 하고 공작 부인이 말했다.

"용기를 내세요. 그리고 당신이 먹어온 돈 끼호떼 님의 빵에 은혜를 갚아요. 우리는 모두 이분의 훌륭한 인품과 고상한 기사도 정신에 감동되어 이분을 위해서는 무엇이든 아낌없이 기쁘게 해드리고 싶어요. 자, 훌륭한 사람이니 이 매질에, 좋아, 하고 대답해요. 그리고 악마는 악마에게, 겁약한 기질은 쩨쩨한 자에게 보내버려요, 당신도 잘 알듯이 용기는 불운을 이긴다고 하잖아요."

이에 대해 산초는 참으로 어처구니없는 대답을 했다. 그는 메를린에게 이렇게 물었다.

"메를린 님, 한 가지 가르쳐주셨으면 좋겠습니다요. 그 악마 파발꾼이 여기 왔을 때 몬떼시노스 님의 전갈이라는 것을 우리 주인 나리에게 전해드렸는데, 그것은 둘씨네아 델 또보소 님의 마법을 푸는 방법을 가르쳐주러 올 테니 여기서 기다려달라는 것이었습니다요. 그런데 지금까지 우리는 몬떼시노스 님도 그와 비슷한 사람도 보지 못했습니다요."

이에 대해서 메를린 대답했다.

"그 악마는 말이다, 산초. 대단한 벽창호 악당이다. 내가 그대의 주인을 찾으러 그 자를 보냈었다. 몬떼시노스가 보낸 것이 아니라 내가 보낸 것이란 말이다. 몬떼시노스는 자기 동굴 속에서 마법이 풀리기만을 고대하고 있거든. 그리고 그 사나이는 꽁지의 가죽이 아직 남아 있어서 말이다. 만일 그 사나이가 그대에게 뭔가 신세진 것이 있었다든지, 그대 쪽에서 무언가 그 사나이와 얘기할 것이 있다면 내가 그 사나이를 데리고 와서 그대가 원하는 곳에 두고 가마. 우선 지금은 이 채찍질을 승낙하는 게 좋을 게다. 이것은 그대의 영혼으로 보아서나, 육체로 보아서나 적지 않이 이익이 될 것은 틀림없다. 다시 말해서 고행을 한다는 그대의 자비심으로 영혼의 공덕도 되고, 보아하니 다혈질의 몸이니까 약간의 피를 흘려도 해가 되기는커녕 오히려 몸에 이로울 것이다."

"세상에는 어디를 가나 의사가 있습니다요만, 마법사까지도 의삽니까요?" 하고 산초가 말했다. "모두 나한테 그렇게 말씀하신다면, 하기야 나한테는 그렇게 보이지 않지만 말입니다요, 날짜나 시간을 정하지 않고 언제라도 내 기분이 내킬 때 한다는 조건이라면, 그 3300번의 매질을 내가 내 손으로 하기로 합죠. 그리고, 저도 되도록 일찌감치 맡은 일을 다 해서 둘씨네아 델 또보소 님의 아름다움을 세상 사람들에게 구경시켜주도록 합죠. 암만해도 내가 생각한 것과는 반대로 저분은 아름다운 분 같으니까 말입니다요. 그러고 또 한 가지 조건이 있습니다요. 그건 매질을 하더라도 피를 흘릴 것까진 없다는 것과 매질 가운데 파리를 치는 정도의 것이 섞이더라도 역시 계산에 넣는다는 것입니다요. 또 한 가지 만일 제가 숫자를 틀리더라도 메를린 님은 모든 것을 훤히 알고 계시니까 수를 정확하게 세어서 아직 몇 차례가 더 남았다든지, 몇 차례가 넘었다든지 하는 것을 저한테 가르쳐주신다는 것입니다요."

"넘은 것까지 그대에게 가르쳐줄 필요는 없을 게다" 하고 메를린이 받았다. "정확하게 그 수가 차면 둘씨네아 님이 순식간에 마법에서 풀려나 당장 고맙다는 인사를 하러 사람 좋은 그대를 찾아와서 인사를 할 뿐 아니라 그대의 훌륭한 행위에 대해 보상을 내릴 것이다. 그러니 너무 많거나 모자라거나 하는 일에 신경을 쓸 것은 조금도 없다. 그리고 머리칼 하나라도 내가 사람을 속인다면 하느님이 용서치 않으실 게다."

"그럼 좋아요, 하기로 합죠 뭐!" 하고 산초가 선언했다. "내가 재수가 없다고 생각하고 단념합죠, 물론 아까 말씀드린 조건을 다 붙여서 고행을 받는다면 말씀입니다요."

산초가 이 마지막 말을 채 마치기도 전에 다시 온갖 치리미아(오보에) 소리가 울리기 시작하고 무수한 대포가 발사되기 시작했다. 그리고 돈 끼호떼는 산초의 머리를 얼싸안고 이마와 볼에다 몇 번이나 입을 맞추었 다. 공작 부처를 비롯해서 그자리에 있던 사람들도 매우 큰 기쁨을 느낀 것을 뚜렷이 나타냈고, 소달구지는 움직이기 시작했으며, 지나가면서 아 름다운 둘씨네아는 공작 부처에게 가벼운 인사를 보내고 산초에게는 공 손하게 절을 했다.

그리고, 이때 벌써 맑고 명랑한 새아침이 재빠른 걸음으로 찾아오고 있었다. 들판의 꽃은 고개를 쳐들고 일어났으며, 여기저기서 흐르는 냇 물의 수정 같은 물은 희고 검은 돌멩이 사이를 졸졸거리면서 그들을 기 다리고 있는 강에 공물을 바치려고 흘러갔다. 기쁨에 넘친 대지도, 청명 하게 갠 하늘도, 상쾌한 공기도, 조용한 빛도, 저마다 그리고 모두 함께 얼려 여명의 치맛자락을 밟고 오는 이날이, 고요하고 밝은 날씨가 틀림 없다는 것을 분명히 일러주고 있었다.

공작 부처는 이번 수렵에서도 자기들의 계획대로 교묘하게 일을 훌륭 히 해낸 것에 무척 만족하여 다시 계속시킬 다음 장난에 대해 생각하면 서 성으로 돌아갔다. 그들에게 있어서 이만큼 즐거운 일은 다시 또 없는 것이었다.

제 36 장

여기서는 산초 빤사가 그의 아내 떼레사 빤사에게 써보낸 편지에 대해서 이 야기가 진행된다.

공작 댁에 매우 장난을 좋아하고 재기가 넘치는 집사 한 사람이 있었 는데, 이 사나이가 메들린의 역할을 맡고, 이번 모험의 줄거리를 도맡아 서 꾸몄으며, 그 시도 손수 짓고, 시동에게 둘씨네아의 분장을 시켰던 것이다. 그는 다시 공작 부처의 도움을 받아 상상도 할 수 없는 우스꽝 스럽고 기발한 새로운 모험의 취향을 생각해냈다.

그 다음 날 공작 부인은 산초에게 둘씨네아 공주의 마법을 풀기 위해 그가 하기로 되어 있는 고행을 시작했느냐고 물었다. 그러자 그는, 예,

시작했습니다, 간밤에는 매질을 5번 했습니다, 하고 대답했다. 공작 부인이 무엇으로 때렸느냐고 묻자, 손으로 때렸다는 대답이었다.

"그건 매질이 아니고 손바닥으로 살짝 때린 거예요!" 하고 공작 부인이 따졌다. "그런 싱거운 것으로는 현인 메를린이 만족하지 않아요. 그러니 산초 님, 끈을 여러 개 묶은 채찍이나, 좀 따끔하게 아프도록 끝에 매듭을 지은 굵은 밧줄로 쳐야 해요. 문자는 피를 흘리며 왼다고 하잖아요. 게다가 둘씨네아 님처럼 그만큼 신분이 높은 공주님을 위해서가 아네요? 그런 싼 값으로 자유롭게 될 수 없어요. 알겠어요, 산초 님. 미지근하고 시원찮게 하는 자비의 행위는 아무 소용도 없고 효력도 없다는 걸 생각해야 해요."

"마님께서 매나 뭐 적당한 밧줄을 주십쇼. 그러면 그것으로 그다지 아프지 않게 해치울 테니까요. 저는 촌놈이긴 하지만 몸뚱이는 골풀보다도 솜에 가깝다는 걸 마님께서도 알아주셨으면 합니다요. 게다가 남을 위해서 내 몸에 상처를 입힐 것까지야 없잖습니까요."

"그만하면 돼요" 하고 공작 부인이 대답했다. "내일 당신에게 꼭 당신의 보드라운 몸에 더없이 알맞을 채찍을 드릴 테니까."

"제가 진심으로 우러러 모시는 마님, 들어보십쇼. 마누라 떼레사 빤사에게 편지를 써서, 헤어진 후 여태까지 내게 일어난 일을 다 적어놨습죠. 그 편지는 지금 제 품에 들어 있는데, 겉봉만 쓰면 다 됩니다요. 마님이 이걸 한 번 읽어주셨으면 좋겠습니다요. 제 생각으로는 영주답게, 제 말씀은, 영주들이 쓰듯이 씌어 있다고 생각된다는 것입니다요."

"그래, 누가 썼나요?" 하고 공작 부인이 물었다.

"제가 쓰지 않고 누가 쓰겠습니까요? 아무리 제가 무능하더라도 말씀입죠" 하고 산초가 대답했다.

"아니 당신이 그걸 썼단 말이에요?" 하고 공작 부인이 다시 물었다.

"생각지도 못할 일입죠" 하고 산초가 대답했다. "저는 겨우 이름은 쓰지만, 읽지도 쓰지도 못하는 걸입죠."

"그럼 이리 줘봐요" 하고 공작 부인이 말했다. "필경 그 편지에도 당신의 그 잘 움직이는 지혜가 그대로 충분히 나타나 있겠지요."

산초가 품에서 봉하지 않은 편지를 꺼내주자 공작 부인이 받아서 읽었는데, 이런 사연이 적혀 있었다.

떼레사 빤사 앞으로 보내는 산초 빤사의 편지

나는 지독히 매질을 당하고도 기사답게 말을 타고 갔었소(태형을 받고 거리를 끌려다니는 것이 당시의 풍습이었다). 만일 훌륭한 영주 자리가 손에 들어온다면 그것은 그 모진 매질의 대가인 것이오. 임자는 이 일에 관해서 잘 모를 줄 알지만, 언젠가 알게 될 것이오. 여보, 나는 임자가 마차를 타고 출입하도록 결정했다는 것과 이것을 유의할 것을 엄하게 말해두는 바요. 왜냐하면 다른 여하한 출입도 엉금엉금 기어다니는 것과 마찬가지이기 때문이오. 임자는 영주의 아내니 이러쿵저러쿵 남에게 쑥덕공론을 듣지 않도록 주의해주기 바라오. 여기 녹색 사냥 옷을 임자에게 보내오. 이것은 공작 부인께서 내려주신 물건이니 뜯어고쳐서 산까치의 치마와 동옷을 만들어주도록 하시오. 나의 주인 돈 끼호떼 님은 이 지방 사람들의 말에 의하면 제정신을 가진 미치광이요, 애교 있는 바보라고 하며, 나도 그에 못지않다는 얘기들이오. 우리가 몬떼시노스의 동굴에 갔더니 현인 메를린이 둘씨네아 델 또보소, 즉 마을에서 알돈사 로렌소라고 부르는 분의 마법을 푸는 방법을 나에게 일러주었는데, 내가 내 몸뚱이에다 3300번보다 다섯 번 적은 매질을 하면 그분은 어머니의 뱃속에서 태어날 때 모습대로 마법에서 풀려나게 될 거라고 말했소. 이것은 아무에게도 말하지 말아야 하오. 그 이유는 '그대의 그것을 남 앞에 드러내 보여라, 어떤 자는 희다고 말하고 어떤 자는 검다고 말한다'고 하기 때문이오. 나는 며칠 후 영지로 떠날 작정이며, 그곳에서 돈을 긁어모을 대망을 품고 가는 것이오. 듣는 바로는, 신임 영주란 모두 이와 같은 희망을 안고 부임한다고 하오. 나는 먼저 영지의 맥을 짚어본 다음 임자가 나와 함께 살기 위해 와야 할 것인가, 오지 말아야 할 것인가 알려줄 작정이오. 잿빛 당나귀는 잘 있으며, 임자에게 안부 전해달라는 얘기요. 나는 설혹 터키 대왕으로 앉혀준다고 초청을 받더라도 이 잿빛만은 놓지 않을 생각이오. 나의 마님, 공작 부인께서도 임자의 손에 1000번이나 입맞춤을 내려주셨으니, 임자도 마님의 손에 2000번 돌려드리도록 하오. 우리 나리의 말씀을 들어보면, 훌륭한 예의만큼 밑천 안 들고 싼 것은 없기 때문이오. 하느님은 아직도 지난번처럼 100에스꾸도가 들어 있는 가방을 내게 베풀어주시지 않고 계시지만, 마누라여, 임자는 걱정할 필요 없소. 종 치는 자는 안전한 장소에 있고, 영주직에 관해서는 곧 만사가 뚜렷해질 것이오. 다만 한 가지 걱정거리는, 사람들의 말에 의하면, 한 번 영주직 맛을 보고 나면 더한층 욕심이 많아져 결국은 탐욕에 못 이겨 자기 손을 빠는 결과가 되어서 잘못하면 그리 싸게 치이지도 않는다는 것이오. 하기야 수족이 시들거나 외팔이 같은 자는 구걸한 적선금으로 제법 수지를 맞춘다고 하오. 그러니 이것이 아니면 저것이라는 식으로 임자는 반드시 부자가 되어 행복해질 것이 틀림없소. 하느님이 하실 수 있는 데까지 임자에게 행복을 내려주시고 나를 임자와 더불어 해로하도록 오래 살게 해주시길 빌겠소.

이 성안에서, 1614년 7월 20일

당신의 남편, 영주 산초 빤사

공작 부인은 편지를 다 읽고 나서 산초에게 말했다.

"우리 영주님은 두 가지 일이 조금 빗나갔네요. 제 남편이 당신에게 영주직을 약속했을 때에는 아무도 이 세상에 매질이 있다는 것조차 꿈에도 생각지 않았다는 것을 잘 알고 있으면서, 아니 이건 거짓말이라고 할 수 없을 거예요, 그러면서, 이 영주직이 당신이 자기 몸을 매질함으로써 주어진 것이라고 말하고 또 그렇게 생각하고 있다는 점이에요. 또 하나는 자기를 매우 욕심 많은 사람처럼 쓰고 있다는 거예요. 나는 뜻밖의 결과가 되는 것이 아무래도 싫어요. 탐욕은 자루를 찢는다고 하잖아요? 욕심 많은 영주의 재판은 엉터리기 쉽지요."

"저는 그런 말은 하지 않았습니다요" 하고 산초가 대답했다. "만일 이 편지가 제대로 씌어 있지 않다면 찢어버리고 다른 것을 쓰면 됩니다요. 하지만, 저더러 마음대로 쓰라면 아마 더 심한 것이 될는지는 모르겠습니다요."

"아니, 아니" 하고 공작 부인이 대답했다. "이 편지는 아주 잘 되어 있어요. 공작님에게도 보여드리고 싶어요."

이렇게 말하고 그날 식사를 하게 되어 있는 정원으로 나갔다. 거기서 부인은 공작에게 산초의 편지를 보여주었는데 이것을 읽고 그는 매우 만족해했다. 그들은 식사가 끝나고 식탁보가 치워진 후에도 산초와의 대화로 유쾌한 즐거움을 나누었는데 별안간 무섭고 구슬픈 피리 소리와 기묘하게 맑고 요란스러운 북소리가 들려왔다. 사람들은 이 어색하고 살벌하고 음울한 가락에 동요의 빛을 보였는데, 그 중에서도 돈 끼호떼는 무척 당황해하면서 그자리에 가만히 앉아 있지 못할 정도였으며, 산초로 말할 것 같으면 오직 공포에 사로잡혀 이런 때의 도피 장소인 공작 부인의 곁, 아니 치맛자락 끝으로 달아났다고 하면 그것으로 족할 것이다. 사람들의 귀에 들린 음색은 무섭고 구슬프고 음울한 것이었다. 모두가 이렇게 아연실색하고 있는데 두 사나이가 거의 땅바닥에 끌듯이 긴 상복을 입고 정원으로 들어와 성큼성큼 다가오는 것이 보였다. 그들은 검은 천

으로 덮은 북을 저마다 울리면서 가까이 왔는데, 그들 옆에서 시커멓게
칠한 피리를 부는 사나이가 따라오고 있었다. 이 세 사람 뒤를 거대한
몸뚱이의 인물이 따랐는데, 그 역시 칠흑의 법의를 입고, 아니 몸을 푹
감싸고 있고, 그 옷자락은 터무니없이 크고 넓게 퍼져 있었다. 이 법의
위에 역시 검은 가죽끈을 어깨에 걸치고 거기에다 장식도 칼집도 없는
검고 무시무시하게 큰 언월도를 차고 있었다. 얼굴은 검은 베일로 가렸
으며 그것을 통해 눈처럼 희고 굉장히 긴 턱수염이 들여다보였다. 그는
북소리에 맞추어 장중하게 엄숙한 걸음을 옮겨놓았다. 요컨대 그의 위
엄, 의젓한 걸음걸이, 온통 시커멓기만 한 복장, 그 이상 야릇한 동반자
등등, 그가 누구인지 모르고 보는 사람으로 하여금 누구나 아연하게 만
들었던 것이다. 이윽고 그는 앞에서 말한 의젓하고 빼기는 태도로 다른
사람들과 함께 기다리고 서 있는 공작 앞에 와서 무릎을 꿇었는데, 공작
은 상대가 일어설 때까지 아무 말도 하지 않았다. 그 이상한 괴물은 일
어나서 얼굴을 가린 베일을 벗고 여태까지 사람들이 본 적이 없을 만큼
숱이 많고 굉장히 흰 수염을 드러냈다. 그리고 공작 부처를 응시하면서
그 넓고 큰 가슴에서 엄숙하고 높은 목소리를 짜내어 말했다.

　"더없이 고귀하신 각하. 저는 흰 수염의 뜨리팔딘이라고 하는 자며,
뜨리팔디 백작 부인, 즉 '비탄 노시녀'라고 부르는 분의 종자입니다. 그
분의 분부로 마님께 전해드릴 전갈을 여기에 가지고 왔습니다. 그것은
백작 부인이 몸소 이 자리에 나와 그 일신의 비운을 말씀드릴 수 있는
자격과 허락을 주십사는 부탁입니다. 주인의 그 비운이라는 것은 이 세
상의 가장 불운한 사람도 도저히 상상하지 못할 이상하기 짝이 없고 경
탄할 만한 비운의 하나입니다. 그런데, 먼저 백작 부인께서 알고 싶어하
시는 것은, 혹시 이 성에 용감한 불패의 기사 돈 끼호떼 데 라 만차 님
이 머물러 계시지 않나 하는 것입니다. 실로 이것은 기적이나 마법의 힘
이라 생각되는 것이 당연한 일이지만 백작 부인은 돈 끼호떼 님을 찾아
멀리 깐다야 왕국에서, 실로 이것은 기적이나 마법의 힘이라 생각되는
것이 당연한 일이지만, 걸어서 마시지도 먹지도 않고 찾아오신 것입니
다. 부인은 이 성, 이 저택의 문을 들어와도 좋다는 허락을 기다리고 계
십니다. 이상이 제가 전해드릴 전갈의 전부입니다."

　그리고 기침을 하고는 수염을 두 손으로 위에서 아래로 쓰다듬어 내리
고 매우 점잖게 공작의 대답을 기다렸다. 공작은 대답했다.

"뛰어난 종자, 흰 수염의 뜨리팔딘, 우리가 뜨리팔디 백작 부인을 마법사들이 '비탄의 노시녀'라고 부르게 만든 재난을 들은 것은 꽤 오래된 일이오. 자, 뛰어난 종자, 주인을 어서 이리 드시게 하고, 용감한 기사 돈 끼호떼 데 라 만차 님도 여기 계실 뿐 아니라 이분의 고결한 성품으로 보아 틀림없이 모든 원조와 보호를 기대해도 좋다는 뜻을 전하시오. 그리고 또 만일 내 원조가 필요하다면 그것을 베푸는 데 조금도 인색하지 않겠다고 나에 관해서도 말씀드리시오. 기사라는 신분은 원조한다는 의무를 지고 있는 것, 모든 여성들에게, 특히 그대의 주인이신 그러한 의지할 곳 없는 비탄의 분들에게 구원의 손을 내미는 것은 지극히 당연한 일이오."

이 말을 듣고 뜨리팔딘은 무릎을 굽히더니 피리 부는 사나이와 북치는 사나이에게 눈짓하여 들어올 때와 마찬가지의 주악과 걸음걸이로 정원을 물러나 뒤에 남아 있는 모든 사람들을 그 태도와 풍채로써 경탄켰다. 그러자 공작이 돈 끼호떼를 돌아보고 말했다.

"훌륭한 기사님, 이제 악의와 무지의 어두움이 용기와 정의의 빛을 덮을 수도 흐리게 할 수도 없다는 것이 분명해졌구려. 귀공이 이 성에 오신지 불과 엿새도 되지 않는데 벌써 고민에 잠기고 비탄에 젖은 사람들이 머나먼 곳에서, 마차나 낙타를 타지도 않고 걸어서, 먹지도 마시지도 않고 오로지 자기들의 재액과 고난의 구제를 귀공의 유례없는 힘에 의지하려고 찾아오기 시작했소이다. 그것은 이 지상에 널리 알려진 귀공의 위대한 여러 가지 공명에 의한 것이 틀림없소."

"공작 각하" 하고 돈 끼호떼가 대답했다. "나는 전에 식탁에서 편력 기사에 대해 매우 심한 편견을 품고 있다는 것을 보여준 그 복된 성직자가 이 자리에 있어서, 그러한 기사가 이 세상에 필요한지 어떤지 직접 눈으로 보아주었으면 좋았을 것을 하고 생각하고 있소. 적어도 중대한 위기나 커다란 불행으로 심히 비탄에 잠기고 마음 아파하는 사람들이라는 것은, 변호사의 집에도, 마을 성기(聖器)지기 집에도, 자기 마을의 경계 밖을 한 번도 나가본 일조차 없는 기사의 집에도, 사람들이 말하고 책에도 기록될 만한 노력이나 공훈을 스스로 세우기보다 그것을 소문으로 옮기고 지껄이는 신기한 소식만 찾아다니는 게으름뱅이 궁정 기사들에게도, 결코 원조를 구하러 가지 않는다는 것을 손으로 만져보듯 알게 되었을 것이오. 다시 말해서 슬픔의 위안도, 궁핍의 해탈도, 처녀들의 비호도, 과부들의 위로도, 어떠한 자들보다 편력 기사의 손이 그것을 해내기가 훨씬 수월한 것이오. 그러기에 나 스스로 편력 기사임을 한없이 하늘에 감사하고, 나가서는 이토록 명예로운 임무를 수행함에 있어 내 몸에 내리덮치는 어떠한 재해도 고난도 오히려 기꺼이 감수할 작정이오. 그 부인도 여기 오셔서 무엇이건 부탁하시면 좋을 것이오. 내 힘과 내 용기의 불퇴전(不退轉)의 결의로 하여 그 부인의 구조책을 내 반드시 강구할 작성이오."

제 37 장

여기서는 비탄의 부인이 겪는 훌륭한 모험이 계속된다.

공작 부처는 자기들의 계략에 돈 끼호떼가 속절없이 걸려들기 시작하는 것을 보고 유쾌해하는데, 그때 산초가 입을 열었다.

"그 노시녀가 혹 내 영주직에 방해라도 되면 난 곤란합니다요. 홍방울새처럼 조잘거리는 뜨레이드의 약방에서 들었는데, 늙은 노파가 가운데 들어서 잘되는 일이 없답니다요. 정말 그 약방은 노파와는 원숩니다요! 그래서 전 생각합니다요만, 노시녀라는 것은 누구나없이, 가문이나 신분이 어떻든 간에 시끄럽고 뻔뻔스럽기 짝이 없는데 말입니다요. 소름이 끼치거나 추워서 으슬으슬해지는 그런 비탄의 노시녀가 괜찮을깝쇼?"

"닥쳐라, 산초여" 하고 돈 끼호떼는 말했다. "이 노시녀님은 먼 곳에서 일부러 나를 찾아오셨으니 그 약제사가 주워섬긴 그런 노파들과 같을 까닭이 없다. 하물며 이분은 백작 부인이다. 백작 부인이 노시녀로서 일하고 계신다면, 여왕님이나 왕후님을 모시고 계실 것이고, 자기 집에서는 다시 노시녀들의 시중을 받고 계시는 매우 고귀한 귀부인이 틀림없을 테니 말이다."

이에 대해서 그자리에 있던 도냐 로드리게스가 대답했다.

"저희 공작 부인님께서도, 만일 운명만 허락하였더라면, 백작 부인이었을지도 모를 노시녀들의 시중을 받고 계실 것입니다. 하지만, 법도라는 것은 임금님의 생각 하나로 정해진다고 하지 않습니까? 노시녀들의 욕은 아무도 하는 법이 아닙니다. 개중에서도 연세가 많은 숫처녀들은 더더욱 그렇지요. 하기야 저는 그렇지도 않습니다만, 과부 노시녀에 비하면 그대로 늙은 노시녀 쪽이 뛰어나다는 것은 저도 잘 알고 있고, 또 짐작도 할 수 있지요. 우리의 머리를 깎은 사람은 아직 가위를 손에 들고 있다니까, 남의 욕은 할 수 없는 거예요."

"그럴는지도 모르겠습니다요만." 산초가 대답했다. "제가 잘 아는 이발사의 말을 들어보면, 노시녀라는 것은 많이 깎아야 할 곳이 있다던가 어쨌다던가해서요, 혹 밥이 타더라도 가만히 둬두는 편이 낫답니다요."

"언제나 종자라는 것은" 하고 도냐 로드리게스가 받았다. "우리의 적이에요. 언제나 대기실에서 서성거리는 도깨비들이니까. 걸핏하면 우리를 감시하고, 또 기도를 드리는 시간을 빼고는 그런 데 소비하는 시간이 더 많으니까 그걸 우리 욕이나 하고 트집이나 잡는 데 보내고 있단 말예요. 다시 말해서, 우리 뼈를 파헤쳐서 우리의 평판을 묻어버리려고 그러는 거지요. 당신들에게는 안됐지만, 우린 설혹 죽도록 배가 고프거나, 부활절 행렬날 똥통에 뚜껑을 히든지 덮든지 하는 것처럼 우리의 보드라운 살결이 꺼칠한 살결을 수녀처럼 검은 옷으로 감싸고 있거나, 아무튼 이 세상에서, 아니 이 세상이라기보다 훌륭한 저택에서 살아가지 않으면 안된다고 말씀예요. 저는 맹세코 말하지만, 만일 허락이 내리고 시간만 있다면, 노시녀라는 것이 갖추지 않은 미덕은 하나도 없다는 것을 여기 계시는 분들뿐 아니라 이 세상 모든 사람들에게 가르쳐드리겠어요."

"나도 친한 도냐 로드리게스가 한 말을 지당하다고 생각해요" 하고 공작 부인이 말했다. "정말 지당한 말이라고 생각해요. 하지만 당신 자신뿐 아니라 다른 노시녀들을 보호해서 그 고약한 약방의 그릇된 생각을 고쳐주고, 나아가서 이 대인물 산초 빤사의 가슴 속에 뿌리박고 있는 잘못된 생각을 뿌리채 뽑아주려면, 시간을 기다리는 것이 좋을 것 같아요."

이에 대해서 산초가 대답했다.

"전 영주직의 냄새를 맡고부터 늘 겁을 먹는 종자의 버릇이 어디론가 사라져버려서, 세상의 노시녀라는 노시녀가 한덩어리가 되더라도 그야말로 들판의 무화과 정도로밖엔 생각지 않습니다요."

이때 피리와 북소리가 다시 울려퍼지고, 그것으로 모두 비탄의 노시녀가 들어온 것을 짐작했는데, 만일 그렇지 않았더라면 이 노시녀 논쟁은 더 계속되었을 것은 뻔한 일이다. 공작 부인은 공작을 돌아보고, 뭐니뭐니해도 상대편은 백작 부인이고 고귀한 분이니까 이쪽에서 마중을 나가는 것이 좋지 않겠느냐고 물었다.

"백작 부인이라는 점에서 본다면" 하고 산초가 공작이 아직 대답도 하기 전에 끼여들었다. "두 분께서는 마중을 나가시는 편이 좋다고 생각합니다요. 하지만, 노시녀라는 점에서 본다면, 두 분은 한 걸음도 움직이지 않아도 상관없다는 것이 제 생각입니다요."

"누가 그대에게 참견을 해도 괜찮다더냐, 산초?" 하고 돈 끼호떼가 꾸짖었다.

"누가 참견해도 좋다 했냐고요, 나리?" 하고 산초가 대꾸했다. "저는 참견해도 상관없으니까 참견을 했을 뿐입니다요. 범절에 있어서는 누구보다도 제일 정중하시고 예의바르신 기사님인 나리의 학교에서 여러 범절을 익힌 종자가 아닙니까요. 게다가 이런 일에서는, 나리에게 들은 바로는, 숫자가 많은 트럼프나 숫자가 적은 트럼프나 지는 것은 마찬가지고, 말귀를 잘 알아듣는 상대편에게는 한두 마디로 통한다고 하잖습니까요."

"실로 옳은 말이로다" 하고 공작이 말했다. "백작 부인의 상태를 본 다음 그에 맞는 범절을 지키도록 하자."

이때 처음과 같이 북과 피리를 불던 사나이들이 들어왔다.

그리고 여기서 작자는 이 짧은 장은 마치고 장을 바꾸어 같은 모험에 관한 이야기를 계속하고 있는데, 이것은 이 이야기에서 가장 주목할 만한 모험의 하나다.

제 38 장

여기서는 비탄의 노시녀가 말한 그녀의 불운에 대해서 다루어진다.

이 세 사람의 악사를 따라 열두 사람이나 되는 노시녀들이 두 줄로 나뉘어 정원으로 들어오기 시작했는데 그녀들은 죄다 세루 천으로 보이는 폭넓은 검은 수녀복을 입고 엷은 카네킨의 수녀복 자락이 겨우 보일 만큼 길고 하얀 두건을 푹 덮어쓰고 있었다. 그녀들 뒤에서 흰 수염의 종자 뜨리팔딘의 부축을 받으면서 뜨리팔디 백작 부인이 들어왔다. 아직 보풀이 생기지 않은 검정 고급 천의 옷을 입고 있었는데, 만일 털의 보풀이 일어났더라면 틀림없이 보풀 뭉치의 크기가 훌륭한 가르반소(이집트 공) 정도는 되었을 것이다. 그 검은 옷은 끝이 뾰족하게 세 자락으로 나누어져 있었으며, 그 세 끝을 역시 검은 상복을 걸친 세 시동이 저마다 두 손으로 받들었고, 그 세 끝이 형성하는 예각(銳角)에 의해 산뜻한 기하학적 조화를 이루고 있었다. 이 뾰족한 옷자락에 시선을 집중시키고 있던 모든 사람들은 이 옷자락으로 하여 뜨리팔디 백작 부인, 다시 말해서 '세 옷자락의 백작 부인'이라 부르는구나 하고 깨달았다. 원작자 베넨헬리도 이것은 사실이었다고 서술하고, 그녀의 본명은 그녀의 백작 영지에 많은 로보(늑대라는 뜻)가 자란다고 해서 로부나 백작 부인이라 불려지고 있었는데, 만일 늑대가 소루나(웃)였더라면 소르나 백작 부인이라 불려졌을 것이다. 왜냐하면 그 지방에 사는 영주들은 자기 영내에 가장 많은 물건이나 사물에서 그들의 호칭을 따는 것이 관습이었기 때문이다. 그러나 이 백작 부인은 그 옷자락의 기묘함에 경의를 표해서 로부나를 버리고 뜨리팔디를 땄다고도 말하고 있다.

열두 노시녀와 부인은 엄숙한 걸음걸이로 조용히 들어왔다. 모두 얼굴을 검은 베일로 가렸으나, 그것들은 뜨리팔딘처럼 투명한 것이 아니고 훨씬 올이 촘촘한 것이었으므로 아무것도 속이 비쳐 보이지 않았다. 이 노시녀 일행이 전부 모습을 나타냄과 동시에 공작 부처와 돈 끼호떼, 그리고 이 엄숙하게 걸어오는 행렬을 지켜보고 있던 모든 사람들이 자리에서 일어섰다. 열두 노시녀는 걸음을 멈추고 두 줄로 나란히 서서 통로를 만들었다. 그 중앙을 뜨리팔딘에게 손을 잡힌 비탄의 노시녀가 걸어나왔다. 이것을 보자 공작과 공작 부인과 돈 끼호떼는 약 열두 걸음을 나아가서 그녀를 맞이했다. 그러자 그녀는 땅에 무릎을 꿇더니 부드럽고 섬세한 목소리가 아니라 거칠거칠하고 쉰 목소리로 말했다.

"부디 거기 계시는 거룩하신 분들께서는 이 천한 여자를 그토록 정중하게 응대하지 말아주십시오. 저는 비탄에 젖은 여자이기에 마땅히 여기서 해야 할 예의를 도저히 다할 수가 없습니다. 이것은 모두 저의 이상야릇한, 여태까지 일찍이 일어난 적 없는 불행이 저의 사려 분별을 빼앗아갔기 때문인데, 더욱이 그것을 어디로 가져갔는지조차 모르고 있습니다. 그러나 아무리 찾아도 보이지 않는 것으로 보아 아마 아주 먼 곳으로 가져간 것이 틀림없는 것 같습니다."

"아니, 사려 분별이 없는 것은" 하고 공작이 대답했다. "백작 부인, 그것은 부인의 인품을 보고, 부인의 진가를 분별할 줄 모르는 인간들입니다. 부인의 진가는 첫눈에 예의범절의 정수, 품행이 고운 예절의 모든 꽃을 받으실 만한 분이라는 것을 알 수 있습니다."

그러고는 백작 부인의 손을 잡아 일으켜서 공작 부인 옆자리로 안내했다. 공작 부인도 마찬가지로 정중한 예의를 다하여 그녀를 맞이했다. 돈 끼호떼는 잠자코 있었으나, 산초는 뜨리팔디 부인과 많은 노시녀들의 얼굴이 보고 싶어 못 견딜 지경이었다. 그러나 이것은 그녀들이 스스로 얼굴을 드러내보이기 전에는 아무리 해도 불가능한 일이었다.

모든 사람들이 가만히 그자리에 서서 입을 꾹 다물고 누가 이 침묵을 먼저 깰까 하고 기다리고 있었다. 먼저 침묵을 깬 것은 '비탄의 노시녀'였으며, 그녀는 이런 말로써 침묵을 깨뜨린 것이다.

"권세 드높은 나리, 더없이 아름다운 부인, 그리고 사려 깊으신 그 밖의 여러분들, 저는 저의 이루 말할 수 없이 깊은 슬픔이 여러분의 이루 말할 수 없이 넓은 가슴 속에 너그럽고 안타까운, 동시에 편안한 휴식의 자리를 발견할 수 있을 것이라고 굳게 믿고 있습니다. 왜냐하면 저의 슬픔은 대리석조차 부드럽게 하고, 다이아몬드까지도 연하게 만들며, 대체로 이 세상에서 가장 단단한 마음의 강철마저 녹이기에 충분한 것이기 때문입니다. 그러나 이것을 여러분의 귀라고 말하기는 죄송합니다만, 들으실 수 있는 자리로 끌어내기 전에, 이 모임에, 이 집회에, 이 동지들 속에 이루 말할 수 없이 순수 무구한 기사 돈 끼호떼 데 라 만차 님과 그분의 종자 중에 이루 말할 수 없는 종자 빤사가 계시는지, 그것부터 가르쳐주실 수 없습니까?"

"빤사는 여기 있습니다요" 하고 다른 사람이 대답하기 전에 산초가 말했다. "그리고, 돈 끼호떼의 이루 말할 수 없는 돈 끼호떼 님도 계시다구요. 그러니 이루 말할 수 없이 비탄에 잠긴 노시녀 가운데에서 이루 말할 수 없는 노시녀님, 이루 말할 수 없이 하고 싶은 말씀을 하십쇼. 저희들은 노시녀님의 이루 말할 수 없는 도움이 되고 싶어 마음의 준비 또한 이루 말할 수 없이 되어 있으니까요."

이때 돈 끼호떼가 일어서서 '비탄의 노시녀'에게 말을 건넸다.

"슬퍼하고 고민하는 분이여, 당신의 비탄이 그 누군가 편력 기사의 그 어떤 용기나 무력으로 고쳐질 수 있다는 얼마간의 희망을 기대할 수 있는 것이라면, 여기 나의 용기와 무력이 있소. 나의 무력도 용기도 취약하고 부족한 것이기는 하나 그대를 도울 수 있도록 전력을 다할 생각이오. 나는 돈 끼호떼 데 라 만차라고 하며, 나의 임무는 모든 궁핍한 사람들을 구조하러 달려가는 일이오. 그러한 까닭이니, 또 사실 그러하오만, 노시녀님, 당신은 친절한 마음을 구하실 필요도 긴 서두를 이것저것 늘어놓으실 필요 없이, 있는 그대로 단도직입적으로 당신의 불행을 말씀하시면 되는 것이오. 당신의 이야기를 들은 사람들이 설혹 그것을 고쳐드릴 수 없다고 하더라도 그 불행에 대한 근심은 함께 할 수 있을 것이기 때문이오."

이 말을 듣자 '비탄의 노시녀'는 돈 끼호떼의 발 아래 몸을 던질 듯한 모습을 보였을 뿐 아니라 실제로 몸을 던지고 상대편의 두 발을 두 팔로 얼싸안으려고 몸부림치면서 소리쳤다.

"오오, 언제나 패함이 없는 기사님! 이 발 아래 저는 몸을 내던집니다. 이 발이야밀로 편력 기사도의 초석이자 기둥입니다. 이 다리에 저는 입맞추고 싶습니다. 이 다리의 움직임에 저의 모든 불행의 구원이 걸려 있고 또한 저는 의지하고 있습니다. 오오, 용감한 편력 기사님이여, 기사님의 거짓 없는 위엄은 아마디스, 에스쁠란디안, 혹은 벨리아니스 등이 세웠다는 가공의 공명 따위를 물리치고 찬란히 빛나고 있기 때문입니다."

이어 그녀는 돈 끼호떼는 그대로 두고 이번에는 산초 빤사를 돌아보더니 두 손을 잡으면서 말했다.

"여보세요, 당신은 현세기는 물론 과거의 세기에 있어서도 일찍이 편력 기사를 섬긴 자 가운데서 가장 성실한 종자며, 그 친절한 마음은 지금 제 옆에 있는 저의 시종 뜨리팔딘의 수염보다 많은 분이에요! 당신이 이 위대한 돈 끼호떼 님을 모시고 있다는 것은, 이 세상에서 무기를 잡은 많은 기사 전체를 요약해서 섬기는 일이니, 얼마든지 자랑으로 여기게 될 거예요. 나는 당신의 오로지 성실하기만 한 친절의 당연한 행위로서, 빨리 당신 주인 어른이 이루 말할 수 없이 천하고 이루 말할 수 없이 불행한 여자를 도와주시도록 훌륭한 중개역을 맡아주시기를 진심으로 부탁드립니다."

이에 대해서 산초가 대답했다.

"내 친절한 마음이 말씀입니다요, 노시녀님, 종자의 수염처럼 길고 굵다는 것은 저는 그다지 신경을 쓰지 않고 있습니다요. 다만 이 세상을 작별할 때 제 영혼에 턱수염에다가 콧수염까지 아울러 났으면 하는 것이 중요한 일이며, 이 세상에서의 수염에 대해서는 조금이 아니라 아예 신경도 쓰지 않습니다요. 하지만, 그런 아첨이나 부탁이 없더라도 저의 주인 나리가 저를 귀여워하시고 더욱이 지금은 어떤 일 때문에 저를 꼭 필요로 하시니까 힘이 미치는 데까지 노시녀님을 도와서 힘이 되어주시도록 주인 나리에게 부탁드리겠습니다요. 그러니 노시녀님께서도 근심 걱정은 자루에서 꺼내어 우리에게 맡기십쇼. 그러면 서로 납득이 가지 않겠습니까요."

공작 부처는 이런 모험을 시도한 당사자였으므로 터져나오는 웃음에 방금 입이 찢어질 지경이었다. 그리고 속으로 뜨리팔디 역을 맡은 사람의 기지와 시치미를 떼는 것에 혀를 내둘렀는데, 그 뜨리팔디가 다시 제자리에 앉아 입을 열었다.

"대뜨라뽀바나 섬과 남해 사이에 있으며 꼬모린 곶에서 2레구아 저쪽에 있는 유명한 깐다야 왕국의 군주는 여왕 도냐 마군시아 님이었는데, 여왕님은 그곳 군주시자 남편이신 아르치삐엘라 왕의 후실로서 이 두 분 사이에는 왕국을 계승할 안또노마시아 공주님이 태어나셨습니다. 안또노마시아 공주님은, 저의 보육과 감독 아래서 자라 성인이 되셨습니다. 제가 모후의 노시녀 중에서도 신분이 가장 높고 가장 나이를 먹었기 때문입니다. 그리하여 날은 가고 다시 와서 철없는 안또노마시아 님도 열네 살의 봄을 맞이하게 되셨고, 조화의 힘은 다시 거기에다 더 보탤 수 없을 만큼 완성된 아름다움을 공주님에다 나타냈습니다. 그러면, 공주님의 지혜가 그저 어리기만 했느냐 하면 그것은 천만의 말씀이었습니다! 총명하시고 더욱이 아름다우시며, 세상에 겨룰 사람이 없을 만큼 아름다운 공주님이셨는데, 시샘 많은 숙명과 무정한 운명의 여신들이 생명의 구슬 끈을 끊지만 않았다면 지금도 여전히 아름답게 계실 것입니다. 하지만 그런 일은 있을 수가 없지요. 왜냐하면 이 땅 위에서 가장 아름다운 포도송이를 채 익기도 전에 따 버리는 그런 악행이 이 지상에서 행하여지는 것은 하늘의 여러 신이 용서치 않으실 것이기 때문입니다. 저의 서투른 입으로는 도저히 정당하게 칭찬할 수 없습니다만, 이 공주님의 아름다움에 국내는 물론 국외의 왕자님들까지 많은 분들이 연모를 하셨는데 그런 분들 가운데 궁정에서 근무하는 한 기사가 자기의 젊음과 미모, 많은 기능과 손재주, 뛰어난 재지, 그 경묘함 같은 것을 믿고 높은 울타리의 이 아름다운 꽃에 두려움도 없이 생각을 품게 되었습니다. 지리하지 않으시다면, 여러분 들어주십시오. 이 젊은이는 기타를 마치 말하듯 칠 수 있었을 뿐 아니라 시도 쓰고 춤에도 능했으며, 게다가 새 초롱을 잘 만들어서 설령 생활이 궁핍하더라도 새 초롱만 만들면 실컷 생활해나갈 수 있을 정도였습니다. 그러한 재능이나 손재주는 어린 소녀는 말할 것도 없고 산도 뒤집어엎는데 충분한 것이지요. 그러나 아무리 이 젊은이가 씩씩하고 말을 잘하고 손재주가 있고 무엇이나 할 수 있는 재능이 있다고 하더라도, 이 뻔뻔스러운 도둑이 먼저 나를 농락하는 방책을 쓰지 않았더라면, 우리 공주님의 성채를 정복하는 데 아무런 소용도 없었을 것입니다. 우선 먼저 이 악당인 냉정한 건달은 내 호의부터 사고는 내 마음을 매수하고 나라는 나쁜 성지기로 하여금 내가 맡은 성채의 열쇠를 자기에게 넘겨주도록 하려 했습니다. 한 마디로 말해서, 어떤 장식품이나 조그마한 보석을 내게 선사했는지는 모릅니다만, 이 젊은이는 내 분별심에 파고들어 내 의사를 제멋대로 조종하고 말았습니다. 그러나 무엇보다도 나를 굴복시키고 나를 전락시킨 것은, 어느 날 밤 그가 살고 있던 골목으로 향한 창문의 쇠창살로부터 그가 노래하는 시를 들은 것이었는데, 내 기억이 틀림없다면 그것은 이런 시였습니다.

그 상냥한 나의 원수로부터
나의 영혼에 상처준 아픔은 태어나고,
아무리 괴로워도 그대의 소원은
아픔을 참고 아무 말 말라는 것이니.

"이 시가 제게는 마치 진주처럼 여겨지고, 젊은이의 목소리는 마치 당밀의 그것처럼 달콤하게 여겨졌습니다만, 그후부터, 아니 바로 그때부터지요. 나는 이런 시나 그 밖에 이와 비슷한 운문 덕분에 내가 빠진 불행을 보더라도, 플라톤이 충고한 것처럼 시인은, 적어도 연애 시인은 반드시 질서가 바로 잡힌 나라에서는 추방해버리지 않으면 안된다고 생각하게 되었습니다. 왜냐하면 아녀자들을 즐겁게 하고 눈물을 흘리게 하는 만뚜아 후작의 시와는 달리 그런 연애 시인들은 마치 부드러운 가시처럼 사람들의 영혼을 꿰찌르고, 또 마치 번개처럼 겉옷은 그대로 두어둔 채

사람의 영혼을 해치는 가혹한 시를 쓰기 때문입니다. 또 어떤 때는 이런
노래도 하더군요.

언제 왔는지도 모르도록
살며시, 죽음이여, 나에게 오라.
그러지 않으면 죽음이 미워
내 가슴에 살고 싶은 희망 싹트리니.

"이와 같은 짤막한 시나 부르는 노래는 들으면 사람의 마음을 황홀하
게 만들고, 쓴 것을 읽으면 사람의 마음을 흐트려 놓습니다. 그러니 그
무렵 간다야에서 유행한, 그 사람들이 '세기디야'라고 부른 일종의 소곡
(小曲)을 비굴하게 시류에 영합해서 만들어내거나 했을 때는 대체 어떠
했을까요? 거기에서 영혼은 춤을 추고, 웃음은 솟아나고, 몸은 잠시도
가만히 있을 수 없는, 그리고 결국 모든 감각이 수은처럼 초조히 침착성
을 잃게 됩니다. 그러기에 여러분들, 이러한 시인들은 마땅히 도마뱀 섬
으로나 추방하지 않으면 안된다고 말씀드리는 것입니다. 하기야 실은 그
분들이 나쁜 것은 아닙니다. 오히려 나쁜 것은 그분들을 칭찬하는 호인
들이나 그분들이 쓴 것을 곧이듣는 어리석은 여자들이지요. 그래서 만일
내가 제대로 된 보통의 노시녀였더라면, 그 젊은이의 진부한 경구에 마
음이 움직이는 일도 없었을 것이고 '나는 죽어가면서 산다'느니, '나는
얼음 위에서 불처럼 타노라' 혹은 '나는 불꽃에 떤다'느니 '나는 희망
없는 희망을 품노라'느니, '나는 나아가고, 또한 남는다'느니, 그 밖에
이런 종류로 그 사람이 쓴 것 속에 가득 차 있는, 도저히 불가능한 시구
를 그대로 진실이라고 믿을 까닭도 없었을 것입니다. 그렇다면, 그런 분
들이 아라비아의 불사조라든지, 아리아드네의 왕관이라든지, 태양신(太
陽神)의 말[馬]이라든지, 남해의 진주라든지, 띠바르의 황금이라든지, 빵
까야의 향유(香油) 같은 것을 약속하는 것은 대체 뭐라고 생각하십니
까? 말하자면, 여기서 그분들은 어쩌다가 붓이 좀 빗나갔을 뿐이며, 무
슨 말을 해도 한 번도 실행할 생각을 한 적이 없고, 또 할 수도 없는 것
을 약속한다는 것은, 그분들로 봐서 이렇게 돈 들지 않고 싸게 먹히는
일은 없지요. 그것은 그렇다치고, 어디로 내가 이 얘기를 끌고 갈 작정
일까요? 아아, 나라는 사람은! 이렇게도 불행하다니! 자기의 과오에

대해서 말씀드려야 할 일이 많은데도 남의 과오만 늘어놓고 있다니, 이
얼마나 미친 짓이며 이 얼마나 얼토당토않은 짓일까요? 다시 한 번 되
풀이합니다만, 아아, 나라는 사람은 얼마나 행운에 버림받은 여자일까
요! 시가 나를 굴복시킨 것은 아닙니다. 나의 어리석음 때문이었지요.
음악이 내 마음을 느슨하게 만든 것은 아닙니다. 그것은 내 경솔함 탓이
었지요. 나의 심한 무지와 부주의가 돈 끌라비호, 이것이 여태까지 말씀
드린 그 기사의 이름입니다만, 그 사람이 나아가는 길을 열어주고 오솔
길의 방해물을 치워준 것입니다.

"이런 까닭으로 내가 중개 역할을 해서 이 젊은이는 한 번뿐 아니라
몇 번이나 참된 남편이라는 명목 아래 젊은이에게라기보다 내게 희롱당
한 안또노마시아 공주님의 방에 들어가게 되었습니다. 그 까닭은 아무리
내가 죄많은 여자라도 공주님의 남편이 아니라면 공주의 신바닥 가죽끈
조차 만지게 하지 못했기 때문입니다. 아니, 아니, 그건 다르지요. 내
재량으로 주선된 이와 같온 일에는 먼저 정식 결혼이 앞서서 이루어져야
했던 것입니다. 그러나 이 두 사람 사이에는 단 한 가지 장애가 있었는
데, 워낙 돈 끌라비호는 일개 기사에 지나지 않았고, 공주 안또노마시아
님은 앞에서 말씀드린 것처럼 왕국의 계승자였으므로, 간단히 말해서 신
분의 불균형이라는 것이 가운데 가로놓여 있었습니다. 그래서 이 정사는
한참 동안 나의 조심스러운 주선으로 극비 속에 감추어지고 있었습니다
만, 드디어 잘은 모르겠으나, 안또노마시아 님의 불러오는 배가 차츰 눈
에 띄게 됨에 따라 언젠가 발각 날 듯이 여겨졌으므로 이것이 무서워서
우리 세 사람은 얼굴을 맞대고 의논한 결과, 이 장난이 백일하에 드러나
기 전에 공주 안또노마시아 님이 그의 처가 되기를 승낙했다는 서면을
증거로 삼아 돈 끌라비호가 부사교(副司敎) 앞에 나가서, 안또노마시아님
을 자기 아내로 삼고 싶다는 뜻을 청원하기로 결정했습니다. 더욱이 그
서면은 내가 지혜를 짜서 설사 삼손의 억센 힘으로도 찢을 수 없을 만큼
강력하게 적었지요. 필요한 수속을 다 밟은 뒤 부사교는 서면을 읽고 나
서 공주님의 참회를 들으셨습니다. 공주님은 사실을 그대로 고백하셨습
니다. 그러자 부사교는 공주님을 궁중의 매우 신뢰할 만한 관리의 집에
맡기고 말았던 것입니다……."

이때 산초가 끼여들었다.

"역시 깐다야에도 궁중에 딸린 관리라든지 시인이라든지, 세기디야 같

은 것이 있군, 그런 것으로 미루어보더라도 세계는 어디나 다 하나라고 생각해도 상관없다고 맹세할 수 있겠군. 그런데 뜨리팔디 님, 좀 서둘러 주세요. 이제 꽤 늦어졌고 저는 그 엄청나게 긴 얘기의 결말이 알고 싶어 못 견디겠으니까요."

"예, 예, 그렇게 하지요" 하고 백작 부인이 대답했다.

제 39 장

여기서는 뜨리팔디 부인이 그 근사하고 기억할 만한 이야기를 계속한다.

산초가 입 밖에 낸 어떤 말도 공작 부인을 무척 기쁘게 한 데 반해서, 돈 끼호떼는 그때마다 매우 조바심을 느꼈다. 그래서 그에게 잠자코 있으라고 명령했으므로 '비탄의 노시녀'는 말을 이었다.

"결국, 몇 번이나 질의 응답을 되풀이한 끝에 공주가 최초의 진술에서 이탈하지도 않고 그것을 변경하지도 않고 끝내 고집을 피우시므로, 부사교도 돈 끌라비호에게 유리한 판정을 내려 공주님을 정당한 처로서 허락을 하게 되었습니다만, 이 일로 공주 안또노마시아 님의 어머님 도냐 마군시아 여왕은 무척 화를 내시고 그 때문에 사흘 후 우리는 여왕님을 매장하지 않으면 안될 지경에 이르렀던 것입니다."

"틀림없이 돌아갔죠? 틀림없이?" 하고 산초가 물었다.

"그야 물론이지!" 하고 뜨리팔딘이 대답했다. "깐다야 나라에서는 죽은 사람이 아니면 인간을 산 채로 묻지는 않거든."

"여태까지 그런 예가 없는 건 아닙니다요, 종자님" 하고 산초가 대꾸했다. "죽은 줄 알고 기절한 인간을 묻어버린 일이 말씀입죠. 그래서 저는 마군시아 여왕님이 돌아가신 게 아니고 기절하신 게 틀림없다는 생각이 들어서요. 살아만 있다면 무슨 일이 있더라도 어떻게든 처리할 수 있는 것이고, 공주님의 실수 따윈 여왕님이 그토록 속을 썩여야 할 만큼 그리 대단한 일도 아니었으니까요. 그 공주님이 말씀입죠, 제가 사람들한테서 들은 바로는 무척 많은 공주님들이 하신 것처럼, 이를테면 시중드는 시종이라든지 궁중의 하인배들하고 일이 생겼다면 그런 과실은 손을 댈 수도 없겠지만, 지금 여기서 우리가 상세히 들은 것처럼 잘생겼고 무엇이나 잘할수 있는 기사와 결혼했다는 것은, 그야 어리석은 일임에 틀림없지만, 그렇다고 사실 말이지, 남이 생각하는 것만큼 대단한 일도 아니었던 겁니다요. 왜냐하면, 여기 계시는, 더욱이 제가 거짓말을 했다간 잠자코 보아넘기시지 않을 우리 주인 나리의 법도에 따르면, 학문 있는 사람이 사제님이 될 수 있는 것과 마찬가지로, 기사님은 더욱이, 그게 편력하는 기사라면 국왕도 황제도 될 수 있으니까요."

"그대의 말은 지당하구나. 산초." 돈 끼호떼가 말했다. "왜냐하면 일개 편력 기사는 불과 손가락 두 개만큼의 행운만 얻어도 이 세상 최고의 왕자가 될 수 있는 가장 가까운 가능성을 갖기 때문이다. 그런데, '비탄의 노시녀님', 이야기를 계속하시오. 내 짐작건대 여태까지의 감미로운 이야기가 갖는 쓰라린 대목은 지금부터 말씀하실 듯이 보이는군요."

"그렇습니다. 쓰라린 것은 지금부터지요" 하고 백작 부인이 대답했다. "그것과 비교한다면 쓴 오이도 달고 협죽도조차 오히려 맛있다고 여겨질 만큼 쓰라린 것입니다. 그래서 여왕님이 돌아가셨으므로, 기절하신 것이 아니예요, 우린 매장했지요. 그리고 여왕님의 유해에 흙을 덮고 마지막 작별의 인사를 드리고 났을 때, Quis talia fando temperet a lacrymis? (누가 이것을 듣고 눈물을 참을 수 있을까요?), 마군시아 여왕님의 피를 나눈 사촌 오빠, 거인 말람브루노가 여왕님의 무덤 위에 목마를 타고 나타났습니다. 이 사람은 잔인한 성질인 데다가 마법사였으므로, 안또노마시아 님의 부정에 대한 불만을 누르지 못하고 자기와 피를 나눈 사촌누이의 죽음에 대한 보복으로서, 돈 끌라비호의 대담무쌍함을 벌주려고 두 사람에게 누이의 무덤 위에서 마법을 걸어, 공주님은 청동의 암원숭이로, 남자는 뭐라고 하는지는 모르지만 금속으로 된 무시무시한 악어의 모습으로 바꾸어놓고 말았습니다. 그리고 두 사람 사이에 금속의 비석을 세웠습니다. 거기에는 시리아 말로 문자가 새겨져 있었는데 그것을 깐다야 말로 옮겨 지금 다시 이 자리에서 까스띠야 말로 옮겨 지금 다시 이 자리에서 까스띠야 말로 옮겨보면, '이 두 빗나간 연인들은 용감한 만차인이 와서 나와 일전을 나누기 전에는 원모습으로 돌아가지 않으리라. 실로 숙명은 이 전대미문의 모험을 오로지 그의 위대한 용기를 위해 보유해두노라.' 이런 선언이 씌어 있었습니다. 그것이 끝나자 말람브루노는 폭넓고 엄청나게 큰 언월도를 쑥 뽑더니, 한 손으로 내 머리칼을 움켜잡고 당장 목을 쳐서 머리를 싹둑 잘라버릴 기세를 보였습니다. 나는 거의 내 정신이 아니었지요. 소리를 내려 해도 목구멍에 걸려 나오지 않았습니다. 나는 가슴이 찢어질 듯한 슬픔에 잠겼지만 그래도 있는 힘을 다해서 비통하고 떨리는 목소리로 여러 가지로 해명을 하고 호소를 해서 그런 준열한 형의 집행만은 그럭저럭 중지시킬 수가 있었습니다. 결국 말람브루노는 궁정에 있는 모든 노시녀들을 자기 앞에 끌고 오게 하였습니다. 지금 이 자리에 있는 노시녀들이 바로 그들이지요. 그러고는 우리의 죄과를 들추어내면서, 노시녀라는 것의 성질, 그 속 검은 수법과 가장 나쁜 재질 따위를 극구 비난한 끝에, 나 한 사람의 죄였는데도 모든 노시녀들에게 벌을 준다면서, 우리에게 사형만은 면해주지만, 언제까지나 우리들로 하여금 사람들과 사귈 수 없게 되는 벌을 내린다고 선언했습니다. 그이가 이런 말을 마치는 거의 같은 순간에 우리는 한 사람도 남김없이 얼굴의 털구멍이 모두 열려 온 얼굴을 마치 바늘 끝으로 콕콕 찌르는 듯한 아픔을 느꼈습니다. 우리는 곧 얼굴에 손을 가져가서 지금 여러분이 보시는 것처럼 되어버린 것을 알았지요."

그리고 즉각 '비탄의 노시녀'와 그 밖의 노시녀들은 그때까지 얼굴을 가리고 있던 복면을 벗겨 얼굴을 드러냈는데, 어떤 사람은 붉고, 어떤 사람은 검고, 어떤 사람은 희고 어떤 사람은 반백의 수염이 가득 나 있었다. 그것을 보자 공작부처는 오로지 아연해하고 놀라는 표정을 보이고, 돈 끼호떼와 산초는 입을 멍하니 벌렸으며, 그자리에 있던 그 밖의 사람들도 아연실색하는 모습을 보였다. 그러자 뜨리팔디가 말을 이었다.

"그 비열하고 소가지 못된 말람브루노는 우리의 보드랍고 깨끗한 얼굴을 이렇듯 꺼칠꺼칠하고 억센 털로 덮어버리는 수법으로 우리를 벌 준 것입니다. 우리의 얼굴을 덮고 있는 이 털북숭이로 우리의 얼굴빛을 어둡게 하니 차라리 그 엄청나게 큰 언월도로 우리의 머리를 베어 잘라주는 편이 얼마나 좋았는지 모릅니다. 여러분, 우리는 이 일만 생각하면 제가 지금부터 말씀드리고 싶은 것을 두 눈에 샘 같은 눈물을 고이면서 말씀드리고 싶습니다. 그러나 우리의 불행을 생각하고 여태까지 비오듯 실컷 울어 눈물의 바다도 이제는 한 방울도 없이 마치 갈대밭처럼 말라버렸으므로 눈물도 흘리지 못하고 말씀드리고 있습니다만, 제가 말씀드리고 싶은 것은 수염이 난 노시녀가 대체 어디로 갈 수 있을까요? 아버지나 어머니가 그런 여자를 가엾게 여겨주실까요? 누가 그런 여자를 도와주실까요? 이렇게 말씀드리는 것은 얼굴의 살결이 매끄럽고 여러 가지 수천 수백 종류의 화장품이나 크림으로 열심히 얼굴을 닦을 때에도 정답게 사랑해줄 사람을 거의 찾지 못했는데, 가시덤불 같은 얼굴을 드러낸다면 상대편은 과연 어떻게 대할까요? 오오, 노시녀분들, 내 동무 여러분들, 우리는 어쩌면 이렇듯 불행한 별 아래 태어났을까요! 우리의 양친들은 불길한 때에 우리를 낳으신 거예요?"

노시녀는 이렇게 말하고 나더니 금방 까무러칠 듯한 모습을 보였다.

제 40 장

이 모험과 이 기억할 만한 이야기에 관련된 여러 가지 일에 대해서.

이런 이야기나 이와 유사한 이야기를 좋아하는 모든 사람들은 원작자 씨데 아메떼에 대해서, 실록 속의 자질구레한 일을 아무리 미세한 일이라도 하나도 빠뜨리지 않고 똑똑히 드러내놓지 않고는 못 견디는 우리에게 이야기할 때, 작자가 기울인 그 세심한 주의에 진심으로 감사의 뜻을 표하지 않으면 안될 것이다. 그는 사상을 묘사하는, 공상을 나타내는, 암묵의 질문에 대답하는, 의문을 풀어주는, 저마다의 이야기 속에 나오는 사건을 해결해주는, 즉 한 마디로 말해서 파헤치기를 좋아하는 그 어떤 독자가 알고 싶어하는 그 어떤 것이라도 미세한 것에 이르기까지 명시해주는 것이다. 오오, 명성 높은 작자여! 오오, 행운의 돈 끼호떼여! 오오, 훌륭한 둘씨네아여! 오오, 애교 넘치는 산초 빤사여! 그대들 모두가 함께 또 저마다 한 사람씩, 살아 있는 모든 사람들의 기쁨과 아낌없는 위안으로 무한의 세기(世紀)를 살아가시길 빈다.

아무튼, 실록은 말하고 있다. 즉 '비탄에 젖은 노시녀'가 기절한 것을 보자마자 산초가 이렇게 뇌까렸다고. "나는 정직한 사나이의 신앙을 두고라도, 우리 빤사 집안 조상 대대의 생애를 두고 맹세해도 좋지만, 그와 같은 모험은 여태까지 한 번도 들은 적이 없고, 본 적도 없으며, 우리 주인 나리가 얘기해준 적도, 주인 나리의 머릿속에 떠오른 적도 없어. 너를 저주하려고 그러는 건 아니지만 마법사이자 거인이라는 말람부르노, 1000마리의 악마에게 구해달래지그래! 그러고, 이 죄를 지은 여자들에게 수염을 나게 하지 않더라도 달리 벌을 줄 방법이 생각나지 않았을까? 이 여자들에게 수염 따위를 나게 하기보다 좀 낑낑거리는 콧소리로 말을 하지만 그 억센 콧대를 절반쯤 꺾어주는 편이 얼마나 좋았을지 모르지 않나. 그 편이 훨씬 적합하지 않았을까? 난 내기를 해도 좋지만, 수염을 깎아줄 사람에게 지불한 돈도 아마 갖고 있지 않을걸."

"그건 정말 그래요" 하고 열두 노시녀 중의 한 사람이 대답했다. "우린 수염을 깎을 돈도 없어요. 그래서 우리 가운데 몇 사람은 송진으로 만든 고약이라든지, 끈적끈적한 고약을 사용하는 싸구려 방법을 쓰는 사람도 있었어요. 말하자면 그것을 얼굴에 발라 단숨에 탁 뜯어버리면 그 자국이 돌절구의 밑바닥처럼 맨질맨질해지거든요. 게다가 깐다야에는 이집저집을 돌아다니며 군털을 뽑아주고, 눈썹을 다듬어주고, 그 밖에 여자가 사용하는 화장품을 만들어주는 여자들이 있었지만, 우리들은 한 번도 그런 여자를 가까이 하고 싶은 생각을 가진 적이 없어요. 그런 여자들의 대부분이 세상을 속이는 뚜쟁이 냄새가 나기 때문이죠. 만일 돈 끼호떼 님의 힘으로 구원을 받지 못한다면 우리는 수염을 단 채 무덤 속으로 들어가게 될 것이 틀림없습니다."

"그대들의 수염을 제거하지 못한다면" 하고 돈 끼호떼가 말했다. "나는 무어인의 땅으로 가서 내가 손수 내 수염을 뽑아버릴 각오요."

마침 이때 뜨리팔디가 깨어나서 말했다.

"그 약속의 말씀이, 용감한 기사님, 까무러쳐 있는 중에도 제 귀에까지 울려왔으니 제가 실신했다가 되살아나 감각을 되찾은 것도 그 덕분이었어요. 그러니, 뛰어난 편력 기사님, 불굴의 나리, 다시 한 번 부탁드립니다. 기사님의 호의에 찬 약속이 실제의 작용을 할 수 있도록 부탁드립니다."

"내 전력을 다할 각오로 있소" 하고 돈 끼호떼는 대답했다. "그런데 백작 부인, 내가 어떻게 하면 좋겠소? 나의 용기는 그대를 돕고자 충만해 있다오."

"그건 이렇게 하면 됩니다" 하고 '비탄에 젖은 노시녀'가 대답했다. "여기서 깐다야 왕국까지 육로로 간다면 5000레구아에 2레구아가 조금 넘거나 적거나 합니다만, 그러나 공중을 일직선으로 간다면 3227레구아가 됩니다. 또 운좋게 우리를 구해줄 기사가 나타났을 때에는, 말람브루노가 그 기사를 위해서 전세 말보다 훨씬 뛰어나고 훨씬 성질이 온순한 말을 보내주겠다고 약속해주었습니다. 그것은 저 용감한 뻬에르레스가 미인 마갈로나를 납치해서 데려왔을 때 타고 있던 목마와 같은 것으로 이 말은 이마에 붙은 목제 나사로 다루게 되어 있는데, 마치 악마가 날아오는 것처럼 보일 만큼 굉장한 속도로 공중을 날아오지요. 이 말은 옛날부터 전해오는 얘기를 들어보면, 저 현인 메를린이 만들어서 친구 삐에르레스에게 빌려준 것으로, 이 말을 타고 그는 굉장히 먼 여행을 한 끝에 앞에서 말씀드린 것처럼 미인 마갈로나를 빼앗아 뒤에 태우고 아랫세상에서 멍하니 입을 벌린 채 바보처럼 쳐다보고 있는 모든 사람들을 뒤에 남겨놓고 유유히 날아갔던 것입니다. 게다가 메를린은 자기가 좋아하는 사나이에게만, 그보다는 돈을 많이 주는 사람에게만 빌려주었으므로, 대삐에르레스 이후 오늘에 이르기까지 이 말을 탄 자가 있는지 없는지 저희는 모릅니다. 말람브루노는 장기인 마법을 써서 그로부터 이 말을 훔쳐 지금은 자기 수중에 넣고 세계의 여러 곳으로 줄곧 돌아다니는 여행에 사용하고 있어서, 오늘 이곳에 있었는가 하면 내일은 프랑스에 가 있고, 그 다음날은 뽀또시에 가 있다는 식이지요. 이 말의 뛰어난 점은 먹지도 않고 자지도 않으며, 발굽쇠가 닳지도 않고 날개도 없는데 공중을 달릴 수 있는가 하면, 그 위에 타고 있는 사람은 워낙 가볍게 조용히 나아가므로 물이 가득찬 찻잔을 들고도 물 한 방울 흘리지 않고 들고 갈 수 있다는 점입니다. 그래서 미인 마갈로나는 이 말을 타고 가는 것을 여간 좋아하지 않았답니다."

이 말을 듣고 산초가 끼여들었다.

"조용히 가볍게 가는 점에 있어선, 하늘을 나는 건 아니지만 잿빛 당나귀가 있읍죠. 땅 위를 걸어가는 데 있어서는, 온 세계의 탈 것과 겨룰 만합죠."

모두 와 하고 웃음을 터뜨렸으나 '비탄에 젖은 노시녀'는 다시 말을 이었다.

"그 말은——말람브루노가 우리의 불행에 종지부를 찍을 생각이 있다면——밤이 되면 반 시간도 되기 전에 우리 눈앞에 와 있을 것입니다. 우리가 찾던 기사님을 발견했다는 것을 내가 알 수 있도록, 내가 보내오는 신호로 그 말을 보내기로 되어 있는데, 어디에 가 있거나 신속히 쾌적하게 찾아오게 되어 있읍니다."

"그 말에는 몇 사람이나 탈 수 있지요?" 하고 산초가 물었다.

그러자 '비탄에 젖은 노시녀'가 대답했다.

"두 사람이지요. 한 사람은 안장에 타고, 한 사람은 뒤에 걸터앉아서 말이에요. 만일 납치한 처녀가 없을 때에는 대개 기사와 종자가 탄답니다."

"나는 꼭 알고 싶은뎁쇼, '한탄의 마님'" 하고 산초가 말했다. "그 말은 이름이 뭐죠?"

"이름은" 하고 '비탄에 젖은 노시녀'가 대답했다. "페가수스라고 부르는 벨레로폰의 말 같지도, 부케팔루스라고 부르는 알렉산더 대제의 말 같지도, 그 이름이 브리야도로였던 미친 오를란도의 말 같지도, 레이날도스 데 몬딸반의 말이었던 바야르떼 같지도 않고, 루헤로의 말처럼 프론띠노도, 태양 신의 말을 그렇게 부른다는 보오떼스도 삐리또아도, 그리고 고트족 최후의 왕인 불운의 로드리고가 타고 싸움터에 나아가 생명과 왕국을 잃은 오렐리아와도 달라요."

"나는 내길 해도 좋습니다요만" 하고 산초가 말했다. "사람들에게 많이 알려진 그런 유명한 말의 이름을 붙이지 않았기 때문에, 우리 주인 나리의 말 로시난떼라는 이름이 꼭 알맞는 이름이라는 점에 있어선 방금 이름을 부른 그 모든 말보다 훨씬 뛰어나지 않습니까요? 이 이름만큼 적당한 것을 붙일 순 없었을 것입니다."

"그래요" 하고 수염난 백작 부인이 대답했다. "하지만 그래도 그 말에 아주 꼭 맞는 이름이랍니다. 번개 끌라빌레뇨라고 하니까요. 그 이름은 나무로 되어 있다는 것과 이마에 나무 나사가 꽂혀 있다는 것과 경쾌하게 나아간다는 뜻이 매우 잘 합치되어 있어요. 이름에 관한 한 유명한 로시난떼와 얼마든지 대항할 수 있지요."

"그 이름은 싫지 않습니다" 하고 산초가 대꾸했다. "그런데, 어떤 고삐나 재갈 끈으로 부립니까요?"

"아까도 말씀드렸잖아요" 하고 뜨리팔디가 대답했다. "나무 나사로 부린다고 말예요. 타고 있는 기사가 이리저리 돌려서, 혹은 공중으로 혹은 지면에 닿을 듯 말 듯하게, 혹은 중간쯤을, 사람이 구해야 하고 버젓이 이치에 맞는 모든 행동에서 취해야 하는 것은 이것입니다만, 아무튼 자기 마음대로 몰아갈 수 있답니다."

"한시 바삐 보고 싶습니다요" 하고 산초가 대답했다. "하지만, 안장이건 엉덩이 위건 내가 그걸 타야 한다고 생각하니, 마치 느릅나무에서 배를 따려고 하는 것과 마찬가지 기분입니다요. 난 내 잿빛 당나귀의 비단보다 부드러운 짐안장에 앉고도 간신히 타고 다니는데, 방석도 받침도 없는 나무 판자의 엉덩이 위에 타야 하다니, 천만에 말씀입죠! 바보 같은 소리 그만두십쇼. 난 남의 수염을 뽑아주기 위해 내가 쓰라린 꼴을 당하긴 싫습니다요. 저마다 가장 자기에게 알맞도록 수염을 깎아야 합니다요. 전 그런 긴 여행을 주인 나리를 모시고 다니는 게 싫습니다요. 우리 마님 둘씨네아 님의 마법을 푸는 데도 그랬는데 이 양반들 수염을 깎는 데 신경을 쓸 건 없습니다요."

"아녜요. 당신이라야 해요, 의좋은 산초"하고 뜨리팔디가 우겼다. "꼭 그러셔야 해요. 당신이 안 계시면 우리는 아무것도 못한다고 생각하고 있을 정도니까요."

"사람 좀 살려주!"하고 산초가 소리쳤다. "일개 종자가 주인님들의 모험과 무슨 상관 있습니까요? 주인님들은 이룩한 모험의 명예를 혼자 독차지하고 우리 종자들은 고생하기로 아예 정해져 있습니까요? 천만에 말씀입죠! 설사 얘기의 작자가 '기사 아무개는 이러이러하고 저러저러한 모험을 이룩했다. 다만, 그것은 종자 아무개의 조력에 힘입은 것이며 그자가 없었더라면 그것을 해내진 못했을 것이다'하고 써준다면 또 모릅죠. 하지만 무뚝뚝하게스리, '돈 빠랄뽀메논 데 라스 뜨레스 에스뜨레야스는 6마리 괴물을 퇴치하는 모험을 성취했노라.' 어쩌니 하고 쓰고는, 처음부터 끝까지 그자리에 있었던 종자라는 인물은 마치 아예 이 세상에 없었던 것처럼 이름 하나 들지 않는다면 어떻겠습니까요! 그러니 지금 여기서 다시 한 번 되풀이해서 말합니다만요, 우리 주인 나리는 혼자 떠나시면 됩니다요. 그리고 실컷 재미를 보실 일입니다요. 난 여기서 우리 마님 공작 부인님과 함께 남겠습니다요. 그러다가 주인이 돌아오시면 둘씨네아 님에 관한 일이 세 곱이나 다섯 곱 더 잘되어 있다는 걸 알게 되시겠지요, 뭐. 한가히 아무것도 할 일이 없는 여가를 봐서 부스럼 딱지에 털이 안 날 만한 채찍질을 상당히 여러 번 내 몸에 가할 생각이니까요."

"그건 그렇지만, 사람 좋은 산초"하고 공작 부인이 말했다. "만일 필요하다면 주인 어른의 수행을 해야 해요. 그것을 부탁하는 분들이 훌륭한 분이거든. 그리고 당신의 그 쓸데없는 겁 때문에 이분들의 얼굴에 수염이 난 채로 그냥 내버려둘 수는 없잖아요. 그건 확실히 등한시할 수는 없는 일이에요."

"살려줍쇼, 다시 한 번 말씀드리겠습니다요" 하고 산초가 대답했다. "이런 자비가, 갇혀 있는 처녀나 고아원의 여자애 때문이라면 누구나 사나이면 아무리 쓰라린 변을 당하더라도 위험한 모험도 해치우려 할 것입니다요. 하지만 늙은 여자들의 수염을 없애기 위해 고생을 하다니, 싫습니다요! 가장 나이 많은 여자로부터 제일 젊은 여자에 이르기까지, 제일 애교 있는 여자로부터 제일 뻐기는 여자에 이르기까지, 모두 수염을 달고 있는 그대로의 모습을 보는 편이 전 좋습니다요."

"당신은 노시녀들에게는 매우 냉정한 모양이네요, 의좋은 산초" 하고 공작 부인이 말했다. "똘레도의 그 약제사 말을 그대로 곧이듣고 있는 모양이지. 그건 당신의 잘못이에요. 왜냐하면 지금 우리 저택에 있는 노시녀들은 노시녀의 본보기가 될 만한 분들이거든. 현재 여기 있는 나의 도냐 로드리게스를 봐요, 이 사람이 그 무엇보다도 좋은 증거랍니다."

"마님께서 그렇게 말씀하신다면, 그렇다고 해두죠 뭐" 하고 도냐 로드리게스가 말했다. "하느님이 만사 사실을 알고 계세요. 우리 노시녀들이 좋건 나쁘건, 수염이 나 있건 맨질맨질하건, 다른 여자들과 마찬가지로 어머니의 뱃속에서 태어났답니다. 그리고 우리를 세상에 내보내주신 것이 다름 아닌 하느님이시니까, 그것이 무슨 목적을 위해서인가 하는 것은 하느님이 알고 계세요. 우리들은 하느님의 자비에 의지하고 있으니까 남의 수염 따위엔 신경을 쓰지 않아요."

"로드리게스 님" 하고 돈 끼호떼가 말했다. "그리고 뜨리팔디 님을 비롯하여 수행해온 여러분, 나는 하늘이 당신들의 어려움에 부드러운 자비의 시선을 쏟아주실 것을 진심으로 희망하는 바요. 산초는 내가 명령하는 대로 할 것이오만, 내가 한 가지 바라는 것은 일찍 끌라빌레뇨가 달려와서 말람브루노와 얼른 대결하는 일이오. 내 칼이 말람브루노의 머리를 그의 어깨에서 쑥 베어내리는 것만큼 쉽게 그대들의 수염을 깎을 면도칼은 없을 것이라는 것을 나는 잘 알고 있소, 신은 악인들을 마냥 용서하시지는 않소이다."

"오오!" 하고 이때 '비탄에 젖은 노시녀'가 말했다. "용감한 기사님, 제발 온 나라의 별이라는 별이 기사님께 자애에 찬 시선을 던져, 약장수들에게는 미움을 받고, 종자들에게는 뒷공론의 대상이 되며, 시동들에게는 희롱을 당하고, 모욕을 받고 타격을 입은 노시녀 족들의 방패도 기둥도 되실 수 있도록, 기사님의 용기에 더한층의 활력과 용맹심을 불러일

으켜 주시도록 기도하겠어요. 수줍은 나이에 수녀가 되기는커녕 노시녀
가 된 부정한 여자는 지옥에나 떨어져라! 하고 욕설들을 퍼부으니까요.
정말 불행해요, 우리들 노시녀들은! 그야 우리는 트로이의 헥토르에서
나와 남성(男性)에서 남성으로 곧장 전해내려온 혈통을 이어받았는지는
모르지만, 우리가 섬기는 마님네들은 우리를 '너희들'이라고 부르시는
것은 여전하며, 그것으로 여왕님이라도 된 듯한 기분이 드시는 모양이에
요! 오오, 거인 말람브루노, 당신은 마법사기는 하지만 약속만은 지키
겠지! 우리의 이 불행이 끝나도록. 자, 비할 데 없는 끌라빌레뇨를 보
내줘요. 만일 더운 계절이 될 때까지 우리의 수염이 이대로 자란다면,
우리 운명을 생각하면 서글퍼져요!"

뜨리팔디가 이 말을 감격에 찬 어조로 말하자 그자리에 있는 사람들은
모두 자기도 모르게 두 눈에 눈물이 괴고 산초는 동정의 눈물을 흘렸으
며, 만일 그렇게 함으로써 그 훌륭한 얼굴의 수염을 없앨 수만 있다면
이 세상 끝까지라도 주인을 모시고 따라가야지, 하고 마음속으로 몰래
결의를 품는 것이었다.

제 41 장

끌라빌레뇨의 도착과 이 긴 모험의 결말에 대해서.

이러고 있는 동안에 밤이 되었으며, 밤과 더불어 그 유명한 명마 끌라
빌레뇨가 찾아오는 정해진 시각이 되었으나 그 도착이 늦어져 벌써 돈
끼호떼는 초조해지고 있었다. 왜냐하면 말람브루노가 목마를 보내는 것
이 더딘 것은 자기가 이 모험을 행하게끔 정해진 기사가 아니기 때문이
거나 혹은 말람브루노가 자기와의 대결을 주저하고 있기 때문이라고 여
겨졌기 때문이다. 그러나 보라, 그때 아무런 예고도 없이 녹색 덩굴잎을
몸에 두른 네 사람의 만족(蠻族)이 어깨에 커다란 목마를 걸머지고 정원
으로 들어오지 않는가. 목마를 땅 위에 내려놓고 그들 중의 한 사람이
입을 열었다.

"탈 용기가 있는 기사는 이 목마에 오르시오."

"나는" 하고 산초가 말했다. "나는 탈 수 없어요. 워낙 용기도 없거니

와 기사도 아니니까요."

그러자 다시 만족이 말을 이었다.

"만일 종자가 있다면 엉덩이 쪽에 태우는 게 좋소. 그리고 용사 말람브루노가 차고 있는 칼을 제외하고는 다른 어떤 것으로도, 어떠한 다른 악의로도 상처입지 않을 테니 그리 믿으시오. 그리고 목마에 타면 목에 붙어 있는 나무 나사를 돌리시오. 그러면 목마는 당신들을 싣고 하늘을 날아 말람브루노가 기다리는 곳에 데려다줄 것이오, 그러나 먼 하늘 높은 여정에서 현기증을 일으키면 안되므로, 목마가 울음 소리를 낼 때까지 두 눈을 가리고 있지 않으면 안되오. 울음 소리가 그 여행이 끝난 신호가 될 것이오."

이렇게 말하고 그들은 끌라빌레뇨를 남겨놓고 제법 씩씩한 태도로 들어온 곳으로 물러나갔다.

'비탄에 잠긴 노시녀'는 목마를 보자 눈에 눈물마저 글썽거리면서 돈끼호떼에게 말했다.

"용감한 기사님, 말람브루노 님이 약속을 지켰습니다. 드디어 목마가 우리 있는 곳으로 왔습니다. 우리는 모두 길게 자란 수염 하나하나를 두고 기사님께 우리 수염을 깎아주십사고 부탁드릴 뿐입니다. 왜냐하면, 그것은 오로지 기사님이 종자를 거느리고 목마에 타시는 것만으로 성취될 수 있는 일이기 때문이며, 제발 기사님의 새로운 여행이 즐거운 출발을 하실 수 있으시기를 빕니다."

"뜨리팔디 백작 부인님, 나는 진심으로 기꺼이 그렇게 할 작정이오. 방석을 마련하고 박차를 달 시간조차 지체하지 않고 떠나겠소. 그것은 부인, 부인을 비롯해서 모든 노시녀분들의 수염이 없어진 깨끗하고 산뜻한 모습을 보고 싶다는 나의 소원이 그만큼 절실하기 때문이오."

"난 그리고 싶지 않습니다요" 하고 산초가 말했다. "기쁘고 기쁘지 않고가 어디 있습니까요, 절대로 싫습니다요. 제가 목마의 엉덩이에 타지 않고는 이 수염 깎는 일이 완수되지 않는다면, 주인 나리는 함께 데리고 가실 다른 종자를 찾으시는 게 좋고, 이 여자 분들도 달리 얼굴을 반질반질하게 만드는 방법을 찾으면 되지 않습니까요. 전 하늘을 날아가는 것을 좋아할 만큼 악마와 약속을 나눈 마법사가 아닙니다요. 게다가 자기들의 영주가 바람 속을 걸어다닌다는 소리를 듣는다면, 제 성의 백성들은 뭐라고 말하겠습니까요? 그리고 또 있습니다요. 말하자면, 여기서 깐다야까지는 3000 여 레구아나 된다는 데 도중에서 말이 녹초가 되거나 거인이 별안간 화를 내거나 한다면 우리가 돌아오는 데 5,6년은 걸릴지 모릅니다요. 그렇게 되면 우리를 알아줄 만한 섬도 섬 사람도 벌써 오래 전에 없어지고 말 겁니다요. '우물쭈물하면 위험이 따른다'든지, '송아지를 준다거든 밧줄을 들고 달려가라'고 흔히 세상에서 말하니까, 저는 이 여자 분들의 수염에 정말 용서를 빌겠습니다요. '로마에 있기 때문에 성 베드로 사원은 무사하다'고 하니까요. 다시 말해서, 제가 하고 싶은 말은, 이 집에 있는 편이 훨씬 고맙다는 것입니다요. 여기 같으면 후한 대접을 받고, 저를 영주로 삼아주겠다고 하신 만큼 이댁 주인한테서는 고마운 운을 바랄 수가 있으니까요."

이에 대해 공작이 말했다.

"여봐라. 산초. 내가 그대에게 약속한 섬은 쉽게 움직이는 것도 달아나는 것도 아니야. 땅속 깊숙이 뿌리를 박고 있으니 현재 있는 장소에서 아무리 잡아당겨도 뽑히거나 움직이거나 하지 못해. 이런 중대한 직위는 어떤 종류건, 많거나 적거나 어떤 뇌물로써 얻지 못하는 것이 하나도 없다는 것을 내가 잘 알고 있음을 그대도 알겠지. 그래서 이 영주직에 대한 뇌물로써 내가 받고 싶은 것은, 그대가 주인 양반 돈 끼호떼 님을 수행해서 이 기억할 만한 모험을 완수하고 결말을 지어주는 거야. 그래서 그대가 끌라빌레뇨를 타고 그 말의 속도가 약속해주는 눈깜박할 사이에 돌아오거나, 아니면 악운을 만나 순례자처럼 역참에서 역참으로, 여인숙에서 여인숙으로 돌아서 걸어오건 간에 그대가 다스리게 될 섬을 볼 수가 있을 것이고, 그대의 영민(領民)도 그들이 언제나 품고 있는 것과 조금도 변함없이 그대를 영주로서 맞이하려는 기분을 그대로 간직하고 있다는 것도 알게 될 것이고, 더욱이 이것이 또한 나의 뜻이기도 하단 말이야, 이 진실에는 의심을 품지 않는 게 좋을 거야, 산초. 그거야말로 내가 품고 있는, 그대를 돕고 싶어하는 생각에 대한 분명한 모욕이랄 수 있는 게야."

"그만하면 족합니다요, 나리" 하고 산초가 말했다. "저는 보잘것없는 종자니까, 그런 정중한 예의는 도저히 받을 수가 없습니다요. 주인 나리께도 목마에 태워주십사고 부탁드리겠습니다요. 제 두 눈을 가려주십쇼. 그리고 하느님께 제 일을 부탁해주십쇼. 그러고 우리가 하늘 높이 날아갈 때는 우리의 주 그리스도에게 부탁을 드릴 것인지, 아니면 제 일을 걱정해주시는 천사분들에게 부탁해야 하는 것인지 가르쳐주십쇼."

이에 대해 뜨리팔디가 대답했다.

"산초, 당신은 하느님께 부탁드려도 상관없고, 그 밖에 누구든 좋아하는 분에게 부탁해도 상관없어요. 왜냐하면, 말람브루노는 마법사지만 그리스도 교도고, 게다가 누구 하나 해를 입히지 않고 매우 교묘하게 아주 신중히 마법을 행하거든요."

"저런, 그런 거라면" 하고 산초가 말했다. "하느님께서도, 가에따의 라 산띠시마 뜨리니다 사원의 신께서도 저를 도와주십쇼."

"그 기억할 만한 직물 표백의 모험 이후" 하고 돈 끼호떼가 말했다. "나는 지금처럼 공포에 사로잡히는 산초를 본 적이 없소. 그러니 내가 다른 사람처럼 미신을 믿는다면 저녀석이 무서워하는 모양은 얼마간 나의 용기에도 영향을 미쳤을 것이오. 그러나, 산초, 이리 오라. 여기 계시는 분들의 허락을 얻어 나는 너에게 우리 두 사람만이 있는 자리에서 두어 마디 할 말이 있다."

그리고 산초를 정원의 나무 사이로 데리고 가 그의 두 손을 잡으면서 말했다.

"여봐라, 형제 산초여, 우리를 기다리고 있는 이번 장도의 여행은 네가 보는 대로다. 게다가 대체 언제 우리가 그 여행에서 돌아올 수 있으냐 하는 것도 이번 일이 우리에게 허용하는 여가나 편의도 하느님만이 아실 일이지 우리는 아무것도 모른단 말이다. 그러니 너는 무언가 도중에서 필요한 것을 찾으러 가는 체하고 네 방에 들어가서 네가 맡은 3300번의 채찍질 중에서 그 일부로 네가 좋다고 생각하는 숫자만큼, 하다못해 500번 정도라도 좋으니 잠깐 사이에 스스로 채찍질을 좀 해주었으면 한다. 무슨 일을 시작한다는 것은 절반 성취한 거나 마찬가지니까."

"무슨 말씀을 하십니까?" 하고 산초가 대꾸했다. "나리는 암만해도 머리의 골이 좀 모자라시는 모양입니다요. '내가 애를 밴 것을 보고도 내가 처녀이기를 바라요?'라는 속담과 마찬가지가 아닙니까요. 제가 겨우 노출된 판대기에 앉아 떠나갈 생각을 하고 있는 이 마당에 나리께선 이번에 또 제 엉덩이를 상처입히라고 말씀하십니까? 정말이지, 나리의 말씀은 억지십니다요. 이번에는 그 노시녀들의 수염이나 깎도록 하십시다요. 돌아오면 나리가 만족하실 만큼 재빨리 제 의무를 다하겠다는 것을 제 나름대로 나리께 약속할 테니까 말씀입니다요. 더 이상 아무 말씀도 하지 말아주시기 바랍니다요.”

그러자 돈 끼호떼가 받았다.

“그렇다면, 마음 올바른 산초여, 그 약속으로 만족하기로 하자. 나는 반드시 그대가 그것을 실행하리라 믿는다. 그대는 바보이기는 하나 녹록 잖은 사나이니까.”

“저는 녹색이 아닙니다요. 거무죽죽한 편입죠.” 산초가 대답했다. “잡 동사니 빛깔이지만, 약속은 지킵니다요.”

그래서 그들은 끌라빌레뇨를 타려고 본래의 장소로 돌아갔다. 그리고 막 타려고 할 때 돈 끼호떼가 말했다.

“눈을 가려라, 산초, 그리고 말에 올라타라, 산초. 그토록 먼 땅에서 우리를 위해 이것을 보내준 사나이가 아니냐. 우리를 속일 생각은 없을 게다. 자기를 믿는 자를 속임으로써 얻는 명예라는 건 없다. 뿐만 아니 라 모든 것이 내가 생각하는 것과 거의 정반대였다고 하더라도, 이 장거 (壯擧)를 기도했다는 영예를 어떠한 악의도 흐리게 하지는 못할 게다.”

“그렇다면 가시기로 하십시다요” 하고 산초가 말했다. “이 여자 분들 의 수염과 눈물이 제 마음에 꽂혀서 빠지지 않으니, 먹으나마나한 빵 한 입이라도 이 여자 분들의 반질반질한 본래 얼굴을 볼 때까지는 전 먹지 않을 각오입니다요. 나리도 타십쇼, 그리고 먼저 눈을 가리십쇼. 저는 엉덩이에 타고 가게 되어 있으니, 안장에 타는 쪽이 먼저 타야 하는 것 은 지극히 당연한 일입니다요.”

“그건 사실이다” 하고 돈 끼호떼가 대답했다.

그래서 호주머니에서 손수건을 꺼내어 ‘비탄에 잠긴 노시녀’에게 두 눈을 꼭 가려달라고 부탁했다. 그리하여 일단 눈이 가려졌는데 다시 그 것을 벗기고 말했다.

“만일 내 기억이 틀림없다면, 나는 베르길리우스의 작품 속에서 트로 이의 팔라디움(트로이 사람들이 수호신으로서 숭앙한 미네르바 또는 팔라스의 상. 오딧세우스와 디오메데스가 지하도를 파서 훔쳐내고는 그 대신 거대한 목마를 만들어 그 속에 병 사를 잔뜩 넣고 그걸 팔라디움에게 바치겠다고 속여 트로이의 도시 프리아모스를 함락시켰다)에 관한 것을 읽은 적이 있는데, 그건 그리스인들이 여신 팔라스에게 바친 목마(木馬)로서 그 뱃속에 무장한 많은 기사를 잉태하고 있었는데 이것이 나중에 트로이가 전멸하는 원인 이 되었소. 그러니 이 끌라빌레뇨도 뱃속에 무엇을 넣고 왔는가 먼저 점 검해보는 것이 좋겠소.”

“그럴 필요는 없어요” 하고 ‘비탄의 노시녀’가 말했다. “저는 이 목마를 신뢰하고 있고, 또 말람브루노가 짓궂고 못된 점이나 배신자의 기색이 조금도 없는 사나이라는 것을 잘 알고 있습니다. 돈 끼호떼 님은 아무 염려 마시고 타셔도 됩니다. 만일 무슨 일이 일어난다면 화를 입는 것은 저일 테니까요."

자기의 안전에 대해서 무언가 대답을 한다는 것은 자기의 용기를 해치는 것이 되는 것처럼 돈 끼호떼는 여겨졌다. 그런 까닭으로 더 이상 논쟁을 하지 않고 끌라빌레뇨에 올라앉아 나무 나사를 시험해보았는데, 그것은 쉽게 빙빙 돌았다. 등자가 없기 때문에 두 다리가 그냥 늘어뜨려져서 마치 로마의 승전 때를 그리거나 수놓은 플랑드르의 양탄자에 있는 인물로밖에 보이지 않았다. 내키지 않는 마음으로 천천히 산초도 다가와서 목마에 올라앉아 목마의 엉덩이에 되도록 편하게 자리를 잡았으나 도무지 부드러운 맛이라고는 약에 쓰고 싶어도 없었으므로, 공작을 돌아보고, 만일 할 수 있다면 무언가 깔개나 방석 같은 것을, 공작 부인의 방에 있는 것이거나 어느 시동의 침상에 있는 것이라도 빌려달라고 부탁했다. 왜냐하면 이 목마의 엉덩이는 나무로 되어 있다기보다 대리석으로 되어 있는 것처럼 느껴졌기 때문이다. 이에 대해 뜨리팔디는, 끌라빌레뇨가 자기 몸에 어떤 종류, 어떤 양식의 장식도 결코 허용하지 않을 것이라고 말했다. 그러니 할 수 있는 것은 여자처럼 옆으로 앉는 것이다. 그러면 그다지 단단한 것도 느끼지 않을 것이라고 덧붙였다. 그래서 산초는 그대로 하고, "그럼, 안녕히 계십시오" 하고 말하고는 두 눈을 가려주는 대로 가만히 있다가 가린 것을 다시 벗기고는 정원에 있는 모든 사람들을 상냥하게 눈물 어린 눈으로 돌아보고, 주의 기도와 성모경을 몇 번이나 되풀이하면서 이런 궁지에 빠진 자기를 도와달라고 말했다. 그러면 그들이 자기와 같은 위험에 직면했을 때에는 그들을 위해 마찬가지로 기도를 해줄 만한 사람을 하늘이 보내줄 것이 틀림없다고 그는 말하는 것이었다. 이에 대해 돈 끼호떼가 받았다.

"이 좀도둑 같으니라구! 그런 호들갑스러운 기도를 올리다니, 너는 교수대에라도 올라와 있는 줄 아느냐, 아니면 생명이 꺼져가는 임종이라도 다가왔단 말이냐? 무정한 겁쟁이 같으니라구, 너는 아름다운 마갈로나 공주가 걸터앉았던 바로 그자리에 앉아 있지 않느냐? 더욱이, 그 이야기가 거짓이 아니라면, 그분은 그자리에서 무덤으로 가려고 내린 것이 아니라 거기서 내려 프랑스의 여왕이 되셨단 말이다. 게다가 나도 이렇게 네 앞에 앉아 있는데, 지금 내가 걸터앉은 이 자리에 일찍이 걸터앉았던 용사 뻬에르레스와 내가 어깨를 겨룰 만하지 못하단 말이냐? 자, 눈을 가려라, 눈을 가려. 이 겁쟁이 짐승 같으니라구. 그 겁을 적어도 내 면전에서는 입 밖에 내지 말도록 하라."

"제 눈을 가려주십시오" 하고 산초가 대꾸했다. "그리고 제가 하느님께 부탁하는 것도, 부탁하도록 부탁하는 것도 안된다고 하시는데, 우리 주변에 우리를 뻬랄비요의 형장으로 끌고 가려고 악마의 일단이 우글거리고 있지 않을까 하고 걱정하는 게 뭐가 그리 이상하다고 그러십니까요?"

이렇게 하여 그들은 눈을 가렸는데, 돈 끼호떼는 제대로 차지할 위치를 차지했다고 느끼고 나무 나사를 손으로 만져보았다. 그가 나무 나사에 손가락을 갖다대는 순간, 노시녀들을 비롯하여 그자리에 있던 모든 사람들이 큰 소리로 외쳤다.

"잘 다녀오세요, 용감한 기사님!"

"하느님이 보호해주시기를, 대담한 종자님!"

"벌써 두 분은 화살보다 빨리 공기를 헤치면서 하늘 높이 날아가고 계시네요!"

"벌써 두 분은 땅에 서서 쳐다보고 있는 사람들을 깜짝 놀라게 하고 있습니다."

"씩씩한 산초 양반, 조심하세요. 흔들흔들 흔들거리고 있네요! 떨어지지 않도록 조심하세요. 당신이 떨어지면 아버지의 태양 마차를 움직이려고 한 그 당돌한 젊은이(제우스가 뇌전(雷電)으로 죽인 파에톤)보다 더 혼이 나요!"

산초는 이런 소리를 듣고 주인에게 꼭 매달려 두 팔을 주인 몸에 감으면서 말했다.

"저 사람들은 우리가 높은 곳을 날고 있다고 그러는데, 목소리가 예까지 들려오니, 아니 바로 우리 옆에서 지껄이고 있는 것처럼 여겨지니 이건 대체 어찌된 일일까요."

"그런 것은 개의치 말아라, 산초. 이런 일이나 공중을 날아간다는 것은 모두가 상도에서 벗어난 일이니라. 네가 바라는 것을 1000레구아나 먼 곳에서 볼 수도 있고 들을 수도 있으니 말이다. 아니 그렇게 믿지 말아라. 그래서는 네가 떨어지게 생겼다. 네가 무엇을 겁내고 왜 당황해하고 있는지 나는 도무지 알 수 없구나. 감히 맹세한다만, 여태까지 온 생애를 통해서 이토록 동요 없는 걸음걸이의 말은 일찍이 타본 적이 없다. 마치 한자리에서 조금도 움직이지 않는 것처럼 여겨지니 말이다. 알겠느냐, 나의 친구여, 그 공포심을 뿌리쳐라. 사물이란 모두 되게끔 되어 있는 대로 될 뿐이고, 바람은 순풍이라 우리를 날라주고 있으니 말이다."

"그건 말씀대롭니다요" 하고 산초가 대답했다. "그쪽에서 마치 1000개의 풀무로 불어대듯 엄청난 바람이 저한테 불어오고 있습니다요."

산초의 말대로였다. 실제로 몇 개의 커다란 풀무가 두 사람에게 바람을 불어대고 있었고, 이 모험을 완전한 것으로 하는 데 필요한 조건은 무엇하나 빠지는 것이 없도록 이 모험은 공작 부처와 집사에 의해서 면밀히 계획되어 있었던 것이다.

그래서 바람이 불어닥치는 것을 느끼자 돈 끼호떼가 말했다.

"산초여, 이미 우리는 우박이나 눈을 잉태한 하늘의 제 2 층에 도달한 것이 틀림없다. 번개나 천둥은 제 3 층에서 잉태된다. 그러니 이런 식으로 우리가 상승해간다면 얼마 안 가서 불의 층에 돌입할 모양이다. 그런데 우리를 불태워버릴 경계에까지 올라가지 않게 하기 위해서는 이 나무나사를 어떻게 조절해야 좋은 것인지, 도무지 짐작이 가지 않는구나."

이때 끝에 불이 잘 붙고 금방 꺼지는 가벼운 대마 부스러기를 매달아 불을 붙인 장대가 멀리서 그들의 얼굴을 뜨끈하게 했다. 그러자 열기를 느낀 산초가 말했다.

"우리가 벌써 그 불의 경계에 와 있지 않다면, 아니 그 가까이에 와 있지 않다면, 제 목을 드려도 상관없습니다요. 제 수염이 거의 다 그을려버렸습니다요. 그러니, 나리, 전 이 눈가리개를 벗고 우리가 어떤 데 있나 볼까 합니다요."

"그런 짓은 안하는 게 좋을 게다" 하고 돈 끼호떼가 대답했다. "그리고 학사 또르랄바(한 개의 막대기를 타고 하늘을 날 았다는 에우헤니오 또르랄바 박사)의 사실 있었던 이야기를 기억해두어라. 듣건대 그 사나이는 한 개의 막대기를 타고 두 눈을 감은 채 공중으로 악마에게 끌려 날아갔는데, 그렇게 하여 12시간만에 로마에 도착하여, 그 도시의 거리 중의 하나인 또르레 데 노나에 내렸다지 않느냐. 그러고는 부르봉(샤를르 부르봉 공 좌. 1490~1527)의 패전과 습격과 전사의 경위를 모두 직접 보고, 다음날에는 벌써 마드리드로 돌아와 거기서 자기가 목격한 것을 보고했던 것이다. 이 또르랄바 학사는 이런 말을 하고 있다. 그가 공중을 비행하고 있을 때, 악마가 눈을 뜨라고 해서 눈을 떠보니 손

을 뻗으면 잡을 듯하게 달의 구체(球體)처럼 보이는 것이 바로 가까이에
있었는데, 정신을 잃어서는 안되므로 지구를 볼 기분이 나지 않았다고.
그러니, 산초여, 우리의 눈가리개를 벗을 필요는 없다. 왜냐하면 우리를
운반해갈 책임을 맡은 자가 우리의 모든 책임을 질 것이 틀림없으니 말
이다. 그래서 마치 매라든지 큰 매가 제아무리 높이 날아 올라 있더라
도, 백로를 잡으려고 단숨에 날아 내려오듯이, 우리도 빙글빙글 돌면서
위로 위로 올라가다가 깐다야 왕국 위에 단숨에 낙하할 작정인 모양이
다. 게다가 그 정원을 출발해서 반 시간도 안된 것처럼 느껴지지만, 아
마도 큰 여행을 한 것이 틀림없다.”

“글쎄요, 저는 잘 모르겠습니다요” 하고 산초 빤사가 대답했다. “다만
제가 말씀드릴 수 있는 것은 마가야네스 공주인지 마갈로나 공주인지가
이 목마의 엉덩이로 만족했다고 한다면, 그 엉덩이 살은 그다지 보드랍
지 않았을 것이 틀림없다는 것입니다요.”

공작 부처를 비롯해서 정원에 있던 모든 사람들은 이 두 용사의 대화
를 들으면서 대단한 기쁨을 느꼈다. 그리고 이제 슬슬 이 색다르고 교묘
히 계획된 모험의 막을 내릴 생각으로, 사람들은 끌라빌레뇨의 꼬리에
마 부스러기로 불을 붙였다. 그러자 목마의 뱃속에다 가득 채워놓은 불
꽃놀이하는 폭죽이 터지는 무시무시한 소리와 함께 순식간에 공중에 휘
날려 돈 끼호떼와 산초 빤사는 절반 그을은 채 땅바닥에 내동댕이쳐졌
다. 이때는 벌써 노시녀들의 수염 부대는 뜨리팔디와 함께 정원에서 모
습을 감추고 없었으며, 정원에 있던 그 밖의 사람들은 마치 기절한 것처
럼 땅바닥에 쓰러져 있었다. 돈 끼호떼와 산초는 처참한 모습으로 일어
나 사방을 두리번거리다가 그들이 출발한 바로 그 정원에 자기들이 있
고, 더욱이 엄청나게 많은 사람들이 땅바닥에 뻗어 있는 것을 보고 그저
멍청하니 입을 벌렸다. 게다가 정원 한쪽에는 커다란 창이 땅에 꽂혀 있
고, 그 창에는 두 가닥의 녹색 비단끈으로 한 장의 맨질맨질한 흰 양피
지가 매달려 있는데, 거기에 큼직한 금문자로 다음과 같이 씌어 있는 것
을 보았을 때의 그들의 놀라움은 더한층 심했다.

세상에 그 이름 떨친 기사 돈 끼호떼 데 라 만차는 뜨리팔디 백작 부인, 별
명 ‘비탄의 노시녀’의 모험을 그대로 시도하여 종결하고 완수했노라. 말람브
루노는 진심으로 만족하여 이의 없음을 인정하고 노시녀들의 턱은 이제 수염

을 잃고 부드러우며, 돈 끌라빌호 왕과 안또노마시아 여왕도 원래의 모습으로 복귀되었노라. 그리하여 종자 스스로가 하는 채찍질이 완료되는 날 흰 비둘기는 타기(唾棄)할 독수리의 박해를 벗어나 그리운 수비둘기의 손에 안기리라. 이상은 마법가 중의 대마법가 현인 메를린이 명령하는 것이니라.

돈 끼호떼는 양피지의 문자를 다 읽고 나서 그것이 둘씨네아 공주의 마법 해탈에 관해서 말하고 있는 것임을 분명히 깨달았다. 그래서 이토록 작은 위험을 겪은 끝에 이때는 모습을 보이지 않았으나 존경할 만한 노시녀들의 얼굴을 이제 본래의 모습으로 환원시키는 대성과를 거둔 것을 하늘에 몇 번이나 감사를 드린 다음 아직 제정신을 차리지 못하고 있던 공작 부처 앞으로 가서 공작의 손을 잡으며 말했다.

"자, 자, 각하, 힘을 내시오, 기운을 내시오, 아무것도 아니오! 저 표시에 적혀 있는 문구가 뚜렷이 나타내고 있듯이 제 3 자에게는 아무런 위해도 가하지 않고 모험은 이미 끝났소."

공작은 조금씩 마치 깊은 잠에서 깨어나는 사람처럼 정신을 차렸다. 공작 부인과 정원에 쓰러져 있던 모든 사람들도 공작과 마찬가지 거동을 했는데 교묘히 시치미를 떼면서 실제로 그런 일이 일어난 것처럼 보이게 하려고 이상한 듯한 놀라운 표정을 보였다. 공작은 눈을 반쯤 감은 채 양피지의 문자를 읽고 나더니 두 팔을 벌려 돈 끼호떼 앞으로 가서 그를 껴안고, 귀공은 어느 세기에도 일찍이 본 적 없는 가장 훌륭한 기사라고 찬양했다.

한편 산초는 수염이 없어져서 어떤 얼굴을 하고 있을까, 제법 날씬한 몸매에서 짐작했듯이 수염이 없어지고 아름다운 여자가 되었는지 어떤지 보려고 '비탄의 노시녀'를 찾아 돌아다녔다. 사람들의 말을 들으면, 끌라빌레뇨가 공중에서 타면서 땅에 떨어지는 순간 뜨리팔디와 함께 모든 노시녀들의 일행은 사라져버렸는데, 그때 이미 수염 같은 것은 얼굴에 없었다는 것이었다. 공작 부인은 산초를 향해, 그 긴 여행 동안 어떻더냐고 물었다. 이에 대해 산초는 대답했다.

"저는 말씀입니다요. 마님, 주인 나리 말씀대로 불의 층을 날아간 듯한 기분이 들었습니다요. 그래서 조그만 눈가리개를 벗고 싶은 생각이 들었습죠. 그래서 제가 눈가리개를 벗도록 허락을 해주십사고 주인 나리께 부탁드렸지만 허락해주시지 않았습니다요. 하지만 저는, 뭐라고 말할까 남보다 좀 호기심이 강한 편이라서, 사람들이 훼방을 놓거나 안된다고 할 때는 더 알고 싶어하는 버릇이 있어서, 살며시 몰래 눈을 가린 천을 코 있는 데서 살짝 들어 지구 쪽을 보았습니다요. 제 눈에 지구 전체가 후추알보다 커 보이지는 않았고, 그 위를 걷고 있는 사람들도 개암 열매보다 더 크지 않게 보였습니다요. 그런 것으로 짐작하더라도 얼마나 그때 우리가 높은 곳을 날고 있었는가 아실 수 있을 것입니다요."

이에 대해 공작 부인이 말했다.

"이봐요, 우리의 벗 산초, 당신 자신의 말에 조심을 해요. 암만해도 당신은 지구 쪽은 보지 않고 그 위를 걷고 있는 사람만을 보았나보지. 만일 지구가 후추알처럼 보이고 인간이 개암 열매처럼 보였다면, 인간 한 사람으로 지구 전체가 고스란히 감추어지고 말잖아요."

"그야 그렇습죠" 하고 산초가 대답했다. "하지만 그렇게 말씀하셔도, 한쪽 끝에서 지구를 보았는데 완전히 다 보이던뎁쇼."

"내 말 들어봐요. 산초." 공작 부인이 말했다. "한쪽 끝에서는 당신이 잘 보았다는 것이 전부 잘 보이지 않는 법이야."

"전 그렇게는 볼 줄 모릅니다요" 하고 산초가 대답했다. "워낙 우리는 마법으로 날고 있었으니까, 마법으로라면 지구를 구석구석이 볼 수도, 어디서 보거나 모든 인간을 볼 수도 있다는 걸 마님께서 알아주시는 것이 제일이라고 저는 알고 있습니다요. 이 일로 저를 못 믿으신다면 제가 눈썹 근처에서 눈가리개를 벗겨 우리가 하늘의 무척 가까운 곳에 가 있고 저와 하늘과의 사이가 1빨모 반 정도밖에 안됐다는 것도 마님은 역시 믿어주시지 않으시겠죠. 하지만, 저의 마님, 저는 무엇을 두고라도 맹세할 수 있습니다요. 그건 엄청나게 큽니다요. 그러다가 7마리의 산양 새끼(묘성(昴星)의 일곱 별)가 있는 데를 지나가게 되었는데, 하느님과 제 영혼을 두고 맹세합니다요만, 전 어릴 때 우리 마을에서 산양치기를 해서 그런지 산양 새끼들의 모습을 보는 순간 저는 잠시 그녀석들과 놀고 싶은 기분이 불현듯 일어나지 않겠습니까! …… 이 기분대로 하지 않으면 금방이라도 파열해버릴 듯한 느낌이었습니다요. 그래서 제가 가까이 가서 어떻게 했다고 생각하십니까? 아무에게도 말하지 않고, 저의 주인 나리에게도 말하지 않고 살며시 발자국을 죽여 끌라빌레뇨에서 내려 산양 새끼들과 놀았는데, 그녀석들은 마치 계란풀이나 무슨 그런 꽃 같았습니다요. 거의 45분 동안이나 그렇게 하고 있었는데, 끌라빌레뇨도 같은 자리에서 움직이지 않고 앞으로 나아가지도 않습디다요.”

“그런데 선량한 산초가 산양과 놀고 있는 동안에” 하고 공작이 물었다. “돈 끼호떼 님은 무엇을 하면서 심심풀이를 하고 계셨던가?”

이에 대해서 돈 끼호떼가 대답했다.

“무릇 이런 일이나 이러한 사건은 자기의 상도를 이탈하는 법이므로, 산초가 한 그런 말을 지껄이더라도 별로 이상할 것은 없소. 그러나 나에 관한 한, 위로도 아래로도 눈가리개를 벗지도 않았거니와, 하늘도, 지구도, 바다도, 모래사장도 일절 보지 않았소. 내가 바람의 층을 지나 다시 불의 층에 닿았다는 것은 확실한 사실이 틀림없소만, 그보다 다시 앞으로 나아갔다는 것은 나도 믿지 못하고 있는 바요. 왜냐하면 불의 층은 달의 하늘과 공기의 마지막 층과의 사이에 있으므로, 산초가 말한 일곱 마리의 양새끼가 있는 천계(天界)에는 우리 몸이 타지 않고는 도저히 도달할 수 없기 때문이오. 그래서 산초가 거짓말을 하건 꿈을 꾸건 그다지 개의할 일이 아닌 것이오.”

“저는 거짓말을 하는 것도 꿈을 꾸고 있는 것도 아닙니다요” 하고 산초가 대답했다. “그렇지 않다 하신다면, 그 산양의 특징을 저한테 물어보십쇼. 그러면 제가 사실을 말하고 있는가 아닌가 아시게 될 게 아닙니까요.”

“그렇다면 그 특징을 말해봐요” 하고 공작 부인이 말했다.

“그건 말씀입죠” 하고 산초가 대답했다. “두 마리는 녹색이고, 두 마리는 살색이고, 두 마리는 청색이고, 한 마리는 얼룩입디다요.”

“그건 매우 색다른 산양이군” 하고 공작이 말했다. “즉, 내가 말하고 싶은 것은 이 지상의 우리 지역에서는 그런 털빛의 산양은 그다지 유행하지 않지.”

“그야 뻔한 일입죠” 하고 산초가 말했다. “그렇구말굽쇼. 하늘 위의 산양과 아랫세상의 산양이 다른 것은 당연합죠.”

“그렇다면 가르쳐주게나, 산초” 하고 공작이 물었다. “그 산양 가운데서 수산양도 보았는가?”

“아뇨, 나리” 하고 산초가 대답했다. “하지만 한 마리도 달의 뿔 밖으로는 나가지 않는다는 말은 들었읍죠.”

공작 부처는 그 이상 이 여행에 대해서 물어보려 하지 않았다. 왜냐하면, 산초는 이 정원에서 조금도 움직이지 않았으면서도 마치 하늘 위를 구석구석 돌아다닌 것처럼 그곳에서 일어났다는 모든 일을 지껄여댈 것 같았기 때문이었다. 요컨대 이것은 '비탄의 노시녀'의 모험의 종결이며, 이것은 공작 부처에게 이때뿐 아니라 평생에 걸쳐 웃음의 씨를 주었다. 그리고 만일 산초가 오래오래 산다고 하더라도 그로 하여금 이야기하게 한다면 몇백 년이나 걸릴 것이다. 돈 끼호떼는 산초에게 다가가서 그 귀에 대고 소곤거렸다.

"산초, 네가 하늘 위에서 보았다는 것을 사람들이 믿어주었으면 싶거든, 내가 몬떼시노스의 동굴에서 목격했다고 한 말을 너도 믿어주었으면 좋겠다. 하지만 더 이상 너에게는 아무 말도 않으마."

제 42 장

산초가 섬의 영주로서 부임하기 전에 돈 끼호떼기 준 충고와 그 밖에 신중히 고려된 일들에 관해서.

공작 부처는 '비탄의 노시녀'의 모험이 경하스럽고 우스꽝스럽게 결말지어진 데 매우 흐뭇한 기쁨을 느꼈으므로 다시 장난을 추진할 결심을 하고, 어디까지나 사실인 것처럼 여기게 하려면 어떤 적당한 주제를 골라야 할까 하고 이것저것 궁리했다. 그래서 계획이 짜여지자 시종들과 가신들을 불러 산초에게 약속한 섬의 통치에 있어서 그들이 산초에게 지켜야 하는 여러 가지 명령을 내렸는데, 끌라빌레뇨의 비행 날에 이은 다음 날, 공작은 산초에게, 섬의 영주로서 부임하기 위한 준비며 나들이옷의 마련을 해야 하겠다고 말했다. 왜냐하면 이미 섬의 주민들이 오월의 단비를 기다리듯 그가 도착하는 것을 학수고대하고 있기 때문이라는 것이었다. 산초는 공손히 머리를 숙이고 말했다.

"제가 하늘 위에서 내려오고부터, 즉 하늘의 높은 곳에서 지상을 내려다보고 그것이 엄청나게 작다는 것을 알고부터 여태까지 영주가 되고 싶다고 생각했던 욕망이 얼마간 쪼그라들어버렸습니다요. 후추알 정도밖에 안되는 것을 지배한댔자 그게 도대체 얼마나 훌륭한 일이겠습니까요? 기껏 개암 정도밖에 안되는 인간들을, 그것도 제가 보건대 온 세계

에 기껏해야 5, 6명밖에 보이지 않았는데, 그것들을 통치한다는 것이 도
대체 얼마나 위엄 있고 권력 있는 일이겠습니까요? 만일 나리께서 하늘
의 조그마한 부분을 제게 주신다면 설혹 반 레구아도 안되는 장소라도
저는 세계에서 가장 큰 섬을 주시는 것보다 훨씬 고마워하면서 받을 것
입니다요."

"이봐요, 나의 벗 산초. 내게는 설사 오이 크기도 안되더라도 하늘의
일부만은 누구에게도 줄 힘이 없다. 왜냐하면 그러한 사려나 자비는 오
직 하느님께서만이 베풀 수 있는 것이거든. 나는 그대에게 줄 수 있는
것을 줄 뿐이야. 말하자면, 그것은 완전하고 나무랄 데 없는, 그리고 균
형이 잘 잡힌 데다가 극히 기름지고 풍요한 섬인데, 거기서 그대는 조금
만 궁리를 할 수 있다면 지상의 부를 가지고 하늘 위의 부를 손에 넣을
수도 있을 거야."

"좋습니다요" 하고 산초가 대답했다. "그 섬을 받겠습니다요. 그리고
악당들에겐 안됐지만 저는 천당에 갈 만한 영주가 되기 위해서 힘껏 해
보겠습니다요. 하지만, 이건 뭐 가난에서 빠져나오고 싶다든지, 높은 사
람으로 출세하고 싶다든지 하는 욕심에서 하는 게 아닙니다요. 그보다
영주가 된다는 것이 어떤 것인가 좀 맛을 보고 싶은 생각에서 해보려는
것이죠."

"한 번이라도 맛보게나" 하고 공작이 말했다. "사람들을 지배한다든지
누른다든지 하는 것은 참으로 맛있는 것이니까. 그 이상으로 영주직을
탐내게 될걸. 그대의 주인 어른이 황제가 되실 때는, 아니 이것은 그분
의 신변에 일어나고 있는 여러 가지 상황의 진전으로 보아 황제가 되신
다는 것은 의문의 여지가 없지. 그렇게 되면 마음대로 그분을 황제의 지
위에서 끌어내린다는 것도 도저히 불가능한 일이지. 그리고 주인께서 황
제가 되지 못하시고 보내는 세월을 마음속으로 분하게 생각하고 계시는
것도 역시 틀림없는 일일 거야."

"공작님" 하고 산초가 대답했다. "비록 가축 떼라도 그것을 지배한다
는 것은 좋은 일이라고 저는 생각합니다."

"나는 그대와 함께 묻어주었으면 싶을 정도야, 산초. 워낙 그대는 모
르는 게 없거든" 하고 공작이 말했다. "그대의 분별에서 기대할 수 있는
그런 영주가 되어주었으면 하고 나는 크게 기대하고 있지. 그러나 이 얘
기는 이만하고, 내일은 그대가 드디어 섬의 영주로서 부임하지 않으면

안된다는 것을 명심해두게. 오늘 오후에는 그대가 입게 되어 있는 지위에 알맞는 의상이며 출발에 필요한 모든 물건을 여러 가지로 마련해놓을 게야."

"뭣이든지 입혀주시는 것을 입읍죠 뭐" 하고 산초가 말했다. "왜냐하면 어떤 옷을 입고 있든 저는 역시 산초 빤사일 것이니까요."

"그건 그렇지" 하고 공작이 동의했다. "그러나 의복이라는 것은 그 인물이 종사하고 있는 직무라든지 지위에 꼭 맞아야 하는 법이야. 다시 말해서, 법률가가 군인 같은 복장을 하고 있어도 안되고, 군인이 성직자 같은 복장을 하고 있어도 곤란할 것이거든. 산초, 그대는 절반은 문관, 절반 군인 같은 복장을 하고 가는 것이 좋아. 왜냐하면, 내가 그대에게 주는 섬에서는 무기도 문자에 못지않고, 문자 또한 무기에 못지않게 모두 똑같이 필요하단 말이야."

"문자는" 하고 산초가 대답했다. "거의 몸에 지닌 게 없습니다요. 왜냐하면 아·베·쎄도 모르니까요. 히지만, 훌륭한 영주가 되려면 끄리스뚜스(옛날 스페인의 학교에서 사용한 아, 베, 쎄, 연습장 앞에 그려놓은 십자표(十字標))를 외고만 있으면 전 충분합니다요. 무기에 관해서는 사람들이 주는 무기를 이쪽이 쓰러질 때까지 그럭저럭 움직일 수 있읍죠. 그 뒤는 하느님께 맡겨드릴 뿐입니다요."

"그만한 기억력이 있다면야" 하고 공작이 말했다. "산초는 무슨 일이나 틀림없이 하겠군."

그때 돈 끼호떼가 와서 일의 진전과 갑자기 산초가 영주로 출발하게 되었다는 사실을 알고, 공작의 허락을 얻어 산초가 그 직위에 앉아 어떻게 처신해야 하는가 충고를 할 생각으로 그의 손을 잡고 자기 방으로 데리고 들어갔다. 그리하여 방에 들어가자마자 문을 닫고 거의 폭력이라도 쓰다시피하여 산초를 자기 곁에 앉히고는 침착한 목소리로 입을 열었다.

"나의 벗, 산초여. 내가 무슨 행운을 만나기 전에 재빨리 행운이 그대를 맞이하고 그대를 만나러 나온 데 대해 하늘에 무한한 감사를 드린다. 나의 요행에다 그대의 공로에 대한 보상을 맡기고 있던 나는 아직도 겨우 입신 출세의 실마리를 잡고 있는 데 반해 그대는 시기도 오기 전에 도리에 맞는 추이의 법칙을 어기고 그대의 희망이 어김없이 이어지고 있는 것이다. 다른 사람들은 뇌물을 보내고, 성가시게 졸라대고, 열심히 부탁하고, 기선(機先)을 제압하고, 죽자사자 애원하고, 끈질기게 버티고, 그러면서도 바라는 것을 쉬 얻지 못한다. 그러고 있는데 다른 사람이 불쑥 나타난다. 더욱이 어떻게 된 일인지 모르지만, 다른 많은 사람들이 노리는 직위나 직책에 앉는단 말이다. '소원은 복불복'이라는 속담이 여기서는 참으로 꼭 들어맞는 말이니라. 그대는 내 눈으로 보면 의심할 여지 없는 멍텅구리요, 더욱이 아침에 일찍 일어나는 것도 아니고 밤을 새는 것도 아니며 무엇 하나 노력하는 것도 없는데, 그대에게 끼친 편력 기사도의 입김 때문에 뜻하지 않게 한 섬의 영주가 되는 것인데, 이것은 얼른 보기에 아무렇지도 않은 일 같으나 사실은 대단한 일이니라. 내가 이런 말을 하는 것은, 잘 들어라, 산초! 그대가 받은 이 은혜를 그대 자신의 공적에 의한 것이라는 생각을 가져서는 안되며, 사물을 순리대로 운행하시는 하늘의 뜻에 감사를 해주기 바라는 마음에서다. 아울러 편력 기사도의 직무 속에 들어 있는 위덕에도 감사해주길 바라서다. 내가 여태까지 들려준 말을 그대의 마음이 믿겠다는 심정이 되었거든, 오오, 내 아들이여! 그대에게 충고를 주어 바야흐로 그대가 배 떠나려 하는 이 폭풍우를 머금은 거센 바다에서 안전한 항구로 인도하는 북극성과 이정표가 되어주려는, 그대의 이 카토가 하는 말을 주의해서 들어두어라. 왜냐하면 직무라든지 중대한 직책이라든지 하는 것은 파도 사나운 깊은 바다와 다름없기 때문이다.

"우선 첫째, 오오, 내 아들이여! 그대는 신을 두려워하지 않으면 안된다. 왜냐하면, 신에 대한 두려움 속에 예지가 있기 때문인데, 지자(智者)라면 무슨 일에 있어서나 과오를 범하는 일이 없기 때문이다.

"둘째로, 그대 자신을 잘 알도록 노력하고, 그대가 어떤 인간인가 하는 데 눈을 돌리지 않으면 안된다. 이것은 무릇 사람이 생각하는 것 가운데서도 가장 얻기 어려운 인식이다만, 그대의 분수를 아는 데서 황소처럼 크게 되려는 희망을 가진 개구리처럼 몸을 부풀리려는 야망은 생겨나지 않을 것이다. 만일 그대에게 그런 터무니없는 소망이 일어나거든, 그대가 전에 고향에서 더러운 돼지를 기르던 때를 생각해야 한다. 그러면 그것은 그대의 오만이라는 부채꼴로 펼쳐진 공작의 날개에 대한 공작의 더러운 사지 같은 역할을 해줄 것이다."

"그건 사실입니다요" 하고 산초가 대답했다. "하지만, 그건 제가 아직 코를 흘리는 어린애일 때 얘깁죠. 그 후 얼마간 어른이 된 다음에 제가 기른 것은 거위지 돼지가 아니었습니다요. 하기야 이런 건 제 생각으로는 이 얘기와 아무런 상관도 없습니다요만, 왜냐하면 정치를 하는 자가 모두 임금님의 핏줄일 수는 없으니까 말입니다요."

"그건 그렇지" 하고 돈 끼호떼가 대답했다. "그러기에 고귀한 가문의 출신이 아닌 사람들은 자기가 종사하고 있는 직책의 엄격함에 하나의 연한 부드러움을 첨가하도록 애를 쓰지 않으면 안되느니라. 깊은 사려에서 나온 이 부드러움은 어떠한 지위에 있더라도 피할 수 없는 악의에 찬 뒷 공론을 모면시켜주는 것이니라.

"산초여, 그대의 가계가 천한 것을 자랑하라. 그리고 농민 출신이라는 것도 결코 스스로 비천하게 생각할 필요는 없다. 그 까닭은, 그대가 부끄러워하지 않는 것을 보면 아무도 그대에게 수치를 주려고 하지 않기 때문이다. 그리고 지체 높은 죄인보다 신분은 낮으나 유덕한 사람이라는 것을 더한층 자랑으로 삼는 것이 좋을 게다. 천한 혈통에서 태어나 대사교라든지 황제 같은 높은 직위에 오른 사람들의 수는 무수하다. 이것이 진실이라는 것은 그대가 진저리가 나도록 많은 예를 들어줄 수도 있다. 알겠느냐, 산초. 만일 그대가 덕으로써 스스로의 지침을 삼고, 덕의에 부합되는 행동을 자랑으로 삼는다면, 왕공 군주를 조상으로 가진 사람들을 부러워할 까닭이 조금도 없다. 왜냐하면 혈통은 계승되는 것이지만 덕은 스스로 터득하는 것이요, 덕은 그 자체로서 혈통 따위가 도저히 미치지 못하는 가치를 갖고 있기 때문이니라.

"그대가 섬에 있는 동안 만일 그대의 친척 중에 누군가가 그대를 만나러 찾아가더라도 그 사람을 쫓아보내거나 모욕을 주어서는 안된다. 오히려 그 사람을 맞아들여 대접하고 위로해야 하느니라. 이 행위로써 그대는 하늘의 뜻을 따르게 될 것인즉, 신은 스스로 만드신 것이 그 누구에 의해서 멸시당하는 것을 좋아하지 않으시기 때문이고, 또 그것은 질서가 정연한 자연의 법칙에 순응하는 일도 되기 때문이니라.

"만일 또 그대의 아내를 함께 데리고 간다면——정치에 참여하는 자가 오랫동안 아내 없이 지낸다는 것은 결코 좋은 일이 아니니라——잘 가르치고 타일러서 몸에 밴 예의 없는 습관을 없애주어야 한다. 보통 사려깊은 영주가 이룩하는 모든 것을 무모하고 어리석은 그의 아내가 엉망으로 만들어버리는 일이 흔하니라.

"만일 그대가 홀아비였다고 한다면, 이것은 얼마든지 있을 수 있는 일이다만, 그리고 직무상 그때까지 보다 훌륭한 배우자를 구하게 된다면 그대에게 낚시바늘이라든지 낚싯대 같은 것을, '필요 없어요' 하고 내미는 탁발 수도사의 두건 구실밖에 하지 못할 그런 욕심 많은 여자는 얻지 말아야 한다. 왜냐하면, 진실로 그대에게 말해두지만, 재판관의 아내가 차지한 모든 것을 남편은 최후의 심판 때 다 보고해야 하는 것이고, 생전에는 아무런 책임도 없었던 금액을 죽은 뒤에 4배나 지불하게 되기 때문이다.

"그대는 그때그때 착안한 법률에 따라서는 안된다. 그러한 법률은 흔히 자기 머리가 날카로운 줄 아는 무지한 자들이 잘 이용하기 때문이다.

"가난한 자의 눈물이 부자의 주장보다 훨씬 그대의 마음속에 연민의 정을 일으키도록 하고 그리 심하지 않는 재결을 발견하도록 노력해야 한다.

"빈자의 흐느낌과 탄원의 성가심 속에서와 마찬가지로 부자의 약속과 선물 속에서도 진실을 발견하도록 노력해야 한다.

"공정이라는 것이 행하여질 수 있고 또 행하여지지 않으면 안될 경우에는 죄인에 대해서 법률의 준열함을 한도껏 부과하지 말아야 한다. 왜냐하면 준열한 재판관의 명성은 인정 많은 재판관의 명성보다 훌륭한 것이 아니기 때문이다.

"만일 재판의 지팡이를 굽히는 경우에는 그것은 선물의 무게에 의해서가 아니라 자비의 무게에 의해서 해주기 바란다.

"그대의 적이 관련된 소송을 재판하는 사태가 일어났을 때에는, 그대가 받은 손해의 기억을 떨쳐버리고 사건의 진실에 심사숙고해야 한다.

"남의 소송에서 그대가 저지르는 과오는 대부분의 경우 돌이킬 수 없을 것이다. 설혹 돌이킬 수 있다고 하더라도 그대의 신용뿐 아니라 어떤 때에는 재산을 희생해야 비로소 돌이킬 수 있을 것이다.

"만일 아름다운 여자가 그대의 재판을 구해서 찾아왔다고 한다면, 그 여자의 눈물에서 눈을 돌리고, 그 여자의 울음 소리에 귀를 막아야 하며, 만일 그 여자의 눈물에 그대의 이성이 빠지고 그대의 선의가 그 여자의 한숨으로 흐트러지는 것이 싫거든 여자가 호소하는 것의 본질을 차분히 고려해야 한다.

"그대가 실형(實刑)으로 벌해야 할 상대를 말로써 학대해서는 안된다. 왜냐하면, 체형의 고통은 그대의 악담과 욕을 보태지 않더라도 그 불행한 사나이에게는 충분하기 때문이다.

"그대의 사법권 아래 들어온 죄인은 우리들 사악한 인간성의 조건에

복종한 비참한 인간이라는 것을 생각해주어야 한다. 그대의 직무에 관한
한 피고를 모욕하지 말고 인정 많은 관용을 보여주어야 한다. 왜냐하면
신의 속성은 모두 공평한 것이나 우리 인간의 눈에는 자비의 속성이 정
의의 속성보다 훨씬 빛나고 뛰어나 보이기 때문이다.

"만일 그대가 이러한 교훈과 법칙을 따른다면, 산초, 그대의 생애는
길고, 그대의 명성은 영원히 이어지며, 그대에 대한 보상은 넘치고, 그
대의 행복은 말로써 형언하지 못하게 될 것이며, 그대는 아이들을 원하
는 대로 결혼시키게 되고, 아이들도 손자들도 칭호를 얻어 그대는 백성
의 평화와 시인(是認) 속에서 생활하게 될 것이다. 그리하여 인생의 마
지막에 이르러 그 온화하고 원숙한 노년에 죽음의 발자국 소리가 그대를
찾아오면, 그대 후손들의 부드럽고 섬세한 손이 그대의 눈을 감겨줄 것
이다.

"내가 이제까지 그대에게 일러준 것은 그대의 영혼을 장식할 교훈이
다. 이번에는 몸의 장식으로서 도움이 될 것이 틀림없는 교훈을 듣도록
하여라."

제 43 장

돈 끼호떼가 산초 빤사에게 준 제 2 의 충고에 대해서.

돈 끼호떼가 여태까지 한 이런 말을 듣고 그를 극히 사려깊고 선의에
찬 사람으로 생각지 않는 사람이 있을까? 이 위대한 실록이 씌어지는
동안 이따금 진술되듯 어쩌다 이야기가 기사도에 미칠 때에 한해서 그는
상궤를 벗어났는데, 그 밖의 변설에서는 그가 명료하고 아무런 구김살
없는 이해력의 소유자라는 것을 나타내 보였다. 따라서 사사건건이 그의
행동은 그의 이성을 의심케 하고 그의 이성은 그의 행동을 의심케 했다.
그런데 이들 산초에게 준 제 2 의 훈계 대목에서는, 그가 뛰어난 기지를
갖추고 있다는 것을 보여주었고, 그의 사려가 얼마나 깊고 그러면서도
광기가 심한가 하는 것을 유감없이 극도로 발휘했다.

산초는 매우 주의깊게 그의 말에 귀를 기울이고, 마치 그것을 충실히
지켜 그 충고에 의해서 자기의 통치라는 잉태에서 즐거운 출산을 얻으려

는 사람처럼, 그 여러 가지 충고를 기억에 단단히 새겨두려고 애를 썼
다.

돈 끼호떼는 말을 이었다.

"어떻게 그대 자신과 집을 다스리지 않으면 안되느냐 하는 문제에 있
어서, 산초여, 첫째 그대에게 주문할 것은, 그대는 청결해야 한다는 것
이다. 그리고 손톱을, 어떤 종류의 사람들이 하듯 자랄 대로 자라도록
내버려두지 말고 꼭꼭 깎아야 한다는 것이다. 어떤 사람들은 그들의 무
지로 말미암아 길게 자란 손톱은 손을 아름답게 보이게 한다고 생각하고
있다. 그들은 깎지 않고 있는 그 추잡하고 쓸데없는 손톱을 소중하게 생
각하고 있는 모양이나, 실은 오히려 도마뱀을 잡는 독수리의 발톱 같은
것으로 더럽고 언어 도단의 악벽이랄 수밖에 없다.

"산초, 옷을 단정하게 입지 못하고 너절하게 걸친 채 걸어다녀서는 안
된다. 단정하지 못한 의복은 마음이 단정하지 못하다는 증거가 되기 때
문이다. 하기야 율리우스 카이사르의 경우, 그렇게 해석되었듯이 아무렇
게나 복장에 신경을 쓰지 않는 것이 잘 계산된 약은 생각에서 온 것이라
면 별문제다만.

"그대의 직무에서 얼마만한 수입이 있는가 신중히 조사해두는 것이 좋
을 게다. 그리고 그대의 하인들에게 입혀줄 제복을 지급할 만한 여유가
있거든 화려하고 겉보기에만 좋은 것보다 화려하지는 않으나 실질적인
것을 주는 편이 좋고 또 그것을 하인과 빈민들에게 고루 나누어주어야
한다. 다시 말해서 그대가 6명의 시동에게 옷을 입혀야 한다면 3명의 시
동에게 그 옷을 입혀주고 나머지 세 벌은 빈민들에게 입혀주란 말이다.
그렇게 함으로써 그대는 천상과 지상에 시동을 갖는 것이 될 것이다. 허
세를 부리는 인간들에게는 이 옷을 지급하는 새로운 방법 따위는 도저히
생각지도 못했을 것이다.

"그대는 부추도 양파도 먹지 않는 것이 좋다. 그 냄새로 그대의 천한
출신이 발각되지 않도록 말이다.

"천천히 의젓하게 걷고 침착하게 말을 하도록 하여라. 그렇다고 그대
가 자기 말에 가만히 귀를 기울이고 있다고 상대편이 생각할 만한 말버
릇은 피하는 것이 좋다. 어떠한 뜻으로도 뻐기거나 아첨하는 것은 좋지
않다.

"점심식사는 적게 먹고, 저녁식사는 더 적게 먹도록 하여라. 온몸의

건강은 위의 공장에서 단련되기 때문이다.

"과음한 포도주는 비밀을 흘리고 약속을 어기게 한다는 것을 잘 명심하여 마실 때는 언제나 덜 마시도록 조심하여라.

"산초, 음식물을 입 가득히 쑤셔넣고 우물거리지 말고, 사람들 앞에서 기미를 보이지 않도록 조심하여라.

"그 기미를 보이지 말라는 말씀이 무엇인지 전 모르겠습니다요." 산초가 말했다. 그러자 돈 끼호떼가 대답했다. "기미를 보인다는 것은, 산초, 트림하는 일이다. 이 말은 뜻을 잘 전하는 말이기는 하나, 까스띠야 말 중에서 가장 더러운 말 가운데 하나일 게다. 그래서, 점잖은 사람들은 라틴 말을 끌어내서 '트림을 한다'라고 하는 대신에 '기미를 보인다'라고 말하고 '트림'대신 '기미'라고 말한다. 일부 사람들이 이런 말을 모른다고 하더라도 별일은 없느니라. 사용하고 있으면 시간이 흐르는 동안에 언젠가 그러한 말이 국어 속에 스며들어 쉽게 사람들이 이해할 수 있게 될 것이고, 이것이 또 국어를 풍부하게 하는 원인도 된다. 국어에는 일반 서민과 상용(常用)이 큰 힘을 미치기 때문이다."

"정말입니다요, 주인 나리" 하고 산초가 말했다. "제가 잘 기억해두어야지, 하고 생각하고 있는 충고 말씀과 주의 말씀 가운데 하나는, 트림을 해선 안된다는 것입니다요. 워낙 저는 늘 이걸 하고 있어서 말씀입죠."

"기미를 보인다고 말해라, 산초, 트림을 한다고 해서는 안된다" 하고 돈 끼호떼가 주의시켰다.

"이번에는 기미를 보인다고 말할 작정입니다요" 하고 산초가 대답했다. "무슨 일이 있어도 절대로 잊어버리지 않겠습니다요."

"그리고, 산초, 언제나 그대의 버릇이 되어 있는, 무슨 말을 할 때 함부로 속담을 섞는 것도 중지해야 한다. 하기야 속담이라는 것은 간결한 격언에는 틀림없으나, 그대의 것은 격언이라고 하기보다 엉터리 방언이라고밖에 생각할 수 없고 많은 경우 나무에 대나무를 잇는 듯하는 말을 하기 때문이다."

"이것만은 하느님이 아니면 고칠 수 없습니다요" 하고 산초가 대꾸했다. "왜냐하면, 전 책 한 권치보다 많은 속담을 알고 있어서, 무슨 말을 하게 되면 언제나 입에서 늘 그녀석들이 뛰쳐나오기 때문입죠. 서로 밀치고 떨치고 비비대기치면서 먼저 나오려고 야단법석입니다요. 그리고 그 속담이 맞건 안 맞건 맨 먼저 눈에 띈 녀석을 혀끝이 제멋대로 끌어 내버리는 걸 어떡합니까요? 하지만 앞으로는 저도 제가 맡는 직무가 무거우니 그 무게에 알맞는 말을 할 생각입니다요. 다시 말씀드려서, 물건이 가득 있는 집에선 저녁식사 준비가 빠른 법이고, 트럼프를 떼는 자는 트럼프를 섞지 않는 법이고, 종을 치는 녀석은 위험하지 않은 곳에 있는 법이고, 주는 것도 갖는 것도 뇌의 골수가 다 한다고 하니까 말입니다요."

"바로 그거다, 산초!" 하고 돈 끼호떼가 말했다. "속담을 상자에 넣고 뚜껑을 꼭 닫아 어디다 치워놓도록 하여라! 그대의 속담은 아무도 막지 못하겠구나! '엄마가 벌을 주더라도 나는 나팔 분다'로군! 내가 속담을 삼가라고 말한 침도 마르기 전에 벌써 그대는 속담 타령을 늘어 놓고 있는 형편이니 말이다. 그래서야 우리는 '저 먼 우베다의 산너머'를 논의하고 있는 것과 하등 다름이 없지 않느냐? 알겠느냐, 산초, 나는 말하고자 하는 것과 꼭 부합되는 속담을 나쁘다고 말하는 것은 아니다. 그러나 엉터리 속담을 너절하게 끌어내어 염주처럼 이어 놓는다는 것은 대화를 흥미없게 만들고 천하게 만드는 법이니라.

"그대가 말을 탈 때에는 몸을 안장 뒤쪽에 걸쳐놓고 가는 그런 짓은 하지 말아라. 두 다리를 쭉 뻗고 말의 배에서 툭 튀어나온 듯이 앉아 있는 것도 좋지 않고, 단정치 못하게 타는 것도 안된다. 그러다가는 잿빛 당나귀에 타고 있는 듯이 보일 게다. 같은 말을 타더라도 어떤 자는 기사로 만들고, 어떤 자는 말구종으로 만드는 법이니라.

"잠도 적당히 자야 한다. 태양과 더불어 일찍이 일어나지 않는 자는 낮의 고마움을 모른다. 게다가 잘 명심해두어라, 산초. 근면은 행운의 어머니지만 나태는 그 반대로서, 자신이 원하는 목적에 이르지 못한다는 것을 말이다.

"내가 지금 그대에게 주고자 하는 이 마지막 충고는, 반드시 신체의 장식에 도움이 되는 것은 아니나, 여태까지 내가 그대에게 준 충고 못지 않게 유익하다고 믿으니 잘 기억해두면 좋겠다. 그것은, 무슨 일이 있더라도 그대는 명문 집안에 관해서 논의를 시작하지 말라는 것이다. 적어도 그러한 가문을 이것저것 비교하지 말아야 하느니라. 왜냐하면 그렇게 되면 자연 비교되는 가문 중에서 한쪽이 훌륭하다는 결론에 이르지 않을 수 없게 된다. 그러면 그대가 나쁘게 평한 일족으로부터는 미움을 받을 것이고, 그대가 좋게 평한 일족으로부터도 아무런 보상을 받는 일은 없을 것이기 때문이다. 그대의 복장은 양말 겸용의 바지, 좀 긴 소매가 달린 등옷, 약간 긴 듯한 겉옷이 좋을 게다. 그러나 통이 헐렁한 바지는 아예 생각지도 말아라. 그것은 기사에게도 영주에게도 걸맞지 않을 것이니 말이다. 우선 이것이, 산초, 그대에게 충고하려고 내 마음에 떠오르는 말들이다. 시간이 흐르는 동안에 기회가 있으면, 그대가 그때그때 직면하고 있는 상황을 내게 알려주는 일을 잊지만 않는다면, 이런 식으로 내 훈계를 전해주마.”

“주인 나리” 하고 산초가 대답했다. “나리께서 제게 말씀해주신 것 모두가 훌륭하고 고맙고 유익한 것이라는 것을 잘 알겠습니다요. 하지만, 그런 걸 다 기억하고 있지 않는다면 무슨 소용 있겠습니까요? 사실을 말씀드리면, 손톱이 길게 자라도록 내버려둬서는 안된다는 것과, 만일 기회가 있다면 다시 한 번 마누라를 얻어도 괜찮다는 것만은 제 머릿속에서 사라지지 않을 것입니다요. 하지만, 그 밖에 여러 가지 복잡하고 뭐가 뭔지 모를 일들은, 옛날에 본 구름보다 기억에 없고, 생각지도 못할 것입니다요. 그런 까닭이라 종이에 똑똑히 써주시지 않으면 안되겠습니다요. 전 읽을 줄도 쓸 줄도 모르지만, 그걸 고해 신부님께 드려놓고 필요한 일이 일어났을 때 제게 들려주시거나 생각케 하시거나 해달랠 작정입니다요.”

“오오, 기가 차서 말을 못하겠구나!” 하고 돈 끼호떼가 말했다. “영주쯤 되는 자가 읽을 줄도 쓸 줄도 모른다는 것이 얼마나 보기 흉한 일인 줄을 모르느냐. 여봐라, 산초여, 일개 남자가 읽을 줄도 모른다든지 왼손잡이라든지 하는 것은 두 가지 일을 짐작케 한다는 것을 그대는 알아주기 바란다. 말하자면, 너무나 천하고 지체 낮은 양친의 자식이라든지, 아니면 훌륭한 가풍도, 뛰어난 훈육도 그자에게는 도무지 몸에 배지 않을 만큼 질이 나쁘고 처치 곤란한 인물이라는 것이다. 그대가 갖고 있는 결점은 대단한 결점이다. 하다못해 자기 이름을 서명하는 것만이라도 익혀두면 좋겠구나.”

“제 이름을 서명하는 것쯤은 다 할 줄 압니다요” 하고 산초가 대답해다. “그건 제가 마을 학원을 돌보고 있을 때 마치 짐에 찍는 소인(燒印)처럼 큼직한 글자를 쓰는 걸 익혔는데, 사람들이 말하길 제 이름으로 읽을 수 있을 만하다고 그랬습니다요. 더욱이 전 오른손을 못 쓰는 체하고 제 대신에 남에게 서명을 시킬 참입니다요. 죽는 것만 제외하고 인간만사 다 빠져나갈 길은 있는 법입니다요. 저는 명령권과 권력을 나타내는 지팡이를 들고 있을 테니, 제가 하고 싶은 대로 할 작정입니다요. 법관 부친을 가졌으면(법관 부친을 가졌으면 빼기며 법정에 나간다는 속담) 어쩌고 하잖습니까요. 저는 영주니까 법관보다 위가 아닙니까요. '이봐, 이리 와, 그 아가씨 좀 보여봐라!' 이런 식입죠. 아니, 그보다는 저를 경멸하려면 경멸해라, 처벌할 테면 처벌하라지요. '양털을 깎으러 가서 털을 깎이고 돌아온다'죠 뭐. '신이 사랑해주시면 그 집도 알아주신다'고도 하고, '부자의 잠꼬대는 격언으로서 세상에 통한다'잖습니까요. 게다가 저도 부자고 영주니까 그렇게 되고 싶다고 생각하고 있는 것처럼, 배짱이 크면 남이 깨달을 만한 결점은 없을 줄 압니다요. 있을 까닭이 있습니까요, '꿀이 되어라, 파리가 빨러 온다', '가진 것만이 그대의 값어치'라고 제 할머니가 늘 그러셨습니다요. '논밭 가진 부자 상대로 분풀이는 못한다'가 아닙니까요."

"아아, 신의 저주를 받아라, 산초!" 하고 이때 돈 끼호떼가 소리쳤다. "6만 마리의 악마에게 그대와 그대의 속담을 데려가도록 해야겠구나! 그대는 이 한 시간 동안 속담을 묵주처럼 꿰고 엮어서 그 하나하나로 나를 물 고문에 걸었단 말이다. 나는 장담한다만, 언젠가 그러한 속담이 그대를 교수대에 보내고 말 게다. 그런 속담 덕분에 그대의 부하들이 그대로부터 정권을 박탈하거나 아니면, 그들 사이에 폭동이 일어나고 말 게다. 자, 말해보아라, 그대는 대체 어디서 그런 속담들을 찾아오느냐? 이 벽창호야, 그리고 어쩌면 그대는 속담을 사용하는 방법을 그렇게도 모르느냐, 이 모자라는 녀석아, 나는 단 한 가지의 속담이라도 교묘하게 사용하려고 마치 삽으로 구덩이를 파듯 땀을 흘리고 애를 쓰고 있는데?"

"하느님을 두고 말씀입니다요만, 주인 나리" 하고 산초가 받았다. "나리는 정말 하찮은 일을 가지고 잔소리를 하십니다요. 제가 제 재산을, 재산이래야 어디까지나 속담이고 속담을 빼놓으면 무엇 하나 재산다운 재산도 갖고 있지 않습니다요만, 그걸 제가 제 마음대로 사용한다고 해서 어째서 그렇게 눈에 쌍심지를 세우셔야 하십니까요? 지금 제 머리에 네 가지의 속담이 불현듯 떠올랐습니다요만, 그것들은 지금 이 경우에 꼭 들어맞는 것들인데, 말하자면, '바구니에 배'라고 할 만한 것들입죠. 하지만, 말하지 않기로 하겠습니다요, '입을 잘 다무는 자, 그는 산초라 부르노라(산또[聖者]와 자기 이름 산초를 바꾼 것)'니까 말입니다요."

"그 산초는 그대가 아니다" 하고 돈 끼호떼가 말했다. "그대는 입을 잘 다물 줄 아는 자가 아닐 뿐 아니라, 처치 곤란하게 잘 지껄이고 끈질긴 사나이거든. 그건 그렇고, 이 자리에 꼭 적합한 네 가지 속담이 그대 기억에 떠올랐다고 했는데, 대체 어떤 속담인지 들려주지 않겠느냐? 이런 말을 하는 것은, 내 기억을 구석구석 뒤져보아도, 더욱이 내 기억력은 꽤 좋은 편이다만, 하나도 좋은 속담이 떠오르지 않기 때문에 그런다."

"이런 것보다 더 좋은 속담이 있겠습니까요?" 하고 산초가 말했다. "'두 개의 지혜 있는 이빨 사이에 엄지손가락을 넣지 마라' 그리고 '우리집에서 나가라는 말과 내 여편네에게 무슨 볼일이 있느냐는 말에는 대답할 말이 없다', 또 '항아리가 돌에 부딪히건, 돌이 항아리에 부딪히건 봉변을 당하는 건 항아리'라는 것인데, 모두 적합하지 않습니까요? 아무도 영주나 자기에게 명령하는 상대와 싸우는 자는 없습니다요. 두 개의 지혜 있는 이빨 사이에 엄지손가락을 쑤셔넣는 녀석처럼 봉변을 당하거든요. 하기야 지혜 있는 이빨이 아니더라도 어금니기만 하면 상관없습니다요만, 그리고 영주의 분부에는 마치 '우리집에서 나가라'와 '내 여편네에게 무슨 볼일 있느냐?'는 것과 마찬가지로 할 말이 없읍죠. 항아리와 돌의 비유는 장님도 알 수 있습니다요. 그러기 때문에 '사신(死神)이 목잘린 여자를 보고 깜짝 놀랐다'는 말을 듣지 않도록 남의 눈 속에 든 먼지를 안다면, 자기 눈 속에 든 대들보를 알아야만 합니다요. 게다가 남의 집에 지혜 있는 자보다 자기 집에 있는 바보 쪽이 더 아는 게 많다는 건 나리도 잘 아시지 않습니까요."

"그건 다르다, 산초" 하고 돈 끼호떼가 대답했다. "바보는 자기 집에 있건 남의 집에 있건, 숙맥이라는 토대 위에는 그 어떤 지혜의 건물도 세울 수 없는 것이니 아무것도 모를 게다. 그런데 그 이야기는 이것으로 그치기로 하자, 산초. 그래, 만일 그대가 섬의 통치를 잘 못할 때에는 그것은 그대의 죄일 뿐 아니라 나의 치욕이 될 것이다. 하지만, 나는 꼭 그대에게 충고해두지 않으면 안될 일을 가능한 한 성의와 지혜를 짜서 했다는 것으로 얼마간 위안이 되는구나. 이것으로 나도 내 의무와 약속의 짐을 내릴 수 있겠다. 하느님의 인도를 받아라, 산초. 그리고 그대는 백성을 다스림으로써 자기 일신을 다스려 언젠가 그대가 섬을 고스란히

뒤집어엎는 큰 소동을 일으킬지도 모른다는, 아직 내 가슴속에 남아 있
는 불안감에서 나를 해방시켜다오. 하기야 공작에게 그대의 사람됨을,
이 두둑하게 살이 찌고 작은 키의 몸뚱이 속에는 속담과 간지로 터질 듯
이 차 있는 큰 보따리밖에 들어 있지 않습니다, 하고 말씀을 드려서, 숨
김없이 털어놓기만 하면 나는 그것으로 발뺌은 될 것이다만."

"나리" 하고 산초이었다. "만일 나리께서 저라는 인간이 이 영주직
에는 소용없는 인간이라고 생각하신다면, 저는 즉시 손을 떼겠습니다요.
전 내 몸 전체보다 손톱의 때만큼도 안되는 제 영혼 쪽이 훨씬 소중한
줄 알고 있으니까 말입니다요. 그래서 영주가 자나깨나 통닭을 먹고 살
아가듯이 저는 빵과 양파만 먹고 목숨을 이어가겠습니다요. 그뿐 아니라
인간은 잠자는 동안에는 높은 양반도, 하인도, 부자도, 가난뱅이도 모두
같으니까 말입니다요. 그리고 나리께서 조금만 생각해보신다면 정치를
할 생각을 저더러 갖게 한 것은, 나리 한 분밖에 없다는 걸 아실 수 있
을 겁니다요. 원체 전 섬의 정치에 대해선 그야말로 독수리보다도 몰랐
으니까 말입니다요. 제가 영주가 되었다고 해서 악마가 저를 채어갈 것
이 틀림없다고 나리께서 생각하신다면, 저는 영주가 되어 지옥에 떨어지
느니 그저 단순한 산초로 천당에 가고 싶습니다요."

"허 그것 참!" 하고 돈 끼호떼가 말했다. "그대가 방금 말한 그 마지
막 말만으로 그대는 1000개의 섬을 다스릴 수 있는 영주가 될 자격이 있
다고 나는 판단했다. 그대에게는 타고난 훌륭한 소질이 있다. 이것 없이
학문 따위는 쥐뿔도 소용이 없느니라. 하느님께 맡기도록 하여라. 그리
고 처음 먹은 뜻을 주저하지 말도록 노력하여라. 이런 말을 하는 뜻은,
그대의 신변에 일어날 모든 상황을 훌륭히 해결해가겠다는 의도와 확고
한 결심을 언제나 품고 있으라는 말이다. 왜냐하면 하늘은 항상 선의에
은혜를 베푸시기 때문이다. 그러면, 함께 식사를 하러 가자. 공작 내외
분이 우리를 기다리고 계실 것 같다."

제 44 장

산초 빤사가 섬의 정청에 안내되어간 상황과 성 안에서 돈 끼호떼에게 일어난 이상한 모험에 대해서.

전하는 말로는, 이 이야기의 원전에는 원작자 씨데 아메떼가 이 장을 쓴 대목을 그의 번역자는 그대로 번역하지 않았다고 써놓고 있다는데, 사실을 말하면 이 돈 끼호떼 같은 매우 윤기 없고 답답한 이야기에 착수했다는 데 대해 이 무어인 원작자 스스로가 말한 이를테면 탄성 같은 것이었다. 왜냐하면 다른 더 심각하고 더 재미있는 탈선이나 삽화에는 감히 손을 뻗는 일도 없이 언제까지나 돈 끼호떼와 산초에 관한 것만 이야기하지 않으면 안되게 되었다고 작자는 여겼기 때문이다. 그래서 항상 사고도 손도 펜도 단 한 가지 주제를 쓰고 극소수의 인물들의 입으로 지껄이게 하는 데 집중해간다는 것은 매우 견디기 어려운 노력이었다고 원작자는 말하고 있다. 더욱이 그 노력의 결과가 원작자에게 바람직한 결과를 가져온 것은 아니다. 그래서 이 불합리를 피하려고 원작자는 실록의 전편에서는 〈분별 없는 호기심〉의 소설이나 〈갤리선의 죄수〉의 이야기처럼 실록의 원줄거리에서 독립된 몇 가지 소설을 삽입하는 기교를 부렸던 것이다. 하기야 이 이야기 속에서 다루어진 그 밖의 짤막한 삽화들은 돈 끼호떼 자신에게 일어난 사건이므로, 이것을 쓰지 않을 수는 없었다.

다시 원작자는 그 자신이 쓰고 있듯이, 돈 끼호떼의 갖가지 무훈에 주의가 끌린 많은 독자는 삽입된 소설 따위에는 주의를 기울이지 않을 것이고, 혹은 건성으로 혹은 혀를 차면서 대강대강 읽어치웠을 것이 틀림없다. 더욱이 그런 소설 속에 포함되어 있는 매력이나 기교 따위에는 별로 주의도 기울이지 않을 것이나 그런 매력과 기교가 돈 끼호떼의 광태나 산초의 우둔한 언동에 의존하지 않고 그것만 독립적으로 출판되었다면 아마 뚜렷하게 표현되었을 것이라고 말하고 있다. 그런 까닭으로 이 후편에서 원작자는 독립된 소설이건 원줄거리에 밀착된 소설이건 일체 삽입할 생각을 하지 않았던 것인데, 그러나 얼마간의 삽화는 설혹 삽입으로 보이더라도 진실이 제공하는 사건에서 생긴 것이니 이것까지 생략하지는 않았으나 그것마저도 극히 제한해서 그것을 전하는 데 족한 소수의 말밖에 소비하지 않았다. 원작자는 전우주를 주제로 할 만한 재능과 능력과 두뇌를 가졌으면서도 이야기의 옹색한 제한 속에 스스로를 억제하고 틀어박혀 있으니, 그의 노력을 경멸하지 말기를 바라며 또 그가 쓴 것에 대해서가 아니라 쓰지 않은 것에 대해서 칭찬을 보내주었으면 하고 바라는 것이다.

그리하여 원작자는 다음과 같이 말하면서 이야기를 계속하고 있다. 즉, 돈 끼호떼는 충고를 해주던 날, 식사를 끝내고 오후에 종이에 주의할 점을 써서 산초에게 주었다. 그러나 산초가 그것을 받다가 떨어뜨려 버렸으므로 그것이 우연히도 공작의 손에 들어갔다. 공작은 곧 부인에게 알리고 두 사람은 새삼 돈 끼호떼의 광기와 재지에 다시 한 번 놀랐다.

그리고 공작 부처는 자기들의 장난을 다시 추진하기 위해서, 그날 오후 산초에게는 섬이어야 할 마을로 많은 수행원을 딸려 산초를 파견했다. 마침 산초를 안내해가는 책임을 진 사람은 사려도 깊거니와 기지도 풍부한 인물인 공작의 집사 중의 한 사람이었다. 하기야 사려 없는 곳에 기지가 있을 까닭이 없지만, 그는 뜨리팔디 백작 부인의 역할을, 앞에서 말한 것처럼 보기 좋게 해낸 사나이였다. 그는 이 재치에다가 어떤 식으로 산초를 대해야 하는가를 주인 부처한테서 상세히 지시받고 이번 계획도 매우 훌륭하게 완수했던 것이다.

한편, 산초는 이 집사를 보는 순간 뜨리팔디의 얼굴이 문득 머리에 떠올라서 산초는 주인을 돌아보고 말했다.

"나리, 제가 정직한 신도로서 지금 있는 이 자리에서 악마가 저를 데려가려고 하고 있거나, 아니면 여기 있는 이 공작님의 집사 얼굴이 '비탄의 노시녀'와 같은 얼굴이라는 것을 제게 실토해주셨으면 합니다요."

돈 끼호떼는 집사의 얼굴을 자세히 들여다보고 난 다음 산초에게 말했다. "악마가 그대를 데려가는 일도 없을 것이고, 무슨 생각으로 그런 말을 하는지 납득이 안 간다만, 정직한 신도라는 말은 새삼 꺼낼 것도 없다. 과연 이 집사의 얼굴은 '비탄의 노시녀'의 얼굴과 닮았다. 그렇다고 '비탄의 노시녀'가 집사일 리는 없지 않느냐. 만일 그것이 사실이라면, 대단한 모순을 내포하게 되겠는데, 지금은 그런 것을 일일이 따질 때가 아닌 즉, 그런 짓을 하다가는 우리는 뭐가 뭔지 모르는 미로에 발을 들여놓게 될는지도 모른다. 내 말을 믿어라, 나의 벗 그리고 진심으로 우리의 주 그리스도에게 심보 고약한 요술사와 마법사들로부터 우리 두 사람을 해방시켜주십사고 부탁드릴 필요가 있다."

"농담이 아닙니다요, 주인 나리" 하고 산초가 우겼다. "조금 전에 저 사람이 말하는 소리를 들었습니다요만, 뜨리팔디의 목소리가 제 귀에 고스란히 울려오는 기분이 들었습니다요. 하지만 우선은 좋습니다. 전 아무 말도 하지 않겠습니다요. 하지만 앞으로는 첫눈에 알 수 있는 그 밖의 증거를 찾거나, 아니면 제 의심을 없애줄 증거를 찾거나 잘 주의해볼 참입니다요."

"그렇게 해주면 좋겠다, 산초" 하고 돈 끼호떼는 말했다. "그리고 이 건에 대해서는 무언가 새로 발견하게 되거든 알려주고, 또 정치를 하면서 그대에게 일어난 일도 죄다 내게 알려주기 바란다."

이리하여 마침내 산초는 많은 수행원을 거느리고 출발했는데, 그는 변호사 같은 복장을 하고 있었다. 위에는 파도처럼 윤이 나는 황갈색의 폭 넓은 낙타 외투를 걸쳤고, 같은 감으로 된 두건을 썼으며, 등자를 짧게 하여 당나귀에 올라앉아 있었다. 그의 뒤에는 공작의 명령으로 잿빛 당나귀가 새로 장만한 비단 마구와 장식을 달고 따라가고 있었다. 산초는 이따금 뒤로 고개를 돌려 잿빛 당나귀를 보았는데, 당나귀가 함께 와주는 것이 무척 흡족해서 설령 독일 황제를 시켜준다고 하더라도 이 당나귀만은 놓고 싶지 않을 정도였다. 그는 공작 부처와 작별할 때 부처의 손에 입을 맞추고 주인 돈 끼호떼의 축복을 기원했는데, 주인은 눈물을 흘리면서 축복을 내려주었고, 산초는 우는 얼굴로 흙냄비처럼 두 볼을 부풀려 주인의 축복을 받았던 것이다.

친애하는 독자여, 사람 좋은 사나이 산초로 하여금 무사히 건강하게 여행을 계속하도록 빌어주시라. 그리고 그가 영주가 된 뒤 어떤 짓을 하는가 들으셨을 때 독자 제위가 제공받게 될 2파네가(곡식을 다는 단위. 1 파네가는 55리터 반)의 웃음을 기대하시라.

그런데 그것은 잠시 제쳐놓고, 그날 밤 그의 주인에게 일어난 일에 귀를 기울이시라. 왜냐하면, 돈 끼호떼에게 일어난 사건은 감탄으로써 혹은 웃음으로써 받아들여져야 하는 성질의 것이니, 독자는 설혹 큰 소리의 웃음을 터뜨리시지는 않더라도, 적어도 원숭이 웃음처럼 자기도 모르게 빙그레 입술을 벌리시는 것쯤은 해주실 것이 틀림없기 때문이다. 실록에 의하면, 산초가 출발하고 나자 곧 돈 끼호떼는 무어라 말할 수 없는 고독감에 사로잡혔으므로, 만일 산초의 임명을 철회하여 영주직을 박탈할 수만 있다면 그렇게 했을지도 모를 정도였다.

공작 부인은 그의 우울한 기분을 알고, 어째서 그렇게 울적해하고 있느냐고 물었다. 만일 산초가 떠나갔기 때문에 그런거라면 이 저택에는 그의 기분을 충분히 풀어줄 부하나 노시녀나 시종들이 있다고 덧붙였다.

"사실을 말씀드리면, 부인" 하고 돈 끼호떼가 대답했다. "산초가 없어진 데 대한 서운함을 느꼈기 때문이외다. 그러나 내가 울적해하고 있는 듯이 보이는 주된 원인은 그뿐이 아니외다. 부인이 내게 말씀하신 그 숱한 고마운 제의에 대해서는 저에게 보여주신 호의만을 고맙게 받을 생각입니다만, 나아가서 부인께 부탁드릴 일은, 내 방에서 나에게 시중드는 자는 오직 나 자신만으로 해주시는 데 대한 허락과 동의를 얻고자 하는 바외다."

"아니예요, 돈 끼호떼 님" 하고 공작 부인이 말했다. "그건 정말로 안됩니다. 꽃처럼 아름다운 나의 시녀 중에서 4명을 골라 기사님을 시중들게 하겠어요."

"아니, 나에게 있어서는" 하고 돈 끼호떼가 대답했다. "그분들이 꽃과 같다기보다 내 마음을 께찌르는 가시와 같은 것이외다. 그 시녀들이 내 방에 들어온다면, 그럴 수는 없겠지만, 나는 날개를 달고 날아가 보이겠소이다. 부인께서 앞으로도 나에게 과분한 은혜를 베풀어주실 생각이시라면, 제발 내가 하고 싶은 대로 내버려두시고, 나를 내 방안에 내버려두십시오. 다시 말씀드려서 나는 욕망과 범절 사이에 성벽을 구축하여, 부인께서 내게 보여주시는 관용에 기댐으로써 이 습관을 잃지 않으려 하는 것이외다. 요컨대 누구든 내 옷을 벗겨주는 대로 받아들이느니 차라리 옷을 입은 채로 잘 작정이외다."

"그만하면 알겠어요, 그만하면, 돈 끼호떼 님!" 하고 공작 부인이 말했다. "기사님의 방에는 시녀 따위는 물론이고 파리 한 마리 들어가지 못하도록 엄하게 명령할 것을 약속드리겠어요. 저는 저 때문에 돈 끼호떼 님의 점잖은 태도를 망치게 할 그런 여자가 아니예요. 제가 짐작건대 기사님의 많은 미덕 가운데서도 한층 뛰어나는 것은 점잖은 조심성이라고 생각하니까요. 기사님의 마음에 드시도록, 언제라도 좋으신 때에 혼자 옷을 벗고 입고 하세요. 누구 하나 그것을 말리는 사람은 없을 테니까요. 문을 닫고 주무시는 데 꼭 필요한 항아리도, 그 어떤 자연의 욕구 때문에 문을 열지 않으면 안되는 일이 없도록 방에 갖다놓게 하겠어요. 정말 둘씨네아 델 또보소 님이 언제까지나 오래오래 사셔서 이 지구 구석구석에까지 그분의 명성이 떨치게 되기를 빌겠어요. 이렇게 용감하시고 그러면서도 이토록 품행이 깨끗하신 기사님의 사랑을 받을 만한 훌륭한 분이거든요. 이런 생각을 하니 더더욱 우리의 영주 산초 빤사의 가슴속에, 인자하신 하늘의 마음이 그 뛰어난 공주의 아름다움을 다시 한 번 세상사람들에게 보여주시고 기쁘게 해주시기 위해서도, 그 채찍질의 고행을 빨리 끝마치려는 기분을 불러일으켜 주시도록 빌겠어요."

이에 대해서 돈 끼호떼가 대답했다.

"부인은 역시 인품에 알맞은 말씀을 하셨소이다. 하기야 훌륭한 귀부인의 입에서 나쁜 말이 나올 까닭은 없소이다만. 둘씨네아 님도 고귀한 부인께서 극구 칭찬을 해주셨으니, 이 세상 최대의 웅변가가 그분에게 줄 수 있는 모든 찬사보다 훨씬 더 행운의 혜택을 받아 세상 사람들에게 다시 더욱 알려지게 될 것이외다."

"그건 그렇고, 돈 끼호떼 님"하고 공작 부인이 말했다. "이럭저럭 만찬의 시간이 되었나봐요. 아마 공작님이 기다리고 계실 거예요. 자, 가세요. 저녁식사를 하십시다. 그리고 일찍 주무시도록 하세요. 내일 있을 깐다야의 여행은 결코 짧은 여정이 아니거든요. 얼마간 피로하지 않으실 까닭이 없습니다."

"아니, 조금도 피로를 느끼지 않을 것입니다, 부인"하고 돈 끼호떼가 대답했다. "왜냐하면, 나는 평생을 통해서 끌라빌레뇨보다 조용하고 뛰어난 걸음걸이를 하는 짐승을 타본 적이 없다는 것을 부인께 감히 맹세하겠소이다. 그래서 말람브루노가 무엇에 유혹되어 그토록 빠르고 그토록 얌전한 말을 버리고 더욱이 그와 같이 분별 없이 태워버렸는지 나는 도무지 이해할 수 없소이다."

"그 일에 관해서는 이렇게도 생각할 수 있어요"하고 공작 부인이 받았다. "내노라 하는 말람브루노도 뜨르팔디 님과 그 일당이라든지 그 밖의 사람들에게 가한 악행이며 요술사, 마법사로서 반드시 자행했을 죄악을 뉘우치고 그런 일에 사용한 일체의 도구를 모두 파괴할 생각으로 자기를 잠시도 한자리에 정착시키지 않고 이쪽 땅에서 저쪽 땅으로 이리저리 헤매어 돌아다니게 한 끌라빌레뇨를 태워없앤 것은 아닐까 하는 생각

도 드네요. 그러니, 끌라빌레뇨가 탄 재와 양피지의 전리품으로 대(大)
돈 끼호떼 데라 만차 님의 용기는 영원히 남게 되었어요.”

돈 끼호떼는 다시 공작 부인에게 감사의 뜻을 표했다. 그리고 저녁식
사를 마치자마자 누구 하나 자기 뒷바라지를 하려고 들어와서는 안된다
고 일러 놓고 자기 방으로 들어갔다. 그는 편력 기사의 정수자 거울인
아마디스의 고귀한 기상을 생각하고, 자기의 그리운 공주 둘씨네아를 위
해서 지키고 있는 깨끗한 절조를 잃게 하기 위해 그를 강요하고 그를 유
혹하는 기회를 이토록 두려워하고 있었던 것이다.

등 뒤의 문을 닫고 두 자루의 촛불 빛으로 옷을 벗고 양말을 벗었을
때 (이만한 인물에 도무지 맞지 않는 불운이라고 할까！), 그에게서 튀
어나온 것은 한숨도 아니고 하물며 그의 몸가짐의 깨끗함을 떨어뜨릴 만
한 다른 어느 것도 아니었다. 한쪽 긴 양말의 실밥이 대여섯 군데 터져
서 발[簾]처럼 되어 있었던 것이다. 우리의 사랑하는 신사는 극도의 비
탄에 잠겨버렸으므로, 이런 경우 약간의 초록 비단 실을 손에 넣기 위해
서는 1온스의 은이라도 기꺼이 내놓았을 것이 틀림없다. 작자가 초록빛
비단실이라고 한 것은 긴 양말이 초록빛이었기 때문임이 분명하다.

여기서 원작자 베넨헬리, 탄성을 올리면서 다음과 같이 쓰고 있다.
“그대, 가난이여, 빈곤이여！ 저 꼬르도바 태생의 대시인(후안 데 메나
를 가리킨다)이
그대를, 고맙다는 인사받는 일 없는 신성한 선물이라 말한 것은 무슨 이
유로 마음이 그렇게 움직였는지 이해하기 곤란하구나！ 나는 무어족이
지만 여태까지 그리스도 교도들과 교섭이 있었기 때문에 신성이라는 것
은 이웃에 대한 사랑, 겸허한 마음, 신앙, 복종 그리고 가난으로 구성되
어 있다는 것을 십분 알고 있다. 그런데도 최대의 성자(성 바
오로) 한 사람
이, ‘너희들은 그러한 것들을 마치 안 가진 것처럼, 모든 사물을 가져
라’고 말했다는, 그러한 빈곤이 아니라면, 그리고 사람들이 이것은 마음
의 가난이라고 부르는 그런 빈곤이 아니라면, 가난하면서도 만족할 수
있게 되는 자는 어지간히 신의 은총을 입는 자가 아닐 수 없다고 감히
나는 말하고 싶다. 그러나, 제 2 의 빈곤이여(내가 말하고 있는 것도 다름
아닌 그대이다만), 그대는 어째서 다른 사람들보다 귀족이나 태생이 좋은
사람들에게 횡포를 부리려 하느냐？ 무엇 때문에 그들로 하여금 신발의
해진 자국을 감추기 위해 검은 구두약을 칠하게 하고, 그들의 동옷 단추
를 어떤 자는 비단, 어떤 자는 억센 털, 어떤 자는 유리로 된 것을 달도

록 강요하느냐? 어째서 그들의 옷깃 장식은 본 틀에 넣어 만든 것도 아닐 텐데 그 태반이 언제나 상추처럼 오글오글해야만 되느냐?" 이로써 미루어보더라도 깃 장식에 풀을 먹이고 깃을 반듯하게 하는 풍습이 얼마나 오랜 것인가 알 수 있을 것이다. 원작자는 다시 계속해서 말한다. "소심하게 자기의 체면을 유지하기 위해 급급하고, 문을 꼭 처닫고는 맛없는 것을 먹으며, 이를 쑤실 만한 것을 먹은 것도 아닌데 공연히 이쑤시개를 물고 한길로 나가는 양반의 처참함이여! 두려운 표정으로 체면을 소중히 간직한 채, 구두를 꿰맨 자국, 땀에 절은 모자의 얼룩, 누더기 망토, 뱃속의 굶주림을 1레구아의 거리에서 남에게 들키지 않을까 공포를 품고 있는, 나는 감히 말하지만, 그러한 사나이의 가련함이여!"

이 모든 마음의 동요가 양말의 실밥이 터짐으로써 돈 끼호떼의 마음속에 새로이 되살아난 것이다. 그러나 산초가 여행용 장화를 남겨두고 간 것을 깨닫고, 내일은 그것을 신어야지 하는 생각으로 얼마간 마음을 달랠 수 있었다. 결국 그는 산초가 없어진 것, 양말의 손도 댈 수 없는 파손(그는 다른 색의 실로라도 꿰맬 생각을 했다), 일개 귀족이 집요한 궁핍생활에서 드러낼 수 있는 가장 큰 참상 가운데 하나인 이 두 가지 일로 그는 골똘히 생각에 잠기고 울적한 기분으로 자리에 들어 촛불을 껐다. 그러나 그날 밤은 더워서 잠이 오지 않아 침상에서 일어나 아름다운 정원 쪽으로 나 있는 쇠창살의 창문을 조금 열었다. 창문을 열었을 때 누가 정원을 거닐고 있는 기척을 느꼈다. 그래서 가만히 귀를 기울였다. 그러자 바깥 소리가 조금 높아져서 서로 주고받는 말을 들을 수 있었다.

"그렇게 나더러 노래하라고 억지로 권하지 말아요, 에메렌시아! 그 타국 분이 이 성에 오시고 내 눈이 그분의 모습을 본 후부터 내가 노래는커녕 우는 것밖에 할 수 없게 되었다는 걸 당신도 잘 알고 있지 않아요. 그리고 마님은 깊이 잠드셔도 얼마나 잠귀가 밝으신지, 설령 전세계의 재보를 다 준대도 마님에겐 우리가 여기 있다는 걸 들키고 싶지 않아요. 그리고 마님은 깊이 잠드셔서 눈을 뜨시지 않는다 하더라도 저 아에네이아스가 다시 태어난 것 같은 그분이 주무시고 계셔서 눈을 뜨고 들어주시지 않는다면, 내 노래 따위가 대체 무슨 소용 있겠어요? 그분은 나를 비웃기 위해서 여기 오신 것밖에 안되는 것 같아요."

"그런 데 신경 쓸 것까진 없어요, 알띠시도라" 하고 상대가 대답했다. "당신의 그 마음의 님이시고 당신의 영혼을 뒤흔들어놓은 분을 제외하고는, 마님을 비롯해서 이 저택의 모든 분들이 다 주무시고 계실 게 틀림 없어요. 그분이 계시는 방의 쇠창살 문이 방금 조금 열리는 듯해 보였으니까, 필경 그분이 아직 주무시지 않고 계시는 것이 분명해요. 노래하세요, 참으로 가엾은 분, 낮은 소리로 부드럽게, 그 하프 소리에 맞추어 노래하세요. 그러다가 만일 마님께서 우리가 여기 있는 걸 아셨을 때에는 오늘 밤이 너무 더워서 여기 나와 있노라고 말씀드리기로 해요."

"아니예요, 내가 걱정하는 건 그런 게 아니예요. 에메렌시아!" 하고 알띠시도라가 받았다. "그런 것이 아니고, 내가 만일 노래를 부르면 내 마음이 고스란히 드러나서 사랑의 애닯고 억센 힘이 어떤 것인가 모르는 분들이 나를 변덕스럽고 들뜬 계집애로 보게 되면 어쩌나 해서 그게 싫은 거예요. 하지만 어찌 되었든 좋아요. 마음의 애달픔보다 얼굴에 나타나는 수치가 더 낫다고 하니까요."

그러더니 얄밉도록 부드럽게 하프를 뜯는 소리가 들려왔다. 그것을 듣고 돈 끼호떼는 그만 멍청해지고 말았다. 여태까지 아찔해지도록 많은 기사도 책에서 읽어온, 지금 막 일어나려 하고 있는 모험과 흡사한, 창가와 쇠창살, 정원, 음악, 사랑의 속삭임, 현기증 등 수없는 모험이 그의 기억에 생생하게 떠올랐기 때문이었다. 그는 곧 공작 부인을 섬기는 시녀의 한 사람이 자기를 사랑하게 되었으나 얌전한 조심성에서 사모하는 생각을 가슴에 꼭 간직하고 있나보다 하고 제멋대로 상상하고, 그 정에 질 것이 두려워 절대로 이끌려 가지 말아야지, 하고 머릿속에서 굳게 결심했다. 그리하여 그는 꿋꿋한 정신과 용기를 발휘하여 그리운 공주 둘씨네아 델 또보소를 마음의 의지로 삼으면서 그 음악을 듣기로 결심하고는, 자기가 여기 있다는 것을 알리기 위해 일부러 재채기를 했다. 그것으로 두 사람의 시녀는 크게 기뻐했다. 그녀들은 오로지 돈 끼호떼가 들어주기만을 바라고 있었던 것이다. 그리하여 하프의 가락을 살펴보고 다 골라지자 알띠시도라는 다음과 같은 로망스를 노래하기 시작했다.

그대여, 그대는 잠자리에 누워
올란다(네덜란드)의 이불을 덮으시고
편안히 발 뻗은 채 단잠 주무시네,
초저녁부터 다음날 아침까지.

라 만차가 세상에 내놓은

용감무쌍한 무사여,
아라비아의 황금보다 나으리
깨끗하고, 행복도 풍요하게.

유복하게 자라, 박행해진
상심한 소녀의 한탄 들으시라,
그대 두 눈동자의 태양 빛은
가슴 속에 불같이 타네.

자기의 모험 찾아나가
남의 불행을 부르는 그대,
남에게 상처를 입혀놓고,
고칠 약 주실 줄 모르시네.

말하라, 용감한 젊은이여,
그대 희망의 행복일랑 빌어라,
그대는 리비아에서 태어났는가
하까의 산에서 태어났는가.

그대는 큰 뱀의 젖으로 자라고,
그대를 기르는 유모들은
인적 드문 울창한 숲이던가,
무서운 산은 아니던가.

살집도 좋고 건강한
둘씨네아는 사납기가
범보다 더한 그 용사
굴복을 시켰으니 자랑하라.

그리하여 그 이름은 전해지네.
에나레스에서 하라마 강,
따호 강에서 만사나레스,
삐수에르가 강에서 아를란사 강까지.

그 임과 바뀔 수가 있다면,
내가 가진 가장 아름다운

스커트 그대에게 보내어
금실 장식으로 치장할 것을.

그대 팔에 안기진 못 하더라도
그대 침상 곁에 다가가
그대 머리 내 손으로 갈라서
비듬을 말끔히 털어드릴 것을.

내 꿈은 분수를 넘었고
그대의 정 받을 값어치도 없네,
다만 그대의 발 쓰다듬을 수 있다면
천한 이몸 더 바랄 것이 없네.

어떤 모자를 그대에게 보낼까,
은으로 만든 값진 실내화
더없이 아름다운 비단 바지
올란다 망토도 곁들여서!

하나하나가 나무 옹이 같은
아름다운 진주를 보낼까
이에 비할 동류 없어서,
'고독'하다는 그 진주를!

라 만차 태생의 네로 황제여
따르삐야 언덕에서 보시지 마라,
내 가슴 태우는 이 불꽃을
그대의 노기로써 부채질 마라.

나는 수줍은 어린 꽃
나이도 열다섯이 아직 안 차서,
열네 살 하고 석 달의 소녀
내 영혼에 맹세코 말하리라.

나의 다리 아직 시들지 않고,
손에도 부족함이 없다.
백합을 닮은 내 머리채는

일어서면 땅 위에까지 물결치네.

입은 독수리를 닮고,
코는 약간 낮은 편
이빨은 황옥의 빛을 띠어도
이몸의 미모 하늘에 이르네.

나의 노래 들으면 그대도 알듯
그 목소리 더없이 아름답네.
나의 키 너무 크지도 않고,
남보다 조금 작은 편이네.

이렇듯 빼어난 아름다움을
그대의 노획물로서 바치네,
나는 이 댁에서 일하는 시녀,
알띠시도라 알아주소서.

여기서 상심한 알띠시도라의 노래는 끝나고, 구애를 받은 돈 끼호떼의
놀라움이 시작되었다. 그는 큰 한숨을 쉬고 중얼거렸다. "나를 한 번 보
고 나에게 정을 두는 소녀가 한 사람도 없다면 얼마나 불행한 편력의 기
사로 태어난 것이겠는가…… 비할 데 없는 나의 성실성을 한 사람도 받
아들이지 않는다면 비할 데 없는 둘씨네아 델 또보소는 얼마나 불행하게
태어난 사람이겠는가?…… 여왕들이여, 그대는 이 여성을 어떻게 하실
작정이시오? 왕후 폐하들이여, 무엇 때문에 그분을 박해하시오? 열네
살이나 열다섯 살의 소녀들이여, 무엇 때문에 그분을 꾸짖으시오? 내
마음을 그분에게 맡기고 내 영혼을 그분에게 맡기고 있듯이, 사랑의 신
이 그분에게 주고자 한 운명에게 승리를 기뻐하고, 그것을 향수하며, 그
것을 자랑으로 삼도록 그 박행한 분을 그대로 내버려두시라, 그대로 내
버려두시라. 사랑을 하는 사람들이여, 나는 오로지 둘씨네아에게는 빵의
반죽 덩어리나 사탕 과자에 지나지 않지만, 그 밖의 모든 여성들에 대해
서는 자석으로 되어 있다는 것을 생각해주오. 그분에게는 벌꿀이지만 그
대들에게는 쓴 노회(蘆薈)라오. 오직 내게 있어서 둘씨네아는 아름답고
사려에 차고 청순하고 화사하고 혈통이 좋은 여성이지만, 다른 사람들에
게 있어서는 추하고 어리석고, 변덕스럽고, 천한 가문의 사람이오. 대자

연은 나를 그분의 것으로 하여 이 세상에 보냈으므로, 다른 어떠한 여성의 것도 될 수가 없는 것이오. 우시거나 노래하시거나 그대 마음대로요, 알띠시도라 님. 그분으로 하여 마법에 걸린 무어인의 성에서 그녀로 인하여 내가 두들겨맞은 그 귀부인(전편 제 16 장의 여 / 인숙 하녀를 말함)도 절망하시라. 나는 설사 몸이 익고 타는 한이 있더라도 이 세상의 모든 요술의 힘에도 굽힘이 없이 깨끗하게 예절을 지키고 절조를 간직하여 둘씨네아 공주의 것이 되지 않으면 안되는 것이오."

이 말을 다 마치자 그는 창문을 쾅 닫아버리고 마치 무슨 커다란 불행이라도 당한 것처럼 절망과 비통을 가슴에 안은 채 다시 침상에 들었다. 여기서 우리는 일단 그를 이 자리에 남겨두기로 하자. 바야흐로 훌륭한 정치를 시작하려 하고 있는 산초 빤사 나리가 우리를 부르고 있다.

제 45 장

대산초 빤사가 어떻게 자기 섬을 그 손에 넣고 어떻게 통치를 시작했는가에 대해서.

오오 ! 지구 반대쪽의 영원한 발견자, 이 세상의 횃불, 하늘의 눈, 포도주 냉각기를 움직이는 상냥한 사람, 여기서는 팀브리우스, 저기서는 페보, 여기서는 사수(射手), 저기서는 약사(藥師), 시(詩)의 아버지, 음악의 창시자, 언제나 솟아오르는 듯이 보이지만 결코 지는 일 없는 그대여 ! 나는 그대에게 말하노라, 오오, 태양이여, 그대의 힘을 빌어 인간은 인간을 낳는 것이라고 ! 나는 그대에게 부탁하노니, 대산초 빤사의 통치 이야기에서는 소상히 서술할 수 있도록 내게 힘을 주오. 내 재지의 어둠을 비추어주시라. 나는 그대 없이는 불안하고 두려워 어찌할 바를 모르는 기분이 들기 때문이다.

그러면 본 주제에 들어가기로 하자.

산초는 수행원 전원을 거느리고 인구 약 1000명에 이르는, 공작의 영지 중에서도 가장 훌륭한 부락에 속하는 마을에 도착했다. 사람들은 여기를 '바라따리아 섬'이라고 부른다고 가르쳐주었는데, 이 마을 이름이 바라따리아였거나 아니면 그곳 통치권을 푼돈 한 푼 안 주고 얻었다는 말이었다. 성벽으로 둘러싸인 영지의 성문에 이르자 일단의 영토 관리들이 그를 맞이하러 나타났다. 종소리가 울리고, 온 주민들은 너나 할 것 없이 모두 기쁨을 얼굴에 나타내고 있었다. 그들은 성대한 행렬을 지어 그를 대사원(大寺院)으로 안내해가서, 신에게 감사를 드린 다음 몇 가지 어처구니없는 의식을 행한 후 도읍의 열쇠를 넘겨주면서 이 바라따리아 섬의 영원한 영주로서 그를 인정했다. 신임 영주의 복장, 수염, 뚱뚱하게 살이 찐 작달막한 키 등은 일의 내막을 모르는 사람들로 하여금 경이의 눈을 크게 뜨게 했으며, 내막을 잘 알고 있는 많은 사람들마저 모두 놀랐을 정도였다. 마지막으로 사람들은 그를 사원에서 데리고 나와 정청의 상좌로 안내하여 그 의자에 앉히고 공작의 집사가 입을 열었다.

"영주님, 이것은 이 섬에 옛날부터 내려오는 습관입니다. 이 이름난 섬을 영유(領有)하러 오신 분은 주어지는 한 가지 질문에, 비록 그것이 복잡한 난문이더라도 대답하시지 않으면 안되게 되어 있습니다. 그 대답으로 주민들은 신임 영주의 지혜가 어느 정도인가 알게 되고, 그것으로 영주의 부임을 기뻐하거나 혹은 슬퍼하게 되는 것입니다."

집사가 이런 말을 하고 있는 동안 산초는 앉아 있는 의자의 정면 벽에 씌어 있는 크고 복잡한 글씨를 바라보고 있다가 저 벽에 그려져 있는 무늬는 대체 무엇이냐고 물어보았다. 그러자 집사가 대답했다.

"저기에는 영주님께서 이 섬을 영유하실 날짜가 적혀 있으며, 명기에는 '모년 모월 모일의 오늘, 돈 산초 빤사공이 이 섬을 영유하시다. 원컨대 장구히 이 섬을 향유(享有)하시기를' 이렇게 씌어 있습니다."

"돈 산초 빤사라는 사람이 대체 누군가?" 하고 산초가 물었다.

"영주님이시지요" 하고 집사가 대답했다. "지금 그 의자에 앉아 계시는 분을 제외하고 빤사라는 이름으로 이 섬에 들어오신 분은 한 분도 없습니다."

"그렇다면 내 말 좀 들어주게" 하고 산초가 말했다. "나는 돈 따위는 갖고 있지 않고, 우리 혈통에 그런 것을 가졌던 사람도 없네. 다시 말해서, 내 이름은 그저 산초 빤사고, 우리 아버지도 산초라고 했으며, 우리 할아버지도 산초였다네. 모두 한 사람도 남김없이 돈이니 도냐니 하는 덤이 없는 빤사였단 말야. 생각건대 이 섬에는 돌멩이보다 돈이 우글우글하고 있는 모양이지. 하지만 이젠 지긋지긋하다. 내 생각은 하느님이 잘 아시지만, 만일 내가 나흘 동안 이 섬을 다스린다면 그 우글우글하는 모기처럼 성가신 돈을 싹 쓸어보일 테다. 그래 아무튼 집사, 그 질문이라는 걸 진행시키게. 주민들이 낙심을 할지 안할지는 모르지만, 될 수 있는 대로 잘 대답해볼 테니까."

마침 그때 두 사나이가 정청에 들어왔는데, 한 사람은 농부 차림이고, 한 사람은 재단사 같았다. 왜냐하면 손에 가위를 들고 있었기 때문인데, 그 재단사가 입을 열었다.

"영주님, 저와 이 농부는 어떤 일을 호소하려고 영주님 앞에 나오게 되었습니다. 이 양반이 저의 가게에 오셔서, 여기 계시는 여러분들에게 실례를 드립니다요만, 저는 면허증을 가진 재단사지요. 하느님은 고마운 분입니다요, 그래서 이 양반이 약간의 천을 저한테 주면서 물었습니다요. '주인 양반, 이 천으로 뾰족한 두건 하나를 만들 수 있을까요?' 그래서 저는 천을 재보고 넉넉하다고 대답했지요. 그런데 제가 생각한 대로 이 양반도 생각하고 있었던 것이 분명할 것입니다요만, 또 제가 그렇게 생각한 것도 틀리지는 않았습니다요. 그것은 이 양반이 장난기로 저희 상점의 나쁜 소문을 기화로 해서, 제가 자기 천을 얼마간 슬쩍 잘라 먹을 것이 틀림없다고 생각한 것입니다요. 그래서 이 양반은 두건 두 개를 만들 감은 되는가 봐달라고 묻습디다요. 저는 이 양반의 속셈이 환히 들여다 보이길래 충분합니다, 하고 대답했지요. 그러자 이 양반은 근성이 새까만 첫 꿍심대로 밀고 나가서 자꾸만 두건 수를 늘여가지 않겠습니까요. 그래서 저도 자꾸 '넉넉하다'는 대답을 하여 마침내 두건이 다섯 개까지 늘어나게 되었는데, 조금 전에 이 양반이 두건 다섯 개를 찾으러 왔길래 다섯 개를 내놓았더니, 아, 글쎄 만든 삯은 고사하고 그 천 값을 지불하거나 아니면 본래의 천을 돌려달라고 떼를 쓰는 게 아니겠습니까요."

"방금 들은 얘기는 모두 사실인가?" 하고 산초가 물었다.

"사실입니다요, 영주님, 이자가 저한테 만들어준 그 다섯 개의 두건을 한 번 내보이라고 분부해주십시오."

"문제없지" 하고 재단사가 대답했다.

그리고 즉각 겉옷 아래서 한쪽 손을 꺼내어 다섯 개 손가락에 씌운 다섯 개의 두건을 보이면서 말했다.

"이 양반이 저한테 주문한 다섯 개의 두건은 이겁니다요. 그리고 천은 조금도 남지 않았습니다요. 하느님과 제 양심에 맹세하지요. 그리고 저는 이 일로 동업 조합의 감정인에게 와보라고 부탁할 작정입니다요."

그자리에 참석한 사람들은 모두 두건의 수와 소송의 색다른 취지에 와하고 웃음을 터뜨렸다. 산초는 잠시 생각하다가 말했다.

"내 생각에는 이 소송으로 질질 시간을 끌 필요는 없으며, 오히려 보통 머리를 가진 사람의 판단으로 가릴 수 있는 것이라고 생각한다. 그래서 나는 판결을 내린다. 재단사는 만든 두건을 잃고, 농부는 천을 잃으며, 다섯 개의 두건은 감옥에 있는 죄수들에게 나누어주기로 한다. 그리고 이 이상 다투지 말기를 바란다."

만일 가축 상인의 지갑에 관한 지난번의 판결(세르반떼스의 착각인지 편집의 잘못인지 순서가 바뀌었다)이 주위 사람들에게 경탄을 느끼게 했다면 이번 그것은 그들에게 웃음을 자아내게 했다. 그러나 결국 영주의 명령은 그대로 집행되었다.

다음에는 두 노인이 영주 앞에 나왔다. 한 사람은 갈대 줄기 같은 지팡이를 짚고 있었는데, 지팡이를 갖지 않은 노인이 말문을 열었다.

"영주님, 벌써 오래전입니다마는, 이 늙은이를 기쁘게 해주고 도와줄 생각으로 10에스꾸도의 돈을 모두 금화로 해서 언제라도 돌려달랄 때에는 돌려준다는 약속으로 빌려주었지요. 내가 이 늙은이에게 돈을 변통해 주었을 때에는 이이가 매우 곤란한 때였으므로 나한테 돈을 돌려주고 그것으로 다시 이 늙은이가 또 곤란을 겪으면 안될 것 같아서, 돌려달라는 재촉 한 번 없이 여러 날이 지났지요. 그러다가 이 늙은이가 아예 돌려줄 생각이 없는 것처럼 보이길래 한두 번이 아니라 몇 번이나 돌려달라고 말을 했는데도, 이 늙은이는 돈을 돌려주지 않을 뿐 아니라 그런 일은 없었다면서, 아 글쎄 나한테서 10에스꾸도를 빌린 기억이 없다, 만일 그만한 돈을 빌렸다면 벌써 갚았을 것이다, 이렇게 말하지 않겠습니까. 나는 빌려준 돈을 받았다는 증서를 갖고 있지 않습니다. 그럴 수밖에 없는 것이 이 늙은이는 아직 돈을 안 갚았으니까요. 영주님, 제발 부탁이니 이 늙은이에게 맹세를 좀 하라고 해주십시오. 그러고도 돈을 나한테 갚았다고 우긴다면 나는 하느님께 맹세코 이 늙은이에게 준 빚을 없는 것으로 하겠습니다."

"방금 들은 말에 대해서 무슨 할 말이 있소, 지팡이를 든 노인?" 하고 산초가 물었다.

이에 대해서 그 노인은 대답했다.

"저는요, 영주님, 이 늙은이가 나한테 돈을 빌려주었다는 것을 고백합

니다. 그런데 영주님의 그 직권의 지팡이[官杖]를 좀 내려주십시오. 이
늙은이는 내가 맹세를 하면 없는 것으로 하겠다고 말하니까요, 나는 그
돈을 돌려주었다, 정말 틀림없이 갚았다고 맹세할 작정입니다."

그래서 산초는 직권을 나타내는 지팡이를 내렸는데, 그동안에 지팡이
의 노인은 그것이 매우 거추장스럽기라도 한 듯이 자기가 맹세를 하는
동안 자기 지팡이를 좀 갖고 있어 달라면서 갈대 지팡이를 상대편 노인
에게 넘겨주고, 산초의 직권 지팡이 손잡이에 있는 십자가에 손을 얹고,
자기더러 돌려달라는 그 10에스꾸도의 돈을 빌린 것은 틀림없으나 분명
히 자기 손으로 상대편 손에 돌려주었는데 상대는 그것을 깨닫지 못하고
원금과 이자를 돌려달란다고 말했다.

이것을 보고 있던 우리의 위대한 영주는 채권자를 돌아보고, 상대편의
말에 대해 할 말은 없으냐고 물었다. 그러자 채권자는 자기 채무자가 의
심할 여지없이 진실을 말하고 있는 것이 틀림없을 것이다, 자기는 상대
편 늙은이가 정직하고 훌륭한 그리스도 교도라는 것을 믿고 있다, 그러
나 자기는 어떻게, 언제 돈을 돌려받았는지 완전히 잊어버렸지만, 앞으
로는 일체 그에게 돈의 반환을 청구하지 않겠다고 대답했다.

그러자 채무자 노인은 채권자의 손에서 자기 지팡이를 받아들고 머리
를 꾸벅 한 번 숙이더니 법정에서 나가버렸다. 황급히 사라지는 그의 태
도와 채권자의 억지로 체념하는 듯한 모습을 본 산초는 머리를 가슴에
묻은 채 오른손 첫 손가락을 눈썹과 코 사이에 대고 잠시 생각에 잠기더
니 곧 고개를 쳐들고 지팡이를 든 노인을 불러 오라고 명령했다. 관리들
이 그를 데리고 돌아오자 산초는 그에게 말했다.

"노인, 내가 꼭 필요하니 그 지팡이를 이리 주오."

"그러지요" 하고 노인이 대답했다. "자, 여기 있습니다, 영주님."

그리고 지팡이를 넘겨주었다. 산초는 그것을 받아 한쪽 노인에게 주고
말했다.

"자, 기운을 내시오, 노인, 벌써 돈을 돌려받았으니까."

"제가 말씀입니까, 영주님?" 하고 그 노인이 물었다. "그렇다면 이
갈대 줄기가 10에스꾸도나 나간단 말씀인가요?"

"바로 그렇지" 하고 영주가 말했다. "만일 그렇지 않다면 나는 이 세
상에서 제일가는 바보일 거요. 이제야말로 나는 나에게 왕국 전체를 다
스릴 만한 재간이 있다는 걸 알게 되었다."

그러더니 여러 사람들이 보는 앞에서 갈대 줄기를 꺾어 속을 내놓으라고 명령했다. 잠시후 갈대 줄기 속에 금화 10에스꾸도가 들어 있는 것이 밝혀졌다. 사람들은 모두 깜짝 놀라면서 자기들의 영주를 솔로몬의 재래가 아닌가 하고 생각했다.

10에스꾸도의 금화가 갈대 줄기 속에 있다는 것을 어떻게 알았느냐고 그들은 물었다. 그는, 맹세한 노인이 돈을 틀림없이 돌려주었다고 맹세하는 동안 지팡이를 상대편에게 맡겨놓더니 맹세가 끝나자 곧 지팡이를 돌려달라고 하는 것을 보고, 그 지팡이 속에 재촉을 받는 돈이 들어 있다는 생각이 머리에 떠올라 그런 짐작을 하게 된 것이라고 대답했다. 이런 일로 해서, 위에 서서 정치를 하는 자는 설혹 얼마간 바보라 하더라도 하느님이 틀림없이 그 사람의 판단에 힘을 보태어 인도해주신다는 것을 알 수 있고, 뿐만 아니라 산초는 자기 마을의 신부한테서 이번 사건과 비슷한 사건에 관해서 들은 적이 있다고 말했는데, 만일 그가 그것을 죄다 잊어버리지 않고 있다면 이 섬에서 그에 따라갈 만한 기억력을 가진 자는 없다고 할 만큼 그는 훌륭한 기억력을 갖고 있었던 것이다. 마침내 한 노인은 부끄러워하고 다른 한 노인은 돈을 받고 물러갔는데, 그 자리에 있던 사람들은 모두 경탄해 마지않고, 산초의 말과 실적과 행동 따위를 기록하는 사나이는 그를 바보로 기록할 것인가, 지혜 있는 자로 기록할 것인가 딱히 정할 수가 없었다.

이 소송이 해결되었는가 싶더니 곧 한 여자가 돈 있는 가축 상인 같은 복장을 한 남자를 꼭 붙들고 정청에 들어와서 큰 소리로 떠들어댔다.

"재판을 부탁합니다요, 영주님, 재판을 부탁해요. 만일 이 세상에서 재판을 해주시지 않는다면, 천당에 가서라도 재판을 부탁하겠어요! 제 영혼의 영주님! 이 악당은 들판 한가운데서 저를 붙잡아 마치 더러운 걸레조각처럼 제 몸을 희롱했습니다요. 아아, 서글퍼라! 제가 23년 이상이나 소중히 지켜온 것을 저한테서 빼앗아갔습니다요. 무어인한테나, 그리스도 교도한테나, 고향 사람한테나 타향 사람한테나 매우 소중히 지켜온 것을 말씀예요. 저는 언제나 코르크 참나무처럼 여물어서 불 속의 불과 그림자, 가시덤불 속의 양털처럼 깨끗하게 소중히 간직해왔는데 그 모든 것을 이 미친 사나이가 이제 와서, 잘 먹었다는 식으로 그 탐욕의 손으로 저를 희롱하지 않았겠습니까요."

"그건 조사해봐야지. 이 미남이 탐욕의 손을 가졌나 어땠나 하는 건 말이야" 하고 산초가 말했다.

그리고 남자 쪽을 돌아보고, 이 여자의 호소에 무언가 대답할 말은 없느냐고 물었다. 그러자 남자는 무척 당황해하면서 대답했다.

"영주님, 저는 하찮은 돼지 장수입지요. 실례를 무릅쓰고 말씀드리면, 오늘 아침 네 마리의 돼지를 팔고 이 마을을 떠났습니다만, 세금을 내고 속임수에 넘어가기도 하고 해서 돼지 판 돈보다 조금 적은 금액을 다 빼앗기고 말았습니다. 그러고 나서 우리 마을로 돌아가는 도중에 이 호색 여자를 만나게 되었지요. 그리고 모든 일을 휘저어놓고, 모든 일에 불을 지르고 다니는 악마 녀석이 우리 두 사람을 함께 자게 만들어버렸읍죠. 저는 충분히 돈을 지불해주었는데, 여자가 도무지 만족하지 않고 저를 붙잡고는 이 자리에 끌고 올 때까지 놓아주지 않았습니다요. 제가 여자를 강제로 희롱했다고 합니다만, 지금부터 할, 아니 할 생각으로 있는 맹세를 두고 말씀드립니다. 이 여자는 거짓말을 하고 있습니다. 제 말씀은 사실이고 추호도 숨김이 없습니다, 네."

이때 영주는 은화로 얼마나 돈을 가지고 있느냐고 그에게 물었다. 그러자 20두카트의 돈을 가죽 지갑에 넣어 품에 지니고 있다고 대답했다. 산초가 그것을 고스란히 호소해온 온 여자에게 넘겨주라고 명령하자 그는 떨리는 손으로 그대로 했다. 여자는 지갑을 받아들고 사람들에게 꾸벅꾸벅 절을 하고는 그토록 난처한 처지에 빠진 고아 소녀와 처녀들을 걱정해주시는 영주님의 수명과 건강을 하느님께 빌고 나더니 두 손으로 지갑을 움켜쥐고 법정을 나갔다. 물론 그 전에 지갑에 들어 있는 돈이 은화인가 아닌가 조사하는 것을 잊지는 않았다. 가축 상인의 두 눈에는 글썽하게 눈물이 괸 채 눈과 마음으로 자기 지갑을 뒤쫓았다. 산초는 여자가 나가자 곧 그에게 말했다.

"이봐, 당신은 저 여자 뒤를 쫓아가요. 그리고 억지로 지갑을 빼앗아버리란 말야. 그런 다음 여자와 함께 다시 이리로 돌아오시오."

이 말을 들은 가축 상인은 바보도 귀머거리도 아니었다. 그는 번개처럼 재빨리 뛰쳐나가 명령받은 일을 하기 위해 달려갔다. 그자리에 있던 모든 사람들은 이 소송의 결말을 기다리면서 어떻게 될 것인가 마음을 졸였는데, 얼마 안 지나서 남자와 여자는 처음 들어왔을 때보다 더 서로 얼키고설킨 채 되돌아왔다. 여자가 스커트를 걷어올려 무릎 근처에다 지갑을 감추었기 때문에 남자는 그것을 빼앗으려고 필사적이었다. 그러나 여자도 빼앗기지 않으려고 있는 힘을 다해서 안간힘을 썼으나 그것은 불가능했다. 여자는 큰 소리로 떠들어댔다.

"하느님의 재판과 이 세상의 재판을 부탁드립니다요! 보세요, 영주님! 짐승처럼 염치도 없고 겁도 없는 이 사내가 동네 한복판에서, 더욱이 길바닥에서 영주님이 제게 주라고 명령하신 지갑을 빼앗으려고 덤벼들었습니다요!"

"그래서 빼앗겼느냐?" 하고 영주가 물었다.

"왜 뺏기겠습니까요?" 하고 여자가 대답했다. "지갑을 빼앗기느니 차라리 목숨을 빼앗기는 편이 낫겠습니다요. 설마 하니 어린 계집애도 아니고! 이렇게 천하고 지긋지긋한 사내에게 당할 정도라면 고양이에게 턱을 물리는 편이 훨씬 나아요! 집게고, 망치고, 장도리고, 끌이고, 사자의 발톱이고간에 도저히 제 손에서 지갑을 빼앗아갈 순 없어요. 그보다 제 몸뚱이 한가운데서 혼백을 빼가는 편이 나을걸요!"

"이 여자가 하는 말은 사실입니다요" 하고 남자가 말했다. "저는 도저히 안되겠고 힘이 미치지 못한다는 걸 인정합니다요. 도저히 제 손 가지고는 이 여자한테서 지갑을 빼앗는다는 것은 생각지도 못할 일입니다, 정말입지요. 이제 이렇게 되면 단념하겠습니다요."

이때 영주가 여자에게 말했다.

"너는 꽤 똑똑하고 용감한 여자로구나. 그 지갑을 좀 보고 싶구나."

여자는 얼른 지갑을 그에게 주었다.

그러자 영주는 그것을 남자에게 돌려주고, 이 폭행을 당한 여자, 아니 폭행을 휘두른 여자에게 말했다.

"이봐, 여자, 네가 이 지갑을 뺏기지 않으려고 보여준 그 힘을, 그 엄청나게 센 힘과 기세를, 아니 그 절반이라도 네가 몸을 지키기 위해서 발휘했더라면, 헤르쿨레스 같은 힘이라도 너를 폭행할 순 없었을 거야. 자, 냉큼 나가라. 그리고 이 섬 안에서는 말할 것도 없고, 이 주변 6레구아 안에 머물러 있어선 안돼. 만일 위반할 땐 200번의 채찍을 때릴 테니 그리 알아. 냉큼 꺼져, 이 말 많고 뻔뻔스럽고 엉큼한 여자 같으니라구!"

여자는 겁을 집어먹고 고개를 푹 숙인 채 물러나갔다. 그러자 영주는 남자를 돌아보고 말을 했다.

"이봐, 그 돈을 갖고 마을로 돌아가요, 몸성히. 그리고 앞으론 만일 돈을 잃고 싶지 않거든 아무하고나 함부로 자는 기분을 내지 않도록 조심해야 해."

남자는 매우 당황해하면서 떠듬떠듬 인사하고 돌아갔다. 그자리에 있던 사람들은 하나같이 신임 영주의 판단력과 판결에 놀라움을 새로이 했다. 그리고 이러한 일의 경위는 상세히 기록되어 일각이 여삼추로 기다리고 있는 공작에게 보내졌다. 그런데 우리의 사랑하는 산초는 잠시 여기서 머물러 있어야겠다. 알띠시도라의 음악에 완전히 공포를 느낀 그의 주인 나리가 우리에게 자꾸만 손짓을 하고 있기 때문이다.

제 46 장

사랑에 괴로워하는 알띠시도라의 호소 다음에 돈 끼호떼가 당할 방울과 고양이의 굉장한 놀라움에 대해서.

우리는 위대한 돈 끼호떼를 사랑에 괴로워하는 알띠시도라의 음악이 그의 속에 불러일으킨 여러 가지 상념에 가라앉게 한 채 그대로 놓아두었었다. 그러한 상념을 품고 침상에 들어갔는데, 그러한 생각은 마치 벼룩처럼 그를 잠들지 못하게 했을 뿐 아니라 잠시도 가만히 쉬게 해주지도 않았다. 게다가 양말의 터진 자국이 한몫 거들었다. 그러나 '시(時)'는 빠른 것이어서 그것을 막을 방해물은 없으므로, '시각'의 말을 타고 달려 눈깜박할 사이에 아침이 찾아왔다. 돈 끼호떼는 부드러운 깃털 이불을 걷어차고 주저하는 기색도 없이 재빨리 면양의 동옷을 입고는 긴 양말의 구멍난 부분을 감추기 위해 여행용 장화를 신었다. 새빨간 망토를 휙 어깨에 던져얹듯 걸치고, 머리에는 은장식 끈이 달린 녹색 비로드 모자를 썼다. 오른쪽 어깨에는 그의 자랑인 날카로운 칼을 건 가죽끈을 비뚤어지게 걸치고, 언제나 손에서 놓은 적이 없는 큼직한 묵주를 거머쥔 채 무척 거드름을 피우면서 어깨와 허리를 흔들며 성큼성큼 응접실로 들어갔다. 거기에는 벌써 공작 부처가 말끔히 옷을 갈아입고 나와서 그를 기다리고 있었다. 그리고 그가 복도를 지나갈 때, 알띠시도라와 동료 시녀들이 일부러 그를 기다리고 있었는데, 알띠시도라는 돈 끼호떼를 보자 까무러쳐서 쓰러지는 척했다. 그녀의 동료들은 쓰러지는 그녀를 스커

트로 싸서 안고 재빨리 그녀의 가슴 앞 단추를 끄르려고 했다. 그것을
본 돈 끼호떼는 두 시녀 앞에 다가가서 말했다.

"이 실신의 원인이 무엇인지 나는 잘 알고 있소."

"저는 무슨 까닭인지 모르겠어요" 하고 그녀의 친구가 대답했다. "알
띠시도라는 이 저택 안에서 제일 건강한 시녀거든요. 제가 이 사람을 알
고부터 한 번도 한숨짓는 걸 본 적이 없습니다. 이 세상의 편력 기사 따
위 모두 실컷 혼이 났으면 좋겠어요. 모두가 벽창호란 말씀이에요. 기사
님, 제발 떠나주세요. 기사님이 여기 계시는 한 이 가엾은 여자는 제정
신을 차리지 못할 거예요."

이에 대해서 돈 끼호떼가 대답했다.

"한 가지 부탁이 있소, 시녀님. 오늘 밤 내 방에 류트를 하나 준비해
주도록 주선해주시면 좋겠소. 이 사랑에 괴로워하는 여성을 내가 가능한
한 정성을 다해서 위로해드리고 싶어서 그러오. 사랑이 시작되는 시기에
는 한시바삐 그 몽매에서 깨어나게 하는 것이 다시 없는 요법이오."

그리고 거기 있는 시녀들이 자기의 차림을 깨닫지 못하도록 허둥지둥
떠나갔다. 그가 떠나자마자 기절했던 알띠시도라는 일어나서 친구에게
말했다.

"저분에게 류트를 하나 마련해드릴 필요가 있는 모양이네. 암만해도
이제 돈 끼호떼는 우리에게 음악을 들려줄 작정인가봐. 저분 일이니 그
리 서툰 음악도 아닐 거야."

그리고 바로 공작 부인에게 일의 경위와 아울러 돈 끼호떼가 류트를
구한다는 것을 상세히 보고하러 갔는데, 부인은 무척 기뻐하면서 공작과
두 시녀와 함께 돈 끼호떼를 골려줄 즐거운 장난을 이것저것 의논하고
모두 밤이 되기를 고대했다. 밤은 낮이 재빨리 찾아온 것처럼 찾아왔다.
낮동안 공작 부처는 돈 끼호떼와 함께 부드러운 대화를 나누면서 보냈던
것이다.

그런데 공작 부인은 그날 한 시동을(이 사람은 전에 숲에서 마법에 걸린
둘씨네아의 역할을 맡았던 시동이다) 떼레사 빤사 앞으로 그녀의 남편 산초
빤사의 편지와 산초가 아내에게 보내달라면서 남겨놓고 간 옷꾸러미를
들려보냈는데, 부인은 그에게 산초의 아내와의 사이에 일어난 모든 일을
상세히 자기에게 보고하라고 일러 놓았다. 이런 일이 끝나고 밤 열한 시
가 되었을 때 돈 끼호떼는 자기 방에서 류트를 발견했다. 그래서 류트의

줄을 고른 다음 쇠창살이 있는 창문을 여니 정원에 몇 사람이 거닐고 있는 기미가 있었다. 그래서 있는 실력을 다해서 류트의 줄 위로 이리저리 손가락을 움직이며 한 번 침을 뱉고 목청을 가다듬어, 가락은 좋았으나 약간 쉰 목소리로 다음과 같은 로망스를 불렀는데 이것은 그가 그날 직접 지은 것이었다.

무료하게 하는 일 없어
문득 마음에 떠오르는
사랑의 힘은, 사랑의 힘은
영혼을 혼란시킨다.

바느질이나 깁는 일에
평소 마음을 쏟으면
사랑이나 뜬 바람기의
독을 푸는 데 다시 없는 약.

결국은 남의 아내가 되려고
집에서 머무르는 처녀,
얌전한 몸가짐이 바로 지참금,
사람들의 찬사가 높아진다.

편력의 기사라는 인간은
궁중의 궁인들조차도,
희롱은 변덕스런 여자에게 하고
아내는 얌전한 여자로 택한다.

아침에 싹이 트는 사랑은
객지의 숙소에서 나누는 사랑.
저녁이면 좌우로 서로
헤어져버리는 덧없는 사랑.

오늘 찾아와서 내일 떠나는
갑자기 싹튼 사랑이라면
마음 깊숙히 새겨놓은
아름다운 모습 흔적도 없다.

초상 위에 다시 그리면
무엇을 그렸는지 뵈지 않는다.
아름다운 모습 위에 그려도
다른 모습 덧없어진다.

내 영혼의 화판 위에
그려진 아름다운 그 모습의
둘씨네아 델 또보소,
그리운 그 모습 어찌 지우랴.

연인들의 정결 그것은 바로
무엇보다도 고귀한 것,
사랑의 신도 기적 베풀어
연인의 이름들 우러러 뵌다.

돈 끼호떼가 여기까지 자작의 노래를 불렀을 때——공작 부처와 알
띠시도라를 비롯해서 이 성의 거의 모든 사람들이 그의 노래를 듣고 있
었다——뜻밖에도 돈 끼호떼의 창살 창문 바로 위인 복도에서 한 가닥
의 밧줄이 내려오고 그 밧줄에는 100개 이상의 방울이 달려 있었다. 그
방울 다음에는 고양이를 넣은 큼직한 자루가 매달려 있고, 고양이 꼬리
에도 저마다 조그마한 방울이 달려 있었다. 방울 소리와 고양이 울음 소
리가 너무 요란했으므로, 이 장난의 착안자인 공작 부처까지 저도 모르
게 섬뜩했을 정도였다. 그 무서움에 돈 끼호떼는 그만 몸이 굳어지고 말
았다. 더욱이 운명의 장난으로 2마리인가 3마리인가의 고양이가 그의 방
창문으로 기어들어 마치 악마의 떼거리가 방안을 휘젓고 다니는 듯 이리
저리 뛰어다녔다. 그러다가 방안에 켜져 있던 촛불마저 꺼뜨리고 어디론
가 달아나려고 했다. 큼직한 방울을 단 밧줄은 여전히 출렁거리면서 방
울 소리를 울려대고 있었다. 일의 진상을 모르는 성 안 사람들은 모두가
그저 멍청하니 놀랄 뿐이었다. 돈 끼호떼는 일어나서 칼을 손에 잡고 창
살 사이로 밖의 허공을 쿡쿡 찌르면서 외쳤다.

"꺼져라, 속 검은 마법사들! 꺼져라, 요술사의 악당들! 나는 돈 끼
호떼 데 라 만차다. 이렇게 말하는 내게는 그대들의 흉계도 아무런 효험

이 없거니와 아무런 힘도 없다!"

그리고 방안을 뛰어다니는 고양이들을 돌아보고 칼을 휘둘러 마구 후려쳤다. 고양이들은 창살에 뛰어올라 밖으로 달아났다. 그런데 한 마리가 돈 끼호떼의 칼끝에 마구 몰리자 그의 얼굴에 달려들어 코를 발톱으로 할퀴고 이빨로 물어뜯었다. 돈 끼호떼는 너무 아파서 죽는다고 소리를 질렀다. 비명을 들은 공작 부처는 무슨 일이 일어났나 하고 부랴부랴 그의 방으로 달려가 열쇠로 방문을 열고 뛰어들어가서 가엾은 기사가 얼굴에 달라붙은 고양이를 떼어놓으려고 안간힘을 쓰고 있는 꼬락서니를 보았다. 공작 부처는 등불을 들고 안으로 들어가 이 균형 잃은 싸움을 바라보았다. 그리고 공작이 얼른 달려들어 싸움의 중개를 하자 돈 끼호떼가 큰 소리로 말했다.

"그 누구든 이녀석을 나한테서 떼어놓지 마라! 이 악마와 요술사와 이 마법사 등과 일대일로 승부를 겨루게 하라! 돈 끼호떼 데 라 만차가 어떤 기사인지 이자에게 똑똑히 알려줄 참이다!"

그러나 고양이는 이런 위협에도 아랑곳없이 더 사납게 공격을 했다. 그래서 결국 공작이 고양이를 떼내어 쇠창살 밖으로 내던졌다.

돈 끼호떼의 얼굴은 상처투성이가 되었으며 코도 무사하지 않았다. 그러나 그는 악당 마법사와 그토록 심한 격투를 끝까지 하게 내버려두지 않았다고 무척 분해했다. 공작은 아빠리씨오의 기름(16세기에 아빠리씨오 데 스비야가 발명한 외상용 기름)을 가져오게 하여 알띠시도라의 그 희고 아름다운 손으로 상처에 바르고 붕대를 감아주게 했다.

붕대를 감아주면서 그녀는 나직이 소곤거렸다.

"기사님에게 일어난 이런 재난은, 목석 같은 기사님, 모두 그 무정함과 고집 때문이에요. 제발 기사님이 그토록 사랑하고 계시는 그 둘씨네아 님이 결코 마법에서 달아날 수 없기를 바라겠어요. 적어도 기사님을 이토록 연모하는 제가 살아 있는 한은 두 분이 쾌락을 함께 나누거나 함께 신혼의 잠자리에 들지 못하시게 하기 위해서 제발 기사님의 종자 산초가 자기 엉덩이를 채찍질하는 것을 잊어버리도록 하느님이 내버려두셨으면 좋겠어요."

이런 말에 대해서 돈 끼호떼는 다만 깊은 한숨을 내쉴 뿐 한 마디도 대답하지 않았다. 그리고 침대에 몸을 뉘고 공작 부처의 친절에 감사의 뜻을 표했다. 그러나 그것은 그 고양이의 모습을 한 악당, 방울을 울려

댄 마법사에 대한 공포 때문이 아니라 공작 부처가 자기를 도와준 호의
에 대한 것이었다. 공작 부처는 그를 조용히 쉬도록 해주고, 자기들의
장난의 불행한 결말을 후회하면서 방에서 나갔다. 돈 끼호떼는 그 후 닷
새 동안 꼬박 방에 틀어박혀 누워만 있는 생활을 하게 되었으니 이 장난
은 돈 끼호떼에게는 참으로 안타깝고 값비싼 대가를 치른 것이었다. 그
런데 이 침대에만 누워 있는 생활을 하는 동안 이미 여기서 말한 모험보
다 훨씬 즐거운 다른 모험이 그에게 일어났다. 그러나 이 모험에 관해서
이 이야기의 작자는 지금 여기서 말하고 싶지 않다. 무섭게 섬의 통치에
열심이고, 그러면서도 우스꽝스럽기 짝이 없는 산초 빤사가 있는 곳으로
가보기 위해서.

제 47 장

여기서는 산초 빤사가 그의 정청에서 어떻게 처신했나 하는 것이 계속 다루
어진다.

실록은 전하고 있다. 사람들은 산초 빤사를 정청에서 호화로운 궁전으
로 안내했는데, 그 광대한 홀에는 보기에도 근사하고 깨끗한 식탁이 마
련되어 있었다. 산초가 이 홀에 한 걸음 발을 들여놓는 순간, 클라리온
(맑은 음색의
나팔의 일종)의 취주악이 시작되고, 4명의 시동이 걸어와 손씻는 물을 받
들어 올렸으므로 산초는 아주 의젓하게 그것을 받았다. 음악 소리가 그
치고 산초는 식탁 윗자리에 앉았는데, 그것은 그밖에는 자리가 없었고
그릇도 거기밖에 마련되어 있지 않았기 때문이었다. 이어 산초 곁에 한
인물이 고래 수염으로 만든 가느다란 막대기를 들고 와서 대기했는데,
그가 의사라는 것이 곧 스스로에 의해 밝혀졌다. 과일을 비롯하여 갖가
지 진수성찬을 담은 색색의 쟁반을 덮었던 호화로운 흰 천이 벗겨지고,
학생풍의 사나이가 축복을 드린 다음 한 시동이 레이스 장식의 턱받이를
산초의 가슴에 걸어주었다. 그리고 우두머리 시동이 산초에게 전채(前
菜)의 과일 쟁반을 권했다. 산초가 막 먹을까말까 하는 찰나 곁에 선 사
나이가 고래 수염으로 살짝 쟁반을 건드리자 무서운 속도로 쟁반이 그의
앞에서 치워졌다. 우두머리 시동이 곧 다른 음식물을 담은 쟁반을 갖다

놓고 권했다. 그러나 그가 손을 대기도, 맛을 보기도 전에 고래 수염이 쟁반에 닿고 시동이 또 앞서의 전채 쟁반 못지않는 속도로 들어내버렸다. 산초는 아연해져서 사람들의 얼굴을 둘러보며, 대체 저 음식물은 요술쟁이의 재빠른 솜씨처럼 빨리 먹어야 하느냐고 물었다. 이에 대해 고래 수염을 가진 사나이가 말했다.

"영주님, 영주님께서는 역시 영주가 있는 다른 섬에서도 습관 혹은 관례가 되어 있는 것 이외는 잡수실 수 없습니다. 저는 의사로서, 이 섬 역대 영주의 주치의로서, 이 섬에서 봉급을 타먹고 있는 사람입니다. 그래서 저는 제 몸보다 영주님의 몸에 더 주의하여, 만일 영주님께서 병이라도 걸리실 때에는 틀림없이 치료할 수 있도록 밤낮으로 영주님의 체질을 연구하고 이것저것 진찰하고 있습니다. 그래서 제가 하는 주된 일은 점심때나 저녁식사 때 입회하여, 제가 괜찮다고 생각하는 것은 잡수시도록 하고, 반드시 영주님의 위를 상하게 할 좋지 않다고 생각되는 것은 잡수시지 못하도록 물리는 일입니다. 아까 그 과일 쟁반은 약간 물기가 많은 듯하여 물리게 했습니다. 그리고 그 다음 음식물도 너무 뜨거운 데다가 지나치게 향신료가 들어 있어 갈증을 증진시키므로 물리도록 한 것입니다. 게다가 또 너무 잡수시는 분은 생명을 구성하는 근본 체액(體液)이라는 것을 죽여 근절시킬 우려가 있습니다."

"그렇다면, 저기 있는 저 구운 자고는 내 생각에 아주 맛있어 보이니 아무 탈도 없을 것 같은데."

이에 대해 의사가 대답했다.

"저런 것은 제 목숨이 있는 한 영주님은 잡숫지 못하십니다."

"건 또 왜?" 하고 산초가 물었다. 그러자 의사가 대답했다.

"그 까닭을 말씀드리자면, 의학의 지표이자 빛이라고도 할 수 있는 저희들의 선인 히포크라테스(의학의 아버지라 일컬어지는 그리 스의 의학자. 기원전 460~375년경)는 그 경우의 하나에서 'omnis saturatio mala, perdicis autem pessima'라고 말하고 있습니다. 이것은 즉 '무릇 포식은 나쁘다, 그리고 자고의 포식은 가장 나쁘다'는 뜻입니다."

"그게 사실이라면" 하고 산초가 말했다.

"의사 양반, 이 식탁에 올라 있는 모든 음식물 중에서 어느 것이 가장 내 몸에 좋고, 어느 것이 가장 나쁜가 봐주구려. 그리고 그 막대기로 건드리지 말고 그걸 내가 먹게 해주. 영주의 목숨을 두고 마찬가지로, 하느님의 생애를 걸고 내게 먹게 해주구려. 지금 나는 배가 고파 죽을 지경이라 당신이 보기에 재미없더라도, 나한테서 음식물을 빼앗는 거나 마찬가지야."

"지당하신 말씀이십니다, 영주님" 하고 의사가 대답했다.

"그러시다면, 제 생각으로는 거기 있는 스튜로 만든 토끼고기는 털이 긴 짐승 고기니까 잡수시면 안되겠습니다. 저기 있는 송아지 고기는 그와 같이 소스를 발라서 굽지만 않았더라도 그냥저냥 잡수실 수 있을 텐데, 이제 와서 말해봐야 도리없습니다그려."

그래서 산초가 말했다.

"저쪽 끝에 저 김나는 큰 쟁반은 잡동사니 요리로 보이는데, 저런 잡동사니 속에는 여러 가지가 들어 있으니까 내가 좋아하고 몸에도 좋은 것이 있을 것도 같다만."

"천만의 말씀입니다!" 하고 의사가 말했다. "그런 좋지 않은 생각은 우리 곁에서 냉큼 사라져라, 하고 말하고 싶습니다! 모름지기 이 세상에서 잡동사니 요리처럼 나쁜 음식은 없지요. 수도사라든지 학원 원장이라든지 시골 농부들의 혼례 때에는 잡동사니 요리가 적합합니다만, 영주쯤 되는 분의 식탁에 절대로 올라서는 안되는 것입니다. 영주님들의 식탁에는 모두 깨끗하고 고상한 것만 나와야 합니다. 그 까닭은, 단순한 약은 복잡한 약보다 언제 어디서나 어떤 사람에게도 환영을 받기 때문이지요. 단순한 약으로는 잘못이 일어날 수가 없지만, 혼합하여 복잡해진 약은 그 혼합한 약품의 분량을 바꾸는 것만으로도 잘못이 일어날 수 있습니다. 영주님이 목하 건강을 유지하시고 나아가서 더 건강하시기 위해서 꼭 잡수셔야 한다고 제가 생각하는 것은 종이처럼 얇게 만 쌀과자 약 100개와 엷게 썰은 마르멜로의 열매 대여섯 조각입니다. 이것은 위도 편하시고 소화도 잘되실 것입니다."

산초는 이 말을 들으면서 의자 등에 기대어 의사를 가만히 쳐다보고 있다가 이윽고 정색을 하고, 당신 이름은 무엇이며 어디서 공부했느냐고 물었다.

"저는, 영주님, 도끄또르 뻬드로 레씨오 데 아구에로라고 하오며, 까라꾸엘과 알모도바르 델 깜뽀와의 중간 오른쪽에 있는 띠르떼아푸에라라고 부르는 마을에서 태어났습니다. 오수나 대학의 박사 학위를 가지고 있습니다."

이에 대해서 산초는 노기로 벌개지며 소리쳤다.

"아 그래, 우리가 까라꾸엘에서 알모도바르로 갈 때 오른쪽에 있는 띠르떼아푸에라 마을 태생으로 오수나에서 학위를 땄다는 도끄또르 뻬드로 레씨오 데 말(나쁜, 사악한 등의 뜻이 있음) 아구에로 선생, 냉큼 내 앞에서 꺼져라. 안 꺼지면 태양을 두고 맹세한다만, 몽둥이로 후려갈겨 너를 비롯해서 이 섬 전체에 적어도, 내가 보기에 아무것도 모르는 바보라고 짐작되는 그 따위 의사들은 한 놈도 안 남게 만들어버릴 테다. 학문 있고 점잖고 분별 있는 의사님이라면, 내 머리 위에 받들고 마치 신성한 분들처럼 숭앙하겠다. 그래서, 되풀이한다만, 뻬드로 레씨오, 여기서 나가라. 안 나가면 지금 내가 앉아 있는 이 의자로 네 대갈통을 박살내놓을 테다. 그런 다음 재판소에 가서 그 까닭을 일러 주마. 한 사람의, 말하자면 사회의 사형 집행인인 악질 의사를 죽이고 하느님을 돕는 일을 했다고 말해서 무죄 석방되어 나와 보일 테니까. 자, 먹을 것을 내놔라. 못 내놓겠다면 이 영주 자리도 얼른 가져가라. 자기가 섬기는 주인에게 먹을 것도 못 주는 직책이라면 완두콩 두 알 값어치도 없다."

도끄또르는 격노한 영주를 보고 당황하여 홀에서 삼십육계를 놓으려고 했다. 그런데 마침 그 순간 거리에서 급히 달려온 말을 탄 기수가 부는 뿔피리 소리가 울려서 시동장이 창문으로 내다보더니 돌아서서 말했다.

"공작님한테서 파발꾼이 왔습니다. 무언가 중요한 소식을 가져온 모양입니다."

파발꾼은 땀을 뻘뻘 흘리면서 허둥지둥 들어와 품에서 종이 한 장을 꺼내어 영주에게 주었다. 산초는 그것을 집사에게 넘겨주며 겉봉을 읽어보라고 말했다. 거기는 이렇게 씌어 있었다.

"바라따리아 섬의 영주 돈 산초 빤사 님 친전 혹은 시종 전교."

"여기서는 누가 시종인가?" 하고 산초가 물었다.

그러자 그자리에 있던 사람 가운데 하나가 대답했다.

"영주님, 제가 시종입니다. 저는 읽고 쓸 줄 알 뿐만 아니라 비스까야인(당시 시종으로서는 비스까 야인이 가장 신용 있었다)입니다."

"그런 재주가 있다면" 하고 산초가 말했다. "너는 황제의 시종관이라도 되겠다. 그 편지를 뜯어서 뭐가 씌어 있나 읽어봐라."

이 갑자기 임명된 시종은 분부대로 편지 사연을 읽어보더니, 은밀히 말씀드려야 될 일이라고 말했다. 그래서 산초는 집사와 시종장만 남고 모두 나가라고 명령했다. 사람들과 의사가 물러가자 시종은 편지를 낭독했는데 거기에는 이런 사연이 씌어 있었다.

돈 산초 빤사 님, 근간 내가 탐지한 바에 의하면 나와 섬에 적의를 품은 자가 어느 날 밤이 될지 확실치 않으나 섬에 맹공격을 가할 계획이라고 하오. 기습을 당하는 일이 없도록 감시를 엄중히 하고 경계를 오로지 게을리하지 않기를 바라오. 그리고 나의 믿을 만한 첩자의 정보에 의하면, 그들은 귀공의 만만찮은 재능을 두려워한 나머지 귀공의 목숨을 빼앗으려고 4명의 변장한 자객을 섬에 잠입시켰다 하니 명심하시기 바라오. 항상 눈을 크게 뜨고 귀공에게 무슨 진정을 가장하여 접근하는 자의 경계를 엄중히 하고, 남이 보내온 물건은 무엇이든 입에 넣지 말도록 거듭 조심해주기 바라오. 또 귀공이 만일 궁지에 빠지는 사태가 일어날 때에는 만사를 제치고 원조해드릴 작정이나, 만사 모두 기대할 만한 귀공의 명석한 판단대로 행동해주기 바라오.

8월 16일 오전 4시
귀공의 벗 공작

산초는 얼떨떨해지고 말았다. 그러자 옆에 있던 사람들도 마찬가지로 멍청해진 체했는데, 산초는 집사를 돌아보고 말했다.

"여기서 지금 해야 할 일은, 그것도 당장 하지 않으면 안될 일은, 도끄또르 레씨오를 감옥에 집어넣는 일이다. 그 까닭은 나를 해치려는 자가 있다면 그자가 틀림없기 때문이야. 천천히 굶겨 죽인다는 아주 질이 좋지 않고 가장 뱃속 검은 살인 방법으로 나를 해치려고 했거든."

"그리고 영주님께서는" 하고 시종장이 말했다. "이 식탁에 차려놓은 음식물도 일체 드시지 않는 것이 좋을 것 같습니다. 이 음식물들은 모두 수녀들이 바친 것이니까요. 그 왜 흔히 말하지 않습니까, 십자가 뒤에 악마가 숨는다고 말씀입니다."

"나는 그렇잖다고는 말하지 않겠다" 하고 산초가 대답했다. "그렇다면 우선 빵 한 조각과 포도를 4근쯤 갖다주면 좋겠다. 설마하니 포도 열매 속에는 독이 들어 있지 않겠지. 정말이지, 나도 이대로 먹지 않고 넘길 순 없고, 또 언제 시작될지 모를 이번 싸움에 빈틈없이 대비를 하고 있어야 한다면 배를 든든하게 채워놓을 필요가 있단 말야. 창자가 용기를 낳는 것이지 용기가 창자를 낳는 것은 아니니까. 그런데 이봐, 시종, 우리 주인 공작님에게 답서를 써주면 좋겠다. 말씀하신 일, 분부하신 일, 조금도 어김없이 하겠다고 말씀드려라. 그리고 내가 사모하는 공작 부인님의 오른손에 내가 입맞춤을 보낸다고 말씀드리고 또 내 편지와 옷보따리를 마누라 떼레사 빤사에게 잊지 말고 보내주시도록 부탁을 드려라. 그렇게 해주시면 나는 진심으로 은혜를 잊지 않고 내 힘으로 할 수 있는 일은 무엇이든지 그분을 위해서 다할 참이라고 말야. 아울러서 우리 주인 돈 끼호떼 데 라 만차 님에게도 나는 먹여주신 빵의 은혜를 잊지 않는 사나이라는 것을 알아주시도록. 그리고 오른손에 입맞춤을 보낸다고 덧붙여서 말씀드려라. 그 밖에는 상당한 시종역으로서 또 당당한 비스까야인으로서, 네가 잘 생각해서 그 중에서도 가장 적당한 말을 뭐든지 덧붙여서 써넣어라. 그럼, 그 식탁보를 치우고 내가 먹을 것을 가져오너라. 그런 다음 첩자건 자객이건 마법사건, 우리 섬을 습격해오는 자는 누구든 적당히 해치워 보이마."

마침 이때 한 시종이 들어와서 말했다.

"지금 이곳에, 본인의 말에 의하면, 아주 중대한 용건에 관해서 영주님께 말씀드릴 것이 있다는 농부가 와 있습니다. 어떻게 하면 좋겠습니까?"

"용건을 가진 사나이라니 우스운 얘기가 아닌가" 하고 산초가 말했다. "이런 시간은 무슨 용건을 말하러 와도 좋은 시간이 아니라는 걸 깨닫지 못할 만큼, 그녀석은 바본가? 어쩌면 그녀석은 우리처럼 정치를 하거나 재판을 하는 인간은 산 몸을 가진, 꼭 필요할 때에는 쉬게 해줘야 하는 인간이 아니라 마치 대리석으로 만든 인간이면 좋겠다고 생각하고 있는 게 아냐? 내 통치가 계속된다면(하기야 내 짐작으로는 계속할 것 같지도 않다만), 난 그런 용건으로 찾아오는 녀석을 하나도 남김없이 단단히 가르쳐줘야겠다고 하느님과 내 양심에 맹세할 참이다. 그러나저러나, 그렇담 들어오라고 하려무나. 하지만 그녀석이 그 첩자 가운데 하나거나, 아니면 나를 노리는 자객인지도 모르니 조심해야 해."

"안심하십쇼, 영주님" 하고 시종이 대답했다. "그는 마치 물병처럼 머리가 텅 빈 녀석 같으니까요. 하기야 그녀석이 빵처럼 착한 사낸지 어떤지는 잘 모르겠습니다만."

"뭐 그리 겁을 내실 것은 없습니다" 하고 집사가 말했다. "우리가 여기 다 있으니까요."

"이봐, 여긴 지금 도끄또르 뻬드로 레씨오도 없으니까 빵 한 조각과 양파 한 개라도 상관없으니, 뭔가 먹은 듯하고 자양분이 있는 것을 먹어도 상관없을 테지?"

"오늘 밤 저녁식사로 점심식사의 부족을 보충하시면 됩니다. 그러면 만족하게 봉창을 하실 수 있을 것입니다" 하고 시동이 말했다.

"그렇다면 좋겠다만" 하고 산초가 대답했다.

거기에 농부가 들어왔는데 제법 풍채가 좋은 사나이였으며 1000레구아나 떨어진 곳에서 보더라도 호인이요, 온순한 마음씨의 소유자라는 것을 알 수 있었다.

그는 들어서자마자 물었다.

"여기서 어느 분이 영주님이십니까요?"

"어느 분이랄 게 있나" 하고 시종이 대답했다. "의자에 앉아 계시는 분이 아니고 누구겠어?"

"그러시다면 절을 받으십시오" 하고 농부가 말했다.

그러고는 무릎을 꿇고 상대편의 손을 구하여 입을 맞추려 했다. 그러나 산초는 손을 내놓으려 하지 않고, 일어서서 할 말이 있으면 하라고 말했다. 농부는 하라는 대로 곧 입을 열었다.

"저는, 영주님, 씨우다드 레알에서 2레구아 거리에 있는 미겔 뚜르라 마을 태생의 농부입니다요."

"저런, 또 그 띠르뗴아푸에라 같은 일인가!" 하고 산초가 말했다. "자, 말해봐. 내가 자네한테 말할 수 있는 건 내가 미겔 뚜르라를 잘 알고 있다는 것과 그 마을이 우리 마을에서 그다지 멀지 않다는 것뿐야."

"그래서 문제는 영주님" 하고 농부가 계속했다. "전 하느님의 자비로 로마 카톨릭 교회의 허락을 받아 결혼을 했읍죠. 제겐 두 아들이 있는데 둘 다 학생입니다. 큰 녀석은 석사가 될 공부를 하고 있고, 작은 녀석은 학사를 받으려 하죠. 전 현재 홀아비인데, 마누라가 죽어서요, 그보다 나쁜 의사 녀석이 마누라를 죽였기 때문이라고 말하는 편이 낫겠읍죠. 그 의사란 녀석이 임신한 마누라에게 설사 촉진제를 주지 않았겠습니까요? 하느님께서 무사히 애만이라도 낳게 해주었더라면 그녀석은 틀림없이 사내아이였을 겁니다. 전 그애가 석사와 학사 형들을 부러워하지 않도록 이번에는 박사를 딸 공부를 시키고 있었을 것입니다요."

"그렇다면" 하고 산초가 말했다. "만일 자네 부인이 죽지 않았더라면,

살해되지 않았더라면, 자넨 지금처럼 홀아비가 아니겠지?"

"그야 영주님, 그렇구말굽쇼. 무슨 일이 있더라도 그렇읍죠" 하고 농부가 대답했다.

"기가 차서 말도 못 하겠다!" 하고 산초가 대답했다. "자, 말을 계속해. 알다시피 이 시간은 그런 용건보다는 자야 할 시간이니까."

"그러시다면, 말하겠습니다요" 하고 농부가 말했다. "말하자면, 석사가 되게끔 되어 있는 제 아들 녀석이 같은 마을의 큰 부자 농부 안드레스 뻬를레리노의 딸 끌라라 뻬를레리노라는 처녀에게 반해버렸단 말씀입니다요. 그런데 이 뻬를레리노라는 이름은 조상한테서 물려받은 것도 그 밖의 가문에서 온 것도 아니고, 이 혈통을 이어받은 자는 누구나 할 것 없이 중풍을 앓기 때문에 얼마간 듣기 좋게 하기 위해서 자신들을 뻬를레리노스라고 부르게 된 것이랍니다요. 하기야 사실을 말씀드리면 그 처녀 아이는, 글쎄요, 동방의 진주(뻬를레리노스는 동방의 진주라는 말도 된다) 같은 아이긴 합니다요. 그래서 오른쪽에서 보면 마치 들에 피는 꽃 바로 그대룹죠. 왼쪽에서 보면 그렇지도 않지만, 그쪽은 마마를 앓을 때 퉁겨나가서 눈이 없거든요. 게다가 얼굴엔 곰보 자국이 쫙 깔렸고, 그 가운덴 제법 큰 것도 있는데, 그애를 좋아하는 사내들 눈엔 그게 결코 곰보가 아니라 그 처녀를 사랑하는 사내의 영혼이 깃들인 무덤이니 어쩌니 말하고 있읍죠. 그애는 무척 깨끗한 걸 좋아해서 얼굴을 더럽히지 않으려고 코를 세상에서 흔히 말하듯 위로 치켜올리고 있어서 아무리 보아야 콧구멍이 입에서 되도록 멀리 달아나려고 하고 있다고 밖에 여겨지지 않읍죠. 하지만, 그래도 꽤 볼품 있는 처녀랍니다요. 왜냐하면 입이 큼직해서 만일 앞니와 어금니가 한 10개쯤 빠지지만 않았더라면 모양이 제대로 다듬어진 입과 비교하더라도 결코 뒤지지 않을 뿐더러 오히려 그보다 더 낫다는 소리를 들었을 테니까요. 그애 입술에 관해선 다시 할 말이 없습니다요. 어떻게 얇던지, 만일 입술을 가지고 실을 잣는 게 유행한다면 이 입술로 한가닥의 실을 자을 수도 있을지 모를 정도니까요. 다만, 보통 입술에서 흔히 보는 빛깔과 다른 빛깔을 하고 있어서 마치 거짓말 같읍죠. 워낙 청색이 아니면 녹색이고 때로는 진자줏빛도 되고 얼룩도 지곤 하거든요. 그런데 영주님, 결국은 제며느리가 될 애의 좋은 점을 제가 이렇게 자상하게 설명을 하더라도 제발 관대하게 봐주십쇼. 전 그애가 마음에 들고 조금도 보기 흉하다곤 생각지 않고 있으니까요."

"자네가 좋을 만큼 실컷 늘어놓게나" 하고 산초가 말했다. "자네 며느리의 얼굴 모양에 관해서 자상하게 얘기를 듣고 나는 즐거운 생각을 하고 있으니까. 만일 내가 점심밥만 먹었더라면, 자네가 그려 보이는 그 얼굴에 관한 얘기만큼 맛있는 식후의 과자는 없었을 텐데."

"그 식후의 과자는 아직도 나중에 나옵니다요" 하고 농부가 대답했다. "하지만 우선은 형편이 나쁘더라도 언젠가 형편이 좋은 때가 오겠읍죠. 그래서 말씀드립니다요만, 영주님, 만일 그애 몸매가 고상하고 날씬한 것을 마치 눈으로 직접 보듯이 말씀드릴 수 있다면 그야말로 놀라실 것입니다요. 워낙 그 처녀의 몸매가 마치 고양이처럼 심하게 굽고 쪼그라지고, 꼭 입과 무릎이 붙은 것처럼 되어 있어서 그럴 수가 없습니다요. 그래도 만일 그애가 일어설 수만 있다면 머리를 천장에 부딪칠 것이 틀림없다는 건 누구나 다 알 수 있읍죠. 게다가 그애는 그럴 수만 있었다면 제 아들 석사에게 벌써 오래전에 아내가 되겠다고 손을 내밀었을 것입니다요만, 실은 손이 오그라져서 펼 수가 없습니다요. 그리고 뭐니뭐니해도 그애의 길고 휜 손톱만 보아도 그애의 마음씨가 얼마나 부드럽고 맵시가 아름다운지를 뚜렷이 알 수 있읍죠."

"알았어" 하고 산초가 말했다. "자넨 그애의 발톱에서 머리끝까지 자상하게 설명해 보였다는 걸 계산에 넣어야 해. 그래서 어떻게 해달라는 거야? 빙빙 돌리고 옆길로 빠지고 조각이나 단편을 일절 덧붙이진 말고 얘기의 골자로 들어가봐."

"될 수만 있다면 부탁드리고 싶은 것은" 하고 농부가 말을 이었다. "영주님께서 한 마디 그 처녀의 아버지 앞으로 추천장을 써 주시고, 그애도, 아들도, 재산도, 두 사람의 성질도 결코 안 어울리지 않으니까 이 혼담이 이루어지면 좋을 줄 안다고 부탁해주시면 은혜로 생각하겠습니다. 사실을 말씀드리면, 영주님, 제 아들 녀석은 악마에 사로잡혀 있어서 말씀입죠, 하루에 서너 번씩 그 고약한 악마에게 부대끼지 않은 날이 없을 정도고, 게다가 한 번 불속에 엎어진 적이 있어서요, 얼굴은 양의 가죽처럼 쭈굴쭈굴하고 두 눈은 언제나 울고 있는 것처럼 눈물이 마르지 않는답니다요, 하지만, 꼭 천사 같은 성질을 가진 아이라서, 자기 몸을 자기 손으로 몽둥이로 때리거나 치거나 하는 고행을 하지 않더라도 성자님이 되고도 남을 것입니다요."

"또 그밖에 뭐 해주면 싶은 건 없나?" 하고 산초가 물었다.

"글쎄요, 좀더 말씀드리긴 안됐지만 한 가지만 더 부탁드리고 싶습니다요" 하고 농부가 말했다. "하지만, 에라, 말해버리자! 결국 이대로 가슴 속에서 썩일 수는 없으니까, 어떻게 되건 모르겠다! 그럼 말해버리겠습니다요만, 영주님, 제 아들 석사의 결혼 경비에 보태게 300두카트나 600두카트의 돈을 좀 내려주실 수 없습니까요? 제가 말씀드리고 싶은 것은 그녀석에게 집을 하나 사주고 싶어서 거기에 보태려고 그럽니다요. 왜냐하면, 시부모의 뻔뻔스러움에 괴로워할 것 없이 젊은 녀석들 내외는 저희들 내외끼리만 사는 게 좋을 것 같아서 말입니다요."

"그밖에 부탁할 건 없나 잘 생각해봐" 하고 산초가 말했다. "형편이 나쁘다거나 좀 주저된다거나 해서 말 않을 건 없어."

"아니, 이젠 아무것도 없습니다요" 하고 농부가 대답했다.

그가 이 대답을 다 마치기도 전에 영주는 벌떡 일어나더니 그때까지 앉아 있던 의자를 움켜쥐고 소리쳤다.

"이봐, 이봐, 이봐! 이 시골뜨기야, 골수가 모라자는 농사꾼아, 냉큼 여기서 내 눈에 보이지 않는 곳으로 꺼져라. 그러지 않았다간 이 의자로 대가리를 부숴놓을 테다! 이 매춘부의 자식아, 악당아, 악마의 환쟁이야. 뭐 이런 시간에 나한테 600두카트를 울궈내러 왔다구? 그래, 내가 어디에 그만한 대금을 갖고 있는 걸로 보이느냐? 이 방귀벌레야, 설혹 내가 그런 돈을 갖고 있다손 치더라도, 어째서 그걸 너한테 줘야 한단 말이냐? 이 약삭빠른 천치야, 그러구, 미겔 뚜르라가 말이다, 뻬를레리노스 집안이 말이다, 나한테 뭐가 어쨌다는 거야? 내 앞에서 꺼지라고 말하고 있단 말이다! 그게 싫다면 내 주인 공작님의 생애를 두고라도 내가 아까 한 말을 그대로 실행하고 말 테다. 네가 미겔 뚜르라에 살 까닭이 없어. 그보다 지옥이 나를 유혹하려고 어느 악당이 너를 보낸 게 틀림없을 게다! 자, 실토해라, 이 귀신아, 내가 영주 자리에 앉고 아직 하루 반밖에 안되는데, 넌 내가 600두카트란 돈을 가졌다고 벌써 생각한단 말이냐?"

이때 시종장이 농부에게 홀에서 나가라고 눈짓을 했으므로, 농부는 고개를 푹 숙이고 영주가 노여움을 그대로 실행할까 무척 두려워하는 듯한 모습을 보이면서 물러나갔다. 이 다부진 친구는 자기가 맡은 역할을 참으로 교묘하게 연출했던 것이다.

그러나 우리는 산초를 화가 난 채 잠시 이대로 놔두기로 하자. 사람들 사이에 평안 있으라 빌고, 우리는 돈 끼호떼 쪽으로 되돌아가기로 하자. 우리가 남겨놓고 온 돈 끼호떼는 고양이에게 할퀴고 물린 상처 때문에 온 얼굴에 붕대를 감고 그것이 낫는 데 일주일이나 걸렸다. 그 일주일 동안의 어느 날, 씨데 아메떼가 이 실록 속의 사건이면 비록 그것이 아무리 사소한 일이라도 언제나 이야기하고 있듯이 정확과 진실을 깃들여서 이야기하겠다고 약속한 사건이 돈 끼호떼에게 일어난 것이다.

제 48 장

돈 끼호떼와 공작 부인의 노시녀 도냐 로드리게스에게 일어난 사건 및 문자로 남겨 영원히 기억할 만한 그 밖의 여러 가지 사건에 대해서.

무참히 상처를 입은 돈 끼호떼는 얼굴에 붕대를 감고 신의 손이 아닌 고양이의 발톱 자국에 무척 의기소침해져서 울적해 있었는데, 이것은 편력의 기사도에는 꼭 따라다니는 재액이었다. 엿새 동안 그가 사람들 앞에 얼굴을 보이지 않고 보내는 그러한 나날의 어느 날 밤, 잠을 이루지 못한 채 눈을 뜨고 자기의 불행이며 알띠시도라의 집요한 구애 같은 것을 이것저것 생각하고 있는데, 자기 방의 문을 열쇠로 여는 소리가 들렸다. 그 순간 그는 사랑에 미친 처녀가 자기의 정절을 위협하고 그리운 공주 둘씨네아 델 또보소에 대해서 지켜야 하는 자기의 성실성에 어긋나는 궁지로 빠뜨리기 위해 찾아온 것이라고 멋대로 상상했다. "아니, 안 된다" 하고 그는 자기의 상상을 굳게 믿고 혼자 중얼거렸다. 그것은 사람이 듣고 있었다면 들릴 만한 소리였다. "이 세상의 그 어떤 아름다운 여성도 내 마음 한가운데, 내 창자의 남모르는 안쪽에 선명하게 새겨져 있는 그분에 대한 연모를 막을 힘은 결코 있을 수 없다. 나의 그리운 그대여, 설혹 그대가 뒤룩뒤룩 살찐 농가 아가씨의 모습으로 바뀌었다 하더라도, 혹은 황금빛 따호 강에서 요정이 되어 금실과 비단의 베를 짜고 있더라도, 아니면 메를린이나 몬떼시노스가 멋대로 어느 곳에 그대를 가두어두더라도 하등 상관 없는, 어느 끝에 가 있든, 그대는 나의 그리운 사랑, 어느 끝에 가 있든 나는 그대의 것."

여기까지 말한 것과 문이 열린 것이 거의 동시였다. 그는 엉겁결에 침대를 덮는 노란 공단 천을 몸에 걸치고 침대 위에 벌떡 일어섰는데, 머리에는 귀까지 덮은 두건을 썼고 얼굴도 수염에도 붕대가 둘둘 감겨 있었다. 얼굴은 할퀸 자국 때문이고 콧수염은 아래로 축 처지지 않게 하기 위해서였는데, 이런 몰골을 하고 있었기 때문에 무릇 사람이 상상할 수 있는 한의 매우 기묘하고 우스꽝스러운 유령처럼 보였다. 두 눈을 문에 고정시킨 채 가만히 지켜보면서 문 틈으로 사랑에 시든 보기에도 딱한 알띠시도라가 들어오는 것을 보려고 기다리고 있을 때, 무섭게 거만을 피우는 한 노시녀가 어처구니없게도 흰 두건을 수선스럽게 쓰고 들어오는 것이 보였다. 그 두건에서 처진 천이 너무나 길어 발끝에서 머리까지 덮어쓰는 망토를 입은 것처럼 보였다. 왼쪽 손가락에는 불이 켜진 반쯤 남은 초를 쥐었고, 오른손은 촛불을 가려 빛이 직접 눈에 닿지 않도록 막고 있었는데, 그 눈 또한 엄청나게 큰 안경으로 가려져 있었다. 그녀는 발자국 소리를 죽이며 발걸음도 가벼이 다가왔다. 돈 끼호떼는 자기 전망대에서 그녀를 가만히 지켜보고 있다가 그 복장을 보고 그 침묵을 깨닫고는 어떤 마녀나 요괴가 그런 몰골로 자기에게 무슨 사악한 장난질을 치려고 온 것이 틀림없다는 생각에 부랴부랴 성호를 긋기 시작했다. 요괴는 차츰 가까이 와서 이윽고 방 한가운데에 이르더니 눈을 들어 돈 끼호떼가 정신없이 성호를 긋고 있는 모습을 보았다. 돈 끼호떼가 그런 노시녀의 모습을 보고 공포에 사로잡혀 있었듯이 노시녀 쪽도 그의 모습을 보고 괴이하게 생각하며 겁에 질렸다. 그녀는 그의 무섭게 키가 크고 또 그의 모습을 완전히 바꿔놓은 침대의 덮개와 붕대로 무시무시해진 그 누런 모습을 보자 큰 소리로 외쳤다.

"어머, 무서워! 나는 뭘 보고 있는 것일까?"

그리고 너무나 놀라 당황하는 바람에 그만 초를 손에서 떨어뜨리고 말았다. 캄캄해지자 달아나려고 몸을 돌렸지만 너무나 겁에 질려 자기의 치맛자락을 밟고 그자리에 나동그라지고 말았다. 이때 겁에 질린 돈 끼호떼가 말했다.

"유령인지 뭔지는 모르나 그대에게 부탁한다. 그대가 어떤 자인가 말하라. 그대는 대체 나에게 무슨 용무가 있어서 왔느냐? 만일 그대가 지옥에서 벌을 받고 있는 망령이라면 말하라. 그러면 내 힘이 미치는 대로 내 그대를 위해 노력하마. 왜냐하면 나는 카톨릭 신자라서 선을 베풀기를 무엇보다도 사랑하기 때문이다. 말하자면, 그러기 위해서 현재 내가 받들고 있는 편력의 기사도의 길로 들어온 것이다. 편력 기사의 행동은 지옥에서 괴로워하는 자에게도 선을 베풀 수 있을 만큼 범위가 넓은 것이다."

몹시 기가 죽은 노시녀는 돈 끼호떼의 말을 듣고 자기가 사로잡힌 공포로 미루어 돈 끼호떼도 그런가보다, 짐작하고 슬픈 듯 나직한 소리로 대답했다.

"돈 끼호떼 님, 저는 유령도 요괴도 아니고 지옥에서 괴로워하는 망령은 더욱 아닙니다. 저는 주인 공작 부인님의 명예 있는 노시녀 도냐 로드리게스입니다만, 항상 나리께서 구원의 손을 뻗으시는 그러한 곤궁의 하나를 나리께 부탁드리러 온 것입니다."

"말씀하시오, 도냐 로드리게스 님" 하고 돈 끼호떼가 말했다. "설마 그대는 무언가 중개 역할이라도 하려고 오신 것은 아닐 테지? 나는 비할 데 없는 나의 그리운 공주 둘씨네아 델 또보소 님 아닌 다른 사람에게는 아무런 소용도 없는 사나이라는 것을 미리 알아주셨으면 좋겠소. 그래서, 도냐 로드리게스 님, 내가 말하고 싶은 것은 만일 그대가 가지고 온 사명이 사랑의 전갈이 아니라면 다시 한 번 초에 불을 켜고 이쪽으로 돌아오는 것이 좋을 것이오. 그러면 무엇이든 말씀하시고 싶은 일, 무엇이든 마음에 있는 일을 서로 이야기하도록 합시다. 다만 방금 말씀드렸듯이, 사랑의 암시만은 제발 꺼내지 말아주면 좋겠소."

"제가 어느 누구의 심부름을 온 줄 아세요?" 하고 노시녀가 대답했다. "기사님은 제가 어떤 여잔가 모르시고 계십니다. 그렇습니다. 아직 이래보여도 그런 유치한 수단을 쓰지 않으면 안될 만큼 저는 늙지 않았어요. 그래도 하느님은 고마워요. 저는 아직도 영혼을 내 육체 안에 틀림없이 간직하고 있고, 내 입 안의 앞니도 어금니도 이 아라곤 땅에서는 극히 흔한 유행 감기 때문에 빠져버린 몇 개를 제의하고는 아직도 고스란히 박혀 있거든요. 그러나저러나 기사님, 잠깐만 기다려주세요, 촛불을 켜 올 테니까요."

그리고 노시녀는 대답도 기다리지 않고 방에서 나갔는데 뒤에 남은 돈 끼호떼는 그녀를 기다리는 동안 조용히 생각에 잠겼다. 그러자 이제 막 시작되려 하고 있는 모험에 관해서 여러 가지 생각이 일시에 몰려왔는데, 그리운 공주에게 한 맹세를 깨는 위험에 몸을 내맡긴다는 것은 좋지 않을 뿐 아니라 옳지 않은 일로 여겨져서 그는 혼자 중얼거렸다.

"민첩하고 교활한 악마가 여태까지 왕후나 여왕, 공작 부인 또는 후작 부인이나 백작 부인으로는 하지 못했던 일을 이번에는 노시녀를 미끼로 나를 함정에 빠뜨리려 하고 있을지도 모르니 그야말로 마음을 놓을 수가 없구나. 그리고 또 악마는 될 수만 있다면 매부리코 여자보다 납작코 여자를 보낸다는 말을 몇 번이나 어진 사람들의 입으로 들은 적이 있다. 뿐만 아니라 이 고적함, 이 기회 그리고 이 고요함이 내 몸 속에 잠자고 있는 욕망의 눈을 뜨게 하고, 나의 이 만년에 여태까지 내가 일찍이 넘어진 적 없는 곳에 나를 떨어뜨리려 하고 있는 것은 아닌지 알 수 없는 일이다. 그리고 이런 경우 싸움을 앉아서 기다리느니 차라리 달아나는 편이 낫다. 그러나 가만 있자, 이런 어처구니없는 일을 중얼거리거나 생각하거나 하고 있는 것을 보면 나도 내 정신을 잃어버렸는지 모른다. 이 세상에서 도무지 정을 모르는 이 가슴에 공연히 길고 긴 흰 두건을 쓰고 안경을 낀 노시녀가 음란한 생각을 일으키거나 그러한 기분으로 유혹하거나 할 까닭이 없지 않은가. 대체 만에 하나라도 이 세상에 살결 보드라운 노시녀가 있을까? 만에 하나라도 이 지상에 뻔뻔스럽지도 않고, 찌푸린 얼굴도 아니고, 묘하게 시치미를 떼지도 않는 노시녀가 있을까? 인간 세상의 즐거움에 아무런 소용 없는 노시녀들이여, 꺼져버려라! 오오, 그러나 자기 거실 한쪽 구석에 안경을 끼고 조그마한 방석에 앉아 수를 놓고 있는 노시녀 모습의 두 인형을 놓아두었다는 그 부인의 행위는 참으로 얄밉기도 하구나! 더욱이 그 두 노시녀 인형은 그녀의 방의 권위를 높이는데 진짜 노시녀와 조금도 다름이 없었다지 않은가!"

이런 말을 마치고는 로드리게스를 들어오지 못하게 할 생각으로 문을 닫으려고 침대에서 뛰어내렸다. 그러나 그가 문을 닫으러 문간까지 갔을 때 벌써 로르리게스는 흰 초에 불을 켜들고 돌아왔다. 그리고 침대 덮개로 몸을 감싸고 두건이랄까 귀가리개가 붙은 모자랄까 그런 것을 머리에 쓰고 있는 돈 끼호떼를 아까보다 더 가까이 와서 바라보더니 새삼 두려워졌던지 두어 걸음 뒷걸음질 하면서 말했다.

"안심해도 괜찮을까요, 기사님? 나리가 침대에서 일어나셨다는 것을 그다지 점잖게는 생각할 수 없는데요."

"바로 그것이 이쪽에서 묻고 싶은 일이오, 노시녀님" 하고 돈 끼호떼가 대꾸했다. "그렇기 때문에 기습을 당하거나 강간을 당할 그런 우려가 결코 없느냐고 내가 묻고 싶소."

"그 보장을 누구한테서, 아니 누구에게 구하신단 말씀이십니까, 기사님?" 하고 노시녀가 반문했다.

"그대한테서, 아니 그대에게 구하는 것이오" 하고 돈 끼호떼가 대답했다. "왜냐하면 나도 물론 대리석으로 만든 인간도 아니고 그대 또한 청동으로 만든 인간이 아닐 것이오. 더욱이 시간은 낮 열 시가 아니라 한밤중, 아니 내 생각으로는 한밤중이 조금 지난 시간이오. 뿐만 아니라 그 마음을 놓을 수 없는 대담무쌍한 아에네아스가 아름답고 정숙한 디도에게 욕을 보였다는 동굴도 이러했을까 싶을 만큼, 아니 그보다 더할 듯이 은폐된, 남의 눈이 못 미치는 방안이 아니오. 그러나 그 손을 주시오, 노시녀님. 왜냐하면 나의 자세와 조심, 그리고 그대의 그 수선스럽기 짝이 없는 두건의 천이 보장하는 것보다 더 큰 보장은 구할 생각이 없어졌기 때문이오."

이렇게 말하고는 노시녀의 오른손을 자기 손으로 잡아 입을 맞추었으며, 그녀도 또한 같은 예법에 따라 자기의 손을 주었던 것이다.

여기서 원작자 씨데 아메떼는 한 마디 곁들이고 있는데, 이와 같이 두 사람이 손에 손을 잡고 입구에서 침대까지 걸어가는 장면을 한 번 보기 위해서라면, 마호메트에게 맹세코 나는 내가 가진 두 벌의 큰 망토 중에서 훌륭한 쪽을 내놓아도 상관없다고 말하고 있다.

결국 돈 끼호떼는 침대로 들어가고 도냐 로드리게스는 여전히 안경의 베일을 벗지 않은 채 침대에서 약간 떨어진 의자에 앉았다. 돈 끼호떼는 몸을 움츠리고 천으로 푹 덮어쓰고 있었기 때문에 나와 있는 것은 얼굴뿐이었다. 두 사람의 기분이 가라앉자 먼저 침묵을 깬 것은 돈 끼호떼였다.

"이제야말로, 도냐 로드리게스 님, 그대는 그 괴로운 가슴 속에 품고 있는 모든 것을 남김없이 풀어헤쳐 토해놓는 것이 좋을 것이오. 그러면 나의 더러움을 모르는 귀에 들어가 정다운 작용으로 그대도 도움을 얻게 될 것이오."

"저도 그렇게 생각하고 있어요" 하고 노시녀가 대답했다. "기사님의 그 훌륭하고 유쾌하신 모습을 뵈면 참으로 그리스도 교도다운 그런 대답 이외는 기대할 수가 없는걸요. 돈 끼호떼 님, 그건 이런 일입니다 나리는 제가 이 아라곤 왕국의 한가운데서 이런 의자에 앉아 초라하고 고달픈 제복을 걸친 모습을 보십니다만, 실은 저는 아스뚜리아스의 오비에도 태생으로 그 나라의 훌륭한 많은 집안과 이리저리 섞인 가문의 출신입니다. 그러나 제 운이 나빠 제가 철들기 전에 이미 가난해져 있었으며, 양친의 무관심으로 저는 수도 마드리드로 끌려가 거기서 장래의 안정을 위해서나 그 이상 불행을 초래하지 않기 위해 양친은 나를 어느 지체 높은 귀부인 밑에 바느질하는 시녀로 넣어주었습니다. 여기서 기사님이 꼭 알아주셨으면 하는 것은, 천의 가장자리를 잔잔하게 장식하기 위해서 풀어놓는다든지, 흰 마의 천에 수를 놓는 데 있어선 누구 하나 나와 겨룰 사람이 아직은 내 평생을 통해서 한 사람도 없었다는 것입니다. 아무튼 양친은 남의 집에서 침모살이를 하는 나를 남겨놓고 고향으로 돌아가더니 몇 해 안가서 세상을 떠나고 말았습니다. 나는 고아가 되어 비참한 생활과 흔히 그런 큰 저택에서 천한 여자들에게 주는 새발의 피 같은 보수에 열심히 매달리게 되었지요. 그 무렵 별로 이쪽에서 계기를 만든 것은 아닌데 같은 집에 있던 종자가 나를 사랑하게 되었습니다. 그이는 나이도 상당히 연상이었고, 수염이 짙은 꽤 당당한 인물이었으며 임금님과 마찬가지로 귀족이었습니다. 그인 몬따냐 출신(몬따냐는 무어족의 침입을 받지 않았기 때문에 그들은 자기들의 피의 순수함을 자랑으로 삼았다)이었거든요. 우리는 우리의 연애를 굳이 비밀로 하지 않았기 때문에 내가 섬기고 있던 마님의 귀에 들어가지 않을 수 없었는데, 이러쿵저러쿵 소문이 나는 것을 피하기 위해 마님은 로마의 성 교회의 허가를 얻어 우리를 결혼시켜주셨습니다. 마침내 결혼했는데, 계집아이 하나가, 만일 나에게도 얼마간의 행운이 있었다면, 그 행운에 종지부를 찍기 위해 계집아이 하나가 태어났습니다. 내가 해산을 하다가 죽었다는 얘기가 아니라 달이 차서 무사히 해산을 했습니다만, 그 후 얼마 안가서 남편이 세상을 떠난 것입니다. 남편이 세상을 떠나게 된 자초지종을 들으시면 기사님도 아마 깜짝 놀라실 겁니다."

여기서 그녀는 구슬프게 울기 시작하더니 다시 말을 이었다.

"기사님, 용서하세요. 돈 끼호떼 님, 아무리 해도 제 힘으로는 참을 수가 없어서 그럽니다. 언제나 불행한 남편을 생각할 때마다 제 두 눈엔 눈물이 철철 넘쳐흐르곤 하거든요. 정말 근사했답니다! 흑옥(黑玉)처럼 까맣고 힘센 말에 올라앉아 얼마나 위풍당당하게 뒤에다 우리 마님을 태우곤 했는지! 왜냐하면, 지금은 그것이 유행이라고 합디다만 그 무렵엔 마차니 가마니 하는 것은 별로 사용되지 않고 마님네들은 종자의 말 뒤에 타고 다니시곤 했거든요. 제 훌륭한 남편은 아주 훈육이 좋았고 견실

했습니다. 어느 날 마드리드의 산티아고 거리로 굽어 돌아가려고 했을 때 일인데, 이 거리는 좁은 편입니다만, 수도의 법관이 두 수행원과 함께 그 거리에 나타났습니다. 사람 좋은 제 남편인 종자는 그 법관의 모습을 보자 고삐를 돌려 그 뒤를 따라갈 듯한 기색을 보였습니다. 그러자 말 뒤에 타고 계시던 마님이 나직한 소리로 말씀하셨지요. '뭘 하고 있느냐, 이상한 사람 다 봤네? 내가 여기 있다는 걸 모르냐?' 하고 말씀이죠. 법관은 예의바른 남자였던 모양으로 자기 말고삐를 잡아당기고 제 남편에게 말했습니다. '가던 길을 가시오, 거기 있는 분. 도냐 까실다 님에게 내가 양보하겠소' 하고 말씀이죠. 이것이 우리 주인 마님의 이름이었습니다. 그래서 제 남편은 손에 모자를 들고 끝내 법관을 먼저 보내려고 했지요. 마님은 그걸 보시고 그만 화가 나서서 굵은 핀을 꺼내더니, 아니면 조그마한 상자에 들어 있던 대바늘인 줄 압니다만, 그것으로 남편의 등을 쿡 찔러 버렸습니다. 남편은 으악 소리를 지르고 몸을 뒤틀며 마님과 함께 말에서 굴러떨어지고 말았지요. 마님의 두 하인이 달려와서 마님을 안아 일으키고 법관과 두 수행원도 달려와서 그렇게 했습니다. 과달라하라 문에 대단한 소동이 일어났습니다. 아니, 제가 말씀드리는 것은 그곳에 있던 구경꾼들 말씀이지요. 마님은 걸어서 돌아가시고, 제 남편은 배가 꿰뚫렸다면서 이발소로 달려갔습니다. 남편의 어이없는 행동이 그만 온 세상에 퍼져서, 길거리에 나서면 아이들이 졸졸 따라올 정도였지요. 이런 일로 해서, 그리고 남편이 좀 근시이기도 했으므로 마님은 남편을 해고하고 말았는데 이것을 고민한 것이 의심할 여지 없이 남편의 죽음을 가져온 불행의 원인이 되었다고 저는 굳게 믿습니다. 그래서 저는 의지할 데 없는 과부가 된 데다가 딸까지 거느리게 되었습니다만, 그러나 딸은 바다의 거품처럼 나날이 아름답게 성장해갔습니다. 마침 저는 바느질을 잘한다는 소문이 크게 나 있어서 지금 부인이신 공작 부인께서 그 무렵 공작님과 갓 결혼하신 뒤였는데, 이 아라곤 왕국으로 저를 데려가고 싶다고 말씀하셔서 저도 딸과 함께 이곳에서 지내는 동안 날이 가고 해가 바뀌게 되었고 딸은 성장하여 그야말로 이 세상의 모든 경쾌함과 날렵함을 모두 몸에 지니게 되었습니다. 왜냐하면 노고지리처럼 노래하고, 사람의 사고(思考)처럼 가볍게 유희하며, 타락한 여자처럼 춤을 추고, 학교 선생처럼 읽고 썼으며, 노랑이처럼 계산하기 때문이지요. 딸의 청순함에 대해서는 아무 말을 않겠습니다. 시냇물도 그 아이보다 맑지는 못할 테니까요. 내 기억이 틀림없다면 딸은 지금 열여섯 살하고 다섯 달과 사흘, 그보다 하루가 적거나 많을 것입니다. 비로소 말씀드립니다만, 내 딸에게 여기서 그리 멀지않은 공작님 영내인 마을의 돈 많은 농가의 아들이 사랑을 품게 되었습니다. 사실은 어떤 경위였는 지 저는 조금도 모르겠습니다만, 두 사람은 육체 관계까지 맺었던 거예요. 그런데 그녀석은 정식 남편이 되겠다는 약속으로 내 딸을 희롱해놓고 이제와서 그 약속을 지키지 않으려 하고 있답니다. 주인인 공작님도 이 일을 알고 계십니다. 제가 공작님에게 몇 번이나 호소했기 때문에, 그 농가의 아들에게 내 딸과 결혼하도록 명령을 내려주십사고 부탁을 드렸습니다만, 마치 빚 독촉을 받는 상인의 귀와 마찬가지로 제 말씀을 들으려고도 하지 않습니다. 그 까닭은, 그 오입쟁이의 아버지가 큰 부자여서 공작님께 돈도 변통해드리고 때로는 밀린 빚의 보증까지 서주곤 해서 공작님도 그 사람이 싫어하거나 조금이라도 불만을 사거나 하는 일은 하시고 싶지 않으신 거예요. 그러나, 나리께서 설득이나 혹은 무력을 쓰시더라도 이 굴욕을 씻을 수 있도록 도와주셨으면 하고 부탁드리는 거예요. 세상 사람 누구나 하는 말입니다만, 편력의 기사님은 굴욕을 씻어주시고, 억지와 무모함을 응징하시고, 가엾은 자를 도와주시기 위해 이 세상에 있는 것이라고 하잖습니까? 그리고 나리께서는 제 딸이 아버지 없는 자식이고 얌전하고 아직 어린 아이란 것과, 아까 말씀드렸습니다만 딸이 가진 여러 가지 미점을 생각해주세요. 하느님과 제 양심을 두고 말씀드립니다만, 우리 마님이 부르고 계시는 모든 시녀들 중에서 누구 하나 내 딸의 발바닥에도 미치는 사람이 없습니다. 그 알띠시도라라는 애는 가장 영리하고 인물도 좋다고 모두들 생각하고 있는 처녀입니다만, 우리 딸과 비교한다면 2레구아나 멀리 떨어지고 말지요. 기사님, 눈부시게 빛나는 것이 모두 황금이 아니라는 것을 알아주시기 바랍니다. 이 알띠시도라는 아름답다기보다는 뻔뻔스럽고 정숙하다기보다 말괄량이 여자니까요. 게다가 그다지 튼튼한 편도 아닙니다. 그애의 숨결에 뭔가 병적인 냄새가 나서 잠시도 그애 옆에 있을 수가 없을 정도지요. 게다가 공작 부인님으로 말하자면…… 아니, 이 이상 말씀드리고 싶지 않습니다. 흔히 벽에도 귀가 있다고 하니까요."

"공작 부인님이 어떻게 하셨다는 거요, 도냐 로드리게스 님, 내 목숨을 두고 부탁하오" 하고 돈 끼호떼가 말했다.

"그런 맹세를 하신다면" 하고 노시녀가 대답했다. "진심으로 물으시니 대답하지 않을 수가 없군요. 깨달으셨습니까요, 나리께서는, 네? 돈 끼호떼 님, 우리 마님 공작 부인의 아름다움을, 마치 반질반질하게 닦은 칼날 같은 얼굴의 살갗을, 한쪽 볼에는 태양, 한쪽 볼에는 달이 뜬 듯한 젖빛에 홍조를 띤 양쪽 볼을. 그리고 어디를 가시나 마치 건강 그 자체를 뿌리고 다니시는 듯한, 땅을 밟는다기보다는 땅을 차고 가시는 듯한, 그 씩씩하고 날렵한 걸음걸이를! 그러면 말씀드립니다만 나리, 마님은 이런 것을 먼저 하느님께 감사드려야 하고, 그 다음에는 다리에 갖고 계시는 두 개의 인공 궤양(세르반떼스 시대에는 가슴, 다리, 사타구니 등에 인공 궤양을 만들어 나쁜 체액을 빼내어 건강을 지탱할 수 있다고 믿었다)에 감사드려야 하십니다. 다시 말해서, 그걸로 나쁜 체액을 빼내고 있는데, 의사들은 마님의 몸에 그런 나쁜 체액이 가득 차 있다고 말하고 있답니다."

"하느님 맙소사!" 하고 돈 끼호떼가 소리쳤다. "우리의 공작 부인님이 그런 배농공(排膿孔)을 갖고 계시다니, 그런 일이 있을 수 있을까? 만일 그런 말을 한 것이 맨발의 수도사라면 나는 믿지 않았을 것이오. 그러나, 도냐 로드리게스 님이니 그게 틀림이 없겠지요. 그러한 배농공이 더군다나 그런 장소에 있다고 한다면 나쁜 체액이 아니라 액체의 호박(琥珀)을 분비하는 것인지도 모르오. 아무튼 나는 이제야 그런 배농공을 만드는 것이 건강을 위해서 중요한 일이 틀림없구나 하는 것을 겨우 믿게 되었소."

이때 별안간 요란한 기세로 방문이 벌컥 열렸다. 그 무서운 기세에 깜짝 놀란 도냐 로드리게스가 초를 떨어뜨렸기 때문에 늑대의 입 속처럼 깜깜해졌다. 그리고 가련한 노시녀는 누군가가 자기 목을 두 손으로 움켜쥐는 것을 느꼈는데, 그것은 무시무시한 힘이어서 비명조차 지를 수가 없었다. 그러자 이번에는 다른 인물이 아무 말도 없이 재빨리 그녀의 스커트를 걷어올리고 덧신 같은 것으로 마구 두들기기 시작했는데, 그것은 참으로 동정할 만한 일이었다. 돈 끼호떼는 노시녀에게 동정은 했으나 침대에서 꼼짝도 할 수가 없었다. 이러한 일이 대체 무슨 일일까 하고 영문을 모르는 채 한 마디도 하지 않고 입을 다물고 있으면서 다시 무수한 구타가 자기 쪽으로 건너오지나 않을까 하고 전전긍긍하는 형편이었다. 그 염려는 근거 없는 것이 아니었다. 실컷 두들긴 다음(노시녀는 이제 불만을 뇌까릴 힘조차 없게 되어 있었다) 침묵의 집행인들은 다시 돈 끼호떼에게 달려들어 이불을 벗기더니 연거푸 사정없이 꼬집어댔으므로 그는 주먹을 휘둘러 몸을 지키지 않을 수 없었는데, 이것은 처음부터 끝까지 놀라운 침묵 속에서 행하여졌던 것이다. 이 싸움은 거의 반 시간이나 계속되었으며 이윽고 요괴들이 물러가자 도냐 로드리게스는 스커트를 내리면서 스스로의 불행을 투덜거리며 돈 끼호떼에게는 한 마디 말도 없이 밖으로 나가버렸다. 한편 돈 끼호떼는 안타깝게 마구 꼬집힌 채 의기소침하여 생각에 잠기면서 혼자 남았는데, 여기서 우리는 자기를 이런 궁지에 빠뜨린 성질 못된 마법사가 대체 누구였을까 하고 무척 알고 싶어 하는 돈 끼호떼를 그대로 남겨두기로 하자. 이것은 때가 되면 밝혀질 것이다. 그보다도 산초 빤사가 우리를 부르고 있고, 이 이야기가 갖추려는 균형이 그것을 원하고 있다.

제 49 장

산초 빤사가 그의 섬을 순시하는 동안에 일어난 사건에 대해서.

우리는 자질구레한 것까지 소상하게 한 처녀를 묘사한 싱거운 농부에게 그만 화를 내어 불쾌해진 위대한 영주를 그대로 내버려두었었는데, 그 농부는 집사의 말을 듣고, 집사는 모두 공작의 지시에 따라 산초를 놀리려고 그렇게 한 것이었다. 그런데 바보인 데다가 무모하고 뒤룩뒤룩하니 살은 쪘으나, 누구에게건 일단 말을 꺼내면 결코 뒤로 물러서지 않는 우리의 산초는, 자기와 함께 있던 사람들과 공작의 편지를 가져온 사람들을 모두 물러나게 하고는 다시 방에 들어온 도끄또르 뻬드로 레씨오를 향해서 말했다.

"재판관이니 영주니 하는 것은, 어느때건 무슨 일이 있건 상관없이, '내 말을 들어다오, 내 사건을 처리해다오, 다른 것은 모르니 내 용건만 들어다오' 하고 와글와글 몰려드는 진정인들의 뻔뻔스런 태도에 예사로 있을 수 있게 되려면 청동으로 만들어져야 하겠고, 또 그게 당연하다는 걸 이제서야 나는 겨우 밑바닥으로부터 알게 되었네. 그래서 가엾은 재판관이 아무리해도 자기 손으로는 처리할 수 없었다든지, 마침 그게 호소를 들어주기 위해 정해놓은 시간이 아니었다든지 하는 이유로 그네들의 말을 들어주지 않았거나 그 사건을 처리해주지 않았다고 해보게나. 금방 욕을 얻어먹고 불평을 듣고 뼈다귀까지 갉아 먹힐 뿐 아니라 출신 성분까지 트집을 잡히고 말 것이 틀림없어. 이봐, 남의 사정도 몰라주는 진정인아, 지혜가 모자라는 진정인아, 너희들 그렇게 서둘지 말아라. 사건을 가져오는 데도 시간과 때를 기다려야 하는 거야. 남의 밥 먹을 시간이라든지 잠잘 시간에 오는 게 아냐. 재판관들도 뼈와 살을 가진 산 인간이잖아. 자연이 그 사람들에게 요구하는 것을 있는 그대로 채워줘야 한단 말야. 하기야 이렇게 말해도 난 그렇잖지. 무엇을 먹는다는 내 자연의 요구라는 것을 채워주지 않았거든. 그것도 내 앞에 있는 이 도끄또르 뻬드로 레씨오 띠르떼아푸에라 선생 덕분인데, 이 선생은 나를 굶겨 죽일 작정으로, 굶어죽는 것을 뭐 훌륭하게 사는 방법이니 어쩌니 고집을 피고 있으니 이 선생이야말로 그렇게 사는 방법을 하느님한테서 얻어 걸렸더라면 좋았을 걸 그랬단 말야. 게다가 이 선생의 동족이란 것들이 또한 그러더란 말야. 내가 말하는 것은 악질 의사의 무리들을 두고 하는 말이지만, 훌륭한 의사님들은 승리의 종려잎과 월계관을 받을 자격이 있거든."

산초 빤사를 알고 있는 모든 사람들은 그가 이런 식으로 지껄여대는 훌륭한 말투를 듣고 경탄했는데, 중대한 직무나 임무라는 것이 사람의 분별을 보충하고 마춰시킨다는 점을 제외한다면, 대체 이것을 무슨 탓으로 돌려야 할 것인지 사람들은 짐작할 수가 없었다. 결국 도끄또르 레씨오 아구에로 데 띠르떼아푸에라는 그날 밤 히포크라테스의 모든 경구에서 벗어나긴 하지만 저녁식사를 드리겠다고 약속했다. 이것으로 영주는 크게 만족하며 빨리 저녁식사를 들 시간이 되기를 손꼽아 기다렸다. 마침내 그의 생각으로는 한군데에 머물러서 꼼짝도 않는 것으로밖에는 여겨지지 않았으나 그래도 학수고대하던 때가 와서 양파가 든 냉동 쇠고기 샐러드 요리와 너무 자란 송아지 앞다리 고기를 삶아낸 저녁식사가 나왔다. 설령 밀라노의 메추라기, 로마의 꿩, 소렌또의 송아지고기, 모론(세비야의 한 산지. 이곳은 질이 좋은 많은 자고로 유명하다)의 자고, 혹은 라바호스의 거위 요리가 나왔다고 하더라도 이토록 기뻐하지는 않았으리라고 여겨질 만큼 흐뭇해 하면서 게걸스레 마구 먹었는데, 이 저녁식사를 들면서 도끄또르를 돌아보고 말을 건넸다.

"잘 듣게, 의사 양반, 앞으론 너무 신경을 써서 골라낸 요리만 먹여주려고 마음 쓸 필요는 없어. 왜냐하면 내 평소 밥통의 보조만 헝클어지고 말거든. 내 밥통은 산양고기, 쇠고기, 소금에 절인 돼지고기, 말린 고기, 무우, 양파 따위에 길들어 있어서 어쩌다가 나리네 요리라도 들어가는 날이면 아첨으로도 받아들이고 메스꺼워하면서도 받아들이지. 주방장이 만들어줘도 상관없는 건 잡탕이라고 부르는 바로 그거야. 부글부글 끓이면 끓일수록 냄새도 더 좋아지고, 그거라면 먹을 수 있는 것을 뭐든지 마음대로 넣을 수도 있고 또 나도 그걸 고맙다고 생각할 것이니까. 언젠가는 주방장에게 그만한 인사는 할 참이야. 그러니 누구든 나를 놀려선 안돼. 우린 있거나 없거나, 아무튼 모두 오래 살면서 서로 의좋게 먹어야 하는 거야. 이렇게 말하는 건 하느님이 새벽을 만들어주시면 모두 새벽을 맞이하게 되기 때문이야. 난 권리는 버리지 않지만 뇌물을 받지 않고 이 섬을 다스릴 참이다. 그러니 모두 눈을 똑똑히 뜨고, 자기 일은 자기가 해야 해. 그러기에 난 그녀석들에게 '악마는 깐디야나에 있다'는 것과 만일 그녀석들이 내게 그런 기분만 일으켜놓는다면 되게 혼이 난다는 걸 알려줄 참이야. 아니, 그보다 '자기가 꿀이 되면 파리가 빨러 온다'잖아!"

"사실이십니다, 영주님" 하고 시종장이 말했다. "참으로 지당하신 말씀이십니다. 저는 이 섬의 전주민을 대신해서 영주님께 성실하게 애정과 호의를 바치며 섬기겠다는 것을 약속드립니다. 영주님이 당초에 보여주신 부드러운 통치 방법으로 주민들이 영주님에 대해서 고얀 짓을 하거나 할 생각들이 모두 없어졌습니다."

"나도 그렇게 생각해" 하고 산초가 대답했다. "만일 주민들이 그와 다른 짓을 하거나 생각한다면 그녀석들은 바보가 틀림없지. 그래서 되풀이해서 말해두지만, 내가 먹을 음식과 내 잿빛 당나귀가 먹을 사료에 조심해주면 좋겠어. 이건 이 일에 있어선 매우 중요하고 시기에 맞는 일이니까. 그리고 때가 되거든 우리 순시하러 나가자구. 내 생각으론 이 섬에서 더러운 건 죄다 쓸어내야 하겠단 말야. 부랑자, 게으름쟁이, 놈팡이 같은 녀석들을 싹싹 쓸어내버리잔 말야. 왜냐하면, 내 친구인 당신들이, 이 사회에서 아무것도 하지 않고 빈둥빈둥 놀고 있는 게으름쟁이들은 꿀벌통의 수펄과 마찬가지라는 걸 알아주었으면 싶어서 그러는 거야. 수펄이라는 건 일벌들이 만들어주는 꿀을 가만히 앉아서 먹기만 하거든. 나는 농부들을 돌봐주고, 귀족들에게는 그 특권을 유지하게 해주며, 행실이 올바른 자들에게 보상을 주고, 그 중에서도 종교와 신부님들의 체면을 존중해줄 참이야. 당신들은 어떻게 생각하나? 어때, 주문이 좀 많다고 생각하나?"

"영주님, 저는 영주님의 말씀을 듣고" 하고 집사가 말했다. "영주님처럼 전혀 학식도 없는 분이, 아니 저는 학문을 전혀 안하신 줄 알고 있기 때문에 그렇습니다만, 그런 분이 이런 격언과 충고에 찬 매우 훌륭한, 저희들을 여기에 파견한 분들이나 이곳에 온 우리들이나 영주님의 재능에 기대하고 있는 것과 전혀 다른 말씀을 듣고 무척 놀라고 있습니다. 날마다 세상에는 무언가 새로운 것을 볼 수 있는 것이고, 장난이 어느새 진실이 되며, 놀리는 자들이 어느새 거꾸로 놀림을 당하게 되는군요."

저녁식사를 끝내고 밤이 되고 순시 준비가 다 되어서 그는 집사와 시종과 시종장과 그의 행적 전부를 기록할 기록계, 그리고 서기 등 적당히 많은 떼거리를 지을 만한 무리를 거느리고 출발했다. 산초는 직권을 표시하는 지팡이를 들고 그들 한가운데에 있었는데, 그것은 참으로 대단한 구경거리였다. 그리하여 시내의 거리를 얼마 가지 않아서 그들은 별안간 칼을 부딪치고 싸우는 소리를 들었다. 부랴부랴 그자리에 달려가 보니 두 사나이가 칼을 맞대고 싸우고 있었는데, 그들은 관리들이 달려오는 것을 보고 싸움을 중지했다. 그리고 그 중의 하나가 소리쳤다.

"하느님과 임금님의 이름을 두고 말씀드립니다! 이 도시의 거리 한가운데서 도둑질을 하고, 한길에서 강도질을 하려고 뛰쳐나온 것을 어떻게 가만히 보고 있겠습니까?"

"조용히 해야 한다, 정직한 자는 말야" 하고 산초가 말했다. "이 싸움의 원인이 대체 뭐였는지 나한테 얘기해주면 좋겠다. 나는 영주다."

상대편 사나이가 말했다.

"영주님, 제가 간단히 말씀드리죠. 이 매끈한 인간은 말입니다, 저기 저 건너편에 있는 도박장에서 1000레알 이상을 정말 어처구니없이 잘 맞아서 톡톡히 벌었다는 걸 나리는 아셔야 합니다. 정말입니다. 그때 나는 바로 그자리에 있으면서 몇 번이나 이쪽 양심을 어기고까지 이럴까저럴까 손을 쓰지 못하고 있을 때, 이 사람에게 덕을 비는 적당한 조언을 해주지 않았겠습니까? 그런데 이 사람은 딴 것을 혼자서 몽땅 다 먹으려고 한단 말입니다. 말하자면, 우리처럼 재미가 있건 없건 심심풀이를 하면서 무법적인 일도 뒤를 밀어주고, 싸움이 일어나면 뜯어말리는 등 도박장의 놈팡이로, 그래도 제법 얼굴이 팔린 놈에겐 얼마간 내놓는 게 관례라 끝전 몇 에스꾸도라도 내놓을 줄 알았는데 딴 돈을 지갑에 다 털어넣더니 도박장에서 성큼성큼 나가버리지 않겠습니까. 그래서 나도 그만 배알이 뒤틀려서 이 사람 뒤를 따라나가서는, 그야말로 정중하게 얌전한 말투로, 하다못해 8레알이라도 줘야 하지 않느냐고 했어요. 나는 멀쩡한 인간으로 직업도 없고 수입도 없다는 걸 알아주십시오. 우리 부모가 일도 가르쳐주지 않았고 유산 같은 것도 남겨주지 않아서요. 그런데 카쿠스(로마 신화에나 오는 대도적)만한 큰 도둑도 아니고 안드라디야 같은 사기꾼도 아닌 이 쩨쩨한 악당이 4레알 이상은 동전 한 푼 더 내놓지 못하겠다니, 얼마나 염치없고 비양심적인 녀석인지, 영주님, 잘 좀 생각해보십시오! 만일 나리께서 나타나시지 않았더라면 난 무슨 일이 있어도 이녀석이 딴 돈을 전부 토해내게 하고 몸에 톡톡히 스미도록 교훈을 가르쳐줄 작정이었죠."

"넌 무슨 할 말이 없나?" 하고 산초가 물었다. 그러자 그 사나이는, 상대편이 한 말은 그대로 사실이지만 워낙 여태까지 몇 번이나 돈을 주어서 4레알 이상은 주고 싶지 않았다, 또 끝전을 얻어먹고 싶은 인간이라면 좀더 공손해야 하고 사람이 준다는 것이면 기쁜 얼굴로 받아야 당연한데, 이쪽이 사기꾼이라든지 번 돈이 속임수로 벌었다는 것을 확실히 모르는 한, 이러쿵저러쿵 트집을 잡는 건 천만 부당한 일이다, 그리고 녀석이 아까 말한 것처럼 자기가 도둑이 아니고 정직한 사람이란 것은 내가 이자에게 푼돈 한푼 주려고 하지 않은 것이 무엇보다도 좋은 증거다. 왜냐하면 사기꾼이라는 것은 서로 얼굴을 잘 알고 언제나 승부를 보고 있는 인간들에게 뇌물을 주는 법이기 때문이라고 대답했다.

"그건 그렇군" 하고 집사가 말했다. "영주님, 이 두 사람을 어떻게 처리하면 좋겠습니까?"

"해야 할 일은 이거지" 하고 산초가 대답했다. "자네, 그 이긴 쪽은, 훌륭한 사나이건 나쁜 사나이건 이것도 저것도 아닌 인간이건 상관없으니 상대편에게 지금 당장 100레알 줘라. 그리고 덤으로 감옥 안에 있는 가난한 사람들에게 30레알 지갑에서 빼줘라. 그리고 이쪽, 직업도 없고 일정한 수입도 없고 이 섬에서 빈둥빈둥 놀고 먹는다는 자네는, 얼른 그 100레알을 받아라. 그리고 내일 안으로 이 섬에서 나가라. 10년 동안의 추방형이다. 만일 그대로 하지 않을 때에는 내가 자네 목을 잘라서 효수

장에 매달거나, 적어도 내 명령으로 사형 집행인이 그렇게 할 테니, 잘
못하면 저승에 가서야 명령을 지키는 궁지에 빠지게 돼. 어느 쪽이고 나
한테 말대답일랑 하지 마라, 그렇지 않으면 혼을 내줄 테다."

이렇게 해서 두 사람을 보내고 나서 영주는 말했다.

"이젠 그런 도박장을 두들겨 부숴놓을 테다. 그것을 못한다면 내 권력
도 뻔하지. 난 이런 장소는 해독을 끼친다고밖에 생각지 않거든."

"적어도 이 도박장은" 하고 서기가 끼여들었다. "영주님이라도 없앨
순 없습니다. 원체 대단히 높은 양반의 소유고, 그분이 1년 동안에 잃은
액수가 이 도박장의 수입보다 비교 못할 만큼 많으니까요. 그 밖의 조그
마한 도박장에 대해서라면 영주님의 힘을 과시하실 수도 있습니다. 하기
야 더 많은 해독을 흘리는 것도 대단한 악을 감추어놓고 있는 것도 그런
도박장이지요. 왜냐하면 유명한 귀족이나 대감댁에서는 이름난 사기꾼
이라도 감히 속임수를 쓰질 못하니까요. 그리고 도박하는 악습도 오늘날
엔 극히 일반적인 노름이 되어버려서, 한밤중이 지나면 가엾은 찌르레기
를 산채로 껍질을 벗기는 그런 서민들 집에서 하는 것보다, 버젓한 귀족
분들 자택에서 하는 게 제일이지요."

"그일이라면, 서기, 할 말이 얼마든지 있다는 것쯤 나도 잘 알고 있
지" 하고 산초가 말했다.

마침 그때 한 관리가 젊은이 하나를 붙잡아 끌고 와서 말했다.

"영주님, 이 젊은이는 우리 쪽으로 오다가 영주님의 행차를 보자마자
금방 휙 돌아서서 마치 노루처럼 도망쳤는데, 이건 필경 무슨 나쁜 짓을
한, 틀림없는 증거로 보입니다. 그래서 제가 쫓아갔습니다만 이녀석이
넘어져 뒹굴지 않았던들 도저히 따라가지 못했을 것입니다."

"어째서 너는 달아났느냐, 젊은이?" 하고 산초가 물었다.

이에 대해서 젊은이가 대답했다.

"영주님, 관리들이 하는 여러 가지 질문에 대답하고 싶지 않았기 때문
입니다."

"넌 무슨 장사를 하느냐?"

"직물 직공입니다요."

"그래 뭘 짜느냐?"

"영주님의 허락을 얻었으니 말씀드립니다요만, 그것은 창끝이지요."

"너 꽤 재미있는 녀석 같구나. 농담을 하느냐? 좋아! 그래, 아까는

어딜 갈 참이었느냐?"

"영주님, 바람을 쏘이려구요."

"그래, 이 섬에선 어디를 가면 바람을 쏘일 수 있느냐?"

"바람이 부는 곳이죠, 뭐."

"잘한다! 너 꽤 맥을 짚는 대답을 하는군! 꽤 머리가 좋아, 젊은이. 헌데, 넌 내가 널 고물 쪽에서 바람을 불어가지고 감옥 속에 밀어넣어버리는 바람이란 걸 알아줘야겠다. 이녀석을 묶어, 자, 끌고 가. 오늘밤엔 바람 없이 감옥에서 잠재워버릴 테니까."

"농담하시지 마세요!" 하고 젊은이가 말했다. "절 감옥 속에서 잠재우다니, 그건 절 임금님으로 만들어주는 거나 같습니다요!"

"아니, 어째서 내가 너를 감옥에서 잠재울 수 없단 말이냐?" 하고 산초가 물었다. "내가 너를 붙잡아서 언제라도 내 마음이 내킬 때 석방시킬 권한이 없단 말이냐?"

"아무리 영주님한테 권력이 있더라도" 하고 젊은이가 대꾸했다. "나를 감옥 속에서 잠재울 만한 권력은 갖고 있지 않습니다요."

"어째서 없다는 거야?" 하고 산초가 물었다. "이녀석을, 제 눈으로 착각을 깨달을 만한 자리로 끌고 가라. 옥사장이 잇속으로 관대한 처리를 하려고 해선 안된다. 만일 옥사장이 널 감옥에서 한 걸음이라도 밖에 내놓을 땐 2000두카트의 벌금을 그녀석에게 물릴 테다."

"그런 건 정말 한낱 웃음거리에 지나지 않습니다요" 하고 젊은이가 대답했다. "다시 말해서 이 세상에 살아 있는 인간이 모두 한꺼번에 덤벼들어도 나를 잠재울 순 없다는 겁니다요."

"이봐, 말해보란 말야, 이 개구쟁이야" 하고 산초가 말했다. "너를 구출해줄 천사라도 붙어 있어서 너한테 채울 족쇄를 벗겨주기라도 한단 말이냐?"

"영주님" 하고 젊은이가 매우 발랄하게 대답했다. "여기서 우리 한 번 서로 잘 생각해서 본 주제로 들어가십시다요. 영주님은 저를 감옥에 넣도록 명령하셔도 상관없습니다요. 또 감옥 안에서 족쇄나 쇠사슬을 채우도록 명령하셔도 좋고 토굴에 가두어 만일 나를 내놓을 때에는 옥사장에게 엄벌을 주거나 또 옥사장 대장이 영주님의 분부를 그대로 실행할 것이라고 생각하시거나 아무래도 좋습니다요. 아무리 그런 짓을 하시더라도 내가 잠을 자고 싶어하지 않는다면, 밤새도록 눈을 뜨고 싶다면 아무리 영주님의 권력으로도 내가 그렇게 안하려고 마음만 먹으면, 나를 잠재울 수가 과연 있겠습니까요?"

"그건 안될 겁니다" 하고 시종이 끼여들었다. "그러구 이녀석은 암만해도 끝내 고집을 피울 것 같은데요."

"그러고 보면" 하고 산초가 말했다. "넌 다름아닌 자기 의사로 잠을 안 잔다는 것이지, 내 의사를 어긴다는 것은 아니란 말이렷다?"

"그렇습니다요" 하고 젊은이가 말했다. "영주님께 거역할 생각은 해본 적도 없습니다요."

"그렇다면 잘 가거라" 하고 산초가 말했다. "네 집에 가서 자거라. 하느님이 너를 깊이 잠재워주시도록 빌겠다. 그리고 난 네가 잠자는 것을 방해할 생각은 털끝만큼도 없어. 다만 너한테 충고해두겠는데, 앞으로는 관리를 놀리지 않도록 해야 한다. 어쩌다가 네 대가리에다 인사를 해줄 관리를 안 만난달 수도 없으니 말야."

젊은이는 사라져가고, 영주는 순시를 계속했는데, 그 후 얼마 안 있어서 두 관리가 어떤 사나이를 붙잡아 끌고 와서는 말했다.

"영주님, 이녀석은 사내처럼 보이지만 사내가 아니고 여자입니다. 그것도 예쁜 여자가 꼴불견의 남자 복장을 하고 있습니다."

서너 사람이 그의 눈앞에 등불을 갖다대자 불빛 속에 열여섯 살이 조금 넘을까말까 하는 여자의 얼굴이 드러났는데, 머리칼을 하나로 모아 금빛과 초록빛의 비단 머리망을 씌운 모습이 진주처럼 아름다웠다. 사람들은 그녀의 모습을 위아래로 가만히 훑어보았다. 그녀는 빨간 비단의 긴 양말을 신고 거기에 황금과 좁쌀 같은 진주의 술장식이 달린 하얀 호박의 양말 대님을 하고 있었다. 폭 넓은 바지는 초록빛 금란이었으며, 같은 천의 반외투를 걸치고 그 밑에는 금색과 흰색의 고급 천으로 지은 동웃을 입었으며 신은 남자신이었다. 칼은 차지 않았으나 참으로 훌륭한 단검을 꽂고 손가락에는 여러 개의 매우 훌륭한 반지를 끼고 있었다. 요컨대 이 소녀는 어느 누구의 눈에도 호감을 주는 모습으로 비쳤으나, 그녀의 모습을 본 사람 가운데 누구 하나 그녀를 아는 사람이 없었고 이 지방 태생의 사람들조차 이 소녀가 누구인지 알아보지 못했다. 뿐만 아니라 가장 놀란 것은 산초를 웃음거리로 만들려는 계획을 알고 있는 사람들이었다. 이 사건은 말하자면 이 뜻하지 않은 수확은 그들이 미리 짜놓은 일이 아니었기 때문이다. 그래서 반신반의하면서 이 사건이 어떻게 낙착될 것인가 지켜보고 있었다.

산초는 소녀의 아름다움에 멍청해지면서도, 그녀가 어디에 사는 누구고 어디로 가는 길이며, 또 어떤 동기에서 남장을 하게 되었는가 물었다. 그러자 소녀는 매우 얌전하고 수줍은 태도를 보이면서 눈을 땅바닥에 내리깔고 대답했다.

"영주님, 비밀로 해두어야 한다는 것이 저한테는 매우 중요한 일이라서, 이렇게 많은 분들 앞에서 도저히 말씀드릴 수가 없어요. 다만 한 가지 알아주셨으면 하는 일이 있어요. 저는 도둑도 아니고 죄를 지은 자도 아니예요. 다만 질투심에 못 이겨 얌전한 데서 얻은 선물인 면목을 망쳐버린 불행한 계집애랍니다."

"사람들을 물리라. 이 소녀가 부끄러워하지 않고 속에 있는 말을 할 수 있도록." 영주가 명령했다. 집사와 시종장 그리고 시종만 남겨두고 그 밖의 사람들은 멀리 물러갔다. 이들만 남자, 소녀가 말을 이었다.

"여러분, 저는 뻬드로 뻬레스 마소르까라는, 이 지방에서 양모세를 받는 관리의 딸인데, 그분은 이따금 저의 아버지 집에 오세요."

"그건 이상한데, 아가씨" 하고 집사가 말했다. "나는 뻬드로 뻬레스를 잘 아는데, 그 사람에게는 사내아이건 계집아이건 자식이 없다는 것도 알고 있거든. 그뿐 아니라 아가씨는 그이가 아버지라고 해놓고, 금방 또 이따금 당신 아버지 집에 온다고 덧붙였단 말이야."

"나도 그 점을 깨닫고 있었지" 하고 산초가 거들었다.

"여러분, 전 지금 매우 당황해서 저 자신도 무슨 말을 하고 있는지 모르겠어요" 하고 소녀가 대답했다.

"실은 전 디에고 데 라 야나의 딸이에요. 이분은 여러분 중에서도 틀림없이 아는 분이 계실 거예요."

"이번엔 괜찮군" 하고 집사가 대답했다. "왜냐하면 디에고 데 라 야나라면 나도 알지. 꽤 신분이 높은 돈 많은 시골 귀족이고, 사내아이와 계집아이가 있고 부인이 별세하고부터는 그분 따님의 얼굴을 본 사람이 없으며, 태양도 그 따님의 얼굴을 볼 틈이 없을 만큼 딸을 아주 깊숙한 방에서 기르고 있다는 것도 난 잘 알고 있지. 소문에 들으면 그 따님은 굉장한 미인이라는 얘기야."

"그건 사실이에요" 하고 소녀가 대답했다. "그 딸이 바로 저예요. 제가 아름답다는 소문이 거짓말인지 아닌지 여러분이 이제 절 보셨으니,

여러분의 판단에 맡기겠어요."

이렇게 말하고 소녀는 훌쩍훌쩍 울기 시작했다. 그것을 보자 시종은 시종장의 귀에다대고 나직이 소곤댔다.

"필경 이 가엾은 아가씨에게 무슨 큰일이 일어난 게 틀림없어요. 저런 복장으로 이런 시간에, 더욱이 그토록 지체 높은 분이 집 밖을 어슬렁거리고 돌아다니고 있으니 말입니다."

"그건 의심할 여지가 없어요" 하고 시종장이 대답했다. "더욱이 저 눈물이 더한층 그러한 의심을 확실하게 해주는데."

산초는 될 수 있는 대로 적절한 말을 다해서 그녀를 위로하고 아무것도 무서워할 것이 없으니 일신에 일어난 일을 애기해달라고 타일렀다. 여러 사람이 함께 힘을 모아 되도록 좋은 방법을 찾아서 무슨 일이고 바로잡도록 힘써 주겠다고도 했다.

"이런 까닭이 있었어요, 여러분" 하고 소녀가 대답했다. "다시 말씀드리자면, 아버지는 저를 10년 동안이나 가두어놓고 은둔 생활을 시키셨습니다. 그 세월은 어머니가 흙 속에 묻히고부터의 세월이랍니다. 미사도 집안에 있는 호화로운 교회당에서 드리니까 저는 그 세월 동안 낮에는 태양, 밤에는 달이나 별밖에 본 적이 없어요. 거리가 어떻게 생겼는지 광장도, 사원도, 사람조차도, 아버지와 남동생과 양모세를 받아들이는 뻬드로 뻬레스를 제외하고는 아무것도 아는 것이 없었으니까요. 이분은 언제나 집에 오시기 때문에, 진짜 아버지 이름을 말하고 싶지 않아서 문득 그분을 우리 아버지라고 말할 생각이 났던 거예요. 그 감금 생활에 교회에 가기 위해 집을 나가는 것마저 금지당하는 생활에 벌써 몇 달 전부터 저는 도저히 견디지 못하게 되어 있었어요. 저는 이 세상, 세상이라기보다 하다못해 내가 태어난 거리라도 한 번 보고 싶다고 생각했는데, 이런 소원이 버젓한 집안의 딸들이 스스로 지켜야 하는 훌륭한 품격에 위반되는 일이라곤 아무리 해도 생각할 수 없었어요. 투우(鬪牛)가 있다든지 투창 시합이 있다든지 연극이 상연되고 있다든지, 하고 사람들이 말하는 것을 들을 때마다 저는 저보다 한 살 아래인 남동생에게 그런 것이 대체 어떤 일이며, 그 밖에 내가 여태까지 본 적이 없는 많은 것을 애기해달라고 부탁하곤 했었어요. 동생은 자기가 알고 있는 것을 될 수 있는 대로 자세히 가르쳐주었습니다만, 그것은 오히려 그것을 보고 싶다는 희망을 더 부채질할 뿐이었어요. 전 제 파멸의 애기를 간단히 말씀드

리기 위해서 하는 말입니다만, 저는 동생에게 부탁도 하고 애원도 하고
했는데, 그런 것을 부탁하거나 애원하거나 하지 않았어야 했는지도 모르
겠어요⋯⋯."

그리고 소녀는 또다시 눈물을 흘렸다. 그러자 집사가 말했다.

"말을 계속해요, 아가씨, 그리고 어떤 일이 일어났나 우리한테 탁 털
어놔버려요. 아가씨의 말과 눈물로 우리는 모두 마음이 여간 조마조마하
지 않으니까요."

"눈물은 끝이 없지만 드릴 말씀은 이제 얼마 남지 않았어요" 하고 소
녀가 대답했다. "잘못 품은 욕망에선 어차피 이런 비참한 결과밖에 나오
지 않는 모양이지요."

이 소녀의 아름다움이 시종장의 마음속에 깊이 새겨졌다. 그래서 다시
한 번 그녀를 보려고 깐델라 불빛을 갖다댔는데, 그녀가 흘리고 있는 것
이 눈물이 아니라 진주알이나 초원의 이슬처럼 그에게는 보였다. 아니,
그뿐 아니라 나아가서 동방의 진주라고까지 여겨졌다. 그래서 그녀가 당
한 불행이 그녀의 눈물이나 한숨이 말하듯 심한 것이 아니기를 마음으로
빌었다. 한편 영주는 소녀의 말이 느리고 지리해서, 사람들을 그토록 조
마조마하게 만들지 마라, 이제 시간도 어지간히 늦어졌고 돌아봐야 할
곳도 많다고 말했다. 그러자 그녀는 복받치는 흐느낌과 누를 수 없는 한
숨을 섞어가며 말했다.

"제 불행과 제 불운은 그저 이것뿐이에요. 저는 동생한테 부탁해서 그
애 옷 한 벌을 빌려 남장을 한 뒤, 하룻밤 아버지가 주무시는 동안에 나
를 밖으로 데리고 나가서 거리를 구경시켜달라고 부탁했었죠. 동생도 제
가 하도 열심히 부탁하니까 그만 못 이겨서 마침내 제 소원을 들어주었
지요. 저는 동생 옷을 입고 동생은 제 옷을 입었는데, 그것이 동생을 위
해서 일부러 만든 것처럼 꼭 맞지 않겠어요. 동생은 아직 턱수염 같은
것이 하나도 나지 않았고, 어찌보면 여자애처럼 아주 예쁘게 생긴 애거
든요. 그렇게 해서 오늘 밤 이럭저럭 한 시간쯤 전일까요, 우리는 살며
시 집을 빠져나와서 우리의 젊고 어리석은 생각에 이끌려 이 도시를 여
기저기 돌아다니고 나서 막 집으로 돌아가려고 하는데 많은 사람들이 우
르르 오는 것이 보였어요. 그러자 동생이 저한테 말하지 않겠어요. '누
나, 저건 순시하는 관리들이 틀림없어. 빨리 가, 발에 날개를 다는 거
야. 날 따라 달려와요. 눈치를 채이면 큰일이야. 들키면 그야말로 큰일

나.' 이렇게 말하기가 무섭게 휙 돌아 달리기 시작했어요, 달리기 시작했다기보다 튕기듯이 달음박질 쳐 갔어요. 저는 고작 여섯 걸음도 달려가기 전에 너무 당황해서 넘어지고, 그러고 있는데 관리 한 사람이 달려와서 이렇게 나리 앞에 끌고 온 거예요. 그리고 이처럼 많은 분들 앞에서 나쁘고 철없는 계집애로서 부끄러운 생각을 갖게 된 거예요."

"그렇다면, 아가씨" 하고 산초가 말했다. "정말 그밖에는 아무 재난도 일어나지 않았단 말이지? 아가씨가 자기의 일신에 관한 얘기를 꺼냈을 때 말한 것처럼, 집을 빠져나온 것은 질투 때문이 아니란 말이지?"

"아녜요, 아무 일도 일어나지 않았어요. 질투 때문에 집을 빠져나온 것도 아녜요. 다만 세상이 어떻게 생겼나 한 번 보고 싶은 생각뿐이었어요. 그것도 이 도시의 거리를 한 번 보고 싶다는, 다만 그것뿐이었어요."

거기에 그녀의 동생을 잡은 관리들이 달려와서, 소녀가 한 말이 사실이었다는 것을 확실하게 증명해주었다. 동생은 누나와 헤어져서 달려가다가 관리 한 사람에게 붙들리고 말았던 것이다. 동생은 호화로운 짤막한 스커트에 아름다운 금장식의 끈이 달린 파란 린네르의 망토를 입고 있을 뿐이었으며, 맨머리에 두건도 장식도 쓰고 있지 않았지만, 곱슬곱슬한 훌륭한 금발이 금고리라도 쓰고 있는 듯했다. 영주와 집사와 시종장이 동생을 데리고 한쪽으로 가서 누나가 듣지 못하도록, 무슨 까닭으로 그런 복장을 하고 있느냐고 묻자, 그는 아무런 수줍음도 주저도 없이 그의 누나가 먼저 한 것과 똑같은 말을 했으므로, 이 말을 듣고 이미 사랑을 느끼기 시작하고 있던 시종장은 적지않이 기뻤다.

영주가 그들에게 말했다.

"너희들, 이건 정말 어린애 같은 얘기야. 이런 어처구니없고 분별없는 말을 하는 데 뭘 그리 꾸물대고 많은 눈물을 흘리고 요란스레 한숨을 짓고 하느냐? '우리는 아무개 아무개인데 다만 사소한 호기심 이외에 아무 목적도 없이 심심풀이로 집을 빠져나왔습니다' 이렇게 간단히 말했더라면 얘기는 웃음 속에서 끝났을 게 아냐? 신음할 것도 훌쩍거릴 것도 없는 걸 가지고 그랬단 말야."

"그건 그래요" 하고 소녀가 대답했다. "하지만 그때는 그만 얼떨떨해서 어떻게 해야 좋을지 아무 생각도 떠오르질 않던걸요. 그걸 영주님도 알아주세요."

"하지만 큰 잘못이 일어나지 않아서 무엇보다 다행이다" 하고 산초가 대답했다. "자, 가자, 너희들을 아버지 집에다 바래다주마. 아직은 너희들이 없어진 걸 깨닫지 못하셨을 게야. 하지만, 앞으론 이런 어린애 같은 일이나 세상을 보고 싶으니 어쩌니 하는 생각을 갖지 말아야 해. '얌전한 처녀는 다리가 약하니 집안에 있거라'는 말도 있고, 여자와 암탉은 돌아다니다가 몸을 버린다고 하며, 구경 좋아하는 여자는 남이 보아주길 바라는 여자란 말도 있어, 이 이상 어떤 말도 더는 하지 않을 테다."

젊은이들은 자기들을 집까지 바래다주겠다는 은혜에 대해 영주에게 고맙다고 인사했다.

그리하여 거기서 그다지 멀지 않은 그들 집으로 갔다. 일행 두 사람이 집에 도착하여 동생이 돌멩이를 쇠창살에 던지자 하녀가 나와 두 사람에게 문을 열어주었다.

두 사람이 집안으로 들어가자, 이 누나와 동생의 고상함, 아름다움 그리고 시내에서 한 걸음도 밖으로 나가지 않고 한밤중에 세상을 보고 싶어했다는 두 사람의 소원을 들은 뒤에 남은 사람들은 모두 경이의 눈을 둥그렇게 뜨고는 이것이 다 두 사람이 나이가 어리고 철이 없는 탓이라고 생각했다.

시종장은 사랑에 심장이 꿰뚫려 내일이라도 소녀의 아버지에게 아내로 달라고 청혼할 결심을 했다. 자기가 공작의 가신이니 설마 딸을 주지 않겠다는 말은 하지 않겠지, 하는 자신이 있었다. 한편 산초는 그 젊은이에게 자기 딸 산치까를 시집보내야지, 하는 소원과 가냘픈 예감이 싹터오고, 언젠가 기회가 있으면 성사시켜야겠다고 결심했다. 누구라도 영주의 딸을 싫다고 할 까닭이야 없겠지, 하고 그는 혼자 속으로 생각했다.

이것으로 이날 밤의 순시는 끝나고, 다시 그 후 이틀째에 그의 정무도 끝나게 되었으니 그 이유는 이제부터 밝혀지겠지만, 그와 더불어 산초가 품었던 모든 계획도 좌절되고 말았다.

제 50 장

여기서는 노시녀를 매질하고 돈 끼호떼를 꼬집은 마법사와 집행인이 누구였는가가 밝혀지고, 아울러 산초 빤사의 처 떼레사 빤사에게 편지를 갖고 간 시동에게 일어난 사건이 다루어진다.

이 믿을 만한 이야기의 세밀한 점에 이르기까지 알뜰히 파헤친 씨데 아메떼는 다음과 같이 말하고 있다. 도냐 로드리게스가 돈 끼호떼의 방에 가려고 자기 방을 나왔을 때 그녀와 한방에서 자고 있던 또 하나의 노시녀가 눈치를 챘는데, 모든 노시녀의 예에서 벗어나지 못하고 이 여자 또한 알고 싶어하고, 듣고 싶어하고, 냄새맡기를 좋아하는 여자였으므로 우리의 호인물 로드리게스가 깨닫지 못하게 발자국 소리를 죽여 그녀 뒤를 밟았다. 그리하여 로드리게스가 돈 끼호떼의 방에 들어가는 것을 보자 그녀 역시 쑥덕공론이라는 모든 노시녀들이 가진 보편적인 습성에서 남에게 뒤지지 않았으므로, 곧장 공작 부인에게 달려가, 도냐 로드리게스가 돈 끼호떼의 방에 들어갔다는 사실을 일러바쳤다. 부인은 이것을 공작에게 말하고, 그 노시녀가 돈 끼호떼에게 무슨 볼일이 있는가, 알띠시도라와 둘이서 가보고 와도 좋으냐고 허락을 구했다. 공작이 허락을 하자 두 사람은 매우 조심스레 소리없이 살살 돈 끼호떼의 방문으로 다가가서 귀를 갖다대고 안에서 지껄이는 말을 모두 들었다. 그런데 공작 부인은 로드리게스가 자기의 인공 궤양 아랑후에스(마드리드 근처에 있는 궁전. 정원과 많은 샘으로 유명하다. 인공 궤양을 그 샘에다 비유한 것)를 폭로하는 말을 듣자 도저히 분을 참을 수 없었다. 알띠시도라 또한 그에 못지않았으므로 두 사람은 무섭게 분격하여 어떻게든 분풀이를 하려고 느닷없이 방안으로 뛰어들어가 앞에서 말한 것처럼 로드리게스를 마구 두들겨주고 돈 끼호떼를 실컷 꼬집어놓았던 것이다. 이 두 여자의 미모와 자존심에 정면으로 가해진 모욕이 그녀들의 가슴에 대단한 분노를 불러일으키고 복수심을 불태워놓았던 것이다.

공작 부인이 일의 경위를 공작에게 이야기하자 공작도 무척 흐뭇해했다. 공작 부인은 돈 끼호떼를 놀림감으로 하여 계속 파적거리로 삼자는 생각에서 산초 빤사가 정치에 바빠서 완전히 잊고 있는 둘씨네아의 마법을 푸는 의논이 되었을 때 바로 둘씨네아의 역을 맡았던 시동을 산초의 처, 떼레사 빤사에게 보내어 남편의 편지와 부인 자신의 편지, 그리고 훌륭한 산호 묵주를 선물로 전하게 했다. 그래서 실록은 다음과 같이 전하고 있다. 이 시동은 매우 영리하고 눈치 빠른 젊은이로 항상 주인 부처를 돕겠다는 생각을 갖고 있었기 때문에 기꺼이 산초의 마을을 향해서 떠났다. 그리하여 마을에 들어가기 전에 냇가에서 빨래를 하고 있는 많은 여자들이 눈에 띄어서 돈 끼호떼 데 라 만차라는 기사의 종자로 산초 빤사라는 분의 부인인 떼레사 빤사가 이 마을에 살고 있는지를 가르쳐줄 수 없느냐고 물었다. 그러자 역시 빨래를 하고 있던 한 젊은 여자가 일어나면서 대답했다.

"우리 어머닌데요? 그 산초라는 분은 우리 아버님이고, 그 기사는 저희들의 주인 어른이시죠."

"그렇다면, 함께 가주실 수 있습니까, 아가씨?" 하고 시동이 말했다. "가서 어머님을 좀 가르쳐주십시오. 아버님이 전하는 편지와 선물을 갖고 왔으니까요."

"기꺼이 가 드리죠, 손님" 하고 소녀가 대답했는데, 나이는 열네 살 안팎으로 보였다.

그녀는 그때까지 빨고 있던 속옷가지를 옆에 있던 여자에게 맡기고, 모자도 신도 없이, 다시 말해서 맨발로 머리가 헝클어진 채 시동의 말 앞을 폴짝폴짝 뛰어가면서 소리쳤다.

"따라오세요, 손님. 우리집은 마을 입구에 있어요. 어머닌 며칠 전부터 우리 아버지 소식을 몰라 무척 걱정하시고 계세요."

"내가 아주 좋은 소식을 어머님께 갖고 왔지요" 하고 시동이 말했다. "하느님께 감사를 드리셔야겠군요."

그리하여 뛰고 달리고 달음박질 치고 한 끝에 소녀는 마을에 도착했다. 그리고 집안에 채 들어서기 전부터 큰 소리로 외쳤다.

"나와요, 엄마. 나와, 아버지한테서 편지랑 뭐랑 갖고 어떤 손님이 오셨어요."

이렇게 외치는 소리를 듣고 어머니 떼레사 빤사가 한 뭉치의 삼실을 풀면서 나타났다. 그녀는 검은 스커트를 입고 있었는데 그 길이가 너무 짧아 치부 언저리에서 잘려버린 것 같았다(옛날엔 부정한 여자의 스커트를 잘라 벌을 주는 풍습이 있었다). 그리고 역시 검은 동옷과 속옷을 입고 있었다. 마흔 살은 넘은 듯이 보였으나 그다지 늙지는 않았다. 아주 원기 있어 보이고 튼튼했으며, 신경도 무딘 듯 햇빛에 검게 그을려 있었다. 그녀는 자기 딸과 말을 탄 시동을 번갈아 보더니 딸에게 말했다.

"왜 그러지, 애야? 이분은 어디서 온 분이냐?"

"도냐 떼레사 빤사 님의 볼일을 봐드리는 종복입니다" 하고 시동이 대답했다.

그러고는 말에서 뛰어내려 무척 공손히 떼레사 부인 앞으로 나아가 무릎을 꿇으면서 말했다.

"도냐 떼레사 님, 바라따리아 섬의 정식 영주 돈 산초 빤사 님의 정당하고 개인적인 마님으로서 제발 그 손에 입을 맞추게 해주십시오."

"어머, 손님, 일어나세요. 그런 짓은 말아주세요!" 하고 떼레사가 말했다. "나는 궁전에서 일하는 여자도 아무것도 아니예요. 가난한 농가 아낙네며, 흙을 파는 여자예요. 편력 기사의 종자 여편네지, 영주님의 마님이라니 천부당만부당해요!"

"마님은" 하고 시동이 대답했다. "매우 존엄하신 영주님의 숭고하신 마님이십니다. 그것이 사실이라는 것을 증명하기 위해서 제발 이 편지와 선물을 받아 주십시오." 그러더니 양쪽 끝에 황금 장식이 달려 있는 산호 묵주를 꺼내어 떼레사의 목에 걸어주며 말했다.

"이 편지는 영주님한테서 온 것이고, 제가 들고 온 또 한 통의 편지와 산호 목걸이는 저를 이리 보내신 우리 주인 공작 부인님이 보내신 것입니다."

떼레사는 그만 놀라 멍해졌고, 딸도 그에 못지않게 아연해졌다. 딸이 말했다.

"이 일엔 아마 우리 주인 어른 돈 끼호떼 님이 관계하고 계시나봐. 그렇지 않다면 나는 죽어도 좋아. 아마 돈 끼호떼 님이 여태까지 아버지한테 몇 번이나 약속하신 영지나 백작령을 주셨나봐."

"바로 그렇습니다" 하고 시동이 말했다. "돈 끼호떼 님에 대한 경의에서, 이 편지를 보시면 아시듯이 산초 님은 지금 바라따리아 섬의 영주님으로 계십니다."

"여보세요, 손님, 그 편지를 좀 읽어주세요" 하고 떼레사가 말했다. "저는 실을 자을 줄은 알지만 읽을 줄은 몰라서요."

"저도 읽을 줄 몰라요" 하고 산치까가 끼여들었다. "하지만, 여기서 잠간 기다려주세요. 신부님이나 석사 삼손 까르라스꼬 님이나, 누구든지 이걸 읽어주실 분을 불러올 테니까요. 그분들은 우리 아버지 소식을 들으려고 얼른 달려오실 거예요."

"아무도 불러오실 필요는 없습니다. 저는 실 자을 줄은 모르지만 읽을 줄은 아니까, 읽어드리지요."

그리고 산초 빤사의 편지를 처음부터 끝까지 읽어주었다. 그 사연은 앞에서 이미 말했으므로 여기서는 생략하기로 한다. 계속해서 그는 공작 부인의 편지를 꺼냈다. 그 사연은 이러했다.

친애하는 떼레사 님

부인의 바깥 어른 산초 님의 인품과 갖가지 재능의 뛰어난 점에 감동되어 나의 남편인 공작은 가진 많은 섬 가운데서 한 곳의 영주직을 맡아주시도록 부탁하지 않을 수 없었어요. 지금 소문을 들으니 바깥 어른은 마치 독수리처럼 통치하고 계시는 모양이어서 저는 매우 기뻐하고 있으며, 우리 주인도 마찬가지입니다. 그래서, 그러한 통치를 맡기기 위해 그분을 고른 것이 그릇된 일이 아니었다는 것을 깊이깊이 하느님께 감사드리고 있지요. 떼레사 님, 이 세상에서 훌륭한 영주를 발견하기란 매우 어렵다는 것과 산초 님처럼 틀림없이 다스려주는 분을 하느님이 발견하게 해주셨다는 것을 알아주셨으면 합니다. 여기, 양쪽 끝에 황금 장식이 붙은 산호 묵주를 보내드립니다.

만일 이것이 동방의 진주라면 저는 더 기쁘겠습니다만, 그러나, 당신에게 뼈를 주는 사람은 당신이 죽는 모양을 보고 싶어서 그러는 것이 아니라는 말도 있지 않아요? 머지않아 우리는 서로 사귀게 되고 교제할 날도 오겠지요. 그것은 하느님만이 알고 계십니다. 따님 산치까 양에게 안부 전해주세요. 그리고 언젠가는 나의 주선으로 결혼하게 될지도 모른다고 전해주세요. 생각지도 않는 때에 꼭 훌륭한 중신을 해드릴 작정입니다. 소문에 들으니 그곳에는 큼직한 개암이 난다고 하더군요. 부디, 한 스무 개쯤 보내주세요. 부인이 손수 보내주시는 것이니 매우 감사하게 생각하겠어요. 그리고 긴 편지를 주세요. 부인의 건강과 생활에 대해서 알려주셨으면 합니다. 또 무슨 곤란한 일이 있으시면, 입을 크게 벌리실 필요도 없습니다. 부인의 입은 어김없이 채워질 테니까요.

하느님이 부디 부인을 지켜주시도록.

이 마을에서 부인을 무척 그리워하는 벗

공작 부인 올림

"어마나!" 하고 떼레사는 다 듣고 나서 소리쳤다. "아주 상냥하시고, 잘난 체하지 않고, 겸손하신 마님이시네요. 이런 훌륭한 마님이라면 난 함께 묻혀도 한이 없어요. 하지만, 이 근처 마을의 대가댁 마님들이라면 싫습니다. 그 사람들은 대가댁 마님이랍시고 바람도 자기들에겐 닿아서 안된다고 생각하고 있거든요. 그리고 마치 여왕님이나 된 듯이 사원에 나가고 농사짓는 아낙네들을 보는 것만도 수치인 줄 알고 있는 모양이거든. 그런데 이 훌륭한 마님 좀 보라지. 공작 부인님이시라는데 나를 친구라고 부르시고 꼭 자기 동류같이 대하잖아. 나한테는 라 만차의 제일 높은 종루를 바라보는 거나 마찬가지 분인데. 참, 손님, 개암나무 열매는 너무 커서 구경하러 올 만한 굵직굵직한 놈을 1쎌레민($\frac{약 4.65}{리터}$)쯤 보내드리겠어요. 참, 산치까야, 이분 대접을 해드려. 그 말을 받아서 매고 마구간에서 알을 가져와. 소금에 절인 돼지고기도 듬뿍 잘라오고. 왕자님처럼 자실 것을 많이 갖다드려야 해. 이렇게 반가운 소식을 전해주셨고, 무엇을 해드려도 아깝잖을 만큼 훌륭한 인물이신걸, 그동안 나는 이 기쁜 소식을 아줌마들한테나 너의 아버지의 친한 친구시고 옛날에도 그랬던 신부님과 이발사 니꼴라스 아저씨에게 알려드리고 올 테니까."

"응, 그렇게, 엄마" 하고 산치까가 대답했다. "그런데 그 산호 묵주의 절반은 나한테 줘야 해. 그걸 몽땅 엄마한테만 보낼 만큼 공작님 마님은 바보가 아닐 거야."

"몽땅 너한테 주마" 하고 떼레사가 대답했다. "하지만 며칠 동안만은 내 목에 걸어두자. 정말이지 너무 기뻐서 가슴이 두근두근한다."

"기뻐하실 일은 그것뿐이 아닙니다. 이 가방 안에 넣어온 보따리를 끌러 보십시오. 이것은 영주님이 수렵에 나가셔서 하루만 입으신 아주 훌륭한 천으로 지은 옷인데, 이걸 고스란히 산치까 님에게 보내신 것입니다."

"정말, 아버지는 1000년이라도 사시면 좋겠다" 하고 산치까가 대답했다. "그리고, 이것을 들고 오신 분도 그만큼, 아니, 더 필요하시다면 2000년이라도 사시면 좋겠다."

떼레사는 목에 산호 묵주를 걸고 두 통의 편지를 마치 탬버린처럼 마주치면서 집 밖으로 나갔다. 마침 신부와 삼손 까르라스꼬를 만나자 달려가면서 지껄여댔다.

"정말이지, 이젠 우리도 가난한 친척은 없어졌어요. 약간의 영지를 갖게 됐으니까요! 아니, 제일 잘난 체하고 돌아다니던 대가댁 마님이라도 나한테 덤벼보라지, 납작하게 만들어버릴 테니까!"

"왜 그러시오, 떼레사 빤사? 그게 무슨 광태요? 대체 무슨 뜻으로 하는 말이오?"

"광태라니, 다름이 아니라 이 두 통의 편지는 공작 부인님과 영주님이 보내온 거랍니다. 목에 건 이것은 아주 최고급 산호 묵주구요. 금박의 숫자 세는 구슬이죠. 그러니 나는 영주 마님이랍니다."

"하느님이라도 되지 않고서야 당신이 대체 무슨 말을 하고 있는지, 뭘 생각하고 있는지 알 수 없구려, 떼레사."

"이걸 보시면, 두 분도 알게 되실 거예요" 하고 떼레사가 대답했다. 그리고 그들에게 편지를 내주었다. 신부는 그것을 삼손 까르라스꼬가 들을 수 있도록 소리내어 읽었다. 그리고 삼손과 신부는 자기들이 읽은 사연에 놀라 서로 얼굴을 바라보았다. 그러다가 석사는, 이 편지를 누가 가져왔느냐고 물었다.

"나와 함께 집으로 가세요, 그러면 꼭 금비녀 같은 젊은 시동을 만날 수 있을 테니까. 그분은 아주 훌륭한 선물도 갖고 왔습디다" 하고 떼레사가 대답했다. 신부는 그녀의 목에서 산호 묵주를 벗겨 몇 번이나 살펴보았다. 그리고 상당히 훌륭한 것이라는 것을 알고 다시 한 번 놀라며 말했다.

"나는 나의 이 법의를 두고 이 편지와 이 선물에 대해서 뭐라고 말해야 좋을지, 어떻게 생각해야 좋을지 모르겠군. 이 훌륭한 산호를 눈으로 보고 손으로 만지는 한편 공작 부인쯤 되는 분이 개암 20개를 보내달라고 써보낸 편지를 읽고 있으니 말이야."

"뭐가 뭔지 영문을 모르겠군!" 하고 까르라스꼬도 말했다. "그렇다면, 이 편지를 가져온 사람을 만나봅시다. 그 사람한테서 이 편지에 씌어 있는 사연에 대한 설명을 들어보기로 합시다."

그렇게 하기로 하여 떼레사는 그들과 함께 집으로 돌아갔다. 마침 그들이 갔을 때 시동은 자기 말에게 귀리를 조금 주고 있는 중이었으며, 산치까는 달걀과 함께 빵 사이에 넣기 위해 소금에 절인 돼지고기를 썰어 손님에게 줄 음식을 장만하는 중이었는데, 시동의 풍모와 훌륭한 차림새가 두 사람에게 퍽 만족스러웠다. 그래서 서로 정중하게 인사를 나눈 다음 삼손은 돈 끼호떼와 산초 빤사의 소식을 들려달라고 부탁했다.

산초와 공작 부인의 편지를 읽기는 했으나 산초의 영지가 대체 어떤 것이며 또 지중해에 있는 모든 섬들은, 아니, 대부분의 섬들은 국왕 폐하의 영유인데 한 섬의 영주가 되었다는 것도 이해가 가지 않아 납득할 수가 없었다. 이에 대해서 시동은 대답했다.

"산초 빤사 님이 영주라는 것은 조금도 의문의 여지가 없습니다. 그분이 다스리고 계시는 것이 과연 섬인지 아닌지에 대해서는 아무 말씀도 드리지 않겠습니다. 다만, 인구 1000을 넘는 마을이라는 것만으로 용서해주십시오. 또 개암나무 열매에 대해서는, 우리 주인 공작 부인님이 매우 평민적이고 상냥한 분이라서, 농가 아낙네에게 개암을 달라고 부탁하실 뿐 아니라, 어떤 때는 근처 여자에게 빗을 다 빌려달라고 하실 정도라는 것만 말씀드리지요. 아라곤의 귀부인들은 지체 높은 분들입니다만 까스띠야 분들처럼 도도하고 어렵게 거동하지 않고 일반 서민과도 참으로 소탈하게 어울리신다는 것을 여러분들께서 알아주시기 바랍니다."

이렇게 말하고 있는데 산치까가 달걀을 스커트에 싸서 달려나와 시동에게 물었다.

"저 가르쳐주세요. 손님, 우리 아버지는 혹시 영주님이 되시고 나서 레이스로 꾸민 승마용 바지를 입고 계시지 않아요?"

"그 점은 저도 잘 알지 못했습니다"하고 시동이 대답했다. "그러나, 필경 그런 옷을 입고 계실 것입니다."

"어머! 어쩜"하고 산치까가 소리쳤다. "그런 바지를 입은 아버진 참으로 훌륭해 보일 거야. 나는 언제나 그런 바지를 입은 아버지의 모습을 한 번 보고 싶다고 생각했었는데, 헛일이 아니었네요."

"아가씨께서 살아만 계신다면 얼마든지 그런 것을 입으신 아버지의 모습을 보실 수 있을 것입니다"하고 시동이 대답했다. "그분의 영주직이 두 달만 계속되면 그동안 빠빠이고 두건(목과 얼굴의 일부를 악천후로 부터 보호하기 위해 쓰는 두건)을 쓰시고 여행도 하시게 될 것이구요."

신부와 석사는 시동이 반은 농담조로 말하고 있다는 것을 눈치챘다. 그러나 훌륭한 산호와 산초가 보내온 수렵복이 그것을 뒷받침하지 않았다. 어느새 떼레사는 그들에게 그것을 보여주었던 것이다. 그러나 산치까의 소원과, 더욱이 떼레사가 이렇게 말했을 때에는 저도 모르게 웃음을 터뜨리지 않을 수 없었다.

"신부님, 둥근 종 모양의 스커트를 유행형으로 아주 잘 만든 것 중에

서도 제일 훌륭한 것을 마드리드나 똘레도에 가서 사다줄 사람이 없을는
지 좀 찾아봐 주세요. 뭐니뭐니해도 우리 영감 직분을 내 힘이 미치는
데까지 훌륭하게 보이도록 해드려야겠어요. 그러니, 싫지만 나도 영주
관저로 가야겠고, 다른 사람들처럼 마차도 타야 할 테니까요. 영주를 남
편으로 가진 여자는 마차쯤은 살 수 있을 거고 또 넉넉히 지탱해나갈 수
있잖겠어요?"

"왜 안되겠어? 엄마!" 하고 산치까가 말했다. "우리가 엄마와 그런
마차에 타고 있는 걸 본 사람들이, '마늘만 잔뜩 먹던 계집애가, 저 어
처구니없는 꼬락서니 좀 봐. 마치 여자 교황처럼 마차에 떡 버티고 앉아
있는 저 꼴을' 하는 소리를 듣는 한이 있더라도 내일이 아니라 오늘 당
장 그랬으면 좋겠어. 그런 사람들은 진흙을 밟으면서 걸어가라지. 나는
마차에 앉아서 흙에 발도 대지 않고 갔으면 좋겠어. 이 세상에서 남의
욕만 하는 사람들은 신통한 일도 얻어걸리지 말았으면 좋겠어. 그러면
나는 편안하게 앉아서 세상 사람들을 웃어주지 뭐. 그렇지, 엄마?"

"어쩜 넌 그런 근사한 말을 다하니!" 하고 떼레사가 맞장구를 쳤다.
"그리고, 이런 행복과 더 멋있는 행복을 우리집 훌륭한 산초 나리가 벌
써부터 예언하고 있던 거야. 내가 백작 부인처럼 될는지 안될는지, 여러
분도 아시게 될 거예요. 우리가 행복해지든지 안되든지 모두 시초에 결
정되거든요. 내가 몇 번이나 훌륭한 네 아버지한테서 들었듯이 워낙 그
인 네 아버지이기도 하지만 속담의 아버지라고도 할 수 있거든. 송아지
를 준다거든 밧줄을 가지고 달려가고, 영지를 준다거든 받아두고, 백작
령을 준다거든 붙들고 놓지 말고, 좋은 것을 주겠다고 손짓하거든 얼른
달려가서 한 입 물어봐라. 그것이 싫다면 자는 게 좋아. 그러고는 문간
에서 부르는 행복이나 행운에는 대답도 할 필요 없는 거야!"

"그건 그래요" 하고 산치까가 덧붙였다. "내가 시치미를 떼고 잘난 체
한다고 멋대로들 삼베 바지를 입은 개는(삼베 바지를 입은 개는 옛친구 를만나도 모르는 체한다는 속담)…… 어
쩌니저쩌니해도 난 아무렇지도 않아."

이 말을 듣고 신부가 끼여들었다. "내가 보기엔 암만해도 이 빤사 집
안의 피를 받은 사람들은 저마다 큼직한 속담 보따리를 몸 안에 지니고
태어난 것 같아. 이 집 사람은 모두 아침부터 밤까지 무슨 말을 하더라
도 속담을 섞지 않는 걸 본적이 없거든."

"그렇습니다" 하고 시동이 말했다. "영주 산초 님도 무슨 일이 있을

때마다 속담을 말씀하십니다. 그 대부분이 그자리에 꼭 부합된다고는 할 수 없습니다만, 그래도 매우 재미있어서 제가 모시는 공작님 내외분은 여간 기뻐하시지 않으십니다."

"그래, 당신은 아직도 사실이라고 말씀하십니까?" 하고 석사가 끼여들었다. "산초 영감이 영주가 되었다는 얘기며, 아주머니에게 선물을 하고 편지를 보낸 공작 부인이 실제로 이 세상에 살아 있는 분이란 말입니까? 선물을 손으로 만져보고 편지를 읽어보고 했지만 우리는 도무지 믿을 수가 없군요. 모든 일이 마법에 의해서 행해진다고 생각하는 우리 마을 돈 끼호떼가 마련한 그 잠꼬대의 하나가 아닌가 하는 생각이 듭니다. 그래서 당신이 환상 같은 사자인지 아니면 뼈와 살을 갖춘 산 사람인지 확인하기 위해서 당신을 손으로 만져보고 쓰다듬어보고 싶을 정돕니다."

"여러분, 저에 대해서는, 그 밖의 일은 모르겠습니다만" 하고 시동이 대답했다. "다만 내가 진짜 사자고, 산초 빤사 님이 진짜 영주며, 내가 모시는 공작님 내외분은 그런 영지를 주실 수도 있고 또 여태까지도 주셨다는 것만은 틀림없는 사실이라고 말씀드릴 수 있습니다. 뿐만 아니라 산초 빤사 님은 영주직에 앉고부터 참으로 거뜬하게 일을 하고 계신다는 말을 듣고 있다는 것밖에 말씀드릴 수가 없습니다. 이 가운데 마법이 개재하는지 어떤지는 여러분들끼리 의논해보십시오. 나는 내 부모님의 생애를 놓고 맹세합니다만, 공작님 내외분은 틀림없이 살아 계시고, 나는 그분들을 사랑도 하고 숭앙도 하고 있다는 것 이외에는 모르니까요."

"그건 과연 그럴는지 모릅니다" 하고 석사가 말했다. "그러나, dubitat Augustinus (아우구스티누스는 의심한다)니까요."

"의심하는 수밖에 없지요" 하고 시동이 대답했다. "하지만 내가 말씀드린 것은 진실입니다. 진실이라는 것은 물 위의 기름처럼 언제나 허위 위에 떠 있지요. 만일 그렇지 않다면, operibus credite et non verbis(나의 말보다 나의 소행에 믿음을 두라)고 하니까요. 그러니, 여러분 가운데 누구든지 저와 함께 가십시다. 그러면 들어서 믿지 못하실 일을 직접 눈으로 보실 수 있을 테니까요."

"거기 가는 데는 제가 제일 적합해요" 하고 산치까가 말했다. "손님, 나를 데려다줘요. 손님의 말 엉덩이에 태워서 말예요. 그래도 나는 기꺼이 우리 아버질 만나러 갈 거예요."

"영주의 공주님은 혼자서 여행하시는 게 아닙니다. 호사스러운 마차를 타고 가마나 많은 수행원을 거느리고 떠나는 법입니다."

"어머, 어쩌지?" 하고 산치까가 대답했다. "나는 마차를 타거나 당나귀를 타거나 마찬가지인데. 손님은 내가 멋을 부리는 애라고 생각하시나봐."

"잠자코 있어, 이 말괄량이야" 하고 떼레사가 말했다. "너는 지금 네가 무슨 말을 하고 있는지도 모르는구나. 이 손님이 말씀하시는 대로야. 때에 따라서 행동하라고 하잖아. 말하자면, 아버지가 산초일 때에는 너는 보통 산치까지만 아버지가 영주님일 때에는 공주님인지 뭔진 몰라도 아무튼 그런 게 되어 있는 거야."

"떼레사 부인께서는 생각하시는 것보다 훌륭한 말씀을 하시는군요" 하고 시동이 말했다. "그런데 뭔가 먹을 것을 좀 주셨으면 좋겠습니다. 그리고 빨리 준비를 해주시면 고맙겠습니다. 오늘 저녁때 돌아갈까 생각하고 있으니까요."

이에 대해 신부가 말했다.

"당신은 나와 함께 조촐한 것을 자시러 가십시다. 왜냐하면, 떼레사 부인은 이런 큰 손님을 대접할 때에는 보석보다 더 아름다운 마음을 가지시기 때문이오."

처음에 시동은 사절했다. 그러나 결국 자기의 앞일을 위해서라도 받아들이지 않을 수 없었다. 신부는 돈 끼호떼와 그의 여러 가지 무훈에 대해서 찬찬히 물어볼 여유를 갖고 싶어서 기꺼이 그를 자기 집으로 데리고 갔다. 한편 석사는 떼레사를 위해서 답장을 써주겠다고 말했다. 그러나 그녀는 석사를 약간 짓궂은 사람으로 알고 있었으므로 자기 일에 그가 참견하는 것이 그다지 마땅치 않았다. 그래서 그녀는 글자를 쓸 줄 아는 어린 수도사에게 롤빵 한 개와 계란 한 개를 주고, 한 통은 그녀의 남편 앞으로 한 통은 공작 부인 앞으로 그녀 자신의 사근사근한 머리에서 우러나는 대로 받아쓰게 했다. 이리하여 두 통의 편지를 썼는데, 그것은 이 위대한 이야기에 삽입된 것 가운데서 가장 서툰 편지가 아니라는 것이 이제 앞으로 차차 밝혀질 것이다.

제 51 장

산초 빤사가 베푸는 정치의 진전 및 제법 좋은 그 밖의 사건에 대해서.

영주가 순시한 밤에 이은 날이 샜다. 시종장은 그 남장한 처녀의 고운 얼굴과 그 발랄함과 아름다움을 생각하면서 잠도 이루지 못하고 밤을 지새웠다. 집사는 그 밤의 나머지를 산초 빤사의 말 뿐아니라 그 행동에도 완전히 감탄하여 그의 언행을 상세히 공작 부처에게 써보내는 데 소비했다. 사실 그의 말과 행위는 분별력과 어리석음의 조짐이 뒤섞여 있었다. 마침내 영주 나리는 잠이 깨셨으며, 도끄또르 뻬드로 레씨오의 지시에 따라 설탕에 절인 약간의 과일과 찬 물에 만 네 숟갈 정도의 아침밥을 그에게 권했는데, 산초에겐 빵 한 조각과 포도 한 송이와 바꿀 수 있다면 바꾸어주었으면 싶은 음식물이었다. 그러나 그것은 자기의 의사보다 훨씬 강하다는 것을 알아차리고 상당한 마음의 고통과 뱃속의 서글픔을 느끼면서 참기로 했다. 뻬드로 레씨오가 극히 소량의 가벼운 음식물은 사람의 재능을 왕성하게 하는 것이라고 믿게 했기 때문이다. 이것은 사람 위에 서서 명령을 내리는 사람들이나 중요한 직책에는 육체적 힘뿐 아니라 정신적인 힘도 사용되지 않으면 안되기 때문이라도 말했다.

이 궤변 덕분에 산초는 허기를 참아야 했으므로 속으로 영주직을 저주하고 나아가서는 그것을 자기에게 준 사람까지 저주할 정도였다. 아무튼 이 허기와 이 설탕 절임만으로 그날도 재판을 시작하게 되었다. 그리하여 제일 먼저 그의 앞에 제기된 것은, 집사를 비롯하여 그 밖의 많은 신하들이 보고 있는 앞에서 한 타국인이 그에게 던진 질문이었다. 그것은 이런 것이었다.

"영주님, 수량이 풍부한 강이 한 영지를 두 부분으로 분할해버렸습니다. 영주님께서는 주의하셔서 잘 들어주십시오. 이 사건은 꽤 중대할 뿐 아니라 상당히 어렵기 때문입니다. 아무튼 들어보십시오. 이 강에는 하나의 다리가 걸려 있었습니다만, 한쪽에는 교수대와 말하자면 재판소 같은 것이 있었습니다. 그리고 이 재판소에는 언제나 네 사람의 판관이 있어서 이 강과 다리와 영토의 군주가 내리는 법률을 다스리고 있었습니다. 그것은 이런 것이었습니다. '만일 이 다리 한쪽에서 저쪽으로 건너고자 하는 자는 먼저 어디로 가며 무슨 목적으로 가는가를 맹세하지 않으면 안된다. 그 맹세가 진실이라면 건너가도 좋다. 만일 거짓말을 하는 자라면 그 죄가에 의해 조금도 용서없이 저기 보이는 교수대에서 사형에 처한다.'이 법률과 그 엄격한 조건이 알려진 이래 많은 사람들이 여기를 지나갔습니다만 그들의 맹세가 사실이라는 것을 알면 판관들은 곧 자유롭게 통과시켜주었습니다. 그런데 한 사나이가 맹세를 하려고 나서더니, 자기는 저기 있는 저 교수대에서 죽고 싶다는 것을 서약한다. 그 밖의 일은 생각지도 않는다고 말하고 선언도 했습니다. 그래서 판관들은 이 맹세를 여러 가지로 검토해본 끝에 말했습니다. '만일 이 사나이를 무사히 통과시켜준다면 그는 자기 맹세에 거짓말을 한 것이 된다. 따라서 법률에 의해서 죽어야 한다. 그러나 만일 우리가 그를 교수형에 처한다면 이자는 저 교수대에서 죽고 싶다고 맹세했으므로 사실을 맹세한 것이다. 따라서 이 법률에 의해 무사히 석방되지 않으면 안되는 것이다.' 그래서 영주님, 그 판관들은 이 사나이를 어떻게 하면 좋을지 모르겠다고 영주님께 물어온 것입니다. 오늘에 이르기까지 어떻게 한다는 결정을 못 내리고 있다가 영주님의 의견을 듣기로 하자고 판관들이 저를 이렇게 보낸 것입니다."

이에 대해 산초는 대답했다. "확실한 얘긴가, 그대를 나한테 보낸 그 판관들은 그렇게 하지 않아도 될 걸 그랬군. 나는 어느 쪽인가 하면 머리가 날카롭기보다는 골이 우둔한 사나이거든. 그건 그렇고, 내가 잘 알아들을 수 있도록 다시 한 번 그 사건을 설명해줄 수 없나? 그러면 아마 중요한 대목을 파악하게 될지도 모르니까."

그래서 질문한 사나이는 자기 이야기를 몇 번이나 되풀이했다. 그러고 나서 산초는 말했다.

"이 사건은 내 생각에 즉각 판결을 내릴 수 있다. 그건 이런 거야. 그 사나이는 교수대에서 죽고자 한다고 맹세를 했으니 만일 교수대에서 죽는다면 사실을 맹세한 셈이지. 그러니까 법률에 따르면 자유로이 다리를 건너가도 상관없는 일이지만 만일 그 사나이를 교수형에 처하지 않는다면 거짓말을 맹세한 것이 되니까 바로 그 법률로 그 사나이를 교수형에 처해도 되는 셈이지."

"그것은 영주님이 말씀하시는 대롭니다" 하고 사자가 말했다. "그리고 이 사건에 대한 완전한 지식을 갖는다면 이 이상 더 부탁할 일도 의심할 일도 없는 셈입니다."

"그렇다면 지금부터 말하겠는데" 하고 산초가 대답했다. "그 사나이 가운데서 진실을 맹세한 부분은 무사히 통과시켜주면 되는 것이고, 거짓말을 맹세한 부분은 교수형에 처하면 되는 거야. 이렇게 하면 문자 그대로 법조문은 만족하게 이행되는 셈이지."

"그렇다면, 영주님" 하고 질문자가 말했다. "그자는 거짓말을 한 부분과 진실을 말한 부분과 두 부분으로 나뉘어지지 않으면 안되겠지요. 만일 둘로 나눈다면 싫으나 좋으나 죽어야 하지 않습니까? 그렇게 된다면 법률이 요구하는 점은 조금도 이루어지지 않는 셈이 됩니다. 더욱이 법률에 의해서 긴급히 결정될 필요가 있는 일입니다."

"가만 좀 기다려요" 하고 산초가 말했다. "자네가 말한 그 통행인은 내가 우둔하건 그렇지 않건, 그자는 죽을 만한 이유도 있고 살아서 다리를 건널 만한 이유도 있는 셈이야. 왜냐하면, 진실이 이 사나이를 구한다면 마찬가지로 거짓이 그를 벌하거든. 그렇다면 사실이 그런데, 나의 의견은 나한테 자네를 보낸 그 판관들에게 이렇게 말하면 될 거야, 이게 내 의견이니까. 그 사나이를 벌하는 까닭도 종이 한 장의 차이니까 무사히 통과시켜주는 편이 좋을 거라고 말야. 나쁜 짓을 하는 것보다 좋은 일을 하는 편이 언제나 칭찬을 받는 법이거든. 만일 내가 서명할 수 있다면 내 이름을 서명해줘도 좋아, 나는 이 사건에 관해서 내 생각대로 말하고 있는 게 아냐. 이 섬의 영주가 되어오기 전날 밤, 우리 주인 돈 끼호떼 님이 내게 하신 여러 가지 충고 가운데서 문득 한 교훈이 머리에 떠오른 거야. 그건 판단이 위태위태할 경우에는 자비 쪽에서 매달리는 편이 좋다는 거야. 그래 지금 이 사건에 꼭 부합되도록 하느님이 생각나게 해주신 거야."

"정말입니다" 하고 집사가 거들었다. "제 생각으로는, 라케다이몬인들에게 법률을 시행한 리쿠르구스라도 방금 위대하신 빤사 님이 말씀하신 것 같은 판결은 내리지 못했을 것이 틀림없습니다. 그럼, 이것으로 오전 법정은 폐정합니다. 그리고 저는 영주님께서 마음껏 식사를 하실 수 있도록 지시해놓겠습니다."

"나도 그러기를 바란다. 적당한 속임수나 가짜는 용서 안해!" 하고 산초도 말했다. "자, 밥을 먹여다오. 그리고 사건이건 질문이건 소나기처럼 마구 쏟아져라. 즉각 해결해 보일 테니까."

집사는 약속을 지켰다. 이토록 총명한 영주를 굶겨 죽인다는 것은 양심의 짐이 될 것 같았기 때문이었다. 그뿐 아니라 수행하도록 미리 지시받고 있는 마지막 장난을 그날 밤으로 실행하고 그에 대한 장난은 그것으로 끝내야겠다고 생각했다. 그리하여 산초는 띠르떼아푸에라의 규정과 경구를 어기고 그날은 실컷 먹었다. 그런 뒤 식탁을 치울 무렵에 영주 앞으로 돈 끼호떼가 보낸 한 통의 편지를 갖고 파발꾼이 들어왔다. 산초는 그 편지를 읽으라고 시종에게 명령했다. 그리고 그 편지에 비밀로 할 일이 씌어 있지 않거든 큰 소리로 낭독해달라고 덧붙였다. 비서는 그대로 했는데 먼저 대강 훑어보고 말했다.

"이 사연이라면 낭독해도 상관없을 것 같습니다. 돈 끼호떼 님이 영주님께 써보낸 이 편지는 그야말로 인쇄에 붙여서 금문자로 써놓아야 할 만한 것이기 때문입니다. 그럼, 읽겠습니다.

바라따리아 섬의 영주 산초 빤사 앞으로 보내는 돈 끼호떼 데 라 만차의 편지

삼가

나는 혹 그대의 실수와 불미스로운 거동에 관한 소식이나 듣지 않을까 하고 걱정하고 있다가, 그대가 사려깊고 분별 있게 처신한다는 소식을 듣고 오로지 하늘을 향해 감사드리는 바요. 무릇 하늘은 항상 더러운 땅에서 가난한 자를 끌어올리시고 어리석은 자 가운데서 슬기로운 자를 끌어올리시는 법이오. 듣건대 그대는 어디까지나 인간답게 통치하고 아울러 그대의 행동이 서민적이어서 마치 짐승처럼 정다운 사람이라는 소문이오. 그런데 그대에게 충고하고 싶은 것은, 직무의 권위로 봐서 이따금 마음의 겸양과 반대되는 행동을 하는 것이 적당하고 또한 필요한 일이라는 것이오. 왜냐하면, 무거운 직책을 지닌 사람의 훌륭한 몸가짐은 그 직책이 요구하는 바에 따라야 하며 타고난 천한 성격이 나가는 대로 이끌려 가서는 안되는 것이기 때문이오. 복장을 단정히 하오. 무릇 나무 인형도 차려입으면 단순한 나무 인형으로 보이지 않는 법이오. 그렇다고 하여 비단을 걸치라는 말은 아니오. 법관이면서 군인처럼 차려입으라는 말도 아니오. 다만 그대의 직책이 요구하는 바 올바른 복장을 하라는 것이오. 다만 청결하고 단정히 입으라는 것뿐이오.

그대가 다스리는 백성들의 뜻을 얻으려면 무엇보다도 다음 두 가지 일을 해야 할 것이오. 첫째는, 이것은 이미 말한 일이지만, 누구에게나 예의바르게 행동할 것. 둘째는 식량이 풍부하도록 노력할 것, 왜냐하면 가난한 사람들의 마음을 가장 괴롭히는 것은 굶주림과 물가가 오르는 것 이상 가는 것이 없기 때문이오.

많은 포고를 하는 것도 중요한 일이오. 만일 포고를 할 때에는 좋은 포고, 특히 사람들이 지키고 따를 만한 것을 발포하도록 해야 할 것이오. 사람들이 지키지 않는 포고란 있으나마나한 일이오. 그렇게 되면 포고를 제정할 사려와 권위를 가진 군주에게 사람들로 하여금 그 포고를 순종시킬 만한 용기가 없다는 것을 백성들이 생각하게 되는 것이 고작일 것이오. 그러나 백성들에게 공포를 느끼게 하고 실천을 시키지 못하는 법률은 마치 개구리 임금님이 가진 '말뚝'과 같은 것이 되고 말 것이 분명하오. 처음에는 개구리들도 그것을 두려워했으나 시간이 흐름에 따라 그것을 경멸하고 결국은 그 위에 기어올라갔다는 이야기요.

다음으로, 덕행의 아버지가 되고 악덕의 계부가 되라는 것이오. 항상 엄격하지도 않고 항상 관대하지도 않는 이 양자의 중도를 택하도록 하시오. 사려분별의 요점은 여기에 존재하는 것이오. 그대는 이따금 감옥, 도살장, 시장을 순시하시오. 실로 그러한 장소를 영주가 방문한다는 것은 극히 중요한 일이오. 석방이 가까워지는 것을 기다리는 죄수들을 위로하는 것이 되고, 또 푸주한들에게는 요괴와 같은 결과를 낳게 되는 것이오. 왜냐하면 푸주한들은 이때 근량을 정확하게 하는 법이기 때문이오. 마찬가지 이유로 시장의 여자 장사치들에게도 공포의 표적이 될 것이오. 비록 그대가 탐욕스럽더라도, 나는 그렇다고 믿고 있소만, 탐욕, 호색 내지는 대식가라는 기미를 보이지 않는 것이 중요하오. 백성들이나 그대의 측근자들은 그대의 어떤 성벽을 발견할 때는 거기를 노려서 포진을 치고 마침내는 파멸의 심연으로 그대를 떨어뜨리고 말 것이오. 그대가 영주직에 부임하기 위해 이곳을 출발하기 전, 내가 그대에게서 써준 충고와 훈계를 되풀이해서 숙독해주기 바라오. 만일 그 충고와 훈계에 세심한 주의를 기울인다면 반드시 그 속에 통치자가 항상 부딪치는 곤란과 난문(難問)에서 그대를 구해줄 훌륭한 수단을 발견하게 될 줄 믿는 것이오. 다음으로 그대의 주군 공작 내외분에게 편지를 써서 감사를 드리는 것이 중요한 일이오. 왜냐하면 망은은 오만의 딸이며 무릇 사람이 아는 큰 죄악 가운데 하나이기 때문이오. 나에게 은혜를 베푼 사람들에 대한 감사를 잊지 않는 사람은 또 신에 대해서도 감사를 잊지 않는 사람이오. 신은 항상 숱한 행복을 늘 우리에게 보내주시기 때문이오.

공작 부인께서는 한 사람의 사자를 파견하여 그대의 의복 및 그 밖의 선물을 그대의 아내 떼레사 빤사에게 보내셨소. 우리는 그 답사를 학수고대하고 있는 중이오. 나는 느닷없이 덤벼든 고양이에게 코를 약간 할퀴어 불쾌감을 느끼고 있으나 별로 대단하게는 생각지 않소. 나를 괴롭히는 마법사들이 있다면 또 나를 지켜주는 마법사도 있을 테니까 말이오.

그대와 기거를 함께 하는 집사가 노시녀 뜨리팔디와 무슨 관련이 있는지 없는지를 알려주기 바라오. 그리고 그대에게 일어난 모든 일을 나에게 보고해주기 바라오. 실지로 그다지 먼 거리도 아니오. 나는 현재의 나태한 생활을 되도록 빨리 청산할 작정이오. 이러한 생활을 위해서 나는 태어나지 않았기 때문이오.

나에게 일어난 한 사건에 대해서 공작 내외분 사이에 반드시 반목이 일어날 것이 틀림없을 것으로 믿고 있소. 그러나 내게 심한 타격을 주는 것이라 하더라도 나는 조금도 개의치 않을 것이오. 요컨대 공작 내외분의 기분보다 오히려 내 본분을 완수하는 것을 의무로 알기 때문이오. 다시 말해서, Amicus Plato sed magis amica veritas(벗은 플라톤, 더 좋은 벗은 진리)라는 격언대로요. 나는 그대가 영주가 된 이상 이미 라틴어를 배우는 것으로 짐작하기 때문에 이렇게 라틴어를 이용했소. 그러면 하느님께서 그대를 어느 누구의 연민 대상으로도 만들지 않으시기를 빌면서.

그대의 벗 돈 끼호떼 데 라 만차

산초는 매우 주의깊게 이 편지에 귀를 기울였다. 또 이것을 듣고 있던 모든 사람들은 새삼 이 편지에 감탄하고 거기에 씌어 있는 총명에 감동했다. 이윽고 산초는 식탁에서 일어나 시종을 부르더니 그와 함께 한방에 틀어박혀 조금도 지체할 것 없이 주인 돈 끼호떼에게 답서를 내려 했다. 그래서 뺄 것도 없이 자기가 부르는 대로 써 나가라고 시종에게 명령을 했다. 그 답서의 사연은 다음과 같은 것이었다.

돈 끼호떼 데 라 만차에게 보내는 산초 빤사의 편지

제가 맡은 직무가 어찌나 바쁜지 머리를 긁을 시간도 없고 손톱을 깎을 틈도 없는 형편이어서, 덕분에 하느님께서 어떻게 해주셔야 할 만큼 손톱이 자라났습니다. 저의 소중하신 나리, 제가 이런 것을 말씀드리는 것은 이 영주직에 있으면서 잘하고 있는지 어떤지 오늘까지 알려드리지 않았더라도 나리께서 놀라지 않으시도록 하기 위해섭니다. 영주직에 앉고부터 여태까지 나리와 단둘이서 숲 속이며 인적 드문 들판을 돌아다닐 때보다 훨씬 배를 주리고 있습니다. 주인 공작님이 전날 저에게 편지를 주셔서 몇 사람의 자객이 저를 죽이려고 이 섬에 잠입했다고 알려주셨습니다. 그러나 오늘까지 이곳에 부임해오는 영주를 죄다 죽여버리려고 이곳에서 급료를 받고 있는 그 의사 이외는 그런 자를 발견하지 못하고 있습니다. 그는 도끄또르 뻬드로 레씨오라는 자로 띠르떼아푸에라 태생이라고 합니다만, 그놈의 손으로 내가 죽어야 하나, 하고 겁을 먹고 있는 자가 누구인가 나리는 알아주셨으면 합니다! 이 의사 선생은 자기 입으로, 설혹 병에 걸렸더라도 병은 고치지 않고 다만 병에 걸리지 않도록 예방할 뿐이라고 말하고 있습니다. 그래서 그자가 쓰는 약이란 처음부터 끝까지 절식하는 것뿐이며, 나중에는 마치 열병에 걸리느니 굶어서 비척 마르는 편이 낫기라도 한 것처럼, 사람이 피골이 상접할 지경이 되어버리겠습니다. 간단히 말씀드려서 이 사나이는 저를 굶겨 죽일 작정이며 저도 기가 죽어서 차츰 죽어가는 듯한 기분이 되고 있습니다. 영주직에 앉으면 따뜻한 것을 먹을 수가 있고, 찬 것을 마실 수 있고, 네덜란드 삼실로 만든 이불을 덮고, 깃을 넣은 요 위에서 편히 몸을 쉬게 될 줄 알고 있었는데, 실은 꼭 은둔자처럼 먹는 둥 마는 둥 하는 고행을 하고 온 거나 다름이 없으니까요. 게다가 이건 제가 좋아서 하고 있는 것이 아니니까 결국은 악마 놈이 저를 데려가 버리겠구나 하는 생각이 듭니다.

여태까지 세금에도 손을 대지 않았고 뇌물도 받지 않고 있습니다만, 이것이 어떤 결과를 가져오는가를 저는 도무지 알 수가 없습니다. 왜냐하면 여기서 사람들한테 들어보면, 이 섬에 오는 역대 영주들은 이 섬에 오기 전에 이곳 주민들한테서 많은 돈을 받거나 빌리거나 하는 것이 상례가 되어 있다고 하며, 더욱이 이것은 무슨 정치적인 직위에 앉으려고 하는 모든 사람들에게는 당연한 관례가 되어 있다고 합니다, 또 이것은 이 섬에만 있는 일이 아니라고 합니다.

어제 저녁 순시를 하고 있을 때 남자 복장을 한 매우 예쁜 아가씨와 여자 옷을 입은 그 동생을 만났습니다. 그 처녀에게 우리 시종장이 열을 올려서, 그의 말을 들어보면 자기 아내로 삼기로 했다는 것이며, 저는 저대로 동생 쪽인 젊은이를 제 사윗감으로 골랐습니다. 오늘 우리 두 사람이 이 형제의 아버지와 만나 우리 생각을 의논하고 실현시킬 작정입니다만, 그 아버지라는 사람은 디에고 데 라 야나라고 하는 매우 훌륭한 시골 귀족이고 옛날부터 내려오는 그리스도 교도라고 합니다.

나리의 충고대로 저는 시장을 돌아보고 있습니다. 어제는 햇개암을 팔고 있는 여자 장사치를 발견했는데 조사해보니 1파네가의 새 개암과 똑같은 양의 해묵고 속이 비고 썩은 개암을 섞어서 팔고 있지 않겠습니까. 그래서 개암 전부를 몰수하여 고아원 아이들에게 나누어주었습니다. 그 아이들 같으면 햇것과 묵은 것을 구별할 수 있을 것입니다. 그리고 저는 그 여자에게 2주일 동안 시장에 출입을 못하도록 금지해놓았지요. 이것은 꽤 잘한 일이라고 사람들은 말하고 있습니다. 제가 나리에게 똑똑히 말씀드릴 수 있는 것은 이 지방에서는 시장의 여자 장사치들보다 나쁜 인간들은 없다는 소문이 자자하다는 것입니다. 그 까닭은 그들이 염치도 없고 인정 사정 없는 뻔뻔스러운 인간들이기 때문인데 다른 지방에서 여태까지 제가 보아온 인간들로 미루어보아도 틀림없을 것 같습니다.

우리의 주인 공작 부인께서 마누라 떼레사 빤사에게 편지를 내시고 나리가 말씀하시는 것처럼 선물까지 주셨다니 저는 여간 기쁘지 않습니다. 그래서 곧 감사하다는 말씀을 써 올릴까 합니다. 저 대신 제발 나리께서 그분의 손에 입을 맞추시고 제가 이렇게 말씀하더라고 여쭈어주십시오. 마님은 결코 구멍 뚫린 부대에는 넣지 않으셨으며, 언젠가는 그것을 알게 되신다고 말씀입니다.

나리께서 공장 내외분과 재미없는 사건을 일으키신다는 것은 저로 봐서는 암만해도 재미없는 일이군요. 왜냐하면 만일 나리께서 그분들에게 화를 내신다면 그 해는 싫어도 저한테 미칠 것이 틀림없기 때문입니다. 게다가 저한테 해주신 충고 가운데, 감사한 마음을 잊지 말라고 하셨는데, 그런 나리께서 그만큼 은혜를 입고 그 거성(居城)에서 그토록 후한 대접을 해주신 분에게 감사드리지 않는다는 것은 결코 좋은 일이 아니십니다.

또 고양이에게 할퀴었다는 그 일은 도무지 무슨 이야기신지 모르겠습니다만, 언제나 나리에게 엉큼한 마법사들이 저지르신 그 장난의 하나가 틀림없다고 생각합니다. 장차 만나뵙게 되면 뚜렷이 알게 되겠지요.

될 수 있으면 나리 앞으로 무언가 보내드리고 싶습니다만, 이 섬에서 만드는 매우 신기한 방광 세척용 대롱이나 부쳐드리면 좋을는지, 그 밖에 뭐가 좋은지 모르겠군요. 만일 이 직무를 계속하게 된다면 무언가 보내드릴 만한 것을 찾을 작정입니다.

만일 떼레사 빤사가 저에게 편지를 보내오거든 나리께서 제발 운임을 지불하시더라도 저에게 돌려주십시오. 저는 우리집 소식과 처자들의 소식이 알고 싶어 죽을 지경입니다. 그러면 이만하고, 하느님께서 심술궂은 마법사들로부터 나리를 구해주시고, 저는 저대로 이 영주직에서 평화스럽게 무사히 물러날 수 있도록 해주십사고 기도드리겠습니다만, 이 영주직은 암만해도 위태위태합니다. 왜냐하면 도끄또르 뻬드로 레씨오의 저에 대한 태도로 미루어 어떻게든 살아서 그만두고 싶은 생각이 간절하기 때문입니다.

나리의 종자, 영주 산초 빤사 올림

시종은 편지를 봉하고 즉각 파발꾼을 내보냈다. 그런 다음 산초에 대한 장난을 꾸미고 있는 자들이 모여서 어떤 방법으로 그를 영주직에서 추방하느냐 하는 방법을 의논했다. 한편 산초는 그날 오후를 자기 생각으로 섬이 틀림없는 이 땅의 선정에 관한 몇 가지 방법을 제정하는 데

보냈다. 그에 의하면 영내에서는 식료품의 소매를 일절 금지한다, 영내에는 어느 곳의 포도주나 마음대로 수입해도 좋다, 다만 그 품질, 평가 및 평판에 따라 값을 정하기 위해 어느 곳 포도주인가를 명백히 한다는 조건이 붙는다, 물을 섞거나 상표를 바꾸거나 한 자는 사형에 처한다. 다음으로 신발 종류는 모두 값을 내렸는데 특히 구두 값은 너무나 엄청나게 값이 올라 있다고 생각되었기 때문에 이것을 끌어내렸다. 그리고 하인들의 급료에 표준을 정했다. 왜냐하면 그들은 욕심의 길을 재갈도 없이 걷고 있었기 때문이다. 다음으로 밤이건 낮이건 외설스럽거나 무질서한 노래를 부르는 자는 엄벌에 처한다, 그리고 어떠한 장님도 그것이 진실이라는 근거 있는 증거를 제시하지 않는 한 그들의 노래 속에서 기적을 노래부르면 안된다고 금지했다. 왜냐하면 맹인들이 부르는 대부분의 노래가 엉터리며 진실 그 자체에 해를 끼친다고 생각되었기 때문이다. 그리고 거지들을 위한 담당 관리를 두었는데, 이것은 그들을 박해하기 위해서가 아니라 사실 그들이 걸식을 하지 않으면 안되는가 어떤가 그 실정을 조사시키기 위해서였다. 왜냐하면, 가짜 외팔이와 엉터리 궤양 뒤에 도둑의 팔과 주정쟁이의 건강이 숨어 있었기 때문이다. 요컨대 그는 참으로 훌륭한 법률을 제정했으므로 오늘에 이르기까지 그 법률은 그곳에서 그대로 보존되어 있으며 '위대한 영주 산초 빤사 헌법'이라 일컬어지고 있는 것이다.

제 52 장

여기서는 노시녀 도냐 로드리게스의 모험이 다루어진다.

씨데 아메떼는 다음과 같이 말하고 있다. 이미 돈 끼호떼는 지금 이 성에서 보내고 있는 생활이 그가 받드는 기사도의 모든 법도에 어긋난다고 생각하고 있었으므로 공작 부처에게 사라고사로 출발하는 허락을 얻을 결심을 했다. 그곳 들판에서 개최되는 무예 시합이 가까워지고 있었으므로 그 시합에 출전하여 그런 행사 때 상으로 주는 갑주를 차지할 생각이었던 것이다. 그래서 어느 날 공작 부처와 식탁에 앉았을 때, 자기 결심을 실천에 옮겨 허가를 얻으려 하고 있는데, 어찌된 일인지, 뜻밖에도 그 큰 홀의 입구에서 머리 꼭대기에서 발끝까지 새까만 상복을 두른 두 여자가 들어왔다. 그 중의 한 사람이 돈 끼호떼 앞으로 오더니 그의 발 아래 몸을 내던지고 돈 끼호떼의 발에 입술을 대고는 매우 슬프고 안타까운 신음 소리를 냈으므로, 그 소리를 귀로 듣고 그 모습을 눈으로 보는 사람들은 모두 깜짝 놀라고 말았다. 이것은 시종들이 돈 끼호떼에게 하려는 장난의 하나이겠거니 하고 공작 부처는 생각하고 있었으나, 그 여자가 한숨을 쉬고 신음을 내고 우는 모습을 가만히 바라보고 있으니 웬지 불안한 의문이 생겼다. 이윽고 마음이 움직여진 돈 끼호떼가 그녀를 바닥에서 일으켜 세우고 눈물에 젖은 얼굴을 덮은 가리개와 망토를 벗게 했다. 그러자 뜻밖에도 나타난 것은 이 저택의 노시녀 도냐 로드리게스의 얼굴이었다. 또 한 사람의 상복을 입은 여자는 돈 많은 농가의 아들에게 희롱을 당한 그녀의 딸이었다. 그녀를 알고 있는 모든 사람들은 아연실색했는데 그 중에서도 특히 놀란 것은 공작 부처였다. 여태까지 그녀를 마음 착하고 얌전한 여자로만 알고 있었는데 착하고 얌전하기는커녕 이렇듯 미친 짓까지 하려 하고 있었으니 말이다. 이윽고 도냐 로드리게스는 주인 부처를 돌아보고 말했다.

"제발 주인님, 부탁이니 잠시 동안 이 기사님과 이야기하는 것을 허락해주십시오. 어느 악의에 찬 시골뜨기의 건방진 행위 때문에 지금 제가 직면하고 있는 복잡한 일에서 벗어나려면 이것이 가장 좋은 방법이기 때문입니다."

그러자 공작은, 자기에게는 이의가 없다, 그대가 좋은 대로 돈 끼호떼님과 이야기를 하라고 말했다. 그러자 그녀는 돈 끼호떼 쪽으로 얼굴을 돌리고 말했다.

"며칠인가 전에 한 못된 농사꾼이 제가 진심으로 소중히 여기고 귀여워하는 딸에게 난폭하고 못된 짓을 했다는 말씀은 이미 드렸지요. 용감하신 기사님, 여기 있는 애가 바로 불행한 딸애입니다, 이 애에게 가해진 악행을 바로잡고 이 애를 위해 이야기를 다시 본래대로 돌려놓겠다고 나리께서는 저한테 약속을 해주셨습니다. 그런데 나리께서는 하느님이 내려주시는 훌륭한 모험을 찾아 이 성을 출발하실 생각이시라는 소문을 들었습니다. 그래서 나리가 산야의 길에 모습을 감추시기 전에 이 처치하기 곤란한 촌놈에게 혼을 내주어 그놈이 딸과 관계하기 전에 정식 남편이 되겠다고 한 약속을 지켜 제 딸과 결혼하도록 해주십사고 이렇게 찾아왔습니다. 이런 말씀을 드리는 까닭은 제가 모시고 있는 공작님이 저를 위해 공정한 재판을 해주시리라 기대하는데 그때 기사님께도 똑똑히 말씀드렸듯이, 결국은 너도밤나무에서 배를 구하는 거나 마찬가지이기 때문입니다. 그것으로 필경 우리의 주 그리스도는 나리님을 몸성히 해주실 것이고, 저희 모녀도 버리시지 않으실 줄 알고 있습니다.”

노시녀의 말을 듣고 돈 끼호떼는 매우 엄숙하고 위엄 있게 대답했다.

“가엾은 노시녀님, 그대의 눈물을 거두시오. 아니, 닦으시고 그대의 한숨을 누르시오. 그대의 따님에 대한 처리는 내가 기꺼이 맡아드리겠소. 대체 따님은 연애하는 남자들의 약속을 그렇게 간단히 받아들이지 않았더라면 좋았을 것인데. 아무튼 남자들의 약속이란 대부분 극히 가벼운 기분으로 하는 것이고, 그 약속을 수행한다는 것은 매우 무거운 일이오. 그러면 주군 공작님의 허가를 얻어 어쨌거나 그 무도한 젊은이를 찾으러 나가도록 합시다. 그를 발견하여, 그에게 도전해서 약속한 말을 지키려 하지 않고 핑계를 댈 때에는 베어버리겠소. 내 의무의 본분은 겸손한 자를 용서하고 오만한 무리를 처벌하는 것이오. 그 뜻은 괴로워하는 자를 돕고 강한 자를 누른다는 것이오.”

“이 가련한 노시녀가 호소하는 그 촌놈을 찾는 수고를 귀공이 일일이 하실 것은 없소” 하고 공작이 끼여들었다. “그리고 또 귀공이 그에게 도전하기 위한 허가를 일부러 나한테 구할 필요도 없소. 나는 귀공이 그에게 결투를 신청한 것으로 인정하고, 이 결투를 그녀석에게 알리는 책임을 질 것이며, 아울러 그에게 그 일을 승락시켜 직접 이 성으로 대답하러 오도록 하겠소. 이 성 안에 시합장을 만들어 이런 시합에 있어서 일반적으로 지켜지고 또 지키지 않으면 안되는 모든 조건을 갖추게 하여, 영내에서 대결하는 자에게 자유로운 시합장을 마련해주는 모든 군주가 의무로서 지켜야 하듯 쌍방에게 똑같이 공정을 기하도록 하겠소.”

“그러시다면, 그 보증과 공작 각하의 반가운 허락 아래” 하고 돈 끼호떼가 대답했다. “이번에는 나의 시골 귀족으로서의 특권을 포기하고 그 가해자의 천한 신분에 필적하는 신분으로 떨어짐으로써 그가 나와 대결할 수 있도록 한다는 것을 여기서 똑똑히 선언하겠소이다. 그러면, 적은 이 자리에 없지만 이 가련한 처녀를 배신하는 악을 저질렀다는 이유로 하여 그에게 결투를 신청하고 도전하는 바요. 이 아가씨는 순결한 처녀였으나, 그녀석의 죄악으로 말미암아 이제는 처녀가 아니오. 그러니 그녀석은 정당한 남편이 되겠다던 약속을 틀림없이 지키거나 아니면 싸움에서 찾지 않으면 안되오."

이렇게 말하고 그는 한쪽 장갑을 벗어 홀 한가운데로 던졌다. 그러자 공작은 앞에서 말했듯이 자기 자신의 이름으로 이 결투에 응한다고 말하면서 그 장갑을 집어들었다. 그리고 날짜는 오늘부터 엿새째로 정해지고 장소는 이 성의 광장, 무기는 기사도의 관례에 따라 사용하기로 정해졌다. 말하자면, 창, 방패, 일절의 부속물을 갖춘 자유로이 움직일 수 있는 갑주 그리고 모든 속임수, 가짜 혹은 부적 따위를 금하고 싸움터의 판관에 의해서 검열된 것에 한한다는 것이었다. 그러나 무엇보다도 필요한 것은 이 가엾은 노시녀와 그 장난기 많은 딸이 돈 끼호떼 님의 손에 그 판결의 권리를 맡긴다는 것이었다. 그렇게 하지 않으면 모처럼의 결투로 마땅히 얻을 효과를 거둘 수가 없고, 효과를 거두지도 못하게 될 것이라는 것이 공작의 말이었다.

"저는 기꺼이 맡겨드리겠습니다" 하고 노시녀가 대답했다.

"저도." 딸이 눈물에 젖어 수줍어하면서 마치 몸둘 바를 몰라하는 태도로 덧붙였다.

이것이 받아들여져서 공작은 이런 경우 어떻게 해야 할 것인가를 생각한 끝에 상복을 입은 두 여자를 물러가게 했다. 공작 부인은 앞으로 이 두 사람을 자기 하녀로서가 아니라 이 집에 판결을 구하러 온 용감한 여성으로서 대접하도록 명령했다. 그래서 그들을 위해 방 하나가 마련되고, 마치 다른 데서 온 여자처럼 하녀들은 그들을 대접하게 되었다. 이 것은 도냐 로드리게스와 그녀의 불행한 딸의 어리석고 무궤도한 행동이 어떤 결과를 가져오는지 짐작도 할 수 없었던 다른 하녀들에게는 적지않은 놀라움이었다.

이때 마침, 이 축제 소동을 성대하게 종결짓고 이 희극에 화려한 막을 내리기 위해서기라도 한 듯이 영주 산초 빤사의 처 떼레사 빤사에게 편지와 선물을 들고 갔던 시동이 홀 안으로 들어왔다.

이 시동의 도착을 공작 부처는 무척 기뻐했으며, 이번 여행에서 그에게 일어난 모든 일을 알고 싶어했다. 시동은 이렇게 많은 사람들 앞에서는, 더욱이 짧은 말로서는 도저히 이야기할 수 없으니 사람들을 물려주시고, 그 동안에 이 편지를 재미있게 읽어보시라고 대답했다. 그리고는 두 통의 편지를 꺼내어 공작 부인에게 주었다. 한 통의 겉봉에는 '어디

사시는지 알지 못하는 공작 부인 아무개님에게', 다른 한 통에는 '바라 따리아 섬의 영주, 남편 산초 빤사 님에게, 하느님 제발 저보다 오래오 래 영화를 누리게 해 주소서'라고 씌어 있었다. 공작 부인은 그 편지를 다 읽어버리기까지는 세상에서 흔히 말하듯 도저히 빵이 다 구어지기를 기다릴 수 없었다. 그래서 겉봉을 뜯어서 읽었는데, 이 정도라면 공작을 비롯하여 측근에 있는 사람들에게 들리도록 읽어도 상관없다고 생각하고는 다음과 같은 사연을 읽어나갔다.

떼레사 빤사가 공작 부인에게 보내는 편지

마님께서 저에게 써 보내신 편지는 매우매우 기뻤습니다. 정말 바라지도 못할 편지였습니다. 산호 구슬 묵주는 여간 훌륭한 것이 아니었습니다만, 제 남편의 사냥옷도 그에 못지않게 훌륭했습니다. 제 바깥 양반 산초를 마님께서 영주로 임명하신 데 대해 온 마을이 기뻐하고 있습니다. 하기야 그것을 곧이 듣는 사람은 없습니다만, 그 중에서도 신부님과 이발사 니꼴라스 님과 석사 삼손 까르라스꼬 님은 더욱 그런 편의 기수들입니다만, 저는 그까짓 것 아무렇지도 않습니다. 사실이 바로 그러니까 저마다 제멋대로 지껄이게 내버려두면 그만이니까요. 하기야 사실을 말하라고 하신다면, 산호 묵주와 수렵복이 오지 않았더라면 저도 역시 그대로 믿진 않았을 것입니다. 왜냐하면 이 마을에서는 너나 할 것 없이 저의 남편을 거의 바보로 알고 있기 때문에 기껏해야 산양떼를 지키는 일이라면 모르지만 어떻게 영주 구실을 할 수 있는지 상상도 할 수 없는 일입니다. 하느님이 그렇게 해주시고, 아이들을 위해서 도움이 되도록 인도해주실 것을 빌 뿐입니다.

진정으로 사모하는 마님, 저는 마님의 허락을 얻어 이 즐거운 날을 저의 집에만 꾹 간직해둘 참입니다. 그리고 궁정으로 가서 마차 위에 떡 버티고 앉아 부러워하는 이 마을의 몇천 주민들을 깜짝 놀라게 해주고 싶습니다. 그러니 제발 마님, 제 남편에게 돈을 좀 부쳐주라고 명령해주십시오. 어차피 조금은 있어야겠습니다. 그쪽에서는 여러 가지 격식이 대단하다니까요. 그러니 빵이 1레알, 고기 한 근이 30마라베디나 한다니 놀라운 일입니다. 만일 제 남편이 제가 안 가도 괜찮다고 한다면 즉각 알려주십시오. 얼른 떠나고 싶어서 저는 벌써 마음이 들떠 있으니까요. 게다가 저의 친구나 이웃 사람들의 말을 들어보면, 저와 딸이 그쪽에 가서 시치미를 떼고 멋있게 차려입은 채 걸어다닌다면 제가 남편 덕분에 그런다기보다 제 덕분에 남편이 더한층 유명해질 것이며, 그것은 많은 사람들이 반드시 이렇게 물을 것이 틀림없기 때문이랍니다. "저 마차에 탄 귀부인들은 누구신가!" 하고 말씀이지요. 그러면 제 하녀가,

"바라따리아 섬의 영주 산초 빤사 님의 마님과 따님이에요" 하고 대답하겠지요. 이런 식으로 남편은 사람들에게 알려지고 저도 사람들에게 존경을 받게 되어, 모든 것이 로마까지라는 식이 될 것입니다.

그런데 분해서 못 견딜 만큼 원통한 것은, 금년에는 이 마을에 개암이 그다지 열리지 않았다는 것입니다. 그래도 반 쎌레민쯤 부쳐드리겠어요. 이것은 제가 산에 가서 하나하나 골라주운 것입니다. 저는 타조알 만한 것이 있나 하고 바랐습니다만 이 이상 더 큰 것은 눈에 띄지 않았습니다.

공작 부인님께서도 저에게 편지 주실 것을 잊지 말아주시도록 부탁드립니다. 저도 건강 상태며 마을에서 알려드릴 만한 것은 빠짐없이 죄다 알려드릴 작정입니다. 마을에서 저는 우리 주 예수 그리스도께서 마님을 지켜주시도록 기도드리고 있으니까 저의 일도 잊지 말아주세요. 딸 산치까와 아들이 마님의 손에 입맞춤을 보내드리고 있습니다. 마님께 편지를 올리기보다 마님을 직접 뵙기를 바라고 있는 마님의 하녀 떼레사 빤사 올림.

이 떼레사 빤사의 편지 내용을 듣고 있던 사람들은 모두 기쁨을 감추지 않았다. 그 중에서도 공작 부처의 기쁨은 더 큰 것이었다. 공작 부인은 영주 앞으로 보내는 편지는 더 훌륭할 것이 틀림없으리라 생각하고 뜯어보아도 괜찮겠느냐고 돈 끼호떼의 의견을 물었다. 돈 끼호떼는 공작 부처가 기뻐하시도록 자기가 겉봉을 뜯겠다고 했다. 편지 사연은 이런 것이었다.

떼레사 빤사가 남편 산초 빤사에게 보내는 편지

나의 영혼인 산초 님, 당신 편지는 잘 받아보았습니다. 저는 가톨릭의 그리스도 교도로서 당신께 약속하고 맹세해도 아무 일 없지만, 너무나 기뻐서 미칠 지경인데 손가락 두 개의 폭이 모자랄 정도였어요.

여보, 당신이 영주가 되셨다는 소식을 들었을 때, 저는 너무나 기뻐서 그자리에 넘어져 죽지나 않을까 생각할 정도였답니다. 당신도 아시다시피 큰 슬픔과 마찬가지로 갑자기 너무 기쁜 일이 생기면 사람이란 죽는다고 하잖아요. 아 글쎄, 산치까년 좀 보세요, 너무나 기뻐서 그만 오줌을 찔끔 싸버렸다고 하잖아요. 당신이 보내주신 사냥옷을 들고, 공작 부인께서 저한테 보내주신 산호 묵주를 목에 걸고, 두 통의 편지를 쥐고 있으니, 편지를 가지고 온 사람이 그자리에 있는 데도, 저는 눈에 보이는 것도 손에 만져지는 것도 모두가 꿈만 같아 아무것도 믿을 수도, 생각할 수도 없었답니다. 여보, 생각해보세요.

일개 산양치는 목자가 섬의 영주님이 되었다는 것을 말이에요. 누가 감히 생각이나 하겠어요! 여보, 당신도 아시듯이 여러 가지 일을 구경하려거든 오래 살고 봐야 한다고 제 어머님이 늘 말씀하셨지요. 제가 이런 말을 하는 것은 만일 더 오래 산다면 더 많은 여러 가지 일을 볼 수 있겠거니, 하고 생각하기 때문이지요. 저는 당신이 큰 지주나 세금을 징수하는 징수관쯤까지 올라가주었으면 하고 생각하고 있거든요. 그런 사람들 가운데는 그자리를 악용해서 악마에게 붙들려가는 자도 있지만, 뭐니뭐니해도 늘 돈을 다루는 직책이니까요. 공작 부인께서는 아마 제가 섬의 궁정에 가고 싶어하고 있다는 것을 당신한테 알려드릴 거예요. 잘 생각해보시고 당신 의견을 들려주세요. 저는 마차를 타고 돌아다니면서 당신의 면목을 높여드릴 작정으로 있으니까요.

신부님도 이발사도 석사도 수도원에서 심부름하는 아이까지 당신이 영주가 되었다는 말을 믿으려 하지 않고 있어요. 그리고 모든 일이 속임수며, 당신의 주인 어른 돈 끼호떼 님에게 일어나고 있는 여러 가지 일처럼 마법의 짓이라고 말하고 있답니다. 그리고 삼손 님은 당신을 찾아내어 머릿속에서 영주라는 말을 쫓아내지 않으면 안된다, 또는 돈 끼호떼 님의 머리로부터는 광기를 두들겨 쫓아버리지 않으면 안된다는 소리를 하고 있어요. 저는 그저 웃으면서 산호 묵주를 들여다보기도 하고, 당신의 사냥옷으로 산치까의 옷을 만들어주려고 이것저것 궁리를 하고 있을 뿐이지요.

개암을 조금 공작 부인에게 보내드렸습니다. 저는 이 개암이 금이었으면 좋을걸, 하고 생각했지요. 당신도, 만일 그 섬에서 유행하고 있다면 진주 목걸이나 하나 저에게 보내주세요.

마을 소식은 이렇습니다. 라 베르루에까는 딸을 피라미 화가와 결혼시켰습니다. 신랑은 닥치는 대로 그림을 그리려고 마을에 왔지요. 촌회에서는 의사당 문에 국왕님의 문장을 그려달라고 이 사람에게 주문했습니다. 그러자 3두카트 달라고 해서 선금으로 지불했는데 일주일 동안 일을 하는가 싶더니 그 후에 보니 아무것도 그린 것이 없었어요. 그러고는 도저히 이렇게 복잡한 것은 자기 손으로 그릴 수 없다면서 돈을 돌려주었습니다. 그러면서 꽤 훌륭한 관리입네, 하고 떠들어대면서 결혼까지 했지요. 사실은 이제 화필을 버리고 그 대신 괭이를 쥐고 마치 도회지 사람 같은 행색으로 밭에 나가곤 해요. 뻬드로 데 로보의 아들은 장차 신부가 될 작정으로 첫 위계와 머리 깎는 식을 올렸지요. 밍고 실바또네 손녀 밍기야가 이것을 알고 자기와 결혼할 약속을 했었다면서 그를 고소했습니다. 소문을 들으니 그애는 그 남자 때문에 임신까지 했다고 욕하는 사람도 있다는군요. 하지만 남자 쪽에서는 완강하게 거짓말이라고 말한답니다.

금년에는 올리브 열매가 도통 열리지 않아요. 게다가 온 마을을 찾아보아도 식초가 한 방울도 없습니다. 얼마 전 우리 마을을 병정이 한 중대 지나갔는데 그때 마을 처녀아이 셋을 데려가고 말았습니다. 그것이 누구누구라는 것은 말하지 않겠어요. 틀림없이 돌아오겠지요. 좋고 나쁘고는 고사하고 새것이 아니더라도 그애들을 신부로 맞이할 남자들도 있을 테니까요.

산치까는 레이스 장식을 짜고 있답니다. 하루에 8마라베디는 꼭꼭 벌어서 결혼 비용의 일부로 한다면서 저금통에 넣고 있지요. 그러나 이제는 영주님의 따님이니까 그애가 벌지 않더라도 당신이 지참금을 내주시겠지요. 마을의 넓은 마당에 있는 분수가 말라버렸습니다. 벼락이 마을 탑에 떨어졌습니다. 하지만 그런 것은 제가 알 바 아니지요.

이 편지와 제가 그리로 가고 싶다는 결심에 대한 회답을 기다리고 있겠어요. 이만 하고 다음은 하느님께서 나보다, 아니 똑같이, 당신을 오래 사시게 해주시도록 기도드립니다. 왜냐하면 내가 죽고 당신만 이 세상에 남겨두는 것은 싫으니까요.

당신의 아내 떼레사 빤사 올림

이 두 통의 편지는 모든 사람의 호평을 얻었으며, 웃음을 자아내고 감동의 표적이 되어 사람들을 감탄시켰다. 그리고 이에 대답이라도 하듯 산초가 돈 끼호떼에게 보낸 편지를 들고 온 파발꾼이 도착했다. 이것 또한 여러 사람들 앞에서 낭독되었는데, 이 편지로 사람들은 영주가 바보라는 것을 새삼 깨닫게 되었다. 공작 부인은 시동에게 산초의 마을에서 일어난 일이 듣고 싶어 물어보았는데, 시동은 일어난 일들을 하나도 빠뜨리지 않고 상세한 것을 모두 부인에게 아뢰었다. 그리고 개암과 떼레사가 보낸 치즈를 내놓았는데, 이 치즈는 아주 훌륭한 것이어서 뜨론촌 치즈보다 질이 좋았다. 공작 부인은 매우 기뻐하며 그것을 받았는데, 이렇듯 기뻐하는 부인은 일단 이대로 놔두고 모든 섬의 영주의 꽃이자 거울인 대산초 빤사의 통치 결말을 이야기하기로 한다.

제 53 장

지칠 대로 지친 산초 빤사의 통치 결말에 대해서.

"이 인생에 있어서 이에 속하는 모든 사물이 항상 같은 상태로 지속한다고 생각한다는 것은 참으로 무익한 생각이다. 오히려 인생은 모두 원을 그리며, 아니 차례로 빙글빙글 돌아가는 것으로 생각된다. 실제로 봄은 여름에 이어지고, 여름은 초가을에 이어지고, 초가을은 가을에 이어지고, 가을은 겨울에 이어지고, 그리하여 겨울은 다시 봄에 이어지는 것이다. 이와 같이 시간은 이 멈출 줄 모르는 바퀴를 타고 빙글빙글 돌아간다. 오로지 사람의 생명은 그 종국을 향해서 바람보다 빨리 사라져간다. 더욱이 제한하는 아무런 경계도 없는 후세에서가 아니면 아무것도 새로이 할 희망조차 없이."

회교도의 철학자 씨데 아메떼는 이렇게 말하고 있다. 현세의 재빠름과 덧없음, 그리고 후세의 무한한 계속을 이해하는 데 많은 사람들은 신앙의 빛도 없이 자연의 빛으로 이것을 이해해왔다. 그러나 우리의 작자가 이런 말을 하고 있는 것은 산초 정부가 신속히 결말을 고하고, 소멸, 붕괴하여 그림자나 연기처럼 사라져버린 것을 말하고 싶었기 때문임에 틀림없다. 산초는 그 통치 7일째 되는 날 밤, 빵과 포도주에 진력이 나서가 아니라, 사람을 재판하고 의견을 내놓고 법령과 칙령을 만드는 데 싫증이 나서 침대에 누워 있었다. 배는 고팠으나 졸음 때문에 차츰 눈까풀을 닫기 시작했을 때 섬 전체가 당장 가라앉아버릴 듯이 요란한 종소리와 사람 소리가 들려왔다. 그는 침대에서 일어나 앉아 이 소란한 소리가 대체 무엇 때문인가를 확인하려고 가만히 귀를 기울였다. 그러나 무슨 일인지 도무지 알 수 없을 뿐 아니라, 사람의 고함 소리와 종소리에 이어 연거푸 나팔 소리와 북소리까지 들려왔으므로 더욱 불안해져서 공포와 놀라움으로 어찌할 바를 모르게 되었다. 방바닥이 축축했기 때문에 덧신을 신고 실내복은커녕 그와 비슷한 것조차 몸에 걸치지 않은 채 방문께로 갔다. 마침 그때 복도를 20명이 넘는 사람들이 손에손에 횃불과 칼을 들고 큰 소리로 외치면서 달려오는 것이 보였다.

"무기를 잡으시오, 무기를 잡으시오, 영주님 무기를 잡으시오. 수없는 적군이 이 섬에 침입해들어왔습니다. 만일 각하의 지혜와 용기가 우리를 구해주시지 않는다면 우리는 멸망하고 맙니다!"

이런 고함 소리와 광란과 소란을 피우면서 귀로 듣고 눈으로 보는 것에 아연히 넋을 잃고 있는 산초 앞으로 다가왔다. 드디어 바로 앞에 이르자 그 중의 한 사람이 말했다.

"만일 모두 무너져서 온 섬이 멸망하는 것이 싫으시거든, 영주님, 빨리 무장하십시오!"

"무장을 한 뒤 내가 어떡하면 좋단 말야" 하고 산초가 물었다. "난 무기에 관해서나 방위전에 관해서나 도무지 아는 것이 없다고 말했는데. 이런 건 차라리 우리 주인 돈 끼호떼 님에게 맡겨드리는 게 제일이야. 그러면 눈 깜짝할 사이에 처치해서 안전하게 해주실 텐데. 나는 하느님에겐 미안하지만 이렇게 다급한 일은 아무것도 처리할 줄 모른단 말야."

"아아, 영주님!" 하고 또 한 사나이가 말했다. "그 우물쭈물하는 태도는 무엇입니까? 각하, 무장을 하십시오. 여기에 우리가 공격 겸 방어용 여러 무기를 갖고 왔습니다. 자, 저 광장에 가서 서십시오. 그리고 우리 군의 지휘자, 우리 군의 대장이 되어주십시오. 각하는 우리의 영주님이시니 마땅히, 그것은 각하가 맡으실 직책이십니다."

"그렇다면 멋대로 무장시켜다오" 하고 산초가 대답했다.

그러자 사람들은 즉각 준비해둔 큰 방패 2개를 가져왔다. 그리고 다른 의복을 입을 여유도 주지 않고 느닷없이 셔츠 위에다 방패를, 하나는 앞에 하나는 등에 대고 미리 만들어둔 구멍으로 두 팔을 꺼내고는 끈으로 둘둘 묶어버렸다. 마치 바디처럼 뻣뻣하게 무릎을 굽힐 수도 한 걸음 내디딜 수도 없이 2개의 방패 사이에 끼인 산초는 두 손에 쥐어주는 창에 의지하여 간신히 서 있을 수 있었다. 이와 같이 묶고 나더니 사람들은, 늠름하게 걸어나가서 자기들을 지휘해달라고 부탁했다. 그가 선도자가 되고, 등불이 되고, 새벽의 샛별이 되어준다면 이 소동은 잘 수습이 될 것이라는 것이었다.

"어떡하면 걸어갈 수 있나, 이 비참한 내가?" 하고 산초가 물었다. "워낙 이 2개의 방패가 내 몸에 딱 들러붙어 있으니 무릎 하나 움직일 수 없잖아. 그러니 자네들이 해줘야 할 것은 나를 안다가 어느 입구에 눕히거나 세우거나 해줘야겠다는 거야. 그러면 나는 이 창으로 혹은 내 몸으로 그 입구를 어떻게든 지킬 수 있을지도 모르니까."

"자, 힘을 내세요, 영주님!" 하고 한 사나이가 말했다. "각하께서 걸어가실 수 없다는 것은 그 두 개의 방패 때문이 아니라 무서워서 그러시죠? 그런 말씀 마시고 서둘러 주십시오. 이미 늦었으니까요. 게다가 적은 자꾸만 불어나고 함성도 더 높아지고 있으니 위험은 점점 눈앞에 다가오고 있습니다."

이런 격려인지 비난인지 모르는 말을 듣고 하는 수 없이 가엾은 영주님은 어떻게든 움직여보려고 안간힘을 썼다. 그러다가 무서운 소리를 내면서 방바닥에 넘어져서 박살이 나지 않았나 생각했을 정도였다. 그는 껍질 속에 갇힌 거북 같은 맷돌 사이에 낀 소금에 절인 돼지고기 같은, 혹은 모래 위에 올라온 나룻배 같은 모양이 되어버렸다. 더욱이 이 장난 꾸러기 인간들은 그가 넘어지는 것을 보고도 가엾다는 생각 따위는 전혀 없었다. 오히려 그들은 횃불을 끄고 다시 더 요란스레 외치면서 제법 다 급하게 무기를 잡으라고 되풀이하면서 산초를 짓밟고 넘어가며 방패를 몇 번이나 칼로 내리쳤다. 만일 2장의 방패 사이에서 몸을 오그리고 목을 움츠리지 않았던들 가엾게도 영주님께선 어떤 무참한 변을 당했을지 모른다. 당사자인 영주님은 이 갑갑한 껍질 속에서 몸을 움츠리고 땀을 뻘뻘 흘리면서 오로지 이 궁지에서 구해주십사고 하느님께 비는 수밖에 도리가 없었다. 어떤 자는 그의 몸에 걸려 넘어지고, 어떤 자는 그의 위에 쓰러졌으며, 또 그의 몸 위에 꽤 오래 올라가 있는 자도 있었는데, 이 사나이는 마치 망루에라도 올라가 있는 것처럼 그 위에 올라서서 군대를 지휘하며 큰 소리로 외쳐대는 것이었다.

"자, 너희들 모두 이리 오너라. 이쪽 방면으로 드디어 적군이 공격해 온다. 저 통용문을 지켜라. 그리고 이쪽 문을 닫아라. 저쪽 계단을 뜯어 버려라. 화염탄을 가져오너라. 펄펄 끓는 기름 냄비에 송진을 넣어서 가져오너라. 길거리에는 이불로 참호를 만들어라."

요컨대 이 사나이는 도시를 공격으로부터 방어할 때 흔히 사용되는 자질구레한 전쟁 용구의 이름을 열심히 모두 외고 있었던 것이다. 한편 거의 숨이 다 넘어갈 지경이 된 산초는 이것을 들으면서 오로지 견디어내려고 안간힘을 쓰면서 혼자 중얼거리고 있었다. "오오, 만일 하느님의 마음이 이 섬을 괴멸시키시려 하신다면, 저를 죽이시거나 이 심한 고통에서 빠져나가게 해주십시오."

그러자 하늘이 그의 소원을 들어주었다. 그야말로 뜻하지 않았을 때 사람들이 저마다 외치는 소리가 들려온 것이다.

"이겼다, 이겼다! 적군은 달아나고 있다. 자, 영주님, 일어나십시오. 그리고 승전의 기쁨을 맛보십시오. 그리고 각하의 당할 자 없는 솜씨로 적군한테서 빼앗은 전리품을 사람들에게 나누어주십시오."

"나 좀 일으켜라" 하고 지칠 대로 지친 산초가 안타까운 소리로 말했다. 그래서 사람들이 그를 안아 일으켜주었으므로 산초는 간신히 일어나서 말했다. "내가 무찔렀다는 적이 있다면 그놈을 내 이마빼기에다가 부딪쳐라. 나는 적의 전리품 따윈 분배하고 싶지도 않다. 그보다 누가 내게 조금이라도 호의를 가진 자가 있다면, 그자에게 부탁하고 싶은 것은 목이 말라죽겠으니 포도주나 한 잔 마시게 해주고, 막 물에서 나온 것처럼 철철 흐르는 이 땀이나 좀 닦아달라는 거다."

그래서 사람들은 그의 땀을 닦아주고 포도주를 먹여주고 2개의 방패를 벗겨주었다. 그러자 그는 침대에 걸터앉더니 그때까지의 심한 공포와 놀라움, 그리고 피로 때문에 까무러치고 말았다. 이렇게 되니 장난을 꾸민 사람들도 그 짓궂은 장난이 좀 지나쳤다는 것을 깨닫고 미안한 생각이 들었다. 그러나 곧 산초가 정신을 차리자 그가 기절해 있는 동안 그들이 느꼈던 미안한 생각도 약간 가셔졌다. 산초는, 대체 지금이 몇 시냐고 물었다. 벌써 새벽입니다, 하고 사람들이 대답했다. 그는 잠자코 한 마디 말도 없이 침묵 속에서 옷을 입기 시작했다. 사람들은 그를 지켜보면서, 저렇게 빨리 옷을 입어서 대체 어떻게 할 작정일까, 하고 침을 삼켰다. 이윽고 옷을 다 입은 산초는 워낙 심하게 짓밟혔기 때문에 성큼성큼 걷지도 못하고 느릿느릿 마구간 쪽으로 걸어갔다. 그자리에 있던 사람들도 그의 뒤를 따랐다. 이윽고 그는 잿빛 당나귀에게 다가가 당나귀를 두 손으로 얼싸안고 이마에 입을 맞추고 눈물을 흘리며 말했다.

"이리온, 동료야, 내 친구야, 나와 고생과 가난을 같이 해온 너. 내가 너와 마음이 꼭 맞았을 때는, 너의 마구를 수선하는 데 정신을 쏟는다든지 네 조그마한 몸을 어떻게든 길러 주자는 생각밖에는 없었지. 정말 오는 때, 오는 날, 오는 해가 모두 행복했었지. 하지만 내가 너를 버리고, 야심과 오만의 탑 위에 오르고부터는, 내 영혼 속에 수천 가지 슬픔과 고생과 한없는 불안만 들어오더라."

그가 이런 말을 하면서 당나귀에 안장을 얹고 있는 동안 아무도 그에게 말을 건네는 사람이 없었다. 안장을 다 얹고 나자 간신히 당나귀 위에 올라앉은 그는 집사며 시종이며 시종장이며 의사 뻬드로 레씨오와 그밖에 그자리에 있던 많은 사람들을 향해서 입을 열었다.

"여러분, 길을 비켜주시오. 그리고 옛날의 자유로운 생활로 돌아가게 해주오. 지금의 이 죽음과 같은 생활에서 되살아나고 싶으니 옛날의 생활을 찾으러 나가게 해주시오. 나는 영주가 되려고, 또는 공격해오는 적으로부터 섬인지 거리인지를 방비하려고 태어난 사람이 아니라오. 법률을 만들거나 주니 나라니 하는 것을 만들기보다, 밭을 갈고 구덩이를 파

고, 포도 가지를 쳐내고, 꺾꽂이하는 것을 나는 훨씬 더 잘 알고 있다오. 성 베드로는 로마에 있는 것이 제일 좋소. 다시 말해서, 내가 말하고 싶은 것은, 저마다 타고난 일을 하는 것이 제일 어울린다는 것이오. 나는 영주의 권위를 나타내는 지팡이보다 낫을 손에 쥐는 편이 훨씬 기분에 맞소. 나를 굶겨 죽이려 하는 악질 의사에게 혼이 나기보다 차라리 가스빠초(더울 때 먹는 서민적 인|일종의 차가운 수프)나 실컷 마시고 싶소. 갑갑한 영주직 따위에 올라앉아 네덜란드 이불을 덮고 자거나, 검은 수달피 옷을 입기보다는, 여름에는 참나무 그늘에서 뒹굴고, 겨울에는 양새끼의 모피를 덮고 자유롭게 생활하는 편이 훨씬 더 내 성격에 맞소. 당신네들은 안온하게 사시오. 그리고 공작님에게 전하시오. 나는 발가숭이로 태어나 발가숭이가 되었습니다, 손해본 것도 없고 덕본 것도 없습니다, 나는 무일푼으로 이 섬에 들어와 무일푼으로 나가니 다른 영주가 나갈 때와는 전혀 다를 것이라고 말이오. 그럼 비키시오, 그리고 나를 보내주시오. 오늘 밤 내 몸 위를 산보한 적들 덕분에 갈빗대라는 갈빗대는 모두 부숴진 듯하여 고약을 바르러 나가는 거요."

"그렇게 하실 필요는 없습니다, 영주 각하" 하고 도끄또르 레씨오가 말했다. "제가 타박상이나 멍든 상처에 듣는 물약을 드리겠습니다. 그러면 곧 본래대로 원기 있고 건강한 몸이 되실 것입니다. 그리고 식사도 각하께서 좋아하시는 것을 무엇이든 실컷 잡수실 수 있도록 해드리고 여태까지 제가 하던 방침을 바꾸겠다는 약속을 하겠습니다."

"엿새의 창포격이지(엿새는 5월 6일. 즉 단오 다음날이|라 때가 지나 쓸모없게 되었다는 뜻)" 하고 산초가 대답했다. "내가 나가는 걸 그만두는 것은 내가 터키의 임금님이 되는 거나 마찬가지야. 정말 이런 장난은 두 번 다시 되풀이하는 게 아냐. 정말이지 내가 여기 남거나 다른 영주직으로 옮겨가거나 한다면, 설혹 진수성찬으로 밥을 먹더라도 그건 날개 없이 하늘을 나는 거나 마찬가질 거야. 난 빠사 집안의 혈통을 받은 사람이야. 빠사 집안의 인간들은 모두 완고해서, 한번 '홀'이라고 말하면 설혹 그게 짝이건 아니건 세상이 무슨 말을 하건, '홀'이라야 하는 거야. 제비나 참새 밥이 되는 한이 있더라도 나를 하늘에 날려준 개미 날개는 이 외양간에 남아 있는 게 좋아, 난 다시 한 번 땅을 힘차게 밟고 걸을 참이야. 장식이 달린 꼬르도바 가죽 구두는 못 신더라도 삼으로 만든 딱딱하고 거친 샌들은 얼마든지 있을 거야. 암양은 암양끼리라는 말도 있고 아무도 이 길이만큼 외에는 발을 내밀지

말라지 않나. 이제 슬슬 늙어질 것 같으니 나를 보내주구려."

이에 대해서 집사가 말했다. "영주님, 각하를 잃는다는 것은 저희들로 봐서 매우 쓰라린 일입니다만, 기꺼이 출발하시도록 해드리겠습니다. 각하의 훌륭하신 재능과 참으로 그리스도 교도다운 그 거동을 보고 어찌 각하를 사모하지 아니할 수 있겠습니까? 그러나 어느 영주고 다스리던 땅을 떠날 때는 우선 먼저 그때까지의 업적을 총결산해야 한다는 것이 이미 뚜렷한 일입니다. 각하께서 영주가 되신 이래 열흘 동안의 업적을 보고해주시고 무사히 떠나가십시오."

"아무도 나한테 그런 건 요구 못해" 하고 산초는 대답했다 "나의 공작님이 명령하신다면 몰라도. 나는 지금부터 공작님을 뵐 생각이니까 그분에게 모두 말씀드리지. 내가 이렇게 발가숭이로 나간다면, 내가 천사처럼 정치를 했다는 것을 똑똑하게 보여드리기 위해서 다른 증거는 아무것도 필요 없을 거야."

"정말 대산초 님의 말씀은 지당하십니다" 하고 도끄또르 레씨오가 말했다. "저도 각하께서 그대로 출발하시는 데 찬성합니다. 공작님도 각하를 만나시고 더없이 기뻐하실 것이 틀림없을 테니까요."

다른 사람들도 그 의견에 찬성했다. 그리하여 수행하겠다고 나서기도 하고, 산초 자신의 위안을 위해서나 여행 동안의 필요를 위해서 뭐든지 필요하다고 생각되는 것을 드리겠다고 말하면서 그를 떠나도록 내버려두기로 한 것이다. 산초는 다만 당나귀를 위해서 소량의 귀리, 자기 자신을 위해서 치즈 반 조각과 빵 반 조각 이외에는 필요 없다고 대답했다. 길이 그리 머지않아 많은 식량도 훌륭한 음식도 필요 없었기 때문이다. 사람들은 번갈아 그를 포옹하고 그도 또한 눈물을 흘리면서 그들을 포옹한 다음, 그가 한 말뿐 아니라 이토록 단호하고 사려깊은 그의 결심에 대해 새삼 감탄하고 있는 사람들을 뒤에 두고 떠나갔다.

제 54 장

여기서는 이 이야기에 관계 있는 일을 다루었으며 다른 어떤 이야기와도 관계가 없다.

공작 부처는 돈 끼호떼가 이미 앞에서 말한 이유로 영내의 젊은이에게 신청한 결투를 추진할 결심을 했다. 그러나 당사자인 젊은이는 도냐 로드리게스를 장모로 삼고 싶지 않아서 달아나 이미 플랑드르에 가 있었으므로, 그 젊은이 대신 또실로스라는 가스꼬뉴 출신의 하인을 철저하게 훈련시켜서 내세우기로 했다. 그 후 이틀이 지나서 공작은 돈 끼호떼에게, 오늘부터 나흘째 되는 날 결투 상대가 찾아올 것이다, 그리고 기사처럼 무장하고 결투장에 나타나게 되어 있는데, 그 처녀가, '저 사람이 자기에게 결혼 약속을 했습니다' 하고 똑똑히 말하면 '저 여자는 수염 절반(그 무렵에는 수염을 두고 맹세했다)으로, 아니 수염 전부로 거짓말을 하고 있습니다' 하고 젊은이는 주장할 것이 틀림없다고 말했다. 돈 끼호떼는 이런 소식을 적지않은 기쁨으로 들면서 이번 일로 근사한 활약을 해보겠다고 속으로 굳게 맹세했다. 그리고 그런 고귀한 분들이 자기의 억센 무력의 정도가 얼마만한 것인가 직접 보아주는 기회가 생겼다는 것은 실로 드문 행운이라고 믿었다. 그러므로 매우 큰 기쁨과 만족을 느끼면서 나흘을 고대했는데, 그의 조급한 마음의 계산으로는 그 나흘이 마치 700세기나 되는 듯이 여겨졌다.

그래서 다른 여러 가지 일을 일찍이 우리가 그대로 간과해버렸듯이 이번에도 이들을 잠시 이대로 두어두고 산초 빤사와 함께 걷기로 한다. 그는 자기 주인을 찾아 당나귀 등에 올라앉아서 기쁨과 슬픔이 교차하는 가슴을 안고 길을 나아가고 있었다. 사실 주인과 다시 함께 있게 된다는 것은 이 세상의 모든 섬의 영주가 되는 것보다 훨씬 행복했다. 그런데, 그가 다스리던 섬에서 그다지 멀리 오지 않아서——그는 한 번도 자기가 다스리는 곳이 섬인지, 도시인지, 부락인지, 혹은 조그마한 거리인지, 아니면 마을인지 조사해보지 않았다 ——우연히 그가 나가고 있는 길 저쪽에서 6명의 순례자가 지팡이를 짚고 오는 것이 보였다. 노래를 부르며 희사를 구걸하며 돌아다니는 외국인 순례자들이었다. 그들은 산초에게 다가오더니 별안간 두 줄로 서서 모두 함께 큰 소리로 만일 희사라는 또렷이 발음된 말이 없었더라면 무슨 뜻인지 전혀 알아들을 수 없는 그들 자신의 모국어로 노래를 부르기 시작했다. 그래서 그들이 노래로 요구하고 있는 것이 희사라는 것을 알았다. 씨데 아메떼의 말을 들어보아도, 원래 산초는 남에게 매우 인정 많은 사나이였으므로 당나귀의 안장, 배낭에서 준비해온 빵 반 조각과 치즈 반 조각을 꺼내주며 이것이외에는 아무것도 드릴 것이 없다고 손짓으로 말했다. 그러자 그들은 그꺼이 그것을 받으면서 저마다 소리쳤다.

"겔트! 겔트(독일어의 Gelt 즉 돈에서 온 말)!"

"안되겠어요" 하고 산초가 대답했다. "당신들이 원하는 게 대체 뭔지 난 영문을 모르겠소."

이때 한 순례자가 호주머니에서 지갑을 꺼내어 산초에게 보였으므로 그들이 돈을 달라는 것을 알았다. 산초는 엄지손가락을 목에 갖다대고 한 손을 위로 올려 동전 한푼 갖고 있지 않다는 것을 그들에게 알려주었다. 그리고 잿빛 당나귀를 재촉하여 그들의 줄을 헤치고 나갔다. 그리하여 막 통과해나가려고 했을 때 그 중의 한 사람이 그를 빤히 쳐다보더니 별안간 그에게 덤벼들어 허리에 두 손을 감고 매달리며 큰 소리로, 더욱이 유창한 까스띠야 말로 외치는 것이었다.

"이런, 이런! 내가 지금 보고 있는 사람이 대체 누구야? 내 두 팔에 친한 친구자 이웃에서 의좋게 지낸 산초 빤사를 안고 있다니, 이건 도대체 어떻게 된 일이지! 그래, 틀림없어, 그 증거로, 나는 조는 것도 아니고 술에 취한 것도 아니거든!"

산초는 자기 이름이 나오고 외국인 순례자가 매달리는 바람에 깜짝 놀랐다. 그래서 한 마디 말도 못하고 다만 상대편을 빤히 들여다보고 있었으나 그가 누군지 도무지 분간할 수 없었다. 순례자는 그가 멍청해지는 것을 보고 말했다.

"이봐요, 산초 빤사. 자네 옆집에 사는 무어인 리꼬떼를 모르는가, 자네 마을에 사는 장사치를 모르다니, 대체 어떻게 된 셈이야."

이때 산초는 더 자세히 들여다보고 그 모습을 이모저모 살핀 끝에서야 그가 누구라는 것을 알고는 당나귀에 탄 채 그의 목에 두 팔을 감으며 말했다.

"자넬 알아볼 사람은 아무도 없겠네, 리꼬떼. 그런 기묘한 옷을 입고 있으니 말이야! 자, 말해봐, 자네를 그런 프랑스인으로 만든 게 대체 누구의 머린가? 어쩌자고 겁도 없이 스페인으로 되돌아왔나? 붙잡혀서 정체가 드러나면 어떻게 될지 모르잖아!"

"자네도 나를 못 알아봤잖아, 산초" 하고 순례자가 대답했다. "이 옷을 입고 있으면 아무도 나를 알아보지 못해, 그것은 틀림없어. 아무튼 저기 보이는 저 나무 밑에서 옆길로 빠지세. 우리 동료들이 거기서 밥을 먹으며 쉬자고 하네. 자네도 함께 가서 먹자구. 그리고 자네도 들었겠지 만 불쌍한 우리 동료들을 무시무시하게 협박한 국왕님의 포고(1609~1613년 간 무어족이 표면으로는 그리스도교로 개종했으나 은밀히 그들의 종교 의식을 행하여 사회에 해독을 끼쳤다는 죄목으로 즉시 그들을 스페인에서 추방하라는 포고가 내렸었다)에 따라 내가 마을을 떠난 후 나에게 일어난 일을 자네에게 얘기해줄 수도 있으니까."

그래서 산초는 그의 말대로 하기로 했는데, 리꼬떼는 동료 순례자들에 게 말하고 저만치 보이는 숲 속―국도에서 훨씬 떨어진 곳으로 들어갔 다. 그들은 지팡이를 집어던지고 겉옷이며 어깨에 걸치는 망토를 벗어 편안한 모습이 되었는데 모두 아직 젊고 꽤 기품 있는 사람들이었다. 그 러나 리꼬떼만은 상당히 나이 먹은 축에 들었다. 저마다 등에 보따리를 지고 있었는데, 그 보따리에는 많은 음식물들과 적어도 2레구아 거리에 서 목마름을 느끼게 하는 이른바 자극물들이 들어 있었던 모양이다. 그 들은 땅바닥에 드러누워 풀을 자연의 식탁보로 삼고 그 위에 빵, 소금, 호두, 치즈 조각, 뼈가 붙은 깨끗한 햄, 씹어먹기에는 어려울지 모르나 적어도 뜯어먹는 데는 상관없을 음식들을 늘어놓았다. 마찬가지로 까비 알이라고 부르는 어란으로 만든 몹시 갈증을 느끼게 하는 검은 음식물도 그 위에 놓았다. 그밖에 올리브 열매도 빠지지 않았는데 이것은 어떠한 가공을 한 것이 아닌 단지 말린 것이었으나 제법 맛있었다. 그러나 이 회식의 자리를 압도한 것은 저마다 등에 진 보따리에서 꺼낸 6개의 포도 주 가죽 부대였다. 무어인이면서 게르만인인가 독일인인가로 변장을 하 고 사람 좋은 리꼬떼도 자기 가죽 부대를 꺼내놓았는데, 그것은 크기에 있어서 능히 다른 다섯 개에 필적하는 것이었다.

그들은 무척 맛있게 천천히 먹기 시작했다. 조그마한 것을 포크 끝에 찍어 한입씩 음미하면서 씹고, 모두 한꺼번에 두 팔과 가죽 부대를 위로 들어올려 저마다 입에 가죽 부대의 주둥이를 갖다대고 두 눈으로 허공의 한 곳을 응시하곤 했는데, 그건 마치 하늘을 겨누고 있는 것처럼 보였 다. 그리고 좌우로 머리를 움직이고 있는 것은 그들이 대단한 진미를 즐 기고 있다는 것을 말해주고 있었다. 이렇게 하여 오랜 시간 그들은 자기 들 뱃속에 가죽 부대의 알맹이를 부어넣었다. 산초는 모든 것을 바라보 고 있었다. 그러나 조금도 고통을 느끼지 않았다. '로마에 가면 로마인 들이 하는 대로 하라'는, 그가 잘 알고 있는 속담을 실행하려고, 리꼬떼 에게 가죽 부대를 달래서 그도 또한 사람들처럼 하늘을 향하여 그들 못 지않게 일락을 즐겼던 것이다. 가죽 부대는 네 번이나 하늘로 치켜올려져서 허공을 겨눌 여유가 있었다. 그러나 다섯번째는 불가능했다. 왜냐하면 이미 가죽 부대는 에스빠르또(풀)처럼 여위어 쭈글쭈글해져 있었기 때문이다. 동시에 그것은 그때까지 보인 즐거움을 오므라들게 하는 것이기도 했다. 이따금 그들 가운데 한 사람이 오른손으로 산초의 오른손을 잡고 말했다. "스페인 사람, 독일 사람, 모두 하나의 친구." 그러자 산초도, "좋은 친구, 정말." 이렇게 대답하고 한 시간이나 계속해서 웃음을 터뜨리곤 했다. 이때 그는 이미 자기 영지에서 일어난 일을 무엇 하나 생각지 않고 있었다. 왜냐하면 사람이 먹고 마시는 그런 시간에 구차한 생각이라는 것은 권한을 갖지 못하는 법이기 때문이다. 결국 포도주의 종말은 사람들을 덮친 낮잠의 시초가 되었으며, 식탁이자 식탁보였던 바로 그자리에서 모두 그대로 곯아떨어지고 말았다. 다만 리꼬떼와 산초만은 눈을 뜨고 있었다. 왜냐하면 다른 사람들보다 많이는 먹었으나 덜 마셨기 때문이었다. 리꼬떼는 단잠에 떨어진 순례자들을 그자리에 놔두고 거기서 조금 떨어진 너도밤나무 아래로 산초를 데리고 가서 앉았다. 리꼬떼는 무어 사투리도 없이 순수한 까스띠야 말로 이야기하기 시작했다.

"여보게, 이웃에서 의좋게 살던 산초 빤사, 국왕님이 우리 동족에 대해서 포고를 내린 것이 우리에게 얼마나 큰 공포와 놀라움을 느끼게 했는지 자네도 잘 알고 있겠지. 적어도 나는 무척 놀라서 우리에게 스페인을 떠나라고 준 기한이 다 되기도 전에 벌써 나와 애들의 신상에 벼락이 떨어진 듯한 기분이 들었을 정도야. 그래서 나로서는 아주 약게, 몰수당하게 되었을 때 지장없이 들어가 살 수 있는 다른 집을 약삭빠르게 준비해둘 수 있는 그런 사람처럼 약아질 생각을 했었지. 그래서 먼저 가족을 두고 혼자 마을을 떠나 다른 녀석들이 나갈 때처럼 허둥대지 않고 빈틈없이 가족을 데려갈 장소를 물색해둘 생각을 했던 거야. 왜냐하면, 그런 포고는 어떤 사람들이 말한 것처럼 단순한 공갈이 아니라 일정한 시간에 틀림없이 실행되는 진짜 법률이라는 것을 난 알고 있었고, 우리 옛날 조상들도 알고 있었거든. 그건 우리 동족들이 품고 있던 당돌한 기획을 내가 알고 있었다는 것이 나로 하여금 사실이라고 믿게 했단 말야. 그래서 임금님이 그런 결심을 실행에 옮기려 하신 것은 오히려 훌륭한 생각이라고까지 여겼었지. 하기야 우리 동족이 다 죄를 저지른 건 아냐. 그 중에는 신앙이 깊은 진짜 교도도 있었으니까. 하지만 그런 사람들은 워낙 수가 적어서 진짜 그리스도 교도가 아닌 사람들에게 반대할 수가 없었단 말야. 게다가 집안에 적을 두거나 품안에 뱀을 기른다는 것은 칭찬할 만한 일이 못 되었지. 요컨대 도리에 맞는 이유로 해서 우리는 추방형이라는, 어떤 사람들에게는 너무 관대하고 미지근한 형을 받고 버림을 받게 된 거야. 하지만 우리들에겐 그 이상 무서운 형벌은 없는 것 같았어. 우리는 어딜 가나 스페인이 그리워서 울었다네. 뭐니뭐니해도 스페인에서 태어났으니 스페인은 우리의 고국이 아닌가. 어느 곳에 가도 우리의 불행을 달래줄 만한 대우는 해주지 않더군. 바아바리나 그 밖의 아프리카의 여기저기서 우리는 받아들여지고 환영받고 위안을 받을 줄 알고 있었지만, 거기 만큼 우리를 학대하고 못살게 군 데는 없었다고 생각하는데 사람은 행복이라는 것을 잃어버릴 때까진 행복이라는 것을 알지 못하는 거야. 그리고 우리 모든 사람들이 품고 있던 스페인으로 돌아가고 싶다는 생각은 굉장한 것이었어. 특히 나처럼 말을 할 줄 아는 자의 대부분은 이 생각이 또한 꽤 컸단 말이야. 그들은 스페인으로 돌아와 있어, 마누라나 아이들은 저쪽에 내버려둔 채로. 말하자면 스페인에 대한 애정이 크단 말이야. 그래서 이제서야 조국애라는 것이 어떤 것인가 하는 것을 알게 되었고, 경험했다네. 아까도 말한 것처럼 마을을 떠나 프랑스로 갔었지. 거기서는 꽤 우리를 환대해주었지만 나는 여기저기 구경하고 싶던 거야. 그래서 이탈리아로 건너가 다시 독일로 들어갔지. 그리고 거기 같으면 자유롭게 살 수 있다는 생각까지 했었네. 그곳 사람들은 이것저것 사람들의 신상을 파헤치진 않거든. 저마다 자기 마음대로 살고 있고 어딜 가나 자유라는 의식을 갖고 살고 있기 때문이야. 아우구스부르크에서 가까운 한 부락에 집을 한 채 샀는데 거기서 이 순례 친구들과 만난 거지. 이 사람들은 대개 해마다 스페인에 와서 이곳저곳 사원을 순례하고 있는데, 그들은 그런 곳을 자기들의 아메리카나 되는 것처럼 알고, 가장 확실한 돈벌이 장소, 가장 틀림없는 구걸 장소로 생각하고 있는 거야. 스페인의 도시 대부분을 돌아다니는데 세상에서 흔히 말하듯이 먹을 것 마실 것을 주지 않는 마을이란 거의 없고 적어도 1레알의 돈은 얻을 수 있으니까 여행이 끝날 무렵에는 100에스꾸도쯤은 주머니에 남아 있지. 이것을 금으로 바꾸어서 지팡이 속이라든지 어깨에 걸친 천의 실밥 사이라든지 그 밖에 저 친구들이 할 수 있는 온갖 수단으로 이 나라 밖으로 들고 나가서, 감시소나 감시인의 눈을 속여 자기 나라로 갖고 들어가는 거야. 그런데 산초, 내가 지금 생각하고 있는 것은 옛날에 묻어둔 많은 돈을 파내는 거야. 그건 이 부락 동구 밖에 있는데, 아무런 위험도 없고 발렌시아에서 내 딸과 마누라에게 편지를 쓰거나 건네줄 수 있을 거야. 가족들이 지금 알제리에 있다는 것을 알고 있으니까 프랑스의 어느 항구로 데려오도록 연구해서, 거기서 독일로 데려가 그 다음엔 하느님의 뜻에 맡겨두자는 거지. 요컨대 산초, 우리 딸 리꼬따와 마누라 프란시스까 리꼬따가 버젓한 카톨릭 교도라는 걸 나는 잘 알고 있어. 하기야 나는 그리 대단친 않지만, 아직 그리스도 교도다운 데보다 무어인다운 데가 더 많으니까. 그래서 언제나 문을 열어주십사고 하느님께 부탁도 드리고, 어떻게 하면 애써 하느님을 섬겨야 하는가 가르쳐주셨으면, 하고 생각도 하고 있지. 그런데 내가 이해할 수 없는 것은 어째서 내 마누라와 딸년이 프랑스에선 그리스도 교도로서 살 수 있었을 텐데 그것을 마다하고 바아바리로 갔는가 하는 거야."

이에 대해서 산초가 대답했다.

"그건 말이야. 리꼬떼, 아주머니 마음대로 되지 않았던 거야. 왜냐하면, 아주머니의 오빠되는 후안 띠오뻬에요가 데려갔거든. 그녀석은 철저한 무어인이 틀림없으니까. 제일 가기 쉬운 곳으로 간 셈이지. 그런데 자네한테 한 마디 할 말이 있어. 자네가 묻어둔 걸 찾으러 가봐야 헛일일 거야. 자네 처남과 아주머니가 조사를 받아야 했을 때 많은 진주와 금화를 몰수했다는 소문을 들었거든."

"얼마든지 있을 수 있는 일이야" 하고 리꼬떼가 대답했다. "하지만 산초, 내가 묻어둔 걸 놈들이 손을 대지 않았다는 것만은 난 잘 알고 있어. 무슨 재난이 일어날까 두려워서 그게 어디 있는지를 놈들한 테는 밝히지 않았거든. 그래서 만일 자네가 나와 함께 그것을 파내가지고 다시 숨겨놓는 일을 거들어줄 생각이 있다면 산초, 자네한테 200에스꾸도 주겠네. 어때? 그만한 돈만 있으면 자넨 지금의 고생은 안해도 될 텐데 말야. 자네도 알고 있듯이 자네가 곤란하다는 걸, 그것도 무척 곤란하다는 걸 나는 알고 있거든."

"나도 그러면 좋긴 하겠네만" 하고 산초는 대답했다. "하지만, 나는 욕심 많은 사내가 아냐, 만일 욕심이 많았다면 오늘 아침 내가 내 손으로 훌륭한 직위를 버리지도 않았지. 그건 우리집 벽을 금으로 바를 수도 있고, 반 년이 지나기 전에 은쟁반으로 밥을 먹을 수도 있을 만한 직위였어. 200에스꾸도 아니라 설령 이자리에서 400에스꾸도를 현금으로 준 대도 자네하곤 가지 않겠어.”

“그래? 그런데 자네가 버렸다는 그 직위라는 게 대체 뭔가?” 하고 리꼬떼가 물었다.

“나는 어느 섬의 영주직을 팽개치고 왔단 말야” 하고 산초가 대답했다. “정말이지 그리 간단히 발견할 수 없는 훌륭한 섬이었어.”

“그런데, 그 섬이 어디 있나?” 하고 리꼬떼가 물었다.

“어디냐고?” 하고 산초가 대답했다. “여기서 2레구아쯤 가면 바라따리아라는 섬이 있지.”

“바보 같은 소리 작작해, 산초” 하고 리꼬떼가 말했다. “섬이란 바다 가운데 있는 거야 이 사람아. 이런 육지에 섬이 대체 어디 있나?”

“어째서 없다고 그러나?” 하고 산초가 물었다. “똑똑히 말하지만 말야, 이웃에서 의좋게 살던 리꼬떼야, 나는 오늘 아침 바로 그곳에서 떠나왔어. 어제까지 마치 반인반마(半人半馬)의 신처럼 거기서 내 멋대로 정치를 했단 말야. 그런데도 거길 버리고 떠나왔지. 영주직이란 매우 위험한 직위라는 것을 깨달았거든.”

“그래, 영주 노릇 해서 뭘 벌었나?” 하고 리꼬떼가 물었다.

“내가 번 건 말야” 하고 산초가 대답했다. “나라는 사내는 산양이나 양떼를 제외하곤 뭘 다스리는 데는 맞지 않는다는 것과 그런 직책으로 손에 넣는 돈은 천천히 쉬거나 자면서 버는 게 아니라 먹을 것도 제대로 먹지 못하고 그 덕에 번다는 걸 깨달은 거야. 왜냐하면, 그런 섬에선 영주는 아주 조금밖에 먹을 수 없거든. 특히 건강을 살펴주는 의사가 있을 땐 더욱 그렇지.”

“나는 자네가 무슨 말을 하는지 도무지 알아들을 수가 없군, 산초” 하고 리꼬떼가 말했다. “자네 말은 처음부터 끝까지 엉터리로밖에 생각할 수 없단 말야. 첫째, 자네가 다스릴 섬을 이 세상의 대체 어느 놈이 자네한테 주겠나? 이 세상에 자네보다 영주로서 훨씬 수완 있는 자들이 없단 말인가? 아무 소리도 말아, 산초. 정신 차려, 그리고 내가 아까 말한 것처럼, 내가 숨겨놓은 재보를, 이건 정말이지 재보라고 불러도 좋은 거야. 그 재보를 꺼내러 가는 나나 도와달라구. 잘 생각해봐. 그러면 아까도 말했듯이 자네가 일평생 편안하게 살 수 있을 만한 걸 줄 테니까 말야.”

"아까도 말했지만, 리꼬떼, 난 싫네" 하고 산초가 대답했다. "그보다 내 입으로 자네가 발각되지 않는다고 말하는 것만도 만족하게 생각하게나. 그리고 무사히 여행이나 계속하길 바라네. 또, 내 여행도 이대로 계속하게 해줘. 옳게 번 것도 없어 지는 수가 있지만, 나쁘게 번 것은 번 돈뿐 아니라 번 사람마저 없어질 수 있다는 걸 나는 잘 알고 있거든."

"나는 뭐 굳이 강요하지는 않겠어, 산초" 하고 리꼬떼가 말했다. "그런데 가르쳐주게나, 내 마누라와 딸과 처남이 마을에서 나갈 때, 자넨 아직 마을에 있었나?"

"있었구말구" 하고 산초가 대답했다. "그러고 자네한테 말할 수 있는 것은, 자네 딸이 하도 귀여운 얼굴을 하고 나가는 바람에 온 마을 사람들이 모두 그애를 한 번 보려고 밖으로 뛰쳐나가서, 저마다 이 세상에서 제일 예쁘다고 말했었지. 그애는 울면서 제 동무와 아는 사람과 그 밖의 그애 곁에 가까이 간 사람들에게 매달리면서, 하느님과 성모 마리아에게 자기를 위해 기도해달라고 부탁하더군. 그런 태도가 얼마나 가엾던지. 본시 그다지 잘 울지 않는 나이지만 그만 울고 말았지. 사실을 말하자면, 그애를 감추어주려고 도중에서 뛰쳐나가 그애를 채갈 생각을 한 사람도 많았는데 임금님의 명령을 어겨서는 안된다는 두려움 때문에 모두 주춤하고 말았던 거야. 그 중에서도 자네도 잘 아는 그 돈 많은 부잣집 아들 돈 뻬드로 그레고리오가 제일 열심이었던 모양이야. 사람들 말을 들어보면 그 사람은 자네 딸에게 넋을 잃고 있었다는데, 그애가 떠난 후로는 우리 마을에서 발을 딱 끊고 말더군. 그래서 우린 모두 그애를 훔쳐내려고 따라간 것이 틀림없다고 생각했는데, 아직까지는 아무런 소식도 못 듣고 있어."

"나도 언제나 그걸 걱정했었지" 하고 리꼬떼가 말했다. "그 도련님이 내 딸년 뒤를 따라다니고 있다는 걸 말야. 하지만 내딸 리꼬따를 믿고 그 사람이 넋을 잃고 있다는 걸 알아도 나는 아무 걱정 않기로 했었지. 자네도 들은 적이 있는 줄 알지만, 무어의 처녀들은 거의 다, 아니, 무슨 일이 있어도 옛 그리스도 교도와는 반했느니 좋아하느니 하는 잘못을 저지르지 않으니까. 내 딸년은 사랑 따위에 넋을 잃기보다 훌륭한 그리스도 교도가 되고 싶어하고 있으니까, 그 도련님 따위의 달콤한 말은 거들떠보지도 않을 거라고 나는 믿고 있는 거야."

"그렇게 되는 게 제일 좋지" 하고 산초가 대답했다. "아니면 서로 불행해지거든. 그런데 이제 나를 떠나게 해주게나. 의좋은 리꼬떼, 오늘 밤 안으로 우리 주인 돈 끼호떼 님이 계시는 곳에 닿았으면, 하고 있어서 말야."

"그럼, 몸성히 가게나, 산초 형, 마침 우리 동료들도 슬슬 움직이기 시작하는 모양이군. 우리도 이젠 일어설 시간이야."

그리고 두 사람은 서로 얼싸안았다. 산초는 자기 당나귀에 올라타고 리꼬떼도 자기 지팡이에 의지하여 두 사람은 좌우로 헤어졌다.

제 55 장

도중에서 산초에게 일어난 사건과 그 밖에 괄목할 만한 일에 대해서.

리꼬떼와 함께 시간을 지체한 탓으로 산초는 그날 안에 공작의 성에 도착할 수 없게 되었다. 성에서 불과 반 레구아 떨어진 곳까지 도착했으나 거기서 해가 저물어버렸다. 꽤 캄캄하고 흐린 밤이었지만, 마침 여름이어서 밤이 되었다고 해도 그다지 걱정할 필요는 없었다. 그래서 밤이 새기를 기다리자는 생각에서 길 옆으로 접어들었다. 그런데 되도록 편하게 몸을 쉴 자리를 찾아다니다가, 그의 구질구질하고 불행스러운 숙명이 시키는 것인지, 잿빛 당나귀와 함께 무척 깊고 캄캄한 구덩이에 굴러떨어지고 말았다. 그것은 아주 옛날에 서 있던 건물 사이에 파인 깊은 구덩이였는데 그는 거기에 떨어지는 순간, 나락 밑바닥에 도달할 때까지 영영 멎지 않으리라 체념하면서 속으로 하느님의 가호를 빌었던 것이다. 그러나 그렇게는 되지 않았다. 사람 키의 약 3배 조금 더 될까말까 하는 정도에서 당나귀는 바닥에 닿고 그는 당나귀에 그대로 올라앉은 채 상처 하나 입지 않은 것이다. 그는 자기 몸이 아무렇지도 않은지, 혹은 어디 구멍이라도 뚫어졌는지 여기저기 더듬어보면서 숨을 죽였다. 그러고 나서 몸이 무사하고 변함없이 원기 왕성하다는 것을 알자 하느님께서 베풀어주신 은혜에 진심으로 감사를 드렸다. 그는 의심할 여지 없이 자기 몸이 박살이 날 것으로 체념하고 있었던 것이다. 혹시 이 구멍에서 남의 도움을 받지 않고 빠져나갈 수는 없을까, 하고 그 깊은 구덩이 둘레의 벽을 손으로 더듬어나갔으나 모두 반질반질하고 손을 걸 만한 자리 하나

없음을 알고 산초는 깊은 슬픔에 잠겼다. 거기다 잿빛 당나귀의 불안한 듯, 슬픈 듯, 한탄하는 듯한 울음 소리를 들으니 한층 더 깊은 슬픔에 잠겼다. 사실, 그것은 그럴만한 일이었다. 웬만한 일로 한탄하고 있었던 것이 아니었다. 실로 그는 커다란 궁지에 빠져 있었던 것이다. "큰일났다!" 하고 이때 산초는 혼자 중얼거렸다. "이 비참한 세상에 살고 있는 사람들에게 어쩌면 이렇게도 뜻하지 않던 일이 잇달아 일어나는 것일까! 어제는 섬의 영주라는 높은 직위에 올라앉아 하인이나 시종들을 턱으로 부려먹던 사내가, 오늘은 이렇게 깊은 웅덩이 밑에 산 채로 빠져서 누구 하나 도와줄 사람도 없고 도와주려고 달려오는 하인도 시종도 없다니, 누가 이렇게 될 줄 알았겠나! 결국 나와 내 당나귀는, 당나귀 녀석은 어디든지 부딪혀서, 그리고 나는 나대로 마음의 슬픔으로 죽기까지야 않더라도 어차피 굶어죽을 게 틀림없어. 아무튼 나는 주인 돈 끼호떼 님처럼 행복하진 않은 모양이지. 그분이 마법에 걸린 몬떼시노스의 동굴로 내려가셨을 때는, 집에 계실 때보다 친절하게 대접해준 사람이 있어서, 식탁에 차려진 것은 실컷 잡수세요, 침대는 자, 언제라도 주무세요, 하는 듯한 그런 자리에 다녀오신 것 같거든. 나리는 그곳에서 아름답고 상냥한 환상을 보셨는데, 나는 여기서 기껏해야 두꺼비나 뱀밖에 볼 게 없을 것 같단 말야. 나도 불행한 녀석이지! 내 어리석음과 몽상이 이런 결말을 가져오다니! 하늘의 뜻으로 누가 나를 발견할 때에는 깨끗이 하얗게 바래져서 퍼석퍼석해진 내 백골과 얌전한 우리 잿빛 당나귀의 뼈다귀를 주워올리게 되겠지. 그래도 우리가 누구라는 건 알게 될거야. 적어도 산초 빤사는 당나귀와 헤어져 있은 적이 없고, 당나귀도 산초 빤사한테서 떨어진 적이 없다는 걸 들은 사람은 알겠지. 다시 한 번 말하지만, 우리는 서로 불행한 자들이야! 우리는 서글픈 이 세상의 인연이, 우리가 태어난 땅에서 우리의 가족들이 보는 앞에서 죽게는 해주지 않으니 말야. 거기 같으면 우리의 불행을 도와줄 방법은 발견되지 않는다 하더라도 우리 불행을 슬퍼해주고 이윽고 우리가 저승으로 떠나는 마지막에 가서는 우리 눈을 감게 해줄 사람이 한둘은 있을 거거든! 이봐, 나의 의좋은 친구 당나귀야! 너는 나를 그렇게 잘 섬겨주었는데, 나는 너한테 이 무슨 심한 값을 치르고 있는 것이냐! 용서해다오! 그리고 말야, 네가 할 수 있는 제일 좋은 방법으로 지금 우리가 빠져 있는 이 비참한 곤경에서 건져주십사고 행운의 신에게 부탁해다오. 그렇게 해주면 네 머

리에 계관시인(桂冠詩人)처럼 보이는 훌륭한 계수나무 관을 씌우고 먹이
도 2배로 늘려주겠다고 약속하마."

이와 같이 산초가 신세 타령을 하자 당나귀는 한 마디의 대답도 없었
으나 주인의 말에 가만히 귀를 기울이고 있었다. 이 가엾은 짐승이 빠진
궁지와 고뇌는 그토록 급박한 것이었다. 결국 처량한 한탄 가운데 하룻
밤이 지나 아침이 되었을 때 산초는 그 밝은 빛으로 이 웅덩이에서 남의
손을 빌리지 않고 나간다는 것은 도저히 불가능하다는 것을 알았다. 그
래서 다시 그는 한탄하면서 누가 자기 목소리를 들어주는 사람이 없을
까, 하고 큰 소리를 지르기 시작했다. 그러나 그가 지르는 소리도 모두
가 황야에서 지르는 하나의 부르짖음에 지나지 않았다. 왜냐하면 그 주
변에는 그의 목소리에 귀를 기울일 만한 사람 하나 없었기 때문이다. 그
때 그는 이제 자기는 죽었다고 단념할 수밖에 없었다. 당나귀는 반듯이
드러누워 산초 빤사가 일으켜세우려 했지만 거의 서 있을 수 없는 형편
이었다. 그래서 역시 전락의 운명을 같이한 봇짐 속에서 한 조각의 빵을
꺼내어 당나귀에게 주었다. 그것은 당나귀에게 결코 해롭지 않은 것이었
다. 그러자 산초는 마치 당나귀가 자기의 말을 알아듣기라도 하는 듯이
지껄였다.

"어떤 고생도 빵이 있으면 훨씬 견디기 쉬우니라."

이때 그 깊은 구덩이 한쪽으로 우묵하게 파인 곳을 발견했다. 몸을 굽
히면 사람 하나가 능히 들어갈 만했다. 산초 빤사는 그곳으로 가서 몸을
굽혀 안으로 들어갔다. 들여다보니 널찍한 내부가 있고 만일 천장이라고
부를 수 있다면 그 위쪽에서 모든 것을 비춰주는 햇빛이 들어오고 있었
으므로 두루 살펴볼 수 있었다. 그 안쪽은 다시 다른 널찍한 구멍 쪽으
로 뚫려 있는 것을 알았다. 그것을 발견하자 당나귀 있는 곳으로 되돌아
나와 돌을 주워 흙을 쳐서 허물기 시작했다. 그러자 곧 당나귀가 쉽게
들어갈 만큼 넓어졌다. 그래서 당나귀의 고삐를 잡고 동굴 안으로 들어
갔다. 어디 갈 만한 구멍은 없나, 하고 살피면서 빛이 조금도 비치지 않
는 암흑 속을 한참 나아가는 동안 겁에 질려 머리가 주뼛주뼛했다. "전
지 전능하신 하느님 도와주십쇼" 하고 그는 입 속으로 중얼거렸다. "나
한테는 커다란 재난이지만 이런 것이 우리 주인 돈 끼호떼 님에게는 아
주 좋은 모험이 될 테지. 그분에게는 이 깊은 지하 감옥이 꽃밭이나 갈
리아나의 궁전처럼 느껴질 것이고, 이 캄캄하고 좁은 곳에서 꽃이 만발

한 어느 초원으로 나갈 수 있을 것이라고 생각하시겠지. 하지만 불행한 나는 충고를 해줄 사람도 없는 데다 나 자신이 기가 질려버렸으니 말야. 한 걸음 내디딜 때마다 발 아래 이보다 더 깊은 구멍이 있어서 나를 삼켜버릴 것 같은 기분이 드는걸, 불행도 혼자서 찾아온다면 어서 오게, 하고 말할 수 있겠다만." 이런 식으로 생각하면서 약 반 레구아나 나아갔을 때 그는 흐릿한 빛을 발견했다. 그것은 낮의 햇빛 같았으며 어디선가 비쳐들어오고 있는 듯, 그에게는 저승으로 가는 길처럼 느껴졌으나 그것은 다른 길로 뚫어져 있다는 것을 말해주는 것이었다.

여기서 씨데 아메떼 베넨헬리는 산초를 잠시 이대로 두고 돈 끼호떼에 대한 서술로 되돌아가 있다. 돈 끼호떼는 도냐 로드리게스 딸의 명예를 훼손한 자와 벌일 싸움의 날짜를 매우 기쁘고 만족한 마음으로 기다리고 있었는데, 그것은 그 딸에게 무참히도 가해진 난폭하고 방자한 행위를 혼내줄 생각이었기 때문이다. 그래서 어느 날, 만약의 경우 해야 할 행동을 똑똑히 익히고 연습해두기 위해 밖으로 나왔다. 그리하여 로시난떼에게 달리는 방법과 공격하는 방법을 연습시키면서 어느 구덩이 바로 가까이까지 접근해갔는데, 만일 이때 힘차게 고삐를 잡아당기지 않았던들 그 구덩이에 빠지고 말았을 것이었다. 그래서 말에 올라탄 채 조금 더 가까이 가서 그 깊은 구덩이를 들여다보았다. 그때 구덩이 안에서 큰 소리로 지껄이는 말 소리가 들렸으므로 가만히 귀를 기울여보니 그 말 뜻을 간신히 알아들을 수 있었다.

"아아, 위에 계시는 분, 제 말씀을 들어줄 만한 그리스도 교도는 안 계십니까? 불행하고 정치도 제대로 못하고 산 채로 여기에 빠져 있는 이 비참한 사내에게 동정해주실 만한 어느 자비로운 기사는 안 계십니까요?"

돈 끼호떼는 산초 빤사의 목소리를 들은 듯하여 아연해지고 말았다. 그래서 되도록 큰 소리로 물었다. "그 밑에 있는 사람이 누구요? 한탄하고 있는 사람이 누구요?"

"대체 누가 이런 데 있겠습니까요, 누가 이런 데서 한탄하고 있겠습니까요?" 하고 밑에 있는 자가 대답했다. "자기의 죄와 자기의 악운으로 바라따리아 섬의 영주가 되었으며, 이름난 기사 돈 끼호떼 데 라 만차 님의 옛 종자 산초 빤사가 결국 도달하고 만 가엾은 몰골이 아니고 뭐겠습니까요?"

이 말을 듣자 돈 끼호떼는 새삼 다시 놀라고 더더욱 경탄하면서, 산초 빤사는 아마 죽은 것이 틀림없다. 그리고 저 아래서 영혼의 책고를 받고 있는 것이 분명하다는 생각이 들었다. 그래서 자기의 상상을 좇아 말했다.

"나는 카톨릭 교도로서 할 수 있는 모든 서약으로 그대가 누구인가 말해달라고 부탁하고 있는 것이오. 만일 그대가 책고를 받고 있는 영혼이라면, 대체 내가 어떻게 하면 되는가 말해보오. 왜냐하면, 이 세상의 모든 곤궁에 빠진 자에게 구원과 원조의 손을 뻗는 것이 나의 본분이며, 또한 저세상에서 곤궁에 빠진 자들에게도 만일, 스스로의 손으로 구제를 받지 못할 때는 마찬가지로 원조의 손을 내미는 것이 나의 본분이기 때문이오."

"그 말씀을 들으니" 하고 아래의 사나이가 대답했다. "저한테 말씀을 하시고 계시는 분은 저의 주인이신 돈 끼호떼 데 라 만차 님이 틀림없군요. 그 목소리를 들으니 다른 분이 아닙니다요."

"나는 돈 끼호떼다" 하고 돈 끼호떼가 대답했다. "즉, 살아 있는 자에게도 죽은 자에게도 곤경에 빠질 경우 구조의 손을 내미는 것을 본분으로 삼고 있는 자니라. 그러니 그대도 뭘 하는 자인가를 말하라. 그대는 나를 아연실색시키고 있으니 말이다. 그대가 나의 종자 산초 빤사고 이미 죽어 있다면 악마들에게 끌려가지 않기 위해서라도 하느님의 자비에 매달려 연옥(煉獄)에다 몸을 두는 것이 좋을 게다. 그러면 지금 그대가 겪고 있는 고통에서 빠져나올 만한, 우리의 거룩한 어머니, 로마 가톨릭 교회의 자비를 얻을 수 있을 게다. 나도 또한 힘이 미치는 한 교회와 힘을 합해서 그것을 기원하마. 똑똑히 그대의 정체를 밝히는 게 좋을 게다."

"맹세코 말씀드립니다요만" 하고 아래의 사나이가 대답했다. "돈 끼호떼 데 라 만차 님, 저는 어느 분이고 나리께서 좋아하시는 분의 신성함을 두고 말씀드립니다요. 저는 나리의 종자 산초 빤사가 틀림없고, 절대로 저는 죽지 않습니다요. 죽기는커녕, 더 천천히 하잖으면 말씀드릴 수도 없을 만큼 여러 가지 일이 일어나서 그 영주직을 내던지고 간밤에 지금 있는 이 구덩이에 빠졌습니다요, 잿빛 당나귀도 저와 함께 있으니 절대로 거짓말을 할 수 없습니다요. 무엇보다 좋은 증거는 당나귀가 지금 여기 저와 함께 있다는 것입니다요."

있는 정도가 아니었다. 당나귀는 산초의 말을 알아들었다고밖에 할 말이 없었다. 왜냐하면 이 순간 느닷없이 울기 시작했기 때문인데 그 울음소리가 너무나 커서 동굴 안이 쩌렁쩌렁 울릴 정도였다.

"훌륭한 증인이다!"라고 돈 끼호떼가 말했다. "내가 낳은 아이의 목소리처럼 그 울음 소리는 기억이 나고 그대의 목소리도 들린다. 산초, 그대로 기다리고 있거라. 여기서 그리 멀지 않은 공작의 성으로 가서 그대의 깊은 죄로 말미암아 떨어졌다고밖에 볼 수 없는 그 동굴에서 그대를 끌어내줄 사람들을 데려올 테니까."

"어서 다녀오십쇼, 나리" 하고 산초가 말했다. "제발 부탁이니 얼른 돌아와주십쇼. 저는 산 채 여기 묻혀서 이렇게 죽도록 무서운 생각에 사로잡혀 있긴 이젠 싫습니다요."

돈 끼호떼는 그를 남겨놓고 성으로 돌아가 공작 부처에게 산초 빤사의 사건을 이야기했다. 그러자 공작 부처는 적지않이 놀랐으나, 옛날부터 그런 깊고 넓은 굴이 있다는 것을 알고 있었으므로, 산초 빤사가 그곳에 떨어졌나 보구나 하고 금방 짐작했다. 그러나 자기들에게 되돌아온다는 것도 알리지 않고 어째서 그가 영주직을 버리고 왔는지 아무리해도 납득이 가지 않았다. 결국 세상에서 흔히 말하듯, 많은 사람들은 새끼와 밧줄을 들고 가서 대단한 노력 끝에 당나귀와 산초 빤사를 그 햇빛도 비치지 않는 암흑에서 끌어올려주었다. 한 학생이 그의 모습을 보고 말했다. "세상의 악질 통치자 놈들은 저런 꼬락서니로 정부에서 빠져나온 것이 틀림없어. 마치 이 바보가 죽도록 배를 곯고 흙빛이 되어 무일푼으로 기어나온 것처럼 말이다."

이 말을 귀담아듣고 산초가 말했다. "이봐, 인정 사나운 젊은이, 내게 주어진 섬에 내가 가서 여드레나 열흘밖에 안되지만 그동안 나는 한 시간도 빵을 배불리 먹어본 적이 없네. 그동안 의사는 의사대로 나를 못살게 굴었고, 적은 적대로 내게 골병을 들게 했지. 뇌물을 받아먹을 시간도, 세금을 징수할 겨를도 없었네. 그런 까닭에, 사실이 그랬지만, 내 생각으로는 내가 이런 식으로 나와야 할 까닭은 없을 게야. 하지만 인간이 신청을 하면 하느님이 처리를 하신다. 하느님은 제일 좋은 일과 각자에게 알맞는 일을 알고 계신다네. 무슨 일이고 때에 따라 해야 하는 게지. 그리고 누구 하나 '난 이 물은 안 마시겠다'고는 말하지 못하는 거다. 그러고 소금에 절인 돼지고기가 있다고 생각하는 곳엔 걸어둘 갈고

리가 없는 법이야. 하느님은 나를 잘 알고 계시니까 그것으로 족해. 할
말은 많지만 이것으로 그만둔다."

"무슨 말을 들었다고 해서 성급하게 화를 내거나, 불쾌해지거나 해서
는 안되느니라, 산초. 그렇지 않으면 끝이 없으니까. 마음을 침착하게
가져야 한다. 지껄이고 싶은 자에게는 실컷 지껄이게 내버려두면 돼. 힘
구쟁이의 혓바닥을 묶으려 한다는 것은, 들판에 대문을 세우려고 하는
거나 마찬가지니라. 만일 영주가 부자가 되어 그 직책에서 쫓겨난다면,
저놈은 도둑이라는 소문이 날 것이고, 만일 가난한 채 그만두면, 저 사
나이는 바보고 무능하다는 소리를 듣게 되는 법이다."

"정말입니다요" 하고 산초가 대답했다. "말하자면 이번 경우, 저는 도
둑이라는 소리를 듣기보다 바보 멍청이라는 소리를 들을 것이 틀림없습
니다요."

이런 말을 주고받으면서 아이들과 그 밖에 많은 사람들에게 둘러싸여
성에 도착했다. 공작 부처는 성 밖으로 나와서 돈 끼호떼와 산초 빤사를
기다리고 있었는데 산초는 무엇보다도 먼저 당나귀를 마구간으로 끌고
가서 쉬게 해주지 않으면 안되었으므로 공작을 만나러 가지 않았다. 왜
냐하면 구덩이 속에서 거의 한잠도 자지 못하고 밤을 새웠기 때문이었
다. 잠시 후에 산초는 공작 부처를 만나러 올라가서 두 사람 앞에 무릎
을 꿇고 말했다.

"공작님, 마님, 저는 이렇다 할 자격이 없는 사람입니다요만, 두 분의
뜻으로 바라따리아 섬의 영주가 되어 갔습니다요. 거기 갈 때 발가숭이
로 가서 지금도 발가숭이올시다. 무엇 하나 얻은 것도 없고 잃은 것도
없읍죠. 제가 잘 다스렸느냐 못 다스렸느냐 하는 것은 얼마든지 증인들
이 있으니까 제멋대로들 지껄이겠읍죠. 저는 여러 가지 문제를 해결하기
도 하고 소송에 판결을 내리기도 했지만 섬의 영주를 돌보는 의사, 띠르
떼아푸에라 태생의 도끄또르 뻬드로 레씨오의 생각 덕분에 죽도록 허기
만 느끼다가 왔습니다요. 간밤에 적들이 우리 있는 곳을 습격해와서 우
리가 어떻게 될지 모를 궁지에 빠졌읍죠. 하지만 섬 사람들의 얘기를 들
어보면 무사히 모면했고 더욱이 내 솜씨로 승리를 얻었다고 합디다요만,
만일 그들의 말이 사실이라면 하느님께 그 사람들을 지켜주십사고 기도
드릴 뿐입니다요. 간단히 말씀드려서 그때 제가 짊어지고 있는 직분이며
의무며, 정치를 한다는 것을 여러 모로 생각해보았습니다요만, 도저히

그런 것은 제가 어깨에 짊어질 만한 짐이 못되고 제 등에는 너무나 무거워서 화살통도 저한테는 너무 무겁다는 걸 알았습니다요. 그래서 정치가 저를 뒤집어놓기 전에 제가 먼저 정치를 뒤집어놓자고 생각하고 처음 갔을 때와 똑같이 거리며 집이며 지붕 등이 고스란히 그대로 있는 섬을 어제 떠나왔읍죠. 저는 아무에게도 부탁도 않았고, 돈벌이하는 일에 말려들지도 않았습니다요. 하기야, 얼마간 도움이 될 만한 법령을 만들 생각은 했습니다요만 아무도 지키는 자가 없으면 안될 것 같아서 그만두어버렸읍죠. 다시 말해서 지키지 않는다면 만들지 않는 거나 마찬가지니까요. 그래서 방금 말씀드린 대로 저는 당나귀 이외에 아무도 안 데리지 섬을 떠나왔습니다요. 그러고는 깊은 구덩이에 빠져서 안쪽으로 곧장 들어가서 오늘 아침 햇빛이 비치는 입구를 발견했는데 너무 깊어서 도저히 손이 위에 닿지 않습디다요. 그래서 만일 하느님이 우리 주인 돈 끼호떼 님을 보내주시지 않았더라면 저는 이 세상이 끝날 때까지 거기 있었을 것입니다요. 공작님 그리고 마님, 여기 영주였던 산초 빤사가 있습니다요만, 이 자는 영주직에 앉은 지 불과 열흘 동안에 영주직이라는 것이 설혹 그게 섬 하나가 아니고 온 세계의 섬 전부의 영주라고 하더라도 아무 소용도 없다는 걸 깨달았습니다요. 그런 생각으로 두 분의 다리에 입맞추고 폴짝 뛰어 우뚝 서라는 아이들의 놀이를 본받아 정치에서 폴짝 뛰어내려 돈 끼호떼 님을 다시 섬기기로 한 것입니다요. 결국, 늘 위태하게 빵을 먹어야 하더라도 돈 끼호떼 님을 섬기고 있으면 아무튼 배불리는 먹을 수 있습니다요. 그리고 저는 말씀입니다요, 배불리만 먹으면 자고건 인삼이건 하등 다를 것이 없습니다요."

그리고 산초는 그의 장광설을 마쳤는데 그동안 돈 끼호떼는 산초가 엉터리 말을 지껄일까 봐 조마조마해하고 있었다. 그러나 비교적 엉터리가 그다지 많지 않았으므로 속으로 하늘에 감사했다. 공작은 산초를 포옹하고 그가 이토록 빨리 영주직을 그만둔 것을 유감으로 생각한다고 말했다. 그리고 자기 영토 중에서 가장 책임이 가볍고 수입이 많은 직분을 맡게 되도록 힘써 보겠다고 덧붙였다. 공작 부인도 마찬가지로 산초를 얼싸안고 난 다음 분명히 봉변을 당하고 고생만 하고 온 것 같으니 잘 돌봐주라고 시동들에게 지시했다.

제 56 장

노시녀 도냐 로드리게스의 딸을 옹호하기 위해 돈 끼호떼 데 라 만차와 하인 또실로스 사이에 일어난 일찍이 본 적 없는 싸움에 대해서.

공작 부처는 산초 빤사를 영주직에 앉히고 그에게 가한 장난에 대해서는 조금도 후회하지 않았다. 오히려 그와 같은 날 그들의 집사가 돌아와서 그날 아침, 산초가 말했거나 한 행동을 그대로 자세하게 보고하고 마지막으로 성의 습격, 산초의 공포, 그의 출발 등에 관해 떠벌려댔으므로 두 사람은 적지않은 기쁨을 느꼈다. 아무튼 그 위에 실록은 다음과 같이 계속된다. 이윽고 정해진 싸움의 날이 다가왔다. 공작은 몇 번이나 되풀이해서 하인 또실로스에게 돈 끼호떼를 죽이지 않고 상처를 입히지 않고 이기려면 어떻게 해야 하는가 가르쳐주고, 창끝을 없애게 했다. 한편 돈 끼호떼에게는 이번 결투가 매우 위험성이 크고 생명을 위협받게 되는 것을 귀공은 높이 평가하고 있으나 그것은 신앙의 교의가 용서치 않는 일이므로 결투를 금하고 있는 종교 회의의 결정 사항에 어긋나기는 해도 다만 자기 영지 안에 결투장을 마련해준 것만으로 만족해주기 바라며 또 이런 싸움을 두고두고 밀고 나가는 데는 찬성하지 않는다고 말했다. 그러자 돈 끼호떼는 이번 일에 있어서의 모든 것을 각하가 가장 마음에 드는 대로 처리해주시기 바라며 무슨 일이고 각하의 지시에 따르겠다고 대답했다. 이윽고 무서운 결투의 날이 다가와서 공작은 성의 광장 앞에 넓은 관람석을 만들도록 명령했다. 거기에는 결투장의 심판관, 노시녀들, 로드리게스 모녀가 앉게 되어 있었고 또 인근 모든 마을에서 살아 있는 사람은 물론, 이미 죽은 사람들조차 듣도 보도 못한 이 결투를 구경하려고 이미 많은 사람들이 몰려들고 있었다. 결투장 안에 제일먼저 들어간 자는 이 의식의 책임자였으며, 그는 혹시 무슨 부정한 수단, 발이 걸려 넘어지게 하는 숨은 장치 같은 것이 있어서는 안된다고 장내를 샅샅이 살피고 돌아다녔다. 이어 로드리게스 모녀가 들어와서 정해진 자리에 앉았는데, 두 눈은 물론 가슴까지 망토로 덮고 있었다. 결투장 안에 돈 끼호떼가 나타난 것을 전후하여 적지않이 웅성거리는 기미가 일었다. 이어

곧 나팔수를 거느리고 늠름하게 올라앉아 장내를 위압하는 기세로 위대한 하인, 또실로스가 투구의 얼굴 가리개를 깊숙히 내린 채 거창하게 번쩍이는 갑주를 몸에 두르고 한쪽 팔꿈치를 옆구리에 찌른 자세로 거만하게 나타났다. 덩치가 좋은 쥐빛 말은 분명히 프리즐란드(네덜란드 북단(北端)의 주) 산이었으며 네 다리는 무시무시한 털로 덮여 있었다. 이 용감한 전사는 그의 주군 공작으로부터 용감한 돈 끼호떼 데 라 만차를 상대로 어떻게 행동해야 하는가 누누이 주의를 듣고 나왔다. 그것은 어떤 일이 있더라도 상대를 죽여서는 안되며, 만일 정면으로 대결한다면 그럴 우려가 충분히 있는 죽음의 위험을 피하기 위해 첫번째의 충돌을 피하라는 것이었다. 그는 장내를 한 바퀴 돌고 로드리게스 모녀가 있는 자리로 가까이 가서 자기 남편으로서 요구하고 있는 딸의 얼굴을 한참 바라보았다. 그때 이미 결투장 안에 나타나 있던 돈 끼호떼를 결투장의 집행관이 불러 또실로스와 함께 모녀에게 말을 건네서 그들의 주장 전부를 돈 끼호떼 데 라 만차 님에게 일임할 것을 승낙하겠느냐고 물었다. 모녀는 이구동성으로 승낙한다고 말하고 그자리에서 돈 끼호떼 님이 하는 모든 행동은 훌륭하고 확실하며, 효력이 있는 줄 안다고 단언했다. 벌써 이때는 결투장 위에서 내려다보는 높다란 관람석에 공작 부처가 자리를 차지하고 있었는데, 울타리 위에서는 무수한 사람들이 주렁주렁 매달려 이 일찍이 보지 못한 격전을 구경하려고 기다리고 있었다. 두 전사의 조건은 만일 돈 끼호떼가 승리를 하면 상대편은 도냐 로드리게스의 딸과 결혼해야 하고, 돈 끼호떼가 지면 상대편은 실천을 강요받고 있는 약속에서 해방되며 그밖의 아무런 보상도 할 필요가 없다는 것이었다. 집행관은 두 전사가 햇빛을 똑같이 받게 하고 대기할 위치에 세웠다. 북소리가 울려퍼지고 나팔 소리가 창공에 메아리쳤으며, 대지는 발밑에서 떠는 것 같았다. 관중들의 심정은 어떤 자는 두려워하고 어떤 자는 일각이 여삼추로 학수고대하여 두근거리고 있었다. 마침내 돈 끼호떼는 진정으로 주 예수 그리스도와 그리운 공주 둘씨네아 델 또보소의 가호를 빌면서 정해진 돌격의 신호를 기다리고 있었다. 그런데 공작의 전사는 이와는 전혀 다른 생각을 품고 있었다. 말하자면 지금부터 필자가 서술하고자 하는 것밖에 생각지 않고 있었던 것이다. 일의 실마리는 그가 자기의 적인 처녀를 바라보았을 때 그녀가 평생 처음 보는 아름다운 여자로 비친 데서 비롯된 것이다. 그리고 세상에서 보통 아모르(사랑의 신. 그리스 신화의 에로스, 로마 신화의 큐피드와 같다)라고 흔히 부르는 눈먼 어린 소년은 이 하인의 영혼을 정복하여 자기 전리품 목록에 보낼 수 있는 기회를 놓치려 하지 않았던 것이다. 아모르는 아무에게도 모습을 들키지 않고 살며시 또실로스에게 다가가 가련한 하인을 겨누어 왼쪽에서 두 자쯤 되는 활을 쏘아 심장을 똑바로 꿰뚫고 말았다. 아모르가 이토록 훌륭히 성공한 것은 그의 모습이 눈에 보이지 않았기 때문이고, 들어가고 싶은 곳에 마음대로 드나들고 그러면서도 누구하나 그가 하는 짓에 이러쿵저러쿵 잔소리를 할 수가 없었기 때문이었다고 필자는 말하고자 한다. 이윽고 돌격의 신호가 울렸을 때 우리들의 하인은 넋을 잃고 있었으며, 그의 마음의 자유를 빼앗는 주인이 되어버린 여자의 아름다움만을 생각하고 있을 때 돈 끼호떼는 나팔 소리를 듣기가 무섭게 일전을 벌이려고 로시난떼가 달릴 수 있는 전속력으로 적을 향해 달리기 시작했다. 그가 달려가는 것을 보고 그의 훌륭한 종자 산초가 큰 소리로 외치기 시작했다.

"하느님에게 인도를 받으십쇼, 편력 기사의 정수자 꽃이신 나리! 나리 쪽이 정당하시니까 하느님께 이기게 해주십사고 부탁하십쇼!"

또실로스는 자기를 향해 돈 끼호떼가 돌격해오는 것을 보았다. 그러자 그는 큰 소리로 집행관을 불렀다. 집행관이 무슨 용건인가 하고 가까이 가자 그가 물었다.

"이 결투는 내가 저 처녀와 결혼하느냐 않느냐를 가지고 싸우는 거죠?"

"그렇소" 하고 집행관이 대답했다.

"그렇다면 저는" 하고 하인이 말했다. "저는 양심의 가책이 무섭습니다. 이 싸움을 계속한다면 그 무게는 점점 더해질 것입니다. 차라리 저는 싸움에서 진 것으로 하고 저 처녀와 결혼하고 싶습니다."

집행관은 또실로스의 말을 듣고 깜짝 놀랐다. 더욱이 그는 이번 사건의 속임수를 알고 있는 사람의 하나였으므로 어떻게 대답해야 좋을지 몰랐다. 돈 끼호떼는 적이 덤벼들지 않는 것을 보고 돌진하는 도중에서 기세를 멈추었다. 공작은 결투가 왜 진행되지 않는지 그 이유를 금방 알지 못했다. 집행관이 와서 또실로스의 말을 전했을 때 공작 역시 아연해졌을 뿐 아니라 매우 화를 내고 말았다. 그러는 동안에 또실로스는 도냐 로드리게스가 앉아 있는 자리로 가서 큰 소리로 말했다.

"노시녀님, 저는 따님과 결혼하고 싶습니다. 평화롭게, 하등 생명의 위험을 느끼지 않고 손에 넣을 수 있는 것을 싸움이나 결투로 손에 넣고 싶진 않습니다."

이 말을 듣자 용감한 돈 끼호떼가 말했다.

"일이 이렇게 된 이상 나는 나의 약속에서 해방된 것이오. 경사롭게 결혼하시오. 그리고 우리의 주 하느님께서 축복을 내려주시는 것이니 성 베드로도 그녀를 축복하실 것이오."

공작은 이미 성의 광장에 내려서서 또실로스에게 다가가 말했다.

"사실이냐? 그대가 졌다는 것을 인정한단 말이냐? 그대의 겁먹은 양심에 짓눌려 저 처녀와 결혼할 생각을 했느냐?"

"그렇습니다, 나리" 하고 또실로스가 대답했다.

"그것 참 훌륭한 일이군" 하고 이때 산초 빤사가 말했다.

"'쥐에게 줘야 할 것이라면 고양이에게 다 줘라, 그러면 고양이가 걱정을 덜어준다'라고 하거든."

또실로스는 투구의 끈을 풀면서 빨리 도와달라고 했다. 그는 마음의 평정을 잃었을 뿐 아니라 그런 갑갑한 것을 덮어쓰고 도저히 오래 있을 수가 없었기 때문이었다. 사람들이 재빨리 그를 도와 투구를 벗기니 하인의 얼굴이 안에서 나타났다. 그것을 보자 도냐 로드리게스와 그녀의 딸이 큰 소리로 외치기 시작했다.

"이건 속임수입니다, 속임수예요! 공작님의 하인 또실로스를 저의 진짜 남편 대신 내세운 거예요. 사기라고까진 않더라도 이런 심한 장난은 하느님과 국왕님의 재판을 받으셔야 할 거예요!"

"그렇게 한탄할 건 없소, 젊은 여인" 하고 돈 끼호떼는 말했다. "이것은 장난도 아니고 속임수도 아니오. 만일 그렇다고 하더라도 그것은 공작 각하의 탓이 아니라 항상 나를 박해하는 뱃속 검은 마법사들의 소행일 것이오. 그녀석들은 내가 이 승리의 영광을 차지하는 것을 시샘하고 그대의 주인 얼굴을 그대가 방금 말한 공작님의 하인 얼굴로 바꾸어놓은 것이오. 나의 충고를 듣도록 하시오. 나의 적들의 악의 따위는 알은 체하지 말고 이 사람과 결혼하시오. 일찍이 그대가 남편으로서 출가하려 했던 그분이 틀림없을 것이오."

이 말을 듣고 공작은 여태까지의 노여움이 솟아오르는 웃음에 지워져서 말했다.

"돈 끼호떼 님에게 일어나는 모든 사항은 참으로 이상해서 하마터면 나도 내 하인을 이상한 인물로 볼 뻔했소. 그러면 이런 책략과 방안을 사용하기로 합시다. 즉 만일 이의가 없다면, 이 결혼을 2주일 동안 연기해서, 의심쩍게 여겨지는 이 인물을 감금해두기로 합시다. 2주일 동안에는 아마 그가 원모습으로 되돌아올지 모르니까. 왜냐하면, 마법사들이 돈 끼호떼 님에게 품고 있는 원한도 그리 오래 계속될 까닭이 없고 게다가 이런 속임수나 사람의 모습을 바꾸는 따위는 그들에게는 아무런 도움도 되지 않는 일이니까요."

"오오, 나리, 정말입니다요!" 하고 산초가 말했다. "워낙 그 악당들은 우리 주인에 관한 일이라면, 늘 모두 바꿔버리거나 이것과 저것을 바꿔치기 하거나 하는 수법을 쓰니까요. 얼마 전에 나리께서 무찌르신 거울의 기사란 사람도 우리 마을 태생으로 주인 나리와 매우 친하신 석사 삼손 까르라스꼬의 모습으로 바꿔버렸고, 우리 주인의 공주님이신 둘씨네아 델 또보소 님도 촌티나는 시골 아낙네로 바꾸어놓았으니까요. 그래서 저는 생각합니다요만 이 하인은 한평생 하인으로 살다가 죽어버릴 것이 틀림없습니다."

이때 로드리게스의 딸이 말했다.

"제 남편이 되어주시겠다고 나선 이분이 누구시든 상관없어요. 저는 매우 기뻐요. 훌륭한 신사의 첩이나 업신여김을 받는 여자가 되기보다, 하인이라도 그 사람의 참된 아내가 되는 편이 얼마나 좋은지 몰라요. 하기야 저를 농락한 남자는 신사가 아닙니다만."

요컨대 이런 이야기와 사건의 결과로서 또실로스는 그의 변모가 어떤 결과에 이르는가 알게 될 때까지 가두어지게 되었다. 사람들은 돈 끼호떼의 승리라 찬양했으나 많은 사람들은 그렇게 고대하던 결투의 전사들이 박살이 나는 꼴을 구경하지 못해 마치 배신이라도 당한 듯 낙심하는 모습이었다. 그것은 마치 기다리고 있던 사형수가 원고측이나 법정에서 사면을 받아 교수형장에 나타나지 않았을 때 구경하러 모인 아이들이 낙심하는 것과 마찬가지였다. 모였던 군중은 흩어져가고, 공작과 돈 끼호떼는 성으로 돌아갔으며, 또실로스는 가두어졌지만, 도냐 로드리게스와 딸은 어쨌거나 이번 사건이 결혼으로 낙착될 것이 틀림없다는 것을 알고 여간 만족해하지 않았다. 더욱이 또실로스 또한 그에 못지않게 그것을 고대하고 있었다.

제 57 장

여기서는 돈 끼호떼가 공작과 작별하는 경위와 공작 부인의 시녀, 영리한 장난꾸러기 알띠시도라와의 사이에 일어난 사건에 대해서.

돈 끼호떼는 이제 이 성에서 보내고 있는 이런 안일한 생활에서 빠져 나오는 것이 좋을 것같이 여겨졌다. 공작 부처가 편력 기사로서 그에게 베풀고 있는 환대와 커다란 즐거움에 갇혀 무위하게 세월을 보내고 있는 것이 자기 자신으로 봐서 큰 과오라는 생각이 들었기 때문이었다. 그래서 이런 나태한 운둔 생활을 청산하겠다고 하늘에 고하지 않으면 안된다는 생각이 들었다. 그리하여 하루는 공작 부처에게 출발 허가를 달라고 부탁했다. 공작 부처는 그가 자기들을 버리고 떠난다는 것이 자기들 마음에 얼마나 쓰라린 일인가를 호들갑스럽게 표시한 다음 마침내 그것을 허락했다. 그리고 공작 부인이 떼레사에게서 온 편지를 산초 빤사에게 주자 그는 그 편지를 보고 울면서 말했다.

"내가 영주가 되었다는 소식이 마누라의 가슴에 심었던 그토록 엄청나게 크고 높은 희망이 지금은 우리 주인 돈 끼호떼 데 라 만차 님의 먹는 둥 마는 둥 하는 모험으로 다시 되돌아가게 될 줄이야. 대체 누가 생각이나 했을까! 그건 그렇고, 마님께 개암을 보냈다니, 과연 내 마누라 떼레사다운 일을 한 것 같아서 기쁘구나. 만일 개암을 보내지 않았더라면 나는 매우 낙심했을 것이고 마누라는 마누라대로 은혜를 모르는 인간이란 걸 남에게 보이게 되었겠지. 그리고 마음이 편해지는 것은 이 선물에 뇌물이라는 명칭을 붙일 수 없다는 거야. 그 까닭은, 마누라가 개암을 보냈을 때 난 벌써 영주가 되어 있었거든. 게다가 설혹 보잘것없더라도 무언가 은혜를 받은 인간이 고마운 마음을 또렷이 나타낸다는 것은 도리에 맞는 일이지. 정말이지, 나는 발가숭이로 영주가 되어 발가숭이로 나왔어. 그러니 무엇 하나 마음에 거리낄 것 없이 말할 수 있지. 그리고 이건 결코 하찮은 일이 아니란 말야. '나는 발가숭이로 태어나 지금도 발가숭이. 손해본 것도 없고 덕본 것도 없다' 바로 이거야."

이런 말을 산초는 출발하는 날 혼자 중얼거리고 있었다. 이미 공작 부처와는 작별 인사를 했으므로 어느 날 아침 돈 끼호떼는 성의 광장에 갑주를 입고 나타났다. 여기저기 복도에서 성의 모든 사람들이 그의 모습을 지켜보고 있었으며 공작 부처도 그를 전송하려고 나와 있었다. 산초는 비축 식량 따위를 안장 부대에 실은 잿빛 당나귀에 만족스러운 얼굴로 올라앉아 있었다. 왜냐하면, 공작의 집사로 뜨리팔디 백작 부인의 역할을 맡았던 사람이 도중에서 필요할 때 쓰라고 200에스꾸도의 금화가 들은 조그마한 지갑을 그에게 주었기 때문인데, 이것을 돈 끼호떼는 아직 모르고 있었다. 앞에서 말한 것처럼 모든 사람들이 그를 바라보고 있을 때 공작 부인의 노시녀들과 시녀들 사이에서 영리한 말괄량이 알띠시도라가 별안간 소리 높이 슬픈 가락으로 노래를 부르기 시작했다.

　　들으시라, 무정한 기사여
　　잠시 고삐를 당기시라
　　공연히 박차를 주지 마시라
　　버릇 좋지 않은 그대의 말에.

　　어째서 달아나려 하시오.
　　무서운 독사라면 모르되
　　양보다도 더 순한
　　젊고 상냥한 이몸인데.

　　산에서 디아나가 보았다는
　　숲에서 베누스(비너스)가 보았다는
　　소녀에 못지않는 이몸을
　　버리고 가는 그대 차가워라.
　　그대는 비정의 비레노(《미친 오를란도》에서 그는 연인 올림피아를 무인도에 버리고 간다)인가
　　아니면 달아나는 아에네아스
　　바라바 그대와 함께 있으라
　　그대의 앞길 내 모르노라.

　　무정한 그대 그 손톱에
　　사랑에 고민하는 젊은 여자의
　　부드러운 마음을 찢어다가

쥐고 가다니 참혹하여라.

머리수건 밤모자가 셋, 매끈매끈한
대리석과도 같은 발에 신는
양말 대님의 희고 검은 것
그대는 빼앗아 사라지는가.

그대 안고 가는 내 한숨이
만일 불이라면 2000개의
트로이 도읍을 태워버리리
트로이 도읍이 2000개 있다면
그대는 비정의 비레노인가
아니면 달아나는 아에네아스
바라바 그대와 함께 있으라 그대의 앞길 내 모르노라.

종자 산초의 완고하고
인정을 모르는 마음 때문에
둘씨네아에 걸려 있는
마법을 풀 길 아직 없노라,
나에게 가해진 그대의 죄
가련하다, 응보를 받으시라,
올바른 자가 죄지은 자의
보상을 하는 것은 세상의 상도.

그대의 늠름한 모험도
덧없는 불행이 되어버리고
그대의 기쁨도 꿈이 되어
사랑의 맹세도 잊어버리라,
그대는 비정의 비레노인가
아니면 달아나는 아에네아스
바라바 그대와 함께 있으라
그대의 앞길 내 모르노라.

세비야에서 마르체나
그라나다에서 로하까지
런던에서 영국 구석구석까지

　　그대의 거짓말 알려지리라.

　　'레이나도(카드 놀이의 으뜸 패)', '100점', '1점'
　　트럼프 놀이를 하실 때에는
　　왕의 패짝 못 가지시고
　　7과 1의 패 그대 못 보리.

　　발에 박인 티눈을 뗄 때에는
　　상처의 피 철철 흘러라,
　　어금니를 뽑으려 하실 때에는
　　뒤에 남으라, 큰 이뿌리.

　　그대는 비정의 비레노인가
　　아니면 달아나는 아에네아스
　　바라바 그대와 함께 있으라
　　그대의 앞길 내 모르노라.

　　비탄에 잠긴 알띠시도라가 이렇게 신세타령을 하고 있는 동안 돈 끼호떼는 가만히 그녀를 바라보고 있다가 이에 대해선 한 마디 대답도 없이 산초를 돌아보고 말했다.

　　"나는 그대 조상의 생애를 두고 부탁한다만, 그대 진실을 말해다오, 산초여. 어떠냐, 그대 혹시 이 사랑에 괴로워하는 시녀가 취침 때 쓰는 머리 수건 세 개와 양말 대님을 갖고 있지 않느냐?"

　　이에 대해서 산초가 대답했다.

　　"머리에 쓰는 거라면 3개 갖고 있습니다요. 하지만 양말 대님은 아예 '우베다의 언덕 너머'나 마찬가지지, 전 알지 못합니다요."

　　공작 부인은 알띠시도라의 이 천연덕스러움에 은근히 놀라고 말았다. 그녀는 대담하고 기지가 있으며 좀 뻔뻔스럽다고는 생각하고 있었으나 이토록까지 천연덕스럽게 예사로 할 줄은 생각지 못했고 더구나 이번 장난은 그녀가 지시한 것이 아니었기 때문에 더욱더 놀라웠다.

　　"이것은 암만해도 그다지 훌륭하다고는 생각지 못하겠구려, 기사님. 내 성에서 이만한 환대를 받은 분이 시녀의 양말 대님에다가 부인의 머리 수건을 세 개나 가지고 가시다니, 뜻밖이오. 이건 아무리 보아도 귀공의 평판에 걸맞지 않은 엉큼한 행동을 보여주신 것 같소. 양말 대님을 돌려주시기 바라오. 만일 싫으시다면, 내가 결투를 신청하겠소. 귀공과 대결하려던 자의 얼굴을 내 하인 또실로스의 그것과 바꾼 것처럼, 극악한 마법사들이 내 얼굴을 바꾸건 말건 나는 조금도 두려워하지 않겠소."

"이만한 은혜를 베풀어주신 고귀한 공작님에 대해서" 하고 돈 끼호떼가 대답했다. "내가 칼을 칼집에서 뽑는다는 것은 도저히 신이 용서치 않을 것이오. 밤에 쓰는 물건은 돌려드리리다. 산초가 그것을 가졌다고 하니 말씀이오. 그러나 양말 대님은 불가능하겠소. 왜냐하면, 나도 받은 기억이 없고 산초도 또한 갖고 있지 않기 때문이오. 그것은 만일 저 시녀가 여기저기 숨겨두는 장소를 찾는다면 반드시 나타날 줄 믿는 바요. 공작 각하, 나는 일찍이 도둑이었던 적이 없었고, 만일 신이 나를 버리지만 않으신다면 한평생 도둑이 될 생각은 없소이다. 저 시녀는 스스로 자기 입으로 말했듯이 사랑에 괴로워하고 있다고 하오. 그러나 그것은 나의 죄는 아니오. 그러니 굳이 시녀에게나 공작 각하에게 용서를 빌 필요는 조금도 없을 것이오. 그리고 각하께서는 나에 관한 것을 좀더 선의로 받아주시고 다시 나의 여행을 계속하도록 허락해주시기 바라오."

"하느님께서 기꺼이 허락해주실 거예요" 하고 공작 부인이 말했다. "돈 끼호떼 님, 우리는 언제나 기사님의 훌륭한 공훈에 관한 즐거운 소식을 듣고 싶어하고 있습니다. 늠름하게 출발하세요. 기사님이 여기 계속 머물러 계시면 계실수록 그 모습을 바라보는 시녀들의 가슴 속에 타오르는 불꽃은 점점 더 거세어질 테니까요. 시녀들에게는 앞으로 눈짓이건 말이건 두 번 다시 예절 없는 짓은 하지 않도록 엄하게 일러둘 참입니다."

"다만 한 마디만 제 말씀을 들어주세요. 오오, 용감하신 돈 끼호떼 님" 하고 이때 알띠시도라가 끼여들었다. "양말 대님을 도둑맞은 일에 관해서 기사님에게 용서를 빌고 싶어요. 하느님과 제 영혼을 두고 맹세하지만 양말 대님은 도둑맞은 것이 아니라 멀쩡히 제가 매고 있었어요. 저는 '당나귀에 앉아서 당나귀를 찾았다'는 사나이처럼 멍청해 있었던 거예요."

"그봐, 내가 뭐랬어" 하고 산초가 말했다. "내가 물건을 훔쳐서 숨겨 놓다니, 정말 사람 죽일 노릇이지. 내가 만일 그런 짓이 하고 싶었다면, 영주를 하고 있을 때 그럴 기회가 얼마든지 있었단 말야."

돈 끼호떼는 머리를 숙이고 공작 부처를 비롯하여 주위에 있는 모든 사람들에게 인사하고 로시난떼의 고삐를 돌려 잿빛 당나귀에 올라탄 산초를 뒤에 거느리고 사라고사로 가는 길을 찾아 성문을 나섰다.

제 58 장

여기서는 갖가지 모험이 꼬리를 물고 돈 끼호떼에게 소나기처럼 덮친 경위를 다룬다.

돈 끼호떼가 알띠시도라의 성가신 구애의 손에서 벗어나 광활한 들판에 몸을 놓았을 때, `이윽고 화려한 무대에 올라선 듯한 느낌이 들고 그의 정신은 다시 기사도의 본분을 계속하려고 새로 분기하는 것을 느꼈다. 그래서 산초를 돌아보고 말했다.

"산초여, 자유라는 것은 하늘이 우리 인간에게 주신 가장 귀한 선물의 하나이니라. 대지 속에 파묻혀 있는 재보로도, 바다 밑바닥에 숨겨진 재보로도, 결국 이것을 살 수는 없느니라. 자유를 위해서라면, 명예를 위한 것과 마찬가지로 생명을 걸어도 상관없고 또 마땅히 걸어야 하느니라. 이에 반해서 유폐된 몸이라는 것은 인간에게 덮칠 수 있는 최대의 불행이다. 내가 이런 말을 하는 것은 산초여, 아까 우리가 뒤에 두고 온 그 성에서 우리가 환대를 받은 융숭함이나 호화로운 음식을 그래도 잘 보고 왔기에 그런다. 왜냐하면, 그 진수성찬의 만찬과 눈처럼 차가운 온갖 마실 것 속에서도 나는 굶주림의 고통 속에 몸을 두고 있는 듯한 기분이었기 때문이다. 그것은 자유로이, 마치 자기의 것처럼 맛볼 수가 없었기 때문이다. 받은 호의나 은혜에 대해서 갚아야 한다는 의무 관념이 마음을 자유롭게 만들어주지 않는 속박이 되기 때문이다. 하늘로부터 한 조각의 빵을 얻고, 하늘을 제외하고 그 무엇에도 감사할 것을 갖지 않는 사람이야말로 행복하여라."

"나리의 말씀은, 그야 지당하십니다요만" 하고 산초가 말했다. "하지만 공작님의 집사가 조그마한 지갑에 넣어서 제게 준 금화 200에스꾸도에 대해서 우리가 인사를 하지 않는다는 건 좋지 않습니다요. 이 돈은 위안물이나 고약처럼 제 심장 바로 위에 갖고 있습니다요만, 언젠가 크게 소용이 있을 겁니다요. 왜냐하면, 언제나 꼭 우리를 대접해줄 성이 반드시 있는 게 아니니까요. 그보다 자칫 잘못하다간 또 몽둥이 찜질을 당할 그런 여인숙에 들 것이 틀림없습니다요."

이런 말을 주고받으면서 편력 기사와 종자는 나아갔는데 1레구아쯤 갔을까말까 했을 때, 문득 푸른 초원 위에 외투를 깔고 12명쯤 되는 농부 같은 사나이들이 점심을 먹고 있는 것이 눈에 띄었다. 그들 옆에는 무엇인가 흰 보자기로 싼 것이 여러 개 놓여 있었는데, 따로따로 세워놓기도 하고 뉘어놓은 것도 있었다. 돈 끼호떼는 이 식사를 하고 있는 사람들에게 가까이 가서 먼저 공손히 인사한 다음, 저 베로 싼 것이 무엇이냐고 물었다. 그러자 그 중의 한 사람이 대답했다.

"나리, 이 보자기에 싼 것은 우리 마을에서 만들고 있는 것인데 제단 뒤에 장식하는 조상(彫像)과 물건들입니다. 광택이 날라가면 안되므로 이렇게 싸 놓았지요. 또 부서지면 안되기 때문에 어깨에 메고 나르는 중입니다."

"만일 지장이 없다면" 하고 돈 끼호떼가 말했다. "그것을 좀 보여줄 수 없을까, 그토록 소중히 다루는 조상이라면 의심할 여지가 없이 훌륭한 물건이 틀림없을 테니까."

"그야 뭐 새삼 훌륭하다니 어쩌니 할 것도 없을 만큼 굉장하지요" 하고 또 한사람이 말했다. "만일 그렇지 않다고 하신다면 돈이 얼마나 들었는가 물어보십시오. 정말이지. 50두카트 안 준 건 하나도 없습니다. 이게 사실이란 걸 나리에게 보여드릴 테니 잠깐 기다리십시오. 그리고 눈으로 직접 똑똑히 구경하십시오."

그는 음식을 먹다 말고 일어서더니 첫번째 것을 풀었는데, 그것은 말탄 산 호르헤(성 조지. 270~303년 경의 기사)의 조상이었으며 발 아래는 용이 굽이치고 그 입에는 창이 꽂혀 있는, 흔히 세상에서 잘 그리는 그 모습대로 처참한 양상을 보여주고 있었다. 세상에서 흔히 말하듯 조상 전체가 후광에 싸여 있는 것 같았다. 돈 끼호떼는 그것을 바라보고 말했다.

"이 기사는 하느님의 군대가 가진 가장 훌륭한 편력 기사의 한 사람이었지. 돈 산 호르헤라는 사람인데, 처녀들의 보호자이기도 했지. 그럼, 다음 조상을 보여주실까."

사나이가 두번째 포장을 벗기었다. 그것은 말을 탄 성(聖) 마틴의 조상으로 보였는데, 가난한 사람과 망토를 함께 쓰고 있는 모습을 나타내고 있었다. 그것을 보자 돈 끼호떼가 입을 열었다.

"이 기사 또한 그리스도교의 모험자 중 한 사람이었으며, 용감한 데다 다시없이 관용스러운 분이었다고 나는 생각하지. 그대도 보면 알 수 있듯이 산초여, 가난한 사람과 망토를 함께 쓰고 있는데 그 절반이나 내주지 않았느냐? 그러니까 아마 계절은 겨울이었던 모양이다. 그렇지 않다면 자비로운 분이었으니 다 벗어주었을 것이 틀림없을 텐데."

"그렇잖습니다요" 하고 산초가 말했다. "그보다 '주는 데도 갖는 데도 두뇌가 필요하다'는 속담을 따르고 계시는 것이 틀림없습니다요."

돈 끼호떼는 저도 모르게 웃어버렸다. 그리고 다음 포장을 열어 보여 달라고 부탁하자, 거기서는 말을 탄 스페인 수호 성자의 모습이 나타났는데, 손에는 피가 철철 흐르는 칼을 쥐고 무어인들을 무찌르며 머리를 짓밟고 서 있었다. 이것을 보고 돈 끼호떼가 말했다.

"이거야말로 틀림없는 기사며, 그리스도교 군에 속하는 분이다. 이분은 돈 산 디에고 마따모로스(성 야곱. 스페인에서는 그리스도의 열두 사주(使徒)의 한 사람인 야곱을 수호성자로 삼는다)라는 분으로, 이 세상에 계셨고 또 하늘에 계시는 가장 용감한 성자시자 기사의 한 분이니라."

그리고 다음 포장을 풀었는데 그것은 산 빠블로(성바울)가 낙마하는 모습이었으며 이 성자의 개종 장면에 흔히 그려지듯 주위의 배경까지 갖추고 있었다. 그리고 마치 그리스도가 그에게 말을 건네고 빠블로가 대답하고 있는 것처럼 참으로 생생한 모습을 하고 있었다.

"이것은" 하고 돈 끼호떼가 말했다. "그 시대의 우리 그리스도 교회로 봐서는 최대의 적이었으나, 나중에는 교회가 갖게 된 최대의 수호자시다. 살아서는 편력의 기사였고, 죽어서는 틀림없는 성자로 우리 주의 포도밭을 경작한, 지칠 줄 모르는 경작자자 이교도의 교사였으며, 그에게 있어서 천국은 학교, 그 학교의 교수 및 교장은 예수 그리스도, 바로 당신이었던 것이다."

이제 그밖에는 조상이 없었다. 그래서 돈 끼호떼는 다시 그것을 포장하게 하고 조상을 나르는 사람들에게 말했다.

"방금 보여주신 그런 것을 본 것을 좋은 길조라고 나는 생각하오. 여러분, 왜냐하면, 이 성자분들, 기사분들은 내가 지금 받들고 있는 것과 마찬가지 것을 받드셨기 때문인데, 그것은 무기를 잡는 의무를 말하는 것이오. 다만 나와 그분들의 차이는 그분들은 성자시고 참으로 성자다운 싸움을 하셨으나 죄 많은 나는 인간으로서 싸운다는 것이오. 그분들은 무력에 의해서 천국을 정복하시었소. 천국이 폭력 아래서 신음하고 있었기 때문인데, 나는 지금까지 내 활약의 힘으로 무엇을 정복했는지 도무지 알 수 없구려. 그러나 둘씨네아 델 또보소 공주가 지금 참고 계시는 고통에서 빠져나오신다면 차츰 나의 운도 피고 나의 판단도 날카로워져서, 현재 내가 더듬고 있는 것보다 훨씬 뛰어난 길을 걷게 될 것이오."

"그건 하느님은 들으셔도 좋지만 악마 녀석들은 듣지 않았으면 좋겠습니다요" 하고 이때 산초가 말했다.

사람들은 돈 끼호떼의 몰골뿐 아니라 그의 말을 듣고 놀랐으며 더욱이 그가 무엇을 말하려 하고 있는지 절반도 이해하지 못했다. 그들은 식사를 마치자 조상들을 어깨에 메고는 돈 끼호떼에게 작별 인사를 하고 여행을 계속해갔다.

산초는 마치 여태까지 자기 주인을 잘 모르고 있었던 것처럼 그가 만사를 잘 알고 있는 것을 보고 새삼 놀라움의 눈을 크게 떴는데 돈 끼호떼가 손바닥을 들여다보듯 말하는, 혹은 기억에 새겨놓지 않은 이야기나 사건은 아예 이 세상에 없었던 것이 틀림없다고 여겨졌으므로 물었다.

"주인 나리, 만일 오늘 우리에게 일어난 사건을 모험이라 부를 수 있다면 우리가 편력하는 동안에 일어난 여러 가지 사건 중에서 아마도 제일 기분 좋고 즐거운 것이었던 것만은 사실입니다요. 몽둥이로 두들겨맞지도 않았고, 깜짝 놀라지도 않았고, 칼에 손을 가져가지도 않았을 뿐 아니라, 땅바닥에 몸을 내동댕이치지 않았고, 배를 쫄쫄 곯지도 않았고 무사히 빠져나올 수 있었으니까 말입니다요. 제 눈으로 직접 그런 걸 볼 수 있었다는 것은, 정말 고마우신 하느님의 배려이십니다."

"그대 제법 좋은 말을 하는구나" 하고 돈 끼호떼가 말했다. "그러나, 언제나 같은 일은 없고 똑같이 일이 진행되는 것이 아니라는 것을 잘 명심해두어라. 속인은 흔히 이것을 전조라고 부르지만, 이것은 하등 자연의 도리에 입각한 것이 아니다. 사려깊은 사람에 의해서 길조라고도 여겨지며 또 판단되는 일이다. 어떤 미신가의 한 사람이 아침에 일어났다고 하자. 그리고 집을 나가서 고마운 성 프란시스코파의 고행 수도사를 만나자 마치 반 독수리, 반 사자의 괴수라도 만난 것처럼 허둥지둥 발길을 돌려 집으로 돌아온단 말이다. 또 어느 미신가가 잘못해서 식탁에 소금을 떨어뜨리면 그자의 마음에 금방 우울한 기분이 퍼진다는 것이다. 말하자면, 자연이라는 것이 방금 말한 것처럼 보잘것없는 일로서 미래의 불행을 알리는 전조를 나타내지 않으면 안된다는 것과 같다. 그러나, 분별 있는 그리스도 교도는 하늘이 행하려 하고 있는 이러한 사소한 것에 결코 개의치 않는 법이니라. 일찍이 스키피오(카르타고의 하니발을 격파한 고대 로마의 장군. 기원전 247~184) 가 아프리카에 도착했을 때 육지에 뛰어오르다가 넘어졌는데 그의 부하 병졸들은 그것을 흉조로 생각했었지. 그러나 스키피오는 땅을 두 손으로 두들기며, '아프리카여, 그대는 내 손에서 달아날 수 없다. 왜냐하면, 내가 두 팔로 그대를 꽉 붙잡고 있기 때문이다' 하고 말했다고 한다. 그러니, 산초여, 그런 조상을 우연히 만났다는 것은 내게 있어서 매우 다행스러운 사건이었던 것이다."

"저도 그렇게 생각합니다요" 하고 산초가 대답했다. "그런데, 한 가지 가르쳐주셨으면 하는 것이 있습니다요. 스페인 사람들이 무언가 전쟁을 시작할 때는, 그 산띠아고 마따모로스를 외면서, '산띠아고, 닫아라, 에스빠냐!' 하고 말하는데 이건 어디서 연유된 것입니까? 어쩌면, 스페인이 훤하게 열려 있었기 때문에 그걸 닫아야 했다는 겁니까요. 아니면 이건 무슨 예식입니까요?"

"어지간히도 무식한 사나이로구나, 산초" 하고 돈 끼호떼가 대답했다. "잘 들어라. 하느님은 이 붉은 십자의 훌륭한 기사를 스페인의 수호 성자, 옹호자로서 특히 스페인 사람들이 무어족과 싸우고 있던 그 험난한 존망의 때에 보내주신 것이다. 따라서 그들이 나아가는 모든 싸움터에서 옹호자로서의 이 성자 이름을 외고 또 불렀던 게야. 그뿐 아니라 이따금 싸움터에서 이 성자의 모습을 본 자도 적지않다. 더욱이 회교도의 군대를 무찌르고, 짓밟고, 쫓고, 베는 모습을 말이다. 이것은 스페인의 참된 역사책에 씌어 있는 것이니, 얼마든지 그 실례를 그대도 볼 수 있을 게다."

산초는 화제를 바꾸어 주인에게 말했다.

"그건 그렇고, 나리, 그 공작 부인님의 시녀, 알띠시도라의 뻔뻔스러움에 전 깜짝 놀라고 말았습니다요. 아마도 아모르라던가 그 앞 못 보는 아이가 눈꼽투성인지, 아니면 전혀 보이지 않는다고 하는 편이 나을지 모르지만 남의 심장을 노리면 아무리 조그마한 심장이라도 화살로 꼭 맞혀서 꿰뚫어버린다는 그녀석에게, 필경 그 시녀도 보기좋게 꿰뚫려서 상처를 입은 것이 틀림없다고 전 생각합니다요. 하지만, 젊은 여자의 수줍음과 얌전함은 사랑의 신이 쏘는 화살촉을 부러뜨리거나 무디게 만들어버린다는 말도 듣고 있습니다요. 그런데 알띠시도라는 화살촉이 부러지기는커녕 더 날카로워진 것처럼 보입니다요."

"산초, 이런 것을 기억해두는 것이 좋을 게다" 하고 돈 끼호떼가 말했다. "사랑이라는 것은 분별은 거들떠보지도 않고, 그 과정에 있어서는 이성(理性)의 구속 따위를 인정하지 않으므로, 이 점에서는 죽음과 똑같은 성질이라는 것을. 다시 말해서 왕궁의 호화로운 궁전에도, 양치는 오두막에도 똑같이 덮치고, 우선 먼저 하는 것은 공포나 부끄러움을 모두 사람한테서 빼앗아가버린다는 것이다. 그러기에 알띠시도라는 부끄러움도 체면도 없이 자기가 생각한 것을 노골적으로 지껄인 것이며, 이것은 내 가슴에 가엾다기보다 곤혹을 느끼게 했다는 편이 옳을 게다."

"무던히도 잔인한 마음이시구려!" 하고 산초가 말했다. "그렇게 인정을 모르는 분은 들은 적도 없습니다요! 나라면 조금이라도 귀여운 말을 듣기만 하면 금방 두 손을 바짝 들고 그 말을 다 들어줬을 것이 틀림없습니다요! 체, 어쩌면 그렇게 대리석 같은 마음이실까! 놋쇠 같은 배짱이고, 횟가루 같은 영혼이실까! 그리고 내가 도무지 생각할 수도 없는 것은 나리한테서 그 여자가 대체 무엇을 보았기에 그토록 반해가지고 넋을 잃었는지 모르겠다는 겁니다. 똑똑한 데가 어디 있길래, 훌륭한 데가 어디 있길래, 어떤 태도가 좋길래, 얼굴이 어디 마음에 들길래, 이런 게 하나하나가 다 좋아서 그랬는지, 그 여자가 그토록 반했다니, 정말이지 전 몇 번이나 나리를 발끝에서 머리끝까지 살펴보고 들여다보고 했는지 모릅니다요. 제 눈에 반하기는커녕 놀랄 일만 잔뜩 보였으니까 말입니다요. 게다가 여자는 반한다는 것은 아름다움이라는 것이 제일 중요한 점이라고 사람들은 말하던데, 나리에겐 대체 이렇다할 아름다운 데도 없는데 어째서 그 가엾은 여자가 홀딱 반해버렸는지 도무지 알 수가 없더란 말씀입니다요."

"알아두어라, 산초" 하고 돈 끼호떼가 대답했다. "아름다움에는 두 종류가 있다. 하나는 마음의 아름다움이고, 하나는 육체의 아름다움이다. 마음의 아름다움이라는 것은 깊은 분별과 조심성, 점잖은 태도, 관용, 몸에 밴 범절 따위에 나타나는 것으로서, 이런 미점이라는 것은 얼굴이 못생긴 사나이도 가질 수 있고, 또 존재할 수 있느니라. 이 아름다움에 눈을 돌릴 때 육체적인 그것과는 달리 격렬하고 더욱이 훨씬 뛰어난 애정이 생기는 게 상도니라. 산초여, 나는 잘생긴 사나이가 아니라는 것은 잘 알고 있다. 그러나 그렇게 심하게 못생기지도 않았다는 것도 알고 있다. 마음이 올바른 사나이에게 있어서는 아까도 말한 영혼의 자질이라는 것을 갖고 있다면 여자의 사랑을 받는 데도 도깨비가 아닌 한 충분한 것이니라."

이런 이야기를 주고받으면서 그들은 길가의 숲 속으로 들어갔다. 그런데 뜻밖에도 문득 돈 끼호떼는 자기들이 녹색 실로 엮은 그물 속에 갇혀버렸다는 것을 깨달았다. 그물은 나무와 나무 사이에 걸려 있었다. 대체 이것이 뭘까. 짐작도 못하고 산초를 돌아보면서 돈 끼호떼는 말했다.

"산초여, 보아하니 이 그물망은 사람이 상상할 수 있는 것 가운데서 진기하기 짝이 없는 모험의 하나가 될 듯한 기분을 느끼게 하는구나. 이것이 항상 나를 박해하는 마법사들이, 내가 알띠시도라에게 보인 그 냉정함에 대한 보복으로서, 그물 속에 나를 가두어 내 갈길을 막으려 하는 것이 아니라면, 내 목을 주어도 아깝지 않겠다. 비록 이 그물이 녹색 실로 짠 것이라 하더라도, 설혹 이것이 다이아몬드보다 더 단단한 것으로 되어 있다 하더라도, 설혹 질투에 미친 대장장이 신(로마 신화의 불 카누스를 말한다)이 베누스와 마르스를 붙잡은 것보다 더 튼튼한 실로 짠 것이라 하더라도, 마치 바다의 해조(海藻)나 무명실 부스러기로 만든 것처럼 금방 해어져버린다는 것을 그들에게 똑똑히 말해두겠다."

그리고 앞으로 나아가기 위해서 막 그물을 찢어 헤치려 하고 있는데 뜻밖에도 그들의 앞쪽 나무 사이에서 두 사람의 매우 아름다운 목녀(牧女)가 모습을 나타냈다. 참으로 훌륭한 견사를 넣어 파도 무늬로 짠 짧은 스커트를 입고 있었고, 어깨에 드리워진 금발이 태양빛과 아름다움을 겨루고 있었다. 그 머리 위에는 녹색 월계수 잎으로 만든 것과 붉은 맨드라미로 만든 두 개의 화관을 쓰고 있었다. 나이는 얼른 보기에 열다섯은 넘었고, 열여덟은 넘지 않은 듯했다. 그 모습을 보고 산초도 놀라고 돈 끼호떼도 아연해지고, 태양마저 이 두 소녀를 보려고 그 운행을 멈추어 주변 일대는 이상한 침묵에 빠졌다. 결국 제일 먼저 입을 연 것은 두 목녀 가운데 한 사람이었으며, 그녀는 돈 끼호떼를 향해서 말했다.

"잠시 기다려주세요, 기사님. 그건 기사님께 해를 끼치기 위해서가 아니라 다만 저희들의 위안을 위해서 친 그물이니, 제발 찢지 말아주세요. 무엇 때문에 그물 따위를 쳤느냐고 필경 물어보실 것이고, 또 저희들이 어떤 사람들인가도 반드시 물어보실 것을 알고 있으니, 간단히 말씀드리겠어요. 여기서 2레구아쯤 떨어진 마을에 꽤 지체 높은 분들과 시골 귀족님들과 돈 많은 분들이 많이 살고 있습니다만, 그분들의 친구와 친척들 사이에 자식들이나 부인들 그 밖에 이웃 사람들과 친구들과 친척들이 이 자리에 놀러 오기로 의논이 되어 있는 거예요. 이곳은 이 근처 일대에서 가장 기분 좋은 장소의 하나라서, 모두 이곳을 새로운 목가적인 아르카디아(그리스 중에서도 가장 비천한 나라. 펠로폰네소스의 일부)로 만들어서 우리 여자들은 목녀의 모습을, 남자들은 목자의 모습을 하기로 한 거예요. 우리는 두 편의 목가극(牧歌劇)을 연습했는데, 그 하나는 저 유명한 시인 가르씰라소가 지은 것이고, 다른 한 편은 훌륭한 까모에스가 지은 포르투갈 원어로 된 것입니다만, 아직은 상연하지 않고 있어요. 어제가 저희들이 이곳에 온 첫날이었지요. 그래서 나뭇가지 사이에 여러 개의 천막을 쳤는데, 그것은 들판에서 쓰는 천막으로 이 근처 초원을 적셔주는 물이 풍부한 냇가에 있답니다. 어젯밤 저희들은 이 근처 나무에다 그 그물을 쳤지요. 그건 우리가 내는 소리에 들떠서 이 그물에 잡히는 바보 같은 참새들을 속이기 위한 것이었어요. 기사님, 만일 저희들의 초대가 싫지 않으시다면 꼭 정중히 대접해드리겠어요. 왜냐하면 지금 이 자리에는 슬픔이나 근심이 들어올 까닭이 없으니까요."

그리고 입을 다물고는 그 이상 아무 말도 하지 않았다.

이에 대해서 돈 끼호떼가 대답했다.

"아름다운 아가씨들, 악타에온이 뜻밖에도 물속에서 목욕하는 디아나의 모습을 보았을 때 느낀 놀라움도 내가 그대들의 아름다움을 보았을 때 아연해진 데는 도저히 미치지 못할 것으로 짐작하오. 그대들의 즐거운 착상도, 그리고 초대도 감격스럽기 짝이 없고 깊이 감사드리는 바요. 만일 그대들에게 도움이 되는 일이라면 무슨 일이고 꼭 해드릴 테니, 무엇이건 분부하시오. 나의 본분은 모든 사람들에게, 특히 그대들의 인품이 말하는 것처럼 고귀한 분들에게 감복하고 무슨 일이든 도움이 되는 일을 해드리는 것 이외에는 없소이다. 여기 있는 이 그물은 극히 좁은 장소를 차지하고 있을 것이 틀림없으나 만일 이것이 지구 전체를 덮을 만한 것이었다면, 나는 그것을 찢고 통과하지 않기 위해 새로운 세계를 찾았을 것이오. 나의 이 표현이 조금이라도 과장된 것이라고 생각하신다면 보시오, 적어도 그대들에게 그런 약속을 하는 자가, 만일 이 이름이 그대들의 귀에 이르렀다고 한다면, 돈 끼호떼 데 라 만차라는 것을 알아주시오.”

"어마, 이 일을 어쩌지" 하고 이때 또 하나의 목녀가 말했다. "어쩜 우리에게 이런 근사한 행운이 날아왔을까. 보세요, 우리 앞에 계시는 이분을. 당신이 꼭 알아두셔야 할 것은, 이분의 온갖 무훈에 관해 현재 출판되어 나도 읽은 그 이야기가 거짓이나 엉터리가 아니라면, 이분은 현재 이 세상에 살아 있는 가장 용감하고, 가장 사랑에 괴로워하고, 가장 예의바른 분이라는 거예요. 그리고 함께 계시는 이 아저씨는 종자 산초 빤사라는 분이 틀림없을 거예요. 이분이 얼마나 우스꽝스럽고 재미있는지 도저히 따라갈 분이 없을 거예요."

"그건 사실이지" 하고 산초가 말했다. "말하자면, 내가 바로 그 어릿광대요 아가씨가 말씀하신 그 종자며, 이분이 우리 주인 어른, 다름아닌 그 얘기의 주인공이신 아까도 말씀하신 돈 끼호떼 데 라 만차 바로 그분이지요."

"어마, 이 일을 어쩌나" 하고 또 한 아가씨가 말했다. "저, 여기 머물러 계시도록 부탁드리기로 해요. 아마 우리 부모님과 형제들도 굉장히 기뻐하실 거예요. 그리고는 저도 당신이 말한 것처럼 이분의 용기와 또한 분의 재치를 사람들한테서 들어 알고 있지만, 그보다 참으로 영리하고 참으로 충실한 여인이 계신다고 들었어요. 이분이 그리워하는 공주는 둘씨네아 델 또보소라던가 하는 분인데, 온 스페인이 그분에게 아름다움의 승리를 나타내는 종려잎을 바치고 있다는 얘기였어요."

"그대의 비할 데 없는 아름다움이 그것을 약간 주저시키기는 하오만" 하고 돈 끼호떼가 말했다. "둘씨네아 공주가 승리의 종려잎을 받는 것은 당연한 일이오. 그러나 두 분은 나를 붙들기 위해서 신경을 쓰지 마시오. 왜냐하면 나의 본분로서의 다급한 의무가 어느 곳에서나 나를 천천히 쉬게 하지 않기 때문이오. "

이때 네 사람이 있는 곳에 목녀 가운데 한 사람의 동생이 찾아왔는데, 그도 마찬가지로 두 목녀의 그것과 걸맞는 매우 화려한 양치는 복장을 하고 있었다. 두 처녀는 자기들 앞에 있는 분이 그 용감한 돈 끼호떼 데라 만차 님이고 또 한 사람은 그 종자 산초라는 말을 했으며, 동생도 이미 그 이야기를 읽고 있어서 돈 끼호떼에 관해서는 잘 알고 있었다. 이 수려한 양치기 소년은 그에게 인사하고 함께 자기들의 천막으로 가시자고 말했다. 이 말에는 따르지 않을 수 없어 돈 끼호떼는 안내해주는 대로 따라갔다. 이때 마침 새를 몰아넣는 시간이 되어 그물 안에는 그 빛깔에 속아서 날아든 여러 종류의 새가 가득 차게 되었다. 그자리에 모두 화려한 양치기 복장이며 목녀의 차림을 한 30명이 넘는 사람들이 모여들었다. 그리고 금방 돈 끼호떼와 그 종자가 어떤 사람들인가를 알고 모두 적지않이 만족해했다. 왜냐하면 이미 그들은 그 이야기에 의해서 그 둘의 소문을 듣고 있었기 때문이다. 그들은 천막 안으로 들어갔는데, 거기에는 풍족하고 훌륭하고 청결한 식탁이 준비되어 있었다. 사람들은 돈 끼호떼에게 상좌에 앉는 명예를 주었다. 모두 그의 모습을 바라보았으며, 보면 볼수록 새로운 놀라움을 주었다. 이윽고 식탁보가 치워지자 돈 끼호떼는 침착한 어조로 말했다.

"사람이 범하는 가장 큰 죄가 무엇인고 하면, 어떤 사람은 오만이라고 말하겠지만 나는 흔히 세상에서 말하는 '지옥은 배은망덕의 무리들로 가득 찼다'라는 말에 따라 배은이라 하고 싶소. 이 죄악을, 나는 될 수 있는 모든 힘을 다해서, 겨우 이성(理性)을 사용하게 된 순간부터, 어떻게든 모면하려고 애써 온 사람이오. 만일 나에게 주어진 훌륭하고 착한 행동을 내가 훌륭한 행동으로 갚지 못할 경우에는 그것을 하고자 원하는 마음으로 그것을 대신하고 있소. 또 그것으로도 모자랄 경우에는, 그 기분을 밝히기로 하고 있소. 왜냐하면 자기가 받은 남의 선행을 입에 올리고 남 앞에서 발표하는 자는, 동시에 가능하면 다른 선행으로 이를 갚을 수 있는 사람이기 때문이오. 남에게서 선행을 받는 사람은 많은 경우, 주는 사람보다 아래에 서는 사람이오. 그러기에 신은 모든 것 위에 서시는 것이오. 이렇게 말하는 것은 신은 모든 사람에게 주는 분이기 때문이오. 따라서 사람들이 줄 수 있는 것은 결국 신의 그것과는 비교할 수 없는 것으로서, 천양지차가 있는 것이오. 그러나 이 모자라기 쉬운 인간이 주는 힘도 감사의 기분으로 보충할 수 있는 것이오. 그래서 나는 이 자리에서 내게 베풀어주신 은혜에 감사하면서도 도저히 그것을 갚아드릴 수 없는 자라 내 능력의 좁은 범위에서 그런대로 내가 할 수 있고 또 내 본질에 알맞는 일을 여기에 바치고자 하는 것이오. 나는 내 말에 귀를 기울이는 분들의 허락을 얻어서, 나의 오직 한 사람의 그리운 공주, 비할 데 없는 둘씨네아 델 또보소를 제외하고, 여기 계시는 목녀의 모습을 한 분들은 이 세상에서 가장 아름답고 가장 상냥한 처녀들이라는 것을 사라고사로 가는 큰길 한가운데에 서서 이틀 동안 주장하기로 하겠소."

산초는 그의 말을 한 마디도 빠뜨리지 않으려고 귀를 기울이고 있다가 큰 소리로 말했다.

"이런, 우리 주인 나리를 미치광이라고 예사로 말을 하거나 다짐하는 인간이 대체 이 세상에 있어도 괜찮을까요? 양치는 여러분들, 말씀 좀 해보세요. 아무리 영리하거나 공부를 많이 했더라도, 우리 주인 나리가 말씀하신 것 같은 그런 말을 할 마을 신부가 있을까요? 아무리 용기가 있느니 어떠니 소문이 났더라도, 여기서 우리 주인 나리가 말씀하신 것과 같은 말을 꺼낼 만한 편력 기사가 또 있을까요?"

돈 끼호떼는 산초를 돌아보았다. 그리고 얼굴을 불꽃처럼 벌겋게 해가지고 화난 듯이 소리쳤다.

"여봐라, 산초, 이 세상이 넓다고 하더라도 너는 바보에 철갑을 한 사나이고, 게다가 악의에 찼으며 악당이라는 덤까지 붙어 있지 않다고 말할 사람이 대체 있을 줄 아느냐? 누가 네게 내 말에 참견하라고 하더냐, 내가 영리하다든지 바보라든지 하는 것을 일일이 따지라고 말하더냐, 닥쳐라, 네게 말대답은 허락지 않는다. 그보다, 만일 로시난떼에 안장을 얹지 않았거든 냉큼 가서 안장이나 얹어라. 나는 내 주장을 실행하기로 한다. 누가 무슨 말을 하더라도, 도리는 내 편에 있는 이상, 내게 반대하려고 하는 자들은 모두 승산이 없는 줄 알라."

돈 끼호떼는 대단한 분노와 노여운 모습을 보이면서 의자에서 벌떡 일어났다. 뒤에 남은 사람들은 모두 어리둥절해져서, 대체 돈 끼호떼를 미치광이로 생각해야 좋을지, 올바른 정신의 소유자라고 보아야 하는지 역시 의심하지 않을 수 없었다. 결국 그들은 그런 말을 실천에 옮길 것까지는 없다, 왜냐하면 자기들은 기사님의 고마운 생각을 잘 알고 있고, 이제 새삼 기사님의 용감한 마음을 알리기 위해 새로운 행동을 하실 것까지는 없다, 기사님의 갖가지 무훈을 전하는 그 책으로써 충분하다고 말하면서 그를 달랬으나 돈 끼호떼는 자기의 뜻을 관철하겠다고 로시난떼에 올라타서 방패를 팔에 걸고 창을 옆에 낀 채 나아가 그 푸른 초원에서 그다지 멀지 않은 곳에 있는 길 한가운데에 버티고 섰다. 산초도 잿빛 당나귀를 타고 그 뒤를 따랐으며, 그 뒤에서 목자 생활을 즐기고 있는 사람들이 그의 기승스러운, 더욱이 전대미문의 도전이 어떤 결과를 가져오는가 보려고 줄줄 따라갔다.

돈 끼호떼는 길 한가운데에 버티고 서서 주변 공기가 쩌렁쩌렁 울릴 만큼 큰 소리로 외쳤다.

"내 말을 들으시오, 앞으로 이틀 동안 이 길을 지나가는, 혹은 지나가고자 하는 사람들이여, 나그네길을 걷는 사람들이여, 기사들이여, 종자들이여, 걸어가는 분들도, 말을 타고 가는 분들도 모두 들으시라! 편력의 기사 돈 끼호떼는 이 자리에서 나의 그리운 공주 둘씨네아 델 또보소를 제외하고, 이 초원과 이 숲에 사는 요정에 깃들은 아름다움과 기품은 이 세상의 모든 아름다운 기품을 훨씬 능가하는 것이라고 내 무력을 두고 주장하고자 이렇게 버티고 서 있는 것이오. 그러니, 이에 반대하는 의견을 가진 사람은, 자, 여기 있으니 상대하시라."

그는 이런 말을 두 번 되풀이했으나 두 번 다 이 말을 들은 모험자는 한 사람도 없었다. 그런데 어쩔 수 없이 그를 위해 좋으라고 일을 진행시켜온 운명 덕분인지 얼마 안지나서 말을 탄 많은 사람들의 일행이 길에 나타났다. 그들의 대부분은 손에손에 창을 들었으며 모두 한덩어리가 되어 서로 비비대기치면서 바쁘게 달려오고 있었다. 돈 끼호떼와 함께 있던 사람들은 그들의 모습을 보기가 무섭게 금방 몸을 돌려 길에서 멀리 떨어진 곳으로 달아났다. 만일 그들이 오는 것을 그대로 멍청하니 서서 기다리고 있다가는 어떤 위험이 덮칠지 모른다고 생각했기 때문이었다. 오직 돈 끼호떼만은 다부진 용기를 발휘하여 조용히 그자리에 서 있었으며, 산초 빤사는 로시난떼의 엉덩이를 방패삼아 몸을 도사렸다. 이윽고 창을 든 사람들이 바쁘게 다가왔다. 그리고 제일 앞장선 사람이 큰 소리로 돈 끼호떼에게 소리쳤다.

"이봐, 비켜! 목숨을 아낄 줄 모르는 인간은, 우물쭈물하다간 황소들에게 짓밟혀 박살나고 만다!"

"이 상놈 같으니라구!" 하고 돈 끼호떼가 외쳤다. "설혹 하라마 강변에서 자란 아무리 사나운 황소라도 나는 끄떡하지 않는다! 이 악당 녀석들, 내가 여기서 선언한 것을 그대로 곧이듣고 진실이라 고백하라. 그것이 싫다면 나와 일전을 나눌 각오를 하는 게 좋을 게다."

소몰이꾼들이 이에 대답할 겨를도 없었고, 돈 끼호떼가 설령 길을 비키고 싶었어도 그럴 여유가 없었다. 사나운 황소와 집에서 기르는 온순한 소떼를 가운데 에워싸고 내일 투우 대회가 개최되는 마을로 몰고 가는 소몰이꾼들과 그 밖의 사람들이 사태처럼 돈 끼호떼와 산초, 로시난떼와 당나귀 위를 휩쓸고 갔으므로 두 인간과 두 마리의 짐승은 땅바닥에

깔려 몸부림쳤다. 산초는 마구 짓밟히고 돈 끼호떼는 아연해졌으며, 당나귀는 걷어차이고 로시난떼도 결코 무사하진 않았다. 그래로 결국 그들은 일어났다. 돈 끼호떼는 허둥지둥 엎어지고 자빠지며 이리갔다 저리갔다 허덕거리면서 소떼를 따라다니며 큰 소리로 외쳐댔다.

"멈추어라, 게 섰거라, 이 상놈들 같으니. 단 한 사람의 기사가 여기 그대들을 기다린다. 더욱이 그 기사는 '달아나는 적에게는 은다리〔銀橋〕를 만들라'는 그런 자들과는 근본적으로 다르단 말이다."

그러나 갈길이 바빠 서둘고 있는 그 일행은 걸음을 멈추지도 않았고, 그의 협박 따윈 지난해의 구름만치도 개의치 않았다. 돈 끼호떼는 피로 때문에 그자리에 섰다가, 복수당한 것보다 더 심한 분노에 못 이겨 길바닥에 주저앉아 산초와 로시난떼와 잿빛 당나귀가 오기를 기다렸다. 이윽고 그들이 가까이 오자 주인과 종자는 저마다 말과 당나귀에 올라앉아 가짜의 혹은 엉터리 아르카디아인들에게는 작별 인사도 없이 만족하기는커녕 굴욕감에 사로잡힌 채 자기들의 길을 계속 나아갔다.

제 59 장

여기서는 돈 끼호떼에게 닥친 모험이라고 보아도 무방할 이상한 일이 다루어진다.

돈 끼호떼와 산초는 신선한 숲 그늘에서 발견한 맑은 물이 솟아나는 샘에서 먼지를 털고 피로를 풀 수 있게 되어, 그 샘가에서 당나귀와 로시난떼의 재갈끈과 고삐를 끌러 편히 해주고, 피로한 주인과 종자도 그자리에 앉았다. 산초는 얼른 식량을 넣은 부대를 끌어당겨 그가 언제나 군량이라고 부르는 것을 꺼냈다. 돈 끼호떼는 양치질을 하고 세수를 했으며 차가운 물 덕분에 지칠 대로 지친 정신을 간신히 되찾았다. 그러나 돈 끼호떼는 마음의 아픔 때문에 무엇 하나 먹으려 하지 않았으므로 산초도 눈앞에 있는 음식을 주인에 대한 체면상 손도 대지 못하고 주인이 먼저 먹기를 기다렸다. 그러나 주인이 골똘히 생각에 잠겨, 빵을 입에 가져가는 일도 입을 벌리는 일도 잊어버리고 있는 것을 보자 모든 예의 범절을 내동댕이치고 눈앞의 빵과 치즈를 닥치는 대로 뱃속에 쑤셔넣기 시작했다.

"먹어라, 나의 벗 산초여" 하고 돈 끼호떼가 말했다. "생명을 길러라. 그것은 나보다 너에게 더 중요한 일이다. 그리고 나는 이 깊은 상념과 이 불행으로 해서 이대로 죽게 내버려다오. 산초여, 나는 죽으면서 살기 위해 태어났고, 그대는 먹으면서 죽기 위해 태어났다. 내가 하는 말이 사실이라는 것을 그대가 알기 위해서는, 나에 관한 것을 잘 생각해보아라. 나는 책이 되어 출판되고, 무력에 있어서 이름을 떨치며, 행동거지는 예의바르고, 고귀한 분에게는 존경을 받고, 여자들에게는 사랑을 받으며, 더더욱 화려한 무훈으로 승리에 대한 종려의 영광을 차지하려고 의기충천해 있던 터에, 오늘 아침 그 불결하기 짝이 없는 짐승들의 발에 짓밟히고 걷어차이고 얻어맞고 했단 말이다. 이렇게 생각하니 나의 이빨은 둔해져서, 어금니조차 쓰지 못하게 되었으며 손마저 우둔해져서 무엇을 먹고 싶다는 생각은 깡그리 사라지고, 이대로 모든 죽음 가운데서 가장 참혹하게 굶어죽고 싶구나."

"그런 까닭이시라면" 하고 산초가 여전히 바쁘게 입을 우물거리면서 말했다. "나리는 '마르타는 죽어도 좋지만 실컷 먹여서 죽여라'는 속담엔 찬성하지 않는단 말씀이십니까? 저는 어차피 내 손으로 죽을 생각은 없습니다요. 그보다 자기 이빨로 가죽을 물고 필요한 만큼 끌어당기는 신발 고치는 녀석들처럼 할 작정입니다요. 말하자면, 먹으면서 하느님이 정해주신 끝장이 날 때까지 목숨을 끌고 갈 참입니다요. 나리, 아시겠습니까요, 나리처럼 자포자기가 되어 죽는 것처럼 바보 같은 짓은 없습니다요. 제 말씀을 새겨 들으시고 배를 좀 채우신 다음, 이 풀의 초록 이불 위에 편히 좀 쉬면서 한숨 주무시도록 하십쇼. 그리고 눈을 뜨셨을 때에는 얼마간 기분이 편해져 계실 테니까 말입니다요."

산초의 말이 바보의 말이 아니라 철인(哲人)의 그것처럼 여겨졌으므로 돈 끼호떼는 그렇게 하기로 하고 말했다.

"오오, 산초여, 지금부터 내가 그대에게 하는 말을 만일 나를 위해서 들어줄 생각이 된다면 더한층 힘이 날 것도 확실하고, 묵직한 나의 이 가슴도 얼마간 가벼워질 것이 틀림없다. 그것은 내가 잠자고 있는 동안 여기서 멀리 가서 로시난떼의 고삐를 손에 쥐고 그대의 엉덩이를 까내려 둘씨네아 님의 마법을 풀기 위해 그대가 스스로 그대 몸에 하지 않으면 안되는 3300차례의 매질 중에서 우선 300차례나 400차례쯤만 좀 두들겨

달라는 것이다. 그대의 무관심과 나태 때문에 저 가엾은 공주가 아직도 마법에 걸려 있어야 한다는 것은 적지않이 유감스러운 일이구나."

"그 일에 대해서는 저도 할 말이 많습니다요" 하고 산초가 대답했다. "하지만 지금은 우선 둘 다 잠이나 자도록 합시다요. 그 뒤에 어떻게 하라고 하느님이 일러주시지 않겠습니까요, 뭐. 나리께서 알아주셔야 할 일은, 자기가 예사로 자기 몸을 매질한다는 것은 정말 쓰라린 일입니다요. 하물며 맛있는 것도 신통하게 먹지 못한 몸에 매질을 할 때는 더합죠. 둘씨네아 공주님께 좀더 참아주시라고 할 수밖에 없습니다요. 그러면 정말 뜻하지 않는 때에 매질로 체처럼 구멍투성이가 된, 제 몸을 보실 수 있게 될 겁니다요. 죽을 때까지는 아무튼 살아야 하지 않습니까요? 다시 말해서, 제가 말씀드리고 싶은 것은, 저는 약속한 것은 해야겠다고 생각하면서 아직도 살아 있다는 것입니다요."

돈 끼호떼는 그에게 고마움을 표하고 조금 음식을 먹었으며 산초는 실컷 뱃속을 채우고서, 주종이 나란히 누워 잠을 청했다. 그동안 언제나 떨어질 줄 모르는 한 쌍의 친구 로시난떼와 잿빛 당나귀는 근처의 풍부한 풀을 마음껏 제멋대로 뜯어먹을 수 있었다. 두 사람은 얼마간 늦어져서야 잠이 깨어 저마다 말과 당나귀에 올라타고 거기서 1레구아쯤 떨어진 곳에 보이는 주막에 도착하려고 황급히 길을 더듬어 나아갔다. 여기서 주막이라고 한 것은, 돈 끼호떼가 언제나 어떤 주막이고간에 성이라 부르는 습관을 따르지 않고 한 말이다.

그들은 그 주막에 도착했다. 거기서 하룻밤 잘 수 있느냐고 주인에게 물었다. 주무실 수 있을 정도가 아니라 사라고사에 나가지 않으면 보지 못할 기분 좋고 대접 좋은 주막입니다요, 하고 주인이 대답했다. 그들은 말에서 내리고 산초는 주막 주인한테서 열쇠를 받아 방안에다 짐을 날랐다. 그리고 마구간으로 말과 당나귀를 끌고 가서 건초를 준 다음 벤치에 앉아 있는 돈 끼호떼에게 다른 볼일은 없을까 하고 다가갔다. 그리고 주인 눈에 이 주막이 성으로 보이지 않은 데 대해 하느님께 특별히 감사드렸다. 이윽고 저녁식사 시간이 되어 두 사람은 방으로 들어갔다. 산초가 저녁식사에 무엇을 먹여줄 참이냐고 주막 주인에게 묻자, 주인은 손님들의 구미여하에 달렸습니다, 하고 대답했다. 무엇이든 잡숫고 싶은 것을 말씀하시기만 하면 하늘을 나는 새, 땅을 걷는 새, 바닷속에 있는 생선에 이르기까지 이 주막에는 무엇이든 다 마련되어 있습니다, 하고 주인은 덧붙였다.

"그럴 것까지는 없어" 하고 산초가 대답했다. "병아리를 한두 마리 구워주면 돼. 주인 나리는 여위셔서 얼마 자시지도 않고, 나도 그렇게 터무니없는 식충이는 아니니까."

그러자 주막 주인은, 병아리는 소리개란 놈이 깡그리 채가서 지금은 한 마리도 없습니다요, 하고 대답했다.

"그렇다면 주인장, 암탉 어린 놈을 굽도록 일러주. 연하기만 하면 상관없으니까" 하고 산초가 말했다.

"암탉 어린 놈요? 이거 참!" 하고 주막 주인이 말했다.

"사실을 말씀드리면, 어제 시내로 50마리 이상이나 보내버렸지요. 하지만 암탉 어린 놈 이외의 것이라면 뭐든지 말씀해주십쇼."

"그렇다면 송아지 고기나 새끼 산양 고기는 있겠지."

"지금 집에는" 하고 주인이 대답했다. "완전히 다 떨어져서 한 조각도 없는뎁쇼. 하지만 내주에는 남아돌아갈 만큼 있을 것입니다요."

"뭐라구, 기가 차서 말도 못하겠군!" 하고 산초가 투덜거렸다. "그건 식으로 없는 것밖에 없는 가운데서 남는 것을 뺀다면 결국 소금에 절인 돼지고기와 달걀뿐이라는 얘기가 되잖아?"

"내 참" 하고 주인이 대답했다. "암만해도 손님의 머리는 둔하게 생기신 것 같군요. 내가 암탉 병아리도 없다고 했는데 달걀이 없느냐고 말씀하시니. 만일 괜찮으시거든, 무언가 다른 맛있는 걸 생각해보십쇼. 그렇게 없는 것만 찾으시지 마시고 말입니다요."

"제기랄, 빨리 결정해버리자" 하고 산초가 말했다. "그러면 뭐가 있는지 말해봐요. 쓸데없는 잔소리만 늘어놓지 말구!"

그러자 주막 주인이 말했다. "정말 틀림없이 집에 있는 것은 꼭 송아지 발처럼 보이는 쇠발톱 2개, 말하자면 쇠발톱처럼 보이는 송아지 다리가 2개 있읍죠. 이것을 가르반소 콩과 양파와 소금에 절인 돼지고기 같은 것과 섞어서 부글부글 지지게 했으니까 아마 지금쯤은 '자, 먹어다오' 하고 재촉하고 있을 겁니다요."

"그건 내거다" 하고 산초가 말했다. "아무도 손을 대선 안돼. 다른 녀석보다 값을 더 쳐줄 테니까. 왜냐하면, 발이건 발톱이건 난 그 이상 좋아하는 게 없고, 다른 것과는 비교할 수도 없거든."

"그걸 손댈 사람은 아무도 없습니다요" 하고 주막 주인이 말했다. "지금 오시는 손님들은 지체 높은 분들이라서 자기 요리사와 식량 담당관과 식량 따위를 모두 갖고 다니니까요."

"지체 높은 것으로 말한다면" 하고 산초가 말했다. "우리 주인 나리만 한 분은 아무도 없을걸. 하지만 우리 주인 나리가 하시는 일이 식량이나 술병 따윌 들고 다니지 못하게 한단 말이야. 우린 풀밭 한가운데서 자고 개암이나 비파 열매를 배불리 먹거든."

산초가 주막집 주인을 상대로 나눈 대화는 이야기를 앞으로 더 진행시켜나가서 대답해야 하므로 귀찮아서 끊어버렸다. 왜냐하면 주막 주인이 벌써 주인 어른은 무슨 일을 하고 계십니까, 하고 물었기 때문이다. 한편, 저녁식사 시간이 되어 돈 끼호떼가 방에 돌아오니 주막 주인이 앞서 말한 것처럼 잡동사니 냄비를 들고 들어왔다. 그래서 즉각 식탁에 앉아서 먹기 시작했다. 그때 얇다란 판자로 칸막이를 한 옆방에서 지껄이는 말소리가 들려왔다.

"돈 헤로니모 씨, 제발 부탁이니 저녁식사를 갖고 오는 동안 〈돈 끼호떼 데 라 만차 후편〉을 한 대목만 더 읽읍시다."

돈 끼호떼는 자기 이름을 듣자 벌떡 일어나서 옆방 사람들이 무슨 말을 하는가 귀를 기울였다. 그러자 돈 헤로니모라는 이름으로 불린 사나이가 대답하는 소리가 들렸다.

"그따위 아무 짝에도 쓸데없는 것을 뭘 하려고 읽소, 돈 후안 씨? 〈돈 끼호떼 데 라 만차〉 얘기의 전편을 읽은 사람은 후편에 흥미를 느낄 까닭이 없잖습니까?"

"그렇게 말씀하시지만" 하고 돈 후안이 말했다. "읽을 만한 가치는 있습니다. 조금도 좋은 점이 없는 나쁜 책이란 없으니까요. 그런데 이 후편에서 가장 재미없는 것은, 벌써 둘씨네아 델 또보소에 대한 사랑이 식어버린 돈 끼호떼(아베야네다의 위작(僞作)〈돈 끼호떼〉에서는 돈 끼호떼가 '사랑이 식은 기사'라 말하고 있다)를 그리고 있다는 점입니다."

돈 끼호떼는 이 말을 듣자 노여움과 분함에 못 이겨 큰 소리로 외쳤다.

"돈 끼호떼 데 라 만차가 둘씨네아 델 또보소를 잊어버렸느니, 잊어버리고 있는 것 같다느니 하고 말하는 사람이 어디 사는 누군지 모르나 그것이 진실과는 아주 멀다는 것을 내가 가르쳐드리겠소. 돈 끼호떼가 비할 데 없는 둘씨네아 델 또보소 공주를 잊어버릴 까닭도 없거니와 그의 가슴에 망각 따위가 스며들 리는 절대로 없소. 돈 끼호떼가 표방(標榜)하는 문장(文章)은 확고부동이라는 것이며, 그 본분은 매우 부드럽게 그리고 아무 힘도 사용함이 없이 그분을 수호하는 일이오."

"우리들의 말에 대답을 하신 분은 뉘시오?" 하고 옆방에서 물었다.

"돈 끼호떼 데 라 만차 그 자신을 제외하고 누가 있겠습니까요" 하고 산초 빤사가 대답했다. "그러구 주인 어른은 일단 입 밖에 낸 것은, 아니 지금부터 말씀하시려 하는 것도 꼭 실행하시는 분입니다. 다시 말해서 '지불이 좋은 사람에게는 담보물에 신경을 쓰지 않는다'고 하니까요."

산초가 이렇게 말하자 옆방 문이 열리고 풍채로 보나 어느 모로 보나점잖아 보이는 두 사나이가 들어왔는데, 그 중의 한 사람이 돈 끼호떼의 목에 두 팔을 감고 말했다. "당신의 모습은 당신의 이름을 정말 잘 나타내고 있고 당신의 이름은 참으로 당신의 모습과 잘 어울리는군요. 의심할 여지 없이 당신이야말로 여기 내가 갖고 있는 책의 저자가 말했듯이, 당신의 이름과 당신의 무훈을 가로채려는 자들에게는 참으로 안됐지만편력 기사도의 북극(北極)이자 샛별이요, 참으로 틀림없는 돈 끼호떼 데라 만차 님이 분명합니다."

그리고 친구가 들고 있는 한 권의 책을 돈 끼호떼에게 건네주었다. 돈 끼호떼는 아무 말 없이 팔랑팔랑 책장을 넘기기 시작하더니 곧 돌려주면서 말했다.

"지금 잠깐 읽어보아도 이 저자가 쓴 것에는 세 가지 비난받을 만한대목이 눈에 띄는구려. 첫째는 서문 속에서 읽은 몇마디 말투요, 둘째는전체에 사용된 말이 이따금 관사 없이 씌어 있는 것을 보면 아라곤 사투리라고 할 수 있으며, 셋째로는 이것이 가장 저자의 무지를 나타내는 것이오만 이야기의 가장 중요한 대목에서 과오를 범하거나 진실에서 멀리떨어져 있다는 것이오. 왜냐하면 이 책에서는 나의 종자 산초 빤사의 아내를 마리 구띠에르레스라고 부르고 있는데 사실은 그런 이름이 아니라떼레사 빤사라고 하오. 이렇게 중요한 대목에서 과오를 범하는 저자라면이 이야기의 도처에서 잘못을 저지르고 있을 것으로 의심해도 상관없을줄 아오만."

이에 대해 산초가 말했다.

"터무니없는 작자구나! 우리집 마누라 떼레사 빤사를 마리 구띠에르레스라고 부르는 걸 보니 우리한테 일어난 일도 어지간히 잘 알겠군. 나리, 다시 한 번 그 책을 봐주시지 않겠습니까요. 그리고 제가 그 안에 들어 있나 없나, 제 이름도 바뀌어 있나 좀 살펴봐주시면 좋겠습니다요."

"당신 말을 듣고 생각해보니" 하고 돈 헤로니모가 말했다. "당신은 돈 끼호떼 님의 종자 산초 빤사가 틀림없군."

"바로 맞았어요" 하고 산초가 대답했다. "그리구 나는 그걸 자랑으로 생각하죠."

"이 새 저자는" 하고 신사가 말했다. "당신의 인품에서 넘쳐흐르는 순수성 따위는 조금도 묘사하고 있지 않는 게 사실이오. 이 저자는 당신을 대단한 식충이요, 바보요, 조금도 재미없는 말하자면 당신 주인에 관한 얘기의 전편에 씌어 있는 산초와는 전혀 다른 인물로 묘사되어 있으니까."

"하느님께 용서를 비는 게 좋을 거다" 하고 산초가 말했다.

"나 따위는 조금도 생각지 말고 가만히 내버려두었으면 좋겠군. 종을 치는 방법을 아는 자에게 종치는 일은 맡겨두면 될 것이고 성 베드로는 로마에 있기 때문에 그렇게 끄떡없이 있을 수 있는 것이거든."

두 신사는 자기들 방으로 와서 자기들과 같이 저녁식사를 하자고 청했다. 왜냐하면 이 주막에는 그만한 인물에 알맞는 음식이 없다는 것을 알고 있었기 때문이었다. 언제나 예의바른 돈 끼호떼는 그 청을 받아들여 그들과 함께 식사를 했다. 산초는 흙냄비의 전부를 도맡고 뒤에 남았다. 식탁 윗자리를 차지한 주막 주인도 동석했는데 그도 산초 못지않게 소의 뒷다리며 발톱을 굉장히 좋아했기 때문이다.

저녁식사를 하면서 돈 후안은 돈 끼호떼에게 둘씨네아 델 또보소 공주로부터 소식이 있었느냐, 공주는 이미 결혼했느냐, 혹은 임신했느냐, 아이가 태어났느냐, 아니면 여지껏 처녀를 지켜 돈 끼호떼 님의 상냥한 마음을 아직도 마음에 새기고 정절과 순결을 지탱하고 있느냐, 등등을 물었다. 이에 대해 돈 끼호떼는 대답했다.

"둘씨네아 님은 지금도 순결하시고, 나의 생각도 그전 이상으로 확고하다오. 하지만 두 사람 사이의 교제는 예나 다름없이 소원하오. 더욱이 그 아름다운 모습은 지금 천한 농가 아가씨의 모습으로 바뀌어버렸소."

그리고 둘씨네아 공주가 마법에 걸린 경위를 상세하게 이야기하고 몬떼시노스 동굴에서 겪은 사건이며 현자 메를린이 그녀의 마법을 풀기 위해서 가르쳐준, 즉 산초의 매질에 관한 이야기 등을 덧붙였다. 돈 끼호떼가 자기 일신에 일어난 이상한 사건들을 들려주자 두 신사는 여간 기뻐하지 않았다. 그뿐 아니라 돈 끼호떼가 그러한 것을 이야기할 때의 그 멍청한 태도에 의해서 그 화술이 세련되고 우아한 데 놀랐다고 말았다. 어떤 때는 그를 지능이 뛰어난 사나이라 생각했고 어떤 때는 숙맥이 아닌가 하는 기분이 일어나곤 해서 이 사려 분별과 광기 사이의 어디쯤에 그를 두어야 하는지 판단을 하지 못하곤 했다. 산초는 저녁식사를 마치고 취해 쓰러진 주막 주인을 그대로 남겨둔 채 주인 있는 방으로 들어가서 말했다.

"나리들, 만일 나리들이 갖고 계시는 그 책의 저자가 저와 의좋게 지낼 생각만 갖는다면 저는 죽어도 상관없습니다요. 그러구 손님들이 말씀하신 것처럼 저는 식충이라는 말을 듣는 편이 주정쟁이라는 소리를 듣는 것보다 얼마나 좋은지 모르겠습니다요."

"그래, 술벌레라고 불렀더군" 하고 돈 헤로니모가 말했다. "귀에 거슬리는 말투였는데 더욱이 지금 이 자리에 있는 상냥한 산초 님의 표정으로 미루어보더라도 터무니없는 거짓말을 나열해놓고 있는 것만은 틀림없소만, 어떻게 썼던가는 기억이 안나는데."

"손님들, 이것만은 믿어주셔야겠습니다요" 하고 산초가 말했다. "그 책에 나오는 산초나 돈 끼호떼는 씨데 아메떼 베넨헬리가 쓴 얘기 속에 나오는 진짜 우리들과는 딴 인간들이 틀림없다는 것입니다요. 말하자면, 우리는 주인 어른은 용감하고 슬기롭고 사랑에 괴로워하시고, 나는 애교 있는 어릿광대지만 식충이도 주정쟁이도 아니거든요."

"나도 그렇다고 생각하고 있어요" 하고 돈 후안이 말했다. "만일 할 수만 있다면, 마치 알렉산더 대왕이 아펠레스를 제외하고는 아무도 자기 초상을 그려서는 안된다고 명령했듯이 대돈 끼호떼 님에 관한 일은 원작자 씨데 아메떼를 제외하고는 누구든 손을 대는 건방진 행위는 용서치 않는다고 명령을 내리면 좋겠습니다요."

"누구든 쓰고 싶은 사람은 쓰는 게 좋아" 하고 돈 끼호떼가 말했다. "그러나 나를 나쁘게 묘사해줘서는 곤란하지. 인내도 너무 많은 모욕을 받아들이면 찢어지기 쉬운 법이니까."

"돈 끼호떼 님을 상대로 해서야" 하고 돈 후안이 말했다. "무슨 모욕을 가했다간 혼이 나지 않고는 못 배기죠. 하기야 그것은 돈 끼호떼 님이 인내의 방패로 받아내지 못할 경우의 일입니다, 제가 보기에 당신의 인내는 매우 강하고 큰 것 같습니다.”

그날 밤의 대부분은 이런 이야기 저런 이야기로 시간을 보냈다. 돈 후안이, 좀더 그 책을 읽어보시고 어떤 것이 씌어 있나 살펴보십시오, 하고 권했으나 끝내 성공을 하지 못했다. 그는 자기가 그것을 완전히 읽어보고, 참으로 보잘것없는 것이 틀림없었다고 확인한 것으로 해두자, 또 만일 자기가 그 책을 손에 들었다는 것이 저자의 귀에 들어가서 자기가 그것을 읽은 양 기뻐하는 것은 자기의 본의가 아니다, 왜냐하면 모든 외설스럽고 추잡스러운 일에선 되도록 생각을 멀리해두어야 하는 것이고 특히 자기들의 눈은 더더욱 그래야 한다고 말했다. 이어 두 사람이 이제 어느 쪽으로 가실 생각이냐고 묻자, 돈 끼호떼는 사라고사로 가서 그 도시에서 해마다 개최되는 기마 시합에 참가할 예정이라고 대답했다. 그러자 돈 후안이, 그 신작(新作) 이야기에도 돈 끼호떼인지 누구인지가 역시 사라고사의 창던지기 시합에 참가하고 있는데, 착안도 빈약하고 문장도 서투르며 표현도 매우 힘이 없어 어리석은 소리만 잔뜩 늘어놓았더라고 말했다.

“그렇다면?” 하고 돈 끼호떼가 대답했다. “나는 결단코 사라고사에는 한 걸음도 발을 들여놓지 않기로 하겠소. 그러면 그 신작 이야기의 작가가 늘어놓은 거짓말이 널리 세상에 폭로되어 사람들은 그가 그리는 돈 끼호떼는 진짜 내가 아니라는 것을 알게 될 것이오.”

“그게 좋겠습니다” 하고 돈 헤로니모가 말했다. “그리고 바르셀로나에서도 같은 기마 시합이 있으니까 그쪽으로 가서서 돈 끼호떼 님의 무용을 보여주실 수도 있겠지요.”

“내가 생각하는 것도 바로 그것이오” 하고 돈 끼호떼가 말했다. “그런데 여러분의 양해를 얻어서 이제 나는 시간도 되었고 하니 침실로 물러갔으면 하오. 제발 나를 여러분의 새로운 친구나 종의 무리 속에 끼워주시기 바라오.”

“저도 역시 부탁드립니다요” 하고 산초가 말했다. “아마 무슨 도움이 될지도 모르니까요.”

이것으로 그들은 서로 헤어져 뛰어난 분별과 광기 사이의 이상한 교차를 목격하고 완전히 놀라버린 돈 후안과 돈 헤로니모를 뒤에 남겨놓고 돈 끼호떼와 산초는 자기들의 방으로 물러갔다. 낯선 두 사람은 이들이야말로 진짜 돈 끼호떼와 산초가 틀림없고 그 아라곤 태생의 저자가 쓴 것은 가짜라는 것을 알게 되었다.

다음날 돈 끼호떼는 새벽같이 일어나서 칸막이용 벽을 두드려 두 나그네에게 작별 인사를 했다. 산초는 주막 주인에게 돈을 치르고, 앞으로는 주막에 저장해둔 음식물을 좀더 넌지시 자랑하거나 아니면 그만큼 풍부히 갖다놓으라고 충고했다.

제 60 장

돈 끼호떼가 바르셀로나로 가는 도중에서 일어난 일에 대해서.

돈 끼호떼가 주막을 나선 것은 상쾌한 아침이었으며, 낮에도 마찬가지로 시원할 듯한 기미를 보이고 있었다. 사라고사에 들르지 않고 바르셀로나로 가는 가장 가까운 길을 미리 알아놓았는데, 자기를 마구 헐뜯는 글을 써놓았다는 그 신작 이야기의 저자가 늘어놓은 거짓말을 폭로시키겠다는 그의 심기는 그토록 험악했던 것이다. 아무튼 그로부터 엿새 뒤에, 이렇다 할 적을 만한 일도 일어나지 않는 엿새째 마지막에, 길에서 옆으로 빠져 참나무인지 코르크 참나무인지 모르는 숲 사이를 지나가고 있을 때 밤이 되었다. 하기야, 이 점에 대해서는 원작자 씨데 아메떼도 평소에 다른 상황을 적을 때와는 달리 그다지 정확다고는 할 수 없다.

주인과 종자 두 사람은 말과 당나귀에서 내려 나무 그늘에서 쉬었는데, 이미 그날 점심을 잔뜩 먹어둔 산초는 서둘러 잠의 문 안으로 들어가버렸다. 그러나 허기보다 잇따라 일어나는 온갖 상념 때문에 돈 끼호떼는 눈을 붙일 수가 없었다. 그뿐 아니라 오히려 그는 그 상념과 더불어 여기저기 온갖 장소를 왔다갔다하고 있었다. 어떤 때는 몬떼시노스의 동굴에 가 있는 듯한 기분이 들었고, 어떤 때는 농가의 여자로 모습이 바뀐 둘씨네아가 당나귀에 폴짝 뛰어오르는 모습을 보고 있는 듯한 느낌도 들었으며, 또 어떤 때는 둘씨네아의 마법을 풀기 위한 조건이나 방법을 가르쳐준 현인 메를린의 말이 귀에 쩌렁쩌렁 울려오고 있는 듯한 기분도 들었다. 그러자 그는 자기 종자의 나태와 무자비가 생각나서 갑자기 신경질이 났다. 그가 믿기로는 산초는 기껏해야 다섯 번인가 자기 몸을 매질했을 뿐일 것이며, 그것은 아직 남아 있는 그 숱한 매질에 비하면 참으로 균형이 잡히지 않도록 적은 숫자였다. 이것으로 그만 속이 상하고 부아가 나서 혼자 생각했다. '알렉산더 대왕이 자르거나 끄르거나 마찬가지라면서 고르디안의 매듭을 잘랐지만, 그러면서도 결국 전아시아 최대의 군주가 된 것을 보면 저녀석에게는 안됐지만 만일 산초를 내가 매질한다고 하더라도 둘씨네아의 마법을 푸는 데 있어서는 그와 마찬가지의 효과가 있을 것이다. 왜냐하면 이 마법을 푸는 조건이 산초가 3300번의 매를 맞는 데 있다면, 저녀석이 자기 손으로 매질을 하건 남이 매질을 하건 나로 봐서는 마찬가지가 아닌가. 누구의 손으로 맞던지, 요컨대 저녀석이 그만한 매를 맞는다는 그 자체가 중요한 점이거든.'

이런 생각을 하고 먼저 로시난떼의 고삐를 끌러 그것으로 채찍질 할 수 있도록 만들어서는 슬금슬금 산초에게 다가가 그의 바지끈을 끄르기 시작했다. 소문에 의하면 그는 앞쪽에만 끈을 달아 거기에 폭넓은 반바지를 매달고 있었다고 한다. 그러나 그가 가까이 가자마자 산초는 눈을 뜨고 정신을 차려 말했다.

"이건 뭐야. 나한테 손을 대고 바지끈을 끄르는 건 누구야!"

"나다" 하고 돈 끼호떼가 대답했다. "그대의 태만을 보충하고 내 마음의 고민을 줄이기 위해서 왔다. 산초여, 그대를 매질해서 그대가 지고 있는 부채를 가볍게 해주기 위해서 왔다. 둘씨네아는 지금 괴로워하고 있다. 그대는 아무 탈 없이 살아 있다. 나는 기다리다가 죽을 지경이다. 그러니 너 스스로 바지를 벗어라. 나의 뜻은 적어도 인기척 없는 장소에서 2000번쯤 그대를 매질할 생각이다."

"그건 안됩니다요" 하고 산초가 말했다. "나리는 조용히 하고 계십쇼. 그렇지 않으면 진짜 하느님을 두고 내 목소리가 귀머거리에게도 들릴 만큼 큰 소리를 내고 말 테니까 말입니다요. 그러구 제가 맞아야 할 매는 납득을 시켜가며 해야지 힘으로는 안됩니다요. 그런데 지금 당장 나 자신에게 매질할 생각은 없습니다요. 그러니 제가 그럴 기분이 되었을 때 마구 매질한다는 약속을 헤드린 것만으로 족하잖겠습니까요."

"그대의 범절에 그걸 맡겨둘 수는 없다, 산초" 하고 돈 끼호떼가 말했다. "왜냐하면 그대의 마음은 완고하고 농사꾼인 주제에 몸은 매우 부드러운 사나이라서 말이다."

그리고 돈 끼호떼는 산초의 바지끈을 끄르려고 안간힘을 썼다. 그러자 산초 빤사는 벌떡 일어나서 주인에게 매달려 힘껏 그를 껴안고 번쩍 들어 반듯하게 땅바닥에 내동댕이쳤다. 그리고 가슴패기를 오른쪽 무릎으로 꾹 누르고 두 손으로 상대편의 두 손을 꽉 쥐어버렸으므로 주인은 몸을 움직일 수도 숨을 쉴 수도 없게 되었다. 돈 끼호떼가 소리쳤다.

"대체 이 무슨 짓이냐? 이 배신자! 그대의 주인이자 주군인 나에게 대항하느냐, 그대에게 빵을 베풀어주는 자에게 적대하느냐!"

"저는 임금님을 쓰러뜨리지도 않거니와 세우지도 않습니다요" 하고 산초가 대답했다. "그보다 저를 도우려는 것입죠. 제 주인은 저 자신이니까요. 나리는, 조용히 하겠다, 지금은 매질하지 않겠다고 약속해주십쇼. 저는 나리를 놓지도 않고 풀어드리지도 않을 테니까요. 만일 그렇지 않다면

    도냐 산차의 원수자 모반자
    그대는 여기서 죽으리라

가 되고 맙니다요."

돈 끼호떼는 그렇게 약속하고, 내 그리운 공주의 목숨을 두고, 그대의 옷깃에도 손대지 않겠다, 언제라도 형편이 좋을 때, 그것도 그대의 자유의사에 따라 매질을 하도록 하겠다고 다짐했다. 산초는 일어나서 좀 떨어진 곳으로 몸을 피했다. 그리고 나무에 기대려고 하는데 머리에 무엇인가 닿는 것을 느끼고 손을 들어 만져보니, 신과 양말을 신은 사람의 두 다리였다. 그래서 질겁을 하고 다른 나무로 달려갔는데, 거기서도 역시 같은 일이 일어났다. 그는 살려달라고 소리 질러 돈 끼호떼를 불렀다. 돈 끼호떼가 와서 대체 무슨 일이냐, 무엇을 그렇게 무서워하느냐고 묻자 이 근처의 나무란 나무에는 모두 사람의 다리가 주렁주렁 매달려 있습니다요, 하고 대답했다. 돈 끼호떼는 그 다리들을 만져보고 곧 그것이 무엇인가 알고는 산초를 돌아보고 말했다.

"뭐 아무것도 무서워할 필요는 없다. 그대가 손으로 만져보고 눈으로는 보지 못한 이들 사람의 다리는 의심할 여지 없이 이 나무에서 교수형을 받은 도망자나 도둑들이 틀림없다. 이 근처에서는 그런 자를 잡으면 20명이면 20명, 30명이면 30명을 함께 처형하는 것이 관례가 되어 있느

니라. 이런 일로 미루어 바르셀로나 가까이에 와 있는 것이 분명하다."

사실 그가 상상한 대로였다.

날이 샌 뒤 머리 위를 쳐다보니 근처의 나무에 매달려 있는 것은 모두 도둑들의 시체였다. 이미 이때는 환하게 날이 밝은 뒤였는데, 시체가 두 사람을 놀라게 한 것에 못지않게 뜻밖에도 그들을 에워싸고 까딸라니아 말로, 두목이 올 때까지 꼼짝말고 게 섰거라, 하고 외치면서 40명 가까운 살아 있는 산적들이 그들을 놀라게 했다. 돈 끼호떼는 맨땅에 서 있는 데다가 말의 재갈은 끄른 채였으며 창은 나무에 세워놓았으니, 요컨대 아무런 방비 태세도 되어 있지 않았다. 그래서 좋은 기회가 올 때까지 팔짱을 끼고 고개를 숙인 채 얌전하게 있는 것이 상책이라고 생각했다. 도둑들은 당나귀 있는 데로 가서 이것저것 뒤져보더니 실어놓았던 안장 부대며 가방 속에 넣어둔 것을 하나도 남김없이 모조리 꺼냈다. 그러나 산초로 봐서 다행한 일은 공작한테서 받은 에스꾸도와 자기 집에서 가지고 나온 에스꾸도는 모두 두른 복대 속에 넣어두었다는 점이었다. 이 행실 좋은 인간들은 그를 발가벗겨 피부와 살 사이에 숨겨둔 것까지도 찾아낼 기미를 보였으나 마침 그때 그들의 두목이 나타나 겨우 화를 면할 수가 있었다. 두목이라는 자는 서른네 살쯤 되어 보였으며, 다부지게 생기고 중키보다 조금 크고 눈초리가 날카로운 거무데데한 사나이였다. 튼튼한 말을 타고 사슬 갑옷을 몸에 둘렀으며 이 지방에서 새총이라고 부르는 네 자루의 권총을 옆에 차고 있었다. 그가 자기의 부하들이 산초를 약탈하려 하고 있는 것을 보고 그만두라고 명했기 때문에 덕분에 복대는 무사했다. 창은 나무에 기대어 세워져 있고 방패는 땅바닥에 놓여 있었으며 무장한 채 생각에 잠긴 돈 끼호떼의 마치 우울 그것이 사람의 모습을 빌린 듯한 비통하기 짝이 없는 우울한 표정을 보고 그는 적지 않이 놀랐다. 그래서 성큼성큼 돈 끼호떼 앞으로 다가가서 말을 건넸다.

"그렇게 슬퍼할 건 없소. 그대는 폭군 오시리스(외래자를 제우스의 제단에 희생 물로 바치기를 상습으로 한 그 리스 신화의 브시리스의 잘못인 것 같다) 같은 인간에게 잡힌 것도 아니고, 엄하다기보다 차라리 인정 많은 로께 기나르뜨(뻬로뜨로께 기나르뜨라고 하며 17세기초 까딸라니아 지방에서 설친 실제의 도적)에게 붙잡혔으니 말이오."

"나의 우울은 그대의 손에 잡혔기 때문이 아니다" 하고 돈 끼호떼가 말했다. "오오, 용감한 로께여, 그대의 명성은 널리 퍼져서 멎을 줄을 모른다. 그러나 나의 우울은 싱겁게 그대의 부하들에게 잡힐 만큼 마음을 놓고 있었다는 데 있다. 하물며 내가 받드는 편력 기사도의 법도에 따라 24시간내 스스로를 보장하며 항상 경계하면서 살아가야 할 나로서는 더하지. 오오, 위대한 로께여, 만일 내가 마상에 있어서 창과 방패를 들고 있었다면, 나를 항복시킨다는 것은 그리 쉽지 않았으리라는 것을 그대는 알아주었으면 한다. 공명과 수훈을 천하에 떨치고 있는 돈 끼호 떼 데 라 만차가 바로 나다."

로께 기나르뜨는 즉각 돈 끼호떼의 약점이 허풍을 떠는 용기보다 오히려 광기에 있다는 것을 눈치챘다. 여태까지 몇 번인가 그의 이름을 사람들의 입을 통해서 듣고는 있었으나 그의 갖가지 기행을 곧이들은 적도 없고 그런 우스꽝스러운 생각이 한 사나이의 마음을 차지한다는 것도 납득할 수 없었다. 그러나 여태까지 멀리서 소문만 듣던 인물을 가까이 사귀게 되어 그를 만난 것이 여간 반갑지 않았다. 그래서 그는 말했다.

"용감한 기사님, 당신이 지금 빠져 있는 이 불행한 운명에 그렇게 신경을 쓸 것도 없고 비운으로 생각할 것도 없습니다. 오히려 이 좌절로 당신의 비틀린 운이 바로잡힐 수 있을지도 모르니까요. 하늘은 도저히 인간의 상상이 미치지 못하는 신기하고 본 적도 없는 곡절을 거쳐 전락한 자를 일으켜세우고 가난한 자를 부자로 만드는 것이 보통이거든요."

돈 끼호떼가 막 그에게 감사의 뜻을 표하려 했을 때, 등 뒤에서 다급한 무리의 말발굽 소리가 들려왔다. 그러나 실은 단 한 마리의 말이었으며, 스무 살이 될까말까 하는 젊은이가 전속력으로 달려오고 있었다. 금실의 장식 끈이 달린 녹색 공단 의복, 폭 넓은 바지, 짧은 외투, 네덜란드풍으로 삐딱하게 깃장식이 나부끼는 모자, 초를 먹인 꼭 맞는 장화, 금빛으로 빛나는 박차, 단도, 칼을 찬 데다가 손에는 한 자루의 소형총, 양겨드랑이 밑에는 두 자루의 권총을 차고 있었다. 그 소리에 로께가 얼굴을 돌려 이 아름다운 모습을 보고 있는데, 젊은이가 가까이 와서 말했다.

"오오, 용감한 로께 님, 제 불행의 구제까지는 안되더라도 짐이라도 덜어주셨으면 하고 찾아뵈러 왔습니다. 언제까지나 당신을 궁금하게 만들지 않기 위해서 제 이름부터 말씀드리겠어요. 저는 끌라우디아 헤로니마라고 하며 로께 님의 친구 시몬 포르떼의 딸이에요. 아버지는 끌라우 껠 또르레야스와 앙숙인데 이자는 로께 님으로 봐서도 반대당의 한 사람이고 적인 줄 알고 있어요. 로께 님도 아시다시피 이 또르레야스에게는 돈 비쎈떼 또르레야스라고 부르는, 혹은 적어도 두 시간 전까지는 부르고 있던 아들이 있습니다.

"저의 불행한 얘기를 간단히 줄여서 제 신상에 일어난 일을 몇 마디 말씀드리겠어요. 이 젊은이는 저를 한 번 보고 저에게 접근해왔으며 저도 그의 말에 귀를 기울여 아버지의 눈을 속여가며 사랑을 했습니다. 아무리 집안에만 틀어박혀 얌전하게 살고 있더라도 앞뒤 분별과 사랑의 상념을 상대편에게 호소하고 실현하려는 시간까지 없는 여자는 없으니까요. 그래서 그분은 제 남편이 되겠다, 저는 그분의 아내가 되겠다고 약속했지요. 하지만 그 이상 진전된 일은 두 사람 사이에 없었어요. 그런데, 어제 일입니다만, 그분이 제게 한 약속을 잊어버리고 다른 여자와 결혼한다는, 더욱이 오늘 아침에 혼례식이 거행된다는 소식이 들려오지 않겠어요? 이 소식을 듣고 저는 그만 흥분해서 앞뒤 분별을 잊고 말았답니다. 다행히 아버지가 이곳에 안 계셔서 지금 보시듯이 아버지의 옷을 입고 이 말의 걸음을 재촉하여 여기서 1레구아쯤 되는 곳에서 돈 비쎈떼에게 달려들어 원망스러운 말 한 마디도 하지 않고 그쪽의 변명도 듣지 않고 그분에게 이 총을 쏘고, 이 두 자루의 권총을 쏘아댔습니다. 제 생각에 그분의 몸에 두 발 이상의 총알이 박혔을 것이 틀림없어요. 다시 말씀드려서, 이렇게 제 명예가 피투성이가 되어 빠져나오는 출구를 그분의 몸에 뚫어놓고 만 거예요. 저는 하인들에게 그분을 남겨놓고 왔습니다만, 하인들은 그분을 돌보려고 일어설 용기조차 없었습니다. 그래서 저는 프랑스로 건너갈 도움을 주십사고 로께 님을 찾아 이렇게 왔습니다. 그쪽에 가면 신세를 질 친척이 계십니다. 그리고 또 돈 비쎈떼의 많은 패거리들이 아버지에게 무법적인 복수를 하지 못하도록 아버지를 지켜주십사고 부탁하려고 이렇게 찾아뵈러 온 거예요."

아름다운 끌라우디아의 이 늠름하고 씩씩하고 늘씬한 몸매, 그리고 일어난 사건 등에 눈이 둥그래진 로께가 입을 열었다.

"자, 갑시다, 아가씨, 나와 함께 당신의 원수가 과연 죽었나 확인하러 갑시다. 그런 다음에 당신을 어떻게 도와드릴 수 있는가 생각해보기로 합시다."

끌라우디아의 말과 로께 기나르뜨의 대답에 줄곧 가만히 귀를 기울이고 있던 돈 끼호떼가 입을 열었다.

"이 처녀를 보호하기 위해 다른 사람이 일부러 나설 것은 없소. 내가 몸소 맡으리다. 말과 무기를 내게 주시고, 잠시 이곳에서 기다리시오. 나는 그분을 찾아가서 생사여하를 막론하고, 이와 같이 아름다운 처녀에게 맹세한 말을 틀림없이 실행시키도록 하겠소."

"아무도 이 말씀을 의심해선 안됩니다요" 하고 산초가 거들었다. "왜냐하면, 우리 주인 어른은 결혼 중개에 대단한 수완을 갖고 계시니까 말입니다요. 그 증거로 얼마 전에도 역시 아가씨에게 한 약속을 취소한 어떤 사내를 결혼시키셨습니다요. 만일 우리 주인 어른을 따라다니고 있는 마법사 녀석들이 그 젊은이의 진짜 모습을 하인들의 모습으로 바꾸어놓는 짓만 하지 않았더라면 지금쯤 그 아가씨는 이제 아가씨가 아닐 것입니다요."

로께는 아름다운 끌라우디아의 사건으로 머리가 가득 차 있었으므로 이 주인과 종자의 말 따위에는 귀도 기울이지 않았다. 그리고 자기 부하들에게 당나귀에서 빼앗아온 것을 남김없이 산초에게 돌려주게 하고는 다시 간밤에 묵었던 장소로 모두 철수하라고 말했다. 그리고 끌라우디아와 함께 전속력으로 상처를 입었거나 아니면 죽었을 것으로 여겨지는 돈 비쎈떼를 찾아서 출발했다. 마침내 끌라우디아가 그를 만난 장소에 도착했을 때 거기에는 얼마 전에 흘린 듯한 핏자국이 있을 뿐 그의 모습은 보이지 않았다. 그러나 여기저기 찾아보니 한 언덕 위에 몇 사람의 그림자가 눈에 띄었다. 돈 비쎈떼의 일행으로 죽었는지 살았는지 알 수 없으나 하인들이 그를 치료하거나 혹은 매장하려 하고 있는 듯이 짐작되었다. 과연 그러했다. 두 사람은 그들에게 따라붙으려고 말에 속도를 가했는데 저쪽 사람들이 느릿느릿 걸어가고 있어서 쉽게 따라붙을 수가 있었다. 가 보니 돈 비쎈떼는 하인들의 팔에 안겨 지쳐서 힘없는 목소리로 이 상처의 아픔으로는 도저히 더 나아갈 수 없으니 여기서 이대로 죽게 해달라고 애원하고 있었다.

끌라우디아와 로께는 각각 말에서 뛰어내려 돈 비쎈떼에게 달려갔다. 하인들은 로께의 모습을 보고 겁에 질렸으며 끌라우디아는 돈 비쎈떼의 모습을 보고 마음의 동요를 누르지 못했다. 그래서 반은 상냥하게 반은 정색한 표정으로 그의 두 손을 잡으면서 말했다.

"만일 우리의 약속대로 당신이 이 손을 내게 주셨던들 이렇게는 되지 않았을 것을."

상처를 입은 사나이는 거의 감겨진 눈을 간신히 뜨고 끌라우디아라는 것을 알자 대답했다.

"착각을 일으킨 아름다운 아가씨, 나를 해친 사람이 당신이라는 것을 잘 알고 있소. 그러나 이런 심한 변을 당해야 할 내 마음이 아니었소, 마음뿐 아니라 실제의 행동에 있어서도. 나는 한 번도 당신에게 상처를 입힐 생각을 해본 적이 없고 또 그렇게 할 수도 없는 나였소."

"아니, 그럼 오늘 아침 돈 많은 발바스뜨로의 따님 레오노라와 결혼하기로 되었었다는 것은 사실이 아니었나요!" 끌라우디아가 소리쳤다.

"전혀 그런 일은 없었소" 하고 돈 비쎈떼가 대답했다. "그런 소식을 당신에게 가져가서 당신이 질투에 사로잡혀 내 생명을 빼앗도록 한 것은 결국 나의 악운 탓이 틀림없소. 나는 당신의 두 손과 두 팔에 내 생명을 맡겨 오히려 행운이라고 지금은 생각하고 있소. 이것이 진실이라는 것을 똑똑히 알고 싶다면, 이 손에 힘을 주어 나를 당신의 남편으로서 싫지 않다면 받아들여주시오. 당신이 나한테서 받았다고 생각하고 있는 그 굴욕에 대해서 내가 할 수 있는 해명은 이것밖에 없으니까."

끌라우디아는 그의 손을 꼭 쥐었다. 그러자 그녀의 심장이 죄어져서 돈 비쎈떼의 피투성이 가슴에 그대로 엎어져 까무러치고 말았으며 돈 비쎈떼는 임종의 경련을 일으켰다. 로께는 곤혹에서 헤어날 바를 몰랐다. 하인들은 얼른 물을 길어와서 두 사람의 얼굴에 끼얹었다. 끌라우디아는 정신을 차렸으나 비쎈떼는 끝내 회복하지 못하고 이미 숨이 끊어져 있었다. 끌라우디아는 정다운 남편이 이제 이 세상에 없다는 것을 확실히 깨닫자 사방의 공기를 휘저어놓는 한숨과 하늘에도 닿을 울음 소리를 내면서 자기의 머리칼을 쥐어뜯어 바람에 휘날리고 자기 손으로 얼굴을 할퀴면서 비탄에 젖은 마음은 상상할 수 있는 한의 격렬한 괴로움과 비탄의 모습을 그대로 드러내며 진정할 줄을 몰랐다.

"아아! 어쩌면 나는 이렇게도 잔인하고 철딱서니 없는 여자일까!" 하고 그녀는 소리쳤다. "그런 그릇된 생각을 어쩌면 그렇게도 경솔하게 실행할 기분이 들었을까! 아아, 미친 듯 사납게 설치는 질투의 힘이여, 가슴 속에 그대를 받아들일 자를 어쩌면 이렇게도 자포자기의 종말로 이끌어가느냐! 아아, 나의 그리운 님아, 나를 사랑하신 탓으로, 당신의 불행한 숙명 탓으로, 결혼의 침상에서 곧장 무덤으로 가버리시다니!"

끌라우디아의 한탄은 가슴을 후벼파듯 참으로 비통하기 짝이 없었으므로, 어떤 경우에도 눈물을 흘리는 일이 없었던 로께마저 마침내 눈물을 흘렸을 정도였다. 하인들도 울고 끌라우디아가 계속 까무러치곤 했으므로 이 지역 일대가 슬픔의 들판처럼, 불행의 땅처럼 여겨질 정도였다. 이윽고 로께 기나르뜨는 하인들에게 거기서 멀지 않은 그의 부친이 사는 마을로 돈 비쎈떼의 시체를 운반해가서 무덤에 매장하라고 명령했다. 끌라우디아는 자기 숙모가 원장으로 있는 수도원에 들어가서, 또 한 사람의 보다 훌륭한 영혼의 남편을 섬기며 생애를 마치고 싶다고 로께에게 말했다. 그러자 로께는 그녀의 훌륭한 결의를 칭찬하고 그녀가 가고 싶다는 곳까지 바래다주겠다, 그리고 그녀의 아버지를 돈 비쎈떼의 친척들은 말할 것도 없고 누구든 위해를 가하고자 하는 자에게서 수호해주마고 약속했다. 그러나 끌라우디아는 그가 함께 가주는 것이 암만해도 내키지 않아서 되도록 정중한 말로 그의 제의를 거절했다. 그래서 돈 비쎈떼의 하인들은 주인의 시체를 운반해가고 로께는 자기 부하들이 있는 곳으로 돌아갔다.

끌라우디아 헤로니마의 사랑은 이렇게 결말이 지어졌다. 그러나 그녀의 슬픈 사랑 이야기의 줄거리를 엮어낸 것이 이기기 어렵고 질투의 사나운 힘이고 보면 하등 이상할 것도 없는 일이다.

로께 기나르뜨가 돌아와 보니 부하들은 그가 명령해둔 장소에 집합해 있었고 돈 끼호떼는 로시난떼에 올라앉아 그들에게 영혼을 위해서나 육체로 보아서나 이런 위험한 생활은 그만두는 것이 좋다는 일장의 연설을 늘어놓고 있는 중이었다. 그러나 그들의 대부분이 가스꼬뉴 사람들로 무모하고 타락한 인간들로 돈 끼호떼의 말 따위에는 아예 코방귀를 뀌는 형편이었다.

로께는 그곳에 이르자 즉각 당나귀에서 빼앗은 산초의 귀중한 보물을 되돌려주었느냐고 부하들에게 물었다. 그러자 산초가, 돌려주기는 했으나 세 개의 도시만한 값어치가 있는 세 개의 머리 수건만은 아직 돌려받지 않았다고 대답했다.

"이봐요, 무슨 소리야. 어처구니없게!" 하고 부하 한 사람이 말했다. "그건 내가 갖고 있는데 기껏해야 3레알 값어치나 될까말까 한 물건 아냐."

"그 말은 맞다" 하고 돈 끼호떼가 말했다. "그러나 그것을 우리에게 준 분이 분이니만큼 나의 종자는 방금 말한 대로 소중히 여기고 있는 게야."

로께 기나르뜨는 곧 그것도 돌려주라고 명령했다. 그러고는 부하들을 한 줄로 나란히 서게 하고 저마다 옷에 지닌 귀중품이며 돈이며 최근의 분배 이후에 빼앗은 것을 모두 앞에 내놓으라고 명령했다. 그리고 그것들을 재빨리 값을 쳐 나가더니 나눌 수 없는 것은 돈으로 바꾸어 공정히 갈라 조금이라도 많거나 모자라거나 하는 일이 없도록 매우 정확하고 신중히 전원에게 분배했다. 그것이 끝나고 모두가 돈을 받아 만족해하고 있을 때 로께는 돈 끼호떼를 돌아보고 말했다.

"만일 이 분배를 이런 식으로 정확하게 하지 않는다면 도저히 이 인간들과 같이 살아갈 수 없지요."

이 말을 듣고 산초가 말했다.

"내가 보아도, 설령 도둑놈들 사이라도 공평하게 하지 않으면 안되니까. 역시 공평이라는 것은 좋기는 좋은 일인가 보죠."

부하 하나가 이 말을 듣고 화승총 개머리판을 휘둘렀다. 만일 이때 로께 기나르뜨가 소리를 질러 중지시키지 않았더라면 산초의 머리는 박살이 났을 것이다. 산초는 저도 모르게 간이 콩알만해져서 이런 인간과 있을 때에는 섣불리 입을 열지 말아야지, 하고 속으로 다짐했다.

마침 그때 한길 이곳저곳에 배치되어 있던 감시원 몇 사람이 돌아와서 두목에게 보고했다.

"두목 여기서 그다지 멀지 않은 바르셀로나 큰 길로 꽤 많은 사람들이 오고 있는뎁쇼."

이에 대해서 로께가 대답했다.

"그게 우리를 찾으러 나온 인간들인가, 아니면 우리가 찾고 있는 인간들인가, 어느 쪽인지를 넌 아느냐?"

"우리 쪽에서 찾고 있는 인간들입죠" 하고 부하가 대답했다.

"좋아, 모두 나가라" 하고 로께가 받았다. "그리고 당장 이리로 그들을 끌고 오는 거다, 한 사람도 놓쳐서는 안돼."

부하들이 나가자 돈 끼호떼와 산초와 로께 세 사람만이 남아 부하들이 어떤 자들을 데리고 오나 기다렸다. 이렇게 기다리고 있는 동안 로께는 돈 끼호떼에게 말을 건넸다.

"아마 돈 끼호떼 님은 우리의 생활이나 모험이나 사건이나, 이 모든 위험한 일을 참으로 색다르고 진기하다고 생각하셨겠지요. 그렇게 생각하셨다고 하더라도 조금도 이상할 것은 없습니다. 사실 털어놓고 말입니

다만, 우리 생활처럼 늘 불안하고 조용하지 못한 것도 없거든요. 내가
이런 생활에 들어온 것은 아무리 온순한 마음의 소유자라도 참을 수 없
는 심한 복수의 일념이 있었기 때문입니다. 나는 원래 눈물이 많은 상냥
한 사람이었지요. 그러나 방금 말한 것처럼 어떤 사람에게서 받은 굴욕
에 대한 복수를 하겠다는 일념이 온순한 내 성질을 고스란히 진흙칠해서
나는 양심을 어기고 이런 생활을 감수하게 됐습니다. 그러나 하나의 심
연이 다른 심연을 부르고 하나의 죄악을 부르듯이, 복수가 복수에 이어
져 이제는 나의 복수뿐 아니라 남의 복수까지 맡게 되었습니다. 그러나
고마우신 하느님의 뜻으로 나는 이렇게 너절한 미로의 한가운데 있으면
서도 여기서 안전한 항구로 나가고 싶다는 희망만은 지금도 잃지 않고
있지요."

돈 끼호떼는 로께가 이렇게 훌륭하고 도리에 맞는 말을 하는 것을 보
고 은근히 감탄했다. 왜냐하면 이렇게 남의 것을 훔치거나 사람을 해치
거나 강도질을 하는 것을 업으로 삼는 인간들 사이에 멀쩡한 머리를 가
진 사람이 있을 까닭이 없다고 생각하고 있었기 때문이다. 그래서 대답
했다.

"로께 님, 건강의 시초는 자기의 병을 알고 아울러 의사가 처방해주는
약을 먹고자 생각하는 곳에 있는데, 그대는 앓으면서도 자기의 병을 잘
알고 계시는구려. 그런데 하늘은, 아니 더 적절하게 말하면 신은 우리의
의사님이시라, 아마 그대에게도 병을 고치는 약을 주실 것이 틀림없소.
그런 약은 보통 서서히 효력을 나타내는 것으로 결코 갑자기 듣거나 기
적으로 고쳐지거나 하는 일은 없는 법이오. 게다가 사려깊은 죄인이라는
것은 어리석은 죄인보다 올바른 길로 되돌아가는 것이 빠른 법이오. 그
런데 그대의 말을 들어보니 꽤 사려깊음을 보여주었으므로 오직 용기를
갖고 양심의 병이 낫기를 기다리면 될 것으로 아오. 만일 그대가 지름길
로 가서 구원(救援)의 길로 한시바삐 들어가기를 바라신다면 나를 따라
오시오. 편력 기사가 되고자 하는 길을 내가 가르쳐드리겠소. 그 길에는
이겨내야 할 숱한 고난과 불행이 있는데 그걸 고행이라고만 생각한다면
금방 그대는 천국으로 들어갈 수 있을 것이오."

로께는 돈 끼호떼의 충고를 듣고 빙긋이 웃고는 화제를 바꾸어 끌라우
디아 헤로니마의 비극적인 사건을 이야기했다. 그것을 듣고 산초는 매우
슬퍼했다. 그는 그 처녀의 아름다움과 발랄함과 씩씩함에 마음이 끌렸기

때문이다.

이때 사람들을 데리러 갔던 부하들이 말을 탄 두 기사와 도보로 걸어 오는 두 순례자와 걷는 사람 말 탄 사람 해서 여섯이나 되는 종복을 거 느린 부인들이 탄 한 대의 마차, 그리고 두 신사가 데리고 있는 당나귀 를 모는 두 젊은이를 끌고 왔다. 부하들은 그들을 한가운데에 에워싸고 붙잡은 사람도 붙잡힌 쪽도 서로 끽소리 없이 대로께 기나르뜨가 입을 열기를 기다렸다. 로께는 먼저 신사들을 향해서 이름이 무엇이며, 어디 로 가는 길이며, 돈은 얼마나 가졌느냐고 물었다. 그들 중의 하나가 대 답했다.

"우리는 스페인의 보병대 대위며, 우리 부대는 지금 나폴리에 있소. 거기서 우리는 시칠리아로 가라는 명령을 받고 바르셀로나에 정박하고 있다는 네 척의 갤리선을 타려고 가는 길이오. 돈은 한 2,300에스꾸도 갖고 있지요. 우리 생각으로는 이만하면 부자라 생각하며 만족해하고 있 다오. 군인은 가난하므로 이보다 더한 축재는 도저히 허용되지 않으니까 요."

이어 로께는 대위들에게 한 것과 같은 질문을 두 순례자에게 했다. 그 러자 로마로 가는 배를 타러 가는 길이며, 가진 돈은 두 사람이 다 합해 봐야 고작 70레알쯤 될 것이라는 대답이었다. 다시, 마차를 타고 가는 분들은 어디로 가는 길이며, 돈은 얼마나 가졌느냐고 묻자 종자 하나가 대답했다.

"마차에 타고 계시는 분들은 나폴리의 종교 재판소장 부인이신 도냐 기오마르 데 끼뇨네스 님과 어린 아씨들과 시녀들과 노시녀입니다. 우리 들 여섯 사람의 하인이 이분들을 수행하고 있고 돈은 약 600에스꾸도 가 지고 있습니다."

"그러고 보면" 하고 로께 기나르뜨가 말했다. "벌써 우리는 이 자리에 900에스꾸도 70레알 가지고 있는 셈이다. 우리 부하는 이럭저럭 70명쯤 될 테니까, 나는 돈 계산은 잘 못하는 편이니 한 사람 앞에 얼마씩 되겠 는가 가르쳐주기 바란다."

도둑들은 이 말을 듣고 큰소리로 외쳤다.

"로께 기나르뜨 만세! 두목의 파멸을 꾸미는 도둑놈에게는 안됐지만 만수무강하십쇼!"

자기들의 재산이 몰수되는 것을 보고 두 대위는 무척 실망하는 모습이었으며, 재판소장 부인은 비통한 표정을 지었고, 순례자들 또한 결코 기쁜 얼굴은 아니었다. 로께는 이런 식으로 잠시 사람들의 마음을 조마조마하게 만들었으나, 그들을 언제까지나 불안한 상태에 놔둘 생각은 없었다. 그들의 불안은 화승총의 총알이 닿는 거리에서 보아도 분명했기 때문이었다. 그래서 그는 두 대위를 돌아보고 말했다.

"대위님들, 나한테 한 번 호의를 베푸셔서 70에스꾸도만 빌려주지 않겠소? 그리고 재판소장 나리의 마님께서는 나를 따르고 있는 이 무리의 인간들을 기쁘게 해주시기 위해서 80에스꾸도만 빌려주십시오. 수도사도 노래를 불러야 끼니가 얻어걸린다지 않습니까? 그렇게만 해주신다면 내가 드리는 통행권을 갖고 자유로이 아무런 방해도 받지 않고 여행을 계속하실 수 있을 겁니다. 이 일대에 분산시켜놓은 내 부하들의 어느 누구와 만나더라도 이 통행권만 있으면 아무 위협도 받지 않을 겁니다. 그리고 나는 군인 양반이나 여자 분들에게, 특히 지체 높은 여자 분들에게 위협을 가할 생각은 조금도 없으니까요."

이 참으로 이치에 맞는 말을 듣고 대위들은 로께의 겸양에 감사했으며 특히 자기들에게 돈을 돌려주었으므로 그 관용에 감사했다. 도냐 기오마르 데 끼뇨네스는 위대한 로께의 발과 손에 입을 맞추려고 마차 밖으로 뛰어내리려 했으나 로께는 끝내 그것을 허용치 않았다. 그뿐 아니라 자기의 죄많은 직업상 부득이 하다고는 하나 자기가 그녀에게 준 모욕을 용서해달라고 말했다. 재판소장 부인은 하인 한 사람에게 즉각 자기에게 할당된 80에스꾸도를 내놓으라고 분부했으며 대위들도 이미 70에스꾸도를 내놓았다. 순례자들도 얼마 안되는 돈을 전부 내놓으려 했으나, 로께는 그대로 가지고 가십시오, 하고는 부하들을 돌아보고 말했다.

"이만한 돈으로도 한 사람 앞에 2두카트씩 돌아간다. 따라서 20두카트는 남게 돼. 그 중 10두카트는 이 순례 양반들에게 드려라. 나머지 10두카트는 이번 일을 널리 선전해주실 여기 계시는 이 훌륭한 종자 양반에게 드리도록 해라."

그리고 언제나 준비되어 있는 붓이나 펜을 가져오게 하여 부하인 소두목들 앞으로 통행권을 써서 사람들에게 나누어주었다. 그리고 그들에게 작별 인사를 하고 자유로이 출발시켰는데, 사람들은 그의 고상함과 그 시원시원한 태도 그리고 흉내낼 수 없는 거동 따위에 완전히 매료되어 유명한 도적이라기보다는 오히려 알렉산더 대왕같이 여겨졌던 것이다.

이때 그의 부하 한 사람이 가스꼬뉴 말과 까딸라니아 말을 섞어서 중얼
거렸다.

"우리 두목은 산적질을 하기보다 차라리 고행 수도사가 되었으면 좋았
을 텐데. 앞으로는 그렇게 통이 큰 것을 과시하고 싶거든 우리 돈이 아
니고 자기 돈으로 해줬으면 좋겠어."

이 불행한 사나이는 이 말을 그리 나직한 소리로 하지 않았기 때문에
로께의 귀에 들리고 말았다. 로께는 금방 칼을 뽑아 상대편의 얼굴을 거
의 두 조각을 내다시피하면서 말했다.

"돼먹지 않은 놈에 대한 내 처벌은 이런 거다."

부하들은 끽소리 못하고 입을 다물었으며 누구 하나 말을 하는 자가
없었다. 이토록 그들은 그에게 복종하고 있었던 것이다.

그런 다음 로께는 조금 떨어진 곳으로 가더니, 바르셀로나에 있는 한
친구에게 편지를 써서, 지금 돈 끼호떼 데 라 만차라는 소문이 자자한
편력 기사가 자기와 함께 있는데, 세상에도 진기하고 우스꽝스러운 데다
가 꽤 박식한 인물로서 오늘부터 나흘째, 즉 성 요한 축일에 돈 끼호떼
는 갑주를 몸에 두르고 애마 로시난떼에 올라타고, 종자 산초는 당나귀
를 타고 바르셀로나의 해변 한가운데에 나타날 것이다, 이것을 한패인
니아르로스 당(黨) 사람들에게 알려 실컷 즐겨주기 바란다, 그리고 적인
까델스 당 사람들에게는 이 즐거움을 나누어주고 싶지 않지만, 돈 끼호
떼의 광기와 뛰어난 지능, 종자 산초 빤사의 해학은 온 세계 사람들에게
갖은 기쁨을 주지 않고는 못 견딜 것이니 어쩔 도리가 없겠지, 운운하고
써보냈다. 이 편지를 부하 한 사람에게 들려 보냈는데, 그는 도둑의 옷
을 벗고 농부 옷으로 갈아입고 바르셀로나로 달려가 편지를 전달했다.

제 61 장

바르셀로나에 도착했을 때 돈 끼호떼에게 일어난 사건 및 그럴 듯하다기보
다 진실성을 띤 그 밖의 여러 가지 일들에 대해서.

돈 끼호떼는 사흘 낮 사흘 밤을 로께와 함께 지냈는데, 설혹 300년을
그와 함께 살았다고 하더라도 그의 생활 방식에서 눈이 둥그래지는 일,

놀라운 일들이 다 없어지지는 않았을 것이다. 뚜렷이 누구랄 것도 없는 상대를 피해 달아나는가 하면 어떤 때에는 그들이 여기서 새벽을 맞이하는가 하면 다른 자리에서 점심을 먹고, 어떤 때에는 누구를 기다린다는 것도 없이 숨어서 기다린다. 선 채로 잠을 자고, 자는가 하면 금방 두들겨깨워서 이리저리 이동한다. 밀정을 내보내고 보초를 세우며, 화승총의 화승불을 분다. 하기야 대부분이 권총을 사용하고 있었으므로 화승총을 쓰는 자는 얼마 되지 않았다. 로께는 언제나 밤에는 부하들과 떨어져 지냈는데, 그것은 이리저리 옮기는 자기의 거처를 부하들에게 알리지 않기 위해서였다. 그 까닭은, 바르셀로나의 총독이 그의 사형을 선고한 많은 포고를 내놓고 있었기 때문인데, 그 때문에 늘 불안과 공포를 느껴 부하들이 자기를 죽이지나 않을까, 혹은 관리에게 인도하지 않을까, 하는 두려움으로 아무도 믿을 수 없었기 때문이었다. 참으로 비참하고 구차한 생활이었다.

결국 폐도(廢道)와 숨은 지름길과 오솔길로 하여 로께와 돈 끼호떼와 산초는 부하 6명을 데리고 바르셀로나로 출발했다. 그들은 어두워진 후에 성 요한 축일 전야의 바르셀로나의 바닷가에 도착했다. 그러자 로께는 돈 끼호떼와 산초를 얼싸안고 그때까지 주지 않고 있던 약속한 10에스꾸도를 산초에게 주고는 서로 여러 가지 인사를 나눈 다음 그들 곁을 떠나갔다. 로께는 떠나가고 돈 끼호떼는 그대로 말 위에 앉은 채로 날이 새기를 기다렸는데, 얼마 안 있어 동쪽 하늘에 뿌옇게 새벽이 얼굴을 나타내기 시작하여 귀를 즐겁게 해주지는 않았지만 풀과 여러 꽃들을 기쁘게 해주었다. 그러나 많은 나팔 소리와 북소리, 요령 소리, "자아, 비켜, 비켜라, 비켜" 하고, 분명히 시내에서 들려오는 통행인 소리가 귀를 기쁘게 해주었다. 이윽고 새벽이 길을 비켜주자 태양이 둥근 방패보다 훨씬 큰 얼굴로 지평선에 닿을까말까 하게 차츰차츰 솟아올라왔다.

돈 끼호떼와 산초는 여러 곳을 둘러보았다. 그때까지 본 적이 없는 바다를 바라보았다. 그들이 전에 라 만차에서 본 루이데라의 늪보다 훨씬 넓고 크고 풍요한 듯했다. 해변에 정박한 무수한 갤리선을 보았는데 모두 갑판 위의 천막을 내리고, 수면에 입을 맞추거나 닿거나 하고 있는 깃발이며 긴 삼각기가 바람에 나부끼고 있었다. 배 안에서 나팔과 트럼펫과 치리미아 소리가 울려퍼져서 사방의 공기를 아름답고 웅장한 메아리로 가득 채워놓고 있었다. 이윽고 갤리선이 움직이기 시작하여 고요한 해변에서 일종의 전초전을 벌이기 시작하자, 이에 호응이라도 하듯 화려한 제복을 입은 무수한 기병들이 훌륭한 말을 타고 시내에서 나타났다. 갤리선의 수병들이 쉴새없이 대포를 쏘아대자 시내 성벽과 요새의 병사들이 이에 맞장구를 치며 발포했다. 큰 대포가 끔찍한 굉음을 내면서 공기를 찢고, 갤리선의 현문(舷門)에서는 함포가 이에 호응했다. 즐거운 바다, 미소짓는 대지, 이따금 대포의 연기로 약간 흐려질 뿐인 맑디맑은 하늘, 그것들이 모든 사람들에게 순식간에 기쁨을 채워 넘쳐흐르게 하는 것처럼 보였다. 산초는 바다 위를 움직여가는 저 거대한 배가 어째서 저토록 많은 발을 갖고 있는지 상상도 할 수 없었다.

이렇게 돈 끼호떼가 넋을 잃고 멍하니 서 있는데, 고함 소리며 함성을 지르면서 제복을 입은 한 무리의 기사들이 달려왔다. 그 가운데 한 사람은 로께에게 전언을 들은 인물로 그는 큰 소리로 돈 끼호떼에게 말을 건넸다.

"어서 오십시오. 모든 편력 기사도의 거울이요, 이정표요, 등불이요, 안내의 별이자 북극성이라 할 수 있는 분이 이 도시에 오시다니, 되풀이해서 말씀드립니다만 참으로 잘 오셨습니다. 요즘 우리 눈에 띄는 거짓 얘기의 날조된 가짜와는 달리 실록 저자의 꽃이라 할 수 있는 씨데 아메떼 베넨헬리가 그린 틀림없는 진짜, 정당하고 용감한 돈 끼호떼 데 라만차 님!"

돈 끼호떼는 한 마디도 대답하지 않았으며 기사들 쪽에서도 대답을 기다리지 않았다. 뿐만 아니라 따라온 다른 기사들과 함께 돈 끼호떼를 중심으로 빙글빙글 원을 그리면서 행진하기 시작했다. 돈 끼호떼는 산초를 돌아보고 말했다.

"이 사람들은 우리를 잘 알고 있는 모양이다. 나는 맹세해도 좋다만, 우리에 관한 이야기를 읽었을 뿐 아니라 요즘 출판된 아라곤인의 책까지 읽은 모양이구나."

아까 그 기사가 돌아와서 돈 끼호떼에게 말을 했다.

"돈 끼호떼 님, 우리와 함께 가주십시오. 우리는 한 사람도 예외 없이 귀공의 종입니다. 로께 기나르뜨의 친한 친구들이니까요."

이에 대해 돈 끼호떼가 대답했다.

"만일 예의라는 것이 예의를 낳는 것이라면, 기사님, 귀공의 예의는 대로께가 지닌 예의의 딸이 아니면 매우 가까운 친척이랄 수 있을 것 같구려. 어디든 나를 데려다주시오. 나의 의향은 귀공의 의향 이외의 것을 가질 생각은 없고, 거기다 나를 위해 무언가 힘써 주시려는 의향이시라면 더더욱 그러하오."

그러자 기사는 돈 끼호떼의 말에 못지않는 정중한 말투로 그에게 대답하고, 모두 돈 끼호떼를 가운데 둘러싸고 나팔과 북소리에 발맞추어 시내를 향해서 나아갔다. 이윽고 시내에 들어서려고 할 때, 모든 악을 꾀하는 악마, 악마보다 훨씬 장난이 심한 것은 어린아이들인데, 그 장난이 심하고 천지를 모르는 개구쟁이 둘이 사람들 사이에 끼여들어와 한 녀석은 당나귀의 꼬리를 치켜들고 한 녀석은 로시난떼의 꼬리를 치켜들어 각각 한 다발씩의 가시나무를 그 밑에 쑤셔넣었다. 가련한 동물들은 새로운 형의 박차가 가해지는 것을 느끼자 꽉 힘을 주어 꼬리를 조였으므로 불쾌감이 더 심해져서 몇 번이나 마구 뛰어오르는 바람에 그만 타고 있던 주인들을 땅바닥에 내동댕이 치고 말았다. 돈 끼호떼는 체면을 잃고 치욕을 당한 채 여윈 말꼬리에서 따가운 장식물을 빼냈으며, 산초 역시 당나귀에서 그것을 빼냈다. 돈 끼호떼를 안내하던 사람들은 아이들의 이 대담무쌍한 장난을 혼내주고 싶었으나 뒤따르고 있는 1000명이나 됨직한 군중 속에 모습을 감춰버렸으므로 그것은 불가능한 일이었다.

다시 돈 끼호떼와 산초는 말에 올라 아까와 마찬가지로 장엄한 음악 속을 지나서 어느 저택에 도착했는데, 그 저택은 제법 장대하고 호사스러운 건물로 돈 있는 귀족의 집이었다. 그러면 씨데 아메떼의 뜻으로 여기에 돈 끼호떼를 머물게 하기로 한다.

제 62 장

여기서는 마법의 머리의 모험이 다루어지고 아울러 자질구레한 일이기는 하나 말하지 않고 넘어갈 수 없는 일들이 전해진다.

돈 끼호떼를 초대해준 인물은 돈 안또니오 모레노라는 사람으로 부자인 데다가 꽤 사려깊은 기사로 순진하고 그다지 심하지 않은 장난을 좋아하는 사람이었다. 그는 돈 끼호떼가 자기 집에 와주었으므로 어떻게 하면 상대편을 해치지 않고 그의 광태를 사람들 앞에 드러낼 수 있을까 이것저것 그 방법을 궁리했다. 왜냐하면 상대편에게 고통을 주는 농담은 농담이 아니며, 제 3 자를 해치는 일 따위는 위안이란 이름에 알맞지 않기 때문이었다. 제일 먼저 그가 계획한 것은 돈 끼호떼로 하여금 갑주를 벗고 여태까지 몇 번이나 설명하고 묘사한 것처럼 몸에 꼭 맞는 면양 가죽의 복장 차림으로 시내의 제일 번화한 거리 위로 불쑥 튀어나온 노대 위에 나오게 하여 어른들과 아이들에게 구경시키는 일이었는데, 사람들은 마치 원숭이라도 구경하듯 그의 모습을 쳐다보았다. 마침 그때 화려한 제복을 입은 기마대가 돈 끼호떼 앞을 다시 질주해갔는데, 그날의 축제에 흥을 돋우기 위해서가 아니라 오로지 돈 끼호떼 한 사람을 위해서 화려한 제복을 입고 있는 것 같았다. 한편 산초는 여간 만족해하지 않았다. 그 까닭은 알 수 없으나 왠지 그저 제 2 의 까마초의 혼인 잔치, 제 2 의 돈 디에고 데 미란다의 저택, 제 2 의 공작 저택이 출현한 듯한 느낌이 들었기 때문이었다.

그날 돈 안또니오를 비롯해서 몇 사람의 친구들이 향연을 베풀어주었는데, 너나없이 경의를 표하고 편력의 기사로서 대접해주어 돈 끼호떼는 그만 우쭐해지고 코가 높아져서 어찌할 수도 없는 형편이었다. 산초의 우스꽝스러운 말 또한 대단한 것이어서 이 집의 모든 하인들과 그의 말을 듣고 있던 모든 사람들은 그저 그의 입에서 눈을 떼지 못했을 정도였다. 이 식사중에 돈 안또니오가 산초에게 말했다.

"산초 양반, 당신은 닭 백숙과 쇠고기 경단만 보면 정신이 없고, 만일 남을 때에는 다음 날 먹으려고 품안에다 슬쩍 쑤셔넣고 간다는 소문이던데."

"천만에요, 나리, 그렇지 않습니다요" 하고 산초가 대답했다. "저는 식충이라기보다 깨끗이 먹는 편입니다요. 게다가 여기 계시는 우리 주인 나리 돈 끼호떼 님도 잘 아시지만, 우리는 한 주먹의 개암이나 호두로 일주일씩 견뎌내곤 한 일이 흔했죠. 그야 만일 송아지를 주신다면 고삐 잡고 달립죠. 다시 말해서 주시는 것은 먹고, 좋은 기회가 생긴다면 내버려두진 않습죠. 제가 굉장히 많이 먹고 주둥이가 천하다고 말하는 사람이 있다면, 그녀석은 엉터리를 지껄이고 있다고 생각하시면 됩니다요. 만일 제가 이 식탁에 앉아 계시는 훌륭한 분들의 수염을 봐서 체면을 차리지 않았다면, 저는 아마 다른 말투로 이런 말을 했을지도 모릅니다요."

"아니, 확실히" 하고 돈 끼호떼가 말했다. "산초가 무엇을 먹을 때 얼마나 적게 먹고 입이 얼마나 깨끗한가 하는 것은, 청동판에 새겨 다음 세기의 영원한 기억에 남겨두어도 좋을 정도요. 하기야 그가 시장할 때는 별안간 많이 먹는 듯이 보이는 것만은 사실이오. 그것은 다급히 게걸스레 쑤셔넣고 씹기 때문이오. 그러나 평소에는 깨끗이 먹을 만큼 먹고, 게다가 영주였을 때에는 꽤 고상한 식사법도 배웠소. 포도알이나 석류씨까지 포크로 먹을 만큼 대단했었다오."

"뭐라구요, 산초 님이 영주였다고요?" 돈 안또니오가 물었다.

"그러믄요" 하고 산초가 대답했다. "바라따리아라는 섬의 영주였었죠. 열흘 동안이나 저는 훌륭히 그곳을 다스렸답니다. 그 열흘 동안에 마음이 편한 적은 한 번도 없었고, 이 세상의 영주라는 것은 참으로 하찮다는 것을 느꼈읍죠. 거기서 달아나다가 동굴에 떨어져 이제 죽은 줄만 알고 있었는데 기적적으로 살아서 기어나올 수 있었습니다오."

돈 끼호떼는 산초가 정치를 하고 있을 때의 모든 일을 자세히 이야기해주었기 때문에 듣고 있던 사람들의 기쁨은 매우 컸다.

식사가 끝나자 돈 안또니오는 돈 끼호떼의 손을 잡고 함께 어느 거실로 들어갔는데, 그 방에는 얼른 보기에 얼룩진 대리석으로 만든 테이블 이외엔 아무런 장식물도 없었다. 그 테이블은 같은 대리석의 외다리로 지탱되어 있었으며, 그 테이블 위에는 로마 황제의 반신상 같은 청동으로 만든 흉상이 놓여 있었다. 돈 안또니오는 돈 끼호떼와 함께 온 방을 돌아다니면서 몇 번이나 테이블 주위를 맴돈 끝에 말했다.

"그런데, 돈 끼호떼 님, 우리 얘기를 듣는 자는 아무도 없고, 방문도 꼭 닫혀 있는 여기서 당신에게 거의 상상도 못할 이상한 모험의 하나를, 정말 웬만해서는 상상도 할 수 없는 이상한 일을 얘기해드릴까 합니다. 다만 한 가지 조건이 있는데 지금부터 들으시는 것은 비밀의 제일 깊숙한 곳에 간직해두시라는 것입니다."

"그대로 하리다" 하고 돈 끼호떼가 대답했다. "그것을 더한층 확실하게 하기 위해 서약한 말에다 돌을 하나씩 눌러 놓기로 합시다. 돈 안또니오 님(이미 그는 상대편의 이름을 알고 있었다), 귀공은 듣기 위한 귀는 갖고 있으나 말하기 위한 혀는 갖지 않은 자와 이야기하고 있다는 것을 알아주시오. 그러니 안심하고 귀공은 그 가슴에 간직한 것을 내 가슴에 옮기시오. 그것을 침묵의 심연 속에 던져넣는다고 생각하시고."

"그 약속을 믿고" 하고 돈 안또니오가 대답했다. "나는 당신이 눈으로 보시고 귀로 들으시는 것으로 깜짝 놀라게 해드릴까 하는 생각과, 또 아무도 믿을 만한 사람이 없어 나의 이 비밀을 털어놓을 사람을 찾지 못하는 데서 오는 이 괴로움을 조금이라도 덜어볼까 하는 생각을 갖고 있습니다."

돈 끼호떼는 이렇게 조심스러운 서두가 대체 어떤 결과에 이를 것인가 하고 조마조마한 기분을 느꼈다. 그러자 돈 안또니오는 돈 끼호떼의 손을 잡아 청동의 흉상이며 테이블이며 그것을 지탱하고 있는 얼룩진 대리석의 다리를 남김없이 쓰다듬게 한 다음 말했다.

"이 조상은, 돈 끼호떼 님, 이 세상 최고의 마법사자 요술쟁이에 의해서 만들어진 것입니다. 그 마법사는 폴란드 태생으로 여러 가지 이상한 얘기가 전해지고 있는 저 유명한 에스꼬띠요의 제자였던 모양입니다. 이 사람은 저희 집에 있으면서 내가 지불한 1000에스꾸도의 돈으로 이 조상을 만들었는데 이 머리의 귀에 입을 대고 질문을 하면 무엇이든 대답해 주는 이상한 힘을 갖고 있습니다. 그자는 방향을 보고 도표를 그리고 별을 관찰하고 방위를 살핀 끝에 마침내 이런 완전무결한 것을 만들어냈습니다만, 당신이 그것을 직접 보시려면 내일이라야 됩니다. 왜냐하면 금요일에는 대답을 하지 않으므로 오늘은 무엇을 보시고 싶은가 미리 생각해두실 수 있겠지요. 제 경험으로 보아 대답은 전부 틀림없다는 것을 알고 있습니다."

돈 끼호떼는 이 흉상이 가지고 있다는 특성과 힘에 놀랐으나 아무래도 돈 안또니오의 말이 믿어지지 않았다. 그러나 그것을 시험해볼 시간도 아니므로 다만 그런 큰 비밀을 자기에게 털어놓아준 데 감사한다는 것만 말할 뿐 그 밖의 말은 하지 않기로 했다.

두 사람이 그 방에서 나와 안또니오가 열쇠로 문을 잠그고 홀로 돌아가니 거기에는 다른 사람들이 그들을 기다리고 있었다. 마침 산초가 그들에게 자기 주인이 겪은 많은 모험이며 사건을 들려주고 있는 중이었다.

그날 저녁때 사람들은 돈 끼호떼와 함께 산책을 나갔는데, 여느 때처럼 무장을 하지 않고 산책복에다 그 무렵의 계절에는 여름에도 땀을 흘릴 황갈색 나사로 만든 긴 외투를 걸치고 있었다. 한편 하인들에게 산초를 잘 구슬러서 집 밖에 나가지 못하게 하도록 일러 놓았다. 돈 끼호떼

는 로시난떼를 타지 않고 발걸음도 경쾌한 잘 훈련된 큼직한 당나귀를
타고 있었다. 사람들은 긴 외투의 어깨 언저리에 그가 깨닫지 못하도록
양피지 한 장을 꿰매어 거기에 큼직한 글씨로 '이 사람은 돈 끼호떼 데
라 만차'라고 써놓았다. 산책을 나서자마자 그를 보려고 모여든 모든 사
람들의 눈이 이 쪽지를 발견하고 소리내어 '이 사람은 돈 끼호떼 데 라
만차다' 하고 읽었으므로, 그의 모습을 바라보는 사람은 모두 그의 이름
을 부르고 어김없이 알고 있는 것이 되어, 돈 끼호떼는 놀라고 말았다.
그래서 자기와 나란히 걸어가고 있던 돈 안또니오를 돌아보고 말했다.

"편력의 기사도가 간직하고 있는 특권이라는 것은 참으로 광대한 것이
오. 그 증거로 지상 어느 구석을 가더라도 기사도를 받드는 자는 금방
인정을 받아서 유명해지기 때문이오. 만일 그렇지 않다면, 돈 안또니오
님, 보시오, 이곳 어린 아이들에 이르기까지 나를 본 적이 없는데도 내
이름을 다 알고 있지 않소."

"정말입니다. 돈 끼호떼 님" 하고 돈 안또니오가 대답했다. "말하자
면, 불을 감추거나 가두거나 해놓지 못하는 것과 마찬가지로 덕이라는
것도 알려지지 않고는 못 배기는 법이군요. 무기를 잡는 직책으로 생긴
덕이라는 것은 다른 모든 덕 위에 두드러지게 빛나는 것이구려."

그런데 돈 끼호떼가 위풍도 당당하게 나아가고 있을 때, 마침 한 까스
띠야 남자가 등에 붙여놓은 쪽지를 읽고 큰 소리로 말했다.

"돈 끼호떼 데 라 만차라, 홍 악마에게나 채어가라지! 여태까지 실컷
등허리에 얻어맞은 그 무수한 몽둥이 찜질에도 끄떡없이 어쩌면 저렇게
죽지도 않고 예까지 찾아왔나? 당신은 미치광이야. 당신 혼자서 자기
광기의 문 안에서 미치광이 노릇을 하고 있다면 그거야 그래도 괜찮지.
그런데 당신은 옆에서 당신과 사귀는 사람들까지 누구나 없이 모두 미치
광이나 바보로 만드는 성질을 가졌단 말야. 그렇잖다면, 당신을 수행하
고 있는 이 나리를 좀 보란 말야. 바보 같으니라구, 냉큼 자기 집으로
돌아가요. 그리고 집안과 처자식이나 돌보란 말이야 그러구 당신의 그
대갈통을 좀먹고 분별을 엉망으로 만드는 그 어처구니없는 잠꼬대는 이
제 집어치우란 말야."

"이봐" 하고 돈 안또니오가 말했다. "당신은 자기 갈 길이나 가요. 부
탁하는 사람도 없는데 쓸데없는 충고는 하지 않는 게 좋아. 돈 끼호떼
데 라 만차 님은 어디까지나 올바른 정신이고, 수행을 하고 있는 우리도

결코 바보가 아니란 말이다. 덕이라는 것은 어떤 곳에 있더라도 틀림없이 사람들이 경의를 표하는 법이야. 악운이나 젊어지고 냉큼냉큼 사라져. 청하지도 않은 불청객은 괜한 자리에 나타나 설치는 게 아니란 말이야.”

“쳇, 당신 말은 이치에 맞아요” 하고 까스띠야인이 대답했다. “원래 저런 바보에게 충고한다는 건 가시를 차는 거나 마찬가지거든. 그렇긴 하나 소문을 들으면 이 반 숙맥은 모처럼 여러 가지 훌륭한 재능을 가졌으면서도 그것을 그 잘난 편력의 기사도인가 뭔가 하는 것에 마구 낭비하고 있다니, 정말 딱해서 못 보겠단 말야. 당신이 내게 한 그 악운인가 뭔가하는 말은 나뿐 아니라 내 손자에 대해서도 하는 말일 테니, 비록 므두셀라보다 오래 산다 하더라도 오늘부턴 이제 누가 부탁해도 충고 같은 건 안할 테다.”

이 충고자는 사라져갔다. 그리고 산책은 여전히 계속되었는데, 쪽지를 읽는 아이들과 모든 사람들의 웃음 소리가 차츰 심해지자, 돈 안또니오는 뭔가 다른 것을 떼내듯이 슬쩍 쪽지를 떼지 않을 수 없었다.

밤이 되어 그들은 집으로 돌아갔다. 집에서는 귀부인들의 무도회가 열렸다. 돈 안또니오의 부인은 꽤 집안이 좋고 쾌활하고 영리하고 아름다웠는데, 그녀가 손님들에게 경의를 표하고 또한 일찍이 본 적 없는 돈 끼호떼의 광태를 충분히 즐기러 오라고 친구 부인들을 초대한 것이었다. 그래서 귀부인들이 찾아오자 산해진미를 준비한 만찬을 함께 한 다음 무도회는 이럭저럭 열 시쯤 되어 시작되었다. 귀부인들 가운데 말괄량이로, 품행은 좋은 편이나 순진한 장난을 즐기기 위해서라면 제법 정도를 벗어나기까지 하는 두 여자가 있었다. 이들이 싫어하는 돈 끼호떼를 억지로 추자고 끌어내어 몸뿐 아니라 정신마저 녹초가 되도록 끌고 돌아다녔다. 키가 흐늘흐늘하게 크고 여윈 데다가 얼굴빛은 누렇고 몸에 꼭 맞는 옷차림이 도무지 볼품없을 뿐더러 경쾌한 맛이라고는 손톱만큼도 없는 돈 끼호떼의 춤추는 모습이란 참으로 가관이었다. 두 젊은 부인은 살며시 그에게 달콤하게 소곤거리고 그 또한 살며시 두 여자를 경멸했다. 그러나 두 여자가 점점 추근추근하게 굴자 마침내 그는 거친 목소리로 외쳤다.

“Fugite partes adversae(사라져라, 악마들아)! 더러운 생각으로부터 나를 해방시켜주오. 당신들은 저쪽으로 가서 하고 싶은 생각을 실컷 마음대로

즐기시오. 내 그리운 여왕님, 비할 데 없는 둘씨네아 델 또보소 공주님
은 자기 이외의 다른 생각에 내가 귀를 기울이는 것을 용서치 않으시
오."

이렇게 말하면서 익숙지 못한 무도 때문에 지칠 대로 지쳐서 홀 한가
운데 마룻바닥에 주저앉아버렸다. 그래서 돈 안또니오는 사람들에게 그
를 부축하여 침상으로 데려가게 했는데, 제일 먼저 그를 안아일으키려
한 것은 산초였다. 그는 말했다.

"나리, 아주 좋지 않은 때 춤을 추셨습니다요! 나리께선 용사라는 것
이 모두 무용수고, 편력 기사라는 기사는 모두 춤을 출 줄 안다고 생각
하십니까? 제가 이런 말씀을 드리는 것은, 만일 나리가 그렇게 생각하
고 계신다면 그건 잘못이라는 걸 지적해드리려는 생각에서입니다요. 물
구나무서기보다 더 쉽게 예사로 거인을 베는 사람도 있습니다요. 만일
신발을 탁탁 치는 춤을 춰야 한다면, 제가 나리 대신 해드릴 수도 있습
니다. 워낙 저는 그 춤을 독수리처럼 잘 추니까요. 그런데 이 무도라는
것엔 도무지 맥을 못춥니다요."

이런 말로 산초는 무도회에 와 있는 사람들을 웃겼는데, 이윽고 주인
을 침상에 데리고 가서 뉘어 무도에서 차가워진 몸을 따뜻하게 감싸주었
다.

다음날 돈 안또니오는 마법에 걸려 있는 흉상을 실험하기에는 안성마
춤이라는 생각에 돈 끼호떼, 산초, 그의 친구 두 사람 그리고 무도회에
서 그를 실컷 애먹인 두 부인(그녀들은 간밤에 돈 안또니오의 아내와 함께
이 집에서 묵었다) 등과 함께 흉상이 놓여 있는 방으로 들어갔다. 그리고
그 흉상이 가진 특성을 들려주고 비밀을 간직하도록 부탁하고는, 오늘이
이 마법에 걸린 흉상을 시험하는 첫날이라고 말했다. 돈 안또니오의 두
친구를 제외하고 아무도 마법의 장치를 알고 있는 사람은 없었다. 만일
돈 안또니오가 두 친구에게 먼저 그 비밀을 밝혀놓지 않았던들 그들도
다른 사람들과 마찬가지로 놀랐을 것이 틀림없었다. 그토록 이 흉상은
교묘하게 장치되어 있던 것이다.

제일 먼저 흉상의 귀에 입을 갖다댄 것은 돈 안또니오 자신이었는데,
그는 나직한 소리로, 그러나 다른 사람들이 간신히 알아들을 수 있도록
말했다.

"흉상이여, 그대 속에 잠겨 있는 마력에 의해서 대답하라. 대체 나는

지금 무엇을 생각하고 있느냐?"

그러자 흉상은 입술도 움직이지 않고 사람들이 잘 알아들을 수 있는 맑고 뚜렷한 소리로 대답했다.

"나는 사람의 생각은 판단하지 않는다."

이것을 듣고 사람들은 아연해졌으며, 더욱이 방 안에는 물론 테이블 주위에도 이런 대답을 할 만한 그림자가 하나도 없다는 것을 확인했을 때 그 놀라움은 더 컸다.

"지금 이 자리에 몇 사람이 있는가?" 다시 돈 안또니오가 물었다.

그러자 아까와 마찬가지 목소리가 침착하게 대답했다.

"거기에는 그대와 그대의 아내, 그대의 두 친구, 아내의 두 여자 친구, 돈 끼호떼 데 라 만차라고 부르는 이름난 기사 그리고 그 이름을 산초 빤사라고 하는 그의 종자가 있다."

여기에 이르러 사람들의 놀라움은 더 커졌다. 그들은 모두 공포와 놀라움에 질려 머리끝이 쭈뼛하게 곤두섰다. 이어 돈 안또니오는 흉상에서 물러나며 말했다.

"총명한 흉상이여, 말을 하는 흉상이여, 대답하는 흉상이여, 참으로 불가사의한 흉상이여, 이것으로 이 흉상을 내게 판 사람에게 속지 않았다는 것이 분명해졌다."

일반적으로 여자라는 것은 성미가 급하고 무엇이든 알고 싶어하기 때문에 제일 먼저 앞으로 나온 것은 역시 돈 안또니오 처의 여자 친구였다. 그녀가 물었다.

"흉상님, 가르쳐주세요, 가장 아름다워지려면 어떻게 하면 될까요?"

그러자 머리가 대답했다.

"좀더 얌전해지면 된다."

"나는 이 이상 묻지 않겠어요" 하고 질문을 좋아하는 여자가 말했다.

이어 또 한 사람의 여자 친구가 앞으로 나와서 물었다.

"흉상 양반, 내 남편이 나를 사랑하고 있는지, 사랑하지 않는지 그게 알고 싶어요."

그러자 머리가 대답했다.

"주인이 그대를 어떻게 다루는가 조심해서 보면 스스로 알 수 있을 게다."

이 유부녀는 다음과 같은 말을 하면서 흉상 앞에서 물러났다.

"그런 대답이라면 들을 필요 없어요. 그야, 정말이지, 자기가 받는 대접으로 상대의 기분을 뚜렷이 알 수 있는 법이거든."

이어 돈 안또니오의 친구 한 사람이 앞으로 나서서 흉상에게 물었다.

"나는 누구일까?"

그러자 대답이 들렸다.

"그것은 그대가 제일 잘 안다."

"나는 너에게 그런 말을 물은 게 아니다" 하고 그가 말했다. "그보다도 네가 나를 알고 있는지 어떤지 말해주면 좋겠다."

"나는 알고 있다. 그대는 돈 뻬드로 노리스다."

"이 이상 나를 알 필요가 없다. 네가 뭐든지 다 알고 있는지 어떤지 말해주면 좋겠다."

"그래, 나는 알고 있다. 그대는 돈 뻬드로 노리스다."

"이 이상 나는 알 필요가 없다. 네가 뭐든지 다 알고 있다는 것을 확인하려면 이것만으로 충분하겠다."

그리고 뒤로 물러서자 또 한 사람의 친구가 나서며 물었다.

"흉상이여, 가르쳐다오. 내 뒤를 이을 아들은 대체 어떤 희망을 갖고 있을까?"

"내가 아까도 말했듯이" 하고 머리가 대답했다. "나는 사람이 품은 희망 따위는 판단하지 않는다. 그러나, 이것만은 말할 수 있다. 그대의 아들이 품고 있는 희망은 그대를 매장하고 싶다는 것이다."

"저런! 눈으로 보는 것을 손가락으로 꼭 짚는 거나 마찬가지군" 하고 신사는 말했다.

그리고 그는 질문을 마쳤다. 이번에는 돈 안또니오의 부인이 앞으로 나서며 물었다.

"나는 너에게 무엇을 물어야 좋을지 모르지만, 다만 나의 훌륭한 남편과 앞으로도 오랜 세월 해로할 수 있을지 어떨지 그것을 가르쳐주면 좋겠어."

그러자 머리가 대답했다.

"그렇다, 오랜 세월 해로할 수 있을 것이다. 왜냐하면 그대 남편의 건강과 일상 생활의 절제가 장수를 약속하고 있기 때문이다. 많은 사람들은 절제 없는 생활로 흔히 수명을 줄이고 있으니까."

이어 돈 끼호떼가 앞으로 나서면서 물었다.

"그대 대답하는 자여, 내가 몬떼시노스의 동굴에서 겪었다고 이야기한 일은 과연 사실이었는가, 아니면 꿈이었는가? 다음으로 나의 종자 산초의 매질은 틀림없이 실행될 것인가? 또 둘씨네아 공주의 마법은 풀 수 있을 것인가, 이것을 가르쳐다오."

"동굴의 질문에 대해서는" 하고 흉상이 대답했다. "할 말이 많다. 즉, 그 어느 쪽이라고도 할 수 있기 때문이다. 다음 산초의 매질은 서서히 실행될 것이 틀림없다. 마지막으로 둘씨네아가 마법에서 빠져나오는 일은 언젠가는 성취될 것이다."

"내가 알고 싶은 것은 그것뿐이다" 하고 돈 끼호떼가 말했다. "왜냐하면, 마법에서 풀린 둘씨네아를 내가 볼 수만 있게 된다면 모든 행운이 일시에 내게 몰려왔다고 나는 생각할 것이 틀림없기 때문이다."

마지막 질문자는 산초였는데, 그는 물었다.

"이봐요, 흉상 양반. 나는 무슨 계제에 다시 한 번 영주가 될 수 있을까요? 나는 이 답답한 종자의 신분에서 빠져나갈 수 있을까요? 그리고 다시 한 번 마누라와 아이들의 얼굴을 볼 수 있을까요?"

이에 대한 대답이 들려왔다.

"그대 집안에서 영주가 될 것이다. 또 그대가 만일 집으로 돌아간다면 아내와 아이들의 얼굴을 볼 수 있을 것이고, 이런 일을 그만둔다면 종자의 직업에서 빠져나올 것은 틀림없다."

"정말 훌륭한데?" 하고 산초 빤사는 말했다. "그따위 대답이라면 나도 하겠다. 예언자 뻬로그루요도 그런 말은 못 했을걸."

"이 바보가" 하고 돈 끼호떼가 말했다. "그대는 무슨 대답이 듣고 싶었느냐? 이 흉상은 받은 질문에 분명히 대답했는데 그래도 무엇이 부족하단 말이냐?"

"충분하기는 합니다요만" 하고 산초가 대꾸했다. "하지만 저는 좀더 똑똑하고 좀더 상세한 말이 듣고 싶었습니다요."

이것으로 모든 질문과 대답은 끝났다. 그러나 도무지 결말이 나지 않은 것은, 사정을 알고 있는 두 친구는 제쳐놓고 나머지 사람들이 빠져 있는 놀라움이었다. 사건의 진상을 무슨 요술과 비슷한 괴이한 힘이 이 머리에 깃들여 있다는 식으로 생각하여 세상 사람들이 의혹에 빠져도 곤란하므로, 씨데 아메떼 베넨헬리는 이것을 즉각 밝혀둬야 되겠다고 생각했다. 그래서 다음과 같이 서술하고 있다. 즉, 돈 안또니오는 마드리드에서 본 어느 조각가가 만든 흉상을 흉내내어, 첫째는 자기 집의 재미를 위해서, 둘째는 무지한 사람들을 놀라게 해주기 위해서 이 흉상을 만들었던 것이다. 그리고 그 속임수는 다음과 같다. 테이블은 목재였으나 얼룩진 대리석으로 보이도록 채색하여 니스를 칠했고, 그 테이블을 바치고 있는 다리도 큰 무게를 지탱할 수 있도록 아래쪽은 네 개의 독수리 발톱 모양을 하게 했으며 역시 목재였다. 얼른 보기에 로마 교황의 흉상과 비슷한 이 청동색의 머리는 실은 속이 텅 비어 있고 테이블의 판자도 역시 속이 비어 있는데, 여기에 얼른 보아서는 모르도록 목이 꼭 끼워 있었다. 테이블을 받친 다리도 절반 속이 비어 있었고 그 공동(空洞)은 목구멍과 가슴에 연결되어 다시 이것이 방 바로 아래에 있는 다른 방으로 연결되어 있었다. 그리고 이 다리와 테이블과 흉상의 목과 가슴에 연결되는 공동에는 양철 대롱이 사람의 눈에 띄지 않도록 끼워져 있었다. 그 아랫방에서는 대롱에 입을 대고 대답을 해줄 사람이 있어서 마치 전성기(傳聲器)처럼 소리가 위에서 아래로 아래에서 위로 똑똑히 통하게 되어 있었던 것인데, 이런 장치를 깨닫기란 불가능한 일이었다. 학생으로서 꽤 재치가 있고 머리가 날카로운 돈 안또니오의 조카가 대답을 하는 역할을 맡았는데, 그는 이날 그 흉상을 놓아둔 방에 들어가게 되어 있는 사람이 누구누구라는 것을 미리 숙부에게 듣고 있었으므로, 첫 질문에 재빨리 정확하게 대답하는 것은 조금도 힘들지 않았다. 그 밖의 질문에는 추측으로, 더욱이 머리가 좋은 학생이라 적절히 대답했던 것이다.

다시 씨데 아메떼는 말하고 있다. 이 이상한 속임수는 열흘인가 열이틀 동안 그대로 있었다. 그러나 돈 안또니오의 집에는 마법의 흉상이 있어서 무슨 질문에나 대답한다는 소문이 온 도시에 퍼졌으므로, 안또니오는 그리스도교의 빈틈없는 감시인들 귀에 들어가지나 않을까 겁이 나서 이단 심문소의 높은 나리들에게 사실을 알리고 의논했더니, 무지한 백성들이 떠들어대면 곤란하므로 언제까지나 그대로 두지 말고 부숴버리라는 명령이었다. 그러나 돈 끼호떼와 산초 빤사의 생각으로는, 흉상은 여전히 마력을 가지고 질문에 대답하는 것이었으므로, 이것은 산초보다 돈 끼호떼에게 한층 더 만족감을 주었다.

이 도시의 신사들은 돈 안또니오를 위로하고, 돈 끼호떼를 대접하여 더더욱 그의 광태를 세상에서 드러낼 기회를 만들 생각으로 그로부터 엿새 후에 말을 타고 고리에 창을 던져 맞추는 경기를 개최하기로 했으나,

이것은 앞에 가서 밝혀지는 이유로 말미암아 끝내 이루어지지 못하고 말았다. 한편 돈 끼호떼가 말을 타고 돌아다니면 아이들이 줄줄 따라올 것이 틀림없을 것 같았으므로 시내를 가벼운 마음으로 어슬렁어슬렁 걸어서 산책할 생각이 났다. 그래서 그와 산초는 돈 안또니오가 딸려준 두 하인을 거느리고 산책길에 나섰다. 그런데 우연히도 어느 거리를 거닐고 있을 때 돈 끼호떼가 문득 위를 보니 한 집의 문간 위에 큼직한 글씨로 '서적 인쇄소'라고 씌어 있는 것이 눈에 띄어 그는 적지않이 기뻐했다. 왜냐하면 여태까지 한 번도 인쇄소를 본 적이 없어 대체 어떤 것인가 알고 싶다고 늘 생각하고 있었기 때문이다. 수행원을 다 거느리고 안으로 들어가니, 한쪽에서는 인쇄를 하고 있었고, 다른 쪽에서는 정판을 하고 있었으며, 이쪽에서는 활자를 짜는가 하면, 저쪽에서는 판을 바꾸고 있는 등, 요컨대 큼직한 인쇄소에서 볼 수 있는 전반적인 시설을 볼 수 있었다. 돈 끼호떼가 한 활자 상자 앞으로 다가가 여기서 하는 일은 어떤 것이냐고 묻자 공원들이 대답을 해주어 그는 감탄하면서 다시 앞으로 나아갔다. 다시 한 곳에서 공원에게 다가가, 어떤 일을 하느냐고 물으니 그가 대답했다.

"여기 계시는 이분이" 하고 말하면서 꽤 풍채가 좋고 의젓하고 훌륭했으며 얼마간 까다로워 보이는 인물을 가리켰다. "또스까나 말(또스까나 왕국 일찍이 이탈리아의 일부였으므로 즉 이탈리아 말)로 된 책을 우리 까스띠야 말로 옮겨주셨으므로, 그것을 인쇄하고려고 지금 조판을 하고 있는 중입니다."

"그 책의 제목은 뭐라고 하오?" 하고 돈 끼호떼가 물었다.

이에 대해서 저자가 대답했다.

"이 책은 또스까나 말로 《레 바가뗄레(*Le bagattelle*)》라고 합니다."

"레 바가뗄레는 까스띠야어로 무엇에 해당되지요?" 하고 돈 끼호떼가 다시 물었다.

"레 바가뗄레라는 것은" 하고 저자가 말했다. "스페인어로 말한다면 '잡동사니'쯤 될까요. 이 책은 표제는 시원찮지만 내용은 꽤 홀륭하고 충실하게 씌어 있지요."

"나는 얼마간 또스까나 말을 알고 있어서 아리오스또 몇 절쯤 노래할 수 있는 것을 자랑으로 삼고 있지요" 하고 돈 끼호떼가 말했다. "그러나 귀공에게 물어보고 싶은 것은 뭐 그렇다고 귀공의 실력을 시험해보자는 것이 아니라 다만 단순한 호기심으로 말씀드리는 것이오만, 그 책의 어딘가에 pignata라는 말은 썩어 있지 않소?"

"몇 번이나 있지요."

"그런데 귀공은 그 말을 까스띠야 말로 무어라 옮기셨소?" 하고 돈 끼호떼가 물었다.

"'잡탕'이라고밖에 달리 어떻게 옮기면 좋을지 모르겠습디다" 하고 저자가 대답했다.

"훌륭하시오, 훌륭하시오!" 하고 돈 끼호떼가 말했다. "귀공은 참으로 또스까나어에 정통하시구려. 나는 맹세해도 좋소만, 또스까나말로 piace면 귀공은 까스띠야 말로 '기쁨'으로 옮기실 것이고, 또 piú라고 있으면 '보다 더', 또 su라고 있으면 '위에', giú라고 있으면 '아래에'로 옮기실 것이 틀림없을 것이오."

"그건 틀림없이 그렇습니다. 왜냐하면 그것이 가장 적합한 역어니까요" 하고 저자가 대답했다.

"나는 감히 단언하오만" 하고 돈 끼호떼가 말했다. "확실히 귀공은 세상에 그다지 이름이 알려져 있지 않은 분 같소. 세상이란 흔히 훌륭한 재능이나 칭찬할 만한 노작에 항상 적합한 보답을 주는 데 인색한 법이오. 이 세상에는 얼마나 많은 재능이 헛되이 묻혀 있는지 모르오. 한쪽 구석에 잊혀진 천재도 있소. 조금도 보답을 받지 못하는 두뇌가 있소. 아무튼, 한 나라말을 다른 나라말로 옮긴다는 것은 언어의 여왕이라고도 할 그리스어·라틴어로부터가 아니라면, 마치 플랑드르의 벽 장식용 수(繡)를 뒤에서 바라보는 것과 마찬가지로 무늬의 윤곽을 볼 수 있으나 그것을 모호하게 만드는 실의 보풀투성이라 결국 표면에서 보는 그 매끄러움과 빛은 볼 수 없는 것이오. 그리고 쉬운 국어를 번역한다는 것은 한 문서를 다른 문서로 베껴쓰거나 다시 쓰거나 하는 것과 마찬가지로 하등 역자의 재능이나 문장의 솜씨를 보여주는 것은 아니오. 그렇다고 번역하는 일이 칭찬할 만한 값어치가 없다는 말씀은 아니오. 왜냐하면 사람들은 이보다 훨씬 천하고 더 수지 안 맞는 일에 종사하지 않는 것도 아니기 때문이오. 저 유명한 두 번역자, 한 사람은 《목인(牧人) 피도》를 옮긴 끄리스또발 데 피게로아 박사, 또 한 사람은 그가 옮긴 《아민따》에 있어서의 돈 후안 하우레기, 이 두 사람은 방금 한 말에는 물론 해당되지 않지만, 이 두 사람의 번역은 어느 쪽이 번역이고 어느 쪽이 원서인지 의심할 만큼 훌륭한 것이오. 그런데 물어보고 싶은 것은, 이 책은 자비로 출판하시는 것이오, 아니면 어느 서점에 판권을 파시었소?"

"나는 자비로 출판하고 있습니다" 하고 그 저자는 대답했다. "그리고 초판에서 적어도 1000두카트는 벌 생각입니다. 조판은 2000부 출판할 예정이고, 한 권에 6레알의 정가를 매길 작정인데, 그야말로 날개돋친 듯이 팔아볼 작정입니다."

"귀공의 계산은 참으로 훌륭하시오" 하고 돈 끼호떼가 말했다. "출판자의 수입도 지출도, 이 양자 사이에 있는 균형도 모르시는 모양이구려. 나는 약속해도 좋소만, 2000부의 책을 짊어진다면 아마도 깜짝 놀랄 만큼 귀공의 몸도 괴로워질 것이오. 하물며 그 책이 약간 보잘것없고 어딘가 콕콕 찌르는 맛이 없는 책이라면 더더욱 그러할 것이오."

"뭐라고 말씀하셨소?" 하고 저자가 말했다. "당신은 기껏해야 3마라베디 정도밖에 인세를 주지 않는, 더욱이 그것으로 은혜를 베푼다고 생각하는 출판사에 이 책을 넘겨주란 말씀이오? 나는 굳이 세상에 문명(文名)을 높이려고 내 책을 출판하는 건 아닙니다. 하기야 저술에 따라 얼마간은 내 이름도 세상에 알려져 있지요. 나는 이익을 얻고 싶습니다. 이것이 없으면 좋은 평판 따위 한푼의 가치도 없으니까요."

"그러시다면 하느님께 운을 열어주십사고 부탁이나 하시구려" 하고 돈 끼호떼가 말했다.

그리고 다음 상자 앞으로 가서 《영혼의 빛》이라는 표제의 책 가운데 한 장을 정판하고 있는 것을 보고 말했다.

"이런 종류의 책은 많이 출판되어 있소만, 그러나 출판할 만한 책이기는 하오. 세상은 숱한 자들을 위해서 무수한 광명이 필요하기 때문이오."

다시 나아가니 사람들이 또 다른 책을 정판하고 있었다. 표제를 물어보니, 또르데시야스에 사는 아무개라는 사람이 쓴 《재지 넘치는 시골 귀족 돈 끼호떼 데 라 만차》의 후편이라는 대답이었다.

"나는 이 책에 관해서는 이미 들은 바 있는데" 하고 돈 끼호떼가 말했다. "내 양심을 두고, 매우 무례한 책이라고 하여, 벌써 불살라져서 재가 되어 있는 줄만 알고 있었소. 그러나 돼지 한 마리 한 마리에 닥치는 것처럼 언젠가는 그 책의 성 마틴 축일(11월의 성 마틴 축일에는 돼지를 통으로 구워 먹는 습관이 있는데, 여기서는 결국 최후의 날이 온다는 뜻)이 오게 될 것이오. 왜냐하면 가짜 이야기가 잘 씌어져서 즐겁고 재미있는 것이면 그럴수록 참된 이야기나 혹은 그와 유사한 것에 가까워지는 것이며, 참된 이야기라는 것은 훌륭하면 훌륭할수록 다시 더더욱 참된 것이 되기 때문이오."

이런 말을 하면서 약간 불쾌한 표정을 지으며 인쇄소를 나왔다. 같은 날 돈 안또니오는 마침 해변에 정박해 있는 갤리선을 구경시켜주려고 그들을 안내하게 되었는데, 이것은 산초를 무척 기쁘게 해주었다. 그는 아직 한 번도 갤리선을 타본 적이 없었기 때문이다. 돈 안또니오는 제독에게 자기 집에 묵고 있는 유명한 돈 끼호떼 데 라 만차를 갤리선 구경에 데려가게 되어 있다고 알려놓았다. 물론 돈 끼호떼에 관해서는 제독도 이 도시의 모든 시민들도 이미 듣고 있었다. 갤리선에서 일어난 사건은 다음 장에서 다루기로 한다.

제 63 장

갤리선을 방문했을 때 산초 빤사에게 일어난 재난과 아름다운 무어 아가씨의 진기한 모험에 대해서.

돈 끼호떼는 마법의 흉상이 한 대답에 관해서 무척 골똘히 생각했으나 그 속임수에 대해서는 도저히 생각이 미치지 못했을 뿐 아니라, 모든 생각은 그가 진실이라고 믿고 있는 둘씨네아의 마법을 푸는 약속에 집중하고 있었다. 그래서 그것을 이리저리 궁리하면서 그 완성을 눈앞에 곧 보게 된다고 믿고 속으로 은근히 기뻐서 못 견딜 지경이었다. 한편 산초는 앞에서도 말한 것처럼 영주가 된다는 데는 싫증이 나 있었으나, 그래도 다시 한 번 명령을 내리고 남을 복종시키는 일을 해보고 싶다는 생각은 버리지 않았다. 설혹 그것이 농담에 지나지 않는다 하더라도 권력이라는 것은 이렇듯 곤란한 효과를 가져오는 것이다.

아무튼, 그날 오후 주인 역의 돈 안또니오와 그의 두 친구는 돈 끼호떼와 산초를 데리고 갤리선으로 갔다. 이미 이 영광된 방문을 알고 있는 제독은 유명한 돈 끼호떼와 산초 두 사람을 만나게 되는 것을 무척 기다리고 있었다. 그들이 해변에 나타나자 모든 갤리선은 천막을 내리고 나팔 소리를 요란스레 울려댔다. 이어 훌륭한 새빨간 비로드 방석 따위로 덮인 조그마한 배가 해상에 내려져서 이윽고 돈 끼호떼가 올라타자 기함

(旗艦)에서는 현문의 대포를 발사하고 그 밖의 갤리선도 이에 따랐다. 돈 끼호떼가 오른쪽 뱃전의 계단을 올라갔을 때 갤리선을 젓고 있는 모든 죄수들은 일제히 갤리선에 지체 높은 분이 방문할 때의 습관에 따라 "우, 우, 우!" 하고 세 번 소리쳐서 인사했다. 신분이 높은 훌륭한 기사인 제독은 돈 끼호떼에게 손을 내밀고 두 팔로 껴안으며 말했다.

"돈 끼호떼 데 라 만차 님을 만나뵈었으니, 오늘이란 날을 내 생애의 가장 훌륭한 날로 생각하여 흰 돌로 이날을 기념하고 싶습니다. 때마침 편력 기사의 모든 정화가 이 오늘이라는 날에 한꺼번에 나타난 듯이 느껴집니다."

그러자 이에 못지않은 정중한 말투로 돈 끼호떼가 대답했는데, 그는 이런 왕공에 대한 대접을 받고 여간 흡족하지 않았다. 모두들 고물 쪽으로 갔는데 거기는 모두 깨끗이 정돈되어 있었으며 그곳에 있는 긴 의자에 모두 자리를 잡았다. 갑판을 죄수 감독이 왔다갔다하면서 죄수들에게 옷을 벗으라고 휘파람으로 신호하자 순식간에 그들은 발가숭이가 되었다. 산초는 이렇게 많은 사나이들이 발가숭이가 되는 것을 보고 아연해졌으나, 그들이 순식간에 천막을 치는 것을 보았을 때는 많은 악마가 거기서 일하고 있는 것처럼 여겨져서 더더욱 놀라움을 새로이 했다. 그러나 지금부터 설명하려는 일에 비하면 이런 것쯤은 기껏해야 카스텔라나 과자빵 정도에 지나지 않는다. 마침 산초는 오른쪽 뱃전 후미에서 노를 젓는 죄수 가까운 기둥 옆에 앉아 있었는데, 그 죄수는 미리 지금부터 할 일을 지시받고 있었으므로 느닷없이 산초를 붙잡아 두 손으로 번쩍 쳐들었다. 그러자 다른 죄수들도 벌떡벌떡 일어나고 그는 앞에 선 죄수에게 산초를 던져주었다. 그리하여 잇따라 죄수의 팔에서 다음 죄수의 팔로 현기증이 날 만큼 재빨리 옮겨졌으므로 가엾은 산초는 눈도 뜨지 못할 지경이 되어, 악마들이 자기를 가지고 장난을 치는 것이 틀림없다고 생각했다. 이 인체(人體) 릴레이는 오른쪽 줄에서 왼쪽 줄로 옮겨져서 원래의 자리에 그를 내려놓을 때까지 계속되었다. 딱하게도 산초는 처참한 꼬락서니가 되어 숨을 헐떡이며 땀에 흠뻑 젖어, 대체 무슨 일이 일어났는지 거의 모를 지경이었다. 돈 끼호떼는 산초가 날개도 없는데 죄수들의 팔에서 팔로 날아가는 것을 보고, 이것은 처음으로 갤리선에 올라온 사람들에 대한 의식이냐 하고 제독에게 물었다. 본디 갤리선을 타는 해군이 될 생각은 해본 적이 없는 돈 끼호떼는, 만일 이것이 의식이라고 하더라도 자기로서는 그런 것을 겪을 생각은 조금도 없었다. 그리고 만일 자기를 산초처럼 놀려주려고 누군가가 가까이 오기만 하면 그 녀석의 혼백을 걷어차주겠다고 하늘에 두고 맹세하면서 벌떡 일어나 칼을 꾹 움켜쥐었다.

마침 이때 천막이 내려지고 이어 무시무시한 소리를 내면서 돛을 단 활대가 와르르 내려졌다. 산초는 하늘의 경첩이 벗겨져서 자기 머리 위의 하늘이 떨어지나 하고 무서워서 머리를 두 다리 사이에 처박았다. 돈 끼호떼도 다리를 떨며 어깨를 움츠리고 얼굴빛이 변했다. 이때 죄수들은 내렸을 때와 마찬가지 속도로 무시무시한 소리를 내면서 활대를 위로 끌어올렸는데, 두 사람 다 말도 못하고 숨도 못 쉬는 듯 그동안 줄곧 입을 다물고만 있었다. 감독이 닻을 올리라고 신호하고 채찍을 들어 갑판 한가운데로 뛰어올라가 죄수들의 등을 철썩철썩 때리기 시작하자 배가 차츰 앞바다 쪽으로 움직여갔다. 전에 갤리선이 많은 색깔 있는 다리를 움직이고 있다고 생각한 것은 이 노였다. 그래서 그는 혼자 중얼거렸다.

"이거야말로 진짜 마법의 일이지, 우리 주인 나리가 말씀하신 것과는 달라. 저런 식으로 채찍질을 당하고 있는데 대체 저 가엾은 녀석들은 무슨 짓을 했을까? 게다가 휘파람 불면서 왔다갔다하고 있는 저자는 어쩌면 저렇게도 많은 사람들을 예사로 후려칠까? 지금에서야 말하지만, 이거야말로 지옥이다. 지옥이 아니라면 연옥(煉獄)이야."

돈 끼호떼는 산초가 사방을 열심히 두리번거리고 있는 것을 깨닫고 말했다.

"오오, 나의 의좋은 산초여, 그대가 싫지만 않다면 상반신을 벗고 저분들 사이에 앉아 둘씨네아 님의 마법을 풀기 위해 매를 맞는 것이 아주 쉽고 빠른 길이라고 생각지 않느냐? 이토록 많은 사람들과 아픔을 함께 하는 것이니, 너도 그다지 자기의 아픔을 느끼지는 않을 것이 아니냐? 뿐만 아니라 현자 메를린도 이런 숙련된 손으로 매를 맞는 것이고 보면, 네 자신이 네 몸뚱이에 가해야 하는 매질의 10배쯤은 지금의 저 한 차례 한 차례의 채찍질을 계산해주지 않을 것도 아닐 것 같으니 말이다."

제독은 그 채찍질이란 무엇이며, 또 둘씨네아의 마법을 푼다는 것은 대체 무슨 말이냐고 물어보고 싶었으나, 마침 이때 선원이 와서 말했다.

"서해안 가까이 배가 한 척 보인다고 몽후이(바르셀로나 시를 한눈에 내려다보는 당시의 요새)로부터 신호가 왔습니다."

이 말을 듣자 제독은 윗갑판 위로 뛰어올라가서 소리쳤다.

"자, 너희들, 그 배를 놓치지 말아라. 망루에서 우리에게 신호해준 것은 아마 알제리의 마스트 두 개짜리 해적선이 틀림없다."

그러자 다른 세 척의 갤리선도 기함의 명령을 받기 위해 다가왔다. 제독은, 두 척의 갤리선은 앞바다 쪽으로 나가고, 한 척은 연안으로 육지를 따라가라, 그러면 그 배는 달아날 수 없을 것이다, 하고 명령했다. 죄수들은 열심히 노를 저어 갤리선의 속력을 높여 배는 마치 날 듯이 나아갔다. 앞바다 쪽에 나간 두 척의 갤리선은 약 2마일쯤 되는 거리에서 그 배를 발견했는데, 보기에 14개나 15개의 노를 가진 것 같았으며, 그것은 사실이었다. 그 배는 갤리선의 모습을 보자 그 빠른 속력을 믿고 달아나려고 했다. 그러나 그 계획은 실패로 끝났다. 갤리선의 기함은 바다를 가는 모든 배 가운데서도 가장 속력이 빨랐기 때문에 금방 상대편의 배를 습격했다. 상대편 배는 달아날 수 없다는 것을 깨닫고는 단념하여 이쪽 갤리선대를 지휘하는 제독의 노여움을 사지 않도록 노를 버리고 항복할 생각을 했다. 그러나 운명의 힘이었을까. 일은 그렇게 되지 않고, 이미 기함은 바로 가까이에 접근하여 항복하라고 외치는 소리가 들릴 정도로 다가갔을 때, 12명의 동료들과 함께 그 돛대 두 개짜리 배에 타고 있던 술취한 터키인이 화승총을 발포하여 이쪽 이 물의 망루 위에 올라가 있던 두 수병이 쓰러지고 말았다. 이것을 보자 제독은, 저 배에 탄 전 승무원을 붙잡기만 하면 살려두지 않겠다고 소리치며 전속력으로 달려들었으나 상대편은 이쪽 노 밑으로 빠져나가버렸다. 갤리선은 그대로 통과해버렸다. 적선(敵船)은 이제 만사가 다 틀렸다고 생각했던지 갤리선이 방향을 바꾸고 있는 동안 다시 돛과 노의 힘으로 달아나려 했다. 그러나 그들의 이 노력은 아무런 소용이 없었을 뿐 아니라 오히려 그들의 대담무쌍한 행동으로 더 큰 타격을 받게 되었다.

왜냐하면 반 마일쯤 되는 곳에서 기함이 따라붙어 마침내 노를 나란히 적선에 걸치고 전원을 생포할 수 있었기 때문이다. 거기에 다른 두 척의 갤리선도 달려와서 생포한 배를 이끌고 네 척의 갤리선은 해안 쪽으로 돌아갔는데, 그곳에는 벌써 많은 사람들이 그들이 잡아온 것을 구경하려고 몰려나와 있었다. 육지 가까이에서 닻을 내리게 한 제독은 해변에 이 시의 부왕(副王 : 국왕 대리. 총독과 같음)이 나와 있다는 것을 알았다. 그래서 부왕이 배에 찾아올 수 있도록 조그마한 배를 내리게 하고, 이어 적선의 선장을

비롯하여 터키인들을 곧 교수형에 처할 수 있도록 큰 삼각돛의 가름대를
내리라고 명령했다. 생포된 자들은 36명이나 되었는데, 모두 상당히 늠
름해 보이는 사나이들이었으며, 그 중에서도 화승총을 발사한 터키인은
매우 수려한 얼굴을 한 사나이였다. 제독이 선장은 누구냐고 묻자, 포로
가운데 하나가, 나중에 그는 이슬람교에 귀의한 스페인 사람이라는 것을
알았지만, 스페인 말로 대답했다.

"이 젊은이입니다. 여기 있는 이 사람이 우리 선장입니다."

"그러면서 사람들이 상상할 수 있는 한, 가장 아름답고 수려해 보이는
한 젊은이를 가리켰다. 나이는 보아하니 스무 살도 안되었을 것 같았다.
제독은 그 청년에게 물었다.

"이 당돌한 개야, 너는 결국 달아날 수 없다는 것을 알고 있었을 텐
데, 무슨 생각으로 내 부하를 죽였느냐? 그것이 대체 기함에 대한 예의
라고 생각하느냐? 저돌적인 행동은 용기 있는 자가 할 일이 아니라는
것을 너는 모르느냐? 조금이라도 희망이 있으면 사람이라는 것은 대담
해지기는 하되 저돌적이 되는 것은 아니다."

선장은 이에 대답하려 했으나 제독이 그때 마침 벌써 갤리선에 올라온
부왕을 맞이하려 그자리를 떴으므로 대답할 수 없었다. 부왕은 몇 사
람의 수행원과 시의 관리를 거느리고 들어왔다.

"꽤 훌륭한 소득이구려, 제독" 하고 부왕이 말했다.

"아니올시다, 아직은" 하고 제독이 대답했다. "그러나 지금 당장 이
가름대에 매달아서 훌륭한 것을 보여드리겠습니다. 각하."

"그건 또 어째서?" 하고 부왕이 물었다.

"그 까닭은" 하고 제독이 대답했다. "싸움의 모든 법도, 모든 도리와
습관을 어기고 이 갤리선에 타고 있던 수병을 저녀석들이 죽였기 때문입
니다. 그래서 나는 사로잡은 모든 자들을, 특히 이 배의 선장인 이 젊은
이를 교수형에 처할 작정입니다."

이렇게 말하고 이미 두 손이 묶이고 목에 밧줄이 걸려 사형이 집행되
기를 기다리고 있는 젊은이를 가리켰다. 부왕이 젊은이를 보니 참으로
아름답고 씩씩해 보이고 그러면서도 매우 얌전한 청년이었으므로, 그 아
름다움이 금방 무엇보다도 훌륭한 추천장이 되어 그를 사형에서 구해주
고 싶은 기분이 솟아 젊은이에게 물었다.

"한 가지 물어보고 싶다. 너는 터키인으로 태어났느냐, 아니면 무어인

이냐. 혹은 회교도가 된 스페인 사람이냐?"

이에 대해서 젊은이는 까스띠야 말로 대답했다.

"저는 타고난 터키인도 아니고 무어인도 아니고 배교자(背敎者)도 아닙니다."

"그러면 너는 어떤 자냐?" 하고 부왕이 물었다.

"그리스도 교를 믿는 여자올시다" 하고 젊은이가 대답했다."

"뭐, 여자라고? 더욱이 그리스도 교도라? 그런 모습을 하고 더욱이 이런 자리에 있으면서? 그것은 도저히 믿을 수 없는 놀라운 얘기로구나."

"여러분, 잠시 동안만 시간을 주십시오" 하고 젊은이가 말했다. "제가 여러분에게 제 신상에 일어난 얘기를 하는 동안만 보복을 잠시 연기해주시기 바랍니다."

이런 말을 듣고 감동하지 않는, 아니 적어도 이 가련하고 비참한 젊은이가 얘기하려 하는 말에 귀를 기울이려 하지 않는 그런 차가운 마음을 감히 누가 가질 수 있을까? 제독은 무엇이든 하고 싶은 말이 있으면 하라, 그러나 자기의 뚜렷한 죄를 용서받을 수 있다는 기댈랑은 갖지 말라고 다짐했다.

이 허락을 얻어 젊은이는 말하기 시작했다.

"저는 분별이 깊다기보다 오히려 불행한, 더욱이 요즘에는 산더미처럼 큰 불행에 시달리고 있는 저 무어족의 한 사람으로서, 그리스도교를 믿는 무어족의 양친에게서 태어난 사람입니다. 무어족의 불행이 계속되는 동안 저는 외삼촌을 따라 바아바리로 갔습니다만, 저는 거짓말을 하거나 겉으로만 내세우는 신자가 아니라 진짜 가톨릭 교도입니다. 그러나 아무리 그렇다고 주장해도 하등 그 보람이 없었습니다. 또 우리의 비참한 추방을 다스리고 있는 관리들에게도 이 진실을 아무리 말해봐야 아무런 소용이 없었으며, 저의 두 외사촌조차 아예 귀를 기울이려 하지 않았습니다. 그뿐 아니라 오히려 제가 태어난 땅에 그대로 머물러 있고 싶어서 조작한 거짓이겠거니 생각하고는 모두, 그래서 제 의사라기보다 완력으로 저를 데리고 간 것입니다. 저의 어머니도 그리스도 교도였고, 아버지도 역시 사려깊은 그리스도 교도였습니다. 실은 어머니의 젖과 함께 카톨릭의 신앙을 마시고 자란 거나 마찬가지지요. 저는 엄한 교육을 받으면서 자라났으므로, 말이나 행동거지가 무어족의 여자 같은 데는 조금도 없었던 것으로 생각됩니다. 이런 미점, 저는 미점이라고 믿고 있습니다만, 이 미점에 따라 저의 아름다움도, 만일 얼마간이나마 아름답다고 한다면, 저의 아름다움도 점점 더해간 듯이 여겨집니다. 그런데 그렇듯 틀어박힌 생활을 하던 제가 돈 가스빠르 그레고리오라는 젊고 지체 높은, 역시 저의 마을 바로 가까이에 이웃을 가진 훌륭한 분의 장남되는 분의 눈에 띄게 되었습니다. 어떻게 해서 그분이 제 모습을 보셨는지, 어떤 말을 서로 주고받았는지, 어떤 식으로 저를 보시고 넋을 잃게 되었는지, 또 어떤 식으로 제가 그분에게 끌려갔는지 하는 것을 일일이 말씀드리자면 길어지고, 또 언제 이 혀와 목 사이를 이 무서운 밧줄이 졸라맬지 모른다는 생각에 가슴이 떨려 이런 경우에는 도저히 더 말씀드릴 수가 없습니다. 그래서 저는 다만 돈 그레고리오가 추방되는 저를 따라오려고 하셨다는 것만 말씀드리겠어요. 그분은 아라비아 말을 잘 하셨으므로 다른 마을에서 나온 무어인들과 함께 어울렸으며 여행하는 동안에는 저를 데리고 가는 두 숙부와도 사귀어 친구가 되었습니다. 저의 아버지는 조심성이 많고 눈치빠른 분이었으므로, 우리들의 첫 추방령을 듣자마자 마을을 떠나 우리를 인수할 수 있는 은신처를 외국에 찾으시려고 떠나가셨습니다. 그러구 이 일은 저만 알고 있었습니다만, 어떤 장소에 많은 진주며 값비싼 보석이며 끄루사도와 도블론 등의 금화를 얼마간 묻어놓고 왔던 것입니다. 아버지는 당신께서 돌아오시기 전에 우리가 추방되더라도 결코 이 묻어놓은 재보에는 손을 대지 말라고 저에게 일러 놓고 가셨지요. 그래서 저도 그렇게 하고, 앞에서도 말씀드린 것처럼 숙부들과 그밖의 친척들, 친한 사람들과 함께 바아바리로 건너갔는데, 우리가 주거지로 정한 곳은 알제리였습니다만, 주거라고는 하지만 마치 지옥 속에 있는 거나 마찬가지였습니다. 그런데 알제리 왕이 제가 아름답다는 것과, 이것은 어느 의미에서는 다행한 일이었습니다만, 제 재산에 관한 소문을 들으시고 저를 궁궐에 부르셔서, 스페인의 어느 곳에서 태어났으며 어떤 돈과 어떤 보석류를 갖고 왔느냐고 물으셨습니다. 그래서 저는 마을 이름을 말씀드리고, 보석류와 돈은 그 마을에 묻어놓고 왔습니다, 그리고 저 자신이 찾으러 가면 쉽게 손에 넣을 수 있을 것입니다, 하고 대답했지요. 제가 이런 것을 왕에게 얼른 말씀드린 것은, 돈에 대한 욕심보다 제 아름다움에 눈독을 들여서는 큰일이라고 생각했기 때문입니다. 제가 이런 말을 하고 있는데 시종 하나가 오더니, 저 외에 상상도 못할

만큼 참으로 늠름하고 아름다운 젊은이가 또 한 사람 있다고 말씀드렸던
것입니다. 그건 아마 돈 가스빠르 그레고리오가 틀림없다고 저는 금방
깨달았지요. 그분의 미모는 아무리 과장해서 칭찬해도 미치지 못할 만했
으니까요. 저는 돈 그레고리오가 빠지려 하고 있는 위험을 생각하고 여
간 걱정이 되지 않았습니다. 왜냐하면, 그 야만스런 터키인들 사이에서
는 아무리 아름다운 여자라도, 고운 소년이나 청년 쪽이 훨씬 중요시되
고 높은 평가를 받고 있었으니까요. 왕은 얼른 그 사내를 보고 싶으니
데리고 오라고 명령하시고, 부하들이 말한 그 젊은이 얘기가 사실이냐고
저한테 물으셨습니다. 그때 저는 거의 하늘의 계시라도 받은 듯이 그렇
다고 대답하고 그러나 그 젊은이는 남자가 아니고 저와 마찬가지 여자입
니다, 그러니 그분의 아름다움이 완전히 발휘될 수 있도록 또 이전에 부
끄러운 생각을 품고 나오는 일이 없도록 그분에게 여자다운 복장을 시키
게 저를 내보내달라고 부탁했습니다. 그러자 왕은, 얼른 갔다오너라, 그
리고 묻어놓은 재보를 찾으러 스페인에 돌아가려면 어떤 방법을 써야 하
는가에 대해서는 내일 의논하자고, 말씀하셨습니다. 그래서 저는 돈 가
스빠르에게, 남자 복장을 하고 있으면 위험한 꼴을 당할지 모른다고 전
하고, 무어 아가씨의 옷을 입혀 그날 저녁 즉각 왕 앞으로 데리고 나갔
지요. 그러자 왕은 그분을 보고 그만 놀라면서, 터키 황제에게 이 여자
를 선사하기 위해 그대로 붙잡아놓자는 생각을 하시게 되었습니다. 그래
서 후궁에 두면 다른 여자들한테서 받을지 모를 위험이 있고 또 왕 자신
도 마음이 놓이지 않아서 그런 것을 피하기 위해 어느 무어의 귀부인들
이 있는 저택에 데려다가 돌보라고 명령하셔서 그분은 곧 그쪽으로 안내
되어 갔습니다. 제가 그분을 사모하고 있다는 것은 분명했습니다만, 그
때 우리 두 사람이 느낀 고통은 서로 사랑하면서도 헤어져 있어야 하는
사람들의 상상에 맡기기로 하겠어요. 이어 왕은 이 돛대 두 개짜리 배로
스페인에 다녀오라고 주선을 해주고 두 터키인을 제 수행원으로 붙여주
셨는데, 이 사람들이 아까 여러분의 수병을 죽인 사나이들이지요." 여기
서 처녀는 맨 먼저 입을 연 사나이를 가리키면서, "이 배덕자인 스페인
사람도 역시 저와 함께 왔습니다만, 실은 이 사람은 숨은 그리스도 교도
로서 바아바리로 돌아가기보다 이 스페인에 머물러 있고 싶어했다는 것
을 저는 잘 알고 있지요. 이 배의 노를 젓는 그 밖의 사람들은 다만 노
를 젓는 것 이외에는 아무런 소용도 없는 무어인과 터키인들입니다. 탐

욕스럽고 터무니없는 생각을 가진 두 터키인은 저와 이 배덕자를 제일 먼저 도착한 스페인 땅에서 미리 준비해온 그리스도 교도 같은 복장을 시켜 상륙시키라는 명령을 지키지 않고, 가능하다면 이 근처의 해안을 약탈해서 얼마간의 소득을 손에 넣을 생각을 했던 것입니다. 그래서 만일 우리를 먼저 상륙시키면 우리 두 사람에게 무슨 뜻하지 않은 사건이 일어나서, 이 근처의 해적에게 돛대 두 개짜리 배가 있다고 우리가 일러 바치지나 않을까 하고 두려워하고 있었지요. 그리고 만일 이 근처에 갤리선이라도 있다면 필경 붙잡히게 될 것이라는 공포감도 있었구요. 간밤에 우리는 이 해안을 발견했습니다. 그러니 이런 네 척의 갤리선이 있다는 것은 조금도 몰랐으므로 즉각 발견되어 아까 보신 바와 같은 그런 결과가 일어난 것입니다. 결국 돈 그레고리오는 지금 언제 탈로될지 모를 위험에 직면한 채 여자들 사이에서 여장을 하고 계시고, 저는 저대로 두 손을 묶여 이제 저로 봐서는 아무래도 좋은 이 생명이 끊어지기를 기다리고, 아니 두려워하고 있는 것입니다. 여러분, 이것이 불행하고 진실된 저의 슬픈 이야기의 결말이랍니다. 제가 여러분께 부탁드리는 것은, 그리스도 교도로서 죽게 해달라는 거예요. 왜냐하면 앞에서도 말씀드린 것처럼 저는 우리나라 사람들이 저지른 죄와는 조금도 관계가 없는 몸이기 때문이에요."

이렇게 이 그리스도 교도의 무어 처녀가 그 진기한 이야기를 하고 있는 동안, 부왕이 갤리선에 올라왔을 때 따라온 한 늙은 순례자가 지긋이 그녀의 얼굴을 들여다보고 있었다. 그리고 처녀가 이야기를 다 마치자마자 노인은 처녀의 발 아래 놈을 내던지며 두 다리를 얼싸안으면서 눈물과 한숨으로 떠듬떠듬 소리쳤다.

"오오, 나의 가엾은 딸 아나 펠리스야! 나다, 네 애비 리꼬떼다. 나는 귀여운 너 없이는 도저히 살아갈 수 없어서 너를 찾으러 되돌아왔단다."

이 말을 듣고 산초는 눈을 둥그렇게 뜨고는 그때까지 죄수들에게 당한 재난을 생각하며 푹 숙이고 있던 얼굴을 번쩍 들어 순례자의 얼굴을 가만히 들여다보고, 자기가 영주직을 그만두고 나오던 날 만났던 그 리꼬떼라는 것을 깨닫는 한편 거기 있는 처녀가 그의 딸이라는 것을 알아보았다. 딸은 벌써 묶였던 포박이 풀려 아버지를 껴안고 있었으며, 아버지와 딸은 서로의 눈물에 흠뻑 젖어 있었다. 이어 리꼬떼가 제독과 부왕을 돌아보고 말했다.

"여러분, 애는 제 딸입니다. 온갖 사건으로 제 이름보다 훨씬 불행해진 아이 올시다. 아나 펠리스(펠리스는 '행복'이라는 뜻)가 애 이름이고, 성은 리꼬떼인데, 제 재산과 마찬가지로 아름답다고 소문난 애죠. 저는 나라를 버리고 어디 우리 한가족을 받아들여 도와줄 만한 곳은 없을까 하고 외국을 여기저기 찾아다니다가, 간신히 독일에서 그것을 발견했으므로, 다른 독일 사람들과 함께 이 순례자의 복장을 하고 딸을 찾고 동시에 숨겨둔 많은 재산을 파내가려고 되돌아온 것입니다. 그런데 재보는 찾아서 지금 제가 몸에 지니고 있습니다만, 딸은 찾지 못하고 있었는데 지금 여러분도 보시듯이 이 신기한 인연으로 제 귀여운 딸이라는 무엇보다도 저를 훨씬훨씬 큰 부자로 만들어줄 보물을 만난 것이죠. 만일 우리가 죄를 짓지 않았다는 것과 애와 저의 눈물이 여러분의 엄한 판정에 자비의 눈을 열게 할 수만 있다면, 제발 저희들에게 자비를 베풀어주십시오. 우리는 한 번도 여러분을 해칠 생각을 품은 적도 없고, 우리 동포들이 꾸민 일을 티끌만큼도 거들은 적이 없으며, 오히려 그 사람들이 추방당한 것은 당연한 일이라고 생각하고 있을 정도입니다."

이때 산초가 입을 열었다.

"나는 이 리꼬떼를 잘 알고 있습니다요. 또 아나 펠리스가 이 사람의 딸이라는 말이 사실이라는 것도 잘 알고 있구요. 왔다갔다한 것과 좋은 생각을 가졌나 안 가졌나 하는 것까지는 아무 말도 할 수 없습니다요만."

그자리에 있던 모든 사람들이 이상한 사건에 놀라고 있을 때 제독이 입을 열었다.

"아무튼, 그대들의 눈물을 보고서는 내 뜻을 그대로 밀고 나갈 수가 없겠다. 아름다운 아나 펠리스, 그대는 하늘이 베풀어주신 수명을 다하도록 하라. 저지른 죄의 형벌은 그것을 저지른 당돌한 자들이 지면 되겠지."

그리고 즉각 두 수병을 죽인 두 터키인을 돛의 가름대에 매달아 교수형에 처하라고 명령했다. 그러나 부왕은 그들이 저지른 죄는 당돌한 데서 왔다기보다 일종의 광기에서 온 것이니 그들을 교수형에 처하지 말라고 열심히 제독을 달랬다. 제독도 부왕의 말을 받아들였으니, 보복이라는 것은 냉정한 마음으로는 할 수 없는 것이기 때문이다. 이어 사람들은 현재 돈 까스빠르 그레고리오가 빠져 있는 위험에서 그를 구출해낼 방법을 이것저것 의논했다. 그러자 리꼬떼는 그 일을 위해서라면 자기가 가진 진주와 보석으로 2000두카트 이상 제공하겠다고 제의했다. 여러 가지 방책이 제의되었으나, 그 배교자인 스페인 사람이 제안한 것이 가장 홀륭했다. 이 배교자는 여섯 개의 노를 갖춘 조그마한 배에 그리스도 교도로서 노젓는 사람을 태워 알제리로 돌아가자고 제의했다. 그는 어디에서 어떻게 언제 상륙할 수 있는지 또 상륙해야 하는지, 그리고 돈 가스빠르가 현재 있는 집까지도 알고 있었기 때문이었다. 그러나 제독과 부왕은 이 배교자를 믿는다는 것과 노를 젓는 그리스도 교도를 이 사나이에게 맡긴다는 것을 주저했으나, 아나 펠리스가 보증을 서고 아버지 리꼬떼도 만일 그 그리스도 교도들이 고난을 당할 때는 그 몸값을 지불하러 자기가 가겠다고 제의했다. 그래서 이 제안에 모두 찬성하여 부왕은 배에서 내려가고, 돈 안또니오 모레노가 무어인 부녀를 데리고 돌아갔는데, 부왕이 그에게 되도록 두 사람의 뒤를 잘 돌봐달라고 간곡히 부탁했던 것이다. 뿐만 아니라 부왕 자신도 두 사람을 대접하기 위해서라면 자기 집에 있는 것은 무엇이든지 제공하겠다고 말했다. 아나 펠리스의 아름다움이 부왕의 가슴에 불어넣은 호의와 자비는 이토록 컸던 것이다.

제 64 장

여기서는 이때까지 돈 끼호떼의 일신에 일어난 모든 일보다 가장 깊은 상처를 그에게 입힌 모험에 대해서.

돈 안또니오 모레노의 부인은 자기 집에 아나 펠리스가 찾아온 것을 무척 만족해했다고 실록은 전하고 있다. 그녀는 처녀의 아름다움에 반했을 뿐 아니라, 처녀가 영리한 데도 반했으므로 무척 기꺼운 마음으로 그녀를 받아들였다. 왜냐하면 이 아름다운 무어 아가씨는 아름다움에 있어서나 영리함에 있어서나 그 유례가 드문 처녀였기 때문이다. 그래서 마치 울리는 종소리에 이끌려오듯 이 처녀를 한 번 보려고 이 마을의 모든 사람들이 몰려들었다. 한편 돈 끼호떼는 돈 안또니오에게, 돈 그레고리오를 구출하기 위해 사람들이 채택한 방법은 시기에 맞다기보다 너무 위험에 차 있으니 결코 안전한 방법이라고는 생각되지 않는다, 그보다 무장하고 말을 탄 자기를 바아바리로 파견하는 편이 훨씬 나을 것이다, 그러면 온 무어군에게는 좀 안됐지만 돈 가이페로스가 그의 처 멜리센드라를 구출한 것처럼 그를 살려내 오겠다고 장담했다.

"나리, 잊으시면 안됩니다요" 하고 이때 이 말을 듣고 산초가 말했다. "돈 가이페로스 님이 마님을 구출해나온 것은 육지로 이어진 땅에서 한 것이고, 육지로 이어진 길을 따라 프랑스로 데리고 가셨던 것입니다요. 하지만 돈 그레고리오를 우리가 끌어낸다 해도 한가운데 바다가 있으니 그리 손쉽게 스페인에 데려올 길이 없습니다요."

"죽음만은 어쩔 수 없지만, 이 세상에 방법이 없는 일은 없느니라" 하고 돈 끼호떼가 대답했다. "그러니 해변에 배가 접근해온다면, 설혹 온 세계의 무리들이 방해를 하더라도 우리는 승선할 수 있을 게다."

"나리께서는 아무렇지도 않은 듯이 말씀하십니다요만" 하고 산초가 대꾸했다. "하지만, 말하는 것과 실천하는 것과의 사이에는 큰 거리가 있는 법입니다요. 저는 그 배교자의 편을 들겠습니다요. 제가 보건대 정직하고 무척 뱃속이 깨끗한 사나이 같으니까 말입니다요."

돈 안또니오는 만일 그 배교자가 일을 실수했을 때에는 대돈 끼호떼 님에게 바아바리로 건너가주십사고 꼭 부탁하는 방법이 취해질 것이 틀림없다고 말했다. 그리고 이틀 후, 여섯 개의 노를 갖춘 속력이 빠른 조그마한 배가 모두 억센 노젓는 일꾼들을 태우고 출발했다. 다시 이틀이 지나자 갤리선대가 동부 해안으로 출발했다. 제독은 부왕에게 돈 그레고리오의 구출과 아나 펠리스의 일에 관해서 일어난 일을 죄다 자기에게 알려달라고 간곡히 부탁했으며, 부왕은 말씀대로 하겠다고 약속해주었다.

어느 날 아침, 돈 끼호떼는 갑주를 몸에 두르고 바닷가를 산책하러 나갔다. 그런 복장으로 나간 것은 흔히 그 자신이 말하고 있듯이, "갑주 제구야말로 나의 외출복, 나의 휴식은 싸움이다"라는 것이었으므로 잠시도 무장을 하지 않고는 있을 수 없었기 때문이었다. 문득 그는 저쪽에서 역시 머리 꼭대기에서 발끝까지 완전히 무장한 기사 하나가 이쪽으로 오고 있는 것을 발견했는데, 그 방패에는 눈부신 달이 그려져 있었다. 기사는 말소리를 알아들을 만한 거리에 이르자 돈 끼호떼를 향해서 큰 소리로 말했다.

"거기 계시는 훌륭한 기사, 아무리 칭찬해도 모자랄 돈 끼호떼 데 라 만차 님, 나는 '은달의 기사'로 그 전대미문의 공훈은 아마 귀공도 기억에 남을 것이오. 내가 여기 나온 것은 나의 그리운 공주가 귀공의 둘씨네아 델 또보소와는 비교도 안될 만큼 아름답다는 것을 귀공에게 인정시키고 고백시키기 위해 귀공과 싸워 귀공의 무력을 시험하기 위해서요. 만일 이 진실을 똑똑히 귀공이 고백한다면 귀공의 목숨도, 그리고 귀공의 목숨을 빼앗는 수고도 덜 수 있을 것이오. 만일 귀공이 나와 결전하여 내가 귀공을 쓰러뜨릴 때는, 무기를 버리고 이 이상 더 모험을 구하는 일을 삼가고, 앞으로 1년 동안 귀공의 마을로 돌아가서 조용히 집안에 들어앉아 일체 칼을 손에 쥐지 말고 얌전하게 몸을 아껴 살지 않으면 안되오. 이 일은 귀공의 자산을 풍부하게 하고 또 귀공의 영혼을 구제하게 될 것이오. 나는 다만 그 이상의 만족은 구하지 않소. 하나 만일 귀공이 나를 쓰러뜨릴 때는 나의 목은 귀공의 재량에 맡기고 나의 갑주와 말은 귀공의 전리품으로 드리겠소. 그리고 나의 무한한 공훈의 명성은 귀공에게로 옮겨갈 것이오. 자, 어느 쪽이 귀공을 위해서 바람직한 일인가 얼른 대답하시오. 이 결전을 처리하기 위한 나의 기한은 다만 오늘 하루뿐이오."

돈 끼호떼는 은달의 기사의 오만한 태도와 아울러 자기에게 도전하는 이유를 듣고 놀랄 뿐이었다. 그래서 침착하고 엄숙한 태도로 대답했다.

"거기 그 은달의 기사님, 귀공의 공훈에 대해서는 여태까지 한 번도 들은 적이 없소. 또 나는 감히 맹세하지만, 귀공은 여태까지 거룩한 둘씨네아 공주를 본 적이 없을 것이오. 왜냐하면 한 번이라도 공주를 보았다면, 이런 제안을 하겠다는 터무니없는 생각을 가질 까닭이 없다는 것을 나는 잘 알기 때문이오. 그것은 공주의 아리따운 얼굴을 한 번이라도 보았다면, 그에 맞설 만한 아름다움이 일찍이 있은 적도 없고 있을 까닭도 없다는 것을 깨달았을 것이기 때문이오. 귀공이 거짓말을 했다고는 하지 않으나, 다만 자기가 무엇을 꾀하고 있는가 스스로 모르고 있다고 말하고 싶소. 귀공의 도전에 대해서는 기꺼이 응하겠소. 귀공의 한정된 시간을 헛되이 보내지 않게 하기 위해서라도 즉각 승부를 하기로 하는 것이 좋겠소. 다만 귀공의 공훈에 관한 명성이 내 위로 옮겨온다는 조건만은 사절하겠소. 그 까닭은 그것이 어떤 것인가 나는 전혀 알지 못하기 때문이오. 나는 나 자신의 공훈으로 있는 그대로 만족하기 때문이오. 그러면, 귀공이 좋은 대로 거리를 잡으시오. 나도 또한 나의 거리를 잡겠소. 필경 신이 나를 도와주시고 성 베드로가 축복을 내려주실 것이 틀림없소."

이미 시내에서는 은달의 기사가 돈 끼호떼 데 라 만차와 말을 주고받는 것을 부왕에게 보고한 자가 있었다. 부왕은 돈 안또니오 모레노나 아니면 이 도시의 어느 신자가 생각해낸 새로운 모험이 틀림없다고 생각하고, 돈 안또니오와 그 밖에 많은 기마 무사들을 거느리고 해안으로 달려갔는데, 마침 그때는 필요한 만큼 거리를 잡으려고 돈 끼호떼가 로시난떼의 고삐를 돌리는 참이었다. 그래서 부왕은 두 기사가 막 서로를 향해 질주할 태세를 갖추고 있는 것을 보고 그 사이에 들어가, 이런 뜻밖의 결판을 내려고 하기까지 두 사람을 움직인 동기는 대체 무엇이냐고 물었다. 그래서 은달의 기사는, 쌍방이 그리워하는 공주의 아름다움이 어느 쪽이 더하고 덜한가가 원인이라고 대답하고, 먼저 자기가 돈 끼호떼에게 한 것과 똑같은 말을 간단하게 되풀이하고는 쌍방에서 동의한 도전의 조건을 덧붙여 설명했다. 부왕은 돈 안또니오를 불러, 대체 저 은달의 기사는 누구냐, 그리고 이것은 누가 돈 끼호떼를 상대로 꾸민 일종의 장난이 아니냐고 나직이 물었다. 그러자 돈 안또니오는 자기도 그가 누구인지 모르며, 이 결전이 농담인지 진담인지 그것조차도 모른다고 대답했다. 이 대답을 들으니 부왕은 두 사람을 그대로 싸우게 할 것인가 아니면 중지시킬 것인가 쉽게 판단이 서지 않았다. 그러나 암만해도 진짜 싸움 같지 않았으므로 이렇게 말하고 그자리에서 물러났다.

"그렇다면 두 기사님들, 이제 이 마당에 이르러서는 상대편 말을 그대로 인정하든지 아니면 죽든지 이 둘밖에 길이 없소. 뿐만 아니라 돈 끼호떼 님도 한 걸음도 양보를 하지 않고 은달의 기사께서도 끝내 고집을 꺾지 않으시는 이상 오직 하느님 손에 맡기고 승부를 결판내도록 하시오."

그러자 은달의 기사는 정중하고 상냥한 말투로 자기들에게 주어진 허락에 대해서 감사했으며 돈 끼호떼도 같은 인사를 했다. 이어 돈 끼호떼는 언제나 싸움을 시작할 때 하는 습관에 따라 하느님께는 진심으로 가호를, 그리운 둘씨네아 공주에게는 비호를 빌면서 아까보다 좀더 거리를 두려고 말머리를 돌렸다. 그의 적이 그렇게 하고 있는 것을 보았던 것이다. 그리고 두 사람은 덤비라는 나팔 신호나 용장한 음악 소리가 들린

것도 아닌데 똑같은 시각에 말머리를 다시 돌렸다. 그런데 은달의 기사
가 탄 말이 훨씬 민첩하여 그는 전 거리의 3분의 2쯤 되는 곳에서 돈 끼
호떼에게 접근했다. 그러나 그는 창으로 상대를 찌르지 않고——그는
일부러 창을 높이 쳐들고 있는 듯이 보였다——무서운 기세로 상대에
게 부딪쳤으므로 돈 끼호떼와 로시난떼는 무참히 땅바닥에 나뒹굴었
다. 다음 순간 은달의 기사는 돈 끼호떼에게 다가가 투구의 얼굴 가리개
에 창끝을 갖다대며 말했다.

"귀공이 졌소, 기사님. 우리가 정한 도전의 조건을 인정하지 않을 경
우 그대의 목숨을 받아야겠소."

돈 끼호떼는 나가 떨어져서 정신이 몽롱하여 얼굴 가리개도 들추지 않
고 마치 무덤에서 말하듯 힘없이 서글픈 목소리로 대답했다.

"둘씨네아 델 또보소 공주는 세계에서 제일가는 아름다운 여성이고 나
또한 이 세상에서 가장 무훈이 뛰어난 기사요. 그러나 내가 약한 탓으로
이 진실을 굽히지 않으면 안된다니 분하오. 귀공은 단숨에 그 창을 눌러
나의 목숨을 앗아가시오. 귀공은 나의 명예를 빼앗아갔소."

"아니, 그것은 내가 결단코 사절하겠소" 하고 은달의 기사는 말했다.
"그리고 둘씨네아 델 또보소의 아름다운 명성도 전과 다름없이 흠 하나
없는 온전한 모습으로 영속하리라고 말하겠소. 다만, 우리가 이 싸움을
시작하기 전에 쌍방이 동의한 대로, 훌륭한 돈 끼호떼 님이 일년 동안,
혹은 내가 알려드리는 시기까지, 고향 마을에 은거하신다는 것만으로써
나는 충분히 만족하겠소."

부왕을 비롯하여 돈 안또니오와 그 밖의 모든 사람들이 이 말을 한 마
디도 빠짐없이 듣고 있었을 뿐 아니라, 마침내 돈 끼호떼가 만일 둘씨네
아 공주의 격하를 요구하지 않는다면, 그 밖의 것은 모두 의리를 존중하
는 참된 기사로서 약속을 지키겠노라고 대답하는 말도 들었다. 이 선언
을 다 듣고 나더니 은달의 기사는 말머리를 돌려서 부왕에게 고개를 숙
여 인사한 다음 곧장 말을 몰아 시내 쪽으로 사라져버렸다.

부왕은 돈 안또니오에게 그를 따라가 꼭 정체를 알아 오라고 명령했
다. 사람들이 돈 끼호떼를 안아 일으켜서 투구를 벗기고 얼굴을 드러내
보니 창백해진 채 땀에 흠뻑 젖어 있었다. 로시난떼도 형편없는 몰골로
한참 동안 꼼짝도 하지 못했다. 산초는 그만 기가 죽어서 뭐라고 말을
해야 좋을지, 무엇을 해야 좋을지 정신을 차리지 못할 지경이었다. 그리

고 이번 일은 모든 것이 꿈 속에서 일어난 사건같이, 모든 계략이 마법의 소행으로밖에 생각되지 않았다. 그는 승부에 져서 일년 동안 모든 무기를 잡지 못하도록 강요된 주인의 모습을 본 것이었다. 주인이 세운 갖가지 공훈의 영광의 빛이 흐려지고, 그에게 주어진 새로운 약속의 희망도 마치 연기가 바람에 날리듯 순식간에 사그라지는 것을 상상했다. 그는 로시난떼가 평생 병신이 되어버리지나 않을까, 주인도 뼈가 빠지지나 않았을까 하고 무척 걱정이 되었으나, 만일 주인이 뼈가 빠졌을 정도라면 그것은 적지않이 다행임이 틀림없다고 생각했다. 결국 사람들은 부왕이 가지고 오게 한 가마에 태워 그를 시내로 운반해갔으며, 부왕도 돈 끼호떼를 이런 비참한 지경에 빠뜨린 은달의 기사가 대체 누구인가 확인하고 싶은 생각에 쫓겨 역시 시내로 돌아갔다.

제 65 장

여기서는 '은달의 기사'가 누구라는 것이 밝혀지고 아울러 돈 그레고리오의 구출과 그 밖의 사건이 다루어진다.

돈 안또니오는 은달의 기사 뒤를 쫓아갔으며 많은 아이들도 역시 그 뒤를 따라갔는데, 아니 추적해갔는데, 이윽고 그는 시내의 어느 여인숙으로 들어갔다. 그와 가까이 하겠다는 생각으로 돈 안또니오도 그 여인숙으로 들어갔다. 그러자 한 종자가 은달의 기사를 맞이하여 그의 갑주를 벗겨주려고 나왔다. 그는 아래층 홀로 들어가고, 돈 안또니오도 그가 어떤 자인가 알 때까지는 편안하게 빵이 구워지기를 기다릴 수 없어 그와 함께 홀로 들어갔다. 그래서 은달의 기사는 그가 도저히 자기를 놓아주지 않을 것을 깨닫고 입을 열었다.

"여보시오, 나는 당신이 무엇 때문에 여기까지 오셨는지 잘 알고 있습니다. 내가 어떤 사람인가 정체가 알고 싶으신 거지요. 그러시다면 굳이 숨길 필요도 없으니까 내 하인이 갑주를 벗겨주는 동안 이 사건의 진상을 하나도 감추지 않고 말씀드리기로 하지요. 그럼 우선 내가 석사 삼손 까르라스꼬라는 사람이라는 것을 미리 알아두십시오. 나는 돈 끼호떼 데라 만차와 같은 마을에 사는 사람으로 그의 광태와 숙맥 같은 행동에는 그를 잘 아는 우리 모두가 딱하게 생각지 않을 수 없었습니다만, 그 중에서도 특히 그를 딱하게 생각하는 사람들 가운데 나도 끼여 있습니다. 그리고 그를 회복시키려면 안정이 우선이라 그가 태어난 고향에 있는 자택으로 데려가 정양시키는 것이 상책이라고 생각했기 때문에 그를 집에 돌아가게 하는 방책을 생각한 것입니다. 그래서 약 석 달 전에 나는 스스로 '거울의 기사'라고 자칭하면서 편력 기사로서 그와 맞부딪치려고 여행길에 나섰지요. 다시 말해서 그와 일대일로 승부를 겨루어 상대방에게 상처를 입히지 않고 이겨서, 패배한 자는 승리한 자의 말을 듣는다는 조건을 붙여 그것을 실행할 생각이었던 것입니다. 그때 내가 그 사람에게 요구할 수 있으리라 믿었던 것은, 그가 질 것이 틀림없다고 판단했기 때문입니다. 그는 고향마을로 돌아가서 꼭 일년 동안 거기서 나오지 않는다는 것이었습니다. 그동안에는 병도 낫겠지 하는 생각에서였지요. 그런데 운명이란 짓궂은 것이어서 그렇게는 일이 진행되지 않더군요. 왜냐하면 돈 끼호떼가 오히려 나한테 이겨서 나를 말에서 떨어뜨렸기 때문인데 그래서 내 계획은 성공하지 못했습니다. 그는 여행을 계속하고, 나는 싸움에 져서 면목을 잃은 채 낙마로 상처를 입고, 더욱이 상당한 중상을 입고 비참한 꼬락서니로 돌아갔지요. 그러나 나는 다시 그를 찾으러 나섰는데, 마침 오늘 보셨듯이 그를 쓰러뜨리자는 소원이 늘 염두에서 떠나지 않았습니다. 그는 편력 기사도의 정신을 지키는 데 있어서는 참으로 고지식하므로 자기의 약속을 이행하기 위해서 오늘 나와 맺은 약속을 그대로 실천하리라는 것은 조금도 의심할 여지가 없습니다. 이것이 이번 사건의 진상이고, 이밖에는 당신에게 얘기해야 할 일은 아무것도 없습니다. 그런데 여기서 당신께 부탁드리고 싶은 것은 그에 대한 나의 모처럼의 호의가 좋은 결과를 가져오기 위해서도, 또 기사도에 관한 어처구니없는 생각이 그한테서 사라져, 그처럼 원래 훌륭한 사려를 갖춘 사람이 지난날의 이성을 되찾기 위해서도, 나에 관한 얘기를 폭로하거나 내가 누구라는 것을 돈 끼호떼에게 말하지 말아주십사, 하는 것입니다."

"이런, 이런!" 하고 돈 안또니오는 말했다. "세상에 보기드문 우스꽝스러운 광인을 정상으로 되돌려놓으려 함으로써 당신이 세상에 끼치는 손해는 도저히 용서받을 수 없습니다. 제정신을 차린 돈 끼호떼가 갖다줄지도 모를 이익 따위는 그 사람이 정신착란으로 말미암아 사람들에게 주는 근사한 재미에는 도저히 미치지 못한다는 것을 모르십니까? 석사

님이 모처럼 여태까지 애를 쓰셨지만, 이렇게 완전히 돌아버린 미치광이를 정상으로 돌려놓는다는 것은 벌써 늦은 감이 없지 않습니까? 이렇게 말하면 무정하게 들릴지 모르지만, 나는 돈 끼호떼가 결코 제정신을 차리지 말아주었으면 하고 말하고 싶을 정돕니다. 왜냐하면, 그 사람이 정신을 차리면 단지 우리가 돈 끼호떼의 우스꽝스러운 재미를 잃을 뿐 아니라 또 그의 종자 산초 빤사의 애교까지 잃게 되거든요. 그녀석의 사소한 언동도 그야말로 우울 그 자체를 다시 한 번 즐겁게 만들어놓는 힘이 있는데 말입니다. 그건 그렇고, 아무튼 모처럼 까르라스꼬 님이 애쓰신 일이 결국 허사가 되고 말 것이라는 나의 생각이 과연 맞나 안 맞나 하는 것을 확인하기 위해서라도 나는 아무 말도 하지 않겠습니다. 아무 말도 돈 끼호떼에게는 하지 않기로 하지요."

그러나 삼손 까르라스꼬는 이번 일이 틀림없이 운좋게 진행되고 있으므로 성공하게 될 것을 자기는 기대한다고 대답했다. 돈 안또니오는, 무엇이든 부탁만 해주시면 힘닿는 데까지 도와드리겠다고 말하고 그와 작별했다. 이리하여 삼손 까르라스꼬는 갑주를 당나귀 등에 묶고 결전장에 타고 갔던 말에 올라 그날 안에 그곳을 곧 출발하여 이 진실을 전하는 실록에 수록될 말한 사건도 일으키게 하지 않는 채 고향으로 돌아갔다.

돈 안또니오는 까르라스꼬가 자기에게 들려준 이야기를 죄다 부왕에게 말했는데, 부왕은 그것을 듣고 그다지 기뻐하지 않았다. 왜냐하면, 만일 돈 끼호떼가 은둔 생활에 들어가버린다면 그의 광태에 관한 소문을 듣는 모든 사람들이 마땅히 그 덕분에 받을 즐거움을 잃을 것이 틀림없었기 때문이다.

엿새 동안 돈 끼호떼는 자리에 누워 있었는데, 그동안 그는 자기가 패배한 불운의 사건을 다시 생각하고 고쳐 생각하면서 번민 속에 울적한 마음에 잠겨 풀지 못할 애달픈 생각에 괴로워하고 있었다. 산초가 곁에서 이것저것 그를 위로해주었는데, 여러 가지 말 가운데서 이런 말을 했다.

"나리, 얼굴을 드십쇼. 그리고 할 수 있으시다면 기분을 명랑하게 가지셔야 합니다요. 게다가 나리는 땅바닥에 굴러떨어지기는 했어도 갈빗대 하나 부러지지 않으셨으니 하느님께 감사드려야 합니다요. 그리구 나리도 '인과응보는 세상의 상도'라는 건 알고 계시고, '나무 못이 있는 곳에 반드시 소금에 절인 돼지고기가 있는 법은 아니다'라고 하니까. 이

병만은 의사 따위가 도통 아무 소용도 없으니 의사 따위는 죽어버리라고 하고, 우리는 집으로 돌아가 우리를 전혀 모르는 고장이나 마을로 모험을 찾는답시고 싸다니는 것은 이제 그만두기로 합시다요. 아무리 생각해 봐도 제일 호된 변을 당하신 건 나리인지도 모릅니다요만, 여기서 제일 수지가 안맞게 된 것은 접니다요. 저는 영주가 되고 이 이상 다시 영주가 될 기분은 버렸습니다요만, 백작이 되고 싶은 기분은 아직도 버리지는 않고 있습니다요. 만일 나리께서 기사도의 수행을 그만두시는 바람에 국왕이 되시는 것마저 그만두신다면 제 희망도 이젠 도저히 이루어질 수 없는 것이 아닙니까요. 그러니 저의 희망도 결국은 연기 같은 것이 되고 마는 셈입니다요."

"입을 다물어라, 산초, 내가 집안에 틀어박히는 것도 은둔 생활을 하는 것도, 일년 이상은 계속되지 않는다는 것을 그대도 알고 있지 않느냐. 그러니 머지않아 나의 영광스러운 원직무로 되돌아가서 왕국을 하나 손에 넣거나 그대에게 줄 백작령을 손에 넣거나 하는 것은 틀림없는 일일 게다."

"하느님께 들려드리고 싶습니다" 하고 산초가 말했다. "'악마는 벙어리가 돼라'지요. 그 까닭은 말씀입니다요, 제가 듣기로 '쓸데없는 것을 손에 쥐고 있기보다 즐거운 희망을 갖고 있는 편이 낫다'고 하잖습니까요."

이런 말을 하고 있는데 돈 안또니오가 매우 기쁜 듯한 표정으로 들어와서 말했다.

"한턱 하십시오. 돈 끼호떼 님, 좋은 소식을 가지고 왔습니다! 돈 그레고리오와 그를 데리러 갔던 배교자가 해변에 도착했어요! 아니, 해변이 아니라 지금쯤은 부왕 궁에 도착해서 곧 이리로 올 것입니다."

돈 끼호떼도 역시 얼마간 기쁜 모습을 보이며 말했다.

"사실을 말씀드리면, 나는 하마터면 그것이 거꾸로 되었더라면 얼마나 기뻤을까 하고 말할 뻔했소이다. 그렇게 되면 부득불 나는 바아바리로 건너가야 하게 될 것이고, 나의 힘으로 돈 그레고리오 님은 말할 것도 없고 그리스도 교도로서 바아바리에 포로로 잡혀 있는 사람들을 깡그리 자유로운 몸으로 만들어주었을지 모를 일이니 말이오. 그러나 처참해진 내 주제에 감히 무슨 말을 할 수 있을까? 나는 앞으로 일년 동안 무기를 잡아서는 안될 몸이 아니오? 내가 무슨 약속을 할 수 있겠소? 칼을 잡느니 차라리 물레가락이나 잡는 편이 어울리는 주제에, 내가 무엇으로 궁지를 삼겠소?"

"나리, 그런 말씀 마십쇼" 하고 산초가 말했다. "'헛바닥에 종기가 생겨도 암탉은 살려둬라'고 하고, '오늘은 너의 것, 내일은 나의 것'이라고도 하잖습니까요. 그러구 이런 충돌이니 몽둥이질이니 하는 것을 꼼꼼하게 생각하실 건 없습니다요. '오늘 쓰러진 자도 내일이면 일어날 수 있다'니까요. 자리에 누워 있기를 바라지 않는 한, 다시 말해서 제가 말씀드리고 싶은 것은, 요다음 싸움을 위해서 새로운 힘을 회복하지 않고 기력도 잃은 채 그대로 있지만 않는다면 말씀입니다요. 그보다 나리, 일어나셔서 돈 그레고리오를 맞이하십쇼. 다급한 사람들의 발자국 소리가 들리는 것 같습니다요."

사실 그러했다. 출발해서 귀착(歸着)에 이르는 경위를 부왕에게 보고하고 나서 아나 펠리스를 만나고 싶어 안절부절 못하는 돈 그레고리오가 배교자와 함께 돈 안또니오의 집으로 달려온 것이다. 그가 알제리에서 구출되었을 때는 여자 복장을 하고 있었는데, 배 안에서 그와 함께 탈출한 포로의 옷으로 갈아입었다. 그러나 어떤 복장을 하더라도 사람들의 사랑을 받고 보살핌을 받고 존경을 받을 만큼 그는 출중하게 아름다운 젊은이였으며, 나이는 열일곱이나 열여덟으로 보였다. 리꼬떼와 딸이 그를 맞이했는데 아버지는 눈물 속에서, 딸은 얌전하게 그를 맞았다. 그들은 서로 껴안거나 하지는 않았다. 서로 진정으로 애정을 느끼고 있을 경우에는 오히려 천한 거동을 하지 않는 법이다. 돈 그레고리오와 아나 펠리스 두 사람은 우열을 가리지 못할 정도로 아름다워 그자리의 모든 사람들은 오로지 신기하게 여기며 경탄할 뿐이었다. 이 자리에서 연인들 대신에 말을 나눈 것은 호젓한 침묵이었으며, 두 사람이 서로 바라보는 눈이 서로의 기쁨과 정숙한 기분을 전하는 말이었다. 배교자가 돈 그레고리오를 구출하는 데 사용한 수단과 방법을 사람들에게 피력하자, 돈 그레고리오는 여자들과 함께 살고 있을 때 자기가 빠진 위험과 궁지를 지리하지 않도록 간단히 요령 있게 이야기했는데, 그 말만 들어도 그의 사려나 분별이 나이보다 훨씬 어른스럽다는 것을 알 수 있었다. 리꼬떼는 배교자와 노를 저어준 사람들에게 아낌없이 후한 사례를 했다. 배교자는 그리스도 교도로 복귀하는 허락을 얻어, 고행과 회개에 의해서 탈락자의 자리에서 깨끗한 신도로 되돌아왔다.

이틀 후 부왕과 돈 안또니오는 아나 펠리스와 그의 아버지가 스페인에 이대로 머물러 있으려면 어떤 방법을 써야 하는가 의논했는데, 그토록 순수한 그리스도 교도의 딸과 아무리 보아도 올바른 마음의 소유자가 틀림없는 아버지가 스페인에 머물러 있는 데는 지장이 없을 듯이 보였다. 돈 안또니오는 다른 용무로 꼭 수도에 가야 했기 때문에 자기가 수도에 가면 이 일도 처리해주겠다고 제의했는데, 그곳에서는 특별한 조치나 뇌물로 꽤 어려운 사건도 해결된다는 것을 은근히 풍겼다.

"아니, 특별한 배려나 뇌물 같은 것에 기대해봐야 소용없을 것입니다" 하고 이때 두 사람의 말을 듣고 있던 리꼬떼가 끼여들었다. "국왕님이 우리의 추방을 위임하신 그 높으신 살라사르 백작, 돈 베르나르디노 데 벨라스꼬 님한테는 애원도 약속도 뇌물도 눈물도 아무 소용 없습니다. 그야 그분이 공정한 판정에 자비를 베프시는 것은 사실이지만, 그분은 우리 동족 전체가 감염되어 썩고 있다고 보고 계시니까, 이것이 도지는 고약을 바르느니 차라리 단숨에 인두로 지져버리는 것이 낫지요. 그분은 깊은 사려와 명석한 머리와 부지런함, 그리고 사람들에게 품게 하는 공포심 따위로 그 굳건한 어깨에 이 대정책의 무거운 짐을 지고 보기좋게 실행하시는 것입니다. 우리들의 잔재주도, 계략도, 청원도, 속임수도 그분의 아르고스(100개의 눈을 가지고 잘 때도 50개씩 번갈아 뜨고 있었다는 전설상의 괴물) 같은 눈을 속일 수는 없지요. 왜냐하면, 우리들 가운데 한 사람도 놓치지 않도록, 이제는 많은 우리 동족이 빚어내던 공포를 없애고 말끔한 스페인이 되었지만, 이 스페인에, 마치 땅속에 숨은 뿌리가 시간이 지남에 따라 이윽고 싹이 트고 열매를 맺을 것을 두려워하듯이, 우리 동족은 한 사람도 숨는 일이 없도록 그분의 눈은 줄곧 감시하고 있거든요. 그러니 필리뽀 3세 대왕께서 이 일을 돈 베르나르디노 데 벨라스꼬 님에게 일임하셨다는 것은 대결단이었으며, 역사가 시작한 이래 가장 용의주도한 처사였다고 할 수 있겠지요!"

"그러나 아무튼, 내가 저쪽으로 가면 되도록 여러 가지 수단을 강구해 보도록 하지요. 그 나머지는 하느님의 뜻에 맡겨드릴 수밖에 없습니다" 하고 돈 안또니오가 말했다. "그리고 돈 그레고리오 님은 오랫동안 집을 비워 아마 양친께서도 무척 걱정하고 계실 테니까 그분들을 위로해드리러 나와 함께 갑시다. 아나 펠리스 님은 내 집에서 아내와 함께 있어도 좋고, 어느 수도원에 들어가 계시는 것도 좋겠지요. 그리고 리꼬떼 님은 내 주선이 어떤 열매를 맺을지 알게 될 때까지 부왕님 궁정에 머물러 계시면 부왕께서도 좋아하실 것을 나는 알고 있습니다.”

부왕은 이 제안에 전면적으로 동의했으나, 돈 그레고리오는 일의 경과를 듣고 무슨 일이 있더라도 도냐 아나 펠리스를 남겨놓고 갈 수는 없고 또 그럴 생각을 가질 수도 없다고 말했다. 그러나 아무튼 양친을 만나고 싶은 생각은 크고, 또 그녀를 데리러 돌아올 계획도 세울 수 있을 것 같아 제의된 결정에 따르기로 했다. 이리하여 아나 펠리스는 돈 안또니오의 아내와 함께 머물게 되었고, 리꼬떼는 부왕 궁정으로 가기로 했다.

돈 안또니오가 출발할 날이 오고, 그 후 이틀이 지나서 이번에는 돈 끼호떼와 산초 빤사가 떠날 날이 왔다. 말에서 떨어졌을 때의 부상으로 더 빨리는 여로에 오를 수가 없었던 것이다. 돈 그레고리오가 아나 펠리스와 헤어질 때는 눈물과 한숨, 그리고 실신과 흐느낌의 되풀이였다. 리꼬떼는 만일 싫지만 않다면 1000에스꾸도 주겠다고 돈 그레고리오에게 말했으나 그는 받으려 하지 않고 5에스꾸도만 달라고 했다. 돈 안또니오가 5에스꾸도를 빌려주자 수도에 가서 갚아드리겠다고 약속했다. 이리하여 두 사람은 떠나가고, 돈 끼호떼와 산초는 앞에서 말한 것처럼 그들보다 늦게, 돈 끼호떼는 갑주를 입지 않은 여행 차림으로, 산초는 잿빛 당나귀에 그 갑주를 싣고 출발했다.

제 66 장

읽는 자는 눈으로 보게 되고, 남에게 읽어달라고 부탁하는 자는 귀로 듣게 될 사항에 대해서.

돈 끼호떼는 바르셀로나를 떠날 때 다시 한 번 자기가 낙마한 장소를 바라보면서 말했다.

“여기가 바로 나의 트로이였어! 여기서 나의 겁약 때문이 아니라 나의 불운이 내가 도달한 영광을 낚아가버린 게야. 여기서 운명의 여신은 나에게 등을 돌려버린 게야. 여기서 나의 모든 공훈에 응달이 낀 게야. 여기서 결국 나의 행운이 두 번 다시 일어나는 일 없는 붕괴를 하게 된 거야.”

이 말을 듣고 산초가 말했다.

"저 보세요, 나리. 융성할 때 기뻐하는 것과 마찬가지로 낙망했을 때 참는 것은 용감한 마음의 소유자에게 적합한 일입니다요. 저는 제 경험으로 생각합니다요만, 제가 영주였을 때 즐거웠다고 해서 지금 이렇게 터벅터벅 걸어가야 하는 종자의 신분을 그다지 슬프게 생각진 않습니다요. 왜냐하면, 세상에서 '운명의 여신'이라 부르는 것에 대해 들어보니 주정쟁이에다 변덕스러운 여자로, 더욱이 거리에서 노래를 부르고 돌아다니는 눈먼 여자라고 하니까 자기가 한 일을 볼 수도 없을 뿐더러 누구를 넘어뜨렸는지, 누구를 끌어올렸는지도 모른다고 하잖습니까요."

"그대는 대단한 철학자로군, 산초" 하고 돈 끼호떼가 말했다. "누구한테 배웠는지 모르지만 그대는 꽤 사리를 잘 아는 말투로 말하는구나. 그러나 내가 그대에게 할 수 있는 말은 이 세상에는 '운명의 여신' 따윈 있지도 않거니와 세상에서 일어나는 사물이라는 것은 좋은 일이건 나쁜 일이건 결코 우연히 생기는 것이 아니고 하늘의 특별한 섭리에 의해서 생긴다는 것이다. 세상에서 흔히 말하는, '사람은 저마다 자기 운명을 만드는 자'라는 속담도 여기서 나온 것이다. 나는 나의 운명을 만드는 자였는데 필요한 신중성이 모자랐던 게야. 그래서 나의 자만이 호된 타격을 받은 게야. 나는 그 '은달의 기사'의 억세고 튼튼한 말에 로시난떼의 약체가 도저히 견딜 수 없다는 것을 마땅히 생각했어야 옳았던 것이다. 즉, 나는 무모한 짓을 했단 말이다. 나는 전력을 다해서 일에 부딪쳤다. 그러나 보기좋게 적에게 지고 말았지. 그래서 나는 명예는 잃었다 하더라도 내가 맺은 약속은 지킨다는 절조는 잃지 않았으며 또 잃을 수 있는 것도 아니다. 내가 대담무쌍하고 용기에 찬 편력 기사였을 무렵에는 나의 손과 나의 활약을 내 무훈의 보증으로 삼곤 했었다만, 내가 터벅터벅 걸어다니는 일개 종자로 전락한 지금에 이르러서는, 하다못해 내가 약속하여 상대편에게 준 말만은 지켜 내 말에 신용을 가져두고 싶구나. 자, 떠나기로 하자, 나의 의좋은 산초여. 우리 마을에서 수도사의 수습 같은 일년을 보내기 위해 떠나기로 하자꾸나. 그 은둔 생활 동안에 나로서는 한순간도 잊을 수 없는 그 무기를 잡는 수련으로 되돌아갈 영기(英氣)를 기르도록 하자꾸나."

"나리" 하고 산초가 대답했다. "이렇게 터벅터벅 걸어서 여행을 한다는 것은 그다지 즐거운 일이 아닌뎁쇼. 오랜 여행을 할 기분 따위가 나기는커녕 아예 깡그리 꺼져버렸습니다요. 이 갑주는 누군가 교수형을 당한 사내처럼 어느 나뭇가지에 매달아놓기로 하면 어떨깝쇼? 그래서 제가 잿빛 당나귀 등에 올라앉아 땅에서 두 다리를 들어올리게만 된다면 나리가 바라시는 대로 예정하시는 대로 여행을 할 수 있을 것입니다요. 터벅터벅 걸어서, 더군다나 먼 길을 걸어가야 한다는 건 도저히 할 수도 없는 멍청이 같은 생각입니다요."

"그래 제법 그럴 듯한 말을 하는구나, 산초. 내 갑주를 전승 기념 대신에 매달아두기로 할까? 그리고 그 밑에나 그 주위의 나무에 롤단의 갑주 전승 기념에 씌어 있는 말을 새겨놓도록 할까."

　　어느 누구도 이것을 움직이지 못한다,
　　롤단과 힘을 겨룰 자가 아니라면.

"그건 마치 진주처럼 들립니다요" 하고 산초가 말했다. "그러구 앞으로 로시난떼가 꼭 필요하지만 않다면 이녀석도 갑주와 함께 매달아놓고 가는 편이 좋을는지도 모르겠습니다요만."

"그러나, 로시난떼도 갑주도" 하고 돈 끼호떼가 대답했다. "매달아두고 싶지 않구나. 그 까닭은, '충실한 봉사에 무정한 보답'이라는 말을 듣고 싶지 않기 때문이다."

"나리의 말씀은 매우 훌륭하십니다요" 하고 산초가 말했다. "그 까닭은 사리를 아는 분들의 말에 따르면, '당나귀의 죄를 짐안장 탓으로 돌려서는 안된다'고 하니까, 이런 사건에선 죄는 나리에게 있으니 나리 자신을 벌주셔야 옳습니다요. 그 분풀이를 이미 다 부서져서 피투성이가 된 갑주나 얌전한 로시난떼나, 보통 이상으로 걷게 해서 약해진 내 다리에 할 생각일랑 아예 말아주시기 바랍니다요."

이런 말을 주고받는 동안에 그날도 지나가고, 다시 그들의 여행을 방해하는 일은 아무것도 일어나지 않은 채 나흘이라는 날짜가 흘러갔다. 닷새째 되는 날, 어느 마을 입구의 여인숙 앞에 많은 사람들이 몰려 있는 것을 보았는데, 마침 축제일로 마을 사람들이 거기서 놀고 있는 중이었다. 돈 끼호떼가 그리로 가까이 가자 한 농부가 큰 소리로 말을 건네 왔다.

"이리 오시는 두 분은 어느 쪽 편도 아니실 테니까, 우리 내기를 어떻

게 판정해야 좋을지 두 분 가운데 어느 분이든지 한 번 말씀 좀 해주시
지 않겠습니까?"

"그런 거야 틀림없이 말해줄 수 있지"하고 돈 끼호떼가 대답했다.
"그 내기라는 것을 똑똑히 말해주기만 하면 공정하게 판단해주지."

"그건 이런 문제입죠"하고 그 농부가 말했다. "말하자면 이 마을에
사는 사내로 몸무게가 11아르로바나 되는 뚱뚱보가, 역시 이 마을 사람
으로 고작 5아르로바밖에 무게가 안 나가는 사내에게 한 번 내기를 하자
고 말했잖겠습니까요. 그런데 그 조건이라는 것이, 100걸음의 거리를 같
은 무게로 달린다는 것입니다요. 그래서 상대편이 내기를 하자는 사내에
게 무게를 어떻게 똑같이 하느냐고 물으니까, 너는 무게가 5아르로바니
까 6아르로바의 쇳덩이를 지고 달리는 거야. 그러면 빼빼가 11아르로바
가 되어 뚱보의 11아르로바와 같은 무게가 되잖느냐고 대답한 것입니다
요."

"그건 안되지"하고 이때 산초는 돈 끼호떼가 채 대답도 하기 전에 끼
여들었다. "나는 세상 사람들이 다 알고 있듯이 얼마 전에 영주직과 판
관의 직책을 내동댕이치고 온 사람인데, 이렇게 판단하기 어려운 문제를
조사하거나 여러 가지 다툼에 의견을 내놓는 것이 내 본직이야."

"잘 대답해야 한다, 의좋은 산초여"하고 돈 끼호떼가 격려했다. "나
는 요즘 판단력이 헝클어지고 복잡해져서 도무지 고양이에게 빵조각 하
나 제대로 줄 것 같지 않구나."

이 허락을 얻어 산초는 자기 주위에 꽉 들어서서 입을 멍하니 벌리고
자기 입에서 나오는 판결을 기다리고 있는 농부들을 돌아보고 말했다.

"여러분, 그 뚱뚱보 녀석이 꺼낸 얘기는 말도 안되고 공평의 공 자도
없는 얘기야. 왜냐하면 세상에서 하는 말이 사실이라면, 도전을 받은 쪽
은 무기를 고를 수 있는 법인데, 도전한 녀석이 상대편의 승리를 방해하
거나 훼방놓거나 할 그런 무기를 제멋대로 고르다니 말도 안된단 말야.
그래서 내 생각으로는, 그 도전한 뚱보 녀석 몸의 군살을 잘라내고 깎아
내고 도려내고 갈아없애서, 자기에게 제일 맞는 이쯤되면 괜찮겠지 할
만큼 몸뚱이 여기저기서 6아르로바의 살을 도려내는 거야. 그렇게 하면
몸의 무게도 5아르로바가 되어버릴 테니 상대편의 5아르로바와 비슷비
슷해질 것이고, 그렇게 되면 경중의 차이 없이 두 사람은 겨룰 수 있지
않느냐 이 말씀야."

"굉장하시군!" 하고 산초의 판결을 가만히 듣고 있던 한 농부가 소리쳤다.

"이 나리는 마치 성자님처럼 말씀을 하셨고, 교회의 참사님처럼 판결을 내리셨잖아. 하지만 그 뚱뚱보가 6아르로바는 고사하고 1온스라도 몸의 살을 줄일 것을 응낙할 까닭이 없다는 것도 틀림없는 얘기야."

"제일 좋은 건 두 사람이 달음박질하지 않는 거야" 하고 또 한 사나이가 말했다. "그러면 빼빼가 무거운 추 아래서 녹초가 될 일도 없고, 뚱보가 살을 줄이지 않아도 되잖아. 그러구 어때, 내기의 절반을 술값으로 만들면? 그러구 이 나리들을 제일 좋은 술을 마실 수 있는 주막으로 모시면? 내 ……에는('내 영혼에는'이라는 말이 생략된 것) '비가 올 때 비옷을 씌우라'고 하잖아."

"나는 말씀이오, 여러분" 하고 돈 끼호떼가 대답했다. "호의는 고맙소만 조금도 우물쭈물하고 있을 형편이 못되오. 왜냐하면 슬픈 생각과 슬픈 사건 때문에 대단히 무례하게 보일지 모르나 서둘러 가야 할 몸이기 때문이오."

그리고 그는 로시난떼에게 박차를 가하여 앞으로 나아갔는데, 뒤에 남은 사람들은 그의 이상한 몰골과 그의 종자가 보여준 깊은 사려를 생각하고 은근히 놀라고 있었다. 그들도 역시 산초를 종자로 보고는 있었던 것이다.

그러자 농부 가운데 한 사람이 입을 열었다.

"종자가 저만큼 지혜가 있으니 주인 쪽은 얼마나 영리할까? 난 내길 해도 좋은데, 만일 저 사람들이 살라망까에 가서 공부를 한다면 금방 왕궁에서 일하는 법관이 될 거야. 그러나 모든 게 내기지. 그저 공부에 공부를 하면 말야. 재수와 운을 잡는 거지. 그러면 본인도 모르는 새에 손에 직함을 나타내는 지팡이를 들게 되거나, 머리에 사교님이 쓰는 관을 쓰게 될 테니 말야."

주인과 종자는 그날 밤을 들판 한가운데, 아무런 덮개도 없는 밤하늘 아래서 보내고, 그 다음 날 다시 나그네길을 계속하고 있었는데, 문득 저편에서 보따리를 목에 걸고 손에는 창인지 가지 꽂은 몽둥이인지 분간할 수 없는 것을 들고 얼른 보기에도 파발꾼같이 보이는 사나이가 그들 쪽으로 성큼성큼 걸어오는 것이 눈에 띄었다. 사나이는 돈 끼호떼 가까이 오더니 별안간 빠른 걸음으로 거의 달리듯이 하여 그에게 다가와서 그의 오른쪽 허벅다리를 두 팔로 껴안고——그 위에까지는 손이 미치지 못했던 것이다——무척 반가운 표정으로 소리쳤다.

"돈 끼호떼 님 아니십니까요? 저의 주인 공작님이 나리가 성으로 돌아오신다는 걸 아시면 얼마나 기뻐하실는지요! 공작님은 마님이신 공작 부인님과 함께 거기 계십니다요."

"글쎄, 도무지, 그대가 기억이 안나는구나"하고 돈 끼호떼가 대답했다. "누구인지 말해주지 않으면 이름도 모르겠는걸."

"아이고, 돈 끼호떼 님"하고 파발꾼이 대답했다. "공작님의 하인 또실로스입니다요. 그 왜 도냐 로드리게스의 딸과 결혼하고 싶어서 나리와 싸울 것을 거부한 녀석 말씀입니다요."

"아, 그렇구나, 이건 놀랍군!"하고 돈 끼호떼가 말했다. "나의 원수인 마법사들이 그 싸움의 영광을 내게 주지 않으려고, 그대가 방금 말한 그 하인의 모습으로 바꾼 것이 그대였다니, 그런 일이 있을 수 있을까!"

"무슨 말씀을 하십니까요, 나리는?"하고 파발꾼이 대답했다. "마법이니 얼굴을 바꾸느니 그런 일은 손톱만큼도 없었습니다요. 저는 하인 또실로스 바로 그대로의 모습으로 울 안에 들어가서 또실로스 바로 그대로의 모습으로 거기서 나왔으니까요. 저는 그 처녀가 무척 마음에 들어서 싸우는 대신 결혼해야지, 하는 생각이 들었던 것입니다요. 그런데 제 생각과는 전혀 반대의 사태가 되어버렸읍죠. 나리께서 성을 떠나시고 나니까 금방, 제가 그 싸움에 나가기 전에 지시를 받은 명령을 어겼다고 해서 주인 공작님에게 채찍 100대를 맞았으니까요. 그러고는 결국 그 처녀는 수녀가 되어버리고 도냐 로드리게스는 까스띠야로 돌아가버리고, 저는 저대로 바르셀로나의 부왕님께 주인님이 보내시는 편지 뭉치를 갖고 떠나게 되었읍죠. 그런데 만일 나리께서 한잔 하시고 싶은 생각이 계시면 좀 뜨뜻해지기는 했지만 맛은 변하지 않은 이 좋은 술을 호리병 박에 가득 넣어가지고 갖고 있습니다요. 게다가 뜨론촌의 치즈도 몇 조각 있으니까 만일 나리의 마시고 싶은 욕심이 잠자고 있다면, 이건 술의 갈증을 깨우는 데 그만입니다요."

"나는 '이리와, 이리와'엔 언제나 응하지"하고 산초가 받았다. "예의 범절의 '나머지 패짝'은 내동댕이쳐요. 또실로스 양반, 인도 지역에 아무리 마법사가 우글우글하건 말건 난 상관없으니 술이나 한잔 따르구려."

"결국, 산초" 하고 돈 끼호떼가 말했다. "그대는 이 세상에서 제일가는 식충이요, 이 세상 제일가는 바보로다. 이 파발꾼은 마법에 걸려 있고, 이 또실로스는 모습이 변하여 있다는 것을 그대는 납득하지 못하고 있으니 말이다. 이 사나이와 함께 남아서 실컷 마셔라. 나는 그대가 오기를 기다리면서 슬슬 나가고 있을 테니까."

하인은 저도 모르게 웃음을 터뜨리고는, 표주박을 꺼내고 치즈 조각과 말라버린 빵을 꺼내더니 산초와 함께 푸른 풀밭에 앉아 의좋게 부지런히 주워먹어 금방 보따리를 빈 걸로 만들어버렸다. 치즈 냄새가 난다고 해서 편지 묶음까지 빨고 나서 또실로스가 산초에게 말했다.

"이봐요, 산초 양반, 당신 주인은 미쳐서 덕을 보고 계시네요."

"어째서 덕을 보나?" 하고 산초가 대꾸했다. "나리는 아무에게도 빚이 없어. 무슨 일에고 돈을 지불하시지. 미치광이가 돈 대신 통용되는 곳에선 더해. 난 그걸 내 눈으로 똑똑히 봤거든. 내가 나리에게 그런 말을 하지만 무슨 소용 있겠나? 그게 요즘엔 더 심해서 정말 손을 댈 수 없을 정도야. '은달의 기사'한테 져버렸거든."

또실로스는 돈 끼호떼에게 일어난 그 일의 자초지종을 얘기해달라고 부탁했으나, 산초는 주인을 오래 기다리게 하는 것은 실례니까 언젠가 다시 만나게 되면 그럴 여유도 있지 않겠느냐고 대답했다. 그리고 옷을 털고 수염에 묻은 빵 부스러기를 쓰다듬어 털고 일어나서 잿빛 당나귀를 앞세우고 "잘 가게" 하고 말하고는 또실로스를 남겨놓은 채 주인을 쫓아갔다. 주인은 어느 나무 아래서 그를 기다리고 있었다.

제 67 장

돈 끼호떼가 약속한 일년이 지나는 동안 양치기가 되어 들판에서 살자고 결심한 일과 아울러 그 밖에 참으로 흥미진진한 즐거운 일에 대해서.

고배를 마시기 전에도 많은 생각에 잠기고 온갖 상념에 괴로워하곤 하던 돈 끼호떼는 굴욕을 당한 후부터는 더더욱 골똘한 생각에 잠기게 되었다. 앞에서도 말한 것처럼, 그는 어느 나무 그늘에 앉아 있었는데, 이

때도 마치 꿀에 파리 꿇듯 갖가지 잡념이 몰려와 그를 쿡쿡 찔렀다. 어떤 때는 둘씨네아의 마법을 푸는 일을 생각하고, 어떤 때는 앞으로 그가 싫어도 하지 않으면 안되는 은둔 생활로 생각이 옮겨갔다. 그러고 있는데 산초가 와서 하인 또실로스의 관대한 성격을 칭찬해댔다.

"아직도 그대가 그 사나이를 진짜 하인이라 생각하고 있다니, 좀 믿을 수가 없구나. 산초! 농촌 처녀의 모습으로 바뀐 둘씨네아 공주를 본 것도, 석사 까르라스꼬의 모습으로 바뀐 '거울의 기사'를 본 것도 이제 그대의 머리에서 사라지고 없는 모양이구나. 그러한 일은 모두 나를 박해하는 마법사들의 짓이니라. 그런데 여기서 한 가지 말해주지 않겠느냐, 그대가 말하는 그 또실로스에게, 그 후 알띠시도라는 대체 어떻게 되었는지 물어보지 않았더냐? 내가 없어진 것을 눈물에 젖어 슬퍼하고 있다든지, 아니면 내가 그곳에 있을 때 그 여자를 괴롭힌 사랑의 마음도 벌써 깡그리 망각의 손에 맡겨버렸다든지 하는 것을 말이다!"

"제가 생각하고 있던 것은" 하고 산초가 대답했다. "그런 터무니없는 것을 물어서 쓸데없는 시간을 소비하는 일이 아니었습니다요. 뭡니까요! 나리, 지금의 나리가 남의 생각 따위를, 더욱이 사랑이니 뭐니 하는 것을 이것저것 캐고 물을 형편이십니까요?"

"잘 들어라, 산초" 하고 돈 끼호떼가 말했다. "사랑 때문에 한 행위와 고마워서 한 행위의 사이에는 천양지차가 있다. 기사된 자는, 사랑은 거들떠보지 않는 냉정한 태도는 하등 상관 없으나, 뭐니뭐니해도 은혜를 잊는 망은의 무리여서는 결코 안되느니라. 알띠시도라는 보기에 나를 무척 좋아했던 모양이다. 내게 머리 수건을 세 개나 주었는데, 그것은 그대도 알고 있는 일이 아니냐. 내가 출발할 때 눈물도 흘리고 말이다. 사람들 앞에서 부끄러움도 없이 내 욕을 했고, 원망도 했다. 이건 모두 나를 사랑하고 있었다는 증거니라. 연인의 초조한 분노는 대체로 욕설로 나타나는 법이거든. 나는 그 여자에게 희망을 품게 할 생각도 없었고, 그 여자에게 제공할 재보도 없다. 왜냐하면 내가 품게 할 희망은 깡그리 둘씨네아에게 바쳤기 때문이고, 대체로 편력 기사의 재보라는 것은 두엔데(도깨비)의 재보와 마찬가지로 겉보기뿐이고 서글픈 것이거든. 그래서 내가 그 여자에게 줄 수 있는 것은 기껏해야 그 여자에 관해서 내가 간직하고 있는 추억 정도인데, 그것도 내가 둘씨네아 공주에 대해서 간직하고 있는 추억을 방해하지 않는 한도 내의 것이다. 그런데 그대는 스스

로 자기 몸에, 나는 그것을 늑대가 뜯어먹는 것을 보고 싶다만, 그 육체
에 채찍을 가하는 일을 공연히 지체함으로써 그분을 해치고 있는데, 그
대의 그 육체는 그 가엾은 여성을 돕기 위해서가 아니라 구더기에게 먹
이기 위해서 소중히 지키고 있는 것이렷다."

"나리" 하고 산초가 대꾸했다. "만일 사실을 말씀드려야 한다면, 제
엉덩이에 채찍질하는 것과 마법에 걸려 있는 사람의 마법을 푸는 것과의
사이에 그 어떤 관계가 있다는 건 도저히 저로서는 승복할 수 없는 얘깁
니다요. 그건 '만일 네 머리가 아프거든 무릎에 고약을 붙여라'는 것과
마찬가지입죠. 적어도 나리가 여태까지 읽으신 편력의 기사도에 관한 모
든 얘기 속에서, 채찍질로 마법이 풀린 인간은 하나도 볼 수 없다는 걸
전 맹세해도 좋습니다요. 그러나저러나 어쩌다 제가 그럴 마음이 내키거
나, 혹은 나 자신에게 채찍질하는 데 알맞는 때가 되면 채찍질을 시작할
작정입니다요."

"그래 주면 좋겠구나" 하고 돈 끼호떼가 말했다. "나의 그리운 공주를
구출한다는 것이 그대가 띤 의무이기도 하고 책임이기도 하다는 것을 그
대가 깨닫도록, 하늘의 뜻이 그대에게 힘을 보태주실 것을 빌 뿐이다.
그대는 내게 속하는 사람이니 그분은 그대의 것이기도 하기 때문이니
라."

이런 말을 주고받으면서 길을 나아갔는데, 그러다가 전에 황소들에게
짓밟힌 바로 그자리에 이르렀다. 돈 끼호떼는 그자리를 똑똑히 알아보고
산초에게 말했다.

"여기가 그 목가적인 아르카디아를 부활시키고 모방할 생각을 하고 있
던 화려한 복장의 목녀와 멋쟁이 양치기들을 만난 바로 그 목초지로구
나. 그건 색달랐을 뿐 아니라 꽤 운치 있는 착상이었는데 어떠냐, 산초
여! 만일 그대가 괜찮다면, 그들을 본받아 하다못해 내가 싫어도 틀어
박혀 있어야 하는 그 기간이나마 우리도 양을 치면 어떨까 생각하는데,
그대의 생각은 어떠냐? 나는 양이나 그 밖에 양치는 일에 필요한 여러
가지 물건을 사겠다. 그리고 나는 '목인(牧人) 끼호띠스'라 부르고, 그대
는 '목인 빤씨노'라 부르기로 하고 말이다. 우리는 산이나 숲이나 초원
을 돌아다니면서, 여기서는 노래를 부르고 저기서는 애가의 눈물을 흘리
고, 샘이나 맑은 냇물이나 물 많은 강의 수정 같은 물을 마시는 게야.
참나무는 아낌없이 풍부하게 맛있는 열매를 줄 것이고, 매우 단단한 코

르크 참나무는 앉을 의자를, 수양버들은 그늘을, 장미는 향기를, 넓은
풀밭은 색색가지 색조로 짠 양탄자를, 맑고 깨끗한 공기는 호흡을, 밤의
암흑에도 지지 않는 달과 별은 빛을, 노래는 즐거움을, 눈물은 기쁨을,
아폴론은 시를, 사랑은 감상적인 사상을 저마다 우리에게 줄 것이다. 그
리하여 우리는 현세뿐 아니라 다음 세기에까지 유명해지고 불후의 몸이
될 수 있지 않겠느냐?"

"근사합니다요" 하고 산초가 말했다. "그런 생활이야말로 저한테 꼭
맞는 정도가 아니라 바로 적중입니다요. 석사 삼손 까르라스꼬나 이발사
니꼴라스 영감은 그걸 보기가 무섭게 흉내내서 우리와 함께 양을 칠 생
각을 하게 될 것이 틀림없습니다요. 어쩌면 마을 신부님도 명랑한 편이
고 재미있는 것을 무척 좋아하는 양반이니까, 신부님 역시 양 우리에 들
어갈 생각을 갖지 않는다고는 볼 수 없습니다요."

"꽤 재미있는 말을 하는구나" 하고 돈 끼호떼가 말했다. "석사 삼손
까르라스스꼬가 만일 양치는 한 패거리가 되려고 한다면, 아니 의심할
여지 없이 그렇게 될 것이 틀림없는데, 그때는 '목인 삼소니노'라도 좋
고 '목인 까르라스꼰'이라고 불러도 좋겠지. 이발사 니꼴라스는 마침 옛
날 보스깐(스페인 시인 후안 보스깐. 1493~1542)이 스스로 '네모로소'라고 자칭한 것처럼 '니
꿀로소'라고 호칭해도 상관없을 게다. 신부님께서는 어떤 이름을 붙이면
좋을지 모르겠다만, 그이가 살고 있는 장소의 이름을 따라 '목인 꾸리암
브로'라고나 해도 되겠지. 우리의 연인이 될 목녀들은 마치 배[梨]라도
따듯 쉽게 이름을 고를 수가 있을 게다. 사실 나의 그리운 공주의 이름
은 목녀의 이름에도 고귀한 공주의 이름에도 꼭 적합할 것이니, 이 이상
그분에게 적절한 다른 이름을 군이 찾으려고 헛되이 정력을 소비할 필요
도 없겠지. 산초여, 그대도 그대가 그리워하는 사람에게 좋아하는 이름
을 붙여주는 것이 좋을 게다."

"저는 떼레소라는 이름 이외에 다른 이름은 붙일 생각이 없습니다요"
하고 산초는 대답했다. "이거라면 마누라쟁이의 커다란 몸집에도 꼭 알
맞고, 그 사람의 떼레사라는 진짜 이름에도 꼭 맞으니까요. 저는 시구로
그 사람을 칭찬해서 제 기분이 깨끗하다는 걸 보여줄 작정입니다요. 저
는 밀보다 훌륭한 것으로 만든 빵을 군이 다른 집에까지 가서 찾을 생각
은 없습니다요. 그런데 신부님은 훌륭한 모범을 보여주시기 위해서도 양
치는 여자는 안 가지는 게 좋을 것 같습니다요. 이발사가 갖고 싶다면,

얼마든지 그렇게 하십쇼, 하겠지만 말입니다요."

"훌륭하다, 산초!" 하고 돈 끼호떼가 말했다. "우리는 그 얼마나 근사한 생활을 하게 되겠느냐! 추룸벨라(치리미아와 비슷한 취주악기(吹奏樂器))의 소리가 얼마나 정답게 우리 귀에 들려오겠느냐! 얼마나 사모라의 풍적(風笛)이나, 탬버린이나 두 장의 금속을 서로 마주치는 소나하나, 삼현금(三絃琴)의 소리가 우리의 귀를 즐겁게 해주겠느냐! 게다가 이런 갖가지 음악에 섞여 알보게 소리가 들려온다면 어떻겠느냐! 거기서는 목가풍의 거의 모든 악기가 다 갖추어질 것이니 말이다."

"알보게가 뭡니까요?" 하고 산초가 물었다. "전 여태까지 한 번도 그런 이름을 들은 적도 없고 본 적도 없습니다요."

"알보게라는 것은" 하고 돈 끼호떼가 설명했다. "놋쇠의 촛대같이 생긴 두 장의 판금으로, 서로 엇바꾸어서 우묵하게 들어간 곳을 부딪쳐 소리를 내는데, 그다지 즐겁고 가락이 좋은 것은 아니나 그다지 불쾌한 것도 아니니라. 그리고 풍적이나 탬버린 같은 시골풍 악기에는 참으로 잘 맞는다. 이 알보게라는 이름은 무어 말이다만, 우리 까스띠야말로 al로 시작되는 거의 모든 말이 무어 말에서 온 것과 마찬가지다. 아울러 알아두어라. almohaza(말빗), almorzar(점심을 먹다), alhombra(양탄자), alguacil(警吏), alhucema(라벤더), almacén(창고), alcancia(저금통), 이 밖에도 이와 동류의 말이 좀더 있을 게다. 까스띠야 말에는 무어 말에서 와서 i로 끝나는 것은 불과 세 개밖에 없는데, 그것은 borcegui(편상화), zaquizami(다락방), maravedi(마라베디) 등이다. alheli(계란풀)와 alfaqui(법학박사)는 al로 시작되고 있을 뿐 아니라 i로 끝나고 있으므로 아라비아 말에서 왔다는 걸 알 수 있지. 이것은 알보게라는 말이 우연히 나와서 문득 생각난 것인데 아울러 그대에게 말해준 게야. 그런데 이번 일을 훌륭하게 완수하는 데는 그대도 알고 있듯이 내가 시인이라는 것과 석사 삼손 까르라스꼬가 이 또한 대단한 시인이라는 것이 크게 공헌해줄 것이 틀림없다. 신부에 대해서는 아무것도 할 말이 없다. 그러나 그 양반에게서 시인 냄새가 조금 난다는 것을 나는 맹세해도 좋다. 그리고 니꼴라스 영감에게도 그러한 조짐이 있다는 것은 전혀 의심할 여지가 없다고 보고 있지. 왜냐하면 이발사는 모두, 아니 그 대다수가 기타를 칠 줄 아는 엉터리 시인이거든. 나는 연인의 부재를 한탄하기로 하마. 그대는 마음 변치 않는 연인으로서 자기를 찬양하기로 하려무나. 목인 까르라스꼬는 여자에게 거절당한 것을, 신부 꾸리암브로는 뭔가 자기 마음에 드는 것을 읊겠지. 이리하여 일은 빈틈없이 나아갈 테니 그 이상 바랄 것은 없을 게다."

이에 대해 산초가 대답했다.

"나리, 저는 무척 재수없는 사내라서 그런 일을 착수하는 날이 도저히 오지 않을 것 같은 기분이 듭니다요. 하지만 제가 양을 치는 목자가 되기만 한다면, 얼마나 번쩍번쩍 빛나는 숟갈을 만들겠습니까요! 얼마나 근사한 튀김 빵이며, 크림이며, 꽃장식이며, 그 밖에 양치기다운 자질구레한 것도 말씀입니다요! 말하자면, 그렇게 되면, 저는 영리하다는 평판을 얻지 못할 까닭은 없을 줄 압니다요. 제 딸년 산치까가 목장에 우리 도시락을 갖고 오겠읍죠. 하지만, 가만 있자! 그녀석은 이제 껍질이 한물 벗겨졌으니, 양치기 가운데는 착한 사람보다 장난꾸러기가 많으니까, 그애가 '양털을 깎으러 가서 깎이고 돌아온다'는 그런 짓은 시키고 싶지 않습니다요. 게다가 사랑하는 마음과 그다지 착하지 않은 생각은 시골이건 도시건, 양치는 오두막이건 임금님의 궁전이건, 어디서나 어슬렁거리고 있는 법이니까 말입니다요. 그래서 '원인을 끊으면 죄도 없어진다'고도 하고, '눈이 안 보이면 마음도 안 찢어진다', 그러구 '훌륭한 사람들의 기도보다 풀숲에서 뛰어나오는 편이 낫다'고도 하지 않습니까요."

"속담은 이제 그만해라, 산초" 하고 돈 끼호떼가 말렸다. "그대가 지금 늘어놓은 속담 중의 어느 하나만으로도 그대가 생각하고 있는 것을 전하는 데 족하니라. 나는 여태까지 몇 번이나 그렇게 무턱대고 속담을 함부로 휘두르는 게 아니라, 속담을 사용하려거든 좀더 가감을 해야 한다고 그대에게 여지껏 충고해오지 않았느냐? 그러나 암만해도 '황야에 설법'하는 것처럼 여겨지는구나. '엄마는 잔소리를 하지만 나는 팽이를 칠란다'하는 격이란 말이다."

"제가 보건대" 하고 산초가 대답했다. "나리는 암만해도 '프라이팬이 솥을 보고 말하기를, 저리 가라, 이 검정 엉덩이야'라는 속담과 꼭 같습니다요. 저한테 속담을 쓰지 말라고 꾸짖으시고 침도 마르기 전에 나리는 속담을 두 개나 엮어내셨으니까 말입니다요."

"잘 들어라, 산초" 하고 돈 끼호떼가 말했다. "나는 속담을 적절한 곳에서 끌어낸다. 그래서 내가 속담을 쓰면 마치 반지가 손가락에 맞듯이 꼭 들어맞는단 말이다. 그런데 그대는 속담의 머리칼을 움켜쥐고 질질 끌듯이 끌어내니까, 그건 속담을 인도하는 것이 아니라 끌고 오는 거나 마찬가지다. 만일 내 기억이 틀림없다면, 속담이라는 것은 옛날의 우리 성현들이 겪은 경험과 사색에서 나온 짧은 격언이라는 것을 전에도 그대에게 말했을 게다. 적절하게 꼭 맞지 않는 속담은 격언이라기보다 차라리 잡소리에 불과하다. 그러나 이 이야기는 그만두기로 하자. 벌써 날도 저물었으니 국도에서 좀 떨어진 곳으로 들어가 밤을 보내기로 하자꾸나. 내일 어떤 일이 일어날 것인가 하는 것은 하느님만이 아시느니라."

그래서 두 사람은 국도에서 좀 벗어난 곳으로 물러가, 늦은 그리고 빈약한 저녁밥을 먹었는데, 그것은 아예 산초의 기분에는 안 맞는 것이었다. 때로 돈 디에고 데 미란다의 저택이라든지 부자 까마초의 혼례라든지 안또니오 모레노의 저택에서처럼 성이나 저택에서 풍족한 생활을 맛보는 일이 있긴 했으나, 이 가난한 저녁식사는 산초에게 숲과 산속에서 겪는 편력 기사도의 모든 궁핍을 가슴 아프게 상기시켜주는 것이었다. 그러나 그는 언제나 인생은 낮만 있는 것도 아니고 밤만 있는 것도 아니라고 생각했다. 그래서 그날 밤 그는 잠 속으로 빠져들어갔고, 그의 주인은 온 밤을 뜬눈으로 새웠다.

제 68 장

돈 끼호떼에게 덮친 돼지의 모험.

하늘에는 달이 있었으나 눈에 보이는 곳에 있지 않아 어두운 밤이었다. 아마 디아나 공주가 반대쪽으로 산책을 나가는 바람에 산과 골짜기를 어둡게 해둔 모양이다. 돈 끼호떼는 첫 잠만은 자연의 법칙에 따랐으나, 두번째는 잠을 이룰 수가 없었다. 이것은 두번째 잠을 결코 잔 적이 없다는 산초와는 정반대였다. 그는 밤부터 아침까지 첫잠이 계속됐는데, 그것을 보아도 그의 튼튼한 체질과 고생을 모르는 성질이 나타나 있었다. 돈 끼호떼의 심로는 끝내 그 자신을 잠 재우지 않았을 뿐 아니라, 마침내 산초까지도 깨우게 되어 이런 말을 했다.

"산초여, 나는 그대의 무신경에 매우 감탄했다. 그대는 대리석이나 아니면 단단한 청동으로 되어 있어서, 마음의 움직임이나 감정 따위가 거의 들어갈 여지가 없는 듯하구나. 나는 그대가 자는 동안 깨어 있다. 그대가 노래를 부를 때 나는 눈물을 흘린다. 그대가 무엇을 배에 가득 쑤셔넣고 식곤증에 씩씩거리고 있을 때 나는 절식을 하여 현기증을 일으킨다. 주인의 걱정을 나누고 슬픔을 함께 느낀다는 것은 훌륭한 종자의 의무니라. 설혹 그것이 체면상으로 하는 것이라도 말이다. 보아라, 우리를 감싸고 있는 이 밤의 고요함, 이 정적, 이것은 우리가 잠든 사이에 조촐한 밤의 기도를 그 사이에 끌어넣으려고 서로 다투고 있는 듯하구나. 제발 부탁이니 일어나다오. 그리고 여기서 조금 저쪽으로 가서 용기를 다하여 고맙다는 생각으로, 둘씨네아 공주의 마법을 풀기 위한 채찍질의 일부로서 300대나 400대 그대 몸에 매질해다오. 이것은 내가 간곡히 부탁하는 일이다. 지난번처럼 그대에게 완력을 휘두를 생각은 없다. 워낙 그대는 다부진 팔을 가졌거든. 그대가 채찍질을 그치고 나면, 그 뒤에 나는 나대로 그리운 공주가 이 자리에 안 계시는 것을, 그대는 그대대로 올바른 정절을 노래하면서 이 밤을 보내자꾸나. 그리고 지금부터 어차피 우리의 이상촌(理想村)에서 하게 되어 있는 그 양치는 일을 착수하지 않겠느냐?"

"나리" 하고 산초가 대답했다. "저는 절반 졸면서 일어나 자기 몸에 채찍질하며 고행하는 그런 고행 수도사도 아니고, 또 채찍질의 아픔에서 금방 돌아서서 음악을 한다는 건 도저히 납득이 가지 않습니다요. 나리, 저를 그대로 자게 내버려두십쇼. 그런 채찍질하는 것 따위로 저를 못살게 굴지 마십쇼. 그건 제 몸뚱이는 말할 것도 없고 옷의 보풀 하나도 건드려선 안된다고 제게 맹세를 시키는 거나 마찬가지입니다요."

"오오, 이 돌 같은 마음의 소유자여! 오오, 이 인정없는 종자여! 내가 여태까지 그대에게 베풀어왔고 베풀려 하고 있는 은혜와 빵에 대해서, 고맙다고도 즐겁다고도 생각지 않는 망난이 같으니! 내 덕분에 그대는 영주도 되었고 내 덕분에 자작(子爵)이 되거나 그와 맞먹는 칭호를 지니게 되거나 할 수 있는 가까운 희망을 가질 수 있는 것이고, 더욱이 그것이 실현되는 것도 늦어야 금년을 넘기지 않을 것이다. Post tenebras spero lucem(암흑 뒤에 나는 빛은 기다리노라)란 말이다."

"그건 도무지 전 모르는 일입니다요" 하고 산초가 대답했다. "다만 제가 알고 있는 것은, 제가 잠자는 동안에는 무서움도 고생도 희망도 명예

도 아무것도 없다는 것뿐입니다요. 이 사람의 근심이라는 근심을 덮어주
는 외투, 시장기를 덜어주는 요기, 목마름을 쫓아주는 물, 추위도 데워
주는 불, 더위도 잊게 해주는 냉기, 간단히 말해서 무엇이나 다 살 수
있는 온 세계에 통용되는 돈, 임금님도, 양치기도, 영리한 자도, 어리석
은 자도, 똑같이 만들어주는 저울이나 추라고 할 수 있는 잠이라는 것을
만들어주신 분에 정말 고맙다는 생각합니다요. 하기야 잠에도 한 가지
흠이 있는데, 전 사람들한테 듣고 있습니다요만, 그것은 흔히 죽는 것과
비슷하다는 것인데 실제로 자고 있는 녀석이나 죽어넘어진 녀석이나 거
의 비슷비슷하니까 말입니다요."

"나는 여태까지 일찍이 그대가 이토록 고상하게 말하는 것을 들은 적
이 없구나, 산초" 하고 돈 끼호떼가 칭찬했다. "덕분에 그대가 이따금
입에 올리는, '함께 태어난 녀석보다 함께 풀을 먹은 녀석과 닿는다'는
속담이 진실이라는 것을 알게 되었다."

"원, 나리께서두, 무슨 일이십니까요!" 하고 산초가 대답했다. "속담
을 줄줄 엮어내는 건 우선은 제가 아닙니다요. 나리의 입에서도 역시 저
보다 두 개씩 더 많은 속담이 튀어나오고 있으니 말입니다요. 다만 제
속담과 나리의 속담이 다른 것은 나리의 것은 꼭 알맞을 때 튀어나오고
제것은 엉뚱한 때 튀어나온다는 것뿐입니다요. 하지만 그래도 어차피 속
담은 속담이 아닙니까요."

이렇게 두 사람이 이야기하고 있을 때, 땅이 둔하게 울리는 소리와 불
쾌한 울음 소리가 들려왔는데, 그것은 근처 일대의 골짜기에 울려퍼지는
듯이 느껴졌다. 돈 끼호떼는 벌떡 일어나 손을 칼로 가져갔고, 산초는
잿빛 당나귀의 배 아래로 기어들어가 몸을 움츠리고 양쪽에 갑주 포갠
것과 당나귀 짐안장을 놓고는, 돈 끼호떼가 섬뜩해하는 것에 못지않게
무서움에 벌벌 떨었다. 소리는 시시각각 커져서 차츰 무서움에 떨고 있
는 두 사람 쪽으로 가까이 왔다. 아니, 적어도 무서움에 떨고 있는 한
사람 쪽으로 가까이 왔다. 한쪽은 이미 용기로써 사람들에게 알려진 사
나이인 것이다. 그것은 몇 사람이 600마리가 넘는 돼지를 시장에 내다팔
려고 하필이면 이런 시간에 몰고 지나가는 소리였다. 그들이 내는 발자
국 소리며 꿀꿀거리는 울음 소리는 굉장한 것이어서 돈 끼호떼와 산초의
귀는 거의 감각을 잃고 대체 그것이 무엇인지 분간을 못할 정도였다. 이
윽고 온 천지에 가득 찬 꿀꿀 돼지의 떼는 파도처럼 밀려와 돈 끼호떼의

권위에도 산초의 그것에도 하등 경의를 표함이 없이 두 사람 위를 마구 통과해갔으므로, 산초의 방어진은 무너지고 돈 끼호떼는 쓰러져 짓밟혔으며, 로시난떼마저 넘어져 뒹굴었다. 이 더러운 동물들이 비비대기치면서 무서운 신음 소리를 내며 놀라운 속도로 통과해간 뒤에, 모든 것은 엉망진창이 되어 짐안장, 갑주, 당나귀, 로시난떼, 산초, 돈 끼호떼는 여기저기 땅바닥에 나자빠져 있었다. 이윽고 간신히 산초는 일어나 그 인간들과 무례한 돼지들을 반 다스는 죽여주겠다면서 주인에게 칼을 빌려달라고 했다. 그러자 돈 끼호떼가 그를 향해서 말했다.

"참아라, 참아, 나의 벗 산초여. 이 굴욕은 나의 죄에 대한 형벌이다. 패잔의 편력 기사가 들개에게 물어뜯기고, 새와 벌에 쫓기어 죽고, 돼지에게 짓밟힌다는 것은 틀림없는 하늘의 배제(配劑)니라."

"그러고 보면 이것도 역시 천벌입니까요" 하고 산초가 물었다. "패배한 기사의 종자가 파리에게 빨리고 이에게 물어뜯기고 시장기에 시달리는 것도 말씀입니다요. 우리들 종자가 섬기는 기사의 아들이나 기사와 극히 가까운 친척이라면, 주인의 형벌이 사대(四代)에까지 내렸다고 해도 하등 이상할 게 없습니다요만, 빤사 집안과 돈 끼호떼 집안이 무슨 관계가 있습니까요? 그건 그렇고, 다시 한 번 옷매무새를 고치고 얼마 남지 않은 밤의 나머지 시간을 잠이나 자도록 하십시다요. 하느님 덕분에 날이 새면 얼마간 좋아질지도 모릅니다요."

"그대는 자거라, 산초" 하고 돈 끼호떼가 말했다. "워낙 그대라는 사나이는 잠자기 위해서 살아왔으니까. 나는 지금부터 날이 샐 때까지의 시간을 내 상념의 고삐를 조아 그것을 하나의 목가(牧歌)로서 분출시키기로 하련다. 이것은 그대는 모르는 일이겠지만, 간밤에 머릿속에서 지어본 것이다."

"제 생각엔 말씀입니다요" 하고 산초가 대답했다. "노래를 지을 만한 여가가 있는 생각이란 그리 대단한 게 아닌 줄 압니다요. 나리는 얼마든지 실컷 노래나 지으십쇼. 저는 열심히 잘 테니까요."

그리고 곧 산초는 자기에게 필요한 만큼의 지면에 자리를 차지하여 몸을 움츠리더니, 담보도 없고 빚고 없고 훼방을 받을 필요도 없이 쿨쿨 잠들어버렸다. 한편 돈 끼호떼는 느릅나무 밑인지 코르크 참나무 밑인지(이 점에 관해서 씨데 아메떼 베넨헬리도 분명히 써놓고 있지 않다), 그 둥치에 기대어 한숨을 반주삼아 노래를 불렀다.

사랑이여, 그대에 의해 내 가슴에 이는
이 무서운 고민을 생각하면
내 오로지 죽고 싶어하노라
괴로움의 종말을 찾아서.

그 괴로움의 큰 바다의
항구인 좁은 해협에 닿으니
가슴 속에 삶의 기쁨 솟아
해협 건너갈 마음 사라졌노라.

살아 나가면 죽음을 생각하고
죽음 찾으면 살기를 원하는
생과 사를 서로 번갈아서
희롱하는 기구한 인연이여!

그리고 이 노래의 1절마다 패전의 아픔과 둘씨네아가 이 자리에 없는
데 대한 슬픔으로 가슴이 꿰뚫려 신음 소리를 내는, 자못 그 당사자답게
빈번히 한숨과 적지않은 눈물을 반주로 삼았다.

이럭저럭하는 동안에 날이 새어 햇빛이 산초의 눈을 찔렀으므로, 그도
어쩔 수 없이 눈을 뜨고 기지개를 켜면서 나른한 팔다리를 움직였다폈다
했다. 그리고 식량의 비축에 돼지떼가 남긴 무참한 파괴의 자국을 보면
서 돼지떼와 다시 그것을 몰고 온 사람들에게 저주를 뱉었다. 이윽고 두
사람은 다시 나그네길에 올랐는데, 해질 무렵 그들 쪽으로 10명 가량의
말을 탄 사람과 5명쯤의 걸어오는 사람들의 모습을 발견했다. 돈 끼호떼
의 심장은 고동치기 시작하고, 산초의 마음은 무서움에 동요가 심해졌
다. 왜냐하면 그들 쪽으로 가까이 오고 있는 사람들이 창과 방패를 지니
고 마치 싸움터에 나가는 듯한 복장들이었기 때문이다. 돈 끼호떼는 산
초를 돌아보고 말했다.

"만일 내가 내 무기를 마음대로 쓸 수 있고, 아울러 약속에 의해서 내
팔이 묶여 있지 않다면, 우리 쪽으로 습격해오는 저 군세 따위는 내게
기껏해야 파이나 과자빵 정도에 지나지 않을 게다. 우리가 생각하고 있
는 것과는 전혀 다른 것인지도 모르긴 하지만."

"마침 이때 말을 탄 두 사람이 접근해와서 저마다 창을 꼬나들고 한 마디 말도 없이 돈 끼호떼를 둘러싸고는, 창과 등과 가슴에 들이대고 당장 죽일 듯한 기세를 보였다. 그러자 걸어오는 사나이 하나가 입에 손가락을 갖다대고 잠자코 있으라는 신호를 하고는, 로시난떼의 재갈을 잡고 길 밖으로 끌어냈다. 이어 다른 걸어온 인간들이 산초와 당나귀를 앞으로 몰아내면서 모두 기이한 침묵 속에 돈 끼호떼의 뒤를 따랐다. 돈 끼호떼는 그들이 어디로 데리고 가는지, 또 대체 무슨 용건인지, 두세 마디 물어보려고 했으나 그가 입술을 움직이려 할 때마다 금방 창끝이 위협을 주어 입을 다물지 않을 수 없었으며, 산초 또한 마찬가지였다. 그가 지껄이기 시작할 듯한 기미를 보이기만 하면 걸어가고 있는 사람 중의 하나가 창끝을 쿡 갖다대곤 했는데, 당나귀마저 마치 무슨 말을 하려는 것처럼 하다가 같은 변을 당했다. 완전히 날이 저물자 일행은 발걸음을 빨리 했다. 그리고 사로잡힌 두 사람들의 불안은 더한층 높아졌으며, 더욱이 그들이 이런 말을 지껄이고 있는 것을 엿들었을 때에는 더욱 그러했다.

"어서 걸어, 이 뜨로글로디따($\binom{혈거인}{(穴居人)}$)들아!"

"닥쳐, 이 바르바로($\binom{야만}{인}$)들아!"

"혼 좀 나봐라, 이 안뜨로뽀파고($\binom{식인}{종}$)들아!"

"군소리 마라, 스키티아 인($\binom{이란계 유목}{기마 민족}$)들아! 눈 뜨지 마라, 이 살인 폴리페모스($\binom{외눈깔의 거인}{포세이돈의 아들}$)들 같으니! 이 사람 잡아먹는 사자야!"

그리고 이와 비슷한 그 밖의 이름을 외쳐댔으므로 가엾은 주종은 더욱 고민했다. 산초는 속으로 자문자답했다.

"우리가 또르똘리따($\binom{산비둘기. 혈거인}{과발음이 비슷하다}$)라고? 우리가 어째서 바르베로($\binom{이}{발}$ $\binom{사}{}$)란 말야? 에스뜨로빠호($\binom{걸}{레}$)란 말이야? 노적가리 보릿단에 나쁜 바람 분다, 로구나. 개 한 마리에 몽둥이 소나기라더니 나쁜 일이 다발로 몰려오잖아. 될 수 있는 일이라면, 이 반갑잖은 모험이 몽둥이로 두들겨 맞는 결과를 가져오지 않아야 좋을 텐데!"

돈 끼호떼는 자기들에게 퍼부어진 이 비난에 찬 이름들이 대체 무엇일까, 하고 짐작해볼 생각도 하지 않고 정신없이 걸어가고 있었다. 그리하여 거의 한밤중의 한 시쯤 되어 일행은 어느 성에 도착했는데, 그곳은 공작의 거성으로 얼마 전까지 두 사람이 묵고 있던 곳임을 돈 끼호떼는 금방 깨달을 수 있었다.

"이건 대체 어떻게 된 일일까?" 하고 그는 성을 발견하는 동시에 말했다. "어찌된 일일까! 이 저택에서는 그야말로 모든 일이 예의와 범절로 가득 차 있었는데, 패전의 몸에는 행복이 불행으로 바뀌고 불행은 다시 겹치는 것일까?"

일행은 성의 안마당에 도착했다. 보니 두 사람의 놀라움을 더한층 증대시키고 그들의 공포를 배가시키도록 모든 것이 준비되어 있었는데, 그것은 다음 장에서 보는 것과 같은 것이다.

제 69 장

이 위대한 이야기의 전 과정에 있어서 돈 끼호떼에게 일어난 가장 보기 드물고 가장 기이한 사건에 대해서.

말을 탄 사람들은 말에서 내려 걸어온 사람들과 함께 느닷없이 산초와 돈 끼호떼를 붙잡아 번쩍 들고 안마당으로 들어갔는데, 안마당 주의에는 대 위에 세운 100개나 될 듯한 횃불이 타고, 주위 복도에도 500개에 이르는 등불이 켜져 있었다. 꽤 어두운 밤이었는데도 낮이 거의 필요치 않을 정도였다. 안마당의 중앙에는 땅에서 2바라쯤 높이에 관이 놓여 있고, 그것을 검은 비로드의 큼직한 덮개가 가리고 있었다. 그 주위의 계단에는 100개 가량 되는 은촛대에 흰 촛불이 휘황하게 켜져 있었다. 앞에서 말한 관 위에는 죽음 그 자체까지도 그 아름다움에 의해서 아름답게 여겨질 만한 아름다운 소녀의 시체가 보였다. 색색의 향기로운 꽃으로 엮은 관을 쓰고 금란의 베개 위에 머리를 얹고 있었으며, 두 손을 가슴 위에서 깍지끼고, 손 사이에는 승리를 상징하는 노란 종려 야자의 나뭇가지가 하나 놓여 있었다. 안마당 한쪽에는 무대가 마련되어 있고, 두 인물이 앉아 있었는데, 머리에 왕관을 쓰고 손에 홀을 쥔 것을 보면 진짜거나 가짜거나 어느 국왕이라는 것을 알 수 있었다. 무대에는 몇 층의 층계가 걸려 있고 층계 가까이에 두 개의 의자가 놓여 있었으며, 거기에 사로잡힌 돈 끼호떼와 산초가 끌려가서 앉혀졌다. 이러한 일들은 모두 침묵 속에서 이루어졌고, 두 사람도 잠자코 있으라는 신호를 받았는데, 설혹 그런 신호가 없더라도 눈앞에 전개되는 모든 놀라움이 그들의 혀를 꽉 묶어 아마 한 마디도 할 수 없었을 것이다. 이때 많은 수행원을 거느린 두 지체 높은 사람이 무대 위로 올라갔는데, 돈 끼호떼는 곧 그들이 전에 신세를 진 공작부처라는 것을 알 수 있었다. 두 사람은 제법 국왕다운 두 인물 옆에 있는 호화로운 의자에 가서 앉았다. 이런 것을 보고 놀라지 않는 사람이 있을까? 하물며 관 위에 놓여 있는 시체가 아름다운 알띠시도라라는 것을 돈 끼호떼가 알았다고 한다면 말이다! 공작 부처가 무대 위에 올라갔을 때, 돈 끼호떼와 산초가 일어나서 공손히 머리를 숙이자 공작 부처도 역시 얼마간 머리를 숙이고 인사를 받았다.

이때 옆쪽에서 하인 하나가 걸어나와 산초 앞에 다가가더니 전체에 불꽃 무늬가 그려진 검은 린네르 망토를 몸에 걸쳐주었다. 이어 그의 두건을 벗겨버리더니 마치 이단 심문소에서 계고(戒告)를 받은 고행자가 쓰는 것 같은 종이로 만든 뾰족한 고깔 모자를 머리에 얹었다. 그리고 귀에 입을 갖다대고, 말을 하지 말아라. 그렇지 않으면 재갈을 채우거나 죽여버릴 테다, 하고 소곤거렸다. 산초는 자기의 모습을 위에서 아래로 훑어보았다. 망토에는 불꽃이 타고 있었으나 자기를 태우는 것이 아니었으므로 문제가 되지는 않았다. 고깔 모자를 벗어보니 많은 악마의 모습이 그려져 있었으므로 다시 고쳐쓰고 혼자 중얼거렸다.

"좋아, 이 불도 나를 태우지 않을 것이고, 이녀석들도 나를 데려가진 않겠지."

돈 끼호떼도 산초의 모습을 바라보았다. 비록 공포 때문에 아직 감각이 본래대로 돌아가지는 않았으나, 산초의 모습을 보고는 저도 모르게 웃지 않을 수 없었다. 이때 관 아래쯤 되는 곳에서 나직하고 듣기 좋을 플루트 소리가 들려오기 시작했다. 사방은 깊은 침묵 속에 잠겨 있어서, 거의 사람들의 목소리에 방해를 받지 않고 그것은 참으로 부드럽고 정답게 들렸다. 그리고 곧 그 시체로 보이는 것의 머리맡에서 난데없이 로마풍의 복장을 한 아름다운 젊은이 하나가 나타나 손수 타는 하프 소리에 맞추어 매우 낭랑하고 부드러운 목소리로 다음 두 절의 노래를 불렀다.

돈 끼호떼가 무정하여, 숨 끊어진
알띠시도라가 되살아나는 그 동안에,
마법의 마당에 귀한 부인들 모여
산양 털로 짠 거친 옷 입는 그 동안에,
마님이 노시녀들에게 성근 모직물

입히시는 그 동안에,
그대의 슬픈 아름다움, 트라키아 태생의 가인(歌人. 야수(野獸)도 달랬다) 은
현(絃)보다 곱게 노래하리라.

그러나 노래하는 이 행위는
이 세상 것만은 아니리니
죽어서 차가운 입으로도
나는 노래하리, 그대 위해서,
이 세상 떠난 내 영혼이
명부(冥府)의 호수 건너가면서
노래부르는 목소리에
망각의 냇물도 멈추리라.

"이제 그만해도 좋다" 하고 이때 임금님 같은 인물 가운데 하나가 말
했다. "신성한 가수여, 이제 그만두어라. 비할 데 없는 알띠시도라의 죽
음과 정다움을 이 이상 나에게 상기시킨다는 것은 아무리 되풀이해도 끝
이 없는 일이 아니겠느냐? 알띠시도라는 무지한 세상 사람이 생각하고
있듯이 죽은 것이 아니다. 말하자면 '명성(名聲)'의 말 속에 살고 있으
니, 이 잊어버린 빛을 이 세상에 소생시킬 수 있느냐 없느냐 하는 것은
산초 빤사가 받아야 할 고행에 달려 있다. 그러니 나와 더불어 디스 파
테르(명부(冥府)의 왕 플루토의 별명) 의 음산한 동굴 속에서 이 사건을 재판한 그대 라다만
투스(제우스와 에우 로페의 아들) 여, 이 처녀가 되살아나는 데 있어 예측할 수 없는 운
명의 여러 신에 의해 결정된 일체를 알고 있는 그대니, 이 처녀의 부활
로써 우리 모두가 고대하고 있는 행복을 더 이상 늦추지 말고 즉각 그것
을 선언하시라."

라다만투스의 동료인 판관 미노스(라다만투스의 형제. 입법자로 알려졌다) 가 이렇게 말하자
라다만투스는 벌떡 일어나서 말했다.

"자, 이 댁에 근무하는 하녀들이여, 신분의 상하를 불문하고 노소에
상관없이, 잇따라 달려나와 산초의 뺨을 스물네 번 후려치고 열두 번 꼬
집고, 팔과 허벅지를 여섯 번 바늘로 찔러라! 오로지 이 의식에 알띠시
도라의 생사는 걸려 있느니라!"

이 말을 듣자 산초 빤사는 금방 침묵을 깨뜨리고 소리쳤다.

"천만에 말씀이다. 내가 뭐 무어인이기라도 된 줄 아는가? 가만히 앉

아 뺨따귀를 얻어맞아 손자국을 남기고 얼굴을 쥐어박게 가만히 둘 줄 알아? 무슨 소릴 하고 앉았어? 내 얼굴을 주물러 대는 것과 이 계집애가 살아나는 것과 무슨 상관 있단 말야. '할망구는 시금치라면 정신을 못 차리고 마른 잎이건 푸른 잎이건 깡그리 남기지 않는다'는 속담도 있다. 둘씨네아를 마법에 걸어놓고 그걸 풀기 위해 나를 때리고 알띠시도라는 하느님의 뜻으로 병들어죽었는데, 내 따귀를 스물네 번이나 힘껏 때리고 바늘로 찔러 몸에 구멍을 내고, 팔을 꼬집어 멍을 만들고 해서 되살려야 한다구! 그런 농담일랑 처남한테나 가서 해라. 나는 늙은 개라서 오라고 손짓한다고 얼른 달려가진 않아!"

"목숨이 없을 줄 알라!" 하고 라다만투스가 호통쳤다. "얌전히 있지 못하겠느냐, 이 호랑이야! 말을 들어라, 이 건방진 넴브로뜨(니므롯. 창세기에 나오는 최초의 권력자)야! 그리고 입을 다물어라. 그리 불가능한 일을 바라는 것도 아니다! 게다가 이 일이 어렵고 어렵지 않고를 따질 것 없다. 너는 뺨을 맞아야 한다. 바늘로 찔려야 한다. 꼬집히고 신음해야 한다! 자아, 다시 한 번 말한다만, 모두들 내 명령을 집행하라. 그러지 못할 때에는 진지한 사나이의 신앙을 두고 혼을 내줄 테다!"

마침 이때 앞마당을 6명의 노시녀들이 줄을 지어 잇따라 나타났는데 그 가운데 네 사람은 안경을 끼었고, 모두 요즘의 유행에 맞추어 손목을 길게 보이려고 네 치쯤 드러낸 오른손을 높이 쳐들고 있었다. 그들의 모습을 보는 순간 산초는 황소처럼 노호하기 시작했다.

"누가 얼굴을 만져도 좋다. 하지만 노시녀들이 만지는 건 못 참는다. 그건 안돼, 우리 주인 나리가 이 성에서 할퀴었듯이 얼굴을 할퀴어도 상관없다. 시퍼렇게 날을 세운 단도 끝으로 내 몸을 찔러도 상관없다. 나는 그걸 참고 이 사람들이 하는 말도 듣겠다. 하지만, 설혹 악마에 끌려 지옥으로 갈지라도 노시녀들이 내 몸에 손을 대는 것만은 참지 못한다."

이때 돈 끼호떼도 침묵을 깨뜨리고 산초에게 말했다.

"착하지, 참거라. 그리고 이분들을 만족시켜드려라. 뿐만 아니라 그대의 몸에 그런 이상한 힘을 주신 하늘을 우러러 감사를 드려라. 그 이상한 힘의 고행으로 마법에 걸린 자들의 마법을 풀고, 죽은 자들을 소생시킬 수 있으니 말이다."

이미 노시녀들은 산초 가까이에 와 있었는데, 산초는 조금 전보다 얌전해져서 단념했는지 의자 위에 앉아 제일 먼저 다가온 노시녀에게 얼굴

과 턱을 내밀었다. 그러자 노시녀는 충분히 손자국이 남도록 뺨을 후려
지고는 공손히 절을 했다.

"노시녀 양반, 절과 화장은 대강대강 하구려" 하고 산초가 말했다.
"확실히 당신 손에선 시큼한 분냄새가 나는걸!"

요컨대 모든 노시녀들이 그에게 손바닥의 자국을 남겼고, 그 밖에 이
집의 많은 사람들이 그를 꼬집었다. 그러나 아무리 해도 참을 수 없었던
것은 바늘로 찔리는 일이었다. 그래서 노골적으로 뾰로통해진 표정으로
의자에서 일어나더니 옆에 있는 뿔붙은 장작개비를 움켜쥐고 노시녀들
과 그 밖의 집행인들 뒤를 따라가면서 외쳤다.

"꺼져라, 이 지옥의 사자들아! 나는 이렇게 어처구니없이 다뤄도 아
프지도 가렵지도 않을 만큼 놋쇠로 만든 몸뚱이가 아니란 말야!"

마침 이때 알띠시도라가 오랫동안 반듯이 누워 있어서 피로했던지 옆
으로 돌아누웠다. 그러자 주위의 있던 사람들이 이것을 보고 거의 이구
동성으로 소리질렀다.

"알띠시도라가 살아났다! 알띠시도라가 살아났다!"

라다만투스가 산초를 향해서, 자기가 바란 목적이 이미 성취됐으니 노
여움을 가라앉히라고 명령했다.

돈 끼호떼는 알띠시도라가 움직거리는 것을 보기가 무섭게 산초 앞으
로 달려가 무릎을 꿇고 말했다.

"자, 이제는 나의 종자로서가 아니라 나의 소중한 아들로서의 산초여,
그대가 둘씨네아의 마법을 풀기 위해 맡아 있는 채찍질의 몇 대를 그대
의 몸에 가하라. 그대의 이상한 힘이 마침 가득 차 있는 이 시간이기에
하는 말이다. 더욱이 사람들이 그대에게 기대하고 있던 훌륭한 일을 수
행한 그 공덕에 의해서도 말이다!"

"그건 제가 보건대 속임수 중에서도 가장 큰 속임수로밖엔 보이지 않
습니다요. 이건 도저히 튀긴 쌀과자에 올려놓은 꿀벌 정도가 아닙니다
요. 실컷 꼬집고 두들기고 바늘로 찌르고 한 끝에 이번에는 채찍질을 하
라시니, 정말 훌륭하십니다요. 그보다 차라리 해주시려거든 큼직한 돌에
제 목을 묶어 번쩍 들어서 샘 속에라도 처넣어주십쇼. 그편이 남의 나쁜
것을 고치기 위해서 혼례 잔치의 암소(혼례때 일부러 암소를 투우 / 시켜 웃음거리로 만드는 일) 가 되기보다
훨씬 나을 겁니다요. 내버려두십쇼, 안 그러시면 나중에서 어떻게 되든
터무니없는 짓을 해치우고 말 테니까요."

이때 벌써 알따시도라는 관 위에 걸터앉아 있었는데, 그 순간 나팔 소리가 울려퍼지고 이어 플루트가 가담하여 모든 사람들이 기쁨의 소리를 질렀다.

"알띠시도라 만세! 알띠시도라 만세!"

공작 부처, 미노스와 라다만투스의 두 왕이 돈 끼호떼 및 산초와 함께 알띠시도라를 맞이하여 관에서 내리기 위해 가까이 갔다. 그녀는 이제 막 정신을 차린 체하면서 공작 부처와 왕 앞에 머리를 숙이고 곁눈으로 돈 끼호떼를 보면서 말했다.

"무정한 기사님, 하느님에게 용서나 받으세요. 기사님의 무정한 태도 때문에 전 저승에 갔었으니까요. 제 느낌으로는 1000년 이상이나 가 있은 듯한 기분이에요. 이 세상에서 제일 인정이 많으신 종자님, 제가 이렇게 살아나게 된 것을 정말 당신께 감사드려요. 저, 산초 님, 당신께 제 속옷 여섯 벌을 드릴 테니 오늘부터 입어주세요. 그것을 고치면 셔츠가 여섯 벌 될 거예요. 하기야 다 말짱한 것은 아니지만 적어도 모두 깨끗이 빤 거랍니다."

산초는 거기서 그녀의 손에 입을 맞추었는데, 손에는 종이 모자를 들고 땅바닥에 무릎을 꿇고 있었다. 공작은 그의 모자를 회수하고 자기 모자를 돌려주도록, 그리고 불꽃 무늬가 들어 있는 망토를 벗기고 자기 옷을 입히라고 명령했다. 그러나 산초는 망토와 종이의 고깔 모자를 그대로 두어두면 좋겠다고 부탁했다. 이런 본 적도 없는 사건의 표시와 기념으로 고향에 가지고 가고 싶다는 것이었다. 그러자 공작 부인이 가져가라고 승낙했다. 그는 공작 부인이 자기에게 얼마나 호의를 가지고 있는가 알고 있었다. 공작은 앞마당을 치우고 모두 저마다의 방으로 돌아가게 했다. 그리고 돈 끼호떼와 산초를 이미 그들에게 낯익은 방으로 안내하게 했다.

제 70 장

여기서는 제69장에 이어 이 이야기를 분명히 하기 위해서는 생략할 수 없는 일들이 다루어진다.

산초는 그날 밤 돈 끼호떼와 같은 방에서 나직한, 바퀴가 달린 침대에서 잤는데, 그것은 가능하면 사양하고 싶은 일이었다. 왜냐하면 그의 주인이 무엇을 묻거나 대답하거나 해서 자기를 잠재우지 않을 것이 틀림없었기 때문이었다. 그리고 아직 생생하게 느껴지는 오늘의 순난(殉難)의 아픔으로 그다지 혀를 놀리고 싶지 않아 도저히 무슨 말을 지껄일 기분이 나지 않았기 때문이다.

이 훌륭한 방에서 두 사람이 자느니 혼자서 오두막에서 자는 편이 얼마나 나은지 몰랐다. 그의 이러한 걱정은 바로 그대로 되었고 그의 염려도 그대로 들어맞았다. 주인이 침상에 눕기가 무섭게 말을 건네온 것이다.

"어떤 기분이 드느냐, 산초, 오늘 밤의 그 사건은? 그건 그런데, 사랑에 대한 냉정한 태도라는 것은 참으로 위대하고 강력한 힘을 갖고 있구나. 그대도 직접 죽은 알띠시도라를 보았겠지만, 죽인 것은 화살도 아니고 칼도 아니고, 그밖에 무기도 아니었으며 치명적인 독약도 아니었다. 다만 내가 언제나 그 여성에게 보여준 엄하고 냉담한 태도였으니 말이다."

"그런 여자는 제멋대로 언제라도 죽어버리면 좋겠습니다요" 하고 산초가 대답했다. "그러구 전 집안에 그대로 내버려두었어야 옳았다고 생각합니다요. 저는 한 번도 그 여자에게 반한 일도 없고 좋아한 적도 없었으니까 말입니다요. 알띠시도라라는 얌전하기는커녕 말괄량이인 계집애가 되살아나거나 영영 죽거나 하는 일이, 앞에서도 말씀드린 것처럼, 산초 빤사의 재난과 관계가 있다니 도시 전 생각도 못할 일입니다요. 이렇게 되고 보니 이 세상에 마법사다 마법이다 하는 것이 참말로 있다는 걸 똑똑히 알게 되었습니다요. 그래서 그런 녀석한테서 어떻게든 하느님의 힘을 빌려 도망치고 싶습니다요. 도저히 저 혼자서는 달아날 수 없으니까 말입니다요. 그건 그렇고, 나리, 제발 절 자게 해주십쇼. 이 이상 아무것도 묻지 말아주십쇼. 그게 싫으시다면 저는 이 창으로 뛰쳐나가겠습니다요."

"자거라, 산초" 하고 돈 끼호떼가 대답했다. "바늘로 찔린 자국이나, 꼬집힌 자리나, 뺨을 맞은 아픔이 그대를 잠재워준다면 말이다."

"아무리 아프더라도 얼굴을 얻어맞은 부끄러움만 못합니다요" 하고 산초가 대꾸했다. "그것도 때린 상대가 노시녀들이기 때문에 더합니다요.

그런 인간들은 모두 혼구멍이 났으면 좋겠습니다요. 나리, 다시 부탁드립니다요만, 제발 저를 재워주십쇼. 잠은 눈 뜨고 있을 때 느낀 처참한 기분을 고쳐주는 것이니까 말입니다요."

"오냐, 오냐, 하느님께 곁에 계셔주시도록 부탁드려라" 하고 돈 끼호떼가 대답했다.

이리하여 두 사람은 깊은 잠에 빠져들어갔는데, 이 기회를 이용해서 이 위대한 이야기의 원작자 씨데 아메떼는 공작 부처가 앞에서 말한 것처럼 매우 복잡하고 어처구니없는 속임수를 만들어낼 생각을 하게 된 것은 대체 무엇 때문이었는가하는 것을 여기서 서술하고 아울러 증명할 생각을 했다. 그래서 다음과 같이 말하고 있다. 석사 삼손 까르라스꼬는 거울의 기사로서 돈 끼호떼에게 고배를 마시고 쓰러져서 그 패배와 실패가 그때까지 꾸며온 일체의 계획을 엉망으로 파괴해버린 것을 잊지 않았으므로, 다시 한 번 자기의 무력을 시험하고 그 전보다 좋은 결과를 기대하여 권토중래(捲土重來)를 노리고 있었다. 그러다 산초 빤사의 처 떼레사 빤사에게 편지와 선물을 전달하러 온 시동한테서 돈 끼호떼가 현재 어디에 있는가 듣고, 새 갑주와 말을 구하여 방패에는 하얀 달의 문장을 넣어서 이런 것들을 한 마리의 당나귀에 실어 한 농부에게 끌고 가게 했던 것이다. 옛날의 종자 또메 쎄씨알을 데리고 가지 않은 것은 산초와 돈 끼호떼에게 눈치 채이지 않게 하기 위해서였다. 이리하여 그는 공작의 성에 도착했는데, 여기서 돈 끼호떼가 사라고사의 기마 시합에 출전할 목적으로 떠나간 노정을 들었다. 동시에 공작으로부터 둘씨네아의 마법을 푸는 방법이라면서 돈 끼호떼에게 한 장난이며, 둘씨네아의 마법을 푸는 열쇠가 산초의 엉덩이를 희생함으로써 성취되게 되어 있다는 말을 들었다. 그리고 둘씨네아가 마법에 걸려 농촌 여자의 모습으로 바뀌었다고 주인으로 하여금 믿게 한 산초 자신의 장난이며, 그의 처 공작 부인이 산초에게, 속고 있는 것은 너다, 왜냐하면 둘씨네아는 정말로 마법에 걸려 있기 때문이다, 하고 이번에는 산초로 하여금 믿게 한 경위도 들었다. 석사는 이런 사정을 듣고 새삼 산초가 약고 단순하며 동시에 돈 끼호떼의 광기가 얼마나 심한가를 생각하고 놀라움을 새로이 했다. 공작은 석사에게 그가 돈 끼호떼를 만나 그를 쓰러뜨리거나 쓰러뜨리지 못하거나 꼭 다시 이곳으로 돌아와서 일의 결과를 알려달라고 부탁했다. 그래서 그는 그렇게 한 것이었다. 즉, 그는 돈 끼호떼를 찾아 출발해서 사라고사에서는 발견하지 못했으므로, 다시 더 나아가 마침내 앞에서 말한 사건을 일으키게 된 것이다. 이리하여 그는 공작의 성으로 돌아가서 모든 것을 이야기하고 결전의 조건까지 덧붙여 설명했으며, 돈 끼호떼는 이미 지금쯤은 훌륭한 편력 기사로서 일년 동안 자기 마을에 들어박혀 있겠다는 약속을 지키기 위해 되돌아오고 있을 것이 틀림없고 그 일년 동안에 그의 광기도 나을 것이라고 석사는 말했다. 이것이 그가 그런 변장까지 하게 된 목적이었던 것이다. 왜냐하면, 돈 끼호떼 같은 참으로 사리를 잘 아는 시골 귀족이 미치광이라는 것은 너무나 딱한 일이었기 때문이다. 이것으로 그는 공작에게 작별 인사를 하고 자기보다 뒤에 돌아올 것이 틀림없는 돈 끼호떼를 기다리기 위해 마을로 돌아갔다. 이런 일로 해서 공작은 다시 그런 장난을 할 기회를 잡은 것이다. 산초와 돈 끼호떼에 관한 일이면 모든 것이 재미있어 못 견디었기 때문이다. 그래서 당나귀와 도보의 많은 하인들로 하여금 성에서 멀리 혹은 가까이에 돈 끼호떼가 돌아오면서 지나갈 만한 길에 배치해놓고 만일 그를 발견하면 폭력으로든 달래서든지 어떻게든 해서 성으로 데려오라고 명령했다. 사실 그들은 돈 끼호떼를 발견하고 공작에게 보고했다. 공작은 어떤 조치를 취할 것인가 이미 만반의 준비를 갖추고 있었으므로 그의 도착 소식을 듣자 곧 횃불을 켜고 안마당의 등불을 밝히게 하고는 관 위에 알띠시도라를 뉘고 그 밖의 앞에서 말한 모든 무대 장치를 갖추게 한 것이다. 모든 것이 참으로 실감나게 교묘히 행하여졌으므로 진실과 속임수 사이에 거의 차이가 없을 정도였다. 다시 씨데 아메떼는 이렇게도 말하고 있다. 자기 생각으로는 장난을 건 자나 장난에 걸린 자나 모두 난형난제(難兄難弟)의 미치광이들이다. 사실 공작 부처도 한 쌍의 바보들을 희롱하기 위해 그토록 이상하리만큼 열의를 쏟은 것을 보면, 바보로 보인 자들과 겨우 손가락 두 개의 차이밖에 없었다. 아무튼 그 두 바보는, 한 사람은 다리를 쭉 뻗고 편안히 잠들어 있고 한 사람은 이것저것 생각에 잠겨 거의 잠을 이루지 못한 채, 이윽고 날이 밝았다. 돈 끼호떼에게 싸움에 지거나 이기거나 구차스러운 침상은 바람직한 것이 못되었다.

그때, 돈 끼호떼의 공상에 의하면 일단 죽었다가 살아난 것으로 되어 있는, 알띠시도라가 주인 부처의 변덕스러운 기분에 따라 관 위에서 쓰고 있던 그 화관을 쓰고 금실로 수놓은 꽃무늬를 새긴 겉옷을 걸치고 머리칼은 어깨 위에 그대로 늘어뜨린 채 검고 가느다란 흑단 지팡이에 의

지하여 돈 끼호떼의 방으로 들어왔다. 그는 이 모습을 보고 그만 얼떨떨
해져서 몸을 움츠리고 이불 속에 몸을 감추었다. 혀도 자유를 잃어 인사
도 하지 못했다. 알띠시도라는 침대 머리맡에 있는 의자에 앉더니 크게
한숨을 쉰 다음 구슬프고 힘없는 목소리로 입을 열었다.

"지체 높은 여자나 정숙한 처녀가 체면을 팽개치고 모든 장애를 부수
려고 마구 지껄이며 가슴 속에 간직한 비밀을 사람들 앞에서 예사로 털
어놓게 되었을 때에는 그 여자는 이미 각오가 단단히 서 있을 겁니다.
저는, 돈 끼호떼 데 라 만차 님, 몰리고 얻어맞으면서 오로지 사랑에 불
타고 있는 그런 여자의 한 사람입니다. 하지만 그러면서도 가만히 꾹 참
고 정조를 올바르게 지키고 있는 여자입니다. 그러나 그렇게 다만 침묵
을 지키고 있기가 너무나 괴로워 제 영혼은 찢어져 마침내 목숨을 잃게
되었습니다. 기사님이 제게 보여주신 참으로 냉담한 마음 때문에 —— 나
의 한탄에도 대리석 못잖은 차가움 때문에 —— 이틀 전에, 무정한 기사
님, 저는 죽어 있었던 것입니다. 아니, 적어도 저를 보신 분들이 그렇게
생각하신 것입니다. 그래서 사랑의 여신이 저를 가엾이 여기시고 이 인
정많은 종자님의 수난이라는 구제 방법을 제게 내려주시지 않았던들, 지
금쯤은 벌써 저승에 가 있었을 것입니다."

"사랑의 여신이 내 당나귀의 수난에서 구제법을 발견해주셨어도 좋았
을 텐데" 하고 산초가 말했다. "하지만 한 가지 묻겠습니다요만, 하느님
께서 우리 주인 나리보다 더 정다운 연인을 당신한테 내려주셨으면 좋을
법도 한데, 아무튼 저승에 가서 당신은 무얼 보셨던가요? 지옥엔 뭐가
있습니까요? 울화통이 터져 죽은 인간은 좋으나 싫으나 거기 가서 살아
야 하니까 말입니다요."

"사실을 말씀드리면" 하고 알띠시도라가 말했다. "저는 정식으로 죽은
것이 아니었나봐요. 지옥엔 들어가지 않았으니까요. 만일 그곳에 들어가
있었다면, 아무리 나오고 싶어도 도저히 나올 수 없었을 것입니다. 사실
저는 그 문앞까지 갔었지요. 보니까 열두 마리쯤 되는 악마들이 모두 바
지와 동옷 바람으로 플랑드르의 레이스 장식이 달린 발론풍의 깃을 달고
마찬가지로 뒤집은 레이스를 커프스 대신으로 하여 손을 길게 보이려고
팔을 네 치쯤 드러내고는 불의 라켓으로 테니스를 치고 있었습니다. 그
중에서도 제일 놀란 것은 공 대신에 속에 공기와 털부스러기를 채운 책
을 사용하고 있는 일이었어요. 참으로 색다르고 진기하게 여겼는데, 그

보다 더 놀란 것은, 보통 같으면 테니스를 하는 사람들은 이긴 쪽이 기뻐하고 진 쪽이 실망하는 법인데, 지옥의 테니스에서는 모두가 투덜거리고 화를 내고 저주하고 욕설을 퍼붓고 하는 일이었어요."

"그런 건 그다지 신기할 것도 없어요" 하고 산초가 대꾸했다. "악마들은 테니스를 하거나 말거나, 이기거나 지거나 결코 즐겁지 않을 것이니까."

"그건 아마 그럴는지 모르겠어요" 하고 알띠시도라가 대답했다. "하지만 그밖에도 제가 놀란 것은, 제가 그때 놀란 것은, 한 번 받아친 공은 결코 아래로 떨어져 내려오지 않을 뿐 아니라 두 번 다시 되받아칠 수 없다는 것이었어요. 그래서 새 책과 헌 책이 잇따라 나타나서, 보고 있어도 참으로 진기한 광경입니다. 그 중의 어떤 책은 새것인데 번쩍번쩍 빛나고 장정도 잘된 것을 그들은 마구 두들겨서 속이 터져나와 주위에 여기저기 흩어졌습니다. 그러자 악마 하나가 저희 동료한테 물었습니다. '이봐, 저건 무슨 책야?' 그러자 한쪽 악마가, '저건 《돈 끼호떼 데 라 만차 이야기》의 후편인데, 첫 작자 씨데 아메떼가 쓴 것이 아니고, 뭐 또르데시야스 태생이라고 자칭하는 그 아라곤 사람이 쓴 거야' 하고 대답했습니다. 그러자 다시 한쪽 악마가, '그런 건 여기서 내동댕이쳐버려. 그러구 지옥 나락 속에 집어넣는 거야. 다시는 보고 싶지 않다.' 그러자 한편이, '그렇게 심한가?' 하고 물으니까 첫 악마가 '심하고 뭐고, 내가 일부러 더 나쁜 걸 쓰려고 해도 도저히 못 쓸 거야' 하고 대답합디다. 그리고 그들은 테니스를 계속해서 다른 책이 잇따라 날아갔습니다만, 저는 제가 그렇게 넋을 잃고 사랑을 바친 돈 끼호떼라는 이름을 듣고 이 환상을 똑똑히 새겨둬야지 하고 생각했었죠."

"그것은 의심할 여지 없이 환상이 틀림없소" 하고 돈 끼호떼가 말했다. "왜냐하면, 세상에 또 한 사람 내가 있을 까닭이 없기 때문인데, 이미 그 이야기는 이리저리 많은 사람들은 손에 건너다니고 있으나, 하나도 어느 손에고 멈추어 있는 것은 없소. 누구 할 것 없이 모두 그 책을 걷어차버리기 때문이오. 내가 유령처럼 나락의 암흑 속을 헤매고 있다든지 이 세상의 빛 속을 어슬렁거리고 싸다닌다든지 하는 말을 들어봐야 조금도 동요할 것은 없을 것이오. 그 이야기에 나오는 인물은 내가 아니니까. 만일 그 이야기가 훌륭한 것이고 충실하게 진실을 전하는 것이라면 몇 세기에 이르는 생명을 가질 것이 틀림없지만, 만일 나쁘다면 태어나자 바로 곧장 무덤으로 갈 것이 틀림없소."

다시 알띠시도라가 돈 끼호떼에게 원망의 말을 계속하려 했을 때 돈 끼호떼가 말했다.

"여태까지도 몇 번이나 말한 것처럼, 나와 같은 사람을 그대가 생각하게 되었다는 것을 역시 나는 무척 고통스럽게 생각하고 있소. 왜냐하면, 나는 비록 감사히 받아들일지언정 갚아드릴 수는 결코 없기 때문이오. 나는 둘씨네아 델 또보소의 것으로 태어났으니, 만일 운명을 다스리는 신이 있다면 그 신들이 나를 그분에게 바치신 것이오. 따라서 다른 아무리 아름다운 여성의 모습도 그분이 차지하고 있는 내 영혼의 소재를 점령한다는 것은 도저히 있을 수 없는 일이오. 이만큼 말씀드리면, 그대가 정숙함의 범위 안으로 물러서시는 데 충분하리라 생각하오만, 불가능한 것을 강요할 수는 결코 없는 일이오."

알띠시도라는 이 말을 듣자 금방 노기를 드러내어 안색을 바꾸고 소리쳤다.

"이게 뭐야, 대체, 이 덜 돼먹은 대구야, 우유 항아리 귀신아, 대추야자 씨 같은 인간아, 아무리 부탁해도 한 번 마음먹으면 꼼짝도 않는 농군보다 고집센 벽창호 같은 기사야. 만일 내가 당신한테 덤벼들기만 하면 그 눈깔을 빼내고 말 테다. 이렇게 말해도, 이 몽둥이로 얻어맞고 고배를 마신 양반아, 아직도 내가 당신한테 죽도록 반했는 줄 알아? 오늘 밤 당신이 본 그 모든 일은 속임수였단 말야. 약대 같은 당신 때문에 죽기는커녕, 손톱의 때만큼도 괴로워할 그런 계집이 나는 아니란 말야."

"나도 그럴 줄 알았지" 하고 산초가 끼여들었다. "사랑을 하는 인간이 죽는다는 건 웃음거리거든. 하기야 사랑을 하는 녀석들은 일찍 죽는다지만, 참말로 죽을 줄은 유다나 믿을까 아무도 믿지 않지."

이런 이야기를 주고받고 있는데 간밤에 안마당에서 두 절의 시를 노래한 가수겸 시인인 음악가가 들어와서 공손히 돈 끼호떼에게 절하고 말했다.

"기사님, 제발 저를 부하로 삼아주시지 않으시겠습니까? 저는 며칠 전부터 기사님의 명성과 훌륭한 공훈 때문에 기사님을 진심으로 숭앙하고 있습니다."

돈 끼호떼가 대답했다.

"실례지만, 당신이 누구인가 말해주시오. 그 신분에 알맞는 예의를 지켜야 할 테니까."

그러자 젊은이는 음악가자 간밤에 칭찬의 노래를 부른 사람이라고 대답했다.

"그렇군" 하고 돈 끼호떼가 대답했다. "과연 당신은 훌륭한 목소리를 가졌소. 그러나 부른 노래는 그다지 그자리에 맞는 것이었다고는 생각지 않소. 대체 가르씰라소의 시구와 이 여성의 죽음과 무슨 관계가 있단 말이오?"

"그런 건 하등 놀라실 것 없습니다" 하고 음악가가 대답했다. "요즘의 신출내기 시인들 사이에서는 저마다 제멋대로 쓰고 자기가 표현하고 싶은 것이 맞거나 안 맞거나 함부로 누구한테서건 남의 작품을 훔치는 것이 큰 유행이 되고 있으니까요. 노래부르고 쓴 것들 중 어떤 엉터리 작품이라도, 나라에서 자작시라고 인정받지 않는 것이 없으니까요."

돈 끼호떼가 대답하려고 했으나 마침 그때 그를 만나러 들어온 공작 부처 때문에 대답할 수 없었다. 그 후 그들 사이에는 길고 즐거운 이야기가 오갔는데, 그 동안에도 산초가 잇따라 우스꽝스러운 말과 짓궂은 이야기를 꺼냈으므로 공작 부처는 그의 단순하고 동시에 이따금 날카로운 지혜가 번뜩이는데 새삼 혀를 내두르지 않을 수 없었다. 돈 끼호떼는 그날 당장 출발할 허락을 공작 부처에게 구했다. 왜냐하면 자기와 같은 패전의 기사에게는 이런 선미(善美)를 다한 궁전보다 돼지 우리에 사는 편이 훨씬 어울리기 때문이라는 것이었다. 그래서 부처는 쾌히 허락을 내렸는데, 공작 부인은 돈 끼호떼에게 알띠시도라는 마음에 들더냐고 물었다. 그러자 그는 대답했다.

"부인께서 알아주셨으면 하는 것은, 이런 젊은 여자의 모든 착각이라는 것은 한가히 놀고 있는 데서 생기는 것이므로 그 구제법은 진지하고 그러면서 연속하는 일에 전심하게 하는 것입니다. 이분은 아까 지옥에서도 레이스 장식을 사용하더라고 말했는데, 이 여성이야말로 레이스 장식을 짜는 방법을 익혀 결코 손에서 놓지 않을 필요가 있지요. 즉 편물 바늘을 움직이는 데 오로지 정신을 쓰고 있었더라면 머릿속에 연모하는 남자의 모습 따위가 돌아다니지 않았을 것이기 때문입니다. 이것은 틀림없는 말이며, 이것이 나의 의견이기도 하고 충고이기도 합니다."

"제 충고도 바로 그것입니다요" 하고 산초가 덧붙였다. "레이스를 짜는 처녀가 사랑 때문에 죽었다는 말은 아직 들은 적이 없으니까요. 일손이 바쁜 처녀는 반했느니 어쨌느니 하는 생각보다 빨리 일을 마치고 싶은 생각만으로 가득 차 있는 법이니까요. 이건 제 경험에서 하는 말입니다요만, 제가 땅을 파고 있는 동안에는 집에 있는 여편네, 다시 말해서 제 마누라 떼레사 빤사 따윈 아예 생각도 나지 않으니까요. 전 그 사람을 두 눈의 눈동자보다 더 사랑하고 있습니다요."

"산초, 아주 좋은 말을 했어요" 하고 공작 부인이 말했다. "그래서 나도 앞으로는 알띠시도라가 무언가 바느질 일에 열중하도록 타이르겠어요. 그애는 그런 일이 아주 능숙하거든요."

"마님, 그런 치료법을 일부러 쓰실 필요는 조금도 없으셔요" 하고 알띠시도라가 대답했다. "이 떠돌이 악당이 저한테 한 냉정한 태도만으로, 달리 무슨 재주를 부리지 않더라도 제 기억에서 사라져버릴 거예요. 마님의 허락이 계시면 여기서 나가고 싶어요. 이 '우수에 찬 얼굴'은커녕 못생기고 메스꺼운 얼굴을 가까이서 볼 기분이 나지 않는걸요."

"이쯤되면 흔히 세상에서 말하는, '이토록 독설을 퍼붓고 있으니 용서하는 것도 멀지 않겠다'는 속담이 생각나는군" 하고 공작이 말했다.

알띠시도라는 손수건으로 눈물을 닦는 체하면서 공작 부처에게 인사하고 방에서 나갔다.

"안됐군" 하고 산초가 말했다. "가엾은 처녀가, 되풀이해서 말하지만, 안됐단 말이야. 워낙 등심초같이 바짝 마른 영혼과 참나무처럼 딱딱한 마음에 반했거든. 이게 만일 상대가 나였더라면, 다른 수탉이 울어댔을 텐데!"

이렇게 하여 이야기가 일단락지어지자 돈 끼호떼는 채비를 하고 공작 부처와 식사를 같이 했다. 그리고 그날 저녁때 출발했다.

제 71 장

돈 끼호떼가 산초와 함께 마을로 돌아가는 길에서 일어난 일에 대해서.

고배를 마시고 수척해진 돈 끼호떼는 몹시 골똘한 생각에 잠기면서 여행을 계속했는데, 한편에서는 은밀한 기쁨을 느끼기도 했다. 골똘한 생각은 패배에서 왔으며 기쁨은 알띠시도라의 부활로써 보여준 산초의 이상한 힘에서 왔다. 물론 얼마간의 의심쩍은 생각은 있었으나, 사랑에 괴로워한 그 처녀가 정말로 죽은 것이라고 믿고 있었기 때문이다. 한편 산초는 조금도 마음이 들뜨지 않았다. 그것은 속셔츠를 준다는 약속을 알띠시도라가 지키지 않은 데서 기인한 것이었다. 그래서 그 일을 속으로 자문자답하면서 생각하다가 주인을 돌아보고 말했다.

"나리, 저는 이 세상의 의사 중에서도 가장 수지 안맞는 의삽니다요. 세상에는 자기가 치료하고 있는 환자를 죽여놓고도 치료비를 청구하는 의사가 얼마든지 있습니다요. 치료야 약 처방전에 글씨를 몇 자 써넣을 뿐이고, 그 약도 자기가 조제하는 것이 아니라 약방에서 하니까 속은 자만 억울합죠. 그런데 저는 남의 나쁜 곳을 고치기 위해 피를 흘리기도 하고 뺨을 맞기도 하고 더욱이 매까지 맞곤 했는데, 그러면서도 돈 한푼 지불하는 자가 없잖습니까요? 그러니 앞으로는 누가 저한테 병자를 데리고 온다면 고쳐주기 전에 얼마간의 사례라도 내놓게 하리라고 하느님께 맹세하고 있습니다요. 수도사도 노래를 불러야 밥을 얻어먹는다니까, 저는 하느님이 남의 병을 공짜로 고쳐주라고 이상한 힘을 저에게 내려주셨다곤 생각하고 싶지 않습니다요."

"그대 말도 일리는 있다, 나의 벗 산초여" 하고 돈 끼호떼가 받았다. "하기야, 그대 몸에 붙은 이상한 힘은 gratis data(거저 얻은 것)니까. 그것을 위해서 따로 공부를 한 것도 아니고, 공부는커녕 기껏해야 고통을 참는 정도가 고작 아니냐? 그러나 만일 둘씨네아의 마법을 풀기 위한 매질에 대해서 대가를 받고 싶은 생각이 있다면 그거야말로 어김없이 지불할 것을 나는 약속하마. 지불한 만큼의 효과가 틀림없이 있느냐 하는 것도 모르겠고, 또 사례를 했기 때문에 그 효과가 없어질지 모른다는 걱정도 있기는 하지만. 하기야 실험해본다고 해서 손해볼 것도 없다는 생각도 든다만, 아무튼 산초, 얼마나 받고 싶은가 생각해본 다음 즉각 자기 몸을 매질해서, 내 돈은 그대가 갖고 있으니 현금으로 그대 마음대로 가지면 될 게 아니냐."

이 제의를 듣더니 산초는 손바닥 넓이만큼 눈을 크게 뜨고 귀를 쫑긋 세워 그야말로 원하던 바라, 자기 몸에 매질하려고 혼자 속으로 고개를 끄덕이며, 주인을 바라보고 말했다.

"그런 말씀이시라면 나리, 제게 도움이 되는 일이라면, 나리가 희망하시는 대로 해드려도 무방하다고 생각합니다요. 그 까닭은, 저도 처자 귀여운 줄 아는 탓으로 조금은 지나친 욕심을 내게 될는지도 모르니까요. 그럼, 나리, 제 몸에 한 번 매를 맞는데 얼마를 주시겠습니까요?"

"글쎄다, 산초" 하고 돈 끼호떼가 대답했다. "내가 만일 이 치료법의 훌륭한 성질에 알맞도록 그대에게 지불해야 한다면 베네치아의 부(富)도, 뽀또시 광산의 은도 그대에게 지불하기에는 모자를런지 모른다. 그대가 갖고 있는 나의 돈을 살펴보아라. 그런 다음 매값을 정하기로 하자꾸나."

"매질의 수는 3300대하고 얼마였습니까요?" 하고 산초가 말했다. "그 중 5대는 이미 끝났습니다요. 그러니 그것을 제한 것만큼 아직 남아 있는 셈인데, 이 다섯을 3300 얼마 속에 넣는다면 대강 3300대가 되는 셈입죠. 매 한 대에 1레알의 4분의 1친다면, 누가 뭐래도 이보다 적은 돈으론 참지 않을 작정입니다요만, 꼭 3300의 4분의 1레알이 됩니다요. 이 중에서 3000레알은…… 500하고 그 반 레알이 되니까, 말하자면 750레알이 되는 셈입죠. 그러구 300의 4분의 1레알은 150의 반 레알이니까, 75레알이 되는 셈이구요. 여기에 아까 그 750레알을 보태면 도합 825레알이 되는 셈입니다요. 그래서 제가 갖고 있는 나리의 돈에서 이 액수만큼 제하기로 한다면 매야 실컷 맞겠지만 이렇게 되면 부자가 돼서 기분 좋게 집으로 돌아갈 수 있겠습니다요. '바지를 적시지 않고는 홍송어를 잡을 수 없다'고 하니까 말입니다요. 이제 저는 할 말이 없습니다요."

"오오, 고맙다, 산초여! 오오, 기특한 산초여!" 하고 돈 끼호떼가 소리쳤다. "그렇게 되면 둘씨네아와 나는 하늘이 우리 두 사람에게 허락해주시는 생애의 세월동안 어떻게든 그대에게 무슨 일이고 돌봐주지 않으면 안되겠지! 만일 그분이 본래의 모습으로 돌아가지 않을 수가 없지만, 여태까지의 불행은 행복으로 바뀔 것이고 나의 패배도 극히 경사스러운 승리로 바뀌는 셈이 될 것이다. 그런데, 산초여! 그대는 언제부터 매질을 시작할 참이냐? 그대가 드디어 시작해준다면 100레알을 더 보태줄까 해서 그런다."

"언제부터냐굽쇼?" 하고 산초가 대답했다. "틀림없이 오늘 밤부텁니다요 나리. 오늘 밤엔 들판에서 주무시도록 해보십쇼. 그러면 몸에 매질의 상처를 내놓을 테니까 말입니다요."

돈 끼호떼는 오직 대단한 초조감으로 학수고대하던 밤이 찾아왔으나 그에게 있어서는 마치 서로의 뜻을 마음껏 이루지 못하는 연인들처럼 아폴론의 수레바퀴가 부서지지나 않았나, 하루해가 보통보다 더 길어지지 나 않았나 하고 여겨질 정도였다. 마침내 두 사람은 길에서 조금 옆으로 빠진 기분좋은 숲 사이로 들어가서 로시난떼와 잿빛 당나귀의 안장이며 짐 안장을 끌러주고, 푸른 풀밭에 뒹굴면서 산초가 간직해둔 음식물로 저녁식사를 들었다. 그리고 산초는 당나귀의 밧줄 동강이와 재갈 끈으로 튼튼하고 휘청휘청한 채찍을 만들어 주인이 있는 자리에서 스무 걸음쯤 떨어진 너도밤나무 사이로 기어들어갔다. 돈 끼호떼는 그가 조금도 질리 는 기색없이 용감하게 나가는 것을 보고 말을 건넸다.

"조심해라, 의좋은 산초여, 자기 매로 몸을 박살내지 않도록 말이다. 몇 차례 매질을 하거든 그 다음 매질을 기다릴 만한 여유를 두는 것이 좋을 게다. 매질 중간에서 숨이 차거나 하는 일이 없도록 너무 성급히 공을 세우려 하지 말아라. 내가 하고 싶은 말은 정해진 매질의 수에 이 르기 전에 그대가 목숨이라도 잃는 날이면 큰일나니까 너무 호되게 때리 지 말라는 것이다. 숫자가 많은 트럼프거나 적은 트럼프거나, 그대가 그 것으로 승부에 져서는 안되는 일이니, 나는 여기 앉아 그대가 때리는 매 질의 수를 이 묵주로 세고 있으마. 그대의 훌륭한 뜻에 알맞도록 하늘이 그대에게 행운을 주실 것을 기도할 뿐이다."

"'호기 있게 지불하는 자의 담보물은 상하지 않는다'고 하잖습니까 요" 하고 산초가 대답했다. "저는 죽지 않도록, 아프지 않도록 몸에 매 를 대겠습니다요. 여기에 이 주문(呪文)의 요긴하고 중요한 점이 있을 테니까 말입니다요."

그는 즉각 상반신을 벗더니 매를 쥐고 스스로 자기 몸에 매질을 하기 시작했다. 돈 끼호떼는 매수를 세어나갔다. 여섯 차례인가 여덟 차례 매 질했을 때 산초는, 이 장난이 좀 지나치다는 생각과 또 값이 너무 싸다 는 기분이 들기 시작했다. 그래서 잠시 매질하던 손을 멈추고 주인을 돌 아보며, 이 고행은 매질 한 차례에 4분의 1레알이 아니라 반 레알은 주 실 만하니까 아까 무심코 약속한 것은 취소하고 싶다고 말했다.

"계속해라, 의좋은 산초여, 낙심할 것 없다" 하고 돈 끼호떼가 대답했 다. "값은 2배로 올려줄 테니."

"그러시다면, 모든 것을 하느님의 손에 맡기고 소나기 같은 매질을 퍼 붓기로 하겠습니다요."

그러나 이 약은 사나이는 자기 등에 매질하는 것을 그만두고, 옆에 있

는 나무를 두들기며 땅이 꺼져라 한숨을 내쉬고 신음했는데 그 하나하나
가 마치 영혼의 밑바닥에서라도 우러나듯, 장단을 맞추었다. 돈 끼호떼
는 은근히 놀라면서 산초가 그것으로 목숨을 잃고 그의 무분별로 말미암
아 모처럼의 자기 뜻이 이루어지지 않게 되지나 않을까 두려워 그에게
말을 했다.

"제발, 의좋은 산초여, 그 고행을 그 정도로 그치면 어떻겠느냐? 이
약은 암만해도 나에게는 좀 도가 지나치는 모양이니 슬슬 해주는 것이
좋겠다. 사모라는 한 시간에 함락시키지는 못했으니 말이다. 만일 내가
잘못 세지 않았다면 벌써 그대는 1000번 이상은 때렸을 게다. 우선은 그
것으로 족하겠다. 말하자면, 좀 천한 말투 같다만, '당나귀는 보통 짐은
견딜 수 있어도, 산더미 같은 짐은 견디지 못한다'고 하니까 말이다."

"그런 말씀 마십쇼, 나리" 하고 산초가 대꾸했다. "저는 '돈은 받았으
나 팔을 분질러 버렸다'는 말은 안 들을 테니까요. 나리, 좀더 저쪽으로
가셔서 하다못해 앞으로 1000번은 더 때리게 내버려두십쇼. 이 정도의
짐이라면 두 행보면 해치울 수 있습니다요. 그러고도 우수리가 남지 않
습니다요."

"그대가 그토록 갸륵한 마음씨라면" 하고 돈 끼호떼가 말했다. "하늘
의 도움도 있을 것이니 때리도록 하라. 나는 이쪽에 물러나 있을 테니."

산초는 무서운 기세로 다시 작업을 시작했는데 벌써 많은 나무 껍질을
벗겨놓았다. 그토록 심하게 그는 매질을 하고 있었던 것이다. 그리고 다
시 한 번 큰 소리를 지르면서 너도밤나무를 모질게 때려놓고 부르짖었
다.

"자, 삼손도 그녀석의 친구도 모두 뒈져라!"

돈 끼호떼는 이 비참한 목소리와 무시무시한 채찍질 소리를 듣고 얼른
달려가서 산초가 매 대신에 쓰고 있던 밧줄을 붙잡고 말했다.

"나의 소중한 산초여, 내 욕심 때문에 그대가 생명을 잃는다면 결코
하느님이 용서치 않으신다. 그대 목숨은 그대의 처자를 먹여살리기 위해
서 사용되어야 하느니라. 둘씨네아 님에게는 좀더 좋은 시기를 기다려주
시도록 하자꾸나. 나는 나의 희망이 그리 멀지 않다는 범위 안에서 만족
할 작정이고 이 일을 하나하나 즐겁게 그칠 수 있도록 그대가 새로운 힘
을 되찾기를 기다릴 생각이다."

"저의 나리, 나리께서 그렇게 생각하신다면" 하고 산초가 대답했다.

"하는 수 없는뎁쇼. 워낙 땀을 흠뻑 흘려놔서 감기 들기는 싫으니까요, 제 등에 나리의 짤막한 망토나 덮어주십쇼. 경험 없는 고행자는 흔히 이것으로 감기에 걸리는 위험한 꼴을 당하기 쉬우니까요."

돈 끼호떼는 그 말대로 자기 외투를 벗어 산초에게 입혀주었다. 그리고 산초는 이튿날 태양이 깨워줄 때까지 푹 잤다. 그리고 그들은 길을 더듬어 나갔는데, 거기서 3레구아쯤 떨어진 어느 마을에서 그들의 여행도 일단 종말이 지어졌다. 그들은 어느 여인숙 앞에서 말을 내렸는데, 돈 끼호떼는 그걸 지금까지처럼 깊은 연못과 탑과 내리닫이 창살 대문과 적교(吊橋) 따위를 갖춘 성으로서가 아니라 보통의 여인숙으로 인정한 것이다. 그는 고배를 마신 이래 여러 가지 사항에 대해서 훨씬 멀쩡한 판단력으로 생각하게 되어 있었으며 이 점에 대해서는 곧 밝혀질 것이다. 그들은 아래층 홀에 안내되었는데 이런 촌락에서 흔히 볼 수 있듯이 모로코 가죽의 벽걸이 대신 그림을 그린 몇 가지 낡은 능직 벽걸이가 걸려 있었다. 그 가운데 한 장에는 무척 서투른 솜씨로 남편 메넬라우스한테서 아내 헬레네를 대담한 손님이 탈취해가는 장면이 그려져 있었고 또 한 장에는 디도와 아에네아스의 이야기가 그려져 있었는데 그녀가 높은 탑 위에서 프라가따 선인지 마스트 두 개짜리 배로 달아나고 있는 사나이에게 절반으로 접은 시트로 신호를 하고 있는 장면이었다. 이 두 그림 이야기에서 눈에 뛴 것은 헬레네가 그다지 싫은 얼굴도 하지 않고 끌려가고 있다는 것이었으니, 그것은 그녀가 간사하게 몰래 미소를 머금고 있었기 때문이다. 한편 아름다운 디도는 두 눈에서 호두만한 눈물을 흘리고 있는 중이었다. 이것을 보고 돈 끼호떼가 말했다.

"이 두 여성은 지금 시대에 태어나지 않았다는 점에서 참으로 불행한 분들이고 나는 나대로 그 시대에 태어나지 않았다는 점에서 그 누구 못지않게 불운한 사나이지. 내가 만일 이런 여성들을 만났다면 트로이도 재가 되지 않았을 것이고 카르타고 또한 파괴되는 일은 없었을 게야. 왜냐하면, 내가 파리스를 죽인다는 다만 그 하나만으로 그런 커다란 재액은 모면될 수 있었을 것이 틀림없거든."

"저는 내길 해도 좋습니다요" 하고 산초가 말했다. "지금부터 얼마 안 있으면 우리의 공명과 수훈에 관한 얘기를 그린 그림을 걸어놓지 않은 주막도, 여인숙도, 이발소도 없을 줄 압니다요. 하지만 욕심을 말하란다면, 이 집의 이 그림을 그린 사내보다는 좀더 솜씨가 나은 화가가 그려주었으면 좋겠습니다요.”

"그대의 말은 지당하도다, 산초” 하고 돈 끼호떼가 받았다. "이 화가
는 저 먼 우베다에 있었다든지 하는 오르바네하라는 화가와 동류인 모양
이다. 그 오르바네하에게 무엇을 그리느냐고 물었더니 그려보고 완성되
는 것을 그린다고 대답하더란다. 만일 닭을 그릴 때에는 그 밑에 '이것
은 닭이로다'라고 쓰곤 했단다. 여우로 보이지 않기 위해서지. 얼마 전
에 출판된 그 새로운 돈 끼호떼 이야기를 발표한 화가인지 작자인지 하
는 자들은, 이런 말을 하는 것은 본래 화가나 작자나 다 비슷비슷하기
때문인데 역시 아까 말한 화가와 동류로 여겨지는구나. 그려보고 완성된
것을 그 사나이는 그렸다. 아니, 썼을 것이 틀림없거든. 아니면 옛날 궁
정에 출입하던 마울레온이라는 시인과 같은 자들이었는지도 모르지. 이
시인은 누가 무엇을 물어보아도, 그때그때 아무렇게나 대답했다는데, 한
번은 라틴어의 Deum de Deo(신 가운데 신)은 무슨 뜻이냐고 물었더니,
Dé donde diere(이러나저러나)라고 대답했다니 말이다. 그러나 이 이야기
는 이 정도로 하자. 산초, 그대는 오늘 밤도 역시 상당한 채찍질을 할
생각으로 있는지 어떤지, 그리고 천장이 있는 장소가 좋은지 아니면 들
판이 좋은지 말해주면 좋겠구나.”

"당연합니다요, 나리” 하고 산초가 대답했다. "제가 채찍질을 계속할
생각이므로 집안이건 들판이건 마찬가집니다요만, 하지만, 역시 나무 사
이 쪽이 더 고맙겠습니다요. 제 생각은 자라는 나무들이 이상하리만큼
돌봐주고 도와줄 것 같은 기분이 들어서 말씀입니다요.”

"그러나, 그것만은 그만두어줬으면 좋겠구나, 의좋은 산초여” 하고 돈
끼호떼가 말했다. "그보다 그대가 더 힘을 되찾을 수 있도록 우리 마을
에 도착할 때까지 그것을 연기하는 게 좋겠다. 우리 마을까지는 아무리
걸려봐야 이제 내일 모레면 도착할 것이 틀림없으니 말이다.”

산초는 그럼 좋으신 대로 하십시다, 하고 대답했다. 그러나 되도록이
면 흥분해서 해치우고 싶어, 몸이 근질근질할 때 재빨리 마쳐버리면 좋
겠다고 생각한다, 왜냐하면 모름지기 무슨 일이나 우물쭈물하면 많은 경
우 위험이 더해지는 법이니까, 게다가 하느님은 비는 것이고 망치는 때
리는 것이며, '언젠가 주마'고 하는 두 개보다 '자, 예 있다'고 하는 하
나 쪽이 훨씬 낫고, '날아가는 독수리보다 손에 쥔 참새가 득이다', 운
운하며 대답했다.

"이제 그것으로 속담은 충분하다, 산초. 단 한 분의 하느님을 두고 말이다" 하고 돈 끼호떼가 말했다. "암만해도 그대는 다시 sicut erat(원래의 버릇)으로 되돌아간 모양이로구나. 더 쉽게 복잡하지 않도록 하라고 내가 누차 말했었지. 그러면 '그대에게는 단 한 개의 빵이 100개의 값어치'는 될 텐데 말이다."

"이게 무슨 액운인지 모르겠습니다요" 하고 산초는 대답했다. "저는 속담 없이 말을 할 수 없고 속담도 저에게는 말이라고밖에 생각되지 않습니다요. 하지만, 되도록 고쳐보도록 하겠습니다요."

그리고 이것만으로 그자리의 대화는 끝났다.

제 72 장

어떻게 하여 돈 끼호떼와 산초가 그들의 마을에 도착했는가에 대해서.

그날 온종일 밤이 되기를 기다리면서 돈 끼호떼와 산초는 여인숙에 묵고 있었다. 한 사람은 제 몸을 매질하는 고행을 인기척 없는 들판에서 해야겠다고 생각하면서, 한 사람은 그 매질에 자기의 소원이 걸려 있는 결과를 보고 싶다고 생각하면서. 그러고 있는데 여인숙에 말을 탄 나그네가 서너 명의 하인들을 데리고 도착하더니, 하인 중의 하나가 주인으로 보이는 사람을 향해서 말했다.

"돈 알바로 따르페 님, 나리는 여기서 낮잠을 주무십시오. 이 여인숙은 깨끗하고 시원해 보입니다."

돈 끼호떼는 이 말을 듣고 산초에게 말했다.

"여봐라, 산초, 나에 관해서 쓴 그 후편을 잠깐 들춰봤을 때 이 돈 알바로 따르페라는 이름을 본 듯한 기억이 나는구나."

"아마 틀림없이 그럴지도 모릅니다요" 하고 산초가 대답했다. "그 사람이 말에서 내리기를 기다립시다요. 그런 다음 그 일을 물어보는 게 좋겠습니다요."

그 신사가 말에서 내리자 여인숙 주인은 마침 아래층의 돈 끼호떼가 들어 있는 방 바로 건너편 방에 안내했는데, 그 방도 돈 끼호떼의 방에 걸려 있는 것과 같은 벽걸이가 장식되어 있었다. 막 도착한 신사는 여름에 알맞는 옷으로 갈아입고 시원하게 넓은 여관 앞으로 나갔다. 마침 그 때 돈 끼호떼가 그 앞을 거닐고 있었으므로 그는 물었다.

"당신은 어디까지 가시는 길입니까?"

그러자 돈 끼호떼가 대답했다.

"여기서 그다지 멀지 않은 어느 마을로 가는 길이오. 나는 거기서 태어났지요. 그런데, 당신은 어디로 가는 길이시오?"

"그라나다로 가는 길입니다" 하고 신사가 대답했다. "거기가 내 고향이지요."

"호오, 좋은 고향을 가지셨구려!" 하고 돈 끼호떼가 받았다. "그런데, 실례지만, 당신의 성함을 들려주실 수 없겠소? 왜냐하면, 당신의 성함을 안다는 것은 좀 말씀드리기 어려울 만큼 나에게는 중대한 일같이 여겨져서 그러오."

"내 이름은 돈 알바로 따르페라고 합니다."

이에 대해 돈 끼호떼는 말했다.

"나는 추호의 의심도 없이, 당신은 새로운 작가의 손으로 최근에 인쇄되고 출판된 저《돈 끼호떼 데 라 만차 이야기 후편》에 나오는 그 돈 알바로 따르페 님이 틀림없는 줄 아오만."

"그렇습니다, 바로 그렇습니다" 하고 신사가 대답했다. "그 이야기의 주인공 돈 끼호떼는 나와 절친한 친구입니다. 그 사람을 고향에서 끌어낸 것도 나고 나아가서 사라고사에서 개최된 기마 시합에 참가하도록 부추긴 것도 나며, 나도 그곳에 갔었지요. 게다가 실제에 있어서 그 사람에게는 여러 가지로 친절하게 해주었는데, 그 사람이 너무 난폭해서 붙잡혀가지고 집행인들에게 등을 곤봉으로 두들겨맞는 것을 내가 말해서 살려주곤 했지요."

"아니오. 천만에요, 전혀 다릅니다" 하고 돈 알바로는 말했다.

"그런데 돈 알바로 님, 어떠시오, 내가 어디인가 당신이 말씀하시는 그 돈 끼호떼와 닮지 않았나 좀 가르쳐주시지 않겠소?"

"그런데, 그 돈 끼호떼는" 하고 우리의 돈 끼호떼가 말했다. "산초 빤사라는 종자 하나를 데리고 있던가요?"

"그래요, 데리고 있습니다" 하고 돈 알바로가 대답했다. "매우 우스꽝스러운 사나이라는 소문이었는데, 한 번도 우스꽝스럽다고 느낄 만한 경구를 지껄이는 것을 들은 적이 없어요."

"그건, 나도 역시 그렇게 생각합니다요" 하고 이때 산초가 끼여들었다. "그 까닭은 말씀이죠, 누구라도 아무에게나 우스꽝스런 말을 할 수 있는 게 아니니까요. 당신이 말씀하시는 그 산초는, 아마 어느 터무니없는 악당이고, 재미도 없는 데다가 도둑놈이 틀림없습니다요. 어째서 그러냐 하면요, 진짜 빤사는 바로 나니까요. 나는 소나기 퍼붓듯이 얼마든지 우스꽝스러운 소릴 할 수 있지요. 의심스러우시면, 당신 자신이 시험해보시라구요. 적어도 일년만 내 뒤를 따라다녀보라구요. 그러면, 무슨 일이 있을 때마다 튀어나가서, 대개 나 자신은 무슨 말을 하고 있는지 모르지만, 연거푸 우스꽝스러운 말이 튀어나가기 때문에, 내 말을 듣는 사람들이 모두 배꼽을 쥐고 웃어버린다는 걸 알게 될 테니까요. 그리고, 그 이름 높고, 용감하고, 분별 있고, 사랑에 고민하며, 남이 받은 굴욕을 제거해주시고, 고아들과 의지할 곳 없는 사람들의 보호자요, 과부들의 기둥이요, 아가씨들을 녹이는 인물이요, 자신의 오직 한 사람의 그리운 공주로서 비할 데 없는 둘씨네아 델 또보소 님을 갖고 계시는 진짜 돈 끼호떼 데 라 만차 님은, 여기 계시는 바로 이분으로, 나의 주인 어른이라오. 이분과 다른 돈 끼호떼나 산초 빤사라는 것들은 모두 적당히 꾸며낸 엉터리 얘기가 아니면 꿈속에서 일어난 사건이나 다름없는 것입니다요."

"정말이지, 나도 그런 줄 알았습니다" 하고 돈 알바로도 맞장구를 쳤다. "왜냐하면 당신은 불과 얼마 안되는 말가운데서도 내가 들은 그쪽 산초 빤사가 지껄이는 그 무척 많은 말을 함께 뭉친 것보다 훨씬 재미있는 말을 했으니까요. 그쪽 산초는 말을 잘한다기보다 잘 먹는 밥벌레요, 어릿광대라기보다 훨씬 더한 바보라서, 나는 필경 착한 돈 끼호떼를 박해하고 있는 마법사가 또 한 사람의 악인 돈 끼호떼를 가지고 나를 못살게 군 것이라고 확실히 생각하고 있었지요. 하지만, 뭐라고 말해야 좋을지 모르겠는데 나는 그 사나이를 똘레도의 엘 눈씨오 정신 병원에서 치료를 시키기 위해 넣어놓고 왔다는 것만은 맹세해도 좋습니다만, 지금 눈앞에 내가 아는 사람과는 전혀 다르기는 하되 또 한 사람의 돈 끼호떼가 이 자리에 불쑥 나타났으니."

"내가 과연 이 훌륭한 쪽의 돈 끼호떼인지 어떤지는 모르겠소만" 하고 돈 끼호떼는 말했다. "그러나 내가 악인이 아니라는 것만은, 이것만은 똑똑히 말할 수 있소. 그 증거로 돈 알바로 따르페 님, 나는 여지껏 사라고사에는 발도 들여놓은 적이 없다는 것을 알아주기 바라오. 그뿐 아니라, 그 괴상 야릇한 돈 끼호떼가 그 도시의 기마 시합에 참가했다는 말을 듣고, 그자의 엉터리를 세상 사람들의 면전에 폭로해주자는 뜻에서 나는 사라고사에 들어가기를 싫어했던 것이오. 그리고 나는 바르셀로나로 말하자면 예외의 보관소, 이국인의 유숙처, 가난한 자들의 구제의 땅, 용사들의 조국, 모욕받은 자들의 복수의 자리, 그리고 굳은 우정의 유쾌한 교환 장소, 더욱이 위치에 있어서나 아름다움에 있어서나 오직 하나밖에 없다고 할 수 있는 바르셀로나로 곧장 달려간 것이오. 하기야 거기서 내가 겪은 사건은 결코 유쾌한 것이 아니었소. 유쾌하기는커녕 참으로 서글픈 것이었소만, 그러나 오직 그 도시를 볼 수 있었다는 것만으로 그것을 그다지 쓰라리게 생각지 않고 그 사건을 참고 견딘 것이오. 요컨대, 나야말로 명성 그대로의 돈 끼호떼 데 라 만차, 결코 나의 이름을 사칭하고, 나의 착안을 이용해서 자기 일신의 영예를 장식하려 한, 그 천박한 사나이와는 다르오. 그래서 신사로서의 당신의 면목을 두고 부탁하오만, 이곳 촌장 앞에서 당신은 오늘날에 이르기까지 한 번도 나를 본 적이 없거니와 그 후편에 나오는 돈 끼호떼는 나와 전혀 다른 사람이며, 나의 종자 산초 빤사도 당신이 알고 있는 그 종자와 전혀 다르다는 것을 진술해주지 않겠소?"

"좋습니다. 진심으로 기꺼이 그 일을 맡겠습니다" 하고 돈 알바로가 대답했다. "하기야 이름은 같지만 하는 일이 전혀 다른 두 사람의 돈 끼호떼, 두 사람의 산초를 거의 동시에 보게 되어 깜짝 놀라고 있는 것만은 사실입니다. 하지만 다시 되풀이해서 똑똑히 말하지요. 내 눈으로 본 것은 실은 보지 않은 것이고, 내게 일어난 일도 실은 일어나지 않았다고 말입니다."

"당신이 마치 내가 섬기는 둘씨네아 델 또보소 님처럼 마법에 걸려 있다는 건 틀림없는 일인데요" 하고 산초가 끼여들었다. "하지만 당신의 마법을 푸는 방법도 마치 둘씨네아 님을 위해서 내 손으로 내 몸에 매질하는 것처럼 다시 한 번 3300대 내 손으로 내 몸에 매질하게 되었으면 좋겠습니다요. 그러면 나는 아무 욕심도 없이 매질을 해드릴 수 있을 텐데요."

"나는 그 매질이라는 것이 도무지 무슨 말인지 못 알아듣겠는걸" 하고 돈 알바로가 말했다.

그러자 산초는 이야기가 길어지므로 만일 같은 길을 함께 가게 된다면 이야기해드리겠다고 대답했다. 마침 그때 점심시간이 되었으므로 돈 끼호떼와 돈 알바로는 식사를 같이 했다. 그자리에 이 마을의 촌장이 공증인 한 사람을 데리고 불쑥 들어왔다. 그래서 돈 끼호떼는 한 통의 청원서를 제출하여, 여기 계시는 신사 돈 알바로 따르페 님은 역시 이 자리에 있는 돈 끼호떼 데 라 만차와 조금도 면식이 없었을 뿐 아니라, 나아가서는 또르데시야스 태생의 아베야네다라는 자가 쓴 《(속)돈 끼호떼 데 라 만차》이라는 제목의 실록에 등장하는 돈 끼호떼와는 전혀 다른 사람이라는 것을 귀하의 면전에서 돈 알바로 님으로 하여금 선언시켜주시오. 그것이 나의 권리에 적합한 일이오, 하고 촌장에게 청원했던 것이다. 결국 촌장은 정식으로 이것을 수리해주었다. 그리하여 이런 경우에 하게 되어 있는 모든 법적 효력을 가진 구술서(口述書)가 작성되었는데, 돈 끼호떼와 산초는 이것으로 이런 구술서가 그들에게 있어서 매우 중요하며, 또 자기들의 언동만으로는 두 사람의 돈 끼호떼와 두 사람의 산초 사이를 밝히기에 부족하기라도 한 것처럼 여간 흡족해하지 않았다. 그리고 돈 알바로와 돈 끼호떼 두 사람은 서로 정중한 인사며, 도와드릴 일이 있으면 뭐든지 하겠다는 따위의 호들갑스러운 제의를 서로 나누곤 했는데, 그러한 말투의 여기저기에서 우리의 위대한 라 만차의 용사는 사려가 깊다는 것을 여실히 나타내어 돈 알바로가 그때까지 빠져 있던 몽매를 열어주었던 것이다. 그러자 돈 알바로는 이토록 서로 다른 두 사람의 돈 끼호떼를 직접 만나보게 되었으니 자기는 암만해도 마법에 걸린 것이 틀림없나보다고 실토했다.

저녁때가 되어 그들은 이 마을을 출발했다. 그리하여 약 반 레구아쯤 갔을 때 길이 두 갈래로 나누어졌는데 한쪽은 돈 끼호떼의 마을로 가는 길이고, 한쪽은 돈 알바로가 가야 할 길이었다. 이 짤막한 도정에서 돈 끼호떼는 자기의 처참한 패배와 둘씨네아가 마법에 걸려 있는 일, 그것을 푸는 방법 등에 대해서 이야기했는데, 돈 알바로에게는 모두 놀라움을 새롭게 하는 일들뿐이었다. 이윽고 돈 알바로는 돈 끼호떼와 산초를 얼싸안은 다음 그가 가야 할 길을 더듬어나가고, 돈 끼호떼도 자기가 가야 하는 길로 나아가 그날 밤은 산초가 매질할 수 있도록 숲 속에서 보냈다. 산초는 지난번과 마찬가지로 자기 등보다 너도밤나무의 껍질을 실컷 두들겨 매질을 끝마쳤는데, 자기 등은 설령 파리가 앉아 있었다 하더라도 채찍으로 때리지 않을 만큼 소중히 했다. 속고 있는 돈 끼호떼는 단 한 번의 매질도 빠뜨리지 않았으므로 지난번의 매질과 합하니 꼭 3029번이 되어 있었다. 태양도 이 희생을 구경하려고 일찍이 일어난 듯 했다. 그 햇빛과 더불어 그들은 다시 길을 떠났다. 그리고 두 사람은 돈 알바로의 착각과 그가 관헌 앞에서 정식으로 신고하는 일을 얼마나 기꺼이 맡아주었나 하는 이야기를 서로 나누었다.

그날 낮과 그날 밤은 다만 산초가 그날 밤에 매질을 완료했다는 것을 제외하면 이야기할 만한 사건도 일어나지 않은 채 여행을 계속해갔다. 산초가 의무를 다한 것을 돈 끼호떼는 여간 만족해하지 않았으며, 이미 마법이 풀린 그리운 공주 둘씨네아와 한길에서 딱 마주치는 일도 있을지 모른다고 그날이 오기를 고대하며 길을 나아갔는데, 메를린의 약속이 엉터리일 까닭이 없다고 믿으면서도, 과연 둘씨네아 델 또보소가 틀림없다고 분명히 인정할 만한 여자는 한 사람도 만나지 못했다. 이런 생각과 희망을 품은 채 그들은 언덕길을 올라갔다. 그 언덕 위에 올라서니 자기들의 마을을 바라볼 수 있었다. 산초는 마을을 보자마자 무릎을 꿇고 소리쳤다.

"그리운 고향아, 눈을 떠다오, 그리고 네 아들 산초 빤사가 그다지 부자는 아니지만 매만은 실컷 맞고 돌아온 것을 잘 좀 보아다오. 그리고 한 번 두 팔을 벌려 역시 네 아들인 돈 끼호떼 님을 맞이해다오. 돈 끼호떼 님은 다른 녀석의 손에 패배는 하셨지만 자기 자신에겐 이기고 돌아오셨다. 이것은 나리의 말씀을 들어보면, 그게 사람이 바랄 수 있는 제일 좋은 승리라는구나. 나는 돈을 가졌지. 매는 실컷 맞았지만 보다시피 버젓이 말을 타고 있단 말이다."

"그런 얼빠진 소리는 하지 않는 게 좋다" 하고 돈 끼호떼는 나무랐다. "떳떳이 우리 마을로 들어가자꾸나. 그리고 도착하거든 우리가 하고자 하는 목인(牧人) 생활에 대해서 생각이 가는 대로 계획을 세우자꾸나."

이리하여 그들은 언덕을 내려가 고향 마을로 향했다.

제 73 장

돈 끼호떼가 고향 마을로 들어가려 할 때 겪은 흉조와 이 위대한 실록을 분식(粉飾)하고 다시 광채를 보태는 그 밖의 사건에 대해서.

씨데 아메떼가 서술해놓은 바에 의하면 마을 입구에서 돈 끼호떼는 마을 탈곡장에서 두 사내아이가 서로 싸우고 있는 것을 보았다. 한쪽 아이가 말했다.

"암만 말해봐야 소용없어, 뻬리끼요, 넌 평생 걸려도 두 번 다시 못 볼 거야."

이 말을 듣고 돈 끼호떼가 산초에게 말했다.

"그대도 들었지, 산초, 저 아이가 '평생 걸려도 두 번 다시 못 볼 거야' 하고 말하는 것을?"

"글쎄요, 그런 말을 저 꼬마들이 했다고 해서 그게 어쨌다는 겁니까요?"

"무엇이?" 하고 돈 끼호떼가 말했다. "그 말을 내 생각에 끼워맞추면, 즉 나는 앞으로 결코 둘씨네아 공주와 만날 수 없다는 것을 그대는 모르겠느냐?"

산초가 이에 대답하려 할 때, 산토끼 한 마리가 많은 사냥개와 사냥꾼들에게 쫓겨 들판을 가로질러 이쪽으로 뛰어오는 것이 보여 대답하지 못했는데, 산토끼는 당황한 나머지 당나귀 발밑에 뛰어들어 웅크렸다. 그것을 산초가 쉽게 붙잡아 돈 끼호떼에게 내밀자 그는 중얼거렸다.

"Malum signum! Malum signum(흉조로다, 흉조로다)! 산토끼가 달아나고 사냥개가 그 뒤를 쫓으니, 둘씨네아는 나타나지 않겠구나!"

"나리는 우스운 분이십니다요" 하고 산초가 평했다. 이 산토끼가 둘씨네아 델 또보소 님이고, 산토끼를 쫓아오는 사냥개들이 그분을 농가의 아낙네로 바꾼 소가지 못된 마법사라고, 이를테면 생각해보십죠. 그분은 달아나셨습니다요. 그걸 제가 붙잡아서 나리 손에 넘겨드렸습니다요. 나리는 그분을 지금 가슴에 안고 그렇게 보호하고 계십니다요. 그런데 뭐가 나쁜 징조입니까요? 여기서 어떤 나쁜 소식을 생각할 수 있습니까요?"

아까 다투던 두 아이가 산토끼를 보려고 가까이 왔으므로 그 중의 한 아이에게 산초가 무엇을 다투고 있었느냐고 물었다. 그러자 '평생 걸려도 두 번 다시 못 볼 거야' 하고 말한 아이가, 나는 애한테서 귀뚜라미 바구니를 빼앗았는데 이 바구니는 죽을 때까지 돌려주지 않을 참이라고 대답했다. 그러자 산초는 품에서 꾸아르또 동화 네 개를 꺼내어 아이에게 주고 바구니를 받아 돈 끼호떼에게 넘겨주면서 말했다.

"나리, 이제 그런 나쁜 조짐은 엉망으로 부서지고 말았습니다요. 첫째, 바보지만 제가 생각하건대 그건 옛날의 구름만큼도 우리 사건과는 관계가 없어졌습니다요. 그리구 제가 잘못 생각하고 있지 않다면, 우리 마을 신부님이 그런 어처구니없는 일에 신경을 쓰는 자는 홀륭한 그리스도 교도가 아닐 뿐더러 깊은 생각을 가진 인물도 아니라고 말씀하시는 걸 들은 적이 있습니다요. 또 나리 자신도 벌써 오래전 일입니다요만, 전조 따위에 신경을 쓰는 그리스도 교도는 바보로 생각하라고 저한테 말씀하시잖았습니까요. 이제 이런 일에 더 이상 신경을 쓰지 마시구 어서 우리 마을로 들어가기로 하십시다요."

그러고 있는데 사냥꾼들이 다가와서 자기들의 산토끼를 돌려달라고 말했다. 돈 끼호떼는 그것을 돌려주고, 다시 앞으로 나아가서 마침 동구 밖의 약간 널찍한 풀밭에 이르렀을 때, 기도를 올리고 있는 신부와 석사 까르라스꼬와 딱 마주쳤다. 그런데 여기서 알아둘 것은 산초 빤사는 알띠시도라가 소생한 날 밤, 공작의 성에서 그에게 입혀준 불꽃 무늬의 마직 겉옷을, 문장(紋章)이 든 덮개처럼 당나귀가 등에 지고 있는 한 묶음의 갑주 위에 폭 덮어놓고 있었다는 것이다. 그리고 당나귀 머리에는 종이의 고깔모자를 씌웠는데 이것은 여태까지 이 세상의 당나귀에서는 볼 수 없었던 무척 색다른 변장이자 나들이옷이었다. 두 사람은 금방 신부와 석사의 눈에 띄어 그들은 두 팔을 벌리고 달려왔다. 돈 끼호떼는 말에서 내려 두 사람을 얼싸안았다. 한편 삵쾡이처럼 무엇 하나 빼먹는 법이 없는 개구쟁이들은 즉각 당나귀의 고깔모자를 발견하고 이것을 구경하려고 몰려와서 서로 지껄여댔다.

"이봐, 얼른 와 봐, 애들아, 저것 좀 봐, 산초의 당나귀는 전보다 더 잘 차려입었잖아. 그러구 돈 끼호떼 님 말은 전보다 훨씬 더 여위었어."

마침내 그들은 아이들에게 둘러싸인 채 신부와 석사를 따라 마을로 들어가 돈 끼호떼는 집으로 돌아갔다. 그들이 돌아온다는 소식이 벌써 전해져서 문앞에는 가정부와 돈 끼호떼의 조카딸이 나와서 기다리고 있었다. 물론 산초의 아내 떼레사 빤사에게도 이 소식은 전해져서 그녀는 머리를 헝클어뜨린 채 옷도 제대로 입을 사이도 없이 손으로 딸 산치까를 붙잡아끌면서 남편 얼굴을 보려고 달려왔다. 그리고 영주님이 되었다는 자기 생각과는 조금도 걸맞지 않는 남편의 몰골을 보고 마구 지껄여대기 시작했다.

"아니, 여보, 그 꼴이 뭐죠? 걸어서 지친 다리를 질질 끌며, 영주님이라기보다 마치 집 없는 떠돌이 같은 몰골을 해가지고 뭘 하러 왔어요?"

"무슨 말을 하는 거야. 떼레사?" 하고 산초가 대답했다. "말하자면, 대개의 경우, '갈고리 있는 곳에 소금에 절인 돼지고긴 없다'야. 아무튼 집으로 돌아가자구. 집으로 돌아가서 굉장한 얘길 들려줄게. 나는 돈을 갖고 왔단 말야. 더욱이 중요한 건 내 재간으로 벌었지. 아무한테도 신세를 지지 않은 돈이란 말야."

"돈을 가져온 건 좋은 소식예요, 여보" 하고 떼레사가 말했다. "여기저기서 번 돈이라도 상관없어요. 어떻게 벌었거나 이 세상에 없는 일을 한 것도 아닐 테구 말예요."

산치까는 아버지를 끌어안고, 내겐 뭘 갖고 왔어요, 나는 오월에 비 기다리듯 아빠를 기다렸어요, 하고 말했다. 그러자 산초는 딸의 허리를 번쩍 들어안고 아내의 손을 잡았다. 그러자 산치까가 얼른 당나귀의 고삐를 잡고, 그들 일가족은 집으로 돌아갔다. 돈 끼호떼는 조카딸과 가정부가 감시하는 집에 신부와 석사와 함께 남았다.

돈 끼호떼는 장소도 시간도 아랑곳없이 그자리에서 즉각 석사와 신부를 데리고 한방에 들어가서 자기가 패배한 일과 앞으로 일년 동안 마을에서 한 걸음도 나가지 않는다는 의무를 지고 있다는 이야기를 들려주고, 편력 기사도의 엄격함과 법도에 묶여 있는 일개 편력 기사로서 그것을 문자 그대로 추호도 어김없이 지킬 작정이며, 그 일년 동안은 양을 친다든지 들판의 적막한 천지에서 마음을 달래고 목가적이며 도리에 맞는 생업을 영위하면서 사랑의 추억에 실컷 잠길 생각이라고 말했다. 그리고 만일 여러분들이 그다지 바쁘지 않거나 무슨 중대한 용무로 방해를 받지 않는다면, 자기의 동료가 되어줄 수 없겠느냐고 부탁했다. 이어 그는, 양치는 목자의 이름에 부끄럽지 않은 양과 그 밖의 가축을 충분히 살 참이다, 그리고 알아주어야 할 것은 이 일 가운데서 가장 중요한 것은 이미 되어 있다, 그것은 여러분들에게 꼭 알맞는 이름을 생각해두고 있는 것이라고 말했다. 신부가 그것을 가르쳐달라고 말했다.

그러자 돈 끼호떼는 다음과 같이 자기 자신은 '목인 돈 끼호띠스'라고 부를 생각이고 석사는 '목인 까르라스꼰' 신부는 '목인 꾸리암브로' 산초 빤사는 '목인 빤씨노'라는 것이었다. 이 말을 듣고 두 사람은 돈 끼호떼의 새 광기가 얼마만한 것인가 깨닫고 새삼 놀라기는 했으나, 다시 기사도를 좇아 마을에서 나가버리면 곤란하고, 앞으로 일년이면 광기도 고쳐지겠지, 하는 생각으로 돈 끼호떼의 새로운 착안에 동의했을 뿐 아니라, 그의 광기를 오히려 재미있는 계획으로 보고 자기들도 동료가 되어주겠다고 확답했다.

"그뿐 아닙니다" 하고 삼손 까르라스꼬가 말했다. "이제는 세상 모든 사람들이 다 알고 있듯이 나는 그래도 제법 한다는 시인이니까 얼마든지 목가풍의 시나 혹은 연가(戀歌), 그 밖에 내게 알맞는 것을 만들어서 어차피 우리는 인적 드문 쓸쓸한 곳을 헤매고 다니는 것이니까 그때의 파적으로 삼을까 생각합니다. 그런데 가장 필요한 것은 저마다 그 시 속에서 찬미하고 싶은 목녀(牧女)의 이름을 고르는 일입니다. 그리고 사랑에 괴로워하는 목자들의 풍습에 따라 목녀의 이름을 내걸거나 새기거나 하지 않은 나무는 아무리 단단한 나무라도 한 그루도 없도록 했으면 합니다."

"잘 말씀하셨소" 하고 돈 끼호떼가 대답했다. "하기야 나는 그런 거짓 목녀의 이름을 찾는 일은 면하고 싶소. 그 까닭은, 저기 저 강가의 영광이자 저 목초지의 꽃이며, 미의 화신이자, 요염한 모습의 정수, 요컨대 설령 그것이 과장이라도 그 어떤 찬미의 언어가 미치지 못하는, 비할 데 없는 둘씨네아 델 또보소 공주가 있기 때문이오."

"그건 사실이지" 하고 신부가 말했다. "하지만, 우리는 어디서 우선 알맞는 목녀부터 찾아야겠는걸. 꼭 맞지는 않더라도 웬만큼 맞는 것을 말이야."

이에 대해서 삼손 까르라스꼬가 덧붙였다.

"만일 생각이 나지 않을 때는 온 세계에 흔해빠진 인쇄된 책 속에 나오는 이름을 지으면 되지요. 이를테면, 필리다, 아마릴리스, 디아나, 플레리다, 갈라떼아 그리고 벨리사르다 같은 것을 말입니다. 원래 이런 이름은 광장에서 팔고 있고 얼마든지 우리도 살 수 있는 것이니까, 자기 것으로 만들어도 아무 상관 없을 겁니다. 만일 내 목녀가 우연히도 아나라는 이름이라면 아나르다라는 이름으로 칭찬해주는 겁니다. 만일 프란시스까라면 프란쎄니아라고 부르지요. 루씨아라면 루씬다, 이런 식이지요. 만일 산초 빤사가 한몫 낀다면 그 사람은 아내 떼레사 빤사를 떼레사이나라는 이름으로 칭찬해주면 됩니다."

돈 끼호떼는 이런 식으로 이름짓는 방법에 저도 모르게 웃음을 터뜨려 버렸으며, 한편 신부는 돈 끼호떼의 그 훌륭하고 우아한 결심을 극구 칭찬하고, 신부로서 부득이한 의무가 없는 한가할 때는 언제라도 동료로서 한몫 끼겠다고 다시 한 번 다짐했다. 이런 이야기만으로 두 사람은 돈 끼호떼와 헤어졌는데, 그때 제발 몸조리를 잘 하고, 되도록 자양분 있는 음식물을 먹으라고 부탁도 하고 충고도 하고 했다.

세 사람이 주고받는 말을 엿듣고 있던 조카딸과 가정부는 두 사람이 나가자마자 곧 나란히 돈 끼호떼의 방으로 들어가 조카딸이 먼저 입을 열었다.

"대체 어떻게 되신 거예요, 외삼촌? 모처럼 우리는 이번에야말로 외삼촌이 집안에 틀어박혀 조용히 진지한 생활을 하시게 될 줄 알고 있었는데, 또 다시 들판의 새로운 덩굴 속으로 들어가실 작정이세요? 그리고

그대는 가는가, 양치는 사람,
그대는 오는가, 양치는 사람.

이런 일을 하시려고 그러시는 거죠? 하지만, 사실을 말씀드리면, 벌써 보리 피리를 만들기에는 너무 단단해졌어요!"

이 말에 다시 가정부가 덧붙였다.

"그리구 영감님께서는 한여름의 쨍쨍 내리쬐는 햇볕이며 겨울밤의 냉기며, 멀리서 짖는 늑대의 울음 소리 같은 것을 들판 가운데서 견디어내실 수 있을 줄 아세요? 천만에요. 그런 일은 기저귀를 찼거나 요에 싸여 있을 때부터 단련을 받은 일을 하시려면 양치는 일보다 편력 기사 쪽이 그래도 나아요. 아시겠어요, 영감님, 제 말씀을 잘 들어두세요. 저는

빵과 포도주를 배불리 먹고 마시고 한 끝에 이런 말씀을 드리는 게 아니예요. 오히려 굶는 거나 마찬가지 형편에서 50이나 먹은 나이 위에 서서 말씀드리는 거예요. 집에 계세요. 그리고 집안도 좀 돌보시고, 이따금 참회도 하시고, 가난한 사람들에게 친절도 베푸시고 하세요. 만일 그렇게 안되면 제 영혼에 맡겨두세요."

"무슨 소릴 하고 있는 거야, 이 여자들이" 하고 돈 끼호떼는 두 사람에게 대답했다. "무슨 일을 해야 하는가는 내가 잘 알고 있다. 아무튼 나를 침대에 데려가다오. 암만해도 몸이 시원치 않은 것 같아. 그리고, 편력 기사로 남아 있건, 내가 양치는 목자가 되어 돌아다니건, 너희들이 하고자 하는 일은 어떻게든 뒤를 돌봐줄 작정이다. 이건 어차피두고 보면 알게 되겠지."

그래서 이 선량한 여자들은(의심할 여지 없이 가정부와 조카딸은 선량한 여자였다) 곧 그를 침대로 데려가서 먹을 것을 차려내고, 이것저것 뒷바라지를 해주었다.

제 74 장

돈 끼호떼가 병들어 눕게 된 것과 그가 만든 유언과 그의 죽음에 대해서.

인간과 연관된 일은 모두가 영구불변이 아니다. 항상 그 시초부터 마지막 결말에 이르기까지 하강을 계속하는 것이며 특히 사람의 생명에 이르러서는 더더욱 그렇다. 그리하여 돈 끼호떼의 생명도 그 과정을 멈추게 하는 하늘의 특별한 면제를 받은 것도 아니었으므로, 그 자신이 생각지도 않고 있을 때 그의 마지막이 찾아온 것이다. 고배를 마신 데서 유래한 우울증 때문인지, 혹은 하늘의 뜻인지, 그는 지독한 열병에 걸려 엿새 동안 자리에서 일어나지 못했다. 그 엿새 동안 이따금 신부와 석사와 이발사 등 그의 친구들이 찾아왔고, 그의 선량한 종자 산초 빤사는 머리맡을 떠나는 일이 없었다. 이 사람들은 그가 패배의 쓰라림을 당한 슬픔과 둘씨네아가 마법에서 풀려나 자유로운 몸이 된다는 그의 소원이 끝내 이루어지지 않은 데 대한 고통이 그를 이런 궁지로 몰아넣었다고 믿고 있었으므로, 어떻게든 그의 기분을 돋우어주려고, 석사는 힘을 내어 당신이 말한 양치는 일에 착수하도록 얼른 일어나십시오, 나는 벌써 양치는 생활을 위해서 산나자로(이탈리아 시인 자꼬뽀
산나자로. 1456~1530)가 여태까지 지은 모든 작품에 못지않는 훌륭한 목가를 하나 만들었습니다, 그리고 양을 지키게 하려고 내 돈으로 훌륭한 개 두 마리까지 사놓았답니다, 하나는 바르씨노, 하나는 부뜨론이라는 이름인데 낀따나르의 어느 목장주한테 샀지요, 이런 말을 들려주곤 했다. 그러나 돈 끼호떼의 쓸쓸한 기분은 좀처럼 밝아지지 않았다.

친구들이 의사를 불러와서 의사가 그의 맥을 짚어보았는데, 조금도 만족할 만한 상태가 아니었다. 그리고 무엇보다도 영혼의 명복을 비시오, 왜냐하면 육체 쪽의 그것은 상당히 어려울 것 같으니까, 하고 말했다. 돈 끼호떼는 의사의 말을 참으로 조용한 기분으로 듣고 있었지만 가정부나 조카딸이나 종자는 도저히 냉정한 마음으로 듣고 있을 수 없었다. 그들은 이미 죽은 돈 끼호떼를 눈앞에 보기라도 하듯이 심하게 울기 시작했다. 마음의 우수와 무미함이 그의 생명을 앗아가는 것이라고 의사는 진단했다. 그러자 돈 끼호떼는 좀 자고 싶으니 혼자 있게 해달라고 부탁했다. 그래서 사람들이 물러가자 그는 여섯 시간이 넘도록, 세상에서 흔히 말하듯 죽은 듯이 잤기 때문에 가정부와 조카딸은 그대로 긴 잠을 자게 되는 것은 아닐까 하고 걱정했을 정도였다. 그만큼 자고 나더니 그는 눈을 뜨고 큰 소리로 뇌까렸다.

"전능하신 신은 고맙구나. 나에게 이런 은혜를 베풀어주시니. 요컨대 신의 자비에는 한도라는 것이 없고, 인간의 죄악이 또한 이 자비를 줄이거나 방해하지는 못하는 것이다."

조카딸은 외삼촌의 말에 가만히 귀를 기울이고 있었는데, 그것은 적어도 그가 병들어 누운 후에 지껄인 어떤 말보다도 훨씬 조리 있는 것 같아서 그에게 물었다.

"외삼촌, 방금 무슨 말씀을 하셨죠? 뭔가 새로운 일이라도 계셨어요? 그 자비라는 것이 대체 무엇이고, 인간의 죄악이라고 하신 것은 무엇을 가리키시는 말씀이세요?"

"자비라는 것은 말이야" 하고 돈 끼호떼는 대답했다. "아가야, 말하자면 이 순간에도 하느님이 내게 베풀어주신 바로 그것을 말하는 거야. 내가 아까 말한 것처럼, 나의 온갖 죄도 그 자비를 막지는 못했어. 나는 지금 자유롭고 밝은 이성을 되찾은 거야. 어리석게도 그 기사도에 관한 지긋지긋한 책을 쉬지 않고 탐독한 탓으로 내 이성에 덮쳐 있던 무지라는 안개가 그림자도 없이 깨끗이 가셨거든. 이제 비로소 나는 그런 책이 어처구니없다는 것과 그 기만을 겨우 알겠구나. 그런데 다만 원통하기짝이 없는 것은, 이 몽매에서 눈뜨는 것이 너무 늦어 영혼의 빛이 될 다른 책을 읽고 얼마간이나마 보상을 할 시간이 이젠 남지 않았다는 거야. 나는 말이다, 아가야, 곧 죽을 것만 같구나. 그러니 할 수만 있다면, 미치광이라는 이름을 남길 만큼 내 생애가 불행한 것이 아니었다는 것을 사람들에게 알려줄 수 있는 그런 죽음을 맞고 싶구나. 과연 나는 오류를 범하기는 했지만 이 마지막 마당에 이르러서는 그것이 정말 그랬었다고 사람들로 하여금 인정시키고 싶지는 않구나. 아가야, 내 친한 벗들을 불러주지 않겠느냐, 신부님과 석사 삼손 까르라스꼬와 이발사 니꼴라스 영감을 말이다. 참회하고 유언서를 만들고 싶어서 그런다."

그러나 이때 세 사람이 함께 방이 들어왔으므로 조카딸은 일부러 부르러 가지 않아도 되었다. 돈 끼호떼는 그들의 모습을 보자 곧 말했다.

"여러분들, 기뻐해주게나. 나는 이제 돈 끼호떼 데 라 만차가 아니네. 언제나 항상 지켜온 언동으로해서 '착한 사람'이라는 별명을 듣고 있던 알론소 끼하노로 되돌아왔네. 이제 나는 아마디스 데 가울라나 그 밖의 숱한 그 일족들의 적이 된 걸세. 이미 내게는 편력의 기사도에 관한 모든 모험 얘기가 지긋지긋한 것이 되고 말았네. 이제야 나 자신의 우둔함과 그런 책을 읽고 나 스스로 빠져 있던 위험을 잘 알게 되었네. 이제야 신의 광대 무변하신 자비에 의해서 자신의 머리는 깨끗이 씻겨졌으므로 그러한 책에는 이제 구역질을 느끼게끔 되었다네."

그가 이런 말을 하는 것을 보고 세 사람은 이건 틀림없이 그가 새로운 광기에 사로잡혔다고 생각했다. 그래서 삼손 까르라스꼬가 돈 끼호떼에게 말했다.

"돈 끼호떼 님, 우리는 조금 전에 둘씨네아 공주가 마법에서 풀려났다는 소식을 들었는데 그런 말씀을 하십니까? 더욱이 우리들이 양치는 목자가 되어 마치 왕공 귀족처럼 인생을 노래하며 살려고 하는 이 마당에 당신은 은자(隱者)가 될 참입니까? 제발 그런 말씀 마시고 정신을 차리십시오."

"여태까지 그러한 잠꼬대가" 하고 돈 끼호떼가 대답했다. "나를 해친 진실이었는데, 하느님의 도움으로 내 죽음이 그런 잠꼬대를 내게는 무엇보다도 고마운 약으로 바꾸어놓았다네. 여러분들, 나는 곧 죽는다는 것을 잘 알 수 있네. 그러니 그런 농담은 이제 그만두고, 내 참회를 들어줄 고해 신부와 나를 위해 유언을 만들어줄 공증인을 불러다주게, 알겠는가. 이런 마지막에 이르러 뜻 있는 사람은 결코 농담을 하는 게 아니네. 그러니 신부님이 내 참회를 들어주시는 동안 공증인을 불러주도록 부탁하고 싶네."

그들은 돈 끼호떼의 이 말에 놀라 서로 얼굴을 쳐다보고는 아직 얼마간의 의문은 남아 있으나 그의 말을 믿자고 생각했다. 그리고 그가 드디어 죽어가고 있다고 그들이 추측한 근거의 하나는 그가 이렇게 빨리 광기에서 본정신으로 되돌아왔다는 것이었다. 뿐만 아니라 앞의 말에다가 다시 참으로 훌륭하고 어디까지나 그리스도 교도다운 이론 정연한 말을 많이 덧붙였으므로 그들도 그때까지 품고 있던 의심을 깨끗이 씻고 그가 실제로 제정신을 차렸다고 믿지 않을 수 없었다.

신부는 다른 사람들을 잠시 물러가게 하고 돈 끼호떼와 단둘이 남아 그의 참회를 들었다. 석사는 공증인을 부르러 가서 곧 공증인과 산초 빤사를 데리고 돌아왔다. 이때 이미 자기 주인의 용태를 석사에게 듣고 알고 있던 산초는 눈물을 흘리고 있는 가정부와 조카딸의 모습을 보고 그만 울상이 되더니 눈물을 줄줄 흘리기 시작했다. 이윽고 참회가 끝나자 신부가 나와서 말했다.

"착한 사람 알론소 끼하노는 정말로 죽어가고 있는 중이며, 또 진실로 본정신을 되찾았소. 그러니 그분이 유언을 하실 수 있도록 우리 모두 함께 들어갑시다."

이 통고는 가정부와 조카딸과 그의 훌륭한 종자 산초 빤사의 눈물 괸 눈에 더욱 눈물이 솟게 했다. 그들의 눈에서는 끊임없이 눈물이 흘러내리고, 그들의 가슴에서는 쉴새없이 깊은 한숨이 새어나왔다. 언젠가도 말했듯이 단순한 선인 알론소 끼하노였을 때나 돈 끼호떼 데 라 만차였을 때나 사실 항상 성정이 온화하고 사귐성 있고 기분좋은 사람이었던 것이다. 그 때문에 그의 집을 찾는 사람들뿐 아니라 그를 아는 모든 사람들에게 참으로 사랑을 받고 있었던 것이다. 여러 사람들과 함께 공증인이 들어가서 유언장의 머리말을 쓴 다음, 그리스도 교도로서 이와 같은 모든 경우에 필요한 형식을 거쳐 돈 끼호떼가 영혼을 하느님께 바치겠다는 뜻을 쓰고는 본문으로 들어갔을 때 돈 끼호떼는 말했다.

"첫째, 나의 광기 시대에 종자로 고용한 산초 빤사가 소유하고 있는 얼마간의 금전은, 나와 그와의 사이에 대차 계정이 존재하고 있었으므로, 그 돈에 대해서 추호도 그의 책임을 추궁하거나, 혹은 그에게 얼마간의 청구를 해서는 안된다는 것이 나의 의사다. 그보다 나의 부채를 다 갚고 난 뒤에 얼마간의 잔금이 남을 경우에는 깡그리 그에게 주기 바란다. 얼마 안되는 돈이지만 그에게 도움이 될 것을 빈다. 내가 광인이었을 때 섬의 영주직을 그에게 주기 위해 진력한 것이 나였다면, 내 정신을 되찾은 현재는 한 왕국을 줄 수 있다면 꼭 주고 싶은 생각이다. 그의 단순한 성질과 그의 충실한 사람됨은 충분히 그만한 값어치가 있다."

그리고 그는 산초를 돌아보고 말했다.

"나의 벗 산초, 이 세상에 편력 기사라는 것이 일찍이 있었고 지금도 있다는, 내가 빠져들어간 그릇된 생각에 자네까지 끌고 들어가서 자네가 나와 마찬가지로 광인 취급을 받게 한 것에 대해서 제발 용서해주기 바라네."

"아아, 나리!" 하고 산초가 울먹이며 대답했다. "나리, 저의 소중한 나리, 돌아가시지 마십쇼. 그보다 제 충고를 들으시고 오래오래 살아주십쇼. 그건, 뭐고 하니, 이 세상에서 인간이 인간에게 할 수 있는 제일 엄청난 미친 짓은 아무에게도 살해되지 않고 가슴 속의 근심밖에는 그 사람을 졸라죽이는 것이 없는데도 괜히 죽는다는 것입니다요. 저 좀 보십쇼, 나리, 그렇게 나른한 모양을 하시지 말고, 그 침대에서 일어나십쇼. 그러구 우리 둘이서 의논한 것처럼 양치는 복장을 하고 함께 들판으로 나가십시다요, 나리 필경 어느 풀숲 뒤에는 마법에서 풀려난 도냐 둘씨네아 님이 계실지도 모르잖습니까요. 만일 나리께서 싸움에 지신 것이 분해서 돌아가신다면, 나리가 넘어지신 건 제가 로시난떼의 복대를 꽉 졸라매지 않고 느슨하게 맺기 때문에 그렇게 된 거라고 말씀하시면서 제 탓으로 돌리십쇼. 그러구 나리께선 필경 그런 기사도 책 속에서 어떤 기사가 다른 기사를 넘어뜨리는 일이란 흔해빠졌고, 오늘 진 사람이 내일엔 승자가 되는 일도 나리께선 얼마든지 보셨을 게 아닙니까요, 예, 나리."

"그렇습니다" 하고 삼손이 말했다. "사람 좋은 산초 빤사는 이번에 아주 참된 말을 했습니다."

"여러분들, 그렇게 당황할 건 없어요" 하고 돈 끼호떼가 말했다. "왜냐하면, 지난해의 둥우리에 금년에는 새가 안 사는 법이니까. 나는 미치광이였지만 이제 이렇게 내 정신을 되찾았소. 전에는 돈 끼호떼 데 라 만차였지만, 지금은 아까도 말했듯이 착한 사람 알론소 끼하노야. 그래서, 나의 후회와 이 진심이 일찍이 내게 갖고 있던 존경을 되찾아주기를 바랄 뿐이오. 그리고 공증인 양반, 계속해주시오. 둘째, 내 재산은 내가 지금부터 지시하는 일을 수행하는 데 필요한 것만큼 기본 재산에서 공제하고 나머지는 모두 지금 이 자리에 있는 나의 질녀 안또니아 끼하나에게 양도한다. 다음 내가 해주기를 바라는 제일의 보상은, 나를 섬겨준 가정부에게 오랜 세월 밀려 있는 급료를 모두 지불하라는 것이고, 이밖에 20두카트를 의복대로서 지불하라는 것이다. 그리고 여기 계시는 신부님과 석사 삼손 까르라스꼬 님에게 유언 집행인이 되어주실 것을 부탁하고 싶다. 셋째, 질녀 안또니아 끼하나가 결혼을 희망할 때는 상대편 남자가 기사도의 책이 어떤 것인가 전혀 모른다는 것을 먼저 확인한 다음 결혼하기를 바란다. 그리고, 기사도의 책을 알고 있다는 것이 명백해졌음에도 불구하고 나의 질녀가 그 남자와 결혼하고자 할 때에는 내가 질녀에게 양도한 모든 권리를 상실하고 결혼해야 한다. 그런 경우 나의 유언 집행인은 그들의 재량으로 자선 사업에 재산을 기부해도 좋다. 넷째, 앞에서 말한 유언 집행인들에게 부탁할 것은 만일 다행히도 《돈 끼호떼 데 라 만차의 공훈·업적 후편》이라는 제목으로 우리 주변에 나돌고 있는 실록을 썼다는 저자를 알게 될 때는, 내 대신 아무리 과장해서 말해도 상관없으니, 모르고 있었다고는 하지만 그에게 그 책에 씌어진 그토록 엄청난, 더욱이 터무니없는 거짓말을 쓰자는 생각을 갖게하는 기회를 내가 그에게 주게 된 것을 용서해달라고 말해주기 바란다. 나는 그에게 그런 것을 쓰게 하는 기회를 주었다는 꺼림칙한 생각을 안은 채 이 세상을 떠나게 되었다."

이렇게 말하고 그는 유언을 마쳤다. 그러자 그는 실신 상태에 빠졌다. 모든 사람들은 놀라고 당황하여 그를 살피려 몰려들었다. 그리하여 유언장을 만든 그날부터 사흘 동안 그는 살아 있기는 했으나 줄곧 혼수 상태에 빠져 있었다. 집안에는 다급한 분위기가 가득 찼다. 그러나 조카딸은 음식을 잘 먹었고, 가정부는 포도주를 잘 마셨으며, 산초는 어딘지 즐거워 보였다. 얼마간이라도 유산이 양도되면 죽는 자가 마땅히 남기고 갈 슬픈 추억을 유산을 받은 사람들의 마음속에서 얼마간 지워버리거나 완화해주는 것이다. 마침내 돈 끼호떼의 마지막이 왔다. 형식대로 성체를 받고, 또 많은 힘찬 말로 기사도 이야기를 마구 깎아내린 다음——마침 그자리에 공증인이 입회하고 있었는데, 편력의 기사로서 돈 끼호떼만큼 이토록 조용히, 참으로 그리스도교 교도답게 잠자리에서 생애를 마친 인물은 여태까지 어느 기사도 이야기에서도 읽은 적이 없다고 그는 말했다——돈 끼호떼는 그자리에 참석한 모든 사람들의 슬픔과 눈물 속에서 마침내 자기 영혼을 내놓았다. 즉, 내 말하고 싶은 것은, 그가 죽었다는 것이다.

이것을 보자 신부는 공증인을 돌아보고, 일반적으로 돈 끼호떼 데 라만차라고 호칭되고 있던 착한 사람 알론소 끼하노가 이 세상을 떠나 생애를 마쳤다는 증인이 되어달라고 부탁하면서 이런 증언을 부탁하는 것은 씨데 아메떼 베넨헬리 이외의 다른 작가가 무례하게도 그를 다시 소생시켜 그의 공훈에 관한 이야기를 수없이 써나갈 기회를 끊어버릴 생각에서 그러는 것이라고 설명했다. 재치 넘치는 라 만차의 시골 귀족은 이와 같이 임종을 맞이했는데, 씨데 아메떼는 뚜렷하게 그 마을을 명시하려 하지 않았다. 왜냐하면, 마치 호메로스 때문에 그리스의 일곱 도시가 서로 싸운 것처럼, 그를 자기 고장의 사람, 자기들의 사람으로 만들고 싶어 라 만차의 모든 도시와 모든 촌락을 서로 싸우게 하고 싶지 않았기 때문이었다.

그리고 또 산초와 조카딸과 돈 끼호떼의 가정부의 비탄에 관해서도, 그의 새로운 묘비에 관해서도 여기에는 쓰지 않지만, 삼손 까르라스꼬는 그를 위해 이런 비명을 지었다.

> 용감한 시골 귀족 이곳에 잠들다
> 탁월한 그대의 용기
> 죽음의 신도 그대 목숨
> 죽음으로써 빼앗지 못했다고
> 세상 사람들 전하도다.
> 살아서는 세상 하찮게 보고,
> 온 세상이 그대 두려워
> 오로지 겁에 질려 떨었도다,
> 그리하여 행복 찾았도다.
> 광인으로서 세상을 살다가

본정신으로 세상 떠났으니.

그리고 총명하기 짝이 없는 씨데 아메떼는 자신의 펜을 이렇게 움직이고 있다.

"그대는 선반의 철사에 매달려 쉬는 것이 좋겠구나. 나는 나의 펜인 그대가 잘 깎여 있는지 혹은 서툴게 깎였는지 모르겠다만 앞으로 그자리 에서 오랜 세기를 그대는 살게 될 것이다. 만일 건방지고 마음씨 나쁜 실록 작가들이 그대를 모독하려고 그대를 끌어내리지 않는 한은. 그러나 그들이 접근하기 전에 그대는 할 수 있는 최선을 다하여 다음과 같이 주 의시키고 타일러 주도록 하려무나.

조심해라, 조심해라, 못된 자들아!
아무도 손을 대지 못한다,
국왕은 이 행위를
오직 나에게만 허락해주셨다.

돈 끼호떼는 오로지 나를 위해서 태어났으며 나 또한 그를 위해서 태 어났다. 그는 행동할 수 있었고, 나는 그것을 기록할 수 있었다. 오직 우리 두 사람만은, 그 조잡하고 더욱이 보기흉한 타조 펜으로 나의 용감 한 기사가 이룩한 갖가지 무훈을 쓰겠다고 외람되게 기록했거나 혹은 기 획해온 그 엉터리 또르데시야의 저자에게는 매우 안됐지만, 양자가 하나 로 융합되어 있다. 왜냐하면, 이런 기획은 그의 어깨에 지울 일도 아니 고, 감기든 그의 재능에 알맞는 주제도 아니기 때문이다. 만일 그대가 우연히 그를 알게 되거든, 돈 끼호떼의 지칠 대로 지쳐서 이미 썩은 뼈 는 그 무덤 속에 조용히 쉬게 할 일이지 죽음의 모든 엄숙함을 어기고 그를 무덤에서 끌어내어 까스띠야 라 비에하로 운반해가고 싶은 희망 따 위는 아예 갖지 말도록 충고하여라. 그의 유해는 무덤 속에 길게 누워 있어서, 네번째의 새 출발을 기도한다는 것은 불가능한 일이며, 뿐만 아 니라 많은 편력의 기사들이 빚어낸 그 무수히 많은 어리석은 소행을 비 웃으려면 그가 행한 세 차례의 편력으로도 족하다. 더욱이 그것은 그 소 문을 들은, 국내는 물론 여러 외국 사람들의 기호에 맞아 갈채를 받고 있다고도 일러주어라. 그렇게 함으로써 그대를 미워하는 사람들에게도

좋은 일을 충고해주면서 그리스도를 섬기는 그대의 직분도 다할 수 있을
것이다. 그리고 나는 내가 쓴 것의 열매를 내가 바라던 대로 유감없이
맛볼 수 있었던 최초의 인간이라는 것을 만족하게, 그리고 자랑스레 생
각한다. 왜냐하면 내가 최초에 품은 소원은 기사도에 관한 책에 씌어진
가짜의 엉터리 이야기를 사람들로 하여금 혐오를 느껴 싫어하게 한다는
것 이외에 아무것도 없었으니까. 이제 나의 돈 끼호떼에 관한 참된 실록
으로 말미암아 그들은 이미 비틀거리고 있으니, 그들이 완전히 쓰러져
사라지는 것은 의심할 여지 없는 사실이다. Vale(안녕)."＊

원제 SEGUNDA PARTE DEL
INGENISO HIDALGO
DON QUIJOTE DE
LA MANCHA

□ 작 품 론

시대의 감정을 초월한 편력의 기사

김 현 창(서울대 교수·문학박사)

I. 작가 세르반떼스의 생애와 작품세계

불후의 명작 〈돈 끼호떼〉의 작가 미겔 데 세르반떼스 사아베드라 (Miguel de Cervantes Saavedra)는 1547년 9월 26일──날짜에 대한 정확한 기록은 없지만──알깔라 데 에나레스에서 출생하였다. 그의 부친 로드리고는 외과 의사였는데 당시로서는 정식 의사라기보다는 사소한 상처를 치료하는, 이발사보다 조금 나은 직업이었다. 더욱이 그는 청각장애로 일생 동안 빈궁한 생활을 면치 못하였다. 이런 연유로 가족은 바야드리드, 꼬르도바, 세비야, 마드리드 등지로 전전하지 않을 수 없었다. 세르반떼스의 어린시절에 대한 기록, 특히 그가 문학가가 되기 위하여 어떠한 정규교육을 받았는지에 관한 자세한 기록은 없지만 꼬르도바, 세비야에 있었던 예수회파의 학교나 살라망까 대학에서 공부하였으리라는 추측과 함께 유일한 사실로는 마드리드 교육기관에서의 행적을 들 수 있다. 곧 1569년에 이사벨 여왕의 죽음을 애도한 〈장례식〉을 썼던 후안 로뻬스 데 오요소가 자신의 학생인 세르반떼스를 가리켜 "우리들의 소중하고 사랑스런 제자"라고 일컬은 사실로 미루어 그로부터 영향을 받았음을 짐작할 수 있다.

세르반떼스는 22세에 이탈리아로 건너가 추기경 악과비바의 수행원이 되어 각지를 여행하였다. 밀라노, 피렌체, 베네치아, 로마 등지에 체류

하는 동안 이탈리아어와 고전 라틴어를 배우고 유명한 작가들의 원전을 접하면서 르네상스 문학에 깊은 관심을 갖게 된다. 이것은 세르반떼스의 작품세계에 적지않은 영향을 주게 되었다. 그들을 통해 이탈리아 문학에 친숙해졌을 뿐 아니라, 〈산나잘로〉, 〈풀치〉, 〈아리오스〉 또는 〈돈 끼호떼〉나 그 밖의 작품에도 종종 인용되고 있는 사실로 보아, 세르반떼스의 르네상스 정신을 형성하는 데에 있어서도 이 인물들이 지대한 영향을 가져온 것은 결코 간과할 수 없는 사실이다. 1570년경에 디에고 데 울비나의 보병대에 사병으로 들어가 시프레 원정에 참가한 세르반떼스는 이듬해 자신이 일생에서 가장 영광스러웠던 활동으로 기술하였던 레판토 해전에 참여하였다. 그는 '마르께사'라는 전함을 탔었는데, 몸이 아프고 열이 있어 은신해 있으라는 상관의 충고에도 불구하고 터키군에 대항하여 영웅적으로 싸우다가 가슴과 왼팔에 두 발의 총상을 입었다. 그의 말을 빌리면 "바른손의 명예를 앙양하기 위해" 평생 왼손의 자유를 잃게 되었으며 이로 인해 '레판토의 외팔이'라는 별명을 얻게 되었다. 세르반떼스는 상처를 치료하기 위해 메시나의 병원에서 얼마동안 지내다가 로뻬 데 피겔로아의 휘하에 들어가 군인생활을 계속하여 훌륭한 군인이라는 명성을 얻고 팔레르모로 되돌아온다. 그 후 1575년 스페인 해군의 제독이며 왕의 아우인 돈 후안 데 아우스뜨리아가 국왕 앞으로 써준 추천장과 나폴리 총독 세에사 공작의 추천장을 가진 채 입신출세의 큰 희망을 갖고 본국으로 귀국하는 도중에 그가 탔던 배 '솔(태양이라는 뜻)'이 프랑스의 리용 만 근처에서 터키 해적의 습격을 받게 된다. 결사적인 항전에도 불구하고 그는 형제 로드리고와 함께 포로가 되어 알제리에서 5년 간 억류당하게 된다. 도망을 꾀하기도 하고 반란의 주동자가 되기도 하는 등 천신만고 끝에 삼위일체회의 수도사 후안 힐을 비롯한 성직자들과 알제리에 거주하고 있던 스페인 상인들의 도움을 받아 몸값을 치르고 자유의 몸이 되어 1580년에 고국으로 돌아와 마드리드에 정착하였다.

세르반떼스의 처음 생각은 군대 경험을 살려보자는 것이었으나 당시의 스페인은 군인 출신 실업자가 범람하고 있을 무렵이라 그의 꿈은 허사가 되었다. 그래서 문필로 입신하려고 결심한 듯 자잘한 몇몇 직업을 전전하면서 작품들을 썼지만 그다지 신통치 않았다. 아프리카의 노예생활중에 이미 극작을 시도했다고 스스로 말하고 있으나 현재 남아 있는 것은 하나도 없고, 당시의 것으로는 소네트 2편이 남아 있을 뿐이다.

1585년 처녀작인 목가소설 〈갈라떼아 전편〉과 4편의 희곡을 쓰고 희극배우의 아내였던 아나 데 비야프랑까와 사랑하면서 딸 이사벨을 얻었지만, 얼마 후 37세의 나이로 19세의 처녀 까딸리나 데 살라사르 이 빨라시오와 결혼하였다. 그 후 2년에 걸쳐 대략 30편 정도의 작품을 썼지만 〈알제리에서의 대우〉와 〈라 누만씨아〉만이 지금 남아 있다.

이름은 어느 정도 알려졌으나 문필생활이 별반 생계에 도움을 주지 못하자 세르반떼스는 마드리드를 떠나서 세비야로 이주했다. 한때는 밀 매입 담당 하급관리, 해군의 식량 징발원으로 일했으나 성격에 맞지 않았으며, 월급의 체불이나 월권행위에 따른 투옥 등으로 궁핍한 생활에는 변화가 없었다. 그 후 그라나다에서 세금징수원이 되었는데, 공금을 맡겨둔 은행이 파산하여 수취인 시몬 프레일레라는 포르투갈 사람이 행방을 감춘 까닭에 공금횡령이라는 죄목으로 다시 세비야 감옥에 갇히는 신세가 되었다. 억울한 나날을 보내는 동안에 그의 대표작이며 세계문학에 영원한 생명이 부여된 〈재지 넘치는 시골 귀족 돈 끼호떼 데 라 만차 전편〉에 대한 구상을 했던 세르반떼스는 혐의가 풀려 석방된 다음에도 불운한 생활을 계속하였다. 1605년 《돈 끼호떼》가 마드리드에서 출판되어 대단한 성공을 거둔 지 얼마 후에는 불운이 겹쳐 살인 혐의로 며칠 동안 억류당하기도 하였다. 즉 나바로인이 치정관계인 듯한 일로 그의 집 앞에서 칼에 찔린 시체로 발견되어 누이동생과 딸과 함께 누명을 썼던 것이다. 비록 경제적인 어려움은 계속되었지만 이 사건이 불행의 마지막이 되었다. 당시 세르반떼스는 레모스 백작의 비호와 원조를 받고 있었는데, 누이동생과 딸이 빌랴프랑까 후작 집안에서 내주는 바느질 삯으로 생계를 꾸려가고 있었다는 사실로 짐작해볼 때 그 도움이 극히 미미하였음을 알 수 있다. 백작이 나폴리 총독에 임명되었을 때 세르반떼스도 수행원이 되기를 바랐지만 거절당하는 비애를 맛보았다.

1606년에 왕실이 마드리드로 옮겨감에 따라 세르반떼스도 마드리드에 이주하게 되지만 2,3년 간은 소네트를 몇 편 발표하는 정도에 그쳤다. 1611년에 프란시스꼬 데 라 실바가 창설한 '실바학회'에 참가하면서부터 가장 왕성한 문학활동을 벌이게 된다. 우선 전에 간간이 써두었던 중·단편 소설을 손질하는 일에 착수하여 1613년에는 《모범소설집》, 1614년에는 《파르나소스산에의 여행》, 그 이듬해에는 《신작 희곡 8편 및 막간 희극 8편》과 《(속) 돈 끼호떼》가 출판되었다. 세르반떼스는 1616년 4월

19일 〈뻬르실레스와 시히스문다의 고난〉을 완성하고 레모스 백작에게 드리는 헌사를 쓴 다음 며칠 후인 23일, 펜을 손에서 놓지 않은 채로 숨을 거두었다. 그의 유해는, 위치는 정확히 알 수 없지만 현재의 로뻬 데 베가 거리에 있었던 삼위일체회의 수녀원에 묻혔다. 그의 용모와 성격에 대한 것은 후안 데 하우레기가 그린 초상화와 《모범소설집》의 서문에 기술되어 있는 내용을 참고하여 어렵지 않게 알 수 있다. 갸름한 얼굴에 밤색머리, 매부리코, 긴 콧수염, 작은 입술을 가진 인물로서 넘치는 기운과 끈질긴 집념을 지니고 정신적인 가치를 굳게 믿었던 낙관주의자로 규정지을 수 있겠다.

세르반떼스의 작품세계는 크게 세 장르로 나누어 살펴볼 수 있다. 그는 항상 시를 쓰는 것에 열심이었지만 산문에 비해 분량은 많지 않았다. 그의 시는 기교에 넘치는 한편, 풍부한 개성과 다양하고 폭넓은 소재에 대한 예리한 시각을 여실히 보여주고 있다. 그는 서정적인 면에만 치중하지 않고 아이러니, 유머, 인간미와 함께 자신의 정서를 가미시켜 독특한 성격을 창출하고 있다. 세르반떼스에 의해 씌어진 시들의 대부분은 산문작품 속에 삽입되어 있다. 아름다운 소네트, 우아한 로망스 형식으로 된 그의 시작에서는 가르실라소의 영향과 함께 대중적 취향의 서정성, 섬세한 표현으로 어우러지는 맑은 음악성, 우수한 시적 기교가 돋보이는 해학과 풍자성 등 다양한 면모가 엿보인다.

극작가로서의 세르반떼스는 너무나도 위대한 소설에 비해 빛이 바랬기는 하지만 로뻬 데 베가의 국민극이 스페인을 압도하기 이전까지는 견줄 만한 작가가 없을 만큼 우수한 작품을 남겼다. 그는 소년 시절 세비야에서 구경한 로뻬 데 루에다를 회상하고 1590년대 전반까지 대략 30편의 희곡을 썼다고 하는데, 현재까지 남아 있는 것은 두 편뿐이다. 〈알제리에서의 대우〉는 4막의 희극으로 작가가 알제리에서 겪었던 포로생활을 두 남녀의 사랑을 통해서 익살스럽고 재치 있게 보여주고 있다. 〈라 누만씨아〉는 스키피오 아에밀리아누스가 이끄는 로마군의 포위에 끝까지 결사적으로 저항하다가 결국 전멸하고 만 누만씨아의 멸망을 다룬 4막의 비극으로 낭만파 시인 셸리나 괴테의 칭송을 얻은 작품이다. 실재와 알레고리한 성격을 지닌 등장 인물들을 설정하여 극적인 요소를 더하고 장엄한 분위기를 줄곧 유지하여 관객들에게 벅찬 감동을 안겨주며 스페인의 영웅적인 애국심을 높이 찬양하고 있다. 후기에 속하는 극작품들은 전부 1615년에 출판된 《신작 희곡 8편 및 막간 희극 8편》에 수록되어 있다. 8편의 신작 희곡은 시극의 형식으로 씌어진 작품들로서 〈행복한 뚜쟁이〉, 〈뻬드로 데 우르데말라스〉, 〈늠름한 스페인 사람〉, 〈위대한 터키 왕비〉, 〈아르헬의 욕탕〉, 〈질투의 집〉, 〈사랑의 미궁〉, 〈정부(情婦)〉들이다. 세르반떼스의 이러한 희곡은 로뻬 데 베가의 극에 나타나는 소설적 구성보다는 심리적인 면에 더욱 치중된 모습을 보여준다. 줄거리의 전개가 조금 거친 듯한 느낌을 주고 등장 인물들의 성격이 작품의 전체 구조와 주제에 견주어볼 때 빗나간 면이 엿보이기도 하지만 코믹한 장면과 함께 일반 대중과 호흡을 나눌 수 있는 서정시의 삽입, 휴머니즘에 바탕을 두고 전개되는 인간의 심리적인 측면 등 나름대로의 독자적인 영역을 확보하고 있다. 8편의 막간 희극은 경묘한 유머에 넘친 사실주의 작품으로 그 중에서도 〈살라망까의 동굴〉과 〈충실한 파수꾼〉이 걸작으로 꼽히며 〈홀아비 뚜쟁이〉, 〈다간소 시장들의 선거〉, 〈놀라운 병풍〉, 〈질투심 많은 노인〉, 〈이혼자들의 재판관〉, 〈두 사람의 대화자〉가 수록되어 있다. 막간극은 극의 막간에 상연되는 가볍고 익살스런 회화를 주로 한 단막의 소극으로 프랑스어의 Entremets, 즉 주요 요리 사이에 나오는 간단한 음식이라는 뜻인데 연극 용어로 쓰이게 된 것이다.

세르반떼스의 소설은 목가풍의 〈갈라떼아 전편〉, 《모범소설집》, 〈뻬르실레스와 시히스문다의 고난〉 그리고 세계문학사에 찬란한 금자탑을 쌓아올린 〈돈 끼호떼〉를 꼽을 수 있다. 1585년에 출판된 첫번째 작품 〈갈라떼아〉는 줄거리의 완만한 전개와 함께 작품 곳곳에 서정성이 짙은 시구가 삽입되어 있으며 전원에 대한 풍경묘사, 목부들의 애조띤 감상, 플라토닉한 사랑에 관한 깊은 관찰이 돋보인다. 《모범소설집》은 12편의 단편과 중편의 중간쯤 되는 분량을 지닌 소설을 수록하고 있다. 이 형식은 당시에 주류를 이루고 있던 이탈리아의 단편을 모방한 것이 아니라 세르반떼스 자신의 독창적인 기법에 의한 것으로, 스페인적인 정서가 물씬 풍겨나게 했으며 도덕적인 교훈이나 세태풍자, 절실한 사랑의 승리를 주된 내용으로 삼았다. 곧 모범소설은 이탈리아의 단편소설, 특히 복카치오의 영향을 배제하고 독자적인 영역을 구축한 것으로서 단편이 지닌 줄거리의 단순성을 더욱 치밀하게 하기 위해 분량을 늘렸으며, 작품의 구성에다 삶의 모습, 심리적인 측면을 가미시킴으로써 현실적인 면모를 부각하고 있다. 12편 가운데 5편의 이탈리아 풍의 공상적 작품을 제외하면

7편 모두 사실주의 색채가 농후한 작품으로서 시대적으로나 문학적 가치에 있어서나 근대문학에서 최고의 위치를 차지할 만한 것들이다. 특히 〈링코네떼와 꼬르따디요〉와 〈개들의 대화〉는 〈라사리요 데 또르메스〉로 시작되는 악자소설에 속하는 우수한 작품이다.

모범소설을 경향에 따라 두 가지로 분류하여 간략히 살펴보면 다음과 같다. 첫째는 이상적인 경향을 지닌 소설들로서 복잡하고 치밀한 구성——때로는 진실성이 부족한 듯이 느껴지기도 하는——을 기조로 삼고 있다. 주로 상류계층의 이야기를 다루며 문체 또한 고전적인 색채를 보여주며 이탈리아풍의 기교가 드러나기도 한다. 잘 짜여진 구성과 아울러 섬세한 문체가 소설의 전편에 흐르고 있다고는 하나 생동감과 스페인적인 전통이 약하다는 점이 흠이라 할 수 있겠다. 〈자유로운 연인〉은 포로들의 이야기와 연인들의 사랑에 얽힌 줄거리를 지니고 있고, 〈두 처녀〉는 남장을 한 두 명의 처녀가 약혼자들을 찾는 이야기를 담고 있으며, 〈영국인이 된 스페인 여인〉은 어렸을 때에 영국인들에게 납치를 당해 자신의 신분을 전혀 알지 못하던 안달루시아 여인이 갖가지 고난을 겪은 후에 사랑하는 사람과 행복한 결혼에 이르게 되는 내용의 작품이다. 〈집시소녀〉, 〈고귀한 청소부〉, 〈꼬르넬리아 부인〉, 〈피의 힘〉은 출생과 신분에 얽혀 있는 복잡한 구성을 지니고 있는데, 앞의 두 작품에는 소설적인 요소와 더불어 스페인 현실이 해학적인 요소로 실감 있게 그려져 있다. 곧 당시의 사회풍토, 집시들의 생활상, 객주집 풍경 등이 그것들로서 이상화의 분위기와 지방적인 색채가 함께 생생한 모습으로 어울려 있다. 두번째는 현실적인 경향을 지닌 소설들로서 주로 하층계급의 일상생활에 관한 소재를 담고 있다. 작품의 복잡하고도 치밀한 구성보다는 유머와 풍자가 더욱 중요한 요소로서 작용하며 어휘 역시 대중이 늘 상 사용하고 있는 풋풋한 언어를 빠른 속도로 구사하여 해학성을 높여준다. 〈링코네떼와 꼬르따디요〉는 두 악동과 도둑의 무리에 관한 이야기를 다루고 있는데 강렬한 색채감, 다이내믹한 사건의 전개와 함께 세비야의 하층민들이 살아가는 진솔한 삶의 모습을 밝은 해학과 웃음기 어린 풍자로써 그려내고 있다. 〈질투심 강한 에스뜨레마두라인〉은 당시의 윤리관에 접목되어 있는 작품이며 〈위장결혼〉, 〈비드로 학사〉, 〈개들의 대화〉는 세태풍자와 악자소설의 성격 등이 엿보이는 소설들로서 그의 역량이 한껏 드러나 있는 작품이라고 할 수 있다. 〈뻬르실레스와 시히스문다의 고난〉은 세르반떼스가 사망한 후에 출판된 작품으로 현실적 시각을 배제한 소설적 허구가 빚어내는 신비로운 모험과 우아한 사랑, 아름다움이 가득 넘치는 환상의 세계가 전편을 감돌고 있다. 서정적이며 풍부한 상상력과 함께 관념적인 도덕성, 인간의 선함에 기초를 둔 화사한 감정의 표출이 돋보이는 작품으로 기억될 만하다.

II. 〈돈 끼호떼〉의 구성과 내용

문호 세르반떼스가 쓴 불후의 걸작 〈재지 넘치는 시골 귀족 돈 끼호떼 데 라 만차〉는 세계문학사에 가장 많이 소개되고 읽혀졌으며 여러 나라 언어로 번역된 스페인의 문학작품으로서, 내용이나 성격면에서 근대소설의 효시라는 가치를 지니고 있다. 《돈 끼호떼》는 1604년 9월 26일에 출판허가를 얻어 이듬해 2월에 출판되었다. 세르반떼스가 붓을 든 것이 언제였는지는 정확하게 알 수 없지만 1591년에 출판된 소설 《이베리아의 목인》이 작품의 첫부분에 나오는 것으로 보아 이 해보다 나중인 것은 확실하다. 또한 이 작품은 출판 전에 몇몇 사람들 사이에서 원고 상태로 읽힌 것 같다.

당시 연극계를 주름잡고 있었던 로뻬 데 베가는 1604년 8월 18일 어느 친구에게 부친 편지 속에서 몹시 악의에 찬 평가를 내리고 있다. 그러나 마드리드에서 프란시스꼬 데 로블레스가 책임자로 있던 후안 데 라 꾸에스따 출판사에 의해 세상에 빛을 보게 되자마자 대단한 성공을 거두었으며 그해에 6판을 더 찍었다. 즉 마드리드에서는 같은 출판사에 의해서 재판이 나왔으며 리스본에서는 3판을, 발렌시아에서는 2판을 더 출간하였던 것이다. 1612년에는 토마스 셸톤의 영역판이, 1614년에는 세자르 우당에 의한 프랑스어 번역판이 출간되는 등 작가가 생존한 11년 동안에 모두 16판이 등장하는 공전의 히트를 거두었으며, 출판 후 수백 권에 달하는 그의 소설이 신대륙으로 보내져 명성은 더욱 높아졌다.

《(속) 돈 끼호떼》는 세르반떼스가 눈을 감기 반 년쯤 전인 1616년에 출판되었다. 그가 바로 이 속편의 제 59 장을 쓰고 있었던 1614년에 사라고사에서 알론소 페르난데스 데 아베야네다라는 필명으로 위작인 〈재지 넘치는 시골 귀족 돈 끼호떼 데 라 만차〉의 속편이 출판되었다. 아베야

네다가 누구의 필명이었는지는 현재에도 알려지지 않고 있지만 당시의
상황으로 볼 때 타인의 작품을 모방하여 속편을 마음대로 쓴다는 것은
신랄하게 비난을 받을 만한 행위도 아니었고, 그런 일은 종종 저질러지
고 있었다. 그러나 세르반떼스는 아베야네다의 위작본 《(속) 돈 끼호떼》
의 출현을 보자 그때까지 사라고사의 기마 시합에 참가할 예정이었던 주
인공 돈 끼호떼를 예정에도 없던 바르셀로나에 갑자기 가게 하거나 59장
이하의 완결을 급히 서둘렀으며, 이따금 작품 내에서 누구에게인지 모를
적에 대한 분노를 표현하곤 했다. 세르반떼스를 더욱 불쾌하게 만든 것
은, 자기가 전혀 모르는 사람이 속편을 쓴 것은 아니라는 사실이었다.
이 가짜 《(속) 돈 끼호떼》에서 그 자신을 향해 쏘아대는 악의에 찬 조롱
과 야유에 가슴 깊이 노했던 것이다. 위작본 《(속) 돈 끼호떼》도 이것을
번역한 르 사아쥐처럼 세르반떼스에 의해 씌어진 속편보다 뛰어나지는
않지만 결코 졸작은 아니었다. 다만 이 위작이 세르반떼스를 불쾌하게
만든 탓으로 진짜 《(속) 돈 끼호떼》가 완성될 수 있었다는 사실에 주목
해볼 필요가 있지 않을까 한다.

《돈 끼호떼》는 총 52장으로 되어 있고 10년의 세월이 흐른 다음에 나
온 속편은 총 74장으로 이루어진 실로 방대한 분량을 지니고 있으며, 등
장 인물의 숫자만 헤아려보아도 거의 600명에 이른다. 그러나 역시 가장
중요한 위치를 점하고 있는 인물은 '슬픈 용모의 편력 기사' 돈 끼호떼
와 그의 종자인 산초 빤사, 그가 찬미하는 숭배의 대상 둘씨네아다.

《돈 끼호떼》는 주인공 돈 끼호떼에 대한 소개로부터 비롯된다. 라 만
차 지방의 시골 귀족인 알론소 끼하노가 기사소설을 지나치게 탐독한 나
머지 제정신을 잃게 된다. 그는 불의와 악에 대항하여 싸우고 약한 자들
을 보호하는 편력 기사가 되어 국가에 봉사하고 자신의 명예를 드높이고
자 결심하게 된다. 그는 옛날의 훌륭한 기사들의 흉내를 내어 자신이 사
랑하던 마을 처녀 알돈사 로렌소를 둘씨네아 델 또보소라는 숭배의 여인
으로 명명하고, 말라빠진 말은 로시난떼라고 이름을 짓고, 헛간에서 옛
날의 갑옷과 투구를 꺼내 손질하고 우스꽝스런 모습의 '기사 돈 끼호
떼'가 되어 7월의 어느 아침, 집을 나서 벌판으로 향한다. 해질 무렵에
한 여관에 도착하여 여관을 성으로, 여관주인을 성주로 생각하는 기사에
게 여관주인은 편력 기사가 반드시 갖추어야 할 것들에 대해 충고해준
다. 다시 집으로 돌아오는 노상에서 몇 가지 사건을 접하고, 결국 기사

의 첫번째 가출은 한 무리의 상인들에게서 몽둥이 찜질을 당하는 것으로 끝난다. 집에 돌아와 몇몇 마을 사람들——신부, 이발사 등——의 치료를 받은 후에 두번째의 가출을 하는데 이번에는 종자로서 산초 빤사와 동행하게 된다. 돈 끼호떼로부터 섬의 총독자리를 약속받은 산초는 외모와 정신적인 면에서 그의 주인과 대조를 이룬다. 두 사람은 여러 가지 사건에 접하게 되는데 거인들로 착각한 풍차와의 싸움, 비스까야 사람들과의 싸움에서의 승리, 산양치기와의 만남, 맘브리노의 투구, 노젓는 죄수들에 대한 이야기 등이 펼쳐진다. 돈 끼호떼는 그 자신이 흠모해 마지않는 기사 아마디스를 모방하여 둘씨네아를 위한 고행의 표시로 시에라 모레나에서 머무르는 등 크고 작은 모험을 벌인다. 결국 사모하는 여인 둘씨네아에게 보내는 편지를 전하기 위해서 산초 빤사를 고향으로 되돌려 보낸 후에 그의 귀향을 위해 끊임없이 노력을 기울이던 신부, 이발사의 계책으로 인해 지치고 맥이 빠진 모습으로 다시 집에 돌아오게 된다.

《(속) 돈 끼호떼》는 주인공의 세번째 출정으로 시작된다. 돈 끼호떼는 같은 마을 사람인 학사 삼손 까르라스꼬를 '거울의 기사'로 착각하여 혼을 내주고, 사자들에게 대항하기도 하고 몬떼시노스의 동굴을 방문하여 무너뜨리려 하는 등 몇몇 사건에 접하다가 공작의 궁전에 당도하게 된다. 여기에서 돈 끼호떼와 산초 빤사는 끌라빌레뇨라는 목마에 관련된 사건을 비롯하여, 산초가 바라따리아 섬의 총독에 임명되는 등의 일을 겪게 된다. 돈 끼호떼는 바르셀로나로 가서 이번에는 '하얀 달의 기사'로 착각하는 삼손 까르라스꼬와 겨루다가 패배를 맛본 후, 고향으로 되돌아가라는 그의 명령에 굴복하고는 집으로 다시 돌아오게 된다. 목부가 되어 여생을 편안하게 영위해보고자 하지만 병이 들어 죽는 순간에 제정신을 회복하여 기사소설들을 몽땅 불태워버리라는 당부의 유언과 함께 마지막 숨을 거두게 된다.

Ⅲ. 〈돈 끼호떼〉의 다양한 면모

〈돈 끼호떼〉와 그 속편은 작가 세르반떼스가 추구하였던 모든 주제와 성격이 총망라되어 있는 작품으로 기본적인 측면에서 볼 때 패러디적인 요소를 갖추고 있다. 곧 기사소설의 변작이라고 할 정도로 슬픈 용모의 편력 기사 돈 끼호떼와 그의 종자 산초 빤사를 중심으로 전개되는 이야기가 주된 내용을 형성하고 있지만, 작품이 지니고 있는 구조는 소설기법과 함께 다양한 면모를 보여준다. 전편에서는 소설이 추구하고 있는 기본구조 이외에 부분적인 주제와 성격을 이루고 있는 자잘한 소구조들을 쉽사리 파악할 수 있다. 즉 중심을 이루는 두 사람——돈 끼호떼와 산초 빤사——의 이야기에 주변적인 위치를 차지하고 있는 마르셀라와 그리소스또모의 이야기는 목가소설, 포로들에 관한 이야기는 무어인 주제소설, 까르데니오와 루스쎈다에 관련된 이야기는 감상소설, 뻔뻔스런 인물인 꾸리오소에 대한 부분은 심리소설, 노젓는 죄수들에 대한 일화는 악자소설의 경향을 보여주며 이들이 형성하는 주제와 성격들이 전체구조 속에 융화된 모습으로 뒤섞여 있다. 속편을 통해서 살펴볼 때 이러한 면모는 더욱 두드러진다. 주도면밀한 문체, 활달한 필치를 통해서 전개되는 해학성과 휴머니즘에 기초하고 있는 유머는 작품이 그로테스크(grotesque)한 면에 빠지지 않게 하는 한편 작가 자신이 의도한 대로 분위기와 등장 인물들의 모습이 진화되는 고도의 기법을 보여준다. 특히 작품의 마지막 부분을 통해 드러나는 소설의 인상적인 처리는 반전효과를 통한 미학적인 측면과 심리적인 측면의 강화를 가져다준다. 곧 돈 끼호떼가 죽음의 문턱에 이르러 이성을 회복하고, 환상의 세계에서 현실의 세계로 돌아온 건전한 사람이 되었음에 유의해보면, 작가가 의도하였던 본질적인 요소는 기사소설의 단순한 패러디가 아니라 인간이 숙명적으로 지닐 수 있을 만한 모든 요소들을 조화를 통해 더욱 고양·심화시키고 휴머니즘에 바탕을 깔고 있는 인간다운 부드러움 속에서 형상화시키는 것임을 인식해볼 수 있다.

작품에서 돈 끼호떼는 산초 빤사와의 관계로서 살펴볼 때 흔히 실재와 극적인 대립을 이루는 이상주의자로 평가되었으며, 특히 낭만주의 시대에는 이상주의를 추구하는 전형적인 인물로서 동경의 대상이 되기도 하였다. 두 인물을 둘러싸고 있는 양면성을 추론해보는 것 또한 작품의 이해에 상당한 도움이 될 것이라고 믿는다. 〈돈 끼호떼〉는 기호(記號)의 세계와 실질의 세계가 쉴새없이 부딪치고 충돌을 거듭하는 가운데 배태된 소설이 아닐까 한다. 일반 사람들이 현세적인 부를 따라 의식주를 영위하는 실질의 세계 속에 존재하고 있다면, 돈 끼호떼가 추구하는 기사도적 이상이 지향하는 바는 기호의 세계에서만 이해될 수 있는 완전히 다른 세계다. 돈 끼호떼는 실용적인 현실의 세계에서 기호의 세계로 파고 들어간 최초의 현대인이라고 할 수 있겠다. 이러한 양면성은 주인공 돈 끼호떼와 그의 종자 산초 빤사의 대립을 통해 극명하게 드러난다. 작품의 곳곳에서 끊임없이 출현하고 있는 요소들은 기호학에서 흔히 말하는 '이항 대립'으로 실재와 이상, 현실과 꿈, 물질과 정신, 사실과 환상의 충돌을 상징한다. 여기에 더하여 마술사의 등장과 함께 풍차를 거인으로, 양떼를 군대로 보게 하는 것도 동일한 부류에 속하는 사실·현실의 세계와 환상·상상의 세계가 서로 대입된 모습으로 나타나 있다고 볼 수 있다.

위에서 언급하였듯이 〈돈 끼호떼〉에 등장하는 인물 산초 빤사는 돈 끼호떼의 이상주의와 극적인 대립을 이루는 현실주의를 상징하고 있다고 여겨져왔다. 피상적인 면에서 본 그의 인물평은 물질주의자며 겁많고 무식한 시골사람으로서 탐욕스런 면에 치중되어 있는 듯한 느낌을 준다. 산초는 한 섬의 총독자리를 주겠다는 돈 끼호떼의 약속을 믿고 자신의 물질적, 세속적 욕구를 충족시키기 위해 모험의 동반자로서 그를 수행하게 된다. 이상주의자며 정신적인 가치에 경도되어 있는 비현실주의자로서 환상에 가득 차 있는 인물 돈 끼호떼와 인간적인 유대관계를 맺는 그의 결점으로 제시되어 있는 것이 겁쟁이, 무식자, 탐욕에 가득 차 있는 인간으로서의 성격이며, 그는 이러한 결점들을 감추려고 하는 의도와 자신이 항상 추구해 마지않는 물질욕으로 인해서 매우 교활한 악한의 면모를 보여주기도 한다. 곧 현실과 이상이라는 두 세계를 왕래하면서 자신의 물질적인 이익만을 위해 돈 끼호떼와의 관계를 지속해가는 충실한 종자로서의 역할을 보여주고 있다. 하지만 이러한 피상적인 측면을 좀더 구체화하여 더듬어 살펴보면 정반대의 모습, 즉 '용감한 산초 빤사', '현명한 산초 빤사'를 설정할 수 있지 않을까 한다. 산초의 용감성은 돈 끼호떼에 대한 충성심에서 우러나는 것으로, 주인이 위험에 처할 때 그를 구해내기 위해 발휘되는 기질과 자신을 보호하고 혼자만의 이익을 추구하고자 나타내는 기질로 나눌 수 있다. 미겔 데 우나무노가 '스페인의 정신'으로 파악하였듯이 산초가 돈 끼호떼의 이상주의와 인도주의, 주인에 대한 충성심에서 보이는 용기는 이상적인 영웅에 거국적으로 충성심을 보여왔던 스페인 국민들의 성격과 접목되어 있다. '현명한 산초 빤사'는 바라따리아 섬의 총독이 되어 평민들의 잡다한 사건을 해결해주는 부분에서 잘 살펴볼 수 있는데, 그의 지식은 격언과도 같은 대중의 지혜와 연결되고 있다. 이와 같이 산초 빤사는 세속적인 욕망과 물질적인 부를 추구하는 물질주의자의 전형인 동시에 자신의 내면 깊숙히 지니고 있는 순진성, 소박함과 아울러 관대함, 현명함을 보유하고 있는 휴머니스트의 면모를 보여준다.

작품 〈돈 끼호떼〉에 나타나 있는 비극성은 주인공의 사고와 행동을 통해서 살펴볼 수 있는 유머, 곧 해학성에 견주어볼 때 작가 세르반떼스의 생애와 깊은 연관이 있다. 그는 젊은 시절에 영웅적인 활동을 하였으며 세계 3대 해전이라 일컬어지는 레판토 해전에서는 치명적인 상처를 입었고 꽤 오랜 동안 포로로서 아프리카에서 억류 생활을 겪지 않으면 안 되었다. 또한 기사소설의 애독자로서 환상에 가득 찬 영웅들의 모험에 향수의 애틋한 정을 느끼기도 하였다. 하지만 스페인으로 귀국한 후에는 궁핍한 생활에 불운이 겹치고, 나이가 들어감에 따라서 주변의 현실생활이 점차 실망과 환멸에 물들어가는 사실에 비애감을 느껴야만 했다. 이러한 상황에서 작품에 반영되는 돈 끼호떼의 비극성은 곧 세르반떼스 자신의 것이라고 여길 수 있다. 그렇지만 전체적인 분위기를 통해서 낙관주의가 줄곧 지속되고 있으며, 돈 끼호떼가 고귀한 정신적 가치를 영원토록 추구하고 있다는 사실이 맹목적으로 거듭되는 듯한 실패의 쓰라린 좌절감을 극복하는 요소로 작용한다. 즉 세르반떼스는 이상적인 영웅, 비현실적인 미치광이로 설정해놓은 돈 끼호떼의 불운 앞에서 부정적이며 냉담한 비관주의보다는 우수 어린 미소를 띠게 해주고 있다. 이런 점이 작품 속에서 그를 때로는 우스꽝스런 존재로 희화화하기도 하고 정신적인 고결한 가치를 머금고 있는 존재로, 또는 독자로 하여금 인간적인 교감을 느낄 수밖에 없는 존재로 다가서게 한다. 여기에 더해 세르반떼스의 해학성은 작가가 비판하고 풍자하는 대상이나 주제에 대하여 공감을 느끼는 사람들에게 내면 깊숙한 곳에서 우러나오는 감동, 휴머니즘에 토대를 지니고 있는 삶의 보편적인 가치를 전달해주어 작품에 영원성을 더해주고 있다.

Ⅳ. 〈돈 끼호떼〉에 대한 평가

세르반떼스는 〈돈 끼호떼〉를 쓰게 된 목적을 "기사도 이야기가 속세에서 갖는 권세와 인기를 타도하기 위해서"라고 밝히고 있다. 이 목적은 사실상 성공을 거두었다고 할 수 있다. 물론 작품이 출판되었을 무렵에는 기사소설이 이미 쇠퇴의 길을 걷고 있었다. 그러나 일반 대중들 사이에서는 여전히 예전의 인기를 누리고 있었는데 그것은 〈돈 끼호떼〉에 등장하는 마을의 신부나 이발소 주인, 여관주인과도 같이 분명하다. 그러나 〈돈 끼호떼〉가 세상에 모습을 드러내자 신작의 기사도 이야기는 거의 자취를 감추게 되었던 것이다. 여기에서 주의깊게 살펴보아야 할 사항은 〈돈 끼호떼〉가 기사도 이야기의 단순한 패러디로만 끝났더라면 과연 세계적인 명성과 폭넓은 공감을 얻을 수 있었을까 하는 점이다. 만약 그랬더라면 18세기의 이슬람 신부가 당시의 나태에 찌든 설교사를 야유하여 썼던 〈그 이름도 떠들썩한 설교사 헤룬디오 데 깜빠아사 사제님, 또 별명 바보 천치 전(傳)〉같이, 기지와 풍자에 넘친 그 당시의 스페인 사람들 사이에서만 통용되던 풍자소설에 그쳤을 것이다. 하지만 〈돈 끼호떼〉가 앞 시대의 문학의 패러디에서 출발했다는 사실은 결코 간과할 수 없는 중대한 점이다. 세르반떼스의 소설에 관해서 알베르 띠보데는 다음과 같이 극찬하고 있다.

> 당시의 천재의 각인을 가진 단 두 가지 소설—세계 문학에 영원한 생명을 갖고 부가된 작품은 이 라블레의 작품과 세르반떼스의 소설이다. 둘 다 반로마네스크적 소설, 낡은 시대의 패러디며 그러한 문학을 향하여 내뿜은 조소다. 참된 소설은 소설에 대하여 발하는 '거부'에 의해 시작된다. (중략) 앞의 작품에 의하여 로망은 비로소 문학에 있어 〈오딧세이아〉나 〈신곡〉과 견줄 수 있는 우월한 지위를 나타냈다. 호메로스나 단떼의 시가 시의 영역에서 이것을 능가하는 것이 없는 것처럼 그 형식에 있어 독특한 면모를 지니고 있는 〈돈 끼호떼〉 역시 그러했던 것이다.

세르반떼스가 기사소설에 대한 반감과 함께 패러디화한 〈돈 끼호떼〉는 앞에서도 밝혔듯이 복합적인 성격을 지닌 인간형으로서의 돈 끼호떼를 중심으로 하여 전개된다. 전편은 삽화의 연속이며 사이사이에 정치·철학·문학에 대한 견해가 포함되어 있다. 구성면에서 볼 때 세르반떼스 이전까지의 모든 문학 양식의 통합인 동시에 새로운 형식, 즉 근대 소설의 효시라고 볼 수 있다. 〈돈 끼호떼〉가 대소설의 위치에 오를 수 있었던 것은 속편의 덕택이 아닌가 싶다. 이 세상의 부정과 불의를 타파하고 약한 자들의 편에 서서 옹호한다는, 더구나 매번 참담한 패배와 절망에 직면하게 되는 돈 끼호떼는 적어도 전편의 세계인 것이다. 속편에서 돈 끼호떼 자신이 언급하고 있기는 하지만 그와 같은 장면의 설정은 전편에 비해 확실히 적어진다. 또한 산초의 흉계로 농사꾼 딸을 마법에 걸려 변신당한 둘씨네아라 믿고, 후에 공작의 궁전에서 벌이게 되는 장난을 통해서 둘씨네아의 마법을 풀게 된다는 하나의 주제가 속편의 흐름을 주도한다. 여기에다가 공작 부처의 끈질기고도 광기어린 장난이 거의 중심을 이루고 있다. 돈 끼호떼를 다시 마을로 보내려고 하는 삼손 까르라스꼬 역시 숲의 기사, 거울의 기사, 하얀 달의 기사로 가장하여 돈 끼호떼와 대결을 벌이고 결국 그를 패배와 함께 귀향시키는 역할을 담당한다. 이 사이에 여러 잡다한 삽화가 되풀이되지만 전부 하나의 흐름 속에 편입되어 있다. 다음과 같은 장면 또한 시사하는 바가 적지 않을 듯싶다. 공작 부인이 산초 빤사에게 돈 끼호떼를 어떻게 생각하느냐고 묻자 산초는, 주인은 바보며 미치광이라고 답한다. 공작 부인은 그러면 바보며 미치광이를 따라다니고 있는 산초가 더욱더 큰 바보가 아니냐고 말한다. 또한 자문자답하며 이 엄청난 바보에게 섬의 총독자리를 맡기려고 하는 나 자신은 얼마나 더 큰 바보며 미치광이냐고 말한다.

한편 전편과 속편의 가장 커다란 차이점은 주인공인 돈 끼호떼와 종자인 산초 빤사 두 사람 모두 소설 《재지 넘치는 시골 귀족 돈 끼호떼 데 라 만차》가 이미 출판이 되고 사람들 사이에 대단한 인기를 누리고 있다는 사실을 잘 알고 있다는 점이다. 이를테면 공작 부인이 돈 끼호떼에게 당신이 사모하는 공주 둘씨네아는 공상에 의해 제멋대로 창조한 인물이므로 실상은 존재하지 않는 게 아닌가 하고 질문한다. 돈 끼호떼는 그것에 관해서는 여러 가지 말씀드릴 것이 있다, 둘씨네아는 실제로 계시기는 하지만, 거기에 자기 자신이 이렇게 되어 있으면 좋겠다는 여러 가지 미덕을 적용시켜 바라보는 점이 다르다고 답변한다. 여기에서는 벌써 허구와 그것에 대응하는 현실의 문제 내지 작가 자신을 찾아나서는 6명의 등장 인물마저 상정해볼 수 있다. 또한 바라따리아 섬의 총독이 된 산초가 최후에는 적의 습격을 당한 뒤에 잠잠한 어조로 당나귀에게, 자기가 총독이라는 어리석은 희망을 품은 것은 정말 잘못된 망상이었다, 나와 네가 사이좋게 지내고 있던 시절이 제일 적격이었다, 평온한 나날이었다고 술회하는 장면은 독자들로 하여금 우수어린 애조와 함께 잔잔한 감동에 빠져들게 한다. 독자는 바로 그 앞에 등장 인물이 마주 서 있는 듯한 착각에 종종 빠지게 되곤 하는 것이다.

소설의 중심을 형성하고 있는 돈 끼호떼와 산초 빤사 두 사람의 성격 창조는 세르반떼스가 성격 묘사에 관한 한 놀라운 역량을 지니고 있었음을 확연하게 보여준다. 두 사람이 나누는 앞뒤가 맞지 않는 우스꽝스러운 대화, 간간이 속담이나 격언의 형식을 빌려 내뱉는 경묘한 회화는 성격의 차이를 선명하게 드러냄은 물론 인간이 지니고 있는 다양한 속성을 하나하나 파헤친다. 순수한 스페인인이며 보편적인 심성을 소유하고 있는 돈 끼호떼와 산초 빤사가 인종이나 연령, 성별을 초월하여 모든 사람들의 공감을 자아내게 된 것은 전편에 흘러넘치는 해학성과 아울러 인간의 희로애락, 슬픔, 분노를 모두 맛보지 않을 수 없었던 작가 세르반떼스가 끝까지 견지하고 있던 인간에 대한 따스한 애정과 관용어린 태도가 자리하고 있기 때문이다.

세르반떼스가 기사소설에 대한 저항의 몸짓으로써 서술하고 있는 돈 끼호떼는 곧바로 16~17세기 스페인인의 전형인 동시에 결코 해가 지지 않았던 스페인 제국의 영웅주의와 비참한 패배를 같이 상징하고 있다. 무력적인 영웅주의는 문학을 통해 영웅주의로 묘사되고 국가주의적 영웅주의는 모든 사람들에게 관련을 맺고 있는 범인간적인 인도주의, 따스한 온기를 포함한 휴머니즘으로 탈바꿈되어 당시대를 직접 체험한 세르반떼스의 문학세계내에서 돈 끼호떼라는 전형적인 인물로 형상화되어 있다. 작가가 스스로 언급하고 있듯이 돈 끼호떼라는 편력 기사는 이미 한 세기 이전에 완전히 소멸된 기사제도와 그 낡아빠진 껍데기를 걸치고 새로운 시대의 무대에 등장하는 소설 속의 인물이며 제정신을 잃어버린 광기에 가득 찬 인물로서, 현세계의 개념에서 볼 때에는 전시대에 속한 무모한 맹신의 화신이며 조소를 받아 마땅한 구체적인 대상 자체인 것이다. 돈 끼호떼가 낡은 투구를 쓰고 갑옷을 입은 채 말라빠진 로시난떼를 몰아대며 좌충우돌하는 장면은 당시 쉴새없이 스페인을 죄어오던 유럽의 여러 국가들과 소모전을 벌여야만 했던 합스부르크 왕가의 조국 스페인을 상징하고 있다. 찬란한 빛을 발현하는 문학적인 기치와는 달리 끊임없는 전쟁과 왕위계승의 소용돌이에 휘말린 채 서서히 몰락의 길을 걷고 있었던 당시의 상황에서 세르반떼스는 라 만차의 기사 돈 끼호떼를 등장시킨다. 당시 스페인 사회의 실상과 국민들의 이중적인 모습이 돈 끼호떼, 산초 빤사 두 사람의 사고와 행동을 통해서 드러나 있으며 현실세계와 정신세계를 부단히 왕래하는 장대한 한 편의 드라마로서 펼쳐진다. 여기에 중요한 장치로서 설정되어 있는 것이 산초 빤사를 비롯하여 질녀, 신부, 이발사 등 다양한 계층에 속한 인간들과의 관계를 통해서 나타나게 되는 돈 끼호떼라는 인물의 개성회복이다. 가치가 전도된 현실세계에서 끊임없이 투쟁하며 온몸으로 부딪히고 처참한 실패를 맛보지 않을 수 없는 인간의 모습은 곧 전형적인 인물이 보여주는 실존적이며 구체적인 실체로서 다가온다. 특히 아라비아 마술사가 등장하는 부분에서 직감할 수 있는 것은 바로 운명에 몸으로 부대끼며 항거하는 실존적 인간의 표상이다.

그러나 세르반떼스의 의도가 더 잘 나타나는 요소는 주인공 돈 끼호떼에 대한 설정을 구체적·실존적 인간의 상징일 뿐만 아니라 예술적 실체로 설정함으로써, 단순한 패러디 소설이나 이전의 잡다한 경향을 나열한 것이 아니라 순수미학적 측면을 고양시킨 보편성을 지니고 있다는 점이다. 돈 끼호떼는 신들린 상태, 곧 보다 높은 정신적 가치와 고매한 이상세계를 격렬한 몸짓으로 추구해나아가는 존재로서 단순한 미치광이 이상이다. 돈 끼호떼 그는 삶에 미침으로써 삶으로 정신적인 고양을 이루고 미치광이 상태에서 시간과 공간을 초월한 영원성을 얻고자 분투한다. 이러한 미학적 차원이 복합적인 인물 돈 끼호떼의 정신 및 심리세계를 줄곧 인도해가며 영원에 가까운 보편성을 획득하도록 함으로써 모든 국가, 모든 시대를 초월하여 독자들의 친근함과 공감을 이끌어내고 있다.

〈돈 끼호떼〉는 출판되자마자 스페인 문학사상 실로 놀랄 만한 성공을 거두어, 이미 지적한 바와 같이 세르반떼스 생전에 16판이 나오고 각국어로 번역되어 유럽을 위시한 전세계 지역으로 소개되었다. 16세기와 17세기에 걸쳐 찬란한 금자탑을 쌓아올렸던 스페인의 문학상의 황금기는 〈돈 끼호떼〉를 정점으로 하여 세계문학사에 빛을 발하고 있다. 이러한 사실은 작품 〈돈 끼호떼〉가 보편성을 지니고 있음을 강력하게 암시하고 있으며 그 주제 및 사상이 시대와 감정을 초월하여 영원성을 지니고 있음을 증명하는 것이다. 좁은 의미로 한정시켜 살펴볼 때 〈돈 끼호떼〉는 현실에 대한 예리한 시각과 이상에 대한 가치추구로써 당시의 스페인이 직면하고 있는 시대상황을 해학적으로 묘사한다. 대표적인 인물은 돈 끼호떼와 산초 빤사로서 둘 다 조화와 균형을 위한 진화적인 모습을 보여준다. 돈 끼호떼는 죽음을 맞이하는 순간에 제정신을 회복하여 사리를 분별하는 한편 현실에 대한 환멸, 그 자신이 추구하고자 했던 이상세계에 대한 애조띤 페이소스를 느끼게 되며 산초는 이상의 세계가 빚어내는 자유에 대한 불타는 갈망, 정의감에 대한 열망, 불의와 부조리에 대한 항거를 지니게 되는 존재로 점차 자신을 진화해간다. 넓은 의미에서 볼 때 돈 끼호떼는 인간이 다른 인간, 환경 사이에서 존재하는 전형적인 실체로서 자신을 비롯하여 타인, 사회 및 세계와의 관계에 있어서 항상 부대끼며 살아가야 하는 보편적인 가치를 소유하고 있는 구체적인 상징물이다. 즉 주인공이 표상하는 바는 시간과 공간을 초월하여 영원한 삶을 유지하고 조화를 이루어가는 모습 속에 점점이 용해되어 있다고 할 수 있다. 이러한 면모는 16세기 후반과 17세기 초반에 걸쳐 문학활동을 벌였던 작가 세르반떼스의 문체를 통해서도 잘 나타난다. 그의 문체는 시기상으로 보아 르네상스 말기와 바로크 초기에 해당되므로 두 가지 성격이 혼합된 모습을 띠고 있다. 몇몇 이상주의적인 색채를 보여주는 작품들은 르네상스적인 성격, 곧 전시대의 균형과 조형감각이 반영되어 있는 한편 사실주의적인 색채가 짙은 작품들은 간결하고 생동감이 흘러넘치는 대중적인 문체를 띠고 있다. 물론 〈돈 끼호떼〉에서는 기사소설의 웅변적이고 장광설에 가까운 문체를 풍자 내지는 해학적으로 비판하기 위해서 의도적으로 그런 스타일을 삽입하기도 하고, 단어의 구사에 있어서 대조·비유·반어 등 바로크적인 요소를 보여주기도 한다. 이러한 문체의 전환은 작가가 직접 경험하고 접했던 당시의 시대상황, 개인의 인식과 밀접한 연관성을 맺고 있다. 곧 작가로 하여금 글을 쓰게 한 문화적 형상과 문학적 토대는 이상주의, 플라톤주의, 자연에 대한 긍정적인 개념 등 르네상스의 산물이라고 할 수 있는 반면에 삶을 영위해나가는 개인적인 체험, 주변을 둘러싸고 전개되는 양상, 스페인의 역사적 상황은 신랄한 비판과 고통에 가득 찬 환멸을 맛보는 쇠퇴의 시기 곧 바로크 시기의 길목에 들어서 있었던 것이다. 이러한 면은 〈돈 끼호떼〉에서 너무

나도 분명하게 드러나 있는 환상과 현실 사이의 부단한 투쟁과 동일선상
에 놓여 있다고 할 수 있다. 하지만 세르반떼스의 문체를 규정짓는 독특
한 일면으로서 주시해볼 필요가 있는 것은 고통에 겨운 빈곤한 삶이 그
자체로서 부정적인 삶의 태도에 직접적으로 반영되어 있지는 않다는 점
이다. 신랄하고 처절한 비전보다는 유머, 순발력 있는 기지, 해학성이
담겨 있는 문체가 작품의 흐름을 주도하고 있다고 할 수 있다.

〈돈 끼호떼〉에 대한 해석은 읽는 사람들의 연령과 환경의 차이에 따라
저마다 다른 해석이 가능하며 그것이 또 당연한 일이다. 작가가 누구인
지, 어느 나라 출신인지 하는 일체의 예비지식이 없어도 〈돈 끼호떼〉는
수많은 사람들의 입에 오르내리며 존속해왔던 것이 사실이다. 이것이 시
대와 국경을 초월하여 보편적인 영원성을 획득하고 있는 작품의 숙명일
지도 모른다. 여하튼 〈돈 끼호떼〉는 시대에 따라 각기 다른 시각에 의해
서 해석되어져왔다. 작품이 출판되었던 17세기 당시에는 단지 굉장히 우
스꽝스럽고 재미있는 색다른 소설로 여겨졌으며, 낭만주의 시대에는 이
상주의와 현실주의의 대립이 불꽃을 일으키는 상징으로 보여졌다. 특히
독일 낭만주의의 거장인 괴테, 실러 등이 돈 끼호떼에게서 낭만주의적인
특성 즉 자유에 대한 불타는 신념, 무모하리만큼 돌진해나가는 자아에
대한 추구, 빛나는 이상에로 향하는 강인한 의지를 보게 된 이후 〈돈 끼
호떼〉는 유럽 전역을 뛰어넘어 세계문학사에 불멸의 금자탑을 이루게 되
었다. 실존주의 시대에는 실존적인 인간의 전형으로서 부단히 투쟁하며
생존하는 표상이었으며, 스페인이 국가적으로 중대한 위기에 처해 있었
던 98세대 시기에는 우나무노에 의해 스페인의 가장 숭고한 이상적 인간
형으로 추앙을 받았다. 소설 〈돈 끼호떼〉가 후세에 끼친 영향은 실로 막
대해서 스페인 국내는 물론 19세기의 위대한 소설가들——플로베르, 디
킨스, 똘스또이, 베니또 뻬레스 갈도스 등——이 세르반떼스의 영향을
받았으며 무수한 비평가, 학자들이 그의 작품을 연구하였다. 그리하여
세르반떼스는 불후의 명작 〈돈 끼호떼〉의 위대한 저자인 동시에 근대소
설의 창시자라는 명성과 함께 세계문학사에 한 줄기 찬란한 빛으로 오늘
에 이르고 있다.

614

□연 보

1547년 10월 초순 미겔 데 세르반떼스 사아베드라(Miguel de Cervantes Saavedra)는 알깔라 데 에나레스에서 태어났다. 정확한 출생일은 모르나 9월 29일이라는 사람도 있다. 아버지 로드리고 데 세르반떼스와 어머니 레오노르 데 꼬르띠나 사이에서 넷째 아들로 태어났다. 10월 9일 산따 마리아 사원에서 세례받다. 형(안드레스), 누나(안드레아 루이사), 동생(로드리고 후안), 누이동생(막달레나)이 있다. 아버지는 신분이 낮은 외과 의사에다 청각장애자였기 때문에 생활은 극도로 어려워 일가는 안정된 생활을 찾아 마드리드, 바야드리드, 꼬르도바, 세비야 등지로 옮겨다녔다. 1552년에 아버지는 바야드리드에서 투옥. 세르반떼스의 소년 시절에 관한 기록은 아무것도 없고, 세비야에서 제수이트 회가 경영하는 학교에 다녔다는 설도 있으나 정규교육은 받지 못한 것 같다.

1564년 이 무렵 세비야에서 로뻬 데 루에다의 연극을 보고 감명을 받은 듯하다. 뒤에 "나는 대로뻬 데 루에다의 연극을 구경한 일을 이제껏 잊어버리지 못한다. 그 무렵 나는 어렸기 때문에 그의 시구(詩句)의 우수성을 뚜렷이 이해할 힘은 물론 없었지만……"라고 말했다. 극작가로 성공한다는 일은 그가 평생토록 그려온 꿈이다.

1568년 마드리드에서 학교를 경영하고 있던 인문학자 로뻬스 데 오요소를 통해 에라스무스 및 그 유파에 속하는 인문학자의 사상에 접했다고 생각된다. 10월 3일 국왕 펠리뻬 2세의 왕비 이베벨 드 발르와가 죽다. 로뻬스 데 오요소는 국장(國葬)에 즈음하여 책(Historia y relación verdadera de la enfermedad, felicisimo

transito y sumptuosas exequias fúnebres de la serenisima reina
de España doña Isabel de Valois)을 만들어 추기경 에스피노사
에게 바치다. 그 속에 세르반떼스가 지은 소네트, 소곡, 만가
(挽歌) 등이 들어 있다.

1569년 전에 피오 5세의 특사로 스페인에 와 있던 추기경 악과비바의
시종이 되어 그를 따라 이탈리아로 건너가다. 그러나 얼마 안
가 악과비바와 헤어지다.

1570년 지난해 말이나 이해 초경에 마르꼬 안또니오 꼬론나가 지휘하
는 스페인 보병대에 입대, 디에고 데 울비나 대위의 중대에 소
속되다. 이 군대 시절에 로마, 나폴리, 밀라노, 피렌체 등 이탈
리아 각지를 돌아다니며 르네상스 말기의 이탈리아에 강렬한
인상을 받다.

1571년 10월 7일 그의 생애에 있어서 획기적인 사건이라고 할 수 있는
레판토 해전에 참전. 이 전투에서 카를로스 5세의 서자 돈 후안
아우스뜨리아가 지휘하는 법황·베네치아 공화국·스페인 연합
함대는 무적(無敵)을 자랑하던 터키 함대를 그리스의 레판토 해
협에서 무찌르다. 이날 '말케사 호(號)'에 승선했던 세르반떼스
는 가슴 두 군데와 왼팔에 부상, 이 때문에 왼팔은 끝내 불구가
되어 뒤에 '레판토의 외팔'이라는 별명이 붙게 되다. 전후(戰
後), 메시나의 병원에서 요양하다.

1572년 그뒤 나바리노와 모돈에서 다시 터키군과 싸우다.

1573년 10월 8일 스페인군이 튀니스를 점령하다. 그는 뒤에 칼데론의
《살라메어의 촌장》에 나오는 로뻬 데 피겔로아 지휘하의 보병대
소속으로 이 전투에 참가하여 빨레르모, 나폴리 등에 주둔하다.

1575년 9월 20일 군대를 제대하고 아우 로드리고와 더불어 '태양'호에
승선, 귀국길에 오르다. 9월 26일 프랑스 해안 생뜨 마리 드 라
메르 앞바다에서 알바니아인 마미가 이끄는 해적선의 습격을
받아 포로가 되다. 이후 5년간 그곳에서 노예 생활을 보내던 중
네 번 탈출을 시도했으나 번번이 실패로 돌아가다.

1577년 펠리뻬 2세의 비서 마떼오 바스께스에게 오란 공격을 촉구하는
편지를 내다.

1580년 9월 9일 콘스탄티노플로 가는 배에 이미 타고 있을 때 트리니다

드회 파의 수도사가 몸값을 치르고 그를 자유의 몸으로 만들어 주다. 11월에 스페인으로 돌아온 후 펠리뻬 2세의 뒤를 쫓아 포르투갈로 향하다. 이탈리아에서의 전공(戰功)에 대한 보수를 원했으나 거절당하다. 오란 지방을 순회하는 일을 얻다.

1583년 마드리드에서 똘레도로 옮기다. 여배우 아나 데 비야 프랑까 데 로하스와 사랑에 빠져 이자벨 데 사아베드라를 낳았으나 그녀는 다른 남자와 결혼하다.

1584년 12월 12일 똘레도에서 멀지 않은 에스끼비아스의 소지주의 딸 까딸리나 데 팔라시오스 이 보스메디아노와 결혼. 아내는 그보다 18세나 어려 두 사람 사이는 좋지 못했던 듯하다. 함께 생활한 것은 2년뿐으로 아내는 그 뒤에도 에스끼비아스에 남아 있고 남편은 이리저리 떠돌아다니다.

1585년 당시 유행한 목인(牧人) 소설인 처녀작 《라 갈라떼아》가 출판. 6월 아버지 로드리고 데 세르반떼스 죽다. 이 무렵, 한동안 마드리드에 체류하며 희곡을 2,30편 썼다고 하나 현재 남아 있는 것은 《알제리에서의 대우》와 《라 누만씨아》뿐이다.

1587년 마드리드에서 떠나 '무적 함대'에 납입하는 밀보리 구입계가 되다.

1588년 세비야로 거처를 옮기고 '무적 함대'의 식량 조달인으로 안달루시아 지방을 널리 돌아다니다. 2월 밀보리 구입 건으로 교회와 싸움을 벌여 파문되다.

1590년 5월 21일 국왕에게 당시 공석중인 아메리카 지역 관직에의 사관(仕官)을 청원했지만 "달리 적당한 직을 구하라"는 대답으로 거절되다.

1592년 창고의 밀을 허가 없이 매각한 죄로 조달관 감독과 에시하의 법관에게 체포되어 벌금형을 언도받다. 9월 5일 극단 주인 로드리고 오소리오와의 사이에 희곡 여섯 편을 쓸 계약이 성립되다.

1593년 8월 체납 세금 징수원이 되어 다시 안달루시아 지방으로 가다.

1597년 징수한 7400마라베디의 돈을 예금해둔 포르투갈 사람인 세비야 은행가 시몬 프레일레 데 리마가 도망쳐 9월부터 12월까지 세비야에서 감옥살이를 하다.

1602년 다시금 세비야에서 투옥됨. 이유는 불명. 이 옥중에서 《돈 끼호떼》의 구상을 얻었다고 한다.

1604년 이해 말에 1601년 이래로 수도(首都)가 된 바야드리드로 이주하다. 9월 26일 《돈 끼호떼》의 출판허가를 얻다.

1605년 2월 마드리드의 후안 데 라 퀘스타에 의해 《돈 끼호떼》가 출판됐다. 당시로서는 이례적인 성공을 거두어 이해에 7판(版)을 거듭하다. 6월 27일 가스파르 데 에스뻬레따라는 기사(騎士)가 세르반떼스가 살고 있던 집 앞에서 중상을 입다. 그는 그 사나이를 누이동생과 함께 간호했으나 이틀 뒤에 사망, 그는 누이동생과 딸 이자벨과 함께 검거되다. 에스뻬레따의 부상이 이자벨과 관계가 있다고 생각되었기 때문이다. 증거 불충분으로 세 사람은 석방되나 이 재판에 나온 증인의 말에 따르면 이자벨의 부정한 행위 때문에 사람들은 세르반떼스 일가와의 교제를 꺼렸다고 한다.

1608년 당시 다시 수도가 된 마드리드에서 이자벨의 재혼 문제에 얽힌 분쟁이 일어나 지참금을 마련하기 위해서 애쓰다.

1609년 4월 그 당시 마드리드에 많이 있었던 종교 단체 중의 하나인 'Congregación de indignos esclavos del Santísimo Sacramento' 에 들어가다. 그의 후원자였던 레모스 백작이 나폴리 총독으로 임명되다. 세르반떼스는 그를 따라 이탈리아로 가기를 원했으나 인선(人選)에서 떨어지다.

1611년 프란시스꼬 데 라 실바가 설립한 '실바 학회'에 참가하다.

1613년 열두 편의 중·단편 소설을 수록한 《모범소설집(集)》을 출판. 각 편의 제작 연도는 구구하지만 《돈 끼호떼》 속에서 언급되고 있는 점으로 미루어 1604년 이전에 씌어졌다고 추정되는 작품도 있다.

1614년 《파르나소스산에의 여행》이 출판되다. 체사레 까뽈라리의 작품을 흉내냈다는 평을 듣기도 했으나 당시의 문학계를 풍자한 시 작품(詩作品)이다. 이해 여름 따라고나 시에서 알론소 페르난데스 데 아베야네다라는 자의 위작(僞作)《돈 끼호떼》가 나타났다. 이 아베야네다가 누구의 거짓 이름인지는 아직까지 모른다. 위작이 출현했을 당시 세르반떼스는 《(속)돈 끼호떼》 제59장을 쓰고 있었다고 추정되는데 이것이 원인이 되어 그는 집필을 서둘렸고 돈 끼호떼의 행선지도 변경시켰다.

1615년 《신작 희곡 8편 및 막간 희극 8편》을 출판. 각 작품의 제작 연
도는 불분명하다.

1616년 《(속)돈 끼호떼》가 출판. 4월 2일 병석에 눕다. 4월 17일 이미
완성된 《뻬르실레스와 시히스문다의 고난》의 헌사를 씀. 죽음을
앞에 놓고 평온한 마음으로 지내다 4월 23일 세상을 떠나다. 유
해는 마드리드의 우미아델로 가(街)의 수도원에 매장되었으나
뒤에 깐따나라 가의 수도원으로 옮겼다. 그러나 현재는 확실치
않다.

1617년 유작으로 《뻬르실레스와 시히스문다의 고난》이 간행되다.

＊ 옮긴이 | 김현창

한국외국어대학교 스페인어과 졸업.

스페인 국립 마드리드대학 로만스 언어학 석사.

프랑스 스트라스부르 대학 문학석사.

스페인 국립 마드리드대학 문학박사.

스페인 중남미 연구소 소장 및 서울대 서어서문학과 교수 역임.

저서로 《스페인 문학사》, 《스페인어 문법》, 《스페인어 발달사》,

《현대 세계문학 속의 동양사상》이 있으며,

역서로 《안개》(우나무노), 《대령에게 편지하는 자 없다》(마르께스),

《Poesia Coreana》(마드리드 무라야 출판사), 《Junto al Crisantemo》

(서정주 시선집, 스페인 국립 마드리드 대학교 출판부),

《Antologia de la poesia coreana》(서울대학교 출판부) 등이 있음.

(속) 돈 끼호떼

발행일 | 2021년 10월 15일 초판 1쇄 발행

지은이 | 세르반떼스   **옮긴이** | 김현창
펴낸이 | 윤형두 윤재민   **펴낸곳** | 종합출판 범우(주)
교 정 | 이범수   **인쇄처** | 태원인쇄

등록번호 | 제406-2004-000012호 (2004년 1월 6일)
          (10881) 경기도 파주시 광인사길 9-13 (문발동)
대표전화 | 031-955-6900   **팩 스** | 031-955-6905
홈페이지 | www.bumwoosa.co.kr   **이메일** | bumwoosa1966@naver.com

ISBN 978-89-6365-393-8 03870

＊ 책값은 뒤표지에 있습니다.
＊ 잘못된 책은 바꾸어드립니다.